HARLOT'S GHOST

夏洛特的亡灵（上）

［美］诺曼·梅勒 著

马飞剑 段淳淳 译

江苏凤凰文艺出版社
JIANGSU PHOENIX LITERATURE AND ART PUBLISHING, LTD

图书在版编目（CIP）数据

夏洛特的亡灵 /（美） 梅勒（Mailer,N.）著；马飞剑，段淳淳译. — 南京：江苏凤凰文艺出版社，2015
书名原文：Harlot’s ghost
ISBN 978-7-5399-8186-4

Ⅰ. ①夏… Ⅱ. ①梅… ②马… ③段… Ⅲ. ①长篇小说－美国－现代 Ⅳ. ①I712.45

中国版本图书馆CIP数据核字(2015)第059901号

江苏省版权局著作权合同登记：图字10-2013-586

书　　名	夏洛特的亡灵
著　　者	[美] 诺曼・梅勒
译　　者	马飞剑　段淳淳
责任编辑	孙金荣
特约编辑	秦　蕊
责任校对	孔智敏
版权支持	王秀荣　张晓阳
封面设计	门乃婷工作室
出版发行	凤凰出版传媒股份有限公司 江苏凤凰文艺出版社
出版社地址	南京市中央路165号，邮编：210009
出版社网址	http://www.jswenyi.com
经　　销	凤凰出版传媒股份有限公司
印　　刷	三河市嵩川印刷有限公司
开　　本	890毫米×1270毫米 1/32
印　　张	45
字　　数	1160千字
版　　次	2015年12月第1版 2015年12月第1次印刷
标准书号	ISBN 978-7-5399-8186-4
定　　价	118.00元（全三册）

（江苏凤凰文艺版图书凡印刷、装订错误可随时向承印厂调换）

我们战斗，不是为了打败血肉之躯，
而是为了战胜强权，战胜邪恶力量，
战胜这世界中的黑暗法则，
战胜位于高处的人类灵魂中的恶因。

——《圣经·新约·以弗所书》

贝琳达：你知道我们必须将善良交给邪恶。
野兽女士：或许这种理解是错误的。

——约翰·范布勒《愤怒的妻子》

黑暗啊，黯淡了我的灯光，浇熄了我的欲望，
我的灵魂啊，就像在炎热得使人发狂的夏日中飞行，
让嘈杂的声音一直在窗台逗留吧。
哪个我才是我？

——希欧多尔·罗赛克《黑暗时代》

主要角色及其假名、代号名称等

哈利·哈伯德 又称赫里克·哈伯德，昵称里克，中央情报局特工，休·蒙塔古的教子。在不同时期、执行不同任务时曾用过KU/CLOAKROOM、AV/AILABLE、罗伯特·查尔斯、绿色凤尾鱼、哈利·（汤姆）·菲尔德等多个假名、代号。

基特里奇 哈利·哈伯德的远房表妹，休·蒙塔古的妻子，后来与哈利·哈伯德结婚。心理学理论家，曾为美国中情局下属的技术服务部（TSS）服务，代号为M.K.乌尔特拉-17。

休·特里蒙特·蒙塔古 中央情报局高级官员，哈利·哈伯德的教父。在中情局内部使用的工作名为夏洛特。曾使用泰勒博士、蓝色凤尾鱼作为假名、代号。

克里斯多夫·蒙塔古 休·蒙塔古和基特里奇的儿子，哈利·哈伯德的教子。

克洛伊 洋基旅馆餐厅女侍者，哈利·哈伯德的情人。

雷德·阿诺德·罗斯 又名阿尼·罗斯，中央情报局特工，曾与哈利·哈伯德一同参加中情局的农场特训，后成为基特里奇在TSS的助手。

E.霍华德·亨特 美国中央情报局官员，曾担任中情局驻阿根廷—乌拉圭分部指挥官。后调回到本国。曾用 AV/AILABLE 等假名。曾参与危地马拉政变与猪湾事件。

博特曼·金伯尔·哈伯德 又称卡尔·哈伯德，哈利·哈伯德的父亲，中央情报局高级官员，休·蒙塔古的好友。曾用过哈利法克斯等假名。

迪克斯·巴特勒 中央情报局特工，曾与哈利·哈伯德一同参加中情局的农场特训，并化名兰迪·胡佛与哈利·哈伯德一起在柏林工作。

波莉·盖伦·史密斯 基特里奇在拉德克里夫学院的同学。后成为基特里奇与哈利·哈伯德通信时的联系人。

罗德曼·诺尔斯·加德纳 基特里奇的父亲，哈佛大学教授。

伯恩斯 又名雷·吉姆，中央情报局负责日本、拉丁美洲和越南等地案件的人。哈利·哈伯德参加农场特训时的世界共产主义课程导师。

施耐德博士 德国联邦情报局（BND）局长莱因哈德·盖伦的假名。

沃尔夫冈 真名沃克·鲁迪克，德国联邦情报局特工，被中情局称为 VD/VILDBOAR（野猪），曾化名弗朗兹搜寻有关“柏林隧道”项目的情报。

比尔·哈维 中央情报局西柏林基地负责人，中情局“柏林隧道”计划（CATHETER）的执行者。曾聘请哈利·哈伯德做助手。曾使用 VQ/BOZO、VQ/GIBLETS-1、VQ/COLT、红色凤尾鱼等假名、代号。

C.G. 比尔·哈维的第二任妻子，中情局特工，代号 FLORENCE，负责维护和打理中情局在柏林的安全屋。

迈诺特·梅休 美国中央情报局驻乌拉圭蒙得维的亚分部前指挥官，

继任者为E.霍华德·亨特。

奥古斯都·格斯·桑德斯特罗姆 美国中央情报局驻乌拉圭蒙得维的亚分部副指挥官。

谢尔曼·碗哥 美国中央情报局驻乌拉圭蒙得维的亚分部高级行动事务员。妻子萨利曾与哈利·哈伯德偷情。

鲍里斯·马萨罗夫 苏联驻乌拉圭大使馆副部长，美国问题专家。妻子齐妮娅。

戈登·（戈迪）·莫尔伍德 美国中央情报局在蒙得维的亚的合约特工。

格奥尔基·瓦尔科夫 苏联国家安全委员会驻乌拉圭站点负责人，代号“居民”。与齐妮娅有染。

南希·沃特森 美国中央情报局驻乌拉圭蒙得维的亚分部行政主管。

罗杰·克拉克森 美国中央情报局在蒙得维的亚的合约特工，代号为AV/UNCULAR。

尤西比奥·（沙威）·福特斯 乌拉圭共产党员，中情局情报员，代号为AV/OCADO。

佩德罗·佩奥内斯 乌拉圭蒙得维的亚警察局副局长，后被收买，成为中情局的情报员。

利博塔德 佩德罗·佩奥内斯的女友，高级妓女。

海曼·博斯克威尔第 犹太难民，被中情局安排监视苏联驻乌拉圭大使馆。

摩德纳·墨菲　飞机乘务员，美国总统肯尼迪、山姆·吉安卡纳以及哈利·哈伯德的情妇，在中情局的HEEDLESS行动中代号蓝胡子。

罗伯特·马休　又名鲍比·马休，私家侦探，曾在联邦调查局工作，后与霍华德·休斯联手经营一家私人侦探社，与美国上流社会及黑手党均有密切联系。

威尔玛·雷亚　摩德纳·墨菲的高中好友，在中情局的HEEDLESS行动中代号奥拉尔。

托托·巴尔巴罗　古巴参议院前任领导人，在中情局的支持下，作为行动领导人之一参加了“猪湾之战”。

山姆·吉安卡纳　美国三大犯罪头目之一，芝加哥财团的唯一老板。曾用代号山姆·弗勒德。在中情局的HEEDLESS行动中代号长发公主。

约翰尼·罗塞利　又名约翰尼·罗尔斯顿，山姆·吉安卡纳的贴身助手之一。

目 录

引子 / 1

前言 / 121

第一部　早些年的训练故事 / 123

第二部　柏林 / 277

第三部　华盛顿 / 439

第四部　蒙得维的亚 / 493

第五部　猪湾之战 / 789

第六部　猫鼬战术 / 1081

尾声　华盛顿 罗马 / 1385

后记 / 1408

主要地名表 / 1424

引　子

Ω*—1

一九八三年一个晚冬的下午，当我驾车沿着缅因州[1]海岸驶过雾霭笼罩的公路时，沉积在路旁的营火灰在车轮的碾压下扬起了浓浓尘雾，我突然想起了几千年前居住在班戈附近地区的阿尔冈昆族部落中的阿布纳基印第安人。

在春天，播种完玉米后，年轻的勇士和妻子们就会离开老人去照看庄稼和孩子，并乘坐桦皮舟到南方去度过夏天。沿着佩诺布斯科特河顺流而下，他们会抵达位于荒漠之山北部的蓝山湾。在那里，我家的老房子依旧矗立着，那房子一部分是由我的曾祖父多恩·哈德洛克·哈伯德建造的。这被称作是一种延续，但我不知道关于这种延续的其他部分在哪

* 原文的每一个章节标号，作者都采用“OMEGA—X（数字）”的形式作标题，为了保留作者原来的意图，这种标题格式依旧沿用。OMEGA，是希腊文最后一个字母“Ω”的发音，类似于亚洲哲学中阐述的“最后意味着最初，结束意味着开始”。这也是作者要阐述的：一切事物都没有终结，不过是从一种存在形式转化成另一种存在形式的永恒循环而已。

[1] 缅因州（Maine），美国大陆最孤立、最偏僻的州，位于美国的东北角，只有西南方与新罕布什尔州接壤。西北和东北边境分别毗邻加拿大，南临大西洋，西接新罕布什尔州。

里，只是每个夏天都会有印第安人上岸建造单坡屋顶的房子，并且他们的一些坟墓还会夹杂在我们的坟墓中，尽管我并不相信他们这么做只是单纯为了埋葬在我们的岛上。在北部地区温暖而缺少乐趣的闲散生活中，他们一定会被平原的生活夺去原有的宁静。在海洋低潮期，他们会在水位上涨时淹没的云杉和铁杉树林中打架、私通，他们为何酗酒我不得而知，难道对他们来说酒是生活的一种必需品吗？在岸上的第一个山洞里有一片砂石滩，那里淤积着许多古老的贝壳，在漫长的岁月中被逐渐雕琢成粉末。山洞前是一片辽阔的沙滩，还在诉说着古老的夏日嬉戏。这些印第安人的鬼魂或许再也不能穿越我们的树林了，他们古老的悲伤与快乐都融入了空气中。荒漠之山比起缅因州的其他地方都更加惹人注意。

为游客做的旅游指南是这么描述这块土地的："荒漠之山，直径十五英里，仿佛寓言中的岛屿从海中升起。这里的土著人把它称作阿卡迪亚，美丽而令人敬畏。"

美丽并且令人敬畏——在荒漠之山的中部地区有一道峡谷，一条壮观的四英里水道连接着峡谷的两端。这就是北美地区大西洋海岸中唯一一个真正的峡湾，尽管它只是壮观的岩石群的一部分。在海滨附近，山峰会突然上升到两千英尺，给小帆船造成雄伟巍峨的感觉，这里是最好的抛锚地。在东北港，这里的夏季因为游艇业而远近闻名。

或许是因为我们的山靠着海，且又不失宁静，所以夏天的魅力才达到难以形容的境地。我只想说一件事，那就是我们这个岛并不是吸引游客来晒太阳的，这个岛的周围几乎没有沙滩，整个海滩都布满了鹅卵石和贝壳，长年有十二英尺高的潮汐侵蚀着岩石。海浪从不间断地冲刷着藤壶和滨螺，冲刷着海草、贻贝和爱尔兰藓，冲刷着红色海藻和红皮藻。海胆和峨螺在海浪的推送下布满了整个海滨，遍地的海藻常常会缠住人们的脚踝。潮水中夹带着海葵和海绵，海星和海胆常常会出现在你的脚趾周围，在这里行走的人都会小心翼翼地避开尖锐的石头。这里的海水十分冷，如果小时候没有在这种冰冷的海水中游过泳，那么你几乎忍受不了它的低温。我曾懒洋洋地靠在加勒比海中礁石的绿苔藓上晒太阳，也曾在深紫色的地中海里航行。我曾在切萨皮克见过炎炎夏日中无与伦比的薄雾，那时的海与天的颜色几乎融为一体。我还喜欢穿过西部峡谷的棕褐色的河流，但我最爱的还是法兰西海湾和蓝山湾那动人的蓝色，以及荒漠之山周围东西之路那深不可测的蓝色——事实上，人们对这个岛屿的感情都带着当地的情怀。如果询问当地人，他们会将这座山的名字拼写成“荒漠之山”，但读音却是“甜品之山”，在一个初到此地的英国人眼里，这里的风景简直就像糖果一样美好。

我说得似乎有点夸张，但人们不会在水边再次想起这些色彩绚丽的岩石带来的夏日之美，这些岩石有杏色、淡紫色和浅绿色。在黄昏时分，整片海滩都会变成紫色。从海上放眼望去，黄昏时的海滨就是一片暗紫色。那是八月时候的岛，海滩已经变得温暖，夜玫瑰在盐渍地周围生长着，在草地上，白喉带鹀从一个腐烂的树桩跳到另一个腐烂的树桩上。曾经的田地里传来红顶草和梯牧草的味道，遍地的野花已经开放了。北部的紫罗兰、琉璃苣、尖叶秋海棠、鹿蹄草、波状的延龄草、野生的天竺葵以及水晶兰，在田地间和向阳山的岩石断层间的裂缝里生长着，在沼泽地里还生长着凤仙花。当我还是个小男孩的时候，有一次我在一片沼泽地中发现了白兰花（因为当时我正在学习野花的名字），它是青白色的，形状很可爱，并且像月食一样少见。即使到了旅游旺季的七月，荒漠之山依旧保持着轻柔而不朽的宁静。

如果有人问我这种不朽如何成为轻柔的，我会告诉他，这些话语会让我们想起美和敬畏。于是我被诱惑了，用一颗谨慎的心来描写我的妻子，基特里奇。她雪白的肌肤在黯淡的草地中闪烁着洁白而明亮的光芒，似乎反映了岩石的阴影——我看见基特里奇在某个夏日躺在岩石的阴影中，她的眼睛如海水一般湛蓝。

她看起来如同三月间袭击着这个荒漠之山的风暴般阴冷，我正和她待在一起。现在，在三月的早晨，田地里呈现一片暗褐色，已经融化了一半的雪也将被溅起的泥土染脏。三月的下午不是金色的而是灰色的，石头在阳光的照耀下也没能增添几分光泽，悬崖上的花岗岩变得如同处于无尽的深思中一般冷酷。在冬季快要结束的时候，荒漠之山变得像一个吝啬鬼的拳头，天空和海都是灰暗阴沉的，沮丧笼罩在整座山的上空。当我的妻子沮丧时，我的心中也充满了阴影，她的皮肤不再明亮，而是覆上了一层无力的苍白色。到了下雪天，岛上的灯光闪烁在冻硬的岩石上，仿佛在巨大的白色蛋糕上点着蜡烛。我并不喜欢在冬季快要结束的时候住在荒漠之山上，在那样的日子里，没有太阳的天数多过了我们的人数，甚至当我们还没来得及彼此交流，一个星期就过去了，那种孤独感就像一个快乐的酒鬼连续好多天都没有喝上一杯酒那样绝望。随后，鬼魂会去我们的住处拜访我们，但大家对这些鬼魂都十分友好。

这座房子孤独地立在这个岛上，方圆不足十英亩——不过是一箭之遥，从荒漠之山的西岸随便扔一个石头就能到达东岸。这座被称作“多恩”的岛，在我曾祖父去世之后就成了游客们的旅游目的地。虽然据我妻子所说，相对于明显的鬼魂，岛上的人对隐形的灵魂更容易接受，但是我想我们是个例外。

在巴特利特岛上，在我们屋子北部的某处住着一个名叫斯诺曼·戴尔的鬼魂。他曾是一个脾气非常古怪的渔夫，一八七〇年他死在了巴特利特岛上他未婚的姐姐家里。当他还是个年轻人的时候，有一次他用五只龙虾从哈佛的一个古典学者的手里换来了一本希腊文小书，那本书就是《俄狄浦斯王》，并且书中还有译文对照。这个老渔夫，斯诺曼·戴尔，被古希腊的悲剧诗人索福克勒斯的文字激起了对文学翻译的极大兴趣，于是他尝试着去阅读希腊文原著，虽然他不知道该怎么读这些字母，但他还是给每个字母都创造出了一个发音。当他的年龄变得更大的时候，他也变得更加大胆，他常常会一边在海滩闲逛一边用古怪的发音背诵着书里的内容。人们常说，如果你花上一天的时间待在他死去的姐姐的屋子里，你就能听到斯诺曼·戴尔版的希腊文，那声音就像岛上的海风发出的搜刮声和呻吟声一样粗狂。来自费城一家公司的一个行政人员宾汉·贝克和他的家人现在就住在这栋房子里，似乎因为这鬼魂而交了好运——至少，贝克的家人们在教堂里看起来都面色红润，我不知道他们是否听到过斯诺曼·戴尔发出的寒冬般的呻吟。

老斯诺曼或许是巴特利特岛上得到大家认可的鬼魂，但我们岛上还有另一个鬼魂，那个鬼魂还没有得到普遍认可。他是一位名叫奥古斯都·法尔的船长，在两个半世纪以前，他拥有并掌管着我们这片土地，我在巴尔港的图书馆里发现了记载有他的习惯的航海日记，其中一次航海日记中提到："在这次航海中，法尔参与了一场海盗行为。"他们在加勒比海劫持了一艘法国护卫舰，夺走了船上的古巴糖，把船员都放在了一艘没有船篷的小船上丢进了海里（除了那些加入他们的人），并砍了船长的头。这个船长死的时候全身赤裸，因为法尔夺走了他的制服。在这之后，奥古斯都变得越来越大胆，等他死去之后，他被葬在了北部的岛上，也就是我们这个岛，而且还穿着法国人的制服。

我从没见过奥古斯都·法尔，但或许我曾听到过他的声音。在不久前的一个晚上，当我独自待在自留地时，我梦见自己在和墙壁交谈。"不，滚开！"我粗鲁地说道，"我不知道你是不是能够改邪归正，也不相信你。"当我回想起这个梦时——如果这真是个梦的话——我会吓得直哆嗦，不能把它复述出来。我的肚皮被扭到了后背上，仿佛我正穿着一件由蜥蜴皮做的衣服，我再次听到了自己惊恐的声音。我不是在和我前面的墙壁说话，而是在和整间屋子说话，我觉得自己似乎能看到墙的另一边。在那里，我看见了一件破破烂烂的制服坐在橡木制的伤痕累累的船长椅上，一阵腐烂的气味扑鼻而来，在到处都是泥泞的屋子外，透过窗子我听到了翻腾的浪涛声，我不敢向外看去。明明潮汐已经退去了，海水怎么还在翻腾呢？我依旧在梦里，看见了一只老鼠沿着地板飞快地跑了过去，我感觉到奥古斯都·法尔的鬼魂就在墙的另一边。当听到他走下台阶去酒窖的声音时，我的汗毛都竖起来了。

酒窖下面原来是一个由我父亲在“二战”后建造的防空洞，当时这块自留地的所有权依旧属于他，他以自己成为第一个进入广岛的美国人而感到自豪。“每个人都需要有自己的容身之地。”我的父亲卡尔·哈伯德在将我们的财产卖给他的第二个堂弟的两年前如是说。基特里奇的父亲罗德曼·诺尔斯·加德纳，在他的第一次婚姻中按照习俗把这些财产都给了基特里奇，在罗德曼拥有这些财产的时候，他打算在我父亲建造的基础上完善这栋房子。据我所知，在缅因州的这块地上，能够拥有一间由砖头建造的、有罐装的商品、床铺、厨房、通风设备，并且在入口处右边的角落里有两个互通走廊的房屋的人，他还是第一个。那个九十度的拐弯角对于防止核辐射有什么帮助我没法说，不过早期防空洞的设计都很奇特，直到现在那个防空洞还在那里，整个家庭都感到难堪。因为在缅因州，你不能天真地认为这些防空洞能够保护你的生命。

我鄙视这些避难所，懒得去管它们。床垫上的泡沫橡胶已经老化成粉末，石头地面上覆盖着经年的尘埃。因为电灯泡的长时间工作，插座都损坏了。

希望这样的描述不会让你觉得我是在虚构这块“自留地”的样子，地窖——当然这些放射性尘埃避难所不可避免地被人们以各种名义命名——位于地面以下十英尺，看上去就像一座宽大整洁的石墓。自留地上的这座主楼以及整个楼群，在一个缅因州妇女的看管下井井有条地存在着。我们在这里的这段时间，如果天气状况允许，她每天都会过来一次。我们离开以后，她会改成每周去一次。但她没有照管地下室，这是我的错，因为我不能忍受任何人进入地下室。如果我打开门，令人发狂的酒味会从地下室飘上来，虽然地下室并未经常放满酒，但这种令人发狂的气味却一直充斥着整个地下室。

在我摆脱了梦境、遇见奥古斯都·法尔的那天晚上，当我确信我不是在做梦并且清晰地听见他下楼的声音时，我立刻从床上爬起来试图跟踪他。并不是因为我勇敢，可能是因为我在遇到危险状况时懂得使用特殊技能实现转危为安。当我还是个孩子时，我父亲就曾教导我："如果你感到害怕，不要犹豫，如果那里有你想要知道的东西，你该直奔问题的核心。"在政治战争中，我必须认真思考这个关于勇敢问题的假设，在这里，耐心是最保险的选择了。而且我知道，当行动被畏惧阻止时，人们必须逼迫自己迈出关键的一步，否则就只能让受伤的灵魂来做出补偿。当这个是否该忠于自己内心的问题与一个鬼魂相遇时，答案就变得十分清晰了：跟随他！

我试着去做了，我的双腿冻得像冬季的尸体。我迈步走下楼梯，那并不是一场梦。在我面前，门被愤怒地关上了。"在我做到之前，我绝不回头。"我觉得我听到了哭喊声，当我下到第一层地下室时，我的决心已经用完了。在地下室入口，一个酷似海中怪兽的东西正在那里等着我，此时我的勇气已经不足以支撑我走完最后那十级台阶了。我站在那儿一动不动，好像只要我不逃跑我的荣誉便能得到保护似的，其实，我必须站在那里接受所有的愤怒。我会谈及它，我站在那只看不见的怪物的怀中。紧接着，奥古斯都——我认为那是奥古斯都——走进了地下室深处，我意识到我可以自由撤退了。于是我回到了床上，昏昏迷迷睡着了，奥古斯都再也没来找我。

尽管如此，这块自留地还是因为他的造访而提高了警觉。现在，物品的毁坏程度达到了令人揪心的速度，我看见好几个烟灰缸滑下桌面，电影中也不会出现如此戏剧性的镜头，更多的是一种诡秘。你无法确认自己的袖子有没有碰到过这些物品，或者这些年久失修的地板有没有倾斜，一切都可能是在自然状态下发生的。吹过窗外的风看起来比平时的速度要快，似乎是在展现它的本质特点：邪恶或圣洁，柔软或强劲。我在见过奥古斯都·法尔之前从未听到过如此奇怪的风声，尽管看不见船夫，也能听见桨声从风中传来。现在我还听到桨架在呻吟，还听到岛上的小礼堂里有钟声传来，但据我所知，岛上根本就没有挂钟的小礼堂。我听见疾风中的门板在咣当咣当地撞动着，门框后面的泥灰正一块接一块剥落，甲虫从门缝里爬出来。当我在图书馆读书时，每次只能读简短的几页，总有打扫卫生的女人从我身边经过，有可能是基特里奇，甚至有可能是我自己，都一样。就像温暖的礼堂里的冷水池，法尔就围绕在附近。

到目前为止，自留地依旧存在着，一个幽灵的出现并没有将这里的生活完全打乱。基特里奇和我都没有子女，这么大的房子有足够的空间容纳一个幽灵。法尔总是分散我们的注意力，这跟与一个酒鬼或是疯了的兄弟同住一起没什么区别。如果他作为一个幽灵存在，但我无法证明我见过他，我只能在谈论鬼魂的时候尽量说得绘声绘色。或许，一些鬼魂确实真的存在。

一年后在航班上：

一九八四年三月，在一架从纽约肯尼迪机场连夜飞往莫斯科谢列梅捷沃机场、中间经停伦敦的飞机上，我一直在反复地读着一沓打印稿中的几页纸，那上面描绘着遥远的位于缅因州多恩岛上的我的家乡。我没法停止阅读，我正处在一种焦虑的状态中，这种焦虑让我感到难以控制。我正在读的这几页是被称为Omega（Ω，希腊语的最后一个字母）的手稿的第一章。我还有另一份关于Alpha（α，希腊语的第一个字母）的手稿，还在自留地的时候，这份手稿被锁在我桌子旁的文件箱里，有十二英寸那么厚。这部作品原本用了超过两千张打印纸的，但由于它实在太过于厚重了，我只好给它拍成了微缩胶卷并把原稿用碎纸机销毁了。这部 Alpha 手稿原本一直跟我在一起，两千张原稿被缩成了二百条大纲，誊写在十张纸上，每张纸外都加了一个透明的塑料封套，并被隐蔽地放在一个8英寸×11英寸的马尼拉纸信封内。我把这个小小的不足四分之一英寸厚的高雅信封藏在一个跟了我长达十年的行李箱的一个隐秘凹槽里，这个中等大小的行李箱现在正在英国航空公司从纽约到伦敦的飞机的行李舱内，也就是在我正要飞往莫斯科的航班上，它正开始第一次旅行。直到我在俄罗斯打开行李之前，我没法看见它。

我的另一份手稿，也就是 Omega，只有短短的一百八十页，因为它是最近才写的，我还没把它们转换为微缩胶卷，因此它依旧以打印稿的形式放在我座位下面的公文包里。如果在这次旅行中我要花一百分钟的时间待在经济舱的中间位置瞎想，担心我何时到达伦敦、何时转机以及何时到达终点莫斯科，我很难对自己解释我为何要登上这次航班。就像一只虫子为了让自己喷出一些毒液而保持一动不动，我也一动不动地坐在我的椅子上，靠着经济舱里仅有的三英寸倾斜的椅背，再读一次 Omega 手稿的前四十页。我处于一种半昏迷状态，感觉双腿灌了铅似的沉重。就在那一刻，紧张感就像电子游戏中亮起的紧急按钮一样突然出现，我感觉自己快要呕吐了。

又过了几个小时终于抵达伦敦，我觉得自己必须读完 Omega 剩下的部分，总共是一百六十六页的打印稿，在读完之后我会将它们撕碎然后扔在厕所里冲走，在英国航空公司的飞机上，也只有用这个方法了，飞机会吞下它们，并把残骸排入与希思罗机场的中转休息室相连的某个房间的下水道。看着这些纸片和纸条在抽水马桶中旋转着被冲下，差点堵塞马桶，我也随即离开了这个让我眩晕的地方。

我的焦虑来自失去的疼痛。过去我花了近一年的时间来写作 Omega，这是我想要展现出的长达十二个月的内心骚动。如果我在写作中重读过

Omega 上百次，一页接一页，每天慢慢地细读，那么现在将会是我最后一次读它了，我正和一部陪我走过了过去一年中最糟的时刻的手稿说再见。很快，几个小时过去了，我会处理掉这些内容，是的，我会撕碎它们。这些纸张、插图将会被撕碎并冲入下水道。即使我不敢喝醉，也会向空姐要一杯苏格兰威士忌，并在最后向 Omega 祝酒时一口气喝完。

Ω—2

三月里一个没有月光的晚上，我回到了自留地，走在从巴思到贝尔法斯特的路上。这条路经过卡姆登，在每个小港湾里都有青蛙，放眼望去这些小港湾如同一块块裹尸布。有一只青蛙正抱住一块长礁石眺望大海，那里常常发现沉船。当我什么东西都看不到的时候，我就将车开到路边，海面上的浮标发出的刺耳声音听起来犹如被雨水浸润后的田里的耕牛在哀怨地低吟着。寂静的雾霭侵扰着我，在这样的寂静中你能听到溺死的水手的呻吟声。我觉得自己一定是疯了才会爱上这样的夜晚，才会走在这种沿海的道路上。

当我经过卡姆登时，一阵狂风吹过，青蛙全部跳回水里，道路也变得难走起来。随着天气的骤然转变，冷雨即将降临。公路上一些弯曲的地方已经结了薄薄的冰，只要一刹车，轮胎便会发出犹如合唱队在恶魔环绕的教堂中唱出的声音。不时会看见一些睡去的小村庄，偶然出现在路边的路灯看起来就像海中的灯塔。空荡荡的尖屋顶度假屋仿佛墓园里的箭矢，静静地矗立着。

我的内心填满了腐烂的良知。我觉得这条路变成了一句谎言，它给我带来动力，又让我脆弱不堪。我用指尖的触觉驾驶车，进一步觉得说谎是一门艺术，一句好的谎言可以变成一门好的艺术。这里最伟大的骗子一定是掌管冰的王，他正坐在道路的拐弯处。

我的情妇住在位于我身后的巴思，我的妻子则在荒漠之山的附近等着我。这位掌管冰的王在我的心里下了药，我会与你分享我曾告诉基特里奇的故事，那是一场让我留在波兰直至傍晚的小交易，这也是上次我回荒漠之山的原因。不，我在巴思的事情已经做完了，并且正躺在我的情人怀里。巴思的女人都很温柔，更何况我的情人还是位美人。克洛伊性格开朗，而基特里奇——我很抱歉说出这么自私的话——却是卓尔不群的。你看，基特里奇和我，这对唯一的堂兄妹，看起来是如此相似，就连我们的鼻子长得也很像。相比之下，克洛伊就如同肉汁一样普通了，但她依旧让人很想品尝。身材丰满、性格开朗的她，夏季时在洋基旅馆做女侍者（我在此说明一下，这是一个洋基旅馆类型的餐厅，由一个希腊人经营）。每星期总有一个晚上，当女店主不在时，克洛伊都会因自己暂时成为女店主而感到骄傲。这些事情我并不十分在意，对我而言，她就像一道菜，我只需准备好每月消费那么一两次就够了，我不知道，如果她住在山那边我是否会一周和她幽会三次或者更多次。但巴思距离荒漠之山后滩远不止一百英里，因此我只能在有空的时候去见她。

和一个女侍者保持如此稀少的联系只不过是逢场作戏罢了，如果我和她结婚了，我可能会觉得我过上了一种双重生活，而且能和如此温和的人住在一起挺好的——这会让双方都觉得更加有趣。一个人可以一直深爱着他的妻子，即使不够全心全意，所以，我拥有的经历给了我处理这些问题的智慧。我们开始讲关于鬼魂的故事了吗？从我父亲开始的姓系在我这里继续着：斯普克斯。我运用智慧，开始寻找内心深处的差异。我们曾经在中央情报局做过一项深入的心理研究，令人吃惊的是——那真是十分可怕！——通过我们安全检测的人有三分之一（经过精确计算）

极有可能成为外国势力的代理人。“每一个人都是潜在的酒鬼和潜在的叛逃者。”这是我们在研究结束时得出的令人惊讶的结论。

跟有瑕疵的人在一起工作了这么多年，让我了解到和不完美的人生活在一起，时间久了会发现他们其实并没有什么危险。从心理检测材料可以看出我自己的缺点是憎恶畏惧，对于今晚我已向你们介绍过的漫无目的开车，我有百分之五十的把握我很快就会变成一具残骸。我感觉到自己深陷无形且荒谬的交谈之中，似乎只要我继续活着——停止一切理性思考，可怕的事情就会降临到我的身上。你们能够理解吗？我不是在假设：我认为自杀的一些逻辑就包含在这种想法中。基特里奇，她有着深刻的思想，有次她突然对我说，假设自杀并非只出于一个原因，而是两个：人们可能因为一些显而易见的原因自杀，例如失败或者在精神上遭到践踏；同样地，他们也可以将自杀视为终结内心深处阴暗的光荣行为。这似乎能够更好地理解自杀。基特里奇还说，有些人在邪恶的灵魂中深陷泥沼，他们相信可以通过自杀来摧毁整个怨恨大军，这就像试图烧掉一个谷仓来清除白蚁一样，否则白蚁就将威胁到整栋房子。

同样地，我再来说说谋杀。尽管有些谋杀行为令人憎恶，但这也可以是爱国的。基特里奇并没有和我谈论多少关于谋杀的事，这是一个家族的羞耻。我的父亲和我曾经用了三年的时间准备谋杀菲德尔·卡斯特罗。

让我们回到那条结了冰的路上来吧，在那里，如果我的安全意识让我的车稍微减了速，但我的内心也是打算要摧毁它的。我已经打破了不止一段婚姻的诺言——我打破了与一个情人的诺言。基特里奇和我是最好的爱人，我原本以为会有像做爱一样令人精力充沛的故事在我们之间发生，直到我听见狗叫声传来。不，回到这句话的根本上来吧，虽然我们是极好的爱人，但我们的婚姻就像最严酷的故事的结局一样，致使我们陷入了悲剧。如果我的话听起来像是在吹嘘自己，那是因为我觉得要描述我们之间的爱情并不是一件容易的事，通常情况下我都不会提起它。

欢愉和撕心裂肺的疼痛会通过不起眼的小伤口向我袭来。

我会给出证据，疼痛是很残忍的，但总好过伤感和困惑。基特里奇这辈子只有过两个男人：她的第一任丈夫和我，我们的恋情开始时她还是那个男人的妻子。在她背叛他不久之后——他是那种会把所有事情都想成是背叛的男人——他在一次攀岩中坠落，摔断了背。他是领队，当他掉下去时，和他拴在一起走在他身后的少年也被他一同拖拽了下去，他们的锚钩也从岩石中脱落。克里斯多夫，那个在这场事故中丧命的少年，是他们唯一的孩子。

基特里奇永远都不会原谅她的丈夫，他们的儿子当时才十六岁，并且身体的协调能力并不是很好，他本不该参加这样的攀岩活动的，然而，她又该如何原谅自己呢？我们的恋情被她置于一边，她安葬了克里斯多夫，并且在她丈夫住院的十五周内悉心照料着他。在他回家后不久，基特里奇在一个晚上试图在泡澡时用刀片割断腕上的动脉，她躺在浴缸里等待着流血致死，幸亏最终被救了。

是我救了她。自从那次坠崖事件后，她便拒绝与任何人交谈，这个糟糕的消息使我和她之间产生了巨大的鸿沟，如同地球裂开之后原本住在一起的两个邻居只能置于世界的两端。或许是上帝的旨意吧，她让我不要来见她，我也没尝试这么做，但在她割腕的那晚（我突然感到一丝不自在），我正从华盛顿飞往波士顿，到达班戈后，随即就租了一辆车继续赶往荒漠之山。我听到了她从内心深处对我的呼唤，尽管她没有察觉到自己的声音。我到达时，屋子里一片寂静，我从一扇窗户翻进屋内。一楼住着她残废的丈夫和护士，在二楼，他的妻子似乎正在一张大床上熟睡，当我发现浴室门紧锁而没有听到她的声响时，我赶紧撞门而入。如果再晚十分钟，她真的就死了。

我们重归于好，目前已经没有任何问题了。经历了惨剧和失去，在思想上我们互相尊重，我们毫无保留地坠入了爱河。

摩门教认为，当你们进入婚姻的殿堂时，那就不仅仅是此生；如果你们在庙堂中结婚，那就意味着你将永远和你的伴侣在一起。我不是摩门教徒，但即使没有他们这样严肃的信仰，我们还是深爱着对方。不管是生是死，只要和我的爱人生活在一起，我都不会感到厌倦。即使有人拿着计时器站在我们的房间里，我和基特里奇在一起的时光也会永生不死。

我们并没有从如此鼓舞人心的地方开始。在那场坠崖事故发生之前，我们常常花大量的时间待在一起，当我们接吻时，乱伦的刺激使我们的感觉更加亢奋。但不管从哪个方面来衡量，这都是合理的。那时，我们还未做好充分的准备去为对方而死，不仅仅是从可怕的道德层面，因为对她来说，她的丈夫休·蒙塔古更为重要。而且，在我的灵魂中，休·蒙塔古比我那微弱的自我更为重要，因为他是我的代理父亲、我的指路人、我的教父以及我的上司。和他的妻子同居，我就像一只寄居蟹，仅仅是挪进了一个更诱人的壳中，我正在等待着被他驱逐。

自然地，像所有刚面对如此重大事件的新情人一样，我并没有要求她太主动，她想要我这就已经足够了。但是现在，我和基特里奇已经生活在一起十二年了，并且结婚已经十年，我有理由要求她主动。和一个好女人结婚就如同和脆弱的惊喜相伴，我爱基特里奇思想的深度以及她外在的美，我们都知道她的思想比我深得多。毫无例外，我常常会为她思想中的惊人之处感到不安。若谈到教育背景，她所受的教育并不像其他女人所受的那样，我认识的在中央情报局工作的人中没有几个是拉德克里夫大学毕业的。

往事回放：十二年前，在我们第一次做爱的时候，我心怀敬意地和她唇齿纠缠，有很多我们学校的毕业生都做好了准备在那晚上进行这一行动。基特里奇，她似乎还不太习惯这种双腿之间的交合带来的快感，她叫嚷道："噢！我等这一天已经等了好久了！"随即，她告诉我，我是仅次于异教徒的完美男人，"你是魔鬼的天堂。"她说，每一次她都将我体内苏格兰人的血液激活。现在，她看起来并不比我们第一次做爱时老，那时她二十七岁，现在她已经结婚十八年了，并且已经过去了四十一岁的一半。她告诉我（谁能不相信她？），休·特里蒙特·蒙塔古是她唯一从不了解的男人，蒙塔古也比她大十七岁，并且有着很高的社会地位，因为他很善于和一些特殊的双重间谍一起工作，他对别人的谎言有着极敏感的直觉，别人却很难识破他。直到现在他也不相信任何人，当然，他身边的所有人都不能确信他有没有说谎。基特里奇在过去常常会向我抱怨，说她不知道他到底是个忠诚完美的人还是个没有信仰的怪物，又或者，是个秘密的同性恋者。如果我们把事情往坏的方面想，我觉得她之所以展开和我的恋情是为了看看自己是否能在她丈夫的眼皮底下进行自己的活动并试图逃离他的掌控；如果往好的方面想就是她深爱我并不是因为我救了她，而是因为我察觉到了她对于道德这一问题在精神层面的绝望。我最终觉得，无论往哪个方面想对我们而言都无关紧要，于是我们的恋情再次展开了。这一次，我们都全心全意地爱着对方，她是那种如果不结婚就无法相信恋情会持续的女人。爱是一种优雅的状态，必须通过神圣的壁垒去保护她。

因此，她觉得有必要告知她的丈夫，于是我们一起去见了休·特里蒙特·蒙塔古，他答应了离婚，那是我人生中最糟糕的时刻。我很害怕蒙塔古，我有相当充足的理由惧怕一个能够掌控他人终结的男人。在这件事发生之前，他又高又瘦，看起来像个完美的人，却常常将自己视为受到惩罚的人，他所处的位置已经让他癫狂了。

如今，摔断了腰的他恰好能坐在轮椅里，他依旧在遭受惩罚，然而这惩罚并不是最坏的。或许我一直害怕他，但我依旧对他心怀敬仰，他不仅是我的上司，也是我的灵魂掌控者，他的男子气概足以让美国所有的男人与少年为之钦佩，他在压力之下依旧赋予生命以优雅。我和基特里奇一起待在他轮椅两侧的那段时间如同肉体上的瘀青一样刻在我的记忆里，在我们离开之时，我记得他哭了。

我简直不能相信，基特里奇后来告诉我这是她唯一一次看见他流泪。他的肩膀不停地抖动着，残废的双腿耷拉着。如果将悲伤从他的内心驱除，他只是个肢体上的跛子。我从未停止过想象，如果我将这讨厌的记忆比作一块瘀青，我会加上一句：这块瘀青永远也不会消失。它的颜色只会愈来愈深，而我们必须维持这份强烈的爱。

基特里奇是个有信仰的人，对她而言，相信魔鬼的存在是荒谬的。因此我们终将接受审判，我们的婚姻将会以能从地狱深处向上爬多高来衡量。我赞同她的信仰，对我们而言，这是唯一可行的信仰。

那么，在这个灰色的三月天里，我又是如何将我的大部分光阴花在陪这个温柔热情且丰乳肥臀的女人身上呢？我的情人的吻宛如太妃糖，柔软而黏牙，甜蜜且湿润。从高中时起，克洛伊就用她那两片嘴唇和她的朋友们做爱，进入她的身体是这美妙肉体带来的最佳感觉，只要一做爱，她的眼睛就会发出明亮的光芒。在我们休息的片刻，她便会用一种极其愉悦的嗓音滔滔不绝地说着她又想起了什么，她的谈话内容总是涉及房车（她住在房车里）和他们如何应对烈焰中的爆炸，以及身穿帆布工作服的司机们在点咖啡时如何自以为是地吆喝同伴。她谈起她曾经在一个镇上的快餐店遇到她的前男友的事："我对自己说，'那个男人真的吃了那么多东西，真胖啊！'然后便问自己：'克洛伊，你的屁股不是也差不多那么胖吗？'我就把这种肥胖的原因归结到巴思的身上，因为冬季时在巴思除了吃东西或者寻找和你一样喜欢吃东西的人以外，便没有其他事情可做了。"这时，她友好地拍了一下我的屁股，仿佛我们在一同玩这个游戏，在这个古老的小镇上，玩这种拍屁股的游戏似乎是在衡量一个人的价值。顿时，我的体内燃烧起一股欲望，那就是她一直渴望得到的热情。当森林的精灵开始苏醒时，我一边哼着歌一边将手滑向她的私处。

在一个生意清淡的季节，我和她初识于她工作的大餐馆，那时夜已经深了，就我一个人坐在餐桌边，只点了一碟小菜，但她依旧用一种极其友好的态度招待了我，似乎对她来说，我觉得这道菜味道鲜美就是对她最大的褒奖，她给了我一种回到家的温馨感。其实，像在遇到她之前我接触到的其他人一样，她也是很物质的，当她看见钱的时候就会变得格外兴奋。对她而言，用钱去买一件实用的电器也是一件幸福的事。

当我准备点虾时，她摇了摇头："你不应该点虾的。"她说："它们早就死了，而且被烹煮过三次了，还是点海鲜杂烩汤吧。"我听从了她的意见，她总是在我点菜的时候给我建议，她想让我吃上合口味的东西。其实，她这么做并没给我带来太大的烦扰，我同样可以自由地发挥着自己的思想。在我们心情好的时候，我们就会漫无目的地交谈着，可能十个女服务员中只会有一个像克洛伊一样在意一个孤独的客人，过了很久我才意识到，她不过是我偶然结识的一个陌生人而已。不过这又有什么关系呢，我和她在一起时总能体会到一种他乡遇故知的感觉。

在一个寂静的夜晚，我又一次光顾了她工作的这家餐厅，她坐下来陪我一起吃了些甜点，喝了几杯咖啡。其间她告诉了我她的生活状况，她有两个儿子，一个二十岁，一个二十一岁，他们分别住在曼彻斯特和新罕布什尔，都在工厂里工作。而她自己三十八岁，五年前就和丈夫离婚了，因为她自己出轨了。"他是对的，而我就像一个旅馆，你不可能相信一间旅馆的，我的脚跟就像溜冰鞋一样不稳。"她非常幽默，面对自己的情史也能一笑了之。

后来我们去了她的房车里，我坚信自己有能力发现些什么，毕竟在这件事情上我是专业的，我可以注意到在我之前发生过什么。让我看看我是否可以解释，和基特里奇做爱是一场盛宴——我已经用过这个词了，试图解释这个时，我感到很不自在。然而我可以说出跟克洛伊在一起时的所有事情，我们就像围栏中的孩子，克洛伊就仿佛尘土和稻草。如果我想要拥有基特里奇，必须先经过一场仪式。

我并不是说我们很庄严或者很慎重，如果不是因为真正的欲望所迫，我们或许一个月都不会做爱。当然，最后它还是真的发生了，直到我们在一起这么多年后，我们依旧可以感受到对方在自己的身上流淌。事实上，基特里奇就像那些丛林里的动物一样凶猛，她有着锋利的爪子和牙齿，还有美丽的皮毛，而我永远都不能真正地驯服她。在情况最糟糕的时候，有几次我甚至觉得我们像一只公猫和一头浣熊在交配。在谈及魔鬼和天使的时候，她觉得我的话很少，但是我们的行为却趋于一致，仇恨对仇恨，残忍对残忍，爱对爱。当闪电从天空划过时，我看见了上帝，我们的灵魂互相倾注给了对方，与此同时，便是尽情地享受彼此的温柔和甜蜜了。但与她做爱的感觉和与克洛伊做爱的感觉完全不一样，和克洛伊在一起时，我们可以随时进出、呻吟、发泄，我们可以一起达到高潮。而与基特里奇做完爱躺在一起休息时，我会觉得自己虚伪和卑鄙，并和这个世界一样复杂，仿佛屁股上开出了花来。

开车时，我的心提到了嗓子眼，路面上的冰仿佛结到了我的手指上，我再次明白了克洛伊给我带来了什么，它们是平等的，除了我们平等的身体之外别无其他。如果有人要来审判我们，我们会手牵着手一起去接受审判。我们的身体接触在一起时十分和谐，就像煮在同一碗肉汤里的胡萝卜和豌豆一样和谐，我甚至从未在除了克洛伊之外的人身上感到过两个人的肉体可以如此和谐。

然而，基特里奇原本的丈夫是一位骑士，现在那位骑士瘸了，我觉得自己就像是中世纪浪漫时期的一个护卫，当我的骑士在一场改革运动中被推下台时，我玩弄了他的妻子。如果我需要找到打开她贞操带上的锁的方法，我仍旧需要爬上台阶，我已经看见了夜空的闪电和星星，而她还在床上沉睡，我们的欣喜如同曼恩河中粼粼的水面一样闪闪发亮。和克洛伊在一起，虽然我没有看见新生，然而我却瞥见了天堂。

在一个如同今夜一样无处停歇的行车夜——我们睡在足以将人冻僵

的风口——我们没有时间考虑太久，幸好在做出决定之前主意已经蹦出来了。我从克洛伊的身上看见了妻子的身影，而基特里奇仍然是我的妻子。在大多数情况下，一个吻能让你想起你所熟悉的许多嘴唇。如果你的妻子也能让你想起其他女人，说明她能够润滑你们的婚姻，许多由婚姻形成的联盟能够做到这一点，而纯粹的放荡和偷情却永远不能做到。和基特里奇在一起时，我不能享受到通过和一个女人做爱来代替和其他女人做爱的快感。

有一次，大约在我们结婚后的一个月，她对我说："没有什么比打破誓言更糟糕的了，我总觉得这个宇宙是靠少许一直持续的庄重的誓言来维持的。休·特里蒙特·蒙塔古很可怕，你不能相信他说的哪怕一个字。亲爱的，我本不该这么说的，但在我们刚开始的时候，这对我来说已经是一个成就了。我觉得这是我所做过的最勇敢的事。"

"和我在一起时不需要那么勇敢，"我说，"我们不会受到威胁的。"伴随着心神不宁的嗓音，我开始乞求她。

"我不会,我永远都不会。"她闪烁着一双天使般清澈明亮的蓝色眼睛，并用她一直试图去理解的很久之前的一位哲人的口气说道："不行，我们必须许下誓言，彼此必须完全诚实，如果我们之间的任何一方与其他人有了关系，我们必须说出来。"

"我发誓。"我说。

"我的天，"她说，"和休·特里蒙特·蒙塔古在一起时我从不知道，这也是他紧紧抓着那个可怕的名字（夏洛特）不放的原因之一吗？"她停了下来。夏洛特，无论此时此刻他在干什么，都只能待在轮椅上了。"可怜的老盖比。"她感叹道，她对他的热情只剩这个绰号了。

"为什么是盖比这个名字呢？"和基特里奇在一起时，总有时间做任何事情，并且我之前也从未问过她。

"上帝的老畜生，那是他的名字。"

“好吧，至少它是一个名字。”

“噢，亲爱的，我喜欢给别人起名字，特别是对我在意的人。给一个我在意的人起一大堆名字，那是我唯一被允许乱来的。”

这么多年来，一个接一个，我逐渐了解了他们中的一些人。休·特里蒙特·蒙塔古长着漂亮的小胡子，修剪得整整齐齐的，这胡须原本应该长在英国陆军上校的脸上。基特里奇曾称呼他为特里姆斯基，“就像利昂·托洛茨基一样耀眼，”她说，“但他的胡须要比托洛斯基的整洁十倍。”后来我发现她并不是第一个这样评价他的人，第一个这样称呼他的人是艾伦·杜勒斯[1]，那是在战争期间，那时休·特里蒙特·蒙塔古还在为伦敦的战略情报局工作。很显然，杜勒斯在基特里奇的婚礼上将这事儿告诉了她。大二那年的复活节假期，基特里奇的父母带她去了拉德克里夫在乔治城举办的一个派对上，基特里奇第一次遇见艾伦·杜勒斯，当时她就疯狂地迷恋上了他。这个可怜的哈佛男在艾伦·杜勒斯和基特里奇吻别后还打算和基特里奇擦出火花。

婚礼后不久，她便开始称休·特里蒙特·蒙塔古为特里姆斯基，他也回敬了她一个绰号：凯彻姆，全名是凯彻姆·爱达荷（因为基特里奇的全名是哈德利·基特里奇·加德纳，名字取自哈德利·理查森，海明威的第一任妻子。基特里奇的父亲，罗德曼·诺尔斯·加德纳在他二十岁时曾在巴黎遇见过她，并认为她是他遇见过的最美丽的女人）。

我花了相当一部分时间去了解我妻子名字的一些变形体。凯彻姆（Ketchum），不是番茄酱（Ketchup）变形成了红色（Red）——这个名字挺好，并且还使用了一段时间，因为基特里奇的头发是乌黑的（她的皮肤像最

[1] 艾伦·杜勒斯，美国第一号间谍，冷战时期国际关系中的一个重要角色，也是美国情报史上的传奇人物。在美国组建中央情报局时，他的情报理念深深打动了国会议员和美国民众；此后，他成了美国历史上任职最长、影响最大的中情局局长。

油润的大理石一样白）。基特里奇坦言，在一些有纪念意义的晚上，休·蒙塔古总会叫她霍特斯基，我可以体会到她内心的痛苦。当别人移动房间里的家具时，聪明人会不会也给这些家具起名字呢？

无论如何，“盖比”是休·特里蒙特·蒙塔古离婚后的又一个名字。

基特里奇说：“我讨厌我不能信任盖比是诚实的这种想法。亲爱的，你的确发誓了吗？我们之间会保持真诚的，对吧？”

“我们会的。”

车打滑得厉害，我脑中泛起的记忆比口中说出的话还多。森林的另一边有一堵墙，阻断了我的思绪，当我打转方向盘时，前轮偏离了，连车带人冲进了小道，冲向森林深处的松树林里。现在我们被困在森林深处，有那么一段时间我以为自己已经死了，变成了一个恶魔，因为我的头似乎被颠倒了过来：我正在俯视着刚刚走过的路。之后，似乎我正身处海洋中的旋涡一般，这条路开始慢慢地、没完没了地旋转着，我就像转盘上的一粒灰尘，突然间，车和我开始迅速向前驶去。我向右将方向盘打了九十度，再逆时针旋转三百六十度后冲到了另一条路上。当我再一次转过九十度时，才发现车轮终于直行了，前后完成了一套完整的四百五十度转弯。我不再感到害怕，只觉得自己就像掉出了十层楼的窗外，坠在消防员支起的网架上，安然无恙后又兴高采烈地走着。“成千上万的物种啊！”我对着空荡荡的车窗外大声喊叫着——声音响彻整片森林——“走在这个地球看不见的地方，不论我们醒着还是睡着！”我继续沿着这条路以每小时三十码的速度行驶着，兴奋和疲倦让我难以停止，我向自己刚刚所引用的诗句致敬：“弥尔顿，失乐园。”并想起在几小时之前我和克洛伊是如何在她位于郊区的房车上起床的，我们在一个鸡尾酒吧里喝了点酒，在红色人造革小摊上吃了点东西就告别了。当酒刚端上桌时，我在说话时不小心用手臂打翻了一个杯子，玻璃杯落在地上后摔成了碎片，于是我和克洛伊都一言不发，笼罩在阴沉的离别气氛中。

现在我在仔细思考这些生活在地球上却不被发现的成千上万的生物，它们是否曾在熟睡的基特里奇的耳畔低语？甚至，在那久远的十一年前，当基特里奇准备割开她的手腕时是否也是它们在呼唤我？是谁在精神的海洋中让这个间谍系统运转着？一个间谍所需要的思想，就像激光束所激起的惊扰一样窄小。一个特工怎能通过周复一周、年复一年地复制机密文件来让自己远离睡梦中因罪被捕的恐惧呢？

我经过一个公用电话亭时停下了车，和基特里奇通话时我很恐慌，那瞬间我感到如果我不立即和她联系，我和她思想上的所有联系都会消失。

还有什么能比缅因州寒冷刺骨的高速路上一个锈迹斑斑的电话亭更接近冰河时代呢？首先我需要和操作员联系，可她又不知道我的银行卡号，在贝尔公司的设备激活我的银行卡之前，我必须一直跺着双脚来保持温度。电话铃声响起四次、五次、六次，我终于听到了基特里奇的声音，立刻激动得跳了起来，这让我想起了我独自一人在佛蒙特州的一只独木船上，在那个漆黑的夜晚我看见星光照亮了池塘中黑色水面上的波纹，如同满月在两座山之间升起，这两次经历都让我满心欢喜。德鲁伊教[1]的确在后来对我产生了影响，我发现了一种奇特的平静，就如同现在，基特里奇的声音让我的呼吸平缓了下来，我觉得自己似乎从未听过她的声音。如果在结婚十年后我的妻子依旧能使我感到吃惊，那么没有人可以说我不爱她。许多人的声音透过过滤器和挡板传入我的耳中，我听见有人通过控制他们的喉咙传递出温暖、冷酷、正直、自信、责难和赞许——都是些假声音，至少有时候是这样的。总而言之，人们的话语是他们灵魂和思想的首要反映。

[1] 德鲁伊教敬拜自然，并将橡树视作至高神祇的象征，他们把寄生在橡树上的槲寄生看作一种万灵丹，认为它具有神圣的疗效。因此这种圣果也就需要通过特别的仪式才可采集，据说只有在满月和新月的日子，或者每月的第六个夜晚，才能举行这种仪式。

基特里奇的声音就像一朵刚从花苞中绽放的鲜花，但我从不知道哪朵花会最先绽放。她在生气和高兴时的声音都是惊奇的——她从不为自己的感受辩护，只有那些认为自己是宇宙中不可或缺的人才能以如此漫不经心的态度说话。

“亲爱的，我很高兴你打给我，你还好吗？我今天一整天都有种不祥的预感。”

“我很好，但是路况太差了，我连巴克斯比特都没到。”

“你真的还好吗？你的声音听起来就像你刚摘掉亚当的苹果。”

我像一个日本商人一样大笑。她对我说，如果不是因为我那两个亚当的苹果，我一定会是黑皮肤、高个子，和贾利·古柏或是格里高利·派克一样帅。

“我一定要告诉你，你知道我今天遇到什么了吗？一封来自我朋友的电报，真令人泄气，在那么长时间的好脾气之后，现在他整个人完全发狂了。”

她正在说夏洛特。“好吧，”我说，“或许没那么坏，他说了什么？”

“我过会儿再告诉你，”她停下了，“哈利，向我保证。”

“好，”我知道她要说什么，“那么，”我说，“你不祥的预感是什么？”

“小心开车，今晚潮水涨得特别厉害，到码头时给我电话，潮水已经在咆哮了。”

她的声音听起来没有隐瞒任何事情，她的声音向四周传开，听起来仿佛她正在汹涌波涛的侵袭中驾着小船。

“我有种很奇怪的预感，”她说，“你之前在路上是不是打滑了？”

“没有。”我撒谎道，电话亭的窗子或许被冻住了，我的后背直冒冷汗。她究竟离我有多近，才能在没看到现场的情况下就能感知到我的车打滑这件事啊？

“我很好，”我继续说道，“我觉得最坏的天气已经过去了，感觉像是这样，”我抓住了机会，便问，“还有什么奇怪的预感吗？”

“我被一个女人给缠上了。”她说。

我点了点头，觉得自己就像一个并不清楚对方实力的拳击手。“被一个女人给缠上了？”我重复了一遍。

“一个死了的女人。”基特里奇说。

你一定会相信我松了一口气。

“是你的亲人吗？”我问道。

“不是。”

当基特里奇的母亲去世时，我不止一次在夜晚醒来时看见她坐在床边，背对着我，语调轻快地对着空荡荡的墙壁说话。毫无遮掩，她能够感知到她的母亲。这和我那反常的梦有多大关系呢——让我们暂且叫它奥古斯都·法尔（当然，这是个好问题）吧。在这种状况刚开始不久时，很显然，基特里奇正处于某种程度的半昏迷状态中，她大部分时间是清醒的，却唯独遗忘了我。当我早上告诉她这些事情时，她既不会微笑也不会皱眉，无论我对她的行为做何评价都不会干扰到她。这似乎很吻合夜间的梦境，当然她的儿子克里斯多夫从未回来过，他已经被摔得粉碎，他的死不同于别人，由于他父亲的虚荣心而坠入深渊，因此他的死已经完全被世人渲染得不足为奇了。

基特里奇有着高原人所具有的一切特点，你要知道只有很少的高原居住者如此像凯尔特人。并不是所有的苏格兰人都具备对法律、银行和长老会的控制力，有些人能够在这个世界和另一个世界的接口处建起房屋，他们并不是只会吹风笛。

我问道：“你愿意跟我讲讲那个女人吗？”

“哈利，她已经去世十年了，我不知道如今她为何要缠着我。”

“好吧，那她是谁？”

她没有直接回答我。“哈利，”她说，“我在这之后想起了霍华德·亨特。”

“霍华德？霍华德 · 亨特？”

“是的，你知道他现在在哪吗？”

“不知道。根据这些细节，我猜他应该在某个安静的地方。”

“可怜人，”她说，“你知道吗，事实上早在我父母把我介绍给艾伦·杜勒斯之前我就在一次派对上遇见了他。艾伦说：‘过来，凯蒂，这是霍华德 · 亨特，他是个非常优秀的小说家，我不觉得怀特事务所在文学批评上有着绝对的权威。’”

“噢，杜勒斯先生总是说些大话插进来。”

“难道不是？”我让她发笑，“他曾对我说，如果不是因为克米特 · 罗斯福，卡尔·哈伯德会成为我们机构中的泰迪·罗斯福。上帝啊，我的父亲，他配得上！”她再次笑了起来，她诚恳的声音如同飘动的云和卵石河床带来的晶莹水面一样，此刻正在黑暗深处发光。

“告诉我有关那个女人的事吧。”

“哈利，她是桃乐丝·亨特，”基特里奇说，“她是从木制品中逃出来的。”

“我不知道你这么了解她。”

“我没有，真的没有。我和休有一次与亨特在一起吃过晚餐。”

“是的，我想起来了。”

“我一直记得她，她是个聪明的女人，我们一起吃过几次晚餐，也只比可怜的霍华德多了解她这么点。”

“她说了什么？”

“哈利，她说：‘不要让他们闲着。’她就说了这句话，我们都知道他们指的是谁。”

我没有回答。基特里奇很惊慌，我几乎要问她：“休有没有和你谈到过海 · 霍利斯？”但我没有问，我根本不相信电话，当然连自己的电话也不信。当我们的谈话再也不会引起任何风波时，我们仍旧会将所有的谈话控制在安全范围内。于是我仅仅说了句“那个桃乐丝听起来很有意思”便不再多说一句了。基特里奇听出了我语气的变化，她也意识到了自己是在打电话，她对邪恶的东西有种反常的感觉。如果有人在监听我们的电话，她一定会给别人一堆疑惑。现在基特里奇说：“我不喜欢高斯通带来的消息。”

“那消息说了什么？”高斯通——你可能已经猜到了——是夏洛特的又一个名字。

“啊，已经发送了，那个可怕的水手，吉莱·勃特勒，整个下午一直站在我的门口。他一定拿走了我们的小船，之后还在递给我信时露出了无赖的笑容。他醉得令我作呕，那举止看上去，似乎把我绑架到山洞里就是到了天堂了。我从他的态度中能看出来，为了让他来送这封信，一定有人给了他很多钱。他浑身散发着可怕的气息，高傲和肮脏全都体现出来了。”

我重复道：“那条消息究竟说了些什么？”

“五百七十一天在火星上，另加一个闰年。八个月完成。”

“他不可能是对的。”我回答，似乎我明白了每个字的意思。

“不可能。”

我们以互相倾诉思念结束了这次谈话，说着“在再会之前，简直是度日如年”之类的话，接着我们拥抱了。在我上车之前，我从储物箱中拿出了一本破旧的T.S. 艾略特诗集的平装版，电报中提到的八月应该是指这本书中的第五首诗。我们曾达成一致，将月数——三月是第三个月——加到诗数上来。火星只是为了扰乱注意力，但是五百七十一加一，按照我们的惯例减去五百，我翻到第五首诗的七十一行和七十二行，写着——

我敢坦白它吗？——《荒芜的土地》。

无论谁，只要有着相同版本的《艾略特诗集选》，破译我们的代码并不是件难事，但是只有夏洛特、基特里奇和我知道我们用的是哪本书。

这就是夏洛特的留言——七十一至七十二行：

去年你在花园中种下的尸体
它开始发芽了吗？今年会开花吗？

他又来了，我不明白夏洛特的意思，而且我不喜欢它。我原本以为我们都对休战感到很满意。

在我娶了基特里奇后的那年，当前夫休·蒙塔古在长刀般的夜中生活时，他从他的轮椅上发出许多可怕的电报。第一封是在我们结婚当天：

很幸运，你的骰子掷到了十一，你们必须互相亲吻五百二十八加二次并留着这张纸——《一次友好的累积》。

译文如下：

早晨，你的影子在你的身后走过
傍晚，你的影子升起来看你
我会在灰尘中告诉你什么是畏惧

那给我们的新婚之夜成功地增添了色彩。如今，在这么多年之后，他再次发来私人消息，或许我仍然值得他这么做。我的鼻子仍旧为克洛伊的事而发出犯罪的气息。

当然，当拜访一个有罪的人时，残酷倒能抑制紧张（我们的刑罚系统也如是说）。夏洛特的信息如同雾一样阴险——“去年你在花园中种下的尸体”——理解这句话就如同使我爬到和天气同样高的位置一样难，至少我已经准备好了面对尝试中的失败。当我在开车时我也会思考，对于我所付出的回报，我只差一点点就能破解了。我很想知道基特里奇是否有关于海·霍利斯的线索，当然我并没有告诉她，很明显，夏洛特也不知道。她听起来对桃乐丝·亨特一无所知，基特里奇当然会表现出对我和夏洛特的交战一无所知。

考虑了这么多之后，很显然，我需要一次简单的旅行来为我的沉思提供力量了。于是，当我在路过贝尔法斯特一路与三路交界处时，好转的天气让我的心情变得十分愉悦。现在，天气变暖了一些，雨夹雪也变成了雨。路面即使潮湿也不会结冰了，我可以沉入我的思绪中了：在关于海·霍利斯的文档里，桃乐丝·亨特占据了一个重要的位置。

Ω—3

在波托马克河南面，紧挨着华盛顿，由于过去十年来疯狂地追求经济利益，弗吉尼亚森林没有得到应有的保护，这片野生沼泽干涸了，并被覆上了一层柏油，和高速公路连在了一起。四处分布着拔地而起的公司——我是指办公大楼——和一连串微粒般的公寓。夏季，停车场就像燃烧的天然气一样燥热。我对这种保持了多年的潮湿环境的开发一点也不赞同，从兰利门到夏洛特住所的那十五里路一直都在堵车，他的住所是一座建于二战之前的可爱小屋，他在一九六四年买下的，这座小屋过去曾经和枫树一起矗立在又旧又破的路上，而现在，一条四车道的公路建成了，现在这栋建筑的地理位置绝佳，引人注目的房子离高速公路只有二十码。在他发生了那次事故之后，这屋子必须进行一些改造，必须在室内搭建一个斜坡，以便他的轮椅可以从一楼通往二楼。

同样地，我的人生中没有几件事能比一九八二年那个夏天，夏洛特邀请我再次和他一起工作重要，他说：“我很需要你的帮助，我会放弃原本的打算。”他的关节肿胀得像红宝石，他的轮椅也跟着变了形。

夏洛特对新工作十分满意。在兰利的时候，我的情绪十分低落，每逢从走廊里走过我都会感到心闷。在兰利的一个大机场内，日光灯照射下的走廊两旁都是玻璃幕墙，透过这些玻璃幕墙可以看到中心花园。在每一条走廊上你都会看见分别被不同颜色标记的门：叶绿色、鲜橙色、粉红色、蓝色，这些颜色能告诉你门后面的人在做着怎样的工作。当然，在过去的二十年或者更久的时间里，许多办公室都是秘密的，门上的这些颜色只是为了迷惑别人。现在只剩下几扇这样的门了，我对那些涂了颜色只为迷惑别人的门不感兴趣，而且在那段时间里我从未使用过这种骗术。我和我妻子的工作差不多快要结束了，事实上，正如我所要解释的，基特里奇和我并不经常住在华盛顿，更多的时间里我们都待在自留地。有很长一段时间我都在读五卷本的《核心智慧指导》，并且在跑步机上跑步。施莱辛格、科尔比、布什、特纳上校和凯西这些人在大厅看见我时（我已经在这家公司工作二十五年了），不是不理睬我就是用莫名其妙的称呼跟我打招呼，好吧，在灯光下谁会没有阴影呢。两位前任州长和两位第三世界的共产党员现在待在兰利准备退休，他们就像我的办公室成员一样，分占了我的办公室——现在办公室里几乎什么都不剩了。他们的荣誉和我的差不多，即将耗尽，所不同的是，他们配得上这荣誉。索普在早上十点时喝醉了，他的眼睛散发着大理石的光芒，如果你刚好和他的视线碰撞，他就会跳起来；另一个人是甘布尔，目光呆滞，永远是一副死气沉沉的样子。他从不大声说话，就像一个被关押在州立监狱里二十年不见天日的人一样无精打采。而我呢？我已经准备好和任何人吵架了。

当我不满的情绪像胆汁一样在体内聚集时，夏洛特让我去他那位于弗吉尼亚庄园的旧办公室，仿佛他还要召集其他几个像我一样的人，虽然我们依旧满腔热血地对待自己的工作，但也明白自己最好的年华已经逝去了。谁知道夏洛特到底为大家准备了什么呢，如果我知道，我可以告诉你他跟我说了些什么。

在一九七五年丑闻暴露时，我们还在中央情报局工作，我们一同经历了许多难关。或许一些住在澳大利亚的布须曼人从未听说过我们是怎样费力地想杀掉菲德尔·亚历杭德罗·卡斯特罗·鲁斯[1]的，然而那个时候，参议院情报特别委员会正在为研究情报活动而做调查，那里几乎没有布须曼人。其他国家也知道我们准备刺杀帕特里斯·卢蒙巴[2]，但在经过一系列洗脑后，一位弗兰克·奥尔森博士（和政府签署了合同的）跳窗自杀了，我们在他的窗户上把他自杀的痕迹全抹了，他的妻子二十年来一直以为自己的丈夫是普通的自杀。当他们家得知真相后，几乎无法接受。我们在俄罗斯和美国之间互通邮件，又在外交关闭了一段时间之后继续互通邮件。我们监视政府的高层官员，例如贝利·高华德[3]和鲍勃·肯尼迪，我们将所有的这些活动公之于世。在中央情报局时，因为我们是得意而又神秘的人，我们觉得自己就像是大会上被起诉的把虱子放在酒店被单和枕套上的卫理公会派教徒[4]。自从丑闻暴露后，中央情报局就和以

[1] 菲德尔·亚历杭德罗·卡斯特罗·鲁斯（Fidel Alejandro Castro Ruz，1926 — ），古巴前领导人。20 世纪 50 年代，领导古巴革命，推翻了巴蒂斯塔政权，将古巴转变为社会主义国家。

[2] 帕特里斯·卢蒙巴（Patrice Lumumba），刚果民族运动党主席，参加领导了 1959 年 1 月爆发的刚果人民反对比利时统治的民族独立斗争，被捕入狱。刚果宣布独立后，任共和国总理兼国防部长。1960 年 9 月被推翻，后遭捕杀。

[3] 贝利·高华德（Barry Goldwater），美国政治家，共和党籍，被视为 20 世纪 60 年代兴起的美国保守主义运动复苏壮大的主要精神人物。

[4] 卫理公会派是新教派别之一，英国人约翰·卫斯理（John Wesley，1703—1791）创立了基督新教卫斯理宗（Wesleyans）。教会主张圣洁生活和改善社会，注重在群众中进行传教活动。

前大不一样了。

在公司不景气的时候，我们的很多精英都不得不离开，但即使是在公司最不景气的时候，夏洛特也不会被公司裁掉，因为他在兰利坐在轮椅上依旧巡视着大厅的这一英勇行为为他赢得了大家的认同，他被批准留下并继续工作，他可以做一些毫不起眼的事。显然，夏洛特也一样被置之不理了。

然而在十年后，他却给我打电话让我行动。“我对自己说，小哈利，”他说，“忘掉我们被置之不理的事吧，流言比骷髅更可怕。”这是他对丑闻的看法，“我会做好比广岛和珍珠港更坏的打算。”这些骷髅杀害了我们的一大批人，海·霍利斯，如果不行动，他也会立刻让我们从地图上消失。

当他不再说话时，我走了回来。“我喜欢这个名字，”我说，“海·霍利斯？”

“的确是个好名字。”他赞同道，于是他便靠着轮椅忙活开了，来来回回，一会儿去这边，一会儿去那边。他现在已经将近七十岁了，但他的眼神和嗓音给我一种他依旧在统率着军队的感觉。

“我发誓，”他说，“没有几件事比水门事件[1]更让我感到头疼了。白宫的池子里有那么多只鸭子，你有理由相信我偷走了一两只。”我点了点头。

“同样，”夏洛特继续说道，“我不是在为水门事件做准备，那是十分愚蠢的行为，没什么好说的了，我只能说我们不会因为一个在掌控中的

---

[1] 水门事件（Watergate scandal），是美国历史上最不光彩的政治丑闻事件之一。1972 年美国总统大选中，为了取得民主党内部竞选策略的情报，6 月 17 日，以共和党尼克松竞选班子的首席安全问题顾问詹姆斯·麦科德（James W. McCord, Jr.）为首的 5 人闯入位于华盛顿水门大厦的民主党全国委员会办公室，在安装窃听器并偷拍有关文件时，当场被捕。由于此事，尼克松于 1974 年 8 月 8 日宣布于次日辞职，从而成为美国历史上首位辞职的总统。

计划而感到愉悦，不论构思多么差，但要有三个或四个不同的部分，它们要能互相抵触，当赌注越大时机会也就越大。很显然，莎士比亚就相信这一点，所以对于麦克白和李尔王没有其他解释。”

他成功地激怒了我，在这一刻，我没想过要谈论麦克白或李尔王。

“让水门突击队开始计划的第一部分，”他说，“这是很好的行动，充满了期待，但没有回音。现在第二队也开始行动了。这次的撞击事件是在六个月后，是一架联邦航空公司从华盛顿飞往芝加哥的553次航班，当它正试图在中途机场着陆时，令人难以置信地失事了。这架飞机撞坏了机场周边两英里处的房子，在这次撞击事故中，造成了四十三人死亡。你知道都有谁在那架飞机上吗？”

“我不知道。”

“从你半辈子的记忆中都找不出一点线索？”

“显然不能。”

“桃乐丝·亨特是最惹眼的目标，”他抬起了手说着，“现在，很明显，水门事件还没有被公开，一九七二年十二月，议员欧文和他的委员会开工之前的几周，也是我们重要的詹姆斯·麦科德开工之前的几周，这时约翰·丁还没有出现。霍华德·亨特，你一定记得的，他好几次打破禁律，让白宫也受到了影响，在他看来，他不会是个陷阱，桃乐丝·亨特比霍华德更难搞定。简单来说，你要给她致命的一击。”我耸了耸肩，这个提议根本没有实际意义，我过去曾为霍华德·亨特工作过。“而且！”夏洛特说，“用那么多大炮去杀死一只蜜蜂实在是愚蠢。许多人会死去，谁会干出这种事？白宫不会，他们不会对一架飞机行凶。总而言之，白宫甚至不会给里迪一剂毒药。既不会在他的邀请会上，也不会给约翰·丁或者亨特或者麦克德下毒。那么，他们又怎么能让先锋队去做出如同撞机事件这样大规模的事呢？这只会造成破坏，很显然白宫也意识到了这种可能性。巴特菲尔德之后也向欧文的委员会坦白，理查德·尼克松录下了所有的事情，而且他立刻去了联邦航空管理局，德怀特·查宾去了联合航空公司。尼克松政府很显然把自己放到了一个反对失控调查的位置上，我觉得他们也在怀疑我们，尼克松，作为一个游说中国的老手，知道几年前那次飞机爆炸的原因，周恩来原本被认为是在那架飞机上的。所以，他明白这是怎么一回事，我们知道怎样破坏一架飞机，而他们并不知道。这给我们提出了一个可怕的难题，如果飞往芝加哥的五百五十三次航班是为了杀死桃乐丝而被毁坏的，那么她应该早被抓住并且消息全无了，你不会为了杀死一个女人而杀死四十个无辜的人吧，除非她掌握着游戏规则。”

“你觉得这里谁掌握着游戏规则？”我问。

他笑了。

“我总是，”他说，“在尝试着去解决这些问题时问问自己的价值观，它能使我们得到什么？呃，我想，如果目标亨特夫人知道肯尼迪刺杀案的背后主使是谁，我才会采取如此过分的屠杀，并且我也不能让这件事情传出去。又或者，尼克松或基辛格是国家安全委员会的间谍，而目标人物掌握着证据，再或者，我们的人已经成功打入了联邦储备局。”

“那联邦储备局和桃乐丝·亨特之间有什么关系？”

“亲爱的小哈利，请你想象一下一九七二年六月的时候会有什么人在水门办公大楼，联邦储备局在七楼有个办公室，就设在民主党全国委员会的一个办事处楼上。你怎么会认为麦科德在窃听民主党人呢？他可以在六楼的天花板上装一个窃听器，麦克德不可能仅仅是一个狂热分子，你知道的，他很有才华。

“你想想我对这些事情念念不忘了多久，自从桃乐丝的撞机事件后，这么多年来这些事一直在我心里，我也一直试图重回联邦储备局。如果我们中的几个人能够踏进七楼，那我们或许依旧待在那儿。可以想象，如果可以提前得知联邦储备局何时调整利息这一消息，得值好几百万美元呢。”他向前靠了靠，对着我的耳朵轻声说了两个字，“海·霍利斯。”

然后他便把他的轮椅转向了我："我还有很多事要你去做。"

我们在这个问题上达成了一致意见，我们会成为最凶猛的野象，许多他需要在里面阅读材料的办公室都被他伪装成没有格栅的，我仍旧有办法拿到他所需要的文件。通过冒用一个又一个死去的人的姓名，我帮一些中央情报局的高级官员监视小说，这已经不像当年那样流行了——这并不是这些中情局高级官员的工作——监视一两部学术作品也是一样，更别提匆匆看完的偶尔登在杂志上的一两条关于共产党威胁论的不公正的消息。这是不是能解释我作为代理人用来应付出版商、作家、专栏编辑，甚至是我并没有帮别人写那么多文章却被好几本书署上假名？当然，我偶尔也会让自己当傀儡，如果一个著名的传教士去了东欧或者莫斯科，之后中间人就会让我去破坏他录好的发言，并把他变成通过爱国杂志《读者文摘》进行说教的美国人，我嘲笑自己出版的作品，这么做是公正的，严肃的作品需要我付出更多。

事实上，在兰利的时候我就是个半喜剧化的传奇。我从越南回来的这么些年里，起初是按照夏洛特的命令工作的——我亲手写了一部名为《国家的想象》的小说，这是关于国家安全委员会的不朽之作。早些时候，夏洛特和其他人都对这本书抱有极大期望，然而，这项工作却从未真正展开，因为它太伟大了，需要集中漫长的注意力，以至于十多年之后，这个写作计划也没能展开。我在迷惑中陷入了困境，失去了激情，并且有着太多的文学性工作要做。几年之后，我对自己说（我甚至没有告诉基特里奇）我放弃了《国家的想象》，转而去做我想做的文学性工作，这是一部关于我在中情局工作生活的详细回忆录。这本书进展得飞快，我已经完成得差不多了，几天后便可以将它献给曾经的每个星期，这里记载着我的童年、家庭、教育、我受到的训练、我第一份真正的工作等等。在柏林的一段艰苦时光，大概在一九五六年，我要继续写我在乌拉圭国家机构工作时的生活，以及在我们与卡斯特罗无声开战的那段日子里在迈阿密的艰苦生活。

我想我的回忆录读起来会十分亲切（即使我是自己唯一的评论者），但我想称它为一部小说，它十分坦白，我还写出了包括我们几次刺杀行动的材料，其中一些事件已经众所周知了，但更多的依然没被公开，我仿佛置身于秘密的海洋之中。这是一部十分长的回忆录，我称之为我的小说，在前七十页都没提到我去越南，也没提到我在尼克松的白宫里工作，更没提到我和基特里奇的事情，以及我们的婚姻。我度过了我人生的大半时光，如果我这么说，只是因为我不知道该如何出版这份手稿，这第一份手稿正如我所命名的那样——《游戏》。当然，怎么命名都不重要，正如我在进入机构之前所许下的誓言一样，这份手稿不能被公开，因为机构的纪律处永远不会允许这份手稿被任何人看到。尽管如此，我还是希望《游戏》能在书店的橱窗里闪闪发光。我有着简单的文学需求，我甚至想过要在私底下传开这部伟大的作品。我会不会成为第一个以手稿口耳相传的人呢？就像美国的地下出版物一样？我可以承受这么大的风险吗？如果我不这么做，我不过是在向自己展示歪曲的自己罢了，这种自欺行为就如同照着镜子却不能对上他人的目光一样。

在任何情况下，因为我公司里的同事并不知道我在为国家安全委员会工作的事，我都被他们称作一个悲观的人（中情局很擅长这类伪装），这就好像是一个庞大而优秀的家庭里有个不那么能干的孩子一样。事实上，我在缅因州的几周都处于半休假状态，如果我说一方面对这感到愤恨的话，那另一方面，我也为能够远离弗吉尼亚郊区而感到开心。当然，我仍旧装作要回缅因州的自留地继续写《国家的想象》。可是，哎，为了帮助夏洛特搞调查，最近我往兰利跑了多少趟啊！为了我需要的所谓的合法调查，我又查出了多少离奇的事情啊。总而言之，我需要知道的东西真是太多太复杂了，以至于我不能一直打开浏览器，我在这附近待得太久了，他们更宁愿忽略我的存在。我被看作一个隐秘的建巢者，这使得我能够在公文包里放着大量的重要文件，以及一些打算抽回的已命名的文件——我传给夏洛特的一些重要文件足以让我们被捕。具有讽刺意味的是，我一路从缅因州走向迈阿密搜集这些信息，并在离夏洛特所在的那间曾与基特里奇一起住过的位于弗吉尼亚的小庄园只有十五英里的地方给他传了这些资料。

是的，我们有个使命，海·霍利斯，为了它我可以献出我的生命——也就是说，献出我的工作、津贴和自由，监狱就在眼前。不知为什么，我相信夏洛特对我的一切情绪，更多地被转移到内疚而非事件本身上，即使当我在缅因州的路上开着车，我也能记起喉咙深处对这一前提的喃喃低语。

Ω—4

经历了所有这种令人毛骨悚然的负担感之后，我带着一种不适宜的轻松感，驾着车感受着像我这样的人才能感受到的幸福。这条路就是我思绪的酝酿地，引导我行驶在这巴克斯波特和埃尔斯沃斯之间黑暗的高速公路上。经过希尔斯的时候，被汽车前灯照射到的房子看起来就像很久以前死去的印第安人的骨头那样苍白。

当我经过用百叶窗装饰的甜圈乳品皇后店以及最偏僻的麦当劳店时，埃尔斯沃斯的商场里的灯光从玻璃窗户里射出来扫过我的挡风玻璃，映着油渍的油烟在空荡荡的停车场里隐约闪烁着。我以每小时十二英里的速度穿过连接着特里蒙特和荒漠之山的桥，再次进入了一片云雾中，这一次我是摸索着穿过这个被白色雾气挡住视线的地方。我不得不在最后十英里沿着途经普雷蒂马什这个地方的公路缓缓前进，因为这段路的大部分被毁坏了。

荒漠之山的西边没有能和东北港、酒吧港以及海豹港相媲美的城镇了，荒漠之山的西部并不出名。白天，你可以看到公路在长达几英里的次生林以及灌木丛里曲折蜿蜒，附近的山体被郁郁葱葱的树木覆盖着，并且很少有瞭望台，这里的沼泽地和池塘几乎都被酸黄色的海藻覆盖。这里的村民（包括椴树村、海豹湾里的人）都很勤劳，可是小村庄很贫穷。通常，高速公路边只停着四五辆拖车，稀疏地散布着两三座小房子，还有一个由煤渣块砌成的邮局。这条线路上的路标也很少。

一切都是那么熟悉，我甚至知道每一个弯道的所在。我准备顺着那个没有路标指示的右转弯道开到那条两英里长的土路上，沿着这条路行驶就可以到我们停泊小艇的码头了。我开车的时候，经过以捕龙虾为生的渔夫家，看到他家前院堆满了老旧的轮胎以及各种各样长满锈的器具，每一户人家的灯光星星点点地投射出来。这期间，我看到了一座不是很喜欢的房子，这座房子是由一个小棚子连接着两辆拖车搭建而成的，负责给基特里奇送信件的吉雷·巴特勒和他的儿子威尔伯·巴特勒带着疾病缠身的畸形小儿子以及几条小狗就住在这间房子里。在三世纪以前的英格兰，巴特勒这一氏族一直被视为狩猎者，并且从那个时候开始他们就定居在这里了。对于这父子俩，我只知道这位父亲和我的父亲有过无数次激烈的争吵，而他的儿子威尔伯是一个和休·蒙塔古相似的人。最近这些年，威尔伯总是做出触犯法律的事以至于当地警方和法庭对他都很熟悉，他曾经用皮带把一个老妇人捆绑起来严刑拷打，因为这个老妇人发现他偷了她的拖车。我经过这里的时候，不知道威尔伯是不是还被关在州政府的监狱里。在邮局的时候，我曾经听到传言说他很快就可以获得自由了，但我并不希望他被释放出来。在我那些零星的记忆场景中，当我们开着车在镇上的泥巴路上相遇的时候，他总是用一种充满敌意的眼神注视着我，而我会偷偷溜到酒吧港的图书馆里花一两个小时来研究巴特勒家族的历史——了解他们越多就越有机会羞辱他。他们这个家族很早之前就来到了荒漠之山，但是这个家族的十五代人都是乞丐或者接近乞丐，他们家族里有一半孩子的名字都很奇怪，这些奇怪的名字让人怀疑他们是怎么被命名的。因为他们的名字，我不得不怀疑他们和奥古斯都·法尔有着非法的血缘关系，尽管最终我没有找到证据证明这一点，但是至少我发现了法尔的第一个助手达蒙·巴特勒的日记，日记里记录了法尔侵犯他人著作权这一事实。

无论在什么情况下，每次当我开车经过这座用简易的小棚子和两辆拖车搭建而成的房子时，我的心情都会很难受。夜幕降临时，院子里那些笨重的家伙喝得醉醺醺的，他们相互踢打着胯部，猛力踩踏着对方，像蛤壳一样的空啤酒罐扔得遍地都是，装龙虾的破旧罐子里混杂着暗红色的血液和令人恶心的呕吐物。

行驶了这么长时间，还有两英里才能到码头，车子在驶过的道路上留下车辙。我露营的旁边有一棵棵树莓排列在沟渠两边，还能看到在破旧的沟渠上有许多已经发芽的种子在欣欣向荣地生长着。在这种情况下，那些为破烂房子挖的地基永远都不可能派上用场，墙壁也不可能在上面垒砌起来了。有一股寒酸的气味弥漫在空气中，整个夏天，像大黄蜂一样大小的深绿色马蝇都在困扰着你，令人呕吐的长着翅膀的鼻涕虫始终对你的头发充满兴趣，以至于让你不得不随时准备着逃避它们。在整个三月里，如果积雪融化了，地面像睡在街上的乞丐苏醒过来，雪化得厉害时，地面会变得像第一次世界大战的地面那样乱糟糟。经过这段融冰的道路时，我不得不用锁链拉着吉普车一步一步前进，不然根本不可能穿过两英里的距离到达码头。但是在今晚，雪还没有融化，结成冰的雪夹杂着碎石，不至于让路面打滑，我沿着这条人迹罕至的路穿过一片片荒凉的野地前进着。当视线变得清晰的时候，我能看到一艘破旧且生满锈的拖船断成两截的轮廓，即使身处黑暗，我也清楚地了解这些东西，我对这条路线再熟悉不过了。我期盼着尽快到达这条线路末端的三角洲，这样就可以到达后滩上更好的露营地了。

到达码头后，我把车停在车棚里面，发动机还没来得及关闭，我就听到了远处海湾的激流涌过海峡时发出的轰鸣声和咆哮声，我今天听到的咆哮声比以往任何时候听到的都要响，以至于让我以为自己正处在地震现场。我知道，今晚划着小船驶过海峡将是一场耗费体力的战斗，所以我决定脱掉外套，把它放在车上。

我过去的生活中一直有忧虑和恐惧陪伴着，就像一个聪明的商人经常会担心资金链的问题，担心触犯法律以至于诉讼缠身甚至身陷囹圄，担心身体的健康甚至是担心自己死后应该埋葬在哪里等等。当然，我现在的状况比那还要糟糕，这次过海的经历比以往任何一次都让我感到害怕，同时还有夏洛特过去常说的“短命女王”让我恐惧，这不禁让我产生了身处战争时心悬在嗓子眼的恐惧。

现在我的脑子里装满了短命女王的故事，我可不希望从荒漠之山的背面一直划船到多恩岛，尽管这两地之间只有几百英尺的距离，奇怪的是以前海峡里的海况都是很平静的，怎会像今天这样波涛汹涌呢？今天的海浪让码头都随之摇晃。我一旦把船划出码头，就只能看到茫茫无边的海面了，到那时我只能拼命地向前划而没有退路。如果翻船了，在这样冰冷的水里我相信我撑不过一分钟，游不到二十码就不能呼吸了。所以我在犹豫，能否不划船去西南港，而是继续开车由国道绕道到西南港。这样的话，我还可以在汽车旅馆里过夜，我知道这样的想法是不明智的，但一想到要划船过海峡我就害怕。

我并没有犹豫太久，因为我想现在就见到基特里奇，最终我还是选择划船过海。夏洛特啊，保佑我吧！如果我成功渡过海峡，我就不会这么害怕了。如果我永远到达不了海峡对岸，那就请你净化我和克洛伊的灵魂吧，我将葬身于无拘无束的海水里。

我终于鼓起勇气踏上了船，这里有几艘陈旧的带有漏洞的小木船，这些小船像老练的水手一样在航海方面经验十足。现在我能用的是一艘较新的船，这艘船的座椅都是胡桃木混合着玻璃纤维材质做成的，船上的装置也是崭新的。虽然这艘船很新，但它也有缺陷，就是它对船桨的反应太过灵敏，而且船上所有塑料装置的外壳都会随着船身的摇摆而摇晃。如果是平时，我们需要一个帅气且无所畏惧的水手才能带领我们战胜风浪到达海峡彼岸。

我把船划出码头，让它在风浪较小的背风一面航行，我则面向船头使劲划着船桨，不一会儿就驶出了大概七十码的距离，而且在超过三百码距离的航行过程中，船甚至连倾斜都没有。可是我还没有到达多恩岛，直到我到达蓝山湾，急速前进的小船才减速停靠。到目前为止，这对我来说真是一场出乎意料的航行。

我不得不说，这是我有史以来经历过的最刺激的一次只用一支桨划船的航行——船桨就像利剑一样冲向港口，右手边的船桨实在是太短了，所以我只能用左桨划船，一上一下划船的样子大概和休斯敦竞技表演台上的美国佬一样可笑吧。快速划船时，船桨激起的冰冷海水就像一条十磅重的鱼的尾巴拍打起来的水，这么重的水正好全打在我的脸上。我一直都是用左臂在划船，由于判断失误，我不得不从海峡正中间顺流而下。海水直冲着我来，这股猛劲像在诅咒着这该死的塑料外壳，让船身如此经不起撞击，还灌进了不少水，溅湿了我的衣服。既然说到湿身，我想告诉大家的是，我已经湿透了。开始航行之前我就知道一定会有溺水的时候，突然间船被冲进一个很深的水槽，紧接着就撞上了水墙，这水墙在我的脸上瞬间撞得粉碎，海水很快就灌满了我的喉咙。我拼命地咳嗽着，但依旧坚持着继续划船。那一刻，我应该是向上天祈祷过，我好像听到船上有一个渔民在唱希腊歌曲，我听不懂他唱的希腊语，但我能感受到这声音里透露出来的恐惧感甚至比我感受到的恐惧还强烈。强大的水势让船掉了一个头，今晚，我第二次感到头晕目眩，以至于船桨在哪里都不知道。也就是说，有那么一段时间，我丧失了所有的知觉，不知道要用哪根船桨。我不知道如何理性判断——我犯了某些致命的错误——我认为船还在急速地顺流而下。事实上是，我连同满船的水一起被波涛卷走了，倒退着向下游奔去，海水疯狂地冲击着右桨和左桨。经过了很长一段时间，我终于不再眩晕，有了清晰的意识。现在，我离多恩海岸竟然不超过五码的距离，看来我是被海水冲过了海峡，现在我靠在岸边的两块大石头之间。

前面还有五码的距离才可以到达那个可以休息的平静海湾，但至少还需三十码的距离才能到达多恩岛的海岸。我全身冰冷，除了肺像野火一样燃烧。我必须再坚持一段时间，还要再努力一点才能放松下来，我坐在两块岩石之间，背靠船桨以防船桨漂走。就在这时我听到了不一样的风声，我正在一步步靠近我的基特里奇，我那被关起来的基特里奇。我似乎看到了她在痛苦中挣扎，充满着愤怒，风中传来了“哈利，快走！”的呼喊声。

我把手放在船桨上，就像一个注定要进行一次长途旅行的人对自己即将进行的旅程充满疑惑、未知但又必须坚定地踏上旅程那样，我只能坚定地勉励自己：“今晚我一定要到达多恩岛！”于是，我又出发了，在船头重重地撞上暗礁然后反弹回来之前，我用合适的力度划了五次左桨，又同时在左右划了两次，然后就把船划到到处都是鹅卵石的岸边，那些小石头被船头挤压而发出的声音在我的耳朵里回荡，就像小狗吃骨头发出的声音那么悦耳。我终于上岛了，这次冒险是杰出的、有价值的。在这次冒险中，我所感受到的震撼绝不亚于威尔士王子在第一次世界大战战壕中待一个晚上所感受到的震撼，今晚的感觉就像我是一个王子一样。当然，同时我也感觉到恶心、颤抖，还有深入骨髓的浸泡带来的冰冷感。

我把船停下来，经过昨晚的航行，船底缠满了海藻。我把船从海里拖到多恩岛南部一片长满杂草的草地上，考虑到风的影响，我不仅把船翻过来而且还把船桨藏在船下面，然后把缆绳绑在树上。做完这一切，我就踉踉跄跄地踏上了多恩岛的长道，这是岛上的主道，全长四百多码，这条主道的方向是直通自留地的，自留地坐落在整座岛的中部，从城堡往西可以看到蓝山湾。

如果说海峡另一边的荒地毫无生机、被荒凉的沼泽覆盖着，那么多恩岛则不一样，多恩岛是美丽的。我们这里的森林里有许多被像天鹅绒一样的青苔覆盖着的山洞，深绿色的植物在春天、夏天和秋天随处可见。山间小路就像一根根红色的绒线蜿蜒在绿色中，塔状的杜松果实整齐地挂在树上，北美脂松则向风弯着腰，像在奉承这风。这些树伸出枝桠向着大海，似乎在对着大海祈祷，而另一些背对大海的树枝似乎正握着战斗之剑。树枝上的叶片随着海鸥的飞过而摆动，随着鹅的游过而摆动，它们生长在海岸边的薄雾中。

考虑到我在深夜到访此处对气氛的破坏，这看起来似乎是我对这个小岛上白天情景的描述。然而，这只是一个普通小岛的一贯静谧罢了。尽管我才刚刚踏上这个小岛，但我整个人已经平静下来了。尽管现在是晚上，我可以像白天一样看见这个小岛，并且了解每一个我接近的岩石洞，我还知道我经过海岸时遇到的每一个岩洞出入口的所在地。这座小岛就像一间房子，而我们就像是住在大房子里的一个小房间里。我知道这么说可能有点夸张了，但是在冬天的时候，如果自留地没有我和基特里奇住在里面，如果没有多恩这个小岛环抱，那么这个城堡只会变成一个很大的洞穴。当然，在一个环形岛上住在一间环形屋里就是一件神奇的事情。

我试着说点什么呢？在我们这个时代，人们都在冷漠的公寓住房中生活，而我和基特里奇依旧像破产的伯爵以及伯爵夫人一样生活着。作为不动产，自留地对我们俩来说实在是太大了。在最初的房子基础上，先人为法尔建了一座石质的农家小舍作为屏障。我的曾祖父多恩·哈德洛克·哈伯德又建了一个车库，几代人又陆陆续续建造了铅工业厂以及一些隔墙，车库在夏天的时候就成为全家人出动野营的地方了。有一年，我母亲把她的奢华品位也带到城堡里来了，并要求我父亲请了一位建筑师来为我们设计一个长条形的多用陶瓷建筑的起居室，这个起居室里面弥漫着木香味，起居室的第二层还呈弓形悬空着。当这座房子完工的时候，我们可以望向西边的海面，黎明时可以看到海上其他小岛闪闪发光地升起，黄昏时分，小岛则像一艘艘小船一样慢慢地消失在夜色的薄雾中。在缅因州，我们看到热带的日落，这座现代化的房子让我们不禁想起了远洋邮轮里面设备豪华的头等舱休息室，所以我们就借鉴了一个邮轮公司的名字叫它丘纳德。

然后我走遍城堡的每一个角落，包括丘纳德、露营地、地下室以及自留地（这个名字原来指农舍，但后来不知何故指的是整座城堡），冬天我们住在最古老的城堡里——不这么称这个地方又应该怎么称这个地方呢？——夏天，除了地下室所有的地方都住人，因为夏天到来时，基特里奇的堂兄弟们会来到这里，并且还会带上他们的孩子，当然我的堂兄弟们也会带着妻子和孩子一起来到这里，这种习惯一直延续到现在。在孩童时期，每年夏天我都会和我父亲一起来多恩待两个星期。青春时光里有一件很有挑战性的事让我记忆特别深刻，那就是几个兄弟姐妹一起从丘纳德的阳台跳到下面蓝山湾的海水里，高度有三十多英尺，可当我们从上面跳下去的时候，那段距离好像变得很长很长，长得时间似乎都停止了。不过，当我们终于接触到水面的时候，却感觉很开心，我们从落水的地方游到岸边的过程特别考验意志力。当我的堂兄弟们和我战胜恐惧感、领先众人游到岸边的时候，我们甚至很崇拜自己，这一天是我永远忘不了的。

这已经成为每一代孩子在夏天必须完成的一件事了，当他们来来回回地爬上楼梯跳到海水里的时候，那种欢快的吵闹声是你无法想象的。到了冬天，我和基特里奇只会偶尔用用丘纳德里的篝火，当正午的阳光穿透窗户的玻璃将空气照暖的时候，我们才动手工作。在冬季，大部分时间都只有我们两人孤独冷清地待在最古老的自留地里，城堡里的每一个房间似乎都在闹情绪，此时此刻，房间是不是带有名人的签名已经不重要了。有时候，我觉得我对自家房间的了解就像一个牧民对他的牲畜的了解一样，而我的特别之处是我会和这些房间说话，它们也会回应我，这恐怕很少有人能理解吧。就让它这样吧，我不想解释太多，我这些话是说给那些相信我的人听的，我只想让他们知道我和基特里奇并不孤单。

可是，我仍然站在城堡外面没有进去，这时候我才意识到自己几乎冻僵，那种由于用尽全力把船划到岸边而发出的热量已经渐渐消散，那种在黑暗之中开车的兴奋感也慢慢消失。突然，我开始奔跑，我完全被室内的温暖吸引了，希望借助室内的温暖驱散这刺骨的寒意。我跑到自留地的大门前，这才发现，用我这双冻僵的手根本无法把钥匙插入锁孔中。

一进门，我就去找基特里奇，四处叫她，却没人回应，最后才发现她竟然在我们的卧室睡觉而不是醒着等我回来，这让我难以相信。我像一个邀请跳舞被拒绝的男孩一样失望，我没有直接上楼，而是沿着走廊走到了前厅，远离了食品储藏室。在那里，我脱掉了身上那湿透的法兰绒西装，穿上一件旧的衬衫和一条园艺裤子。一穿上这身衣服，我就闻到一股淡淡的却很刺鼻的味道，这股味道夹杂着汗味和化肥味，我很不喜欢。这也许是我为今晚感受到的快乐所要付出的代价吧，也或者是我不希望穿着和克洛伊待在一起时穿的衣服去见基特里奇吧。

我倒了一小杯布什米尔斯爱尔兰威士忌，在我从前厅走到食品储藏室里的专属隔间时我会喝完这杯酒，它会让我的颤抖平静下来。我踢开了另一道门，觉得自己还是有力量和勇气的。这时，我喊出了一句美国军队践行过的名言："让我们来结束这一切吧！"

爱尔兰威士忌带给我的勇气被这些爬起来很吃力的楼梯冲淡了，这个走廊变得像记忆中童年时走的那么长。卧室门是关着的，我轻轻扭了一下门把手，发现门是锁着的，我的心像被闪电劈了一样，这种感觉就像法庭上的被告被判有罪时的感受一样。我慌乱而用力地扭着把手，我歇斯底里地哭喊着基特里奇的名字。

我听到门的另一边有沙沙声，难道是我自己的幻觉吗？风声让我听不清楚到底有没有沙沙的声音，那声音在不停地敲打着窗户，就像一个人在唠唠叨叨地说个没完，更像是秃鹫啄食尸体发出的声音。"基特里奇，看在上帝的面上开开门吧！"我喊叫着，脑海里突然浮现出基特里奇躺在满是深红色血液的浴盆中脸色惨白的画面，这画面是如此真实，就像我曾经亲眼看到的一样。

当我准备要破门而入的时候，我听到了基特里奇的声音，同时我也听到一个优雅而虚弱的女性的声音，她的发音很清晰，这声音很像基特里奇的母亲。

"哦，哈利，等等。喔，亲爱的，现在先别进来。"她说。

如果说我的身体今天晚上饱受刺骨寒冷折磨的话，那么我现在是心灵饱受折磨。她的房间里肯定发生什么事了。

"亲爱的，"她说，"我只是听到了可怕的消息，我甚至不敢说出来告诉你。"这是风声吗？我不知道是不是风声，空气中弥漫着悲痛。

"哈利，"基特里奇透过门告诉我说，"休·蒙塔古死了，恐怕是他们杀了他。戈比也死了……"

Ω—5

我大声叫喊着："基特里奇，把门打开！把门打开！"在一些令人惊慌失措的夜晚，她会和她死去的母亲说话，她会轻轻地哼一些不成调的摇篮曲，现在她就在哼着。

在接下来的沉寂中，我试图忽视夏洛特死了这个事实。

"基特里奇，我求求你，和我说说话吧！"

"哈利，"她的声音出奇地陌生，"你能让我一个人静一静吗？"

"一个人？"

"就一会儿。"

如果我的敲门声打断了我妻子和她情夫的美梦，那么现在她的惊慌应该表现无疑了。

但门后面没有情夫，只有夏洛特死了的消息。我很清楚这种局面，死亡对她这样敏感脆弱的人来说，就像克洛伊对我发情一样熟悉而亲密。

"我不能让你留在这里，"我说，"除非你告诉我更多的事情。"她不说话的时候，我又重复了一遍："告诉我！"

"休·蒙塔古的尸体被冲到切萨皮克海边，验尸后发现是枪杀的。"她几乎说不出话来，最终还是勉强说了，"安全局说是自杀，他们准备就这么公布。"

"谁告诉你这些的？"

当她不说话的时候，我又敲了一次门："你让我进去！"

"我不会让你进来的，至少现在不会。"她如此坚定地说完这句话，不禁让我怀疑她是不是已经知道克洛伊的事了，她是什么时候知道的呢？如果她真的知道，那就只能在我们打电话以后了。

"我不放心，"我说，"我们两人分开后你还会不会是安全的。"

“很安全。”这时候，她的声音里透出另外一种语气，一种执拗妻子心中无止境的愤怒。

“基特里奇，让我进去吧，你一定要让我进去。”

“一定要让我进去，噢，一定。”基特里奇重复着我的话。

我震惊地倒退了几步。此时，夏洛特的死似乎已经过去很久了，从我十六岁开始，夏洛特已经占据了我的整个灵魂，但是现在他死了。一两天以后，人们会说夏洛特是自杀的，内部人一定会打电话给基特里奇的。

我回到前厅，捡起从挂钩上掉下来的潮湿的灰色条纹衣服，然后拿上湿的蓝色牛津布衬衫和一件内衣，把它们都扔到储藏室另一边的洗衣房里去。对这些家务事我了解得并不多，但是我对烘干机通过滚动、旋转烘干衣服的原理还是知道一点的。没关系，我不会长时间穿着这身换洗衣服的，穿这身衣服只不过是稍微呼吸一点异味罢了，这点异味算不了什么，就像一铲泥土对一座坟墓来说不算什么一样。我可以顺着自己的想法再喝一杯布什米尔斯威士忌吗？我不知道是应该为死去的朋友默哀还是应该为那位尖酸刻薄奸诈的上司离开了而庆幸欣慰。

事实上，我并没有任何明显的情绪变化。如果你得知上帝已经死了这样一个确信的消息，你会怎么做呢？你当然会继续自己的生活。然而，十个星期以后，甚至是十年以后，这个消息会像刀子一样刺痛你。但是现在，我在等烘干机把我的西服烘干，烘干机的声音不停地环绕在我耳边。在外面那间开着门的小屋子里面，有一些小动物，可能是浣熊，也可能是冬眠醒来的鱼在水缸里发出吧嗒吧嗒的声音。洗衣水槽上的水滴不停地一滴一滴往下滴，在洗衣房的一个角落里，由于湿气太重没能凝结的石膏开始剥落掉在地上。那种布满灰尘的、哀伤的、毫无生机而言的景象让我想起了夏洛特，他会被火葬吗？他已经写好遗嘱了吗？还有一些其他没有答案的问题一个接一个冒出来，问题冒出来的节奏和水往下滴的节奏很协调。

我有麻烦了，我想逃避。我不知道我的警报系统是不是已经瓦解了，可是我真的没有感觉到有任何人正在靠近我。当然，怎么可能会有人在今晚穿越海峡呢？当我这样想的时候，我不得不说此时的我没有一点思考能力了。尽管风浪很大，但如果船只够大、船只的设备够好的话，几乎不会遇到什么太大的麻烦就可以从巴特勒特或者海豹湾到达这里。

这时候，洗衣房一个角落里的蜘蛛网突然吸引了我的注意力。在蜘蛛的身后，有一只面部黄色的生物，它带有像眼窝一样标志的小东西，它的鼻子上有一条像脊椎线一样的东西，这条线一直延伸到嘴巴和下巴上。我好奇地观察着这个小东西，我的神态像一个被痛打后的醉汉眼冒金星地看着自己受伤的双手一样。

我的西服应该干了吧。不管它有没有干——此时布什米尔斯威士忌的后劲上来了——我打开烘干机，把所有衣服拿了出来：衬衫、内裤、背心、夹克以及裤子，烘干机把这些衣服全部搅在了一起。拿出来以后，我就换上了这些衣服。

穿上衣服后，我不自觉地摸了摸胸前的口袋，准备弄清楚今晚发生的事情，这种想法让我慢慢回想着今晚发生的点点滴滴。我记得在穿越海峡的过程中浸了水的护照应该还在西服的口袋里，而西服还在烘干机里滚动着。我把护照拿出来后发现，它已经被洗坏了，我边吃饼干边看，上面的字体已经很难看清了，我怎么就这么笨没有想到护照在衣服里呢？自从我进入中央情报局以来我就一直用这个护照，这是夏洛特为了让我能出国旅游帮我办的。护照上的名字是威廉·霍尔丁·利比，这个名字是蒙塔古曾经使用过的别名——真是一个可恶的名字，幸好只是一个名字而已。

要是护照全部都坏了，至少我还可以把它扔进垃圾桶，我倒是能随时找到垃圾桶。现在我站在洗衣房的木地板上，穿上我那还有点潮湿的破旧西服，这种状态会让人觉得今晚发生的事好像完全和我无关。我是不是很淡定？我好像身处一个异域国度，在这里，时间的流逝不会让我承担任何责任。

同样，我不确定我是不是真的在乎敲开卧室的门。不，还是别敲门了，以防再一次被拒绝。还有其他房间的门是开着的吗？我有一种很糟糕的感觉，这种感觉绝对不会比被上级叫去整理可恶的报销账单的感受好。当我爬上楼梯的时候，整座房子出奇地静。

我们卧室的房门半开着，并没有全开，确实是微微开着的。难道基特里奇出来找我了？那似乎不太可能。更有可能的是，她稍微转变了想法，这点转变让她把门打开了。当然，这并不意味着她转变了对我的看法。

在我进入卧室之前我能听到她说话的声音，我不用听到她在说什么也能猜到她在对着墙壁说话，因为她那大声又带点诡异的语气，不禁让人想到了为死人穿衣服的场景，我多么希望她是在和她的母亲说话而不是对着墙壁说话啊。我真心希望看到头发雪白、牙齿洁白的梅奇·米诺加纳德站在我面前，她总是用那种优雅女士特有的鹦鹉般的声音说话，这样的声音让人觉得从她们嘴里永远不会冒出一句不合适的话——或许这样说话是从埃莉诺·罗斯福开始的吧。

基特里奇的母亲眼睛是紫蓝色的，和花园里一种紫蓝色野花的颜色一样。我知道这种野花的名字，但是梅奇只对新品种的花卉感兴趣。她在花园里种了最高的花，这种花能长到四五英尺高，花的颜色鲜艳得惊人，如果博纳尔带着画架来到梅奇的花园，恐怕他的调色板会因为梅奇的花而黯然失色。在温暖的节气里，这些花随心所欲地随风摇晃着，这一点和梅奇很像，她是出了名的自信，有时候甚至是自负。“哈利，别像一个傻子一样迷恋法国人，”她会说，“他们一点也不值得崇拜。”

是的，我希望基特里奇是在和她的母亲梅奇说话，可是她不是。

“我不会的，”现在我可以清楚地听到我妻子说话，“不会跟着你的。”

我轻轻一推，卧室的门就开了，这正是我所希望的。然而，眼前的场景比我想象的更糟，基特里奇坐在椅子上，面对着墙壁，她穿着一件白色的睡衣，不过她的皮肤更白，这样一件睡衣让她看上去既像是穿了衣服又像是没穿衣服。她的头发从没有像现在这样乌黑亮丽，她的眼神也不再蒙眬无光反而是神采奕奕，这样一双蓝眼睛在昏暗的卧室中熠熠生辉是很不一般的，但我可以确定，这光是来自她身体内部。很显然，她并没有注意到我。

“蒙塔古，我警告过你的，”她大声说，“我也曾为你祈祷过。现在我自由了，我不会陪你走出这座房子的。”

我第一次听到她和她死去的母亲说话时，是我们结婚没多久，我犯了一个错误：不停地打电话到弗吉尼亚州的麦卡恩市找一个为中央情报局工作的精神病专家，那时候，基特里奇甚至都不肯原谅我这一行为。既然基特里奇天生具有这样的能力，那就不要在乎这样的能力给我们生活带来的困扰了，至少这些困扰不是我的错。她为什么不能原谅我那样的行为呢？因为这样做让她感受不到一丁点的尊重。“我爱我的母亲，”她告诉我说，“我能和她说话是上天对我的恩赐，你不觉得吗？你这样打电话给医生的行为简直就是傲慢无知。哈利，如果你再做出这样粗鲁无礼的行为，我会认为我们并不适合彼此，你竟然把我这样一种能力当作疾病。”

她不用再三重复这样的话，我已在尽力弥补这样的行为给她带来的伤害，毕竟，我曾经有一次和精神病医生就她的情况交流过。当医生再次打电话过来跟进病人情况时，我暗示他并不存在这样的事，我说当时我和基特里奇都喝醉了，在这种状况下我们的意识都不清醒，她的行为和我的反应出现了偏差。这就是我应对精神病医生的方式，最后，我补充了一句：“无论怎么样吧，医生，只是有个人获得了一种神奇的能力，在她母亲死去的时候。”

“那就姑且称它为夸张吧。”医生说，然后我们都笑了。我以前从未发现电话里的笑声能比现实生活里的笑声更加让人开心。

一九七五年五月十九日，我妻子的第二〇一号精神援助请求文件让她永远和工作说再见了，她被贴上了酒鬼、离婚者和同性恋这些标签（这些都不会比在一个高压公司里工作更糟糕），我希望这些标签都不会给她带来实质性的困扰。但我知道，原来努力维系的不稳定关系现在更加不稳定了，相比那些正常女人和其他男人私奔的丑闻来说，我们的婚姻已经成为一个没有传出去的丑闻。

这些情况可能会帮助你理解为什么现在我只是围着基特里奇的椅子转，就像是在转圈打量一个女人一样。我很确定，我是不会打水过来帮她洗脸的，也不会帮她擦脚的，更不会动她甚至是碰她。根据以前和她生活的经验来看，我现在只能坐着，什么都不做。

很长时间她都一动不动。然后她开始点头，对着墙壁说："戈比，你永远都不会忠于内心，坦承这些事实的。但是你可以告诉我，如果你觉得重要的话，亲爱的，或许你应该告诉我。"

这像有人在房顶上想要跳楼，警察试图劝阻他不要这么做而产生的对话，我觉得只有在这样的场景下这样的对话才是正常的。基特里奇对着墙壁说话，毫无疑问，她觉得夏洛特在那里，我承认，接下来我所看到的我早已习以为常了。对我来说，我们的卧室就像苦行僧修行的地方，和新英格兰好一点的客栈的楼上房间很相似——就连白色床罩的荷叶边装饰都是那么朴素。床单被情绪不稳定的基特里奇弄得乱七八糟，当她不再说话的时候，房子又恢复了原来的宁静。

"哈利，你他妈的给我滚出去好吗？！"

我们在一起这么多年了，她很少用这样的语气骂人。但当时我不确定她有没有这么说，这种经常由夏洛特说的话怎么会从她嘴里冒出来呢？

基特里奇在椅子里缩成弓形。"你身上都是海草，"她大声说，"噢，戈比，除去你身上的海草吧，这些海草让你看起来像是戴了一顶假发。"

她笑得很大声，以至于她的声音听起来像个男人。她不停地笑着，慢慢地，她的声音变得充满了活力。能发出这样笑声的男人，是那种在只剩下灰烬的火灾现场都能笑得出来的男人，这种男人经常把能提供上等雪茄包装纸碎片的服务看作是上等服务。上帝啊，我觉得她笑得像我父亲，而且她脸上的表情又让我想起了过世的艾伦·杜勒斯。

曾经在越南，在“百货公司”（我们对胡志明市最大妓院的别称）畅饮之后，我带了一个年轻娇小的越南妓女回到酒店房间，她给我弄了些鸦片。我抽鸦片的时候心里有一股深深的负罪感，后来随着晚饭一起吐出来了，这样我才稍稍减轻了负罪感。虽然吐出来了，但我还是能感受到鸦片带给我的宁静，随后就产生了幻觉。那个妓女看上去像我的母亲，而我深爱的基特里奇的脸就在远处。过了一会儿，我可以把这个越南妓女的容貌看成任何我熟知的女人。

在我们的卧室里，我却不能选择我希望看到的人，我也没有身在可控幻觉的朦胧云雾中的快乐感。相反，我可以看到一些脸孔，我以为这些人是要侵犯基特里奇的。一看到基特里奇那精致的嘴唇，就仿佛看到她和夏洛特在亲吻的场景。他那金属丝制成的眼镜落在她的鼻子上，而她那浓密的头发似乎属于他一样，这时他在盯着我看。然后，他开口说话了，这些话是从基特里奇嘴里说出来的，却是他的声音：“你会发现的，哈利，她是一个彻彻底底的骗子。”

在眼镜的对比下，他的胡须显得不那么花白了，她那头黑发终于又属于她了，久久不能分开的亲吻终于结束，基特里奇开始啜泣。

“戈比，把我一起带走吧，我一个人在这里很孤独。”她的悲伤之情不那么强烈了，像一个孩子急于摆脱原来的情绪，一种完全不一样的神情出现在她的脸上：抛媚眼。这样的神情是专属于克洛伊的，是一种她想靠近我亲近我的暗示表情。你是不会看到克洛伊张开嘴的，除非你全裸着身子紧贴着她，似乎有一种神奇的力量在支配着相互分开的肉体。

小家伙若隐若现，最后，终于释放了。

有时当你走在一条街上，你会突然想逛逛另一条街，有这样的冲动是很正常的。而我此时正处在一种非常奇怪的冲动感中，这应该是自发的，但我觉得这种冲动并不是来自我的内心。此时我的感觉就像熨斗快速掠过衣板，而衣板下面放着移动的磁铁，不时地产生强烈的吸引力，大得像上帝的能力一般。我偶尔想进入克洛伊房间的这种强烈欲望对基特里奇也有，一股像野山羊般纯粹的欲望冲击着我的腰，这种因为挤压而产生的热度是以前克洛伊趴在我身上才会有的。我不敢告诉你我接下来的想法，这样的想法比夏洛特残忍的心还要冷酷：我想把基特里奇带到地下室去。

但我还是提醒自己夏洛特的存在了，这让我放弃了原来的那股冲动。我全身都是汗，难道是夏洛特诱惑我把基特里奇带到地下室去的？

基特里奇还是坐在椅子上，我自己走到一楼去。在我们的小房间里，我生了一堆火，这是我们最暖和的房间，当所有灯火都熄灭的时候，炭火还是暖和的。这间房子是木制的，墙壁都是用上过色的木板拼接的。这时，这些有颜色的木板墙在炭火的照耀下让整个房间都弥漫在波旁酒和白兰地酒的颜色中。在这样的房间里，不禁让人产生幻觉，觉得人的婚姻、职业都和宇宙中的某种东西有关系。

可是，现在我就像一个被失眠困扰的人一样烦恼，我伸开手和脚躺在皮革包裹的椅子上研究着炭火。我尽力不让自己想事情，我天生就有冥想的能力，天生就会自我修复，正如你所期望的一样。大概二十分钟的自我平静之后，我找到了调整情绪的依托点：冷漠。

正在这时，放在桌子一旁的电话铃响了，这个时间来电话是很不正常的。十年前，有时候我会在半夜接到来自兰利市的电话，但现在已不是十年前了。可神奇的是，我心里正暗自想着现在可能会有电话，电话果真就响了。

Ω—6

在我能够告诉你她是谁之前，我就知道这是谁的声音了，“克洛伊。”我说。

“我讨厌像这样打电话给你，”她一开始就说，然后一阵莫名的停顿紧接而来，“方便说话吗？”她问我，好像我们才刚成为情人，她刚刚才意识到应该这样问。

难道现在负罪感还会影响我的情绪吗？我知道基特里奇此时一定在床上翻来覆去。“是的，方便讲话。”我回答道，但我的声音很小，小得让她以为我不方便讲话。

“我一定要见到你！一个小时之前就想打电话给你了，但我不知道那个时候是不是方便，所以才现在打的。”

“巴思的天气怎么样？”我没理由说这句话的，这句话让我们之间停顿了好一会儿。然后，我马上补充道，“路况会不会很糟糕？”

“我那四个轮子的车在泥泞的路上行驶时，车轮偶尔会变成臃肿的柠檬，但路况很快就会变好的，哈利，”她说，“发生了一些事，今晚我一定要见到你！”

“呃，”我说，“现在还没有发生什么事。”

“我想要去你那里。”

“当然，”我说，“我很欢迎你来，只是你可能永远都找不到这个地方。”

“噢，”她说，“我知道你家的地址，我也知道怎么去，我曾经在多恩住了一个冬天。”

“真的吗？”

“当然，”她说，“我曾经和威尔伯·巴特勒住过一小段时间。我住在高速公路旁边的两个拖车式的房子里。”

她说的就是我看到的那个院子里有很多生满锈的车子残骸的房子。

“那为何那时候我从来都没有看到过你呢？”

“我只是和威尔伯住了几个月的时间而已，他从来不让我下床。当你开车经过的时候，我常常透过窗户看你。‘小男孩，他很帅啊。’我常常这么对威尔伯说，他还真因为这个嫉妒你了！”

我再次想起了威尔伯在路上遇到我的时候那充满恶意的眼神。“我猜确实是这样的。”我回答说,我可以听到她的呼吸声。“克洛伊,”我说,“今天晚上来这里根本就不是一个好主意。”

“你会有事情发生的！”克洛伊说，她声音里的气愤和她在性欲方面得不到满足的时候表现出来的一样。“现在,”像这种时候她总会说，“更强烈了，他妈的，更强烈了！”是的，她就是这么说的。“哈利，今晚我一定要去。”她强烈要求道。

“为什么，为什么一定要在今晚呢？”

“你处在危险之中,”她停顿了一会儿,“不,是我处在危险之中,”她说，她又停顿了一下，“他们去你家里了吗？”她问。

“没有。”

“他们已经来我家了。”

“什么？”

“在你回去之前，我们最后一次喝酒的时候，就是那时候他们来我家的。他们几乎破坏了房子里的所有东西，连沙发里的填充物都全部被翻出来了。画框全部被打碎，煤气炉子拆得四分五裂，床单也被撕碎了，衣柜的抽屉也翻开了，柜子也被推翻了。”她伤心地哭了起来，仿佛一个女强人刚得知亲人因故变成残疾人时一样伤心。“哈利，我吓得坐在那儿一个小时啊。过了很久，我才站起来去看看还有什么地方没被翻查过。我已经做好了最坏的心理准备，但是他们一样东西都没有偷，他们甚至还把我配衣服的首饰堆放在床上。旁边是我的比基尼短裤，再旁边是我的红色内衣。在首饰的右边，你知道是什么吗？是一只死蟑螂。去年除夕夜的时候，我吸了一点大麻，把一只死蟑螂藏在抽屉的底部。他们把这只死蟑螂翻出来放在了我的首饰旁边，我恨死他们了！”她说。

“他们？”

“如果说是小偷做的话，他们一定会偷走我的电视、微波炉、音响、闹钟、股票、项链，但这些东西他们都没有动，这些人一定是警察。”她想了想，“特警。”她随即又问：“哈利，他们在找什么？”

“我不知道。”

“这和你有关吗？”

“我也不知道。”

“你做什么工作的？”

“我告诉过你的，我从事写作和编辑工作。”

“拜托，哈利，我不是傻子，”她声音变小了，“你在从事什么秘密工作吗？”

“没有。”

我的谎言又惹得她哭了起来，我感受到了一股出于同情的剧痛感。克洛伊的事情刺痛了我，填满了我的脑海，让我不安起来，毕竟我是在对她撒谎啊。

“威尔伯的父亲吉雷，过去常常说：‘哈伯德这个家族或许有人在中央情报局工作，但是即使有这样的工作也不会让他们看起来比我们好。’每次你开车经过的时候，如果刚好碰上他喝醉了，他就会这么说。”

在这之前，我从来都不知道我们家在缅因州的邻居会对我们家人所从事的工作有所了解。“我不能谈论这个，克洛伊。”

现在她的声音开始大起来：“你有没有一点点地理解过我呢？或者说我只是你的性工具？”是的，她的声音一直在提高。

“我很爱你，你知道的，尽管我爱着我的妻子，但我的眼里还是有你的。”我将这话说得尽可能地慢和轻。

“那太好了，”她说，“我会记住的。”

难道不是类似的对话都是这样的吗？在我挂断电话之前，我们继续讲了五分钟，然后又讲了五分钟。当我放下电话的时候，我充满了痛苦。我之前用来隔离我两种完全不同的生活，让我超然物外的东西已经被这个电话粉碎了。现在，回到我的卧室，回到基特里奇身边对我来说是最重要的事。我被这样的想法纠缠着，我也就不自觉地、紧张地猜想着是不是有一些我还不是很清楚的事情已经发生在我身边了，这样的想法让我害怕地一步跨越两三个台阶跑到楼上的大厅里。可是，在我们的卧室外面，我看到了一个东西，我感觉自己像一个被痢疾长期纠缠的男人那样虚弱，我甚至出现了一种幻觉，好像是手臂或者四肢受伤了，很痛，但又出奇地开心。我能设想基特里奇在她的床上睡着了，她一定是熟睡了，我可以坐在椅子上看着她，我所有的注意力都集中在构思这样一个画面上了。当我这么想的时候，我走到了卧室门口，我朝里面看，她真的如我所设想的一样在熟睡。拥有这样一个妻子让我感到欣慰！能这样默默地看着熟睡、不说话的她总比我一个人孤独地待着好，我能把这样的想法当作一种暗示吗？她那正拿着网球拍的带有斑点的手臂以前不知道给了我多少快乐，可我已经不知道过去多少年了。

我凝视着躺在床上的她，享受着回到家以来第一次感受到的安慰，这样的感觉让我感觉我还是纯洁的，我更加爱她了，就像是发生关系后的第一天那样爱她。噢，不是我们发生关系的第一天，而是我救了她的那一天。

那是我一生中最值得铭记的成就，在我心情不好的日子里，我甚至会想那是不是我唯一的成就。正如人们所说的，我对恩惠也有一种简单的理解，我从来不把爱看作运气，也不会把爱看作来自上帝的礼物，上帝会安排所有的事物，上帝也有权力决定你是不是会成功。但爱不一样，我把爱看作一种奖赏。只有一个人所具备的勇气、自我牺牲、大度或者勇于面对失去这些美德让他创造出了什么的时候，他才能获得这份奖赏。虽然我感受到了爱，可是我或许还没完全做到这些。我之前感受到的冷漠只是让我的心更加疲惫了，可是我没有达到绝望、被伤透心的地步，因为我用吗啡来麻醉自己。如果我对基特里奇的爱还在那个玫瑰花架下面的话，我就不会变得一点都不优雅。可是，如今的玫瑰花架下只有无尽的哀伤。

我把灯关了，这样她能睡得更踏实，而我就坐在她身边的床沿上。我不知道我在那里坐了多久——几分钟还是更长时间呢？——就在世界静悄悄的时候，有一个拍打窗户的响声打破了这份寂静。我朝着窗户看去，看到一只白色的飞蛾正在拍打着窗玻璃，它的大小不超过两个手指的宽度。三月的晚上在室外会有飞蛾吗？它的翅膀隔着窗玻璃看上去就像梅尔维尔湖里的白鲸那样白。我横穿房间走到一张桌子旁边，拿了一把手电筒打开，再把灯光紧贴到窗户上。飞蛾就紧紧贴着手电筒光源的另一边的玻璃，似乎是要吸收这颗小小的灯泡提供的一点点温暖。我带着敬意看着飞蛾那颤抖的翅膀，毕竟这翅膀的大小就代表着这个生物的大小啊。那只飞蛾也静静地看着我，它那黑色的眼睛和针头的大小差不多，它那带有强烈表达欲望的眼神，我之前在鹿或者狗的眼睛里看到过。我发誓，飞蛾也在盯着我看，是一种生物和另一种生物之间的平等对视。

我沿着窗户移动手电筒，飞蛾就跟着电筒光移动。当我移到可以打开窗户的地方，我犹豫了，我要不要打开窗户呢？毕竟这是一只飞蛾，不是蝴蝶。它那白色的身体就像一只蛆一样，它的触角也不是一条细线，而是像一把小小的刷子。最后我还是让它进来了，它那拍打窗户的声音不就是在恳求我放它进来吗？

就像一只鸟，它一进来就对它准备停落的地方先考察一番。它先绕着房间飞了一圈，然后落在基特里奇那合拢的枕头上。

本来我想回到我的椅子上的，但此时我有一股冲动想再把手电筒贴到窗户上去。随着手电筒的光线在地面上移动，在手电筒的光能达到的尽头和黑漆漆的树林之间，我看到了一个男人的身影，他一察觉到被手电筒的光线照射到就飞快地躲到树木后面去了。而我也惊讶地倒退了几步，关闭了手电筒。

Ω—7

这也太奇怪了吧，此时我感受到一种表面上的快乐。如果说在确定我被监视之前我有一种压迫感的话，那么现在确定之后我应该是感到放松了：我开始大口大口地呼吸，就像套在我头上的长袜刚刚被扯掉一样。事实上，我有点开心，同时我也处在杂乱无章的惊慌之中。

小时候，我总觉得自己是一个辱没了英勇父亲的无用儿子，我甚至可以把自己爬出这个深坑的经历讲成一个故事，如果你觉得自己是一个懦夫，那么偶尔轻率鲁莽的行为或许对你有帮助。我父亲的鲁格尔手枪是他在战略情报局工作的时候缴获的，他在他的遗嘱中把它给了我，而我把它放在我密室的一个小箱子里。现在，我可以带着它去侦察一下树林里到底是什么人了。

我又反悔了，我几乎不可能准备好进入树林，但是我必须得进去。这样一种工作是需要高超专业技巧的，就像我的工作一样。这些工作都需要从事该项工作的人具备一些特长，尽管这个人是一个很普通、不优秀的人。有时候，我可以强迫自己为一些不可能出现的状况做准备，当然，这种能力是一种让人好奇的、夸张的能力，拥有这种能力的人应该可以成为电视里某些比赛节目的冠军了。在这样的比赛中，如果你猜出了谜语的答案，舞台中间会出现一个鬼的形象，观众都会吓得尖叫。为了理清我的思路，同时也为了能够集中注意力，我承认我需要借助公祷书里面的文章。

我承认祈祷者很少说公祷书里的这些话，但我现在要对自己默读《周五故事集》里面的一些小片段了——亲爱的耶稣啊，你用你的死带走了世间死亡的痛苦，把生留给了你的仆人们，好让我们跟随你引领的信仰，这样我们就可以在你的怀抱里安然入眠了——我正在试图为即将发生的战斗乞求主的原谅，这样我的内心就能镇定了。当我一直在重复这篇祷文的时候，大概重复了十遍吧，我上学前班的那些经历就浮现在我的眼前，同时我也想起了我们把在教堂以主之名做祷告当作世界上最让人想睡觉的事。我本可以在某人的怀里或者在某种东西里面安然入睡的，但是我清醒了，在那短暂的五秒钟或者十秒钟慌神之后，我开始走向我希望自己走去的地方，人们是不会忘记自己做过的事的。我从原来的恍惚中清醒过来，并且意识到我不能只是坐在基特里奇身边保护她到天亮，虽然坐在椅子上会很安全，但会因此失去我的爱人。走出去或许会遇到危险，但能保护她，这就是一种残忍的浪漫，但我认为这才是爱——爱情是一种让人吃惊的东西，爱情里总要有一方让自己身处危险去保护自己的爱情——或许这就是为什么很少人懂爱情的原因吧。我一定要找出树林里的那个影子是谁！

我把父亲的枪拿出来，又从旁边的袋子里拿出子弹，装到弹匣里之后再把弹匣装入弹匣仓，然后拉开套筒，将子弹上膛，扣动扳机。扣动扳机的时候，我听到枪的后坐力将子弹射出去的声音，对一个喜欢枪的人来说，这种声音是很悦耳的（在这个时候我是一个爱枪的人）。然后，我打开卧室门，随后锁上，把钥匙放入口袋。我手里拿着武器，慢慢下楼到大厅。

我父亲过去常常说鲁格尔手枪是德国人为美好生活做出的最大贡献。在外形上，鲁格尔手枪简直和夏洛克·福尔摩斯一样帅气，这把枪握在手中的分量会让你觉得自己是一个神枪手，就好像一个还不怎么会骑马的人碰到了一匹好马，这匹马可以让你坐得稳当。我觉得自己已经做好了充分的准备。

自留地是一座带有六道门以及我们常说的幸运入口的房子，这个幸运入口是刚投入使用的。老房子有一道前门、一道后门、一道侧门，这道侧门有一个楼梯通向海浪拍打的海滩。自留地的储藏室有一道门，柴房有一道门，地窖入口有一道门。这些就是这座城堡的所有门了。

我守着食品储藏室的门，这里没有来自附近窗户的照明灯，并且这里的风声很大，我觉得这么大的风声足以掩盖任何开门声，事实也是如此。我小心翼翼地守在这里。

外面是无尽的黑暗，就像一个黑洞。地面是湿的，我不用走动，这让我稍感安慰。十五年前我在越南待过一段时间，从那以后，我再也没有像今天这样警觉过。事实上，在我回想起在越南和几个狙击手一起出去巡逻学到的东西之前，我没有走出十步。此时此刻，我整个人处于一种高度戒备的状态，连手指头、脚指头、眼睛、鼻孔、耳朵，甚至连碰触空气的舌头都处于高度戒备状态。

然而，当我从小屋里冲出来跑进树林里的时候，就像那些莽莽撞撞冲入没有警戒的宴会上的人一样，极有可能不经意间就摔倒在那些监视我的人面前。那天晚上，正如我所说的，天很黑，而且风很大。当风猛力地吹起，尽管我快步走在湿漉漉的松树枝铺满的道路上，你也不可能听到我的脚步声，树枝的摇曳声也听不到。走出没多远我就明白了，要想收获点什么，应该离房子远一点观察。于是每走出四五十步，我就仔细观察那些有灯光的地方。如果我足够细心，我应该可以从那些人的背后盯着他们，假设他们只待在一个地方没有转移。但如果他们也像我一样在四处走动呢？我要不要随时注意我的身后呢？我已经绕了房子好几圈了。

当我在树林里碰到第一个警卫的时候，我出来应该整整有二十分钟了。他正坐在一个树桩上，穿着雨衣，手里拿着步话机。我距离他大概有五十码远，他聚精会神地盯着我家的前门，他的体型在大门上方灯光的照射下显露无疑。他的姿势和行为与躲在暗处的猎人没什么两样，他们都在等着猎物上钩呢。从他的姿势来看，我怀疑他的任务就是当有任何人出现的时候，随时用他的步话机向组织报告。

当我试着用枪打他的时候，我犹豫了一下。之后，我举起我的鲁格尔手枪，瞄准他的脑袋，刚好他的脑袋在我的视角看来是背光的，这对我很有利。我知道我能做到，无论从理论上看还是从实际上看，我都能做到。我以前从来没有像今天这样，对自己能用手枪精准地击中一个东西这么肯定，而事实是，距我上次因为生气开枪射击一个人已经十五年了。那是在越南一场残忍的突发火力战斗中，在这场战斗中，所有的人都把自己手中的弹药用完了。我也像其他失去平衡的对战争盲目狂热的人一样，把三五七口径的弹药筒里装的弹药全部射进一片草丛里，只是因为我不喜欢这片草丛的样子。当我拼命射击草丛的时候，我看到的并不像战争电影的场面，这时候没有一脸茫然的东方人翻滚着跑出草丛，我摧毁的只是一丛杂草罢了。尽管如此，这依然说明了大容量手枪的威力。

这股对战争的狂热是和我们的心理恐惧息息相关的，而与我们生活中的其他东西没太大的联系。但此时的这股冲动是来自我内心的，这股冲动是平静不下来的，是经过深思熟虑的，就像我想把基特里奇带到地下室的想法一样。我觉得自己很邪恶，但又很享受这种邪恶的感觉。我的手并没有颤抖，这让我觉得很自豪，以前训练的时候，我从未像今天这样稳稳地拿着手枪。然而我也知道，射击他并不明智，他只是整个组织的一名成员而已，如果我杀了他，或许我就会让自己陷入一种连自己都不能理解的境地。另外，我现在的处境并不危险，至少现在不觉得危险，在这些熟悉的树林里我暂时是安全的。夜更深了，似乎我们都在等待着事情的进一步发展。

于是我离开了那个拿着步话机的男人，继续巡视。我觉得心里很舒坦，同时我也觉得自己对别人来说是一个危险物，我让自己融入到常青树略带湿气的芳香中去。我就是以这样一种极好的状态走了差不多五十步的距离，绕着手中这张地图的边界，这张地图是我有一次潜入中心之前为自己画的。但是这次我在坎普附近并没有看到任何人，门附近也没有看到。在我巡视丘纳德的时候，海滩上的阶梯深入到海底的岩石层里，我看到了一个很像草丛的东西在移动，这种移动并不是草丛本身的特点，这是一个伪装的人。然后我听到了雨衣随风飘动的声音，这声音大得像风吹动船的帆布，那是另一个警卫。

我几乎认不出来这是一个警卫，我只能看到一个阴影在另一个阴影里。丘纳德正如上面描述的一样，是建在房子的一个悬臂上的，在这上面可以看到蓝山湾。这时候，我藏在悬臂下面一个黑暗的看不见光的岩石群里，只要有人靠近一点我就会被发现，所以我后退了一点，我很难从悬臂下面伸出头来观察那个警卫。但是，我位于丘纳德长形客厅前面，这个客厅的灯总是开着的，当我蹲下来向上看时，可以通过玻璃落地窗的折射看到警卫的脑袋和肩膀。这个人我认识，只是暂时叫不上来名字而已，我发誓这个人绝对是一个兰利市的好亲戚。是的，他是我们组织中的一员。

我回到柴房，与第一个警卫保持一定的距离。我不是很担心基特里奇，因为在丘纳德的这个陌生人——尽管我只撇了他一眼，我知道我对他很熟悉——还没有表现出他存在我想象中的那种威胁。事实上，我现在很清楚我应该把鲁格尔手枪放到食品储藏室里旧碗柜的抽屉中去，如果我再拿着手枪往前走的话，这会让事情变得很糟糕。我刚刚在树林里进行的侦测让我的焦虑消散了一点，同时也让我的头脑清晰了一点。现在我知道刚刚那个人是谁了，一开始我只是匆匆瞥了他一眼，但现在我能够清晰地回想起他的样子。他是安全局的一个高官，我认识他，对他很了解，他就是阿尼·罗斯，或者叫雷德·阿诺德·罗斯。现在，在我回到房子的这段时间里，他从丘纳德回到了一所小房子里，在这里，我看到他坐在我最喜欢的椅子上抽着烟斗。雷德·阿诺德·罗斯，以前叫阿尼，然后又叫内德，现在叫雷德，这些年来他是我的朋友又是我的同事，阿尼·罗斯曾和我一起在农场接受训练。在我们二人都作为夏洛特的助手期间，我们对彼此有了相当全面的了解，那是二十七年以前的事了吧？是的，我认识雷德并且雷德也认识我，只是我们工作方式的不同让他比我更成功。

还是老样子，我有一股不合时宜的冲动，想用他原来的外号叫他"阿尼"。

"你好啊，雷德。"我说。

"哈利，你看起来非常健康。"

我知道在他眼里我看起来并不健康。"我是一团糟啊，"我说，"当然这也是能理解的，这荒野地区在这样的天气下难免会有点潮湿。"

他点了点头，回答道："先前我在外面。"但是他穿着三件套，很难看得出来他刚刚在外面——英国的精纺毛绒加上伦敦裁缝的好手艺做成的衣服，让他安然无恙地穿过这片潮湿的荒野地区。

如果人类和被精心培养的狗一样有血统之分的话，那么我们人类最高贵的血统（可能是苏格兰和爱尔兰的混血人，也可能是乌克兰人和意大利的混血人）将会忘掉种族差别，我和阿尼似乎属于同一个种族，都是被我们的职业环境——美国情报机关——造就出来的。但此时此刻，我们属于同一种族的这一特点貌似体现得不是很明显，虽然我住在一个特别好的房子里面，我也和他一样具备深厚的专业知识，但我此时的穿着和他差距甚远。他那整齐的中等身材、剪短的灰色头发、又短又尖的鼻子、紧蹙的上唇（看起来好像是被包过的门牙挤压着），甚至是他的银丝眼镜都和他的衣服搭配得很好，就像是指顶花坐在花茎的顶部一样。

像以前一样，看到他我很高兴。我的审问者（我已经等了几个月了）竟然是和老内德罗斯一样有礼貌的高级警官，这让我觉得——我也不知道组织上是怎么打算的，竟然派一个我认识的人来审问我——我又回到了连队。

“到这片森林里来真有点像远足呢。”他说。

在过去的那些日子里，他是怎么改变了他的鼻音的呢？当我们一起接受训练的时候，罗斯虽然是美国大学优秀生、全国性荣誉组织门萨俱乐部的一员，但也是出了名的说话带有浓重鼻音的人。他那带有鼻音的声音让人听起来很无聊，在我们内部的小帮派出现之前他就被排挤了。

现在，他和主教派一个很不错的灰色头发的女人结婚了。事实上，在蒙得维的亚，我曾经和她有过一次记忆深刻的约会，他肯定是从她那里学会了不少东西，他已经学会把浓重的鼻音转化成一个政府高官特有的腔调了。

“是的，”他说，“你看起来身上很湿，而我身上也不是干的。”

但是我们已经有了足够的运动量。

“你今天晚上给基特里奇打电话了吗？”我问。

他停了一会儿（这个暂停更多的是出于礼貌而非谨慎）问道：“关于休·蒙塔古？”

“是的。”

“哈利，我并没有打电话给她。我当面告诉她这个消息的。”

“什么时候？”

“前不久。”

我还在海岸线公路上打电话时，他应该就已经到这里了，所以当我回到家的时候，他已经躲藏在这了。他那些带着步话机的人知道我什么时候穿过森林，也一定听到我牙齿打战地寻找钥匙开门的声音。他们一定把他们听到的、看到的这些通过步话机报告给步话机那头的人了。

我起身去整理一下柴火，这样我也可以证实一下我的判断了。是的，在他的右耳里面有一个淡黄色的耳机可以接收信息。

“你到这里之后做了什么？”我问他。

“尝试着思考。”

“你在哪里思考的？”

“大部分时间是在一间客房里面。”他吐了一口烟雾。

“潜伏在外面那些监视的人都是你的吗？”

“有一个是。”

“可我看到了两个。”

“事实上，”内德说，“外面有我们三个人。”

“都是来监视我的吗？”

“哈利，这是一件很复杂的事。”

“你为什么不邀请他们进来呢？”我问，“我们还有其他的客房。”

他摇了摇头。“我的人，”他说，“就是准备等的。”

“等待更多的人来吗？”

“哈利，我们不要玩乒乓球式的你来我往的推球了，我们现在不得不讨论一个失控的局面。”

那就意味着，兰利市里没有一个人知道接下去要做什么。

我之前手握鲁格尔手枪的旅行仍然像一个时空胶囊一样生效，安抚着我的焦虑，我觉得我的智慧好像又回来了。明显的、公然的危险是导致我精神失常的主要原因。

“内德，”我问，“你要不要喝点东西啊？”

“你们有格兰利威威士忌酒吗？”

"有。"

他继续说着格兰利威威士忌酒的功效以及价值，这类话题真的很无聊，我不想听任何有关他和他那灰色头发的妻子整个夏季在苏格兰以及酿酒厂旅行途中听到的别人对他的奉承。我从橱柜里拿出一瓶格兰利威威士忌，整个过程我都在一心一意地开酒和倒酒，并没有回应他，这是一种强迫他接受被泼冷水的举动。然后我问他："你为什么来这里？"

能看得出来，他想再多享受一会儿壁炉的温暖以及苏格兰威士忌。

"是的，"他说，"我们必须到这里来。"

"我很荣幸他们派你来。"我告诉他。

"也许早上的时候我感觉这是对我的一种侮辱，"他回应说，"这次旅行是我自己决定要来的。"

"没有经过批准吗？"

"并不完全是。你知道的，我希望快点到达的。"

"好吧，"我说，"我们不会玩乒乓球式的推球了，对吧？"

不把事后的微妙之处说出来是不符合他的个性的，没有人比罗斯更清楚我们可能是所有官员中最注重文件的法律执行者了。所以，在我们行动之前几乎都要争取拿到授权文书，原本没有得到认可的行为最后获得授权的时候，我们会特别高兴。偶尔，如果我们认为自己有义务采取一些行动，但没有获得法律许可、规章许可、上司许可或者总统调查令，我们就会感到心虚。罗斯这次是没有授权文书的。

"我希望你做好准备加入我们。"他说。

"你可以开始了。"我说。

作为同意的表示，他对我露出牙齿咯咯地笑了笑。由于他嘴里叼着烟斗，他做这样的表情让人觉得他是在苦笑。"基特里奇，"他问道，"当她听到有关夏洛特的消息时，有没有提供一些细节？"

"恐怕我的妻子神智不是太清醒。"

“夏洛特，”罗斯说，“三天前离开他的家，自己独自驾船出行去了。你知道，这样的行为并不是他的作风，他能够驾驶那艘船独自出行他是引以为荣的，尽管他有残疾，但是他出去之后就没有回来。今天早上，海岸警卫队发现了那艘船并且核对了注册号，然后打电话给我们。你相信吗？船上有一张纸上写着兰利市人事科的分机号码，这个号码是专门用来给最近的亲戚打电话用的。在这个时候，一具受损十分严重的男尸被冲刷到了切萨皮克的海滩上，海岸接到了通知，很快我的警卫人员就赶到了现场。这一连串事情就发生在午饭之前。”

“我觉得你可以把这起事故看作自杀事件。”

“我们可能会这么做，希望新闻社只是以讣告的形式向公众发布这件事。”

“这是谋杀吗？”

“不能这么说，现在还不确定。”

“你是怎么到这里的？”我问，“有飞到巴尔港的机场吗？”

“驾驶我的飞机过来的。谢天谢地，我拿到了飞行驾驶许可证。”

“你总有一些新鲜事，内德。”

你会认为这是我对罗斯的赞赏，其实这是一种比较柔和的批评。这样一来，他就会继续说一些让他感觉很自豪的事了。有一次，理查德·赫尔姆斯在美国国会听证会上拯救了休·蒙塔古一些卖相并不好的栗色马之后，夏洛特意识到他欠赫尔姆斯的人情，于是就反应迅速地给这位高官戴了一大堆高帽子。夏洛特曾经说过：“你，迪克，名字真是取得好啊。这个名字带给了你许多幸运啊，让你能够凭借小小的船乘风破浪，平安归来。”我觉得这做得有点粗糙，但是赫尔姆斯看上去就像是碎冰锤的顶端那样聚精会神地听着，很显然他是夏洛特的拥护者。听完这一番话，他忍不住对自己拥有这样一个好名字感到高兴，好像这个名字是最值得尊敬的东西一样。过了一会儿，夏洛特评论说：“由此看来，哈利，高官的虚荣心是无止境的，你永远都看不出来他们的虚荣心到底有多少。”

明白了这个道理后，我就用这个方法让罗斯不断地炫耀自己荣耀的往事，我想等他吹牛吹露馅的时候抓住他的把柄。

“既然你是飞过来的，”我试探道，“你就应该没有在缅因州的巴思停留，对吧？”

他用了好长时间才把他的烟斗从嘴里抽出来，“应该没有，”他停了停，“我想说，”他又停了停，“我突然想到的，我们没有在巴思停留，我们是在去你朋友克洛伊家里的路上。”

“今天晚上，是联邦调查局的人去了克洛伊的家里吗？”

“并不是我们。”

“难道是缉毒局的人？”

“也不是，我可以发誓。”

“那是谁把她家翻了个底朝天呢？”

“什么？”他似乎真的很吃惊。

“她给我打电话了，她很害怕。据她的描述，我觉得这些人是想侮辱她，并且这些人的作案手法很专业。”

“这就让我困惑了。”

“为什么你对她有兴趣？”我问。

“我不知道为什么我对她有兴趣，难道夏洛特的事和她有关？”

“内德，如果我们要谈论我那所谓的朋友克洛伊，有一些事情你必须知道。我经过巴思的时候，有时候会和她一起喝咖啡，并且，克洛伊和我没有发生过性关系，一点都没有这种关系。但是，内德，我很想知道……”——是的，格兰利威威士忌酒（喝过布什米尔斯威士忌，还拿着手枪出去逛了一圈）现在意外地生效了，这种上等的苏格兰威士忌让我变得暴躁——“是的，告诉我，朋友，到底克洛伊做错了什么？她只是一个女服务员啊。”

“或许是，又或许不是。”

过了一会儿我才稍微清醒：“你的那些警卫有窃听到这个小房间的电话吗？我今晚确实接到一个来自克洛伊的电话，那又怎么样？”

他举起了一只手（好像被刺激到了），这时候我才意识到自己太生气了，我的声音是不是带有一种内疚感呢？“放轻松点，哈利，”他说，“别紧张，放轻松点。我推测你和克洛伊在这个地方或者在另一个地方打电话的内容被磁带录下来了，但我不是故意要探究你的隐私的，”他又说道，“我也没有这个想法。我来这里并不是要把你绑在桌子上，然后拿着直肠镜来窥测你。”

“既然这样，你应该不会介意我们来一次深入的对话吧？”

“但我希望是平等的对话。”

“你知道我现在在想什么吗？”我问。

“高度圣洁的东西。”

罗斯想说明我们之间究竟有什么不同。

“罗斯，”我告诉他，“对于高度圣洁的东西我了解得并不多。”

“当然不是你自己，你是不知道的。”但是我们两个都知道：有些东西对自己来说是没有意义的，但对他人来说可能就是一种礼物了。他把他玻璃杯里的最后一口酒喝了，然后把杯子递给我说，“让我再喝一点这美味的苏格兰威士忌吧，这样我就可以穿到苏格兰短裙了。”

我尽力保持微笑，要把我想说的话暂时压制下来真的是有点困难。

“这对你来说一定像地狱一样难熬，”他说，“不管你信不信，我觉得很难熬。”

终于，我们现在在谈论同一件事情了，他大概知道我从兰利市偷出了多少文件吧。我甚至有一股冲动想告诉他，做这些事并不会让我觉得良心上过不去，事实上，我觉得很不可思议。或许有一天我会为我所做的事付出代价，但现在我是很渴望这样的场景的。我有许多事要告诉你，内德，我甚至想告诉你我的感觉：我觉得我很正义。

然而，我选择保持沉默。罗斯说："哈利，这些年你就像沸腾的水一样疯狂,或许你有你的理由吧。当婚姻破裂的时候,我想每个人都会说‘不要擅自评论，婚姻的事或许只有上帝才知道谁对谁错’。我们都是和行政机构结婚的（我们天天在工作），如果你准备离婚的话，我不会说什么的，也不会说你什么。这些年来，你做了那么多让我们大家都感到羞耻的事情，这反而是一件既勇敢又有益的事。"

我试着把我空前的喜悦隐藏起来。"勇敢又有益的事"这句赞扬让我格外兴奋，让我觉得理直气壮，甚至像高官一样趾高气扬。

罗斯继续说："我很有信心，无论你做了什么，我们仍然会有办法来平息这些行为给上层带来的愤怒——"他的声音从来没有像这样铿锵有力过，"相信我，所有的罪恶都是可以被原谅的。"

这是他劝我合作的方式。这些年来，罗斯一定给夏洛特提供了不少机密消息，而这些消息是安全局不想泄露出去的，"可原谅的罪恶"一直都在继续着。许多情报在我们和政府、国防部、国家安全委员会之间尤其是国家安全委员会之间流动着：我们只不过是靠泄露情报来生活的"美国好公民"罢了。

凡人的罪恶是另一回事，那只是把一些文件从一个地方拿到另一个地方做点生意罢了。尽管罗斯并不确定我的行为是所谓的凡人罪恶中最严重的那种，但他依旧对我做了暗示性的承诺。他用辞职来应对我的行为，并没有说受审或者被解雇。很明显，他需要我的帮助。围绕着休·蒙塔古的死的一系列问题明显要比我的这些小过失重要得多。

或许这样一来，我也能有一个像对话者那样的审讯者了，而不是一个安全局的高官来审讯我。如果是他们来审讯我的话，只会像一只狒狒一样，一点都不懂得这座城堡是经过多少代哈巴德人才有今天这个样子的。

Ω—8

壁炉里的光倒映在他的眼镜里，我甚至可以看到木头在火焰里燃烧闪烁着。

我说：“我觉得从联邦调查局里退出来是理所当然的。”我不知道我这样说是不是会让人觉得我很傲慢，我也不知道罗斯是不是在钓我，他放长了线让我毫无戒备地说，但是现在我能明显感觉到他在收线了。

现在他开始用严肃的官腔说话，以此收获他的猎物。

“我现在整理一下，”他说，“如果你好好配合的话，你就可以依照相关条文从联邦调查局辞职了。”

并不是所有人都可以说官腔的，我轻蔑地对他点点头。现在我意识到自己喝醉了，最近这些日子我喝醉的时候并不多，无论我喝多少酒，几乎都没醉过。但是在政府里工作了二十五年以后，你就会对给你下达命令的长官的语气特别敏感。

“我也总结了一下，”我告诉他，“除了要解决这件突发的意外事故，我们还会继续我们之间的审问。”

我的这句话让原本一直挂在他脸上的淡淡的微笑瞬间消失了，反过来，他现出一种忧伤的表情。这时候我才反应过来，罗斯也和我一样喝了很多酒。刚刚我们一直在酒的河流中翻云覆雨，只是现在没有了汹涌的波涛，留下平静的河面。

他叹了口气，我想他会说：“你怎么能这么做呢？”但他只是嘟囔地说：“我们还没有达成共识。”

“没有达成共识，那我们现在进行到哪里了？”

“我想要你的综述。”

我静静地喝了一大口苏格兰威士忌，“为什么？”

“或许我需要它，我们正处于一场灾难中。有时候，你看事情比我看得清楚。”

“好吧。”我说。

“我是认真的。”他说，我这才认为他是说真的。

“我们有什么呢？”我问,“你们得到的那具尸体是夏洛特的尸体吗？”

“是的。”他说，但是语气中充满着一种不情愿，似乎随时准备否定刚刚说的话一样。

“我猜，”我说，在我继续这个令人困惑的话题之前，我喝了一小口酒，“尸体应该受到了损坏，并且被海水浸泡过。如何能辨别是夏洛特的？”

“这具尸体从外表上来判断就是夏洛特。”

我们都沉默了，现在我知道无论在任何时候以任何形式谈论夏洛特的死都是一件让人觉得很不正常的事，一谈到他的死我就有点伤感，这让我很惊讶。悲伤、愤怒、疑惑以及自责，现在我有一种莫名的兴奋，各种情绪都希望通过喉咙梗塞来寻求一点慰藉。我发现这让我更愿意盯着壁炉里面的火看，以此来分散注意力。盯着壁炉里面的火看，会让我不自觉地研究起壁炉里面的木头来。在一根木头被火焰慢慢吞噬之前，它会慢慢发热，到炽热，最后到着火。看着木头慢慢焚烧自己，我不禁和其他哀悼夏洛特的人一起哀悼。那么多的死亡让我发现，每个人都逃脱不了的死亡是万事万物的一种消解方式。是的，所有事物最终都将流入大海，而夏洛特的死让他成为世界的一部分。这样的想法让我的喉咙不至于那么梗塞了。

我发现，我真的想谈论夏洛特的死。无论今晚发生了多少事——或者说因为这些事已经发生了就不能改变了？——现在我感觉好像消耗了大部分的精力，现在的我只有原来一半的精力，只有原来一半的逻辑思维能力。我的各种情感也消耗了不少，现在我只有一半的意志力了。如果说十分钟之前我是酒醉状态的，那么现在我是清醒的。但如果说醉酒会让人丧失意识，那么我醉酒时的谈吐就会让我暴露无遗了。我觉得我很有必要再次确认我在醉酒状态中的理智程度，也就是说，需要确认我的思路和逻辑能力。这是一件多么讽刺的事情啊，醉酒对别人来说是一件暴露隐私的事，对我来说却是一件完全相反的事。那么醉酒对我来说是不是一个优点呢？罗斯是不是希望借我醉酒时的谈话来获取一些信息呢？我可以让他得到他想要的东西。说到这里，我想起了一些往事：一种我们俩共同的观念，我们是夏洛特最好、最聪明的助手，当然还有他那最强烈的好胜心。现在我已经到了一种境界：无论我的身体多么累，我的思绪一点也不复杂，反而很清晰。

"内德，第一个要弄清的问题是这起事故是自杀还是谋杀。"

他点了点头。

我自己也在想：如果是自杀的话，那只有可能是夏洛特玩股票玩得太大，最后股票亏了想不开就自杀了。如果是这样的话，那我就有大麻烦了。

"继续说下去。"

"但是，如果夏洛特是被谋杀的，"我还没说完就停了下来，这里有很大的困难，我用了一句一直流行在中央情报局的谚语继续说道，"在不知道事情发展趋势或者事情发生原因之前，不能轻易采取行动。"

"当然。"罗斯应付道。

"好的，罗斯，如果夏洛特遭到袭击，那么这种嫌疑是指向东方还是西方？"

"我不知道，我不知道是要去找金氏兄弟公司还是应该到夏洛特家附近去找证据。"他终于把这么长时间以来积在心里的压力释放出来了。

"不可能是金氏兄弟公司。"我说。

他用烟斗的烟嘴那端碰了碰牙齿，如果以前我们和国家安全委员会的人曾经相互残杀，那么这次可能会是另一场相互残杀的开始。但是历年形成的不成文的契约告诉我们，史上并没有出现过这种情况，或许是来自第三世界的特工，又或许是欧洲人，但肯定不是兼备两者的人。“不，不会是俄国人，”我说，“除非夏洛特和他们玩两面派手法。”

罗斯叹了口气。

“另外，”我提议，“谋杀夏洛特的也可能是我们的内部人员。”

“你可以详细说一下吗？”罗斯问。

“夏洛特做了一个假设，他对这个假设很有把握。他觉得我们内部有一个小集团，他们窃取我们的最高机密拿出去卖，或者依靠这些机密在世界范围内投资谋取利益。在他看来，这个小集团取得的利益甚至比整个总参谋部的预算开支还要大。”

“那你的意思是说，夏洛特是被内部行政机构的人谋杀的？”

“如果他们不这么做的话，他们会损失数十亿美元，甚至更多。”

我也是这个假设的支持者之一，为夏洛特着想也为了我自己，我提出了这个假设。如果罗斯是一个很好的卫士，如果他坚决反对内部巨额贪污的话，那么和他一起工作可能会让我旧冤得雪。

可是，罗斯摇了摇头，“现在就往这方面走是不明智的，”他说，“你不知道这样做会遇到的最坏的情况。如果按照你的理论来做，那么在这条路上我们极有可能遇到更大的、更难以克服的障碍。”

我给我们两人又倒了些苏格兰威士忌。

“你看，”罗斯说，“事实上，我们现在还不确定那就是夏洛特的尸体。不清楚那具被冲上切萨皮克海岸的尸体是不是夏洛特的尸体。”

“不确定？”我都能听到自己质疑的回声。

“我们只是猜测那是蒙塔古的尸体，但是化验室还没有给出确切的化验报告确定那就是蒙塔古，尽管身高、体重和外部特征看上去很像蒙塔古，我们依然不能百分之百地肯定。在他的左手第三个手指上戴了一个圣马修戒指，这些都和蒙塔古的特征吻合。但是，尸体的脸部却什么都看不出来。”罗斯那苍白的带点灰的眼睛平时都是无精打采的，现在他那隐藏在眼镜后面的眼睛却格外明亮。

“我不忍心告诉基特里奇，”他继续说道，“尸体的脸部以及头部都变形了，根本认不出模样。尸体上颚有被猎枪枪口抵住挤压的痕迹，很可能是一支短猎枪。”

我不想一个人在那里想象罗斯描述的画面了，于是我问道：“那蒙塔古的后背是什么样的呢？”

“尸体的背部有严重刮伤留下的伤疤，乍一看和蒙塔古的后背伤疤很像，”他摇了摇头说，“尽管这样我们还是不能确定尸体背部的伤痕就是蒙塔古背部的伤痕。”

“你应该有夏洛特的 X 光线检查结果的存档吧？”

“是的，哈利，你认识夏洛特，他在医院治疗中心里面的所有记录数据我们都有。他肯定不希望他的这些个人信息被别人知道，甚至从应该保存的地方转移到其他地方。”

“他的 X 光线检查数据有没有给你一些信息？”

“这就是问题的难点所在了，”罗斯说，“我们找不到他的 X 光线检查数据，”他把烟斗从嘴里抽出来仔细检查烟斗里面烟草烧焦的情况，然后说道，“这就是让我们头痛的第一件事情。”

Ω—9

我可以猜到罗斯的下一个问题：是不是你，哈利·哈伯德，毁掉了夏洛特的 X 光线检查数据？

问题是，我给不了答案，我记不起来是不是曾经在夏洛特的医学档案里面拿过东西给夏洛特。回忆起需要的东西这项能力已经在喝了三十年酒之后大打折扣了，我已经忘了这件事是很有可能的。

但更有可能的是，有人偷了夏洛特的 X 光线检查档案，我只是无数个从兰利市外面带进无数文件给夏洛特的人的其中之一罢了。要真是像想象的那样，夏洛特的 X 光线检查数据极有可能就是这样丢失的，因为进进出出的数据太多了，丢失一份数据也很正常。中央情报局在四十年的时间里一直在扩张，这也增加了数据遗失的可能性。如果真是这样的话，就不应该猜测文件是被人偷走的。如果说文件是为了保护某些官员的个人利益而被特意挑出来，或者是拿回来的时候分错类而放错了部门，如果是这些原因导致文件找不到，那么导致文件找不到的那个人是不是值得原谅呢？也有可能是一个年轻的档案管理员因为一段模糊的暧昧关系导致他分心，所以他把文件放在了错误的文件夹中，放在了错误的盒子里。又或许是因为我们现在的数据都实现了计算机管理，而数据下载并没有设置密码，如果我们的普通员工打开了一台没设密码的电脑，他们也可以直接在电脑上任意处理这些数据……这些原因都有可能导致文件数据的丢失。

总而言之，现在我们找不到夏洛特的 X 光线检查数据。

“在采集尸体的指纹方面也遇到了困难，”罗斯告诉我，“尽管这可能不重要。海里的鱼把他的手指吃得精光，这似乎是一件很有趣的事。但是他的手指上包裹着一些东西让人误以为他的手指还在，这些东西就是猫薄荷草。这些草吸引来的只是鲶鱼，这些鲶鱼一点点地咀嚼着这些草。另外，鱼类也只喜欢吃手指和脚趾这样的顶端部分，这就是采集不到指纹的自然原因。”

他把手伸进随身携带的公文包里，坐到他身边的地板上，把两张 8cm × 10cm 的照片一一在地板上铺展开，一张是带有戒指的左手，另一张是右手。“通过这两张照片可以看出来什么吗？”或许是因为照片是黑白的，那只手看上去很苍白。但是这样一只手的辨认度并不高，从这样的照片根本看不出来这是谁的手。从这张照片里，只能看出来这是一个男人的手，并且这只手已经在水里浸泡很长时间了，整只手肿胀得就像一只鼓鼓的棒球手套，而且手指被咬噬得已经可以看见骨头了。

“我问基特里奇她能不能根据这张照片判断出这是谁的手，但基特里奇的反应只是心烦意乱，不能给我任何信息。”罗斯说。

是的，她肯定心烦意乱，当我回来请求她开门的时候，她仍然很悲伤。当她看到这些放大的照片时，她都经历了什么样的内心变化呢？这是不可想象的。夏洛特的手，以前是那样的灵巧，现在我更能理解基特里奇的悲伤了。如果说她的痛苦对我没有一点影响那真是天大的笑话，但同时，她的痛苦又具有独立的空间。这样的关系就像一个物理学家在他的领域内碰到了一个全新的但又是让人讨厌的问题。在我和基特里奇的关系中，就表现为无论我多么爱基特里奇，我都不能确定我的爱能够换来她的爱，这就是让人讨厌的地方。不知道爱因斯坦提出量子论和相对论的时候，心里是不是有过一丝邪念。

但是，我是一名专业人员，这句话对我才是有效的。我应该再次提醒自己，我现在是在讨论案情的地点，我可以是站着的也可以是舒服地坐着的，我可以是友好的也可以因为得到保释而兴奋，我可以是忠诚的也可以是多疑的。对案情来说，我可能是有能力的也可能是无能的。尽管这些都有可能，但是我应该做到专业人士该有的样子：我应该把和案情无关的情绪、想法都撇到一边去，尽管剩下的对案情仍然没有什么帮助，但这才是一个专业人士的表现——全心全意投入工作。

“哈利，”罗斯说，“脸部还有一部分残留没有被鱼啃食。”

我原本几乎跟不上他的思路，但是后来我跟上了。“哪部分留下来了？”

“右下颌，但是那边所有的牙齿都没了，除了最里面的两颗臼齿。我们拿去检查了，夏洛特过去常常在口腔右下颌佩戴齿桥，齿桥固定的牙齿刚好是那两颗臼齿。”

“你怎么知道齿桥的事？”

“朋友，我们或许还没有夏洛特的全部医疗记录，但是我们找到了他的牙科资料。牙科资料的X光射线检查表明夏洛特的那两颗臼齿曾经镶过金，那具尸体的那两颗臼齿也是。事实上，尸体相关的资料和蒙塔古的X射线资料出奇地吻合。”

“出奇地吻合？那你为什么不为休·蒙塔古准备葬礼呢？”

“因为我感觉不对。”他伸出他的双手作抱歉状，让人觉得他整个下午都在和实验室的实验员争论这件事一样。我发现，他可能一个人陷入了疑惑之中。“我没办法，”他说，“我不喜欢这样的。”

他在烟管里装满烟草，然后点燃。他在添加烟草的时候，我根本不想说话，在我整个职业生涯中，用烟斗抽烟的人一直在困扰着我。尽管现在中央情报局抽烟的人没有像在艾伦·杜勒斯时代那样多，那时候领导们拿着登喜路烟斗的潇洒动作是大部分人追求的。尽管如此，同事吸烟产生的烟雾对我们健康造成的影响是不容忽视的。

“你能告诉我为什么吗？”最后他问，“这些事让我感觉不对劲。”

“这是你对这些线索的反应。”我说，这一点，他知道，我也知道。夏洛特曾经告诉过我们：如果只有部分线索指向一个结论，那么这个结论是不可信的，绝对不能相信。

“我觉得，”他说，“可能有人在造假，企图蒙骗我们。”

“我们能回到原来的问题上来吗？”我问，我的脑海里有一丝想法掠过，此刻我的思维被这个掠过的想法影响。这个想法就是，如今仍然有很多人谈论着二三十年前的人们所用的方法，这个现象让我觉得惊讶。我们和他们在某种程度上是一样的——我们都会不知道某个假设、推论是否正确或者完全错误，只是先接受这个假设或者推论，最后让时间来证明对错。许多当时认为是错误的理论最后就这样成为真理了。

我走神了，我不希望卷入罗斯这个跨度太大的假设之中，可是我没有选择的余地。我呷了一口苏格兰威士忌，我说:“内德，你的意思是说牙医在另一个人口腔对应的两颗臼齿上复制了在夏洛特两颗臼齿上进行的程序，并且牙医还是在夏洛特死前完成这些的？”

“并不是不可能的事。”罗斯很兴奋，夏洛特或许早已预料到了这些，但是这次的事情提前到来了。“这就是我们目前掌握的所有信息。”他说，“休·蒙塔古的牙科X射线检查结果是在几年前做的。像他这个年龄，牙齿都磨损并且松动了，所以这些都不像是某个人故意找一个年龄相仿且身材差不多，同时还和夏洛特有一样特殊臼齿的人。你只需要找到有一样臼齿的人，很显然，要仿造一个镶金的臼齿并不困难。”

“可能这个牙医是为金氏兄弟公司工作的？”

“是的，”他说，“可能是。我们可以搜查具有相似身体特征的人，但是其他的事我们就很难展开。我觉得我们遇到了一个克格勃[1]的特务高手。”

“你的意思是说，”我问，“苏联找了一个七十多岁的犯人，然后对他进行一系列的牙科手术，为了让他的牙齿和夏洛特的一样，甚至可能把他牙齿全部拔掉，除了右下颌的两颗臼齿。而且，小心翼翼地在相应的位置打断那个老家伙的脊椎，再修复到看起来很健康。经过这一系列的手段之后，再把他偷运到我们国家放到夏洛特的船上，再小心地射击他

[1] 苏联国家安全委员会。1954年3月13日至1991年11月6日期间是苏联的情报机构，其前身为捷尔任斯基创立的“契卡”（Cheka），契卡总部曾设在彼得格勒（圣彼得堡）霍瓦亚大街2号。1918年苏俄政府迁都莫斯科，契卡总部也在1920年迁到莫斯科克里姆林宫附近的卢比扬卡广场11号。1991年苏联解体后，改制为俄罗斯联邦安全局，其第一总局另外成立俄罗斯对外情报局，与英国军情六处、美国中央情报局和以色列摩萨德一起并称为“世界四大情报组织”。

的头部，只留下那两颗经过包装的臼齿，然后再把他扔到切萨皮克湾，这个海湾足够长，以至于在他们把尸体拖上岸之前尸体有足够时间肿胀起来，你是这个意思吗？不！”我说，我在自问自答，“相比你这么复杂的推论，我宁愿相信夏洛特已经死了，他的遗体就在你的手里。”

“好吧，”他回答说，“即使是克格勃，完成这一系列的事情也是很考验他们的耐心的。”

“拜托，”我说，“你的推论堪比伏罗希洛夫格勒机车厂那么庞大。”

罗斯站起来拨了拨柴火。“他们是不会付出如此大的代价的，”他说，“除非背后的利益很大很大。让我们回到这令人头疼的案情来吧，如果夏洛特落到了金氏兄弟的手上呢？”

“你的意思是说夏洛特可能被金氏兄弟绑架？”

“虽然是被绑架，但夏洛特是活着的，而且他还很开心，”罗斯说，“他很开心，只是现在在去莫斯科的路上。”

在这一点上，我一点也不赞同罗斯的想法。他的这种理论让我想到了什么呢？然而，对于他的推理，我只能说这只是一种假设，除非结果证明，这种假设完全成立或者根本是一派胡言——我们看待假设的方式和桑迪·考尔德弯曲金属丝可不一样——我怀疑罗斯的思维现在转了弯，因为没有比这样的假设更有利于案情的侦破了。这是不是说明他无计可施了呢？一想到这个我就充满激情。“是的，”我说，“假设你说的夏洛特还开心地活着，现在在去莫斯科的路上，并且他制造了这么多的事让我们搞不清楚他到底是死是活，如果这些都成立，然后呢？”

我现在占了上风，这几乎都是不用说的。因为，夏洛特的叛变就像是一场人类灾难，是美国中央情报局不敢想象的事。即使是独立国会议员卡西也会认为这件事甚至比尼加拉瓜这个国家还要重要。对许多人来说，即使是过了一年甚至更长的时间，我们都能够看到这件事对他们造成的重大影响，这将是一场没有人能够独善其身的灾难。可是，现实的情况却是，我们都不知道他是死是活，或者相反，他不是背叛国家反而是去游说金氏兄弟改变对我们的看法了，这将是一场百年一见的游说——结果是全美人民都可以生活在一个没有战争威胁的国家，这才是夏洛特的风格。留给我们一具被污染了的看不清晰的尸体，让我们认不出来，这确实也是夏洛特的风格。他这样的风格，我和罗斯都不知道体会过多少次了。“全美人民一定要知道答案，”他告诉我，“无力解决问题会让我们发疯；另外，俄国人即使没有找到答案，他们此时也是占据主动地位的，这两点都让我们很焦虑。唯一的解决办法就是解决问题！无论是苏联国家安全委员会还是美国中央情报局都不能容忍模棱两可！既然如此，我们手里掌握的证据对我们来说是一大优势，我们手里的任何一条小小的线索对他们来说都是要花费大量的时间和精力才能获得的。哈利，我们不仅要成功救出夏洛特，更要打击敌人的士气，让他们无地自容。”

Ω—10

罗斯和我坐在火光的映照中，灶台就像是着火了的森林，此刻的安静是许多细微的声音合奏出来的，一些肉眼看不到的细微活动的声音。我被这变相的“森林之火”所吸引，正目不转睛地盯着这火焰，仿佛世界都跟着火焰一起弯曲，跟着火炉里的柴火一起爆炸了。柴火越烧越旺，烟雾也逐渐变得浓厚起来，起先只是一层薄雾，后来变成了厚厚的一层浓烟。我仿佛可以听到每一束小火焰簇拥成一团大火焰的声音。

罗斯忧郁地坐在我最喜爱的椅子里，这让我想起了一件事，这件事取材于一九六〇年美苏两国的艾森豪威尔和赫鲁晓夫之间的高层会议之前，这次高层会议到后来一直都没召开，因为美国对苏联发射了一架由加里·鲍尔斯驾驶的U-2型高空侦察机，赫鲁晓夫对艾森豪威尔说："我爱你。"

"你为什么爱我呢？"艾森豪威尔问。

"因为你和我是一样的，你是世界上唯一和我一样的人。"

而我和罗斯一样，夏洛特是上帝派来的，我和罗斯一起认识了这个上帝派来的人。"他怎么能这么做呢？"罗斯大嚷道。

"我知道。"我喃喃地说，换句话说，我并不像罗斯一样惊奇。

"他是那个真正把我引向基督的人，"罗斯说，"在他的帮助下，我彻底改变了。你知道对一个犹太人来说，改变意味着什么吗？改变，意味着背叛自己的同胞。"

我尝试反观自己的硬心肠——我必须承认，此时我是狠心的，不管是对喜欢的还是不喜欢的事——我在想，我是不是对罗斯太冷漠了？我总是认为他应该追求更高的职业理想，是我对他不公平吗？这么多年来，难道我一直对他的挑剔只是因为我以前觉得自己比他有优势吗？以前我们在农场接受奴隶般的训练时，我们的特技队（这是我们给自己取的名字，是相对于海军陆战队取的名字）都叫罗斯为"爱吃百吉饼的小孩"，他的这个外号在布朗克斯一区以及附近的中产阶级之间流传着。虽然我们这么叫他，但那时候我们真的很感激有他在。在抽签中，我们幸运地被分到同一个训练组，我们这个组要学习重负荷的特技，这让我们觉得压力很大。我们组的一半人都能够快速攀爬十二英尺高的墙壁，他们攀爬的速度甚至在某种程度上比我往上看的速度还要快。有罗斯在的时候，他们就会嘲笑罗斯而不是嘲笑我了，这个时候我真觉得他是一个很好的伙伴啊。当然，他们笑话他也是因为他这个犹太人在做着非犹太人做的事，我觉得这一点真的伤到他了。我也应该和他一样受伤，因为我有着来自我母亲的八分之一的犹太血统，只是这么少的血统刚好让我不是很清楚自己应该做什么，所以我才没有表现出像罗斯那么受伤，然而，此时此刻罗斯是世上唯一和我一样的人。夏洛特叛变了吗？谁能够理解那代表着什么呢？就像马上把手伸进水里抓鲦鱼一样。

坐在炉火前面，我正在回忆和夏洛特在一起的点滴时光，他以前看上去是那么健康，只是那时候他还没有五十岁，他和他的胡子一样需要整理，这距离上次在兰利市我坐在他旁边、身旁的投影仪突然蹦出三张苏联国家安全委员会的人员照片都不知道过去多少年了。当我们把照片放大的时候，我们的这些敌人看起来就像外星人一样。我看到了一张张拉长得足有四英尺长的变形脸庞，从眼睛里射出来的目光如此犀利，好像要用这目光穿透黑暗的大厅。此刻，我透过火炉里的火焰看到夏洛特的脸也是这样：脸足足有四英尺长，而且充满活力。

罗斯打破了沉静，问道："你觉得和基特里奇说话可能吗？"

"现在？"

"是的。"

"能等一段时间吗？"我问。

他在仔细考虑这个问题。

"我觉得可以。"

"内德，她对高尚圣洁的事情一无所知。"

"她不知道？"他似乎很惊讶。

他的惊讶让我觉得奇怪，他此刻似乎感到很疑惑。

"你觉得她不懂高尚圣洁的事很奇怪？"我问。

"是的，她不久前还几次去华盛顿看夏洛特了。"

"他们只是老朋友罢了。"我说。

就像摔跤手由于太用力比赛导致他们的身体太滑以至于抓不紧，我和罗斯此刻就是这样，相互应付着对方。

"你真的觉得夏洛特把他的所有事情都告诉基特里奇了吗？"我问。

我都不知道基特里奇见了夏洛特，每几个星期她会离开我一次去看望她的父亲罗德曼·诺尔斯·加德纳，她的父亲现在已经九十多岁了。九十岁是一个神奇的年龄。我之所以这样说，是因为这个年龄段的老人若想正常生活，处理好日常生活程序（比如睡觉、排泄以及饮食营养问题），都需要身边的人花很多精力、时间以及不断地重复叮嘱才能完成，因为他们的很多行为都逐渐趋于不正常了。“你说你的名字是什么，孩子？……噢，是的，基特里奇……真是个好名字……那是我女儿的名字。你说你叫什么名字？孩子……”

我曾经去过位于纽约市东北方向的奥尼昂塔市参加我岳父的祝寿活动，现在他住在养老所里，我很不喜欢她父亲的那种独居环境，他们那个地方结婚的时候要付很多费用。然而，在这里，若女婿和岳父互相都不是很喜欢，那么在这个岳父晚年的时候，这个女婿可以不用过于花费去照顾他的岳父。从某种程度上来说，我相信老加德纳正在考虑从七种死亡方式中选择哪种死亡方式。虽然数字可能会像被打扰的美女一样令人矛盾，不知道如何选择，但这些数字最多也就到七为止吧。城堡有七扇门预示着祈求好运，死亡也有七种死法，或者说，至少我是这么认为的，人类的自然死亡可能是由以下七种原因导致的：癌症、心脏病、中风、出血、窒息、传染病以及绝望。此刻我就像一个中古史学家在说话，但绝不全是笑话——我真的认为慢慢死亡是很正常的事情，至少在这个过程中人们可以有选择的余地。比如说肝脏或者肺部、脑部或者肠胃出问题了，这些都可以医治，在这个过程中，人们就可以选择。所以，我不希望看到老加德纳先生在一种拖延很长时间的死亡中受折磨，这样他的女儿就不能冷漠地看着他的父亲出现任何一个小问题，即使是日常的打嗝她也必须重视，而这样年龄的人五官都已经退化了，第六感也慢慢迟钝。

我从心底同情她每周都要去看望九十岁的老人，并且很感激她没有要求我，甚至没和我提过让我陪她一起去，因为这样的旅程实在是很阴郁（从缅因州的荒漠之山到纽约州的奥尼昂塔市实在是一次浪费时间的长途跋涉）。我爱她，她走了以后我会想念她。偶尔有那么一两次，当她走了以后我会去巴思，和克洛伊在一起的时候我有一种负罪感，因为这是基特里奇走后带给我的“福利”。只有我背叛了我的妻子之后我才知道自己对她有多忠诚，怪不得我从来不会凑到她身上去闻，这样做我不是自食恶果吗？

可是现在，她经常会打电话给我，她总是会从奥尼昂塔市打电话给我——“这样让我觉得舒服点。”——但是，后来，她又不那么经常打电话给我了。毕竟，她的父亲没有发生什么事，我们打电话说什么呢？

在这个时候，我不得不问一些让人不愉快的问题了：她见夏洛特是因为她对夏洛特的爱仍然很深吗？或者是为他们的爱而惋惜？不，她不会假借惋惜之名，每两周就去看一次夏洛特，这样的行为是背叛婚姻的。基特里奇是秘密组织的一分子吗？她不告诉我是因为夏洛特不想让我和基特里奇知道对方的存在（莫非她真的知道所有的事）。我感觉自己就像金字塔里被抓到的叛徒奴隶一样，每一个浮现在我脑海中的新问题都像一个巨石重重地压在我的背上：任何残酷的事情或者压力对我这肉体来说都是巨大的痛苦，我沉重的心情再也承受不住任何疑惑了，我会把所有的巨石都卸下来。我忍受不了更多的问题了，“如果你希望的话，”我对罗斯说，“我上楼叫基特里奇。”

他摇了摇头，“我们再等一会儿吧，我想确认我们已经做好了准备。”

“为什么？那我们现在干什么？”

“我们能不能再看一遍案宗？从我们猜测尸体就是夏洛特以后的部分看。”

我叹息着，我是真的在叹息。我们之前推断案情，假设有一个“怪物”存在的时候，没发现我们的智力、痴迷的东西是如此的不同，我们很想知道但是无法知道的是已经进入我们生活的怪东西是 A 还是 Z，是善良的还是邪恶的，是正确的还是错误的？可是它确实存在而且就在我们面前，这是一个不为我们所知的人给我们的一个摆脱不了的礼物。

“我不觉得那是夏洛特的尸体。”我说。

“请你先接受这个可能性好吗？”他说。

“你觉得哪种模式可信，谋杀？自杀？”之前我肯定提出过这个问题。

“我怀疑是自杀。事实上，”罗斯说，“夏洛特平时都习惯绕着船周围游泳，用他的手臂。但同时他也会保证在不借助下身的脊柱、大腿的情况下能够抓住栏杆。我相信他抓住栏杆需要用一只手，他开枪射击需要用到另一只手，如此一来，他就会是向后仰着倒入水里了。如果真是这样，又怎么会是自杀呢？”

“为了不让血溅到船上。”

“这确实是一个值得讨论的问题，现在自杀的可能性由百分之十上升到百分之二十了。”

“每一个小细节都可以帮助我们。”我说，此刻我很难受，酒精的作用又显现出来了。我能够感受到来自醉酒产生的另一只怪物的警告，一年总有那么一两次，我会被异常的头痛所困扰，这种头痛类似偏头痛，还会让我在第二天短暂失忆（记不起昨天发生了什么事情）。此刻，这样的头痛好像要降临了，有一股强烈的疼痛感向我的大脑袭来，头脑开始发热。“关键是，阿尼，”我说，“要保持脊髓部位的干净。”

“哈利，你说的真是经典，这就是你这个人要提供的，但请你不要离题千里。”

“英国人，”我说，“就曾经粗俗地做过一个测试，这个测试是：你走路时候的步子刚好合适吗？格兰利威，老朋友？”我再倒了一些苏格兰酒，抑制着头痛，暴风雨就要来了。我两口喝光酒杯里的酒，又再次将我的酒杯倒满。“好吧，谋杀，被我们的人谋杀了。”

“不能排除是克格勃。”

“不，我们先谈谈被我们这边的好人谋杀的可能性，你不就是这么想的吗，是吧？”

“我尽力去想你所说的。”罗斯现在告诉我。

是的，我能感受到从我说那句话之后，他认为这种情况是很可能的。“数以亿计的钱，”我说，“如果不杀掉夏洛特，这个人很可能损失数亿美元的钱甚至更多。”

“当牵涉的金钱数量很大的时候，被杀害的就不是个人了。”

“不是单独的个人，是印第安人，二十或者四十个印第安人，全部都死了。”我是想起桃乐丝·亨特了吗？

可是，罗斯出了点状况，我觉得他对我最后的评论产生了巨大的反应，直到我意识到他在用对讲机跟外面的人说话时我才知道自己错了。他的右手按住浅黄色的耳机，他点了几次头，然后又把手伸进胸前的口袋里，拿出一个钢笔大小的无线麦克风，说道：“你确定吗？”然后我听见里面的人回答，他又说道：“好的，出去吧。”

现在，内德开始和我说话，他的声音不仅是微小，甚至可以说是听不到。他开始用他的烟斗在酒杯上随意敲击，这是一种古老的方式，通过这种方式可以扰乱房间里可能存在的电子窃听设备。

可是，为什么他现在才开始做这件事呢？就我来看，很可能是在外面的雨里，他的某个手下携带了探测其他电子设备的仪器，罗斯刚刚才警觉起来，这似乎是对他的行为最简单的解释了。当然，他的声音听起来很微弱，好像他胸膛里的力量突然消失了。最后，他的声音彻底枯竭了，他拿出笔记本，在上面写了一句话，然后把笔记本递给我看，我看完之后他就把纸扔进火里烧了。

“我想起了一个人，”内德罗斯在纸上写道，“这个人你是知道的，他和我们一起工作时运气似乎不错，但现在他不再是董事会的成员了。”

我站起身来理了理火炉里面的木头，此刻，我仿佛觉得时间停止了，心脏的每一次跳动仿佛都要告诉我时间即将定格，我能够感受到肺部一起一落之间的轰鸣声，论证推理是一件最能引起我们现代人情绪变化的一件事。

这里有一个叫内德的男人，他知道这个人，但是他似乎不准备告诉我那是谁，他的呼吸告诉我他不会这么做，他的内心充满恐惧。而我，至少现在叫不上那个人的名字，在我的记忆里，满是陈旧而相似的铁盒子，这些铁盒子都是用来装现金和零钱的，这些钱是为那些上下楼梯在公寓商店里买东西的人准备的，这个人的名字一定已经在那些铁盒子里面了。但是，噢，不，我的脑子还有许许多多的事情需要想清楚。

最后，我终于知道这个人的名字了，比预测的想起来的时间要快。不可否定的是，这个名字突然蹦了出来。

我把罗斯的笔记本拿过来，"你想起了我们在农场上的老朋友了吗？"我写道。

"就是他！"罗斯用大大的字母写道。

"真的是迪克斯·巴特勒吗？"我写道。

"距离你上次见他多久了？"罗斯大声问道。

"十年。"

他拿起本子来写道："你去过百里香山吗？"

"没有，"我说，"但是我听说过。"

罗斯点点头，把写过的纸扔进火里烧掉。然后，好像被这件事累到了一样，向后靠在椅子上。

对于他努力工作的态度我很"钦佩"，这是一个奇怪的词语，但我觉得很恰当。他的反应就像是做了苦力一样，此时我才意识到他可能饱受了焦虑之苦，但是，直到现在他也没有抱怨负担太大。树林里面那三个人的重要性要重新定义了，他们并不是为了监视我才埋伏在那里的，他们在等待其他人的到来。

罗斯坐了起来，他点了点头，好像要告诉我一切都很好。

然后他从胸前的口袋里摸出一个药丸盒，从盒子里取出一颗白色药丸，那药丸太小以至于让我觉得那是为他的心脏准备的硝酸甘油，然后轻轻放到舌头下面，他的动作特别轻柔，就像在拿着一小勺食物喂宠物那样轻柔。之后他就闭上了双眼，好让身体吸收它。

或许他已经等了迪克斯·巴特勒一整个晚上了，那为什么他会写：就是他！

本来，我应该回应他的，当他说在没有签收据之前我们谁都不要接收信息。我是在罗斯聚焦到迪克斯·巴特勒身上之后才开始怀疑他的吗？

我们坐在那儿，沉默在各自的内心世界里，谁知道要分享什么呢？数以万计的生物在我们看不见的情况下走过。沉默的时间再一次被拉长。

Ω—11

我能感觉到自己在逃避和罗斯交流时在他身上感受到的恐惧感，我不需要恐惧，我一定要意识清醒地去思考迪克斯·巴特勒的事，有太多事情需要思考了。巴特勒似乎总是一个给人印象深刻的人，从自然状态上来说，你可以在任何组织里看到他。他很强大，也很帅气，找不到其他更恰当的词来形容他了。在训练的时候，指挥员常常告诉他，他来错了地方，他应该到好莱坞去试试运气。可他并不赞同这种观点，他的傲慢态度也是大家公认的。在两次橄榄球赛季上受伤（他是中后卫球员，在第四轮选球员时选上的，他被选到华盛顿红人队里）以后，他最终选择放弃专业橄榄球而加入到中央情报局。在农场的时候，我们都被安排到第三十组，而他肯定是在所有的体力项目上都远远领先于我们的。他除了身体好，同时也很聪明，所以他后来在中央情报局里的职业生涯继续顺风顺水。一九五六年，我和迪克斯·巴特勒一起在柏林工作，一九六〇年，当霍华德·亨特和我在猪湾帮忙训练古巴的流放人员时，我在迈阿密看到了巴特勒。一九六二年，我和巴特勒一起参加过两次冒险活动，那时候当地的古巴政府饱受菲德尔·卡斯特罗的间谍之苦，我们的任务之一就是清除这些间谍。要说有什么可疑的，那就是巴特勒不屑于用抽水马桶来逼犯人招供。“对待古巴人，这样的逼供方式很适合，”他说，“不同的方式适合不同的民族。”

现在，我在尽力回忆过去的十年里我听到的关于他的消息：他已经离开了中央情报局并且投身商海了，而且涉足的商业领域还不止一个。这些就是我所知道的关于他的所有消息了，一点也不算多。如果把在大公司里流传的消息比作一条河流，那么我和罗斯之间耳语传播的消息仅仅是小股地下水。有些时候，地下水可能会流到地面上来，我们同事之间就会自由地谈论相互之间的婚姻难题，或者是谈论在金沙萨进行的一场欢呼雀跃却不合法的活动，他们甚至还在拆毁当地人的藏身地，把房子的主要支撑全部拆毁。当然，我们知道什么时候不能谈论这些事。这个时候，地下水就会流进岩石洞里再也流不出来了。

迪克斯·巴特勒在情报局里面开辟了一条近道，并且作为一个传奇从越南回来了。回来之后，他就向组织递交辞职信直接进入商界赚钱去了。对我们来说，我们谈论他时应该是充满嫉妒的，但是我们没有，而且并不确定我们在谈论什么。我们得到的信息可能是没用的，同时却是必不可少的。他是打算和情报局再无关系了，他应该是在做签约之类的工作，或许，只有上帝才知道他真的在做什么。因此，我们谈论的可是敏感话题，就像牙齿是不能轻易触碰那般敏感，于是我们只好保持沉默。我们是分部落种族的，在牧场里（其实就是兰利市平民的自助餐厅），我们可以自由讨论，能够辨认自南往北吹的风。

总的来说，说他很成功也是不为过的。他在距离弗吉尼亚几百英里的地方买了一个马场，在马场里饲养阿帕卢萨马，而且还在马场上装置了完备的器具。百里香山这些年也一直在扩大，现在更多的是听说这座山有一万英亩而不是一千英亩，而且我之前听说要在他的树林里建一个雇佣兵的训练基地。关于面积大小的争议是无所谓的，一万英亩，这是听说的面积，就算是十五平方英里也比我们原来的农场佩里营要大。在山林里或许有一些和他关系很好的全国制造商协会的人，但在美国的领地上，不可能有某支力量胆敢在距离首都一百英里的地方训练小型军队的，这绝对不可能。

关于巴特勒的其他故事似乎是很久之前的了，这些故事早就应该深埋在地下了。在他的地盘上会举行周末宴会，这些地盘是原先我们让给西贡[1]而不是让给华盛顿政府的。一些当红的交际花可以把说客、参议员、当红的国会议员、名声大噪的实业家甚至是大家共同厌恶的人紧密联系在一起。在华盛顿，有魄力的人可以举办宴会宴请国会、议会的重要人员而不需要交际花的出现。关于巴特勒通过款待富商以及有权势的人,从而从他们身上获得好处的传言都可以上电视节目《蜂蜜和巨富》了，这个节目是专门挖掘绯闻背后的真相的，一周一次，每次持续播一小时。虽然我不轻易相信传言，但我相信关于巴特勒的这些传言。如果从科学的角度来看这些谣言，那这些谣言就是可信度很低的事情，这些事也会被人们谣传为花边故事。虽然我不聪明，但我知道性爱的欲望是永远比不上敛财的强烈欲望的。对年轻人或者是吸食可卡因的人来说，性爱只不过是次要需求。然而，在百里香山这个地方人们似乎并不缺少可卡因，

[1] 越南胡志明市旧称。

而且毫无疑问，这个地方有许多年轻的女性，这样一来，故事的发展就乱套了，如果巴特勒在距离华盛顿一百英里以内的地方举行狂野放肆的宴会，那么他就不是做交易而是做一些更大的买卖。

或许马上就有大事要发生了，你可以通过兰利市的传闻来判断这件事的重要程度。谣言突然消失了，却没有给人们带来实质性的消息，那就是我们可以从人们口中得到的线索。尽管投机买卖让巴特勒获得了很大的利润，但我并不觉得这是他的主要目的。他的经营活动为他带来了大量的利润，但是他背后的目的究竟是什么呢？值得肯定的是，他很能干，几乎什么都会，在西贡的时候，他用越南人组建了自己的小分队，只是为了一时兴起想要进攻越共，当然，那支队伍也参加了几场缉毒战。在一个昏暗的晚上，在南半球的月亮照耀之下，巴特勒宣布用投机买卖得来的钱创建一个公司。重要的是，他跟我保证说，这些钱最终会让情报局受益，最终也会回报情报局的。

“怎么了？”他严肃地问我，“我告诉你，哈利，这场战争会暴露情报局的，他们早晚都会撤销我们所有的应急措施，而且绝对不会让广大的美国公民知道。”

“真的会这样吗？那他们会怎么说呢？”

“肮脏的东西！他们会告诉大众我们所做的肮脏的事情，借此除掉我们。当美国公民以及他们选出来的不满意、不团结的州政府的浑蛋议员们发现我们所做的一系列见不得光的事之后，他们会毫不犹豫地杀掉情报局的人，所以我们要提前做好准备。亲爱的哈利，我们需要秘密的资金，而且要把这些钱藏好，不能让人有所察觉。好好看着我，”他露着牙齿说，“我打算做一个银行代理家，专门管理我们这些秘密的钱。”

无论他是不是已经成为一个银行代理家，他希望用一个美丽的圈套引出幕后的重要政治家是不可能的。在法律上，性勒索是违法的，而这样的做法对我们情报局的人来说几乎是诅咒。情报局有一万五千人，包括出色的职员、打字员、专家、分析家以及程序员，这些人占据着情报局工作人员的百分之九十，他们就像民间五角楼的人一样传统。高档的性交易场所不适合情报局的优秀工作人员，因为这些人周日都去做礼拜了，平时还会阅读《国民评论》这类书刊，他们都相信我们应该是这片土地上过着严谨生活的一群人。不，你不能希望这样一群人会为巴特勒见不得人的交易工作，更何况，巴特勒的这些事很容易就会被人们揭穿。如果是这样的话，那么接下来会发生什么事呢？为什么会是在百里香山呢？

我仔细望着罗斯，我不知道是由于我思维的迟钝还是因为我对自己渴望的东西保持着平静的心态——我喝了很多格兰利威酒，多到我甚至可以平静地面对自己的死亡——但他似乎很镇静，他随意在笔记本上的一张纸上写下一行字，然后把这张纸撕下来递给我。

“我去过百里香山。”我看到纸上写着。

“你喜欢那个地方吗？”

“我从来没去过花花公子大厦，”他写道，“但是百里香山这个地方让休·海夫纳看起来像一个经常在家招待女性朋友喝茶的老处女。”

他苦笑了一下，把写着字的纸张投入篝火里，我也无奈地笑了笑。在你怀疑自己是不是把半生的时间浪费在错误的职业中的时候，这样的时间是非常难熬的，而我会觉得对一个不带主观色彩的观察者来说，我们所做的许多工作都是荒唐的。当然，我们这样想的前提是观察者是不相信上帝的，他们只相信事实。

事实是，我们需要高级的性交易场所，其他国家的情报机关理所当然地把贸易作为一种掩饰性交易本质的手段，夏洛特几年来对国内这样的现象一直深恶痛绝。在美国，我们还不能开始做我们需要做的事，所有当地的、细微的反情报活动都必须交给联邦调查局。在我们看来，联邦调查局的人都是一群经验不足的人。如果你信任夏洛特，那么联邦调查局的能力并不是依靠他们自己的熟练程度，而更多地是依靠约翰·埃德加·胡佛[1]的政策。胡佛喜欢小道消息，他喜欢把这些消息收集起来，这些消息让他有一次重重地回击了国会。最后，胡佛总统对每一个和妻子以外的女人有关系的内阁官员和参议员都建立了丰富的档案，甚至对他们的妻子也建立类似的档案资料。之前的总统没有一个像胡佛那样建立调查官员特殊爱好的档案，这些私人信息的泄露为削弱埃德加政府的信任度、增强我们的可信度提供了重要条件。

我们曾经尝试着缩小差距，我们让安全办公室多承担点责任，因为他们能够拿到华盛顿州都市警察的档案。这些都市警察有一个首领叫罗伊·E. 布里克，这个人有办法在华盛顿的一个酒店（如果你很想知道酒店的名字，我可以告诉你这个酒店叫哥伦比亚广场）接触到应召女郎。布里克平时都是穿着艳丽中透着威严的服装，给人以大人物的感觉。我是从夏洛特口中得知这些事的，那时夏洛特是在安全局工作的罗斯的秘密上级。可怜的内德——那时候还不是雷德——不得不和布里克队长打交道，这就意味着内德必须尽其所能防止布里克和胡佛分赃。"啊，那些名字，"夏洛特曾经惊讶地说过，"我告诉你，哈利，那些能够通过自己的职位获利的人总是能够在查尔斯·狄更斯那里得到绰号。"这时候，夏洛特就像一个内地的部落男子一样重复着甚至他自己都不知道什么意思的东西，他一直重复着，"约翰·埃德加·胡佛，罗伊·E. 布里克，约翰·埃德加·胡佛，罗伊·E. 布里克……"然后他为罗斯叹息。"可怜的内德啊，他们那些人让他在安全局虚度光阴，没给他安排什么好的工作——迎合

[1] 约翰·埃德加·胡佛（John Edgar Hoover，1895—1972），美国联邦调查局由调查局改制之后的第一任局长，任职长达 37 年，直到 1972 年逝世为止。胡佛生前在美国民众中声望很高，但是死后有关他的争议却越来越激烈。许多批评者认为，他的行为已经超出了联邦调查局的职责范围。他利用联邦调查局骚扰政治异见者和政治活动分子，收集整理政治领袖的秘密档案，还使用非法手段收集证据。也正是由于胡佛掌管联邦调查局时间过长且富于争议，现在的联邦调查局局长任期限制为 10 年。

布里克。”夏洛特眨了眨眼睛，眼里充满了对罗斯的惋惜。毕竟，在罗斯去安全局工作之前，是由他掌管着夏洛特的特殊资料的。那些人或许会眼光受限，但是对夏洛特来说，他是以自己的专业为傲的，所以他让自己远离胡佛的诽谤、讽刺，并且告诫罗斯不要捡起落在海滩上的任何一朵秋葵，以免惹上麻烦。以上内容有待进一步求证评估。

但夏洛特是有预测能力的。基特里奇的一个朋友，名叫波莉·盖伦·史密斯，是我们部门一个高级官员的前妻，和肯尼迪总统有过一段贵宾级的关系。所谓贵宾级的关系是描述一种流行的安排：一个人进门，脱衣服，紧接着进入无限的欢娱之中，洗浴，穿衣服，说再见，所有这些都是在二十分钟之内完成的——“如果关系太浅是不可能成为贵宾级的。”夏洛特评论道。

但是，肯尼迪总统被刺杀一年半以后，波莉·盖伦·史密斯就被打死在波托马克运河上的船上了。警方找到了一个嫌疑人，试图寻找证据，最后以失败告终，嫌疑人被无罪释放。然而，她被谋杀似乎和我们一点关系都没有，我们并没有参与谋杀她这个结论在谋杀案发生的那段日子并不为大家所接受。除了杰克·肯尼迪之外，波莉·盖伦·史密斯还上过谁的床呢？夏洛特立即赶到她家安慰她的孩子——尽了作为一个世交朋友的义务和责任。夏洛特带着罗斯一起去的，由此，罗斯有机会进入波莉·盖伦·史密斯的卧室，并且在她容膝桌的小抽屉里找到了她的日记，同时清除了夏洛特安装在床背后护壁板上的窃听器，蒙塔古觉得监视这位女士是一个让人讨厌的任务。最糟糕的情况是，这可能是潜伏在华盛顿的苏维埃政府人员的诡计。

相对来说，这些只不过是大事来临之前的小规模即兴表演罢了。如今，到了八十年代，至少是受暗地里的谣言影响，我们关心的问题变成了我们是否已经建立了一种完美的搜捕方法，这种方法完美得足以让联邦调查局嫉妒。但这个问题就回避了问题的实质：迪克斯·巴特勒是不是仍然忠于农场？巴特勒是完全可以和联邦调查局以及美国缉毒署保持距离的，或者说，英国秘密情报处、法国情报局、德国联邦情报局都应该这么做的——如果有人要问为什么要这样的话，我会告诉他们，那是英国、法国、德国人的智慧。

我拿来便签簿，以便在上面写字交流。

“夏洛特去过百里香山吗？”

“偶尔。”

“你知道他去那干吗吗？”

“不知道。”

“他会当天回来吗？”我大声地问。

“呃，哈利，你想多了吧，许多人都会去那里的，经常在周日下午而不是周六晚上。”

我本不想问下一个问题的，但是内心的想法远盖过了骄傲。我在便签簿上写道：“基特里奇陪着夏洛特一起的吗？”

罗斯看着我，点了点头。

“多少次？”我问。

罗斯举起他五指展开的手，他的手势告诉我五次。他怜悯地看着我，我不知道我是不是应该感到耻辱，或者我应该承认面对他的关心我是多么受伤。这样的场景让我想起了以前的屈辱记忆：那是一个夏天，我和一个比我大两岁的表兄打架，他十一岁，我根本打不过他，他朝我的鼻子打了一拳，我顿时觉得看到一颗流星从天空的一边划到了另一边。这一拳让我直接摔倒在地，一滴滴像银币一样重的血直接从我的鼻子里滴到地上。陈旧的伤口又有了新的伤痕，我一定要见到基特里奇。

当我准备离开的时候，我看到罗斯看上去似乎很痛苦的样子，或许他这样会让我好受一点。当所有东西全部倒塌的时候，似乎只有讽刺能够让人找到一丝尊严。我快速拿起这件武器刺向罗斯以保护自己，他本来很想让我回到基特里奇身边的，但是现在他应该很害怕被单独留下，我在他的眼神里看到了恐惧。

在便签簿上，我写道：“你希望今天晚上在这里见到迪克斯·巴特勒吗？”

“我不能肯定。”他试着说。

“你肯定三个人就够了吗？”

“我也不能肯定。”

我点了点头，然后指了指楼上。

“我希望你随时保持清醒。”罗斯说。

“如果基特里奇感觉好点，我会和她一起下来的。”

“谢谢。”

我让他待在炉火旁，自己上楼去卧室拿出了钥匙，我正要用钥匙插入锁孔的时候，门就开了。我发现基特里奇不在床上，也不在卧室里，这并没有让我感到惊讶。

Ω—12

看着空空的房间和她使用过的被单，我知道她去哪里了：有一次基特里奇突然告诉我她偶尔会去地下室。

“我讨厌那个地方。”我告诉她。

“不，当我一个人孤独地待在屋子里的时候，我就在想我是不是可以不让自己这么孤单呢？于是我就去了那里。”她说。

“告诉我为什么。”

“我过去常常害怕屋子里的东西，但现在我不害怕了。当下到地下室的时候我觉得自己就像是到了自我内心孤独的中心，好像这里就是茫茫大海中间的一片陆地。这样，当我从地下室上来的时候，我就不觉得这个房子是那么空荡荡的了。”

“在地下室没有什么东西让你害怕吗？”

“我想是我自己在吓唬自己，我听到奥古斯都·法尔摆弄他的锁链发出的咔咔声，但是，不，哈利，在那里我不会感觉到复仇的味道。”基特里奇说。

“你真是一个可爱的姑娘。”我回应说。

现在，我必须提醒自己，今晚我是有机会把她带到地下室的。当我们对自己都不忠实的时候，我们很严酷、鲁莽地评论甚至是批判镜子里的影像，却没有反应过来镜子里的影像就是自己，当我这样做的时候，我很看不起自己。正如卑鄙、虚伪、迷醉的人一样，我隐约感受到肉眼不能看见的审判员们聚集在那一片死寂中。

突然，一声动物的悲鸣打破了夜的沉寂，这不是普通动物的声音。从这个声音中，我辨别不出那动物离这里有多远，但这声音听起来有点像狼的哀嚎，可附近地区很少有狼。这声音又出现了，现在这声音听起来像一只受了伤的熊发出的畏惧、疼痛的嚎叫，可是附近并没有熊出没，应该是我内心的不安让我觉得这声音听起来是这样的吧。

二十一年前，在那条从高速公路一直延伸到我们身后岸边的泥巴路上，我发现了一个乞丐，他在吉雷·巴特勒家旁边的灌木丛里狼吞虎咽地吃着东西。后来我得知，虽然他静静地躺在那里但实际上他的脸上挂满担心、害怕的表情，他担心嘴里仅剩的食物会被别人抢走。刚才我听到的动物发出的尖叫声，会不会也和乞丐当时的处境一样呢，有谁知道啊？二十一年前，也就是一九六二年的早春，那时我们正在找可以停下一架飞机的地方，因为我们要对古巴的甘蔗地喷洒毒药。难道这一年来的工作经历在那时候没有让我有想发出令人窒息的咆哮吗？

站在空荡荡的卧室里，我的思想和达蒙·巴特勒直接发生冲撞，达蒙·巴特勒是吉雷·巴特勒的远古亲戚。达蒙·巴特勒是奥古斯都·法尔的第一个助手，只是他已经死去二百五十年了。我突然想到这个人并不是因为我看到了他的鬼魂或者是听到了他的声音，只是因为我觉得自己看到了他所看到的东西，所以我的脑海里浮现出了他的样子。

我站在卧室中央，努力地想着，现在在我脑海里的东西不是上天送给我的礼物，也不是别人想要侵犯我的表现，只是某个下午发生的事件迟来的结果。那是十年前的一个下午，那时候我在巴尔港图书馆里阅读达蒙·巴特勒的行船日志，这日志是当地图书馆珍藏的手抄本，正是因为十年前的这个下午，才有了我今天脑海里的图像。虽然我做这些不费吹灰之力，但我仍然在努力地做，因此我尝试着告诉自己，我所看到的景象不过是我把达蒙·巴特勒的日志片段拼凑起来而已：装船的清单、如何避免潜在的危险、待售的单桅帆船……我看到他们处置法国船长的方法就是巴特勒日志血淋淋的本质，只是我现在才想起来，才反应过来。记忆具有多么大的监禁力啊！现在，总算都想起来了，就像开门之前的敲门声一样，我的记忆由于一点点的引导逐渐清晰起来。

法国船长的船被夺后，他的船员遭到屠杀，船长自己被剥光了衣服，赤裸着身子，双手被捆绑着，而他却冲着光膀子的“强盗”吐口水。此时，光膀子的法尔举起他的弯刀，刀刃锋利无比，在手起刀落的一瞬间，船长的头颅像一棵大白菜一样飞出去，重重地掉在了甲板上——达蒙的日志就是这么写的。其他的船员都发誓看到了尸体，而且尸体的脖子还在往外喷血，被捆绑的双手迅速收紧，向上挣扎着靠近膝盖，直到法尔暴怒地踢了他一脚，尸体就躺在甲板上了，双脚抽搐着。头颅落在一旁，嘴巴仍然在动，所有人都看到了。达蒙·巴特勒写道，他听到那血淋淋的嘴唇还在说话，他对法尔说：“Si tu non veneris ad me,ego veniam ad te.”

十年前的一个晚上，当我在梦里一直跟随着什么东西或者什么人走到地下室的时候，我并没有想起被斩首后的头颅所说的话，我现在想起来了，并且明白了他在说什么，他说的拉丁文很清晰：“你不来找我，但我会去找你。”赤裸裸的诅咒啊！

为了不让罗斯听到我的动静，我走后面的楼梯下到地下室。在地下室里，有一个窗户的一扇窗格坏了，黑夜的气息从坏了的窗格里透进来，这股气味一闻就知道不是这个岛上的。如果鼻子是记忆的引擎，那我现在闻到的气味让我想起了波托马克运河上的陈腐水域，老乔治城沼泽上那闷热的沼泽气味在缅因州的空气里散发着无尽的芬芳，我想起了波莉·盖伦·史密斯以及她的进攻者。正当我这么想的时候，我撞上了蜘蛛网，黏黏的蜘蛛丝粘住了我的头发，我被吓得发抖。现在我对自己所闻到的气味不怎么肯定，这是老切萨皮克城以及俄亥俄运河上滩涂的臭气吗？当一个陌生人站在走廊上可以清楚地听到远处社团举办宴会产生的大叫声以及哭喊声的时候，我在想那片沼泽或许正散发着它的臭味，使距离它北面几百英里的我都能闻到这气味，那片沼泽地就是那具不知是不是夏洛特的尸体被发现的地方，这具尸体第一次被冲上岸的地方真的很臭！过去我在自留地最底部待着的时候，我很害怕那里潮湿阴冷的空气，如今这样的空气已经成为第一种能让我心生恐惧的气味。现在通向地下室的木制楼梯已经开始腐烂、松动，我已经很长时间不使用这些楼梯了，以至于我已经忘记它们会怎样大声地抱怨。我以前一定进过在战争中受伤的人的病房，现在我所走的每一步都带着无尽的悲伤。

地下室没有光，很久之前灯泡就坏了，只有开着门才能透进一点点光线。我的影子在我的前面，我慢慢往下走，感觉自己的手臂被木桩压迫着，我一直往下走仅仅是为了到达基特里奇睡觉的那间小卧室。正当我准备进入最靠里面的房间时，来自地窖上方的光线在道路的拐弯处减弱了，我几乎什么东西都看不见。从我上次到这里冒险已经很多年了，当我摸到那些床的时候，我能感觉到它们腐坏的程度已经很深了。

基特里奇正躺在一个毁坏程度不那么深的泡沫床垫上。地下室里几乎没有光线，通过反射的灯光可以看见她苍白的皮肤毫无血色。我可以看到她的眼睛是睁开的，当我靠近的时候，她轻轻转了转头，以此暗示她知道我来了。刚开始的时候，我们都不说话，我又想起了几年前的那一幕：那是一个满月的夜晚，月亮远远地从两座黑色大山夹着的峡谷中慢慢升起，而我的独木舟在峡谷之间漂浮着，船上晃动着微弱的灯光。

"哈利，"她说，"有一些事你应该要知道。"

"我希望有这样的事。"我慢吞吞地说，在她说这话之前我已经对她要说的话有一个心理准备了。我很少有被刺痛的经历，但仅有的伤害竟然发生在我的婚姻中——这是即将发生的不可挽回的预兆，我不想再往下说了。

"我不忠诚。"她说。

在每一种死亡中都隐藏着一种庆祝，在每一次狂喜中也隐藏着死亡。这就像我两种不同生活中的灵魂相互交换了地点，每次我和克洛伊在一起的罪恶感都会瞬间消散，但我和基特里奇之间的悲哀却像洪水一样不停地涌来。我内心一直担心的飓风来临了，这个消息对我来说就像晴天霹雳，让我头昏脑涨。"和谁？"我问，"你和谁对我不忠了？"我在内心藏着一个忠诚的观察者，他不会被飓风、地震、火灾或者海上的风暴影响，他在这种情况下仍然能够注意语法的正确性——他是我的一个特殊伙伴。

"有一天下午我和夏洛特在一起，"她说，"但那不算什么事，尽管它很糟糕，"她停了停，"哈利，不是夏洛特，是其他人。"

"是迪克斯·巴特勒吗？"我问。

"是的，"她说，"迪克斯·巴特勒，恐怕我已经爱上他了。我很讨厌这样的想法，但是，哈利，或许我真的爱上他了。"

“不，”我说，“不要那么说，你不可以那么说！”

“可那真的是不一样的感觉。”她说。

“他是一个勇敢的人，但他不是一个好人。”我告诉她，我的声音很坚定，就像只是说出了一个心中已久的想法。不，他不是一个好人。

“那没关系，”她说，“我不是一个好女人，你也不见得是一个好男人，我们都不是什么好人。”她说：“我觉得这就是我们，你知道的。”她又慢慢地补充道：“我宁愿相信，当我们做爱的时候上帝是在场的。和夏洛特在一起的时候是这样，和你在一起的时候也是这样。只是上帝出现的时候是以耶和华的形象出现的，他在我们之上，并且他知道如何判断，他的判断是那么尖锐。但是和迪克斯·巴特勒在一起的时候，不知道为什么，我总觉得自己和救世主很近。迪克斯一点也没有同情心，救世主却选择当我和他在一起的时候靠近我，但是自从克里斯多夫死了之后我就再也没有这种感觉了。你看到的，我已经不再关心自己了。”她握着我的手说：“自己和自己做伴已经成为我的监狱，我现在想的是，如果我能让迪克斯感受到我所感受到的同情、怜悯，那该是一件多么好的事啊！所以，你看，我并不在乎，在你或者其他人眼里，迪克斯不是一个好人。”

当我站在她的面前时，一个可怕的图像越靠越近，我终于看清了，那是在车里的我，那是一幅悲惨的图画：我撞在了树上。我从那个被撞得粉碎的我的后面看着那个我，这只是一个关于我开车开出车道的幻境吗？

我内心深处的最后一道防护墙突然倒塌了，我坠入了内心的恐惧中。此时我有一股冲动，想突破身体的重重组织以挣脱这种恐惧，在这样一种力量的推动下，不知道我对于地下室的恐惧感是否已经消失。

“不，”我说，“我是不会放弃你的。”此时我似乎进入了一种恍惚的状态，在这里，我自信地认为自己在基特里奇心中占据着一定的地位，我说：“迪克斯正在来这里的路上，对吗？”

“是的，”她说，“他会到这里的，而你必须离开，我不能让你在这。”

即使这里光线很暗，但我仍然可以看到基特里奇的眼泪。她轻轻地啜泣着：“如果你坚决不走，这会像我们告诉休·蒙塔古让他给我一纸休书那天一样糟糕。”

“不，”我又说了一遍，“自从我见到迪克斯那天起，我就害怕他，这就是为什么我要留下来的原因。我想面对面地接触他，为了我自己。”

“不！”她说，她站了起来，“一切都错了，什么都是一团糟，蒙塔古死了，你留下来也没有任何希望。但如果你离开这里，迪克斯会照顾我的，我觉得他更可靠些。哈利，我告诉你，我都不知道要怎么告诉你，你留在这里会让事情变得更加糟糕。”

我现在并不确定基特里奇是在说爱的事情还是在说危险的事情，可是她后面说的话给了我答案。

“哈利，”她说，“如果你留在这里，那会是一场灾难。我知道你为蒙塔古做的那些事，而我在为我自己做类似的事。”

“那迪克斯呢？”

“迪克斯知道的事情足以撼动很多人，这就是你必须要离开的原因；否则，我会被你拉下水的。我们两人都会有生命危险。”

我抱着她，亲吻她。我心里充满了爱与绝望的交织，当爱的激情消失的时候，只有这样才能点亮我们的婚姻生活。“很对，”我说，“如果你觉得很有必要，我就会离开。但是你要和我一起离开，我知道你不爱迪克斯，那不过是一夜情罢了。”

她接下来的话彻底地伤了我的心。“不，”她说，“我想和他单独在一起。”

这是我亲眼所见的最后一刻了，我记得后来我带着小说的手稿从食品储藏室里出来，沿着多恩岛静静地走了。离开的时候，我看到了一个守卫，我把划过来的船又划回海峡，这时候浪很小，我很容易就渡过了海峡，来到了距离我停车处零点二五英里的地方。我记得后来我开车去了波特兰，第二天早上我把银行存款全部取了出来。去取银行存款是基特里奇给我的建议，这让我觉得虽然我们的婚姻关系结束了，但财产关系仍然存在。“哈利，”我记得她最后对我说，“你把在波特兰的钱全部取出来吧，那里至少有两万美元，你会需要这笔钱的。我还有其他的存款。”所以我把波特兰的存款全部取了出来，然后飞到了纽约。在接下来的时间，我不知道自己能不能尽可能多地告诉大家发生了什么。因为，一天半以后我得知（当我从电视媒体中得知这个惊人的消息时，陪伴我的所有东西瞬间烟消云散），那天拂晓时分，自留地着火了，人们发现了雷德·阿诺德·罗斯的尸体。可是在其他的所有新闻报道中我都没有找到任何一点关于基特里奇、迪克斯以及那些守卫的消息。

对我来说，那天晚上已经深藏在记忆中最黑暗的位置，就像电影院里专门堆放那些废弃胶卷影片的地方那样黑暗，让人不愿意靠近。当被销毁的胶卷的最后一个画面被粉碎时，我能感觉到它的哀叹声。有一面墙在我的记忆中升起，它把所有的关于那天晚上的记忆全部封锁在内部，那黑暗的内部，就像我们无法知道死亡会将我们带向何方，我依然能看到自留地在火焰中燃烧。

在纽约的第二个月，我强迫自己把我在自留地里的最后一晚记录下来。正如你所想的一样，这对我来说是超乎寻常的困难，我有几天几夜都无法动手写一个字。我相信疯狂之后人的头脑会更加清晰明智，我发现我一直在反复回忆这样的场景：车子的刹车在转动，时间就像一副牌刚好被分成两份，这样的时间和生活的时间完全不同。我开始确定，如果我再次回到那个急转弯，在这个急转弯猛地把方向盘从我手中抽出。为什么那时候我没有看到那条空荡荡的路呢，而是让自己的车直接撞到树上？我看到在挡风玻璃后面严重受伤的自己。我如此清晰地看到受伤的自己时，我才确信：我已经死了。可我觉得自己仍然活着，这不过是一种幻觉，那天晚上的事情是死者有意识地想象出来的。所有的回忆：我开着车，前车灯疯狂地向前，就像一匹骏马发亮的前腿一样，这样的记忆不过都是原来那些期待在我脑海中的反应罢了。我现在才刚刚死，这是一个平衡的时刻，死亡会把我之前不懂的问题全部解决，我会知道所有问题的答案。当我回到多恩岛的时候，如果我曾感觉到不真实的碰触，这可能是因为我在通向死亡的路上。在开始往回走的时候，我知道道路的每一个分岔口，这是不太可能的。如果那天晚上是以我妻子的消失为结束的话，是不是意味着我哀悼的实际上是自己的死亡呢？基特里奇是不是仍然在那个风雨之夜等着我回去呢？其实，在纽约的一年里我都是理智的，死人不太可能会疯狂。

在那一年时间里，我都是过着躲躲藏藏的日子，我不用担心护照之类的东西。你知道没有任何东西可以代替护照的，我的护照看起来像臃肿的蛋糕，现在这个护照被一个苏联警卫拿在手上站在玻璃屋里面，他脸上挂着怀疑的表情。我打算通过莫斯科谢列梅捷沃机场进入苏维埃社会主义共和国联盟的，难道就用这个臃肿的护照吗？他还不知道威廉·霍尔丁·利比这个名字承载着一个人的传奇人生，这个人在严酷的审讯下是绝对不会退缩低头的。

"护照，"玻璃屋外面的一个朋友说，"这个护照……为什么是这样的？"

事实证明他的英文不比我的俄语好。

"河流。"我试着用他的口音告诉他，我尝试着用俄语告诉他这个护照之所以是现在这个样子是因为当事人掉进河流里了，我不打算承认还有一个原因是我把护照放到烘干机中烘干了。"河流。"我觉得我在说河流，但是一会儿之后，当我在手中的旅游册中看到了一个词的时候，我才意识到我说的是手臂、肋骨以及鱼。显然，我是在告诉他，我把护照放在我的胸前，我的手臂被鱼吃了——上帝知道我的俄语很容易让人迷惑。

像一条固执的狗一样，他不断地重复着，“护照——糟糕，为什么会这样？”说完之后，他踮起脚盯着我看——很明显，他们被鼓励这么做。而我被他盯着看出了冷汗，好像我完全是无辜的一样，其实从某种程度上说，我确实也是无辜的。我一直在问自己：我怎么会没有想到安检人员会对这个臃肿的护照产生惊奇，从而引起他们对这个护照的仔细检查呢？

“不好，”他说，“失效了。”

我可以感觉到排在我后面的乘客正在焦急地等待。

“不，请不要说失效，拜托了，”我对他说，“请您帮帮忙。”然后向他伸出手，他很怀疑地把我的护照递给我。我小心翼翼地翻着这个褪色的、褶皱的护照。在没被浸泡到的地方，我找到了关键的那一页，我的护照还没有过期！我指着日期把护照再次递给他。这个苏联警卫一定在明尼苏达州的农场工作过，他的眼睛是蓝色的，颧骨很高，留着短棕发：我不觉得他是二十五岁。“你，”他用手指着我说，“你——等一下。”说完他就进去叫出来一个官员，这个人大概二十八岁的样子，他的头发是黑色的，蓄着胡须，他穿着暗绿色的军装，军装的领子很紧，衣服上还有镶缀。

“为什么？”这个人指着我的护照问，他看我的护照就像在看一个可憎的东西。

我想起了一些俄语单词：冰，水。他们两个人让我想到了芭蕾舞。“兄弟，”我说，“这是因为很多冰造成的。”我做着像在擦桌子一样的手势，然后我指了指远处地面上的那辆非常现代的飞机，我又模仿了飞机的咔嚓声。庆幸的是，我居然能模仿出听起来像一个结冰的池塘裂开的声音，并且我用手握着自己的脚。“水，很多的水——很多的水，很多的水不是可以让护照变成这样吗？”为了让他们理解，我做出了划水的动作，我真是一个笨拙的游泳者啊。

“非常冷。”第一个警卫说。

“非常冷，是的。冰是很冷的，很冷。”

他们点了点头，里里外外地翻看着护照。然后又认真地看了看我的签证，签证上面有他们需要的标志。他们吃力地大声叫出我的名字：“威廉·霍尔丁·利比？”从他们嘴里说出来时，我听到的是：“哈尔丁·布勒。”

“是的，”我说，“就是这个名字。”

他们在黑名单里查了查，发现“利比”这个名字并不在其中，于是他们相互看了看，只能相对叹息了。一方面，他们不是哑巴，他们能够感觉到什么东西弄错了。另一方面，为了放心，他们让我回答了更多的问题，还让我填写了好几张表格，这对他们来说是一个失落的夜晚吧。他们下班后可能还有另外的计划，但是现在那个棕色头发的警卫还在为我的护照盖章，他给我一个孩子般的笑容。“放行，”他尽力用一种意大利法语的口音说，“放行！”

在接下来的进站过程中我仔细观察了谢列梅捷沃机场，这个混凝土机场是为一九八〇年的奥运会修建的，悬挂着一条大大的红色标语：欢迎来到苏维埃社会主义共和国联盟。这些标语的背景墙却是灰色的。我的行李安全通过安检，我写的书的第一部分的微缩胶卷没有被发现，我把它放在行李箱的秘密隔层里——这个行李箱是为机密文件安全通过常规检查而设计的。我通过了最后一道门，看到了用多国语言写的指示牌，告诉人们如何找到苏联国际旅行社的导游。在我还没去找导游之前，就有一个出租车司机向我走来，他是一个纽约风格的出租车司机，大声地近乎咆哮地告诉我托马斯·沃尔夫的格言：世界上从事相同职业的人都是差不多的。我告诉他我要去都市酒店，他收了我二十美元，这个酒店是纽约的旅行社为我订的。我多幸运啊，都市酒店可以说和原来的国民酒店一样很难预订。“我可以安排你住新的国民酒店，”旅行社的负责人曾经和我说过，“但是你不想住在那里的，因为那里住的全部都是团队。”

“是的，”我说，“我不想住在一个全是团队住的地方。”从这里你是不是可以看到我的一些非常明显的特点？当然，我很少去旅行社，去了也只是付现金，询问一下我的签证什么时候下来（我觉得有些旅行社是有政府关系的，可以很快就办好签证）。最后证明，他们确实是有关系的，果然在一个星期内就办好了我的签证，因此我给他们付了小费。尽管这么快的速度可能意味着他们把我的名字放到了苏联国家安全委员会的名单上，而这个名单是专门记录那些倒人胃口的、特殊个人旅游者的。现在，在我上出租车之前，出租车司机就以一种做黑市交易的口吻告诉我，他想买我手中的美元。他给的利率是每三卢布换一美元，这个利率比在银行兑换还划得来。

这可能是一个陷阱，我不喜欢他，当然我更不信任他。苏联当局可以把我抓进监狱，就因为我在黑市买卖货币。

但这个司机确实在努力吸引着我的眼球，以至于我想看窗外都不行，我并没有根据他的行为形成对俄国人的第一印象。在一个国家的主干线上旅行，就像在隧道里行走一样，车上的嘈杂声——我坐的是一种苏联特有的小型廉价出租车——给我留下的印象比苏联的风景还要深刻，司机的声音在我的耳朵里一直回荡着："好吧，你告诉我，嘿，你带了多少美元在身上？"

我们一路经过了一望无际的白雪覆盖的地方，有些地方的雪很干净，有些地方的雪很脏，还有一些地方的雪已经融化了。在这些雪融化了的地方，泥土是那么肥沃，在阳光的照射下充满了生机。一部分的莫斯科开始显露出来，在路边可以看到造型时尚的小屋，这些小屋都是一排排的，门很大，像张大的嘴巴，一些小屋的油漆层开始脱落了。紧接着映入眼帘的是高高的栅栏围起来的住宅区，整个住宅区都被不太干净的雪掩盖着，看起来就像受潮的石膏涂料，正一个劲儿往下掉。在人们还没来得及用泥铲粉刷高墙的时候，给人的感觉是：这里是一个不幸的地方。苏联谢列梅捷沃机场三月的天气就像水泥墙一样灰蒙蒙的，这里的共产主义气息也在猛烈地冲击着我，就像这个司机给我留下的深刻印象：穿着过时、不整洁、爱出风头、一直很沮丧、热衷于黑市交易。当然，这个司机很有可能是苏联国家安全委员会的便服人员。这个司机真的会是吗？

我看到一条大横幅横跨高速公路：苏联的传奇。在那些字里我看到了“列宁”两个字，这无疑是一条教育人民的横幅。你会在多少低劣的、欠发达的第三世界国家的路边看到这样的宣传横幅呢？扎伊尔[1]是一个，尼加拉瓜、叙利亚共和国、韩国、乌干达等国家都是这样，谁在乎呢？我在车里甚至都看不到外面的世界，不过隐约可以看到莫斯科的街道已经出现了。车子侧面的窗户已经溅满了泥，看不清外面，司机只能从雨刷刮过的挡风玻璃看到前方，这雨刷已经使用过度，仍然在一遍遍地刮着满是泥土条纹的玻璃。司机的额头和脸庞就像八月的天气那样阴沉。

现在我们来到了宽阔的林荫道上，这条路上的车辆并不多，我看到路边陈列着许多庄严肃穆的古老建筑——政府办公楼以及专业的政协大楼。路上也没什么行人，这可是周末，而且还是市中心。

我们停在了一个广场上，这个广场在一幢绿色的六层高的古建筑前面。这栋建筑上写着都市酒店的俄语名，我已经到了都市酒店了。我现在的家离我原来的家已经很远很远了。

司机想要十美元小费，我打算给他两美元。不得不说他有一股独特的力量，而我也不知道哪根筋出错了，最后居然给了他五美元小费。可以说，我再也不是原来的我了。

看门人是一个既矮且壮的有着宽硕下巴的老男人，他就像一个退休的黑手党士兵。在他灰色外套的翻领上有一个“一战”时的英雄标志，他看起来是那种不愿对陌生人显示出任何一点真诚的人。

[1] 刚果民主共和国的旧称。

他也没有立即跑过来帮我搬行李，他就是要让旅客在外面进不了酒店。为了能够进入酒店，我不得不给他看旅行社出具的证明。进入酒店里，酒店大厅很糟糕，整个大厅的色调从雪茄皮的棕色变化到火车皮的绿色。地板是陈旧的镶木地板，当你踩在上面的时候感觉像踩在廉价的油毯上一样。我感觉自己到了时代广场边上那些令人不高兴的酒店里了，这些酒店沉浸在缭绕的迷雾中等着被拆除。

这就是著名的都市酒店？如果我没记错的话，这就是大革命之前布尔什维克党聚集的地方。巨大的大理石质的楼梯围绕着一个柱状的观光电梯盘旋而上，这个观光电梯是以精美的铁艺装饰表面的。

坐在前台的女士穿着毛衣，她的鼻子被冻伤了。她戴着眼镜，看起来很普通，而且她假装没有看见我，直到我主动跟她说话。她的英语带着浓重的地方口音，那口音让人想起了一些痛苦的事，就像对于没有天分的女孩来说跳芭蕾舞是一件痛苦的事。操作电梯的男孩，在他身上同样可以看到“一战”时的标志，他的脾气很粗暴。四楼的看门人是一个长着深棕色头发的女人，扎着蜂窝式的发型，她的脸是标准的俄罗斯人的脸型——她看起来像是看门人的妻子。她坐在一个透明的玻璃凳子上面，面朝电梯，还在一个小花瓶里养了一支玫瑰。当我来到她面前的时候，她就皱起了眉头，因为她要为我找钥匙，那些钥匙太多了，而且全是铜质的，重得像一麻袋零钱。

去我房间必须经过一条又长又黑的走廊，经过走廊之后还要转一个九十度的弯通向另一个陈旧的房间。这个房间的木地板上有很多裂缝，在这些裂缝里面有很多长方形的木条夹嵌在里面。在之前提到的走廊里有一条狭窄的红色地毯铺在上面，这条地毯差不多有一个足球场的一半长，一直通向我的房间。这个酒店的地板实在是太差了，差得让我觉得（如果之前我说过坠入冰河的话）我是从一个冰窖落入到了另一个冰窖里。

我的房间大概有十一英尺宽，十四英尺长，天花板有十二英尺高，从房间的窗户可以看到一个灰色的球场。房间里有很多抽屉，有一张狭窄的床，在大大的床单上有一床很薄的欧式风格的被褥。床头还有一个像泡过水的圆木一样重的枕头，房间的墙壁上还有一台电视机。

我打开电视机，电视机屏幕上全是雪花点，这些雪花点在不停地跳动着。这是台黑白电视机，正在播放一个儿童类节目，看到这么差的画质我就把电视关了。我坐在狭窄的单人床上，将手放在我的头下想休息一会儿，突然我想起了什么似的，立即爬起来，把窗帘拉上。我再次坐下，我在想，如果我进来的时候没有引起官方的注意，那我至少可以在这里待一个星期，顺便把我遇到的问题分分类。我心里有很多问题，这些问题我几乎没法解决，我只能把它们分分类罢了。

当我想起了我的生活在一个漫长的夜晚突然终止，正如你所想的，这让我陷入了深深的沉思。曾经有一个导演告诉我，当他的一部电影被封杀之后，他和他的摄制组以及演员们是如何生存下去的。他们曾经被迫分开，但他每天醒来的第一件事就是告诉自己：伯纳德，我必须要重新拍一部满足市场要求的电影，一定要证明给制片人看，那部失败的电影不过是一个意外而已。然后他就马上起床刮胡子，坚定地告诉自己：这部电影已经完了，你已经疯了，你不可以再拍电影了！他告诉我，他是逐字逐句地对着镜子说这些话的。对他来说，虚构的电影比真实生活更加真实。

难道我和那个导演一样吗？一年以来，我都躲在布朗克斯的一个出租屋里，不敢见任何人。这一年来，我努力地在自己和基特里奇之间筑起一道防护墙，因为一想到她我就会陷入无尽的哀伤。很多时候，一个月的时间在不知不觉中就过去了。在这一年的日日夜夜，我白天工作，晚上睡觉，周而复始，我好像在纺织一根线，期盼着这根线可以引导着我走出这个山洞。

偶尔地，沉睡在心底的对她的爱没有任何征兆就苏醒了，我觉得自已快发疯了。越是这种状态，我就越可能犯错，也就越有可能被捕。在布朗克斯住了一段时间以后，布朗克斯对我来说已经变得不安全了，我必须又一次搬家。

而且，他们一定还在四处寻找我，这是必然的。我不出现的时间越长，他们就有越长的时间去布置如何抓捕我。他们肯定很疑惑我有没有去莫斯科，我觉得这是多么可笑啊——这是一个身处困境的人在自娱自乐——当我住在布朗克斯的时候，他们却怀疑我在莫斯科，这太可笑了。

当我把一切问题的思路理清后——尽管我还不能把每一件事都列举出来，我决定去旅行，这是我第一次想去苏联旅行。我不知道为什么想去那里，我陷入了矛盾中，我想他们曾经在布朗克斯郡、纽约追捕我却没有抓到，但如果我最后被苏联国家安全委员会抓住了那该怎么办呢？我要带上微缩胶卷吗？这个胶卷里有我对所发生事情的自述，如果真发生了那样的事，我自己都觉得自己不可原谅。为什么我会这么想呢？即使我通过了苏联海关的安检，如果苏联当局知道我来了，那我又应该怎么办呢？如果夏洛特已经叛变了，那么我的假名字肯定会被苏联记录在案的，但是这个猜测也只是一个正常人的想法罢了，也有可能不是这样的。过去我一直在为中央情报局的秘密组织工作，我的思维和常人的并不一样。如此一来，我就想带上我写的书的第一部分的微缩胶卷。我并没有负罪感，但冥冥之中似乎我在循着一条令人疯狂的路走下去。我拿起我的手稿，好像这些手稿是我最重要的寄托一样。我永远也不可能丢弃我写的书的第一部分。其实，这个住在步行街的犹太老女人知道我在写一本书，因为我曾经租住在她的房子里。

“噢，索耶先生，”当我告诉她我要走了的时候，她说，“我会想念你的打字机的声音的。”

“嗯，我也会想念你和洛温塔尔先生的。”

洛温塔尔是一个八十岁的关节炎患者，而这个犹太女人是一个七十五岁的糖尿病患者——我们之间并没有接触多少，只是这一年来我们都会简单地问候，能做到这样，我已经很满足了。愿上帝保佑他们——我觉得他们的生活对我来说很无趣，或许我应该深入了解一下他们的生活。我能感觉到和她说话的时候我是一种屈尊的状态，因为对我来说，尊重那些非常节俭的中产阶级是很困难的。当我希望他们对我的过去感兴趣的时候，我又不愿意热情地跟他们讲述，最终我只能用假职业和假名字和他们相处。可能叫我这个假名字的人还有一个叫作菲利普·索耶的配偶，我用这个名字是因为我不想留给威廉·霍尔丁·利比任何线索，关于我的所有信息都是假的，所以我也没什么话要跟洛温塔尔先生说。当我们在大厅见面的时候，只会简单地问候几句。我的房租可以增加他们的生活收入，而我待在这里我的隐私也相对安全。待在屋子里时我经常想，什么时候厌倦了用电炉煮出来的汤，我就可以出去吃顿饭或者去看一场电影。我慢慢地写作，写作对我来说是一件漫长而痛苦的事。

书稿的最后一部分已经完成了，但是我的进度真的很慢。曾经有一段时间，我觉得自己就像悬崖边上的卵石，随时都可能掉落悬崖。莫斯科就像一块闪烁的广告牌一样吸引着我，我找了家旅行社，而且为了去苏联我还专门自学了俄语。最后，我跟洛温塔尔夫妇道别，我告诉他们我要去西雅图，洛温塔尔夫人回答我说："你会完成你的书，并且会给你的家人看的，是不是？"

"是的。"我说。

"希望他们会喜欢。"

"谢谢，"我说，"我也希望如此。"

"或许你需要一个出版商。"

"确实是。"

"如果你出版了，你给我寄一本过来吧，我会付钱的。我希望你会在寄给我的那本书上签名。"

“噢，洛温塔尔夫人，”我说，“如果我出版了，我会免费给你邮寄一本的。”

这样的对话，她是永远都不会忘记的。如果那些寻找我的人发现我在布朗克斯的这个藏身处，他们肯定可以从她口中得知我在写些什么东西。

现在，我身处苏联，我从床上起来，打开旅行袋，开始收拾行李。我把旅行袋里的所有东西都拿出来，除了那个装着我写的第一部书稿的档案袋，因为我根本不可能打开它来看。现在是莫斯科时间周日下午四点，对我来说这个时间应该是早上八点，我的时差还没有完全倒过来。我很困，又精疲力竭，我是晚上八点离开纽约肯尼迪国际机场的，我已经连续八小时没有休息了，又飞了十个小时（还在英国的希思罗机场中转），最后在莫斯科时间下午两点到达莫斯科，纽约时间是早上六点，我的神经已经完全颠倒了。由于现在是纽约时间早上八点，难怪我现在觉得充满活力，经过一夜的休息肯定是充满活力的。但事实是我并没有得到休息，这只是一个假象，所以我需要出去走走。

我来到外面散步，这是我第一次踏入莫斯科。如果说美国四十年来在电视媒体上宣传共产主义是邪恶的——尽管这样的手段足以让每个人相信共产主义是邪恶的——但我还保有一点自己的见解。共产主义究竟邪不邪恶？如果这个理论真的很邪恶很恐怖，那这个理论为何又能凝聚这么一个庞大的复合体呢？或许那些说共产主义很邪恶的理论，其本身就是邪恶的。

因此，当我第一次踏上莫斯科的大街时，我觉得这几乎是不可能的。

我感觉自己就像那些在监狱里关了二十年最终被释放的人一样，对这个世界充满好奇和恐惧，因为他们并不了解他们所进入的这个世界。例如，他们到商店不知道怎么买一条裤子，因为他们已经二十年没买过裤子了，在监狱里有人直接把裤子发给他们。现在，我不知道自己在这里可以做什么，我不确定，没有谁来证明我可不可以走出酒店来到街上。

我在大堂里来回徘徊着，观察着来来往往的人流，没过多久我就浑身不自在。如果我继续待在这里，可能会引起怀疑，所以我鼓起勇气准备冒一次险，走到酒店出口，正准备走出去时，却被一个满脸疑惑的门童看到了——我花了点时间才反应过来，他有可能不知道我是一个已经入住酒店的客人，所以他一脸疑惑地看着我。

无论如何，现在我已经走在街上了。将车停在酒店附近的出租车司机不停地叫喊着我，他们觉得我是一个乘客，因为我看了他们一眼。我不顾他们的叫喊，继续走自己的路。我没有做出任何举动回头查看自己有没有被跟踪，因为我不想让别人看出来一丁点我懂得逃脱的策略。幸运的是，我没有感觉到被跟踪，我穿着一件非常陈旧的夹克，戴着一顶黑色的针织帽子，这顶帽子盖住了我的耳朵，这让我看起来像一个商船上的船员。一切都挺好的，我感觉像是重获自由。

我知道，在离酒店不远的一个广场上有一座捷尔任斯基的雕像，这个人是苏联秘密警察组织契卡的创始人，他的名言是：改革就是一把利剑。同时他也是苏联国家安全委员会的创始人之一。在他的雕像后面，是声名狼藉的卢比扬卡广场，我是从书上、照片上、任务报告的情报中知道这个地方的。我非常了解这个地方，熟悉程度甚至超过美国的任何一座监狱——我在自我想象的礼堂里已经无数次听到过卢比扬卡的地下室里传来的饱受折磨的尖叫声。现在，我不知道自己是不是还想靠近它，可是正因为在犹豫中，我就径直从都市酒店走向捷尔任斯基广场了。现在，呈现在我面前的是一座大厦，这是一座十九世纪晚期风格的建筑，这座大厦有七层，这就是卢比扬卡，这是一间专门的停尸房。在用作停尸房之前，它是革命前的商业王国，是专门用来为沙皇服务的保险公司，现在，大厦的窗户上仍然可见白色的窗帘。在大厦的入口处，还有用作装饰的打磨得发亮的青铜器，这座大厦的墙是已经被严重污染的卡其色。这是一座阴沉的、老旧过时的建筑，在这个周日下午的晚些时候，你会看到有很多穿着官员制服的男人从这里进进出出。这里的空气就像新英格兰冬天森林里的空气一样寒冷，但是在这里，我没有听到尖叫声。这个卢比扬卡——应该是我以后的家——并没有让我激动或者畏惧。

我沿着广场一侧的街道走着，街上都是灰色的灯光，稍微暗点的地方几乎连路都看不见。“破旧的商业街。”我的脑海里忽然蹦出这句话，如今这么灰暗的地方曾经是不是也辉煌过呢？我能够明显地感到萧条和悲凉。在这里，有一刻我深刻地体会到忧郁也是一种不错的体验——这是我一个星期以来第一次真正的思考吗？因为我一直认为，承认自己的困境、清晰地认识自己的处境才是保护自己的心灵免受伤害的第一步，忧郁是保护心灵的一座堡垒，因为忧郁的人可以更深入地理解内心世界，不再受世界上肮脏事物的影响。是的，如果我能在莫斯科找到我一直以来寻找的忧郁感，那么这个地方对我来说无疑是一种很好的保护。当我这么想的时候，我又走在了另一条通往广场的街上，走在这条路上的感觉非常好，就像是从一条罗马小巷出来走进伟大的圣彼得堡广场一样，只是这里没有梵蒂冈，而是一条由鹅卵石铺成的路，这条路有半英里长、几百英尺宽，一直通向克里姆林宫。在灰色的视线里，铅黑的黄昏慢慢笼罩下来，俄国人还在排着长队等着进入列宁墓瞻仰他的遗体，他的遗体就保存在红色广场下面。两千多人，两人一组地排着队，每分钟可以进去二十个人的样子。依照这样的速度，全部进去需要一百多分钟。这么多人站在这刺骨的寒风里，如此漫长地等待，只为了瞻仰一眼列宁。

我开始注意街上的俄国人，他们看起来几乎都是中年人。即使是年轻人，他们身上也有一股年迈的气息，让他们看起来也像中年人。一直以来，红色广场都是一个活跃的地方。让我感到惊奇的是，即使是在周日的傍晚，这个地方也是这么热闹、活跃。广场上的灯光微弱，人们被冻得发红的脸上洋溢着欢乐。公共汽车带来的游客——本地的俄国人——正在离去，也有人才刚刚到来。穿梭在红色广场上的人正在享受着简单的快乐，那些努力工作的人才能获得机会到这么重要的地方参观。这些人可能是摩门教徒或者是耶和华的见证人，参观这里，可以让他们通向自由之路。

这看起来多像电影里的情节啊。红色广场的中心比四周都要高，所以当人们在观看红色广场的时候，从远处只能看到他们膝盖以上的地方。他们的脚被鹅卵石的道路遮住了，这让每个人看起来都像是在跳动，因此，当他们走动的时候，或者说当他们上下跳动的时候，他们看起来就像是长距镜头一样。我不知道红色广场的历史，也就是说，我不了解是什么样的大事件才铸就了这样一个神圣的广场，但这让我有了一种解脱感——从布朗克斯的打字机的声音中、从莫斯科的城墙中解脱。就在幻想的一刹那，我也准备庆祝，融入这欢乐的气氛之中，我自己也不知道要庆祝什么。或许这只是一种来自旅行结束的快乐吧。

我回到了都市酒店，这次回来时有很多人和我打招呼：门童、电梯管理员以及我的楼层管理员。我回到了自己的房间里，坐在我的床上，又坐在床边的椅子上，把我的旅行袋拿了出来，看了看我藏微缩胶卷的地方，然后又把旅行袋放到橱柜里，这时候我才突然意识到自己很累了。我很厌倦外面寒冷的空气，现在我的思绪杂乱无章，血液在体内无力地流动着，散步之后的疲倦感充满全身——在莫斯科的每一个人走起路来都是大跨步，即使是散步，速度也很快。而我，一个美国人，只能加快步伐紧紧地跟随他们。现在隐藏在我内心中的孤独让我感到疲惫不堪，我不知道以前是不是也有过这么些日子让我备感孤独。

我下楼去吃饭，但饭菜似乎不怎么合胃口。我坐在一张可以坐八个人的桌子上，坐在一群陌生人之间，桌布很皱，但不算太脏，就像一件穿了几十年的衬衫一样。现在桌子上唯一的菜是基辅鸡，这是一种橡胶鸡，常规的官宴必备菜，这种鸡含有丰富的黄油，尝起来就像润滑油一样，可是现在桌子上的鸡却散发着一股酸酸的味道。桌上的燕麦粥煮的时间太长了，黑面包很粗糙，新鲜的蔬菜就是一片番茄。过了很久，饼干和茶才上来。服务员是一个肥胖的中年女人，她只关心自己，她叹了好几声，似乎她能做到的唯一和她自己无关的就是做好她的工作。

当我离开桌子以后，我才意识到我进入了酒店的咖啡厅，一个不允许客人进入的餐厅，而真正为客人准备的餐厅是从大厅旁边的一个玻璃门进去的。在这个餐厅里，市场上的商人、官员和他们的妻子在一起排队。在餐厅里面，有一支跟耶鲁大学毕业舞会伴奏乐队一样充满活力的乐队正在演奏，他们的声音回荡在整个餐厅里。

我回到电梯口乘坐电梯，我想回去睡觉了，我希望自己能够入睡。当电梯到达我的楼层，那个留着蜂窝式发型的楼层管理员递给我钥匙时，还投给我一个真诚的微笑。我感受到了，心里挺开心。很显然，我一天经过她的桌子无数次，终于能够让她确定我是住酒店的客人了，给我钥匙或者从我手里拿到钥匙是一件令她特别开心的事。这个现象真是奇怪，我对存在主义大师萨特表示敬意。

我锁上门，脱掉衣服，洗洗脸，再擦干手。水槽有了裂缝，肥皂里有沙粒，浴巾又小又粗糙，手纸也一样。这可是莫斯科的十佳酒店啊，顿时我感到特别愤怒，这样的国家又怎能配做我国最大的敌人呢？他们甚至没有做我们敌人的资格。

然后我上了床，并没有如期入睡。我的第六感暗示我，有些东西要降临了。我决定起床看看我的手稿，手稿会让我了解一些我牵挂的事，这些事是发生在那一年我租住在洛温塔尔夫妇的房子里的。可是这时候，我记起来了很多关于手稿的事，这份手稿伴随着我度过了无数个夜晚，每当我写不出最后一部分手稿的时候我就会拿出来看看。是的，即使基特里奇出现在这些章节里，第一部分手稿还是要一直保留的，毕竟，在第一部分手稿里我还没开始写我和基特里奇之间真正的爱情故事。另外，当我在放映这些胶卷的时候，有时候我会大声喊出声来，这样的行为会让我的思考变慢。如果有些时候我很想念基特里奇，我就会背诵手稿的第一部分内容，这样的做法并不总是有效，但如果遇到有效的时候，我就能够“转危为安”了。死去很久的鬼都不会出现，我可以和基特里奇单独相处。现在，我的第一部分手稿是唯一和基特里奇相关的东西，因此，我开始背诵手稿的第一句，我大声地背、慢慢地背，我将那些句子都读出音调来了。这些话从我的嘴里自然而然地出来，这些话是黑暗之中的一股力量，当我睡着的时候，这股力量就投入了黑暗的战争之中。

我开始读第一章。即使我在默默地读一些句子，但我还是在认真地看着胶卷。这是我一半的过去，我是以一种我能够一直记住的方式来记录我这一半的过去的，这是我代笔几年的经验。当然，这也是我比较好的一半的过去：“几年前，我忽视了一九五五年进入美国中央情报局时签订的合约……”这是我的手稿第一部分开头的序言（当然，一本两千页的手稿总是需要序言的）。

于是我又回到了影印书本，我把白色的墙壁当作投影幕，我用特制的红外线激光笔来翻页。我看到了哈利·哈伯德早年在中央情报局的一些情况，哈利·哈伯德这个名字似乎和我自己是相互分离的，而我则像一个陌生人重复地翻看着这个名字。我看着这些最初的文字，感觉很亲切，就像看见了我那不完美的过去一样。

前　言

几年前，我忽视了一九五五年进入美国中央情报局时签订的合约，我开始着手写回忆录，我的这部回忆录旨在呈现一幅真实的画面，关于二十五年以来在情报局工作的经历。我希望我的回忆录不会那么长，但是我的自述内容忽然激增，以至于它现在几乎是情报局里的人写的所有回忆录里面最长的一部。或许我是托马斯·曼的一条格言的拥护者："只有详尽的描述才是真正有趣的。"

于是我试着遵循我性格的改变来记述，而一九五五年到一九六五年的大致情况（到目前为止，我还不打算记录时间跨度更长的事）并不是作为回忆录来阅读的，相反，它是一部教育小说，是一个年轻男人关于他所受的教育以及他的个人发展的额外自述。任何一个读过一些间谍小说的读者拿起这本书希望看到很精彩的情节都会发现自己来到了不熟悉的领域，发现与原来所看的间谍小说不一样的东西。作为情报局的工作人员，我当然会写一些阴谋故事，这些故事里面有一些是我自己发起的，有一些是我总结别人的阴谋记录下来的。当然，大部分的时间我是作为一个送信人的，我不能确定我的情报都送给了哪些人，即使他们偶尔会从我的眼前经过。如果我说，我的回忆录记录的生活状态是大部分为中央情报局工作的人员的生活写照，这个结论是不为过的，我们这些人要学会如何面对别人的讽刺，而且像我们这样从事情报工作的人经常会阅读一些间谍小说，然后我们会满怀渴望地说："啊，如果我们的工作是这样的该有多好啊。"

尽管如此，我希望能够通过我的回忆录对我们的日常生活以及偶尔的冒险经历给出一点个人的见解。我们在这个特殊的环境里工作，在这些年的工作经历中，有时候我们会碰到错综复杂的情况，这绝对不同于普通情况。

第一部

早些年的训练故事

1

让我来告诉你们最初的事实吧，我是哈伯德家族中的一员。布拉德福德和富达·哈伯德在“五月花”号[1]到达美洲后的第七年来到了普利茅斯，这个氏族的分支如今都可以在美国的康涅狄格州、缅因州、新罕布什尔州、罗得岛州以及佛蒙特州找到。但是据我所知，我是家族里的第一个公务员，在我这个领域里面，我们家族的名字不如律师、银行家、医生以及立法者等行业有名气。我这个家族在内战期间出过一个将军，还出了几个教授，我的曾祖父斯莫利驹·金伯尔·哈伯德是圣马修学院的校长，即使在今天，他也是一个传奇。在他九十岁的时候，他仍然能在夏天的早上划一艘小船到蓝山湾。当然，一旦他某个划船的动作不正确他就有可能丧生在缅因州冰冷的海水里，这是一种致命的冒险，而最后他是在床上去世的；我的父亲，博德曼·金伯尔·哈伯德，他的朋友们都叫他卡尔（因为我父亲很崇拜纽约巨人队的传奇巨星、左撇子投篮高手卡尔·哈贝尔），他也很了不起，我的妻子还利用我父亲的名声为她的个人作品《双重灵魂》做宣传。我的父亲恃强凌弱，但他却是一个主教的执事，他很英勇也很有能力，他每天早上一定会用冷水洗澡，就像人们吃鸡蛋和培

[1]“五月花”号是英国一艘三桅杆轮船，在前往新大陆之前是一艘进行商业贸易（通常是葡萄酒）的货船，主要来往于英国和法国，以及挪威、德国、西班牙等其他欧洲国家之间。1620年，在英国受到宗教迫害的104名清教徒，搭乘“五月花”号来到北美洲，建立起普利茅斯殖民地。船上的人在航行之中出现纠纷，为了平息纠纷，也为了上岸建立新殖民地以及可能的自治政府做好准备，船上41名成年男子签署了《五月花号公约》。这份公约成为美国日后无数自治公约中的首例。

根一样平常。他每个周日都会去教堂，但他是一个风流成性的人。就在“二战”结束后不久，当约翰·埃德加·胡佛在努力说服哈里·杜鲁门相信建立中央情报局是不必要的，联邦调查局可以做情报局做的任何事的时候，我父亲仍然在努力地拯救我们情报局。他设法引诱国务院的重要部长以此获取大量的秘密情报，然后把这些情报交给艾伦·杜勒斯，艾伦·杜勒斯拿到这些情报之后，包装好送给白宫，好让白宫保护这些部长。这样的行为最终让白宫相信我们确实需要这样一个独立的情报机关。在那之后，艾伦·杜勒斯非常欣赏卡尔·哈伯德，并且有一次，他曾告诉我：“你的父亲不愿承认，但是刺探部长隐私的那一个月确实是他一生中最美好的时光。”

我的父亲很严厉，因此我有一个担惊受怕的、紧张兮兮的、郁郁寡欢的童年。我希望我能继承他的优点，不过可能是因为我本身的天资不够高。在大部分的时间里，我都很恨他，因为他对我很失望而且我从未收到过他的来信。

我的母亲则完全不一样。我是两个完全不同的人的婚姻产物，或许他们两个都来自不同的星球吧。确实，我的父母结婚后不久就分开了，而我小时候却嚷着要让这样完全不一样的两个人在一起。

我的母亲娇小迷人，典型的金发碧眼。她夏天住在南安普顿，这是纽约的一个中心，它的西边是第五大道，东边是公园大道，北边是八十大道，南边是六十大道。她是美国富裕犹太人家的女儿，但她从来不会告诉你《摩西五经》和犹太法典《塔木德》有什么区别。她抚养我长大期间从来没告诉过我关于犹太人的事迹，除了一件：纽约杰出的犹太银行家。如果未来发生什么灾难的话，我觉得我的母亲会把所罗门兄弟[1]和雷曼兄

[1] 所罗门兄弟 (Salomon Brothers)，华尔街的著名投资银行，1910年成立，20世纪90年代末被旅行者集团并购，现属花旗集团。

弟[1]看成救命稻草。

不过我母亲的高祖父是一个非凡的人，他叫哈伊姆·希尔柏兹格，但后来他的名字被移民政府改成了海曼·福尔希斯坦，他是一八四〇年移民过来的，他一直在努力拼搏，最终由一名路边摊贩发展成了一个百货商场的大老板，具有崇高的社会地位。因此他的儿子们就变成了有钱犹太人的儿子，他的孙子们就成了纽波特[2]接待的第一批犹太人，现在纽波特的名字改成了希尔柏之地。假如我母亲家族里的每一代人都比前辈人更加挥霍无度，那么这个家族肯定是以一个毁灭的速度没落的，但事实不是：我母亲继承的财产和海曼·福尔希斯坦留给他的继承人的财产一样多——不过到我母亲这一代，她只拥有他的四分之一犹太血统，因为他和非犹太女人结婚了。

那就是我母亲的家族。尽管我小时候见母亲的时间比见到父亲的时间更多，但被我视作亲人的只有我的曾祖父，我会尽力忽视我母亲那边的亲戚。一个在死牢里面的囚犯曾经说过："我们并不亏欠我们的父母——我们只是从他们的身体里面经过。"对于我的母亲，我就是那种感受。从很小的时候，我就开始不重视她，尽管她真的很迷人而且她知道很多有趣的荒唐事。确实，她在准备快乐的晚餐方面比平常人好很多。不幸的是，她也是坏名声的拥有者。当杰西卡·希尔福菲尔德·哈伯德成为她的前夫没几年后，她就被社交界名人录排除在外了，但是十年之后又爆出她最好的朋友不再见她了。我怀疑，这件事情不是因为她连续不断的风流韵事，而是因为她喜欢撒谎的癖好，她是一个心理变态的骗子。最终，

[1] 雷曼兄弟公司自 1850 年创立以来，已在全球范围内建立起了创造新颖产品、探索最新融资方式、提供最佳优质服务的良好声誉。北京时间 2008 年 9 月 15 日，在次级抵押贷款市场危机（次贷危机）加剧的形势下，美国第四大投行雷曼兄弟最终丢盔弃甲，宣布申请破产保护。

[2] 纽波特（Newport），美国罗得岛州东南部港市，避暑胜地。

她的记忆成了她唯一的永远的朋友，因为只有记忆力记得她愿意记住的过去和现在的事情。我相信我下这个结论是因为我的母亲一直都培养我反间谍的能力，在这个职业领域里面，我们尝试着让敌人产生错误的认知。

无论如何，我无法假装自己是一名优秀的犹太人。我和母亲所说的高祖父海曼·福尔希斯坦的唯一关系就是所有的排犹理论都让我觉得紧张。可能是因为我在犹太区长大的缘故吧，只要一听到那些排犹理论，心中就不自觉地愤怒。对于犹太人的遭遇，我有切身的感受。当然，一想到犹太人，我就想起了在纽约的地铁中，每逢乘车高峰期，人们忍受着噪声的折磨而在面部表现出的那种紧张表情。

但是，我确实度过了一个非常有趣的童年。我上的学校是巴克利学校，在学校我还是一个受特殊待遇的人，直到我被劝退学，从这里可以看出来我在密集队形操练方面没有什么天赋。在行军的时候，面对这么大的压力我就会自然而然地头痛，如此一来，我根本就听不到指挥。

当然，我怀疑母亲的坏名声是影响我的另一个原因。后来父亲找到了让我恢复的方法，这也让我更加确定了我的怀疑。作为一个用冷水洗澡的勇士，我的父亲是不喜欢为他的子孙求情的。但是，这一次，他叫了一个人来帮忙处理我的这件突发事件。哈伯德家族有一些在纽约非常有名望的朋友，我的父亲就带着我去见了许多巴克利学校的老校友。“这不公平，人们因为她而责备这个小男孩。”这是我无意听到的。后来他们一定解决了此事，因为我又复职了。最终我坚持了下来，而且从那以后我的头痛越来越少，尽管我从来不知道作为一名后备军官的生活是轻松的。

我想那些开心的年轻人肯定会想起他们的童年时光吧，而我只记得一点点，这些年的事情只能以回忆的形式告诉大家，我用一件一件的事情来收集我的回忆。我总是可以回答一些荒谬可笑的散漫问题，比如：“我父亲什么时候带我到二十一餐厅吃午饭庆祝我十五岁的生日啊？”

二十一餐厅对我来说是一个吃饭非常棒的地方，但是我的父亲不知道，“它是所有地狱里最好的一个”——这是他习惯说的话，他知道他要站在酒吧门口等我。

我不能信誓旦旦地说，楼下的餐厅自从一九四八年以来一直都没有变过，但我觉得很有可能。我觉得那些玩具模型应该还吊在低矮的黑色天花板上，有蒸汽船的模型、一九一五年生产的双翼飞机模型、火车头玩具以及有轨电车的模型等等。带有敞篷座位和备用轮胎的小轿车也还在酒吧里。在瓶柜上面悬挂着打猎用的号角、弯刀、象牙以及一双很小的拳击手套，这双手套小得可以让婴儿佩戴。我的父亲告诉我杰克·邓普西把那些手套分给了二十一餐厅的主人杰克·克林德勒。当我相信他说的这些故事的时候，我父亲不介意再次改编他的这些故事。我认为我父亲遵从这样一个结论：良好的感觉总是在面临出局的危险中才产生的。因此，他总是会加工他的故事，让他的故事听起来更加曲折离奇。顺便提一下，我觉得我的父亲和欧内斯特·米勒尔·海明威在一定程度上很相似——至少他们叙述起故事来总是那么形象生动——而且他也留有黑色的小胡子。他的体型和海明威也很像，长着细长的双腿对一个喜欢运动的男人来说无疑是一个优势，他经常说：“如果我没有这么多琐事缠身，或许我可以成为全美国的第一后卫。”我父亲的酒量非常好，他的酒量大得甚至让二十一餐厅的收银员惊讶，我的父亲为此感到骄傲。

当然，他可以为此感到骄傲。但是我想说的是我的父亲很自负，而且喜欢以自我为中心，我并不是故意贬低他。当他为大学里的运动经历扬扬自得的时候，你可以看到，他在和别人相处时，其实那是他经过深深的挣扎之后才做出来的决定：他的双重人格是那么的不同。我父亲是一名宗教执事，但他也是一个恃强凌弱者，这两者存在着很大的区别。我觉得他的厉害之处体现在他能够在内部找到一种方式让这两种完全不同的人格相互契合。当那个深受克伦威尔[1]的正直影响的校长的儿子发表言论说，征服者也可以获得喝彩的时候，我父亲内心深处的力量似乎全部被激发出来了。他经过非同寻常的沉思之后说："当一个人好和坏的动机在同一个行为上面达成一致时，你会看到智慧的喷发。"

一九四八年十二月这天，我的父亲穿上了被我称作"战斗花呢格"的衣服，它以前是一套淡棕色的苏格兰粗花呢衣服（这套衣服的颜色很淡，但是在手感以及重量上却和骑马用的毛毯一样），是他从琼斯·乔克手里买来的，而琼斯是从道森的萨维尔街买来的，他们知道如何装饰一个骑马者。这套衣服他保留了十年，到目前为止，衣服的手肘和袖口的位置都用皮革修补过，现在变得更加具有可塑性了，裤子脱下来以后仍然可以直立。这套衣服很适合他，同时对他这个注重尊严的人来说，他那充满男子气概的身体和那套硬得像铁一般的衣服很是般配，更能凸显出他的优点。事实上，他根本就没有专门的工作服，他也没有什么便服，因为他几乎天天穿着那套衣服，只能偶尔看到他穿丝绒的晚礼服。不用说，在他穿晚礼服的晚上，他能够吸引所有女士的目光。"噢，卡尔，"女士们会说，"卡尔太帅了，如果他不喝那么多酒就更好了。"

如果他的任何一个朋友建议他去戒酒，他就会和这个朋友断绝关系。让人觉得好笑的是，他的酒量不如温斯顿·丘吉尔，但是他仍然要抓着酒杯。他从来不会喝醉，也就是说，他从来不会吐字不清，步履也从来不会踉踉跄跄，只是他的情绪特别多变，从这也可以看到他的个人魅力。喝酒的时候，他从不会小声叫服务生，如果一个背对着我父亲并且从来没听过我父亲声音的人听到他叫服务生，会被吓一跳，就好像他在酒吧的账单又多了一页一样。当我父亲喝多了时，他的脾气会像他的情绪一

[1] 奥利弗·克伦威尔（Oliver Cromwell，1599—1658），英国军政领袖，曾推翻英国国王，并转英国为共和制联邦，出任英格兰、苏格兰与爱尔兰的"护国主"。

样多变，慢慢地，他的眼睛变得像要燃烧起来一样，他的眼神好像要把你放到停尸房一样恐怖，他的声音甚至会让你觉得地面都在震动。无疑是我夸张了，虽然他是我父亲，但我却很少见到他。

有一天，当我进屋的时候他很生气，实际上，我就像那些女人嫁给巨船船长之后却十分害怕船长一样：我可以感受到他的情绪。午饭之前，他在思考一些非常重要的事情，并且快要攻破难关了。可是现在，我进来打扰了他的思绪，他很生气，气呼呼地喝着马提尼酒。我可以想象他会告诉他的助理说："该死，我现在要去陪我的儿子吃饭了。"

让事情更加糟糕的是，我迟到了，足足迟到了五分钟。当我匆匆赶到的时候，他却在谈论一个校长的儿子。开饭之前他独自喝着酒，他本可以在脑海里想想我们之间可以聊的话题，遗憾的是，尽管我们很少单独聚在一起，他依然是一副阴森的表情，因为他不知道要和我聊些什么。而我呢，心里充满了母亲的告诫以及怨愤，母亲告诉我，我会看到一个没有妻子在身边的男人也可以生活得很好，并且身边不缺少其他女人。"看到他，你就和他谈谈你的教育问题，"出门前母亲对我说，"让他承担你的教育费用，不然我就会起诉他，你就这么告诉他。"是的，我会匆匆地告诉他。"当心他的魔力，他就像一条蛇那样恶毒，"并且，正当我要走出门的时候，母亲又说，"告诉他我向他问好——噢，不，不要告诉他这句话。"

我重重地点了点头，然后爬上他旁边的酒吧高脚凳。当我爬凳子的时候，不小心滑下来了，弄得我的睾丸紧紧地缩在一起。当我再一次坐上去的时候，我就坐在那里缓和一下疼痛，并且试着看看酒吧里的那些标语。

有一张标语牌上写着：唷，呵，呵，来一杯朗姆酒。

有一个路牌上写着：25 WEST ZWEI UND FUNFZIGSTE。

"噢，"我问，"父亲，那是德语吗？"

"上面写着第五十二街。"他告诉我。

我们相对无言。

“你觉得圣马修学院怎么样？”他问。

“还好啊。”

“比巴克利学校好吗？”

“当然。”

“你不打算退学吗？”

“不，我的成绩获得了良好。”

“好吧，那你就试着拿优秀，哈伯德家族在圣马修学院是要拿优秀的。”

我们再次陷入了沉默。

我开始搜寻酒吧里的其他标语，看来酒吧里面是不介意写错别字的。有一个标语牌上写着“我们这就是周六的天堂”，但是“周六”这个单词写错了。

“最近我有很多事要忙。”他说。

“我想也是。”

再次沉默。

他就像一只拴着的德国牧羊犬，内心充满了压抑和不安，我觉得我是瘦小版的他。但是我相信在这第一次见面的五分钟内，他能在我身上看到一些我母亲的影子，而我好像也能够感受到这些年来母亲对他的伤害，或许这世上他最想杀死的人就是他的前妻吧。当然，他放弃了这个念头，但母亲的要求对他来说无疑是雪上加霜。

“你的腿怎么样了？”现在他问。

“噢，恢复了，这些年都挺好的。”

“我相信现在走起路来还是很僵硬吧。”

“一点都不会，就像正常人的腿一样。”

他摇了摇头：“我相信因为那条腿，你表演起来还是会有困难的。”

“父亲，我只是不擅长密集型体操训练而已，”沉寂片刻后，“但是现在好多了。”这沉寂让我感觉自己好像是在把一艘船推出海岸，但由于船太沉重我推不动。

“父亲，”我说，“我不知道在圣马修学院能不能拿到A，他们觉得我在阅读方面有困难。”

他慢慢地点点头，好像这个消息对他来说很是突然。“有多差呢？”他问。

“看书完全没问题，但我总会把数字看成反的。”

“我也有这个问题，”他点点头，“在战争发生前，我在华尔街工作，早上的时候我常常担心我会把公司的时间看错，但有时候又不会看错。”他眨了眨眼：“你需要一个秘书去管那些事。”他拍了拍我的背问道：“再来一杯柠檬水？”

“不。”

“我要再来一杯马提尼。”他对服务生说，然后他就背对着我。我仍然记得那个服务生选择什么样的表情——当他们服务绅士的时候，他们会很热心；当他们服务游客的时候,他们就很不耐烦。“看,”我父亲说,“阅读困难症既是一种财富又是一种损失，许多好人都有这样的情况。”

“真的吗？”上个学期，学校里有很多男孩子叫我小笨蛋。

“真的，”他看着我说，“十年前我们去肯尼亚射杀豹子。当然，最后我们找到了一只豹子，而且它向我们冲来。在那里，我攻击过向我冲来的大象、狮子，还有水牛。在那里，你必须守住你的地盘，再寻找一个容易攻击的地盘，最后再夺回你的地盘。如果你想做到这些，你就必须学会如何控制自己的肚子不疼，你不能惊慌，你必须把自己当成一只狮子或者大象。即使你做到了这些，也算不上什么伟大的事，只是一种自我的准则罢了。但对豹子来说却不是这样的，我甚至不敢相信自己的眼睛，它就那么一直冲向我们，刚开始它从我们的左边冲向右边，后来又踅了回来，它的速度是那么快，快得让我觉得我是在看快进的电影，我甚至都不能用望远镜观看豹子的任何部位，所以我只能射它的屁股，以二十码的速度开了第一枪。我们的导游都很惊讶，他是一个嘲笑美国所有的人和事的苏格兰人，但他却称赞我是天生的猎人。后来我明白了，我能射中豹子屁股就是因为我的阅读困难症。你看，如果你给我看 1–2–3–4，我可能会把它读成 1–4–2–3 或者是 1–3–4–2，我觉得自己就像是一只动物一样看东西。我不像一些奴隶那么看书——遵命，老板，我在跟着你，遵命 1234——不，我会先看看什么离我近，再看看什么离我远，最后再看中间的东西。先内后外，先后再前，这就是一个猎人看东西的方法。如果你有阅读困难症，那可能就意味着你是一个天生的猎人。”

他迅速用手肘打了一下我的上腹，这一肘击充分告诉了我什么是被真正的殴打。

“你的腿怎么样了？”他又问。

“很好。”我说。

“你有没有试过单腿站立？”

我们最后一次一起吃中饭的时候，那是十八个月前，他就规定我要做这个动作。

“我试了。”

“你一次能做多少个？”

“一个或两个。”我撒谎了。

“如果你真的有去练习的话，你会取得更多进步的。”

“遵命。”

我能感觉到他开始生气了，但是那股气愤是慢慢开始的，就像水壶里快要沸腾的水。可是，这次，我也能感觉到他在试着收回他的冷漠，这让我疑惑，我已经想不起来上次他对我好是什么时候了。

“刚刚我在想有一天早上你滑雪的事，”他说，“那天你的表现很好。”

“很高兴我那天表现得很好。”我说。

我们又一次陷入了沉默，但是这次我们只是休息了一下。他喜欢回忆我的一些小事，我相信这是他这么多年来唯一一次夸奖我。

我七岁的时候，在一月份的一个周末，母亲的司机来学校接我，然后将车子开去中央车站。就在这一天，我和父亲准备一起到皮茨菲尔德去度一个特别的周末，在那里，我们将会去一个叫作布斯凯的地方滑雪。那天，中央车站的车鸣声多么像我激动的心情啊，我之前从未滑过雪，因此我觉得如果我去玩跳台滑雪的话，第二天我会全身瘫痪的。

自然，父亲不会允许我去玩跳台滑雪的。我被安置在租来的木条上，在父亲用绳子牵着我上了几次坡后，我试着和父亲一起下坡。父亲就像传承了滑雪者的血统一样，滑雪非常厉害，精彩得让人尖叫。当然，我作为一个初学者，好像还没有传承到这样的血统，稍微滑快了点我就会摔倒。一些障碍物很容易避开，还有一些障碍物就不那么容易避开了。在我还不是很累的时候，我摔倒了就不愿意起来，想坐在地上休息，父亲很快就冲着我大喊大叫了。在那些学习无论是骑车、游泳还是航海的日子里，又或者是今天我学习滑雪，他总是很容易发脾气，这让我觉得自己没有什么天赋，天赋只是上帝拥有的，如果你拥有天赋那就意味着你出身名门了。非洲的班图黑人相信作为一个首领必须要充实自我，而且要有漂亮的老婆，这是我在情报局里了解到的。这才是知道上帝关爱你的最好方法，我父亲也是这么认为的，天赋要用在值得的地方，没有天赋说明问题在根源处。笨拙、愚钝以及慵懒是恶魔的食物。今天看来，这并不是一个新颖的观点，但是我一生都在想这个问题，有时候我会半夜醒来想这个问题，如果我父亲是对的怎么办呢？

很快，父亲就不愿意等我站起来了。

“你就尽力跟上吧，”他说完就离开了，然后又停下来等我很久对我说，“我拐弯的时候你也要拐弯。”

很快我就看不到他了。我们沿着一条横向的轨道滑雪，这条轨道要上坡、下坡地穿过树林，上坡的时候我不知道要如何人字状滑雪，我被父亲远远地甩在身后。当我来到一个坡道的顶部时，我看到这个坡的下坡道特别陡峭，当时我看不到父亲的踪影，我决定直接冲下去，希望借着这股冲力能够冲上那条笔直的坡道，那样的话，父亲就不用等我太长时间了。当我往下滑的时候，我的雪橇鞋在剧烈地抖动着，现在我以快于平时滑雪速度的两倍滑下坡。我顿时就慌张了，当我准备转向犁雪机的方向时，我的两只雪橇鞋交叉在一起陷入了松软的雪中，而我，直直地翻了个筋斗，并且扭伤了大腿，接下来的几天只能被绷带捆绑着。而此时我的脚还绑在雪橇鞋里，我右脚的胫骨折断了。

刚开始我不知道自己右脚的胫骨断了，我只感觉到比平时的摔伤更痛。而我父亲此时在远处吼叫道："你在哪里？"那时候已经是傍晚了，他的声音回荡在山里，那时候也没有其他的滑雪者经过，而且天开始下雪了，此时我感觉自己旋转在一部关于阿拉斯加的电影里。很快，雪会覆盖我滑过的足迹，在一片寂静中，父亲的咆哮显得如此焦急。

他开始往回滑雪了,而且很生气。"站起来,你这个懒人。"他叫嚷着说，"快站起来继续滑！"

相比当时的疼痛来说，我更加害怕他。我试着站起来，可是，好像有什么东西不对劲，我根本站不起来。从某个角度来说，此刻我的意志完全没用了，我的腿就像被切割掉了一样。

"我站不起来了！"我说，然后又摔倒了。

终于，他意识到可能不是因为我懒不愿意站起来，于是脱下他的滑雪衫包裹着我，带我去山下的红十字小屋。

晚些时候，在冬日的黄昏里，巡逻员用一块临时的夹板固定住我的腿，把我放到雪橇里带下山，然后我就被放到一辆小卡车的后车厢里。医护人员给我注射了一点吗啡，把我拉到了皮茨菲尔德的一所医院里。到现在为止，尽管注射了吗啡，每次车子在路上颠簸的时候，疼痛仍然像一把粗糙的锯齿割进我的骨头。但是，药物却让我能够玩一种疼痛的游戏，车子每颠簸一次，我的牙齿就会跟着震动一次，这个游戏就是不能出声。我躺在小卡车的车厢里，头部以及受伤的腿部下面有滑雪衫垫着，这让我看上去就像患了癫痫的人一样：父亲一直在帮我擦掉嘴上的泡沫。

我始终没有出声，我慢慢地试着和父亲说话，因为他一直抓着我的手，并且他全部的注意力都集中在手上。我可以感觉到他好像要把我的痛苦拉出来，拉到他自己身上，这样一种关心让我觉得自己像一个少爷。尽管身上的痛好像要把我的腿撕裂一样，但我仍然没有哭出来。

他说："你的父亲，卡尔·哈伯德，是一个蠢货。"这或许是他这一生中唯一一次用这个词来形容他自己了。在我们家族中，蠢货是形容人的一个最坏的词。

"不，父亲。"我说。我不想说话，因为我担心自己呻吟，但我还是说了，下面的话或许是我这一生说过的最重要的话。在接下来的几分钟时间里，我在试着克服恶心——我一定是快要晕过去了——路面变得越来越平坦，而且持续了一段时间，颠簸没有那么厉害了，我的疼痛也没那么厉害了，我终于有力气说话了。"不，父亲，"我说，"我的父亲不是一个蠢货。"

这是我唯一一次看到他流眼泪。

"唉，你这个傻瓜，"他说，"你也不是最差的孩子，不是吗？"

如果当时我们的车子坠毁了，或许我就在一种非常幸福的状态中死去。但是两天后我就回到了纽约——我的母亲派了一辆豪华轿车和一个司机来接我——我那地狱般的生活又一次开始了。在纽约第五大道上的房子里那个可怜的小男孩，根本不像那个在雪山里为了父亲甘愿忍受割肉般疼痛的我。回到纽约后，我必须忍受被石膏包裹的伤腿愈合的奇痒以及母亲无止境的抱怨。

我不能走动，一定要有人背我，一想到要用拐杖我就烦恼。我很清楚我会摔倒然后再一次摔断腿，伤腿上的脱落物开始发出臭味。到了第二个星期，医生要拆掉我的石膏，清理我的感染部位，然后再次把伤腿包裹起来。我提起这些事是因为医生拆掉我腿上的石膏时也拆断了父亲对我的爱，从这件事发生的那一刻起就注定是这样。当父亲来看我的时候——父亲和母亲协商好，他过来了她就不在场——他会看到母亲留下的字条：你让他摔断了腿，现在你要教他怎么走路。

尽管父亲没什么耐心，但他还是让我用拐杖站了起来。最后花了很长时间，我的腿才渐渐康复，而且腿还长得有点弯曲。而我和父亲又像以前那样两人之间没什么感情了，况且，他还有很多事情要做。他和一个高高的、端庄优雅的女人再婚了，还生了一对双胞胎男孩。我七岁的时候，双胞胎三岁，他们的小名——我没有开玩笑——叫小强和小坚，全名叫哈伯德·小强，哈伯德·小坚。事实上，他们的书面名字叫作罗克·贝尔德·哈伯德和托比·博兰·哈伯德，我父亲的第二任妻子就叫玛丽·博兰·贝尔德。只是小强和小坚是对他们的一种期望罢了，希望他们都很坚强，父亲非常喜欢他们。

我偶尔会去拜访他的新妻子——他们已经结婚四年了，但我仍然叫她“新妻子”。去拜访他们只需穿过第五大道的几条小巷，这一路上都可以看到高雅的灰色建筑物。他们的房子颜色是那种带一点紫色的灰色房屋，旁边的中央公园里面满是枯萎的小草和冬日里灰色的树木。

因为我拄着拐杖，所以我就不敢在这些房子里冒险了。在之后的康复期里，腿不再疼痛，我的心情逐渐好转。到了下午，我会闲不住，又开始探险了。我不仅下到大厅和守门人说话，而且还一时心血来潮上大街绕行了一圈。我又想去看看我父亲的第二个妻子了，她不仅个头大，人还算热心，有时候我觉得她还是蛮喜欢我的，她肯定会告诉父亲我已经来过，父亲一定会很高兴。所以我决定从第七十三街走到第七十八街，我第一次把拐杖拄到六英寸深的水沟里，走过这个水沟的时候，我感觉有一点害怕，最终，这一小步总算跨过去了。我开始一路上像荡秋千一样走着，当我走到他们家的时候，我就和看管电梯的男人聊了起来，作为一个七岁大的孩子，我为自己有这么大的勇气感到骄傲。

当我敲门的时候，是一个新来的女佣开的门，她是斯堪的纳维亚人，不怎么会说英语。但从她口中我得知，保姆带着双胞胎出去了，太太在她的房间里。虽然我很疑惑，但那个女佣还是让我进去了。我坐在沙发上，对着下午那苍白的阳光发呆，看着阳光反射到白丝绸色的起居室里。

我从来没有想过父亲会在家。很久很久之后我才知道，正是在那个时候，父亲自愿放弃了他在美林证券公司经纪人的位置，将该位置让给了加拿大的皇军空军。为了庆祝，他今天下午给自己放了假。我还想到玛丽·博兰·贝尔德一个人在看书，可能她也和我一样无聊吧，于是我准备穿过起居室沿着走廊下去，进入他们的卧室。由于地上铺着厚厚的地毯，所以我走路都没听见什么声音，随后，我屏气凝神地转了一下门把手，为了保持平衡，我把两只拐杖放在房门口倚靠着。刚一开门，我就看到了父亲裸露的背以及他新妻子裸露的背，他们两人的身材都很庞大。他们正在地上翻滚着，两人的身体紧紧搂抱在一起，两人的嘴唇紧紧咬合在一起——如果要我说什么，我只想说我看到了欲望。我隐约明白了他们在干什么，我听到了强求的声音从他们的房间里传出来，同时还夹杂着呜咽声和尖叫声。

我整个人都瘫痪了，不能理解眼前发生的事。然后，我试着逃跑，他们两人太沉溺其中了，以至于我退到门边的时候他们都没有看见我。可就在这一瞬间，他们抬头往上看，此时我就像被钉在了门边一样。他们凝视着我，我也凝视着他们，然后我意识到他们根本不知道我在这里偷看他们多久了。多久，只有上帝知道。“给我滚出去，你这个白痴！”父亲咆哮着，最糟糕的是，我迅速地拄着拐杖逃走了，在我逃走之后，我听到他们使劲捶地板的声音，那声音就像用拐杖敲击地板的声音，这个声音玛丽·博兰·贝尔德肯定会铭记一生的。虽然玛丽·博兰·贝尔德是一个好女人，但她也不可能好到可以容忍被别人看到这样的一幕，更别说被她这个令人毛骨悚然的继子看到了。从此以后，我们都没有再说起过这件事，但肯定也没人会忘记。我记得在回家的路上我开始头痛，这就是我的慢性偏头痛的第一次发作。从那天开始，这个压力就一直伴随着我，现在，我在这吃午饭，我可以感觉到我的偏头痛正慢慢爬上我的太阳穴，准备要发作了。

现在，我不能说我的偏头痛是小时候的事引起的。从那以后，下午一放学我就会花很多时间独自在自己的房间里画画，画一个地下城市，现在回忆来看，那是一个很肮脏的地方。在这肮脏的地面下，我画了俱乐部、隧道、游戏室，这些地方都是由秘密通道相连的。里面还有一个自动售货机、一个健身房和一个游泳池。我还想着这个游泳池里会有多少尿液，一想到这些，我就会咯咯地笑。在这个地下城里，还配备了一个拷问室，专门拷问他们中的哪家人在家里藏了东方人（我可以画出他们不屑的眼神）。这里面布满了怪异的下水道的弯道，这样的图画却能给小时候的我带来平静。

“你的头痛怎么样了？”在二十一餐厅里，父亲问我。

“没有更糟糕。”我说。

“没有一点好转吗？”

“我觉得没有。”

“我真想进到里面去看看到底是什么事情让你这么困扰。”他说，或许外科医生经常会这么想吧。

我转换话题，把话题转到了小坚和小强身上。他们现在是荷兰籍纽约人了，他们两人都很好，他告诉我说。像我这个年龄的人，身高已经很高了，几乎和我父亲一样高，但他们两人的身高都超过了我。正像他说的一样，我知道他心里还有其他的事。

他喜欢拿报纸给我看，从报纸上我可以知道他工作上的事，这也会让我对他的工作充满好奇心。一方面，在他的工作中，他会自然而然地把工作和家庭分开。另一方面，他的工作让他对安全意识形成了非常强烈的反射，比如“二战”期间他们为欧洲的战略情报局工作的时候，他们就要冒很大的生命危险，在他所认识的人里，没有人会比他们那群人更加谨慎小心了。今天的秘密可能成为明天的头条，而且从事这种工作的人，如果他去吸引女人的话，别人会觉得他不清楚自己在做什么，毕竟，或许明天飞机就会把他运到另一个地方了。如果那些女人意识到这一点，她就会对她的丈夫少一点信任与忠诚，即使发生战争也可能不陪在他身边。

但是，他想让我知道这些事，好让我以后也和他一样从事这份工作。如果说他不是一个细心的父亲，至少他是一个浪漫的父亲。而且，因为他在情报局里工作，是组织里的一分子，那么他的儿子也应该为继承这份职业做准备：尽管小坚和小强在很早以前就注定要从事这份工作了，但他还不能明确地告诉我。

“今天我彻底被惹火了，”父亲说，“我们在叙利亚的一个接头人因为一些非常愚蠢的事情被杀了。”

“有你的朋友在里面吗？”我问。

“重点不在这里。”他回答说。

“对不起。”

“不必，我只是很愤怒。接头点的那个人被告知去拿一份不是很必要的文件，就这样白白牺牲了。”

“噢。”

“我会全部告诉你的，但是这件事你必须保密。”

“一定会的，父亲。”

“州里面的一个花花公子决定痛改前非，好好做人，现在他在攻读哲学博士学位，就在叙利亚的乔治城。所以他想得到一些别人没有的小细节文件，帮助他获得学位，于是他就找到了我们，通过州政府找到我们的。我们能够拿到内幕消息吗？在这方面，我们是新手，尽管我们很不想做，但是州政府逼得很紧，我们只能硬着头皮答应。所以我们就在叙利亚放了一个接头人，后来的事你已经知道了，我失去了一名战将，因为他被告知在一个错误的时间去执行任务。”

“这样的事情会不会对在国务院工作的情报工作人员产生影响？”

“不会有太大的影响。或许我们会和州政府的一两个官员交涉，告诉他们我们会推迟这件事情的进度，但是这样的做法很危险，不是吗？我们的人丧失了生命，就是为了某些人想要他的博士论文的补充材料。”

“我觉得你看上去很是心烦意乱。”

“不，”他说，“不是这样的。”然后他端起他的马提尼酒，从高脚凳上下来，像叫出租车一样伸起手来，店长看到我们这样，就把我们拉到桌子上以免打扰到别人。据我所知，我们坐的这张桌子是我父亲最喜欢的地方，在这里，他拉着我坐下，让我背对着大家。在这张桌子的左边是两个白发红脸的男人，这两个男人看起来像患有痛风病。右边是一个金发碧眼的女人，这个女人戴了一顶黑色的帽子，帽子上面有一根长长的黑色羽毛，她穿着一身黑色裙子，佩戴着珍珠项链，还戴着一双长长的白色手套，坐在她旁边的是一个穿着铅笔宽的细条纹布衣服的男人。我说这些是为了说我的父亲：在他坐下来的时候，他可以和那两个像患了痛风的男人打招呼，一般来说，他没有理由不和另一个男人即那个穿着条纹衣服的男人打招呼。当他和那位穿着黑色裙子的女人打招呼时，我能看到他眼神里面闪烁的光，这让我想起了北非的城堡，我总会想到在北非的城堡里面，地中海的东部人会来到你面前，然后冲着你撒一把手里握着的东西——可能是一把钻石。这还让我想起了卡尔·哈伯德和玛丽·博兰·贝尔德在地毯上翻滚，我不由自主地看了看自己的脚下。

“赫里克，我还没看过像你这样的浑蛋呢，对吧？”他一边打招呼一边打开他的餐巾，再环视一下四周，估计一下这个地方的大小。他让我背对着大家我不是很开心，但他又对我眨了眨眼睛，好像在告诉我他这样做自然有他的理由。那时候他是在职者，正如他以前解释过的，他必须注意每一件细微的事情。我觉得这样的词汇他是跟达许·汉密特[1]学来的，在汉密特是个共产主义者这个消息走漏之前他经常和他一起喝酒，并且，他觉得汉密特比自己更加帅气，所以最后他就没有和他走在一起了，真是一个损失啊。据我父亲所说，他和汉密特两人在一个小时内可以每个人喝完三瓶苏格兰威士忌酒。

“因为某种原因，我好久没见到你了，里克。”他是唯一一个叫我里克而不是哈利的人。“我出去旅游了很长时间。”这句话是对那个金色头发女人说的，也是对我说的。“他们仍然不知道我是欧洲的关键者还是远东的关键者。”

现在那个穿条纹状衣服的男人开始反击了，他说的话一定是隐藏着某些东西，否则那个女人不会暗暗偷笑。作为回应，父亲这时候就靠在我身上，小声地对我说：“他们两人之间肯定发生了什么。”

“什么事这么隐秘？”我也小声地问父亲。

“真正的事情，没有哪一个反间谍活动会相互泄密的。大家都藏着掖着，这就是战争，只是大家都不说出来而已。”他在说最后几个字的时候把声音提高了，好让那个女人听见，随后又将说话的声音压低。似乎这种时而进入、时而退出她听力范围的说话方式才是最好的转移她的注意力的方式。

“我们的宪章招来经济战，”他很小声地说这句话，“还有地下反抗势力，”然后又大声地说，“你看到了我们在意大利选举时的做法了吧。”

---

[1] 达许·汉密特（Samuel Dashiell Hammett，1894—1961），是一个被称为开创“冷硬派”推理小说和短篇小说的美国作家。

"是的，先生。"

他很享受别人对他这句话的认同，我把刚刚的话转述给那个金色头发的女人。

"如果没有我们的行动,共产党很可能已经占领了意大利，"他现在说，"他们相信马歇尔计划[1]，但那是错的。在意大利，我们赢了，尽管我们花了很多钱。"

"真的吗？"

"当然，你要知道意大利人是有自我意识的。他们是一群古怪的人，有一半人说话很锋利，一半人又很乏味。"

顺便说一下，穿条纹衣服那个男人的反应让我觉得他就是意大利人，不知道我父亲有没有这样的感觉。"你看，罗马人是很文明的，他们的思维锋利得像匕首，但是意大利农民的思维却像菲律宾人一样笨拙。因此，你不能过度地刺激他们的利己主义，对他们来说，维护他们的自尊比填饱他们的肚子更加重要。他们总是很贫穷，所以他们能够忍饥挨饿，但是他们不想失去自尊，那些意大利人真的很想抵抗我们。对他们来说，朝我们脸上吐口水远比假意感激我们要让他们开心，几乎无一例外，所有的意大利人几乎都是这样的。如果共产主义占领了意大利，那么意大利人就会像赶走我们一样赶走苏联人。"

此时，我能感觉到坐在我旁边的那个意大利人的怒气。"父亲，如果你是这么想的话，"我大声说，试着挽回这尴尬的局面，"为什么不让意大利人自己选择自己的道路呢？他们是一群有历史故事的人，而且他们

[1] 马歇尔计划（The Marshall Plan），官方名称为欧洲复兴计划（European Recovery Program），是第二次世界大战结束后美国对被战争破坏的西欧各国进行经济援助、协助重建的计划，对欧洲国家的发展和世界政治格局产生了深远的影响。该计划于 1947 年 7 月正式启动，并整整持续了 4 个财政年度之久。在这一时期内，西欧各国通过参加经济合作发展组织（OECD）总共接受了美国包括金融、技术、设备等各种形式的援助合计 130 亿美元。

也是文明人。”

父亲必须要好好地考虑这件事情了，或许艾伦·杜勒斯曾经说过卡尔·哈伯德最美好的日子应该是勾引美丽的女秘书，但我觉得他最开心的时候应该是和游击队员玩游戏的时候。如果一九四八年意大利人接受了共产主义，那么我父亲如今很可能就转变成意大利的地下反共分子了。我相信他曾经很开心地想过，如果美国被共产主义占领了该有多好啊，如此一来，他就可以在建立一支地下反共组织的过程中发挥出最大的作用了，但是这种想法是深深地藏在他的脑海深处的，即使他做梦的时候都很难表现出来。带领着一群美国公民在郊区开展地道战，对付国家的敌人，这样的事情会是我父亲永葆青春的一剂补药。

因此，我父亲很可能说过“当然”“肯定”之类的话，但他从没说。反过来，我父亲说了一句非常实在的话：“当然，我们国家承受不起让共产主义进入。谁知道？那些几内亚人和俄国人与共产主义相处得很好。”

在这儿，我们必须要打断一下，坐在我们旁边的男人突然大声喊叫起服务员来，我父亲也忽然不说话了，他停下来只是为了仔细看看那个金发女人。

“我们秋天的时候是不是在森林小丘见过面呢？”他对她说。

“我不觉得我们见过。”她很模糊地回答道。

“请告诉我你的名字，”我父亲说，“知道你的名字我就能确定我们在哪里见过。”

“哪里都不可能。”穿着条纹衫的男人说。

“你是想给我一些提示吗？”我父亲说。

那个男人说：“我听说有些人没有了鼻子是因为他们自己戳破了自己的鼻子，还把鼻子藏了起来。”

“阿尔！”那个金发女人叫道。

阿尔忽然站起身来，把钱放在桌子上支付账单。他每次拿起新的账单就像生意被人夺走的商人气愤地折断卡片。“我听说有些人,”阿尔又说,这时候他斜着眼睛看着我父亲,“走在马路上也会摔断一条腿。”

在父亲的眼神里,我看到了北非城堡里钻石的光芒,他也站了起来,他们两人对视了很久。“小鬼,”我父亲用一种充满喜悦和力度的声音说,“别这么咄咄逼人!”

他的兴奋使他能够以这样的语气说出这样的话,阿尔正思考着应该如何回应,而且他连下巴都没有动。他折着餐巾纸就像折帐篷一样,他似乎在等待机会把这个餐巾纸扔向我父亲,但最终没有找到任何机会,于是他拉着那个金发女人一起离开了,而我父亲则开心地笑了。虽然他拥有不了她,但他至少让那个男人嫉妒了一下。

现在父亲开始谈论一些好事了,任何赢得陌生人的战斗和打败敌人获得的成就感是一样的。阿尔走出去以后就和俄国人在一起了,“红军有六百万战士,”父亲说,“而且还以每年一百万人的速度增加。我们这个组织被称为北大西洋公约组织,俄国人可以在两个月内搞定整个欧洲,在过去的三年里面确实是这样的。”

“那为什么他们没有这么做呢?”我问,“我在书上看到说两千万俄国人死于第一次世界大战,那为什么他们想掀起又一次世界大战呢?”

他把他的酒喝完了,一本正经地说道:“如果我知道为什么,那我就是神了。”当服务员来给他倒酒的时候,他就靠在前面,“我会告诉你为什么,共产主义是一种疥疮,那又意味着什么呢,难道我们要容忍疥疮的存在?有疥疮的话,你的身体会紊乱,即使小小的东西也会带来巨大的危险。如果你是一个贫穷人,那么上帝会把你当作一个穷人来对待,上帝会同情你,富人则需要通过更严格的标准。这样的话,不同的阶级之间才有可能和平相处。但是唯物主义向我们走来了,唯物主义传播的思想是整个世界都是一部机器,都是由物质组成的。如果那是真的,那么每个人都有权利改善自己在这部机器里面的生活,这就是无神论的逻辑。所以，现在每个人的生活都不一样了，什么东西似乎都和以前不一样了。每个人都很紧张，而上帝成了一个抽象的概念。在自己的土地上，自己生活得不开心，所以人们就开始觊觎别人的土地了。”

他喝了一大口酒，这口酒喝了很长时间，我父亲总是会把一些陈腐的思想带到生活里面，人们想要表达这样的思想时一般都会慢慢地喝一大口酒。而我父亲喝酒就像一个爱尔兰的男人，他觉得真实、正确的精神思想只有融着烈酒一起进入肚子，人们才能真正地感受到这样的精神。他希望把身边的人全部气走，就他一个人独自在那里兴奋，他的情绪永远都不会被浪费。“里克，你要认清楚一件事，有一场大战正在酝酿中。这些共产主义者，在‘一战’期间，我们把他们当朋友对待，但他们从来都没有那样对待过我们。当你老了的时候，你或许会不幸地和一个丑陋的老女人扯上关系，这个老女人可能很喜欢你有的东西，但她从来都没有结婚，不知道正常的生活是什么样子，因为她太丑陋了。哥们，你马上就有麻烦了。不久以后，她就会变得贪得无厌，她开始约束你。这样的人就是典型的俄国人，他们盘踞在东欧，可是现在，他们想要整个欧洲。”

谈到这里的时候他没有停留多长时间。“不，”他说，“这不是一个很好的比喻，事实远比这个要糟糕。我们现在和俄国人是最后一战了，这就意味着这是一个关键的时刻，这时候我们要用上我们所有的东西和所有的能力，我们不仅要清除激进现实主义，更要把附生在它之上的害虫一并清除。”

这时，我父亲的谈话被坐在他右边的两个白头发绅士打断了，他们起身准备走出去，其中一个人说：“我无意间听到了你给你儿子解释的东西，我想说的是，我很赞同你的观点。那些俄国人想要攻破我们国家的国防，进入我们国家抢夺东西。我们不能允许这样的事情发生。”

“不，先生，”我父亲说，“他们要夺走的不仅仅是东西。”他一边说着一边站起身来。未来我们的祖国和我们的人民会变得富裕，这样的希望一直支撑着我们。荣誉、冒险以及富裕弥漫在二十一世纪的空气中。即使是我生活在那个世纪也能够成功。

当我们再次坐下来的时候，父亲说：“你一定要严格保守这个秘密，我将要告诉你一个天大的秘密。希特勒过去常常说：‘布尔什维克主义是有毒的。’这个想法之所以没有被世人摒弃，因为人们都相信这句话曾经是阿道夫说过的。希特勒是那么可恶，因为我们，他毁掉了进攻苏联的绝佳机会，但是他的基本思想是正确的。”他说这话的时候，把声音降到了今天吃中餐以来的最低音：“已经是这样的状态让我们不得不雇佣一些原来的纳粹人一起去反击红军。”

“噢，不是吧。”我说。

“噢，是的，”他说，“我们几乎没有其他的选择，并不是所有的太阳轨道观测台的工作人员都是那么有能力，我们应该在所有支持铁幕演说[1]的国家安插特工，而且是秘密地安插，让别人都挖掘不出来。每当我们建立起一个特工网络，总是会被苏联人摧毁，在铁幕演说之后，狡猾的苏联人总能及时地任意调动军队，我们却没有一个有效的情报系统。如果两年苏联人有踏平整个欧洲的计划，那么今天他们应该早就成功了，那样的话，我们每天早上起来都能够听到他们在大街上开坦克的声音。没有可靠的情报机关，那是多么令人恐惧的事情啊。我们怎么能够容忍自己生活在一个对外界一无所知的环境里呢？”

“我猜，这样会很糟糕。”

“于是就有了这样的事：我们必须起用一个纳粹的将军，我称他为微缩胶卷将军，因为我不能泄露他的名字。在苏联人面前，他是德国人的

[1] 1946年3月，英国前首相丘吉尔在美国富尔顿发表的反苏、反共演说，又称铁幕演说。铁幕演说也被认为正式拉开了冷战的序幕。

最高指挥官，他首先会清除掉被德国人俘获的最有前途的一个苏联人，然后他会成功地以这个人的身份潜入苏联人的军队中，这样一来就进入了苏联人的后勤，慢慢地，苏联人的军队中就会充满这样的人，甚至还有一些人会在克里姆林宫里工作。战争即将结束之时，这位将军提前把自己的资料全部销毁了。在巴伐利亚州的某个地方埋下了五十铁箱东西，那就是备份的微缩胶卷，这些胶卷都跟他收集的信息有关，那是大批量的产品啊，我们需要这些资料。现在，他在和我们谈判，他已经在整个德国的东部建立起特工网络，而且东德的特工会告诉西德的特工苏联人下一步在东欧的计划。这个将军很可能是前纳粹党人，但是，不管你喜不喜欢他，这个人对我们来说是很有价值的，这就是我的工作了。你和一个很糟糕的人共事就为了保护这个最糟糕的人，你会这么做吗？”

“或许吧。”

“你的自由主义思想太重了，赫里克，自由不是人人都可以拥有的。把好的给我们，他们会这么说。我觉得上帝也需要一些士兵。”

“嗯，我相信我会是一个好士兵的。”

“希望如此。从你腿摔断的表现来看，我觉得你是一个好士兵。”

“你真的这么想吗？”这一刻让我觉得我这顿午饭吃得太值了，所以我想他再说一遍。

“是的，一个真正的勇士。”他不说话了，他一只手玩弄着手里的酒杯，没拿酒杯的那只手在桌子上摇摆旋转着，从大拇指一直转到小拇指。“里克，”他以宣布的口吻说，“你要重新拿出摔断腿时的勇气来。”

他的这句话让我感觉自己最终像着陆一样，我的注意力从这一刻起，更加集中于我的父亲了。

“你是说我的治疗吗？”我问他，然后我自己回答，“你指的是我参加的测验考试吧。”

“让我先给你一点积极的东西吧，”他点了点头，“这种情况是可以通过做手术来恢复的，百分之八十的可能是良性的。所以一般来说，只要动手术就能够恢复。”

“一个良性的肿瘤吗？”

“正如我所说的，有百分之八十的可能性，这是保守估计。我相信有百分之九十五的可能性。”

“为什么你会这么想？”

“你应该会头痛，但是医生现在还没有准备好为你做手术，因为这样做没意义。”

“或许是这些事本来就没意义。”我说。

“你以前不是相信吗？我宁愿你现在就晕倒在这里，在这个我最喜欢的餐厅里晕倒，也不愿意让你对未来没有希望，不相信自己。不，朝我这里看，假设撒旦犯了一个错误而且他把全部的希望都寄托在你身上，”——我父亲又一次用很小的声音说话，好像只要稍微大一点声音谈论撒旦就会让他降临到他身边一样——“并且我们打算一举歼灭他们，直接就消灭他们。里克，这样的话，你就不会再头痛了。”

“这样很好。”我说，我都快流眼泪了。并不是因为手术的原因，之前我都没有意识到手术马上就来了，但是它已经成为我可以预见的一部分了。三个月来，我一直在接受测试。噢，我都快哭了，因为我现在知道为什么父亲会带我来吃午饭了，原来他是想告诉我一些专业的秘密，以此来鼓励我。

“我相信你的母亲，”他说，“无论在什么情况下，你的母亲都是一个很执拗的人。但是和她生活的这些年，我才发现这个国家里优秀的神经外科医生中只有一位是特别优秀的，我可以自信地告诉你，他现在仍然在为我们工作，我们曾经劝说过他希望他能够涉足研究洗脑技术，如果他同意的话，我们国家这方面的技术就能够赶上苏联了。”

“我猜跟我在一起他会学到更多的洗脑知识。”

听到我的玩笑话，父亲淡淡地笑了笑。“他会给你机会让你成为你想成为的人。”

“是的。”我说，我有一种我解释不了的奇特感觉。无疑，在我的脑子里，肿瘤是我身体里最糟糕的部分，我们必须关注任何腐烂的地方。我经常在设想，无论怎样，总有那么一天它自己会消失的。

“如果不做手术会怎么样呢？我可以忍受我的头痛。”我说。

“很可能会恶化。”

“你是说当他们打开我的头颅时，会发现癌变？”

“百分之五的可能会这样。”

“你之前说百分之九十五，而现在说的不是二十分之一的概率吗？”

“是的，百分之五的可能性会癌变。”

“父亲，我们是二十比一。实际上，应该是十九比一。”

“我正在想其他的怪事。如果在接下来的这些年里，你一直被头痛纠缠,那么你将会丧失男人一半的力量。”我可以听到他后面说的话。“成型。”他想说的是。

“医生是怎么想的？”最后我问。

问这个问题我是放弃了和他绕弯子玩游戏。“他们说你必须要做手术。”

几年以后，外科医生却告诉我，手术是可做可不做的，并不是强制的，是我父亲在撒谎。他的逻辑和道理很简单，他是不会逼迫我的，也不会强迫任何和他意见不一样的其他家庭成员。但是，除了家庭成员，那就要注意了，如果我父亲和别人争辩起来，那是要政府出面才能化解的。由于我问他医生怎么说，他就把自己当成医生告诉我他的想法了。

现在，他从口袋里拿出钱包付账。和阿尔不一样，我父亲不会把钱抽出来而是连钱包一起放在盘子里，就像膏状的药物贴在盘子里一样。

“当这件事情结束的时候，”他告诉我说，“我会介绍一位非常好的朋友给你认识，我已经拜托过他做你的教父了。在我们国家认一个完全陌生的人做教父比较困难，而且还是在你十五岁的时候。在你出生的时候给你介绍教父的是你母亲的朋友，但是他现在已经消失得无影无踪了。我介绍给你的这位是一个真正优秀的人，你会喜欢他的。他叫休·蒙塔古，是我们情报局的一员。休·蒙塔古，在和英国人联络方面他为战略情报局立下了汗马功劳。在‘一战’期间，他和J.C.玛斯特曼一起工作——我会告诉你这个人的事情的，他是牛津大学的一位教授，间谍组织的首脑之一，剩下的事情休·蒙塔古以后会告诉你的。英国人在刺探情报方面的技术可是一流的，在一九四〇年，他们抓获了一批被送到英国的德国特工，并且成功地收买了他们，结果，此后大部分的德国间谍一到英国就被英国人抓起来了。在这以后的‘一战’中，德国收到的都是在英国的德国间谍发出的虚假信息。这样一来，英国人就非常喜欢他们的德国间谍了，德国间谍就像英国的猎狐犬一样忠诚于英国人。是的，他们就是英国人的猎狐犬。”说到这里，父亲由衷地笑了。“你一定要，”他又说道，“让休·蒙塔古告诉你英国人给德国人的编码，这可是和桃色小狗绝配的名字啊。芹菜，”父亲接着说，“雪花、垃圾工人、胡萝卜、蜘蛛网、胭脂鱼、口红、海王星、薄荷、垃圾、流浪汉、篮子、饼干、布鲁特斯……这些字母写的是不是英语呢？”

几年来，我都是在握着写有大写字母的标志牌的男男女女的簇拥下入睡的：布鲁特斯、蜘蛛网、宝藏、彩虹……今天这顿中餐结束之前，我们在讨论我的手术问题，我需要做手术切除大脑里的肿瘤。与此同时，“一战”中的那些像猎狗一样的老特工的代码却不断地进入我的脑海中，似乎在弥补一直等待着它们的那个空洞。

2

在青春期，我只能说“上帝啊”。我会想起我的腹股沟，上帝赋予了我性欲。上帝长得就像撒旦一样，这是《马太福音》告诉我们的。做礼拜是每天的功课，而且必须忠诚于耶稣，平均一周一次我们会听到一些关于魔鬼之王撒旦的传奇故事，做礼拜能够把上帝和撒旦区分开来。但是，我，不像其他的信徒那样，仍然会把他们混淆起来，我有我的理由：上学的第一年我就接触了性欲这种东西。一个牧师，马太的助手，让我知道了性欲是怎么回事，他抓住了我的阴茎——我用“抓”这个词来表达我的那种感觉。

我们在去华盛顿学校旅游的路上，或许我不喜欢我们这个小小的、压迫感很重的首都还有另一个原因，它原来是一片沼泽，后来被填起来了。在华盛顿，我感觉在这压抑的气愤中充满着厌倦的气息和不好的记忆。那天晚上我和牧师一起睡一张双人床，住在一个不算贵的酒店里，这个酒店离华盛顿的主街道很近。在这样的晚上我难以入睡，整晚都听到时钟的声音，最后牧师的鼾声盖住了钟声，他在梦里还喊了几次他妻子的名字，“贝蒂娜，贝蒂娜。”然后就来拥抱我的臀部，掠夺了我人生的第一滴雨露。我记得我躺在那里的时候，这个酒店里还有其他十六个学生，他们要么是两个一组要么是四个一组地被安排在其他的房间里。在这每年一次的华盛顿之旅中，牧师是我们的领队，由于我上学的第一年不怎么注重和同学交往，所以同学们对我都没有什么印象，由此我成了独行侠，于是，牧师就指定我和他睡同一个房间。

在其他房间里，谁知道他们在干什么呢？在《马太福音》那本书里面，他们叫作“打滚的小羔羊”。由于我的记忆中充满着我的父亲和继母光着背在地上打滚的画面（在我还不知道《奥赛罗》之前，我把他们两个称作光着背的野兽），我就远离这样的游戏。众所周知，在宿舍里面这些小男孩会闹翻天的，男孩子们会并排站在一起，自己抚摸自己以便让下体勃起，然后比一比谁的长，这些都是青春无邪的年纪做的事啊。在那个年龄段，让我们的眼界更加宽阔似乎没什么意义，因为这超出了我们的认知范围。他们玩这种游戏的时候，只需要说服一个人，这个人通常都是阿诺德，他长得比较甜美，胖乎乎的，我们通常称他为马太・阿诺德。即使我们已经十四岁了，我们对文学还是一点概念都没有。而马太·阿诺德（应该不会和雷德·阿诺德·罗斯搞混淆吧？）通常会脱掉裤子，然后躺在一张床上，露出半边屁股，我们中的七八个人会眼睁睁地看着，这时候会有两三个或者更多长得比较强壮的男孩轮流把下体插入马太・阿诺德的腹股沟。“啊哈，你太恶心了。”他们会说。然后阿诺德就会抱怨：“啊哈，闭嘴，你们也在做恶心的事。”

他们绝对不是同性恋，只是游戏而已。完事之后，一群男孩子都会从躺着的男孩子身上跳下来，一边擦干净自己的身上一边说：“你怎么就不是一个女孩子呢？你长得很像女孩子啊。”这句话说得还真的挺有道理——阿诺德的脸蛋很像月亮——而阿诺德，作为一个男孩子，有他自己的尊严要维护，于是他会说：“啊哈哈，闭嘴！”阿诺德比那些男孩子小，所以他们会因为阿诺德的无礼而揍他。

我呢，一般来说，我只是在一旁看着，我还没有准备学习这些东西，我被他们震惊了。但是即使我还只是十四岁，我已经认识到了一些哈伯德家族的绝缘特性，我从来没想过要显示自己。

牧师夹杂着甜蜜的颤抖感。完事之后，我就偷偷地看了看外面的天空，而他，则把所有的滋养物全部吞了下去，刚好这些滋养物也能够滋润下他那干燥的嘴唇。紧接着他就开始啜泣了，或许他觉得自己的行为很难为情吧。啜泣声很大，他并不是一个身体柔弱的男人，而且他全身的力量就像我的父亲一样全部集中在上半身，所以他的啜泣声很大。

我感觉自己的身体里被注入了十吨重的麻醉药奴佛卡因，全身酥软。除非这些都是我的幻觉，我感觉身体里有两股河流在流淌，而且还是朝相反的方向流淌。我感受到了一种从未体验过的轻松感，贯彻了我的四肢，我的心、肺、肝、头也处在一种沸腾的感觉中。这种感觉比我看到我父亲和我继母在地上打滚的场景还要糟糕，我知道我现在是野兽的驯服学徒，正在学习那些我不懂的事。

这个男人啜泣结束后，开始哀叹，我知道他在担心他的妻子和孩子。“别担心，”我说，“我不会告诉别人的。”他拥抱了我，慢慢地，我从他的怀中挣脱出来。我这么做并不是因为我很高尚，我只是想帮助他，我只是担心他会生气然后粗暴地对待我。我觉得我的第六感告诉我他反过来希望我有这样的欲望，如此一来我就不能怪他了。如果我没有这种欲望的话（我真的没有），那就用他那说不出口的话来说：产生一点欲望吧！你他妈的最好能够产生一点欲望！

这个男人一边想找一个相互都有需要的人满足他的欲望，一边又担心这样的行为会给他的职业带来坏名声，这是一个多么可怜的男人啊。当我静止不动的时候，他停止了啜泣，躺下来一动不动。我尽力描绘他在学校的小教堂里主持大弥撒的样子：在白色的亚麻布法衣上面套着白色的绸缎袈裟，他的穿着显得很神圣。他每次都要做一个手势，这个手势很像他的法宝，因此我也可以用这个手势来反抗他，或许这个手势还真的含有魔法。彼此沉默一段时间后，他长长地叹了一口气，这口气就像旅馆里的黑夜那样沉重，之后他就爬出被窝，在走廊上度过了后半夜。

这就是我亲身感受到的同性恋经历，但这样的一次经历让我的灵魂受到了多么大的摧残啊。从此以后，我离性生活远远的，总觉得性是一种瘟疫。我过去总是做一个梦，在梦里，我是阿诺德，而那个牧师把他那恶臭难闻的脓液射到我身上。当我醒来的时候，感觉自己被感染了，我的床单也湿了，床上沾满浓浓的液体，我真切地感受到自己充满罪恶的欲望。这样一来，我的头痛愈加严重了，当我的那些小伙伴们准备玩游戏的时候，我就会逃离他们迅速躲进图书馆。我相信最后我还是接受了父亲的提议去做了手术，因为我战胜不了这样的想法：脑子里有一个天生就要被切除的烂东西。

这样一来，有些东西就要改变了。当我一九四九年夏天做完康复手术回到圣马修学院的时候，这个学校似乎变成了一个通情达理的地方。我们的足球队（这是学校里唯一的一个足球预备队）混战在每一场比赛中，我们的希腊朋友、拉丁朋友以及牧师在吃饭之前一定会先祷告。我们在十月到次年的五月都用冰冷的水洗澡（六月到九月的水会稍微热一点），我们的扣领衬衫以及佩领带的校服在任何场合都可以穿，除了在运动会上（这些衣服都是上过浆的，周日要戴白色领带以及穿衬衫），现在学校的生活已经是井井有条了。我的阅读困难症在手术之后好像也慢慢消失了，最后，我的病历被写入了神经外科史中。我感觉自己和常人没什么两样，生活中碰到的一些事也能应对自如了，现在我的平均成绩是B+。

再说说我吧，原本我觉得自己可能会和大多数同班同学一样，在那个年代，许多基督信徒都选择了耶鲁大学，我却选择继续往华尔街或者律师界的方向努力，或许我能够成为一个称职的与金融有关的律师，但是我和牧师在一起的那个晚上的经历，让我在大多数可能承担重大责任的事情上产生了警惕感，而且像许多在学前班就培育出来的不是那么优秀的学生一样，随着时间的流逝，我也在慢慢长大、成熟。

休·蒙塔古即将进入我的生活。因为我父亲，他总能信守承诺，如果兑现承诺的时间晚了，那么一定是季节变化的原因，父亲最终在说出承诺的一年半后安排我和休·蒙塔古见面。在这一年半的时间里，我做了手术而且康复了，我现在是一个小小的大人了，而且和我父亲的其他几个儿子一起在多恩岛度过了一个夏天，我们一起游戏，现在我成了他们的大哥哥，我要对他们担起一份责任。在多恩岛的时候，我们比赛游泳，绕着多恩那个小岛游八百码的距离，四百码是顺着水流游的，四百码是在海峡里逆着水流游的。我们不仅游泳，还开展全天的远足运动，远足地点就在巴尔港南边的悬崖一带，我们从早上八点开始远足，到了中午，我们就翻过卡迪拉克山脉到达约旦池，然后又翻过萨金特山，顺着这座山一直下到萨默维尔市。接下来,我们又顺着阿卡迪亚山下到“希腊人之战”的地方，到了晚上八点左右，我们到达了曼塞码头。在码头上，有一艘捕龙虾的船来接我们，接我们通过这段水路，我们要一路经过蓝山湾最后才能到达多恩岛。即使是海军，他们也会抱怨行军二十英里的山路，但是在捕龙虾的船里，当我们说出我们接下来几天将要到分散在海湾里的几个小岛上去探险的计划时，我们得到了渔民们的褒奖。这些岛很小，小到这些岛的名字都很受争议，这些岛屿的地势非常古怪——有一个小岛上面全部是草坪，有一个小岛周边布满了落满鸟粪的暗礁，还有一个小岛上面长满了被持久的大风吹弯的奇异树木。我们在船上只吃龙虾，用柴火烧开水，然后烫龙虾吃，还用煤炭烤蛤蟆吃，即使是烧焦了的热狗也很美味，就像那些用弓箭捕获的野味一样美味。直到今天，参加过这些活动的弟弟们还经常来拜访我和基特里奇，即使是专业的网球选手也不可能过上这种生活，但是我们的家庭活动就是我们的社会活动。

当休·蒙塔古在一个周末和我父亲一起搭乘一架特许的飞机从波士顿来到我们家的时候，那是我们第一次见面。我们聊了很多，或许就是那次和我父亲一起在二十一餐厅吃午饭时，我第一次听说了我这个救世主一样的教父，他的名字在学校里似乎随处可闻，据我所知，他是圣马修学院的一个神话。我到学校的第一年里，老师几乎每次上课都会提到他，但这个名字我从来都记不住。每当父亲强调他的榜样作用让我学习的时候，我就很反感，好像他无处不在一样。现在只要有人提及他，似乎都把他当成了校长，但根据学校的记录资料来看，他不过是足球队的队长以及登山俱乐部的创始人。他三十二岁的时候从圣马修学院毕业，三十六岁的时候从哈佛大学毕业，毕业之后就在学校任教，一直到他加入战略情报局。他主要教英语以及占卜研究，而且还把他的人生格言融入他的教学中教给学生。在圣马修学院，我听说休·蒙塔古之前讲过埃及的真理之神，这个神有着女人的身体，在脖子和脑袋上有大片的羽毛。作为埃及的真理女神，她体现了一个有趣的神圣原理：在人们的内心深处，真理和错误的差别很小很小，小到甚至比一片羽毛还轻。但是圣马修学院却往往把这点重量等同于耶稣是否存在这么严重，恰巧，休·蒙塔古就是这一学说的拥护者。圣马修学院很重视占卜研究，但是在休·蒙塔古的影响下，我们觉得比在新罕布什尔州、马萨诸塞州以及对占卜研究降一个标准的康涅狄格州的兄弟学校有更大的责任去研究占卜，我们似乎比其他人离上帝更近，休·蒙塔古告诉我们原因：耶稣就是爱，但是爱只在真理中存在。为什么呢？因为一个人认识到慈悲存在的能力——我把这种能力看作一个人最重要的能力——通常会受到谎言的影响。

夏洛特在圣马修学院还留下了其他的格言：圣父（令人敬仰的、不朽的耶和华）就是公理；蒙塔古先生还说“耶和华是勇气的化身，就像爱是真理的化身一样”；诚实并不应该得到同情，公平和勇气往往同时存在，懦夫是不可能享受到公平的。他的日常生活是一种炼狱，如果一个学生的日常生活也像他那样，这个学生会感到绝望吗？我们要看到事物的本质，懦弱的行为会受到相应的惩罚，撒谎也一样。在圣马修学院为了增加捐款而发出去的小册子里，就写了几句休·蒙塔古在小礼堂对毕业班的学生说过的话。“这个学校的首要目的，”他说，“不是为了激发你们的潜能——尽管你们当中有些人确实有非凡的才能——而是为了让即将走进美国社会的年轻人学会保持一种诚实的心态以及建立他们的人生目标。这就是这个学校办学的宗旨，让你们成为一个优秀而勇敢的人。”

对于休·蒙塔古先生以及圣马修学院，我该说点什么呢，我们的神学远比上面说的复杂，对优秀而勇敢的人有一种邪恶的诱惑力。蒙塔古在谈论这种诱惑力时，会用他的智慧让高贵的军人和学者迷惑。由于获得勇气就像上一个高坡一样困难，虚荣心、自负感和懒惰都是一种诅咒，因此人们不能在半途休息，只有完成了所有的挑战才能休息，否则任何一种挫败都可能毁灭我们。上帝唯一认同的能够改进勇气的东西是审慎，如果运气好的话，爱也能够支持真理。

运动场上的竞争因此也成为勇气和审慎、爱和真理的化身。在竞技场上，人们会对自己的内心有一个比较真实的认识。如果准备得足够好的话，或许在这个世界上人们可以和魔鬼抗衡。尽管在圣马修学院从来没有人说过这样的话，但我们都深知，女人们——包括母亲、姐妹、堂姐妹以及一些淑女们——在这个世界上组成了另一个世界。

休·蒙塔古先生在我进入学校的六年前就离开了，所以我对他思维的缜密性没有什么概念。他的格言只有那些教员们非常赞同，他们经常在我们耳边说起我们才知道。赞同格言的人并不履行格言，因此，在圣马修学院里也充斥着伪善。确实，让我青少年时期得以成长的那个牧师就是休·蒙塔古的拥护者，他也是一个蹩脚的攀岩运动者。

很快我就知道了，攀岩其实是和美德直接相关的运动，因为攀岩能够同时表现出真理和勇气。一九四九年夏天的一个晚上，当休·蒙塔古第一次来到自留地的时候，他三十五岁，而我只有十七岁。正如我所想象的，他总是笔直地站着，而且还蓄着长长的胡须，让人觉得他是一个英国官员。同时又因为他那高高的额头下面戴着的厚厚的边框眼镜，让他看起来更像国会的牧师。别人可能会误以为他是四十五岁，如果仔细看的话，会觉得即使再过二十年他也不会变老。

当我和休·蒙塔古握手的时候，我立刻就知道为什么耶稣代表着真理而不是代表着爱了。他握手的力度非常大，疼得让人张大嘴巴。那时候我在内心默默地呼喊道：上帝救救我啊，这真是一个难缠的人。

我的直觉非常准确，几十年过去了，在我和基特里奇结婚后的这些年里，我知道了夏洛特年轻时候的一些秘密，这是因为夏洛特把这些东西全部都讲给基特里奇听了。还有什么东西能够表明他对基特里奇的爱呢？他就是我心中的一根刺，而且是最大的那根刺，他内心的欲望让他对基特里奇充满了渴望，他和他手下几乎所有长得帅气的男人都搞过同性恋，但根据基特里奇的说法，他从来没有那么做过。他是不是在撒谎呢？这是一个让人迷惑的问题。但他坦白说在念哈佛的时候有过性冲动，毕业后在圣马修学院也有过性冲动。性冲动让他在晚上睡觉的时候一直磨牙，后来一直没有出现过，直到他遇见基特里奇。确实，他没有进入政府部门就是因为他害怕自己某一天会坠入这样的欲望中而无法自拔，沦落到背叛宗教信仰的地步。只有不进入政府部门，才可以将性欲控制在可控范围之内。当他握着我的手盯着我的眼睛时，我就感觉他身上有某种让我不得不接受的强大力量：他是一块钢铁，有着强壮之躯，而我只是一个软弱的废物。

我还依稀记得我父亲，这个比休·蒙塔古重四十磅的男人，领着我和休·蒙塔古见面的时候是如何焦虑地站在一旁，这让我见识到了卡尔·哈伯德的另一面。从他的表情中我隐约明白了这次见面不仅意义重大，而且我也明白为什么这次见面会安排这么长的时间了——如果这次见面不成功，那么卡尔·哈伯德的期望就会落空。

我把我们相见的场景描述得像在空房子里一样。事实上，除了十七岁的我，房子里还有继母、继母生的两个孩子、堂兄弟、叔伯父、母亲那边的表兄弟、阿姨、舅舅以及哈伯德家族的其他人。那是我们那段时间最后一次相聚在自留地，当时我父亲正在着手把房子卖给基特里奇的父亲罗德曼·诺尔斯·加德纳，因此我们在自留地相聚了很长一段时间。当我们两人被引见的时候，要么有五六个人在场，要么没有人在场，我记不太清楚了，我只记得当时我父亲就站在我和休·蒙塔古身边，但没过多久他就走了。我还清楚地记得，不一会儿我们就进入一个小房间里聊天去了。

“你父亲告诉我说，你现在已经摆脱了读写困难症。”

“我觉得是这样。”

“太好了，你在圣马修学院学什么？”

我告诉了他我学什么。

“你最喜欢什么呢？”

“英语。”我说。

“你觉得这一年你看过的最好的小说是什么？”

“《淑女本色》，这是老师布置的任务，但是我很喜欢这本书。”

他随意地点了点头。“亨利·詹姆斯的烂作有如莫哈维沙漠一样浩瀚，真是太可惜了。如果把海明威的心放在他的身体里面，那么他会成为和司汤达、托尔斯泰一样伟大的作家。”

“嗯。”我说。我撒了一个谎，我说我最喜欢《淑女本色》只是因为我写的关于《淑女本色》的读后感得了优秀，但是我只是机械地模仿了一些伟大的评论作品而已。其实，《百战雄狮》才是我去年读过的最喜欢的书籍。诺亚·阿克曼，这个犹太人写的东西对我具有不可抵挡的吸引力。

“明天我们一起出去旅游吧，”他说，“你父亲想让我带你一起去攀岩。我听说这里有一座叫作水獭悬崖的山非常适合初学者攀登，我们选一条可行的路线去攀岩。”

“好的，先生。”此刻我暗暗希望他所说的水獭悬崖山是我所知道的水獭悬崖山，那座悬崖上全是黑色的岩石，而且高达八十英尺的悬崖直接从海底矗立起来，每逢涨潮的时候，在法国人湾那一面会有巨浪在翻滚。我甚至可以听到黑色的海水咆哮着拍打水獭悬崖的声音。事实上，这座山很陡，陡得即使你抬起头来也看不到山顶。

“你信不信，我还从来没有攀过岩。”我说，但我马上就后悔自己这么说了。

“明天你就会知道很多攀岩运动的知识。”

“嗯。”

“你父亲请我做你的教父。”

我点了点头，突然我对明天的恐惧感让我说话的声音变小了。我好像又说了一遍“是的，先生”。这声音小得几乎听不见。

“我不得不告诉你，”他说，“我很想拒绝。”他站在我前面，直直地看着我。“做教父的人应该和这个孩子有很亲密的关系。”

“我很赞同你的观点。”我嘶哑地说。

“可我不喜欢亲密的关系。”

我点了点头。

“另外，我很尊重你的父亲。没有人知道他在战争年代立下过多少功劳，除非这些秘密性的东西全部被揭开。”

“是的，先生。”我笑容满面地回答说。很显然，我的反应超出了我的想象。没想到我很开心是因为我听说了我父亲的事迹，这样的事迹让我为我们这个家族感到自豪，我全身的热血都沸腾起来了。

“总有一天，”他讽刺道，“你会和他一样的。”

“我永远也比不上我的父亲，”我说，“但我会尽自己的力。”

“哈利，”他终于第一次叫了我的名字，“你很幸运能够承担这样一份责任。我很少告诉别人，但是我们都是从事冒险工作的人，至少我个人是这么认为的，所以我选择告诉你，一个带有光环的父亲可能没有平常人家的父亲给孩子的爱多。我的父亲就是死在科罗拉多州一场枪杀中的。”

“节哀顺变，先生。”

“这件事情发生的时候我才十一岁，我不得不说没有他的陪伴我是不可能长成这样的。在我的生命中，他一直都活着。”

很多年以后，我才从基特里奇那里得知夏洛特的父亲大卫·蒙塔古是被夏洛特的母亲伊莫金杀死的，那是在一个晚上，夏洛特走进主卧室看到的。没有人知道他是不是丢了钥匙从窗子爬进去的还是直接从大门进去的，地板上淌满了鲜血。夏洛特看见这一幕的瞬间感觉胃很不舒服，从窗子走到门边时一直很难受，按照基特里奇所说的，或许是他的母亲把他从门边拉到了窗边，最后又拉回到门边，他母亲这么做可能是因为他的意外闯入让她觉得他是一个障碍物。我现在理解了泰柯布的父亲也是在类似的情况下被枪杀的，有人说，这件事情最根本的原因是泰柯布的贪婪本性。如果说这就是发生类似事情的原因，那么我觉得夏洛特父亲的事和夏洛特也有关。

第二天，他真的遵守承诺，开车带我去水獭悬崖了。可想而知，那天晚上我是失眠了一整宿的。刚开始的时候，我很期盼下雨，然后又乞求不要下雨。我很肯定蒙塔古先生会说攀岩的本质就是要学会接受事实。如果岩石很滑，我们仍然有其他的路可以走，所以我才祈求上天明天别下雨。

早上六点半左右天气朦胧，但是我知道荒山上的天气很好，八点的时候天就亮了。为了避免吃家庭早饭，我们在厨房煎了鸡蛋，煮了咖啡（那时候要出门的人还没有格兰诺拉燕麦卷吃），我在昏暗中吃了早餐，酸奶和饼干都是硬咽下去的，感觉那些食物就像硫黄一样。吃完早餐以后，我们就绕过停车场，沿着荒山的东岸前行。在行车过程中，我告诉他那些对我来说很熟悉的地方，蜂箱、沙滩、雷公洞、哥尔罕山，一路上都是我在指引着前进的路，直到我们到达目的地。或许也是因为这样，我得到了他的信任。我很熟悉攀岩，但愿只是在梦里，我知道自己什么时候会有梦魇缠身——当我梦到攀岩的时候。

我们停车后，沿着一条木制的小道走了一百多码，但是突然出现在我们眼前的是悬崖峭壁。前面我们只能看到大西洋的白色海浪拍打着海岸，耳边是隆隆的海浪声，我快速往下瞥了一眼，这一瞥让我发现我们在这里比站在七楼楼顶边缘还危险，这时我冒昧地问蒙塔古先生这里是不是我们要来的地方。

此时他正在观察周边的环境，他穿的靴子足足有六英尺长。他沿着悬崖边缘大步走着，皱着眉头看周边，嘴里发出咯咯的笑声，他在查看这些悬崖。此时我坐在他的工具旁边，全身无力，我知道我累得动不了。我所坐的石头是浅褐色的，看上去很美，而悬崖下面的岩石是深灰色的，底部是黑色的。几年以后，在西贡的住宅区里，当我看到一个越南妓女叉开双腿时心中莫名地有一股怒气冲上来，她那张开的下体在我来看就和异国的紫色植物一样阴险。那时候我才意识到她那粉红色的花瓣和近乎黑色的外阴唇形成的鲜明对比把我带回了那个让人胆战心惊的时刻——我在等蒙塔古决定从哪里开始攀岩时，我的内心充满了恐惧。

最后，他决定从靠右边的一个地方开始攀岩。“你可以从这个地方开始。”他告诉我，然后打开他的工具箱，从手提包里拿出了两条编织得很好的尼龙绳紧紧地绑在悬崖边的树上。“我们就攀着这条绳子下去吧，”他说，“这很简单，初学者都喜欢这样。但是，我实话跟你说，这样的做法很危险。”

从某种程度上来说，他这么说让我感觉很欣慰。“为什么？”我试着问他。

“你在依靠自身以外的东西，”他回答道，好像这就是唯一的答案。“谁都不知道像这样的小树什么时候会断掉。”

他很警惕，我看到他不但把绳子固定在树上，还通过长长的吊索把绳子固定在邻近的岩石上。如此多的结通过一个比我手掌还小的铁环聚集在一起，我知道这就是登山用的铁锁。

“你准备用岩钉吗？”我用专业的口吻问他，希望能让他觉得我知识丰富。

“噢，不需要，”他说，“岩钉不是用来做这个的。”

虽然他的年纪已经很大了，但我们两人在一起的时候好像我们都只有十七岁，这让事情变得更加糟糕——因为他太出众了。

“好了，你在这里等一下吧，”一切都安排好以后，他告诉我，“我先下去检查一下，然后我上来你再下去。”

我难以相信，他说要下去探测一下悬崖的情况就像坐电梯下楼一样平常，但是，他真的行动了。他用力拉了拉固定好的尼龙绳，似乎对绳子的结实程度很是满意，他将绳子在腰上绑了一圈，然后站在悬崖边上，慢慢往下滑，一边下滑一边对我说：“等会儿你下去的时候会发现，这是绕绳下降最难的一部分。你要多留一点绳子绕过你的屁股，这样你才可以坐在绳子上。”他把鞋子脱下来垫在屁股下，这样坐起来会舒服些，然后将身体一直往后靠直到双腿和屁股在一条直线上，也就是双腿和地面平行。“现在，”他说，“慢慢往下滑，一步一步地走。在这个过程中一定要保持你的双腿是直的，你的脚一定要贴紧悬崖，你觉得需要放松的时候就停一停。”

他慢慢地移动了几步，他在给我示范初学者的样子，这样持续了五六步。然后，他似乎对这样的下降速度失去了耐心，他大声喊了一句，紧接着他就让脚离开悬崖，迅速下降了近十英尺。当他弹跳起来的时候，单脚先接触悬崖，完成这样一组动作时他已经下降很远的距离了。依照这样的速度，他只需要弹跳三四次就能到达悬崖底部，到了底部之后就站在一个平坦的沾满水的黑色岩石上。

他把绳子从腰上解下来，然后叫我把绳子往上拉，紧接着他就开始攀岩了。对他来说，攀登这样的悬崖还不如上五六层楼费力。

“很漂亮的岩石，”他说，“你下去会玩得很开心的。”

我什么话也没有说，在想我能想到的所有借口。昨晚我彻夜失眠，这时候以前手术留下的后遗症让我觉得头晕目眩，我宁愿慢慢地应付这件事：可不可以先找一个不那么陡峭的不需要借助绳子的坡先试一试呢？在悬崖下面，海水正狠狠地拍打着岩石，这更增加了我的恐惧。

我自身出现的状况比面对这样的情况更加糟糕。由于我找不到恰当的理由拒绝，只能像一个殉道者一样被动地站在烈火熊熊的柴堆面前，而此时的我不过是一个麻木的躯体任由绳子绑在身上。绳子绑好以后，身上又绑了许多其他乱七八糟的装备。这时他只在我的腰上绕了一圈绳子并打了一个结，把剩下的绳子扔在他身边的地上。他又拿出另一条绳子绕成两圈然后绕过铁锁绑在树上，再把我身上的绳子绕过这个铁锁绑在我的肩膀上，他说这些铁锁在攀岩的过程中就相当于刹车，然后再把两圈绳子绕过我的大腿到前胸再绕过背部最后绕到手臂上。这样绑好了以后，我的一只手用来控制绳子，另一只手就用来保持平衡，我已经准备好下悬崖了。

我让脚后跟紧贴着悬崖壁，背往后靠，这样的动作完全依靠一根绳子。刚开始下悬崖的几步，双脚直直地抵住岩石，感觉特别笨拙，双脚仿佛是用水泥做成的。

下降了五六步以后我才开始体会到绕绳下降并不像想象中那么困难，其实，这比学习使用拐杖更加简单。

可是这样下降时人和岩壁之间的距离实在太近了，我甚至可以看到岩石上的任何一点小瑕疵，这样让我觉得岩石里面有充满善意和恶意的眼神在盯着我看。但是我突然如释重负，在我到达山脚之前我能够采取这些行动。事实上，我用腿猛蹬着，试图松开绑在腰上的扣锁，却是徒劳。我承认，我的努力与六天大的幼犬为了吠叫而舌根初次搅动时的努力没什么不同。

我走到窗台，海浪在窗下不停地激起浪花，我脚下的黑色石头湿透了，看上去就像修车厂的地板一样油光锃亮。我松开了扣锁上的绳子，却发现我一直都是把自己系在绳索的线圈上，蒙塔古握着这个线圈。如果情况不对，我会失去平衡，蒙塔古会通过第二道绳索牵引着我。现在我感到我原先的害怕是如此可笑，我开始认识到恐惧就像一把梯子，梯级逐层增加，直到顶峰，正如蒙塔古说的那样，恐惧自有决断。

现在他正在下降，经过三个长长的俯冲后，就站到我旁边湿漉漉的平台上。“这次攀爬检验了你，”他说，“但是这并非不合理，这只是一种新的学习。”

“你说的是什么意思？”我低声说，我仔细看看高处，恐惧又袭上了心头。他微笑了一下，这是他和我认识后第一次这么笑：“你会发现我能轻松搞定攀岩。”

他没有系上任何绳索。“当你来这儿的时候，试着去回忆我的路线，”他从十五英尺的高处喊道，“但是如果你想不起来，也不要烦恼，当你自己去发现新的路线时会更加有趣。”在一系列的轻松移动后，他爬上了山坡，登上了最高处。此时我再次认识到我腰上系着绳子的一端，而绳子的另一端系在边缘的一棵树上，我看不见。蒙塔古从边上走上来，差不多有八十英尺那么高，泰然自若地坐在悬崖边缘上，他的脚悬挂在空中，我的绳子，也就是他系住我的那根绳子，随意地围在他的腰上。

“如果我掉下去我会不会拉你一起呢？”我问。我的声音非常清晰，这种行为类似于拉铅球。

“我把自己固定在树上了，”他俯瞰着我说，“开始爬吧，我将通过信鸽给你传递线索。”我明白了是什么东西鼓舞着他，弥漫在我想象中的恐惧，在他品尝来却如鱼子酱一般。

3

我站在石头上的恐惧感很快得到了缓和，假如没有像蒙塔古一样的人带头行动，没有一个经验丰富的人帮忙绑绳子，那么你非常有可能从悬崖上坠落。由于第一次攀岩时没有认识到相关的安全性，每次移动时总有一种稍微出点差错就会毙命的恐惧感。那天下午，我们又一次攀爬了另一处垂直的悬崖，这次攀岩时我觉得我的安全得到了相应的保障。当途中遇到障碍时，我滑向了另一个支点，却下滑了好几英尺，膝盖被擦伤了好几处。

自那以后，我不断进步。蒙塔古接受我父亲的邀请，去多恩岛度他为期两周的假期。因此，在那两周我每天都跟他出去一次（通常都是雨天），他还带上我的两个堂兄，但在他们的恐惧中我没有找到一点乐趣，我毫无感觉，俨然是一个老手了。

蒙塔古和我更喜欢单独攀岩。每次他都带我穿越各种危险的地方，并向我介绍如何抓住岩石缝和各种支点，我学会了如何用手指抓住光滑的石头。他还向我展示后躺和攀爬烟囱的技术，最后他带我挤入了狭窄的岩缝里，进入岩缝后，他就将双手平撑和横向攀登的难题抛给我。请原谅我吧，我之所以提这些技术，是为了记录下我们每天攀岩时遇到的各种不同的岩壁。许多晚上当我去睡觉时，我的脑海里都在想岩钉的正确位置是在什么地方。在梦中我听到了蒙塔古先生的声音，作为领头人，他正用力拉动我身上的锁扣，发出了嘶嘶的响声。

我在各种岩壁上笨拙而努力地攀登着，浑身脏兮兮的，还带着岩浆的味道。但我开始喜欢上攀岩运动发挥极限的技能了，攀岩的人总是用手多过用脚，意志多过智慧。在那两周时间里，我的手指、肘部、膝盖都被磨破了，大腿和胫骨有一百多处被擦伤，但是我很高兴。从那以后我找到了一个真理，这个真理是一些人可能永远不会接近的：大多数的幸福都是在恐惧的经历中获得的。每一次他带领我攀岩，都比前一次要难，所以我几乎每天都是挥汗如雨。在这段时间里，我对恐惧的了解犹如身体得流感后对发烧的了解。我了解到恐惧有着无情的规律：要么你征服恐惧，要么恐惧征服你。有很多天我无法完成攀岩，不得不下山去。但是，在攀岩运动中，下山比上山困难，在下山的时候你的脚必须寻找支撑点，因为脚一直没有手灵活，所以我经常踩滑，悬挂在绳子上。汗流浃背时才意识到自己的惨状，想到所面临的困难时晚上无法入睡，因为第二天我还得返回去正确地完成攀岩，多么悲壮的事情啊。每当这个时候，我就会将童年时代像船一样沉没的勇气全部展现出来，是的，将勇气从内心深处全部释放出来。我感觉似乎所有让我不堪重负的儿时的恐惧都开始慢慢消失，我正一步步脱离这片让人泄气的墓地。这是多么令人不安的攀岩运动啊，每一次我都没有完整地完成一次攀岩，我希望可以治愈的恐惧不但没有消失，反而变得更加严重了。

然而每一次成功，我的信心都会获得回报，获得成功的那一瞬间会让我一整天都很开心。外出训练即将结束时，蒙塔古把我带回奥特悬崖要我接受新的任务。虽然我所掌握的技能在最开始向上爬的时候非常困难，但既然接受了这个任务就不得不边攀岩边钉岩钉，每钉完一颗岩钉，我的手都会因酸痛而抽筋。目前坠落的可能性仍然很大，我试图在沿途每五英尺的地方钉一颗岩钉。由于在悬崖上会不会坠落总是由最后一根钉子决定的，所以我将每一根岩钉都钉得很牢固。

最终我还是坠落了，大概坠落了十英尺。虽然我被钉子钩住了，却在绳子的另一端弹了起来，在石壁上不停地晃动着，受到了各种擦伤和碰伤，感觉像被扔进冰水中的猫一样痛不欲生。我屏住呼吸不让自己沉浸在漫长的啜泣情绪中，有那么一段时间我回忆起心中不灭的意志，难以相信自己竟会如此苛求自己。当我再一次鼓起勇气攀爬时，找到了一条安全路线，俯角与第一次的恰好相同，只是我的安全完全仰仗于拴在背部的一根绳子。在过去的两周时间里，我学到的新知识终于产生了作用，我终于学会了攀岩而不再坠落。

对我而言，那两周的攀岩训练比任何脑力训练还重要，我在家中有了新的地位。我的堂兄在过去的争执中从未让步于我，现在也甘愿让步了。父亲也带我到哈伯酒吧街最有名气的酒吧里喝酒，临近夜晚的尾声，我觉得自己无比轻松，就像一根在红酒里烹调的意大利面条。而我父亲依然如往常一样，没有任何喝酒的意思，也没有显示出任何好意或恶意，他神采奕奕地说:“休·蒙塔古对你的看法不错，这就算是表扬你了，哈利。他对其他人很少有超过三个字的评价。”

“好的，我很开心。”我说。但我的内心很平淡，我很想哭，于是我喝了几大口威士忌之后就晕乎乎地躺下了。一直到酒醒之后我才清醒过来，关于蒙塔古对我的评价，父亲的内心感到多么骄傲啊。

“蒙塔古打算明天带你去参加龙虾宴，”他告诉我，“蒙塔古说你值得为你自己办一个告别聚会。”

在这次活动中，休·蒙塔古有很多话对我说。喝下第一口酒后，我开始喋喋不休，在这个假期里，我陶醉在对一种运动、技能的享受和户外心灵修行中，因为那个下午我成功地攀岩增强了我的信心，更别提那晚以前我与威士忌微妙的关系了。与此同时，在知道蒙塔古这位严厉的教父明天就要离开时，我的心情无比轻松，他也一直拉着我闲聊。我正准备起誓绝不背叛新的纪律，此时蒙塔古打断了我的誓言。

“哈利，我打算告诉你一些可能会伤害你的事，当然我说这些只是为了你的利益。在过去的两周时间里，我一直看好你，你将成为一个优秀的人，我加倍地尊重你，因为你在童年里觉得自己无比渺小，但据我了解目前你已经不小了。”

“是的。”

“根据你父亲对你的评价并不完全可靠。”

“当然不完全可靠。”

“男人会不断地将体内的潜能激发出来；而女性呢，在我看来，仅仅是将已有的天赋显示出来而已，”当他看到我的眼神游离不定时，他耸肩说道，“当我们更了解彼此时，我们会更多地谈到我们各自的母亲，”他停了下来如同被自己吓到了一样，“但是，不要指望这个。”

“明白，先生。”

“从现在起，当我们单独相处时，我希望你称我为夏洛特，不要与简·哈罗的哈罗混淆了，是夏洛特。”

“明白，先生。”

“美国国务院经常讨论的一个小问题就是为什么蒙塔古会选择这一据点。迟早，他们都会站在我这一边的，并用他们涉世未深的方式直接询问我，仿佛我会急着告诉他们一样。如果我们成为特殊的朋友，我会向你泄露这个机密的，不出二十年。”

“是，夏洛特，”我停了停，“这听起来好像不太妥。”

“不要害怕，你会习惯的。”他抓着龙虾虾脚的关节处，弯曲着将它们掰开，手指没有被刺扎住，娴熟地扒拉着龙虾肉。

“哈利，我会先告诉你最坏的事情，”他的眼睛直愣愣地盯着我，没有任何移动，“我希望你放弃攀岩。”

他本可以一巴掌拍在我脸上的。

“噢，天哪，为什么？”我诧异道。

“并不是因为你不适合，你不仅有身体上的技能，而且还有内在的勇气，十个开始攀岩的人只有一个能得到指导。我认为你在这群人中很有可能是得到指点的第二个或第三个。”

“那我为什么不得不暂停呢？”我停下来问他，我放低了声音，“我会杀死自己吗？”

“杀死自己倒不会，弄伤自己却是不可避免的，这并不是我的原因，这一点尤为特殊。只有最优秀的人才能继续下去。如你所见，对像你这样勇敢的人来说，这不仅仅是一项运动。”这是第一次有人说我勇敢。

“不！”我叫嚷道，“为什么？为什么你希望我退出？”

“这是一项强调优秀的活动，哈利，如果你继续下去，它会占据你的整个生活。你不能休息，每当你在一次攀岩中失败时，这种记忆会占据你的每一缕思绪，直到你成功为止。即便对一个优秀的人，攀岩也是一个不断衰弱的过程，一个沉溺其中的过程。最终他会变成一个受害者和胆小者，甚至会变成一个中庸的偏执狂，这种变化过程就像一个曾经不饮酒的人逐渐变成一个酒鬼。你沉溺其中无法思考其他任何事情。”

我非常激动地对他说道：“我不明白你在说什么。”我的声音已接近粗鲁的边缘，因为我能感受到他的情绪。虽然他身为一位教父，但我也不想受他逼迫。

“也行，”他说，“那我们进一步说吧，在攀岩中获得高能力的人能够成为自身意志的工具，这就是我们试图达到的，这也是从第一年起就鼓励我们去获得的。小孩从小接受教育不要去弄脏裤子，他的肠胃受到意志的控制，随着我们逐渐成长，我们经常感受到自己的情绪如同在公共场所发现的许多难为情的需求一样喧闹和低俗。来，我们喝一杯吧。”他用了邀请的语气，仿佛这是我唯一能够接受的语气。“但是我们需要对自己的括约肌说，夹紧点，笨蛋！”

很显然攀岩扩大了意志的支配范围，但这只是一个过程，正如黑暗魔法那样危险。这种黑暗对每一种我们准备面对的恐惧而言、对魔鬼而言都是开放的。如果我们失败了，魔鬼就会安慰我们的胆怯。“跟着我，”他说，“你的胆怯会得到原谅的。”同时，当攀岩做得很好时，魔鬼就不再出现了。当然，如果你失败了，那位大人会加倍奉还的。如果你做得不够好，你不得不用一半的时间和精力去驱赶魔鬼，这对于时间和精力都是一种浪费。只要我们原地不动，撒旦永远不会满足，他喜欢循环的强迫性的活动，负能量就是他的食物。当世界变得摇摆不定时，他反而能坐稳他的宝座。

“可能吧，”我说，“我知道我能攀爬什么不能攀爬什么，并且可以一直坚持下去。”

“绝对不是，你有一半像你父亲，那一半无法停止，从第一天我就知道你是最优秀的攀岩者。你明白这一点，你知道你在一个可怕的教会里，唯一一个如此接近我们上帝的宗教，来给予我们一些真实吧。”

“明白，先生。”

“我曾听过一些虔诚派犹太教徒的故事，他们曾经居住在俄罗斯和乌克兰地区。他们当中有一位叫拉比，非常虔诚，每天向上帝祷告四十次。四十年后，拉比变得没有耐心了，生气地说道：‘上帝，这么长时间以来我一直非常敬仰您，我希望您能出现在我面前，为什么您不出现在我面前呢？’此时上帝恰好显灵出现了，你认为拉比会有什么反应呢？”

“我不知道。”

夏洛特笑了起来，我以前从未见他这么大笑过，这也让我明白了他为什么取这个名字，他的内心比别人更能容纳别人，他的笑声传遍四周。“好的，哈利，我告诉你吧，这好家伙一头扎入床下面开始像狗一样嚎叫，‘噢，上帝！’拉比说道，‘不要再对我显灵了！’哈利，这是一个有用的故事，在此之前上帝是可怕的。这是最初知道的事情。

“如果耶稣没有来到我们中间，人类永远走不出洞穴，耶和华对我们来说太重要了，否则将没有现代文明。”

“那么埃及、希腊和罗马呢？它们没有带领我们走出洞穴吗？”

“哈利，这些文明记录了时间，它们是执念的绝佳例证。魔鬼有这三个住所，埃及、希腊和罗马。不要被它们的美丽所迷惑，你绝不能忘了魔鬼才是上帝绝美的创造物。但是，从精神上来说，这些文明并未选择形成于柏拉图的洞穴。耶稣来到并宣扬说：‘因为父亲的罪过宽宥儿子。’哈利，就在这一天科学诞生了，即使我们不得不等开普勒或伽利略一千年或者更久。所以，相信这个逻辑吧：一旦父亲开始相信他的儿子们，不受他儿子们亵渎神灵行为的折磨，他就会变得更加顽强，从而开始各项实验。他将宇宙看成一个奇异的地方，而不是一个会惩罚他好奇心的全能机器。这就是技术上升时期的先兆，这有可能摧毁我们自己。当然，拒绝耶稣的犹太人在接下来的两千年里不得不同耶和华交易，所以他们从未忘记。上帝是可怕的，'上帝，不要显灵了，一次也不要！'"

他停了下来，又向服务员要了两杯酒，他为自己点的酒是轩尼诗，为我点的酒是老哈珀。"让我们举杯敬年轻的哈利吧，"实际上他是对着女服务员说的，并重新回到他关于上帝是可怕的长篇大论中来，"我怀疑，在我们的每一次攀岩中上帝都以某种形式跟随着我们，并不是去救我们的，我很讨厌这种自以为上帝是去救命的心理，上帝就在每个庸才的身边，好像上帝所有的任务就是保护这些普通的人和冷漠的人，上帝不是圣伯纳犬，在每一次过关时都会救我们。当我攀岩时上帝离我们很近，这是我们唯一能够好好看清他、他也能看清我们的时候。当你能超越自我，并且仍然试图摆脱你面临的恐惧时，你就能感受到上帝的存在，当你被压在一块大石头下，你当然会像狗一样嚎叫，积累在内心的恐惧就会上升到更高的恐惧，这就是我们最终的目的，以期达到更高程度的恐惧。如果我们成功了，我们就能体会到上帝的恐惧。"

"上帝的恐惧？"

"绝对是的，上帝会担忧是不是他给予了魔鬼强大的力量。除非魔鬼的力量同上帝的力量在这个苦难的地球上是一样的，否则人民就没有真正的自由意志。这就是我不希望你继续攀岩的原因，因为你不具备必备的技能，这一点很关键。虽然你会生出一点勇气，但过不了多久这点勇气就会消失，最终你会成为像那些纪念碑一样无聊的高尔夫选手，多年来一直在挥杆，并且从未停止过讨论这些事，真是一群自我陶醉的人。"

"好的。"我说，现在我很生气，而且受到了很深的伤害。

"我说这些并不是不尊重你的感受，而是真正地尊重你。我相信你会有一席之地的，这个地方会对你的勇气、知识、意志和机智提出许多要求。你在每一个转折点都会受到魔鬼的引诱，但是你能够，最虔诚的说法是，你能够跟随主。我提议，希望你去寻找一条比攀岩更好的途径。”

他提出的建议是强有力的，我曾经从未知的伤害中转变到一种兴趣爱好上来。“你说的是我希望你说的吗？”

“当然，你父亲希望我能够来这里度假，帮你好好规划一下你的前途，除此之外并没有其他原因。在这两周时间里，我也产生了其他的计划。你父亲说他希望这个男孩跟我们一起，除非你认为他是对的，由我的要求和感情来判断这件事再重要不过了。”

“我父亲是这么说的吗？”

“差不多就是这个意思。”

“你告诉他我能加入吗？”

“昨天，直到现在，我对你的了解多过你父亲对你的了解，你有着极好的天赋，我不想再多说，你父亲是一个感情用事的人，偶然在判断上会出现一些夸张，但是我很自豪，从始至终我都有一颗冷静的头脑。你具备你父亲在他的事业上所缺乏的素质。”

我禁不住说：“我也没有什么特别的。”难道人只有在少年时才会发出撕心裂肺的呐喊吗？我现在就想发出痛苦的呐喊，但我闭口不言。

“你打算去耶鲁大学？”

“是的，先生。”

“我想说，在考试方面你不太可能失败，你理所当然能够考取。耶鲁大学很完美，我称它为‘艾利叔叔的客舱’。”

我笑了。

“是的，”我的新伙伴夏洛特说，“耶鲁大学作为地下铁的一部分，作为马路上的一个车站，至少对某些人来说是这样的，”他做了个鬼脸，“作为一个老哈佛人，我不想说太多，但是耶鲁对我们的目标来说都是挺好的，哈佛的毕业生在应聘方面却不太占优势。”考虑到我们的工作人员有一大半毕业于耶鲁大学，这真是一个极大的讽刺。正如我常说的，只要他没有被普林斯顿大学录取，你就可以相信他是一个好的工作伙伴。

夏洛特举起酒杯，我们应该为纳达·德威的健康干杯。然后我们握手作别，之后就开车返回科普，早上夏洛特就离开了。后来他经常给我写信，在信中给我提了许多建议，但是我们已经很多年没有共处一室了。

4

攀岩运动给了我许多财富。在圣马修学院读到高年级时，我在一百五十磅级的船员中从二等舱升到了一等舱，并且参加了圣保罗和格罗顿的划船比赛，学期末我以高分通过了期末考试，并且在读写困难方面取得了很大的进步。我还赢了一场格斗，那是在我念预科学校三年级时，有空的时候我还经常去练习摔跤，虽然这对我来说很艰难，我的腰部总有一种被血液压迫的疼痛感。在圣马修学院的最后一年我产生了一种未来的使命感，可能有人会怀疑，而且这种使命感一直持续到我上了大学，最后我顺利考取了耶鲁大学。我满怀希望地期待着新生接待处的教师能够带我去中情局的大学生组，但很快我就了解到，中情局并不招收大学生，午夜时分我的门口并没出现敲门声。

根据夏洛特的建议，我加入了后备军官训练营。“你将会和一群蠢货相处，”他告诉我，“但如果你要加入中情局，首先必须满足军事服务方面的要求，参加后备军官训练营就可以满足这一条件。等你从耶鲁毕业后，你肯定不想再加入我们之前面对的两年的参军生活了。”

在接下来的八个学期里我参加了残酷的封闭式训练，最后，我顺利获得了优异的成绩，足以清除纽约市人在军队生活领域的灰暗记忆。我还从自己的身上发现了乐观的潜质，实际上，随着一个人的不断成长，童年时所受的创伤和阴影会慢慢消失。

夏洛特会不时地给我打来电话，他对我所选的课程表现出浓厚的兴趣。通常情况下他都建议我将兴趣转移到学习英语上。“学好你的母语，这样你才能学习其他语言。”大二那年，他给我送了一份大礼：最新版的《英语语言学习词典》，这部词典对我非常有用，有段时间我不仅能找出一个单词的拉丁词根和希腊词根，而且还能够欣赏来自斯堪的纳维亚半岛和凯尔特人的外来词汇。我了解到英语途经意大利源自拉丁语，葡萄牙语也源自拉丁语，法语出自葡萄牙语也源自拉丁语，葡萄牙语出自法语，荷兰语衍变自晚期的拉丁语，德语出自匈牙利语源自塞尔维亚，源自希腊晚期，也源自拉丁语，所有这些语言都是通过征战的骑兵传播的。我还了解到一部分法语来自西班牙语，源自阿拉伯语，最终的源头却是希腊语。不过这些发现有什么理论依据呢？看看其他语言已经蔓延到英语中去了，因此，我必须对其他地区的语言逻辑培养出鉴赏力。而我已经不再学习源自低地德国、荷兰、斯拉夫、俄罗斯、梵文、马扎尔文、希伯来文、印度斯坦语的英语了。夏洛特根据他的经验判断，正一步步让我准备好进入中情局。

当然，我认为这都是一种未雨绸缪的准备。在接下来的四年时间里，我选的所有课程和结交的所有朋友都是为了有助于我成为中情局的一员。如果我对未来的职业发生过某种冲突，那就是在新湾港的某个春天的晚上，当我与一名女孩一次偶然而令人沮丧的约会后，那时我告诉自己我真的想成为一名小说家。思考着这些问题，我也告诉自己我没有足够的时间和经历来写作。但是，我意识到加入中情局将会为我创作小说带来奇特的冒险经历和难得的创作素材。

我的确是一心一意的。大三那年，耶鲁大学和哈佛大学举办联谊赛时，我们高高地举起盛酒的银碗，我和同学们在莫里酒吧喝得酩酊大醉。

我被迫一直用绿酒杯喝酒，只要与我同桌的伙伴一直唱歌我就要一直喝酒，他们一直唱我一直喝。他们唱的歌曲很长，直到酒吧打烊的音乐声响起，我才停止喝酒。

过去三十年未曾记起的话，在银色酒杯的闪光中重新浮现在我的脑海里。在莫里酒吧，我一次次将绿色酒杯喝了个底儿朝天，十几个人唱着振奋人心的酒歌鼓舞着我。这首酒歌是这样唱的：

就是哈利，就是H，就是H让世界转起来！
就是哈利，就是H，就是H让世界转起来！
哈利路亚，唱起来！哈利路亚，唱起来！
鼓上放了五分钱，
醉汉可以不受苦。
哈利路亚，唱起来！哈利路亚，唱起来！
鼓上放了五分钱，
醉汉可以不受苦。
鼓上放了五分钱，
你就可以得救了。

他们停下来换了口气，但我还得继续喝酒。

噢，多——么——高——兴，多——么——自——由！
自由已经得到了拯救，
噢，自由已经得到了拯救，
罪恶已经得到了束缚。
光荣啊，光荣的哈利路亚，
自由啊，万岁！阿门。

我一直喝着酒，感受着甘甜的略带烈性的绿杯里的酒水之神，一口又一口，放纵着我的灵魂。每喝完一杯酒，我就觉得我喝酒的时候天使在看着我，如果我在歌声结束之前喝完酒，明天我们就可以打败哈佛，我们会为了团队的荣誉全力以赴。我们来莫里酒吧畅饮，奉献我们的忠诚、血性和男子气概，只有上帝曾经为银碗的酒水干过杯。我们会用耶鲁神圣使命感的力量敲响着盛酒的银碗，明天我们势必打败哈佛，上帝啊，我要一口满饮此杯！第二天，也就是在一九五三年十一月的第一天，我们的比分是：耶鲁零分，哈佛十三分。

5

在耶鲁大学大三期末，经人介绍后我与基特里奇相识。就在复活节之前，我收到一封电报：过来与我未婚妻会面，复活节期间基特里奇和简·哈罗会待在自留地。

回到多恩后，我没有及时回到岛上，因为我父亲在几年前由于缺钱劝说他的两个哥哥和一个姐姐同意将这个岛卖掉。为什么他的基金需要补充呢，这仍然是家族的一个谜团。在哈勃，意外之财、天灾、侵占，比起性丑闻离儿童更远。我所知道的（仅耳语交谈时提起过）是一片责骂声：“该死的耻辱，居然将自留地卖掉，这怎么可能是一个光明磊落的人的主意呢？”我父亲在那个夏天外出过两周，口风严得如同被政府逮捕的南美独裁者一样。卖不卖自留地我并不太关心，因为我并没有那么热爱它。第二年夏天，我就在南安普顿和我母亲度过，每天和一群我并不喜欢的有钱的新朋友一起喝酒，整个八月都在打网球。我逐渐意识到，我即将失去缅因山上温暖的午后了。

我收到了回多恩岛的命令，这样就有更多的机会去看望夏洛特了。我就像一个女孩子，爱上了一个即将上战场的男人，即使他三五年不回来也无关紧要，这个女孩也不会出去和别人约会，她甚至连其他男孩的电话都不接。

我喜欢上了中情局，我就是那一类可以放弃全部生活来专注情报工作的人（这类人少之又少）。我开始疯狂地阅读间谍小说，一目十行地浏览着斯基特文，参加耶鲁外交政策论坛，研究列宁、斯大林和莫洛托夫的电报，我很想了解敌人的真面貌，我处处避开有关共和党和民主党的政治争论，这些对我来说都无关紧要。艾伦·杜勒斯是我的领导者，我会成为对抗魔鬼战争中的一名优秀骑兵。我仔细研读德国哲学家施本格勒[1]的著作，在新湾港的冬天沉思西方世界即将到来的衰落，以及如何防止这种衰落的发生。一切安排妥当后，我给夏洛特发了封电报告诉他：我已在路上。署名为“安喜登”（这个名字出自毛姆的间谍小说人物）。我开着一辆一九四九年的道奇双门轿车从新湾港直达荒漠后方，在那里我亲身体会到了无家可归的感受。

我不知道我能否描述这个地方的变化，我需要给《地理学家》杂志增加一个“废墟中的财富”栏目：哈伯德的后代留下了他们的地质层。我们曾经居住的地方长满了橡树，我们的露营地里有一张古朴典雅的橡树桌子，这是从多恩·哈伯德那里流落到我们手上的（他也给我们留了许

---

[1] 施本格勒（Oswald Spengler，1880—1936），德国唯心主义哲学家，史学家。施本格勒认为历史只是若干独立的文化形态循环交替的过程，任何一种文化形态，像生物有机体一样，都要经过青年期、壮年期以至衰老灭亡。他把第一次世界大战中德国的失败和战后西欧资本主义的危机看作“西方文化的没落”，主张为了挽救这“悲剧”的命运，必须建立一种由军国主义和社会主义结合而成的“新文化”。鼓吹侵略战争，颂扬“恺撒”式的“英雄人物”，是希特勒“国家社会主义”的理论先驱者。随着德国法西斯的灭亡，他的理论被束之高阁，鲜有人问津。

多关于瞭望塔的手稿，这个瞭望塔有一百英尺高，曾打算建在这个岛的最南边）。沿着墙，可以看到许多装在相框里的照片，这些相片上沾着一些污点，相框的玻璃已经有了裂缝，相片上的橡树高大挺拔，自十九世纪五十年代起这些橡树就有这么高大了。墙上有好几幅彩色油画，由于时间太长油画都褪色了，有马蒂斯、布拉克、杜菲、杜尚的作品，全都是我母亲收藏的，即使她永远不再回来了，这些油画仍然保留着。从墙上的其他东西也可以看出这是一栋简陋的避暑别墅，屋子里的小床也是凌乱简陋，粗糙的床垫上铺着陈旧的被褥，木桌上厚厚的油漆层上有指甲的刮痕，见证了酷热而无聊的暑假下午。玻璃窗上结满了蜘蛛网，屋檐下有铺满灰尘的鸟窝，那些没有使用过的房间里还有老鼠的排泄物。这就是我们想住大房子所付出的代价。

基特里奇的父亲罗德曼·诺尔斯·加德纳和他夫人从我们手上买走自留地后将它打理得很漂亮，基特里奇的父亲，作为一名资深的莎士比亚学者（与来自哈佛的著名的莎士比亚后裔乔治·基特里奇一道），知道关于整个购买计划的所有细节。在转让自留地的过程中，它是作为结婚礼物送给两位新人的，如果基特里奇与休·蒙塔古离婚了，那么基特里奇就可以顺理成章地拥有这个小岛了，这也是为什么我会回来住在这里的原因——我想通过基特里奇的关系而拥有自留地，而且这一切是来得那么及时。我还在耶鲁大学读大三的那个复活节，在与哈伯德一家会面后，距现在已经两年多了，加德纳博士和他夫人将自留地打理得面目全新。从学校退休后，他们夫妇二人把位于剑桥家里的一些殖民时期最好的家具都搬到了这里，现在窗户上挂着典雅的窗帘，墙上放着加德纳博士在十九世纪维多利亚时期收藏的画作。卧室里重新摆上了崭新的床铺，不再像我第一眼看到时那么杂乱了。现在看来，在这种新英伦式的旅馆里，即使是严寒的冬天也充满了温暖。

我抵达后度过了漫长的两小时，休·蒙塔古和他的未婚妻都不在，但我见到了知名的莎士比亚后裔和他的妻子，他是哈佛大学的一名教授，所教授的学科现在估计已经被取消了，他和他的妻子接待了我。加德纳博士的声名远播，对他的卓越成绩有诸多评价，而且他还善于交谈，我们谈到去年夏天哈佛大学足球队与耶鲁大学足球队的比赛，然后谈到我喜欢的壁球，我是B级选手，最后谈到我的父亲，加德纳博士最后见到他时是与杜勒斯在华盛顿一个年度的花园派对上。“他看上去很不错，当然，那是去年的事了。”

“是的，他现在看上去也不错。”

“祝他一切安好。”

作为一名网球运动员，加德纳博士不会让你享受赛前热身的，比赛开始他就会让你来回奔跑。

梅奇也没有明显好到哪里去，虽然她满怀信念地说花园里的花会在五月开放，但对于缅因州春天无常的天气，她总是有不满的情绪，她说她会种一些杂交品种的花卉，当我向她建议种一些在六七月开放的鲜花时，她对我的建议并不感兴趣。当我和梅奇无话可谈后，我试图进入加德纳博士的健身中心，我跟他阐述了我在学期论文（我的这篇学期论文获得了A）中关于海明威作品的看法，我说，海明威后期作品中的风格所显示的是一种作者自觉选择的讽刺，表明了他受到李尔王的深刻影响，特别是肯特的一些台词，我引用了第一篇第四幕：“我真的宁愿爱他，与他交谈，他这么聪明而话语不多，害怕作出判断，无法选择时就去抗争，没有鱼的时候也要想方设法弄鱼来吃。”我要再加几句：“我能提供诚意的建议，比如骑马、跑步，在叙述故事时故意破坏一个有意思的童话，直率地叙述一个平白无奇的故事。”但是，加德纳反问我：“为什么要把自己与抄袭者联系起来？”

我们坐下来，舒展了一下身子，基特里奇和休·蒙塔古在黄昏时分到达。这是个非常寒冷的复活节，他们冒着冰雪从山下攀登戈勒姆山山道来到这里。基特里奇保证是个很好的搭档，她看上去脸红红的，充满了圣诞节的气息。

比起我之前见过的任何女人，她都更加可爱。她的黑发剪短了像一个男孩子，穿着休闲裤和风衣，她是最好看的女孩，她就是这个节日的女主角。下午爬雪山时把她的脸色冻得如雪地里的红色浆果一样红，她像极了她父亲收藏的维多利亚时期的少女，如修女一般高贵，如天使一般可爱。这就是基特里奇。

“很高兴认识你，我们是堂兄妹，你知道这事吗？”她问。

“我想我知道。”

“昨晚我查过了，你是我的三表哥。如果你提前对我下手的话，别人就没有机会了。”她呵呵地笑着，直直地看着我（好像在说如果她喜欢一个比自己年轻的小伙子的话她的吸引力会加倍增加），休·蒙塔古事实上已经被煽动起来了，我对于妒忌这事一无所知，但我可以感受到他的情绪开始波动。

“我必须告诉你，”她说，“休·蒙塔古总是把我们带到如此可恶的境地，我一直对他说，除非他保证不再这么对我，否则我绝不会嫁给他。因此他说：‘你和哈利现在是在同一条船上了。’他用卑鄙的手段将我们统统放逐。”

“事实上，”休·蒙塔古说，“她比你好一点，哈利，一直都是这样子，毫无希望。”

“但愿如此，”梅奇说，“傻子才会冒这种风险。”

“我愿意，”基特里奇说，“你将成为怎样的丈夫？”

“相对安全的丈夫。”休·蒙塔古回答。

想到他已婚的女儿，加德纳咳嗽了一下。

恰好在这个时候，基特里奇说：“我觉得父亲一想到我就会联想到不幸。”

“我不认为自己是个黑鬼，”基特里奇的父亲说，“我的女儿也不这么认为，你的逻辑很糟糕啊，亲爱的。”

基特里奇换了个话题。

“你从未爬过雪山？”她问我，当我摇头表示否定时，她说：“他们对你做的最糟糕的事情莫过于你不得不在探照灯的扫射下跳出泥坑爬出围墙了，”她停顿了一下，但并不是故意的，而是考虑到我在听这些琐事，“我觉得后年你会进去，篱笆就建在东德的格罗斯乌勒的分界线上。”

休·蒙塔古带着毫无快乐的微笑勉强说道：“基特里奇，不要把滑雪看作你的专长而胡说八道。”

“不，”基特里奇嘟囔道，“我这是在家，我想聊聊，我们不是在华盛顿，我厌倦了假装是一名财政部的文件记录员穿梭于谎话连篇的鸡尾酒会，他们会问我‘你整理了多少文件’？我会回答‘许多文件’。他们明知道我会撒谎还问我，他们觉得我就是一个疯婆子。”

“很明显是你被宠坏了。”她的未婚夫说道。

“我怎么可能不被宠坏呢，我是唯一的孩子，”基特里奇说道，“难道你不是吗？”她突然转而问我。

“一半是。”我说，无人回应，我不得不作出总结性的解释。

她似乎被什么迷住了。“你肯定全部是，”她说，“是我说的那种隐藏的鬼。”她举起一只特别白的手，似乎在慈善晚会的喜剧中担任交通警察一样。“当我向每个人保证这个周末我不会跟他们理论时，有些人总是会喝得太多，所以我只好跟他们理论到底。你觉得我这是有病吗，休？”

“最好还是喝酒吧。”休·蒙塔古提议。

这时她悄悄告诉我：“只有我们俩的时候我会告诉你关于鬼压身的事。”

我吓得退缩了。休·蒙塔古有很强的占有欲，如果基特里奇对着我微笑，他似乎能看到他们的爱情将会在这个微笑中结束。最后的事实证明，休·蒙塔古是对的，只有爱人之间才能将漫长的计划缩短，十五年后的危险就像随时会爆发一样。

另外，蒙塔古很无聊，跟罗德曼和梅奇聊天就像在灯光忽明忽暗的房间里用餐。大多数时间我们都在漫无目的地聊着，但聊天的内容似乎并不符合逻辑。喝酒期间，我做了些记录，十分钟里记了十句话，三句是加德纳博士说的，两句是梅奇说的，夏洛特说了三句，基特里奇说了一句，我也说了一句。记忆是有局限的，而笔记却是替代记忆的最好的东西，所以人们常说：好记性不如烂笔头。

罗德曼·诺尔斯·加德纳说："我在船坞里寻找一张新的三角帆时碰到了弗雷迪·伊夫斯。"

梅奇问："为什么皇家紫菊比起波斯菊更容易凋落呢？"

休·蒙塔古说："听说昨天在比利牛斯山有场大雪崩。"

基特里奇说："如果你给皇家紫菊少一点护根，它就更加容易凋零了，母亲……"

梅奇说："哈伯德先生，吉雷·巴特勒是一个可靠的巧匠吗？你的父亲，卡尔·哈伯德说要提防他。"

我说："我应该听我父亲的话。"

蒙塔古说："他们并没有带雪崩线，所以这些尸体没法找到。"

加德纳博士说："这张三角帆是在赛舟会上裂开的，我必须用起重机来完成，可是现在只完成了一半。"

蒙塔古说："哈利，再次祝贺你榜上有名。"

加德纳博士说："我打算倒满这个马提尼酒杯。"

幸好我和基特里奇有过一个小时的独处机会，这是她要求的。周日早上，从复活节的弥撒中回来，在等待梅奇为我们准备周日晚餐的那一个小时里，她对休·蒙塔古说："我希望哈利能够带我去看看这个岛，我确定他知道岛上的每一个角落。"那时，空气中弥漫着一种似是而非的气氛。

其实，对我来说，在这个小岛上寻找任何一个角落和缝隙都不需要导游。

休·蒙塔古点点头，他微笑着伸出手，大拇指竖起，食指向前伸，这手势像一把手枪。沉默中，他对着我“开了一枪”。“保持头脑的清醒噢，赫里克。”他警告我道。

基特里奇和我沿着布满鹅卵石的岸边散步，经过许多海带和船骸。许久未见的夏洛特也站在离我们不远处，在我们心中他就是一匹骏马。

“他真可怕，”基特里奇拉着我的手，对我说道，“我喜欢他，但是他太可怕了，他很粗俗。哈利，你喜欢性爱吗？”

“我说不准自己喜不喜欢。”我回答。

“我希望你喜欢，你就像蒙哥马利·克利夫特[1]一样帅气，所以你应该喜欢性爱。我知道我喜欢性爱，但我和休·蒙塔古之间只有性，我们之间没有其他的共性，这就是他嫉妒你的原因。我的主动会让他的性欲消失，而他的主动又太过于粗暴。”

我并不清楚她竟然知道 α（Alpha，希腊字母表的第一个字母）和 Ω（Omega，希腊字母表的最后一个字母），四年前她就了解了这个概念，可是我今天才第一次听说。未来三十年我也会再次遇到这些词。

“最为糟糕的是，”她说，“我还是个处女。我想他应该还是个处男，尽管他从来没给过解释。”

我再次感到了震惊，一是被这些令人惊讶的事情震惊，二是她竟然会告诉我这些事情。她苦笑着说道：“每天晚上我都会吃一片忏悔药。哈利，你也是个处男吗？”

[1] 蒙哥马利·克利夫特（Montgomery Clift，1920—1966）生于美国内布拉斯加州奥马哈，是好莱坞二十世纪四五十年代的著名演员，17 岁就在百老汇赢得了明星的地位，在由霍华德·霍克斯执导的《红河》一片中初登银幕，凭借在大银幕上的精湛演绎，获得三次奥斯卡最佳男演员奖提名和一次最佳男配角奖提名。1966 年 7 月 23 日因心脏病突发死于家中，终年 46 岁。

“非常遗憾我已经不是了。”我回答道。

她一直不停地笑着：“我可不想这样，”她坦诚道，“太荒唐了，并非我和蒙塔古不了解彼此的身体，事实上，我们非常了解。我们经常裸体相拥，但似乎有某种真理束缚着我们，他坚持要等到结婚后再完成这一步。”

“我想，你们很快就会结婚了。”

“六月，”她说，“周末我们本该商量出最终方案来的，但是父亲和蒙塔古每次聚到一起都会让计划泡汤，他们简直比一些用假牙说话的老古董还要糟糕。”

这下轮到我发笑了，我已经尴尬了许久。她挨着我坐着，我们坐在这个岛的最南端，看着蓝山湾，欣赏着复活节里的太阳，骄阳艳而不热，阳光洒在遥远的大西洋上。

“休·蒙塔古可能是我遇到过的最复杂的人，”她说，“但是这个周末他却出奇地简单，因为我们晚上睡在一起，他的脾气异常暴躁。父亲坚持把我安排在母亲隔壁的房间里，所以蒙塔古被落单了。你看，他是多么地饥渴啊，在华盛顿，我们俩整天黏在一起。我希望你不会介意听我说这些。”

“一点也不介意。”我说，其实我不明白她说的是什么意思，因为这些事情似乎相互矛盾。“他是怎么对你的，如果你们两人都未发生过性关系？”我问道。

“噢，我们用的是他所说的‘意大利式’。”

“噢。”我说，但我对此一无所知，后来我明白了，这是一种允许对方单纯地爱抚自己，同时会给自己的身体带来痛苦与快感的方式。

“事实上，”她以一种拉德克里夫[1]惯有的快速而上扬的语气说，“我

[1]创建于1879年，为美国七姐妹学院之一。1999年全面整合到哈佛大学。

喜欢这种方式，虽然我是处女，但是感觉却很放荡。哈利，这是一种超越极限的自我复兴。我看到他们如何谨遵教会的规定，却以一种违反理性的方式活着。这种方式并不是不健康的。”

“你把这些告诉其他人了吗？”我问。

“天啊，当然没有，你跟他们不一样。”她说。

“是吗？可你并不认识我啊。”

“我只需要看一眼。看到你之后我就告诉自己，我会告诉这个男人所有的事情。哈利，你知道吗，我爱你。”

我说：“我想我也爱你。”我并不需要假装这么说。一想到休·蒙塔古像色狼一样趴在她的身体上，我就觉得非常难过。而我就像一个浪子，恨她如此轻易就打动了我的心。

“当然，我们俩并非一定要做点什么，我们是堂兄妹，这一点永远不会改变。最亲密的朋友之间充其量也只是彼此亲吻而已。”她示范着亲了一下我的嘴唇，这一吻诠释了所有问题。她的嘴唇散发着掉落的花瓣的味道，我从未有过如此美好的呼吸，更没有一个人给过我这样的惊喜。我的感觉就像是在读伟大的小说《白鲸记》[1]，开篇的第一句话写着：称我为以实玛利吧。

“某一天，如果我和休·蒙塔古彼此厌倦了，那么我们之间或许会有一段情，但仅仅只是给予彼此身体上的欢愉。”她说。

“只是亲吻的堂兄妹。”我沙哑着声音回答道。

“是的，现在，我只需要一个好朋友，哈利，我需要一个能维系纯洁友谊的人。这个人，我可以告诉他所有的事情。”

---

[1]《白鲸记》（Moby Dick），19 世纪美国最重要的小说家之一赫尔曼·梅尔维尔（Herman Melville，1819—1891）于 1851 年发表的一篇海洋题材的小说，小说描写了亚哈船长为了追逐并杀死白鲸莫比·迪克，最终与白鲸同归于尽的故事。

“我不能告诉你所有的事情。”我坦白道，好像我有着无数秘密可以娓娓道来似的。

“你能守口如瓶，这也是我带你离开屋子里来这儿的原因。我想聊聊你的鬼影重重。”

“这是你心理学的习惯用语吗？”

“是的。”

“我父亲告诉我你是个天才。艾伦·杜勒斯也这么说。”

“我不是，”她暴躁地说道，好像这种愚蠢的见解加深了她的孤独，“当我不用它时我的大脑会奇迹般地空着，所以它能容纳很多人一晃而过的想法。你不觉得上天将旨意完全告诉我们就像下面的黑暗力量在撩拨着我们的冲动吗？”

我不知道如何争辩此事，于是我点头表示同意。但是，她并不是要与我争辩此事，她的语调一变，我就感觉到她想要解释。

“我总感觉弗洛伊德[1]不合我意，他有着诸多发现，是一个伟大的人，但是比起斯多葛学派的人他没有更多的哲理。不仅如此，斯多葛主义能使人成为优秀的修理工，排水沟坏了，你可以屏住呼吸修好它们，这就是弗洛伊德哲学的终点。当人类文明无法适应时，我们就会明白弗洛伊德所说的如何充分利用一个坏蛋了。”

很明显她曾经也说过这些话，她应该是为了工作才不得不经常这么解释她的理论，所以，她能告诉我她的理论也算是我们之间友谊的象征了。除此之外，我很喜欢听她的声音，我觉得她告诉我这些是想让我们更亲近，这是一种最纯洁最美好的爱。她这么美丽，这么孤单，头发上戴着小花，脚上穿着蓝色的运动鞋。我想拥抱她，如果不是休·蒙塔古的存在，我

[1] 西格蒙德·弗洛伊德（Sigmund Freud，1856—1939），奥地利犹太心理学家、精神病医师，精神分析学派创始人。

一定会拥抱她。

“从哲学意义上来说,”她接着说,“我很大程度上是一个二元论者,我认为一个人一定能成功。斯宾诺莎假定物质处在晦涩的、形而上的、隐喻的世界里,他将事物的方方面面都联系起来,宣布自己是一元论者,但是我相信他打算放弃这种哲学主张。如果上帝打算告诉我们一些事情,那么我们关于他的看法、关于宇宙,都是二元的。天堂和地狱、上帝和魔鬼、好与坏、出生与死亡、日与夜、热与冷、男与女、爱与恨、自由与束缚、现实与梦境、行动者与观察者——我可以一直列举下去。再想想看,我们的存在是一个精子和一个卵子的结合,我们出现的第一刻,受精卵创造出我们的那一瞬间,两个完全不同的存在实现了结合,它们是如此不同。何况,我们拥有了左右两边,两只眼睛、两只耳朵、两个鼻孔、两片嘴唇、两排牙齿、两片大脑叶、两片肺叶、两只胳膊、两只手、两条腿、两只脚……”

“一个鼻子。”我说。

她以前也听到过这样的质疑:“鼻子只是一个肉制品,围着两个通道。”

“一条舌头。”我说。

“有舌尖和舌根,它们完全不同。”她伸出她的舌头给我看。

“一只手上有五个手指。”

“大拇指对着其余四个手指,大脚趾往往对着整只脚。”

我们开始笑了。“两个睾丸,但只有一根阴茎。”我说。

“这是我理论中的弱点。”

“一个肚脐。”我接着说。

“你太讨厌了,你真不可理喻。”

“头发也是只在一个头上。”

“你说得真离谱!”她弄乱了我的头发,我们差点再次亲吻了彼此,和年长几岁的远房堂姐调情的感觉真是太好了。

“严肃点,”她说,“二元性比唯一性的证据确实要多很多。我打算采取下一步，如果没有两个鼻孔、两双眼睛、两片脑叶，而是两个灵魂，他们完全独立，那该是什么样子？就像连体姐妹一样住在一个身体里面，过着同样的生活。如果一个人结婚了，另一个也一样，否则他们就不同了。他们可以有一点不同，就像有着各自性格的双胞胎，或者他们也可以完全不同，就像善与恶，”她停下来寻找更接近的例证，“或者像乐观与悲观。我打算从中选择，因为这样更有利于讨论。大多数发生在我们身上的事情都有乐观的一面，也有悲观的可能性。就叫 α 和 Ω 吧，这是我能想到的适用于这两个灵魂的名字。必须有人赐予它们名字，如果叫 A 和 Z 又显得太过于冰冷，所以还是叫 α 和 Ω 吧，尽管它们听起来有些做作，但人们还是得适应这两个名字。”

“那你应该给我举个例子。”我说。

“嗯，是的。α 在大多数情况下代表着乐观，而 Ω 倾向于悲观。每种经历都源于不同的敏感程度，所以说，在具体情况下，α 会抓住积极的一面，Ω 则会预测出可能的损失。这种分裂的感知模式可以夜以继日地带来你想要的任何二重性。依我看来，就夜间活动而言，Ω 比 α 更加敏感一些。但是，在早晨，α 在起床与工作方面做得更出色。”

好像是为了证明她灵魂中存在的 α 和 Ω，她单纯而无畏的内心现在已经苏醒了，那个迂腐的学究现形了，任何人都不得不赢取这个女人性格中的双重性。我突然意识到，对于休·蒙塔古，我并非十分忠诚，但管它呢，那可能就是我的 Ω。“我只是不明白，”我说，“为什么这两个灵魂必须要一直做出不同的反应呢？”

“记住，”她竖起一根手指用教导的语气对我说道，“α 和 Ω 来源于分裂的生物，一个是来自精子，另一个是来自卵子。”

“你是说我们的灵魂雌雄同体？”

“怎么会不是呢？虽然对此还没有什么机械性的理论，”基特里奇说，“但男性的一面充满了所谓的女性特质，而 Ω 会成为女性体内一头发怒的公牛，就像收垃圾的人一样强劲刚健。”她展露出愉快的笑容，仿佛是为了显示 α 开始发挥作用了，或者说，这其实就是 Ω？“上帝希望我们像万花筒一样多姿多彩。休·蒙塔古和我都认为，上帝和魔鬼之间的战争通常是在两方的精神实体中进行的，这也本应如此。精神分裂症患者倾向于将善良的与邪恶的分裂开来，但是更多精神正常的人相信，上帝与魔鬼的战争不仅存在于 α 里，也同样存在于 Ω 之中。”

“你的体系中似乎有无止境的斗争。”

“当然，难道这不符合人的本性吗？”

“好吧，”我说，“我仍然不明白造物主为什么执着于这样一种复杂的设计。”

“因为他希望给予我们自由的意志，”她说，“在这一点上，我和休·蒙塔古也达成了共识。自由的意志相当于给魔鬼平等的机会。”

“你是如何知道的？”我不禁脱口而出。

“这是我自己思考的结果，”她轻而易举地回答道，“你难道没有看到，我们对于两个成熟的超越自我的心智有一种真实而确切的需要吗？那样的话，一个人就能够在他的道德经历中感觉到某种三维性了。如果 α 和 Ω 没有相似之处的话，那么相信我，它们的确非常不同，正因为两者的不同，它们才会从完全不同的角度来看待同一件事。这就是为什么我们有两只眼睛，却只能看到一个物品的原因了，我们还可以以此估测距离。”

“那你解释一下这个现象吧，”我说，“当我们的双眼发生变化的时候，我们需要佩戴眼镜，那么如果 α 和 Ω 也变得不同了，那人们该怎么做？”

“看看休·蒙塔古吧，”她回答，“他的 α 和 Ω 一定如同太阳和月亮一样隔得那么遥远。伟人、艺术家和所有杰出的男男女女都戏剧性地拥有不同的 α 和 Ω，当然，低能儿、瘾君子和精神病人也拥有。”

她毋庸置疑的口气刺激着我追问个不停，我继续问道：“那你怎么解释艺术家和精神病人之间的不同？”

“当然是内在交流的特质。如果 α 和 Ω 完全是不一样的，但能够清晰地向彼此表达不同的需要和看法，那你就会看到一个了不起的人。这样的人能够找出特殊的解决方案，尤其是艺术家。你看，如果 α 和 Ω 互不交流，那它们中的一个就会成为主宰或者会出现静止，失败的那一个就会受到压制。这就是一种极其低效的生存方式。”

“就像极权主义吗？”我问。

“没错，看来你确实明白了我要说的话。”

听到她这么说，我感到十分满意，受到鼓舞的我继续问她：“一个更为正常的人拥有的 α 和 Ω 就像共和党和民主党一样的彼此迥异吗？同意或者不同意都能起作用吗？”

她笑了起来，看来我为她提供了更好的思路，她的眼中再次闪烁出作为一个女性先天具有的淘气的光芒。“你太棒了，”她说，“我真是喜欢你，你的例子真是太直接了。”

“你这是在取笑我吧。”

“不是，我打算用你的例子给那些人好好解释一下。”

“他们难道不喜欢你的想法吗？ α 和 Ω 让我了解到更多的间谍工作呢。”

“当然，但是和我合作的许多人都不敢相信它，对他们来说我只是一个小姑娘。他们无法相信这能够证明首个可靠的心理学理论——用来解释间谍如何在高压的生活环境中生存。实际上，他们不仅能忍受双重生活，他们还会努力找寻它。”

我点了点头。她将我定义为“直接”，但是我担心她的陈述方式会不会有一丁点的不修边幅呢。我在耶鲁大学遇见的大多数学者在初次会面时都表现得有义务来解决伟大而玄奥的作者之间的炮火纷争，斯宾诺莎和弗洛伊德的引证似乎尤其在意这一点。基特里奇并没有召唤出一批德高望重的权威人士来改变我的观点，她更专注于自己的想法，但这已经足够了。她的头脑就像一个发明家一样强大而天真。

我们继续讨论着这个话题，我们从未提及鬼魂附体，但是在我们沉浸于多恩岛的角落与缝隙时，我有一点生气，她认为正经的阐述和我们的调侃一样有趣。在我们回到屋子里之前，我试着去嘲笑她，想让她承认到底谁是她的 α 和 Ω。

“噢，”她说，“这些事情，旁观者总是清于当局者。所以，就由你来告诉我，你觉得它们是怎么塑造我的。”

“噢，”我模仿着她的腔调说，“我觉得你的 α 满怀忠诚，你的 Ω 如同浪潮一样澎湃汹涌。α 忠贞不渝，Ω 则亵渎你的灵魂。在 α 一边你是一个自觉的孩子，Ω 这里你就是一位帝国功臣。”

“你就是一个彻头彻尾的魔鬼！”她说着，在我的双唇上又留下了一个吻。

我不确定夏洛特是否觉察到甚至瞥见了这轻轻的拥抱。我们手牵着手往回走，看见他站在一块岩石上，我们渐渐走近，他一定在暗自揣测着什么。我不知道他在那里站了多久，但有些东西我是可以确定的，他当然不会改变他的态度，所以我和基特里奇的亲密因为他的存在而几乎消失。当我们走近他的时候，我的眉毛感觉已经燃烧起来。我想，当我加入中央情报局的时候，是否应该为本该与我未婚妻共处的时光埋单。

接下来我要说的就有些痛苦了。还记得那是一个周日的晚上，加德纳博士努力地掩饰着内心的愤怒，从容地接待着客人。借着内心的愤懑之火，他给我们大声地朗读着莎士比亚的诗歌。

他朗诵的是莎士比亚早期的一部作品《泰特斯·安德洛尼克斯》，这真是一个奇怪的选择，直到我更进一步了解了这个家庭，我才觉得这并非怪诞。当加德纳博士还未成为这所学校的一名学者时，他考察了《泰特斯·安德洛尼克斯》——这一出最可怜的戏剧，极为糟糕也没什么灵感可言的作品，究竟是否为莎士比亚所作还不得而知。但加德纳博士在那样一个周日的晚上用饱含激情的嗓音将它朗读出来，还选择的是最不受欢迎的故事段落：泰特斯告诉喀戎和德米特里他们对家庭所做的坏事——割断了泰特斯的一只手和他女儿拉维尼娅的两只手，泰特斯要来报仇了：

听着，狗东西！听我说我要怎样处死你们，
我这一只剩下的手还可以割断你们的喉咙，
拉维妮娅用她的断臂捧着的那个盆子，
就是预备盛放你们罪恶的血液的。
听着，恶贼们！我要把你们的骨头磨成灰粉，
用你们的血把它调成面糊，
再把你们这两颗无耻的头颅捣成肉泥，
裹在拌着骨灰的面皮里面做饼馅。

现在伸出你们的头颈来吧，拉维妮娅，来！
让他们的血淋在这盆子里。
等他们死了以后，我就去把他们的骨头磨成灰粉，
用这可憎的血水把它调和了，
再把他们这两颗奸恶的头颅放在那面饼里烘焙。
来，来，大家助我一臂之力，
安排这一场不平常的盛宴。
现在把他们抬进去，我要亲自下厨，
料理好这一道点心，等他们的母亲到来。

他用演讲式的嗓音响亮地背诵着，字正腔圆，抑扬顿挫，听起来十分享受字词之间的转承接合。我的头发尾梢触碰到后颈窝，我意识到这

头发正是我的第六感。

“我不赞成这出戏剧，”加德纳博士背完以后说，“但这部伟大的作品酝酿着整个时代的愤怒。”

当他朗诵的时候梅奇已经进入梦乡了，她的头歪向另一边，嘴唇微微张着，我一度怀疑她是不是突然犯了中风。按照每日惯例她仅仅服了三片安眠药，很快加德纳博士走向了她的床沿。我用了数年时间才明白基特里奇坦白了多少事情！加德纳博士优先采取了婚姻的形式来联合：梅奇睡着的时候他就可以进行调查研究，基特里奇在十岁的时候就发现了她父亲的这一习惯，她躲在一旁偷偷观看了整个过程。熟睡中的梅奇发出鸟鸣般的呼声。

夫妻之间一直都在不断地探索彼此经历的不同童年之间的关系：基特里奇和我都见证了我们父母相爱的方式。或者更确切地说，我们见证的是四位老人中的三人之间的爱，就像泰特斯和拉维妮娅失去的是四只手里其中的三只。这种暗示是毫无意义的，除了那些自有逻辑的数字以外，当加德纳博士和他嗜睡的妻子正走向地狱的时候，奥古斯都·法尔却在夜间悠闲地散着步。

6

我的思绪回到了六月基特里奇和休·蒙塔古的婚礼上，我的父亲、继母、兄弟、叔叔、婶婶和表兄妹都聚集在缅因州夏日的家庭集会上。普莱斯考特和皮博迪一家、芬勒特和格里斯沃尔德一家、赫特和普莱斯一家也都来了，科利尔夫人更是穿过了曲折的二十英里路来到这里。东北港和海豹港的代表团们，以及大卫·洛克菲勒也出席了。此外还能看见德斯蒙德·菲茨杰拉德、克莱拉·托马斯和从华盛顿赶来的艾伦·杜勒斯、理查德·比瑟尔、理查德·赫尔姆斯、特雷西·巴恩斯、弗兰克·威斯纳、詹姆斯·安格勒顿和迈尔斯·科普兰。我的一位表兄克尔顿·哈伯德平时就是个喜欢说笑打趣的人，他说："如果现在在这儿丢下一枚炸弹，美国中央情报局就会夷为平地啦。"

我的本意并非是细述梅奇如何摆放花束来布置现场的，也不是赞叹国教教堂是多么肃穆伟岸，更不是为了婚礼礼服的精巧华丽而俯首折腰，我提及这场婚礼是因为它使我怀疑自己爱上了基特里奇，而且这是一个年轻人可以付出的最廉价但又是最自立的伟大的爱。从婚礼那天之后的很长一段时间里，我只是变得更加地自怨自艾了，每时每刻都在叹息，莫名的忧郁一阵阵袭来。我爱上了一位如此美丽聪慧的姑娘，她却嫁给了我所认识的最优雅敏锐的绅士，我已然是没有机会了。但是爱情啊，真的是太美好了！

杜勒斯先生似乎也有这样的意思，当我们再次聚集在婚礼派对上，他站起来敬了第一杯酒。我依然记得他举起酒杯的姿势是那么优雅，尽管略带一丝伤感。

"健康的体魄和健康的灵魂这一罗马理念完美地体现在我们善良勇敢的同事休·蒙塔古身上了，"这是杜勒斯说的第一句话，接着他又说，"确实，要不是他这次的慷慨分享，噢，不，我是说他确实比我厉害，我们就会成为完美的同伴啦。"房间里顿时响起一阵礼节性的却又无关紧要的笑声，"你们有些人还不了解他在战争期间在战略情报局的卓越贡献呢，他的功勋目前几乎无人能匹敌。我无法讲清楚他现在的工作情况，但可以稍微说一点，年前他会成为我们的顶梁柱哪。"大家轻声笑了起来，"但是，鉴于他所有的优秀品质，他依旧是世界上最幸运的家伙。此刻他娶到了一位如此美丽年轻的姑娘，她曾启迪了荣格派学者，迷惑了弗洛伊德派学者，成为一名出色的心理学理论家。当她还是拉德克里夫学院的一名本科生时，我碰巧看到了她的毕业论文，那简直是篇非凡之作啊！我迫不及待地告诉她，‘基特里奇，你的论文太精彩了，我可以保证有一天我们需要参考它，你来加入我们吧！’一个年轻的姑娘面对这样的赞美如何不心动啊？我现在高举这杯酒，发自内心地愿上帝保佑你们两位，英俊潇洒半秃顶的休·蒙塔古和我们亲爱的基特里奇女郎，愿上帝神圣地对待你们的婚姻！”

后来，在杜勒斯先生离开之时，我匆匆与他见了一面，我与他握手示好并报以真诚的微笑。“哈利，你的父亲是个伟大的人啊！”他两眼闪烁着光芒说道。这位杜勒斯先生，我断定，大概是我在这婚礼上遇到的最好的一个人了，我那颗想要结识中央情报局的人的心从来就没有消停过。

当然，我也注意到有许多父亲提及过的传奇人物也在现场，比如艾伦和特雷西，理查德和维兹，迪克和德斯，他们早已在我心中的竞技场上驰骋。但是这些名士都远不如我父亲英俊，虽然大多数都是一样的高大和强健。他们常常允许别人侵入他们的私密空间，但他们也有自己的底线。“我有些东西，是不容亵渎的。”他们会这样说。

参加了基特里奇的婚礼后我很快就做出了一个决定，在大学四年级的最后一个学期我休学了，提前六个月申请了工作。虽然这是一种牺牲，却是我做过的最清醒的决定，原本我可以继续在耶鲁大学同室友一起过着舒适的象牙塔生活，还有充分的时间计划花一年时间写一部科幻小说的，我也可以跟大学前三年交往的各种好友继续交往……我感觉自己放弃了太多东西，尽管我已经做了这样的决定。但是我又想，如果我想为我的祖国做贡献，最好的方法就是做出牺牲。所以我去了暑期学校，并在二月上旬提前毕业了。我独自走在华盛顿雪融后泥泞的街道上，像一只拿着期中毕业证书的光秃秃的熊崽，可是我仍旧为我做出的牺牲感到骄傲。

我并不打算谈论我的准入测试，这种测试纷繁复杂。其实，相关部门早已接受了我的申请，我只需表现好一点他们就不会拒绝我。

当然，情报局是希望我们能尽量发挥得好一点的。每一百人中只有极少数的幸运儿才能通过所有测试，这些测试包括智商测试、性格测试、诚信测试、保密测试。我记得在“个人历史陈述”一栏中有这样一个问题：请用“一”至“五”这五个等级来评价你对这份工作的奉献度。我的回答是“五”，并在空白处写了一句：我是为挑战极限而生的！

“解释一下你的观点吧。”面试官对我说。

“好的，先生，”我终于等到发表此番演说的机会了！“我觉得如果需要的话，我可以在国际法庭裁决之前接受审判。”面试官看着我，我继续往下说，“我的意思是，尽管我是一个品行端正的人，但我做好了准备随时为我的祖国而受审。或者说，归根到底，我可以为最终目标奉献出自己的生命。”

对我来说比较麻烦的是测谎仪，这种测试令人恐惧。虽然我们被警告不要和其他已经接受过测谎的申请者交谈，但沉闷的测试之后我们总是会尽快凑到一处交流，通常他们透露的信息很少，只顾着一个劲儿喝啤酒。

我依稀还记得测谎面试时的文字记录，完全就是凭空想象的记录。但是当时与面试官的对话，现在我却一点也想不起来了，我只记得面试官长着一个长长的下巴，鼻梁上还架着一副眼镜，看起来就像黑白电影里的角色。我们呢，摩肩接踵地拥挤在十三号楼的一个昏暗的小房间里，房间外面的走廊同样拥挤而狭长，楼外还有一个灰白色的倒影池。其实，我对那些冬日的回忆大部分都是灰白色的。

这是我能回忆起来的所有信息了，除了我那奇怪的心理感受，对于这份改编后的记录我并不能保证什么。

面试官：有过同性恋经历吗？

申请人：没有，先生。

面试官：为什么你反应这么久?

申请人：我不知道我有这么久。

面试官：是吗? 机器显示你脸红了。

申请人：难道机器不会解读错误吗?

面试官：你说你不是同性恋?

申请人：当然不是。

面试官：从来没有过吗?

申请人：曾经差一点有过，但是被我拒绝了。

面试官：好的，我能理解你，让我们继续。

申请人：好的，继续吧。

面试官：和女性相处得如何?

申请人：还不错。

面试官：你认为自己正常吗?

申请人：当然。

面试官：你为什么颤抖?

申请人：你是要我主动给出回应吗?

面试官：让我重述一遍吧，你有没有和女性发生过舆论认为不正常的事情?

申请人：你的意思是不正当行为?

面试官：具体一点说。

申请人：我可以被问及具体的问题吗?

面试官：你喜欢玩口交吗?

申请人：我不知道。

面试官：这个回答太空了。

申请人：是的，先生。

面试官：什么是的？

申请人：口交的问题。

面试官：不要表现得这样沮丧，这不会影响我们录用你的。从另一方面来看，如果你在这次测试中说谎了，这反而会给你带来不少损失。

申请人：谢谢您，先生，我明白了。

我流了点汗，其实我对测谎仪没有说实话：我并没有丢失我的贞操。即使我三分之二的耶鲁同学可能说一样的话，但说什么都总比这样的坦白好吧。中央情报局的人怎么可能是处子之身呢？我知道很多其他申请人为了守住这个秘密也撒谎了，没什么大碍的，这个测试无非就是为了筛选出容易遭受敲诈勒索的人。其实，受过高等教育的大学毕业生，如果谎称自己有多于实际情况的恋爱经历，他们往往就会被录用。

在接受测试的这段日子里，我住在基督教的青年协会里，和其他申请人在药店里分享着一日三餐。他们大多数来自州立大学，所学专业有财政、足球、语言、国际事务、经济学、统计学、农艺学以及一些特别的技能。通常他们的教授会和他们进行试探性的谈话，如果有兴趣的话，他们会收到一封提及政府外事的信件，并会被告知回复此信，然后寄到华盛顿特区的某个邮箱里。

我假装像其他人一样，但考虑到我并没有财政学知识尤其是政治科学或者应用心理学等方面的专业背景，我只好假装做过一些马克思主义的研究。我的新朋友里正好都没有人了解马克思主义。于是我侥幸逃过一关，直到我遇上阿尼·罗斯，他的父亲是西德尼·胡克的远方表亲，罗斯可能是对这一家庭关系怀有敬意吧，少年时期他就读过列宁、托洛茨基和普列汉诺夫的文章。但罗斯告诉我他读这些不是为了宣扬这些思想，而是为了日后成为他们旗鼓相当的对手。一天早上，他一边吃着煎饼香肠一边对我说："只需看到一个词我就能够明白列宁的那些复杂理论了。"是啊，罗斯，你是哥伦比亚大学毕业的高才生，还是美国大学优等生荣誉学会会员，我怎能不嫉妒你的一帆风顺呢。

在这四五个星期里，我和其他申请人在各座大楼之间漫步。从林肯纪念堂出发沿着倒影池走上大约四分之一英里，途经四座建筑物，就来到了华盛顿纪念碑。在这灰白沉闷的冬日早晨，这些建筑和我在达豪见到的照片并不完全一样，但都是亘古不变的长长的两层小屋。"二战"时期，我们挤进了政府官员的营房，由于我们还有其他设备分散在街旁和老房子里，显眼的深绿政府巴士便载着我们在国务院的大楼之间穿梭。下车后，我们填好了问卷，自觉地站成一个应征者队伍。

尽管我始终假装和我的新朋友们一个样，但实际上，这是我自进入耶鲁以来感觉最离谱的一次，我觉得在自己的国土上我完全变成了一个陌生人。这种感觉就像我在耶鲁的大教室里听讲座，四周围绕着米黄色的墙壁，讲台上挂着黑板和美国国旗，脚下踩着黑灰色的带有污点的地毯，身旁放着便携式座椅，座椅上还附带着单臂式的手写板。我的同学都剪着和我一样的平头，这平头看起来不错，却只适合百分之八十的人。虽然我们这种集体行为看起来既像基督教青年协会的青年又像哈佛商学院的学生，那也并不意味着我就和他们一样。我发现自己并不了解我的同胞，至少不太了解这些像我一样正努力进入中央情报局的伙计。同时我也失去真实的自我了，如此一来，我开始怀念我那熟悉的孤独的海港之风了。

偶尔我会出航去乔治城的运河屋，这地方是基特里奇和夏洛特在他们婚后的第一年买下的。新婚那几晚对我的刺激太大了，他们邀请的宾客不乏一些贵族大亨。亨利·卢斯有一晚也在那里，他和我长谈对我父亲的了解。卢斯先生头发已经花白，双目却炯炯有神。他用沙哑的嗓音对我说："你即将开始一段精彩的人生了，做好重大决定会使你的人生更加精彩！我曾经为工作付出的努力远大于我自己的预想，甚至已经超出我的兴趣范围，哈利，让我告诉你吧，我和你的昵称听起来是那么地相像，不管是赫里克还是哈利，都差不多嘛。哈利，去实现你更大的梦想吧！”他就像个牧师，一直把手放在我的肩膀上。我得装作对他的这番话深为感激，因为在蒙塔古的新婚之夜后，我得回到耶鲁加入到同窗好友中了。我看到他们每天为了生计摇首乞怜，而我觉得自己满身“辐射”，我一定会在他们之中发出耀眼光芒的。我见识过中央情报局，它就矗立在那里，它是一座高大的屋棚状建筑物，不像那些拥挤的办公室，中央情报局更像一个高端大气的公司，正秘密地掀起一场每个人都必须为之赴汤蹈火的战争。啊，那些在运河屋度过的夜晚啊！没错，正是夏洛特在我最后一场测试结束后第一个告诉我通过了测试的，而我那些耶鲁的室友还要等上三天才能得到消息。因此我一直纠结要不要先告诉他们，那时我就发现在这种情况下守住一个自己很想说出口的秘密，如同在遇到烦心事时拒绝对酒的渴望一样令人痛苦不堪。

被中央情报局录用后的一个上午，我们被要求做就职报告，我们中大约有一百人乘坐巴士，从第九大道来到国务院后面一座破旧的五层楼房里，房顶还是英国安妮女王时期(1665—1714)的风格。然后我们摩肩接踵地进入地下室的一个小型会议室，有个人正站在舞台上，他看起来很像常春藤的教授，显然他是在欢迎我们的到来，他说:“还有谁不清楚吗?从现在开始你们就要为中央情报局工作了。”

场下一片笑声，大家纷纷鼓起掌来。接着他走到一个盖着布的画架前，掀开了布，一幅组织图呈现在我们眼前。他拿起教鞭，边走边向我们解释，说整个机构里有三个指挥部，它们是三个同级的部门，也可以说是一个军队的三个团。“组织部主要是监督机密行动以及召集情报人员的，它就是间谍的指挥中心。让我来教大家一个新词吧，‘经营’，组织部‘经营’间谍，就像商业经营一样。”因为间谍与反间谍都是夏洛特的职权范围，我父亲又是负责机密行动的，所以整个部门对我来说几乎就是中央情报局的全部。

然后他继续讲解情报部，情报部的责任主要是分析规划部收集来的材料。至于管理部，“它的职能是维持前两个部门的管理秩序。”不必说，我对这几个部门是没有兴趣的。

“先生们，”他继续说道，“你们这一百零三号人，”他环顾四周，“一百零一位男士与两位女士，你们已经被选为组织部的一员了，组织部可是个好地方啊！”

听到这里，我们都欢呼了起来。我们全体起立向他致敬，但没过多久，下一位发言人，情报中心部长艾伦·杜勒斯从幕后了走出来。那天的杜勒斯先生彬彬有礼、儒雅和蔼，不禁让人对他参与的每一项工作都产生信心，比如银行、大学、法律事务所以及政府部门。他穿着一件旧的花呢大衣，肘部还打着皮补丁，系着精致的领结，手里拿着烟斗，他的眼镜因反光而发亮，让人联想到情报部本身的光芒。他成功地为我们一百多人留下了美好的印象，就像他在蒙塔古婚礼上给我留下深刻印象一样。

“尽管我们初次相见，但我可以保证你们即将创立属于自己的一份生机勃勃、意义非凡的事业！”掌声响起，他继续说道，“温斯顿·丘吉尔在敦刻尔克大撤退之后，留给英勇无畏的英国人民的只有血肉之躯的折磨、汗流浃背的劳苦以及愤懑悲伤的泪水，但我能承诺给你们的是奉献，是牺牲，是全身心的投入，对了，当然也是乐趣横生的地狱！”我们不禁欢呼起来。

“你们都是组织部的人了，这可是一个不寻常的集体。你们可能会被分派到不同的国家去执行任务，毫无疑问，你们也将目睹很多机密行动。但无论你们有多劳累多厌倦，都决不能失去你们的责任感。因为你们要保卫自己的国家，要顽强地和敌人作斗争，这些敌人掌握的关于秘密战争的资源可能远远大于基督教历史上的任何政府和国家。苏联曾将间谍艺术发挥到极致，甚至在冷战结束后的一段时期里，他们仍然坚持不懈地‘经营’着间谍活动。

“为了赶超苏联，我们正在建立一个有史以来最强大的西方情报机构，国家的安全问题全仰仗它了。我们的对手十分强大，现在，你们被挑选出来成为这伟大机构中的一员，齐心协力抵抗我们的劲敌！”

此刻，房间里弥漫着欢乐的气氛，连狭小舞台一侧的美国国旗都和我们一起分享着这个会堂传递出的温暖与力量。

杜勒斯先生几乎停不下来了，在这样一个重要的话题上停下来显然也不是他的风格。于是，他和蔼又风趣地提醒我们已经加入了这个团体，所有成员都有资格和任务听完领导所讲的故事。

“多年以前，”他说，“当我像你们一样年轻的时候，适逢‘一战’，我被安排到日内瓦的外事事务处。记得那是一九一七年的春天，一个特别暖和的星期六，早晨我正在值班，待在办公室里基本上没什么事情可做，当时满脑子想的都是网球，主要是那个下午我和一位年轻貌美的姑娘约好了一起打网球，她简直就是个绝代佳人啊！”

除了杜勒斯先生，谁还敢用这样的方式演讲呢？这个九十年前内战前期的防空洞里，或许当时站在这里还能听见南方传来的枪炮声，艾伦·杜勒斯正在告诉我们一九一七年他在日内瓦的故事。

“快到中午的时候我的电话响了起来，电话那头传来一个极为浑厚的嗓音，”杜勒斯先生说，“是一位男士，他想要找一位负责人来接电话，他说的还是很不地道的德语。我决定帮助他，因为凡是遇上了麻烦的人都会操着一口尽可能含糊的口音。”

“那时，大使馆唯一的美国官员早上正好出远门了，而负责人的重担就落在了我身上。我是去和一个英国靓妹打网球呢，还是和这个可能来自俄国的家伙说说德国话呢？”

他停顿了半晌，继续说：“最后，我还是选择去打网球，我从来都没见过电话那头的男人，哪里肯舍弃美女而为他解决麻烦呢。”

我们还在等着他继续往下说。

“当我得知那个男人发生的事时我才知道他是谁，可惜已经晚了。这个带着糟糕的德国口音，急于和美国的负责官员对话的不是别人，正是列宁先生！我们通完电话不久，列宁先生就被德国人带上一列密封火车，穿过巴伐利亚、普鲁士、波兰和立陶宛。他在列宁格勒的芬兰火车站下了车，同年十一月发动了布尔什维克革命。”他停顿了一会儿，像是要留给我们对他的失误捧腹嘲笑的时间。

“啊，”一个声音叫了出来，“你怎么可以这么做呢？”

这是我第一次看到迪克斯·巴特勒，他的脸长得令人过目不忘，他的头，支撑在硕大的下巴和粗而短的脖颈上，还有厚嘴唇，特别像古罗马的半身像。

杜勒斯看起来很是满意，他说：“小伙子，看来你从我的失误里学到东西了，去重读一遍《福尔摩斯探案全集》吧，最细小的线索往往具有最重大的意义。当你值班的时候，仔细研究每一个细节，用最大的努力完成你的工作，因为你永远不知道手中的铲子什么时候能挖掘出宝石。”

他把烟斗重新放回嘴里，掀起幕布，一转身便消失在幕布后面了。

下一位发言人要和我们谈谈“业务”，伯恩斯，又名雷·吉姆，是情报机构里负责日本、拉丁美洲和越南案件的人，他将成为我们接下来为期八周的世界共产主义课程的导师，同时他也是组织部手枪队队长，他告诉我们他欢迎任何有兴趣的人加入他的队伍。

伯恩斯这个中等个子的男人，值得我们好好琢磨。他长着一头红棕色的短发，身材匀称，小嘴薄唇，架着一副棕色太阳镜。身着一件棕色夹克，里面是一件白色衬衫，系着棕色领结，下身穿一条卡其色的裤子。他的腰带上有三条横纹，分别是棕色、褐色和棕色。脚上的一双鞋也是棕色并且锃光油亮，像他光亮的鼻子一样醒目。他左手系着一个铃，说到重点时候就会敲响它。除了纽扣上的一枚枫叶别针，闪烁着点点金光，他全身没有其他的装饰了。我真是足够听从杜勒斯先生的教诲，仔细地观察了伯恩斯的每一个细节。

雷·吉姆痛恨共产党人，他站在指挥台上用双眼紧盯着我们，这是一双几近黑色的棕褐色眸子，注视着你的时候就如同深邃的黑洞。他用目光扫过我们，一个接着一个，全都不放过。

“最近显露出一种趋势，”伯恩斯说道，“给共产党留点余地，毕竟赫鲁晓夫不像斯大林有那么多坏心思，你们会慢慢听到一些的。尽管赫鲁晓夫在他早年时候被称为‘乌克兰屠夫’，但他毕竟还是比斯大林好一些，还有谁能比斯大林更残忍无情呢？苏联有个秘密警察局，与我们既不平行也不对立，它好像已经把联邦调查局和国家联邦的监狱系统全都搅和在一起，形成了一个超级中央情报局，但它却是非法而野蛮的！它的部分警察本应该从事情报工作的，却在日夜忙着清除数以百万计的可怜公民中所谓的异己分子，然后把这一群人送往西伯利亚，强制他们做苦力，虐待他们，导致他们辛劳而死或者被活活饿死。这是他们犯下的罪行吗？不，他们只是信仰上帝而已！在苏联，警察界定你的罪行的依据是你是否信仰上帝，如果你不信仰上帝，那么即使你杀死了自己的祖母，他们也不会定你的罪。因为苏联那些警察很清楚，上帝的力量会成为他们的绊脚石，会阻碍他们实现征服全世界的红色梦想。现在我告诉你们，我们大家要做好准备和隐形的敌人展开一场无声的战斗！对待他们就得像对待地球体内的癌症和病毒！从你们结束这堂定职课程起，你们就已经步入了一条阻止他们痴心妄想的轨道，你们有能力抵抗他们的强制和洗脑。经过训练，你们将会改头换面，变成不可战胜的强力军！”他凝视着我们，接着说道，“噢，不对，他们配给人员的时候还给我开了个玩笑，看吧，还有两位全新的巾帼英雄！”

他的言辞稍稍缓解了现场紧张的气氛，我们对此也由衷地钦佩，他的玩笑惹得我们哈哈大笑，继而站起来为他欢呼鼓掌，他就如同我们队伍中的一员，不像杜勒斯先生那么高高在上。既然雷·吉姆都已经奉献出自己了，受到鼓舞的我们自然也目标明确、干劲十足。

当然，在那个时候我并没有认真考虑过自己，其实，杜勒斯先生更符合我的认知，而雷·吉姆来自广阔的美国中部，比起我求学时的那座优雅的小花园，从哈得逊河到亚利桑那州那片广袤的土地就如同一片人迹罕至的沙漠。但是，我不愿承认原来我竟然如此不熟悉自己的国家。

在一阵对伯恩斯先生的热烈喝彩声中，宣誓仪式开始了，我们站在拱形的舞台中间，头顶上方是中央情报局威严庄重的旗帜，大家举起手，由此正式合法地进入了情报局，并发下狠誓从现在开始，未经允许绝不泄露任何相关信息。

那是一个多么庄严的宣誓啊！我曾听说有共济会活跃了多年，其成员从来没有透露过任何有关组织的信息，甚至跟他们的儿子也没有提起过。当然，我们之中也不乏如此忠诚的人。那一刻，我对惩罚的恐惧感与我的荣耀感交织在一起，这种感觉远不如将我的血液和我战友的血液融合在一起。就职的那一刻我满心虔诚但又略感担忧，如果不是工作中潜在的危险，我会毫不犹豫地整装待发的。

尽管之后的训练十分艰苦，但大伙对那份誓言从未掉以轻心，它时刻警醒着我们保持绝对的忠诚，泄露秘密就是背叛上帝，是严重的三段论！我不得不说这誓言在情报局延续了将近三十年，直到今天它依旧散发着耀眼的光芒。由此想到我自己的行为，我意识到我有义务和能力做出漂亮的成绩。所以如果有机会的话我会取得一些突破，但是研讨会上讨论的有关间谍在国外的影响所产生的效果，在我看来还是太局限了，就像在本地的律师、记者、工会会员和政治家身上看到的局限性一样。

但我会依据实情表述我们的间谍情报技术的，其中大多数方法都已经作废了，所以稍微透露一些技术就会相对安全许多，它们也是间谍小说的现实来源。我还是承认吧，当时学习这些技术的时候我可是积极热情地投入啊。可是到了上经济学和管理学的课程时，我便提不起兴趣了，一上这些课就昏昏欲睡。最后我拿到了应得的分数，虽然我有能力和机会重新学好这两门课，但我的真爱只有情报技术！我来到情报局可不是为了成为官僚，而是为了我的英雄之梦！所以，如果这本回忆录要讲述的是情报技术的发展过程的话，那么我就只能撬开记忆的锁，展示更多的超道德情报技术才能达到我的目的了。

但我仍然需要学习最后一门课程，即“认真研究共产党的罪恶”，这类研究可能会使人缺乏刺探情报的热情，但足以让我坚信，任何与魔鬼抗衡所带来的破坏都会支持我们成为鲜明的右翼，我觉得这才是情报工作吸引我的地方。像邪恶的天使一样工作和生活，这简直就是无与伦比的美差！

噢，好吧，我要走的路还很长，让我在接下来的文章里证明给你们看吧！

7

宣誓后大概过了四个礼拜，我首次遇到了麻烦，我在伯恩斯的世界共产主义课上打了哈欠。

“哈伯德，我的课让你感到很无聊吗？”雷·吉姆问道。

“呃，不是的，先生。”

“那现在请你复述一下我刚才说的内容。”

此时遗传自父亲的脾气开始在我的身体里作怪了，我对他说：“伯恩斯先生，我没有觉得无聊，我明白你所讲的内容，我很清楚共产党人的阴险狡诈，以及他们口是心非的两面派作风，并且他们会利用破坏分子来破坏我们的工会，甚至加快步伐在世界范围内混淆视听。我也很清楚他们拥有数以百万计的战士准备占领整个世界，但是我一直有个问题想不明白……”

“你说！”

“每个共产党人都是狗娘养的吗？我的意思是，他们中就没有正常的人类吗？难道就没有一个人是会饮酒作乐的？他们做什么事都一定需要理由吗？”

我可以觉察到教室里气氛的微妙变化，显然我已经走上了被孤立的道路，但我已经管不了太多了，于是我继续说：“你告诉过我们，共产党要求人民只能接受标准化的思想观念。好吧，其实我自己也不太相信接下来我要说的话，但为了更好地论证我的观点——”很明显，我为自己找好了绝妙的台阶下，“我们现在不也是在接受一些性质相同的观念吗？尽管程度不同，不过当然了，这儿有民主，因为至少我不用担心我的自由言论会遭受打击报复。”

雷·吉姆开口了：“我们情报局的行为就是为了更加凸显你们的天性，鼓励你们批评论证别人的观点，这才是应对洗脑术的最强有力的武器！虚有其表的政治推论是我们要时刻警惕的，我们要及时发现它然后铲除它！”他用一只手掌击了一下另一只手的手背。“我很欣赏你举的这个例子，它把你的批判精神表露出来了，希望你继续保持！我确实也相信共产党中也会有人不经过批准就擅自‘硬起来’，但是我告诉你，撑不了多久，他就得好好想想，到底是选择他的事业还是他的生殖器了！”

课堂里响起一阵哗然声，他继续说：“哈伯德，你可以把全体苏联人民分成三个类别，一类是曾经待在劳改营的，一类是正待在劳改营的，还有一类就是即将进入劳改营的。”

看来还是他赢了，我只好说："谢谢您，我明白了。"

后来有一天晚上，我去拜访休·蒙塔古的运河屋，把这件事情跟他说了，他不假思索地对我说："这个问题显然够复杂的，雷·吉姆这样的坚定分子都无法让你弄明白啊！我们刚刚还在审讯一个苏联叛徒，他迷上了一个酒鬼并鼓励他去西伯利亚某个地下酒吧喝酒狂欢，但这种迷恋带给酒鬼的只有伤害。醉汉在酒馆里发泄对苏联的不满情绪，如此一来，不光是醉汉，他的全部家人都被送进了劳改营，他们都是无罪的啊！但这个叛徒逮捕'罪犯'是有定额的，就像纽约的交警开出的停车罚单一样是有数量限制的。那个叛徒觉得很恶心，这是一个正常的共产党人的真实感受。"

"那我想问一个愚蠢的问题，"我打开了话匣，"为什么共产党人如此可憎呢？"

"为什么？好吧，"他点了点头，说道，"俄国人就是这样可憎。彼得大帝曾乘船被搁浅在佩列斯拉夫尔的一个小港湾，然后他三十年都没再去过那里，他华丽的船只早已在岸上的烂泥里腐朽了。彼得大帝的狂暴脾气在一份正式文件中可见一斑，"夏洛特尽力模仿着他想象中的彼得大帝的腔调，"'你们这帮佩列斯拉夫尔的官员应该精心保存好这些船只、游艇和桨船，如果你们没有尽到这个职责，'"此时，夏洛特还特意提高了嗓音，"'你们和你们所有的后代将为此付出代价！'"

"够极端了吧。"

我点了点头。

"这还算正常的了，基督教未传播至俄国以前这都是再正常不过的了，基督教不仅给世界带来了爱，还有文明，尽管文明带来的影响还在议论纷纷中。"

"我不明白你的意思。"

"好吧，让我再给你解释一遍。基督会原谅我们的，不会因为父亲的罪过而迁怒于下一代，这是一种宽厚仁慈的赦免，正是这种仁慈开启了科学的大门。上帝赐予了我们科学，还有谁敢自称科学家？在俄国，凡是证实为有辱自然的行为，都会给他和他的家人带来灭顶之灾。俄国人都有宗教信仰，他们会急着证明给你看，但是他们信仰的希腊东正教却束缚基督徒的才能，破坏整个国家的根基。在俄国，会原谅这些后代子孙吗？这绝对是不可能的。惩罚反而会比罪过本身更加严厉。现在他们想要进军科技领域了，但他们不可能成功的。他们太心虚了，整日担忧大自然的诅咒与报复。他们觉得，如果你对自然作了孽，你的后代们将会和你一起遭到报应。这也难怪斯大林就是个彻头彻尾的偏执狂！”

“如果是这样的话，”我说，“战胜俄国人应该很容易才对啊！”

“是很容易，”夏洛特说，“前提是第三世界那些落后的国家真的想要迈进文明社会才行，但我不确定他们是否做得到。落后国家的人民梦想着拥有汽车和水坝，也期望尽快填平片片沼泽铺成平坦的大道，但他们却不是一心一意为此努力的。他们还沉浸在基督诞生以前的世界里，敬畏英雄，偏执奴性地服从于领袖，坚定地信奉领导会惩罚他们的罪恶，苏联人竟然还以为他们和领袖是血肉相连的！不要嘲笑伯恩斯，在苏联这可是十分危险的！就在今天，我看见桌上的报纸报道了十二名可怜的杜克波尔派教徒在边远小镇被围捕的消息。现任的苏联领导人当然知道这些挨饿的职工会爆发出多么巨大的力量，列宁、斯大林、托洛茨基、布哈林、季诺维也夫，这所有的高层领导曾经也不过是这帮乌合之众中的一员。因此，苏联国家安全委员会没有杀死这些闹事的职工，目的只不过是放长线钓大鱼——彻底根除这些危险因子而已，这将给世界带来巨大的影响啊！假设我现在给你一把六弹巢手枪，里面只有一发子弹，现在转动转轮并念道：‘现在为俄国赌上一局吧！’当你扣动扳机的时候，你赢的概率是六分之五。尽管概率很大，但它所带来的恐慌不比缺钱好到哪里去啊，你甚至想直接死了算了，免得受如此煎熬。这就跟惩罚那十二个人一样，还不如直接杀死他们算了，就当是撕碎了一千两百万的现金。所以伯恩斯的话也不是没有道理的。”

8

在康乐服务大楼里，伯恩斯先生给我们上了关于共产党的理论和实战策略的课，现在八周时间过去了，我已经能够就共产党、共产国际、共产党和工人党情报局、契卡秘密警察组织、苏维埃警察和秘密警察、苏联内务人民委员会和国家安全委员会发表自己的观点了，尽管这么多材料需要很强的记忆力，但我依然有信心，我能够像医学生听讲座一样认真地记录下每一点。在医学领域，也许一个术语的失误就会导致一个病人的无辜伤亡，我们情报人员更加需要谨慎。显然这很不容易，而伯恩斯对我们进行的几乎是填鸭式的教学，整堂课都在讲述他在联邦调查局做反情报工作的事，他还要求我们记下“苏联国家安全委员会第十七届委员会，又名防卫委员会，负责保卫苏联中央委员会的安全”这样的词条，对于他的要求，我一点也不觉得奇怪，我之前从未在意过这样的要求，但是现在我得尝试重组我的神经系统努力去完成这项任务了。

除了学习共产党，我们还了解了根据办公室等级传递信息的机器，并学习了如何使用官方语言来写书信。情报局还安排我们学习了如何识别间谍档案内容的真伪，如何辨别其文件夹中包含的资料信息，甚至教会我们如何理解报纸上对这些间谍的报道。当然，当我们成为真正的间谍时，局里也会根据任务的不同给我们创建多种假身份。夏洛特向我透露，他曾经有过八个假名，其中一个是杜斯。在非洲执行任务的时候，杜斯变成了 LT/ 杜斯，LT 就是非洲的代码；在维也纳用的名字是 RQ/ 杜斯，RQ 是代表奥地利；后来，在奥地利工作期间，因为某些原因，他的名字变为了 RQ/ 甘特。全盘接收了局里灌输给我们的信息，我的脑袋也开始酸痛，就像结束了一周古板的试验一样疲惫，感觉到无聊透顶。但是听到伯恩斯讲假名的故事，我又开始恢复精神，心情也大不一样了。我觉得改名字要恰到好处，使之能够体现出一个人的性格来，比如一个名叫 ZJ/ 雷帕斯的人和一个叫 MX/ 莱特的人就有不同的个性——我的思维看来变得感性了，也许是因为我还是处子之身的缘故吧。但现在的我开始变得有些淫荡，我甚至会对《开锁》《信件开装》《双面人》等这类课程产生了兴趣。在所有的课程中，我最喜欢的一门是电话号码快速记忆法，这个方法很神奇，曾经见过的电话号码就像埋藏的财富一样一点一点流进我的脑海里。

我的年龄还算小，所以那时候对像《信件开装》这样的课程还是很感兴趣的，这门课程教我们如何处理未密封的信件。方法有很多种，比如用茶壶浇点水在封口处，或者用化学棉签蘸取特殊材料封存信封……无论用什么方法，只要开启那用来保守机密的封口，我都感到兴奋不已。我以为偷偷开启信封、听到那微小的开启声只有我一个人感受过，谁知道在我之前早有人体验过这事了。此时导师问全班同学："你们听说过一个淫荡的舞妓吗？她劈叉以后能一直定在地板上。"听罢，我们都对自己的孤陋寡闻感到惭愧。

然后就是《双面人》这门课，为了顺利完成隐蔽任务，我们必须练习快速变装。我们要冲到教室外的走廊，脱下雨衣，将雨衣反过来，在八秒内重现出一件棕色的巴宝莉风衣，而不再是一件蓝色的雨衣。这事情听起来很简单，但是，我们连听到别人称呼我们的假名都不习惯，更何况是一眨眼就换了一身装扮。

为了能够领会要点，我们还得学会一些小魔术。间谍和魔术师还是有些共同点的，难道不是吗？记住电话号码的小策略就让我很不厚道地乐在其中了，当然，最开始的时候没有什么喜悦可言，因为集中注意力实在是件有压力的事。我们要站在教室前面，一个同事经过我们身边同时小声念出一串电话号码，然后就离开了，另一个同事要从教室另一边走过来说出另一串数字。随着训练难度不断加大，我们已经可以快速准确地记下五串电话号码了。最后，我们彼此之间进行记忆比赛，最终的冠军成功地记住了十串数字中的九串，那个冠军就是我，这份荣耀至今还给我带来无上的光荣与骄傲。

噢，我差点跑题了，这项技能虽然让课堂气氛变得有些紧张，但对预防打瞌睡还是有不错功效的，一串电话号码的七个数字简直能组装出一间“闺房”了。

为什么是“闺房”呢？这个我就有必要详细地解释一下了。我们要给每个数字指定一种颜色，0 至 9 分别代表着白色、黄色、绿色、蓝色、紫色、红色、橙色、棕色、灰色和黑色。

接下来，我们要想象出一面墙、一张桌子和一盏台灯，如果这串电话号码的前三个数字是 586，我们就要想象是红色的墙前面摆着一张灰色的桌子，桌子上面立着一盏橙色的灯。至于剩下的四个数字，我们可以想象成一位穿着紫色夹克、绿色短裙、黄色鞋子的女士坐在一张橙色的椅子上，这就是我们记忆 4216 这四个数字的想象符号。用这样的方式，5864216 就转变成一幅绘有七种颜色物体的图画了。今天的训练安排里，还加进了区号，所以现在这个想象中的房间就有了一扇可以看见外面天空和土地的窗户。如果区号是 753，我们看见的就是棕色的天空，红色的河流和蓝色的土地，这简直就是高更画中的精彩一天嘛！我们不仅要把 4369940 想象成紫色的墙、蓝色的桌子和橙色的灯，还有我们的尤兰达——这是我们给她取的名字，就坐在这个有着蓝桌子橙色灯的紫色房间里。她穿着黑色的夹克，黑色的裤子和紫色的鞋子，坐在一张白色的椅子上，这就是4369940。要培养出这样高超的记忆力和想象力简直就是一项不可实现的任务，但我最终还是做到了运用自如，一听到数字就能立刻联想到对应的色彩。

我想我们可以跳过《开锁》这一课，我们使用的这些标记着“机密”的精致信封，这些简单易启却十分精致的信封表面还标着“机密”字样。像我这样一个中级训练员，连信封微启的声音都能使我产生性兴奋，若是换成开启一扇门，那还不知道我会兴奋成什么样呢！每个讲师都可以随口说个荤段子，这堂课也不例外，我们的导师说：“如果你连这小蹄子都制服不了，那等你老了还能干什么！”

一九七二年的一天，尽管我早已记不清该如何开锁了，但我还是第一次实践了一回这项技能。那是在白宫，我五分钟内开了两次锁，一次是开门，花了我好大的工夫，然后又开了保险箱的锁。解码课程是在开锁之后上的，可我根本就没有好好用功，因为这门课开在华盛顿的春冬两学期，占用了太多时间，打击了我的积极性，而且它本身就是一门技术活。那真是一门神秘的课程啊，甚至连加密的实验室都在诠释着真真切切的安全性：门廊两边的窗户都安装着防护栅栏，每一部分都标有认证码，接待员和武装警卫严阵以待，甚至连密码员用餐的咖啡厅里工作的服务员都是经过层层筛选的，而且都是盲人，这样他们就无法识别出任何编码了。

下面我们来说一说令人满意的纪律吧，看过间谍小说的人一定对“死亡信箱”不陌生，但是真正熟悉这个玩意儿就是另一回事了。所有二十三位受训练的人离开了教室，路过走廊里的公告板，径直去男厕所，当然，这对我们队伍中唯一一位女士来说好像有点不妥，她不自在地露出了羞赧之色。看到她的羞色，我的面颊也绯红了起来。我想，在那样的情境下，不管对男性还是对女性，闻到小便池传来的气味都是一件糟糕透顶的事。

我们马上就要开始第一节“死亡信箱”的课程训练了！导师从水槽

边的金属盒里取出一小叠纸巾，擦拭了一卷从他背心口袋里掏出来的16毫米美乐时胶片，大概就一个顶针的大小，然后放进金属盒里替代纸巾原来的位置。可笑的是，我们每个人都重复了这个动作，而且我们这些人中只有少数几个人可以快速完成这一动作，其他人都笨手笨脚地迟迟做不好，很快纸巾就都被弄得乱七八糟。导师布置了任务给我们，要求独立完成，这些任务甚至包括在这同一间男厕所内取出卫生纸中间的那个硬筒芯。我们知道这样的情报传递方法只有在联系人能很快碰头的情况下才适用，因此，诸如其他的方法，比如“丢东西”效果可能会更好，这样就无须担心是否有人发现你的“包裹”了。

为了熟悉掌握“丢东西”这种方法，我们被带到了华盛顿特区一家超级市场的通道里，我的购物篮里装满了坎贝尔番茄汤和阿穆尔山核桃熏肉，此时，我“撞见”了我的同事，在这样的“偶遇”下，我必须要成功地把一卷胶片丢进他的购物篮里，之后还要互致歉意，然后再继续各走各的路。

购物时这样“丢东西”可能在家庭主妇看来很奇怪，本来上午的超市里都是空荡荡的，现在却有一群年轻小伙子稀奇古怪地撞向对方，还要义正词严地大声说：“你这个冒失鬼，竟然撞我，看我不撞死你！”我还能说什么呢？要丢的东西就好像是电动的一样，迫不及待地等着从这个购物篮里跳向另一个。

那晚在超市做完这项模拟训练后，我们又去了切维蔡斯郊外的一座私人庄园，去那里实践更多的情报传递技术。举个例子吧，某间谍喜欢每日散步，那么我们就要试着在他家墙壁上找一块松动的砖头，或者在一棵枯老的榆树上找一个裂缝，伺机潜入他家执行任务。这种训练无形中提高了我在树干上发现裂缝的能力。在庄园黑漆漆的林子里一番搜寻，我找到的那个裂缝都开始长毛了，这活儿还真不好干！一开始我连缝口都找不到，好不容易找到树毛下的裂缝，我就赶紧伸手去捅，我太着急了，结果惹来导师一通训斥："不要慌张，你的动作幅度不能过大！"

在训练期的最后一个晚上，伯恩斯先生为我们举行了一场派对，就在他位于弗吉尼亚州亚历山大市郊区的一座新建的四层楼里，尽管这房子看起来不是很华丽。在派对上我听说了伯恩斯先生和他的太太是在印第安纳州上高中时就认识的，他们有三个儿子，都是一头黄发。伯恩斯太太的相貌并不出众，身材也平平，她为我们端上奶酪、金枪鱼和热狗，这是她二十年来举办派对必提供的食物。她和雷·吉姆基本上没有交流过几句话，我观察他们两个就像是一个留学生在观察美国中西部与西南部之间的习俗差异一样。最终我总算明白了，像雷·吉姆这样的人只有在对自己的伴侣怀恨在心的时候才会离婚。

我很好奇派对上的这些食物究竟如何，尝过之后才发现它们竟然如此美味。我们边吃边回味着那天的就职宣言，还尝到了雷·吉姆最爱的意大利面，雷·吉姆称赞意大利面真是物美价廉。

派对中，我同级的受训者墨菲企图逗弄一下伯恩斯先生，他说："好吧，先生，八个礼拜了，你一直都没有透露你们是怎么处置叛变间谍的。"

"是的。"伯恩斯说道，他握着杯子的那只胳膊忽然变得僵硬起来。

"那么，先生，为了满足我们大家强烈的好奇心，你有没有自己处理过叛变的间谍呢？"

"我不发表任何评论。"

"你就从来没有扣动过你的勃朗宁步枪吗？"墨菲问他，"一次都没有过吗？"

"政治问题的纷扰总是没有尽头，"伯恩斯盯着前方说，"但仅仅是个人解决方案的话是没有出路的。"

"噢，我知道了。"墨菲用手指和食指做出手枪状，还模仿了两声"砰砰"的枪响声，我跟着其他人都大笑起来。

即使在派对上，我们也没有逃脱被训练测试的命运。晚餐过后，伯恩斯拿出一个锡盒子，从里面一张一张抽出便签纸。“现在我要你们每个人作一幅涂鸦，画完以后交上来。”伯恩斯举起一张纸斜着眼说，“这张是墨菲的，让我们来看看他是如何任性和自我毁灭的吧。”

当时，我们大多数人都喝了不少红葡萄酒，借着酒劲嘲笑起墨菲来。墨菲在基督教青年协会中有个醉酒时在走廊墙上钻孔的习惯。

“这张是舒尔茨的，舒尔茨，你准备好了吗？”

“准备好了，先生！”

“你要画出我已经了解的部分。”

“好的，先生，但……那究竟是什么呢？”

“哎，舒尔茨啊，你真像钟摆一样呆板。”

最后就轮到我了。

“哈伯德，给你的要求是绘出一个大人物的地狱。”

“好的，先生。”

“这表明你可以胜任困难的事情。”

“你说什么？先生？”刚一问完我就后悔了。

“你要从事一项伟大的任务了：去击退你所有的敌人！”

伯恩斯居然花时间为我们十多个人做出了这样精准的评判，害我紧张得脉搏都乱跳起来。为庄园干杯！

9

在佩里营训练结业典礼之前的一个周五，我去了一趟纽约见一个曼荷莲女子学院的姑娘，她当时正好在镇上度复活节假期，我们来了一次常规的约会，可惜并没有擦出火花。周六我和母亲去了购物中心的“爱德华房间”吃了一顿午餐。

我不知道从一顿简餐能否看出我们母子关系的复杂性或者亲疏性，但我和她的关系确实不够亲密，我也从来不会和她说心里话，尽管她跟所有干净漂亮的金发女人一样总能散发出一股柔和的力量。我一直都清楚如何去取悦和惹恼她，这从她看我带回家的朋友的第一个眼神就能觉察出来。她无法接受碌碌无为的人，却对那些看得顺眼的人十分慷慨。

从那天中午开始，我们的关系开始恶化，我没有告诉她我在情报局工作，两个月来也一直没有和她联络，她为此特别生气。她恨我父亲，不希望我继承他的一切，尤其是情报工作，所以无论如何，我都不该告诉她我的现状。尽管从理论上来说，一个情报工作人员的妻子、孩子和父母都应该清楚他的工作并不单单只是“政府工作”。

然而她却十分犀利和睿智，我只好含糊其词地跟她解释我在美国南部这份工作的重要性。事实上，我还挺想用我们情报局伪装的路由信件设备给她寄去一张来自瓦尔帕莱索或者利马的明信片呢。

“好吧，那你打算在那里待多久？”母亲问我。

“呃，”我说，“可能要待上个把月吧。”

“在哪里？”

“反正就在一个地方。”

吃这顿午饭时我犯了一个严重的错误，虽然在母亲面前我总是会不经意地犯很多错误。我是不是太喜欢把自己想得聪明绝顶了？母亲超凡的洞察力总能击碎我的小聪明。“宝贝，”她说，“如果你打算去南美洲，就不要对我隐瞒得这么深了，告诉我你具体要去哪些国家和首都，我在南美洲还是有不少好友的呢。”

“我可不想去拜访你的好友们。”我喃喃低语道，想起自己还未成年时，每次拜见她的异性朋友我都百般不情愿。

“好吧，为什么呢？他们都是些有趣的好人，噢，是其中一些不太招人喜欢。南美洲的人都很自我，但南美洲家教不错的姑娘可能会适合做妻子噢，她们有些人的思想还是很深刻的，”她用一半轻柔一半严厉的口吻说道，“告诉我，哈利，你们做的是哪一种进口生意？”

呵呵，我都还没能圆满地设计自己的谎言呢，我怎么会知道自己将成为哪一种案件负责人呢？“好吧，如果你想知道真相的话，很遗憾，这可是军事机密啊。”

她把头转向另一边，面颊枕着一只白色的手套，她那金黄的秀发有点刺眼。她说：“噢，我的玛利亚啊，你们就要为了军事机密去南美洲了！赫里克，你认为我傻吗？我知道你现在已经加入中央情报局了，我为你欢呼，为你骄傲。可是我希望你能信任我，告诉我你真的信任我！”

我几乎要脱口而出回应她了，这将会使这顿午餐吃得更加轻松，但我没有这么说。我知道这有可能是我第一次对誓言的违背，因为她可能转身就会把我的事情告诉她纽约的每一个朋友，甚至都会在耶鲁校友志上发一篇声明，所以我忍住没有告诉她实情。当然，我告诉她，尽管她可能在南美洲有亲近的朋友，但这都不会影响到我，而且我又不是像她那么骄傲的人，没那么贬低南美洲的经济发展前景。当说到包装和火药时，我认为很多南半球国家都会成为我们有力的竞争对手，那里有太多的钱可以赚了！所以，我告诉她我是很想自己赚钱，不为别的，只为自己的骄傲和独立。说这些话的时候，我言辞慷慨，似乎戳到了她的伤心处。她全然不顾精心打理好的睫毛，眼泪夺眶而出，睫毛膏也随着脱落下来。于是，她那悲惨的一生瞬间全部写在她化了妆的脸上。“我在心中细数了一遍所有我深爱的人，赫里克，你知道吗？”她说，“你们没有一个人信任我！”

午餐还在继续，但是是时候结束了，我坐上最早的火车离开了纽约，回到华盛顿，等候着第二天的到来，也就是周日的农场典礼。

我先坐巴士到弗吉尼亚州的威廉斯堡，转乘出租车抵达佩里营，佩里营的外面是一眼望不到头的铁链栅栏，栅栏旁边是一个写着“佩里营——武装力量实验训练基地”的标牌。应哨兵岗的电话，一辆吉普车终于晃晃悠悠地开到了基地门口来接我，司机是一位醉醺醺的士兵，他边开车边摇头晃脑，他那锃光瓦亮的大脑袋就像一艘通体发亮的小飞船，很明显，周日是个适合大喝一场的好日子。

黄昏时分，我们乘着车，在一条窄窄的小路上前进，路的两边都是松树，接着穿过了满是荆棘的灌木丛，这是一条长达两英里的路。最终我们到达了练兵场，四周都是木营房，这些木营房像用来狩猎的小木屋，还有一座小教堂和一栋低矮的水泥砖建筑物。“到了！”我的司机突然开口说道。

我把我的包放在营房里的一张空床上，周围还没有什么人，除了一个正在我上铺睡得酣甜的家伙。放好我的行李后，我就径直朝着社团走去准备集合。我的课从早上开始，队里的人早早就已经到了。在华盛顿的礼拜天，我们这群新手穿着得体，却伪装不出老兵脸上的疲倦，也没有他们的战靴和子弹带，我们只好通过喝干一杯杯啤酒来展示我们具有初生牛犊不怕虎的勇气。玩台球和乒乓球的人在球棒和球拍的最末端安装了一个噪音消除装置，这一技术也被应用于降落伞着陆。典礼上老兵们会穿着伪装制服，加速跳到红木上，大声喊着美国西南部阿帕切的印第安领袖的名字“杰罗尼莫”！然后落在院子里，其中一半会落到地面，他们翻滚的时候双脚并拢膝盖弯曲。

其他人在讨论炸药，没过多久，我们这些新手就已经专注于技术性的讨论了，问到我的时候，我只好象征性地点点头然后大口大口地喝啤酒。

典礼过后，当我在新营房里坠入梦乡的时候，我的床变成了一艘狭长的小船，载着我沿着神秘的运河前行。忽然灵光一现，我梦见了我的远房亲戚，他们是信仰“十二个正直的人”的犹太教徒。我记得在耶鲁的时候听过一场解说中世纪历史的讲座，讲到古时候的犹太人相信上帝之所以无论对人类如何不满都不会毁灭世界，就是因为那“十二个正直的人”。这十二个人中没有一个人觉得自己是独特的，上帝非常满意他们每个人与生俱来的善良天性，因此他宽恕了我们这些凡夫俗子。

在我半梦半醒的时候，我脑子里隐约闪过这样一丝疑惑：如果从清教徒登陆美洲之后就再也没有受到上帝的眷顾会怎样呢？是不是美国的四十八个州没有对应的四十八个正直的人，所以上帝就不宽恕这四十八个州的所有人了？可是事实却是美国在任何情况下都会受到上帝的关照。之前离开佩里营去农场的时候，我在那里度过的第一个夜晚我就有所怀疑，我是不是美国的“四十八个正直的人”之一！我的爱国之心、我的奉献精神和我的高度认知能力都能证明没有人比我更加热爱美国了。当然，我明白我还缺少夺目的才华和崇高的道德，否则我就能成为更热忱的爱国者了。我崇敬我的祖国，她就如同一位光彩耀眼的女神！在这样幸福的狂想中，我伴着剩下的半加仑啤酒渐渐睡去。

早晨起床时不适感涌上心头，我感到一阵恶心。但我只能忍着，因为训导员要带我们到迷彩服的供应室里换衣服参加训练。我们穿上迷彩服跑了两英里到营地大门口，再跑两英里返回。在训练的第一天，慢跑被看作“异类”训练，因为这是唯一一件许多人都做过的事情，当天之后的每种训练都是我们从未体验过的，在接下来一周里的训练也全都是新的项目。大多数的理论课都是在实验室里完成的，每节两小时，这些课程对我来说如同听天书一般。打个形象的比喻吧：你在一家饭店坐下来却发现菜单上没有任何你吃过的菜肴，都是些什么烤野猪、火鸡炖锅、食蚁兽排、孔雀乳房、肺草沙拉、百香果派或者海藻浓汤，实在是让人不知所措。

情报局于一九五四年在危地马拉取得的成功使我们获得了在农场进行隐秘活动的优先权，当时我们还拥有秘密摄影术、监视器、边境通道术、审讯术、隐秘无线电通信术和先进的情报传递技术，在接下来的十六周里，我们的目标就是集中力量援助反抗团队来消灭马克思主义政府！我们的课程覆盖各个方面：跳降落伞、识别地图、野外生存、耍阴招、无声谋杀、体质锻炼、障碍课程，还有境内外的手枪、步枪、冲锋枪、迫击炮、火箭炮、手榴弹、手榴弹发射器、TNT 炸药、C-3 控制系统、C-4 控制系统、炸药等的组装与拆卸，以及认识用来炸毁桥梁、发电机和小型工厂的各式雷管。

比起在现实中可能遇到的困难，我们这十六周训练的不过是一个粗略的体验而已，毕竟，这十六周的时间还没法将你塑造成一个合格的间谍，但总之这十六周的训练自有它的道理。那些重回圣马修学院的校友们会在晚上到附近的小教堂里诵读箴言，他们还很乐于品茶并感慨以前茶是有多不易得到。他们总是很自信地告诉我们："我在圣马修学院的时光是我一辈子最苦的日子了，但也是最珍贵的。"我加入了这个组织。作为一个还未正式大学毕业的年轻人、一个对自己本质还不太了解的人，为了他的攀岩运动，为了给灵魂挂上更多的勋章，为了在一生最好的时光里挺身而出，他时刻做好准备，准备迎接一场激战，准备迎接光荣。我是一个绝对的爱国主义者，当我想起共产主义的时候我都会忧虑得睡不着觉。怒火在我心中燃烧，我已经做好准备杀死第一个跨越界线的红军。我是绝不可能被洗脑的。

在训练期间我也广交朋友，我们的队伍中不是有三十位受训者吗？我能够为他们每一个人谱写一首诗。然而讽刺的是，我们在这十六周内形成了"深厚"的革命友情，就像一对演员合作拍摄一部戏，剧中他们又爱又恨不可分离，然而戏外他们之间却没有任何联络，直到下次他们有机会再次合作。我之前提到阿尼·罗斯或者迪克斯·巴特勒，听起来好像我们彼此很熟悉，其实那只不过是因为在后来的日子里我们有过太多合作而已。

我来佩里营的预期是很不乐观的，我却很幸运地抽到有前运动员和前海军陆战队队员的阵营里。如果我在那些久坐的实验室课堂上表现好点的话，罗斯就会表现得更好，那么我们的体能测试也就会更严格了。在训练中各种武器我都完全胜任，识别地图对我来说不过是小菜一碟，四十八小时的野外生存我也能顺利完成，唯独对于无声斗争有所欠缺。在其他受训者的脖子上拴上布带子（模拟绞喉）的时候，我总是力不从心，而当轮到我被别人拴的时候，只要皮肤接触到布料我就会下意识地退缩。我的喉结是我的骄傲所在，这个时候它会陷入恐慌的啊！

要阴招的训练进展得很顺利。阴招练习包括假装弄破其他人的手指、踩到别人的脚、刮破别人的皮肤、用三根手指去戳别人的喉咙、一根手指戳别人的眼睛，还有咬各种能咬的地方等等。毕竟，这些都是假动作。

课余时间我们会在健身房练习拳击，我们知道这也是一项不言而喻的必备技能。我不喜欢被人打到鼻子，这一拳下来足以把我打翻在地。此外，我自己也有点害怕打到别人，每次出手重了我都会脱口而出“对不起！”我的道歉立刻就会让对方敬而远之。我学不会左勾拳，出左拳时我总是使不出力气来，要么就是把自己搞得失去平衡。尽管如此我也得硬着头皮去迎战，竭尽全力地去与同我势均力敌的对手一决高下。由于我总是时刻想着保护好自己的鼻子，最后惨败的总是我。拳击害得我头痛无比，那种感觉如同大学时宿醉一场似的，特别是和阿尼·罗斯比赛的那一场，真是我的奇耻大辱！但他像疯狗一样在我的头上和身上留下的每一拳都算不了什么，使我抓狂的是他又要赢得比赛了！

记得有一天晚上，我和拳击教练喝了点酒，他有个古怪的名字叫雷吉·迈尼，他是唯一一位给我们留下深刻印象的老师。上完他的课我们很快就意识到，现在给我们传道授业解惑的都是这个机构里的佼佼者，而雷吉·迈尼更为特别，他曾在战争中斩获海军拳击赛的冠军，上课时也总是采用经典的站姿。他曾娶了一位英国姑娘，不幸的是这位英国姑娘死于一次车祸，而当时的司机正是雷吉·迈尼本人。为此他沉浸在悲伤的回忆中不能自拔，失去爱妻的痛苦渗透进他身体的每一个毛孔和每一个细胞里。他总是聆听别人，在必要的时候才张口说话。他的嗓音十分温柔，他的言语就像柔软的厚衣服一样给别人带来温暖和慰藉。

那天晚上，他小口啜饮着啤酒，而我已经咕噜咕噜地喝下三瓶了。当时正值黄昏，丛林里还传来二十四小时特训的轰隆爆炸声。我跟他抱怨我在防卫上的种种不称职，致歉的语气中带着深深的沮丧。

然后他说了一句让我终生难忘的话。“你必须学会如何出拳，”他说，“这可以培养你的敏感度，慢慢就能看出对手什么时候出拳，更能看出他要打你哪里了。”

听罢，我想起我九岁的时候，被我十一岁的表哥打倒在地，当时年幼的我完全没有任何还击的想法，只是呆呆地看着血从我的鼻子里流出来，滴落到地板上，并暗自希望这每一滴血都是他的！如今在健身房里，当我对着那个笨重的沙袋时，怒火蔓延，我便一拳一拳地狠狠捶击那个沙袋，仿佛要把自己所有的愤怒释放出来。

我不知道这种方法有多奏效，但我能感觉到自己一直在进步。不过话又说回来，不管是谁，只要像这样天天练习总会有进步的吧，至少，现在罗斯已经不再是我的对手了。对我来说进步最快的就是跳降落伞，从第一天我们被带到三十八英尺高的塔上起，我就已经准备好跳跃了。我要在距离地面大概四层楼的高度，从 C-47 运输直升机的模型中一跃而下，身上只系着连着弹簧电缆的降落伞背带，最后电缆和背带会拉停我们，继而我们就会摇摇摆摆地降落到地面上。我们班里有很多人在起跳前都呕吐了。

令人开心的是，训练营选择了我们几个平时表现最好的新手去附近的机场练习准确降落。我胆子特别大，甚至在意识到我的降落伞还没有正确打包的时候，我都不带半点退却的意思，我觉得这和航海没什么区别：有些人一学就会，有些人一辈子都学不会。在缅因州，我知道人们会把偏航叫作“整洁的鼻孔”，但偏航的迹象还是不容易捕捉的。由于树木发出的嫩芽会透露出风向的信息，因此即使是夜间执行降落任务，我也能熟练地操纵我的降落伞，使之精确降落在目标上。尽管周围一片漆黑，而且连地面上粉刷出来的着陆圈都小到肉眼几乎看不见了，我也能轻而易举找到它。

负责秘密行动的长官加入了我们这次跳伞特训，所以我就不能声称自己是班上跳得最好的人了，但无疑我依然是佼佼者，而且最欣慰的是我终于超越了迪克斯·巴特勒。说到迪克斯·巴特勒，他在障碍训练课上是完成任务最快的一个，要阴招训练里的出色表现也是高不可攀，拳击课时又如狼似虎，只有雷吉·迈尼能和他一决高下，就连在佩里营大伙私下举办的扳手腕比赛上他也是冠军，在较短的时间内他就连续击败了我们每一个人，其中包括二十二个大汉和一个教练。

但是，在进行跳伞训练的时候，每一次我都可以把他比下去，这对他来说简直是耻辱。看得出来，他心中燃烧着难以抑制的怒火。

但客观地讲，他应该为他的跳伞成绩感到骄傲，因为刚开始的时候他甚至连坐飞机都很害怕。他的“恐飞症”是后来有一晚在社团，大伙都彼此熟悉了以后，他才和我们说起的。他通常会和大伙一起喝点酒，因为他喜欢用自己的故事引起大家的共鸣。而且，我和罗斯跟他的关系最为密切，我们三人经常还会聚在一起喝酒，我希望他的动机是单纯的。罗斯和我在理论研究方面总是不相上下，通常不是他第一就是我第一，而迪克斯·巴特勒在课堂上的表现也很棒，但他也很肯定我们的才能。我想，他把我们当成了东部权势集团的成员了，以为我们可以在情报局操纵一切。其实不然，我和罗斯只是专注于野外研究，巴特勒不会因为自己的出色就瞧不起我们，反而他很乐于传授给我们很多生活的艺术。“你们可能还无法理解，像我这么一个高大威武的汉子，哈哈，居然会害怕坐飞机？这简直是胡扯吧！但是，我确实有这种恐惧感。”他严肃地看着我们，然后又毫无预兆地咧嘴一笑，“你们没有人能理解一个运动员的脑子里究竟都在想些什么，你们的想法都和那些体育专栏作家一个样，那些作家只是观察却从不理解。一个卓尔不群的运动员多多少少都会有一些心灵感应的能力。”迪克斯·巴特勒点了点头，接着说道：“我们中有些人能够催眠移动的物体，噢，不对，不是催眠——应该说‘心灵遥感’更合适，如果我能好好掌控这一能力，我就不仅能看穿我的对手下一脚球往哪儿踢了，我甚至还能隔空遥控那个足球。”

“是在足球飞起运行时转换它的方向吗？”罗斯问道。

“球要想飞得远，最起码也要被重重地踢一脚啊。当一个悬空球落到地面时，我能够控制它的反弹。”

“你也太不可思议了吧！”罗斯惊叹道。

迪克斯·巴特勒向前倾了倾身子，用食指和大拇指捏住罗斯的上嘴唇轻轻挤压了一下，“切了它吧！”罗斯大声叫了出来，然而迪克斯·巴特勒却松开了手。罗斯那架势，在一定程度上就像是一个信心十足的少年在命令自己凶悍的警犬一样。

“你怎么能这样做呢？”罗斯抱怨着，“我们不过是说说罢了。”

“他们可没有教我们这样噢，”迪克斯·巴特勒说，“那只不过是让一位情绪激动的女士平静下来的方式——捏住她的上嘴唇并挤压——在我十六岁的时候我曾在一家汽车旅馆的房间里用过这一招。”他抿了一口酒，接着说：“真是要命啊，罗斯，难道你纽约的朋友都不懂得礼节吗？让我抓狂的是那个情绪失控的女士而不是一个正在和我说话的男人！”

“我可不相信你说的那些话，”罗斯说，“那简直就是痴心妄想，心灵遥感怎么可能被感知到呢？”

“当然不能，海森堡的不确定性原理就有这么一说。”

我们大家都笑了起来，迪克斯·巴特勒引用海森堡的不确定性原理使我对他刮目相看。

“我害怕坐飞机是起源于我总想加大游戏的赌注。记得我第一次坐飞机，那是一架十座的小型飞机，飞行员和乘客都待在一个小空间里，我承认我只是想玩游戏。没过一会儿，我父亲就把自己的意志转移到驾驶员的指尖上了，因此飞机晃悠了几下。很快，这个飞行员便用自己的意念抵抗住了我父亲的意志。你可以用自己的大脑改变其他人的行为，”此时，他看着我们，那黄绿色的眼珠子散发着孩童般的光芒，同时言语中还夹杂着些许庄严和肃穆，他继续说道，“你们说，那个飞行员的手都开始颤抖了，我还能做什么呢？只好竖起耳朵听这架飞机的动静了。这架飞机也是上了年纪的，它的两个发动机吃力地喘息着。噢，同志们，我听到了飞机的脉搏啊！我瞬间明白了，让发动机工作或者让机翼折断的动力其实就是每一个乘客的精神意念和飞行员的祈祷啊。当时我就像个疯子，我的求生欲极度膨胀，因为我之前就曾在车祸中受过枪击，当时觉得自己已经脱离了天地间，进入了一个没人能理解如何生存的空间。其实，那一刻我感觉自己已经不是那么怕死了，这一场超然的经历使我想起了品酒师酒杯中的啤酒泡沫。这一切，像你们两位这样的理性脑袋能理解吗？我告诉你们吧，我脑海中那个疯子科学家已经开始做实验了，我想要陪那架飞机的内部机械零件玩个游戏，你们最好相信这种想法的威力是巨大的。看看当时坐在我周围的这几个傻瓜你们就明白了，他们那么害怕失去他们从未得到过的东西，比如一条忠于上帝的生命！我能够想象出飞机发动机着火的画面，我仍然认为这是我的意念在起作用——我能用意念点火！但我还是把自己从想象中拉了回来，是我阻止了自己毁掉这架飞机。先生们，我很怀念那次的自救行为啊，当时我的额头上已经冒出了豆大的汗珠，我的肝脏就像被千军万马踩踏过一样，飞机着陆以后，我只能踉跄着爬出机舱门。就从那次飞行以后，我就开始害怕坐飞机了，我害怕控制不住自己邪恶的想法。”他喝了一口酒，停顿半晌，我们都能听到这口酒庄严地流经他的每一寸肠道的声音，就像指挥家的指挥棒庄严地挥过空中发出的声音。

我不知道他是认真的还是仅仅想告诉我们他的一个极具有说服力的故事，但我认为这件事是真的，因为我相信他说这些就是为了清理自己，如同我对雷吉·迈尼坦言一样。第二天，他的跳伞技术开始进步了，我的拳击技术也开始进步了，甚至都敢和迪克斯·巴特勒一起进入拳击场了，我尽量用听起来底气十足的口气对他说："迪克斯·巴特勒，你应该放轻松点啊。"

这是一次很有趣的三分钟拳击比赛，我们两人都戴着头盔和十四盎司重的拳击手套，他的拳头比任何队员都狠，一个左勾拳过来我几乎被甩出了场外。

我感到十分恐慌，只有场外雷吉·迈尼的眼光在和我并肩作战，迪克斯·巴特勒的拳头一次次落在我的前额上，我都能感觉到脑细胞在剧烈振动了。当他想用右手全力抓住我的时候，我开始调用我所学的关于电流的一切知识，我的大脑再也不会短路了，在比赛进行到一半的时候，我第一次理解了一个真正的运动员的感受，我已经做好了准备在这场拳击比赛中竭尽全力。我不再祈祷比赛能够尽快结束，在这剑拔弩张中我感受到了和平竞技，这种感觉太美妙了。其他的感受都见鬼去吧，无论我获胜的概率有多么渺茫，我还是要给对方有力的还击！

当然，三分钟的比赛终将结束，我在这三分钟里渴望所向披靡的雄心壮志也随之消失。唉，这也无妨，如果再来一次三分钟的比赛我一定会躺在医院里的。后来我观看了迪克斯·巴特勒和与他公斤级别接近的队员比赛，我不禁倒吸一口冷气，他的拳头真是威力无穷啊！"迪克斯·巴特勒打我的时候也是这样用力的吗？"其实，我真不该问罗斯这个问题。

"你是在开玩笑吗？"罗斯说，"他几乎都把你举起来了！"

噢，这就是我不喜欢罗斯的部分原因。

10

我们最后两周的特训是在各种游戏中度过的。我们三个人成立了一个小组，练习如何在大街和商店里跟踪我们的“目标”，这个“目标”由我们的教练扮演。这就要求我们擅长快走了，还得保证能通过一扇窗户看到整个街景。三人中的队长，即负责侦察的人要和跟踪对象保持较近的距离，负责联络的人则和备用的人紧盯大楼里的其他出口。我们彼此之间有暗号，根据暗号停顿、向左走、向右走、加速和减速，暗号通常是脱帽、靠墙、停在消防栓旁、抚摸鼻子、系鞋带以及略不雅观地用食指掏耳朵。

不料我们的手势出了点问题。跟踪开始没多久，我们正和彼此挥手示意，然后小步慢跑冲进一家商场，我们在乘电梯的时候把跟踪对象跟丢了。后来侦察者再次锁定目标，却又被联络者和后备者在某个拐角处跟丢了。当跟踪对象发现侦察者的时候，游戏就结束了。接下来的一段时间，我们每时每刻都在商场里重复着练习跟踪和被跟踪。

那晚在营地，大家狂欢畅饮，同时还穿插了各种恶作剧。迪克斯·巴特勒和一位爆破专家在厕所里弄了个空气压缩盒，并用一根电线连接到酒吧最里边的电箱，而且这个压缩盒有十五分钟的待爆期。当罗斯走进厕所，他实在是不该大声喊叫“谁把垃圾放这里了？”他一脚踩下去碰到了开关，盒子便爆炸了！水池里的水向四周溅出来，把罗斯的衣服都弄湿了，他只得回营房换衣服。从此以后，“佩里营里可是有监控的噢！”这句话就成为了迪克斯·巴特勒的口头禅。

那天晚上这样的善意“爆炸”频频发生，后来脸上抹着黑印的伞兵纷纷着陆，冲进来狂饮几大口酒后又匆匆离开了。几年以后，在我去越南的路上，我被一个耶鲁的老同学邀请出演一个电影场景，他现在已经是制片人了，所以正好能够去亲眼目睹一下战争片的拍摄情况。这一方面是为到越南做准备，另一方面也是怀念我在农场的那段岁月。战争有些时候会释放特殊的影响力，比死亡更能够揭发事物的本质。“死亡，是你投身一场战争必须要付出的代价。”我的一位性格刚毅的教练曾经这么说过，当我在越南夜晚心情不错的时候总会想起这句话来。

现在我感觉到那时候我们就像一群淘气的孩子，在八月那无尽的夜晚不停地玩着各种游戏，冲进房间又重重地摔门而出。我们的侦察训练可能确实令人伤脑筋，丢了脸还没有达到成功的目的，但如今对工作的热忱依旧如初,毕竟我们在接下来的“忠于上帝的电影”中表现得很积极。

另一个可怜的“受害者”走进了营地里的厕所,坐上了装有装置的“宝座”，然后全身湿透地出来了，我们哄堂大笑，后半夜基本上都是一片水淋淋的场景，罗斯再次加入我们烘干衣服的队列。由于喝了点酒，他又开始对迪克斯·巴特勒说错话了:“对好兄弟做这样的事情也太不厚道了吧，你们这样是一种畸形的心态！”

“无知！”迪克斯·巴特勒说，“让我来扯一扯你的脸蛋，让你看看什么叫畸形！”

他说的话我们每一个人都听见了，罗斯这个不可一世还常常贬低别人的家伙，开口说了一句:“迪克斯·巴特勒，你简直没有人性！”然后转身走了出去，那神情似乎是在维护自己的尊严。迪克斯·巴特勒摇了摇头，对我说:“哈伯德，我一直把他当成兄弟啊。”

“我可不想做你的兄弟。”我说。

“真是见鬼，我哥哥以前总是爆我的菊花，直到我十四岁那年用石头击中了他的头。你哥哥都做过些什么呢？”

“我只有弟弟。”

“你会爆他们的菊花吗？”迪克斯·巴特勒问道。

“不会。”

“是还没有发育好吗？”

“我弟弟是双胞胎，分不清谁是谁。”

他大笑着拍了拍我的肩膀，他犀利的眼光让我手心都渗出了汗。不料他竟然叹了口气，说道：“哎，阿尼会想明白的，这个问题在于我究竟是怎样的人，我的年纪已经很大啦，做不了传奇人物了！”

我不知道迪克斯·巴特勒的脾气还会发作多久，但是阿尼·罗斯在我们需要穿越“东德边境”（佩里营的说法）的那一夜不该唱这么一出戏的。因为那一整天都在下雨，森林里到处都是泥泞，空气里满是各种恼人的小飞虫。夜空也不够晴朗，我们只能凭着指南针前行，一不小心就会走错方向。

我们的训练任务早已安排妥当，如果一定要说什么是整个特训的高潮环节，那应该就是“逃跑和审讯”了，这门课程汇聚了最优秀的教练。在最后的三周时间里，我们团队里的每一个受训者都要扮演打入东德内部的西德间谍，我们每个人都必须用西德语写出一份自传，编一个掩饰自己真实身份的故事。我们在自传中要提及我们在东德的工作、我们的家人、学校的历史以及“二战”中我们痛失的亲友，还有我们所谓的家乡“曼纳伯格”遭受突袭的那些日子。那几个礼拜，我和罗斯一直在强迫自己记住大量的细节，另外我们还化名为汉斯·克鲁尔和维尔纳·弗拉格。

在逃跑训练中，我们的西德委托人对身处东德的我们发出了警告：我们的无线电传输内容被截取了！我们不得不迅速逃至西德边境，逃跑路线的最后两英里我们得穿越一座东德森林，正好和弗吉尼亚州的那片森林差不多。如果我们成功翻越了暗处的栅栏，那我们编的故事就不必接受审讯了，尽管我们宁愿被逮着，感受一下被审讯的情形。如此一来，这座森林就是最好的机会了，上级也并不希望我们所有人都越过那片森林，实际上也没有几个人成功翻越了那些栅栏。

我其实很想翻越那些栅栏，因为我从夏洛特那里得知，计入一个人二〇一档案的不仅是在农场特训的表现和得分，还有一个由五个字母组成的密码，这个密码会对未来的发展起着重要的作用。农场特训的良好表现还远远不够，五字密码才是决定在特殊职位上去留的关键因素。我想，能翻越栅栏的一定就能拿到最高分了，毋庸置疑，还有一种隐匿的评级方法，就是看你在审讯环节中的具体表现。

很遗憾罗斯和我没有取得首战大捷，在我们到达通往东德栅栏的水渠时，有毒的淤泥让我们的全身瞬间瘫软，在恶心又无力的情况下，我们还得躲开每三十秒扫过一次的探照灯，而且大约每分钟就会有辆吉普车从我们身边经过。我们只能在这样的环境下爬到全是淤泥的岸上，避开栅栏顶端带有倒钩的铁丝网，然后从十四英尺高的地方跳下来，来到栅栏的另一面。根据游戏规则，这样就算是获得自由了。

可是，罗斯看起来却是一脸泄气的样子，我想他是害怕那些带倒钩的铁丝网吧。"哈利，我做不到的，"他嘟哝着说，"我完成不了……"他几乎要把这种恐惧传染给我了。

"你这该死的犹太佬，给我勇敢点！"我大声叫嚷着。这时探照灯又照了过来，我们赶紧爬上那恶心的全是淤泥的岸上，开始爬栅栏。同时还要目不转睛地盯着探照灯，唯恐它来来回回扫射最终落在我们身上。结果在短短数秒内，一辆载着两名卫兵的武装吉普车就朝着我们开了过来，机械枪对准了我们的身体，我们就这么失败了。我们班里的大部分人都是以这种结局宣告失败的，其中还包括十大联盟的运动员。这次特训不是为了在我们中间挑选东欧的间谍，而是让我们对未来会遭遇的可怕经历预先做好充足的准备。

由于西德的卫兵穿着东德的制服，所以在这场模拟训练中，这吉普车就成了唯一给人真实感受的元素了。我们被戴上了手铐，沿着边境小路飞快地行驶，来到了一座刷白的由煤渣砖砌成的建筑物。进去以后，里面是一条直通中部的通道，两边是一间间没有窗户的审讯室，每间审讯室大约有八平方英尺大小，里面不过是一张桌子、两把椅子和一盏亮得刺眼的灯，审讯人说着一口夹杂着浓重德国口音的英语，我们的队伍中还有人模仿他的口音。我在农场特训的时候从未见过这些人，后来才知道这些审讯官是机构里的专业演员。眼前的这一切都比我想象中的还要真实，足以粉碎一个人的所有希望了。

审讯官从一个房间来到另一个房间，一个挨一个地审问收押进来的学员，之后留给他们的就是无休止的寂静了。面对着这屏气凝神的审讯，盯着这寂静的白墙，我开始误以为此时依然是漫漫黑夜。我忽然想起我编的故事是有些不自然的，而在审讯过程中，这故事几乎是重头戏啊。由此我发现，对一个演员来说，他扮演的角色比他的真实生活更加生动。之前我为什么没有意识到好好准备的重要性呢？以前我没能好好规划生活，此刻它出现的每个细节都成了额外的负担，而我也只能依靠意志力回想起那么一点点了，相反，我提前计划好的每个项目都在我眼前重现。我编的故事中设定好的场景是：我是“二战”后的莱比锡城附近曼纳伯格一所职业学校的学员，我能想象出从学校窗户飘进来的阵阵恶臭——臭味来自那些烧焦的人和老鼠的尸体，还有成堆的垃圾和碎石。当提到在那里的学习时，我的声音听起来让我很满意。

“曼纳伯格的那所学校叫什么名字？”我的审讯人问道。他穿着一件德国警察的黑色制服，手里拿着一捆文件，他一直阴沉着脸，头发和胡须乌黑油亮，这几乎让我都认不出来他是不是德国人了，直到我想起纳粹党人鲁道夫·赫斯也有一头乌黑油亮的头发和一张阴沉的脸。

“莱比锡中央车站迪埃舒尔，”我回答，“是我的学校。”

“你在那里学什么专业？”

“铁路贸易。”

“毕业了吗？”

“嗯，毕业了，先生。”

“维尔纳，你都是怎么去上学的？”

“我步行。”

“每天你都从家里步行到学校吗？”

“是的，先生。”

“还记得路线吗？”

“嗯，记得，先生。”

“说说你走过的街道的名字吧。”

我将街道的名字如数背了出来。不是我头脑中的地图十分清晰，而是我仔细看过战后不久拍摄的那些照片，因此知道那些街道看起来应该是什么样的。

“根据你的路线来看，赫尔·弗拉格，你肯定是要经过邵恩海特大道了？”

“嗯，没错，先生。”

“那你给我描述一下邵恩海特大道。”

在我开口之前，我眼前已经浮现出邵恩海特大道的样子：“它是曼纳伯格很宏伟的一条大道，两个不同方向的车道中间是长满草的小岛。”

“描述一下那个小岛。”

“它上面种着树。”

“什么种类的树？”

“我不知道这树的名字。”

“这些树都被砍了吗？”

“是的，先生。”

“为什么？”

“我不清楚。”

“邵恩海特大道上有几个交通信号灯？”

“可能有两个吧。”

“两个？”

“是的，先生。”

“哪个信号灯旁的树被砍了？”

“在我去学校路上的第二个。”

“树是哪一年被砍的？”

“我不记得了。”

“你再想想，维尔纳。”

“在我一九四九年毕业之前被砍的。”

“你的意思是那树是在一九四七或者一九四九年被砍的是吗？”

“应该是吧。”

“你认识这张图片吗？”

“认识，这是邵恩海特大道上第二个信号灯所在的十字路口，而且是在树被砍之前。”

他的手指向图片上靠近十字路口的一幢建筑物，问道：“你还记得这个吗？”

“记得，先生，这是战后曼纳伯格新建的政府大楼。”

“它是什么时候建的？”

“我不知道。”

“你不记得它的建设过程吗？”

“嗯，不记得了。”

“你每天上学都经过这里，但是你居然不记得你们镇上唯一的新政府大楼？”

“嗯，不记得了。”

“但是你每天上学路上都能看到它，不是吗？”

“是的，先生。”

“一九四九年是你在学校的最后一年吗？”

“是的。”

“一九四九年，曼纳伯格大楼都还没有建成。”

“没有吗？”

“没有，维尔纳。”

“我很纳闷。”

“它是一九五一年建成的，这些树是一九五二年被砍掉的。”

顿时，我陷入了惊慌之中，难道我东德的自传写错了，抑或是审讯人在骗我？

现在他开始询问起我在铁路站的工作，同样的，我回答出来的名字和模样与当时记下来的还是有细微差别的：比如我曾经以清洁工的身份被送往一家机车修理厂，这家修理厂是在铁路站的南端，我却说成是在东边；我坚持认为在东边是因为我记得早晨太阳升起的方向。我的审讯官让我单独想了半个小时，然后再回来又问了我一遍。

我研究过每一张照片，使得我的脑海中形成了一个曼纳伯格小镇，但它是不完整的。就算是在流行大画家拉里·利弗斯的画里，我的曼纳伯格还是留有空白的。审讯过程已经过去几个小时了——

“维尔纳·弗拉格，你为什么要爬边境的栅栏？”

“我不知道那是边境。”

“也不管顶上带挂钩的铁丝网吗？”

“我以为我是在政府公园里呢！我和我的同伴迷路了。”

“你们现在是在禁区，知道吗？”

“不知道，先生。”

“曼纳伯格镇就在边境东边的五公里处。”

“是的。”

“你知道？”

“嗯，知道。”

“可是你却穿过曼纳伯格西边的树林，并对发现栅栏深表惊讶。”

“我和我的同伴以为我们正在向东走，并不知道其实是在往西走。”

“维尔纳，我们发现你带了个指南针，你是不会迷路的。你也很清楚，如果你翻过栅栏就是西德了。”

“不清楚，先生。”

“那你会到哪里？”

“那只是我们的一个恶作剧而已，我和他互相打赌看谁能第一个翻过去。”

“你太愚蠢了，笨蛋，你编的故事让人恶心！”审讯官站起来走了出去。

在下棋中有这样一种规律，如果你好好研究开局的话，那么在开始的八步或十步甚至十二步，你都能够与比你水平高的对手打平，前提就是你要仔仔细细地研究开局。在接下来的对决中，如内行人所说的：“你输定了！”

唉，我现在面临的就是这种情况。我的身份、背景和自传都准备妥了，但就是给不出一个合理的解释——为什么我要在大半夜去爬边境的栅栏呢。

我的审讯官又回来审问我了，好像我们的第一轮谈话没有发生过一样。我再一次被问及邵恩海特大街的树是在哪一年被砍掉的，铁路铸造厂是否在东边。这一次，我的口误似乎更严重了，我不清楚说出这些错误的细节要不要承担一定的责任，但我开始觉得他的问题就像牙医的手钻，很快我的神经都开始“突突”地跳动起来了，更可怕的是，我甚至开始自相矛盾了。我已经试着开始承认闯进西德是我自己的冒失莽撞，我肯定是穿过边境线后在森林里漫无目的地摸索着想要返回东德，所以就爬上了西边的栅栏，落到了东德边境内，为了第二天早上像一个合格的德国民主党公民一样返回，就在这时，卫兵发现了我们。

“你冒出来的汗和你的谎话一样令人讨厌！弗拉格，等我再回来，我想听你说实话。否则，我给你好看的！”审讯官拿着一根橡胶警棍，猛地拍在了桌子上，然后他又离开了。

在我这狭小的水泥砖房间外面，监狱里的喧嚣声此起彼伏。通道两边的审讯室都挤满了人，神秘感开始到处蔓延。我不知道审讯的节奏是不是加速了我们对黎明的期待，但当我的审讯官给我留下这么一个悲惨的补救机会后，我才开始清楚地听见其他审讯室里传出来的哭喊声。

我听见一个俘虏的咒骂声：“我不知道，我一点都不知道，你们把我搞糊涂了！”另外一个声音相对小一点，但足以让我听得清清楚楚：“我是清白的，你们得相信我是清白的！”我甚至还能听见从通道最远处的房间里传来警棍抽打桌子的声音，以及有人哀求着叫停的哭喊声。

然后我听见了罗斯的声音，“这样太粗暴了！”他的嗓音异常清晰，“我不管我的同伴怎么说的，但你们已经恐吓住他们了！我们只是要爬过栅栏远眺曼纳伯格的灯光，从而找到回去的路，这就是我的故事。你们可能已经动摇了我的同伴，但你们别指望打乱我的思路，你们休想用暴力来威胁我！绝对不可能！”

“招了吧，”罗斯的审讯官说道，“你并不是德国民主党的公民。”

“我是汉斯·克鲁尔，”罗斯说，“出生在曼纳伯格。”

“一派胡言！说实话吧，否则我们就会把你说出来的污言秽语塞回你的鼻孔。为什么你要去爬栅栏？”

“我是汉斯·克鲁尔。”罗斯只是重复道这句话。

此时，警棍的拍打声又响了起来。

我们只是在佩里营，不是在什么东德，但我仍然感到深深的不安。就像在一次度假旅行中参透死亡也是一段旅途一样使人恐慌，所以现在我感觉到精神错乱已经不再是遥不可及的事了，简直就是一触即发。

我的听觉从来没有这么灵敏过，我不断听见罗斯愤怒而轻蔑的鼻息声，也能听见他的自负感在不断地膨胀，就像暴发户一样令人反感，但不管怎样这都是他的人格力量吧。“你们在试图逼供，”他说，“这没有用的。根据德国民主党新宪法 B 章第三则第一千三百七十八条法令，我可以向法律担保人提交我的案件。你们看好了，我的权利现在受到了侵犯。”

是的，他已经能应付自如了，多么巧妙地转移话题啊，现在这个审讯官没话可说了吧。后来我才知道罗斯曾花费了三个晚上泡在农场的图书馆里研究东德的新宪法，因此才有了足够的知识储备来应对这个场面。

我的审讯官又回来了，他再一次从头把那些问题问了一遍，我再一次被询问邵恩海特大街那些树被砍的时间，以及铁路铸造厂和翻栅栏未遂的种种细节。

“因为我们迷路了，”我说，“我们想爬上去眺望曼纳伯格的灯光。”

“你的同伴已经告诉我们整个故事了，我们已经证明这是编造的了。”

“那我就告诉你们实话吧。”

“之前你不知道这是边界。”

“我知道这是的。”

“那之前你是撒谎了？”

“是的。”

“为什么？”

“因为我很害怕。”

“你说你误入了西德境内，然后打算返回东德。”

“这也是我骗你们的。”

“那现在你翻栅栏是为了眺望曼纳伯格的灯光？”

“嗯，没错。”

“你已经承认你之前撒谎了，那现在你说的是实话吗？”

“是的。”

“事实上，你就是个骗子，你其实就是西德政府的间谍！”

警报器忽然响了起来，那刺耳的声音穿透了每一间审讯室。我的审讯官开始整理文件，并深深叹了口气。

“结束了。”他说。

“结束了？”

“我倒希望我还能问十五分钟。”他看起来怒气冲冲的样子。实际上，他看起来还是像个警察。

“好吧，这有点太奇怪了吧。”我说。

“你做得很好。”他说。

“是吗？我，你怎么知道？”

“本来我可以杀了你的。但当你让我觉得自己像个警官时，你就成功了。”

我立即站了起来。

“好了，你可以走了，”他说，“外面有辆卡车来接你。”

“我完全可以自己走回去的，可以吗？”

“可以，现在你可以放一天假了。”

“我觉得我需要走动走动了。”

“的确。”

然后我们握手告别。

后来，我徒步走了两英里的路回到营地，新一批的学员才开始他们的第一次跳伞特训。还有六个小时我的训练就要全部结束了，就要回到华盛顿在倒影池畔正式开始工作了，也许用不了多久我就会被指派到海外去工作吧。在我准备去咖啡馆吃早饭的路上，我才突然醒悟过来：我穿过了满是虱虫的黑森林，在淤泥遍布的沟渠里被抓了个正着，我的手指被栅栏刺破了，我的眼睛被审讯室里的强光灼痛了，整个晚上我都在编造着谎话，然而现在我感觉到焕然一新，依然堂堂正正地和周围的朋友道早安。“逃跑与审讯”那次经历已经成为我在中央情报局度过的最刺激的八小时，我从来没有这么酣畅淋漓地开心过！被审讯的那几个小时验收了我的特训成果，我想我已经为自己找到了能够发挥工作才能的领域，每天为祖国安全做贡献的想法融入到了我每一次的呼吸中，强烈的责任感和使命感与我的脉搏同在。至于我的另一面，尽管还不至于世俗到去追寻物质与荣耀，但依旧被欺骗的艺术和与邪恶作斗争的惊险吸引。我的另一面也被这场游戏折服，甚至也想参与其中，这与另一个我完全一致，我已经彻底顿悟了！一个人，于内心深处寻得与早晨的清新空气共鸣，便是幸福了吧。

11

休·蒙塔古在和基特里奇婚后买的这座运河屋，坐落于流经乔治城的俄亥俄运河岸上。如果我没记错的话，这条运河在一八二五年还是一条繁华的河道，从阿巴拉契亚山脉到波托马克河的运煤船顺流而下，牵拉着载有各式各样货物的驳船，船上都是些面粉、火药、布匹和斧头等等。内战结束后，这条运河便不能和铁路相匹敌了，河岸上的工厂长时间处于闲置状态，门上还挂着锈锁。河床也濒临干涸了。

休·蒙塔古的运河屋，建得就像拉骡子的木棚，里面却有个精致的两层阁楼，船员可以进去在干草上睡上一觉。这座屋子在休·蒙塔古买下来之前，已经被不同的房主翻新过好几次了，大概有七八个房间，对那些喜欢小户型和低矮天花板的人来说是个极为不错的选择。谁都能想到这间屋子对休·蒙塔古和基特里奇来说未免有点太矮了，但这间运河屋透露出了他们不为人知的一面。他们不同的工作属性在这座屋子里找到了共同点：他们的工作都是孤独的、充满焦虑的，所以他们搬进了这间他们称之为棚子的屋子，如果里面再有些百年臭稻草，地板上再有些小骡子，那就更好了吧。安逸才是他们婚姻的精髓，因为他们花钱十分谨慎，直到后来我才发现这座屋子不过花了他们一万美元而已（后来，在一九八一年的一个下午，我在乔治城闲逛，发现了这座一九六四年被他们卖掉的屋子，辗转了几任房主后，价格已经飙升到二十五万美元了，这不由得让我想起美国这三十年的辛酸变迁）。

这座房子的变化令我伤感了半天，因为这个“棚子”在我的记忆里还是一九五五年的样子。

那时他们家那小小的客厅和餐厅，以及休·蒙塔古的小书房我都很喜欢，之前用作饲料槽的地方，基特里奇继承了她父亲的爱好用来收集古董。在波士顿和剑桥度过的童年时光使她从小就认为华盛顿是南方城市，那为什么不在弗吉尼亚州和卡罗来纳州找一些有创意的木匠来装饰屋子呢？听着她谈论自己所收集的古董，我渐渐熟悉了那些之前从未听到过的名字，但也不会有什么机会见到他们，那些有创意的木匠比如托马斯·阿弗莱克、亚伦·查宾、约翰·皮姆、乔布·汤森、托马斯·埃尔夫，他们的名字频繁地从基特里奇的口中冒出，直到我搞明白了什么家具出自哪位名家之手，而不是来自某个地方。我不在乎她那樱桃木的餐桌、手工椅子、白杨木衣柜、摆着花盘的桌子和烛台是否来自加利福尼亚北部或南部的精选样本，总之知道它们都是有血统的就够了，就如同明白了比赛犬和其他的犬种生来就不同一样。在餐厅的壁炉和壁炉架之间有一块嵌板，上面画着森林、房屋和大运河。壁炉上取下来的威士忌喝起来味道真是好极了。

夏洛特的书房里有着另一番景象，基特里奇是按照他的选择来装修的，我很惊讶基特里奇竟然对夏洛特的喜好如此清楚，我忽然觉得相比之下自己对夏洛特的不了解简直就是对他的不忠诚，因为我真正在乎过的人不超过两个，所以很清楚背叛的“魅力”，它就像春天的一片新叶，为灵魂注入生机——这真是最可怕的想法了吧，但如果确实如此呢？

夏洛特的书房里有一张宽大的黑色橡木书桌和一把高大的椅子，这些维多利亚式家具很显然极为符合夏洛特的风格，他解释说这种材质的家具给人一种一本正经的感觉，掩盖了那个时期的人们进行秘密下流活动的事实。单凭一件家具就引发这种思考，的确是过于以小见大了。他那尊贵的桃花心木座椅有将近五英尺高，椅背的顶端是典型的哥特式设计——精致的四瓣花浮雕。你或许会以为这个椅背的设计和椅座、扶手、椅腿都属于齐本德尔风格，但其实这完全就是和英国庄园的大教堂一样的巴洛克风格。

剩下的房间我就从来没有见过了，噢，不，让我纠正一下自己，应该是见过的。厨房的前身是餐厅外面的食品储藏室，里面有个铁壶和其他杂七杂八的东西，我经常去那里面和做饭的基特里奇聊天。而楼上那间夏洛特的图书室我却从来没有进去过，楼上还有两三间卧室，但他们从来没邀请我到里面住过，可能他们有所谓的“户主式的担忧”吧，害怕我一旦上了楼就产生和他们一起住的想法吧。

我们拥有过许多美好的夜晚，尽管我造访之前从来不预先给他们打个电话，并且有好几个晚上他们恰巧都不在家，或者是有些聚会他们不希望我参与，但我还是争取到了许多机会，在他们的小型晚餐上遇见过形形色色的人。有一位是专栏作家，名叫约瑟夫·奥尔索普，他的爱国激情十分强烈，每次谈论到军事问题或者是情报局的事情时，他的呼吸都会变得急促起来，听到美国广大年轻人的爱国举动他也会格外感动。但奥尔索普也是个非常势利的小人，他是知道了我父亲是博德曼·金伯尔·哈伯德的名气才开始注意我的，并邀请我共进晚餐。对于这个邀请我表现得非常矜持，婉言谢绝了。

实际上，那些不去参加宴会的晚上我挺孤单的，从农场特训结业后，我和另外四个学员在华盛顿合租了一间公寓，总有一两个室友为了约会（通常是与情报局的秘书约会）便抢占客厅，而我只好独自出门，一边在夜晚的街道上漫步，一边胡思乱想。

所以也难怪休·蒙塔古家的邀请对我有着重大的意义，我感觉自己就像一周只允许参观一两次博物馆私人收藏的失业馆长，毫无疑问夏洛特认识不少厉害的角色，自从知道他们中的大部分都是战略情报局的人，我就再也不随便以貌取人了。其中有一个人长相丑陋、一只腿还是跛的，口音浓重地谈论马匹谈论了一晚上，最后我才知道他是南斯拉夫祖国军切特尼克[1]游击队的队长——尽管后来米哈伊洛维奇领导的切特尼克部队败给了铁托领导的南斯拉夫民族解放军。我对他巴尔干式的礼节印象很深刻，当他向基特里奇敬酒的时候——他经常向她敬酒——他不仅把杯子举高还弯下膝盖，就好像他那只健康的腿是一把弓，即将开始射箭一样。还有一位客人是一位举止得体的高雅老妇人，她有一双瓷蓝色的眼睛，一头银白的头发，她是一位有着巴伐利亚和意大利血统的女伯爵，曾在德军占领期间为犹太人建造了一个地下安全室。

基特里奇为我介绍过两个女孩子，其中一个是拉德克里夫学院同学的妹妹，这两个年轻姑娘都没比我好到哪里去，在我拥挤的公寓的沙发上赖到深夜。当时我们都喝多了，但是我的室友整夜在客厅里走来走去，害得我的浪漫都不翼而飞了。

有天晚上休·蒙塔古家里来了一位客人，他衬托出了夏洛特最好的一面。由于餐桌比较小（这个餐桌一直没有坐过超过六个人），这一晚我们一共四个人，但看起来就像是五个人。这位来自英国的客人目测大概

[1] 切特尼克（Chetniks），由支持南斯拉夫王国政府的南斯拉夫人（主要是塞尔维亚人）组成，是“二战”时期著名的抵抗力量。

有六英尺七英寸高，脸颊通红，举止文雅，胸前有四条六英寸宽的丝带。他坐在餐桌的四分之一位置上，一直在喝酒，夏洛特不管说什么他都点头赞成。似乎他曾经是特殊行动执行局的人，和战略情报局有过合作任务，还曾和夏洛特一起去法国执行过任务，从这以后，他们就变成了他所说的“好酒友”。这位客人努力展现着自己完美无瑕的形象：他的贵族血统可追溯到一千一百年前，他的头衔——罗伯特勋爵，以及他那醒目的制服，“为了向基特里奇表示我的敬意。”他低语着，对话又落到夏洛特身上。我还不知道能有人如此博览古今，通晓世事，如果夏洛特不是要照顾客人尊严的话，他估计会选择独白了。听完夏洛特半个小时的滔滔不绝，罗伯特先生开口问道：“这个地方有什么历史吗？看起来很复古啊，你们怎么称呼它？乔治城吗？是根据某个国王命名的吗？希望不是乔治三世。”这是罗伯特勋爵今晚最长的一段谈话了。夏洛特便开始和他探讨起内战结束后的乔治城：“那个时候这里还什么都没有，除了帐篷、政府的围栏和一些坟墓。马肉被装进罐头送往工会军队，你现在都还能在大雾里闻到动物尸体的腐烂味。”

“休·蒙塔古，你怎么会闻到的？”基特里奇插嘴问道。

“亲爱的，我亲自闻到的。”休·蒙塔古说，此刻他的眼镜片上烛火反射出跳动的光。

“确实有那么一小段时间这里脏乱不堪，”基特里奇承认，“都是白喉病和妓院。”

我的印象最为深刻，基特里奇话音刚落，罗伯特勋爵就忽然振作了起来，一百年前的死马可能不会引起多少食欲，但那些旧的妓院可以啊！

“同样地，这里以前是个繁华的城镇，”休·蒙塔古说，“到处都是面粉和玉米厂，修桶匠锤子的敲击声十分悦耳。”

“是很好听的。”罗伯特先生说。

“还有锯子和刨子的声音，”休·蒙塔古继续说道，“每个晚上，我几乎能听到各种回声，比如酒吧的喧哗声啊，船夫的斗殴声啊……像赫里克那样在政府工作的年轻男孩子，现在这个时间应该会去那里喝点小酒。”

“他刚说你叫什么名字？”罗伯特先生问我。

“赫里克·哈伯德，先生。”

“他的父亲就是卡尔·哈伯德。”夏洛特说。

“噢，你的父亲是一个非常有主见的人。”罗伯特先生说，就好像在他六英尺七英寸的身材面前都没有几个人敢提出意见似的。

“休·蒙塔古说错了，”基特里奇说，“乔治城过去大部分地方还是很美丽的，每间房子都有柱子和人字形屋顶，屋檐口都存放着很多的姜饼。”

“你忘记说最重要的东西了，基特里奇。”她的丈夫说。

“是吗？”

她的双颊上泛起怒火，显然很不开心，这是我第一次见她如此严厉的样子，这也给了我他们之所以不邀请我住在他们家的理由：他们需要空间来提高嗓门。

但休·蒙塔古并不打算向罗伯特据理力争这件事，他说：“她说的都对，我说的也对，我们不过是碰巧谈论到了乔治城的相对面而已。”

“我从来不知道还有没有街道的地方。”罗伯特说。

“是啊，很有趣吧。昨晚我还在读一本当地的历史书，了解乔治城的历史，”休·蒙塔古大笑了起来，他这高兴的神情一扫刚才紧张的氛围，“根据一八七一年的报纸记载，当时乔治城的一位居民萨帝厄斯·阿特沃特，有天早上走在结冰的Q街上滑倒了，他的手杖从手里飞了出去，击中了一只慢悠悠路过的猪，”他看了一眼基特里奇，她对着他吐了下舌头后很快收了回去，“于是这只受了伤的猪像头咆哮的公牛一样，冲进了最近的一个开着门的地窖里，那里面正好是一个木工车间，地上全是木屑。地窖里很黑，木匠们平时都点着蜡烛。这头猪冲进来撞翻了蜡烛，落在了木屑上，从而引起了一场大火。‘红帽子’随后进入了……”

“红帽子？”罗伯特好奇地问。

“就是当地拉救火车的马，马很大，它拉着救火车，上面坐着亨利·艾迪逊和他的同事多拉·吉尔，消防员把软管放进邻近的小河里开始抽水，最终扑灭了这场火灾。水一直溅到Q街上，街上很快变成了一个结冰的池塘。夜晚来临之前，镇上的人们都跑出来滑冰。那段时光想起来还真是美好啊。”夏洛特说道。

“是啊，”我说，“一件事情总会不经意间给其他事情带来很大的影响。”

“是的，”他说，“你真是个有趣的孩子，能看到事情的多面性。”

“嗯，事情的多面性，”罗伯特也这么说，似乎他已经从休·蒙塔古的故事中回过神来了，“你知道吗，有传闻说要把菲尔比送往贝鲁特港啊，去给他分配一个记者的工作。”

“呃，不，”夏洛特说，“那会把那里弄得一团糟的。你要尽力阻止他去，如果你们的人不能给菲尔比一些甜头，联邦调查局就很难逃脱军情六处的干系了。”

“这对你个人并没有好处，不是吗？”

“不是这样的，”夏洛特答道，“一切都会被宽恕的。”

“但愿如此吧，我以前一直觉得这一步棋是你的滑铁卢。”

“才不是呢，”基特里奇说，“他们还是很需要休·蒙塔古的。”

“那就太好了。”

“卓尔不群的人连他犯的错误都是非比寻常的。”基特里奇说。

“好吧，该死的菲尔比，”罗伯特说，“让我们为他的命运干了这杯酒吧！”

“好，就用这杯酒敬菲尔比吧，”夏洛特应声道，举高了他的酒杯，“诅咒他永世长存！”

我不知道他们到底在说些什么，但可以意识到这件事的重要性，整个晚上都是些欲言又止的话。我再一次为我的职业感到十分骄傲，它处处透露着神秘的色彩。菲尔比，他们说起他名字的样子让我很好奇。他们还谈到了旧的边境贸易战是怎样遭受巨大损失的。

有天晚上来了一位叫作施耐德的绅士，我听说过他，他在欧洲是一位获得了很多荣誉的钢琴演奏家。他一直不清楚自己究竟是奥地利人还是德国人，但表达起自己的君主主义思想还是很清楚的：如果希特勒当年重建了布鲁士王室家族，他就有可能赢得战争了。“毕竟，”施耐德博士说，“君主制能够保证十字军对抗布尔什维克主义。”

施耐德博士戴着黑色眼镜，有一对醒目的招风耳，厚厚的灰色胡须几乎遮掉了他的半张脸。他的头发花白，看起来有六十多岁了。他提起了曾在德国和奥地利的苏联区内的演奏经历，从他的话来看，他在战后一定要了不少妙招，我甚至怀疑他是否为夏洛特当过间谍。尽管如此，我照样觉得此人有些讨厌，我也很不解休·蒙塔古一家为什么要这么尊重他。于是，我重新打量了一遍这位施耐德博士，他其实是戴了一顶价格不菲的假发，看上去浑然天成，和真白发并无二致，但我遗传了我母亲善辨真伪的眼睛，能看出来他是在假扮上了年纪的长者。看到这一点，我想，万一我是和纳粹秘密党员坐在了一张桌子上那该怎么办呢？

晚餐过后，夏洛特同施耐德博士坐下来开始下国际象棋，我看出来夏洛特喜欢和客人来场棋盘上的较量。夏洛特偷偷和我说：“你来观战这盘棋吧，施耐德在最后阶段的表现都很不错的。开局时他一般会有些吃力，要不是比赛中场时候我走了两个兵，我就会输惨喽。”

夏洛特每走一步棋这位钢琴家便摩拳擦掌，不是喃喃自语就是连连哀叹：“噢，蒙塔古先生，你真是厉害！噢，天哪，我都不知道怎么走了！”然后，他便不住地点头，虽然嘴里还是在抱怨着，“就这么着吧！”他说着然后走了一个棋子。正如夏洛特预言的那样，施耐德在结束阶段果然发挥不错，成功逼平了夏洛特。这是我唯一一次在这座屋子里见到他。

他离开之后——我没有注意到他和夏洛特在门口像两个老战友一样

握手道别——夏洛特居然主动邀请我留宿。当时基特里奇正在洗碗，他把我领进了他的书房，一把将我按在一张木椅子上，开始对我进行“思想教育”，其中包括叫我不要再热衷于户外攀岩了。

我都准备好了打算和他说说我在新工作中遇到的种种不愉快，但是，我不敢，要是他对此不感兴趣呢？

就在这时候他说：“你父亲回来了，我们将出去共进晚餐，就我们三个。”

“听起来真棒！”我都没有开口问他我父亲到底去了哪里，几个月来我都没有父亲的消息，所以也不知道该怎么询问。

“你发现中央情报局其实是个很庞大的机构了吗？”休·蒙塔古问我。

“嗯，太大了。”

“我们并不是一直都这么庞大的，事实上，新的力量都还没有萌芽。约翰·埃德加·胡佛用一切手段想要阻止我们，他不想让我们与他的联邦调查局竞争，胡佛是基督王国里最受恐惧折磨的那一个，我们提到他的时候都会说‘佛祖·埃德加·胡佛’！如果和你对话的这个人听不懂你在说什么，那么他就不是我们的一员。”

我点了点头，但我不知道他说的这个“我们”是指全体情报局的工作人员，还是仅仅指一小部分人。

“因为约翰·福斯特·杜勒斯[1]掌控着艾森豪威尔[2]的意志，所以艾伦·杜勒斯是我们杰出的领袖，我们当然是处在不断的成长壮大之中。”

“是的。”

---

[1] 约翰·福斯特·杜勒斯（John Foster Dulles，1888—1959），1953—1959年间的美国国务卿，是冷战初期美国外交政策的主要制定者。

[2] 德怀特·戴维·艾森豪威尔（Dwight David Eisenhower，1890—1969），美国第34任总统（1953—1961），第二次世界大战期间担任盟军在欧洲的最高指挥官。

“我们是做什么呢？”他问我，“我们的职权是什么呢？”

“我认为是为总统提供情报。”

“你想象过情报工作到底应该是什么样子吗？”

“嗯，首先要做的是赶上苏联国家安全委员会。”

“这个我们可以做到，我们应该比这个做得更好。你知道，这不仅仅是俄国人，我们能让他们军心涣散并使他们摆脱马克思主义思想——即使这要花上半个世纪。这还不是结束，战争还是会继续。就在这里，这里，战争已经开始了！这场秘密赌局的筹码仍然在加大。现在最关键的问题就是基督文明是否会延续，其他问题相比于此都显得无足轻重了。”

“包括炸弹？”

“要毁灭我们的不是炸弹，如果要认真考虑受到核污染的人们，那我们不过是焚烧了所有已经被毁灭的行尸走肉。如果文明提早一步消失，就不会有炸弹出现，当然，一切都有可能发生。我们的世代延续并不是取决于对现实的错误理解，马克思主义的兴起，不过就是本世纪历史诟病的必然结果，也就是错误的理解。”

这个男人和他说的这番话是多么精彩啊，这些话的价值对他自身而言是如此的不容置疑，他甚至都没有在意其实只有我一个人是他的听众。无论听众我是一个人，还是五百零一个人，他的这些说辞都是一样的，每个字如果不是在我的脑海中回响就是在他自己的脑海中回响。

“这真是令人悲伤，”他说，“一千年以来，每一次对文明的追求最终都以失败告终，因为人类还缺少最重要的信息。现在我们也是在举步维艰地前行着，背负着超负荷的错误信息，有时候我想我们的未来取决于我们是否能够阻止错误信息的快速蔓延。如果我们核实真相的能力跟不上，那么信息干扰就会最终置我们于死地。哈利，你知道我们在这里一共有多少人吗？”

“我不太确定我是否明白了你的意思……”我嘟囔着。

“你只是不想去理解罢了，”他喝了一口白兰地，“我们真正的职责是要成为美国的思想。”

我点了点头，我不知道我是不是该赞同他，但我还是点了点头。

“这显然是没有理由的，”他说，“为什么机构不能做到呢？我们已经一切准备就绪了。如果庄稼的好收成是外交政策的工具，我们就有义务去了解来年的天气。同样的需求我们随处可见：金融、媒体、劳工关系、经济生产力和电视的影响等，哪里是我们合理兴趣的终结呢？生活在这样一体化的年代，我们需要从各个领域挖掘专家：银行专家、精神病专家、病毒专家、艺术家、公共关系专家、工会会员和记者——你知道究竟有多少记者在为我们服务吗？你可以机密地调查一下。没有人知道我们有多少根输油管道，没有人会知道五角大楼里的高管、海军准将、国会议员、智囊团里的教授、水土流失专家、学生领袖、外交官、公司律师中有多少人是为我们工作的，你根本就无法列举完他们的名字！他们都给我们带来很多信息，我们的资源还是很丰富的。你看到了吧，我们有能力立即开始工作！”他点了点头，“对一个官僚组织来说，有那么多的专业‘服务人员’通常就是一场灾难，但对我们来说这就是优势。不仅是因为我们有战略情报局的协助，我们还吸引了各地的有志青年，各个州、联邦调查局、财政部、国防部和商务部都被我们‘洗劫’过。他们都想加入我们，这更加促进了我们的神秘感。从组织结构来看，我们的机构是个金字塔，这来源于我们衡量员工的依据，就是凭借各自的技术经验才形成了这金字塔状的人事分布。大量的人才都是在中间层次，而且没有升职空间。毕竟，金字塔顶端的人也一样很年轻，是像我这样相对年轻的人，因此五年前加入我们的人现在大部分都退出了。如今，他们就分布在各地了。”

“是在华盛顿各地吗？”

“是在美国各地。一旦你进入了机构，你就不想把这两者区分开来，在这些金融世界和商业世界里工作是很无聊的。我告诉你吧，我们和这个国家里的一切活动都保持着联络。”他看着我微笑着问道：“你累了？”

“没有，先生。”

“一直对着这一大幅壁画不觉得累吗？”

“一整晚都精神着呢。”

“这对你也好，”他笑着说，“你走之前让我们再喝一杯吧，我想让你明白一些事情。我不是一个很能保守秘密的人，只是有时候会。你看，哈利，这个机构里的每个人都有自己的弱点，有人酗酒，有人做事冒冒失失；有的就是那种患有自闭症的怪人，这种人要么是对测谎仪撒了谎而被收录进来的，要么就是他后来变得古怪的；还有的人呢，就是偷偷地抽大麻。哈利，现在我的恶习就是话太多，所以我必须得挑选值得信任的人。所以跟你说一些机密的事也算是把你也带进了无底深渊，因为你一旦说漏嘴，那就只有祈祷上帝保佑的份儿了！”

他点燃了一根烟，置身在缭绕的烟雾中问我：“你了解施耐德吗？”

我知道现在得尽量简洁回答了，于是我说：“我看他像是个戴着假发的前纳粹党人，他的实际年龄也肯定比他假白发所显现的年龄要年轻十岁，而且他对音乐会的了解一定不如情报传递工作那样多。”

“我很想告诉你更多啊，”夏洛特说，“但恐怕不行了。”

“你刚才已经说了些，难道不能再多说一点吗？”我忽然对施耐德的秘密充满了渴望，就像一只被夺去食物的猎狗对食物充满了渴望。

“唉，”夏洛特说，“那真没办法，可能这些天里你有机会自己去了解他。”他又吐了一口烟，似乎对我的沮丧感到很开心，“哈利，”夏洛特说，“记得不要把我告诉你的这些事情说出去。”

12

让我从夏洛特对我的高度信任中回过神来，说说我是怎么度过我的工作日的吧。尽管在农场培训时我和同学们讨论过无数次我们可能会被分配到哪里工作，尽管培训结束时我对我近在咫尺的未来充满着期待，尽管我们一直认为维也纳、新加坡、布宜诺斯艾利斯、安卡拉、莫斯科、德黑兰、东京、马尼拉、布拉格、布达佩斯、内罗毕和柏林是一个人着手开展自己事业的最佳地点，可是到了最后，我和我的大部分同学一样，只签到了华盛顿特区的工作。

既而又有一件令人沮丧的事情来了，我没有被选入外事部门。通常情况下，在外事部门工作就有可能获取海外职位，比如，在华盛顿伊朗部工作的一个助理会着手熟悉德黑兰事宜。同样的规则，如果被分配到刚果部门、日本部门、波兰部门、智利部门等，都有可能被派遣到这些国家去开展工作。但如果你不得不从华盛顿开始，办公室助理就是最好的工作了——这是我们在农场特训时达成的共识。

现在，虽然我不是一个野心勃勃的年轻政治家，但我继承了母亲敏感的社会意识，我知道，这里不是我该来的地方，这里简直就是一个“蛇穴”，也有人称之为“大锅炉”或者是“煤仓”，起个绰号又不花费什么，类似的绰号可以起一大堆。在一个低矮天花板的大房间里，荧光灯无精打采地闪着，远一点的墙壁上有一个小窗户，窗户里安装着空调。我们在狭窄的通道里走来走去，一不小心就会撞到别人。房间里十分闷热，按理说，现在是十月，早就不该这么热了啊。通道的两边都是六英尺高的旧式橱柜，上面放着书架和文件盒。

我们在大房间的隔壁有一间文献室，里面堆满了一摞摞未经分类的文件，都快顶到天花板了。其实，按照工作要求，每个小册子里都应该有名称的，类似于车站报告、间谍工作报告、杂志参考、报纸参考、贸易期刊等，这些名称都应该写在卡片上并注明内容简介，这样就可以分类放置这些卡片，如此一来，机构里的任何人都能很容易就找到自己需要的文件，这些文件也能保存得更长久。

然而这里是一片狼藉，文献积攒的速度远大于我们分类整理的速度。文献室里的西半球区文件的整理进度已经落后六个月了，苏联的文件整理进度已经落后四个月了，中国的文件整理进度更是落后了一年半。我负责的西德区只落后了三个月，但也感觉到压力非常大。我大部分时间要么是从通道一路挤到办公室，要么就是一边用双手挪开文件一边往前走。有时候甚至十分紧张，就像有一天早上，西柏林基地的长官发来一封电报，需要关于 VQ/WILDBOAR 的重要信息，因为当时还有许多这样的请求发过来，加上我这个底层部门的人事流动很大，这样烦琐无趣的工作又有很多人经手——首先咨询部获取电报，然后再一级一级传至我这里——我就要在短时间内在大量的文件里找出长官需要的资料。

我经过拥挤的过道，尽量不撞到别人，下巴顶在一大摞文件上，腥酸的汗味到处都是，这样的日子还不如在夏天，最起码在夏天会开空调。我们每一位职员都有着自己的焦虑情绪——鉴于我们经历过的特训，我们的心理素质应该比普通职员要好一些吧？给这位基地长官找到 WILDBOAR 还不够，还得必须尽快找到长官本人。这个电报比较乱：NEED ALL RECENT ENTRIES ON VQ/WILDBOAR. URGENT. GIBLETS（现需要关于 VQ/WILDBOAR 的所有最新信息。加急。吉布勒斯）。是的，这位长官亲自签了名。

我不得不在走廊尽头的档案综合办公室等着获得查阅“PRQ-PART Ⅰ/PART Ⅱ/201-File Bridge-Archive”的权利，从而得知 VQ/WILDBOAR 到底是什么。这一早上，VQ/WILDBOAR 被译成来自西德的沃尔夫冈，但姓氏不知道，地址只写着汉堡市瓦塞尔街 158 号。最起码这给了我一个查询的线索。回到“蛇穴”,我继续查询,一共有两个文件盒,每个文件盒都有二十英寸长,每个文件盒里似乎都放着一千八百张索引卡,里面全都是“沃尔夫冈”,但究竟是沃尔夫冈·F.还是沃尔夫冈·G.,就得再打开另外三个文件盒才能确定,因为带上姓氏的“沃尔夫冈”的名字至少有十个字母。我真搞不懂在西德我们居然会对这么多的沃尔夫冈感兴趣!

最后我发现他们都不是,我要找的来自汉堡的沃尔夫冈是在一九五二年波恩的街道游行示威中因为投掷砖头被逮捕的那位——这在“蛇穴”的一张卡片上有过明确标示的。关于他的条目不超过十五条,不同的西德报纸上都只记录着同样的故事。所以,关于我的“沃尔夫冈”最重要的信息可能被遗忘在文献室的某个角落里了,比如仓库的深处,但也可能还没有制成卡片。我已经被彻底弄疯了!午餐时间,我给这位长官回了电报:NOT ABLE TO SATISFY REQUEST FOR RECENT ENTRIES RE : VQ/WILDBOAR. SEND LETTER ADDRESS. KU/CLOAKROOM(非常抱歉,没有关于 VQ/WILDBOAR 的最新信息)。这是我发出去的第一封电报,也是第一次用我的假名。

晚些时候,我收到了回复,这是第五十一封电报:

TO KU/CLOAKROOM: MOST RECENT, REPEAT AND UNDERLINE, MOST RECENT INFORMATION ON VQ/WILDBOAR IS OF THE ESSENTIAL, REPEAT, ESSENTIAL. FILE-RAT,ARE YOU INEPT? COME UP WITH YOUR OWN BETTER ADDRESS. VQ/GIBLETS(我再强调一次,是最近最重要的信息!蠢货!你称职吗?请回复你更详细的地址)。

这位柏林基地长官的暴躁脾气是众所周知的,但我真不知道该怎么做。如果我不回复他这封电报,我肯定很快就会收到一封责难书,这使我对夏洛特衍生了一团无名的怒火,为什么要让我留在这个“蛇穴”里?我的其他训练队友都在华盛顿的其他部门安置妥当,罗斯在技术服务部,这是一个绝密的好地方——是因为他在审讯那一晚的完美表现吗？迪克斯·巴特勒，境遇稍微差一点，我通过罗斯知道他现在是在西柏林工作。

当我一整晚都在思考沃尔夫冈到底在哪里以及明天应该怎么做的时候，我接到了父亲的电话。据我了解，他结束了在东京的领导任务，并接着完成了对马尼拉、新加坡、仰光和雅加达驻地的视察后，现在已经回到华盛顿做报告。"和我一起吃晚餐吧，"他开门见山地说，"我们为你庆祝一下特训结业，休·蒙塔古也会来。"

"太棒了！"我说，其实我更想单独和父亲见面。

"嗯，"他说，"今晚得见见休·蒙塔古，他知道我在远东地区遇到了一些麻烦，他一定很想了解一下。记得要和他保持点距离，他总是搞得好像你要偷他钱包一样。"

我们在无忧宫吃了一顿丰盛的晚餐，夏洛特和我父亲交流了有关操控的大量话题，其中有些专业术语我根本都听不懂。当夏洛特问他"你打算怎么对付苏加诺[1]"时，我父亲身子微微前倾，摸了摸我和他自己的手肘，答道："那刚好是我们不会去涉及的问题。"

"当然不会，你宁愿听一些完全不懂怎么操控的傻瓜的话，也不愿意和我一起争取一次机会。"

"我不会这么做。"

"我能觉察到这样下去的后果是什么，你打算去拍几张苏加诺的照片吗？"

"别再说了，"父亲说，"他肯定已经在策划着什么了。"

"你是在浪费时间，这太疯狂了，就像你无法用女色去勾引佛教徒一样。你要对付苏加诺需要的不仅仅是几张照片。"

---

[1] 苏加诺（Sukarno，1901—1970），印度尼西亚民族独立运动的领袖，印尼建国领袖及首任印尼总统，1959—1966年兼任印尼总理。

“唯一的替代品就是上校队，”父亲说，“但我不知道他们是否足够忠诚。”

类似这样的谈话一直在进行，我当然不太明白他们究竟在争辩什么，但我觉得这一定特别有趣。可能过不了多少年，我也能参与这样的对话了。

当然，那顿晚餐我吃得不是很好，我仍然在揪心明天怎么查找沃尔夫冈，我的胃还有些莫名其妙的难受。我父亲和夏洛特只是打听了一丁点关于我六个月的特训情况，然后就转移到他们的话题上去了。他们也没有给我机会让我好好说一说自己的现状。三杯马提尼下肚后，我开始狼吞虎咽地吃起小牛肉卷。我本来以为这会是为我而举行的庆祝聚会，现在却变成了考验胃的耐受力的一场拉锯赛。对于苏加诺，以及他们将如何应对他我已全然失去了兴趣。

在这表象背后我也感受到了父亲的满腔怨气，他根本就没想过单独见我，这是多么悲哀的事情！我不过是他商业、娱乐或职责的附属品。然而，尽管我身体不怎么舒服，当他最后对我说“孩子，我已经迫不及待想要了解你的情况了”时，那股爱的冲动还是溢于言表。

“没有什么好说的。”

“他现在在‘蛇穴’工作。”

我父亲迟疑了一下，我能感觉他对此感到很意外。“呃，他怎么能去那种糟糕的地方工作呢？”

“不，这安排很合理。”

“是你安排的？”

“反正我没有反对。”

“为什么？他在农场的表现很差吗？”

“不，他在他们班上名列前茅。”

“那很好啊。”

“没有很好，只是还不错。”

所有这些谈话，当然，都是当着我的面说的。

“那你为什么把他放在文件部？”

“因为我打算送他去柏林，现在那里可是个有趣的地方啦。”

“我很熟悉柏林，我同意。但是为什么他不是在西德部门工作呢？”

“因为对年轻人来说这无疑是毁前途的。在过去的三个月里，有四个颇有前途的孩子从这个职务上任然后离职，在他们有时间学到东西之前，哈维已经把他们榨干了。”

我父亲点了点头，点燃了他的烟，然后喝了一口白兰地。他花时间和夏洛特谈论这些事情时，实际上不过是为了告诉我们，他是远东地区的一把手，而对华盛顿这里的事情就没那么熟悉了。

“我想代你写封信给哈维，”休·蒙塔古说，“告诉他你有一个这样优秀的儿子，哈维很尊重你的。”

这里说到的比尔·哈维，我能认出来，他正是那个骂我蠢货的西柏林基地的长官。为什么夏洛特觉得我应该去为哈维工作呢？尽管在运河屋里他向我传授过冗长的讲说，但我也不是没有质疑的。

可能是我那不争气的胃扛不住坏消息了，我便一股脑儿吐出了哈维给我发电报的事情。

“我不需要假名了，”我说，“他知道有个叫 KU/CLOAKROOM 的家伙不能给他找到他想要的 VQ/WILDBOAR。”

他俩大笑起来，看起来像活脱脱的一对兄弟。

“好吧，”父亲说，“大概 KU/CLOAKROOM 应该消失了。”

“没错，”夏洛特说，“我们是不是应该为这位新朋友干一杯？再重新给他命个名？”

“叫 KU/RENDEZVOUS 怎么样？”我提议。

“这个太别扭了，就叫 KU/ROPES 吧！”

我觉得 ROPES 还不如 CLOAKROOM 好听呢，但也无所谓了，可以这样解释：黑钱经过每个不同银行的流通就成功完成洗钱，那么，每一次改变假名可以让你彻底从上一次的失败中成功脱身。我的新假名可能很快又要从 KU/ROPES 变成 DN/FRAGMENT 了，或者变成 SM/ONION、KU/STAIRS。夏洛特沾沾自喜地草草记下这些名字，我父亲则在一旁窃笑着表示赞成。他们看起来就像在烹饪一道菜似的。

“我能行吗？”我有点担忧。

“不用担心，我以前试过，被发现的概率大概是万分之一。”夏洛特鼓励我。

但我仍然感觉这会使哈维先生为了找出究竟谁是 KU/CLOAKROOM 而跑去华盛顿西德部门一问究竟的，最后肯定能查出我的真实姓名。

“不会的，”父亲安慰我，“不会这样的。”

“为什么？”

“因为，”夏洛特说，“我们现在面对的是官僚主义者。”

“是哈维吗？”我问道。

“呃，不，是你和哈维之间的人，没有什么能破坏这些官僚主义的规则。如果总部的西德部需要向哈维提供 KU/CLOAKROOM 的真实身份，首先他们必须得向档案室提交申请，档案室就会回复 KU/CLOAKROOM 已经更名为 KU/ROPES。这一程序意味着西德部门是拖延时间，任何假名的变动需要经过七十二小时才能生效。顺便提一下，这可是一条对我们非常有利的规则啊！而且，改变假名的目的多半都是正当的。就这一点来看，西德部门可能会等七十二个小时之后再回复哈维。但这毕竟只是一件小事情，他们不过是要为哈维提供一个住处而已。再说了，哈维只是掌管柏林，而西德部门是为波恩的西德驻地工作的。”

“难道西柏林基地不是比西德驻地特权更大吗？”我问父亲。

“你难道不知道波恩拥有整个苏俄区吗？”他皱起眉头，继而说，“当然均衡来说，柏林更为重要，然而我们只是在讨论理论上的影响力。我们现在需要面对的是官僚主义，这是截然不同的一种场景了。”

“放心好了，”夏洛特说，“如果比尔·哈维坚持要立即处理他的事情——当然这种可能性极小，因为他第二天肯定还会被别的事弄疯，那么，西德部门依然不能马上满足他的要求，他们将不得不求助于比档案室更高级的控制室。到了控制室我就有权力阻拦他的要求了，告诉他们只能七十二个小时之后才能得到回复。如果他们不想等的话，他们就必须诉诸更高级别的部门：高级控制部，但它只接受紧急情况，恰巧我又是那个部门的。”

说完后他心满意足地吸了一口烟，继续说：“很明显，七十二个小时对你来说足够安全了，在这段过渡期，我们将会把你的假名 KU/ROPES 改成 DN/FRAGMENT。这就意味着，西德部门如果想要查明 KU/CLOAKROOM 究竟是谁，他们就得必须重新搞清楚 DN/FRAGMENT 的身份。他们仍然还是查不出什么来。”

“DN，”我父亲说，“这是韩国的代称啊。”

“没错，”夏洛特说，“KU/ROPES 去了韩国并且变成 DN/FRAGMENT，至少文件里会这么记录。当然，海外的假名在档案室这边将会保留两周，到那时候，我预料，哈维已经去忙其他事情了。就我的能力来说，我相信这些事情都会按照我所设想的情况发生。如果哈维为了其他什么别的原因一定要查出你是谁——这种情况当然也是有可能的，并愿意等上两个礼拜，我向你担保你会在两个礼拜快结束的时候，以 SM/ONION 的假名被派遣到伦敦，当然这仍然会记录在文件里。而两个星期后，我们会象征性地将你从伦敦调回美国，孩子，你就不用待在原来的位置上了。但是我们会让你重新用回 KU/STAIRS 这个假名，那时候就和哈维事件一笔勾销了。哈维最终会收到一纸命令，告诉他该下岗了，谁让他惹了不该惹的人呢！没有一个普通的文献职员会在一个月之内拥有三个假名，并且随意地被派至韩国或者英国伦敦。所以这就是我们与比尔·哈维的对话方式：滚蛋吧，枪口正对着你哪！”

这对我来说够清晰了，我应该很安全，但为什么要这样费尽周折呢？

还是我父亲足够了解他孩子的心思，他说：“我们这么做是因为我们爱你。”

“也因为我们喜欢这么做。”夏洛特补充道。他朝一个干净的盘子里轻轻弹了弹烟灰，继续说道：“我也会从你的二〇一档案里彻底删除KU/CLOAKROOM的记录。”

“我很感激你们为我解决麻烦，”我说，“但是，毕竟，我又没有犯罪，如果文献室积压了大量的工作，那也不是我的错啊！”

“好吧，”夏洛特说，“这里的首要原则就是，如果你想要以后做出贡献，那么年轻时就得学会保护自己。如果一些有权势的人向你寻求信息，你要尽力提供给他。”

“怎么做呢？你有在一万立方英尺乱七八糟的文件中穿梭过吗？”

“沃尔夫冈是一个马路黑帮的成员，并且他经常四处搬家。你应该编造一个报告说他又搬家了什么的，编造他搬到了法兰克福或者埃森。”

“也许，”父亲说，“现在这么做也可以。”

“不，”夏洛特说，“太迟了，现在这么做也没有用了，错误的信息将会吸引大部分的注意力。但是我的教子应该认识到的是，从一开始哈维咨询的事情就不是一件正儿八经的大事。”

“你怎么能如此确定呢？”我问。

“西柏林的基地长官如果不了解这里的可怕环境，他就是极不称职的。哈维显然是足够称职的，他一定知道在这样混乱的条件下，预期得到关于VQ/WILDBOAR的信息是不可能的。我敢说，他发这封电报并在上面签名，是为了挖苦柏林的某些人，可能正是他们与沃尔夫冈失去了联系的。如果我们的文献系统做不了他们应该做的事情，那么无疑哈维的请求对他们来说不亚于一记耳光。如果你提供给哈维一些编造的信息，哈维就会利用它来煽动那些间谍的情绪：‘看，’他会说，‘沃尔夫冈已经回到法兰克福了。’间谍可能会回答：‘不可能！他在法兰克福会很容易被认出来的。’哈维会答道：‘那好吧，你们亲自去找他。’”

我不禁脱口而出说道：“万一哈维找沃尔夫冈真有紧急的事该怎么办？要是沃尔夫冈准备向俄国通风报信怎么办？”我完全显露出了年轻胆小的心态。

“没关系，”夏洛特说，“我们忽略掉那一点，因为文献室都一团糟了，我们还能记得清什么呢？”

我父亲意味深长地看了休·蒙塔古一眼，他们好像彼此交流了一些什么。夏洛特叹了口气说：“事实上，在西柏林有个天大的秘密，我可能必须要让你知道。如果你不知道这个秘密是什么的话，你就可能掉入哈维的陷阱里。”他又叹了一口气，继续说：“沃尔夫冈的事还没有这个秘密的千分之一重要，但如果那件事真的很紧急很重要的话，我们肯定早就知道那是什么事情了。”

“那这个秘密是什么呢？”我问。

“明天我们会带你离开这里，赶去德国。”这就是夏洛特给我的答案。

13

晚餐过后，父亲让我留下来去他那里过夜，他告诉我他住在K街外他朋友的公寓里，“老房子里的常客来啦！”他说道。走到楼上，看到房间里破旧的家具我很惊奇，这就像一位收入微薄又没有政府补贴的老人的家，它使我想起了我们哈伯德家族是怎样地吝啬。我父亲当然付得起舒适的宾馆费，然而他却选择住在这里，弄得我都不明白他这么节省究竟是为了情报局还是为了他自己。然而重新审视这里之后，我意识到他刚才跟我撒了谎，眼前是一张灰色的沙发、两把灰色的椅子、一条旧地毯、一个旧金属烟灰缸，没有窗帘，有张烟头烫过的办公桌，一台冰箱，后来我又发现冰箱里还有三瓶啤酒，一罐沙丁鱼，一盒饼干，半空的芥末罐、番茄酱罐、蛋黄酱罐，所有一切都足以告诉我没有人住在这里。这里没有日常的杂货，连一幅画或者一张照片也没有，这里根本就不可能是他朋友的公寓。原来我们正身处在安全的藏身房里，这是我的第一间藏身房！藏身房与酒店相比，我父亲自然会选择前者：他离开东京的家，离开他温暖可靠的妻子玛丽之后总是会选择这种弥漫着孤独气氛的地方。

父亲挥手招呼我也坐到这铺满灰尘的扶手椅上，并从厨房的壁橱里取出半瓶廉价的苏格兰威士忌，因为没有冰块所以我们只好兑着水喝了。他已经给冰箱接通了电源，但冰箱的嗡嗡运行声产生了巨大的噪声，足以扰乱周围隐匿的消声器（如果周围装有消声器的话）。由于我之前在倒影池上过一次电子监控的课程，所以我在那一刻对可能出现的暗地行动十分敏感。我想知道父亲用指甲在桌子边缘轻轻地快速敲击是缘于他自身的紧张、疲劳还是他一贯用来扰乱先进监听设备的习惯。当然，我也不知道是不是我自己太偏执或者是我自身存在着不足。

“我想和你说说休·蒙塔古和比尔·哈维，”父亲说道，“休·蒙塔古对我来说很重要，但是你要知道，他并非完美无缺，因为他几乎是完美的，该死的……如果你懂我的意思的话。”

“我不懂。”

“好吧，当一件事情人们完成了它的百分之九十八，如果他们不能补上剩下的百分之二，这就会造成不成比例的损失。休·蒙塔古可能是机构里最厉害的一个人了，他最聪明、最博学，而且他无所畏惧，他既像只狂野的美洲豹，也像只机敏的山羊：不要激怒了他，也不要刺激他飞跃。”

“是这样的，”我说，“我对他的评价一直很高的。”

“我不介意他采取行动，但是我确定这一趟他要带上你一起走。”父亲伸出双手好像是在和我道歉，但他又不能告诉我更多。

“这些都和那个天大的秘密有关系吗？”我问道。

他剧烈地咳嗽起来，喉咙里隐隐夹着一种不协调的声响，大量痰液一定在他有力的胸腔里面恣意横行着。我父亲快五十岁了，抽烟喝酒的习惯使他咳嗽的声音听起来更加苍老，与他强壮的体魄完全不对称。“嗯，”他说，“休·蒙塔古应该没有把这件事说出来，我也不打算告诉你，况且，即使我能说我也不会说的，因为我不想让你肩负保守这样一个秘密的沉重负担，这样一个关于整个国家的真实机密。告诉我，为什么休·蒙塔古认为他能告诉你这个秘密？”

显然这个问题我无从回答。

“他无疑会告诉你，”父亲继续说，“我的话你不要告诉他，他泄露了太多的秘密了，好像他在拿自己的判断下赌注一样。我敢说这一定给他带来了强烈的快感。”

我觉得我父亲最后会喝完他的酒，因为我能感觉到他的意识游离得越来越远了。然后他猛地站了起来说道，“关键就是，休·蒙塔古没有权利去信任任何人，不是指经历了菲尔比事件之后。你听说过哈罗德·金·菲尔比[1]吗？”

---

[1]哈罗德·金·菲尔比，世界间谍史上最著名、最成功的间谍之一。本人是英国人，1934年在维也纳加入苏联情报机关成为情报员。1940年，他打入了英国秘密情报局，在该局步步高升，最终成为英国情报机关的一名高级要员。他利用职务上的便利条件，为苏联提供了大量重要情报，成绩卓著。1963年，由于身份暴露出逃到苏联。为表彰他的事迹，苏联政府给他很高荣誉，授予他“红旗勋章”。

“听说过一点。”我说，我开始努力回想罗伯特勋爵关于这件事情的一些观点。

“菲尔比差点就成了休·蒙塔古的强劲对手，他对布格斯和麦卡恩特别好，你听说过他们吗？”

“这难道不是报纸上刊载过的一个故事吗？他们是英国外事办公室的人，不是吗？”

“是，”父亲说，“当布格斯和麦卡恩于一九五一年在莫斯科重现江湖的时候，这里的每个人都加入了不同的阵营。菲尔比到底有没有让布格斯和麦卡恩离营，老朋友们都没有提及，也没有想过是否菲尔比是有罪的而那两个人不是。”

“你当时在哪个阵营？”

“支持菲尔比的阵营，和休·蒙塔古一样。曾经菲尔比和我们都是朋友，战争期间我们在伦敦经常一块儿喝酒，菲尔比一定是你遇到的英国人里最出色的那一个。尽管他有些口吃，但他说完一句话的样子十分有趣。”说完，父亲忽然沉默了。

我等着他继续，但他不再开口了。然后，他打了个哈欠。“我打算上交，”他说，“我在雅加达发现了这个窃听器，我很好奇它在显微镜下面看起来会像什么。现在让我们不要谈论菲尔比了吧，太压抑了。关键是当事件都结束的时候，休·蒙塔古看起来很不好，反对菲尔比的人最终很明显大获全胜，这就是比尔·哈维的所作所为。如果你问休·蒙塔古，我想他会告诉你这个故事，并且会假装喜欢哈维，他不得不这样假装。现在，我们确认了菲尔比当时就在为苏联国家安全委员会工作，所以休·蒙塔古必须说点哈维的好话。但是千万不要相信他，他是非常痛恨比尔·哈维的。”

那为什么要派我到柏林呢？我很想问他这个问题。

“一样的，”父亲答道，他好像听见了我的心声一样，“去柏林是个好主意，我会写那封信的。你可以将就着用一下，哈维会接纳你的。”

听了他的这些话，我便上床睡觉了。隔壁房间有两张单人床和一条简单的床单毯子，我躺在了其中一张上。整个晚上，父亲有时候会从睡梦中忽然叫出声来，那是短暂而尖厉的叫声。最后我迷迷糊糊地睡着了，仿佛通过基特里奇的眼睛看到了比尔·哈维，基特里奇曾经描述过他一次："我们知道情报局里有个讨厌的家伙，连吃饭的时候肩膀上的皮套子里都要带着把手枪。难道不是这样吗，蒙塔古？”

“是的。”

“哈利，他的身材像个梨，肩膀很窄，腰部相对就很宽。他的头也是梨形的，他总是瞪着眼睛，像只蛤蟆一样。但我还是忍不住要提一下他那秀气的小嘴巴，唇形精致，简直就是蛤蟆脸上的一张本该属于女孩子的樱桃小口。这些长相特征让我想起了 α 和 Ω 而不是一张脸的左右两边。”

在快睡着的时候，我迷迷糊糊看到的是比尔·哈维吗？那晚我有种奇怪却愉快的体验，我感觉到西柏林离我越来越近了，我的第一次出国旅行已经在等着我了！甚至这座散发着残留烟味的简易藏身房都预示着我未来的生活。这座灰暗公寓里破旧的设施、街灯透过窗户投射出鬼魅般的影子，这些都在告诉我为什么我的父亲选择住在这里而不是条件更好的宾馆里。藏身屋是我们职业的象征，可能这就是我父亲要捏造这里是他朋友公寓的原因了。深入了解了他编的身份故事后，我便开始能够用探索的眼光来看待藏身屋了。我认为西柏林的许多秘密约见都会找一个类似的场所，我也将有机会去证实我的想法是不是正确的了。

接下来让我来描述一下我的奇思妙想吧。躺在这里，我感觉自己已经整装待发，穿过一片黑暗的空间，开始执行任务，任务中一直充斥着硫黄燃烧的味道。离我不远的地方是我父亲不安的肉体，我的敏感神经又开始作祟了，我在怀疑父亲发出的这短暂而尖厉的声音是不是在警惕夜间敌人的突袭；我想起了当我还是个小孩子的时候，我对洞穴和地下发掘出来的密室很感兴趣；最后，不管是半成型的严厉组织，还是从我脑袋里移除的腐肉都停留在原地了。难道是那晚的空虚吸引着我进入这从没遇见过的奇怪梦境里了吗？

在那一刻我怀着无比崇敬之情想起了夏洛特，他坚信我们的工作借助上帝的力量是能够改变历史趋势的。我们是为了向邪恶宣战，识别它们的圈套，进行秘密行动，就如同我们学到的那样：没有人能在弯曲的隧道里看见亮光。

这样想着想着，我渐渐进入了梦乡，我不知道我的幻想已经给出了某种暗示。整个晚上被暗指的西柏林的天大秘密，不过就是在哈维的监视下挖一条一千五百米的隧道通入东柏林，目的是窃听连接莫斯科苏联军事总部的电话。

14

在我离开之前我打听到了很多关于比尔·哈维的事情，夏洛特不仅带我参加了菲尔比在华盛顿为布格斯举行的几次大型派对，还如父亲所料，委托我去搞清楚比尔·哈维的隧道。我把这次委托看成一份临别礼物：夏洛特正在带领我深入情报局内部。

我从安德鲁空军基地乘坐道格拉斯 C-124 抵达西柏林的霍夫机场，这是一架叫作“老沙基”的拥有四台发动机的霸王运输机。你要从背面的斜坡登上飞机，我们一行二十人（大部分都是空军人员）踏上了前往欧洲的航程。这架飞机同时也肩负着运送货物的任务，我们抵达后货物箱也会被卸载下来。上飞机坐好后，我们面对着舱尾，看着脚下那些打包得十分整齐的货物，显然它们占据了更多的空间，看起来似乎比我们更受尊重。

经过九个小时的飞行，飞机抵达了英国米莱登霍尔皇家空军基地，我们在那里停留了九个小时。我一直待在飞机上，等着它再一次起飞，整个行程需要漫长的二十四个小时啊。而且机舱里冷飕飕的，也没有窗口，我什么也没的做，只能盯着舱室壁上的电线发呆。这应该是我经历的最漫长的一次旅行了。

我想看一会儿书，无奈机舱里的灯光太暗，只得作罢，想和周围的人聊天也说不了什么（我发现和非情报局的人聊天处处都得谨慎），最后，在午夜时分，我陷入了冥想，摆脱了飞机发动机的轰鸣声和机舱室里的震动感，我开始畅游在与夏洛特在华盛顿的临别饭局的记忆中。

夏洛特一整晚都在说着各种奇闻逸事，他告诉我他眼中的情报局的真实面貌。从他的话里，你会发现尽管在我们特训的日子里，我们有时会举步维艰，会搞得一团糟，会原地停留毫无进步，但是我们这几百个人正是情报局里最有活力和最有希望的部分，所有其他成千上万的人不过是我们想要隔离的，我们创立自己的官方军队也是为了远离其他的华盛顿官僚机构。

“唯一的问题是，”他看着手里的白兰地说道，“当你看到恶魔的时候你能够识别他的真实面目。我们必须时刻警惕像菲尔比那样的人，他简直就是恶魔！我告诉过你菲尔比派对上的比尔·哈维之夜吗？”

其实他知道自己没有和我说过，他只是打算告诉我另一个故事而已，这个故事可能是关于亨尼西的吧。夏洛特额头上的一根血管开始明显地抽动起来，“我不知道，”他说，“任何从军情六处或者英国海外办公室来的人都比菲尔比名声大得多。我们是在战争期间在伦敦任职时才认识他的，后来他于一九四九年再次来到这里的时候我们才又联络起来，那时候我们经常共进午餐。他在陌生人面前会比较羞涩，而且他有口吃，但不管怎样他都还算是个不错的人。他的装束也很有个性，包括他的发型、他的夹克甚至他的烟斗。他喝起酒来都是一小口一小口抿的，像鸟儿啄水一样，就这点你也得尊重他，因为当你一口气喝光一杯酒时，往往带着强烈的目的性。哈利，我发誓我没有夸张，但菲尔比确实具有杰出的英国人必备的品质，似乎每个英国人都在代表着他们国家的形象。当然，我们都相信，菲尔比定会成为军情六处的头儿。

“现在，他可能不再是以前那个友善的家伙了。战争期间，军情六处对待我们的方式就好像我们战略情报局的人都是白痴，只能折服于他们英国人的智慧，他们的势力让我们度过了一段晦涩的日子。‘你们美国佬或许有很多富豪，但是你们得知道我们靠的却是这个！’他们手指指着太阳穴的位置说，我们竟然还十分敬畏他们，我们真是太年轻怕事了！一九四九年菲尔比刚到华盛顿时的情况还是这样呢。我们的组织一天天壮大，而且很明显，我们正在赶超英国，除了他们特有的点头微笑的方式。我曾经就研究过菲尔比，真如艺术品一般啊！尽管他的国家没有我们的国家富裕，他的口吃毛病也很突出，但甚至连我们局最厉害的人都会觉得和他面对面很有压力。

“关于金……噢，天哪，就说了个他的名字我就连带着喜欢上菲尔比这个姓了——他是个无畏的人，大智慧往往就蕴藏在大无畏中，而不是在你认为的书本里。英国外事办公室把布格斯以首席秘书的身份送到华盛顿，菲尔比竟然邀请他搬过去同住。现在回想起这些事，我仍然不能理解俄国人怎么敢和布格斯共事！他肯定是苏联国家安全委员会最不可能感兴趣的目标。你可能听说过，他就是个浑球，是个最低级的同性恋，满脑子想着如何把好身材的男人拉拢到自己身边。‘我要霸占你！’这是布格斯经常挂在嘴边的话。他喝酒从来都不是用杯子计的，而是一瓶一瓶地喝，他抽烟抽得像机器在吞噬。除了这些，他那白色衬衣上还总是残留着上顿饭的油污。不知道他有没有丘吉尔一半的本事，但他那粗鲁的举止倒是有过之而无不及。哪怕是家教良好的英国人也会对服务员的态度很差，这或许是他们在报复小时候苏格兰保姆往他们的嘴里塞燕麦粥的行为吧，但布格斯肯定是态度最恶劣的那一个，他会对离他最近的服务生大喊道‘你他妈的看这里！蠢货！你是白痴吗？你这个无可救药的家伙！’”休·蒙塔古模仿着布格斯的声音，说得特别大声，幸好这顿晚宴本来就很嘈杂，要不然可有的尴尬了！

“菲尔比总是安慰我们说：‘布格斯一直在饱受车祸后遗症的折磨，可怜的布格斯啊！’菲尔比还会说：‘他是很有才华的，但是你们也看到了，他脑子摔坏了。’菲尔比说得好像这伤口是战争造成的一样。英国人对自己的家乡人是多么有情有义啊！

“来，让我们说说比尔·哈维吧。他不知道走了什么狗屎运，竟然被菲尔比邀请参加一九五一年春天一次隆重的晚宴。被邀请的人几乎都到场了，比尔·哈维、布格斯、我们这一群人以及各自的夫人，约翰·埃德加·胡佛差点也来了，但因为听说哈维也被邀请了，他就没有露面。跟你说得再明白一些，当时比尔·哈维都快成为我们内部的宠儿了，但那次晚宴之后，他却彻底沦为一个笑话。但那时候我们都喜欢他，跟他握手的时候会感觉他的手比他的手枪要冰冷得多，但不管怎么说他都是联邦调查局的人！为了开展工作，我们尽自己最大的努力打入调查局内部，还签约雇佣了一些调查局的间谍，哈维就是其中的佼佼者。他帮助我们清除了罗斯博格家族，约翰·埃德加·胡佛永远不会原谅他跳槽来为我们服务。让埃德加更不满的是，比尔·哈维曾经在FBI工作过，所以倒戈之后为我们提供了许多联邦调查局的内部信息。原来他们一直在六七个国家里践踏着中央情报局的司法权。事实上，他们是想把我们扼杀在萌芽阶段！太不人道了！这就是为什么艾伦·杜勒斯几乎从不和约翰·埃德加·胡佛通电话的原因。‘告诉我，’他有次问埃德加·胡佛，‘中央情报局到底

怎么得罪你了？’埃德加·胡佛回答：‘杜勒斯先生，请你去告诉比尔·哈维不要再窃取我们的资料了。’

“呃，这就令我们对比尔·哈维刮目相看了，所以菲尔比就邀请哈维和他的妻子莉比来参加晚宴。我警告过菲尔比不要邀请哈维的，我对这样的社交前景并不持乐观态度。你想想，把比尔·哈维和布格斯凑到一块儿，天知道会发生什么事情！

“然后我们就开始喝酒了。比尔·哈维和布格斯两人一杯接一杯地喝，哈维的妻子也是，她可能是来自印第安纳州或者肯塔基州的乡村，性感害羞得像个隐形人，但她那夸张的大笑却给人深刻的印象，以前只有公爵夫人才会这么笑，洗碗工也好别的什么人也罢，都不允许这么狂笑。这真是一场狂欢，我们都陶醉了！比尔·哈维一直在自吹自擂，说自己十二岁以后就天天性交，不是和他的妻子就是在和别人的老婆干。天哪，这真让人受不了！他的妻子莉比不仅吻遍了聚会上的每一个人并大喊‘你眼里有东西！’而且还一直和布格斯调情。布格斯甚至松开了拉着男孩的手，和莉比那丰满的臀玩起了碰碰车游戏。这疯狂的背后就是我所说的社交痛苦。比尔·哈维和莉比就饱受这种社交痛苦，因为他们很清楚这种游戏并不能减少他们现实中的阻碍。

“布格斯开始吹嘘起他曾经的漫画事业。‘画我吧！’莉比说。‘噢，好的，我会帮你画的，亲爱的。’布格斯说道。他便给莉比画了一幅素描。画好后他首先拿给我看，我向来对自己的口才很有信心——但是，哈利，告诉你吧，当时我真的说不出一句话来，布格斯画得太好了！画里，莉比坐在一张扶手椅里，双腿分开，裙子被吹起，手指轻拂着裙边，他甚至连她的阴毛都画得十分逼真，她脸上的表情就像是在目睹着一场雪崩。布格斯简直就是个天才！

“我正要把画拿过来仔细看时，布格斯就快速从我手中将画夺走了，传至人群中供其他人欣赏。大多数人都只是瞥了一眼，但是也没有人想把画藏起来！我们容忍比尔·哈维太久了，似乎我们都准备好了看他的笑话呢。他走过房间，夺过那幅画——我想他大概是要爆发了，甚至某个瞬间我还以为他会掏出枪来，我能感觉到屋子里的紧张气氛。此刻莉比看到这幅画哭了起来，他抓住莉比的手带着她走出去。走到门口，他瞥了布格斯一眼——我从来没见过一个人的目光里透露着这么强烈的仇恨。‘呃，我想，’哈维说，‘我宁愿……’但他完全说不出口，最后终于吐出了一句‘我宁愿被黑鬼的鸡巴噎死！’说罢就夺门而去。

“‘他这是想祝福大家吧！’布格斯说。

“一个月以后布格斯被召回了伦敦，和唐纳德·麦克林一起离营了，去了不知道什么部门，但可以肯定是在莫斯科。麦克林，被安置在美国，在洛斯阿拉莫斯也是让人讨厌的角色。所以，现在的问题是菲尔比，他有可能会为苏联工作吗？我们不相信，他人那么忠诚。我承认，我一点准备都没有，我甚至写过一封长达三页纸的简报来为我的菲尔比说好话，身在其位谋其政嘛，但其实我当时也并不是很知情。我的简报里还提到了布格斯：布格斯有一天穿着英国海军军官制服和我们一起吃午饭，那制服上还有污渍，那天他胡子也没有刮，一直在抱怨说奥尔兹莫比尔的新流体动力变速器简直就是没有技术含量。布格斯对汽车比较在行，他对我滔滔不绝地说了很多。布格斯同样也吹嘘了自己曾和菲尔比的女秘书在无数场合风流过。这简直就是封联邦调查局的简报，这么三页纸，说的大多是些八卦传闻，经不起推敲的。但总而言之，菲尔比在我的信里还是功大于过的。

“就这点而言，要不是因为比尔·哈维，菲尔比可能早就预测到这场风暴了。或许再过几年，他就可以回到军情六处养尊处优了。毕竟，苏联国家安全委员会不会允许他们的两个间谍住在同一间屋子里，不是吗？菲尔比一定对一切都不了解，只是做错了选择而已。

“然而，比尔·哈维写了他自己的简报，而且添枝加叶了不少，都是哈维的另一面。他写得很用心，他也吸收了从联邦调查局学来的最棒的反情报技术。联邦调查局破解了一些俄语密码却不打算和我们分享，但是，哈维截获了一封苏联的情报，上面说约翰·埃德加·胡佛一直受他职位的保护，并提及这与一位英国高级间谍有关。这份简报似乎就在暗指菲尔比啊，这份简报的说服力远远超过了我的。'押回你的菲尔比，给他该给的审判吧！'中央情报局这样要求军情六处。尽管军情六处不情愿，但还是召开了听证会，经过投票表决获得平局，没有监禁菲尔比，但必须辞职。可怜的菲尔比啊！但是话又说回来，如果他真是苏联间谍的话，那他就是最会伪装的那一个了。事实上，我已经极不情愿地确信了，他其实一直都是苏联国家安全委员会的人。"

夏洛特略带苦涩地抽了一口烟，接着说："我担心大家会普遍认为在这件事上哈维比我做得好。你知道吗？没过多久，他就指控你的教父休·蒙塔古是苏联间谍了。这就是阿尔杰·希斯时期，不要忘了啊，乔·麦卡锡[1]给自己的职业生涯开了个好头。我不得不说，你的祖先有多好，你现在看起来就有多糟。后来他们就要求我做测谎仪测试，尽管我怀着各种焦虑但最后还是通过了，没有任何心脏不治之症。哈维也升职了。你知道为什么我要告诉你这个故事吗？"

---

[1] 乔·麦卡锡（1908—1957），美国政治家，共和党人，狂热极端的反共产主义者。1942 年，美国参加第二次世界大战后他加入海军陆战队。1946 年他依靠反共观点当选为参议员，任参议员期间，经常发表攻击共产党的演说，谴责杜鲁门和乔治·卡特莱特·马歇尔对待共产主义的软弱态度，帮助艾森豪威尔当选美国总统。他曾任政府活动委员会主席，和罗伊·科恩在全美国清理共产党制造的影响，指挥调查委员会调查美国民主党成员以及他的政敌、对他有意见的新闻人物，不少人被撤职、逮捕甚至被处死，受他迫害的人包括著名影星卓别林、科学家爱因斯坦、作家史沫特莱和华裔科学家钱学森等不同阶层的人。后来他在军队中搞忠诚调查，引致艾森豪威尔的不满。1954 年，参议院通过法案谴责麦卡锡的政治迫害行为。1957 年，他因肝炎在马里兰州去世。

“呃，我不是很明白。”

“因为我想再一次提醒你：恶魔是上帝创造出来的最美丽的生物。让我们为菲尔比这样完美的小人干杯吧！让我们为你的新领导哈维干杯吧！如果美丽是标准的话，他可就算不上恶魔了！”

第二部

柏林

1

迪克斯·巴特勒驾驶一辆吉普车来霍夫机场接我。我将再一次和四个队友合住了，迪克斯就是其中一位。我们的公寓坐落在库达姆大街几个街区之外的地方，是一栋六层楼高的建筑物，我们住在四楼，这座建筑物是这条街上唯一的住宅楼了。在楼梯井里，精致的模具里装满了破裂的石膏像。更高的平台上是石膏板贴砌成的墙面，地上铺设着拼花地板，这和我对柏林的第一印象出奇地相似：灰尘扑扑、沉重、半新不旧、灰暗、压抑，还透露出几分意料之外的淫靡。街道的每一个角落，随时都可能有歹徒出没，虽然街道上闪烁着霓虹灯，在我看来都充斥着堕落与邪恶。

我不知道我是否能付得起我的正常生理需求（虽然我还没有任何经历），这些天我意识到性的存在，它就像被密封在圆柱体里的恶魔的孩子，迫切地想要冲出来。当我从“老沙基”经过时，我有了一次特别的经历，当我第一眼看到霍夫机场周围拥挤不堪的街道时，我就莫名地产生了性冲动，这里的空气和建筑好像散发着一股催情的气息。从窗口望出去的西柏林全景就仿佛是战时被轰炸的城市新闻影片，这些建筑物有的还在修复或拆除过程中，有的几乎被炸毁了一半。公告板、推土机、起重机、卡车和军用车随处可见。此情此景看起来哪里像战后十年啊，根本就像是战争才刚刚结束。

我们一路开着车前进，迪克斯·巴特勒一直在东拉西扯。“我很喜欢这儿，”他说，“西柏林人思维特别活跃，纽约人跟他们比起来，根本啥都不是！有一天我在公园的长椅上看德国报纸，一个穿着细条纹西装的家伙正坐在我对面。他用准确的英语对我说：‘看到那里的警察了吗？’

我循声望去，是有一个大块头的德国警察。‘我看到了，’我说，‘怎么了，老兄？’这个陌生人答道：‘我敢打赌这个警察解手的时候就跟大象一样！’然后他又重新看起了手中的报纸。哈伯德，这就是柏林，人们能告诉你警察是怎么下蹲的。和他们相比，我们就是在马屎蛋儿里啄虫子的菜鸟！他们之前都是纳粹啊，盖伦少将就是其中之一，他为西德人负责德国联邦调查局的事项，过去他还受过我们的资助呢。”

“是的，”我说，“我知道。”不就是十年前，我父亲在二十一餐厅吃午饭时提及的那位战后与美国军事情报局签订工作合同的德国将军吗？“嗯，我听说过他。”我说。

“他还把自己工作合同的事告诉了曾与他在俄国前线一同工作的所有前纳粹分子，”迪克斯·巴特勒说，“这帮家伙中有很多人想抓住这个机会在战后德国找到一份待遇不错的工作，毕竟现在人力缺口很大啊。你家里任何在东区的人都能给你提供可靠的信息。不过也无所谓，分析一下社会服务区，你会发现东德共产主义者是位于最高层的，纳粹秘密警察则在最底层。朋友，其实这都是一派胡言，现在我不就正在享受着自己的生活嘛！”

迪克斯·巴特勒只字未提我的具体工作是什么，我只好一点一点地自己探索。在我刚到柏林的那几天里，我整天忙于为我的工作作资格认证，假名为VQ/STARTER。我有大量的时间待在这座曾经一派华丽现在却空洞无比的公寓里，这些家具让我觉得压抑。我的床上铺着一张极厚的床垫，摸起来就像地窖的地板一样潮湿。枕头硬得像一根木头，这也让我明白了为什么普鲁士人的脖子看起来都很僵硬。

我具体的工作任务最终证实了，有点像办事员，我都不知道怎么去描述。我在国防部有一张自己的办公桌，只要求一天露一次面，确保是否有需要行政处理的文件因为出现差错没有到达我手里。这个地方虽然狭小，但不像华盛顿的办公室那么拥挤，有足够宽敞的空间容纳我那相对宽大的办公桌。不久之后，他们开始擅自占用我的空间，然后到了第二周，不仅是我的抽屉，就连桌面都被他们占用了。尽管提前被警告过，中央情报局的人来这里的国务院办公室或国防部办公室工作会引发不满，但我仍然对这样令人恼火的行为完全没有心理准备。在第二周快要结束的时候，我决定清理我办公桌上所有未经许可放置的文件了，趁着他们出去吃午饭的时候把它们统统丢进我放在通道里的纸板箱内。当我回来的时候，房间里居然是一片肃静。

那天下午，一个三人委员会来找我，就目前的情况同我开了二十分钟的短会，然后我们达成一致意见，将我的办公桌划分成不同的区域。

我们这个协议可能比其他解决方式的效果好，但这间办公室里的人和我相处起来却没有那么融洽了，不过这也无关紧要。我需要的不过是一个工作场所，能够让别人通过电话或邮件联系到我就行了。

我更多的工作时间是在“市中心”，一间围着一圈带倒刺的电线防护栏的小屋里，这只是情报局众多办公室中的一间。其他办公室分布在城市的各个角落，其中包括比尔·哈维长官的家里。他的家是一座水泥房子，外有重兵守卫，沙袋和栅栏一样不少，配备的机关枪的火力能覆盖附近的几条街。这地方就是个堡垒，如果俄国人从东柏林杀过来，这座小小的堡垒也能坚持防守好几个小时。

我在“市中心”办公室的第一周是在电话旁边度过的，我期望着从看门人、酒吧老板、服务员领班和高级宾馆服务员那里获取监控报告。刚开始时，还没有同事帮助我快速适应工作，但没过多久我就认识了很多同事，并开始了真正的间谍工作，那段时间还是很有意思的。布里斯托尔、凯宾斯基或者艾姆卓酒店的看门人会告诉我他们掌握的信息，我要求他监视了四个人，卡尔·茨威格就是其中一个，他告诉我卡尔·茨威格从他的奔驰车里出来去了二三二房间。当我下午再次给这个看门人打电话的时候，他已经知道了二三二房间住客的名字，这太刺激了！我感觉自己也变成冷战中的一分子了！

在那几天，每天我都要依据名单挨个给领班或看门人打两次电话询问各种信息，时间一长，我的热情逐渐开始冷却，也没了兴趣去猜测卡尔·茨威格、戈特弗里德、贡特尔或者约翰娜到底是东德人还是西德人，到底是敌人还是朋友。如果服务生无意中听到重要的对话，我就必须发简报到相关部门，他们就会派另一个比我有经验的情报员去询问服务生，我甚至不知道这样的询问是该边喝酒边进行呢，还是该去藏身房。我听说迪克斯·巴特勒就是做这种工作的人。那时候，我的新愿望就是挂掉所有的电话，走出这间房子，做个在大街上自由自在的路人。

我与电话相伴了十天，忽然一个电话通知我去 VQ/GIBLETS 向 FLORENCE 作报告。当时我已经耳闻 VQ/GIBLETS 多次了，知道它就是比尔·哈维的住所（一座水泥房子）。我的同事打电话告诉我说，哈维把他这座防卫森严的房子想成小型的直布罗陀，FLORENCE 就是“C.G.”——这是哈维新妻子的名字：Clara Grace Follich。

“这是什么意思啊？”我问。

“呃，你真是两耳不闻窗外事啊，”他说，“C.G. 迟早会对基地的新面孔做出行动的，你等着看吧。”

我很快就全面了解了这些事情，C.G. 曾是美国妇女军团的一名少校和特鲁司哥特上将的行政助理。她如今嫁人了，也算半隐退了，目前只负责维护和打理藏身房。那天做完报告后我和她一起去柏林，我们坐的是一辆低调的厢式货车，车身没有任何显著的标志或旗帜。我带着毛巾、床单、卫生纸和清洁剂，加上啤酒、红酒、面包、香肠、雪茄和成箱的香烟，我把这些东西统统搬上楼，从老电梯哐啷哐啷直响的门里进进出出好几趟，我拿出弄脏的毛巾和床单（把剩余的食物、垃圾和空瓶留给女仆）。在众多房间中有七间是藏身房，其中三间既崭新又整洁，剩下那四间跟我父亲带我去的华盛顿那间藏身屋一样破旧不堪。

C.G. 是一个不太多说话的女人，但你不会怀疑她的脑子是否在运转，她很擅长将每间藏身屋里的东西列出清单来。我还注意到，她在进门前总会先与众不同地敲敲门，大概是为了提醒里面可能正在盘问间谍的情报官员。然而，她的敲门声基本上都没有回应。尽管七间藏身屋都空空如也，她依然一一敲门检查。

“我知道你在想什么，”当我们歇下来的时候她说，“很多藏身房都是空置的。”

“嗯，是的。”

“当我们需要它们的时候，我们就真的很需要。”

“是的。”

“哈伯德，你今天没有看到任何服务生吧？”

“嗯，没有。”

“如果你看到了，你就会发现他们不是一群年轻人，你能告诉我为什么吗？”

“呃，如果我们的人必须要藏身几天的话，遇上年轻的女服务生，他可能就会与这些女服务生展开恋爱关系。”

“能说详细点吗？”

“呃，好吧。假设有一个克格勃的间谍，是个训练有素的调情高手，他可以骗过这些女服务员，从而获取进入藏身房的机会。”

“不管你承不承认，”她说，“你是这群新人里面一开始就很懂行的学员。”

“呃，我觉得自己懂得确实比一般人略多一些，”我说，“我父亲以前是战略情报局的。”

“哈伯德？你父亲不会是卡尔·哈伯德吧？”

“是的。”

“我丈夫认识你父亲。”

“我父亲很尊重您的丈夫。”我一直想知道父亲究竟有没有发出那封信，但我觉得他应该已经发了，因为她刚刚说“你父亲不会是卡尔·哈伯德吧？”这句话的口气略有深意。

“我打算和我丈夫说一下你的情况。”她说。

又过了一周，我没有收到任何电话叫我去见比尔·哈维，但好在我的工作变得有趣多了，一个新同事也从华盛顿调了过来，尽管我只比他早来两个礼拜，但我比他年长，所以他很快就接替了我的工作，我则转移到代理运输部。在那里我负责记录共产党官员的行踪，比如谁来了波兰、谁去了捷克斯洛伐克、谁穿梭于东德与东柏林之间。这其中也包括了收取我方间谍的报告，并绘制出在东德的观察员分布的网络图：出租车司机、各个街头的报摊商贩、东德警察、东柏林酒店服务生，甚至是东柏林著名妓院里的男侍应。一九五六年，那时候还没有柏林墙，所以东柏林的官员常常会夜里冒险穿越西柏林。

这些网络都不是我能控制的，任何新来的间谍都不在我的职权范围内，我甚至都不确定我们收集的信息会不会汇集到华盛顿的文献室，也不知道我们在西柏林的人是否已经执行新的行动。

最终那个电话打了进来，VQ/BOZO 想要见我，他就是比尔·哈维。VQ/BOZO 这个假名和 VQ/GIBLETS-1、VQ/COLT 都是同一个人，假名会根据你和他见面地点的变化而变化。VQ/GIBLETS-1 是他家里的秘密办公室，VQ/BOZO 是他在库达姆大街外主要的办公室，VQ/COLT 则是他家后面的回车道。他曾经有过自己的网球场，这条回车道当时就是为各种车辆掉头而建的。如果这个假名是 VQ/COLT 的话，你就得做好准备随着吉普车上下颠簸然后再跳入比尔·哈维驾驶的凯迪拉克中，当然，这种情况通常很少发生。我听说过我有同事被 VQ/COLT 召唤到网球场，从吉普车里出来跳进了哈维的凯迪拉克里面，然后等了四十五分钟才见到哈维从 GIBLETS 一路散步过来。

今天是在BOZO见面，他的主办公室，情况应该会轻松很多。许多人被安排来见他，是不是还有其他的事情啊！见他之前，先要坐在一间私密隔间里，大小差不多能放进一个小衣柜，等着叫到你的名字再进去，然后你就在秘书的指引下走过一条空荡荡的走廊到达他的门前。好像之前就说好了一样，我们所有等候的人，包括情报官员、美国官员、西德官员，都不会看彼此一眼。

在隔间里等待的时候，我想做些准备。我之前被提醒过比尔·哈维很可能坐在他硕大的办公桌后面，大衣脱去，手枪从肩膀上的皮套里露出头来。但还有一个关于他的传奇：无论天有多热，他出现在公共场合的时候都不可能不穿他的夹克衫，汗水流过他的脸颊他也淡然自若，因为联邦调查局的训练会让你形成难以磨灭的礼节观念。他也绝不会在公共场合露出那些肩膀上的手枪皮套。

我也被警告过和他见面之后的一转身他就可能会拿出一支手枪，用手旋转滚筒，取出子弹，然后瞄准你的方向扣动扳机。我父亲曾说过只有在联邦调查局待过的人才会这么做。

另外，我们都遵照比尔·哈维的指令，无论执行多小的任务，出行时都要携带枪支。去年一年时间，根据估测，俄国人在西柏林制造了二十起绑架勒索事件，德国人自然就是受害者。克格勃没有绑架任何美国人，不仅仅是因为我们与它有密切的交通联系，但是如果苏联打破了这个规矩，那么可能正如哈维设想的那样，他就是苏联选中的那一个。

我还不够成熟老练，不清楚这样的恐惧将会如何大肆蔓延开来。当我走进他的办公室，我所能感觉到的只有他巨大的恐吓威力，墙上的枪多到可以摆满博物馆的一条走廊。比尔·哈维坐在办公桌后面，正在接听电话，背心的纽扣全部都解开了，肩上探出头来的两把左轮手枪就像他腋下冒出来的号角。他看起来块头很大（走起路来一定摇摆不定），浑身散发出一种金酒和森森药片的气味。

然而，他又是充满力量的。他挂断电话，用一种充满怀疑的眼光看着我。直觉告诉我他初次看一个人大概都是这样的，我们总是知道太多不该知道的事，而他是想看穿我们知道了什么不该知道的事。

显然他是正确的。过了一会儿，我意识到我对他的事情了解得太多了。我听说过柏林隧道，我也知道布格斯给他的前妻莉比画过像，因为我就是之前那个 KU/CLOAKROOM 啊，所以我完全有理由此刻感到浑身不舒服。

比尔·哈维冲我点了点头，正如基特里奇描述的那样，他的嘴巴精致小巧。由于他的声音很低沉，我不得不从座位上将身体微微前倾，听他开口说话。

“我妻子说你很不错。”他说。

“噢，她是一位优秀的女士。”我很快回答道，有点太快了，他对我的怀疑也是理所应当的：因为我本能的反应就是对他撒谎。C.G. 来自中西部，而哈伯德家族对那里一直有深深的偏见，他们觉得中西部确实有品德高尚的人，但要期望出现兰心蕙质的好女人的话，比马萨诸塞州赶超纽约州还要难。

但不管怎么说 C.G. 称赞过我，这才是我觉得她最优秀的地方。然后我再次望向哈维那充满血丝的双眼，我面对的可不是一位普通的男人啊，对他来说，妒忌简直就是家常便饭。

这真是不祥的开端。出于友善，C.G. 对她所有的朋友都表达得很清楚：她是一个已婚的女人。当然，我是不会和比尔·哈维说这个的。我只是注意到，他办公室里三台大保险柜的顶端都有一枚铝燃烧弹；他右手边是一块设有很多按钮的仪表板，他的抽屉里绝对还有其他按钮。办公桌上是一台红色和一台黑白条纹相间的电话机，看起来像是刚从火星降落下来的飞船。我不知道这些设施和按钮到底哪一个能引爆铝燃烧弹，但对我来说，很明显，这个房间可以在不到一秒钟的时间内燃烧起来。

“嗯，孩子，”他说，“她挺喜欢你的，”他的呼吸变得有点沉重，他的眼睛死死地盯着我，“她喜欢的人可不多。”

“是的，先生。”

“如果你顺从我的话就不要说‘是的，先生’，这句话是当人们觉得你满嘴屁话但还是做好了准备听你胡诌时才说的。”

“噢，好的。”我便马上改口。

“我喊你过来是想同你谈点事，我需要两个年轻人来为我做点事，但我宁愿找到一个能抵两个那样的人。”

我点点头，我这一辈子都不想再说“是的，先生”了。

“C.G. 似乎认为你可以胜任，所以我看了你的二〇一档案。你的训练成绩很不错啊，在我看来你的档案里只有一处瑕疵：你结束训练后到了技术服务部，但是你的档案里却没有‘工具包’啊？”我一直害怕的话终于被他说出口了，“工具包”就是指假名啊！“你究竟在技术服务部做了些什么？”

“嗯，哈维先生，我没有被分配任务，所以很快我就被派遣来德国了。对我来说，没有必要拥有假名。”

“在你甚至还不知道你的职务之前来到德国有些不合情理吧，我可是很讨厌泡在德国佬的腔调里，最后死在菲律宾人的手上，”他打了个嗝，“实际上，在基地里，语言并不是最必要的。我们要记住我们要赢的是战争，不是这帮德国佬。你可以和一些德国人相处得很好，我就是。”

他确实是这样，比尔·哈维的德语能算得上是基地最好笑的笑话之一了。他第一次举起了左轮手枪，对准了我的左耳，“在我看来，你应该是知道你来这里了。”

“好吧，哈维先生，”我回答，“我有理由这么想。”

“是什么让你比人事部更了解你自己的前途的？”

我稍作犹豫，但还是开门见山地回答他：“是我父亲告诉我的。”

“家庭原因？”

“是的，先生。”

“嗯？你现在不听话了，是吧？嗯？”他窃笑着，笑声很刺耳，因为喉咙里的痰听起来还有些混沌，就像汽车的发动机运转的声音，“我要把这件事和你父亲说说啊！这里可不像中央情报局，但你父亲一直坚持，我想他仍然能够将他的儿子分配到任何一个他希望的职位上去。”

“他似乎觉得柏林是我应该待的地方。”

“为什么？”

我的脸颊一下子红了，我实在不知道该怎么回答，只好说：“他说那里是战斗的地方。”

“哈伯德，你父亲有没有告诉你关于 VQ/CATHETER 的事情？”

“我不知道那是谁或者是什么。”哈维看上去可能是听到了一些风言风语。

“我也相信你不知道，”他说，“不错。”

但就在下一秒，我想到 VQ/CATHETER 可能就是柏林隧道的假名！

于是，他再次看着我，说道：“你讲的瞎话能在一定范围内经得起考验吗？”

“我不是大嘴巴，我的表兄妹曾经因为我太沉默寡言而谴责过我。”

他在左胳膊下面拿出了枪，打开了枪膛，取出了子弹，旋转了滚筒，更换了子弹，关上后膛，最后放回了他的手枪皮套里。枪把从他的腋下伸出来，正对着我。他这一系列动作完成得十分娴熟，似乎这就是一场茶艺表演。

“我准备任用你，”他说，“你虽然还不够聪明，但我仔细考察了你留给我们酒店人员的材料，你展现出了极好的网络感，这可不是每个人都具有的。”

“是的……”

“如果你想，你可以说‘是的，先生’了！”

“是的，先生。”

“到时候我会告诉你什么时候来为我干活。”

“好。”

“他们‘市中心’都告诉你什么了吧？说了我的需求了吗？”

没有人告诉过我任何事情，但我感觉我得稳妥地回答：“他们说你需要一位办事员，一位出色的办事员。”

“我需要一个厉害的，但我可以勉强接受一个还不错的年轻人。”

“如果您正想到我，我愿意尽我所能为您效劳。”

“先仔细听工作的简单情况，我的办事员可不允许出去喝咖啡的。”

“先生？”

“他要坐在我身边——在我防弹铁合金的凯迪拉克里。在苏联这种随时都可能遇到袭击的地方，防弹铁合金不过就是一张潮湿的合金报纸。

“你坐在我旁边可能会丢了小命，那些苏联火箭就专门干这个的。它们和我们的火箭炮看起来很像，但实际上根本不同。他们的火箭炮能折叠进一个和300毫米长焦镜头差不多大小的圆柱形箱子里。你在听我说话吗？”

“在听，我也这么认为。”

“详细说一下。”

“一个恐怖分子可以把自己伪装得像个摄影师，到了一个十字路口，他可以打开箱子，拿出他的火箭炮然后袭击你的车。”

“然后你坐在我旁边。”

“是的，先生。”

他开始窃笑，痰又一次涌动在他的喉咙里，这让我想起了在游乐场搅拌机里的太妃糖。他咳了一下，把痰吐在了手帕上，然后点着了一根烟，他的双手和嘴巴一样精致。他拿烟的动作很灵巧，两根手指夹着湿的一端放到他的唇上。

“车门开时，”哈维说，“你不会总是比我先出去，有时候我会先走。知道为什么吗？”

“我不知道。”

“仆人是第一个出去的。狙击手，如果那里有的话，将会等着从车里出来的第二个人。哈伯德，你对此怎么看？你害怕在危险地区买一个爆炸性弹头吗？”

“不，我不怕，先生。”

“看着我的眼睛，我是那个你愿意冒着生命危险坐在和站在他身边的那个人吗？”他说这句话的时候声音太小了，以至于我都把身子倾到了桌子上。

“如果我告诉您这是我的荣耀，您应该不会相信的吧？”

“为什么？”他坚持问道。

“哈维先生，为了完成您的任务，牺牲自我都将会充满意义！”

他满意地点了点头：“你今年二十三岁？”

“是的，先生。”

“对一个年轻人来说，你能如此识大体，实在是不容易啊！如果你想知道真相的话……是我叫我的妻子关注你的，因为我喜欢你写报告的方式。由于我妻子喜欢你，所以你应该是不会得到这份工作的，但是，我认为你能够帮助我，你能够很好地完成在‘市中心’的工作，然后很好地利用了在你后面进来的另一个年轻人，让他接替了你的工作。准备开始和我工作吧！下周一上午九点，还是在这间办公室见。”他把一根手指放在鼻子一侧，好像是在集中他的思考，“不要上你的德语课了，把你接下来的几天时间放在研究你的手枪上吧，我们要在士兵俱乐部使用陆军射程的手枪。下周一之前多花点时间啊！”他站起来同我握手道别。

2

在这周结束前，我把我的工作都交给了那个新来的接替者，他做起我的旧工作来得心应手，甚至比我做得还出色，因为他的德语比我说得好。每天早上我都认真地去练枪，并开始相信我也可能成为一名不错的射手。我想象过当比尔·哈维先生中了埋伏后能在我精妙的枪法的掩护下成功逃生。

周一早上九点，我准时来到基地长官的办公室，为我的工作待命，但那天我并没有跳车到他的黑色凯迪拉克上，一整天也没有接到任何电话。我待在我的新办公桌前，桌上没有任何文件，就和我在国防部的第一张办公桌一样。第二次见到哈维就是在周二的下午了，当他经过走廊时看到我，似乎有点不高兴地嘟哝着："我们究竟该拿你怎么办？"然后又快速向前走开了。周三，我根本就没见到他。我打电话跟我的接替人讲解东柏林的网络结构，我真是再也不想提到"市中心"了！

周四下午，哈维先生快步走了过来，刚一见到我就摆动手掌示意让我跟他走，我就坐在了凯迪拉克的后座上——坐到他的身旁，我都没有时间拿上我的大衣，二月的天气依旧很冷，特别是我还得从车里出来陪他走到另一间办公室里。

他对国务院有着深仇大恨，所以他抓住每个机会在西柏林各处扩展基地职能。然而我们在领事馆还是有属于自己的坚实后盾的，因为我们大多数的员工还在那里工作，我们大量的行政工作也得到了顺利完成。他给国务院取代号为"乌克兰"来表达对它的蔑视，"告诉我掌管军需品采购的那个浑蛋是谁？"

"弗格森。"一个助理说。

"你去告诉弗格森继续执行录音指令。"

除了“乌克兰”，我们还有很多代号，比如“市中心”、BOZO、GIBLETS、藏身房，以及英式花园外的一家我们称之为CRUMPETS的翻译机构，还有一个是在霍夫机场外靠近海关的仓库里，叫作SWIVET。我和哈维还要去参观许多子公司，以及进出口银行的一切业务。跟着哈维长官让我感觉很像陪着巴顿[1]将军，我父亲告诉过我，巴顿将军曾开着他的吉普车在周边巡查来鼓舞士气。有次巴顿将军视察一家战地医院，有个士兵装病逃跑，巴顿便毫不留情地扇了他一耳光，这个士兵小声的抱怨使得巴顿意识到士兵思想上有问题，这会影响到三军的军心。“巴顿有强烈的直觉，他肯定会根据直觉采取行动的。”我父亲说。

哈维总是能挑出办公室里不当的细节，或许是一台坏掉的电缆机、一台电话接线机、一位不合适的秘书，又或者是一个准备辞职的部门管理人，哈维都会看在眼里。“我希望你可以在柏林再工作两年，”他会这么对部门管理人说，“我们需要你。”并会在他打算离开的时候给他放一个下午的假。他会用脚踢一踢电缆机，有时候这么一踢，它就又重新启动了。他会路过走廊上八个年轻人的办公桌，停在其中一张桌子前，拿起一封刚刚发来的电报，点点头说：“这个行动将会在几天内升温，要小心注意点。”然后再继续往前走。他简直就是上帝啊，如果上帝不是这么膀大腰圆、眼神犀利的话！他喝水的时候就像鱼儿饮水，而且几乎都不睡觉。

我好一会儿才意识到他的善良也通常就是他的邪恶，他不是很有效率，如果不能本能地决定一件事情的话，他可能就永远决定不了。有一天在凯迪拉克里，他对我说：“当我叫你加入我们的时候，我有份工作要给你的，但现在我已经忘了。”他盯着我，小心地眨着眼睛，然后说：“噢，对了，是KU/CLOAKROOM。”

[1] 乔治·史密斯·巴顿，美国陆军上将，以在第二次世界大战欧洲战场先后指挥美国陆军第七集团军和第三集团军而闻名。

"KU/CLOAKROOM？"

"很简单，它困扰我很久了，我需要一个聪明的年轻人来帮我弄清楚。"他举起手，看着满脸困惑的我。

"让我来告诉你吧！"他说。

第一次同他乘车我就发现，比尔·哈维先生依赖的不仅是我的手枪火力，司机在前排底座里有一把猎枪，他旁边的保镖手里有把汤普森冲锋枪。我不止一次听说过哈维选择把汤普森冲锋枪是因为它的近射程。"这些是我从联邦调查局留下的一部分。"他告诉我。现在可能是他说了太多从旁处听来的话，哈维便按下了按钮升起了前座后的玻璃隔离板，然后小声低语说："我们现在面临一个安全问题，我准备把你放到前线去工作。"

"好极了！"我说。

"只是追踪文件，"他说，"这个是概要，一个叫沃尔夫冈的柏林人，学生，波希米亚人，小人物一个，几年前组织了一些街头混混向波恩的苏联大使馆扔了几块石头，造成了电线检修。我们怀疑从那以后沃尔夫冈被聘用为双重间谍了。"

"被东德聘用吗，还是被克格勃聘用？"

"可能是东德吧。我们员工名单上一半的德国佬也同时在社会服务处工作。想简单点，没什么的，他们一半的德国人也是在为我们工作的，这不是什么大问题。如果你想试着去查清他们所有的故事，付出的代价要远比信息本身的价值更大啊。"

"我知道了，先生。"我当时脑子里想的都是过去的几个礼拜里我一直在做的工作。

"他们就像昆虫一样，"他说，"相安无事的时期，他们到处觅食，这没什么看头。但是如果一群昆虫成群结队地活动，你怎么看？"

"风暴要来了吗？"

"嗯，你说得没错，孩子。一场大的军事风波就要来了，如果俄国人决心要把我们从西柏林揪出来，我们是会提前知道的，这就是小人物为大事件带来的影响。”他往前移了移，从冰桶里拿出了一个调酒器，给自己倒了满满一杯马提尼。我无法不注视他拿杯子的方式，他的手腕巧妙地避开了每一次碰撞可能引起的波动，杯子里的鸡尾酒竟然没有洒出一滴来。

“好吧，”他说，“我们和沃尔夫冈一直保持着联系，他也会不定期地向我们汇报，小人物嘛。我晚上总是听过沃尔夫冈的汇报才去上床睡觉。VQ/CATHETER 正是我们对安全问题反应最灵敏的部门，我甚至都不允许那里的工作人员做任何奇怪的事情。”

“奇怪的事情？”

“都是一群傻瓜。他们有时候看起来对安全问题很敏感，实则是在做过于冒险的事。如果有人熬了一夜，那肯定是在准备第二天早上要交的详细工作报告。嗯，你可以用上官僚机构的一条规律：对于那些可能发生的不测事件，你越是担心它发生，它越有可能发生。我们有个年轻人是个同性恋，他来找我们跟我们承认了他和一个德国佬发生了性关系，那个德国佬就叫弗朗兹。弗朗兹是个相貌平平且又瘦又黑的年轻人，这个描述便把目标锁定在了我们四百名间谍中，包括东柏林和西柏林的间谍，以及未知的双重间谍，我们收集了这四百人中大多数人的照片，为了让那位懦弱的男孩子指认出来，我们需要他回来工作。他是个专家，我们不能失去他。他随后又向我们坦白了一些，‘是的，’他对我们说，‘弗朗兹确实询问了我从事的工作，当然我什么都没有告诉他，但是他想知道我的工作是否和 VQ/CATHETER 有关！然后，弗朗兹和他说这些没事的，他有美国的官方许可，他也和美国人工作！’”

他郑重地喝了一口马提尼，“你最好相信，我们总是派专家做苦差事，专家也许已经审核对照了三百张照片才把目标锁定在沃尔夫冈身上。沃尔夫冈就是弗朗兹！于是，我们仔细搜寻阅读了他的资料，但都没有他最近的消息。沃尔夫冈过去就是个活跃的小混混，现在我们所有的只是一些还没付清的单据，因为他把这些账单从汉堡寄来，而不是柏林。后来就发生了那种你总是会害怕的行政管理噩梦：我们的文件积攒得越来越快，以至于我们用完了分配的空间，所以一些‘乌克兰’的蠢货决定向华盛顿走漏一些风声。我们必须要做的事就是在这里再建一座楼，这样我们就可以理清所有的资料，但我们那点预算是无法再做这种大动作的，原本这栋楼都是跟本地人租来的。就预算来说，杯子里只有一枚硬币的时候，你肯定不能花两枚硬币付房租。但航空运费就是另一回事了，它是算在空军的预算里的，而不是归属于我们的。空军根本就不在乎我们花了多少，就像亿万富翁根本就不会去数他的洗碗工脸上有几颗痘痘。最后，许多文件没经我同意就被‘乌克兰’那些蠢货给寄出去了。他只知道他必须为 BOZO 找到新的存放文件的空间，他一定觉得他是在帮我的忙。你相信吗？所有可能的重要资料都被空运到了文献室就只是为了腾出点地方。”

他又喝了一口杯中的马提尼，继续说道：“所以我们必须找到沃尔夫冈，那个在 CATHETER 的同性恋一定泄露了比他自己能记起的更多的秘密给沃尔夫冈。只是现在沃尔夫冈下落不明，他是已经死了还是隐匿在地下了？他也没有联系他的案件负责人，没有回复任何暗号。或许沃尔夫冈携带着关于 CATHETER 的秘密潜逃至东德了？虽然希望渺茫，但我还是给华盛顿那边发了一封电报，也许他们能找到关于沃尔夫冈的信息。可是，你看，我得到了一个怎样的回复：‘由于文献室目前的情况……’不管这是谁回复的，他肯定没有意识到签有驻站长官名字的电报的意义，虽然我只是个基地的长官，不是驻站的，但是我掌管的是柏林，在这个地区找站长其实就是找我啊。我们是奋斗在冷战的前沿阵地上的战士，除非他们不清楚国务院的内幕，他们没有向新人说明事实情况。这个叫 KU/CLOAKROOM 的蠢货真是惹恼了我，我不得不处理这些官僚暗地里的斗争。因此，我决定要把 KU/CLOAKROOM 从他的职位上扳倒。”

“哇！”我说。

“孩子，下面就没什么了。我已经让华盛顿的西德部给我提供这个 KU/CLOAKROOM 的身份，他们反馈回来的消息是档案部将会有七十二小时的保留期，你记好了，七十二小时。这都是因为假名变了，那个该死的 KU/CLOAKROOM 一定是知道自己遇上麻烦了。我已经告诉西德部让档案室省去那七十二小时的环节，立即给我汇报，他们一定知道我这回是真生气了。他们给我回了一封电报：已受理。但他们做不到的，他们根本就做不了主。根据程序，他们必须移交至高级控制部，那里的人就会叫停这件事情，这件事我也是顶着很大的压力的呀。沃尔夫冈的记录就隐藏在档案室里，我不知道他藏在了哪里，CATHETER 每分每秒都处于危急之中，可高级控制部的某些人竟然还要阻碍我的行动。情报局有权利阻止我的人不超过二十个，但能阻止我的人还是存在的。这二十个人中的至少十八个人都有充分的理由讨厌我的胆量。虽然我的家族血统可能不如他们的高贵（尽管已经是贵族了），但是，孩子啊，我的思维更活跃啊，”他倒空了杯子里的马提尼，然后把杯子倒了过来，“来吧，阻止我呀，阻止哈维！”

他沉重地呼出一口气，怒视着我。“好吧，”他说，“你必须弄清楚什么时候对方会赢得第一轮较量，不管结果是否会让我沮丧，我也不管他们是在保护沃尔夫冈，还是在保护 KU/CLOAKROOM，但我明白一点：KU/CLOAKROOM 是我的目标，一旦我抓住他，其他的答案也都可能浮出水面了，”他叹了口气，“做基地长官的麻烦就在于每周都得处理各种危机，还有其他烦琐的事情要我分心去处理。当然，我很清楚最好别和档案室、高级控制部那边杠上。你知道，如果有力量在暗中保护 KU/CLOAKROOM，他们就会给他重新取两个或三个假名，在这种情况下，除非你做到全神贯注于你自己的目标，但我没这个时间了。可是你不一样啊，所以现在，你就从一个办事员被提拔为初级纠纷人员，替我处理这件事情！”

我犹豫要不要开口，我的嗓音可能会听起来底气不足，因此我只是点了点头。

“我们要采取一种双向进攻，”他说，“首先，你要去西德办公部，这是个完全的官僚机构，这群人很圆滑，他们应付压力也是得心应手。你要让他们去追踪 KU/CLOAKROOM 假名的变动，这需要一段时间，况且他们也会拖延，所以你得不停地催促他们，一两天就催一次，我也会时不时地催促他们。高级控制部那边可能会利用新假名生效前有一个七十二小时的保留期而不断地给 KU/CLOAKROOM 新假名，但是迟早他们会失去耐心的。”

“但是如你所说，他们难道不会把它交给高级控制部的人吗？”这一刻我有些恐慌，担心他是否会诧异我领悟得太快了，但是他没什么反应，继续说着。

“他们会的，高级控制部的人必然要接触这个。但到那时候，我们已经掌握了一些有意思的情况，我们可能在高级控制部吃了闭门羹，但同样，坏的影响也会在那大理石大厅里弥散开来，事实上不利的舆论将会飘散在整个机构。我就是要给那些人一点颜色看看！”

“先生，我能直言几句吗？”

“拣重点说吧！”

“如果我没听错的话，您在说您将永远不会得到这个 CLOAKROOM 的名字，您相信操纵假名变化的是高级控制部的人。这样一来，他也会采取敌对行为，您甚至都不知道对方是谁就与之树敌，您觉得这样好吗？”

“哈伯德，你没有说到重点上。高级控制部的人又不是傻瓜，事情发展到最后，他们会很清楚是谁在玩这个游戏的。但无论他究竟是谁，都会在同事面前颜面尽失，那才是我的报复！”

“难道你不会输吗？”

“孩子，我欢迎任何人来和我较量，我们将看到谁会笑到最后。”

“我不得不说，哈维先生，您实在是有点不谦虚呢。”

“跟着约翰·埃德加·胡佛工作，你每天都会深怀危机感，我已经厌倦那样的生活了。”

“胡佛是个怎样的人呢？”

“他就是个矮小丑陋的侏儒，请原谅我这样形容这位伟大的美国人。”他打了个嗝，然后再次斟满了他的马提尼。“好吧，”他继续说，“我刚才说我们要采取一种双向进攻。一方面，我们要用尽所有的方法打入高级控制部；另一方面，让我们来见识一下你的关系网有多么庞大！”

“先生？”

“我有预感，KU/CLOAKROOM 应该是个最近的学员，嗯，肯定是，他的电报发得实在是太拙劣了，你甚至都有可能认识他呢。我想让你和其他一些学员取得联系。过不了多久，你应该就能勾勒出他一个大概的样子了。”

我能感觉到我的汗水正从耳朵后面流下来。

“我能说出几个名字，”我说，“但我能去档案室询问他们的假名吗？那看起来很古怪，尤其对一个刚入职的年轻人来说。”

“坦白说，就算是我去档案室问那么多假名都是不太合适的。我当然不想在这个无用的任务上吸引太多的关注。但是，孩子，我们不用去档案室，我们可以使用 Bypass。”

“我不太熟悉 Bypass。”我说。

“你只是不熟悉这个名字而已，”他说，“但你可能已经就在这个过程之中了。你们这批新人谁都不会对彼此承认泄露了同伴的假名，但你们当中或许有一半人都在收集假名。研究表明：‘二战’中一半的美国人都不会对着敌军开火，他们的神经系统中全是‘十诫’[1]。所以你们一半的新人在那个荒唐的机构里都不能保守自己的秘密。背叛是与生俱来的，”他喝了一口酒继续说，“去从你的朋友那里收集一些假名回来。”他点点头，又补充道：“噢，对了，你的假名是什么来着？”

“长官，我的假名是 VQ/STARTER。”

“我的意思是，在 TSS 里它是什么意思？不要再跟我说你没有。”

“对不起，先生，我不能透露。”

他笑了笑，点点头：“等着吧，我们会拷问你的！”

---

[1] 广为流传的美国中情局“十诫”内容如下，其真实性有待确认：

第一条：“尽量用物质来引诱败坏他们的青年，鼓励他们藐视，鄙视，进一步公开反对他们原来所受的思想教育。替他们制造对色情奔放的兴趣和机会，进而鼓励他们进行性的滥交。”

第二条：“一定要尽一切可能，做好宣传工作，包括电影、书籍、电视、无线电波，核心是宗教传布。只要他们向往我们的衣、食、住、行、娱乐和教育方式，就是我们成功的一半。”

第三条：“一定要把他们的青年的注意力从他们以政府为中心的传统引开来。让他们的头脑集中于体育表演、色情书籍、享乐、游戏、犯罪性的电影，以及宗教迷信。”

第四条：“时常制造一些无风三尺浪的无事之事，让他们人民公开讨论。这样就在他们潜意识中种下了分裂的因子。”

第五条：“要不断地制造新闻，丑化他们的领导。我们的记者应该找机会采访他们，然后组织他们自己的台词来攻击他们自己。”

第六条：“在任何情形下都要传扬民主，一有机会，不管是大是小，有形无形，就要抓紧发动民主运动。无论在什么场合，什么情况下，我们都要不断地对他们（政府）要求民主和人权。只要我们每个人都不断地说同样的话，他们的人民一定相信我们说的是真理。我们抓住一个人是一个人，占住一个地盘是一个地盘，一定要不择手段。”

第七条：“要尽量鼓励他们（政府）花费，鼓励他们向我们借贷，这样我们就有十足的把握来摧毁他们的信用，使他们的货币贬值，通货膨胀，只要他们对物价失去控制，他们在人民心目中就会完全垮台了。”

第八条：“要以我们的经济和技术的优势，有形无形地打击他们的工业，只要他们的工业在不知不觉中瘫痪下来，我们就可以鼓励社会动乱。不过我们必须表面上非常慈善地去帮助和援助他们，这样他们（政府）就显得疲软。一个疲软的政府就会带来更大更强的动乱。”

第九条：“要利用所有的资源，甚至举手投足，一言一笑，都足以破坏他们的传统价值观。我们要利用一切来毁灭他们的道德人心。摧毁他们自尊自信的钥匙：就是尽量打击他们刻苦耐劳的精神。”

第十条：“暗地运送各种武器，装备他们一切的敌人和可能成为他们敌人的人们。”

3

从比尔·哈维的凯迪拉克的黑色玻璃车窗看出去，柏林时值正午却是一派黄昏的景象，到处都是苍白的碎石堆，建筑物残破的墙壁泛着斑驳的紫灰色，这可算得上是年代不详的远古图画了。但是在这个特别的早晨，我根本无暇欣赏，我一直在全神贯注于比尔·哈维说出口的每一个字。

当哈维为我安排完了这些冒险的程序后，我喉咙中发出的声音都是沙哑的。我感觉就像是即将要第一次和女人上床，或许有点不可思议，但性是我长时间以来一直想要尝试的东西。我的内心有个声音在告诉我："我就是为这项工作而生的，对我而言，做一名双重间谍简直就是水到渠成的事情。"

我清楚地意识到，我比自己想象的要出色。休·蒙塔古和比尔·哈维虽然服务于同一个国家，但对他们两人来说，我都是不同的我，这就是目前状况的关键所在。做一名双重间谍，同时服务于西德和东德可能会更加危险，但不管是BND同SSD的抗衡，还是蒙塔古与哈维角逐，一个人的平衡是和他的智慧直接挂钩的。这真是一个不合适宜的鼓励！

当然，我的内心早已是翻江倒海了。回到我的办公桌前，怒火在心中燃烧起来，我不得不走进洗手间，对着水池往脸上扑冷水，然而水池上方镜子里的我并没有显露出任何紧张的表情，我看着自己，这是一副完美的哈伯德式表情。我的表哥，克尔顿·哈伯德，家族传奇的继承者说："除了金伯尔·哈伯德，可能还有你父亲，我们其他人都没什么特殊的，我们不过都是些耽于声色之辈。除了一位，赫里克，他的脸上从来不会透露任何信息，我告诉你，这可是一个了不得的优势啊！"

实际上他说得一点也不错。尽管我的心里波涛汹涌，但镜子里的我，眼神充满希望，嘴角上扬，脸上挂着乐观无畏的笑容。我想起了其他让我感觉平静的场合，但我的反应却出奇地沉闷，仿佛昨天的疲倦仍未消退。镜子里的这张脸是绘上了保护色吗？身心俱疲竟然还能够看起来精神抖擞！

那一晚，我想暂时摆脱这些烦忧，便和迪克斯·巴特勒出去散心。我们去逛了逛他常去的酒吧，在过去的几周时间里，我经常晚上与他待一块，也大概了解了他是如何展开工作的。他和我们参观的每一家酒吧都有往来，当然，他没有征用他们，他来柏林也还没有多久，而且他的德语水平还低着呢，但这份工作着实给他带来了优越感，他在BOZO的两位情报官员和会说英语的德国间谍之间扮演着保险人的作用。如果迪克斯对我们的副业感兴趣，他就会表现得和美国进口啤酒厂的主管一样，“叫我啤酒贩子吧，普奇。”他会这样跟酒吧的工作人员说，他们似乎对迪克斯·巴特勒的中央情报局身份装聋作哑。

整个训练过程中我们一直被灌输着这样的思想：情报官员和间谍必须保持一定的距离。但目前这个环境似乎就不适合这条定律了，不仅是因为迪克斯·巴特勒自身目标太明显，而且任何和他说话的反美德国人都可能怀疑他的身份。他的间谍似乎也不介意，所以我觉得他的这些人大部分应该都是双重间谍。

但迪克斯·巴特勒一点都不担心，他说：“我从我的这些人里得到的信息，比任何中央情报局或德国联邦情报局的官员提供的还要多。”

“这些信息不可靠吧。”

“你一定会很惊讶，许多间谍根本就懒得撒谎，他们说的会比他们预想的还要多。只要我想听，我能掌握更多的信息。”

“迪克斯！”

“叫我胡佛，”他说，“我的名字是兰迪·胡佛。”

“你从他们那里得到的信息，至少都是受到德联邦调查局控制的。”

“别这么说，我的人都需要谋生，他们只是些街头混混，德联邦当然能轻而易举地控制他们。但是你觉得西德的情报人员会阻止我们与德国佬的交集吗？这简直可笑。每个人获得信息都是有偿的，无论是英国人、法国人、西德人或是苏联人，而我们碰巧是付得最多的，所以我们的工作自然就是最简单的了。坐地铁去东柏林去华沙的咖啡馆看一看吧，有许多人聚集在那里，有间谍、中介、联系人、保险人、情报员、负责人，甚至还有俄国和美国的情报官员！这些啮齿动物总是跑来跑去地寻找最优价格。西柏林就是这样一个间谍市场，但东柏林就更像是个笑话了，每个人都是双重或三重身份，你甚至会记不清他们到底是你这一方的人还是他方的人。但你也知道，这些都无所谓，即使他们并没有掌握什么信息也能编造出一些东西来。”

“你难道不担心 SSD 会影响信息的真实性？”

“SSD 根本就无法偿付我们的工作报酬，而且，我知道谁在为他们工作，也知道他们的报酬是什么。”迪克斯·巴特勒对此似乎感到有些无聊，就像律师也不情愿在悠闲的周日还要给他的朋友讲一些法律知识一样。“别管这个了，查理·斯洛特！”——这正是我在国防部的名字——“快看那边那个红头发的家伙！”

我们当时是在格雷芬角落一家有着包豪斯风格[1]的蕾西酒吧里，我想这里就是那个每张桌子上都有电话的神奇地方，你可以拨打屋内任何一位女士所在的桌子号码，女士们也可以拨打任何男人所在的桌子号码。所以，我们的电话就一直响个不停。女士们都期望能和迪克斯说上话，因为他是主管。他挂断了任何不说英语的女士的电话，对于那些会讲英语的女士，则有更“高级的任务”等待着她们。

“噢，亲爱的，”他会说，“挥动一下你的手，让我确认一下我正在

[1] 所谓“包豪斯风格”，实际上是人们对“现代主义风格”的另一种称呼。称为“包豪斯风格”是对包豪斯的一种曲解，包豪斯是一种思潮，而并非完整意义上的风格。

和谁通话。”

屋内一位金发女郎便会挥动起她的手臂。

“你真美，”他会对她说，“不要说谢谢，这是实话！”这时候，他就会用指关节在桌上敲击出声响，然后接着说：“海尔格，真是个好名字！你说你是个离过婚的人，这很好啊。你能回答我一个问题吗？”

“什么问题？”

“你愿意和我上床吗？”

“你这样跟女士说话，不会招来很多耳光吗？”有一次我问他。

“是啊，”他说，“但我也确实上了不少女人。”

如果海尔格挂了电话，他就会耸耸肩说：“你不过是一只干瘪的老野猫罢了！”

“要是她同意了呢？”

“我会让她爽到尖叫。”

这些女人并不总是拒绝的，有时候还能频频地与她们约会；有时候他还会为她们中的某几位痛苦流泪。他起身离开，我们又换了另一家酒吧。来到康德大街的雷迪酒吧，坐在一张侧边有铃的餐桌是绝对必要的，再用旁边的一根钓竿把脱衣舞女脱落在地上的衣物钓上来。这酒吧也太周到了！我们还去了纽伦堡的浴缸主题酒吧，一家爵士乐地下室酒吧，后来又去了普拉格大街的克尔希酒吧。那里有很多异装癖，一群男人打扮成女人。我十分厌恶他们，可能是受家族传统观念中的清教主义思想的影响吧，但迪克斯却对此很感兴趣，然后我们继续去另一家。在酒吧里，他一直在滔滔不绝地说话聊天，一只手还搭在一位陌生姑娘的翘臀上，服务生将一张纸塞进了他的钱包里，那姑娘还同他小声低语了什么，然后他很快在他的便签簿上写了点什么，煞有介事地撕下来递给服务生。看到我对他行为的一脸不屑，他竟然哈哈大笑起来。“回去再好好看看手册上面的‘黑色宣传’吧，”他说，“服务生是给东德人工作的，纯粹的

SSD 人，我想给他点颜色瞧瞧。”

就这么回事。这样一个晚上的兴奋已足以点燃我一个月以来的幻想了！况且一周内我陪他出去不止一个晚上，我内心从来没有如此骚动过。我不知道我们究竟是在地下室还是在动物园，但生活看起来充满希望，那是因为生活本身已经十分黑暗且充满邪恶了。我们身处在西柏林，四周被共产主义的军队包围，我们也许活不过明天，也有可能活上一个世纪，但邪恶的亮光在隐隐闪烁，就像游乐场里的霓虹灯。有一天晚上，一个中年服务生对我说：“你觉得现在这里很炫酷吗？”我点点头。“呵呵，这里根本什么都不是。”他说。

我接着问：“纳粹分子当年在这里的时候会更精彩吗？”

这个服务生看了我好一会儿，回答道：“嗯，比现在要好。”

我离开那儿，但心里还在想着那时究竟有多好。稍远一些的餐桌上，人们可能正在暗自神伤，但在我们周围，却是一派歌舞升平。在柏林的酒吧迎来凌晨一点的光景时，是迪克斯精神状态最好的时候，他的金发、身高、体力和他强烈的占有欲无一不昭示着他的魅力，他神一般的力量感染着柏林人大脑中潜在的异教魔力。迪克斯总是让人觉得他从来都是在最佳的时间和场合出现。

你可能会想，既然有这么多女人和他厮混，我应该也可以有些机会吧，但很快我就意识到，我还没有做好准备。我从来没有见过这么灯红酒绿的场合，也没说过我是有多么地恐惧女性，我一直都觉得这是我人生中保存最好的秘密了，我甚至都想对自己隐瞒。但现在我必须承认我对那些看起来不满十四岁和明显超过七十岁的女人都有难以掩饰的恐惧感，更别说处于这之间的妙龄女子了。现在给我机会去了解这些夜店女孩、离异女性、单身女人和绝望的主妇们，可我的恐惧感就像我刚进巴克利学校的第一年我不知道怎么打架而害怕会受伤一样。现在对我来说性似乎是最狂热的人类交流，你得交出你身体的大部分去交换一些不值得的东西，而且那个女人可能还会带走你的珠宝——你精神里的宝藏。我希望能更好地解释它，所以我未免有些夸大我的恐惧感。这几个晚上，当有女人坐在我旁边的时候，我都感觉到恶心极了，如果掩饰得够好的话，那其实是恐惧，我灵魂中的东西似乎要被偷走了，我可能会把上帝委托给我的秘密走漏出去。我得承认，这番坦白比圣公会吸收了基督的力量、勇气和责任感更显虔诚。

另外，对于迪克斯·巴特勒我仍然感觉到竞争的压力。我不知道是受预备学校的冷水澡影响还是家族传统观念的作用，我还是很烦恼不能同他在征服女人方面一决高下。我也很想吹嘘自己在那方面其实比兰迪·胡佛先生更威猛更能干，但哈伯德家族的传统观念同样阻碍了我这样做。对于这样的恐惧，我唯一能想起来的原因便是，在大学的时候我总是把注意力集中在我得不到的女孩子身上。还有，都是因为我对基特里奇的爱，就如同在我昏暗的地下室里打开了一扇窗。我现在已经不想深入研究这个问题了，它是在丑化我作为一名中央情报局年轻官员的形象。

因此，我不得不对那些对我有意思的女性表示出明显的拒绝。但我不能告诉迪克斯我为一个女人守身如玉，为防止他嘲笑我太纯情我只好低声含糊地说我有性病。

“一周内你就会好的。”

“它对青霉素有很强的抗体。”

他耸了耸肩说道：“每次我感染性病的时候就会变得很邪恶。”他告诉我：“我喜欢把它插入女人的身体，并把所有的精液都留在她们的体内。”他看了我一眼。每次当他要说自己有多么无耻下流的时候，眼睛里总是散发出异样的光芒，他从来没有在别的时刻这样兴奋过。“我不停地跟不同的女人做爱只是想看看自己究竟有多邪恶，我很喜欢疾病传播的感觉。你说我是不是个疯子！”

这次轮到我耸肩了。

“我觉得我现在这样都是因为我十岁的时候，我母亲离开了我父亲和我，还有我哥哥。我父亲就是个酒鬼，喝醉了就会打我们。但当我们稍稍长大一些，我们就乐此不疲地数我们背着父亲愚弄了他多少女人。我恨那些女人，因为她们中没有一个配做我的母亲。老金·比尔啊，他在GIBLETS工作时是我最有可能拥有一位好母亲的时候。这个你千万别告诉他，要不然他就开始关注我淫靡的个人生活了。他别想干涉我的生活！”

迪克斯很开心地报销了他的酒水账单，当他提出帮我把单也买了的时候，我拒绝了，在这件事情上我是不会占便宜的。从我在“市中心”那些同事的态度可以看出来，聪明人是不会让这种非正式的花销开支出现在自己的二〇一档案里的，我们干这种工作是为了与敌人周旋而不是愚弄自己的同事。

迪克斯·巴特勒这样的行为，好像是他所处的地位有特权一样，他是我目前在情报局里见过的最无视纪律的一个人了。在我和父亲共度的那一晚，我说到过迪克斯·巴特勒，但我父亲似乎没什么印象。“像他那样从农场特训过来的人每个月都有人沦陷，”父亲说，“只有少部分人能禁得住诱惑，大多数人都会堕落‘火海’。”

“他比较例外的。”我告诉父亲。

“如果真是这样，那他或许有机会在世界某地的小型战争里施展身手了。”父亲答道。

我还沉浸在与父亲对话的回忆里，迪克斯忽然打断我的思绪：“今晚你感觉怎样？”我不想坦白我现在的任务是解开KU/CLOAKROOM的真面目，我只是笑了笑，环顾了一下四周。这里真是聚集了各种通晓各国语言的人才啊！我从来没见过这么多长得奇形怪状的人。当然，柏林人与这些奇形怪状的人是平等的，尽管这些人的长相使人想起的是木工的工具。舞池的另一端是一个颇具音乐家气质的乐队，他们见证过德国国会大厦的大火、兴登堡[1]的灭亡、希特勒的兴起和衰退，也体验过遭受盟军的轰炸、苏联军的占领、柏林封锁时的生活，但他们却从来没有改变过脸上的表情，因为他们只是音乐家。十分钟后，一曲奏毕，他们会抽几根烟或者是去趟洗手间，这些都比历史来得实在多了。他们用独特的方式演奏了几首美国的曲子，这些曲子追求的都是资产阶级最淫荡的一面。这时我想，只有衣领僵硬的高傲德国人才会将这种认真的追求当成是一种罪恶。乐队接下来伴着大号演奏了一曲《华尔兹》，所有狂野的年轻人都不约而同地从座位上站了起来，随即挽着许多戴着粉色或紫色假发的小姑娘再次起舞。

我们桌上的电话响了起来。屋子里有个美国女孩想要和迪克斯说话，她还以为他是德国人。“嗨，宝贝，”迪克斯说，“你弄错了，我是美国人。但没关系，我们还是可以上床的。”

“我现在过来了，我要看看你究竟是个什么样的人！”

她是个高挑美丽的姑娘，她有自己独特的气质，也许受纳粹夜生活阴影的毒害，我一时觉得这样一位看起来“服侍过”许多人的女人，想必也会让迪克斯满意。她的名字叫苏珊·皮尔斯，从韦尔斯利学院毕业，曾经就职于美国领事馆。除了啤酒进口生意，迪克斯的工作还涉及国家，但是当他说到自己在领事馆工作的事情时，苏珊·皮尔斯不用五分钟就戳穿了他的话：“好吧，兰迪·胡佛，或者什么其他名字，我会让你知道，领事馆的人一定很恶心和厌倦看着你这张空桌子！”

“我只是个农场工人啊，女士。”迪克斯·巴特勒说，我能看出来今晚他认定她了。她的笑容里总是有一股蔑视的味道，而且一直固执地说着英国人比其他西方人优越的地方。“谁想看那些笨蛋从马上摔下来的样

[1] 保罗·冯·兴登堡，德国陆军元帅，政治家。1925年起担任德国总统。兴登堡任命希特勒为总理的举动，成为日后希特勒发动第二次世界大战的因素之一。

子啊。”她说。

“有些人是需要动物的，这样他们就不用自己出丑了，女士。”

“你，”苏珊·皮尔斯说，“你简直就是个魔鬼！”

他就喜欢这套，对身份地位的关注就像钟声不断地回响在他的脑子里一样，我仿佛听到了它正为韦尔斯利、为苏珊而鸣响。

他的下一个话题让我有些意外。“你想听一个关于我的有点长的故事吗？”他问。

“不想。”

“宝贝，不要这样，这个故事很特别。”

“好吧，但不要太长。”她说。

“在我十五岁的时候，”迪克斯·巴特勒说，“我身材还不错，于是隐瞒了我的真实年龄参加了休斯敦的金手套拳击赛，并且赢了，我当时不过就是个新手，主要是因为我几乎滴酒不沾，每天跑上六英里，加上单手引体向上和单手俯卧撑。高中二年级的时候我本来能竞选班长的，是我自己做错了选择。但我也很高兴，我和一个金发姑娘恋爱了，她长着一双水灵的蓝眼睛，略微丰满耸起的乳房，她才十五岁。”看见苏珊面露讨厌之色，他接着说：“不要生气，乳房是无辜的嘛，它们甚至还不知道自己为什么长出来呢。我爱那个女孩，她叫科拉·李，她也爱我，这样简单的爱情很美好。”他喝了一口他的饮料。

“有一天晚上，我没有去训练，而是带科拉去了我们偌大的舞蹈大厅，想去向别人炫耀我的女朋友，她是那里所有女孩里最漂亮的一个。可是，舞厅里有很多流氓痞子，真是个烂地方。你一旦把你的女朋友单独丢在那里，就无异于把一块肉留在盘子里还不叫别人的狗去看它。但是我不介意打场架，而且当时很想来点啤酒，我已经有一个月没喝酒了，都怪那可恶的训练！我很渴，就让科拉坐在长椅上说：‘亲爱的，不要让其他男人坐在你身边噢。如果他们想找麻烦，告诉他们要小心兰迪·胡佛！’

然后我就离开了她，去酒吧买了两罐啤酒。因为我自己有开罐器，所以我就让服务生先别打开。我拿着那两罐冰镇啤酒回去了，我要坐在她身边喝，边喝边感受她稚嫩美好的大腿紧挨着我的身体。

“而我看到了什么？一个男的正搂着她，科拉用害怕的眼神看着我。

“那个人身形高大，我已经很健壮了，但他看起来简直就是一头猛牛。那张脸简直能把一辆卡车推上山。”苏珊偷笑起来。“你懂的，我可不会知难而退，所以我说：‘嘿，哥们，我不知道你是否清楚，你搂的是我的女人。’

“‘好吧，’他说，‘那你想怎样？’

“我笑了笑，我的笑是那种认输的懦夫才会露出的咧嘴一笑。然后我就拿啤酒罐的底砸向了他的脸，他当时是坐着的，我是站着的。我砸他时用的是那只每天锻炼单手俯卧撑的右手，于是，他的鼻孔一直到前额中间的位置都被我砸出了一个凹进去的圆圈，双眉上还留着深深的印记。他看上去就像是介于蝙蝠和猪之间的怪物。”

回忆重归平静，我们都沉默了。

“你觉得那个人会怎么反击？”迪克斯·巴特勒问。

“他做了什么？”苏珊问。

“他坐那儿，眼睛不眨，身体也不动，他只是微笑，然后他说：‘你想玩吗，我们一起。’你觉得我说了什么？”

“我不知道，”苏珊说道，“告诉我吧。”

“我说：‘伙计，你可以拥有她，你可以拥有她。’说完我就跑了，”他停顿了一会儿又接着说，“从那以后我就没有停下来过。”

苏珊·皮尔斯大笑起来，似乎心中有把火被引燃了。“天啊，”她高呼道，“天啊，”接着她吻了他的脸颊，“你真可爱，你这个笨蛋，你知道吗？你真是太可爱了。”她的脸上透着一股想要他的欲望。

不一会儿，我只好识趣地道别离开了，回去的路上我一直想不明白为何他的故事如此吸引她，而且我还记得他曾经给农场的一群人讲过同样的故事，但是故事却有着完全不同的结局。他并没有离开，而是留下来与那个大男孩打架，但打架之后的整个七月和八月，他都享受在和科拉·李的性生活中。

我很沮丧，大学期间我也和很多苏珊那样的女孩约会过，我们一起喝啤酒，但仅此而已。现在，他将和她共度春宵，难道这是在柏林的缘故吗？我相信在美国，像科拉·李那样的女孩就不会这么轻易与人发生关系了。这样想着想着，我进入了梦乡。

4

迷糊了两个多小时，一加仑德国啤酒下肚后变成的尿液将我逼醒，醒来时已是凌晨四点，在这四处闪烁着霓虹灯的夜晚让我觉得很孤独，感觉很寒冷，我再次想起了现实的处境，与胡佛共饮啤酒的那些日子在我心中就像一贴芥末膏药。比尔·哈维还在追踪着KU/CLOAKROOM的下落。

我努力克服着心中的恐慌。在我去柏林之前，休·蒙塔古成功地给我换了三次假名，在告诉我倒影池与德国广场的距离期间，他也成功地删除了哈伯德出现在蛇穴的一切痕迹，同一时期我的二〇一档案也被放在了技术服务中心，一切做得天衣无缝，我的过去终于有效地洗白了。

夏洛特为我做这些算是送给我的告别礼物，但现在这些都不实际。我曾经饱受同行都会经历的最严重的妄想症的折磨——我怀疑我的保护人。为什么休·蒙塔古选择这样一条曲折的路？我究竟在逃避什么？我知道在文件室工作时我没有完成一份不可能完成的任务，这当然会被记录在我的二〇一档案里并寄到基地柏林的，这对我的前途一点好处也没有。但是，这小小的无能所带来的影响怎么能和被发现我就是KU/CLOAKROOM的后果相提并论呢？夏洛特可以经受这些不安——这些只会是他有着诸多成就的简历中的一点瑕疵——但是我，即使不被辞退，将来也一定是生活在职业的阴影下了。

我穿戴整齐，乘坐柏林地铁到国防部，我有特许证能够拿到安全电话的钥匙，国防部的人昨晚都出去了，所以那时候没人理我，我给夏洛特在运河屋携带的安全电话打了个电话，华盛顿已经是午夜了。在空荡荡的办公室大厅里，我听到了他的声音从电子设备另一头传来——从一个长长的听筒隧道听起来有一种中空的音色。

很快我解释了我的新任务，他的保证很坚定。“你，好孩子，应该抓住这个机会，而不是被比尔·哈维抓住，虽然自己追踪自己是很滑稽的，我希望当我像你这么大的时候这件事也安排给我。如果组织允许我们写自己的回忆录的话，你就可以把这件事写到你的回忆录里了。”

“蒙塔古先生，我并没有要反驳你的意思，但是比尔·哈维已经开始问我过去四周在技术服务中心做了些什么。”

“答案就是你什么也没做，你的经历很不幸，坚持你的说辞，从来没有人安排你，你除了遇到过管理第一等候室的秘书长之外没有见过任何人。你当时惴惴不安地等着上级分配任务给你，每个人都是这么过来的嘛，就连最优秀的受训者也会用某种方式打发那段时光的。”他停顿了一下。

“比如，你穿着整齐地去了国会图书馆的阅览室。”

“我去那做什么？”

“做什么都行，任何事情，但得说具体一点，就比如你在看洛特雷阿蒙[1]准备打败乔伊斯[2]，这样哈维就不会再问下去了，他没有那个雅兴去提醒自己多么缺乏文化素养。他可能会恐吓你一下，但是在他心里，他知道像比尔·哈维那样的人在等候TSS分配任务时只能做点左撇子做的事，比如研究洛特雷阿蒙。”

“迪克斯·巴特勒恰好知道我在蛇穴。”

“不论这个迪克斯·巴特勒是谁，给他点暗示这个蛇穴是你的地盘，但是不要明说，让他自己领悟。我可以向你保证你完全不用担心，比尔·哈维太忙，根本没空对你的行踪刨根问底，你只要每周告诉他一点寻找CLOAKROOM的进展就行了。”

他咳嗽了一下，这声音从安全电话中传来就像一阵狂吠似的。“哈利，在这个公司，你只有两个选择，要么担心自己直到死去，要么就选择享受这些小小的不确定性。”休·蒙塔古说着似乎打算挂电话。

在他平静的教导下我放下了自己的担忧，他接着说：“你还记得我们之间关于VQ/CATHETER的谈话吗？”

“记得。”

“这个项目对哈维来说是这世界上最重要的事情，如果他打算在CLOAKROOM上给你施加压力，你就把CATHETER推给他。”

“可我不应该知道任何关于CATHETER的事情啊，尽管这只是个假名。”

“比尔·哈维是个宽宏大量的妄想者，这类人浮想联翩。谈到荷兰隧道或者比尔·哈维博士，比尔肯定知道这些高贵的同名者在一六二〇年

[1] 洛特雷阿蒙（Comte de Lautr é amont），原名伊齐多尔·吕西安·迪卡斯（Isidore Lucien Ducasse），1846年出生，法国诗人。

[2] 詹姆斯·乔伊斯（James Joyce,1882—1941），爱尔兰作家、诗人，二十世纪最伟大的作家之一，后现代文学的奠基者之一，其作品及“意识流”思想对世界文坛影响巨大。

绘制出了血液的计算草稿，但是恐怕我们的基地首领会无视这个更伟大的比尔·哈维——对一个美国联邦调查局的人而言，不抱太大希望自然也就不会失望了——为什么，让他想想血管、动脉，不用多久，他的思维就又回到了隧道上。你看，哈利，比尔·哈维相信有一天他会管理这家公司，VQ/CATHETER 就是他坐上头把交椅的通行证。当然，他的愿望不会实现，他肯定会自我毁灭，他的偏执会毁了他，所以你也不用太关注他。”

“好的，谢谢你，蒙塔古先生。”

“不要为自己难过。尽管你还没有准备好，但你必须要做出选择，那么就尽量选择最有利的。这样你在下一份工作中就会变得加倍优秀。”

我熬过了这一整天。先是给在华盛顿的西柏林办公室发了封电报，告诉他们基地长官希望通过桥梁档案（Control）再次给出 KU/CLOAKROOM 的地址。我甚至第一次猜想 Control 到底是个人、是一间办公室，还是一台机器，然后我给迪克斯·巴特勒打了个电话，安排与他晚上一起外出。我们一见面，他就顺便告诉了我他与苏珊·皮尔斯的事，他说：“这真是杯美酒，我觉得她会喜欢我的故事。”

“这就是你给她讲那个故事的原因？”

“是啊。”

“这件事是真的吗？这可与你在农场说的不一样啊。”

“不要以审判的眼神看着我，我都是根据当时的场景来讲这些逸事的。”

“为什么？你的改编有效吗？事关女性心理学吗？”

“你的小家伙十六岁了，”他用两根手指勾住我的前臂，“哈伯德，你承认吧，你没有性病。”

“或许有呢。”

“那你敢让我把你带到男厕所检查一下吗？”

“我不会去的。”

他笑了起来，然后说：“我想要苏珊·皮尔斯，但是我意识到我开始的方法是错的，我展示出来的是我太自以为是，但是你想和这类女孩发生点什么就得让她感到她比你优越，所以我试着让她觉得这个男人很愚蠢。”

“你怎么知道她不会反感？”

“因为她很自负，女孩永远不想感觉到耻辱。她会同情弱者，就像如果你害怕失明，你通常会对盲人产生怜悯之心。”

我想问一个更私密的问题：“她床上功夫如何？”然而圣马修学院的教条硬是把这句话堵了回去，举止得体的代价就是想问的问题问不出口，我只好一直等着他的描述。有时候晚上他会把他性爱的细节讲给我听，说完之后我回公寓，他就去赴约欢度春宵。而我根本就无法入睡——他的描述让我蛋疼。

这个晚上，迪克斯·巴特勒没有谈起苏珊·皮尔斯，是因为他觉得两人之间很亲近了没必要再说呢，还是因为恰恰相反，他不满意他们之间的现状？我发现我越来越像一个专业的情报人员了——好奇心在我身上挥之不去，就像我肠胃中不消化的食物一样。

但是同样，迪克斯·巴特勒也很能保守秘密。他今天异常紧张，还不止一次地说“赫里克，我需要行动”。他甚至都没有叫全我的名字，不过哪怕他叫了我的全名，那听起来也不舒服。我很难向他解释，我家族的姓赐予我的名字在一定程度上是我家族姓氏的复兴，而且会因为我的每一次签名而得到巩固。所以，我什么也没说。但是，如果我想不受迪克斯·巴特勒口舌的折磨，就得付出其他的代价。今晚，他一直在喝威士忌而不是啤酒。

“我打算告诉你我的事情，哈伯德，但是你千万不要说出去，要不然我会让你付出代价的，沉重的代价！”

“如果你不相信我，那就不要告诉我。”我说。

他有点尴尬："你说得对。"他伸出手来与我握手，我又一次觉得自己就像坐在一个动物的旁边，他的行为模式与本能不符。"是的，砸过那个人我就跑了，为此我付出了代价，我付出了代价啊！之后的好长一段时间，我天天晚上惊醒，冒冷汗，浑身散发着臭汗味。这件事触动了我羞耻心的'底线'。"他所说的"底线"这个词好像是个新发现一样。"我已经领略到你口头讲述的反响了。"我不太希望他再多说几句。

"我心里很难过，我开始反抗我的父亲，他曾经是我非常畏惧的一个人。"他说。

我点点头。

"他长得并不高大，在很早的一次打架中他的一只眼睛失明了，而且一条腿不好使，但没有人敢惹他。他不允许这样的事情发生。他是一个又老又倔强的人，他会用棒球棒或一个铲子来保护自己。不论他拿的是什么东西，有一天晚上，他骂我，我就打了他一顿，接着我把他绑到一把椅子上，偷走了他的手枪和一盒弹药，然后把我所有的东西都放在一个行李箱里，离家出走了。我知道一旦他得到松绑，就会用枪指着我。我甚至开走了他的车，我知道他不会上报，只会等着我回来。

"哈伯德，再往后我就过上了犯罪的生活。我当时十五岁半，那之后的一年多里我学到了大多数人一辈子也学不到的东西。战争仍在继续，壮年都参军远离了家乡，我自然就成了妇女们的抢手货。别人误认为我已经十九岁，这个错误给我带来了很多便利。早上我去一些新的、规模很大的市镇，开车逛逛，直到我找到可以抢劫的目标商店。之后我就选一家我喜欢的酒吧，然后在酒吧里晃着，跟着我的心情，直到我找到对我胃口的姑娘或妇女。我到底是要找一个聪明而有魅力且年龄稍大一点的女人呢，还是去找一个年轻的姑娘来调教调教，这完全取决于我当天的状态。虽然有时候你只能带走你得到的东西，但是我确实在堪萨斯、密西西比和伊利诺伊留下了无数满足的妇女，我很卑劣但是嘴巴很甜，这一完美的结合已经炉火纯青。

“我完全沉浸在那时的幸福生活中。我可以带上个女孩或者妇女，把车停在小路边，让女士等一等，我去一个朋友家借点钱。我会沿着角落走，走进第一辆门没锁的车，打开引擎，开到我选好的百货商店，当我进门时把丝袜套在脸上，然后去劫持店主，把整个收银台抢空。干这事的最佳时间是中午两点，那时享用午餐的客人都走光了，收银台里放着整个上午的营业款，正准备送往银行。一分钟后，我回到我偷来的车里，取下面具，两分钟后我把车放回原处找到我自己的车，上车并告诉我的新朋友，‘我借到钱了’。有时候当我们离开小镇时会听到警报声环绕着商业区。‘那是什么声音？’她会问我，但是我会转移话题，说‘打我吧，夫人’。车开出十公里远后我会选一个旅游者的木屋营地，与这个女子二十四小时待在一起，或者任何她能接受的时间，六小时或者是四十八小时，我们吃吃喝喝，扭扭捏捏。这样的抢劫行为就像射精一样，你在抢劫他们钱财的同时你也在掠夺着他们的善良。

“这样得来的钱我从不节约，有一次我很幸运地从一台现金出纳机上拿到了八百美金，但是这么一笔钱用在一个姑娘身上花不完，所以我买了一辆很好的二手雪佛兰，并给我父亲发了封电报：你的车停在罗沙威乐北十三街280号，钥匙在车座位下，不要找我，我去墨西哥了。我像只疯鸟一样笑着写完这封电报。我可以想象我父亲一瘸一拐地在马塔莫多斯、维拉克鲁斯的每个小酒吧里找我，我还记得他其中的一颗牙齿看起来像断了牙尖。

“故事还有很多，抢劫一个接着一个，我搞过的每一个姑娘都得到过好处。我希望你的鼓掌在周围没有激起太多的反应，哈伯德，在你那消肿的可怜的小家伙上，打发这些年轻姑娘……”他走开了，除了没法准确画出来以外，我非常了解女性的身体构造，一个螺纹状的洞穴模糊地闪烁在我的想象中。

他的生活改变了，他在圣路易斯待了好几个月，与新结识的一些伙伴在一起。他们会举办派对，交换女友，我无法理解他们丝毫没有占有欲。“真他妈的爽！我们曾经在床单上开了个小口，轮流把鸡巴穿过去由对面的女孩展示口技。这些女孩会转换各自的花样，我们就得猜在对面吮吸的女孩是谁，这并不容易。让那些小姑娘来，她们能混合各种方式来迷惑我们。”

“你不介意你的女友对其他家伙做同样的事情吗？”我问道。

“那些小姑娘吗？偶尔会介意。我和我的伙伴们总是在一起，我们共享六间房，完全是一抢而空。我可以告诉你，这完全就像是家庭盗窃，虽然比抢劫一个商店好那么一点。疯狂的事情不一而足，你的习惯也可能被完全打破。其中一个纨绔子弟总是喜欢在主卧地毯的正中央拉屎。告诉你，赫里克，我能理解这帮人的行为。如果你曾经在午夜时分进入过一个中等大小的房间，你会觉得房间很大，你可以知道这房间里的人的想法，你很容易了解他们，就像他们都是你的家人一样。我和其中两个伙伴之间的关系比任何女友都要亲密。”现在他把目光牢牢地锁在我的脸上，我不得不点头。“我说的这些都不要传出去，懂吗？”我再次点点头。“如果有人问起我来，你就告诉他们我曾经在海军陆战队服役三年。这是真的，我确实待过。”

“为什么？”

“为什么？”他看着我，仿佛我很无礼，“因为你应该知道什么时候走下一步。哈伯德，接下来几年，好好看着我的人生吧。虽然我说得多，但是我都做到了。有时候，越能自吹的人成就也越大，因为他们不得不做到，如果做不到，在大家眼中他们就如傻子一般。由于这个机构太平静了，我希望能有敌人来，”他说着，把他的手举过头顶，“但是我会打败他们。你知道为什么吗？因为我会全身心投入战斗，我知道什么时候该做什么。这听起来似乎有点矛盾但很重要。上帝的恩赐太微不足道了。

那时候，我们每周都会被警察带到警察局，”他继续说着甚至没喘口气，“他们在我们身上搜不出什么，但他们仍然把我们像炮灰似的放在一起，一群人挤在一起并不敢混乱。那些试图回忆起到底是谁在街角抢劫他们的人总是歇斯底里，他们可能会错误地指证我，这是我后来参军的一个原因。另一个原因是我的第六感。战争已经结束，该走我人生的下一步了。我喝了一夜的酒，第二天早上便去入伍了。看，这就是我怎么在海军陆战队服役的来龙去脉，我在那里待了三年。有时间我再告诉你一些细节吧，不过都是些过去的事了。退伍后，按照《退伍军人法》我去了得克萨斯大学读书，从一九四九到一九五二年期间，我都是中后卫球员。后来在一些毕业师兄的帮助下，特例免去召集令去了韩国参加训练。此行再回来时要么是一具尸体，要么是一位英雄，我很清楚这一点，但是我仍旧很想继续我的橄榄球梦。再后来我完成了学业，开始为华盛顿红皮队效力，但是我磕破了膝盖，于是，我听从比尔·哈维的建议，来到了这里，与你和其他的情报界精英共事。”

“那就是你第一次认识比尔·哈维？”

“差不多，他喜欢我在特殊团队里的踢球方式。当我还在红皮队效力时，我接到了他的来信。我们共用午餐，可以说他从那时候就聘用我了，”巴特勒突然对着我的脸打了个哈欠，“哈伯德，我似乎说跑题了，我的舌头都干了。”他环视房间，他的坐立不安扰乱了我的平静，接着他签了账单，我们便起身前往另一个酒吧。这个晚上到最后也没有什么意外发生，这都是德国人的功劳，他们知道如何控制这些因素。这是一个漫长的夜晚，一整晚我的脑子都在想寻找 KU/CLOAKROOM 的事，我想这件事可能会一直伴随着我度过每一个夜晚了。

5

电报发来发去，我终于可以通知比尔·哈维，KU/CLOAKROOM已经变成了KU/ROPES了。现在我们必须决定是等待另外七十二小时来获得下一次假名的转变呢，还是给高级控制部的人施加压力。比尔·哈维让我等待。三天后，我上报哈维：DN/FRAGEMT派遣我们去韩国。

“这会耗费我们两周的时间。”他说。

“我有办法给高级控制部一个打击。”我提议，其实我已经想到了应付该项提议的方法。

“不行，我要好好研究一下，先给DN/FRAGEMT提个申请，弄明白我们这两周时间都要做些什么。”他说。

事实确实是这样的，还有许多事要去做。在开始的几天，我作为比尔·哈维的助手只不过是来等他进入布莱基一号（我们的凯迪拉克防弹车），然后我的工作就扩展到手写记录、各办公室领导间的沟通，以及检查东西柏林重要酒店房间废纸篓里的东西，这些东西是由女服务员送来的。我还要对特殊的运营成本暗中记账，处理其他情报机构官员送来的支出账单，这些账单都是些写着代号的便条。在不得已的情况下，我已经熟练掌握了这些业务。我的时间有限，但是要做的事情非常多，不过大多数情况下，我可以不用密切关注都发生了什么事，但是有一点我注意到了，我们拥有一家大规模的工厂，占据东西柏林的三百四十一平方英里土地。各种信息如同原材料一样涌入，在我们的情报商店和工厂里加工，作为产品通过电报和袋子输送到倒影池和其他华盛顿的相关部门。我如同监督人办公室的文员一样，可吹嘘自己的桌子离老板很近，但这没有任何好处。比尔·哈维与我遇到的任何人一样工作勤奋，尤其像夏洛特，甚至还认为睡觉都会打断各种正经事。白天，他会检查数百个前一天从科恩机场来的货物。他不懂德语，所以我们派了一批翻译给他，这批翻译都得夜以继日地在CRUMPETS工作来计数小零件、卡宾枪，比尔·哈维会认真地弄清楚航班出发和到达的时间、地点以及货物总量；他能看懂德语的“纸箱”、“盒子”、“集装箱”以及不在清单目录上的货物，另外他也能看懂“千克”和“立方米”等单位名称，不过，他的德语词汇量仅限这些了，他看不懂从莫斯科、列宁格勒、乌克兰、捷克斯洛伐克、波兰、罗马尼亚、匈牙利进入东柏林的各种武器和商品的名称。他分配了一些细目给翻译人员做，其中包括了从小零件到卡宾枪在内的数十种零件类型和数百种小型武器。比尔·哈维编写了一个有数千个数字代号的袖珍小册子，像一本词典那样，他随身带着这个列满各种编号的黑色小册子，但是他很少参考这个册子，因为他早将这些代码熟记于胸了。他开着布莱基车，一边品着马提尼，一边用他短粗的手指指着货物单，翻译人员已经把相应的代码标在货物清单上了。

有时候，当他想要做些记录时，他就把马提尼放到支架上，抑或递给我，用他那色彩编码笔在各个细目下面画上红色、蓝色、黄色或绿色，这样下次翻过这些页码时，或许苏联在柏林驻扎的各方势力将会同他谈谈，至少我是这样猜测的。他从未解释为什么要这样做，但是他像裁判员诵读比赛名单一样哼唱着，他的自言自语就像煎锅里的噼啪声一样溅入我的耳朵。“二十六、八十一，这好像是卡拉什尼科夫冲锋枪，让我来确认一下。”接着马提尼递到我手上，拿出他的黑色本子，“该死，这是斯柯达枪而不是凯里枪，我应该知道二六八一是斯柯达手枪C系列，型号四，那个不是已经停止生产了吗？”他检查了一下，然后对我说，“哈伯德，记录一下。”我一边用我那只空闲的手摸索出我的笔记本和笔，一边用另一只手拿着他的马提尼，他取回他的杯子，一口喝完，把杯子放到支架上说道：“苏联要么毁掉所有斯柯达手枪C系列，型号四，要么重新生产型号四，或者还有第三种选择：直接准备一场闹剧得了。是闹剧的可能性很大，只装了九十六支斯柯达枪。”他又从调酒器里将自己的酒杯倒满马提尼，“把它放到仓库去。”他对我说。

那是他在 GIBLETS 的办公室外另一个非常大的密室，和单人牢房差不多大，四边由软木覆盖，做成一个四周合围的公告板，他在上面钉上每一个暂无答案的问题。有时候，他一天工作十六个小时，在密室里来回走动，思考着那些难题，他简直和难题住在一起了。

我的白天基本上都是与各种参数为伴。我的办公桌挨着比尔·哈维先生在 GIBLETS 和商业区的办公室，我和他一起出行，一起搜集我工作所需的资料，如果我能猜到他何时准备快马加鞭的话，我就会加速处理这些资料，并把它们放进文件夹和文件袋中（这个词他喜欢用在我的公文包上），有时候我还得跟在他屁股后面在一个又一个走廊里奋力奔跑。我们上了布莱基这辆车，军用风格，由专职司机驾驶，卫士坐在副驾驶位，我坐在第二副驾驶位，长官坐在我身边，如果他不是在打无线电话，也没有看资料文件的话，他就会和我聊天。

我曾经鼓起勇气告诉他我跟每一个我认识的机构领导都讲过的故事，但是我没有提到杜勒斯、夏洛特、迪克斯以及我的父亲，比尔·哈维先生并没要求我具体说，只是回了一句：“这是人的生理适应性。”

“长官，你能解释一下这是什么意思吗？”我犹豫了一下，但还是没有称呼他为“先生”。

“意思就是，在特殊军队里分配那些任务给孩子是不近人情的。年轻人很好奇究竟发生了什么事，但是没有人愿意告诉他们。确认一个报童是值得信任的或许要花二十年，这还是在美国，每个人都相信自己来自耶稣的国家，而在苏联或德国二十分钟就可以让一个新手明白什么都不值得信任。这就是我们在许多障碍面前与克格勃发生冲突的原因，这也是为什么我们必须在每一个厕所里放上厕纸的原因。我们必须不断提醒自己防止消息泄露，当然你也不能给自己的大脑太多限制。因此，我们说的都是传奇故事。这也是我们通过一种可接受的形式向你们勾勒画面的方式。"

"即使这些故事是编造的？"

"你说对了。其实，我们都倾向于过多地谈论。我有个亲戚是个酒鬼，你永远不要接触这种人，若非得接触一年也不要超过两次，他崩溃的时候，一定是酗酒的原因。这就是生理适应性。如果任其发展的话，事情就会越来越糟糕。我想机构里有人有时候会在酒桌上泄露秘密，但这未免不是一件好事。"

"这是真的吗？"

"不。但是我们生活在两种系统中，智力和生理。智力上我可以通过允许的事情，但生理上我们却要为此承受压力，"他微微点了点头，确认他说的话是对的，"当然，在我们的头目中也有很明显的体现。安格尔顿是个非常沉默寡言的人，赫尔姆斯也是，杜勒斯长官的话也很少，但休·蒙塔古的话就太多了。"

"你把自己归到哪一类中？"

"沉默寡言型。一年三百六十五天，只在夏天的两周爱说话。"他使了个眼色。

我怀疑这是哈维要告诉我关于 VQ/CATHETER 的前兆。也许他早已发现了每天挨着我工作而不去吹嘘他那了不起的成就非常困难，而且我的确也很想知道他的那些成就。但是我的存在确实妨碍了哈维和别人在电话里谈论与 CATHETER 有关的话题，所以也许有一天我会重新得到一个假名，就叫 VQ/BOZO III-a 吧，把我分配到最高级别的保密处做助理。

到达那个地道还需要一周的时间。正如我猜测的，比尔·哈维晚上出去拜访，经常与军界名人、四星上将、海军上将、参谋长联席会议的成员一起，比尔·哈维一点儿也不费事去掩盖他的骄傲。我从没见过有人会因为自己的成就快乐成那个样子，除了我六岁时（一九三九年）父亲介绍给我认识的威廉姆华德，他与奥马哈人在肯塔基赛马会上赢了比赛，四年过去了，每当人们提到奥马哈，他依然兴高采烈。

同样，比尔·哈维并没有要做个谦谦君子的意思。我第一次听他描述他的战绩是在某个晚上我担任护卫时，他坐在布莱基的前排，有一个三星上将在后排（据我了解他正在为参谋长联席会议巡视北大西洋公约组织的设施），当车行驶在施特格利茨的路上时，比尔·哈维很高兴地中断了我们的行驶，他让司机把车开进了一个停车棚里，把凯迪拉克换成了防弹的梅赛德斯，再一次启程。这次由比尔·哈维亲自驾驶，他的司机拿着猎枪坐在前排，我和将军坐在后排。“说在哪儿转弯！”比尔·哈维用连命令带询问的口气说，他的司机就给他指路。我们迅速穿过了柏林郊区，来来回回转了两次，确保没有尾随者。十二公里的路程很快就变成了二十公里，因为在到达路都的空旷地之前，我们在布里茨和约翰塔尔之间来回兜了两次。

比尔·哈维不停地跟将军讲述地道建设中面临的问题。真希望将军的听力很好，因为尽管我很熟悉比尔·哈维的声音，但我还是很难听清他说的每一个字。将军试图占用后排座位，从而忽视我的存在。他给自己倒了一杯马提尼，来回应哈维滔滔不绝的谈话，看着将军一脸茫然的表情，我就在一旁偷着乐。

“这是我知道的唯一一个地道，有一个同类地道建在新墨西哥州的白沙导弹试验场，那个地道有四百五十英尺长，而我们的这个地道有五千英尺长，因为一个原因，”比尔·哈维不停地说，“就是我们这里的土地承重情况与白沙的相比，这里的土地更柔软些，如果我们在挖地道时，一路将钢圈一个一个放进去支撑它，就可以将地道挖得更长，但是由于泥土太软可能会在地表出现一些轻微的下陷。”

地道的图纸在照片上看来就像劣质线，我们不能将这些不可靠的现象展示给苏联的航空系统看，更不能把地道挖到东柏林时被人们在现场看到。

“在参谋长联席会议上，许多人关注此事。”将军说道。

“的确，但是说到底我们应该抓住这个机会，不是吗，帕克将军？”比尔·哈维说。

“从技术层面上说，这是一种战争行为，”将军说道，“如果去刺探其他国家的领土，不论是通过空中、海域、土地或者以这种方式从地下，都算是战争的一部分。”

“我们不就是在展开一场战争吗？我曾经在这儿做过圣诞销售工作，杜勒斯先生对我说，我们能在书面上尽量少地提到这个庞然大物吗？”比尔·哈维一边开车一边说，将方向盘猛然转了个方向，但是他非常镇定，如同交响乐手按照正确的和弦敲打着他的铜鼓。

“是的，先生，这个地道需要特殊的解决办法，这是个近乎无法解决的难题，就像建一座泰姬陵一样。况且，你该如何解决这些问题而瞒过地道周边的所有居民呢？更别说还有共产党员每天密切巡视着边界区了。”

“到底应该怎么处理这个难题呢？”将军仅用低沉的嗓音说道，以此来掩盖他的问题被人听到或者听不到的尴尬局面。本来已被他放下的酒杯，他又条件反射般地端起来。

“我们的问题就是清理当前这些施工垃圾——数以千吨的泥土，要挖这个地道，我们会挖掘出将近五万立方英尺的泥土。超过三千吨，接近数百车载重量。但是你该把泥土放哪儿去呢？柏林的每个人都用360度的视线盯着，每个德国佬都在计数，德国兵也渴望着检查出一些问题来增加自己的战绩。对，就算你可以将这些泥土倒在西柏林，把它们运到看不见的地方，但你还得处理好这些卡车司机啊。卡车司机又是很脆弱的一环，很容易受到攻击。所以，我想到一个技术方案：我们不把这些泥土用卡车拖走，而是建造一个巨大的仓库，就在东柏林的艾尔格里尼克边境地区，在顶部放上蝶形天线。SSD 的人会说：'看看这些美国人在假装建一个仓库，他们在这个所谓的仓库顶上放上雷达接收机。汉斯，看，这个仓库被倒钩电线重重保护起来，美国人肯定是在建一个雷达接收站。又一个为冷战建造的雷达接收站，这也不是历史上出现的第一次了。'其实，将军，东德和克格勃并不知道我们建的这个带地下室的仓库恰好有十二英尺深。只要我们建好了这样一个带地下室的仓库，就无须再担心那些挖出来的泥土没处放了，所以不仅是这些卡车司机，别的任何人都会以为这是个雷达站。只要我们安排好这些卡车，我们就开始挖地道。我们的地下室空间足够容纳我们挖出来的五万立方英尺泥土。帕克将军，这是一个很完美的解决方案。"他猛地转了一下方向盘，与一辆迎面而来的卡车擦身而过。

"那么这些泥土一直放在仓库的地下室吗？"将军问。

"这比把金子埋在诺克斯堡[1]好多了。"比尔·哈维说道。

"我明白了，这就是此次挖掘取名为'黄金行动'的原因。"将军说道。

"这是我们之间商量的策略，而不是讨论这次行动的代号。"比尔·哈维拘谨地说道。

"对，我认为这是个很合理的办法。"

"我们到了。"比尔·哈维说。在这条穿过空旷田野的漫长街道的尽头，我模模糊糊地看到一个大仓库的轮廓，借着路过的车灯照明，我们穿过了东德边缘的高速公路带。仓库配备较小的探照灯环绕四周，一些窗户

[1] 在美国肯塔基州最大的城市路易斯维尔市西南约 50 公里处，有一大片由起伏丘陵和茂密丛林环绕的地方，名为诺克斯堡（Fort Knox）。这个只有 3.6 万人的小镇，占地面积却高达 440 平方公里。自从 1940 年美国陆军装甲兵司令部（US Armor Center）搬到这里以后，诺克斯堡成为美国装甲力量最重要的军事训练基地，美联储的金库也设在这里。高度戒备的诺克斯堡有 7 道电网围护，全副武装的保安，一道重达 24 吨的安全门，据估计诺克斯堡有大约 4570 吨黄金条，以及其他大量未知的国家宝藏。

和门上有岗哨灯，在晚上能看到这里的守卫秩序良好，也很安静。我更好奇那些经过美丽的田野和公路的车辆和卡车的声音，车辆的嘈杂声穿过夜晚，就像海上冲浪一样，但是这些车辆当然无法明白我的感受了。我们的仓库也就是荒凉的高速路旁一座毫不起眼的建筑而已。

警卫打开了大门，我们将车停在了距离大门两英尺的地方。比尔·哈维离开座位迅速走向仓库。“抱歉走在你的前面，”他对将军说，我和将军跟在后面，“但是我们总部 E 和 A 的同事曾说我是这世界上最易被认出来的中情局人员，当然，除了艾伦·杜勒斯以外。所以，我们不希望共产党人猜出我为什么来这里，以免引起不必要的麻烦。”

“E 和 A 是估计和评定吗？”

“A 实际上是分析。”

“你的同事和我的一样都用字母做代号。”

“正是如此，邮件才能顺利到达。”比尔·哈维说。

我们沿着走廊散步，两边都是分隔的办公室，这时候办公室大多数都是空着的，这时长官打开了其中的一扇门，里面是一间没有窗户的房间，顶上吊着日光灯。这一刻我还以为我回到了“蛇穴”呢。在一排排没有尽头的桌子边，录音机暂停又启动。高台上，灯光闪烁，悬臂如同管风琴大小。灯下有六个工程师坐在桌前，正在研究签名的本地配置，其他工程师推着一车的磁带和录音带到机器前。一百五十安培的磁带录音机的声音——比尔·哈维提供了这个数字——正在向前播放或倒退，电子哔哔声预示着电话交谈的开始和结束，混乱的哔哔声搅得我心神不安，就像我在耶鲁听到的一些高级电子音乐一样。

是否有东德警察和克格勃或苏联军队之间的电话对白呢，难道没有从别的录音机上截获成功？它们发出的嗡嗡声和呼呼声，它们的加速和慢放，就是对敌人思维的一个缩影。共产主义精神看起来和听起来都像极了这个可怕的无窗房间，这场冷战不过是一段毫无征兆的历史。

“这里的所有东西都是行动中的一小部分，”比尔·哈维轻轻说道，“这里需要安静。”于是，他把我们带到一扇巨大的拉门旁边，他出来并把门拉回去。我们沿着斜坡走，进入一个空气更稀薄的地方，头顶的灯泡发出微弱的光，我甚至闻到了泥土的气味。在斜坡附近，因为只有极微弱的光和满屋子的泥土，仿佛我们正置身于古墓里。

“该死的，”将军说道，“你怎么会注意到这些用来加固防空洞的沙袋呢！这个味道真是太难闻了，其中一些还行，其他的，你得捂住鼻子。”

“我们遇到麻烦了，”比尔·哈维说，“地道挖到五十英尺时我们挖出的泥土散发出恶臭，这吓到了我们。在这个施工地道的正南方有个墓地，我们不得不避开，因为此事万一被发现的话，苏联就会大肆宣扬美国人亵渎德国陵墓，所以我们绕到了北边，虽然这块墓地的土地更好一些。”

“即使是这样，我们仍然有必要去除臭味。”将军说道。

“不。”严格来说，将军的地位居于哈维之上，他本该礼貌地说“不，先生”的，但不知道是不是因为我这个下属在场，哈维只说了一个“不”字。

“你打算怎么去掉这些味道？”将军坚持问道。

“虽然我们可以忍受这些臭味，但我们必须要找出这些臭味的来源。”

“这就好，你们这些情报机构人员应该知道怎么在臭味中工作。”

“你说得对，将军，我们已经查出了臭味的源头，不过这就是典型的工程师的噩梦了。我们发现我们侵占了下水道区域的化粪池系统。”

“还是生活的原因。”将军说。

我们就在这个直径约二十英尺的圆洞边缘，洞很深，我根本估算不了它究竟有多深。往下瞄一眼，像是从十米跳水板上往下看，但是越看越深，下面黑洞洞的望不到底。我一阵眩晕，但并不像扰乱磁场那样令人不舒服——我得沿着梯子下去到基地。

往下下了约十八英尺，在一个地板的橱柜上，我们把鞋换成靴子，加上了厚厚的鞋底，把我们的零钱都放起来。哈维竖起手指贴在嘴唇上示意我们不要说话，避免引起回声，他带着我们像鸭子一样走着，眩晕感持续笼罩着我们。地道里每隔十到十二英尺就会有一个灯泡照明，一眼望去，地道尽头越来越模糊直至成为一个点。我似乎来到了一个满是镜子的房间，我们的影像被镜子无限放大。一根完美的圆柱，六点五英尺高，六点五英尺宽，接近一千五百英尺长，在地道里把我们引到一条狭窄的走廊上，走廊两边是沙袋堆砌的矮墙，扩音器放在沙袋的间隔上，里面装着铅护套的缆绳，缆绳穿透了整个地道。比尔·哈维低声说："用桶接住水龙头里流出的水。"

将军回答："水龙头在哪？"

"前面。"比尔·哈维轻声回答。

我们继续走着，每一步都很轻盈。"不要绊倒了！"我们一再收到提醒。沿路，我们遇到了三个维修工人，他们彼此独立，各做各的工作。我们进入了CATHETER的地盘，这只是个教堂，我安慰自己说，但还是不由得脊背发凉。CATHETER有其内在的寂静，也许只有上帝才能听到它的心声。"这只是蛇的教堂而已。"我对自己说。

我们走的路还不到四分之一英里，但我感觉我们已经沿着地道走了半个多小时了，终于我们到达了一道有水泥框架的铁门。一个陪着我们的维修工人拿出了一把钥匙，打开了锁，在另一把锁上摁下了四个数字。门开了，我们到达地道的终点。我们的头上是一个竖井，大约有十五英尺高，通向一片漆黑。

"看到头上的板了吗？"比尔·哈维低声说，"就那儿，是我们通过电缆与外界建立联系的地方，这是个精巧的装置。专业人士告诉我们克格勃的声音工程师把氮封入电报中以防水分，同时附上了一些仪器来检测水中的氮气压力，所以，早在一年前，就在我们上方，我们已经见识到了这一先进的应用技术，其在精确度和强度方面可与世界著名外科医生做高难度手术相媲美。"站在比尔·哈维旁边，我开始想象当水流经竖井时技术人员所经受的焦虑。“在我们检测的过程中，”比尔·哈维说，“如果德国佬也在检查线路的话，他们的仪表上会有所显示，会像神经跳动一样，仪表指针会乱动。所以，说到底这是个有风险的事情。但是，将军，现在我们解决了这个问题，我们连接了一百七十二条这样的线路，每一条线路有十五个频道，这意味着超过两千五百个军事和警用电话和电报信息，被我们瞬间记录下来。你可以理解为全面覆盖。”

“你们为国家干了漂亮的一仗！”帕克将军夸赞道。

“我很高兴听到欣赏的层面又提高了。”

“参谋长联席会议听到的只会是我带去的好消息。”

“我记得，国防部曾经说过，中情局出钱雇来一批间谍专门告诉他们谎言。”比尔·哈维说道。

“没有，再也不是这样的了。”帕克将军说。

回来的路上，比尔·哈维同他坐在后排，他们共享一罐马提尼，过了一会儿，上将问道：“你打算怎么处理这事儿？”

“传递的材料都交到了华盛顿。”

“那部分我已经知道了，他们把我带到了针织品工厂。”

“他们把你带哪儿去了？”

“T-32 号房间。”

“他们没有权利带你去那儿啊。”比尔·哈维说。

“但是他们这么做了，他们给了我通行证。”

“帕克将军，我没有任何冒犯之意，但是我记得有段时间英国外交官唐纳德·麦卡恩拿着一张高级通行证。在一九四七年的时候他获得了一张非护送通行证去原子能委员会，当时甚至连胡佛都没有对通行证这事发表任何评价。无意冒犯，但是我得提醒你，麦卡恩是菲尔比党的一员，而且最近还被批准在莫斯科安家。”

“如果你不喜欢，我也没有办法，但是参谋长联席会议的确想要知道点什么。”

“比如？”

“比如这里保存了多少消息需要立即处理，多少送回到了华盛顿，如果苏联军队准备好突袭柏林的话，你是否会在二十四小时内不间断地向我们汇报对方的行动？”

我听到梅赛德斯的隔音窗户被摇了上去，现在我一个字也听不到了。我靠向司机，点燃一支雪茄，试图看看后排座位：他们俩看上去都相当暴躁。

当我们来到停车区再次换车时，我听到比尔·哈维说：“我不会告诉你这些，让参谋长联席会议的那些人来亲我的屁股吧！”

我们又回到了布莱基一号车，两杯新的马提尼酒从凯迪拉克的水瓶里倒出来，比尔·哈维依旧摇上隔离窗。一直到将军到达罗沙威乐酒店下车时，比尔·哈维忽然放下酒杯，对我说道：“有个将军头衔给你，白痴将军。在这里待着吧。”他似乎想把英式口音说得更抑扬顿挫些，“曾经有人告诉我，将军应该跟他的军队待在一起。”他打了个嗝：“孩子，你看上去也像是一支军队，你觉得这个老将军怎么样？”

“我知道马可波罗怎么发现中国的。”

“他们当然会告诉你们这些后辈在新英格兰学校应该怎么说。”

“是的，先生。”

“是的，先生？我猜你准备告诉我我就是一坨屎，”他又打了个嗝，“孩子,我不了解你,但像那个将军一样的趋炎附势者损坏了我的木工。‘二战’中，我并没有参军。我忙着为联邦调查局追捕纳粹和共产党。所以这些军人走狗真惹恼我了，让我们一醉方休吧！”

“长官，我从来不会对酒说半个‘不’字！”

6

只有当我们回到GIBLETS，回到比尔·哈维先生的卧室时，才能显现出他卧室的存在价值，他很疲劳，我俩聊着聊着他就睡着了。他手中起伏的玻璃杯就像夏风中摇曳的郁金香，他从半睡半醒中惊醒时恰好能握紧即将脱手的酒杯，没有一滴酒洒在地上。

“我很抱歉，我的夫人今晚无法熬夜。”当他小睡了一阵后说。

我们回到哈维家里的时候他的夫人已经向我们打过招呼了，后来还给我们做了饮品，并踮着脚走出房间，尽量不打扰我们。但是我可以感觉到她正在楼上，好像我离开后，她就会随即下楼扶他上床睡觉。

“C.G.是个很不错的女人，无可挑剔。”他说。

这次我并没有简单地说“是的，先生”，而是补充一句：“我也确信无疑！”

“非常确定，想知道C.G.是怎样一个人吗？让我来告诉你吧。一个生活在苏联区域的女人将一个婴儿留在机构办公楼的台阶上，就在他家的门外！我不会告诉你这个人的名字，因为他经受了许多谴责。为什么这个东德女人选择了一个中情局的人？她是怎么知道的？在那种疯狂的情况下你无法澄清自己，所以让我们略过他的立场问题。重要的是这个妇女留下了一张纸条。‘我希望我的孩子自由成长。’能打动你的心弦，对吧？”

“是的。”

“错，你不能想当然，尤其是在我们的工作中。我的妻子说：‘这个婴儿是从上帝那儿来到我们身边的，我不想让她去孤儿院。比尔，我们收养她吧。’”比尔·哈维摇摇头，“就在前一天晚上，我和C.G.坐在一起，观看一部东德的新闻影片，看能否在他们军团游行中发现一些当局发动战争的线索——不管你出身多么平凡，都不要觉得自己低人一等——影片中出现了一支德国乐队，还有一整排的铁琴。我看着他们系在铁琴上的丝带，对 C.G. 说：‘为什么他们不把战俘营里的头盖骨系在这些乐器上呢，哈哈。’第二天，她就跟我讲收养那个女孩的事。她跟我说，如果我真有那么恨苏联的话，收养这个婴儿就是我的责任。”他打了个意味深长的嗝，说不上是温柔还是悲伤还是饱含深情。“长话短说，”他问道，“我有一个收养的女婴。难以置信，对吧？”

“对，”我说，我并不想简单地附和，但是他笑了笑就继续说道：“对，我去看她的时候才发现她真是一个可爱的宝贝！”他停下来，看着他的杯子：“处理这种杂务就是一种母性。你可能会觉得陪伴帕克将军是在浪费时间，其实不是，你知道我为什么那么卖力地伺候帕克将军吗？”

“不知道，比尔·哈维先生。”

“是指挥官要求我这么做的。就在今天下午我接到了艾伦·杜勒斯的电话。‘比尔·哈维同志，’他对我说，‘带着他们的三星将军帕克巡视一下吧，我们需要松一松羽翼了。’所以我才打算今晚将 CATHETER 的信息出卖给白痴将军。你知道我为什么下此决定吗？”

“不太清楚。”

“因为这些参谋部的浑蛋们过着养尊处优的生活，他们有战舰，有核警报系统，想要引起他们的注意很难。他们有专门的海军基地来巡视地下设施，而我们只有这条脏兮兮的小地道。但是我们却在收集着数量最多的情报信息，比历史上任何一个国家、任何一个机构、任何一次情报活动搜集到的信息都要多。我们得让他们明白这一点，好让他们规矩着点。”

“我听到了你们在车里的谈话，你能确定这能使他陷入困境吗？”

“这并不困难。其实他并不是真的想知道我们得到了什么情报。就在柏林，我们只抽查少于我们总数百分之一的信息，但这就够了，你能从胫骨的一些骨头上再造出一只恐龙来。

“我们所知道的国防部讨厌听到的消息是，穿过苏联在东德的占领区通向捷克斯洛伐克和波兰的铁路情况十分恶劣，而且他们前途未卜的股票市场更加糟糕。俄罗斯并没有把火车开进西德境内，未来几年估计也不会有猛烈的空袭。国防部是非常紧张这个消息的，因为如果国会得到风声，就会剥夺他们数以亿计的军事经费，这些经费可能是原打算拨给坦克部的，因为帕克将军恰好在坦克部，他正巡游北大西洋公约组织，听到这个消息一定吓破了胆。当然，除非我们在这个指挥上出现一些闪失，或者国防部侵犯了我们，否则国会将无从得到风声，我们也不会胡言乱语。因为，哈伯德，底线就是即使给予国会任何暗示都是非常不适合的，他们对公众的反应是很有韧性的。而且把俄罗斯的弱点暴露到美国公众面前也是一个错误，美国人没有共产主义思想的背景，当然欣赏不了俄国的丑态。你现在明白我是如何应对游戏的双方了吧？我不得不恐吓国防部，让他们明白我们有能力让他们的经费拨款计划泡汤。但是，实际上我准备保护他的预算计划。不过我还不能让他们知道我站在他们那边，否则国防部就不会那么重视我们了。无论如何，这个问题可能过于复杂了。白痴将军所谈到的针织工厂反映出我们给他们寄过去的产品总量工作落后了两年，实际上 CATHETER 才存在了一年而已。”

他又睡着了，他体内的活力似乎移到了他的杯子中，一直荡来荡去到杯壁上，直到他手臂的下滑把他惊醒。

“我忽然想起来，”他说，“关于 CLOAKROOM 你查得怎么样了，他现在在哪？”

“在英国。”

“从朝鲜到英国？”

“是的，先生。”

“新的假名是什么？”

"SM/ONION。"

比尔·哈维直直地坐了一会儿，放下了他的酒杯，嘟哝了几句，双手伸过他的腹部摸到脚踝，把他的裤脚拉起来。我看到一个带着护套的刀具捆在他的脚踝上。他解开了刀套，拉了拉，开始修指甲，同时用他那充血的眼睛看着我。他的存在已经让我羞愧好几周了，但是现在我无法判断他是朋友还是敌人。

"我猜，SM/ONION 可能在暗示我们继续查下去。"

"该死的噪音，"他放下刀，猛喝一口马提尼，"我不打算再等两周来发现这个浑蛋还有另一个假名，他要么是个重量级人物，要么就是害怕我而躲在暗处。"

"沃尔夫冈？"

"你说得没错，你觉得沃尔夫冈与 SM/ONION 有可能都在伦敦吗？"他沉思了很长时间突然扑哧笑了一下，"没关系的，我们打算让你与我们在伦敦的一些士兵联系。明天早上，你开始给他们打电话，如果 KU/CLOAKROOM 的确躲在伦敦，那么我将让他了解间谍是如何把他挖出来的。"

"明白，先生。"

"不要看上去这么不高兴，哈伯德，辛苦的工作从来不会让一个诚实的情报工作人员死掉。"

"嗯。"

"明天七点钟来我这儿吃早餐。"

说完这些，他把刀放在护套里，拿起杯子，睡着了。这次是熟睡，我很确定是因为他端着马提尼的那只手的手腕转动了，酒全洒在了地毯上。他的鼾声已起。

7

将近午夜了，距离开始执行任务的仪式只有七小时了。我也即将离开 GIBLETS，所以我决定去找迪克斯·巴特勒，通宵饮酒。做好决定后我很快就起身去到一个小酒吧与迪克斯汇合，那家酒吧是我们经常光顾的一家，名字叫德鲁酒吧，酒吧里有一个特殊的服务区，有姑娘会与你跳舞、饮酒，还有一个女服务员，迪克斯很喜欢她。她长着一头乌黑的头发，这在柏林并不常见，即使是染的，也给这个酒吧增添了一种别样的风采，也显得这酒吧不是一个只有间谍的地方了。在这里最让人感到惬意的是，我和迪克斯只管喝酒而不用去关心工作上的事，还有玛利亚（一名女服务员）的陪伴。他对她异常礼貌，他只是偶尔礼貌地问她是否可以去她家拜访，玛利亚总是带着神秘的微笑委婉地拒绝他，除此以外，迪克斯再没有对她做过别的了。还有另一位姑娘，名叫英格里德，染了一头红色的头发，她可以陪人跳舞，或者坐在你身边听你诉苦，很多个晚上都会有闷闷不乐的德国商人专门从不来梅、多特蒙德或美因兹赶来找她相陪，这些人都挺靠谱，每次来找英格里德，都会为她的陪伴埋单，有时候是几个小时的慢舞，有时候是随随便便的闲聊，甚至只是两人之间深深的沉默。她会握着迪克斯·巴特勒的手，或者讲故事，或者逗他开心，这两者之间的和谐总是很容易打动我。英格里德几乎没有闲下来过，当然这就是特殊服务区的节奏，因为她每次只陪一个人。

到现在英格里德都还是我的好朋友，我们彼此间恭维、共舞，我有什么新的想法她也会第一时间鼓励我，互相练习德语或英语，有时候她会问：“你爱我吗？”

“爱。”我回答她。当与人讲外语时，哪怕你不爱对方，你也会轻易说出“爱”这个字。再看她的反应，小嘴儿嘟着，秀眉微蹙，似乎觉得爱是件复杂的事情，忽然脸上又绽放出了一个美丽的笑容。“爱。”她重复着，拇指和食指捏在一起打开一个小小的口，比画着说道：“你只爱我这么一点点。”她有一种挑逗的声音我很喜欢，那是一副完美的嗓音，简直令那些晦涩难懂的德语听起来亲密了许多。

慢慢地，我才听说英格里德已经结婚了，同她的老公、孩子和一些表亲，还有她哥哥一同住在她母亲的公寓里，而且她很想去美国。这些都是迪克斯·巴特勒告诉我的。“她想钓个美国人。”每当我的舞步有了点进步，她都会祝贺并亲吻我，我很享受这种感觉。她不收我任何费用，而且还跟她的德国商人客户说我是她的“宝贝”。

她已经公然对外宣称我是她的宝贝，所以我也就有机会听一些八卦了。英格里德告诉我，玛利亚被一个有钱的保护人包养了。当我把这些告诉迪克斯时，他立即回复我一个更惊人的消息，“跟玛利亚同居的那个人恰好是一个富有的中年妇女，这也是我没有得手的原因。”

“那你为什么还这么耐心地追求她？”

“我也不知道为什么。”

他的内心越来越躁动，我正想着也许德鲁酒吧对他来说太安静了，就在这时，酒吧的门被推开了，弗雷迪和布尼·麦卡恩走了进来。弗雷迪就是在“市中心”接替我之前工作的人，这人把我的工作做得风生水起，导致我有时候不得不安慰自己：他工作做得好不过是因为他长得好看罢了。他还挺顺从我的，而且很信任我，有时为了工作适当地给他点指导也不是什么难事。我喜欢他，他的举止也无可挑剔，他长得比我还高，只是体重稍轻一些。如果他在情报工作上有什么缺点的话，那就是他太容易被人看出来是个美国官员了。

他的夫人布尼·麦卡恩比他显眼多了，长着一头漂亮的黑色长发，精致的脸蛋，蓝色的眼睛闪闪发光。我承认，她让我想起了基特里奇。

不管怎样，他俩今晚的装扮还是过于隆重了些，尤其是在这个点撞上迪克斯·巴特勒。当他们走过来坐在我们身边时，我能看到这对夫妻脸上踌躇的表情，似乎对这边沉闷的气氛很失望，还有那空荡荡的桌子，也没有服务小姐在身边，这都是我的错。弗雷迪曾在工作日打来电话问我是否能推荐一个适合安安静静喝酒的地方，“一个能体会到真实的柏林情绪的地方”。我当时跟他说这样的地方根本就不存在，“除了马戏团和太平间。”但我还是建议他来这家酒吧的特殊服务区看看，“这里，至少你能呼吸和说话，女调酒师是很新奇的，还有一个会跳舞的姑娘，”——我已经堕落到自吹自擂了——“已经喜欢上我了。”

“这的确听起来很‘柏林’，我们太闭塞了。”布尼·麦卡恩的堂兄，贝利·劳顿，是这边领事馆的工作人员，他已经要把我们加入到他的宴会邀请名单里了，这真是个好客的家伙。说到宴会菜肴，德国人就与我们有的一拼了。

“特殊服务区或许能让你开心。”我说。

“我还以为你说的是德鲁酒吧呢。”

“就是这间酒吧啊，他们会在标志处用英语和德语同时标注出来。”我告诉他。

我最爱的酒吧，今晚似乎有些暗淡，甚至从未看上去如此低俗，不过我倒希望这个能提醒他离开。

“你说你的名字是什么？”弗雷迪的夫人一坐下他就开始问，并重复道：“布尼·贝利·麦卡恩。”这与他平时叫我完全不一样。

“布尼代表什么意思？”他又问道。

“实际上，我的名字是马提塔。”

“马提塔·贝利·麦卡恩，嗯，好名字。”他说。

“谢谢。”

“辅音中重复的音节很动听。”

“你是一个作家吗？”

“实际上，我是一个诗人。”

“你发表过作品吗？”

“只在一些油印杂志上发表过。”

“噢。”

“嗯。”

弗雷迪笑了，我也加入了他。

“你喝的什么？”迪克斯问。

弗雷迪回答：“苏格兰威士忌，旁边是清水。”

“去叫两杯苏格兰威士忌，”迪克斯对他的“妻子”玛丽亚说，“要确保是苏格兰的威士忌。”

“谢谢，”弗雷迪说，“我想，如果我们不提要求的话，他们很可能给我们上加了调料的勾兑酒。”

“我不知道，我从不喝这种酒，我不了解它。”迪克斯说。

“这真不可思议。”弗雷迪说。

“我们称酒为‘精神’[1]，我喜欢对我喝下的‘精神’有所了解。”

“噢，原来如此。我一直以来都在说着这个词，却从未想过这个词的另一个意思。‘精神’……”弗雷迪·麦卡恩说。

“我经常思考这些事。”迪克斯说。

“真好。”布尼说。

他看向玛利亚说：“我也是在前几天才了解苏格兰威士忌的，就在这个酒吧的吧台上。我问玛利亚，‘那些喝苏格兰威士忌的家伙是怎么了？’她说，‘你不知道吗？’我说，‘我不知道啊。’她说，‘噢，很明显，这些家伙都已经自我放弃了。’”

大家沉默了一会儿。

[1] 英语中“酒精/烈性酒”与“精神”是同一个词。

“我认为这酒跟我很契合。”弗雷迪·麦卡恩说。

布尼说：“亲爱的，怎么会呢，你从未放弃过。如果这些事是值得的，你就不会放弃。”她看了看我，她的眼神如此清澈，似乎在问我：“这是你的好朋友吗？”

“噢，我竟不知道你如此赞誉我。”弗雷迪说。

“你很漂亮，麦卡恩夫人，你的丈夫一定很幸运。”迪克斯说。

“如果我说我也一样幸运，你相信吗？”

“打死我也不信。”迪克斯说。

弗雷迪大笑道：“听听！听听！”

“威士忌来了，”说着，布尼一口喝了半杯，“麻烦你再上一杯。”她对服务生说。

“对，”弗雷迪说，“再来两杯。”

“哎，我不得不说你丈夫真是太幸运了。”迪克斯说。

“你最好还是闭嘴。”布尼说。

迪克斯喝掉了他剩下的那杯威士忌，我们都坐着，沉默不语。

“是的，夫人，你说得没错。”他打破宁静说道，没有人回复他，现场的气氛更加尴尬了。

“什么没错？”她问。

他并不打算放弃，说道：“我是说你和我能偷偷地喝下这两杯威士忌。”

“我猜这世上酗酒最严重的人都来自达特茅斯学院。”弗雷迪说道，我只能说他真是太能猜了，“在我大二参加普林斯顿对达特茅斯的比赛中，我遇到一个家伙，特别能喝酒，甚至我觉得他都没有任何理智了，只有大脑在机械地运转。他联谊会的兄弟们曾经代他考试，帮他继续留在学校，只是希望他在与其他联谊会举行拼酒比赛时赢得赌注。去年我看见他一次，之后他就去世了。”

“老兄，你的信已经写好了，寄出去吧。”迪克斯说。

弗雷迪·麦卡恩尽全力地大笑着，我能看出来他还是很希望迪克斯能够融入到现实气氛中来的。

“你介意我和你的夫人共舞吗？”迪克斯问。

“这得由她说了算。”

“她会拒绝我的。”迪克斯说。

“你说得真对。”布尼说。

“你看，你夫人不同意和我跳舞。但愿她对我的拒绝不会变成一种习惯。”

“说吧，你想表达什么意思？”弗雷迪最后说。

“你真是他妈的太幸运了！”

“够了。”我说。

“不，哈利，我能处理自己的事。”弗雷迪说。

“我不太听得清楚你说话。”迪克斯说。

“这或许有点难以置信，但是我请你记住，这里有德国人，我们得树立榜样。”弗雷迪·麦卡恩说。

“我认为你的夫人拥有世上最美的头发。”迪克斯说着，他抬起自己的手，不快不慢地——对于他的抚摸，布尼有足够的时间躲开——抚摸着她的头发，从前额抚到后颈。

我站了起来说道：“好吧，迪克斯，你得向我的……朋友道歉。”当时气氛很尴尬，但是看到迪克斯如此侮辱弗雷迪，那真是比看到他被打得半死还让人难受啊！

迪克斯盯着我站起身来，他身体的热量散发出来，连房间里光的颜色都变了，当时的情景真可以证明人类光环存在了，迪克斯的光环是三条独立的红色带。去年我在训练营里已经学过了搏斗术，但是现在面对迪克斯，我完全不知所措。如果他想打我，他就完全可以把我打倒，问题是他会不会打我。如果我们死于暴力，会有恶魔散发着同样红色的光来向我们问好吗?

现在，我最好还是说明一下，灯光又变成了绿色，一种暗淡的即将消退的绿色，空气中弥漫着一股烧焦的味道。我还未开口，就听见巴特勒说:“你是在说我玩过火了吗？”

“是的。”

“我欠你朋友一个道歉？”

“是的。”

“你再说一遍。”他说。

我不知道这到底是一个挑战还是他在给自己找台阶下。“迪克斯，我想你欠我朋友一个道歉。”我说。

他转向他们:“我很抱歉，我请求麦卡恩先生、麦卡恩夫人的原谅，我举止失当了。”他说道。

“没关系。”弗雷迪说。

“我言行太过分了。”他说。

“我接受你的道歉。”布尼·贝利·麦卡恩说。

他点点头，我还以为他要敬礼呢，结果他抓住我的胳膊说:“我们出去一下吧。”他叫来玛丽亚:“把他们的酒水记在我的账上。”他把我推向门口。我隐约记得英格里德看着我，眼神里充满了关怀。

8

我数不清我们穿过了多少条小巷，我们经过那些建筑时，似乎总有从遭受轰炸的废墟里钻出来的鬼魂在飘荡，透过窗户可以看到建筑物里一盏盏亮着的灯。我还在上学的时候，我会因为房间里别人的生活而莫名其妙地忧伤，夫妻吵架、小孩生病、男女欢愉……可是现在，在这座覆盖着下水道的空虚的城市里，在每一扇窗户背后，我都能看到情报人员在交易信息，他们要么是间谍与间谍，要么是德国联邦情报局与国家安全保卫部，要么是国家安全保卫部与克格勃。我在想，在很远处，是否会有一间亮着一盏灯的房子属于我们呢？当初我同比尔·哈维四处巡视藏身房的时候，是否已经路过或者整理过了属于我自己的安全屋？我不知道战后柏林的这些断壁残垣中是否还残留着尸体的味道，但我可以肯定在一座座废墟下依然埋藏着数不尽的骸骨。

一路上迪克斯·巴特勒一言不发，我只得跟着他疾速的步伐。我感觉到他已经做了决定，但我不知道是什么，直到我发现我们改变了方向——原来，他带我绕了一大圈又回到了酒吧，我还以为他是要出来与我单挑，现在我明白我错怪了他——如果我陪着他他就不会伤害我，而且需要陪伴到天明。

距离库达姆大街七八个街区的位置，他拐进另一个胡同，“我们去看看我的线人。”他，站在一个路灯下说，脸上挂着我不喜欢的笑容——仿佛这是我应得的报应。虽然这是我见过的最古怪的笑容，而且很邪恶，但是他也从来没有看上去这么年轻过。“做好准备。”他咕哝一声，就突然猛烈撞击一栋小楼的铁门。门卫穿着黑色皮革外套，戴着黑色的皮帽，走出房间，这个房间挨着拱形地道的一边，就在大门后面。他看了一眼巴特勒，打开锁，打开通往地道另一边的大门。门卫似乎见到巴特勒并不高兴。我们走下楼梯来到了一个空旷的地下室，走到尽头又打开另一扇门，进入一个酒吧。这跟我想象过的夜间战斗模式差不多——你可能会跑过一块黑暗的田野，然后全世界一下子就亮起来了。酒吧里，穿着各种服装的人来回穿梭着，有的人脸红红的，有的人却很苍白。好多人都是大汗淋漓，超过一半的人上身干脆赤裸着，甚至还有一小部分的人仅穿着内裤和靴子走来走去。酒吧里充满了奇怪的味道，汗臭味、酸涩味、刺激味，如同消毒剂一般，我还以为是打破了一瓶来苏尔消毒剂呢，原来只是这些人身上衣服上的味道混杂在一起了。我忽然闻到小便的气味，放眼望去，很快就找到了源头。酒吧尽头的排水沟上放着木板，有两个裸男，相距大约五英尺远，被捆在那里。穿着一件背心的胖胖的德国人，他的短裤经过吊裤带低低地挂着，裤裆敞开，正对着另外一个人撒尿。他的嘴里叼着雪茄，一只手端着半加仑啤酒，另一只手托着他的阴茎不停地尿。他的脸涨红，朝着对面人的身上和脸上尿，就好像自己是在花园里浇花一样。尿完之后他转过身，朝身后呐喊助威的人群微微鞠了一躬。之后，又换成了另外两个男人，对着彼此撒尿。我禁不住驻足观看这两个绑在刑架上的男人：其中一个既丑陋又胆小且皮包骨，对方朝他撒尿时他畏畏缩缩地想要往后撤，全身战栗，他本能地闭上了嘴巴，磨得牙齿咯咯响，尿液顺着他的嘴唇哗哗地往下流；忽然，他似乎破罐子破摔了，张大了嘴巴，将尿液喝下去又吐了出来，被呛得呜咽。我突然觉得这一幕实在是太残忍了，好像这个可怜人天生就注定要被别人凌辱一样。

另一个男人，同样也被捆着，但是看上去没有那么悲惨了，反而像一头猛兽。他正被两个黑皮肤又尿急的年轻德国人的尿液轮流淋着，这两个年轻人穿着一套黑色皮衣（一个人穿着上身夹克，另一个人穿着下身裤子）。被淋着的这个人赤裸着身体，长得金发碧眼，有一张丘比特式的嘴，下巴上还有一道深深的裂缝。他的皮肤很白，所以他那被捆绑的绳子擦伤的脚踝和手腕十分显眼。他盯着天花板，好像自己被那些在他身上撒尿的人拯救了似的，让我觉得这个人完全不知道什么是羞耻。我喝得醉醺醺，脑子里呈现出英格里德看我最后一眼时的温柔和关怀。我真希望能够松绑这个年轻人，放掉他。我的脑子里并不是只有这一个想法，下一秒我的心中出现了恐慌，我想要逃走，我觉得自己必须马上逃离这里。

我试着找寻迪克斯·巴特勒，然后我看到他在那对同性恋的旁边，就是那两个共穿一套黑色皮衣的年轻人。只见迪克斯一下就把那两个人推到了两英尺开外，解开他的裤裆，随便将尿尿在这个金发碧眼的男人的大腿和小腿上，他漫不经心地尿着，就好像厌倦的牧师已然感受不到圣水的神圣一样；站在一旁的那对同性恋吓得举着酒杯一动不敢动，看着迪克斯·巴特勒弯下身，也不顾自己的身体抑或衣服碰到了那个金发碧眼的人，凑到他的耳边轻声说话，却没有得到任何回应，迪克斯疯狂地抽打着他，一下，两下……接着又重复了他的话，还是没有任何回答，迪克斯·巴特勒张口道："下次，我会把你屁股打开花，沃尔夫冈！"说完就走了，像一匹骏马走在泥泞的水坑里，跟我摆摆手，于是我们一起离开了酒吧。"该死的杂种，"我们走出酒吧时他随口骂道，"今晚真没意思。"

"你认识他？"我问。

"当然，他是我的情报人员。"我很想继续问下去，但就是开不了口，强烈的挫败感涌上心头。

"我不相信我所看见的！"他用沙哑的嗓音说道。

他开始笑起来。他的笑声在这个小巷子里产生了回音，回荡在两边的六层楼建筑里。我们走到大街上时，他哀怨的笑声就消失在风里了。"与我共事的这些人真该死！"他大声叫喊着，刚开始我以为他说的是酒吧里的那个人，很快他的下一句话就立刻让我明白不只是他。"难道要我用像你和麦卡恩这样的人去征服俄罗斯吗？"

"我并不是一个普通的人。"我说。

"但这是战争。"

"刚刚酒吧里上演的也是一场战争。"

"因为职业的原因，我们一半的情报人员都是同性恋。"

"那你假装和他们一样？"我鼓起勇气问他。

"我是要利用他们。"他随即反驳道。接下来我们都没有再说话了，沉默地散着步。过了很久，迪克斯才回到了另一个话题。“赫里克，我觉得你接受不了我的观点，”他说，“情报人员过着双重生活，同性恋也过着双重生活。自然而然（他这是学我用这个词吗），情报人员也是同性恋者。”

“我觉得同性恋只是其中的一小部分。”

“你可以做此判断，但你只是选择相信你愿意相信的事情而已。”他讥讽道。

“你这句话是什么意思？”在农场训练拳击时一直没有休息，搞得我现在脑子都转不过来弯来了。我得喝一杯，不是为了放松，而是要让自己变得清醒。我的脑子在颤抖，心也在颤抖，而且下半身很不舒适，令人神往的性竟然与屎尿关系这么紧密，真是叫人恶心。我又闻到了下水道的臭味，整个柏林大街小巷都飘散着这个味儿。

“你跟我说的话是什么意思？”我又问了一遍。我的不舒适感还在持续，就像在做音乐椅的游戏，让我不舒服的那一方刚刚抢到了椅子，竖起胜利的旗帜。

我们走着走着，迪克斯停在了一间房子的门口，拿出钥匙，走进了这间房子。我对这房子完全没有兴趣，但我还是跟着他进来了，因为我知道这地方是比尔·哈维的一处安全房。

他走进来，坐在椅子上，倒上一杯威士忌，看着我，搓着他的脸——他轻轻地搓了好几分钟，好像在控制自己的脾气。

“我从来没跟你说过这些事。”他说。

“你没说过吗？”

“并没有以朋友的身份跟你提起过，你了解到的只是部分的我。”

我没有说话，只顾喝酒，好像我又开始了新一轮饮酒，酒精引发了我更加纷乱的思绪，我想到了这个叫沃尔夫冈的人，巴特勒发誓要打到他屁股开花。这个沃尔夫冈，幸运的沃尔夫冈就是那个被人们称作弗朗兹的家伙吗？比尔·哈维说过，他身材消瘦皮肤黝黑，当然，他可能染了头发。

“我们二人之间的其中一个差别是我了解我们这一行，而你则需要花更多的心思搞明白自己的工作情况。”迪克斯·巴特勒说。

“我认识到这一点了。”我说。

“你可能认识到了，但你现在还做不到。你现在被夹在中间进退两难，谁让你还只是个毛小子呢。”

“我想，喝完这杯我就该走了。”

“你太嫩了，小子。”迪克斯·巴特勒重复说道。他又笑了起来，整个晚上似乎都在笑，好像他神经失衡不由自主似的。“这该死的组织中的人都疯了，他们对我们每个新人都做撒谎测试。‘你是个同性恋吗？’他们总会问这个问题，同性恋的人都撒谎否认，但那该死的测谎仪从来就没测出来过这些人的谎言。让我来告诉你他们这些人究竟想干吗——就是一个入职仪式而已！每一个初级受训者在结业典礼的那天都得把裤子脱下来，任由上司爆他的菊花。你觉得这个仪式怎么样？”

“我相信你不会妥协委屈自己的！”我说。

“我已经被干过了，我没有告诉过你吗？以前我大哥经常侵犯我，从我十岁起一直到十四岁。后来我就揍了他，从那以后他就没再动过我了。现在你知道什么是白色垃圾了吧，赫里克。现在不一样了，我不相信机构中还有谁敢侵犯我。没有人有这个胆量，也没有人有这个实力。”

“如果他们有枪呢？”

“那我宁死不屈。当然，如果是出于一个人的自愿，那事情就另当别论了，这事也许就变成了仅次于练瑜伽的一件美事了。这个组织还是很开放的，你就为你的仪式做好准备吧！”

“我想我永远不会做好准备的。”我说。

“你这个愚蠢自以为是的大杂种。你就不怕我把你按到地上，撕掉你的裤子，霸王硬上弓吗？你不觉得我很强壮吗？”

今晚真的不是我们日常谈话的风格，我颤颤巍巍地回答道：“你是很强壮，但你不会那样做。”

“为什么？”

“因为我会杀了你。”

“用什么杀我？”

我沉默不语。

“用什么杀我？”

“有什么就用什么。”

“你觉得你用多长时间能把我解决掉？”

“多久无所谓，直到我杀死你为止。”

“嗯，我知道你能做到。”

我点了点头，什么话也说不出口，我太害怕了，就像我已经杀死了他却无处可逃一样惊慌。

“也许你会在背后给我一枪，”他若有所思道，“或者甚至从我正面开枪。让我来替你说，如果我抢走了唯一属于你自己的东西——你的贞操，你肯定会杀了我。可怜的人儿啊，你最好能有点别的坚持，这样你就不会那么绝望了。”

这些话真让人痛苦，就像是从我父亲嘴里说出来一样。我很想告诉迪克斯，我并没有那么可怜。我想告诉他，我信仰荣誉。有些荣誉是不容失去的，一个人不管自己愿不愿意、有没有做好准备，都要全力以赴。然而，我并不能大声说出自己的想法，有些话只能永远埋在自己的心里。

“也许，老迪克斯并没有打算强行进入。可能老迪克斯错了，应该道歉，”他权衡了一下，掂了掂自己的酒杯，继续说道，“我错了，我道歉，我今晚第二次道歉。”他说。

最终他还是抑制不住自己的欲望，内心充满了矛盾，他喝了一大口波旁威士忌，我喝了一小口我杯里的酒，酒精的刺激让我不再那么紧张了。

迪克斯·巴特勒站起来，解开他的皮带扣，拉开裤子拉链，脱掉裤子。

接着他又脱掉了内裤。他说:"在男人之间有两种性行为，强迫的和相互的，没有前者的尝试就没有后者的存在，所以我打算强迫你与我发生关系，但是强扭的瓜不甜，或许你还会因此杀了我，所以现在我尊重你，来吧。"说着，他靠近我，拉着我的手:"脱掉裤子吧，让我们一起享受欢快的时光。"

见我没动，迪克斯·巴特勒问道:"你不相信我吗？"我一言不发，他笑了起来:"那由我主动好了。"说着，他敏捷地弯下腰，手指按着地板，背着我跪下去，喘着粗气说道:"你他妈的快点啊，我想要，我今晚很想要！哈利，我爱你。"

"我也爱你，迪克斯，但是我做不到。"我说。

其实我可以做到，我已经勃起了。但是我知道并不是因为迪克斯的主动，现在在我脑子里的是酒吧里的尿坑，那个胖胖的德国人喝着他的啤酒，是埋藏在我心底的爱，还有家人朋友的约束，以及我对基特里奇压抑的渴望，我还想到了更衣室里的裸男，圣马修学院的阿诺德，这些都从我的记忆里涌出来。可是现在，在我面前的不是诱人肥臀，只是两块肉，属于我的英雄的两块肥肉。他说得对，这是我享乐的机会，我可以尽力索取。然而我知道，如果我真的做了，我可能永远都要依赖于这种类型的性。他说得对，我太胆小了，不敢那样肆意地活着。他可以在同性恋和异性恋之间从容地变换，也无所谓是他在上还是别人在上，甚至连他倒立起来都照样能享受鱼水之欢。今晚他很想和我好好做一场。为什么呢？我也不知道。难道这是新英格兰的一部分吗？还是他错过了什么？总之，我很同情他。于是，我走到他面前，跪下，亲吻了他，又立即站了起来，快步走到门前。打开门锁的那一刹那，我觉得自己应该回过头来再看他一眼，行个注目礼。他也转过身体，坐到地板上，深情地望着我，点头示意我离开。

我疾步走在街上，刺骨的风挂在脸上。我知道我并非毫发无损，"我也爱你，迪克斯"这句话会时时刻刻响在我的耳边，这些肮脏的想法令我心神不宁。

我在夜晚的街道上阔步向前，性的渴望似乎在指引着我的方向，本能把我带到了德鲁酒吧。一辆出租车从身旁经过，尽管我需要步行，但是一冲动我就举手打了个招呼，于是我搭上了出租车来到了酒吧，酒吧的铁门即将关闭，我看见了英格里德，胳膊肘下面夹着一个小皮包，穿着短小的老鼠毛一样的外套，站在路边吹着凌晨四点的凉风，冷得瑟瑟发抖。

没有任何犹豫的迹象，她脸上露出了温馨的笑容，就像我们的偶遇是一部浪漫交响乐的第一章，作曲家只能是历史先生。她上了出租车，随口说了个地址，然后就对着我的嘴唇使劲亲吻起来。这时候我的脑子里浮现出了预科学校的指导老师，他曾经瞪过我，但是现在我没有心思再去理会他们的教导。我一直缠着她，不停地吻她。“噢，”她混着英语和德语说，“可能你不只爱我一点点。”她反复说着“一点点”（发音听起来和“野心”很像），听起来有一点扫兴，但我还是享受着她跳了一夜舞之后疲惫的双腿和双肩在我身上蹭来蹭去，吸收着她所有积压的能量，这些能量进入我的手心和指尖。我们搂着脖子接吻、爱抚，紧紧抓着对方，就像两台机器彼此纠缠着。我对女性“洞穴”的探索以及解开胸衣的尝试都仅始于二十三岁（英格里德很苗条，但她是德国人，所以她也穿着塑形胸衣）。我正疯狂地考虑着我能否在出租车的后座上跟她做爱，或者不去她所说的地址，干脆把她带回我的公寓，带到我的床上，但这样我又担心难以避免第二天宿醉未醒的尴尬，万一撞到我的同事，我很有可能结结巴巴叫不出他们的假名。我似乎已经听到了他们带着嘲笑的语气向我问候“早安”，似乎已经看到了他们一边请她坐在油布覆盖的早餐桌上，一边窃窃私语讨论把外来物（女人）带回来过夜的行为是否妥当。一路上我都在用我那装满波旁威士忌的脑子思考着这些乱七八糟的事，直到车子停在英格里德递给司机的地址：整条街都是彻夜忙个不停的食品加工厂，距离德鲁酒吧那条街只有两个街区。

在这个地方，我见识到了柏林及其夜生活的另一面，这个地方几乎有一半的人我都认识——在过去一周时间里我在这条街上的酒吧里见过他们。现在他们正在喝着咖啡，吃着美国汉堡、德国泡菜、猪蹄、苹果酱、土豆煎饼、熏牛肉、烤鸭、法式蛋糕，喝着杜松子酒、白兰地酒、啤酒、苏打水、可口可乐——这里简直就是难以想象的灯火辉煌的人间天堂！我又看到那群经常在酒吧里跳舞的商人，他们的衣领已经褶皱不堪。这里还有很多面熟的妓女，还有像海尔格一样通宵的弃妇。我简直不敢相信，我还看到了那个胖胖的德国人（一个小时之前我才见过他脱掉裤子与人玩互尿游戏），他现在穿戴整齐，身上喷了香水，看样子正要去享用夜店里各式各样的美食饮品。下一秒，我又看到了他的"搭档"（那个可怜的瘦子），他也是泡了澡、喷了香水，穿着灰色的套装和马甲，戴着铁框眼睛，看起来像个文员，脸颊看起来有些臃肿，他正在狼吞虎咽般地吃一盘豆子，看起来胃口很大。

英格里德一直抱着她的皮外套和我的身体，向每一个看她的人炫耀着她钓了一个美国人，她的嘴里正嚼着威斯特伐利亚火腿、土豆和门斯特干酪，大口地喝着啤酒，我坐在她旁边，焦躁不安。然而二十分钟的时间里她都在跟我讲她是如何经历了二十年才发现她不喜欢丈夫的饮食习惯，可怜的英格里德！她喝了一口美味的金酒，接着又说起特殊服务区的事，酒吧老板从不允许她们吃饱喝足，除非她们提供了足够的服务——这个晚上，我的括约肌也经受了锻炼。最终直觉告诉我：我成了德国式幽默里的小丑，我明白了这家德鲁酒吧专门是为白痴开设的。

她吃完饭，我找到了等候在外的出租车，我们坐上出租车去了她说的另外一个地址，那是柏林郊外无家可归的工人阶级聚居区的一家廉价旅馆，前台人员将我和英格里德的护照看了很久，最后用德语对她说了一句，我也没听懂，我就乞求英格里德翻译一下。自助电梯吱吱呀呀经过了一层又一层堆满塑料垃圾的楼层之后，她终于给我解释了一遍，意思好像是骂人的，用德语讲出来就更加难听了。

显然她的心情受到了影响。我们到达楼层后，沿着有回音的大厅走着，她取出钥匙，打开门进入房间后，感觉又冷又潮湿，就像外面的夜晚一样，天花板上的灯泡可能只有二十五瓦，一盏立着的地灯也装着同样昏暗的灯泡；床上的床单看起来就像一张颜料板，不是棕色，不是灰色，也不是绿色，长得可以包个像卷起的地毯一样重的长枕头。

我们又开始亲吻，但热度不如之前高涨了，她颤抖着问我："你有两马克吗？"我找到一个硬币，她把硬币放进煤气表里，拿来火柴点燃，站在蓝色原木烛台上的火苗旁，我感觉到了这座城市的分量，整个柏林对我来说都包含在这样一幅图像中，怪兽状的滴水嘴竭尽全力将一个巨石推到坡顶——此时的艰难环境一点也不亚于滴水嘴的困境——我再次抱住了她，我们背离火苗的那一半身体已经冷得打战了。

我不知道该如何进行下去，我的腰带从未这样难解过。稍微回归一点理智，我才发现我根本就没碰到腰带扣。我的欲望让我昏了头。等待这一刻已经很多年了，我感觉好像死去很久的哈伯德家族的人都回来了，给我带来了力量。在这个魔鬼屋一般的房间里，活生生的我应该变成一具尸体才更符合现场，欲望在我心中涌动，就像在线圈里加热的电线一样炽热难耐，这似乎也燃起了她的欲火，因为她也在疯狂地亲吻我。过了一会儿，就像正式的仪式那样庄严和严肃，虽然她有一点小反抗，但我们的双腿还是移到了床前，她躺在床的边缘，灵巧而快速地解开了我的皮带扣，随即又解开了她的吊带袜，她每脱去一条腿上的袜子我的欲望就增加一分，这些充满野性味的袜子，让我想起一张色情摄影照片，大约拍于一八八五年，藏在我父亲在缅因的老旧锡盒里，这张色情照伴随了我的整个童年时期。可能我父亲珍藏的这张照片也陪他度过了他的童年时期吧，在那个时代很少有人保留这样的照片，他们只会直接将它扔到火里烧掉。

在二十五瓦灯泡的照耀下，毫无任何准备，我第一次看到了她完全裸露的私部。我不想有任何耽搁，就像要抢劫银行一样，我快速地脱掉裤子，看到我勃起的阴茎她愉悦地嘟哝着。我再次看了一眼女性秘密的宝库，本打算屈膝跪坐认真膜拜以表示我的敬意，可我的眼里已经充满了焦急。可是啊，我是一个有着良好教养的孩子，我不敢仔细看太长时间——我害怕，我甚至从来没有想过阴道与人类之间的关系。我使劲往前推进，只听到她发出一声呻吟，这声音带有略微的责备。我清楚地意识到我已经进入了性的领域（在性的世界里，我的大脑都要兴奋到爆炸了）。我的脑海中出现了另一个画面，画里艾伦·杜勒斯在我们面前谈起网球课上认识的一个女孩，算是我们的性启蒙。——这是一个多么愚蠢的启蒙啊，我一点都不喜欢这间陈旧寒冷的房间里的气味。一股贪婪的味道从她身上传来，像来自发情的猫，又像海边那些可怜的腐烂物一样令人感到厌倦。

所以，我一半是沐浴在性爱的春风里，一半是在旁观动物性的自我。在我进入了一个双重世界，一重快乐一重不快乐，两者支撑我一直做着机械运动。高潮终于来了，精液不断地喷射出来。我朝窗外瞥了一眼无尽的深秋，它似乎还没有找到通向天堂的路。

我们合抽了一支雪茄，我现在感觉好多了，心中涌起微微的成就感。忧郁的情绪还飘荡在我心中的某个角落，但有一半的我已经感受到快乐，这已经足够了。我爱英格里德，只是单纯的爱，没有别的想法，到了最后的最后，我依旧是孤单寂寞的一人。现在她用指尖刮着我的鼻子，就像我们是新婚夫妇，她正打量着在未来的许多日子里她要面对的这个人。然后她开口说道，明天一上班她就会告诉玛利亚今晚的事。这就是她最后对我说的话，语气显得有些霸道。

“你会告诉她什么？”我问。从私下里说，我更偏爱玛利亚，如果英格里德称赞我的话，可能玛利亚会对我另眼相看。

“如果她问我，我就会说，虽然你是个严肃的雇员，但是很体贴，很甜。”

她拖长声音用温柔的语气说着这些话，并给我送上了一个吻。

然而，在我看来，神秘的玛利亚并不是那种会被体贴又甜蜜的雇员迷住的人。

黎明到来了，现在英格里德必须回到她丈夫、孩子、母亲、兄弟和堂姐身边。

9

这是我第一次熬通宵。黎明时分，出租车把英格里德送到了她居住的破旧的七层楼公寓，然后又送我到我的公寓，我抓紧时间洗了个澡，换上衣服，准备去上班。

如果比尔·哈维能够忘记他最后和我说的话，那么在工作中我也不会有什么顾虑了。来到办公室，在我倒咖啡的时候电话铃响了，电话那头是上司低沉的嗓音："与你的同事就伦敦的事宜展开工作！"他吩咐道，顺口告诉了我三个代号：奥蒂斯、凯里、克兰。"按顺序联系他们。奥蒂斯是老朋友了，有足够的影响力来做这件事；凯里这位同事工作很努力，会出成果的；克兰虽然没有太多的经验，但是个积极能干的人。"

"头儿，你希望我让这三个人都来做这件事情吗？"

"天啊，当然不是，谁有空就找谁。并且告诉他这件事会为他赢得额外的品行积分。"他挂了电话。

到现在，我发现我对机构安全已经有了足够的认识，处理起难题来也得心应手了。如果柏林基地希望与伦敦的哨站对话或者与巴黎的哨站对话，甚至因为这件事，与日本的哨站或者阿根廷的哨站对话，都必须经过华盛顿的交换机，否则就越界了。即使这个过程很耗费时间，我也不能有丝毫的怠慢。看到地窖酒吧里的恶作剧，我也明白了为什么机构不允许境外的警戒人员彼此直接联系，世界上有太多意想不到的事，如果由他们直接联系，那么他们交流的信息很有可能暴露，所以，将所有信息全部发送给总部，再由总部分发出去会更安全一些。

所以，根据预先规定的工作流程，我得由柏林打电话到华盛顿，再由华盛顿转到伦敦，这样我也参与进了电话网络工作中，我的整个上午都在申请于下午某个特定的时间，与伦敦哨站保密电话安装点的奥蒂斯、凯里和克兰通话。

下午两点左右，我联系上了在伦敦代号为奥蒂斯的这个人。

“这到底是怎么回事？你是谁？我的老板真是胡来，他肯定以为我正寻找机会转移到柏林去才这样做的。”他说。

“不，先生，完全不是这样子，”我告诉他，“柏林的大 BOZO 需要在伦敦有个帮手，处理一件小事。”

“如果这是件小事，为什么比尔·哈维不用一个普通的付费电话打到我的公寓里来呢？”

他这样随随便便就提到了比尔·哈维的真名，我感到很不安，幸好这是一个保密电话。我回复他:“总的说来，这事可能也不小。我们不知道。”

“你叫什么名字？”

“斯洛特，查理·斯洛特。”

“斯洛特兄弟，告诉我，为什么比尔·哈维会想到我？”

“我不知道，奥蒂斯先生。他说你是一个老朋友。”

“比尔·哈维没有老朋友。”

“是的。”

“你是谁？马屁精。”

“跟你一样用假名的人。”我跟他解释道。

奥蒂斯轻声笑出来，他说："斯洛特兄弟，帮我个忙，把比尔·哈维的小东西逼到角落，然后踢他的屁股。"

"好的，先生。"

"我打算打破两个月禁酒的规则，五点前喝点马提尼。"

"好的，先生。"

"比尔·哈维。天啊！"

他挂了电话。

我想很难在伦敦发现SM/ONION，但我仍然得说服凯里或者克兰接受我们的请求，要不然，我在面对基地领导比尔·哈维的时候，只能汇报说我无可汇报了。

因此，我准备和凯里谈谈，这个人据说做事很厉害。我告诉自己，凯里可能不知道查理·斯洛特是谁，但我必须要表现得和他一样平等——我对奥蒂斯的态度一定是太温顺了。

经过充分的准备，我打电话到凯里先生的办公室，但是他不在伦敦，他的秘书倒是很高兴接听了保密电话，她说："这是我第一次听保密电话，斯洛特先生。我希望你不要因此觉得冒犯，你听起来像困在一个井里，我的声音是不是听起来也令人毛骨悚然？"

"我们能成为更密切的朋友。"

"你很有趣。"

"谢谢你。"

"我在这个电话里随便说什么都可以吗？"

"嗯，很安全。"

"凯里先生在美国，他能从那边帮到你吗？"

"恐怕不能，他什么时候能回来？"

"至少要好几周。他和他的妻子正在离婚，他过去处理财产问题。这段时期对他来说很艰难。"

“你能帮我做点什么吗？”

“你请说。”

“我们打算找到被机构安排在伦敦的内部人士，但我们手上只有他的假名。”

“斯洛特先生，我很乐意帮忙，但是这件事我恐怕无能为力了。”

“好吧，我想可能也是。”

“实际上，因为我不够谨慎，凯里先生已经惩戒过我一次了。你不会也这么做吧？”

“不会。”

“好吧，我和他的同事聊天时曾有过一两次泄露了他的真名，留下了一些负面的记录。或许他们也意识到了那是个真名，所以我没有按照要求谨慎做事。”

“遇到这样的员工我也很苦恼。”我说。

“你真好，”她停顿了一下，“你打算来伦敦吗？”

我们又聊了一会儿我是否去伦敦的事，她向我保证这对美国人来说是个好地方。

我把电话切到了克兰先生，在保密电话系统通话的时间里，我听到了确实能够帮到我的这个男人的声音。

“是的，我是克兰，我一直等着呢。大 BOZO 怎么样了？”他说。

“他很好，工作很努力。”

“真是个好人！你告诉他，我说过我会做任何他想要我做的事，不管我是否事先知道是什么事，我都会去做。”

“你这么信任他，他知道了一定会很开心。”

“告诉他自从他教会我在电脑上玩扑克，我现在的扑克水平提高了很多。”

“你这是提醒我不要跟他学这个游戏吗？”

“斯洛特先生，跟着大师你会学到很多东西，你也得为此付出代价。”他清了清嗓子。通过保密电话，他的声音听起来像摩托车启动声，我想起无数电子干扰又处理过这个声音。“告诉我这个任务吧，越艰难越好。”他说。

“老板想要找到一个人，初级受训职员，他最近分配到伦敦，他的代号是 SM/ONION。我们没有掌握他的其他假名。”

“这件事易如反掌。”他为他的能力高兴得大笑起来，考虑到目前我们沟通的情况还算不错，我也跟着他大笑起来。这笑声听起来就像我们正骑着两辆摩托车在大道上奔跑。

“今天就要吗？”

“越快越好。”

“你在总部那里拿了备用品吗？”

“是的，我们在一八〇〇有直通 ASTOR 的通道。”

“好的，过会儿我就用一八〇〇打电话。”

现在是三点四十五分，我还有时间给夏洛特打电话。接通他的保密电话，没有必要通过 ASTOR，我可以直接与华盛顿通话。但是在 BOZO 每通一个保密电话都必须登记，我不想用比尔·哈维的登记册来打这个电话，因此，我得去一趟国防部。虽然我已经三周没去那里，但那里仍然留着我的办公桌。另外，国防部覆盖了包括 BOZO 在内的一半的美国防御地，我们每个人几乎都在忙碌，而且，他们的电话可能都在使用中。我决定靠我自己的力量去做这件事。

克兰六点钟打来电话：“明天我才能告诉你确切的回复，但是似乎没有一个人叫 SM/ONION，也没有人叫 Scallion 或者 Rutabaga，或许他根本就不在伦敦。”

“这个伦敦包含了整个大不列颠吗？”

“你不会认为英国人邀请了中情局进入每一个有工厂的村庄吧？伦敦

仅包括它自己。我们在曼彻斯特有领事馆，”他停顿了一下，“还有伯明翰、爱丁堡和格拉斯哥，也都有领事馆。”他又补充了一句。

“非常感谢你的工作，我希望我们的麻烦没有影响到你的午后时光。”我向他致歉。

“我本以为我可以去赴约打高尔夫了，但这里是伦敦，毛毛细雨一会儿就会变成倾盆大雨，即使打不成高尔夫也没什么损失。”

“那也挺好的。”我说。

“查理·斯洛特，告诉你，我们的搜寻会持续到明天，即使在爱丁堡某些具有一千年历史的护旗队的联络人名单上估计都没有 SM/ONION，我们的目标应该就在伦敦。我已经开始查询此事了，只是目前结果并不乐观。”

“继续查。”

“去哪里查？”

我说：“我们的长官仍然希望找到 SM/ONION，毕竟他在伦敦，否则 ONION 前面不可能有个 SM 的代号。”

“理论上是这个道理。”

“理论上？”

“我们在笔迹上是安全的，对吧？”

“你是说这个电话？”

“这是当然的。我想，你不会记下我们说的每句废话吧。”

“我从没这么打算。”

“好吧，听着，假名字能显示出他们自己的生活。但是，查理·斯洛特，这话我从没说过。”

“我明白你的意思。”

“无论如何，这一切有多重要？”

“我也不完全明白，所以我没法告诉你。”

“通知我们的朋友，我准备加快搜索。我们可以借助搜查令来严格搜查仍然和我们在伦敦工作的那些同事的假名资料，这次搜查的任务量很大。伦敦的长官可能会质疑华盛顿的国防部，为什么柏林基地在大事上出了这么个笨蛋。他真的那么渴望找到这个 ONION？如果他真的很想，我将非常高兴能插手这件事。”

“我今晚会去见他。”

“好的，明天早上再联系你。”

“顺便说一句，”我说，刚刚一道灵感闪过，我此前从未有过这种感觉，“有没有这种可能呢，SM/ONION 对英国方面还有另外的职责？”

“你是指同 MI6 联络吗？”

“差不多吧。”

“不可能有联络，今天联络站的所有挂包都被检查了。”

“ONION 会不会是某个更保密活动中的一员？”

“难道是什么特殊的任务？”他嘘声道，他的声音从保密电话里听来就像一只熊在山洞里喘息。“我不知道我们能否看穿这样虚假的身份，但是，这可能就是答案。”

那天晚上，我和比尔·哈维待了五分钟，他正带着 C.G. 去看歌剧。他在刚浆洗过的衬衫上别上饰针，接着又开始咒骂。

他咒骂道：“你告诉我的是些什么狗屁东西，全是胡扯！”

“没有，克兰先生的确有这个想法，ONION 可能与 MI6 之间有某种特殊的职责关系。”

“真可怕。”比尔·哈维说，他开始摇头，嗓子里有痰，嘴里还叼着湿湿的雪茄烟的烟蒂，他的手摇动着一个直立的烟灰缸，他的身体因为咳嗽而颤抖，他还在不停地吐着痰。他把痰顺着雪茄蹭到烟灰缸里，痰就像水蛭一样顺着管子滑到底部的痰盂里。他的裤带掉到了膝盖上——在比尔·哈维面前，除了关注他头脑运转这种重要的事，我所能关注的就只是吊带裤这样的琐事了。

“真他妈的浑蛋，难道他还能长出翅膀飞走不成！”他咒骂着，点头示意道，“坐下吧，C.G. 和我几分钟以后就得去看歌剧了。此事我必须想出办法来，看看这到底是怎么回事。首先，一个所谓的文件管理员在华盛顿转移来转移去，然后突然去了朝鲜，又溜回伦敦，现在又与 MI6 之间有特殊的职责关系。我们可能在谈的是一个爆破专家，他藏进了蛇穴旁边的轨道里躲了几周。为什么呢？一个爆破专家躲在蛇穴里？他到底是在爆破什么呢，这么不严密，上级竟然让他在全世界飞来飞去？他与我之间有什么联系？为什么他现在在英国为 MI6 效力？其中可能与苏伊士有联系吗？真是伤脑筋！恰好我还不想不去看歌剧，瓦格纳[1]是我喜欢的歌剧演员，不论你信不信，我今晚不打算听太多《罗恩格林》。听完歌剧以后你有空来见见我吗？”

“我就在附近。”

“SM/ONION 指派给 MI6，这个话题我需要和你谈谈。”

我也是，我回到在 GIBLETS 的办公室，把所有的文件放在地板上，闹钟调到晚上十一点，趴在我收拾干净的桌子上睡觉。

晚上的小憩使我从宿醉中清醒过来，醒来后胃口大开，也很想见英格里德。我正要从 GIBLETS 的厨房冰箱里拿材料给自己做一个三明治，就听到外面布莱基一号的发动机声响，一个转弯回到沙袋加固的别墅后方。他走进厨房，表情严肃，领结散了，小礼服敞开着，露出他左轮手枪的手柄。我只得放弃去德鲁酒吧玩一两小时的想法了。

“我们到达得太早了，只好在序曲开始前先逛逛走廊。C.G. 有点恼火，她讨厌佩戴着护手套。那群德国佬一直朝你嘘嘘嘘，难听死了，还都是

---

[1] 威廉·理查德·瓦格纳（Wilhelm Richard Wagner，1813—1883），德国作曲家。他是德国歌剧史上一位举足轻重的人物，《罗恩格林》是其创作的一部三幕浪漫歌剧。

些娘娘腔。我不得不挤过一个戴着皇冠的小女佣身边，她正挪动着胖胖的身体，我小声对她说：‘女士，我们都是来看《帕西法尔》的人。’”

我只能以一副不知所措的表情回应他。

他笑着说：“有疑惑的时候，煽动疑惑。这是玩扑克的策略，第一策略。”

“我今天听说了你在玩扑克方面的口碑。”

“哪个浑蛋告诉你的？”

“克兰先生。”

“他的用意是好的，可惜他不会玩，如果打牌时我有什么优势的话，我想那就是我有时能读懂别人的心思罢了。”他打了个嗝，似乎连刚刚说出的话都被吞到肚子里了。

“哈伯德，我喜欢我的思维是清晰的，我讨厌抗阻。”他说。

“是的。”

“现在的情形和CLOAKROOM一样，在我脑子里挥之不去，你说这是不是一件微不足道的事呢？”

“我们是该认清这件事到底值不值得费工夫了。”

“最坏的痴迷是从最小的事情开始的，”他带着一点沮丧说道，“人的大脑竟然跟牡蛎一个色调，按这个逻辑的话，我们脑海里的想象都可以假定为珍珠了。我一直在听音乐，脑子里也一遍遍过滤着我的选择。我已经放弃所有英国人了，打算培养美国人送往开罗当爆破专家，因为英国人永远不会接受我们拥有比他们更好的技术人员，他们太骄傲了。”

“这能给我们什么启示呢？”我问。

“准备好一次排查吧，我今晚要违反我的原则了。在这些事情上，你得衡量任何一种猜测，而不是主观去判断他们是否有可能是我们要找的人。也就是说，我们不能从谁最有可能开始，而是要抓住任何一个有微小可能的对象。排查，懂了吗？”

“懂了。”

“好的，哪怕只有一点点可能也不能放过。就算整件事从一开始我们就惨败，但归根结底也跑不出一群有‘拉比’（犹太人的学者）做靠山的可怜蠢蛋的圈子，有些‘拉比’地位高到一伸手就能抓到救命绳索。就像这个 KU/ROPES，有谁从一开始就能给我提供这个人真实准确的消息吗？”他停了一下，深深地呼吸着，气氛紧张到我的心脏都差点停止跳动了。接着他说，“让我们做个假设吧，就只当 CLOAKROOM 在有关沃尔夫冈的电报方面表现很差是个意外吧，我能想到这个可能性只是因为这个理由太简单了，我可是奥卡姆剃刀理论[1]的忠实信徒，他们在耶鲁教过你这个吗？”

我点点头，正打算说出我的想法时他继续说道：“掩盖这些事实最简单的解释往往就是正确的解释，是吗？”他问。

“就是这些。”实际上，我所知道的奥卡姆剃刀理论是这么说的：没有需求就不会过量，但我并不打算反驳比尔·哈维。

他镇定地打了个嗝，继续说道：“但是，即使我们找到了最简单的解释，也无法说明为什么会有人付出这么多努力来保护 CLOAKROOM，所以我就放弃这个解释了。这里面一定还有别的事，难道 CLOAKROOM 是团队的一部分吗？如果是的话，他们在耍什么诡计？首先假设：他们是‘欺骗比尔·哈维’这一组的。更大胆的假设是：我们在华盛顿的首领之一参与了柏林的不法活动，涉及了沃尔夫冈，但是这项活动我是被排除在外的。这让我很紧张，沃尔夫冈如果成了一枚弃子，那么下一个可能就轮到我了。让我们喝一杯吧。”

比尔·哈维站起身，走到冰箱前拿出一些酒，调了一些马提尼酒：他

---

[1]“奥卡姆剃刀”，由中世纪经院哲学家奥卡姆提出，它的基本命题是“如无必要，勿增实体”，即可以用少数几个原理或原则来说明事物的时候，却用了许多的原理或原则，那就是浪费。

在调酒器里装了冰，倒了四分之一英寸的苏格兰威士忌进去，又倒出来，装进杜松子酒。“芝加哥最好的旅馆就是这么调马提尼的，”他告诉我，“还有大使馆的酒吧和帕尔默旅馆的酒吧，你得用上好的杜松子酒，苏格兰威士忌能够增添你一直寻找的那种不常见的法兰绒的味道。让这杯酒进入你的食道吧。”他喝了满满的一杯酒，又倒了一杯递给我。酒滑入喉道，甜美而冰凉，像柔滑的火焰。我因此而突然滋生的想法似乎可以写一本小说了，书名就叫《柔滑的火焰，甜美而冰凉》。

“让我们再来说说 SM/ONION 吧，我也考虑了你今天下午告诉我的克兰的这个假设：SM/ONION 可能为 MI6 效力，真聪明。这就可以解释为什么我们没法在伦敦的哨站找到他了，但是这也嘲笑了我的恶习：草率地发送情报。这新颖的假设竟然让我兴奋了，如果我去看精神病医生，他一定会发现我竟然想操大象，顺便说一句，我操过所有的雌性动物。一会儿这些马提尼酒劲上来了，我估计都要开始写自己的回忆录了。杜松子酒下肚，就像一团火焰流进了我的身体。我并没有狂躁，哈伯德先生，我只是想抱怨一下，这些在歌剧院的德国佬真他妈太可恶了，一直对着你‘扑哧扑哧’。”

比尔·哈维躺下来休息了一会儿，闭上了眼睛，我不敢有任何举动。我知道如果我把所有精神都集中在他需要睡着这件事上，而冷落了他的酒，一旦他睁开眼睛我可能就不会这么好过了。

“很好，”他说，“我放弃借调爆破专家到 MI6 的想法，根据我所知道的，英国人正在纳赛尔[1]的眼皮底下埋炸药，但是，正如我所说的，他们不会调用我们的人来做这事，此外，这个想法还会使我们的注意力离柏林基地越来越远。所以，在德国神话传说中的圣杯骑士帕西法尔的带领

[1] 埃及总统（1918—1970）。

下，我们正朝着另一个方向前进。因为我也不能解释中情局的哪些职员能够如此深入地埋伏在 MI6，我们竟然丝毫没有觉察，我甚至用了曾经在法学院用过的黑格尔的老伎俩：把前提倒转过来。如果这个狡猾虚伪的 ONION 是一个潜伏在中情局为英国人工作的年轻间谍，那么他的确埋伏得很成功。”

“间谍？为英国人工作的间谍？”

“他们曾经就打算这样对付布格斯和麦卡恩，我甚至不想聊到菲尔比先生，这会毁了这些马提尼酒。”

“但是这些人并没有为英国工作，他们是苏联国家安全委员会的人。”

“这些欧洲人，如果我抓捕他们，你会发现他们都是社会主义者。修正一下，是潜在的社会主义者。在欧洲，没有比反美国主义情绪更强的力量了。但是对世界的其他部分来说，美国是伊甸园，他们所有人都怀着未曾得到的妒忌，这是他们最丑陋的情绪了。”

“是的。”

他拿起马提尼的酒罐，又给自己倒了满满的一杯：“让我们假设 MI6 安插了一队人在我们中间，”他轻轻地打了个嗝，沉思了一会儿，好像他的胃进入了平静之中。“继续，”他说，“故意和我们的主流唱反调。”

“为什么英国要这么做？”我问，“我们不能和他们一起搜集情报吗？我认为如果这次行动暴露了的话，他们会由于系统渗透失去更多他们本可以得到的东西。”

“这只能怪他们在华盛顿的名声依然不佳，他们做了太多事为菲尔比粉饰太平了，我们不能原谅他们，他们竟然还口出狂言：我们英国最差的人都要好过你们美国最好的人。现在，他们必须知道我们不再相信他们的任何职员了，我们也的确不能再信任他们了。只要他们的高层还潜伏着苏联的间谍，我们就不会信任他们任何一个职员。如果不是我们及时发现了菲尔比，他很有可能现在已经坐上高位了。他这已经算是倒数第二的水平了。俄国人一而再，再而三地证明自己的实力，以此来吸引和雇佣更多年轻的英国人终身为他们服务。最优秀的年轻人，就像你，哈伯德，被俄国人送去学校，成功地被选入情报机构然后为俄国人窃取情报，真是丑陋不堪，难道不是这样吗？据我们所知，俄国人还继续玩着这样的把戏，我就这么假定，狡猾的英国人有动力来加入我们有趣的隧道工作，这将会给他们一个表达自己的机会，证明他们是一群有创意的家伙。即使这样一个有创意的英国间谍只效忠英国永远不会为苏联效力，我们仍然要小心谨慎，因为万一有一个苏联间谍在 MI6 的高层工作，他迟早也会打听到他们有个间谍在我们之中，这样他就会想方设法获得那个人的信息然后传递给苏联。”

我只是简单地向克兰先生提了一句 SM/ONION 可能与 MI6 有关，没想到如今竟然变成了一个西方世界的威胁，真是太令人震惊了！

“可怕极了，”比尔·哈维重复道，“太可怕了，但是我会找出来。城里有许多英国人可以帮我的忙。”

“我看不大可能，”我说，“如果英国人在我们机构安排了间谍，为什么他们又把他送进 MI6？”

“这样他们就可以再次把他泄露出去，他们之前就已经干过一次这样的事了，他们总想事事领先我们一步。我希望他们是因为恐慌，一旦被我跟踪上了，英国佬就只得将他插入 MI6 来保护他的安全。否则，他们知道我一定会揪出这个叛徒的。”

“到目前为止，这就是你的主要假设了？”

“目前是这个样子的。”他停下来抿了一口马提尼。“但是我们下一步应该怎么做？”他问。

“这也是我想要知道的。”

“还是让我们回到之前的那个假设吧，我们再一个一个地慢慢过一遍，从最简单的到最复杂的，除了那些不存在的假设，否则都要多看一看多想一想。”

“排查。”

“所以呀，哈伯德，我打算回到最简单的问题。你还记得它吗？”

“是的。”

“细说一下。”

“从一开始整件事情就是一个败局。”

“然后？”他问。

“包括一些可怜的年轻人，他们背后可能有一个了不起的后台。”

现在他看着我的眼睛，我等这一刻已经等了好几周了。他的眼神很有力，似乎有一种魔力，让你误以为好像他已经死了而你也快死了。他的注视没有任何光亮，没有任何同情，更没有幽默，只有客观公正的怀疑。

在这样的逐一排查下，很快我就觉得很无聊了。在他转看别处时，我昨晚的宿醉感又回来了，杜松子酒迅速进入我的血液，很快就起作用了。紧接着，我又喝了一口。“是的，这就是你最初的假设。”我说。

“对的，我还要求你判断你所知道的每一个从农场进入蛇穴的初级职员，然后，我要求你通过旁门左道获得他们的假名。”

“是的。”

“你做过这事吗？”

“我可能已经疏忽了。”

“没关系，我知道你之前很忙，我们都疏忽了。但是明天你要同华盛顿那边通话然后告诉我这些名字。”

“了解。”

“你曾经去过蛇穴吗？”

这是个难题吗？本能告诉我我要说是的。“是的，我去过，先生。”

“是的，我听说别人在那些辖区见过你。”他说。

“我很少踏足那里，但是我想我们可以从我开始。”我说。

“你进入蛇穴的假名是什么？”

“你不记得了吗，先生？我告诉你我不能打开这个工具包，这是从技术服务中心带来的。”

“但是你用假名进入蛇穴。”

“是的。”

“他们对此有记录吗？”

“我不知道，但我确实在一本进入册中登记过我的名字。”

“我很有可能从登记册上找到你的假名，但是为了节约时间，你自己说出你的故事吧，你会吗？”他的眼睛平静地睁着，就像窗户的玻璃一样。

“好的，先生，我一直等着技术服务中心的特许证，我得到指示使用蛇穴作为工作掩护。我在华盛顿的室友就一直以为我每天去那儿工作，实际上，因为这个掩护，我得到了通行证可以进入蛇穴的辖区。很多个早晨我试图让自己看上去很忙，我带出一个文件夹，沿着走廊走，再拿回来。我想你会说这与我在国防部的工作很类似。”

“在这些试探中你有没有恰好碰到过同一批受训的职员？”

“这些我都记不起来了，我正绞尽脑汁地想，但是我一个也想不起来。”这是真的，因为我是唯一一个直接从训练组里派到这里的。

“但是你并没有在那里做任何实际工作。”

“是的，先生，什么也没做。”

“好吧，我们今晚就到这里吧。”

“好的。”

“早上给华盛顿方面打几个电话。”

“没问题。”

我准备离开，他举起手来：“哈伯德，现在，我同意MI6这个假设，但是我仍然不看好你，因为这是你第一次告诉我你在蛇穴活动过。”

“对此我很抱歉，先生。你会相信我吗？我以为这只是一件小事，我都没有在意过。”

“不要像犹大似的站在那里，你是为我效力，我不会因为小事惩罚人，除非他在测谎检测上不合格。”

“明白，先生。”

我静静地走出房间，我现在已经没有心思去找英格里德寻欢作乐了，我需要找到夏洛特说说我的事，而我只能去国防部使用保密电话，除此之外我别无选择。自农场受训以来，我第一次选择了逃避策略，乘坐出租车从GIBLETS到夏洛登堡下车，步行了半公里，之后我坐上了另一辆出租车，司机驾车把我送到了国防部附近的街区。我想身后不可能有跟踪者，之后我才发现空荡荡的街上呈现的是清晰的阴影，其他车辆的出现扰乱了我所在出租车的视线，此刻我才百分之八十地确定我没有被跟踪，虽然我的主观情绪是悲喜参半的。

我很庆幸自己没费多少周折就找到了夏洛特，他正在家里吃晚饭。听了我的叙述，他对巴特勒和沃尔夫冈这一节特别关注，然后是我和克兰的谈话，还有我向比尔·哈维承认我曾经在蛇穴活动过这一段。我本来还想告诉他英格里德的事，但是她偶尔有情报拿来卖的可能性太小了，我就没有向夏洛特提起她——还是先拣重要的说吧。

“好了，”听我说完后他说，“比尔·哈维明显只关注最大和最小的两个环节，MI6和你，兄弟。”

这声“兄弟”通过保密电话传到我的耳朵里，听起来很有磁性。

“是的，”我说，“我也得出了这个结论。”我的声音在干扰和被干扰中就像海鸥的尖叫声一样难听。

“我打算把重心调到 MI6 那一边，”夏洛特说，“我有个朋友在那儿，他会帮助我解决这个问题。未来几天就会有英国同僚出面指责比尔·哈维了。”

“如果他没有查到谁是 SC/ONION，会发生什么？”

“他会回来找你。”

“好的，我知道了，先生。”

“同时，我会进入资料库，获取一些假名给你，你就可以向哈维报告说是你通过旁门左道搜集来的。放心吧，只是一些无害的蛇穴懒汉罢了，我们会选择那些差不多跟你同一时期入职的人，让比尔·哈维相信你很认真地对待他的任务。顺便说一句，你知道一些跟你同期入职的人的假名吗？”

“我知道一些，但是这样公平吗？朋友的职业生涯可能受到损害。”

“不会到那一步的。我刚做了个决定，你是因为我才蹚这趟浑水的，机构派我到柏林去执行任务，刚好与比尔·哈维有机会打交道，你等着吧，我很快就会过去的。”

我不知道是应该把这个消息当作救援呢，还是这意味着我的幸运已经慢慢滑向危险的边缘了。

“眼下，一定要设法让比尔·哈维夫人说出她丈夫从联邦调查局转到中情局的事情。”他说。

“可那时候她还没和他结婚啊。”我说。

“我当然知道，我只是想了解比尔·哈维是如何告诉她这个故事的。尽量试着让她说出细节，你也可以在她身上放个窃听器。”

“我不知道这样做是不是合理，你知道她一直对我很好。”我说。

“你听起来像我从未有过的小妹妹。”夏洛特说。

“蒙塔古先生，恕我直言，我尊重你。”

“哈利，你现在困难重重，现在我希望你停止抱怨。你的良心让你从事这个职业，但是你会慢慢地发现你的职业将迫使你经常受到你良心的谴责，卑劣的、残暴的、恶毒的。”

“恶毒的？”

“像瘟疫一样。你对比尔·哈维夫人的不忍心我一点也不惊讶，我知道，因为铁也有感情，所以在煅烧钢铁的时候不得不往火炉里加硫黄，铁的感受也会和你一样。”

“我会这么做的。”我说。我不知道这是一次“煅烧”我良心的机会，还是我个人对此次任务很满意，某种新的情绪在我心中若隐若现。

“尽量获得更多细节，细节越多越好。”夏洛特说。

“她是个口风很严的人。”

“是的，但是她也很爱她的丈夫，至少你告诉我是这样的。因此，她的记忆中一定存留了许多发生在比尔·哈维身上的不公平的事。一旦这个嘴紧的女人开始说话，就会像瀑布一样倾泻下来，你就等在瀑布的另一端等着听故事吧。由于约翰·埃德加·胡佛太自我了，他曾当面叫比尔·哈维滚开，这件事可以很好地刺激她的愤怒情绪，也许会让她开口说出一些东西来。”

“请代我向基特里奇问好。”我说。

“当然。”

“蒙塔古先生……”

“怎么了？”

“如果我真的找到了沃尔夫冈会怎样？假设地窖酒吧里的家伙就是沃尔夫冈呢？”

“好想法，哈利。那你去那家酒吧准备一下，我可能想要亲自去见见那个人。”

“你什么时候会来这儿？”

“最多一周吧。”

结束通话后，我突然觉得这件事很快就会水落石出。

不管怎样，由于我太兴奋了所以睡不着觉，索性又去找英格里德，但是今天晚上她休息得很早。德鲁酒吧里空荡荡的，我坐在吧台和玛利亚调情，她反而拿英格里德来嘲弄我，很明显，英格里德把我们之间的事告诉了她。

“也好，我宁愿和你在一起。”我说。

玛利亚回了我她那标志性的神秘微笑，我也不知道是哪一点逗笑了她。两天后，我发现我得了淋病。

10

我在军事医院接受治疗时遇到了迪克斯·巴特勒，自从那一晚我们在城里分别之后，这是我第一次遇到他，他想在性礼节方面给予我一些指导，但是上次在安全屋他跟我讲的故事没有任何参考价值，其实出于社交需求，也没有什么性礼节指导。所以，关于这个我们都患过的病他只讲了一个笑话，他讲得很轻松，我也有一种释然的感觉。可是在事情刚发生的时候我却觉得很紧张，我曾犹豫要不要去美国医院就诊，如果去了我的名字就会被记录下来。而且组织有规定，隐瞒性病不上报者，一旦发现就会记大过。表面上我来这家医院看病的经历不会记录在我的二〇一档案上，但是我仍然半信半疑。

如果我选择官方途径，那么组织就会把我们这些初级军官交至柏林当地的医院就诊，可是原则上我们并不愿意去西柏林的医院里看病，因为我们无从知道主治医生是不是东德的间谍。SSD 手上持有最新的国务院和情报机构人员名单，由于当地医院会将所有的性病案例上报给西德的健康机构，这些文件也可能向东德警方公开，患者的资料最终会落入 SSD 的手中。他们会因为这个要挟你，因为你没有第一时间上报你可能会传染给情报机构。这会变成一个很棘手的问题。

同样，还要上报中央情报局我的淋病都有可能是哪些人传染给我的，这深深侵犯了我的隐私权。荣耀也罢，耻辱也罢，我只想独自一人默默承受（况且这只是男人的病），我不想提供那晚的所有细节。然而，在医院里医生也要求我列出传染淋病给我的女人的名字，"我不知道，" 我答道，"我又不止与一个女人发生关系。"

"那就都列出来。"

我说了一些名字，虚构的，像伊莉、凯茜、卡门、瑞吉娜、玛莲娜，并把她们安排在不同的酒吧。

医生警告道："你的性生活最好悠着点。"

"人只年轻这么一次。"

"那么你很快会再次染上性病，这就会被记录在你的二〇一档案了。第二次就诊时就必须要把病例放到你的档案里了。

"没问题。"

我不想再说"好的"。迪克斯·巴特勒的出现让我放心了许多，他曾经也来过这家医院就诊，所以他很清楚该如何应对这里的一切。

"你有没有告诉比尔·哈维我曾经在蛇穴？" 就我们两人坐在等候室时，我问他。

"我说过。"

"什么时候？"

"三四天前，比尔大叔打电话问我的。"

“你知道的，我仅仅是去蛇穴打掩护。”

“是真的吗？你要掩护什么？”

“你保证不会再告诉哈维吧？”我说。

“我不会说的，除非比尔大叔再打电话来问。你知道的，兄弟，我的职位是比尔大叔安排的，是他把我从一大群受训职员中直接挑出来。”

“我调到技术服务中心了。”

“和罗斯一起吗？”

“我从未见过罗斯。”

“我一直以来都会收到罗斯的来信，长长的手稿。他一直在推进他的工作，这份工作让他无比崩溃，他把所有时间都花在通过单向镜观察旧金山的一个妓女身上。那个女人将不同的药放在嫖客的饮料里，来观察哪种药能诱使这些人泄露更多的秘密。”

“你能让我看看罗斯的信吗？”

“他蠢到把它都写下来，我还有什么理由不拿给你看呢？”

由于我“愚蠢地”告诉迪克斯我在技术服务中心的工作，大概，他没有理由不告诉比尔·哈维。我觉得我好像成功地完成了一个精心设计的计谋。

我感觉自身发生了一些变化，如果我失去了比尔·哈维的偏爱，我不会觉得自己像失去了某种特殊财产一样软弱。我不知道对我的良心的磨炼是否已经开始，但是我感觉自己就像一个战士一样，一年来经受了无数恐惧的磨炼，如今我已经全身心投入到战争中了。让我惊喜的是，我觉得这是一种更优越的生活。人或许会在某天突然死亡，甚至在下一个时刻就命丧黄泉，但是这种突然死亡最起码不会惹人担忧。我的意识仍然活着，微小的人物关系都有意义。我可能再也看不到英格里德了，但是我发自本能地想保护她。我投身于战斗中，这让我放声大笑，同时也让我对短暂的人生充满担忧（在这种情况下，我尤其担心我的事业），可我依然保持着冷静。

昨晚我和休·蒙塔古通话之后，早上比尔·哈维又给我安排了新任务。“年轻人，”他告诉我说，“我要给你额外布置一项任务了。”

“明白，先生。”

“我不知道这个问题要持续多久，我希望能够很快解决。不论如何，祝你好运。”

“头儿，究竟是什么意思？”

“今天早上八点钟克兰打来电话，前两天他一直在和 MI6 争辩。一开始，他们根本没人搭理他，后来他们向他保证他们里面没有内鬼。六个小时以后，伦敦时间早上六点，有人打电话到他家吵醒了他：‘就此打住吧，事情很复杂，无法多说。’”

“所以 SM/ONION 在 MI6 里面。”我说道。至少，夏洛特打了个很关键的电话。

“似乎是这样吧。”哈维说。

“只要你需要我，我保证会一直在办事处附近，但是我不确定你……”

“年轻人，别紧张。”

“哈维先生，如果 MI6 没有什么行动，那就很有可能不会有什么了。我可能永远处于危险境地，你最好还是赶紧走吧。”

“不要预测我能决定什么不能决定什么。”

“我能说出我的猜测吗？”我忽然产生了灵感。

“你很有可能得不到答案。”

“你可以把 MI5 并入 MI6 中。”当然，他曾经为 FBI 效力，当然了解 MI5 中的每一个人。

“我是了解一些情况。”他坦承道。我很惊讶，虽然他对我有所怀疑，但他还是告诉我这么多事情。我觉得我好像理解他了，他喜欢我，我是个好学生。如果他一直让我细说，那么到头来他肯定会坦白许多事情。

傍晚时分，夏洛特再次行动起来——我收到一封来自华盛顿的电报，列出了三个人的名字，他们曾经在蛇穴工作过。他们的假名一直跟随着他们，代码分别为：质量等于史密斯、概要等于罗德利、复活节等于奥尼尔、KU/CHOIR。

KU/CHOIR 是我曾在华盛顿的一个室友，名叫艾德·戈登。如果艾德·戈登受到质疑，他当然会否认他发过这封电报，但实际上谁会相信他呢？假设他满足我的要求从旁门左道获得一些假名，他会承认这事吗？可怜的艾德·戈登，我从没怎么喜欢过他，他二十八岁就秃头了，可是他的胡须特别浓密，每天要刮两次。他曾在维拉诺瓦花了很多时间讨论到底是申请中情局还是申请联邦调查局。他充满了学究气，据理力争。可怜的艾德·戈登，他的男人气概在这场争论中荡然无存。是的，我就像一个战场的老兵一样顽强和优秀，今天结束工作前我就有内容向比尔·哈维汇报了。他检查了三个假名，咕哝着问道："这些人是怎么接近你的？"

"长官，你不会想知道的。"

"我是不太想知道，"他把这些假名递回来，"你能得到更多人的假名吗？"他问。

"从我上家这个来源估计得不到更多的消息了。"

"试着找到第二个消息源。我们看过的文件可以传递给我在华盛顿的同僚，他们会看得更仔细。但由于真正的主角似乎在 MI6，所以我们估计要等一段时间。我今晚要去德国南部见一个人。"

我意识到比尔·哈维可能去普拉赫，就在慕尼黑的南部，盖伦上将把 BND 的总部设在那里。

"那你不用飞行太久的。"我说。

他摇摇头："我开车过去，连经过检查站的时间算在内，晚上开五个小时就能到达。但是大部分时间我的车速必须开到每小时一百五十至一百六十公里，马提尼酒会在途中助我一臂之力。现在先小睡一会儿，明天一大早我就会见到我的人。"

"我想跟着你一起去。"我脱口而出。

"年轻人，不要激动。"

"你派了谁来替代我？"

"我一直有个靠得住的备用人选。"

"C.G. 吗？"

"她会跟我一起去，"他和我握了握手，"过几天见吧，到时候你要准备好向我汇报我交给你的任务。"

"哈维先生？"

"什么事？"

"不要告诉 C.G. 我是个不受欢迎的人。"

"傻瓜，你就是个上帝的宠儿啊。"他如此答道。

我走了，留下他一个人在桌旁，头上的电灯泡闪着火花，这样的场景现在对我来说熟悉得像亲戚一样。

我回到公寓不到几分钟，电话铃就响了，是比尔·哈维："收拾好行李，你过来吧。"他说。

我赶紧开口感谢他，但是他打断了我："见鬼，不要感谢我，不是我想带你去，是我打算去拜访的那个人让我带上你，他说他曾经在华盛顿见过你。"

"他确定见过我？"我猜不出他是谁。是夏洛特吗？他到德国后直接去了 BND 总部吗？难道他已经公开了我们之间的联系吗？但是比尔·哈维的下一句话打消了我的种种猜测。

“我真搞不明白你是怎么遇到他的，”他不解地说，“这个德国佬也没有经常去美国呀。”

11

我们动身去 BND 总部时已经是午夜时分了，准备在中途加油时遇到了一些难题，因为比尔·哈维不希望在路上使用美国军方的加油站，由于在晚上运营的加油站一般都是由民主德国人掌控的，比尔·哈维也不想停在某个军事基地，那样的话我们不得不叫醒后勤军官送来储油罐的钥匙。“上一次，因为要叫醒军官拿储油罐的钥匙加油，花了我一个多小时的时间，”比尔·哈维抱怨道，“该死的钥匙在军官的裤子上挂着呢，那名军官还不知道在哪个妓院里潇洒。”

“比尔，你必须要付出一切代价来谱写这样的历史吗？”C.G. 问。

问题是我们不能把五加仑的油桶放进凯迪拉克的后备箱里，哈维也不会把油箱捆在汽车的顶部。“狙击手一个炸弹我们就灰飞烟灭了。”

“比尔，为什么我们不坐飞机呢？”她问。

“空军基地有一些德国机械师，坐飞机很容易遭到他们的攻击。这些我老早以前就掌握得很清楚了。”

所以我们的准备工作就是给后备箱焊接一个防弹的辅助燃油箱，因此耽误了两个小时，我们又花了一个小时等待最后的批准文件，这些事情都弄完了我们才启程。哈维先生带着猎枪，C.G. 和我坐在后排。

正如比尔·哈维预计的，这是一次快速的行程。我们进入东德区域时，勃兰登堡公路的检查站没给我们制造麻烦。一个小时之后，根据我们的南部旅程路线，我们再次回到西德，经过另一个检查站，他们也没有为难我们。我们开车穿过了平坦又肥沃的田野，哈维一边喝着马提尼，一边讲述一个被抓获的苏联间谍的故事。这个间谍将微缩胶卷情报放进一颗镶金的假牙里，"是我发现了这个浑蛋，"比尔·哈维告诉我，"'用X光照射这个撒谎的杂种！'我跟当时的同事说，我很确定在牙齿的镶嵌物和底部之间有一根细细的线，'要么是牙医的技术不够好，要么是藏有东西。'所以我们拔掉了这个家伙的假牙，我找到了微缩胶卷，俄罗斯人一直以来都在用这样的方式获取情报。你听说过他们的氢氯酸手枪了吗？射出的是喷雾，漂亮！持枪者在街上冲到你面前，对着你的脸开一枪，你就死了。尸检如果延迟几个小时，那就没有任何中毒的痕迹了，这就是为什么我从不在柏林街头散步的原因。我宁愿让我身边的人以为我是被苏联人杀死了，也不愿意让他们误以为我是因为饮酒过多血管爆裂而死在了大街上。"他又倒了一杯马提尼，"哈伯德，如果你要外出觉得自己有可能遇到这种攻击的话，有一种解药可以保住你的性命，那就是出去之前先吞一点硫酸钠。你要去GIBLETS医疗中心查找一下237-AQ子弹的含毒量，只有如此，你才有机会在中枪的十到十五秒之内拯救自己。在你的外套口袋里随身带上一些硝酸戊酯胶囊，一旦你被射击就赶快拿出胶囊塞进嘴里。我总是会随身携带一些的。"比尔·哈维一边说着，一边用力打开储物箱，拿出一个瓶子，倒出一把胶囊，"给，"他将一把胶囊递给C.G.和我，"带上这些东西。"他也毫不犹豫地对司机附上一句："小心这些马车，山姆，你看到任何马车都要避而远之！"同时还不忘轻轻拍着司机的肩膀。山姆以每小时一百英里的速度掉转方向，稳稳地前进着。"我不相信凌晨两点这些路上还有农民推着手推车。"他说，又回到毒手枪这个话题上，"我曾经在普拉赫亲眼看到过，哈伯德，你肯定想象不到。”

“但我的确想象过了。”

“这些德国佬因为迁怒于我们而杀了条狗。BND 的人就像展示特技似的，只是走了过来，开枪，走出去，那条狗就四肢绽裂，不到一分钟就死了。这一切就发生在这块玻璃外面。”

“我倒很想会会杀了这条狗的人。”C.G. 说。

“一条可怜的狗,罢了,”哈维说,“这个画面永远留在了我们的记忆里，苏联人无所不用其极。”

“BND 的人很擅长做这种事情。”C.G 坚持说道。

“等一下,”比尔·哈维说，“你这么说，不也中伤了赫里克·哈伯德的朋友吗，他可是邀请我们去普拉赫度过周末的人啊。”

“长官，我发誓，我不知道这些事。”我说。

“看看这个,”他说着，顺手递给我第五至第七页索引卡，卡片首尾被遮住，只留中间一部分有字。“我希望我的调查结果能够以这种方式呈现，以免我遗漏了类似的任务给你。快速浏览一下这些故事吧，只看那些大标题就行，很快就能看完的，就当是看《时代》杂志的头条吧。”

借着凯迪拉克后排灯光的照明，我看到：

莱因哈德·盖伦

现任 BND 主席。BND，以前被称作“组织”，总部位于普拉赫，在伊萨河岸边，慕尼黑以南六英里。以前是由一所房子、几间小屋和几个沙坑组成的小院子，一九三六年重建为鲁道夫·赫斯和幕僚的官邸。随后马丁·鲍曼也在此居住过。“二战”后，被美国军方征用，赐予盖伦将军居住。将军成立了联合办公室，暂住在“白宫”里，是原址中心处一幢两层楼的大厦。“白宫”一楼的餐厅里，墙壁上贴的是自鲍曼时期就未变过的壁画——胸部丰满的德国女人将玉米穗编成花环，体育场上一排年轻人的塑像围绕在花园中的喷泉旁。

现在，普拉赫增添了很多现代建筑，三千名官员和职员在此工作。盖伦身高五点七英尺，头顶几乎全秃；在早期的照片里看上去很瘦，如今长胖了；他总是戴着深色的眼镜，耳朵很大，穿着不容易发出声音的橡胶底鞋子——他是一个以家庭为中心的人。

盖伦将军的假名：我们所知的唯一一个是“施耐德博士”，除此以外没有人知道他是否还有别的假名。当盖伦以施耐德博士的身份游历时，总是戴着各式各样的帽子。

他就是我在运河屋遇到过的那个人吗？施耐德博士？长着一对大耳朵的小个子男人，在和夏洛特对弈时每走一步棋子都要哼唱几声。我的心情变得极为兴奋，现在我终于知道兴奋的感觉了。

“盖伦手中曾经有只天鹅，”比尔·哈维说，“这只天鹅受过训练，懂得朝着超声波信号游进。在它的羽翼下，组织缝上了一些防水塑料小袋子，天鹅带着小袋里的文件，经过格里尼克桥[1]从波茨坦游到西柏林，又游回来，袋子里装着新的指示。经过东德的桥下时，俄国的哨兵会给他们扔面包屑，这就是我所说的情报员。”

“我很喜欢这个故事。”C.G. 说。

[1] 格里尼克桥（Glienicker），位于柏林与波茨坦的分界处，让这里真正出名的却是冷战，它就是大名鼎鼎的“间谍桥”。1990 年，“间谍桥”被联合国选为世界文化遗产。

“另一方面，”比尔·哈维继续说，“在过去的日子里，盖伦的组织每月都在扩大，德国人饱受资金缺乏的折磨。盖伦曾经向我们诉苦，他告诉我们他拒绝来自美国的金钱诱惑，没有与中情局签合同。现在我们付钱也无法满足他的需求了。实际上，我们支付了一大笔钱，但仍然不够。这个家伙特别贪婪！你知道他不是为了让自己富有，而是为了建立组织。所以，他说到做到，建立了几个情报机构。”

“都建立了哪些情报机构？”我问。

“跟我们下设的驻地差不多，只是他设的这些机构分布在德国的每一座大城市。‘充实你们自己。’盖伦告诉他的下属员工，然后他和美国军方的一些老朋友通了电话，他们谈到美国的腐败问题，这就又回到了先有鸡还是先有蛋的争论点上，到底是先出现了美国军方还是先出现了美国黑手党？不过最终，盖伦和我们的同事策划了这次诚信的交换：德国情报总部向美军移交了一批无关紧要的 SSD 间谍，这些间谍即便招供了也肯定说不出一个敌方间谍的名字来；现在为了回报这些人给我们提供的这几个苏联小喽啰，美国军方送给当地的情报机构一卡车美国雪茄。盖伦组织里的人很快就将这些雪茄拿到黑市上兜售，筹得的钱款用来支付他们员工的工资。他们一拿到现金，美军就出面没收这车货，再将雪茄还给他们；组织的人再次迅速地将它们卖给其他的黑市商人。如此一来，同一车一万余箱的骆驼牌雪茄被反复贩卖了五六次。我的朋友，这就是四十年代末的情形啊，那时候我还没来德国，多么美好的曾经啊。”

“你讲讲盖伦将军和杜勒斯先生的故事吧。”C.G. 说。

“噢，他们呀……”他咕哝了一下，沉默了，我可以感觉到他不想再让我听到这些事了。难道是他想起来我之前令他不悦的事了吗？

“说呀！”C.G. 再次央求道。

“好吧，你听说过亚瑟·特鲁多将军吗？”

“没有，先生。”

“几年前亚瑟·特鲁多是美国军情局的长官。德国总理阿登纳[1]于一九五四年访问华盛顿时，特鲁多想见阿登纳，他就托付盖伦引见。特鲁多见到阿登纳总理后，大胆提出中情局不应该再支持一个由前纳粹运营的西德组织，并且解释说如果这被各国媒体知道了，将会对各方造成不良影响。阿登纳告诉特鲁多，他也不喜欢纳粹，但是在德国政治中，不破不立。这之后，阿登纳的一个手下将这段对话告诉了盖伦，于是盖伦向艾伦·杜勒斯抱怨。我们的长官又将此话带到白宫，告诉艾森豪威尔总统，特鲁多将军在裁人方面拒不考虑美国的利益。

“艾森豪威尔告诉杜勒斯：‘我听说你们的盖伦真是个令人讨厌的家伙。’

“艾伦·杜勒斯回答说：‘总统先生，间谍中没有恶霸。盖伦或许是有点暴躁，但我也没必要邀请他踏足我的地盘。’

“紧接着就引发了高层之间的一场论战，就连国防部秘书长和参谋长联席会议主席都站在了特鲁多这边，但是最后还是艾伦·杜勒斯赢了。他这个人，总是有法子让总统站到他那一边去，而特鲁多被派往远东去指挥空军了。我以为这样就能够震慑住盖伦，谁知一年以后，他竟说服阿登纳让他的组织为德国服务，他一定是觉得赚德国的钱比赚美国的钱靠谱，所以才转战德国的，这才有了我们现在的BND。故事结束了，这些够你消化的了。告诉我，年轻人，对于这个人你还了解些什么？”

---

[1] 康拉德·阿登纳（Konrad Adenauer，1876—1967），一位跨世纪的人物，他经历了德意志帝国、魏玛共和国、第三帝国和联邦德国等四个重大历史时期。在他的领导下，德国在政治上从一个“二战”战败国到重新获得主权，进而成为西方国家的一个平等伙伴；经济上医治了战争的创伤，并通过实施社会市场经济，创造了德国的“经济奇迹”。作为德国公认最杰出的总理，他在德国现代史上已深深地打上了自己的印记。他的影响至今仍到处可见。为此，人们把这一时期称为“阿登纳时代”。

在他讲故事的过程中我一直在等待着他的问题，因为他有个习惯：讲故事时全神贯注，然后，突然就冒出一个问题来，你就彻底被他掌控于股掌之中了。

“我并不太了解他。”我说。一段尴尬的沉默之后，我只好再补充一句，“我就说说我知道的所有细节吧。”

“嗯，细节很重要。”比尔·哈维说。

“我在我父亲的朋友家里遇到过他，大家都称他为施耐德博士，我几乎没和他说过话，他几乎一整晚都在同主人下棋。我很惊讶他竟然记得我。”

“那家主人是谁？”

“休·蒙塔古。”

“休·蒙塔古是你父亲的好朋友吗？”

“他们的友情到底怎么样我不是很清楚。”

“但是关系好到可以邀请你共进晚餐？”

“是的。”

“蒙塔古和施耐德谈了些什么？”

“没谈什么，施耐德以一个演奏会钢琴家的身份出现，他弹了一曲狂奏曲，说是为东德总理威廉·皮克[1]弹奏的。他说皮克是个品味低俗的野蛮人，他想搬离他在某城堡的宅子——但我不记得这个城堡的名字了。”

“是下萨克森州城堡吗？”

“是的。”

“很好。”

[1]威廉·皮克（1876—1960），德国共产主义政治家，东德第一任总统。

“他还说，皮克总理有时候会离开官邸踏入仆人的住处，他到房间会脱下鞋，穿上拖鞋和工装，自己做晚餐。老白菜汤，冷面，甜点是布丁。他把这些东西全部放在一个托盘里，一口气吃个精光，布丁和面条都混在一起了，他也照吃不误。我记得当时我还纳闷施耐德博士只为威廉·皮克演奏过音乐会，他怎么会知道这么多。”

“蒙塔古和盖伦还说了什么？”

“论棋。”

“给，这有张盖伦的照片，你对照一下。”他递给我一张照片的复印件，“我只是想确认这位施耐德的确是我们的盖伦先生。”

“那天晚上他戴着一顶白色的假发，但是我想我能够辨认出来。”

“百分之百确定吗？”

“我保证百分之百确定。”

“很好，盖伦和蒙塔古在你面前除了谈论下棋，没说别的了？”

“那天晚上我基本都在和蒙塔古的夫人聊天，也没有注意到他们聊了什么别的。”

“基特里奇？”

“是的。”

“聊什么？”

“闲聊。”

“详细说一下。”

“长官，说心里话，我觉得和蒙塔古夫人在一起比和她丈夫在一起舒服多了。我们散步在阳光下，无话不说。我们还在厨房偷笑施耐德博士下棋时发出的滑稽的声音，噢，就是盖伦将军。”

“你认识蒙塔古多久了？”

“我在他和基特里奇的婚礼上认识他的。你也知道，他家与我家的关系非同一般，他父亲买了我家的避暑别墅。他的婚礼之后，我又见过蒙塔古一两次。”

“你觉得他这个人怎么样。”

“冰山一座，深不可测。”

“这倒是真的。”C.G. 说。

“现在我们已经有了大致的认识了，但还是无法解释为什么盖伦要我带你一起去普拉赫。”

“基特里奇和我是第三代表亲，”我说，“如果基特里奇向盖伦提到过我们之间的亲戚关系，那么或许是他想礼节性地尽一下地主之谊吧，你不是曾说过他是一位以家庭为中心的人吗？”

“你是说基特里奇要求他邀请你的？”

“也不一定是这样，长官。只不过盖伦肯定知道是谁在 GIBLETS 为你效力。”

“你是怎么得到这个结论的？”

“我印象中在柏林每个人都是无所不知的。”

“你这个小兔崽子，还真是这样的。”

不知道为什么，这番话引得他沉默不语，他结束一段对话就跟关掉一盏灯一样毫不费力。凯迪拉克默默地行驶着，哈维自顾自地拿起马提尼酒壶给自己倒酒。驶过平原，我们来到了起伏的山村，高速公路弯弯曲曲，路上没有任何过往车辆。我们在布伦瑞克下了高速，沿着双车道行驶，司机在大路上将速度减到每小时九十英里，经过弯道时车速减为每小时七十英里，进入村庄时车速已经控制在每小时六十英里以内。他妈的，带着淋病坐这等快车真是一次苦不堪言的经历啊！我想小便的欲望在我知道淋病由此带来的代价之后不得不克制住。到了艾巴赫我们再次上了高速，以每小时一百二十英里的速度向前行驶。在巴特赫尔斯费尔德，又出现了与之前类似的弯路，车在山坡上、树林里、村子里不停地转弯，一路转到维尔茨堡。来到维尔茨堡，路稍微好走了一些，不知不觉我们就到了纽伦堡，再经过最后一段路程就到慕尼黑了。凌晨四点半，我们来到一个二十四小时营业的加油站，比尔·哈维再次开口说道："在此停车，我要小便。"

我们将车停在加油站后面的阴暗处。

"山姆，检查一下男士和女士洗手间。"比尔·哈维告诉司机。山姆返回时，点头示意。哈维下车，向我打手势示意。"你要去洗手间吗？"他问 C.G.。"长途旅行中我一般不去。"C.G. 回答。

他咕哝了一声，他的呼吸穿透了夜晚的空气，空气中顿时弥漫着杜松子酒味。"走吧，年轻人，"他沉重地说，"就只有咱俩去了。"他拿出他的随身箱子，递给我。

虽然山姆之前已经侦察过男女洗手间了，但哈维还是小心翼翼地从肩上的皮套里拿出枪来，扭动洗手间门上的把手，门半开着，留了一条缝，从这个角度往里望去，又快速地跳至门缝的另一边，换个角度观察洗手间里的情况。如此一来，哈维才满意地点点头，开门进去之后他又忽地转身确认门后无异常，接着又半趴在地板上，从下面检查是否每个隔间里都无异常，之后他站起身一个一个打开隔间的门，脸上露出满意的笑容，"山姆很擅长做检查工作，但是我做得更好。"说着，他又迅速仔细地揭开每个水箱上的盖子，仔细向里看，从口袋里拿出绕成圈的电报线，沿着每个池子的冲水道缠上一尺高，然后才慢慢呼吸出来。"我曾经有过一个噩梦，"他边说边冲走这些电报线，"一包录音带在男厕里爆炸了，而我就被困在了里面。"

"真是个噩梦。"

他打了个嗝，拉开裤子的拉链，背对着我，像驮马一样尿出来，撒尿的声音很大，我在另一个隔间，像一个尽职的下属一样等待着我自己迟钝的液体发出微弱的声音，尽力不畏缩，我的尿液就像一股带电的温热电线一样，顺着尿道流出来。我不觉得自己小便声音小就输给了他。

“年轻人，身体很虚啊。”他说。

“只是声音小而已，它可是真材实料的。”小便的疼痛差点让我喊叫出来，我的生殖器肿胀得非常可怕。

“你这真是个好家伙。”他回头看着说道。

我没有向他解释为什么我的生殖器的尺寸是平时的两倍。

“没想到你说话柔声细语，家伙还挺大。”

“这不就是……”我回复，“西奥多·罗斯福的外交政策[1]嘛。”

“我的就比较小，”比尔·哈维说，“这全靠运气。但是，年轻人，有那么些年我可是极好地利用了我的小家伙啊！阴茎短小的人会更努力。”

“我已久闻你这方面的大名啦。”

“我的大名，哈哈，我只不过是恶魔般的女性‘杀手’，”听罢，我觉得很尴尬，但他随即说道，“我想知道你是不是也这么厉害，你睡过基特里奇吗？”

“睡过。”我撒了谎，连我那像电线一样细的尿流似乎都在暗示着我的底气不足。

他用另一只闲着的手拍了拍我的背，说道：“我很高兴，我希望你能让她爽起来。她是个床上尤物吗？”

---

[1]“大棒政策”，美国第26届总统西奥多·罗斯福提出并实行武力威胁和战争讹诈的外交政策。他曾在一次演说中援引了一句非洲谚语“手持大棒口如蜜，走遍天涯不着急”来说明他任内(1901—1909)的外交政策，后发展成所谓“大棒加胡萝卜政策”。20世纪初，美国凭借其大为增强的军事经济力量，积极推行向外扩张计划，加强了对拉丁美洲，特别是加勒比海地区的侵略。

“棒极了！”我说，淋病真是像被闪电击中一样，让我剧痛难耐。

“我本来打算亲自和她干一炮的，可惜我因为别的事放弃了这个念头——我对C.G.的忠诚需要付出大量的努力，机构的运营也需要我尽心尽力。总的来说，我很高兴你和她有一腿，我讨厌那个浑蛋蒙塔古。”

我发现了逃避的秘诀，那就是你自己去探索着逃避。“我也恨他。”我说，对我自己，我心里默默加了一句“原谅我吧，蒙塔古”。我并没有觉得自己背叛了蒙塔古，毕竟，蒙塔古也曾经鼓励过我，要我自己去探索解决难题的途径。

“你最近和基特里奇聊过吗？”哈维又问道。

“聊过。”

“什么时候？”

“几天前，我因为没有告诉你我曾在蛇穴活动过而失去你的信任时，我打电话过去只是抱怨我这些麻烦事。”

“这情有可原，”他抖抖他的生殖器，放回短裤里。我也要结束我的折磨了，听到他问我，“你认为她可能是给盖伦打电话的这个人吗？”

“可能吧，”我说，“施耐德博士之前就为她着迷了。”

比尔·哈维突然大吼起来，其实他只是在打空嗝。在摇晃的灯泡下，他的脸色看起来很苍白，脸上挂着大颗大颗的汗珠——我想这是他纵欲过度引起的痉挛。但是他似乎觉得身体不适就跟火车车厢里的空气总是很闷臭一样理所当然，丝毫不予理会。他点点头，继续说道：“如果她给他打电话，那就不一样了。盖伦很有可能什么都肯为她做，这一点我能接受。”说着，他抓住我的手臂，将他那像铁钉一样的短粗手指嵌进我的肱三头肌里。

“你对盖伦忠诚吗？”他问。

“我并不喜欢这个家伙，”我说，“这并不是因为他的言谈举止。如果我有机会深度了解他的话，我想我会更加不喜欢他。”

“那我呢，你对我忠诚吗？”

“长官，我愿意随时为你而死。”

这是真的，我早已准备好为夏洛特而死，为基特里奇而死，当然，还有我的父亲。我已经准备好了为他们牺牲，这种意愿是我心里最强烈的情感。我认同我性格中的这一面，但是我也有卑劣的一面——各种谎言脱口而出、过度夸张的情感表达，这如果被我那正直的圣马修学院的院长知道了，一定也会十分震惊。“年轻人，我相信你，”他说，“所以我要交给你一个任务，我需要在盖伦身边安排人。”

“请你吩咐。”

他弯下腰，这样他的呼吸更沉重了，打开随身的箱子。“脱下你的衬衫。”他说，我还来不及搞清楚他要干什么，就见他从箱子里拆下一个很小的塑料磁带录音器。

“这就是我们的秘密武器，”他说，“让我把它粘到你身上。”

他的手指很灵活，很快就将录音器贴到了我的后背上。他将一个开关穿过我口袋的小洞，将一根电线穿过我衬衣上的纽扣洞，上面粘着一个白色的小小的纽扣——这是个麦克风。他递给我另一盘磁带，“每个磁带可以录音一小时，你总共有两个小时，我们见到盖伦后，你就录下盖伦说过的每一句话。”

“遵命，长官。”

“现在你出去吧，让我一个人待会，这并不是针对你，而是我要呕吐了，吐吐更健康。你走吧，我要开始吐了。转告 C.G. 我十分钟就好，最多十五分钟，我要吐得彻底一点。噢，天啊——”我走出门时听到他大喊一声，接着就是稀里哗啦的声音，仿佛一股强大的力量掏空了他的胃。

我回到车旁，看到山姆正看着储油箱里的油被抽到燃油箱里，C.G. 一个人坐在后排。

“他说他需要多久？”山姆问。

“十分钟。”

“那就会是二十分钟，”山姆看看他的手表，“每次我们去普拉赫，他都想要打破路上用时的纪录，但是今晚恐怕没有这个可能了，真可惜。虽然今晚路面没有结冰，也没有大雾，没有因为修路施工而绕行，他到最后肯定还是会问我‘为什么没有再快几分钟’，我能说什么呢，总不能直白地告诉他是因为他在加油站的磨蹭吧。”

这是我听到山姆说话最多的一次了。

“这个夜晚真奇特！”

“你还是留着这个故事告诉海军陆战队吧。”他转悠到男厕门口，站在门外守候着。

我上车回到后排和C.G.坐在一起。这时候我突然意识到如果运气是人类社会里的一股涌流，那么我们就得学会顺流而上。我将手伸进口袋里，拧开秘密武器的开关。

“哈维好了吗？”她问。

“他几分钟后就回来。”我说。

“如果大家都知道他有多努力，就一定会理解他的怪癖的。”她告诉我。

我很想提醒她不要继续说下去，甚至想控制她说的每句话，可是我的意识早已陶醉在马提尼中了。

“我想他从来没有被大家理解过。”我说。

“哈维才华横溢，但同时上帝也赋予了他很多敌人。”

“有多大能力就要承担多大责任嘛。”我说。

“你完全可以这么想。”

“这是真的吗？”我开口，但又立即说道，“算了，我不多问了。”

“你问吧，我相信你。”

“那我就大胆地问了。”

“如果我知道的话就会告诉你的。”

“约翰·埃德加·胡佛不喜欢你丈夫是真的吗？”

“我倒觉得是胡佛先生给予他不公平的待遇。”

“比尔·哈维为联邦调查局尽职尽责，”见她没有回应，我又加了一句，“我知道他十分尽力。”

原来她的沉默只是为了控制她的愤怒，片刻后她就开口了：“如果不是比尔·哈维照顾伊丽莎白·宾利这么多年，人们怎么会揪出阿尔杰·希斯、惠特克·钱伯斯和哈利·德克斯特·怀特，还有罗斯伯格夫妇等这一大堆人呢，比尔为揭发这个团伙立下了汗马功劳。但是，这并没有让胡佛先生高看他，胡佛总是用尽办法让他的功臣明白到底谁是老板。他的秘书，甘迪小姐，她的一言一行都代表着胡佛的意思，有人因为进入胡佛办公室时鞋子上沾了点灰尘，甘迪小姐就动用自己的权力向高层们发送了谴责信。你知道吗，这人可是刚从前线打仗回来的英雄啊。”

“哈维先生遇到过这事吗？”

“没有，他的两个朋友遇到过。如果这事发生在比尔身上，恐怕后果会更糟糕呢。我们情报机构就从来不会像调查局一样如此不公地对待为它尽心尽力的人们。”

“胡佛先生辞退了哈维先生吗？”

“没有，比尔怎么会被辞退！他的待遇很好，只是胡佛先生有意把他放在幕后，然而比尔太骄傲了，所以，他辞职了。”

“是我误听了外面的谣言。”

“你知道比尔那些天有多么沮丧吗？”

“这件事是什么时候发生的？”

“一九四七年夏天，比尔为打入伊丽莎白·宾利的网络做了大量的工作，但是结果却没有取得成功。后来这件事由乔·麦卡锡抢了风头。与此同时，别的烦恼也在困扰着他，那就是我的出现加深了他与他妻子莉比的痛苦。他们结婚时都太年轻，你知道比尔是印第安纳州丹维尔当地最受人尊敬的律师的儿子，莉比是肯塔基州弗莱明斯堡最有名的律师的女儿，但是比尔告诉我，这场婚姻给他带来的是无尽的痛苦。”

“这样啊……”我附和道。此时我已深刻认同了蒙塔古的话：嘴紧的人，一旦开了口，就停不下来。

“比尔同胡佛先生真正的决裂是在一九四七年七月的一天晚上。比尔同一些 FBI 的朋友去弗吉尼亚参加晚会，晚会结束时已经是午夜时分，外面下着暴雨，他冒着风暴赶回来。在经过岩溪公园的时候遇到了一个大水坑，他只好减速行驶。这时候一辆车从对面方向过来毫不顾忌地飞驰而过，比尔的车一下子就浸没在水里了，发动机也熄火了，他试图开到路边停下来，但是他周围有太多水了，足足有一尺深呢。而且，他太疲惫了，我那可怜的宝贝，他竟靠着方向盘睡着了。这是他数周来第一次睡得很香，直到早上十点才醒过来，这其中也没有警车打扰他，警察也没有理由打扰他。比尔停车的位置没有问题，水坑里的水也基本消失了。他醒来以后，发现汽车可以启动，他就立刻开车回家，但还是晚了一步——他的妻子莉比已经打电话给 FBI 总部，告诉他们特工威廉·K. 哈维不见了。不知道她是太歇斯底里还是太小题大做了，或者是她太害怕了，她竟因此想自杀。‘比尔近来非常消沉。’她告诉当局，当然，这些都是被做了笔录了的。后来比尔就打电话给当局，他在家，完好无损。当局却说：‘不，你已经有麻烦了。’看到了吧，FBI 要求时时掌握特工的动态，如果你外出，就得每两个小时主动向其报告。比尔已经九个半小时没有与当局联系了，当局还以为比尔是在家里呢，他妻子这一报告对他很不利。哈维这次的经历或许还会给他带来不必要的尴尬：如果在他睡觉时警车经过询问他怎么办？如果他被捕了怎么办？后来，胡佛先生就亲自下达了口谕：鉴于特工哈维的妻子认为他在相当长时间内处于郁闷和沮丧的状态中，建议再次认真评估特工哈维的职业素养。

“比尔敢于直面问题，也不畏惧同高层斗争。他写信给 FBI 问询处，告诉他们‘我的忧虑是所有自一九四五年起就同社会主义问题打交道的同胞都会思虑的，是再正常不过的情绪’。调查此问题的是胡佛先生办公室的副手，一开始他向胡佛递交了一份报告称比尔一直都是最优秀的特工，不应采取任何行政措施。然而被胡佛先生退回要求重写，报告的内容则变成了‘特工威廉·K. 哈维全部工作调往印第安纳波利斯’。”

“太不人道了！”我说。

“这真的伤透了哈维的心。如果不是后来你们情报机构邀请他去就职，那么比尔一定到现在都走不出这个阴影。”

这时，哈维先生和山姆一起回来了。上车后，车子重新启动，我也关掉了录音器。

12

离开纽伦堡，下一站就是我们的目的地慕尼黑了。还没到达目的地，比尔·哈维就忍耐不住困乏一路睡得昏昏沉沉。黎明时分，C.G. 也困得不行了，坚持要入住旅馆，而非按照原计划在早餐时去见盖伦将军。在旅馆的电梯里，比尔·哈维苦着脸说：“那就抓紧时间，三十分钟睡觉、洗澡，然后出发。”

结果说好的三十分钟竟然变成了一百三十分钟，离开旅馆后又花了一个小时，直到中午我和比尔·哈维才赶到盖伦的办公室。

盖伦将军与我印象中的施耐德博士大不一样了：没有了白色的假发，高额头显露出来，他的胡子也不见了——看起来并没有五十岁；他的嘴巴轮廓分明，长鼻子，下巴消瘦；他的头发很少，一律向后梳着。只有他的耳朵跟我记忆中的一样大，看起来像两只蝙蝠。我还没来得及想为什么盖伦将军在运河屋时要伪装自己呢，就看到他指着我说“很高兴见到你”，我注意到他两只灰蓝的眼睛明显不同，左眼很冷漠，右眼很狂热，这是我之前没有注意到的细节。

“哈维先生，让我们先处理首要的事，你的手下拿到相关的特许证了吗？”盖伦问。

“不是你邀请他来的吗？”哈维说。

“我请他共进晚餐了吗？也许吧。如果是作为礼尚往来回请他一顿丰盛的晚餐当然没有问题，但今天在这个地方吃饭恐怕不好说呀。”

“他要留下来。”哈维说，我不知道比尔·哈维先生如此坚决为的是我还是我身上的窃听器。

“那就这样吧，”盖伦说，“他是走还是留就你说了算吧，待到我们谈话结束也行。”

“好吧，那我们走一步说一步。”哈维说。

“抽支烟吧。”盖伦建议道。

他掏出了一包骆驼牌烟，抖出三支雪茄，把它们放在哈维面前的桌上，“亲爱的比尔，”他问，“你觉得哪支香烟会属于你？”

比尔·哈维思考了一会儿，“除非亲自动手否则无法判断。”他说。

“那你就去检查呀，”盖伦提议，“从左边的点起，抽上两口，再把它熄灭不就完了吗？”

“这些都是你的，还是由你亲自动手吧。”

“既然你不想尝试，那就由我来代劳吧。”盖伦将军拿起烟，抽上几口，把烟熄灭，递给了哈维先生。

哈维小心地剥去雪茄的纸，展开看到纸上的字。他随意地点点头，好像并不是很要紧的事，然后把纸条递给了我。

一条简短的信息，字迹清晰可见：

柏林基地的长官到普拉赫去了

讨论隧道的安全性

“好想法，但这不是我来这儿的原因。”哈维说。

“我也这么想。我们能谈论一下隧道吗？”说着，盖伦将军瞄了我一眼。

哈维朝着我的方向挥了挥手说：“哈伯德是自己人。”

“早晚你会告诉我你这次来的目的吧？”

“肯定的。”

“说说吧，我哪里做得不好了。”

“玩笑归玩笑，”比尔·哈维说，“我要你从我床上滚下去！”

盖伦突然笑起来，咯咯笑的声调很高，就像紧握绳子表演高空荡秋千的人一样，一上一下，一高一低。“好好好，我会记住的，一定会记住。英语真是财富呀，A——这个字你怎么组词？连你这粗鲁下流的话也算财富，不是吗？——Bissig。”

“‘刺耳的。’”我说。

“噢，你会说德语？”将军惊讶道，“你在你们那些乡下人里面是为数不多的懂点德语的人吧。”

“不要指望我们的人能把德语讲得多好。”比尔·哈维说。

“我不会的，就像我自己会说多少英语你不是都一清二楚嘛，我只希望自己的英语不是那么糟糕。”

“实际上你的英语说得非常好，还是让我们回到正题谈谈背景介绍吧。”

“是的，你先把你所知道的情况告诉我，我再告诉你我了解的情况。”

“我们俩了解到的信息量估计差不多。”

“Zwei Herzen und ein Schlag。”盖伦将军用德语说道。

比尔·哈维看了我一眼，我犹犹豫豫地翻译道：“两颗心，同一种心跳。”

“那么，你觉得我们能针对你最后六个月在东德的损失上达成共识吗？”比尔·哈维问道。

“尽管我觉得你的下属德语说得很不错，但是有他在这里，我是不会跟你讨论 BND 的细节的。”

“你怎么看我们曾在柏林讨论过的问题？”比尔·哈维转而问我。

我根本就不记得哈维先生曾经跟我提过 BND 的事，也许他这么问无非就是在暗示盖伦，我的在场不影响他们的谈话。只见盖伦耸耸肩，好像那是个无可否认的事实。“好吧，”他说，“我们的确有我们的损失，但是你别忘了，在我和我的组织参与你们的工作之前，你们美国情报局搜获的关于苏联的情报百分之九十都是错误的。”

“你这数据还停留在一九四七年，我们现在已经是一九五六年了，去年你的东部网络就已经崩溃了。”

“你这样说有点言过其实了，”盖伦将军回复道，“柏林的情形误导了你们的估计。但必须承认的是，在柏林，BND 和 SSD 之间已经表现出彼此渗透了。有件事需要你我都谨记，那就是真情报和假情报的混淆会造成混乱，除非……”——他举起一根手指——“除非有人具备了我这样的根基。”

“你知道如何解读你了解到的东西而我却与你看法不同吗？”

“不是这样的，我是说柏林是一个利用甚至是滥用反间谍的地方，是一座邪恶的城市，这里的双重间谍比间谍还要多。做双重间谍也是有难度的，就跟 Kubismus 一样，哪些面需要深入，哪些面需要浅出，都是有讲究的。”

“‘立体主义’。”我又一次充当了比尔·哈维的翻译。

“是的，我明白。”哈维说，他有点咳嗽，声音也变得很沉重，“困扰我的不是你处理双重间谍的问题，在我的办公区有这样一种说法：如果有处理双重间谍的专家，那就非盖伦莫属，他能让间谍一个变三个。”

“一变三？对对对，这个我喜欢，哈维呀哈维，你的赞扬太妙了！”我又听到了不寻常的呼吸声，听起来像低吟又像哼唱，施耐德博士曾经在和蒙塔古下棋的时候就有过这样的举动。

“我们毫不质疑你的能力，”哈维说，“只是这该死的形势。现在你在西德有一大帮 BND 的特工人员，然而这些人却无法深入东德施展才华，像一个大管弦乐队没有乐谱，你说，这不是一场闹剧吗。”

“你到底在说什么？”盖伦有些不解地问。

“我在说我看到的。你在波兰受到了克格勃的打击，在捷克斯洛伐克，你陷入困境，现在 SSD 又把你卷入东德。”

盖伦将军举起一只手：“不是真的，完全不是真的，你有太多误解了，只因为你听信了传言。抛开你的隧道工程不说，你就是个聋子，是个瞎子，是个哑巴。你自己在德国没有可靠的情报机构就投身于跟英国的合作。真是个笑话！哈维先生，英国佬啊！他们如今是何等软弱啊，他们甚至都不能随意处置一个菲尔比。”

“我们不谈英国人。”

“你能避免得了吗？如今的英国情报局就是个大滤网，甚至连 MI6 都可能把基地设到莫斯科去了，这样对所有人来讲不就都方便了吗？至于 MI5，等改天我们两个完全独处的时候，我再跟你讲讲这个组织的真实内幕。现在我所能说的就是 MI5 并不像它表现出来的那么清白。”

“那你呢？我呢？我们清白吗？”

“你的情况可能最糟糕了，还有你的隧道工程，你们的情报来源完全依靠这样一个过度扩张的情报机构，完全没有途径确认他们所提供信息的真实性，这就像是躺在敌军医院的病床上，你能做的唯有希望他们给你注射葡萄糖而不是马钱子碱。”

“我是研究这些信息来源的一员，”比尔·哈维回答道，“我的职业声誉就寄托在这次的工程上了。至于我们录下的对话，我都会予以检测和证实。所以我们的的确确掌握了大量的情报，你会乐意听听这些录音的。”

“的确，我应该有这样的机会，毕竟我是唯一一个生活在世的有足够经验来解释事情来龙去脉的人。然而一想到你没有足够的洞察力我就替你捏一把汗，因为你不具备相关的背景知识，也没有后援部队，并且德国人也不见得有足够的耐心把你安排在这个位置安安心心等你一年完成任务，更何况你的任务能否在一年内完成还是个未知数。同样，我能想象你们工作的流程。成箱成箱的文字整理副本累积起来，因为隧道工程就没有停止过录音，在你的针织工厂的房间里也就是你在华盛顿的 T-32 房间里，到处都是在努力钻研这些材料的工作者们。在所有整理好的信息中，你会挑出一部分，然后选择……选择嘲笑。不对不对，应该是选择……”他开始面向我，大声说：“选择 Anschwarzen，请帮他翻译一下。”

“我不知道，”我说，我有点恐慌，“是‘捏乳头’吗？”我问。

“噢，我想起来了，”盖伦说，“是选择‘诋毁’我们，选择你所掌握信息的冰山一角来唬弄我们。我们在BND并不是像你所描绘的那样困难重重，我们拥有才干无人匹敌的情报人员，他是活动在苏联的——"

"你指的是三F吗？"比尔·哈维问道。

"我说的就是三F，他是一个十分出众的大将，他在反间谍领域的表现非常突出。"

"是被称作'Fiffi'的那个人吗？"

"是的，你有你了解信息的途径，我有我获取情报的渠道，他就是你听说过的三F。如果换作是你，你也会不惜一切代价得到三F的，因为他能为我们带来他人无法获得的信息。哈维，在柏林工作的美国人中，你算是相当了不起的一位了，你知道这个城市的所有秘密，但有一个你不知道——你能告诉我位于柏林卡尔少斯特的克格勃总部那些令人不解的事情吗？他们可是的的确确有很多为人不解的事啊。克格勃对全东欧人民来说是圣所，正好穿过了东柏林这条线，离你不足十二公里远，你能告诉我我无法从航拍中看到的东西吗？"

盖伦将军走到一幅看起来像卷着的电影屏幕的墙挂前面，从口袋里掏出钥匙，非常精确地插入封围屏幕的锁内，接着一幅五颜六色的平面图就落下了，整张图大约有八英尺宽，六英尺高。"卡尔少斯特，"盖伦说，"所有的信息，一应俱全，我的手下三F一点一点地获取了这个地方所有的情报，并且时时更新、常常添加各种细节。在这幅图里，我可以给你指出每一位克格勃官员停车的地方。这里，"他说，"是季米特洛夫[1]将军使用的厕所。还有这里，"他的手指在图上游走着，"是东德国家安全部

[1] 格奥尔基·季米特洛夫（1882—1949），保加利亚共产党领袖，国际共产主义的杰出活动家。在他主持共产国际的八年时间里，帮助和指导了中国共产党的革命运动，指定毛泽东为中国共产党的领导人。1949年，他建立巴尔干联邦的理想还没有实现，就突然死在苏联。

的会议室。”

“我们，”比尔·哈维说，“所能获得的信息都是来自从那些房间里拨出或打进的每一个电话记录。好吧，你继续说吧，告诉我他们每一个‘红色’屁股下面坐着怎样的椅子。”

“有了三 F 和他的线人的努力，我们能够提供一份全面的周报，汇报 SSD 和克格勃情报机构的动态；而你呢，你还在忙着挖你的隧道、搬运着你那堆积如山的废土烂石。所以呀，我提醒你，情报机构获得情报靠的是像三 F 这样的利剑，而不是像你那挖隧道挖出的一堆堆废土。”

“我相信你的三 F 是继菲尼亚斯·泰勒·巴纳姆之后最得力的情报搜寻‘工具’了。”哈维说。

“我明白你话里有话，但你这么说太无礼了。三 F 提供的克格勃总部的每一个细节我们都证实是准确的。”

“当然是，”哈维说，“它太准确了，简直就是克格勃亲自交给三 F 的。我不相信这个地图，你们这些德国佬简直因为这点狗屁事着了魔，你以为你们知道了季米特洛夫将军早上在哪儿上厕所，你就认为你抓住了一切？”他假装沉思，接着又说道，“你的其他重要行动呢？”他的脸色丰富起来，“让我们谈谈华盛顿方面的事吧。你不是向华盛顿输送了很多的情报吗，还说这都是你的大才子动用了社会主义联合党中央会议的众多高层人员搞来的情报。说实话，我不相信你能指挥得了东德的那些最高层官员。”

“亲爱的哈维先生，你无从接触我的信息来源，当然也就无法证明我的情报是如何‘编造’的了。”

“兄弟，你真是夸夸其谈，你难道就没有想过我在 BND 也可能刚好有个自己的人呢？你就不怕我弄明白了你现在玩的是什么把戏吗？”

“你在 BND 有情报来源？真是笑话，基于你在柏林基地的表现，我们真不知道要花多少精力去查看有哪些人是为你效力的呢。”

“算了吧，我知道你掌握了我们的一个年轻职员从一个德国妓女那里染上了淋病，就算是他蠢到去私人诊所就诊而暴露了自己吧。但是我的主要手下都是经过磨炼的忠心耿耿的老手，我的办公室也经过了处理，你没有途径获得我的内部消息。”

“我请求你让你的朋友哈伯德出去一会儿。”

“不，既来之则安之，”比尔·哈维说，“我已经和我的助手谈论过了，这件事令人震惊。我知道你已经告诉华盛顿隧道容易被‘入侵’。”

“这是显而易见的，隧道非常不稳定，即使是柏林最底层的民众、情报人员中的渣滓都能从隧道里获得情报。也许将来有一天，就在柏林，你队伍中的底层下流小瘪三都能够侵入隧道获得点什么消息，然后来到我们的地盘告诉我们他想把消息卖给我们。我的人早上还完全不知道什么隧道，一天下来，他就盘问清楚了你这肮脏的勾当。我的人了解了太多的消息，然后当天就坐飞机赶来普拉赫见我，我只好跟他强调要他守好自己的本分。他是个很可靠的人，自然不会透露隧道的事，但是我们应该怎么处理你的底层情报人员呢？他可是有过恐吓精神病医生的历史啊。”

“现在你听听我们说的是不是同一个人。”比尔·哈维说，“这个所谓的小瘪三的父亲是一个色情照片摄影师，曾经在柏林为纳粹官员服务。”

“请你继续说。”

“这个摄影师后来遇到了点麻烦。”

“遇到麻烦？你指的是什么？”

“一九三九年，他被送进了精神病医院，原因是他谋杀了几个他拍过照的年轻女人。”

“对，他正是我们说的这个情报人员的父亲。”

“这个情报人员还很年轻？”

“是的。”

“年轻到没有机会上战场打仗？”

“是的。”

“但是，他却完全有机会加入共产主义成为社会主义者、无政府主义者、学生革命者，他还可能是一个SSD间谍，一个同性恋，一个在地窖酒吧里堕落的人，现在他来为你和我效力。”

“只是为你而已，我们不会接触他。”

“那我跟你做个交易吧，我们叫他沃尔夫冈，假名是WILDBOAR（野猪）。既然他在你们那里工作，那你们叫他什么？”

“他的真名叫沃克·鲁迪克，他告诉你的名字‘沃尔夫冈’，在辅音上很接近他的真名，别的特工完全不知道这件事。”

“他在你们的队伍中没有假名吗？”

“你们机构给他的假名WILDBOAR（野猪）我已经很熟悉了，所以我觉得没有必要再花心思给他想一个假名了。你不会指望我为无意义的事劳心吧？”

“你并没有及时跟我说起这件事啊。不是说了做交易嘛，我说了我们的，你总得给我一个交代吧。”哈维说。

“所以，你一定要知道我们给沃尔夫冈的假名喽？你这是要做假名记录吗？好吧，RAKETENWERFER，你喜欢这个名字吗？”

“‘火箭筒。’”我翻译道。

“你敢以你德国将领和绅士的身份起誓，你说的都是真的吗？”哈维说。

盖伦将军站起来，跺了跺脚，开口道：“请你尊重我头衔的荣耀。”

“狗屁！”哈维说，“我已经知道了你曾飞到华盛顿去上报沃尔夫冈的事，希望国家安全委员会能够判定隧道已被渗透，你就是想要阻碍我。真不幸，我已经知道了事情的真相。这个所谓的小瘪三沃尔夫冈，就是你口中最优秀的柏林特工，你厚颜无耻地把他安插在我的隧道工程里窃取情报。”

“你真是太会联想了，这完全站不住脚的。”

“你，盖伦将军，十八名情报局官员之一，其他的官员有美国人、英国人、德国人，都在秘密参与到隧道项目中来。”

“这是最初的参与人数，到今天，是一百一十八名，或者是二百一十八名。”

“不要跑题。正是你，盖伦将军，将你最优秀的间谍渗透到我的隧道技术人员中。”

“我怎么知道哪些是你的技术人员，难道你没有安全措施吗？”

“将军，既然BND在东德的势力一团糟，你那些身处柏林的情报官员也没有力量控制那些人，所以就转移注意力到我的人身上。这真是幼稚的闹剧！你现在安排你的线人搞上我技术人员中的一个同性恋，偷拍他俩在一起乱搞的照片，威胁我的人告诉你隧道的事，这样你的顶级特工，我的WILDBOAR你的RAKERTENWERFER,就有资本进入你的情报总部，愚弄一些人，也为你向华盛顿告我的状提供了更有说服力的证据，是吧？”

“诬陷，完全是诬陷！你有什么证据这样诬陷我？”盖伦大叫道。

“你怎么能这样误导参谋长联席会议主席和国家安全委员会会长对我的隧道工程的看法呢？”哈维咆哮道。

“我警告你，”盖伦气急败坏地说，“我不能容忍别人对我大喊大叫，尤其是在下属面前！”

“那我放低嗓音，”哈维说，“但依我看，这就是事情的真相——”

“真相？”盖伦反问道。

“Die Essenz（真相）！”我说。

“事情的真相就是我的这个美国技术人员，他可能是个堕落的小瘪三，但是他绝对是个值得骄傲的美国人——他已经告诉我们了，你的沃尔夫冈企图从他身上获取工程情报，所以沃尔夫冈根本不可能获得任何消息，除非是你亲自告诉他的。所以，事情只有两种可能，一是你一开始就向华盛顿总部撒谎说我的隧道工程不安全，二是你已经事先向沃尔夫冈透露了事情的真相。如果真是这样，那我就要向你们总理公署控告你的罪行。”

“尊敬的哈维先生，”盖伦将军说着，再次站起来，“你现在可以站起来让你的椅子透透气了，我想椅子也是需要休息的。”说着，他的手已经指向了门口。

这次会议就这样结束了，回到豪华轿车里，比尔·哈维只说了一句：“任务完成，盖伦已经害怕了。”

13

我和比尔·哈维乘坐军机返回柏林，而山姆留下来开车回去，一路上比尔·哈维陷入了沉默，这个夜晚好像上级下达了宵禁令一般。C.G.就坐在他身旁，握着他的手。他陷入深深的冥思里，嘴巴在断断续续地冒出些碎语：“是的……行不通……难对付……不能再加了……干掉沃尔夫冈那家伙……”飞机起飞半个小时了，他的嘴里还在不断地重复着这几个字。之后他终于对我讲了一句完整的话：“把你背后的磁带给我。”

我点点头，在客舱后排卸下了这个录音器，还给哈维。但是，当我递过去时，哈维睁开了他那凸起的布满血丝的眼睛："小家伙，我总共给了你几盘磁带？"

"两盘，先生。"

"另一盘在哪里？"

"在我的旅行包里。"

"拿过来。"

"哈维先生，我把旅行包放在山姆的车里了。"我的旅行包的确是在车里，但是那盘录下了 C.G. 描述胡佛先生同哈维先生关系的磁带现在却藏在我的口袋里。

他厉声问道："那盘磁带没有记录什么吧？没有附带任何标记吧？"他的敏感神经一定又起作用了，才会问得这么严谨。

"没有，先生。"我答道。

"只是一盘干净的空磁带？"

"是的。"

"那让我们一起听听你这盘磁带里都录了什么吧。"他打开录音器，快进到盖伦说的最后一番话。但是这个录音含糊不清，而且还有许多杂音，有时听起来像椅子摇动的咯吱声。

"在农场，他们没有教你带着窃听器时要坐着不动吗？"

"先生，他们没有教过我。"

"你这盘磁带里我听得最清楚的就是你屁股抽动的声音。"

"那你需要我制作一份书面记录吗？"

"你的公寓里有打字机吗？"

"有的。"

"那我把你送回你的公寓。"

"在办公室不是更方便吗？"

“是更方便，”他说，“但我还是要把你送到你的公寓。”说完他开始认真打量我。

“哈伯德，”他说，“就当帮帮你自己。”

“什么事？”

“不要离开你的公寓。”

我看看 C.G.，她只顾点头。旅程的后半段我们都没有说话，当他的车把我放在我家门口时也没有跟我说再见。

三个小时后他打来电话问：“书面记录完成了吗？”

“完成一半了。”

“你听得清这些声音吗？”

“百分之八十五吧。”

“那就得再听仔细些。”

“遵命。”

“山姆从巴特赫尔斯费尔德打来电话，称旅程平淡无奇，没有 BND 跟踪他。”

“收到。”

“我让山姆查看了你的旅行包。”

“这是应该的，长官。”

“他并没有找到磁带。”

我没有说话。

“给我一个解释。”

“长官，我也不知道是什么原因，可能是我弄丢了。”

“待在你的公寓不要离开，我马上过去。”

“是。”

比尔·哈维挂了电话，我立刻坐了下来，一阵刺痛经过我的阴茎，好像针扎一样。因为我一直在服用大量的盘尼西林[1]，现在任何的不适都会令我恶心。我陷入了黑暗的深渊，如同置身于深不可测的滴水岩洞，黑暗压抑，似乎连柏林街道上的阴影都在暗示着我的结局。待在我那狭小潮湿的公寓里更是让我窒息，我很少在这间公寓里待着。除了迪克斯·巴特勒以外，我和其他室友几乎没有任何交集，因为我们总是外出工作或者消遣，要么就是在我们各自的卧室睡觉。我甚至分辨不出他们说话的声音，倒是对他们浴室里剃须膏的味道很熟悉。已经过去三个小时了，三个小时里我都在不断地幻想着哈维与盖伦互换角色会怎样，我终于再也坐不住了。于是干脆起身观察我的公寓，接下来的二十分钟里我对室友的了解比之前的两个月还多。由于我之前一直在描述他们，现在就不再对他们挨个细述了，除了一点，他们都实现了整洁与邋遢的完美结合。其中一个家伙，是译电员，叫埃利奥特·瑞纳，外表整理得一丝不苟，房间却非常邋遢——霉味的内衣混着发霉的床单和毯子，还有一堆乱放的鞋子。另外一个室友的房间也是一团糟，干了的橙子皮、乱丢的运动衫、报纸、没开封的信件、杯口沾了一圈污垢的咖啡杯、装脏衣服的破纸箱、啤酒瓶、威士忌瓶、红酒瓶、老旧的烤面包机、废弃的高尔夫球袋、撕坏的枕垫，全都堆放在他房间的一个角落里，他就是社交达人罗格·特纳，人模狗样地去参加派对或者重大聚会——国务院、国防部和机构在西柏林举办的各种聚会，我以前还常常穿他的晚宴小礼服。但是他的床很整洁，他的窗户也一尘不染（这说明他连每一个窗格都没有放过），整体来讲他的房间很洁净，唯独那一个堆满杂物的小角落。相比之下，迪克斯·巴特勒的房间保持得像海军学校的学生宿舍，我自言自语道："我要写信把这里的一切告诉基特里奇。"但是想到基特里奇，我不禁又想到夏

[1] 即青霉素。

洛特，想到夏洛特我又联想到了比尔·哈维——我心乱如麻。所以我无聊到研究我每个室友的整洁与邋遢也就一点也不奇怪了吧——也许我是在为自己寻找方向。这个曾经热闹但现在破旧不堪的房子，厚重的大门、巨大的门楣、突出的窗口、高高的天花板，这些因素从来没有像现在这样让我厌烦。褪色的地毯弥漫着沉闷的中产阶级普鲁士梦想破灭的味道，椅子的腿歪歪扭扭，起居室里的沙发有一块沙发垫丢失了，取而代之的竟然是一块砖头，“为什么我们从来没有人想过在房间里贴幅画或者海报呢？这样不是会让大家的居住环境更好吗？”我不由得问我自己。

终于，比尔·哈维来了。他敲门很有节律，快速地敲了两下，暂停，又快速地敲两下。我邀请他进来，他首先仔细地打量了每一个房间，就像警犬嗅闻着新的住所一样，然后才安心地坐到破旧的沙发上。他从左肩的皮套里拿出来一支柯尔特左轮手枪，挠了挠胳肢窝，说道：“这个手枪套不对，正确的皮套在一个鞋匠那，正在重新缝补。”

“他们说你的手枪比机构里任何人都多。”我说。

“他们算个屁！”说着，他拿起柯尔特手枪，放在沙发的一边，打开它，旋转弹匣，取出所有子弹，一颗一颗检验过又放回去，关上后膛，拉回击铁，使弹匣完全转回，然后松开击铁。如果他的大拇指滑动，枪就会走火。整个过程将我从沮丧中拯救出来，却又使我陷入了肾上腺素激增的状态。“你想喝点什么？”我假装镇定地问他。

他打了个嗝回答道：“还是让我们说说盖伦的谈话记录吧。”他从胸前的口袋里拿出一个酒瓶，拧开盖子，也没说给我倒点，自顾自地喝了一口，又放回自己的口袋里了。然后他拿起红笔在我刚做的记录里圈圈画画纠正我犯的错误。“像这样的谈话，我的记忆还很清晰。”他说。

“这是种本事。”我说。

“你的工作做得不错。”

“我很高兴你能认可。”

“尽管如此，你依然是个彻头彻尾的废物！”

“长官，我不明白，这和SM/ONION有关系吗？”

“你的如意算盘根本站不住脚，我的MI5特工认为克兰已经被MI6吸收，开始为之效力了，”他再次打了个嗝，掏出瓶子又喝了一口，“你这个愚蠢的白痴，”他说，“你是怎么掺和进来的？”

“长官，请你解释一下你这话是什么意思，怎么我都听不懂？”

“你是在侮辱我的智商吗？你这家伙，这比彻底的背叛还要糟糕，你应该给予我最起码的尊重吧。”

“哈维先生，我当然尊重你，而且非常尊重。”

“不要在我面前耍任何花招，你知道这个行业需要什么吗？”

“不知道，先生。”

“想想光和影子的关系，当光转移时，影子也应该步调一致。我一直在移动盖伦身上的光，影子却没有正确移动，虽然十分接近正确了，但仍然是错误的轨道。”

“你愿意解释一下吗？”

“我现在就给你解释，你在为错误的人卖力。你很有潜质，但你应该多与比尔大叔沟通交流，迪克斯就做得很好。多年来我都需要一位得力的内线，这个人本来可以是你的，但是现在你却不可能了。哈伯德，难道你没有发现吗？背后有人告诉盖伦将军允许你待在房间里听我和他的对话！盖伦强调了几次让你出去，但是他也只是说说而已，这就是影子没有依照光的轨道运动。你觉得盖伦会在机构下属面前大谈BND吗？你认为像盖伦这样的老狐狸会认不出像你这样的新手身上带着窃听器吗？小伙子，如果我真的需要记录，我会自己在身上放窃听器，藏在一个永远不会被发现的地方。而我之所以把录音器放你身上是因为我想测试一下盖伦会不会除掉它，结果是他没有。”

“你不是在暗示我以某种方式和盖伦暗中联系吧？”

“你在他眼中一览无余，完全没有任何隐藏。”

“如果他与我合作的话，为什么他还要你带我一起去普拉赫呢？”

“这就是他的双重策略啊，仅此而已。哈伯德，我们有的是时间，话题就快转到你身上了哟。”

“我很困惑，”我说，“我以为游戏仍在继续，但我却不知道自己在这场游戏中是个什么角色，我也无话可说。”

“既然如此，那让我来告诉你一些事情吧，你被监视了。你连踏出这间公寓的勇气都没有，我让你在原地等待命令，你就只能在这默默地发狂，尽情地喝你想喝的，然后拿着数据资料来找我。在此期间，你还应该虔诚地祈祷，祈祷每个晚上隧道都能安然无恙，因为如果它泄露，这里的人都会被控告，你也很难脱得了干系，说不定你最终就坐到了军营的监狱里。”

他站起来，将柯尔特放回手枪套里，摩擦了一下，离开了，留下我一人。我努力让自己平静下来，于是就整理起了磁带里 C.G. 的谈话记录。

又过了几个小时，我还没有整理完，已经有室友下班回来了，接下来的几个小时里，别的室友也陆陆续续回来又离开。罗格·特纳是去见他未来的岳父岳母，他与一个美国女孩订婚了，这个女孩在通用汽车的德国海外分部工作（他对她的工作很满意），她的父母来欧洲旅行，双方约在了今晚见面，他穿着细条纹的灰色法兰绒出去，打算带他们到丹麦大使馆参加鸡尾酒派对。埃利奥特·瑞纳，外出提高他的德语口语，他现在估计在去 UFA 展馆的路上了——去看《八十天环游世界》，这部片子刚刚获得奥斯卡金像奖，正在热映，埃利奥特保证该影片有德语字幕，所以是一种愉快的提高口语能力的方式，还问我想不想跟他一起去，我只说不想，其实是我不能去，但是我没有告诉他。我的另外一位室友，米勒·甘贝提，我很少见他，今晚打电话过来问我是否有任何留言给他。他说自己是“光荣的记账员”，迪克斯却说:“他是个会计，监视柏林的所有财产，克格勃如果知道他所做的事情的话，很有可能会对米勒采取行动。”

“为什么？”

“因为一旦你知道钱是怎么分配的，你就有能力绘出一张有价值的图，克格勃就可以知道我们这儿的银行、我们的航线、我们资助的宗教团体、各大期刊报纸、文化设施，甚至是我们打入敌人内部的记者，这些人或团体都会或多或少地了解我们工会的事情。但是我们给每部分分配多少，这才是显示出我们真实意图的核心部分，而这正是米勒·甘贝提能够掌握的。该死，如果我是克格勃，我一定会绑架米勒。”

今晚公寓里只剩我一个人，不由得就想起了迪克斯的话。今晚很奇怪，我竟然对迪克斯的言辞如此感兴趣，还有米勒·甘贝提，他的工作和作用（尽管他有着最普通的仪表，既不帅也不丑，既不高也不矮），大概是因为我想要我们所有人的活动都是有意义的吧，不仅在柏林，也包括在法兰克福、波恩和慕尼黑，所有我们有工作站的空军基地、驻德美国领事馆、安插了一两个线人的公司，我仅仅需要知道我的工作是有意义的，不管作用是多么渺小但还是起到了一定的作用，我不期望自己能有多大的贡献或者有多大的功劳，我只想自己的努力是有价值的。然而，我在比尔·哈维的眼里，不过是一粒流逝的尘埃。我一个人待在公寓里，感受着前所未有的孤独。

迪克斯回来换衣服去参加派对。他邀请我一起去，这次我解释说我行动受限。他吹了个口哨，同情地看着我，那眼神让我对他产生了怀疑，我想起他是哈维的人。我，曾经以为我对家庭的忠诚跟家族里其他成员没有什么区别，我们就像一个密不可分的组织一样存在着（所以不论我更喜欢哪个表亲，都没有关系——这些只取决于命中注定的血缘关系，而与忠诚度无关），如今却觉得彼此如汤碗里的气泡一样独立。

我也知道迪克斯不在意忠诚，明天他可能会告发我，但是今晚他对我只有同情。

“你肯定出了大错才被软禁在家里。”他说。

“你能保密吗？”

“怎么不能？”他高兴地重复道，“怎么不能？”这肯定是个新词语，一定是从某个醉酒的英国人嘴里说出来的。一个月前，他在鲍豪斯同俄国坦克上校那学了几句俏皮话，因为这个上校只会说几句英语，像“当然啦,为啥不”,巴特勒很喜欢他说英语的方式。所以后来几天,你问他“冷战我们会赢吗？”“我们应该把咖啡和爱尔兰威士忌混在一起喝吗？”——他肯定会说“当然啦，为啥不”？所以我猜接下来一个星期我都会听到“怎么不能？”——如果我还能与他共事一个星期的话。不知道我接下来的几周是不是都要被软禁在这里，或者干脆让我失业——我都能想到我父亲的眼神了；我也可能会坐牢——我已经想象到探监日我母亲的宽檐帽。此时的我，就像是一个被医生确诊为无药可救的病人一样，不管我被照顾得多好，吃再好的药，我也是无法治愈的将死之人了。完整的我被这一宣判搞得四分五裂，一个我玩纸牌，一个我下跳棋，一个我听音乐，混乱不堪——这悲惨的宣判像烟雾一样笼罩着我的内心。

我坚持要迪克斯·巴特勒在公寓多待五分钟。

“说吧，究竟出了什么事？”他一再问道。

“我已经考虑过了，但我不能告诉你，等事情结束后我会告诉你的。”

“好吧，”他说，“我等着，但是我想……”他一副准备离开的样子，“你需要我为你做点什么吗？想要我把英格里德叫过来吗？”

“不用了。”我说。

他咧开嘴笑了笑。

“如果你遇到沃尔夫冈了，”我说，“说服他过来一趟。”

“噢，这可不好办。”

“你会试一下吗？”

“既然你要求了，那我就试试看吧。”我有一种感觉，他根本不会帮我的。

“还有件事。”我说。忽然，我觉得好像有个人在这个公寓里住了很多年最后死在这儿，死了很久，但是阴魂不散，从那以后这所房子就没有平静过。“是的，还有件事，”我说，“你说过你会让我看罗斯的来信。”

“为什么你想现在看？”

“消遣而已。”我耸了耸肩。

“好吧，也可以。”他同意了，但是我可以看出来他不情愿给我看。他走进他的房间，关上门，一会儿又出来，锁上门，递给我一个厚厚的信封，“今晚看吧，”他说，“你看完后，从门缝把它塞回去。”

“我就待在这儿看，”我说，“如果有任何不熟悉的人敲门，或者是任何官方机构的人来，我会把信塞回你的房间再去开门的。”

“好的。”他说。

14

亲爱的迪克斯：

现在我在TSS执行任务，重任在身，你现在也是柏林老板手下数一数二的人物了，祝贺你。虽然现在的PQ代表的是peculiar，但是传统的训练组PQ31也一切妥当。现在我可以谈谈我的工作了。迪克斯，首先这封信或是其他我寄给你的材料，都属于BAP（提醒你：这是“精读后烧掉”的意思,免得你忘记）。我不知道在TSS工作是否真的需要像组织要求的那样严格保密，但是我得承认这的确是一个非常特殊的机构，只有天才才适合这里——他们怎么就错过了你呢？（先别急着生气，我是认真的。）监督我们所有部门成员的是休·蒙塔古，OSS（战略情报局）的传奇人物，他是个古怪的人，像珠穆朗玛峰一样高不可攀，像上帝一样自信。我不敢想象如果你同他产生了争执后果会怎样，但是不管怎样，TSS是他的“领域”，我知道你爱转文，所以我选了这个词（“领域”是“领地”的词源，也就是属于贵族的、不需要交租的土地），蒙塔古，如我所见，在这里从不交租。他只向杜勒斯汇报，在上圣至所（也就是TSS的真正含义）我们会批评每个人，但是对休·蒙塔古，我们却出奇地默契，他跟机构里的其他人不同，他从不拍上级的马屁。

这让我想起了另外一件事，你是这个家伙吗？快交代，你是在农场厕所墙上写字的那个人吗？“‘罗斯’（Rosen）转换字母的顺序就变成了‘马屁’（Noser），‘马屁精’（Brown-Noser）的‘马屁’。你可得挖干净你的鼻孔哦，阿尼。”我承认，这件事真是惹恼了我，我确定写这些字的人就是你，因为“鼻孔”这个词的用法让我认出了是你，迪克斯，你这个该死的浑蛋。然而你知道我有多重视我们的友谊，所以这件事我选择原谅了你，若换成是其他人，我断不会轻易饶过他。但是我希望你能明白你这么说我是很不公平的，因为，无论我怎么样，为人刻薄也好，或是对别人悲惨的污点视若无睹也罢，又爱出风头（我知道——纽约的犹太人有许多事情要做），但是不论我怎么样，不论我犯了什么错，我绝不是个马屁精，相反，我还因为对上司太粗鲁而差点毁了自己。我俩在这方面倒是很像。另外我不原谅挖苦我的人，因为我相信他们终有一天会后悔的。

不论怎样，我不会纠结于这无聊的事情。我相信你的抱负，甚至相信某一天我们两个先锋会从侧面出击，虽然不像哈利一样出身于间谍世家，但我俩也会在中情局谋得一席之地，当我们的时代到来时，就能够和休·蒙塔古、比尔·哈维平起平坐了。

虽然我只见过蒙塔古几次，但他已经吸引了我。而且他的妻子真是个美人，机构里的人曾在私底下议论说她才是机构里唯一的天才，甚至有传言说她已经两次把弗洛伊德都搞糊涂了，虽然这传言有点令人难以相信。我开始观察机构里的通病，其中有一点就是我们喜欢自我夸大自身的价值，毕竟我们并不能正确地衡量自己。不管是什么情况，都没有人能确切地说出休·蒙塔古做了什么。他的工作用名叫夏洛特——我看这也不像是个掩护的名字或者是假名，大家都这么称呼他。也许是因为他参与了太多事情吧，他已然拥有了自己的一片天地，没有租金，没有官僚责任。他在反间谍情报局占据了重要的一席之地，这使得苏联的俄国分部抓狂了，同时为他效力的人也遍布了整个机构，他在TSS的敌人说他想在机构里建立自己的王国。迪克斯，你待在华盛顿的时候一定要花点时间了解些内情啊。所以，你看到了吧，迪克斯，理论上机构里的官僚全都贴上了属地的标签，都是因为杜勒斯对待TSS元老和朋友太软弱了，而且他也不太喜欢自己太官僚主义，所以他造就了这些独立的有影响力的人物，他称他们为侠客，并且允许他们越级处理问题。夏洛特就是最典型的侠客，在机构里，大家都视他为间谍中的间谍。我们在 TSS（我们本来就应该了解的机构）获得的内部消息，说杜勒斯也称夏洛特为“我们尊贵的幽灵”。迪克斯，我不得不称赞你了，我曾经一开始还嘲笑你对某些词汇太入迷，但是现在我也开始喜欢上这些词汇的魅力。当我上学时，每个人都知道这些词汇，所以我就自满于认识它们却忽略了它们真正的魅力。我想准确的词汇应该是阿基米德撬起地球的杠杆，至少，在机构里是这样的。我发誓，准确的用语实在是太重要了。

让我们回到 TSS 的话题，一股邪恶的欲望刺激着我告诉你我们经历过最惨的一次失败，这也是为什么我要求你用极端的方式处理——精读后烧掉。如果这封信被不该看到的人看到，我会死得很惨。不要纠结于“香肠”的意思,它只是意第绪语[1]中的一个惯用词，你纠结于它也没有用，我提到它仅仅是因为 TSS 的挂名总裁叫作戈特利布,“香肠”这个词是我听过的他用过的唯一一个犹太语。当然啦，我就是被分到他手下做事的——或许是他们觉得我们有共同点吧，但其实我们也没多少共同点。一些犹太人像我家人一样传统，思想根深蒂固，一半宗教统治，一半社会主义统治——典型的犹太人啊！但是，另外一些犹太人就完全不是这么回事了，他们积极表现着自身的文化传统（就像我一样），还有迪斯雷利，维多利亚时期的英国首相，虽然他的父母均为犹太人，但他却操着一口不列颠群岛最高贵的英语口音。

戈特利布这个人似乎对宇宙中一切事物都充满兴趣，真奇

[1] 意第绪语（Yiddish），中东欧犹太人及其在各国的后裔说的一种从高地德语派生的语言。

怪！他生活在华盛顿郊外的农场里，每天早晨都去给山羊挤奶。他居住的农舍曾经是个奴隶专属小屋，而且每逢周日他还会自己动手做点木匠活儿，所以现在他的房子已经大到足够容纳他全部的家人了。噢，对了，顺便说一下戈特利布夫人，她的童年是在印度度过的，或许这就是为什么他家饲养山羊的原因吧。而且她是长老会传教士的女儿，戈特利布也跟着她种圣诞树。戈特利布的一只脚有点畸形，但是仍然喜欢跳方块舞。虽然他只是一个从城市学院毕业的药剂师，但他仍然可以称得上是一个天才，因为他能把自己搞得乱七八糟，做事也一塌糊涂。当然了，只有他这样的天才才能够与能人休·蒙塔古合作。事情大约发生在三年前，至今这件事在 TSS 已经是一个公开的秘密了。你出去和同事喝酒，你若不告诉他这件事，那你们就称不上关系亲密。这件事还真有趣，这里面竟然有一些打击士气的原则，而且蒙塔古平时过于严肃，这件事反倒让他更接地气了。他把赌注压在戈特利布身上，却遭到了西德尼的破坏——这是他主观判断上的失误。

情报是这样的（以前 OSS 称呼“内幕消息”为“情报”）：三年前，TSS 内流传着一个惊人的谣言，说苏联人研发了一些神奇的药物，其中有种药不仅可以控制情报人员的行为，还能够在间谍一旦被抓时自动消除他们的记忆；另外一种药物是能够诱发精神分裂症的化学物质，目的是消除情报人员的道德困扰。这不就是共产主义正在做的勾当嘛！其实这种神奇的药物仅仅只是空想而已。然而，戈特利布却实实在在研制出了一种物质能够诱发精神分裂，称之为麦角酰二乙氨，简称为 LSD。TSS 的人希望它会成为我们的特效药，诱导人讲真话，毕竟目前让敌方间谍开口讲话的技术太低效了。艾伦·杜勒斯希望研制出一种化学饮品充当开关的作用，实现随时让叛徒开口交代的目的，这种饮品就跟鸡尾酒差不多。

现在的情况我已经不得而知了，几次调动后我只得到这些情况。但是戈特利布似乎已经找到了一个好方案，那就是与蒙塔古夫人合作，运用她的理论一起解决这些问题。这个方案有一个前提，那就是精神分裂症会诱导人树立一道精神壁垒，来阻断人类性格中相反两面的沟通，这道壁垒由无数谎言组成，真话就隐藏在壁垒的背后。任何药物只要用在“开始——停止——开始——停止”的基础上，都能够诱发精神分裂症，也能够诱发精神壁垒的振动，从而使谎言破碎。相比之下，更多正常人选择的只是能保持他们自我意识完整的谎言。根据戈特利布·加德纳的理论，背叛者，不论是患精神病的人还是正常的人，他们的精神壁垒都能够在服用LSD后遭到破坏。然而，戈特利布首先要做的就是测试LSD与他研发动机的相容性，他和一些同事试用了一个又一个实验对象，但这毕竟是一项有意识的实验，而他们需要的是无意的LSD服用者。

所以，在一个小型鸡尾酒派对上，TSS的研究者将LSD放入一位签约科学家所喝的君度甜酒中，这个“实验对象”并不知道他参与了这个实验。现在这项实验的结果已经密封起来，而我也不知道这位科学家的名字，就暂称他为VICTIM吧。

这项实验的结果并不乐观，科学家的反应不太好，他也算是一个训练有素的人，尽管他回到家后焦躁不安，但他还是努力同LSD做斗争。他没有明显的精神错乱症状，唯一的表现就是无法安然入睡。然后他告诉妻子他犯了严重的错误，但并不确定自己究竟犯了什么错。几天以后，他还是烦躁亢奋，戈特利布就把他送到纽约去看我们机构的精神病医生，由戈特利布的副手陪伴，暂住在纽约的一家酒店。但是，VICTIM 的情况越来越糟糕，最终，当着戈特利布副手的面，飞奔冲向一扇关着的窗户，撞破玻璃纵身一跳，从十层楼高的房间坠楼身亡。后来机构给他的遗孀遗孤发放了抚恤金，戈特利布受到上级的略施惩戒之后就离职了。蒙塔古向杜勒斯递交了一份报告：正式的惩罚可能会打击工作者最必要的主动性和最首要的工作热情。杜勒斯的确亲自写了一封私人信件给戈特利布，指责他错误的判断，但是戈特利布的档案中并没有夹带这封信的副本——至少情报是这样的。西德尼在 TSS 的这些天状态良好……

这封信看到这里我早已被震撼得读不下去了，这也的确证实了我被夏洛特随意利用的担忧，关于 VICTIM 的事不断在我的脑海里徘徊。

我急需一部安全电话。比尔·哈维告诉我我正被监视，但这并未得到证实，况且巴特勒在一些场合里还亲自尖锐地批评了我们监督人员的弱点，所以出门还是值得一试的。于是我穿上我的外套走出门外，但随即又回到了室内，因为我忘了把罗斯的信塞回巴特勒的门里，而且也没有把整理 C.G. 录音的磁带和手稿收起来放好。直到把这些事情做完之后我才重新开门走出去，但清醒的脑海里自信心却少得可怜。

当我走在路边时，一辆出租车恰好从我身边经过，我来不及思考就上了车。还没走上十分之一公里我就意识到这辆出租车可能是蹲点等我的，所以我就叫停车子付清车费，一头钻进了小巷里，中间我不时地回头看是否有人跟踪，突然一只猫从院子的围栏上跳出来，吓得我心脏扑通直跳。

没有任何动静，借着道路两旁屋窗上透出来的光，我看到小巷里什么动静也没有，于是我又走回到我进入小巷时的路口，没想到我刚坐过的那辆出租车仍然停在那儿等着拉客，我慢步过去看了一眼司机，他随意地向我挥了挥手，典型的柏林式动作。

我靠近他的车窗，说道："两颗心，同一种心跳。"听后他迅速发动出租车离开了。

这滑稽的一幕让我心情大好，我也不再觉得有人跟踪我了，轻快地走了半公里路，时快时慢，然后我又拦了一辆出租车直奔国防部，在门岗处登记之后我就沿着大厅走向保密电话室。

在运河屋里，基特里奇接起电话："哈利，是你吗？"她犹豫地问着，又说道，"我的声音听起来很奇怪吗？"她的声音经过扰频器听起来像笛声。

"你好吗？"我问。我的腿开始颤抖，担心自己说得太多。"噢，天啊，我陷在爱里无可救药了。"我心里这样想着，尽管她的声音严重变形，但仍然给我带来无尽的愉悦。

"你走后的每一天都好漫长，我真的特别想念你。"她说。

"我也想念你。"

"我听不清你说话，"她答道，"你听起来像在水里，是我按错键了吗？"

"你以前用过这种电话吗？"

"没有，这是休·蒙塔古的，我从不敢靠近，我刚刚以为是他打来的才接了电话。他在伦敦，你知道的，昨天去的。"

"你能帮我联系上他吗？"

"哈利，连他告诉我他去了哪个州都已经让我很惊讶了……"

"所以你不知道他是否会来柏林，是吗？"

"他会去的，因为他走之前问过我是否有甜蜜的话要他转告给你，'告诉他，给他一千个吻。'我跟蒙塔古这么说的。"

她笑起来了，我相信她不可能那么说。

“如果蒙塔古打电话来，”我克制着情绪说道，“告诉他，我需要找他谈谈，事情很紧急。”

“哈利，如果他先去找你的话，你也不要惊讶，但是……”基特里奇打住了。

“但是什么？”

“你见到他时，千万不要抱怨，他最讨厌抱怨了。”

“好的，”我答应道，“我不会向他抱怨的。”听到她这么说，我觉得我的烦恼都抛到脑后了。

“我有个好消息，”她说，“但我会找个更好的机会告诉你。”

“可以给我点提示吗？”

“不久之后，我就会请假离开。”

“去做什么？”

“哈利，想想我在香港……”

难道她打算去做卧底吗？去亚洲？我脑海中立即浮现出基特里奇与俄国的、英国的、中国的间谍待在鸦片窟里。

“我能去看看你吗？”

“那你告诉蒙塔古让他把你带回来。”

“我想他不能那么做，我必须从比尔·哈维那里拿到特许证才能离开。”

“这对蒙塔古来说并不是什么障碍。”她说。

这时，由于大量的静电经过电线，扰频器开始发出刺耳的声音。我们只好在一些断断续续的回声中告别：“再见……你能听到我吗？再见……”

我走出国防部的大门，看到马路对面站着两个穿着深灰色外套的男人，距离我大约一百英尺。我立即左转快速走到角落里，猛然转身，看到他们并没有动，我拐了个弯回头再看，他们仍然一动不动。

我走出那条街，然后又踅回去停在一个角落里环视四周，那两个人终于走了。我就在街上晃晃悠悠散起步来，然而我很确定其实我并没有甩掉跟踪我的人，我肯定是遇到高手中的高手了，因为我完全没有发现尾随者任何的蛛丝马迹，如果我有第六感的话，那一定与我的眼睛无关。

一辆出租车经过，我坐上了车。回家的路上我又想起寻找沃尔夫冈的事，我不知道当我找到他时我该怎么做，也不知道他能给我带来什么帮助，能给比尔·哈维或者盖伦将军带来什么影响，但是我想见到他，我只想要事情能有所进展，这种欲望就像戒烟的第一天你渴望一根雪茄一样强烈。当然，我并不知道上哪里去找沃尔夫冈，我可能永远找不到地窖酒吧所在的小巷，甚至连它的周边环境也认不出，我记得这个地方就在德鲁酒吧的不远处，但德鲁酒吧附近有那么多的小巷和被轰炸过的地方，我怎么知道哪一个是地窖酒吧所在的小巷呢。我忍痛放弃了度假的想法，这种感觉就像圣人无法登上他的自我启示山一样。

虽然是很愚蠢的想法，但我觉得好像有什么重大事件要发生一样，我必须赶快回公寓，而且街上的实景也加重了我的焦虑：离公寓门口不太远的地方站着两个貌似在国防部门口等我的男人。当然，这种情况下，我除了走进我的公寓已经没有别的办法了。

过了五分钟，电话响了。

“很高兴你在，”夏洛特说，“但你半个小时以前似乎不在。”

“我在厕所，没听到电话响。”

“我给你派辆车，司机也叫哈利，哈利会来接哈利，二十分钟内到。”

“我不应该离开房间的。”我说。

“这种情况下，我允许你下楼。迅速点。”说完他就挂了电话。

15

这二十分钟里我饱受煎熬，每一分每一秒我的大脑都像放映电影一样，显现出不同的场景。我时刻担心街上那两个人会不会忽然来敲我的门，同时我还在焦虑地等待着比尔·哈维的到来；我想象着迪克斯·巴特勒与沃尔夫冈一起回来，到我所居住的这间客厅里；英格里德也进入了我的脑海中，声音无比清晰地向我诉说着她为了我离开了她的丈夫。我集中注意力听着街上一名醉汉的咒骂，但是其后没有任何事情发生，除了那些蠢人的聒噪声。时间流逝，我在房间里等了将近二十分钟时，我带着 C.G. 的手稿下楼了。

夏洛特开着梅赛德斯，“上车，”他说，“我是哈利。”他开了几英尺，然后停在了监察组其中一人的身旁，对他们说道：“没问题，回去吧，我需要你们时会第一时间给你们打电话。”

之后夏洛特一直加速行驶。“我正在犹豫我们要不要去我的酒店房间里谈谈，”他说，“这样相对安全些，他们不知道我是谁，虽然永远不能低估柏林的任何一个人，这一点我想你也发现了。”

我们沉默了一会儿，夏洛特说：“好吧，我们就去那儿吧，我们可以在酒吧喝点小酒。酒吧里从不允许安装任何监视器，酒店说这一做法代价太高。在卧室可以安装，但是在酒吧就连门儿都没有了，尤其是在动物园酒店的酒吧里。这个地方可是有点历史了，但是翻修工作做得还是很不错的。我告诉你，这里的门卫可是个很独特的人啊。怎么回事呢？就是我上次来这里的时候，没有机场供普通商业机飞出柏林了，而且考虑到我个人的原因，我又不想动用空军的力量，最起码那个时间不方便与军方有牵扯，所以我问了一下看门人看看他能做点什么。两个小时后，我去他的办公室，他满脸笑容地对我说：‘泰勒博士，我给你弄了最后一张离开柏林的机票，德国汉莎航空公司，时间就是今天下午。你到汉堡以后就可以乘坐斯堪的纳维亚航空公司的航班直接飞往华盛顿了。’他看起来很兴奋，于是我问他票是怎么弄到的，他说：‘我告诉票务中心，你，泰勒博士，是非常有名的美国诗人，你必须要参加歌森尼尔斯（Gisenius）今晚在汉堡的音乐会，剩下的流程就很简单了。斯堪的纳维亚航空公司给美国人预留了大量的座位，你就能够离开了。’就是啊，”夏洛特说，“这个本事已经没有几个人能掌握得了了。”

“泰勒博士是你的假名吗？”

“很明显是啊，”他似乎因为我没有更多地关注他的故事而有点生气，“让你印象最深的难道就是我选择泰勒博士作为假名吗？”

“‘施耐德’这个词的意思是裁缝。你与盖伦的关系很密切吗？”

夏洛特一脸茫然——很少见他有这样的表情——继而说道：“你知道吗？这件事本可以神不知鬼不觉的。”

我没有回答，我现在无法确定任何猜测。“唉，”他又说道，“盖伦这个人很糟糕，我真的无法忍受那些侥幸逃脱惩罚的前纳粹分子身上那种不靠谱的扬扬自得，也看不惯他们那种狡猾的自怜自哀。但是的确，哈利，我同盖伦有着密切的合作，他有他的过人之处，这是值得尊敬的。我们合作的任务就像西西弗斯[1]推石头，前途困难无穷尽。”

[1] 西西弗斯，古希腊神话中的人物，与更加悲剧的俄狄浦斯王类似，西西弗斯是科林斯的建立者和国王。他甚至一度绑架了死神，让世间没有了死亡。最后，西西弗斯触犯了众神，诸神为了惩罚西西弗斯，便要求他把一块巨石推上山顶。由于那巨石太重了，每每未上山顶就又滚下山去，前功尽弃，于是他就不断重复、永无止境地做这件事——诸神认为再也没有比进行这种无效无望的劳动更为严厉的惩罚了。西西弗斯的生命就在这样一件无效又无望的劳作当中慢慢消耗殆尽。

“我不确定他现在是否跟以前一样了不起，”我说，“但是在我看来，他已经不是哈维的对手了。”

“亲爱的，无论你为谁效力，你永远都是对他忠心耿耿，你真是继承了你父亲的品格啊。还真是一只纯种猛犬呢，只是你看错人了。我已经看过了盖伦寄给我的手稿，了解了事情的原委，我可以向你保证，虽然每个人每件事都会有得有失，但是盖伦拿捏得还是相当不错的。哈维就是个冲动的笨蛋，竟然还想染指沃尔夫冈的事。”

“但我仍然无法理解你是怎么忍受盖伦的。”

“任何经历过这种人生的人都不会具备救赎的品质，我能忍受盖伦是因为他身上那丁点儿的人道主义余晖。”

我们到达了旅馆，他把车留给门卫，径直把我带到酒吧。我们一坐下，我就跟他汇报：“我已经和哈维的夫人聊过了，这是副本，全部都在这里了，我想这就是你想要的。”他看也没看就将这些文稿和磁带放进口袋里了，这真的让我很失落。我以为他会对我的工作表扬一番，毕竟最初我并不想做这件事。“她对她丈夫很忠诚，”我控制了一下情绪，说，“所以我不知道你能否找到你想要的东西。”

夏洛特笑了——是屈尊挤出来的笑容吗？——拿出他刚刚放起来的文稿看起来，手指还时不时地轻敲着文稿。“不不，”他读完说道，“你做得很棒，这证实了所有事，这又给我添了一把利器。谢谢你，哈利，干得漂亮。”

但是，我却觉得如果不是我向他多唠叨了一句谈话副本的事，他可能不会看这么久，于是我又追问了一句：“这些真的对你有用吗？”

“当然，如果没有这份谈话记录，我也是要继续我的行动的。因为在这次事件中，有一些情况发展得太快了，我也不得不行动，而且只能在假设 C.G. 说了这些话的基础上进行下一步。所以，现在好了，我们有了真材实料。好吧，让我们喝一杯吧，”他对走过来的服务生说道，“来两杯梅子白兰地！”很明显他不知道我不喜欢他点的这种酒。

“你要为下一步行动做好准备。”服务生离开后他说道。

“我会陷入很大的麻烦吗？”

“不会，完全不会。”他说道。

“你确定？”

“百分之九十五确定，”他点点头说，“明天上午我将和比尔·哈维会面。”

“我要过去吗？”

“当然不要。但事态的发展要如我所料才行，这样明天下午差不多傍晚时，我们两个将会乘坐空军的飞机前往法兰克福，然后转乘泛美航空公司的飞机，连夜飞往华盛顿，在我们决定下一步给你安排什么任务之前，你会以我的助手之一的身份待在我身边。祝贺你，我拉你下水，而你幸存下来了。”

“我已经脱离危险了吗？”

“是的，你不知道当初你父亲多么反对我把你派往柏林，是我告诉他你会完好无损回来的，并且为以后的工作准备得更充分了。当然，没有我，你可能无法安全度过，有了我这个大厨，你才能成为美味的大餐。”

“我还不知道我已经完全摆脱了危险呢。”我的淋病又给我带来一阵刺痛，像是对我的讽刺。喝完一口酒我才想起这个酒与我服用的盘尼西林是不相容的，嗨，让它见鬼去吧！美酒岂能辜负？梅子白兰地正给我带来阵阵暖意呢。

“我今晚会在动物园酒店给你开间房，”夏洛特说，“你在公寓里有很多要带回家的行李吗？”

“都是些衣服而已，来到这里还没有来得及买别的东西呢。”

“那明天我见过哈维之后再把你送到公寓，到时候你再将行李打包吧。

毕竟，如果哈维发现你今晚就连人带行李离开了公寓的话，他会派一群野蛮人追捕你的。”

“好的。”我说，我感觉我被酒精麻痹了。我原以为我对比尔·哈维和 C.G. 有许多看法，但是现在这些似乎都不存在了。我不知道我所做的事是什么时候开始的，也不知道是什么时候结束的。情报工作看起来一点也不像影院播放的电影，契诃夫曾经说过：如果观众在第一幕看到了壁炉边上挂着一把猎枪，那么就一定会期待着最后一幕子弹迸发而出。但对我而言，我的情报工作的结局却是这样的悄无声息。

“你为什么反对隧道 CATHETER 工程？”我问道。

他看看四周——CATHETER 在公众场合仍然是一个忌讳的话题。

“在攀岩中有个动作让我很厌恶。”他说。

“一个团队固定了一道没有任何支撑点的竖直的墙，攀岩者带着手钻，在墙上钻一个孔，将螺钉钉入岩石里，借此向上攀爬，他们每爬一步都要用手钻钻出一个洞然后放入螺钉。做成一件重大的事是要花上个几周的，但不过是一个愿意干这件苦差事的农场小子罢了，竟然转眼成了出色的攀岩者。这就好比你的隧道工程。”他轻声说道。

“你的朋友盖伦将军不喜欢我们通过隧道工程获得的情报，尤其是有关东德铁路系统的信息，它暴露了该系统的弱点。”我也轻声答道。

“东德铁路的状况并不能说明共产主义是什么。”夏洛特回复道。

“但是在欧洲大陆上难道不是我们率先知道苏联将何时进攻吗？”

“这个问题要放在五六年前倒是很紧迫，但是现在红色大袭击已经不再显示强烈的战争矛头了。然而，我们仍然要不断推动建立一个庞大的防御系统，因为，哈利，一旦我们确定苏联在军事上无法采取大规模的军事突袭，那么美国人民对待共产主义的态度就将软化。每个普通美国大众心中都有一只温顺的小狗，人家舔舔你的靴子，舔舔你的脸，你就容易变得太宽容。如果任由美国人民自由处理，那么他们很快就会跟俄国人成为朋友。所以我们并不提倡宣传俄国军事系统无比散漫这样的消息。”

“比尔·哈维实际上也给我说了同样的事情。”

“是的，这跟比尔的利益是相反的，没有人比哈维更加反对共产主义了，但是从另一方面看来，他必须为隧道辩护，即使它有时候会告诉我们一些我们不想听到的消息。”

“我很困惑，”我说，“你不是曾经说过我们真正的职责是成为美国的思想吗？”

“哈利，我们并不是要成为只知道分辨对错的思想，最重要的是培养目的论思想。这是超越事实的思想，是带领我们走向更远大目标的思想。哈利，这个世界正经历着非凡的动乱，二十世纪或许会迎来可怕的末日，历经几个世纪建立起来的历史制度都可能要融化在岩浆里了，一九一七年布尔什维克人的出现就是最初的暗示，然后是纳粹分子，神啊，那些人可都是从地狱来的恶魔啊！火山已经从山顶爆发了，岩浆开始到处流动，难道应对高温岩浆不是需要更好的铁路系统吗？岩浆就是熵[1]，它会削弱所有的系统；共产主义就是耶稣的熵，高级精神形态也会因为共产主义而退化成低级形态。为了不让这噩梦变成现实，我们必须要虚构一个故事——就是苏联人有着强大的军事系统，如果我们不变得更加强大，苏联就会超越我们、压倒我们。事实也是如此，如果美国大众分分秒秒、年年月月都保持着对苏联的抵制情绪的话——哪怕需要我们强行灌输也在所不惜——那么苏联就永远没有超越我们的那一天。”

---

[1] 熵（Entropy），物理学术语，指的是体系的混乱程度，它在控制论、概率论、数论、天体物理、生命科学等领域都有重要应用，在不同的学科中也有引申出的更为具体的定义，是各领域十分重要的参量。

“但是你怎么知道你是对的呢？”

他耸耸肩：“有人靠心理暗示活着。”

“那你的心理暗示是如何而来的呢？”

“从岩石上，小伙儿，高高地站在岩石上，远远地高于平地，”他喝着他的梅子白兰地，“我们休息去吧，我们明天还要出门。”

他在电梯里说着再见，又加上一句：“我和哈维会一起吃早餐，你只管睡，我什么时候打电话给你你就什么时候起床。”

我的确照他说的做了，我对他能力的信任足以让我安安稳稳地睡个好觉，即使当我躺在床上心生困惑，这铭心的困惑也会变成一剂催眠良药。我一觉睡到电话响，长长的睡眠也让我紧绷的神经得到了暂时缓解。

“你醒了吗？”电话的另一端传来夏洛特的声音。

“醒了。”

“去整理行装，一个小时后我会准时到你公寓楼下接你，酒店的账单已付。”然后，他又补充了一句：“接下来的一年你会学到不少东西。”

我回到公寓不到一分钟就意识到对我的教育已经开始了。迪克斯·巴特勒一个人待着，心情非常糟糕地走来走去。“比尔·哈维发生什么事了？”他问道，“我想要见见他，但是他连电话也不接。”

“我什么也不知道，”我说，“我只知道现在我可以自由清白地回自己的家了。”

“那代我向你父亲问好。”他说。

我点点头，心想不必向他解释今天也会有人重视起我的教父来。我看了看他，说道：“你看上去似乎很沮丧。”

“呃，”没有任何先兆，我就听到他说，“沃尔夫冈死了。”

我觉得已经有声音从我嗓子里冒出来了，但是什么也没有，我只好努力控制住自己，随口问道：“死于暴力？”

“他是被活活打死的。”

我们俩再次沉默起来。我一直在默默地打包行李，几分钟后，我走出我的卧室问道：“你觉得是谁干的？”

“某个老情人。”

我继续整理我的行李箱。

“或者，是他们？”迪克斯·巴特勒嘀咕道。

“谁？”

“BND。”

“有可能。”我说。

“或者，是我们害死了他？”迪克斯·巴特勒说。

“不，不会的。”

“当然会，肯定是哈维的命令，还有武器，是我害了他。”巴特勒说。

“我会发给你我在华盛顿的新地址。”我告诉他。

“或者，是SSD干的。像这样的事情，你若去拜访弗拉基米尔·伊里奇·乌里扬诺夫（列宁），他会问‘谁？谁会从中获利？’”

“不知道是谁，我甚至不知道究竟发生了什么。”我说。

“这倒是真的。”迪克斯·巴特勒回答道。

16

在飞经大西洋的航班上，夏洛特心情特别好。“我必须得说，”他告诉我，自信的声音铿锵有力，听起来就像开学典礼上的校长发言讲话，“我们将和你的朋友BOZO见面。”

他眨了眨眼，给我一种不安的感觉，而且他这么简单的一句透露显然勾起了我更强的好奇心。但是我无法对夏洛特的快乐感同身受，他眼中的光芒到我眼里就变成了粒粒尘埃。

他说："不要忘了，比尔·哈维曾经是美国联邦调查局的人，他们那些人对自身的安全都有着极度的偏执。连约翰·埃德加·胡佛都给他们树立最好的榜样了，他们怎么能不偏执呢？"夏洛特接来下这句话说得更小声了："我听说胡佛要去一个目的地，如果能经三次右转弯而到达的话就不会允许他的司机左转弯一次。以前我每每想起比尔·哈维拿手枪的奇怪姿势就会联想到是约翰·埃德加·胡佛传染给了他。但是，几个月前的某一天，就在我们安排你去柏林不久前，我的脑子里冒出一种直觉：如果这些该死的拿枪姿势并不是比尔·哈维偏执的表现怎么办？万一这是对实实在在的危险的真实反应呢？假如是他陷入了棘手的麻烦怎么办？"夏洛特伸直了他的食指，"每次我都要想出一个中肯的假设，要不然我就会被'事实'所迷惑变得停止不前了。

"所以，我查看了比尔·哈维的档案，就在他的二〇一档案里，全面记录了他是如何被迫从 FBI 辞职的。现在你已经知道这件事了，而且你还记录了 C.G. 所说的故事原委，你点点头我就明白了你完全记得整个过程，我也都记得。C.G. 透露给你的每一个细节都同他的二〇一档案中所记录的完全一样，我期望情况与我当初安排你接近 C.G. 时所设想的一样。想想这到底意味着什么吧。她一九五六年所讲的故事竟然出奇地与他一九四七年第一次到情报局时所提供的记录完全吻合，似乎在原始版本上又一字不落地强调了一遍。很明显是当哈维和 C.G. 在一起时，哈维将二〇一档案中记录的细节填鸭式地告诉了他的新一任夫人，而且我怀疑他总是时不时地跟她重复同样的故事，C.G. 才能如此详细地跟你讲述，这就是线索。所以你又学到了一招：在你的工作中，要想把一个故事伪造得天衣无缝，那就要在最初编造它时做到滴水不漏，而且还要一遍一遍谨慎地重复讲述这个故事。”

“你说得对，但是当你到达柏林时，你也不知道我是否已经找到机会和 C.G. 说上话了啊。”

“不管我有没有准备好我都要来柏林一趟，”夏洛特说，“你这边的境况明显已经崩溃了。此外，夏洛特和普拉赫之间的摩擦也濒临爆发，盖伦玩得太过了，所以，我不得不出面，虽然我除了自身的直觉以外手上没有掌握任何资料。但是现在不一样了，C.G. 的录音副本给我添了不少的底气，像上帝赐了我一道护身符。我和比尔一起享用早餐的时候，我一直把它放在我胸前的口袋里——它使我更加确信我了解这个我要对付的人。

“噢，对了，我和哈维是在动物园酒店的酒吧里见的面，他知道我不会在他的地盘见他，当然，我所在的酒店也是他不信任的地方，不过，他决定来酒店见我肯定动用了他所有的资源，比如在酒吧间藏一个监视器什么的。但是那晚在我和你聊完之后，我和酒店管理人员谈了一下，安排了两个我的人整晚待在酒吧间，虽然他们不能安装任何窃听、监视设备，但是至少可以保证哈维的人动不了任何手脚。所以，我们第二天早上见面时，除了可以放在自己身上的微缩工具以外，我们没有带任何录音设备。”

“那你是怎么给哈维录音的？”我问，“他肯定知道你装有窃听器啊。”

“我身上的确有个窃听器，但是估计哈维没有发现。这是俄国人曾经在波兰测试过的一个克格勃小玩具，你将它装在你中空的鞋跟里，连带电池、麦克风、机械部件一起装在里面。但是我们还是操之过急了。关键就是这份早餐——比尔·哈维的早餐是堪培利开胃酒和羊角面包，我的早餐是一个五分熟的鸡蛋——并没有停留多久，我们就开始了公开羞辱对方。‘嘿，老兄，’哈维对我说，‘我早在地狱厨房的黑巷行动中就已经磨砺得伶牙俐齿了，而你的社交活动不过仅仅限于跟英国同性恋一起吃煎饼而已，哈哈哈。我的午餐奢侈到可以喝三杯马提尼，一杯一杯又一杯，哈哈哈。’我反过来问他，他放在桌子上的枪是哪个时代过时的枪，他说‘这不是枪，而是空端子弹，我会将我的枪换掉的’。他又补充了一句，‘我换枪比换衬衫还要勤。’”

说到这，夏洛特从他胸前口袋里拿出了几页录音文稿，撕去前两页，举起文稿，说道：“都在这里了，那天他一走我就亲自整理了这份文稿。永远记得以最快的速度把磁带里的内容整理成副本保存起来，它记录的可是事情的真相啊。看到这些内容，我禁不住想到比尔那像花瓣一样的嘴巴，与他无耻的吐痰行为太不搭调了。他准备好要走了，他以为他打败了我。”说着，他将前两页纸递过来，说道：“你自己找一下主人公。”

女婿：我们已经骑车沿着桑树林转了一圈了，说吧，为什么要一起吃早餐？

古勒：我觉得是时候摊牌了。

女婿：很好，摊牌是吧，那让我们看看你手中拿的什么好牌吧。

古勒：不要觉得我是那个满嘴胡话的人。

女婿：你被你的小徒弟蒙蔽了，确切地说你的徒弟已经陷入了一堆麻烦中。你看，现在我已经知道 SM/ONION 是谁了，而且你的徒弟也招了。难道你不觉得羞耻吗？

古勒：如果真有其事的话，我会接受你的道德审问的。

女婿：好吧，那我就开诚布公地说：我已经准备好控告你和“蝙蝠耳”将军了，控告你们威胁隧道工程。想知道我掌握了什么证据吗？此时此刻，有一个小便酒吧的堕落者叫作沃尔夫冈的已经被拘留了，我们正在盘问他，他可是一个有很多料要爆的宝儿啊！

古勒：哪里有什么人坦白，根本就没什么可以坦白的！这个叫沃尔夫冈的家伙也没有被你拘留，我早上6点接到德国南部的电话，说这个所谓的小便酒吧的堕落者已经死了。

（长时间沉默）

女婿：可能会有许多人将要被钉在审问架上。

古勒：不，朋友，这只是在自我安慰罢了。即使你我双手紧握，正面交锋，充其量也只不过是双双被击倒，任何事也证明不了，结果只能是双方受损无可挽回罢了。所以，还是让我们聊聊我手上握着的王牌吧，它们可是要比你想象的强大得多。烦躁不安，只能让你连险胜的机会也没有。

这已经是手稿第二页的最后内容了，我不禁问："其余的在哪里？"

夏洛特叹了口气，这一声洪亮的叹息声就像木管乐器的低音一样底气十足，他说："我知道你有多好奇，但是我不能再让你看了。要想看剩下的文稿，你就得等。"

"等？"

"是。"

"等多久？"

"噢，几年吧。"夏洛特说。

"好吧。"

"这小部分的文稿所提供的信息量已经足够多了，以后你就会明白。"他四处打量了一下飞机，打了个长长的哈欠，这对他来说似乎是一次充分的休息。"顺便，"他说，"是我把动物园酒店的账给结了，你的那份，折算成美元，是三十八美元八十二美分。"

我只好写支票给他，这可是我周薪的三分之一呀。“机构不报销这些支出吗？”我问道。

“会报销我的，我在出差嘛。但是办事员会质疑你在动物园酒店的账单，毕竟你已经有一份住房补贴了嘛。”

当然，他本可以把我的那份算在他身上的，但是他太清廉了。我记得在运河屋的某天晚上，我和基特里奇在厨房洗碟子，用的竟是洗衣服的肥皂，她还低声地跟我抱怨：“休·蒙塔古可能是机构里钱包最扁的一个了。”

“好了，一共是三十八美元七十二美分。”我说。

“实际上，应该是三十八美元八十二美分。”他说，然后没有任何过渡，他张口就说，“你介意我详细说一下我昨晚想要表达的看法吗？”

“当然不介意，”我说，“你请说吧。”我曾经希望了解更多关于比尔·哈维的事情，得来的却是对我的训诫，说共产主义恶魔是如何如何阴险狡诈。现在我又要一直听他讲，那颗被动的好奇心像性病刺痛一样搞得我痛苦不堪。

“我要提醒你，”夏洛特说，“俄国的真正实力与军事力量关系不大，我们或许会在别的方面容易受到他们的攻击，布格斯、菲尔比和麦克莱恩证明了这一点。关于这伙人，比尔的看法是对的，而我的看法是错的，你能想象这给我带来的影响有多恶劣吗？可是我又不得不承认，比尔的确察觉到了一些我忽略掉的事情，后来它就变成了一个令人讨厌的论点：你的家人越好，你就越应该提高警惕，更加仔细地留心他们的言谈举止。不管基督徒们留下了什么，俄国人都有能力打击和报复他们，地球上任何人都不应该拥有太多的财富——这个观点太深入人心了，俄国人才会如此凶残，这也正是共产主义的邪恶之处。它利用了基督教义最高贵的本质，让我们心怀巨大的罪恶感。核心就是美国人甚至比英国人更坏，所以虔诚的我们充满了罪恶感，毕竟我们只是些富有但没有任何背景的家伙，所以还是怀着一颗穷人的心穿梭于世界之林吧。他们真是太狡猾了，特别是你从小接受的观念就是：你将来遇到的最伟大的爱，寄托于耶稣为那些同样贫穷困苦的人们洗脚的行为之中。”

“如果这些话出自我之口，你会是什么感觉？你会不会怀疑我究竟是为哪一方效力？”我那挫败的好奇心仍然像胃里的铅一样压抑着我。

“如果我意识到了我在为错误的一方效力，”他回答道，“我就会觉得叛变是我应该做的，我不希望为恶魔工作。如果我明明已经辨明了哪一方为正义之方而我还要反对它的话，那这就是一种邪恶。但是，正邪的界限一定要分清认准，”他告诉我，“岩浆就是岩浆，精神就是精神。如今邪恶的一方是赤色分子，不是我们，他们狡猾地暗示，他们才是真正传统意义上的基督徒。真是一派胡言，他们才是真正巴结穷人的人！然而第三世界的人竟然相信他们所说的，就是因为俄国人抓住了问题的关键所在：意识形态。我们的精神‘供给’很充足，但他们传播思想的手段更胜一筹。我们这些人是一步一步、认认真真地独立靠近上帝、信仰上帝的，而苏联能够全体一致地完成信仰的转变，这是因为他们将大众福利给予了人民，而不是上帝。这是一场灾难。裁判只能是上帝而不是人，这是我一直以来都信奉的观点，将来也不会改变。我也相信，即使在我最糟糕的时候，我仍然在拼搏，就像上帝的战士一样。”

我们都沉默了，但是这样沉默地坐在他身旁，我如坐针毡。“你读过克尔恺郭尔[1]吗？”我问——我非常想在休·蒙塔古的博学多才中找出一

[1] 索伦·克尔恺郭尔（Soren Aabye Kierkegaard，1813—1855），丹麦宗教哲学心理学家、诗人，现代存在主义哲学的创始人，后现代主义的先驱，也是现代人本心理学的先驱。他的思想成为存在主义的理论根据之一，一般被视为存在主义之父。

处漏洞，所以特意问了这么个冷僻的人。

“当然。”

“我从他那里学到的是谦虚，”我说，“我们无从知道我们行为的道德标准，我们可能会在为魔鬼辛苦工作的时候认为我们无比圣洁；相反，我们也可能在为上帝服务的时候产生罪恶感。”

“噢，难道你不知道吗？这些都与信仰相对，”休·蒙塔古说，“简单相对复杂。如果不是因为我的信仰，我可能会使用善良的克尔恺郭尔式的辩证法。为什么不说苏联并没有腐蚀宗教呢？因为它鼓吹无神论。所以，它不为人知的是无神论构成了对上帝实实在在的阻碍。共产主义环境下的坚定的宗教信仰必须是光明又美丽的，终究，你不得不牺牲自己的利益来获得信仰。因此，俄国的社会风气就是滋生烈士和圣人的温床，然而我们所拥有的是大量的传道士。哈利，向克尔恺郭尔的辩证法妥协哪怕只有一次，你就陷入了麻烦之中。这令人堪忧啊！或许将来有一天我们都会在核战争中灰飞烟灭，所以现在的民众才这么高调地及时行乐。事实就是西方建设享乐宫的速度比建教堂快得多。欲望在偷偷地生长：或许世间根本就没有任何审判！这个世界会崩塌的，上帝的能力也会被原子弹摧毁——这可能是我无意识的信仰吧。这可能造成我工作质量的下降，到处都是工作惨淡的情景。最终，它对我们的伤害比对俄国人的伤害大多了。岩浆无所谓质量高低的。”他再次叹了一口气——他的声音中带着长长的沉思，然后沉默，关节噼啪响。“任何情况下，”他微笑着说，“成功时脑子里还能回顾令人郁闷的想法，这是智者的表现，它能使魔鬼远离我们。”他伸出手来敲打着我的膝盖。“我很紧张，”他说，“但幸运之神保佑了我两次。而这，亲爱的孩子，都是因为我虔诚的祈求啊。你看，除了我和比尔·哈维享受的美好早晨之外，还有一件令人开心的事——我是你的教父，不是吗？”

“是的。”

“是一个好教父吗？”

“很棒的教父。”

“好的，现在还我人情吧。”

“蒙塔古先生，什么事？”

“嗯，大约七个月后，基特里奇和我的孩子就要出生了，我希望你也做他的教父。”

飞机继续飞着。

“这真是个惊人的好消息啊！”我说，“这是我极大的荣幸。”

“主要是基特里奇选择了你。”

“我的心情真是无法形容了！”

我麻木了，什么也感觉不到，脑子里一片空白。我真想知道如果我在还没来得及弄清楚发生在比尔·哈维身上的事情之前就死了，那该怎么办。实际上，八年多之后我才完全了解了整个手稿的内容。

（上册完）

FONGHONG
凤凰联动出品

HARLOT'S GHOST

夏洛特的亡灵（中）

［美］诺曼·梅勒 著
马飞剑 段淳淳 译

江苏凤凰文艺出版社
JIANGSU PHOENIX LITERATURE AND ART PUBLISHING, LTD

第三部

华盛顿

1

在我回到美国的第三天，一支俄罗斯侦察队把我们的电话线接到了阿尔特市到莫斯科的线路中，如果我现在还在柏林的话，耳朵里响起的一定是隧道里声音失真的混乱声。但我现在在华盛顿，这个声音只是一阵遥远的隆隆声。其实在华盛顿，我的日常生活也像电话里的声音一样发生了一系列的变化。

第一个变化就是同基特里奇的关系。休·蒙塔古是我的教父，这已经是公开的事实了，我现在几乎是他家庭的一员，有时候我觉得自己简直就是他的亲表弟，是那种看起来并不是很健康的亲戚，而我们却觉得彼此已经非常健康了。基特里奇怀孕了，看起来也比以前更有女人味了。每次见面或告别时，她都会吻我，我不知道该如何看待这份感情。在耶鲁总不如在圣马修学院学到的性知识丰富，圣马修学院的那些男孩子，经历过颇有收获的暑假之后，总会在开学的第一时间就拿它来分享并指导没有那么幸运的我们：当一个女孩嘴巴湿润，轻轻触碰你的嘴唇时，好吧，小伙子，酝酿已久的性吸引已经开始了。

我和基特里奇之间的情感已经开始升温了。在我眼里，她几乎每时每刻都是那么快乐，她怀孕的头几个月更是展现出了她从没有过的风韵。她曼妙的身材因为她那充满活力的性格而散发出更强的吸引力，我可以感觉到她内在的母性。我试着用语言来表达我想要与她有更亲密举动的感受，然而我却不知道如果与基特里奇同床共枕会是什么感觉。想到我与英格里德缠绵的那个夜晚，我觉得与基特里奇在一起情况会大有不同——我知道基特里奇所拥有的不仅是丰满的身材、优雅的举止、鲜明的性格，还有一副可以与我完美结合的躯体，这完美的躯体散发出来的神秘体香，比英格里德吝啬购买的波斯菊味道要好上千万倍。

没错，我恋爱了，我度过的每一分每一秒都快乐无比，哪怕只是坐在我爱的人身边，与她的丈夫一道静静地听着音乐，留声机里播放的是斯托科夫斯基[1]指挥的纽约爱乐乐团所演奏的鲍里斯·戈东诺夫[2]之类的音乐——夏洛特认为这首曲子的作曲家穆索尔斯基[3]成功再现了沙皇俄国晚期的混乱局面。

基特里奇这些天来对《窈窕淑女》的兴趣更大一些，在华盛顿流传着这样一种说法：本季百老汇不看《窈窕淑女》就对不起那张门票。怀着孕的基特里奇难得对抢手的门票感兴趣。为了寻求与穆索尔斯基不一样的风格，她给了我们莱纳与罗威的门票，我们就一直听着《我能整夜跳舞》，直到蒙塔古最后问道："怀孕对你有这么多限制吗？"

"休，别说了。"基特里奇说，红晕袭上了她白色的脸颊。

"亲爱的，"休 · 蒙塔古说，"你似乎从来不曾如此渴望跳舞啊。"

我，他们家庭的叛徒，很高兴我比蒙塔古更了解她的这一面，也希望她知道这一点。

当然，他很关照我的工作——我才回来半个星期他就安排我去西班牙工作处，我就要迁到西半球分部下属的阿根廷—乌拉圭工作处了，为我调往蒙得维的亚（乌拉圭首都）工作做准备。

"为什么是乌拉圭？"我问。

"因为这个地方很小，你可以学到很多东西。"

蒙得维的亚远在千里之外，我突然想到他可能希望在他孩子出生后他

[1] 列奥波德 · 斯托科夫斯基（Leopold Stokowski，1882—1977），美籍波兰指挥家。

[2] 鲍里斯·戈东诺夫，俄国沙皇费多尔一世的主要谋士，后被推举为沙皇(1598—1605在位)。

[3] 穆捷斯特 · 彼得洛维奇 · 穆索尔斯基（Mussorgsky Modest Petrovich，1839—1881），俄国作曲家。

的教子多少离他妻子远一点。

"你需要一个地方去了解你的职业，磨炼自己，"他告诉我，"乌拉圭非常适合。你会了解到外交团体，结识一些俄国人和一些情报人员，熟悉这些基本情况。我一直期望着未来几年你能够与我合作得越来越密切。但是首先，你要了解这些规则——所有这些基站工作的日常处理，以及在间谍工作中的行为和禁忌。"

我承认即使在过去一年里我听了无数次的间谍和反间谍这些词，但我现在仍然搞不懂这其中的差别。"当我在乌拉圭工作处工作时，我还可以与你保持联系吗？"我问。

"可以，"他说，"但是你必须得等。等这个夏天我从基普[1]回来后才会开始'星期四'工作。"

"那就是两个月之后了？"

"在阿根廷—乌拉圭工作处的时间将会极其宝贵。"

可能是吧，但那时的我却不这么认为。我忙于学习整本厚重的活页书籍，关于地理、政治、经济、文化和工会等各个方面。很快，我就了解了乌拉圭是一个很小的国家，位于大西洋岸边，形状像个小椰子，在巴西和阿根廷之间，距离南部比我想的要远很多。乌拉圭的气候很温和——好极了！没有丛林——非常适合我！有"南美的瑞士"之称—— 一半是社会主义国家，有潘帕斯草原和成群的牛，只有一个大城市那就是蒙得维的亚；整个国家，不到四百万人口，以牛肉、兽皮、羊肉和羊毛的出口为生。

我在阿根廷—乌拉圭工作处的工作大部分就是编译和解码电报，这为我接下来的独当一面奠定了一定的基础。至于其他的，就是埋头苦干集中学习西班牙语、忍受着华盛顿六月和七月的酷热、等待着夏洛

[1] 老挝的旧称。

特和基特里奇在基普的三周假期结束之后开始他那神秘的“星期四”工作，还有就是在此期间对蒙得维的亚工作站的官员和情报人员的外表浮想联翩以此来自娱自乐。我们的电报通信使用AV/作为合体字来代表乌拉圭，所以我们不需要忍受像SM/ONION或KU/CLOAKROOM这些扭曲的拼写了。现在我们可以使用AV/ALANCHE、AV/ANTGRDE、AV/ARICE、AV/ENGE、AV/IATOR、AV/OIDANCE、AV/OWAL、AV/OIRDUPOIS、AV/UNCULAR和我最喜欢的AV/EMARIA。你永远也想不到AV/ANTGRDE代表的是个侍者，而AV/EMARIA代表的是外国使馆的司机。鉴于工作处对我的信赖，我当然可以通过二〇一档案检查他们的假名（这些文件全都保存在一个大办公室的角落里，这间大办公室就是我们位于“蟑螂小巷”的阿根廷—乌拉圭工作处），但是没有这个必要去检查，而且我觉得自己资历太浅不想去做这件事。年长一些的工作处官员十分勉强地给我介绍着复杂的任务，好像我的到来让他们失去了“蛋糕”中的一块。我很满足就这样等待着蒙塔古，这里的工作是我从柏林回来之后一次平静的缓冲，我也渐渐对它产生了兴趣。尽管华盛顿的夏天很热，但我还是愿意等待夏洛特的“星期四”。

当然，肯定会有人谈论这些事的。某个炎热的天，我和两个高官在咖啡馆里用午餐，都是卡尔的朋友，他们就给了我不同的评价：“真是庸人自扰，他太聪明、太厉害了。”一个人说。另一个却说：“哎呀，你不知道你能被选中是多么幸运啊。”

这个团队已经组建三年了，如今是每逢周四下午都会开一场研讨会，与会人员包括夏洛特的员工及经推荐参加他的一些项目的官员。平时的周四被称作“低调星期四”，但是每个月有一次被大家称为“高调星期四”，届时会议会邀请重要人物参加，有的是恰逢机构里分派任务给某些专家，他们从异国办事处回到华盛顿，然后被邀请参加“高调星期四”的这次例会。

不管在什么情况下，开会的地点总是定在休·蒙塔古的外间办公室，所有人员围着会议桌坐成一圈。这间办公室是在一个黄砖修建的别墅的二楼大房间里，艾伦·杜勒斯曾把总部指挥中心设在那儿。这栋优雅的建筑坐落在E街上，远离倒影池和蟑螂小巷，比华盛顿大多数的外国使馆都要大。夏洛特是为数不多的几个与杜勒斯工作往来非常密切的高级官员之一，所以这周围的人与环境的重要性也给这栋建筑平添了几分神秘。实际上，艾伦·杜勒斯总是会突然出现或者匆匆离开，他胸前口袋里的传呼机总是不停地催促他回他自己的办公室，我记得有一次他还特意向我们强调说他刚刚跟总统艾森豪威尔打完电话。

当然了，“高调星期四”的演讲环节是最非凡的，夏洛特的声音会变得更加洪亮，他在使用花哨的语调时也不再那么害羞，但是单凭一次演讲我们能学到多少东西就很难说了。他的演讲里并没有任何任务分配，只是时不时地推荐一两本书，但并不要求我们多么勤奋地把书好好看完，不，这更像是一个播种的过程，只有少数人能够做到让种子发芽。当然，我们的首长杜勒斯先生不仅是我们团队一位神龙见首不见尾的“客人”，他还总是及时明确地给予他对我们的评价与认可，对我们举行例会的种种环节总是点头赞许,大家甚至仿佛能够听到杜勒斯说“啊,这个抽象不朽的情报世界，真是狡猾又奇妙！”——不用动脑子我也知道“高调星期四”来了，夏洛特自上而下地教导我们这个团队，他的偏好是刺激他的对手：只有他的对手受到了刺激，我们剩下的人才能抓住机会去争夺有价值的东西。对我们来说，“低调星期四”才能让我们学到更多——这个课程的作用，正如夏洛特所说，“使摩门教徒更为活跃”。门徒中有这么五个人，他们都是来自中西部州立大学的博士，他们总是不停地记笔记，理着一样的平头，穿着短袖白衬衫，打着深色细长的领带，胸前口袋里插着笔，戴着眼镜。他们看上去像工程师，片刻之后我又意识到他们就像在TSS蒙塔古工作处做苦工的人，困在各种任务中，有密码学、文件搜索、估算评审等等。对我来说他们散发出的像是地堡的腐朽气息，只是更加有目的性、更加持久而已——你可以从他们的脸上看出来：他们愿意终身从事最高级别的职员工作。我承认，我有点势利，但我的的确确是一个“勇敢的东部人”的子孙，顶着这样的头衔，年轻的“勇敢东部人”可以进格罗顿学校读中学，大学可以上美国的哈佛，英国的埃克赛特或米都塞克斯，或者去圣保罗学院、圣马克学院或者圣马修学院，同样是坐在这里听休·蒙塔古的演讲，想想我的条件是有多么优越啊！在这“高调星期四”的例会中，蒙塔古开足马力，游刃有余地运用华丽的辞藻，听着他的演讲就如同经历各种终极历险。记忆，哪怕经历了长时间的考验，照样可以保存完好无损，我发誓，事实与休·蒙塔古所说的非常接近。

“要理解反间谍可不是一件容易的事，我们必须要反复思考，”他说，“但是这也有助于在两大派系之间实践我们的规则——分别由偏执狂和犬儒主义组成的流派。诸位先生，从一开始就要确定一种行为规则：对任一流派给予过多的关注都是不明智的。一个人必须保持自己的立场，搞明白究竟什么是我们的工作目的。那就是挖掘真相，真相总是蒙着一层神秘的面纱，等着我们去揭开。我们也因此成了所谓的‘无可动摇的事实’的专业观察员，了解不同真相的‘渗透性、延展性和溶解性’，我们发现我们被迫生活在扭曲的世界里，不明真相，而且还不得不接受隐秘的事实、被揭露的事实、可疑的事实、意外的事实。”

阿尼·罗斯在这个特殊的“高调星期四”冒失地打断长时间讲话的夏洛特，问他：“先生，我知道这个词的意思，但是用在此处我就不明白了。意外的事实是什么？”

“罗斯，”夏洛特说，“那就让我们一起来寻找答案吧。”夏洛特停了一下——我太清楚他玩文字游戏的套路了。长时间的停顿让罗斯的脸上露出了一丝悲哀。“罗斯，”夏洛特接着说，“假设你去新加坡执行任务，一个美妙的金发女郎，由于一件微不足道的小事在凌晨两点敲响了你所住的旅馆房间的门，而且她——我们假设百分之九十的确定性——没被克格勃雇佣，之所以敲你的房门只是因为她喜欢你。阿诺德，这就是意外的事实。”

大家一阵哄笑，罗斯也努力挤出了一丝笑容。我想他的开心只是因为他的行为唤起了领导的智慧，他的行为仿佛在告诉大家：我是在嘲笑中成长起来的。

夏洛特继续讲道：“诸位，在我们工作所涉及的更发达地区，正确的判断是最重要的。我们试图分析的明显不成功的行动难道不只是我们对手的一个错误、一场官僚的摸索或者一次失言吗？甚至相反，只是在我们面前精心演绎的一场不和谐音的独唱曲？”他停住了，眼睛注视着我们，就像一个伟大的演员，不管是对国王还是对乞丐都能脱口而出这样一段慷慨激昂的独白——他在向我们详细阐释着一个主题，他说：“是的，在这种情况下，你们其中一些人可能会完全冲向偏执狂的一端，其他人则加入犬儒主义的流派中。我那敬爱的局长，”——他朝着杜勒斯先生所在的方向点点头——“就经常跟我强调说我在偏执狂的世界里滔滔不绝太久了。”

杜勒斯回报以微笑，并说道：“蒙塔古，我可是能讲述很多关于你的故事啊，同样，我知道你也能说出我的许多故事来。但是我们都明白一个道理，持怀疑态度本身并没有错，相反它还能帮助我们保持思维的活跃。”

夏洛特点头同意，说道：“拥有反间谍才能的人才是真正的艺术家。”——现在他说“艺术家”这个词听起来就如同一个俄国老女人说“普希金”——“他利用自己的偏执来感受对手所用谋略的妙处；他努力将各个事实恰当地联系在一起来把握整体，这样真相就不再是一个个独立的碎片；他试图找出所有其他人都不曾留意的细节。虽然他如此偏执，但他从未轻视过犬儒主义者的警告。”

“因为犬儒主义有其自身的特点，像从每一颗种子里榨出来的油，又像步步出错的该死的计划。”我听到杜勒斯愉快地咕哝着，这一天我就坐在离艾伦·杜勒斯很近的地方，他的声音很小，但我还是能够听出其中的欢愉之意。“听到了吧，听到了吧。”他说话很轻，但还是被我听到了。这时，夏洛特继续着他的演说：“所以，如果你还没有认识到在克格勃分子中，哪些人在情报工作方面脑子非常灵活而哪些人死板得如笨猪一般的话，就不要试图去理解他们。而且他们那些人还会窝里斗，哪怕我们中有人知道该怎么应对，你们也不能轻举妄动。我们必须看清对手的阴谋、了解对方几大势力所要的花招，我们要警惕那些看起来太广泛、太令人满意的猜测。当之前那些分散的事实一步一步进入你所熟知的模式框架中时，犬儒主义就会告诉你不要被你自满的情绪迷惑，如果这种‘好事’来得很快的话，你的第一感觉应该是你遇到了一个预先谋划好的故事。一句话，你得到的是假情报。”

“高调星期四”较之“低调星期四”真是要高级深刻得多啊！蒙塔古的一些结论真是值得我花很多年去思考、去理解。蒙塔古这些天的演说给我们这些没有经验的人设置了像偏执狂和犬儒主义这样高级的障碍，所以在每一个“低调星期四”我们都要去“给每一个生锈的螺母和藏满污垢的螺钉配对”。事实上,在第一个“低调星期四”的第一天,我们就实践了一把——工作了两小时，利用一张撕开的收据、一把弯曲的钥匙、一个铅笔头、一盒火柴和一朵装在便宜的无标志信封里风干的花，来构建我们所设想的任何场景。他告诉我们，这些物品是一个可疑的情报人员口袋里的垃圾，这个情报人员刚刚从一个配有家具的房子里匆忙逃走。两个小时里，我们都在拨弄着这些物品，苦思冥想，说了一些我们的想法。我忘了我说的是什么了，但我确定我的想法并不比其他人的好，那天只有罗斯脱颖而出出尽了风头。其他所有人都讲完了他们的看法，阿尼仍然一脸不悦，他说：“在我看来，我们缺失太多部分了。”

“这就是你的结论了吗？”夏洛特问罗斯。

“是的，我觉得事实有限，想不出任何可行的方案。”

夏洛特告诉我们："罗斯一语中的，这些物品是随机选取来的，正确的答案就是没有答案。"

解释：这次实践练习是在教导我们在形成结论时要警惕自我中毒的风险，实验中的那些物品太容易刺激人下结论了。我们的第一课旨在让我们学会关注我们急着下结论的过程中容易忽视的任何微小细节。"尊重这些细微的环节，"夏洛特告诉我们，"当你确定一个场景绝对正确时，这通常是正确的；但是如果你觉得你的故事很有可能是对的，只是有一点点空当的话，那么你的构想也好猜测也好就是错误的。"他告诉我们，下一次"低调星期四"教授的是间谍本身。间谍，很简单，就是反间谍的对立面。

2

说到农场训练，当时有一门课叫作间谍招聘，但只是隔靴搔痒，并没有让我们体会到任何真人真景。这次，蒙塔古很快就向我们展示了事情的要害，打破了我们的传统构想。"间谍活动，"他告诉我们，"就是选择和培养情报人员，可以用四个字来理解：无私诱惑。"

稍停片刻，他又说道："如果你认为我是提倡放纵肉欲的人，那么你就理解错了。我们谈论的是'无私诱惑'，你仔细想想就会明白我指的并不是物质的，而是心理上的，操纵就来源于这种诱惑。"

"所以，在我们犹太教与基督教共有的文化里，难题就出来了。我们说，操纵是不择手段的，那么就让操纵本身去评判事实吧。然而，如果有一个为了信仰而活的善良的人并没有准备好泯灭他的良心，那么这场战争的胜方无疑是那些为达目的而操控历史的人。这并不是对道德的探究，我追究这件事情仅仅是为了说明，那些发自内心憎恶操控的人肯定无法找到情报人员，更没有能力管理间谍，即使是那些接受了操控必要性的人，管理起间谍来也是一件辛苦的事。这里就有典型的例子，一些官员将其毕生的职业生涯都奉献在了国外首都的情报机构，竟然指认不出一个当地的间谍。面对这一失败，那些官员的表情看起来就像一个专职猎人未能捕获他的小鹿一样痛苦。当然，这样的事在某些国家眼里可能与我们的看法大相径庭。”

我觉得此时此刻我们中没有人纠结于操纵的观念，相反，我们都在想：我能胜任这个工作吗？我们怀着期望却又担心的复杂情绪，坐在那里听夏洛特给我们上课。

“此时此刻，”夏洛特说，“你们有可能在想：这个目标真是太不可思议了，完成目标更是难上加难呀！第一步该怎么走？莫担心，自信一点，情报局不至于笨到依靠你们本能的努力。要想招聘到合适的间谍就要付出足够的关心和耐心，认真研究每一个潜在的目标。例如，如果某个国家的钢铁生产情况引起了我们的兴趣，那么清洁卫生的保洁阿姨的价值就高过了农业领域的高级官员，原因就是保洁阿姨有能力接触到单位高层的垃圾桶，能够为我们留意领导们的行踪或言行。这就是这项工作的逻辑，在某种程度上，有人能够在这个方面指导你。”

每个人都深刻地点点头，好像我们得出了同一条结论。

“今天，我们将把自己放在具体的环境中，”夏洛特说，“假设我们派驻在布拉格，但都只会说极少的捷克语。如何用没有手柄的煎锅煎出一个鸡蛋饼？诸位，我们有个后盾支持着我们，面对困难，我们从不孤独。我们并不需要你孤军奋战去审问一个除了母语什么都不说的捷克情报人员。所以很明显，我们必须雇请中间人：一个在当地工作的人。我们称这种人为委托人，这个间谍委托人是捷克人，他会向你介绍他的同胞，而你需要做的只不过是指导他的工作。”

“先生，你是说我们并不真正实地参与情报工作？”其中一个大胆的东部后辈问道。

“在我们这个星球上你是施展不了了。”夏洛特回答道。

“那么为什么我们还要学习招聘呢？”他问。

“为了让我们能够像委托人那样思考。事实上，如今在机构里工作就要求我们要像委托人那样思考。现在假设你们每一个人都是捷克斯洛伐克人，身份为布拉格情报机构聘请的政府官员。他——当然，现在指的就是我们的委托人——想让更多邻近的捷克政府官员参加进来，于是便开始了操纵。有效控制的第一条规则就是推销术的核心法则。你们中有谁熟悉这一规则的？”

罗斯举起手来，他说：“顾客只有接受了销售员才会购买这个产品。”

“你怎么知道的？”

罗斯耸耸肩道：“我父亲曾经经营一家商店。”

“很好，”夏洛特说，“我，作为委托人，来给一个假定的情报人员也就是我的客户出一道题，那就是我能很好地满足他的需求，但是我的客户是个孤独的人，总是压抑自己说话的欲望，那么我最恰当的反应应该是什么？”

“坐下倾听。”我们其中的一些人立即回答。

“但是我面对的是一个孤独的人，他自己选择了孤立隔绝，很难开口讲话，这又该怎么办？”

“那么就坐在他的身旁，”其中一个摩门教徒说道，“陪他享受这份宁静。”

“嗯，表达得很清晰，”夏洛特说，“有一个有争论的说法，那就是要把孤独的人看成是自己年老但很富有的亲戚，试着给他们来点物质刺激，这样就会促进你达到自己的目的。换作另一种情况，也就是假定这个客户是个想要跻入上流社会的人，别人每每举行盛大晚会都不邀请他，他自己提到这一点时也会气得咬牙切齿，那么这时候同情对他来说一点用也没有，你得行动，也就是要带这个人参加欢乐的聚会，”夏洛特弹了弹手指，“下一个问题，如果客户敞开心扉告诉了你他在性需求方面的隐私，你会怎么做？”

来自普林斯顿的前足球队员萨维奇说道：“满足他们。”

“绝不可以，最起码不能一开始就这么做。”

我们都困惑不解，下面的讨论声此起彼伏，但只是漫无目的地循环无用功，终于夏洛特打断了我们的讨论。“你们的做法应该是也向他诉说你的性需求，”他说，“当然，前提是我们的客户不能是个同性恋。”我们都尴尬地笑了起来。“好吧，”夏洛特说道，“让我举一个更简单的例子：假设客户有出轨的意图——这种情况在捷克斯洛伐克并不少见——你，作为善良的委托人，不能想办法给他找个情妇，情妇与客户之间的关系很难说，也很不稳定，你们不能冒这个险让人物关系变得更为复杂。那么，你们应该怎么做呢，罗斯？”

“我暂时不知道该怎么做。”

“萨维奇？”

“我也不清楚。”

“哈伯德呢？”

对我来说，答案早就已经出来了，我说：“也许我应该向他坦白我也有同样的渴望。”

“是的，哈伯德听懂了我的意思：承认你也有类似的性需求。”

“但是如果我们的客户是个坦率主动的同性恋，明确地告诉我们他想要的是个同性，那我们又该怎么办呢？”罗斯问道。

我们再次在房间里讨论起来。今天几乎成了我的主场，灵感很快就出现在我的脑子里，我也大胆地开口说道：“我觉得我们应该表示同情，而不是认同。”

“继续说。”夏洛特说。

“我想你可能说虽然你不是个同性恋，但是你有个弟弟是同性恋，所以你能够明白他们的需求。”

“好，现在我们换一种方法来检验一下，”夏洛特说，“把这个办法应用到别的不良嗜好中，比如嗜赌。”

我们一致认为最有效的回应就是告诉他某人的父亲也赌博。

我们继续往下进行。如果客户希望他的长子能够进入一所有名望的大学，那么我们这些委托人应该怎么做呢？答案很可能需要你们寻求有影响力的“朋友”的帮助，但是像这样的“准备工作”也许需要花费很多年才能建立起来。

“一个人得能抓住问题的关键，像这样一段非凡的友谊就需要你们去伪造了。如果这个人表现得像个慷慨的守护天使，那么可能会引起客户的怀疑。他必须得清楚他处理的工作都是政府秘密，所以要保持一颗谨慎的心。你需要政府官员的‘友谊’，但是他可能会怀疑你，就像身家丰厚但相貌平平的女孩怀疑她那狂热的追求者只是图她的钱一样，这是毫无疑问的。间谍工作同做婚姻的媒有着相似之处，掌握巨大秘密的部长最难‘追求’，这又给你们提供了一个向小官员‘下手’的理由——难度下降成功率上升。但是，即使你锁定了合适的目标，也要在行动之前消除客户的怀疑，让他彻底相信你就是他的守护天使。现在，我们假设你的客户在某种程度上知道你要做什么，但是他愿意配合你——这是很有可能出现的，那么就到了说服他采取第一步行动的时候了——也是时候引导他成为一名真正的情报工作者了。这一转变的成功——暂且把它叫作‘及格’吧——有赖于经验法则。你们中有人有什么想法吗？”

我们都不作声。

“我认为我们必须得慢慢行动。”一个摩门教徒说道。

“不，”另一个摩门教徒说，他曾经在菲律宾做过传教工作，“不管是快还是慢，更重要的是看上去自然。”

“你说得对，”夏洛特说，“基本规则就是避免做作，做到真实自然。”

“这项基本规则什么时候都适用吗？”罗斯问道。

“我所说的没有什么是一定正确的。”夏洛特回答道，“此时此刻，我讲给你们这些只是为了弥补你们经验匮乏的缺陷。当然，出了这个圈，你的特工所遇到的都是无法预见的情形，还要靠你们具体情况具体分析。”

“这个道理我明白，”罗斯说，“只不过我觉得你所说的‘及格’会使得事情看起来更加不真实。”

“我所说的仅限于反间谍情况，”夏洛特解释说，“我们会适时讨论这个晦涩的话题。但是就现在而言，这种转变需要的是快慢有度，是它本身的平淡无奇，要尽量减少戏剧性的做作，细节方面就要更加注意。因为这个阶段你的目的不是搜集情报，而是放松客户的警惕。正如罗斯的父亲所讲的，销售员所做的不是要让潜在客户思考他是否真的需要这个产品，而是建立客户对他的信任。哈伯德，哪个环节同我们的情况是相似的？”

“不要让客户意识到他陷进去了多少。”

“很好。作为委托人，你是来减轻客户焦虑感的，要一步一步慢慢来。‘朋友，’你可以向你崭露头角的情报人员说，‘你看，每当我想联系你办公室的人时，总是苦于没有他们的号码，不能拿起电话打给他们，这样我就不得不写信过去。所以，你知道为什么我们的社会经济发展如此缓慢了吧。如果你能借我你的部门电话记录簿给我用一晚，我的工作就会好做得多了。’你的‘客户’怎么会拒绝你？毕竟你之前为他做了那么多工作，而且你的这个要求合情合理。内部电话簿很薄，他可以将它塞进外套的衬里带出来给你，你拿到电话簿以后就马上复制下来，第二天上班前还回去。这时候你会做什么？”

我们又沉默了。

“现在，又一周过去了，如果因为之前借用电话簿而引起你‘客户’的不安的话，现在他也该安下心来了。这时候你就可以再进一步了，你恰好看到他办事处的桌子上放着一张X照片的报告，你就可以试着问他能不能让你看一眼。这份报告并不是一个重量级的大新闻，但是对你的上级来说也有一定的价值，他会愿意看一看。

“你的客户叹了口气，略显不悦，但还是同意了，当晚他就把这份报告装进公文包带了出来，同样第二天早上上班之前再还给他。”夏洛特说。

“但是，重大转变还未到来。为了将这个客户发展成可靠的情报人员，促成他愿意年年月月为你办事，你现在必须做什么？”

罗斯举起了手，摩门教徒也举了起来，很快，桌子边上的每个人都举起手来，除了我，我是唯一一个没有意识到下一步就是为这位新情报人员的“服务”提供金钱报酬的人。

“这一步比你想象得容易多了，”夏洛特说，“就像亲吻和礼物加在一起才会让每一个女人都笑得更灿烂，而不仅仅只是一个吻。所以你刚刚培养的情报人员是不会因为这点亏心事就拒绝你的报酬的——腐败可是有着融化冰川的力量啊。但是，记住伪君子是不可避免的，你要做的就是一直遵守年轻女士模式，给钱之前先用礼物过渡一下。此外，还要记住避免任何愚笨的暗示，比如替客户偿还一些纠缠不清的陈年旧账，你要让他意识到你帮了他一个大忙。

“我们的情报新手已经准备好接受更为有序的安排了，这比你们想象的更快。如果他意识到自己步入了非法行动的更深阶段，那么钱能够减轻他的焦虑感。这条规律对罪犯来说向来都是适用的，而且情报人员，说白了也就是个白领罪犯。在我们这种情况下，他仅仅是刚刚步入有序但仍然不令人满意的中产阶级生活。当一个人处于说穷不穷说富不富的边缘时，对于金钱的欲望就会变得极强，这时你们达成协议的时机就到了。你，作为委托人，可以代替你的‘老板’向你的‘客户’提供一个赚钱的机会——清除日常选定的官方文件。”

夏洛特点点头道：“一个有趣的阶段开始了。我们新手的这项秘密工作给他带来很多刺激。如果这个新手已经人到中年，那么你可以说他是在放纵自己；如果是个年轻人，那么他可能会发现自己骗人的潜力有多大。不管是哪种人，都会从这份工作中获得刺激。”

这时，夏洛特环视着我们的会议桌——我有种感觉，他的眼睛在我身上停留的时间更长一点，他的目光移动着，并接着说道：“我不会频繁地重复日常津贴的重要性，但是他银行账户里的数额不能大到引起别人的怀疑，也不能‘莫名其妙’地就添了一所新房子，当然，金额还必须要足够安抚他焦虑的心才行。同样，我们依据的还是经验法则。根据我们的经验，这个合适的度是我们每周发给他的钱不少于他正式工作周薪的三分之一，也不多于二分之一。同新手情报者交易就跟与情妇会面的道理一样，这份周期性的报酬支付目的是求一份可靠、一份安心。客户歇斯底里的情绪有随时爆发的可能，但是你这一方面的预见能力在一定程度上可以预防它的爆发、缓解对方的忧虑。有任何问题吗？”

其中一个摩门教徒举起手来：“你会让这个情报人员知晓他为谁效力吗？”

“永远不会！如果你有能力控制局面的话，那就永远不要让他知道幕后是我们的机构，特别是在东部儿国；否则，他会极度焦虑的。举个例子：如果他是个捷克共产党员，你就暗示他他在为俄国效力；或者如果，就像我所知道的一些斯洛伐克人，他是亲英派，你就‘无意’中向他透露 MI6 一直在资助这些事；如果他想把自己看作是腓特烈大帝[1]的精神传人，就向他提起 BND。明白了吗？”

---

[1]普鲁士国王，统帅。生于柏林，1740 年即位。实行开明君主制，在军事上颇有建树。

“如果新手不想要钱怎么办？”我问，“如果他也讨厌共产主义想要与之斗争怎么办？我们不是滥用了他的理想主义吗？”

“极少的情况下，是这样的，”夏洛特说，“但是一个理想主义的情报人员的热情会很快消耗殆尽，这时候就轮到你上场了。也就是说，金钱上的供给更合理想主义者的意呢。”

“使用金钱的真正目的不是威胁情报人员吗？他必须得签下一个收据，是不是？”罗斯问道。

“绝对的。”

“那么，我们手上就掌握了不利于他的证据，能够在工作上牵制他。”

“克格勃使用的就是这样的策略，我们不希望如此，”夏洛特说，“当然，有时签字的收据也能够表明一定的境况，但是我认为这一薪金的真正目的在于培养他参与的意识，尽管情报人员并不清楚我们是谁。但当你处在关系网络的分枝末端，最关键的莫过于你觉得自己并不是在孤军奋战。我再说一遍：这也是问题的矛盾所在——金钱证明了堕落中的美德。”

“现在让我们总结一下我们的收获吧，”夏洛特说，“作为委托人，你已经付诸了努力，避开了陷阱，获得了‘及格’，使客户成功地接受了日常薪金，而且你也成功隐瞒了他在为谁服务的真相，到这一步已经是完美的表现了，只是还剩下最后重要的一步，是什么？”

“你必须训练他，”其中一个大胆的东部人说道，“就像武器的使用、如何非法进入某房间、如何操作一次性便签等所有需要学会的东西。”

“不，”夏洛特说，“要尽量少训练他。他并不是特工，而只是一个情报人员。你发现他时他是什么样就让他保持什么样，他要做的就是根据你的要求把文件带出办公室，或者把那些无法移动的文件用相机拍下来带给你。永远不要给他施加压力，除非我们很着急需要那份材料而又没有别的途径获得。我们利用的是有价值的人同时也是危险分子。一个好的情报人员最终会像农场里勤奋工作的老黄牛一样，我们不需要它飞奔，我们只需要教会它承受负荷。我们规律它的饮食，求的是一个勤奋的耕耘者，能够帮助我们一年又一年如期地收获可靠的食物。这也相当于一件有价值的商品，我们不能冒险要价太高但也不能太低。要牢牢记在你的脑子里：间谍工作的稳定性就在于那些能够‘生产好结果’的元素，要尽一切可能去避免各种危险。所以，诸位，问问你们自己：建立委托人和情报新手之间可靠关系的最后一步是什么？”

我不知道我是如何想到接下来的答案的，我不懂读心术不能看出夏洛特的心思，对他思维方式的熟悉度也没有增加一丝一毫，但是我很快就脱口而出，也期待能够因为这个答案得到赞扬。“脱离，”我说，“委托人要从与情报人员的关系中脱离出来。”

“你怎么想到的？”他问。

“我说不出来，但就是这么觉得的。”我说。

“哈伯德，谁会想到这一点啊，你真是块做特工的料！”全场大笑起来，我的脸也红了，但是我知道他为什么这么说。我曾经相当不明智地向罗斯透露休·蒙塔古是我的教父，现在肯定全场的人都知道了，夏洛特也肯定已经知道了这一点。“嗯，”他说，“天才在我们职业中是不可缺少的，但是你们中并不是每个人都跟哈伯德一样有天赋，所以我还是要把话说清楚。可以说，在座的一些人已经花费了多年时间苦思冥想如何保持情报人员安静平衡的工作状态，我们得出的结论是，委托人迟早要从他与情报人员的关联中抽身，这就类似于一个孩子早期从父母温暖的怀抱中脱离到越来越多的纪律束缚中，这是每个孩子长大后都要接受的事实。”

“这与情报人员对自己新身份的认知有关联吗？”罗斯问道。

“问得好。身份取决于当事人如何认知自己，他选择了做我们的情报人员就等同于他接受了一个新的身份。但是，注意，每一次身份发生变化，我们就重生了一次，也就是说我们必须度过另一段‘人生’的童年乃至以后的‘人生’。所以，现在委托人要对遵守纪律的情报人员予以奖励。当然，如果这位情报人员被调教得好的话，他就会明白此时他更加需要的是好的建议而不是情感依赖。他不再过多要求单方的友谊，因为他可以利用那些有才华有权力的人引导自己渡过危机。考虑到危险，他愿意相信只要他按照要求去做，他的新生活就是安全而且相当富裕的。当然，他必须得懂得如何精确地接受指导，虽然特定的预防措施看起来繁重复杂，但是决不允许情报人员有任何自发行动。实际上，每个情报人员都有一份合同，并伴随免费的保险——在十分危急的情况下，委托人会做好准备将他的情报人员和他的家人带离这个国家。

“好的，那么他们的新角色建立起来了，委托人也有能力完全脱离他与情报人员的关系。但是他们仍然见面，只是不那么频繁了。几年以后，情报人员和委托人甚至不再见面了，取而代之的是情报人员设置一个情报秘密放置点，他将自己获得的情报放在那并带走留给他的指示。在极少数情况下，有至关重要的情报需要情报人员当面与委托人汇报时，二者的会面就会被安排在藏身房里。但是由于在敌方领地这样做非常耗时，他们通常还是分隔两地，所以委托人将会与新的‘客户’展开新的工作。

“诸位,这就是间谍活动,一种中产阶级活动,取决于双方关系的稳定性、金钱、双方的伪善、应急保险方案、彼此的不满、潜入地下的忠诚、时刻背叛的意图和担忧，还有白领工作的积累等等。各位，下周见了。过不了多久，我们就要进入最可恶的环节——反间谍了，也是时候对白领的心理状态告一段落了。”夏洛特向我们挥挥手，走出了房间。

3

那一晚，我和罗斯去了比尔·哈维的餐馆。周四例会之后一起去吃晚餐已经成了我和罗斯的习惯，但是我们之间的情感关系并没有什么进步。而且我还得到了一个郁闷的结论：罗斯的聪慧一点也不亚于我，他知道的机构里的事情也比我多很多。他不仅结识了许多专家和官员，而且还与这一领域他所认识的每个人都保持着通信往来。矛盾的是，欧内斯特·海明威竟然是罗斯心中的一位英雄（自相矛盾，我指的是，如果海明威自己都没有倾心于罗伯特·科恩这个小说人物形象，那么谈何受罗斯的欢迎呢？）。不论怎样，罗斯知道父亲说过的话，相信特工就像小说家，应该在各行各业都有朋友：搞研究的科学家、调酒师、足球教练、会计、农民、服务员、医生等等。因此，罗斯将他的工作地点挪到了机构的咖啡馆，而且似乎从未担心过人满为患的问题。我所了解的局里的秘密有一半都是罗斯告诉我的，被掩盖的惨败下场、领导之间的权力角逐等，我甚至还注意到休·蒙塔古邀请罗斯外出用餐的次数每月不超过一次，还有夏洛特曾经抱怨说："就像检查真空吸尘器的容量，虽然里面有许多棉纱，但你忽视了找到线索的机会。"

真是个无情的评判啊！但是对我而言，罗斯这些小道消息无疑是很有趣的，比如他跟我讲有关柏林方面的消息。迪克斯·巴特勒回信给他了，说了很多关于比尔·哈维的消息，说他很明显这些天每天都睡不到三个小时。想着比尔·哈维餐馆里墙上的红色羊皮墙纸，我获得了一些意外的"惊喜"：一个在这里吃饭的人，他有着和一百多年前修建这栋建筑的人一样的姓氏；现在，在餐馆的另一端，我看到了克莱德·托尔森正邀请约翰·埃德加·胡佛入座；我甚至能够观察到局长走到他的桌子前，带着远洋轮船一样沉重的表情。因为之前听 C.G. 说过胡佛的简单粗暴，现在我竟将他过分的自大与艾伦·杜勒斯的友好、一瘸一拐、疾病缠身对比起来。

罗斯轻声对我说:“你知道胡佛和托尔森是情人吗?”

我误解了他:“你是说他们有外遇?”

“不是,他们是情人,彼此的情人。”

我震惊了,这是离开柏林之后又一件倒胃口的事。“这太让人难以相信了。”我告诉他。

届时,罗斯又回到了比尔·哈维这个话题。他问我想听到更多关于这个的话题吗?答案当然是肯定的。

“有个众人皆知的玩笑,”罗斯说,“说狂野比尔·哈维总因为他的养女而被人嘲笑。他的朋友告诉他应该带他的女儿去特定医院接受医疗检查,因为克格勃有可能在把女婴放在门槛前已经给她安装了一个皮下注射的监视器。比尔·哈维喝得烂醉,这个可能性一直折磨着他。这种情况的确让人难以置信,比尔·哈维这些天承受了很大的压力。”

“这是你从迪克斯那里听说的?”

“是啊。”

“他还好吗?”

“他让我转告你,现在隧道工程已经消失了,柏林也因此处于一片阴郁之中。”

在这次的“高调星期四”会议上,夏洛特提到了CATHETER项目。这次他邀请的与会嘉宾都是些重量级人物,这次会议也比以往任何一届研讨会都更令人印象深刻。此次出席会议的人除了杜勒斯先生、弗兰克·威斯纳以外,还有德斯蒙德·菲茨杰拉德、特雷西·巴恩斯、劳伦斯·休斯顿、理查德·比瑟尔、迪克·赫尔姆斯、迈尔斯·科普兰以及另外四五个我不熟悉的人,但也可以看得出这四五个人是情报局的重要人物——他们肩膀上的佩饰直接暴露了他们高层官员的身份。罗斯悄悄地说,这群高官等会儿就会离开会场到艾伦·杜勒斯家里去,杜勒斯为夏洛特准备了晚宴。

这次我终于和他知道的消息一样多了。有天早上，阿根廷—乌拉圭办事处来了一个不速之客，连未来驻蒙得维的亚办事处的指挥官经过时都停下脚步和他聊了起来。这个人于七月从东京调回来，某天早上我接到任务出去办事的时候他来了办公室，进去自我介绍了一下，之后又马上离开了。

"圣诞节以前你是不会看到他了。"克罗斯比说，他是我的部门主管。由于一直都和其他的办公室人员待在办公室里，他所了解到的东西十之八九都是黑暗面的。所以在我见到这位不速之客之前就已经听说了他很多事迹了，他叫亨特，霍华德·亨特，他在华盛顿的时间大部分都花在拜访杜勒斯主席、卡贝尔将军、弗兰克·威斯纳和特雷西·巴恩斯上了。

"或许他会成为新的指挥官。"我说。

"是的，"克罗斯比说，"他会成为新的指挥官的。他现在还不满四十岁，或许以后会成为一个大人物呢。"

当我见到亨特的时候我就确定我喜欢这个人。他中等身材，穿着非常整齐，看上去像个军人。他那长长尖尖的鼻子顶端有一个凹陷处，这说明他有一个思考问题时用手指按压鼻尖的习惯。当然，他每次都能抓住问题的关键，问题也会迎刃而解了。

"很高兴见到你，哈伯德，"他说，"在即将到来的行动中，我们有许多'家务'要料理。事实上，我私下正劝说情报局的大亨，看他们能不能帮助我们扩大我们的驻地。可是他们竟然全部都在那哭穷。'快把钱藏起来呀，霍华德·亨特又来剥削我们了！'事实也是如此，我需要他们的经济援助，哈伯德。在情报局，做事有效率的秘密武器就是 Money（钱）。"

"是的。"

他看手表时的手势就像敬礼的手势一样。"小家伙，"他说，"现在我们就要好好地去了解彼此了，但是现在，我有一个请求。"

"你请说。"

"好。你能不能让我今天下午和休·蒙塔古见一面呢？"

“好的，先生。”我并不能确定我是否可以满足他的要求。当他听出来我的回应里掺杂的犹豫时，他又说道：“你帮不上这个忙也没事，我还有其他办法。杜勒斯主席和迪克·赫尔姆斯也是我的朋友，他们会愿意帮我的。”

“是啊，这个办法更好。”我承认道。

“是的，”他说，“但是我更希望欠你一个人情而不是欠杜勒斯先生。”

“我理解。”我说。

“让我也参加你们的晚宴吧。”他补充道。

他走了之后，我就给休·蒙塔古的秘书玛格丽特·皮尤打了个电话。

“我不知道亨特先生会不会在被邀请之列，”她说，“是蒙塔古先生钦点与会人员名单的。”

“你能不能就当是帮我一个忙呢？”

“我理解。”她叹息着，从她的叹息声中我知道这件事有点难度。她已经六十岁了，而且做事非常尽职尽责，刚正不阿。但是，无论我们什么时候聊天我都会尽自己的力哄她开心，她也一直记着我的心意。

“我现在很想听一个笑话，”她说，“说个笑话给我听吧。”

克罗斯比只是那天早上提了这么一两句，我也不敢保证我能不能完成。“为什么施洗者不站着做爱？”我问她。

“为什么呢？”

“因为如果他们站着做爱的话，人们会觉得他们是在跳舞。”

“噢，你太顽皮了！”她说，“噢，天啊！噢，天啊！”她的声音听上去很开心。“我会试着帮你的，”她坚定地说，“我会让亨特和那些更加优秀的人一起参加宴会的。如果休·蒙塔古查看与会名单的话（一般来说他是不会这么做的）我会告诉他全是我的错，为的是你在南美洲能有个顺利的开端。但是哈利，不要承认这件事和你有任何关系，任何情况下都不要承认。休·蒙塔古是不会相信我会被收买和会被唆使的，我是认真的。”她告诉我，好像她能够察觉到我在笑一样（当时我真的在笑），“不管怎么样你都不能承认这件事与你有关。”

“我发誓什么都不说。”

“他是不会原谅他的朋友通过我欺骗他的。”

“我发誓。”

“噢，你根本不知道，”她说，“为你做这件事我要冒多大的风险。”

4

“上个星期，”夏洛特说，“我们讲解了一堂关于间谍活动的课。对间谍活动这栋‘大楼’来说，事情的真相就是地基。今天，我希望大家能够了解更多更复杂的反间谍活动，这栋‘大楼’的地基就不是真相而是谎言了，或者，我们也可以说反间谍活动是建立在灵感的基础上的。在这个领域的人们都有成为冒险家、贵族、变态的倾向，然而，那样的人占据了这个团队的一半，他们的背后有一个强大的组织支持他们，这个组织非常注重细节，在里面连流氓和学者都能相互勾结，这也从侧面反映了进行反间谍活动的难度不可估量。就好像一个诚实的男人撒谎的时候他就感觉很不安一样（因为他很少说谎话，撒谎的感觉他很不习惯），一个经常撒谎的人也是一样，他如果说真话他就感觉不安全了。没有人可以诱捕一个由里而外全是骗子的人。比如说，他告诉你周二晚上他和一位年轻女士一起坐在十四号包厢里面看演出，当你告诉他那是不可能的，因为周二晚上十四号包厢里面坐着的毫无疑问是你的朋友，因为他每次看演出都是一个人坐在十四号包厢里，从没变过。那么这是什么情况呢？这时那个撒谎的人会直直地看着你的眼睛然后告诉你说，他从来没有说过他周二晚上是在十四号包厢里面，而是在四十号包厢里面看演出的，而且说这话的时候是那么理直气壮让你不得不信以为真。撒谎的人和诚实的人一样享有简单的生活。”

我被那些长官的笑声触动了，他们笑着似乎在说在这个话题上保持幽默感是私人保护的一种手段。

“当然，反间谍活动也不会允许肆意撒谎的行为。相反，我们一直以来都在揭露真相，但是在一个更大的谎言的保护之下揭露相对的真相：我们声称那些从敌方为我们机构窃取情报的情报人员是受雇于我们，然而事实上他们就是我们中的一员。这样一来，我们的反间谍活动就能进行得畅通无阻，但这只是理论上，实际情况并不是那么乐观。我们和苏联国家安全委员会（克格勃）都是很厉害的角色，想要欺骗对方都是很困难的。波兰的背叛者应该抱着被美国认可移居美国的心态接近我们，然后我们告诉他让他继续在华沙的组织工作几年，只是身份变为我们的特工为我们工作而已，以此来赚取美方的信任从而实现移居美国的愿望——这种做法是众所周知的。假如他接受了这笔交易，那么从他为我们效力的第一刻开始我们就得对他持怀疑态度：他是真的忠诚于我们还是说他只是一根墙头草？这时我们就要测验他。我们命令他去窃取他本该拿不到的情报，如果他对我们是忠诚的，那么他就得回来向我们报告他失败了。可是呢，你看，他把消息带回来了！他带来的消息十分准确，因为我们已经通过其他可靠渠道获得了这条消息。这样的话，我们得更进一步测试他。如果他又一次通过了我们的测试的话，我们只能说，他太厉害了，他很成功但同时也说明了他很失败。我们要不要踢开他呢？不，至少现在还不能踢开他，我们得等到确认苏联安全委员会相信他的这个双重间谍已经完全骗过了我们的眼睛。毕竟这也算是我们的一个工具啊，我们让这些双重间谍去窃取我们不需要的资料，把苏联人引向错误的方向，让他们对我们的需求有一个错误的认识。当然这个错误信息的迷惑性得足够微小，不能和他们之前对我们的了解有太大出入，否则太不可信了，反而容易刺激他们看出我们在利用他们的特工。

“这就已经让你叹气了吗？这个案例的复杂程度与我们的真实情况都没法比，现实中我们会利用许许多多的方式来反间谍，现在这个时代，反间谍的唯一限制条件就是人力资源。我们需要大量的情报人才来检测我们所牺牲的每一条秘密信息对于引导敌人走向错误方向到底有多大的价值，许许多多训练有素的情报人才都在检验这些精心策划的谎言的可信度，这就是反情报工作的内容，除非这些信息涉及最高级别的‘赌注’，他们才会销毁这些信息。你们闻到一股怪味了吗？这不是硫黄爆炸也不是燃烧硫黄粉的味道，而是我们的过度工作使得电路自燃所散发出来的气味。”

这个时候，驻乌拉圭使馆的指挥官突然站起来说话了——这真吓了我一跳，他说：“我能不能说两句？”

“请说。”夏洛特回答说。

“我叫霍华德·亨特，最近才从北亚的一个小谍报中心回来的，监察东京的动向，我的下一个任务是到蒙得维的亚去工作。不知道你能不能容忍我这样突然打断你的谈话呢？”

“放轻松些，”夏洛特说，“这里是连小孩子都能讲话的自在地方。”

“好的，”亨特说，“我相信我要说的话是我们中一部分人所想的——请恕我直言，你说的这种解决方法是解决不了我所在工作地区的问题的，一点用都没有。”

“亨特先生，”夏洛特说，“我相信这种方式可能解决不了你所在地区的问题，但是相信我，这样的方式可以解决我所在地区的问题。”

令我惊讶的是，亨特并没有被这样的评论吓到。“先生，”他说，“你的这种方法很好，我相信你的属下都已经能做到灵活使用这种方法了，或许以后在座的某位青年才俊就是你的接班人了，我很尊重这样的行为。

但是，说实话，这对我没有什么好处。”我为亨特身后传来的嗡嗡的同意声惊讶，在座的宾客有许多都是杜勒斯先生邀请的，这些人分成了几个派别，这些派别多得超乎我的预料。霍华德·亨特被他身后的这些赞同声感染，又开口说道：“我和许多外国人一起工作，他们中有一些人我可以信任，有一些人是不能信任的，事情发展的方向是对的，但是他们人却走错了路。我们要学会抓住时机，我们没有时间作出精密的调整。”嗡嗡声又来了。

“你是指肮脏的手段。”夏洛特说。

“稍微提到了而已。”

“没什么害处，”夏洛特说。“有些时候，小酸豆也会有大作用的。毕竟，我在这里教的很多东西都要改变，因为——砰！——爆炸随时都有可能发生，世事难料。”夏洛特看着亨特的脸微微点了点头，问道：“你愿意猜测一下我下面想说什么吗？”

“你请说。”亨特说。

“是是是，请说。”很多来宾都表示赞成。

“既然那样的话，”夏洛特说，“或许我们应该聚焦到我们在地面上的行动。请允许我讲述一个故事，有一个阿拉伯刺客，一大早他就在家里擦着他的手枪，脑海里想着今天他要结束一位阿拉伯领导人的生命。这个刺客是和另一个同样贫穷的同谋者一起合作的，同谋者外出企图偷来一辆汽车为他们的刺杀提供便利。这个同谋者呢，他和其他小偷一样，都很冲动。为了追踪一辆适宜的破旧老爷车，他来到了一家阿拉伯式的汉堡店，在那里，柜台后面，站着一位忧郁却很美丽的年轻女孩，她那一对浑圆的酥胸令他垂涎不已，他觉得自己如果不先好好‘研究’一下她的酥胸的话，他是做不了任何事的。所以他就和这个卖汉堡的女孩子亲热地聊了起来。当他终于回过神来把车偷走回到站点时，他才发现一切已经太晚了。那位阿拉伯领导人将会在特定的时间经过某个特定的街角，因为这个同谋者的耽误，那个刺客也没能准时出现在那个特定的街角。然而他们不知道自己头上顶着多大一坨狗屎运！这位阿拉伯的领导人有自己的情报人员，并且他们已经潜入了这些恐怖分子所在的组织。如果这个刺客和他的同伙在既定时间到达了指定的地点，那么他们马上会被枪毙，甚至连抬头看一眼阿拉伯领导人的机会都没有，因为那位领导人已经改变了路线。可是现在呢，就是这位领导人的专属车辆竟然停下来等红灯了——这是多么稀奇的一件事啊！无独有偶，这两个正在为自己的失败感到焦虑不安的刺客也同样驶到了同一处红绿灯，也刚好停在停止线的位置。这个拿着手枪的男人看到了自己的目标，立刻就从车里跳出来开了一枪，砰！—— 一次多么成功的暗杀！此时或许只有上帝才知道是怎么回事吧。我觉得，这件事情告诉我们一个道理：阴谋诡计暗箱操作，如果计划得太过于精确，那么很可能就会失败，原因之一就是我们都不是完美的，甚至，我们只是混乱中的秘密特工罢了。"

"蒙塔古先生，我并没有吹嘘自己的意思，但是，"霍华德·亨特说，"我想说的是，在危地马拉我们成功反对哈科沃 · 阿本斯 · 古斯曼[1]的行动中，我发挥了非常积极的作用，我想要提醒你的是，我们这么一小部分人成功地推翻了专政统治，这项成就在我看来绝不是混乱不堪，这次事件是经过我们完美策划的。"

"虽然我并不熟悉危地马拉的事情，"夏洛特说，"但我也听说了很多消息，我们之所以能够成功完成这件事情靠的是我们周密的计划加上一丁点的运气，我知道里面也有你的一份功劳。诸位，我再重复一遍：即使你再

[1] 哈科沃·阿本斯·古斯曼（Jacobo Arbenz Guzmán，1913—1971），前危地马拉总统 (1951—1954)。他执政期间颁布土地改革法，因没收了美资联合果品公司闲置地，引起美国的强烈不满。1954 年 6 月，美国雇佣军自洪都拉斯入侵，危地马拉军队在美国策动下发动政变，推翻了阿本斯 · 古斯曼政府，建立右翼军事独裁政权。阿本斯 · 古斯曼流亡国外，后卒于墨西哥城。危地马拉直至 1985 年才恢复民主政治。

给我讲述一个难得的成就我还是能够找出它的根源，是误解。”

现场引起一阵骚动。

“蒙塔古先生，你说的是不符合当今社会现象的，”杜勒斯说，“你这完全是愤世嫉俗的言论嘛。”

“你太极端了。”有一个贵族说道，这个贵族我并不认识。

“算了吧，别糊弄人了，蒙塔古。”另一个人说。

“该死的蒙塔古，给我们说点真实的事吧，不要再说这个悲惨的阿拉伯人的事了。”杜勒斯说道。他坐在一把很大的皮制扶手椅上，脚穿一双绒毡拖鞋，厚厚的鞋底踩在椅子上，他的拐杖靠在他身边的瓷质雨伞旁。他看上去很暴躁——我又看到了主席的另一面——在这样的场合，他似乎随时有可能用拐杖打人。“不，你这个白痴，”他甚至大叫了起来，“不要在这里说这个话题了，你没看到我已经痛苦不堪了吗？”

“具体的案例可能的确会引起更多的不愉快。”夏洛特说。

“让在座的感到痛苦的不是你具体案例引起的不愉快，”杜勒斯说，“而是你的案例都没有考虑到特殊情况。”

“好吧，”夏洛特说，“那就让我们一起看看柏林的隧道事件吧，这可是一个大动作。”

“好吧，说说你的看法吧，”理查德·赫尔姆斯说，“不管赞不赞同你，这件事最好对我们在座的有点意义。”

赫尔姆斯说完以后全场响起了热烈的掌声，就好像他的话挽救了整场演讲，又带领大家重新进入正轨一样。

“既然那样，我们先说明一下当时的基本情况。”夏洛特说。在刚刚激烈的争论下，夏洛特努力控制着自己的情绪，现在局面又再一次回到他的掌控之中，所以他那充满自信的声音又回来了：“从历史的角度来看，在行动之前总是先搜集信息，而且获得情报的多少往往决定着行动风险的大小。但是，现在，情况却反过来了，开展大型行动反而是为了获取情报。这完全打乱了原来的秩序，造成不可控制的混乱局面。去年冬天，那时候柏林的隧道工程还在施工中，成千上万的翻译工作者成天都在翻译电码以及电缆信息，他们翻译出来了大量东柏林和莫斯科之间电话、电报等各种往来的信息。然而这样的工作难度就好像要从一堆铀里面提取出一克的镭元素，简直得不偿失。”在座的纷纷发出赞同的声音。

“现在，这个伟大的工程突然崩塌了，我们却不知道究竟发生了什么事。原来就在刚刚过去的四月的一个晴天，苏联的军用交通工具都聚集在东柏林的这个隧道入口，然后铲平了附近的道路，铲平地点不偏不倚就在我们接入苏联通信电缆的位置。苏联人费尽心思向我们暗示了他们是得到密报才发生了今天这样的事，而且他们还知道接下来我们就会思考两个问题：‘到底是谁做的？’‘什么时候做的？’当我们不知道问题的答案时，这个问题就显得更加可怕。我们明明已经封锁了所有信息啊，明明所有的间谍、反间谍以及反情报人员都被我们严加控制了呀。但是，我们依然要从这一片狼藉中找出一点蛛丝马迹来。确实，我们有了备选项：这次行动的巨大规模的确有可能令安全问题出现漏洞；在苏联国家安全委员会或者战略安全委员会工作的人可以通过我们的技术人员获取信息。反间谍活动人员研究这些可能性是希望不要再面对更可怕的对象，因为我们的下一步猜想会更加复杂：这是军情六处的间谍吗，还是西德情报局的间谍呢，又或者是我们当中的一员？如果这所有的线索都要追踪的话，恐怕那些分析家们会花上个好几年的工夫了，到头来得到的结果可能只是一些真相已经浮出水面一半的可疑点，但这些可疑点都是和当今那些可靠军官有关的。因此，‘到底是谁做的’，成了一个噩梦般的问题。

“‘什么时候做的？’这个问题就更恐怖了，它直接引出了一个很可怕的问题：苏联人在开始寻找隧道之前的多长时间就已经知道这条隧道的存在了？如果他们只是提前一周或者一个月知道的话，还不会有什么大问题——他们故意传递给我们的任何错误信息都只是他们在匆忙之际发出来的，这样我们就能够忽视上周或者上个月我们送出去的情报。但是，这条隧道光是建设就花了一年多时间，建成之后投入使用已经长达十一个月十一天。如果苏联人掌握了隧道从最初设计到投入使用的时间段的话，那他们就有足够的时间精力来给我们制造大量的虚假信息，苏联人不是最擅长提供假信息的嘛！如此一来，我们被随意摆弄，直至陷入一种进退两难的绝境。而且苏联流亡海外的翻译工作者们手上的材料花费两年也不见得能翻译完，他们如此努力地工作，而我们还不知道这样的信息是不是真实可靠。但是，如果我们能够确定他们给我们错误情报的时间，那么我们还可能知道苏联人到底想让我们相信什么。这样的话，我们就能掌握全局的情况，然后做出自己的预测了。”

“拜托，蒙塔古先生，”杜勒斯说，“你又把事情说得过于严重了。”

“呃，好吧，这只是我的观点。”

“噢，亲爱的，”杜勒斯说，“你知道，我希望看到事物更光明的一面，各大报纸杂志就做得很好啊。《时代》周刊称它为‘神奇的隧道’，《华盛顿邮报》的记者则称它为‘爱的隧道’。”

在座的有些人开始笑起来了，杜勒斯也发出了爽朗的笑声：“哈哈哈……”他的笑声停止之后，他伸手到衬衫的口袋里面拿出一份剪报，说道：“我给你一份材料，这份材料是从纽约《先驱论坛报》上截取的，我今天早上刚把这则评论发给了总统——‘这是一次异常大胆的冒险。如果这个隧道是由美国情报方的力量挖的话——这只是其中的一个猜测。’”杜勒斯主席努力控制自己的笑声，接着读出了报社记者发自内心的赞扬：“‘这个隧道肯定是一个胆大心细的完美诠释，很少有其他情报项目比这个更巧妙更困难了。’”在一片闹腾声中，他把剪报收了起来。

“这条隧道的费用是多少？”杜勒斯问，“这么多的信息也真是够让人头疼的了。现在，我们自己的事，疑心的事依然不断，但是，在德国，无论是东德还是西德，我们都已经赢得了压倒性的胜利。蒙塔古先生，我们现在正在争取欧洲几个主要国家的支持，事实是东德的所有人都为我们的这条隧道而高兴，即使是苏联的那些爪牙、小人物也一样。为什么，我的老天啊，几乎一半的东德人民都会越过格里尼克桥来到西德，这个现象让苏联人也不得不抓住商机在格里尼克桥所在地点开起了小吃店。”

此时，台下长官们的反应模糊不清，声音也参差不齐，有些人并不觉得杜勒斯的机敏回答很好笑，但是其他人则一直在笑，每周都来参加“高调星期四”会议的我们甚至都不敢微笑。事实上，我们当中的一些人，包括我，对这种强烈的不尊重感到困惑不解。房间里升起了国旗，我能感受到大家强烈的爱国热情，我们在东德赢得了胜利！

蒙塔古一直等着，等着笑声停下来。他终于开口说话了：“艾伦，面对像你所说的胜利,在反情报局工作的我们感觉自己要向新闻媒体屈服一样。”

“现在，你比之前更了解我了吧。”杜勒斯说道，并且慈祥地挥了挥他的手。

夏洛特重新开始他的演讲。但是我，作为听众中的一员，我更愿意研究一下这个房间里面的气场变化情况。那些充满敌意的官员在情报局身兼要职，这一点你可以从他们的脸上得知。他们，比如说霍华德·亨特，比农场的教练还要聪慧，始终保持着严肃的军人眼神，这眼神简直就是情报本身的有效替代品，我开始好奇他们为什么会出现在这次的周四研讨会上。为什么杜勒斯邀请他们会议过后去他家参加他为夏洛特准备的晚宴？他们是以朋友身份来的吗？又或者他们是专程来研究休·蒙塔古——他们未来的敌人？

几天以后，我发现自己之前的猜测并没有太离谱，我暗自为自己感到高兴。“这是一个政治性的问题，”夏洛特说，“我担心，你单位新来的站长是敌人中的一员，你千万不能被他那虚假的爱国主义精神感染了——他的爱国精神就像基督教精神一样虚假，而且会像病毒一样迅速感染整个机构。”

“是的，先生，”我说，“不过，我担心，你可能会有一段难受的日子要过了。”

“相信我。”

“杜勒斯先生在隧道问题上一点都不同意你的观点吗？”我问他，“我那天听他的言辞并没有感觉到他有站在你这一边的意思。”

“噢，艾伦的确喜欢保持良好的公共关系，只要比尔·哈维没有彻底完蛋，他都会维护他。但是，事实上，他也很担心隧道的事。如果真的是我们当中有人把隧道的消息卖给苏联的话，那真不敢想象情况会变成什么样。”

“隐藏的间谍吗？”

“见鬼，不是的。他有自己的理由，或许是为了更大的爱国事业。”

“真的假的？”

“你能不能认真想一下我说的话？”他回答我说。

“噢，”我说，“我似乎听过这样的话。这个隧道让我们了解到苏联并不像我们想象中那么强大。”

“是的，继续。”

“但是一旦隧道工程暴露的话，那我们得到的情报就可能掺假，这样我国军事政策的制定也无法依靠这个隧道送来的信息了，当然情势也不会允许我们放慢脚步好好筛选仔细研究判断了。到那个时候，我们就不得不一直保持武装就像之前一样。”

“你开始学会怎么思考了啊？”他问。

但是，这样的想法会让人处在一种邪恶的边缘。“这样的事不会影响你吗？”我问他，“最起码包括杜勒斯先生的观点？”

这一次他看我时的眼神是最有爱的一次。“噢，我喜欢你，小伙子，我真的开始喜欢上你了。艾伦，是的，艾伦真的很让人讨厌。他因为自己的丑事欠了我一个人情，但是现在，恐怕他要担心是不是我把一切搞砸的。”

“那么，是你做的吗？”

他的眼里又闪烁起了那种光芒，是我在陪他登上安纳普尔纳峰（位于喜马拉雅山脉中段尼泊尔境内）峰顶时才见过的那种欣喜。他对我说：“亲爱的哈利，我没有做过，但是，我承认，这样一件事非常具有诱惑力，毕竟在隧道事件上，我们已经走错路走得太远了。”

“噢，那是什么原因阻止了你去做呢？”

“就像我以前告诉过你的：的确，与复杂相对的是简单。简单地说，这个原因可以归结为爱国精神。爱国精神——纯粹的、高贵的爱国精神——意味着忠于自己的誓言，它高于个人的意愿，”他点了点头，继续说道，“我是一名非常忠诚的军人，所以我得抵制诱惑。当然，艾伦永远都不可能完全信任我，这很合理。而且，就这件事来说他很担心是我干的，这也是为什么我选择在这么多不支持我的观众面前提及柏林的原因。如果我是结局的书写者，那么为什么我要写一个悲伤的结局呢？”他做了一个鬼脸，好像是在说这个结局就是嘲笑他的那些人的代价。“我不得不说，”他继续说道，“我被这些人的妄自尊大吓到了。以后恐怕人们要对你这个上级低头示敬了，因为他的确知道很多东西，所以他自以为自己有资本炫耀了、觉得自己很了不起了。但是，我查看了他的底细：与其说他是一名军人还不如说他是一个宣传员。虽然他满嘴胡言，但还算勇气可嘉——就当给他一个赞扬吧，他如今能当上这个站长也算是他政治生涯中的一大成就。”

我们摆弄着手中的酒，同时抽着手中的丘吉尔牌香烟。基特里奇，就坐在休·蒙塔古的后面，在谈话过程中她一直盯着我。现在，她开始在蒙塔古的背后做鬼脸。我不能理解她怎么能忍心用自己那么美丽的脸做那样的动作，但是她真的做到了——借助手指扩开自己的鼻孔，扭曲着嘴巴，看起来就像早上躲在窗帘背后的魔鬼，而睡眼惺忪的我们正要去打开窗帘……怀孕是她体内一股非常强大的“破坏性”力量。

“是的，”我对夏洛特说，“你很擅长你所说的反情报工作。”

“好吧，”他微微一笑，“等着吧，等我们谈到捷尔任斯基会更精彩。”

5

那天晚饭过后，我们三个人一起去了夜总会。这是基特里奇的建议，但是休·蒙塔古并不喜欢这个建议，可是她坚持要去，尽管她怀着孕也一定要去。在夜总会，有一个叫作连尼·布鲁斯的人当时正在一家名叫玛丽·简的夜总会里表演，基特里奇很想去见见这个人。

蒙塔古说：“酒吧咖啡屋？只要一个就够了吧。”

“休，我不管它叫什么名字，我就是想去看。”

我大学的一个室友曾在信里称呼这种滑稽演员为“具有毁灭性吸引力的人”，基特里奇很好奇。“在拉德克里夫的四年时间里，她从没有提及过滑稽演员。我怎么知道今晚的滑稽演员能不能吸引我们呢？”休问道。

灯光非常刺眼，音响里发出的声音就像是在号叫。在这家叫作玛丽·简的夜总会里，舞台只是一个被涂成黑色的小讲台。我们坐在可折叠的椅子上，这里的饮品都很贵，我记得蒙塔古还抱怨那里的苏格兰威士忌要卖一美元五十美分，一杯苏打水至少要两美元。“贵得让人吃惊。”他小声告诉我。

我们进来的时候第二场表演还没开始，所以我们就坐在那里等着看表演。尽管酒吧里面的大部分人看上去都像是市政府的官员，但是我估计应该没有情报局的人。不，如果我是一个人事官员的话，我知道他们一定不愿意去做情报工作。他们是出来“放纵”（我想起了一个新词来描述他们）

的，似乎有一个诡异的秘密要上演了。

灯光暗了下来，在黑色的背景之下，聚光灯锁定了一个麦克风和一个站台，一个非常苗条的男人慢慢走出来，他留着短短的卷发，穿着粗棉布做的裤子和一件同样质地的夹克，看起来是个帅气的人，除了他那双突出的眼睛和那张苍白的脸。顿时，掌声如雷鸣般响起。

“晚上好，”他说，“掌声真热烈，谢谢你们啊，我很感激你们送我这么响亮的掌声。你们给我掌声是因为我上一场的表演很好看吗？就是嘛，我猜今晚的第一场表演会是绝对精彩的。也对，很少有人留下来看第二场，是不是啊？对对对，就是你，坐在那里的那位朋友，”他说着，手指指向观众里面的一个人说，“第一场表演的时候你和你的女朋友都在这里。”他们猛烈地点头。“还有你们也是，”他说道，又指着另一对情侣说，“还有你们，是的，后面的好多朋友们也是如此。”他停下来了，似乎有点体力不支，这对一个表演者来说非常不幸，他的声音变得温和而没有感染力了。“是的，”他说，“第一场表演很精彩。事实上，如果要我自己说，那么我会说真开心，我已经来了一次高潮。”他站在舞台上，眼睛环视着我们，我们也因此看到了他那苍白的脸。

观众中传出了欢呼声，这声音透露着观众亢奋的情绪，简直令人恐惧。其中最让人难以相信的尖叫声竟然来自基特里奇，她就像一匹马驹，因为看到另一匹马背上驮着一个死人在慢慢行走而疯狂地尖叫。

“是的，”连尼·布鲁斯说，“我来了，可是现在我却感觉有点格格不入。啊，伙伴们，我需要再一次勃起来。”

在夜总会里面，我还从来没有听到过这样的笑声，像是大楼里管道爆裂的声音，观众的笑声此起彼伏就像一条蛇在人群中滑动一样，一会儿笑声分裂，一会儿咆哮，一会儿喘息，最后变成尖叫，“耶！”有一个女人大叫道。

“是的，”连尼·布鲁斯说，“我要面对现实了，再次勃起可不是件容易的事。来，女士们，让我来告诉你们一个小秘密，男人并不总是想要第二次高潮啊。噢，我看到有人点头了，真是诚实的人啊。你们也同意我的观点，再次勃起的确不是件容易的事儿，对不对？让我们面对现实吧，说白了，再次勃起就是件自我意识的事儿。”

观众席中一阵骚乱，紧接着就是掌声了，我自己的身体也开始发热起来。他在公共场合对着一群陌生人说着我并不熟悉的东西，但是，我和英格里德在一起的那个晚上，难道她的确没有给我暗示她想要更多吗？这让我又回忆起了在柏林那个冰火两重天的小房间，还想起了那种待在那样的房间里的恐惧感。现在，我不确定自己是否还想继续待在这个夜总会里，也不知道接下来会发生什么。看着基特里奇，她的眼睛在聚光灯的照耀之下显得更加炫彩夺目，而夏洛特的表情就好像僵在石头里一样。此刻，连尼·布鲁斯的疲劳更是显露无遗，他似乎在向观众展示他是如何把生命献给观众又从观众的掌声里获得了重生的。“是的，”他说，语气听起来就像场下的观众不是他的密友就是会衷心给他意见的人一样，“第二次勃起可是为了你们呀。女人，下一次你就可以看到你的另一半在找各种理由不要进行第二次进攻了，噢，他们会撒谎——什么谎话都说得出口——他们会说：‘亲爱的，我不能再来了，因为疟疾平。’‘疟疾平？’你会问。‘是的，在南太平洋作战的时候，部队里面为了不让我们感染上疟疾，就给我们注射疟疾平。但是他们没有告诉我们，这种药物会让精液变色。如果第二次射精的话就会出现这种情况，黄色的！变成黄色的精液，看起来就像是脓汁一样。’男人会编出各种理由来避免第二次射精，而且他们还会做任何事来防止老婆发现真相。相信我，这不就是事实的真相吗？对你的妻子说谎？他们嘴里说婚姻是神圣的，可实际生活中他们不就是这副德行吗？我们不会上当。婚姻是修成谎言高手的高级课程，不是吗？”

夏洛特把手伸进口袋里拿钱付账，基特里奇却用手按在了夏洛特的胳膊上，他们的眼神相互紧盯着彼此。“我不要因为离开的事让我们两个在这里出丑。”她小声地告诉夏洛特。

“伙伴们，或许我们有了一个有效的方法来解决这种情况，”连尼·布鲁斯又继续说，“那就是永远都不要告诉你妻子真相。这条原理已经在生物学上得到了验证，女人的耳朵生来不是要听事实的，如果你告诉她们事实的话，她们会宰了你。所以，一如既往地骗下去吧，无论什么情况都要骗下去。假设，你妻子出去了，你在自己家的那张双人床上和一个女孩上床，你们正在性交，哦！——你相信吗？——你的妻子回来了……”

“性交是什么？”基特里奇小声地问。

“意第绪语。”夏洛特说。

“噢。”基特里奇说。

“你就在那，就在你妻子的床上，正在和那个女孩翻云覆雨。砰！忽然，你妻子站在了门口，你被捉奸在床！这时候你会怎么做？”他停了很久，“怎么做？”他说，“你否认它。”

观众又笑了起来，他只好又停下来，然后他说：“是的，否认。不管故事有多荒唐你都要编给你老婆听，告诉她，你刚回家，就看到这个光着身子的女孩在你们的床上，是这个女孩自己躺在了你们的床上，她正在哆嗦，因为她患了急性疟疾。相信我，她冷得身体发紫，她要死了。在这种情况下，救这个女孩子的唯一办法就是用我的身体去温暖她冰冷的身体，这就是把一个人从死亡边缘救回来的唯一办法。是的，告诉她你能告诉她的一切。因为，在婚姻中，你不得不骗到底。”

“你知道吗？”夏洛特很清楚地说，不管声音是大是小，“我终于知道乔·麦卡锡害怕什么了。”

“嘘。”基特里奇说，她的脸颊飘着愠色，不知道她是因为夏洛特生气还是因为那个演员生气。

“当然，”连尼·布鲁斯说，“你可以说是那些信徒教会我们撒谎的。他们会将这样一个故事传授给我们：耶稣给了他们圣饼和美酒，‘嘿，’他们说，‘我们吃主的肉体，喝主的血。所以我们要做一个好教徒，你会这么做吧？’”连尼·布鲁斯吹了一下口哨。“嘿！嘿！这样我们一生都要被沉重的规则约束。你是不会相信人们都乖乖地接受约束的，对吗？为什么？第一个听说这件事的人一定会说，‘给我一把铲子，我要自己挖土走出这种境地。’他们说的都是些什么乱七八糟的！‘喝我的血，吃我的肉！’拜托，伙计，我又不是食人族。”

观众们都笑了，尽管笑得不是很自在。一切都发生得太快了，而且连尼·布鲁斯的声音很刺耳。两个女人站起身来离开了这个房间，有一个男人紧跟着她们的脚步出去了。

“先生，”连尼·布鲁斯说，“当你从男洗手间回来的时候，别忘了给人家小费，这样他就知道你不是舍不得花钱的人啦。”

门砰地关上了。“自以为是的人。”布鲁斯说着。这个男人走出了酒吧，背后还传来一阵阵笑声。

“关于圣餐，我想了很多，圣饼和美酒，它们就像火腿和汉堡一样总是在一起,我就开始好奇了：如果用其他的东西来代替其中的一样行得通吗？比如说我不吃肉，你给我换成肉味的派，或者，给我一杯热咖啡，我喝不了红酒的，因为我还在嗜酒者互戒协会呢……很讽刺吧？”他摇了一下头，“既然我们已经讨论到这个话题了，那我们就说说弥天大谎吧。‘什么？你从来没有和男人上过床？拜托，玛丽，真的一个都没有过吗？从来没有东西进入过你的阴道吗？你把这叫作什么？什么？这就是你所说的马利亚无原罪成胎吗？’好吧，玛丽，别说了。我不瞎也不傻，我是不会相信这样白痴的故事的。”

基特里奇站起来朝舞台走去，此时休·蒙塔古对我点点头，这样我们才半扶半押地把她拉了出来。“小姐，回来呀，”连尼喊着，“否则你会错过割礼的。”

休·蒙塔古转过身说了一句：“太卑劣了！”我们就这么走出来了。

基特里奇在啜泣，然后又破涕为笑。第一次，我看清了她现在的孕肚有多大。

“我恨你，休，”她说，“我是准备上前给他一巴掌的。”

我们开车前往运河边上的房子，一路上静默无语。一回到屋里基特里奇就坐到了椅子上，把手放在她的腹部，脸庞因生气而通红。

“你还好吧？”休·蒙塔古问她。

“我从来没有像今天这样生气过，希望他的这些污秽东西不会传给我的孩子。”

“不会告诉他的。”

“你为什么不让我打他呢？”她问他。

“这样一来，事情的结局可能就是我们登上报纸头条，我不希望看到这样的局面。”

“可是我管不了那么多。”

“如果你看到那些媒体是怎么处理这类事情，你就要在乎这些了。”

她无语了。

“新闻人，”休·蒙塔古说，“都很卑贱。我在酒吧看到几个新闻人在向那位‘喜剧天才’致敬呢。”

“你怎么知道他们是新闻媒体的人？”基特里奇问。

“有的人天生就是这么一副新闻人的嘴脸。我告诉你，在信仰上帝的那群人里面有一些人正在繁殖肮脏的文化，而连尼这种人只是他们当中的一个小人物。”

“你真应该让我揍他一顿。”

“基特里奇，”蒙塔古说，“我要做的是让世界团结在一起，而不是颠覆世界。”

“你知道吗？”基特里奇说，“如果我能够用我的包打那个烂人的话，我一定会在包里装足东西砸向那个人。自从今年夏天那个可恶的死鬼之后，我还没有看到过如此让人恶心的东西。”

“什么？”我问，“什么鬼？是在自留地的城堡吗？”

“是的，就是那里，”她说，“有东西。我知道那个东西想要折磨我的孩子。”

“哈利，你有没有听说过那座岛上幽魂的故事？”现在，蒙塔古问我。

“嗯，这里的确曾经有过一个关于幽灵的故事，说的是一个老海盗奥古斯都·法尔的故事，但是以前我们都是对这样的事一笑而过，我堂弟克尔顿·沙勒尔的父亲哈德洛克告诉我们那个生物在大约一百年前就进入休眠状态了。”

我本打算说这件事为了幽默一下的，但只听见基特里奇说：“奥古斯都·法尔……”她似乎是几近无意识地震颤了一下，“看来这个名字要陪我度过这个可怕的夜晚了。”

我想到了加德纳博士和他那血腥的伊丽莎白时代的树桩，他们或许连暗处的影子都能打散。

“我不管这会不会让孩子喝醉，”基特里奇说，“但我想要喝酒，我要痛痛快快地喝点布鲁斯。”

6

又过了十多天，我去了乌拉圭，乘坐的是型号为泛美道格拉斯 Super-6 拥有四个发动机的螺旋桨飞机，飞机十一点半离开纽约，晚上到达委内瑞拉首都加拉加斯，第二天早上到达里约热内卢，飞机飞行至蒙得维的亚着陆，时间已是下午三点。当飞机飞行在夜空中的时候，我一直在思考夏洛特讲过的话，也体会到了在夜间长时间的旅途确实很适合思考他所讲过的深奥道理。

我参加的最后一次例会是“低调星期四”，但是蒙塔古却选择在那一天给我们做那个他准备已久的演讲，主题是关于费利克斯·捷尔任斯基[1]的。会议的最后，他说了几句话，这几句话的大意后来很长一段时间我都记得。那么，就让我告诉你这个我和夏洛特后来一直津津乐道的周四的故事吧。

或许是对自己上次“高调星期四”的刻薄表现出的一种弥补吧，杜勒斯先生破例首次发表了此次会议的开场白。

他说道：“你们今天会听到的，是一些棘手但是非常有价值的事情。从马克思到普通民众，所有的马克思主义者从来不把每个个体看作改写历史的过程中的重要因素。但是，他们信仰的马克思主义其中有一点很可笑，说得不好听一点，就是共产主义者从来都不能在关键时刻抓住重点。当我们不得不听一个水平很低又自负的男高音唱歌时，虽然他明明就唱不了男高音，但是我们还是会越来越喜欢他，原因就是他的无能为我们带来了欢笑。马克思和共产主义者于我们也是类似的情况。非常值得信赖的卡尔·马克思却在预言上犯下错误，他说革命会在工业最发达的国家最先爆发，还说资本主义矛盾是有毁灭性的，铁铮铮的事实证明了他的言辞错得有多离谱。马克思没有看到‘工商企业’中最根本的还是在于‘企业’二字！‘工商’只不过是一个限制语罢了。那是因为自由企业模式会让企业家面临风险——企业家不仅要和自己的同行竞争，更重要的是，还要受自己的道德价值观约束。任性贪婪，是生是死就要看企业家自己的选择了，这就是企

[1] 费利克斯·埃德蒙多维奇·捷尔任斯基，苏联党和国家早期的主要领导人之一，克格勃(KGB)的创始人。曾任联共（布）中央政治局候补委员、全俄肃反委员会主席、苏联最高国民经济委员会主席等职。

业。马克思，他轻视了犹太基督教的道德规范，忽视了个人良心的重要性，他真正的想法是把个人从历史长河中抽出来，取而代之的是非个人的力量。但是这个世界需要列宁这样的邪恶天才，这个本世纪最坚定的共产主义者，来证明马克思错了，因为如果没有列宁这个个体存在的话，就不会有一九一七年的俄国十月革命。

“不久以后，继列宁之后的另一位邪恶天才诞生了。莫斯科市中心的卢比扬卡广场上立着一座很显眼的雕塑，他就是费利克斯·捷尔任斯基，他那细细的双腿就站立在卢比扬卡广场的正前方，这个广场的另一个名字就是用他的名字命名的。多么贴切啊！费利克斯·捷尔任斯基不仅是‘契卡’的创立者，而且也是苏联国家安全委员会的指导创立者，苏联现在使用的情报技术都是从他那里继承来的。我同意休·蒙塔古的看法，捷尔任斯基不仅是我们这行的第一个天才，就像列宁一样，他的存在也时时刻刻提醒着我们改写历史的最强有力的因素是一个个伟大的人，不管他是好人还是恶人。我亲爱的同事蒙塔古，也是个极具才华的人才，今天他就要给我们讲讲这位天才的故事。去年，我也在这里上过同样的课，我可以告诉你，我很喜欢上这节课，所以今天我又回来听课了。蒙塔古，剩下的交给你了。”

“谢谢。”夏洛特说，他停顿了一下好让我们进入状态。

“捷尔任斯基的一生历经各种各样的事情。他出身于波兰的一个贵族家庭里，在革命爆发之前，他因为布尔什维克党领导者的身份被沙皇判处为政治犯，在西伯利亚苦寒矿山上遭受了十一年的流放生活，也正是那个时期，他患上了肺结核，所以他说话从来都是很小声的。他觉得自己命不久矣，或许因为这样，他变得无所畏惧。在一九一七年到一九一八年这慌乱的一年里，列宁选择他建立起一支内部武装力量，命名为‘契卡’，继‘十月革命’之后的内乱时期，捷尔任斯基发动了苏联历史上第一次全俄肃反运动，其中有一个法令是这样的：契卡宁可错杀十个无辜之人也不会放跑一个罪犯。

“这样的‘技能’是属于屠宰场的，捷尔任斯基真正的职业是反间谍，这个行业也只是在红军赢得内战以后才发展起来的。到一九二一年，苏联政府要统治的是一个十分落后、被战争残害得几近灭绝的民族。内战胜利后，列宁赢得的是一个动荡混乱的国家，为了治理国家，红军不得不雇佣许多前纳粹官员，因为他们是唯一有经验做政府工作的人，这就意味着白俄罗斯政府流亡者可以毫不费力地安插间谍到红色政权中。确实，对捷尔任斯基来说，根本不可能把他们从政权中一一揪出，否则这整个国家就要停止‘运转’了。所以，只好让这样一批人待在岗位上——前纳粹官员伪装成红军，但骨子里还是专制思想。假红军——这一新编的词就是用来称呼那些表面是红军但是背地里却一心想恢复专制统治的人——和契卡的人就这样待在同一个办公室里面，他们就这么坐在彼此身边，一张桌子一张桌子地这么挨着。该做些什么呢？那些最危险的假红军分子都有英国和法国做他们的坚强后盾。

“这时捷尔任斯基就开始构思一个十分振奋人心的计划了。在一个特定的晚上，他抓到了亚历山大·雅科夫列夫[1]，他是拥护君主制人群的最高领导者之一，同时也是一个具有超凡魅力、有教养、富有经验的俄国贵族。雅科夫列夫——至少在假红军的眼里——是信仰自由主义、相信宪法的民主政体论者。捷尔任斯基不仅悄悄地逮捕他而且还进行了秘密的谈话，经过一整晚的紧张激烈交谈，最终雅科夫列夫答应为捷尔任斯基工作。”夏洛特抬了抬手。

“那天晚上他们到底谈论了什么我们并不是很清楚，我们只知道，研究

[1] 亚历山大·尼古拉耶维奇·雅科夫列夫（1923—2005），历史学博士，苏联科学院院士。苏共中央委员会宣传部部长。

苏联的历史学家以后会向世界公布那天晚上发生的事情。根据苏联的说法（对此我不得不说这个说法还是存在一定逻辑性的），是捷尔任斯基激发了雅科夫列夫的爱国精神。因为雅科夫列夫的许多同党都是公认的激进主义盲从者，他们都希望能够成功完成右翼政变，这样的政变引起的屠杀可想而知，甚至比内战还要惨烈，苏联本身也会深受其害。所以，一场和平政变难道不是一个更加明智的选择吗？这样才能建立起一个更加和善的君主立宪制度啊。'让我们一起为之奋斗吧，'捷尔任斯基说，'一起推翻共产主义。我们共同的目的是消灭坏的假红军，保护好的假红军。雅科夫列夫，你信任的官员将会得到提升。你可以在现在的政府中建立指挥部，为以后的政变做准备。'

"当然，"夏洛特说，"捷尔任斯基说得很清楚，雅科夫列夫也得执行关键任务，比如，他必须取得英国秘密情报局的信任，让英国缩小破坏范围。如果英国不肯的话，那么捷尔任斯基试图控制的藏在契卡内部更高级的惩罚性力量将会进一步扩大，到时候不管是好假红军还是坏假红军，他们肯定是毫不留情地一律消灭。

"雅科夫列夫或许也曾经问过：'我怎么才能让英国相信这一切呢？我又该怎么和流亡在外的统治者说明呢？他们肯定会怀疑的。'

"我想，"夏洛特说，"捷尔任斯基会这么回答：'你有一个很大的优势——你，雅科夫列夫，自愿潜入契卡内部做特务。'

"'就算如此，我要怎么证明呢？'

"'这有什么难的，'捷尔任斯基说，'你可以告诉英国人契卡内部发出的一些最高指令，这样他们就相信你了。你告诉他们的信息保证百分之百真实，因为我，捷尔任斯基，将会在背后支持你。'

"反间谍活动的现代模式就这样出现了。"夏洛特说。

"这两个人就这样达成协议了。雅科夫列夫就在他信任的假红军里面建立了情报局，他叫它'托拉斯'，仅仅一年时间，这个托拉斯就得到了协约国以及大部分逃离在外的统治者的帮助。在托拉斯的帮助之下，外国的特务也进入苏联，完成工作以后就离开。自然，西欧怀疑派对雅科夫列夫产生了一些怀疑，但是丝毫不影响他这个组织展开了不起的任务。英国官员被秘密送进苏联，表现杰出的逃亡贵族也能享受暗地里的宗教服务了（不用说，管理这个群体的东正教牧师也是契卡的成员了）。在后来的五年时间里，在雅科夫列夫的托拉斯组织的配合下，契卡能够控制每一场敌人组织的大行动，进入苏联的特务也只能做一些由捷尔任斯基精心安排的不痛不痒的小事。或许这就是反间谍历史上最大的一次成功策反敌人的案例吧。”

罗斯忽然打断了一下。“我很疑惑，”他说，“上周我提到过的，我认为大行动依靠偶然环境的做法很草率，可是今天你却很称赞这样的行为，是因为这次行动恰巧成功了吗？”

“我可以很肯定地说，对，”夏洛特说，“刚好这次行动成功了，所以我们很尊重这样的事情。但是你也要看到其中的细微差别，这次的大行动建立在一个非常深刻动人的谎言基础上，而且这个谎言是由策划者精心安排的。当然发生错误以及背叛的可能性是非常高的，一些微不足道的人叛变是很经常的，但这也刚好体现了捷尔任斯基的高明之处，他通过错综复杂的方式克服了这样的问题，把焦点放在了别人身上，而那些人不如他心思缜密、持久耐心，这同时也把危险转嫁到了别人身上。”

“是的。”

“但是，我们的目的是把重点放在他们那天晚上的对话上。在捷尔任斯基和雅科夫列夫之间到底达成了一种怎样的协议呢？知道了这个以后，后面的事就全部都知道了。雅科夫列夫接受这个协议的时候有没有想过自己最后怎么抽身呢？或者是他太想成为苏联的总理了？他真的相信捷尔任斯基是站在他这一边吗？在合作过程中，他的情感偏向又是怎么变化的呢？很显然，雅科夫列夫的性格必须改变一下，这样的话，捷尔任斯基的性格也必须跟着改变。

“有些问题很值得一问：捷尔任斯基到底扮演了多少双面角色？如果布尔什维克党最终失败了，他又会怎么办呢？捷尔任斯基有没有考虑过自己的后路？这样的个人动机比苏维埃历史命运更容易让我们相信。让我们回到那个晚上：这两个男人碰面之后，一场活跃却并不公正的诱惑之战上演了。如果是一个男人想要诱惑一个女人的话，他不仅可以通过力量征服她，还可以适当地用一下自己的弱点，这甚至可以被看成是爱情的萌芽——真正对另一个人的能力以及他的需求感兴趣就是爱情的开始了。当时，如果是因为对权力的渴望而被诱惑，那么他们相互之间就会彼此欺骗，有时候，他们甚至会欺骗自己。久而久之，他们的这些谎言就形成体系结构，结构之精美就像是金银丝工艺品一样。如此一来，雅科夫列夫和捷尔任斯基又怎么分辨事实和谎言呢？他们之间的这种似真非真的关系已经深入骨髓，他们肯定已经超出底线了，他们再也不知道什么时候会真实地对待自己了。事实上，他们的自我正在慢慢改变，这就是这次分析的重点。

“几年以后，你们当中可能会有人和特务之间产生类似的关系。你们一定要在处理这类关系上展示出自己的聪明才智，你们可能要冒很大的风险，但重要的是——我一直坚持这一点——你们要明白这份关系在对另一个人的操控中的可信度究竟有多高。因此，你一定要学会让渡一些自己深藏的隐私出来以换得两个人之间的信任基础。他那边发生了洪水可能会让你这里也漏水，只有你们相互帮助，你们之间的合作才能发挥作用。否则，你会陷入肮脏的深不可测的沼泽之中无法自拔。”

说到这里，艾伦·杜勒斯的进取精神被激发了，他发自内心地鼓掌并说：“真是精彩的演讲！”

夏洛特又继续说了一会儿，但是对我来说这里已经是结局了。

当我到乌拉圭蒙得维的亚旅行的时候，我就考虑以后从事反间谍这个事业，就在蒙得维的亚，我将开始简单的间谍活动，也将费时两年半来学习间谍技巧。

7

在我登上去南美的飞机之前的那个晚上，基特里奇和休·蒙塔古邀请我到运河屋吃了一顿送别饭。晚餐过后，夏洛特就进入书房工作了，而基特里奇和我，洗完碗以后，我们俩就上了二楼她专门为自己准备的小客厅。现在，教父为奖励我的进步偶尔也会邀请我到他家楼上来。甚至有一天，天很晚了，我们也的确聊得太久，他们竟叫我在这里过夜——我终于得到了这样的待遇啊，但那一晚却是我度过的最古怪的一晚，有一种很微小的动静一直持续到天亮。

不知道是不是我自己想象出来的，我好像隐约听到了马叫声。大清早我突然醒了，这才确定的确是有不寻常的声音，很快我就意识到那是蒙塔古和基特里奇在做爱，尽管他们的房间和我的房间之间有两间房相隔，但我还是能听得到那声音。

当我和基特里奇在她楼上的小客厅里聊天的时候，我不禁想起了那天早上发生的事。自从那天晚上从夜总会回来以后，她就变成了另外一副样子，我只能说她是沮丧之中带有一点智慧的光芒。后来罗斯告诉我说玛丽·简夜总会有人在吸食大麻，而我竟然在晚餐的时候告诉大家这件事，天真的希望大家会觉得好笑，不过很快我就放弃了。基特里奇表现出一副似开心又似不开心的样子——我不能说她不正常，但她的确对我们的聊天一事没有任何积极反应。晚饭之后我和基特里奇一起到楼上的小客厅里聊天，我很开心。但一想到我要离开一段日子，我的心里就不是那么轻松了。我想告诉她我的感受，但是她打断了我。

她说："我帮不了你，你知道我并不是一个心理分析家，我只是一个性格理论家，世界上一共有八位性格理论家。"

"我并不是在找免费的医疗服务。"我说。

她几乎没有回答我。"你觉得其他的七个人会不会像我一样不懂人类本性？"

"你想告诉我什么？"

"关于人，我什么也不知道。我可能会说出一些理论，别人会说很精彩，但是我却不知道自己在工作中取得了什么成就。而且我很天真，我讨厌连尼·布鲁斯那样的人，但是我也很嫉妒他。"

"你嫉妒他？"

"我很努力地相信圣礼。如果我对休·蒙塔古没有那样的信任，我们的婚姻早就破裂了，而这里又出现了布鲁斯这样的喜剧人物。他对自己所信仰的事情是那么地肯定，尽管他甚至都不知道自己所嘲弄的东西是什么，就像一只四十天大的小狗，如果你放开它，它会满屋子乱跑。就是这种自由，看起来如此简单。"

"我不知道，"我说，"他很特立独行，其他的公众娱乐者并不会像他那样说话。"

"噢，哈利，我怎么会把蒙塔古带到那种地方去了呢？"

"是啊，你当时是怎么了？"

"你知道他有多生气吗？"

"那你呢？你们俩很适合彼此不是吗？"

"不，"她说，"休·蒙塔古可以抑制住他的愤怒，他可以自己提醒自己，他不会表现出来，但是紧张感总是存在的。"

"他自我控制的能力超强。"我说。

“他的确需要自我控制。他的母亲，叫伊莫金，你知道她的事吗？”

我摇了摇头。

“好吧，她以前和克莱尔·布思·卢斯[1]一样漂亮，我甚至可以说，她是科罗拉多州丹佛的一大标志，但是她是一个巫婆，我相信她是个很恶毒的人，休·蒙塔古也相信这一点。你知道吗？她谋杀了蒙塔古的父亲！如果换作是你，每天早上醒来喝咖啡的时候都会想到这样的事，那你会怎样长大呢？”

“的确是不可思议，可是蒙塔古还是坚持了这么久。”

“只是，蒙塔古再也不敢相信什么人了。”

“那你相信吗？”

“噢，以前我总是觉得自己能够理解人类相信别人，直到那天晚上，在那个叫作玛丽·简的夜总会里。我是那么地渴望休·蒙塔古能体验一把别的美国人都喜欢的娱乐方式，但是结果却如此糟糕——我发现我和休·蒙塔古一样，我们都像针一样狭隘。”

“我不知道蒙塔古是否如你所说，”我说，“但是我知道你并不狭隘，你很好。”

“哈利，你有这个世界上最好的心。也许是因为你是半个犹太人，人们都说犹太人都很善良。是真的吗？”

“我只有八分之一的犹太血缘，所以我也不敢下定论。”

“我只是顺便那么一说，我也是第一次听说这个，所以比较好奇，”她歪着脑袋看着我，“哈利，你知道吗？在你面前我感觉自己一丝不挂。”

“什么？”

---

[1] 克莱尔·布思·卢斯（Clare Boothe Luce，1903—1987），美国女文学家、剧作家、新闻事业家、外交家。生于纽约，曾任《时装》杂志编辑（1930）和《浮华世界》主编（1931—1934），1935 年成为美国报业巨星亨利·卢斯的夫人。1953—1957 年任美国驻意大利大使，为美第一位担任重要外交职务的女大使 。1957 年获 Laetare 奖，同时获西·塞耶奖。

“在这之前我从来没有聊自己聊得这么多，我一直都在努力隐藏自己，不让人知道我是如此简单。和蒙塔古待在一起很简单，他的注意力全部在他的工作上面，但是现在你知道我的小秘密了——我想在我的工作上有所成就，但是我太天真也太无知了，你知道吗？我也很嫉妒你能够去蒙得维的亚。”

“去那里也只是去做一些间谍工作，蒙塔古说这是锻炼基本功的好去处。”

“休真是笨蛋！看，自从我嫁给他就想这么说他了，可怜的笨蛋！我告诉你，间谍，我嫉妒你。”她气喘吁吁地嘶哑着说。过了一会儿以后我才意识到她在模仿玛丽莲·梦露，虽然模仿得很差。

“休一直以来都觉得真正有难度有技巧的是反间谍活动。”我说。

“是的，就像捷尔任斯基。你知道吗？我很烦蒙塔古。”

很烦蒙塔古？现在我才知道他们说的时间静止是什么意思了。其实时间并没有静止，它只是慢了下来，接着房间摇身一变，换了另一种颜色。

“不，”她说，“我崇拜他。但是我对他也很生气，在床上的美好时光休竟像发疯了一样，”她的眼神好像在说她已经给他安上了马鞍正在骑他一样，“只是他不会做‘69 式’[1]。”

看到我惊愕的表情以后，她开始笑起来，“休很可怕的，”她说，“休说 69 式没什么了不起的，不过是一个反间谍的业余选手罢了。”

“什么？”我不得不重复。

“噢，你知道的，你中有我我中有你，”在她说下一句之前我甚至没有时间对她说的这句话感到惊讶了，“哈利，你有没有试过 69 式？”

“呃，说实话，没有。我甚至都不知道自己是不是愿意想这个问题。”

[1] 69 式，互相口交的俗称。

“我听说那种感觉就像在天堂里一样。”

“你做过吗？”

“我的一位结了婚的朋友告诉我的。”

“她是谁？”

“噢，哈利，你真跟我一样天真。不要觉得自己受挫了一样，我都还没有疯呢，我只是决定要像布鲁斯一样说话了。别担心，亲爱的孩子，我和休·蒙塔古已经结婚了。”

“很好，”我说，“我觉得你并不像你所说的那样天真。”

“可能你不是唯一一个这么想的人，”她说，“现在，哈利，帮我一个忙。你在乌拉圭的时候一定要给我写长信，很长很长的那种，告诉我你工作上的一点一滴，”她跪下来凑到我耳边说，“告诉我我不应该知道的事情，我连最基本的日常工作都不了解，我需要这样的知识储备，为了我自己的工作。”

“你这是要让我犯法。”我回答说。

“是的，”她说，“但是我们不会被抓，而且这些事很简单。”

她从她的上衣里拿出一张纸。“我会写下寄信的方法，这样的话，我们就可以很安全地来往书信了。而且，只要有了国务院的邮件袋子就一切都好办了，肯定是密闭的。”她对着我点了点头，好像她知道我心里想的事一样。“是的，”她说，“我想我是在叫你犯法，但不是真的犯法，亲爱的，”然后基特里奇就给了我一个吻，这是一个很深很深的吻。“尽可能地把信写长，”她说，“一定要写下足够证明我们死罪的信息哦。”然后她发出了很奇怪的笑声，好像这世界上再也没有比阴谋能让人感觉更好的东西了。

我没有看她的留言，直到我登上飞机。上面只有几行字：

只要把你那国务院的邮件袋子寄给波莉·盖伦·史密斯，寄到 AR-105-MC 大街。一旦你的邮件袋子到了华盛顿，你的信就会和一个盒子一起被送到乔治城邮局里。波莉会收到这个盒子，盒子归她所有，但是信会送到我的手里，所以她永远也不会知道是谁写信给我的。

密友
基特里奇

第四部

蒙得维的亚

（1956—1959）

1

蒙得维的亚

1956 年 10 月 14 日，星期日

亲爱的基特里奇：

我自从来到这里就没有出过城。因为从我在大使馆听到的只言片语中，我了解到我们的工作量很大，一般每个礼拜都要工作60 至 70 个小时。所以，这座拥有一百万人口、其中一半都是乌拉圭人的城市，是我目前唯一想要好好看看的地方。

我住在维多利亚广场酒店，那是一座崭新的红墙建筑，一共有十六层高，看起来就像是一个竖着的硬纸板箱。“那里就是行动实施的地方。”这是我离开美国时霍华德·亨特提醒我的话，我想我未来的驻地长官一定会知道那里发生了一连串的故事。酒店的酒吧里有各个国籍的商人在寻求生意，我的钱只勉强够付房费，所以我没有进酒吧，就在外面随处溜达。你瞧，我周四就到了这儿，当时我的两位上司都去参加“公司”的会议了，到机场接我的碗哥建议我，最好在周一之前到处走走看看，感受一下这座城市，因为之后我就很难再有这样的机会了；他还说因为他现在太忙所以没办法好好招待我。

好极了！这也许是我在圣诞节之前唯一空闲的周末了。在大使馆工作的同事看上去就像休·蒙塔古的摩门教徒，他们整天挤在二楼的一个角落里，多么可怜的一群劳累过度的人啊。

孤身一人行走在这座陌生的城市也是一件很痛苦的事。我走

了一整天，实在太累，吃完晚饭就呼呼大睡了，没有夜生活可以汇报。第二天早上醒来，我又出去闲逛，你相信吗？蒙得维的亚并不迷人，这算是我到这儿的第一个收获吧——视觉收获。这里实在没有什么吸引人的地方，也正因此，乌拉圭大部分地方看上去都不大让人感兴趣。安第斯山脉没有过境也就罢了，这里几乎连个山头也没有；亚马孙河丛林也没什么好的，有的只是无尽蔓延的平原和随处可见的牛群罢了。蒙得维的亚是一座港口城市，位于拉普拉塔河注入大西洋的河口，河底的大量泥沙分割了乌拉圭和阿根廷，也让河水变成了泥土般的灰褐色，这种颜色不像在缅因州我们记忆中的大西洋的蓝色，整个港口也不是很大，看上去有点像亚拉巴马州的莫比尔，或者是新泽西州的霍博肯，也许所有的工业港口都差不多吧。通往码头的路多半都被封锁了，所以没法漫步到卸货的地方。不管怎样，港口看上去昏暗肮脏，远处还传来绞盘运作的咯吱声。

那条名叫7月18日大道的大街十分喧闹，你由此可以想象街上有多少店铺了，除此之外这里并没有什么特别之处。广场上还矗立着铜马雕塑。

好吧，我知道你已经准备好发问了——蒙得维的亚有什么特别的吗？我的回答是：你若不会欣赏，那它确实没有特别之处。

此时此刻，我将我写的东西放在一边。这一封信还不足以令我的夫人满意。

蒙得维的亚

1956年10月14日

亲爱的基特里奇：

我并没有觉得自己身在南美，至少这儿跟我想象得不太一样。这里没有大片大片的植物，也很少看见印第安人，显然，他们已经一批接一批地死于欧洲人首次登陆时带来的传染病。在街上，你可以看到地中海种族的人群，他们是西班牙人，与意大利关系深远。这些西班牙人看上去都很质朴，表情也很严肃。这里古老的西班牙巴洛克式和西班牙殖民建筑同样引不起人们的兴趣，除非你有一双发现小惊喜的眼睛。这块土地弥漫着一股神奇的灵气，让我觉得自己仿佛置身于描绘18世纪的意大利油画中。我想象着你能在古老的英文旅行书里找到这些文字：一个孤独的徒步旅行者在小山丘上休憩，两眼注视着远方空旷的风景，时间就像高空中的云朵，几乎不动，一切就好像静止了一样。那些破碎的废墟跟那些现代化的大厦平静地共存着，时间已经在此刻停住了。

举个例子：立法院。每周的工作日这里都要处理各种法律事务。立法院有一个火车站那么大，在这如巨大婚礼蛋糕的建筑面前，在宏伟空旷的解放者大道出口，站着一位戴着巴黎警察帽子和披肩的警察，让这里看上去像是凡尔赛与帕提侬神庙的交汇地。只见街上一个人骑着自行车经过。尽管今天是星期天，却依然如此。在这建筑的另一边，沿街有一位微胖的男人穿着蓝色的工作服，正在变着戏法用英式足球来娱乐小朋友。这看上去像是中世纪的玩意儿。下一条街上，一个乞丐坐在一个箱子上，伸出他浮肿的双脚向行人乞讨。

当然，在这座城的每一个角落，你都能看到各式各样的场景。那些名叫洛拉、马贝拉的商铺竟然只是卖衣服的，一群看上去唯利是图的店主竟然在周六关店休工。肉铺里挂满了动物的尸体，就像地狱一般血腥可怕。这里的人吃太多肉（每人每年238磅），所以在各个街头你都能闻到烧烤酱的味道，那气味渗入所有你吃的东西，鱼、鸡、蛋，还有那些疾驰在大草原上的牛。但是这气味可不是这座城市独特的东西，那些小街才是。蒙得维的亚一直在扩建，但是那些老城区只是马马虎虎地重新修理一番并没有重建。大部分当地居民的生活并不像我们听说的那样。在我离开华盛顿的那个时候，每个人都在担心匈牙利、苏伊士，还有总统的竞选问题；但是现在，我觉得自己离那些问题好远。在蒙得维的亚，所有公共的钟都如静止一般，永远是9点、两点半和5点21分，分布在城市的各个地方。显然，在乌拉圭，世界上的大部分新闻都未传播到这里，我想这里的人只关心如何为了活着而生活。

比如汽车。这里的人非常喜欢汽车，你能看见20年间所生产的各种类型的老爷车，它们似乎不是在修理就是在上漆，我想大概是车子的主人不能承担一次性上漆的费用吧，所以他们一点点上漆，先把锈得最厉害的部分用新漆盖掉，任何颜色都行，只要买得起，通常一次的上漆量够刷半扇门；然后，一个月以后，又生出新锈,如果他们找不到原先漆的颜色,他们就上其他颜色的漆。不用多久，车子就像约瑟夫的外套一样五颜六色了，多么有活力啊！这些车开在街上，就像是某场赛事的奖品一样拉风。

然而，还有很多其他的角落，街道幽静得让人毛骨悚然。也许世界的另一端有好多车辆在疾驰，但不是在这些破烂房子组成的贫穷街块，这里唯一能看见的车子是一辆很老的深绿褐色的雪佛兰，车身上闪耀着嫩黄色和橘色的斑点。这样的寂静让我觉得自己仿佛置身于森林中。不远处有一个男孩穿着黄色的毛衣，颜色跟那辆深绿褐色老车上的嫩黄色一样。另一条老街上的一辆老车，它前面的车盖被掀开了，掀得老高，看起来像是一只嘎嘎叫的鸭子。它被重新漆上闪耀的蓝色。在它上头，一个破旧阳台上，正晾着很多衣服。基特里奇，我敢保证，晒在阳台上的其中一件

T恤就是跟那辆车一样的蓝色。

我认为一块土地如果能在历史的风暴中受到庇护，那么更小的现象应该会更加突出才对。在缅因州，一块在暴风中受到保护的草地里，野花在最出其不意的地方开放，好像它们开放的唯一目的就是让人眼前一亮。而在这里,沿街走下去,一个平常的地方，屹立着十九世纪的建筑，我看到了墙面的石头上分布着不间断的各种颜色：棕色、灰棕色、碧绿色、橄榄绿、橘色，然后是淡紫色，三块玫瑰红的基石。这些色彩就像那些车上漆上的老旧颜料罐里的颜色，在这座四处渗透着煤黑的城里，是别样的微妙的点缀。我开始猜想，这些居民一定在他们的街道里安置了眼睛，如果一块独一无二的苔绿被标上印记，那么在远处某个街道的尽头，有人会把门漆成同样的绿色。时间、尘土、湿气还有剥落的灰泥，掺入整个景象中。古老的门慢慢褪色，直到你不能确定最开始它是蓝色的还是绿色的，还是某种倒映着春天的枝叶神秘的灰。记住，在这个南半球里，十月如四月。

在这座古老的城市里，沿街走到水流的尽头，那灰色的黏土状滩涂已经荒废了。在这狭长街景的尽头，只有一个空旷的广场，面对着大海矗立着一根孤独的圆柱。他们能找出证据证明基里科知道该如何绘画吗？在这孤寂的风景里，人们经常能看到一个孤独的被哀伤环绕的人。

这座古老的城市，这座已经历经了五十个春秋的城市，在我看来，正在静静地破碎，一定有什么梦在这巴洛克式的建筑里破碎了。在商业街上，都是面朝海湾的建筑，热铁铸造的露台，圆形的窗，还有椭圆形的窗，尖顶，哥特式和新艺术式的窗户，屋顶上的栏杆和破旧的三角墙，铁门连接着破损的阶梯，这些古老的门已经失去了好多嵌入其中的铁线，洗好的衣物都挂在大大的窗户开口处晾晒。

基特里奇，原谅我来这里才那么几天就给你写了这么长的信，但是，你知道吗，我从未有机会好好享受在柏林的日子，也没有机会好好看看它。我知道，你期待着更多的内容，但是在这样的状况下确保信能寄出去才是我们要遵循的原则。

你忠心的赫里克

两个礼拜我都没有收到回信，最后收到了一句简短的回话：

省掉细刨花。多寄一些干物来。基。

2

我的心被伤到了，没有再给她回信。跟我的预期一样，接下来几周我都被大使馆里的各种事务缠身，而这段时间里我生活中唯一的改变是我和我的两个手提箱从维多利亚中心转移到了塞万提斯，一间在廉价旅社旁边的廉价旅馆。清晨，平民区会传来玻璃瓶打碎的声音。

之后我收到了基特里奇第二封简短的信。

1956 年 11 月 13 日

亲爱的哈利——原谅所有的一切。有时候我觉得自己好像叶卡捷琳娜。可怜的休·蒙塔古，可怜的赫里克，这都是我怀着这个等不及的孩子的错。不久以后，一个蛮横的小东西将要存在于我们之间。重读你的信时，我才发觉你说的那些油漆罐的故事还是很有趣的。你要买一辆华丽的上了漆的汽车给我作圣诞节礼物吗？我们非常想你，我更想要弥补我们分开的这段日子，这是休不知道的事。在这想念当中，还包含着即将出生的孩子的想念。给我写封内容丰富的信吧。如果你愿意，多告诉我一些你的工作情况。

爱你

基特里奇

附言：寄信过程至此非常完美。我希望你接收我的信也畅通无阻。

1956年11月16日

亲爱的叶卡捷琳娜：

比起鞭笞，我是多么地想要亲吻！既然你想知道我的工作情况，那么让我来告诉你吧。这里并不是一个欢乐的驻点，因为我们还在等霍华德·亨特的到来。驻点的现任长官，迈诺特·梅休，是一位驻外事处的老长官，他的资格很老，所以早在1947年就被事务局任命为驻点长官了。他从外派玻利维亚和巴拉圭开始到现在就一直是这个职位，梅休现在正等着退休，基本什么事情都不做。他没有社交活动，也少有事务局的工作。他通常九点钟到办公室，处理我们剩下的事务，到十点钟时联系他的股票经纪人。然而，所有人都认同他在工作的某一方面做得非常漂亮：他与大使保持着相当好的关系。相信你也听说过，如果大使带着偏见看驻点长官，那么他在大使馆的处境将会十分不利。而在这里，多亏了梅休，我们非常和平地待在二楼的一隅。大使杰弗逊·帕特森能听懂西班牙语，但是只会结结巴巴地说一些，所以，梅休，第一秘书长，将这位大使的一些工作交给了乌拉圭的官员来做。

梅休用外交邮袋为蒙得维的亚天主教的队伍带来美式足球的装备，这件事同样得到了大家的认可。除此之外，他的绩效几乎为零。我们实际上由驻点副长官领导，他是前海军中尉，“二战”的时候，他有着很粗的脖子，名叫奥古斯都·格斯·桑德斯特罗姆。奥古斯都曾经一定是一个非常强壮的人，但是现在不是了，他已经有了啤酒肚。他打算把全部精力投入到高尔夫球中去，这并不像听起来那样愚蠢。他把我们的行动事务员、通信官员都带去乡村俱乐部，跟很多当地政府和商业人员打四人对抗赛，这带来了一股风潮。忽略一种名叫“快乐男孩”的新克格勃风格（他们穿伦敦样式的套装而不是俄罗斯风格的粗麻袋），那些俄罗斯人并不擅长高尔夫和网球。所以格斯与那些打高尔夫球的乌拉圭官员的社交联系经常带给我们一些好处，换句话说，我们能得到我们所有想要得到的帮助。路易斯·巴特列，乌拉圭政府的总统，代表科罗拉多党，在过去100年里，科罗拉多党获得了每一场总统大选的胜利。因为是社会主义制度的政党，科罗拉多党一直都在超额支出。乌拉圭是一个真正的福利国家，也许这也正是这里如此和平却摇摇欲坠的原因。这位路易斯·巴特列是位反美主义者，当下他正在与苏联制定牲畜兽皮交易方案。

在大使馆工作的第二天，我便全身心投入其中了。顺便说一下，大使馆是一幢辉煌的白色大厦，大概在美国南北战争之前，它由两根白色木制的圆柱撑起了一个长廊，面前是两级台阶。它坐落于洛德·庞森比大道，旁边有一个布局非常漂亮的公园，那公园大约建于1900年，一定是由一位巴黎的艺术家设计的。毫无疑问，在蒙得维的亚这个地方，没有一处是残破不堪的，我们的大使馆就像海军白一样洁白无瑕。奥古斯都与我第一次交谈时就想知道我的网球水平，我们大使馆似乎还需要一位好选手到乡村俱乐部去，格斯想知道我有没有带球拍。

我父亲一听到我被派到乌拉圭就给了我一个严厉的警告，他很少写信给我，但少有的信中他还嘱托我：必须远离高尔夫和网球的那个圈子！父亲的想法是，那些将时间放在这些事上的年轻官员，一定要有本事掌控他们的球技。如果你要讨好一个外国的外交官，那么就让他更胜一筹。反之，如果你与你的长官组成二人组与一对国务院的官员比赛,那么你就一定不能输。“儿子你啊，”父亲这样写道，“在我看来，你没有这种深藏不露的精湛技能啊。我非常欣赏你的正手技巧，非常精准，但是你的反手技巧在任何看穿你的伎俩知道如何破解的对手面前完全不堪一击。所以离网球远一点吧，不然你会失去很多。”了解了这其中的智慧之后，我告诉奥古斯都我甚至都不知道怎样握拍。当他提起高尔夫球的时候，我说:“长官，有次我参与高尔夫课程，第一洞我打了五杆。”

“很棒。”他说。

“是的，长官。可是接下来两洞，我分别打了13杆和15杆，之后我就再没将球打进洞里过了。”实际上，我的水平要比我说的高，但是我不打算告诉他。

“那你擅长什么运动呢？”奥古斯都问道。

我说拳击和攀岩对我比较有吸引力，这样问题就解决了。格斯哼了一声说乌拉圭没有太多的岩石可攀，还叫我不要在酒吧里拳击。我看得出来，他准备再去找一些能打高尔夫和网球的官员出来，然后留我在办公室做超负荷的工作。换句话说，他完全不掩饰现在我在他眼里就是一个拳击手。

我在高尔夫和网球上落后的另外一个原因是我接手了一位行动事务员的恼人工作，害得我整夜加班（是的，他打网球）。也许这项工作一向由新人完成，但讽刺的是，这却是我最享受的任务，因为有一艘单人小划艇，至少是间谍活动的规格，而且它不会带错方向。每个星期只有一个晚上，这就是我在工作时间休息最典型的状况。

有个行动代号名为AV/ALANCHE，人员配置刚刚好，包括了当地偏右派的七名天主教少年。他们做这个工作是为了精神上的满足，为了寻求刺激，当然还为了钱。我们给他们的报酬是每人每晚十元，他们的任务是在黑夜的伪装下去破坏共产主义的海报，然后把我们的——也是他们的天主教的党派口号画到共产主义的口号上，一个星期做一次。有时候我们的海报也会被共产主义组织破坏，那么我们就会贴上新的海报。我承认，我喜欢这项行动，我喜欢这些孩子，我也承认我只与AV/ALANCHE上过一次街，然后就去说服奥古斯都我愿意担起责任把这项行动做得有声有色。然而，积极主动的参与让事务所很不安，因为我们这七个孩子不小心跑进了MRO的流动据点，那些人是非常忠实的极左分子，他们相信武装保护的力量。于是街上出现了争斗，还有人被拘留。如果我在这种情况下被警察抓到，那么事情就糟糕了。这次蒙得维的亚所受的打击很有政治意味，左派或者右派，这取决于选区（毕竟，我们是在南美）。奥古斯都只授权让我与这些孩子出去一次，之后就下了禁令。第二天格斯告诉我："在你回来之前，我都睡不着觉。"我早上五点钟才回家，然后打电话到他家汇报我对孩子的每项指令，好让他最大限度地放心我没有做任何出格的事。但是，不安仍旧在那。好好想想吧，街上疾驰的旧卡车，耀眼的闪光灯，还有流浪汉和醉鬼凌晨两点还在街上晃悠。他们是共产党的眼线吗？我们在破坏乌拉圭共产党（PCU）的海报，而这意味着我们已经进入工人阶级区。凌晨两点，那些贫民区安静得跟墓地一样。这仿佛带我回到了青春期，有那种第一次喝了酒、肾上腺素充满四肢的感觉。

然而，在一个普通的星期二，我待在距离孩子们半英里以外的无线电通信警车上，用步话机跟 AV/ALANCHE-1 号保持联系，他很喜欢这样的安排。AV/ALANCHE-1 号是一个坚强、瘦长壮硕的孩子，有着一头浓密的黑色卷发，他让我很放心。一旦发生意外，我便能在他们附近下车，将他们保释或将他们送院治疗，总之有我在他们的状况会更好。

然而，奥古斯都告诉我只在后面开车跟着确保他们在做事就行。我按他说的做了，但是我很不开心。我安全地待在通信车上，而孩子们正冒着风险，而且我还不能信任他们。奥古斯都总是担忧顾虑，但他也并不完全错误，有时孩子们任务还没完成一半就因为紧张而逃跑了。让人恼火的是，他们事后还不向我报告。这些情况我都记录在案，尽管不愉快，我还是要付他们钱。如果情况更糟糕，那我就得跟 AV/ALANCHE-1 号谈谈。

至于我其他的日常工作，就没有那么吸引人了。一开始情报局还担心我们无事可做，因为这里的工作通常有一点无形，而且国家看起来很大（所有的国家，就算是像乌拉圭那样和平的小国，因为办公人数很少，所以显得国家很大），所以他们想出了一个办法确保每天都有很多事情可以做。

举个例子。

某天，我九点到办公室，喝一杯咖啡，然后开始阅读当地的报纸。这本要花上两个小时，但幸亏我懂西班牙语，所以只在上面花了半个小时。慢慢经过几个星期，政治状况的细微差别对我来说开始逐渐变得清晰了。当然，我也会和我的其他同事——行动事务员、通信官员，还有驻点的行政助理（也就是梅休的秘书）——讨论政治人物和当地的事件。基特里奇，这就是我们驻点办公室里的所有人员。出了大使馆，我们还可以吹嘘说我们还有两位掌管合同事宜的操作人员，之后再跟你说细节。

办公室的同事每天都要讨论当天的新闻，所以我尽可能从高级行动事务员谢尔曼·碗哥那里学习我能学到的东西，他是对乌拉圭政治最了解的人。所有那些在培训时我不感兴趣的东西——工会、当地党派演习等，现在都能成为每天讨论的内容。

结束当地新闻分析以后，我们要精读前夜所有的电报通信，我们先读自己的电报，然后再详细阅览同事的电报，因为我们不知道何时就得替补上去。举个例子，例如我的一位同事，也就是行动事务员杰伊·盖茨比（你能相信这是他的名字吗？他是我见过的最无趣的人），他与奥古斯都出去打高尔夫四人对抗赛，他的头号特工 AV/IDTY 打电话进来，很显然，我必须对盖茨比的项目有所了解。

消化完所有传来的电报，我们就开始写发出的电报了，甚至还写一些循环赛的东西，只有这样那些特意写的东西才能发出去。就这样一直坐在电话旁边，偶尔接到一两个来电，很快就到了吃午饭的时间。下午，我特意安排了时间学习乌拉圭官员的外出行程，他们当中很多人都是共产主义的支持者，访问巴拉圭、巴西、阿根廷，在那里跟很多共产党员一起开会。我还发现了一个惊人的数字，大量贸易访问团去了东欧国家和苏联。我们在加拉斯科机场海关的特工 AV/OUCH，一直观察着这些团体的进出，目前正在建立档案，但是需要时间，这都需要时间。有一天晚上我与 AV/OUCH 一起吃晚餐（这个来自贫穷小家庭的男人对大餐非常满意），我告诉他我要再雇佣一个特工 AV/OUCH-2 号。这让我想起了在农场时休·蒙塔古的“低调星期四”。虽然驻点还没有高级情报官员来处理政府紧急事务，但是现在再雇一些小特工并不困难，只要有钱。AV/OUCH-2 号很渴望在边境检验处谋得一官半职，记录去过目标国的返程乌拉圭人。

当然，我们安顿好这些当地的共产主义者后，仍然存在后续问题需要处理。梅休缺乏创新精神，这让我很痛心。我满心想把这些乌拉圭的共产主义者转化成双重间谍，但是奥古斯都告诉我要等霍华德·亨特回来再决定。

如果是下午三点半，那么办公室的我们一定正在仔细检查今晚参加大使馆活动的外国人资料，我们得向大使汇报要小心哪些可疑的贵宾。

最终，通过我们的乌拉圭记者 AV/ERAGE（负责采访社会问题），我们追踪到因其他使馆事务而受邀来馆的人。如果某个乌拉圭共产党官员的名字出现在英国大使馆的贵宾名单上，那这就是一条很有价值的信息——他是被盛情邀请的呢，还是欺骗了大使馆？如果是后者的话，我们要提醒大使吗？

到了傍晚，我们当中的一两个人可能要去和特工见面，有时在安全的安全屋，有时在咖啡厅（但是，唉，我真的不擅长这项工作），之后就开始了夜晚的工作。因为我不用去打高尔夫球或网球，而且我有参加晚宴的燕尾服，所以参加美国或其他国家的大使馆活动成了我的职责，这真是太滑稽了。在柏林，我从未参加任何一场鸡尾酒会，但是在这里，我几乎每晚都出去，有时候我的燕尾服还遭到谢尔曼·碗哥的嘲讽，他说我是一个用商业形象伪装自己的国务院人员。碗哥是一个很有才智的人，我私下里叫他谢尔曼·燕麦粥，他是一位很了不起的俄克拉何马州博士，有着厚厚的双下巴，每天甚至要刮两次胡子，同时他又是我们情报局典型的偏爱艰巨任务的勇士，也是奥古斯都很信赖的人。碗哥的待办事项是最多的了——他有一个世上最不开心的妻子，同时他又是对乌拉圭政治理解最全面的一位，而我必须承认，他的理解跟我们其他人比起来多少有点创新意味在里面。然而，他非常嫉妒我在派对和舞会上的出色表现。燕麦粥也多次参加了派对或舞会，但总是表现不佳。为了刺激一下他原本没有的运动细胞，他很认真地每天定量举重（他把哑铃藏在房间里），结果上臂练过了头，下臂多少还有点形状。他邀请女士来到舞池，却痛苦地挪动脚步。这是接受博士教育的人的悲哀，他们需要首先确定意愿，然后再跟着意愿行动，他已经习惯告诉他的四肢分别要如何行动，所以才那么僵硬别扭；然而他的舞伴，灵活得如同海里的鱼。

在这里我想提提他的妻子萨利，她是一个目光狭隘的人，厌恶乌拉圭，不学西班牙语，如泼妇般辱骂做了糊涂事的仆人。不过她舞蹈跳得很好，我们跳得很开心。很遗憾作为情报局官员的妻子，她做得并不称职。如果她愿意，她能吸引不少外国的外交官，毕竟，这本就是我们该做好的事情。奥古斯都对这些活动有责任（甚至还去上探戈的课），在第一支舞开始前就把我拉到一边："集中精神，哈巴德，当我们和俄罗斯人一起出现时，所有人的眼睛都会盯着看我们之间会发生什么。"他补充道。

"那我要表现得友善一点吗？"

"谨慎小心一点。"他出去排查可能发生的危险了：当你不受约束乱交朋友的时候，一些试探者就开始行动了，"在没有得到上级同意前不要随便跟人约午餐"。

你可以猜想一下萨利多么适合这样的工作。实际上，我鼓励她去和一两个"红魔"跳舞，但是她摇摇头道："谢尔曼说如果他看见我跟一个共产主义者打情骂俏，他会把我的左乳房丢进绞肉机。"

“好吧，”我说，“告诉他，让他和奥古斯都谈谈。条条大路通罗马嘛。”

“那又能改变什么呢，伯斯特？”她说道，“我是一名有两个孩子的已婚妇女，让这件事情过去吧。”就在这之后，第一次，在我俩跳舞时，她的腹部贴紧了我的腹部，在黑暗的电影院里，她的一只手温柔地放在我的手上。基特里奇，女人都是说一套做一套的吗？为什么我所看到的萨利很渴望与俄罗斯人调情呢？我甚至连目标都找出来了。有一位刚到的副部长，鲍里斯·马萨罗夫，他的妻子齐尼娅非常漂亮，她甚至是我见过的最美丽的俄罗斯女士，女人味十足（有点丰满），有一头乌黑的秀发和一双大大的黑眼睛，就因为她这双异常吸引男人的美丽眼睛，与她眼神交流时才会如下楼时少走一步楼梯般那样失神，多么眩晕啊！鲍里斯呢？他可以说是最具古典风采的俄罗斯使节了，很具学者派头，但块头挺大，不蓄胡子的脸加上黑白相间的头发，他这一副和蔼可亲的智慧样子就好似你真的能跟他攀谈一样。其他大部分使节要么粗鄙不堪,要么就是穿着伦敦套装一副“快乐男孩”模样。

你知道，我有太多东西想要告诉你，但无奈时间太少，现在已经是凌晨两点了，我尽量明晚继续写这封信。细细想来我写的东西，我发现我的生活与在柏林时非常不同，这里让我明白了什么是未老先衰，好在我感觉自己还很年轻，但是也准备好接管一些事务了。休是对的，这里是成长的地方。

我明晚完成这封信之后才会将它寄出，我非常震惊自己居然告诉了你那么多禁止外流的信息。我感觉自己好像折断了我的武器，打破了我的誓言，怀揣着既神秘又浪漫的不安。所有这些都是为了向我的夫人许下更重要的誓言。该死，基特里奇，你不会是苏维埃的间谍来诱骗我的吧？

赫里克

附言：实际上，我没有对信中所写的东西有过度的焦虑，你的寄信专用袋给了我安全感。

3

1956 年 11 月 17 日，午夜过后

亲爱的基特里奇：

有时候我觉得乌拉圭的间谍活动就跟在灌木丛里追踪攀缘植物一样。举个例子，我要怎样描绘 AV/OIRDUPOIS 呢？他是戈登·（戈迪）·莫尔伍德，我们局里两个合约行动事务员中的一个，是个老手，30 年代曾经在香港为英国工作，跟我们签约的任务有在维也纳、南斯拉夫、新加坡、墨西哥城和加纳的。天哪，你可能觉得这个人十分迷人——永远自己行动，从不在驻点内部工作，接下任务便秘密行动，然后拿报酬。但是，如果你亲眼见到他，你会大大地失望——他是一个矮小阴沉的苏格兰人，60 岁左右，瘸了一条腿（我确信是因为关节炎而不是中枪），有易怒倾向。真是老间谍中的反面教材。看上去他在乎的只有他的津贴，他总是无理要求涨津贴，而且很擅长谈收入，所以迈诺特·梅休总是拒绝跟他有任何交流，这就花了我们大把的打电话的时间。戈迪总是在电话中要求跟驻点长官谈话，而我们只能找个借口拖住他，

但他实在太能说了（他声音尖细而且态度恶劣）："听着，亲爱的年轻菜鸟，你们统统都是糟糕透顶的骗子，我知道梅休现在就躲在大使馆的某个角落，快叫他出来，我没法跟你们对话，你们还不够资格。"

你或许觉得我笔下的他很有趣，但并非如此。他的声音带着令人心烦意乱的牢骚声，他一直要钱要钱要钱，他知道只要一直纠缠我们，就能得到一笔额外的可观收入，他真的很擅长运用自己的伪装来加薪。他在市中心做着真正的进出口贸易，他进口大使馆食堂需要的美食，从而让那些不可能的收入变成可能，他这如意算盘真是打得噼啪响呢。我们的行政主管南希·沃特森，一位甜美朴素的未婚女人，聪慧又能干，完全忠于迈诺特·梅休（能解释这一点的最好理由就是他是她的上司），她也同样忠于奥古斯都，因为他管理着驻点，对于剩下的我们，她也同样全身心支持，因为我们是为国家而工作。不用说，她爱组织胜过教堂和亲友。现在你能想象她有多高雅、有多挑剔吗？我们担心戈迪·莫尔伍德会让她神经衰弱。她仔细查看他的账目，但是他总能设法让所有人都卷入她的计算范围。我曾看到南希·沃特森在与戈迪开完电话会议后眼眶泛泪，他一直不停地弄出新的项目、新的账单、新的收据，还有新的不在预算范围内的支出，她真的没有办法追上戈迪的脚步。有一次，她实在太绝望了，就去求梅休批准派遣一位一流的审计员来蒙得维的亚，然而尽管梅休也很厌恶戈迪，但他仍没有答应她的请求，这让我猜想戈迪是不是国务院某官员的爱人。有次跟奥古斯都、碗哥、盖茨比以及一位名叫巴里·卡恩斯的通讯官喝酒时，我才听说戈迪的地位是神圣不可侵犯的，我们没法摆脱他。

此外，我们也负担不起失去他的代价。他的工作很出色，假如没有戈迪，我们就不会有那个机动监视小组（AV/EMARIA-1、2、3、4），由四位下了班的出租车司机组成。他亲自培训的这些人（预计他们的监视覆盖率是100%），小组成员总是出现在他们该出现的地方，而且绩效显著。如果把这活儿交给我们，就我们这工作效率和蹩脚的西班牙语（我们理解或被理解的量只有50%而已），我们哪来的时间和方法去培训这个机动监视小组呢？我们恐怕只能从墨西哥城或者哥伦比亚特区花钱请个团队来。

所以呀，我们付不起失去莫尔伍德的代价，他是我们之中唯一合适的专家，真有问题出现时，我们也只能打电话给他。

这一次的行动我们称之为烦琐——我们正在寻找一个乌拉圭官员，他因替俄罗斯搜集情报而被乌拉圭当局逮捕了。这绝非易事。

让我来理一理顺序。大约一个多月以前，当时我还没来这里，我们收到了来自西半球分部的警告，让我们关注一位名叫普鲁塔克·罗巴露·戈麦斯的绅士。一年以前，联邦调查局报告说当时正在纽约为联合国乌拉圭代表团服务的戈麦斯与苏联人有秘密交易，现在戈麦斯已经回到了乌拉圭，并被外交部委以重任，所以我们决定让戈迪去搜集关于他更多的信息。

戈迪调查出戈麦斯夜间总会在加拉斯科的赌场里赌博，一直都很缺钱。但是每逢星期二晚上，他都会去探望他的母亲，她的家就在约瑟·巴特列·奥德内兹公园附近，那是毗邻我们大使馆最大的公园。

我们部署了机动监视小组，AV/EMARIA-1、2、3、4轮流跟踪戈麦斯的车。那是他最后一次去他母亲家里，戈麦斯把车开到了公园，下车之后就开始散步。小路上只点了稀疏的几盏灯，戈迪小心地跟在戈麦斯后面，当他的目标消失在灌木丛时，戈迪放弃了追踪。几分钟之后，戈麦斯又出现了，转到了附近的小道上，他把踢翻的公园长椅扶正——很明显，这倒翻的凳子就是他们传递情报的秘密信号。在那之后，戈麦斯离开了公园，开车回家。在接下来的那个星期二，天色一暗，我们就在那灌木丛周围监视。碗哥、奥古斯都和莫尔伍德一直在等待重要人物出现，到了晚上十点，奥古斯都认出了那位苏联大使馆的大使，他在附近游走，把一个信封插入一棵树的裂缝中，并在长凳附近来回晃悠，直到把那长凳弄翻。15分钟后，戈麦斯马上就出现了，他取走了那个信封，把长凳扶正，回到了他的车上。

接下来的一星期，我们大部分时间都在讨论下一步该怎么办。戈麦斯车上的通信监视设备已安装妥当，剩下的一个重大议题就是是否继续聘用莫尔伍德，因为他为这事狮子大开口，但是奥古斯都有他的尊严。所以，周五的下午，格斯只带了警察局局长和他的助手去吃了午餐，而不像平时一样享受四人对抗赛。喝完咖啡后，奥古斯都说了普鲁塔克·罗巴露·戈麦斯挪用公款的事。警察局局长卡帕布兰卡（是的，跟那古巴老国际象棋冠军同名），甚至比他的副手佩奥内斯还要生气，扬言要在戈麦斯母亲的牛奶里吐口水。最后决定在戈麦斯行动的时候当场抓包，然后逮捕他。奥古斯都心情大好地回到办公室，但碗哥却不是这样。不久前，他和奥古斯都就讨论了这个问题，他们的声音从紧闭的门中传出。很快，门打开了，奥古斯都招手叫盖茨比、巴里·卡恩斯和我进去“监看”这讨论，我猜想他是需要支援。

碗哥争论道，戈麦斯是路易斯·巴特列总统精挑细选的手下，所以警察局局长不会真的逮捕他。

奥古斯都同意这是这场博弈中很麻烦的一个因素。“但是，你也对这个高尔夫球手了解很多，卡帕布兰卡讨厌错过丢失任何一个可以一杆进洞的机会。我看我们的警察局局长是很专业的。”

“我的直觉告诉我要慢慢来。”碗哥回答说。

“我觉得我们不能，”奥古斯都说，“卡帕布兰卡现在已经在部署第一步了，我们不能让他在他的人面前变成一个愚蠢的家伙。”

“这是对的，”盖茨比说，“拉丁人跟东方人一样，把面子看得非常重要。”

“我同意。”卡恩斯说。

“在南美，”碗哥说，“军事首脑可以一直改变他的想法。这只能说明他的钱从一个新方向来了。”

奥古斯都问：“谁愿意执行逮捕任务？”

卡恩斯的手举起来了，当然还有盖茨比和奥古斯都，我准备跟随，但是直觉让我退缩了。基特里奇，那是种奇怪的情绪，我有一种感觉——碗哥是对的。我自己也吓了一跳，我投票给了他，我跟燕麦粥关联在一起了。

答案很快就揭晓了。在接下来的那个星期二，我因为AV/ALANCHE的事没办法去公园亲身体验，但是我很快就听说了他们的消息。奥古斯都、碗哥、盖茨比和卡恩斯花了好几个小时跟一小群乌拉圭警察守在灌木丛里，那个苏联大使跟之前的情景一样，在同样的时间出现，那真的是低级的间谍情报技术（当地的克格勃明显是觉得离莫斯科很远，所以松懈地对待情报安全）。不管怎样，他立刻来到情报秘密传递点，塞好情报，踢翻长凳，然后离开。无线电传来停车完毕的信号，大家便徒步靠近，而警车从监视点开到公园的小路上，顶灯旋转，警报器顿时在夜晚响起，那时候戈麦斯距离那棵树不到20码远。戈麦斯当然立马被捕获。伴随着启动轮胎扬起的灰尘和叫声，巡逻车正好开到树旁，卡帕布兰卡从车上下来。“啊，”他大声说出我们的法律和行动价值，手有力地打在自己的额头上，“我没法接受。无线电告诉我，我们的人已经被逮捕了。”

疑惑的是,碗哥不知怎么潜到那情报秘密传递点,取走了信封。第二天，奥古斯都把它交给了中央警察局，上面列举了戈麦斯在接下来的这个礼拜需要拍照下来的文件名。奥古斯都声明这些证据应该足够展开全面调查了。

不，长官，我们不可以，卡帕布兰卡告诉他。现在很明显某个国家正在监视乌拉圭政府，但是，每个国家的使馆都会监视东道主国,我们仅有证据还不够。周二晚上这个不幸的无效行动,他,萨尔瓦多·卡帕布兰卡会负全责,他没有任何办法可与普鲁塔克·罗巴露·戈麦斯对抗，但是他会监视他。我能听到戈迪·莫尔伍德在咯咯地笑!

现在是凌晨三点半了,我累了。就先写到这里吧,等你的回信,请尽快给我回信。

吻你
赫里克

4

三天后，夏洛特发来了一封公开电报。

1956 年 11 月 20 日

克里斯多夫，8 磅 1 盎司，早上八点零一分诞生在沃尔特里德陆军医院。母亲很好，父亲发来欢喜的问候。

蒙塔古

1956 年 11 月 21 日

极好的消息，教父很开心。

哈利

我整理了我的活期存款，订了四打长茎玫瑰，经由华盛顿的零售局送到沃尔特里德。然后我早早结束工作回家了，我倒在床垫（弥漫着杀虫剂的味道）上躺成个大字形，然后在塞万提斯酒店的床上从晚上六点躺到早上六点，就好像我被一团海军陆战队踏过了一样。

基特里奇出了月子才回信给我，而那一个月里我也没有给她写过信。我不知道——其实我从来都不知道，她想从我的信中了解什么，我的笔下从没有过平静、勤奋、一步步向前的男子汉形象，他只是在信中喋喋不休地说他的工作，好像他深刻了解他的工作一样，实际上，他只是装模作样罢了。这是我希望看到的吗？克里斯多夫的出生讥讽着我的虚荣心。

1956 年 12 月 20 日

最亲爱的哈利：

今天我的孩子一个月大了，而我，这个被我父亲带大的人，开始相信五步抑扬格是唯一适合谋杀与爱的韵律，也决定抛开父亲的规定，成为一步到位的信徒。30 天大的克里斯多夫有 8 磅 5 盎司重了，每四个小时要喂他一次奶。他就像天堂那般漂亮，像一个视线固定的女巫，我盯着他蓝色的眼睛，抓着他又小又肉的手，粉色多汁的手。看！他把小手放进了自己的嘴里，我检查了他无比洁白的皮肤，我的耳朵里充斥着他天真无邪的咯咯咯的笑声。

但是我了解的还不止这些。所有的育儿书中都隐藏了这样一个事实，婴儿刚出生的时候看起来很痛苦，带着悲伤，他们刚出生的那一分钟看上去像是80岁的样子，满腔厌世的情绪，血淋淋的像出了车祸。当然，这样的表情很快就消失不见了，在未来80年里再也没有出现过。现在，克里斯多夫像一个小天使般闪亮。我是唯一记得他从哪里来的人——那颤抖的最深处的洞穴里。

这个表达敲响了警钟吗？我参加的唯一一次蒙塔古“高调星期四”活动，休一直在谈论难以言论的反间谍活动的内部关系。把这些传达给我们强大的战士，他竟然说：“我们的研究已经到了很深的程度。我们在找内部的密室：‘颤抖的最深处的洞穴’——那么独特的句子，绅士们，我是从一位斯宾塞·布朗先生那里学到的，在OED里常被引用。”

听到休这么说，哈利，我真不知道我的大胡须花花公子是太大胆还是太愚蠢，我觉得强迫所有士兵听这种垃圾简直愚蠢至极。我再没去过什么星期四了。我跟我的母亲越来越像，尤其是这几天，看着克里斯多夫，别提我有多开心了。可是我又很快坠入人类根源的黑暗之中——该死的颤抖的最深处。哈利，我没法用言语形容你的信意味着什么。驻点的工作，虽然黑暗肮脏，沉闷挫败，但仍然比休分配给我的工作来得通情达理，他或他的助手一直让我忙得不可开交。所以，不要停止写信，我喜欢那些细节。你写的一些东西让我从最坏的情况中得到好转，你这个笨男人，可能不知道我说的是产后抑郁症。你没法想象，一个新晋母亲的产后抑郁症是如何在日常琐事中形成的，除非你打败琐事带来的苦恼。有时候我把孩子从婴儿床里抱出来，这种温暖又微弱的敏感情绪就蕴藏在我的手臂里，我失声痛哭。因为我意识到这些付出很值得，做母亲很美好，所有在我身体里的东西都重新建立在这新的角色中。然而在这个特殊的阶段，有谁能体会它多么地需要坚毅和勇敢？休从12小时紧张情绪的技术服务中回来，看到我沉浸在哭泣的悲伤中，他拍着手说："真他妈的该死，基特里奇，克里斯多夫才30天大。那真是足够长的时间去容忍一个妇女止不住的泪水。"

我真的很想杀了他，这又是一件简单的事！我在我分裂的心里为休祝福，因为愤怒我想起了你，但是，天哪，休是产后忧郁症的主要诱因，而你也脱不了干系。我读了你的信，全部都读了，看了每一件你告诉我的事情，然后想："为什么我不能跟这个愚蠢的驻点男人住在一起呢？"所以我开始想你。继续写信给我。我很享受你给我写的这些礼物。你的细节，送来了阴影和光芒给我微弱的工作投射出来的二维的梦境。

吻你，你这个笨蛋（更加地道的西班牙语）

哈德利·基特里奇·加德纳·蒙塔古（女士）

5

1957年1月3日

亲爱的年轻的妈妈：

我迫不及待地看了你信封里的照片，照片里的克里斯多夫处处透着小天使般的可爱。我觉得他好像温斯顿·丘吉尔，我很高兴，这可不是什么人都能有的运气啊。

我还要谢谢你给我的圣诞礼物。现在这里已经是夏天，等到七月来的时候，手套就能派上用场了。我很高兴玫瑰已被送至沃尔特里德陆军医院，胸针送达斯特布尔了吗？不要说我太浪费。也许我是有点浪费了，但是当我第一眼在一家古董店的橱窗里看到它的时候，我就决定一定要买给你。这胸针似乎诉说着古老的乌拉圭式的优雅，不知道为什么，我想起了你难以捉摸的部分，你能理解我的意思吗？无论如何，不要说我浪费，而且这也算不上浪费。让我惊喜的是，我的母亲给我寄了一张很可观的支票，我干瘪的钱包一下子就鼓了起来（我太同情你的好奇心，所以就不折磨你了），那是五百块钱，跟一张纸条一起寄过来的："亲爱的，圣诞节要到了，用这些钱买点东西吧。"她甚至不用为签字烦心，她的信纸就可以代表她。我对她的爱也一下子升到了极点，就像是一个到了退休年纪的人又一次有了早已不常有的情绪，瞧，她知道你在想什么，并用闪光的行动偿付。过些天，我会写个查尔斯·兰姆风格的文章，内容大致是关于婊子的变幻莫测。

我肯定心里装满了葛里炸药、立德炸药、麻醉品、汤等乱七八糟的东西，现在我用这样的腔调谈论我的母亲（实际上，我无法抗拒列举更多的爆炸物，爆炸声每天都响在耳畔）。我们的驻点基本不用这些东西（或许十年会用到一次），但是我们都知道怎么扔线状无烟烟火和硝基及黄锆石。最近我喜欢上了玩爆炸果汁，做这项工作很猥琐。最近两个星期，我们参加了好多次圣诞派对，每对夫妻（包括梅休、奥古斯都、碗哥、盖茨比、卡恩斯），加上南希·沃特森和我两个单身，我们轮流在自己家举办派对。我呢，邀请那四对夫妻和南希·沃特森（梅休只出现在他自己的派对里）共进晚餐的代价就是，我现在只有睡近乎睡袋的廉价旅馆的份儿。我们十人聚在豪华昂贵的维多利亚广场酒店的晚宴厅里，喝完餐后酒，我们全部起身去玩爆炸果汁，也不知道是出于什么奇怪的原因，我们轮番进行，每一轮都寻找新的玩法，在老玩法的基础上改进创新。后来我们愉快地创造出了果汁爆炸面包："祝福奥古斯都，为他爆果汁。我们的格斯，弄爆了他大大的木制果汁罐头，那也许是他全部会爆炸的果汁了。"是的，就是那样的精心制作，又愚蠢至极。当然，这是从碗哥那来的。

无论如何，那晚我对萨利和谢尔曼有了新的认识。晚餐进行到最后，我们差不多都吃饱喝足了，几乎没有人清醒着。我看到他们单独待在桌子的最后，她看上去很失望，他看上去一副要发脾气的样子（我知道他很沮丧，他精心准备的高尔夫和爆炸果汁没有让局面有任何的转变），所以碗哥夫妇俩坐在那里，思考人老之前的婚姻，这令人十分难受，因为她的小脸上神气自得。也许她之前在中学是啦啦队队长，因为她的身材确实很好。

至少我注意到碗哥夫妻俩都对餐巾动了什么手脚，你可以从中看出点端倪。谢尔曼一直捏紧又松开桌上的餐巾，重复地捏紧又松开（我猜他是用他的大腿），餐巾看上去像层层雷云。而萨利的餐巾像是被整整齐齐地叠过，但是仍旧凸起，是因为她那可怜的受困的心？

我想碗哥夫妇应该都来自西南部，也许是大学情侣，我记得他好像曾经去过俄克拉何马州。我这样想是因为这两人都用最奇怪的方式跟我联系。自从我跟着他一起投了奥古斯都的反对票，他跟我之间的关系就得研究研究了：我俩时近时远时亲时疏，有时友善有时无礼，他用力拍着我的后背，嘴里还一边批评我的工作——傲慢的上级是对我有帮助的。反过来讲，我不知道自己是不是更喜欢他。我提到这些是因为他给了我一份薪水很高的工作，他在奥古斯都面前说："比起盖茨比，赫里克能更好地完成这项任务，而我跟你都没有时间。"

你知道吗，我意识到这封信变成了一些严肃问题的讨论序文。到现在为止我揭露的所有事情都可以原谅，但是如果我跟你详细介绍我的新工作，你就会发现我的处境很是尴尬，就跟你一样。所以请你再耐心地等几天，这周过完之前我会再写下去。现在又是凌晨三点了，抱歉突然就这样结尾了，我必须自己把问题想明白，仓促行事会带来太多后果。

爱你的哈利

关于萨利，我并没有说出实情。我俩暗中偷情，现在已经有两个星期了。所以萨利抚平她的餐巾时涌出的伤感变得复杂了许多，其中还掺杂着畏惧。毕竟，我生活在训练有素的观察者当中，如果我俩的事被发现，那将非常可怕。为了答谢碗哥帮我得到一项重要的任务，我送了他一副角制品作为圣诞节礼物。

尽管如此，我仍旧能够安然入睡，遇到如此冷血的我算是倒了霉，但同时我也得做好准备迎接更大的困难。我的心怎么能不冷呢？我永远无法原谅基特里奇有了别人的孩子。

1957 年 1 月 5 日

最亲爱的你：

我已经顾不得后果了，我要告诉你全部实情，也许你会愿意听一听。我们这次行动的代号为 AV/OCADO，如果它的发展能如预期一样，过程一定会非常精彩，这也是我们两大主要目标之一。根据上级的命令，我们的首要任务是渗透苏联大使馆，第二个任务是提升我方人员在乌拉圭共产党（简称 PCU）中的地位。

目前第二个任务进展很顺利，这还得感谢碗哥，是他的极力推荐才让我有机会负责这项任务，我还打算让你也加入其中，因为以后我可能需要你的建议。这一次，我不会再重蹈柏林时期的覆辙，不要再三天两头地利用安全电话求助我的“朋友”，这次我要独立完成任务。

让我给你讲讲我们的人员构成吧，你还记不记得我跟你提起过的两个合约特工？一个是戈迪·莫尔伍德，另一个是罗杰·克拉克森。罗杰也为我们做了很多工作，他掩饰得很好。他在蒙得维的亚最负盛名的公关公司上班（美国大部分公司都是这家公司的顾客），同时他还在当地的英美集团旗下的戏剧组任职。你想想，这可不仅是一个拥有大量情报的地方，也是传播谣言的佳地。许多乌拉圭的上层来该剧院借口提高英语水平，实际上他们是来这里找乐子的，暗地里这却是南美最大的中高阶级寻欢作乐的地方。罗杰·克拉克森就是我们的传真机，向我们汇报一个克格勃孩子的信息。这个孩子高高帅帅的，鼻梁很挺，金色头发，就读于普林斯顿大学——这是我们向世界推广的一所好学校啊。在课程方面，他选择了很多有关立法院的课程。收获不是很多，但这也是我们去衡量更高级信息源的必要渠道——乌拉圭立法委员、记者、商人等所提供情报的真实性。

几个月前，罗杰带来了一条重磅消息：尤西比奥·（沙威）·福特斯突然出现在了戏剧组，罗杰说这人跟华伦天奴一样帅，前提是你欣赏得了拉丁人的大众脸。福特斯来自乌拉圭工薪阶级证券公司，毕业于本地的共和国大学，入赘到中产阶级家庭，算是蒙得维的亚的激进分子。

现在福特斯是乌拉圭共产党的一名党员，地位相当可观，这都多亏了他的老婆。但是，他却不是个安生努力的共产党员，这家伙是个自私的主儿，广泛撒网为自己谋福利。比如说，他几年前大学没毕业就退学，只身前往纽约，而且身无分文（一年后回到乌拉圭娶了他现在的妻子)。很明显他老婆一心忠于共产党的政策，而且在这个圈子里也享有盛名，每个人包括她的丈夫都希望十年后她能成为乌拉圭共产党的一把手。她是律师、辩论家、公务员，而且来自传统的激进家庭。

可是沙威呢，他伪装出一副忠于党的样子，但背地里却忍受不了共产党的方方面面，包括党的纪律性、自我牺牲精神，还有为了吸收民力而做出的忍耐。他在纽约的这一年对他影响很大，虽然他最终还是返回了乌拉圭，但他崇尚美利坚憎恶乌拉圭的心思一点也没有减少，而且对他的这份经历还很骄傲。他讨厌洗碗工、快餐厨师和服务员等职业，同时还有一个他很厌恶的工作——“永远都不做哈莱姆黑人区的男皮条。”他对罗杰这样说。

这些都被罗杰看在眼里并报告给了我们。罗杰与福特斯的关系极好，他们甚至还一起多次邀约戏剧组的美女来个四人约会，用一个我最新学会的词来表达吧——他们“鬼混”在一起。罗杰在女演员面前表现得十分谦逊，还说“乱人”(新词，男女通吃的男人)经常男女并行鬼混，所以罗杰和福特斯也都为对方着了迷。

我承认这对我也很有吸引力，我正在学习如何通过研究报告来了解一个人。罗杰·克拉克森每次与福特斯约会之后都会向局里提交备忘录，陈述约会的各种细节。他走了以后(去美国待上几周)，上级就任命我代替他。我认真阅读了罗杰交上来的每一份报告，就跟读《小老头》和《追忆似水年华》一样，只是罗杰并没有自己的写作风格——老天，他本来就不应该有！但是报告的内容还是很令人兴奋的，毕竟接下来我也要亲自参与其中了。福特斯很聪明也很多疑，他时时刻刻都在警惕别人对他的操控，他对罗杰的了解很令人吃惊，所以有时候就会突然发作，要么是对美国帝国主义的愤怒，要么就是对乌拉圭共产党的辱骂。他说得最多的还是他对权倾朝野的妻子的爱，可是瞬间他又要埋怨、憎恶他的妻子。他爱克拉克森，但如果克拉克森背叛他，那么这份爱便会成为沙威拿刀砍了罗杰的动力，而罗杰的背叛也会证明他是中央情报局的特工，福特斯本来也就怀疑如此。他俩最近一次见面是在一间酒吧，戏剧预演之后（蒙得维的亚的演员现在正演保罗·奥斯本的《醋树》)，当时沙威不仅控告克拉克森为驻点工作，还说他肯定和中央情报局签了合同，因为大家都知道，驻点里 50% 的合同工都是被美国的公关公司雇佣的。

虽然沙威如此高调地控告罗杰，但一直以来他都在靠近罗杰。沙威说他现在真正想要解决的是男人之间的问题，还说这是感情领域的严重问题（你喜欢拉丁人如此运用正式英语吗？），他坦承自己憎恶乌拉圭共产党的暴行。这个指的是前些日子苏联遭到谴责，说他们背叛了世界革命。第二天晚上，他回来就指责乌拉圭领导者对权力的欲望，还有乌拉圭民众的愚昧。他说他们不是革命者，而是资本家，南美的共产党已经退化成了知识分子的业余爱好，腐败的中产阶级的一颗毒瘤。从罗伯斯庇尔时期到现在，革命中的反派角色无一不是依附中产阶级的中心力量。罗杰并不是时时刻刻都要掌握福特斯的动向，福特斯可以拥有自己的私密空间。

有时克拉克森想为美国美言几句，却遭到沙威的炮轰：美国的进步靠的是资本主义剥削；美国人失去了灵魂；资本家都是猪，豪华轿车里的猪。有一次会议的结尾，沙威说："我知道你在为美国的中央情报局工作，而我和我的妻子是乌拉圭共产党党员，这样的角色让我很不开心，你为什么避而不谈！"

"因为如果我能相信你，那我就是该死！"

罗杰不仅非常大胆地给出了这样的回应，并且将它记录在1月2日AV/OCADO的会议总结里——难道这个会议足够谨慎（不用说，奥古斯都并没有未经审查就让这些小流言流入阿根廷驻点，否则人家肯定会劈头盖脸臭骂他）？

那天晚上，罗杰遭遇了偷袭，当然，他的记录也免不了遭到破坏，可克拉克森表现得就跟一个好兵一样，自动填补了残缺部分。他声称自己很有自信能够回忆起来那天的会议，并把会议结果称为“强化版副本”，我决定把这份文件转写给你。

AV/OCADO：你没有理解我的意思，你太孤立了，美国人就是这样摧毁他们的灵魂的。

AV/UNCULAR：你为什么就不能停止废话呢?

AV/OCADO：我就是废话连篇。你让我怎么停下来？你想帮我一把，可你却不敢。

AV/UNCULAR：发发慈悲吧，朋友。要我怎么帮你？你都不信任你自己。

AV/OCADO：这本来就是事实。我活在自生自存的痛苦中，没有男人该有的尊严，你理解男人的尊严吗?

AV/UNCULAR：你从来都不缺男人的尊严，朋友，你只是缺乏勇气。

AV/OCADO：谢谢你的观点。虽然你说话的语气像是我的朋友，但我还是很怀疑你观点的权威性，因为在麦哲伦海峡地带，一个人必须为他的尊严而活，他必须准备好与死亡的命运做斗争，每时每刻都是这样。你知道吗？这真的很喜剧化。乌拉圭人能活到80岁，无论我们是否有勇气，我们都能活到80岁。我的朋友，我们是滑稽的人。（长时间停顿后）你不理解我，如果朋友不能理解包容对方的灵魂，那么他的价值又是什么呢？然而，你是一个北美人，你在寻找利器——我的把柄。去你妈的！

AV/UNCULAR：我们换个话题吧，这样会让你温和一点。

AV/OCADO：对你这样的人，我必须要说清楚。

AV/UNCULAR：随你便吧。

AV/OCADO：要么讲出来，要么吐出来，这是美国人既定的谈话模式，不是吗？

AV/UNCULAR：我们不好。

AV/OCADO：现在我知道了，你就是中央情报局的人，这是你回应的逻辑。我辱骂你和你的国家，而你，一个自豪有男子气概的北美人，竟然没有把我拉出酒吧单挑。

AV/UNCULAR：如果我辱骂乌拉圭，你会与我决斗吗？

AV/OCADO：这是必然的。

基特里奇，以上是那段谈话最清晰的部分了。接下来的十分钟对话，克拉克森篡改得太严重了。他一定改变了自己的态度，因为他们的交流再次变得大声和猛烈。下面是更多内容：

AV/OCADO：我一直停留在独立思维的街角，我的朋友，我没有团队意识，也没有初步的观念，这都是因为缺乏内在主观性。所以，现在，我在被猛灌人性的毒药。

AV/UNCULAR：我想听，解释给我听。

AV/OCADO：我虽为一名律师，但我服务的对象却是太穷出不起律师费的人。比起我的妻子，我在社会上获得的尊重远远不如她。也许我比我的妻子聪明，但是我的想法一直在转向，一下离右派太远，一下又离左派太远，这都是因为我缺乏足够的基础让我平衡好这些观点。

AV/UNCULAR：那么你需要什么？

AV/OCADO：一份足够高的薪水，平息我脑中嘈杂的声音。我要成为商业焦点，像所有的浑蛋一样，我想要钱。

跟罗杰见面之后，奥古斯都、碗哥和我明显有两种想法：接受或者不接受尤西比奥·沙威·福特斯的这两种完全对立的灵魂。我们一致同意沙威讨厌他的妻子和乌拉圭共产党，他会愿意为我们工作。但是他能跟这工作对接上吗？他会不会动点心思为共产党积极效力然后让PCU接收他成为共产党的高级官员？我说，获得与他妻子同等的地位才是他真正的强大动力，如此一来，我们就得好好调查一番。调查的宽度促使我们接纳了他，但是，有分歧。奥古斯都毕竟经验丰富，他觉得沙威那么努力地推销自己，或许他真是敌方间谍。然而，罗杰并不相信福特斯是克格勃的人，说："他还没那么大的本事，将这所有的混乱编造成一个完美的故事。你们看看所有蒙得维的亚的演员们，他充其量只能算个蹩脚的。"

当然，让事情恶化的是罗杰一直推迟返回美国。大约两个月以前，他的合约就已经到期了，但考虑到AV/OCADO的重要性，他推迟了两次回程。现在他向情报局申请，无论如何他也要返回美国，他要回来跟他的青梅竹马结婚——女方的照片看上去很普通，他要为自己的岳父工作。但是这并没有起多大作用，因为他为我们做的事情实在是太重要了。为什么新娘不能来乌拉圭结婚呢？原来事情是这样的：他的青梅竹马会继承一笔相当可观的遗产，她虽然看上去很普通，但是也有像邪恶的公爵夫人那般的大脾气，罗杰不敢一直让她等着；你看，她的父亲是广告界的大亨，已经动用关系为罗杰安排了一份工作。所以，一个星期内，克拉克森无论如何要回到美国来。

在这个点把我安插进来实在不是个好时候，可我有什么办法呢？罗杰肯定不会跟财富小姐吻别。

现在我才明白，尽管奥古斯都有错，但他并不是最差的贼窝头头，他知道怎么给事情一个合理的理由，格斯在会议的最后对我说："你的处境并没有那么糟糕，换你这个新人做这项任务，也许AV/OCADO会转变得更快呢。现在的情况看起来，陌生人的效率倒还高一些，AV/OCADO太喜欢折磨他的朋友了。"

真简明，下周我就是那个坐在旅客座位的人。

这次我不再向你报告现在几点了，但是我只能写到这里。特意为这新任务制定的代码是AV/AILABLE，这还真是个有趣的名字。

你谦逊的哈伯德

附言：你收到胸针了吗？

6

1957年1月18日

亲爱的哈利：

轮到我来忏悔了。我一直很想告诉你我收到了你寄来的胸针，但是我不敢跟你说，因为我把它弄丢了。

当我打开你的小盒子时，我有种非常不安的预感——盒子那么小，又那么小心翼翼地包着，很明显是你送我的圣诞礼物；看到胸针时，我猜想它曾经一定属于某个讨厌的老派家庭，遭受过可怕的灾难。

虽然谈论这些并没有意义，但是我想告诉你的是，我一直都有一种通灵的魔力，这对我也没有什么用，它们只是在很古怪的时间里出现，没有任何理由，我甚至怀疑自己为什么拥有这一毫克魔力，它完全与我剩余的120磅毫无关联啊。然而自从克里斯多夫出生以后，这成为了焦点。这是天分，是母性的力量。该如何为克里斯多夫装饰我们的房子，哪里该有什么不该有什么，这些奇怪的感觉都一点一点出现在我的脑子里。亲爱的哈利，当我打开你的包装，我怀疑你是不是在开一个很残忍的玩笑。这就好像我开始咬美味的手指饼干，一只蟑螂却从奶油中爬了出来，我甚至尖叫起来——那枚胸针真令人呕吐。我不能理解，我俩的审美观在很多方面是那么接近，怎么在选胸针上会差得那么远呢，我甚至不想让你的礼物出现在这栋房子里。然而，我也不能把它给我的朋友，因为直觉告诉我这太危险了，我不能把任何恶魔寄身的东西扔掉（我是真心诚意这样想的，希望你能明白我对你的尊重！）。最终，我决定卖了它，至少不义之财能消除恶魔之光——他们发明这些不就是为了钱吗？我想我把这钱洗个两三遍再归还给你，这是我的计划。可是，今天早上我才发现胸针不见了，我把它放在书架的一个角落里，可是现在消失不见了。我不知道是护士或是清洁阿姨偷走了它，现在我的脑子一片混乱，我听到了孩子的哭泣声，我只能过会儿再接着写下去了。

（两小时之后）

好吧，他有疝气，整块尿布都沾满了。我觉得婴儿的屁闻起来就好像它们自己发现腐败的东西——是原罪的备份。然后，我跟护士谈判了她的薪资，她觉得自己的报酬过低了，想要重新协商我们当初定的价格。在那之后，我去超市买婴儿食品和三大块牛肉（两块是给休·蒙塔古的），蒙塔古今晚要招待别人，还买了葱和鸡油菌——他超级喜欢这些东西！回到家之后，我又整理了一下休的书房（我已经将近一个星期没有碰了）。我看见的第一件东西就是那枚胸针，它挂在他桌子上一个文件抽屉的小小金属把手上。我从未向他提起过你给我的礼物，现在休把它据为己有，他一定以为这是我从跳蚤市场买回来的东西。

哈利，这真的很奇怪。当我看到你的礼物夹在休的文件里时，我感觉到这样是对的。休被他自己的护身符保护着，所以我相信即使他不知道自己在做什么也总能做出智慧的决定，尤其是面对这种说不清楚的事情。你那乌拉圭小怪物只要待在他的桌子旁，就会丧失魔力。噢，你永远无法相信，就在我写下这些文字的时候，我脑海里冒出了珍贵的幻想，它吸引人的地方就是奇幻：我似乎看到了这枚胸针的历史，拥有这枚胸针的家族，要么就是被绞死，要么就是被砍头，无论怎样，都是受了血腥的刑罚而死。

在写信的当口，我站了起来，穿过他的书房，再次看着这枚可怕的珠宝，感觉到它成了与我交流的世界，99.99% 的世界都是由人组成的，万岁，还好还有树在这里，在那里……我回想起我童年里的一只鸟，还有我父亲在我青春期时给我的一只哈巴狗，那只狗已经死了，现在，那胸针血淋淋的了。哈利，那枚胸针是在告诉我，你要当心这位拉丁共产党员，这个福特斯，你千万要小心，他会毁了你的事业。

请原谅那双手套。我真的一直在提醒自己你那边的圣诞节像七月份那般炎热。

爱你的基特里奇

这枚胸针是在我与萨利首次偷情的第二天早上买的。在我购物时，我满心想着愧对基特里奇，所以才买了这样一个价位的饰品。但是我却向基特里奇伪装出一副很想买给她的样子，背叛她又对她撒谎，我心里也是说不出的痛苦。我是不是又背了一笔良心债才受到诅咒呢?

1957 年 1 月 22 日

最最亲爱的基特里奇：

我现在开始与 AV/OCADO 一起工作了，目前的情况比我想象的要稍微好一些。奥古斯都说得对，换了一个联系员，我们这位拉丁朋友变得清醒了，其实是转变得非常好。我们在安全屋见面，这是驻点在波西托斯海滩上的兰布拉租了一栋崭新的公寓，这里有很多相似的公寓正在建设中，等它们建成的时候，我相信兰布拉会像芝加哥的湖滨大道一样——你已经能感受到建造者的意图了。在安全屋里，我们从 12 楼的窗户向外看去，车子看上去就像被狗追赶的兔子那般小，被陶土色的沙滩和绿棕色的海鞭答着。好像一半的蒙得维的亚青少年都在沙滩上运动，还有好多穿比基尼的少女，即使离得很远，也能看到这些姑娘西班牙式的大臀部，这又让我想起了人均 238 磅的牛肉和猪肉。

我们的安全屋空空如也，让人很不舒服。该付的房租我们都付了，却什么家具都没买，只有床和床边的壁柜，折叠的沙发床，塑料的晚餐桌，一把扶手椅，一盏灯，客厅里还有几把折叠椅，加上一块被大使馆遗弃的已经褪色的地毯。我不太理解我们安全屋的经济状况，既然我们花钱租了一间豪华的公寓，为什么就不把它装扮得吸引人一点呢（也许这么低的租赁支出与日程安排相关吧）？

不管怎样，我都不知道该如何形容沙威·福特斯。之前我就已经看过了他的照片，对他的官方档案比对奥古斯都还了解，但是他的出现还是让我吃了一惊。他的性格是那样的活泼，我甚至想把他固定在那里。我的第一想法是：基特里奇肯定会欣赏他。当然，他又黑又瘦，长着一只鹰钩鼻，还充满着西班牙式的忧郁，这总是让我想到他身体的某个部分——那里！我刚刚无意识地宣泄出了迄今为止我对这里的愤怒。但是他的微笑又让你感到惊喜，他的脸瞬间明亮了起来。如果你把这位同龄人阴郁的面具摘掉，你会发现他是个温柔的人。

罗杰·克拉克森唐突地把我介绍给沙威，身份是"继续进行'生意'的皮特"，他说得甚至有点敷衍。他告诉沙威，他有急事要回美国,而我会代替他,我们将不会再在蒙得维的亚戏剧院见面，而是在这个安全屋里见面。

沙威对罗杰说:"我不相信你的说辞。"

罗杰含混不清地摇摇他的手，好像一切真相都是错的。"皮特在这里，"他指着我说，"这就是真相。"

沙威说:"我不相信你要回美国了。"

"但是，我就是要回去了。"

"不，"沙威说，"你是要去欧洲跟匈牙利难民工作，你的人要把这些难民送回布达佩斯为你们做破坏活动。"

"你这话我不敢苟同，"罗杰回应道，他的即兴表演能力显然已经达到了很高的水平，"但是你应该知道，沙威，他们永远不可能让我去跟这些匈牙利人打交道，因为我掌握不了马扎儿语的双元音。"他向沙威眨了眨眼。这一眼可不得了，福特斯一整天都相信他的聪明到了点子上。罗杰这个眼神拿捏得恰到好处，它似乎在说：是的，你也许说对了，但是我不能告诉你。他大声地说："我们为什么不到此为止呢，以便做好交接工作？"

罗杰说完这句话，福特斯就一直严肃地听着，并详细地回答了我们的盘问。基特里奇，这几个小时的收获相信不会让你厌烦。整个过程很有技巧，我们进行得也相当顺利。福特斯给了我们PCU的组织架构，还有他们领导及部门领导的名单，我又加深了对他的同情。他的分裂是那么明显，也许这个人有51%已经决定要追随我们，但是剩下的49%仍对他的旧朋友圈充满依恋，他的童年、青春期和大学时光，他为共产党工作的日子、他的婚姻，甚至还有他的老邻居。

我们预料到了所有事。奥古斯都给我们的其中一条建议是要详细地盘问沙威的童年以及他年轻时的细节。格斯说："这会起到很积极的连接作用，他会感到自己是很重要的人。人们都不会习惯自己被别人如此当回事。"

基特里奇，你知道吗，奥古斯都又说对了一次。当沙威汇报工作我们录音的时候，我看得出来他很阴郁，也能感觉到他对从前的舍弃，就好像他是在船上工作的水手，透过铁栏看着向后退去的海浪。我们结束后就到了现金结算环节，给他钱的是我而不是罗杰，根据奥古斯都的指令，沙威一个星期能拿到五十五美元。我注意到当钱碰触到他的手掌时，他在一步一步地往后退（你知道吗，当着他的面数钱给他时我身上一直在冒汗，如此羞辱一位同事让我十分尴尬）。真的，我从未觉得钱竟然如此肮脏。

然后克拉克森做了一些适当却狡猾的弥补。沙威应该能感觉到，如果是我和罗杰独处，那么我们可能会讨论更多关于他的细节。但是罗杰率先礼貌地离开了，他给了沙威一个拥抱，说："我会从巴尔干半岛寄明信片给你。”然后走出了门。

现在只剩下我和我的新特工待在房间，我们俩现在看起来一定很像大一的新生，想着对面的陌生人就是要与我共处一室一年时光的室友。我们很不舒服地站在那儿，彼此隔得很远。

“皮特，我向你提出一个请求。”他说。

“不管是什么请求，我都会答应的。”我回应道，我猜想应该不是什么难以接受的事。

“我希望你能忽略所有罗杰灌输给你的关于我的性格特征，更希望你能自己来慢慢了解我。”

“我能理解。”我说。

“我希望你能做到。”我们击掌。

好吧，这已经是几个星期以前的事了。从那之后，我见了他两次，我们慢慢地推进任务。沙威也许告诉过我，了解他并不会太费劲，但是不管是驻点还是Groogs——这变成了我们在阿根廷—乌拉圭分部的华盛顿监工小组的名字——没有一个人可以验证沙威的话。Groogs让我们检查所有的东西，从沙威正直廉洁的合法作风到他各种可能的违法劣迹。其实之前奥古斯都就已经命令我和盖茨比检查过警局、医院和学校的所有备案，我们发现尤西比奥·福特斯是一位荣誉满满的学生，但是在17岁的时候，因为用一辆偷来的车载着同学去兜风而被逮捕，最后被判了缓刑。

这项审查工作是交叉进行的，尽管如此，工作量还是相当大的。我们先将已知的所有PCU人员的信息与沙威提供的信息作比较。然而我们手里没有关于蛇穴的信息文件，但尽管如此我们还是要不停地翻阅，再没有比让一个人去翻阅上百个文件只为证实那些既定的事实更烦人的了，况且时间一分一秒过去，这些事显得越来越无关紧要。当然，我不会让你像我一样承受这一切。

跟Groogs发电报也是一件很可怕的事。他们非常担心，如果我们将AV/OCADO定位为克格勃的安插间谍，那么苏维埃分区就会跟他们所有疯狂多疑的人们一起夺取此项行动的管理权。所以，我们没有承认沙威是苏联间谍，这是我们的愿望，而且他告诉我们的信息与我们了解到的事实相符，至少目前为止是这样。当然，我们至今也没有问他要一些真正有用的信息，我建议向沙威索要有用的信息时，立刻就遭到了别人的反对。在我们十分确定沙威不是苏联间谍前，我们不能暴露自己的真正意图，否则克格勃就会掌握我们的动态。

除此之外，奥古斯都还告诉我，现在仍然是危险时期，沙威还没有完全准备好，我们不能让他陷入不必要的危险中。他的话感动了我，这个壮硕、秃顶、红皮肤的前海军，他骨子里的激情是有道德的，这让我想到了美国人。你知道的，法国人说自己对金钱有激情，而英国人，据我父亲说，只对礼貌有激情——你可以变成一个卑贱的人，也可以因为有礼貌或者比别人更有礼貌而摆脱卑贱，真有趣。但是，在美国，我们必须有道德，对吗？我听说甚至是拉皮条的人和卖毒品的人都有他们自己的法典。罗杰显然是有道德感的，所以才回家去跟他那有钱的“公主”结婚，他怎么忍心看着那可怜丑陋的姑娘心碎而死呢？所以，奥古斯都怀揣着体面和正义去做自己的本职工作，甚至为了工作而推掉高尔夫球赛。也许是太晚了，又或者是我饮了太多的芬达多，但是突然间，我很爱美国。

我并没有一直都待在办公室里。Groogs不断地打听AV/OCADO的消息,就好像福特斯成了全世界范围内的“月度特工”——哈哈，我开个玩笑而已，不过福特斯的确足够引起总部的兴趣，而我是那个联络AV/OCADO的人，我知道，上级如何看待他，我说的话至关重要（我告诉我自己，当然，这与他们现在怎么盘问在华盛顿的罗杰没有关系）。无论如何，我们像一头大象一样在阻碍中缓慢前行。你不需要担心我工作上的核心危险，这些事与Groogs、西半球分部和苏俄分部（也是个暴脾气）都脱不了干系，他们不会让我陷入麻烦的。

我要告诉你一些愉快的事情，也许也不愉快，现在这里最让人恐惧的就是电报的事，虽然没有人咨询这封电报来自哪里，但大家都心照不宣——是你们信息部（TSS）的一个古老的神秘部门，大家叫它“幽灵”。那个办公室，或者是位要人，随便它是什么，只向杜勒斯先生汇报。碗哥告诉我，甚至连苏俄分部也很小心幽灵，这个神秘的部门应该也怀疑过AV/OCADO是克格勃安插的间谍，我们在这里的生活全然变成了电报地狱。我现在的任务就是每天译码解码12个小时，还要回答调查问卷。

当然，我大概已经知道幽灵是谁了。

我把这信搁置在那里了。我不知道自己还有什么要更新的，但是，之后我觉得自己很不道德。我很想告诉基特里奇我与萨利的事，但是我知道我不能。然而，我却决定要试一试。意识到自己可能会写到一半突然改变想法，所以我另起一页讲这件事情。

7

中间休息，喝点咖啡、芬达多

凌晨2点

基特里奇：

这是个新主题，请一定要全部读完再做判断。我希望我将要告诉你的事情不会影响我们的友谊。我现在发展了一段男女关系，以前在华盛顿，你总是试图给我找一些吸引人的年轻姑娘，而我现在秘密约会的这个对象总让我觉得不稳定，实际上她并不是一个合适人选——她已经结婚了，有两个孩子，更不幸的是，她的丈夫就是我的同事。

我知道你会问我们是怎么开始的，她是谁，我现在就告诉你，她是萨利，燕麦粥的妻子。

让我来告诉你事情的真相吧。圣诞节前一周，迈诺特·梅休在他家里举办了一场圣诞派对，我们的事就是从那个晚上开始的。我们的驻点长官收到消息，霍华德·亨特最迟一月底会来替代他成为我们的新长官，所以他以圣诞聚会的名义为自己举办了一场告别晚会。他邀请了驻点人员及其家属、国务院里的一些同事，还有更多的一群人——普通的乌拉圭商人和他们的妻子，这个派对与其他的圣诞派对比起来并没有什么特别之处。

说到这一点，这儿的圣诞节真是太不和谐了。冬季黄昏玫瑰色的晚霞，像果汁冰糕一样甜，混杂在夏天的炎热里，让人忍不住想要爆发怒气和怜悯。我提到这个是因为梅休的派对在他配备齐全的房子里举行，房间里充斥着他一生积攒的纪念品和大庄园风格家具（带有牛角的扶手椅），毫无疑问这些是他用从股市里赚来的钱买的，整个派对气氛只在他坐到钢琴前的一刻才算稍稍愉快了些。我的父亲曾经跟我说过：“每个人都有一项出人意料的技能。”梅休的特长就是唱歌和弹琴。他带领我们体验了所有期待中的东西，为我们弹奏了《闪亮的圣诞节》《听，天使在唱圣歌》《圣诞节，圣诞节》《铃儿响叮当》《寂静的夜》，当然还有《来吧，大丰收》，真是一场音乐盛宴！萨利当时就坐在我的旁边，她的手臂环绕着我的腰，我们和其他三十几个人一起随着梅休的歌声，有节奏地摇晃跟唱。

你知道，我没有一副好嗓子，鼻音又重，所幸我声音偏低，所以融入大家的声音并没有显得太不和谐。然而，萨利却说我声音好听，我不知道这是不是因为我从未在唱歌的时候随着节奏摇晃，但是我听到了自己的声音，谢谢你，这种自由唱歌的感觉很美，不只是歌词，而是所有的小细节，冰冷的玫瑰香味的音色——我再一次感受到了她的美妙。我感觉好像圣诞节真的到来了一样，即使是在乌拉圭。这是我的顿悟，从十二月圣诞周开始我就一直期待着的顿悟终于降临了，如果一年里没有一次这种顿悟，那日子该会多么难过（我小声念叨着），也许上帝真的靠近了。

我万分激动，甚至觉得我所有的同事和他们的妻子都是那么招人喜欢，我还想起了国家、责任、努力以及最亲密的朋友那甜蜜而庄严的呼唤。我第一个想起的就是你，因为你的美丽总能让我觉得圣诞离我很近很近——对，就是这样，我终于说出了这句话。我已经情不自禁地唱了出来：“噢，来吧，让我们崇拜上帝。”我往下看，看到了萨利的脸，她用温暖活力的微笑回应我，我突然发出的声音也是透着温暖和活力的呀。这是我第一次喜欢她。

结束颂歌以后，我们在沙发上坐了一会儿，我问了她一些问题，她给我讲了很多她的故事。她的父亲是马术骑士，但是酗酒，离开了她母亲，和一个男饲料员再婚了。萨利和谢尔曼是高中时认识的（斯蒂沃特高中，俄克拉何马州），他们是同班同学，但是头三年都没见过几次面。他学习刻苦，几乎得过所有学术奖，而她是啦啦队队员（这点我猜对了）。我又多看了她一眼，虽不是特别惊艳但也的确非常可爱，小小的翘鼻子，小雀斑，绿色的瞳孔，沙沙的头发，但是她的脸上略带了点悲哀，也许10年或12年前她就经受了情感的折磨。她说，那时的她健康有活力，和校足球队的一位球员出去约会。我猜那个球员一定抛弃了她，因为她和谢尔曼从高二开始在一起，一毕业就结了婚。

我知道她现在一定期待我以同样的热情回应她，可是我并没有这么强烈的感觉，所以我就坐在那里微笑，心想我该如何消除尴尬。你相信吗？我的脑子里竟然一遍遍地想着耶鲁大学的斯基特，我真愿萨利不会在失望中睡着。就这样僵持了一分钟，我俩正打算离开彼此，她的丈夫谢尔曼出现了。今晚大使馆该他值班，所以他必须得开着他的车去工作，而且他现在也正打算离开了。而萨利想要留下来，因为那天晚上我从大使馆的汽车调配场要了一辆雪佛兰双门车，所以我就自告奋勇派对结束后送她回家，因为我回塞万提斯也算顺路。我并不想留在派对上，我宁愿碗哥走后我也立即离开，我不喜欢被大家戴着有色眼镜偏执地盯着，但是不想离开的她看起来是那么忧伤，所以我就留了下来。

不久，我与她跳了一支舞。迈诺特·梅休弹奏着《查尔斯顿舞曲》，我知道这类曲子不适合跳摇跃舞、林迪舞和兰贝斯走步舞，其实我也不会跳，可是她会跳，她带着我一起跳得很开心。然后梅休换了三十年代的慢狐步舞曲，好像曲名叫作“深紫”和“星团”。她似乎跳得太过亲密了，如果她的丈夫还在这儿，也许我还能接受，但是他不在。后来，我们的共产主义官员巴里·卡恩斯加入了我们，这才让我松了口气。可是独自坐在那看他俩跳舞让我很痛苦，因为她看上去也很享受跟巴里的舞蹈。

然而派对结束后萨利还是跟我一起离开了。开车从卡拉斯科回蒙得维的亚的路上，我一直想找话题聊聊，但是我们一路沉默，这让我感受到了好些年前与邻居女孩玩亲亲游戏时候的那种紧张感。我记得，我总感觉自己好像在融雪中穿越森林，每一滴融化的水的声音都似乎有着非比寻常的目的。

终于我把车停在了她家门口，可她却建议："绕着街区兜兜风吧。"

我照她说的做了。碗哥家住在一间小小的水泥房里，典型的中产阶级房子，视野也一般，可以说这只是法院后面一条十分不起眼的街，她家后面那块街区有大片空地，我们便把车停在了那儿，她等着，我一动也不动。然后她锁上了门，关上了窗，我还是什么都没做。我的心跳得非常厉害，我想她都能听见我的心跳声。我不是真的想跟她做爱，我也不想给谢尔曼·碗哥戴绿帽子，但是我承认，我冒出了肮脏的想法。然后她问我："我能问你一个私人问题吗？"

"可以。"我说。

"你是同性恋吗？"

"不是。"我回答道。

"那为什么你不吻我？"

"我不知道。"

"向我证明你不是'同性恋'。"

"你为什么觉得我是？"

"你说起话来真像上流社会的人。谢尔曼跟我说你就是个学前班的小屁孩。"

我吻了她，她热烈地回应了我。我向你坦白，基特里奇，我从不知道女人可以如此热情。

最后这句话背叛了我最开始向你强调的话——读完之前不下结论，肉欲的细节我也不在信中详述了。于是我一个人靠在椅子上，从酒店房间向窗外冰冷的街道看去，静静地回想她的嘴唇如何亲吻了我，我们的嘴唇是那么完美地融合在了一起。她的手摆脱束缚，挂在我的脖子上。她迅速摘掉自己的胸罩，把乳头放在我的嘴里，我用力地吮吸，她只能抬起头来才能呼吸，这点燃了我性感地带的炸药，我渴望瞬间爆炸——这真是吓了我一跳！她扭动，像一只猫一样柔软……我的感觉是那么强烈，我第一次体验了一次美妙的俄克拉何马州式性爱，我们甚至还没有真正性交。

这种快感极其短暂。我想连尼·布鲁斯对他所传授的第二次体验的内在逻辑根本就是不甚了解，我绝没有可能为这么自负的家伙干活。接下来的时间我就拼命地享受，更多、更快、更深，这种情况我怎么能够拒绝得了呢？抢劫性爱的金库显然是不公平的。得意扬扬、情感爆炸、性愤怒、大解脱——伴随着所有不可言喻的感觉，我们互相猛击彼此，在长时间不断上升的厌恶中释放我的狂暴和贪欲。基特里奇，我为你救了我自己，英格里德根本就不算什么！我一直都想象着这种热度只会在最深处的爱中降临，带着强烈的动力达到高潮。和萨利做爱就像是一场足球混战，咬伤、青肿、胯部布满黑斑。

第三次射完精，我厌倦了她。车窗上飘起了一层雾，我已经不知道自己究竟是匹种马还是强奸受害者了。我推开她，试图让我们穿上衣服，萨利半推半就。她的吻像水蛭一样，在纵欲过后是那么残忍。此时，我想回家。

然而，我不能像丢快递一样把她丢在她家门口，我说："我会很快打电话给你。"感觉自己已经被勒索。

“噢，你最好打来，”她说，“这才可爱。”

可爱……我终于拿到了回到祖国的钥匙，我又成了那伟大而又未知的美国中部地区的一员，成了那片我准备好好守护一生的土地上的一分子。我松了一口气，幸好这条孤单的街上没有人从我们的车边经过，想想我们刚才承担的风险，还真是后怕。

当然，从那之后，我还是见过她。有一次在她家——可怕的湿冷的环境,她的孩子跟保姆出去了,我们便在谢尔曼的家里通奸，带着恐惧感，除去他家的床有很浓的消毒水味之外，我们做得比在塞万提斯做得好。后来我还勇敢地违背上帝的旨意把她带到波西托斯沙滩上的安全屋里，我们在十二层高的窗户边，看着楼下来来往往的车辆和黏土色的海浪，在椅子上缠绵。

不，我想通了，无论我如何写下这件事情，都会让基特里奇绝望，于是我把这封信放到一边。因为我不能不顾基特里奇的感受，也不能不管内在的自己，我需要忏悔，并以此来减少伤害。

中间休息，喝点咖啡、芬达多

凌晨2点

基特里奇：

说个新话题：我希望我将要告诉你的事情不会对我们有影响，因为无论别人如何对我衷心或友善，都不能与你我的关系相提并论，这一点你无论如何不能怀疑。我向你坦白但希望你不会被吓到，在遭受压抑性欲的痛苦这么久以后，我最终还是去了这里一个比较不错的妓院，去过一两周之后，我不可避免地选出了一个不错的乌拉圭姑娘，她来自特雷斯·阿博尔斯的贫民窟，我想如果你来了或许我会安排你见见她。

这对我来讲也是一件好事，正因为我把你当作我最亲近的人，所以我能理解你和休·蒙塔古会永远在一起，你也应该和他在一起，因为在我认识的人里，没有比休更伟大的了。原谅这样的简短，但是我想说，我爱你和休在一起，就像我单独爱你一样，或者利用数学上的理论，这两种爱就如同有限数的个数与无限数的个数。我得画上句号了，我们必须尽我们的全力无条件地信任彼此，我只是应该要一个女人罢了。我知道自己没有理由来寻求你的原谅，但我还是与人交往了。我承认，我没有觉得自己做错了什么。我希望你不会觉得你的理论遭到了否定，只是我发现 α 和 Ω 在理解性爱关系中是最不可缺少的工具。带着爱的性，又或者性与爱对立，这些你都可以很自然地用你的术语来描述。然而有一点，我擅自觉得 α 和 Ω 是最不对称的，我的这次选择，可以说 Ω 很少甚至根本没有发挥作用：一方面我不能忍受这样一个女人（因为她不是你），可是另一方面实际行动中我却选择了和她在一起。如果像我想的那样，α 充满着黏土和低级的世俗冲动，那么很明显，我的 α 并不是完全没有约束力。

我继续写信，小心编造着妓院的故事，最终停下了笔，不知道编造一个故事是堕落还是智慧，但是起码我还是挺满意自己的诡计，虽然我现在很困。在困意袭扰、几近入梦之时，我突然意识到，或许我并未那般地厌恶母亲。

8

破屋

1 月 26 日

亲爱的哈利：

你的上一封信真够让我烦心的，不是因为妓院的问题。当然，你需要和女人交往，坏的好的，都可以自由地经历；我承认，你们男人可以自由地探索性爱奥秘并在这个过程中提升自己，这一点让我既羡慕又愤怒，我只希望你们不是滥情或者放纵。然而什么才是真正的自由？抓住对方灵魂的权利又是什么？我竟然认为善良勇敢的人放纵性爱是可以宽恕的，我是在胡说吗？我是不是听上去像老派的浪荡子拉斯普廷？真不知道他和多少个华盛顿女性鬼混过！

总之，我现在还在生你的气，你先是送了可怕的首饰，而对这东西的历史却那么迟钝，现在你又像一头纵欲的公牛一样来践踏我的术语。数月来唯一一点让我开心的就是我的理论体系被信息技术部尘封了，我终于不用再被冠以家庭主妇的名号。因为我真不敢想象万一我的理论被媒体拿来刊载，那该被践踏成什么样子，你看连你都误解了这个究竟是什么。

那么我再向你解释一遍，我保证简明扼要。α 和 Ω 理论中最重要的原则是它们并不等同于灵魂容器，一个极端是不知疲倦地找妓女鬼混、谈生意、打棒球比赛或者沉溺于灯红酒绿的夜晚，而另一个极端则是醉心于哲学或者阅读。这是每个人都容易掉入的陷阱，所以人们才会那样理解我的理论。α 和 Ω 就像是两个什么都能放的包，你把自己的一部分放进一个包，而把另一部分放进了另一个包。

你说的事其实与这个理论没有关系，我的意思是这会让人类性格的复杂性加倍。假设我们两个人身上都有两个完整但不同的人格，我们对每一种人格的培养都几乎一样，更复杂地去理解就是每个人格的每种特指都与我们通常所想的完整人格一样复杂。所以，α 和 Ω 不仅神经质，而且还能形成各种不同的神经症（当然人若病入膏肓了，那情况才会可怕）。

好吧，我再假设，Ω 从卵子中来，所以它对神秘概念的东西了解更多，比如出生、死亡、夜晚、月亮、来世、因果报应、灵魂、神性、神话、魔法、我们原始的过去，还有很多其他的东西；而 α，由充满前进能量的精子创造出来，充满野性，忽视除了自身目的外的所有东西，当然，与野心相关的领域也是它关注的对象，如技术、绞碎玉米、修理磨坊，建立权力与金钱之间的桥梁，还有力量等等。

我已经高度概括了 α 和 Ω，也区分了二者的差别，我们应该能够将它们从错误的混淆中区分开来，假装我们可以借此来分析个体，前提是我们有这个能力区分二者，然而可惜的是我们没有。心理学上，我们试图在图式的帮助下去理解患者，就像排水系统一样（弗洛伊德），或者错误地假设人只有一个灵魂，广阔无垠。哈利，我有一种想法——世界上充满了天才，然而活下来的却只有一小部分，剩余的只能在无奈地重复做自己的绝望中毁灭（因为我并不是什么天才，所以我才能忍受重复地做自己）。但是我必须重申一遍，α 和 Ω 是独特的个体，每个 α、每个 Ω，都与其他的 α、Ω 不同。某个 Ω 是个充满艺术气息的夜猫子幻想家，而另一个 Ω，仅仅是一位西西里岛人，蓝眼睛，棕色头发，迷人的风度，除了名字便再没有相同之处，α 也一样。有时候，

α 和 Ω 可以互相借用甚至窃取对方的特性，毕竟二者的关系就如同大脑中不同的的脑叶，它们可以互相影响，或者在竭尽全力超越对方的过程中消耗生命。它们的模型就是婚姻，也许你更偏向于类比共产党员和民主党员吧，或者沙皇和布尔什维克——这就是俄罗斯人难过地分开他们，然后整天醉醺醺的原因吗？你提到的沙威·福特斯就是一个非常好的 α 和 Ω 不断挣扎斗争的例子。你自己说的，他有 51% 与我们同在，还有 49% 与我们对立，并因此而陷入深深的沮丧。好吧，先生，基础概念我们已经阐述，接下来说说你的妓院故事吧。你在微醺的状态下写道："在这件事中，Ω 很少甚至没有发挥作用。"这听起来就好像你碰了狗大便而不愿去闻手指，而且你还傻傻地唠叨 α 和它的贪欲。天哪，你真做作！如果我语出冒犯，请原谅我，但是我内心拥有一股不可遏制的愤怒。所以，不要玷污我的术语。性是由 α 和 Ω 共同参与共同影响的行为，实际上，它们将彼此的作用收为己用，就像两个人夜晚做爱，彼此抚摸着，互相刺激并逐步走向各自的高潮。但是二者所得的记忆是不同的，所以，你说 Ω 没有反应，那仅仅只是在做爱这件事情上不明显，α 起了主导作用，α 没有吸收 Ω 对于这份经历的记忆，就跟法西斯主义类似。你自鸣得意地完全接受了你在性方面的另外一半，这正说明了你是个性法西斯主义者，而你自己还浑然不知。这是真的，我很高兴我能这么说。

你有发现我现在报复心很重吗？我是位母亲了，每当克里斯多夫在半夜尖叫啼哭的时候，我就想开口骂你，因为自从你的胸针出现，他哭闹的次数就增多了，甚至有次我差一点就骂出口了，但我还是忍了回去。咒骂问题亟须我解决。

（一个小时后——我刚刚在喂克里斯多夫）

现在我又喜欢你了。我刚刚喂了克里斯多夫我最好的喜怒无常的奶水，他看上去也很喜欢。我们越来越近，越来越近，直至最后几乎没有什么间隔。他的手指一直轻拍我的乳房，就像一个胖男人在饱餐一顿后摸摸自己的肚子一样，这还是他第一次这样做呢。

我突然觉得我欠了你。我能跟宝宝如此甜蜜，都是因为我把所有的怨气都撒在了给你的信中，同时也深深伤害了你内心最柔软的部分。好吧，就像休说的：到你坚韧起来的时候了。

我为你保留了一份珍贵的东西，现在展示给你看，你不知道你有多幸运呢！几个星期前休和我决定多了解了解你所在工作站的领导，于是我们邀请了霍华德·亨特和他的妻子桃乐丝来吃晚餐。噢，天哪，我有很多东西要告诉你。现在，你就等着下一封信吧。我听到了我丈夫开门回来的声音。

（午夜过后）

休·蒙塔古第一次在我之前先睡着，现在我可以展示这份珍贵的“礼物”。

但是我不能直接就说到重点，你需要先知道背景。你知道，邀请霍华德和桃乐丝来吃晚餐是蒙塔古计划的一部分，休永远不会做没有原因的事。这绝对不是他的魅力，但是我承认，我也很惊讶自己竟然能够如此忠诚地陪他演戏，尤其是想到我们刚结婚时他对我的宠爱和顺从，但不管我的配合是重要的还是愚蠢的，总之，我为他完成了这项“工作”。你看亨特如今的成就，尽管休不愿意承认，但他厌恶这个当代传奇般的“高调星期四”，他的同事都已经赢得了自己的权力。我从未跟你谈起过这个，但是这是场无声的战争，大家都在暗中较劲，不知道谁最终会取代艾伦成为局里的一把手，这些老男孩团的攻击越来越频繁了。

接下来的问题明显就是谁将会取代他？是个爆炸果汁的军事专家威斯纳，还是迪克·比瑟尔？或者像休·蒙塔古告诉我的那样，我们都谨记自己是做什么的，然后继续收集情报。尽管联席总想挑起一些肮脏的小纷争，但是我们从来就没有打算和人斗，休一直紧随艾伦的那一派，积极响应间谍和反间谍活动。休觉得俄国人正在准备大规模的间谍活动，例如，柏林隧道可能从一开始就被军情六处或者克格勃的间谍监控。当然，我不知道什么时候我那站在风口浪尖上的可怜线人能找到时间和机会给我带来柏林情报，毕竟他还有那么多别的紧急任务。我的父亲曾经是多么的非凡，但是休照样能让他躺在床上。

然而，尽管承受这么多任务重担，我还是把克里斯多夫带到了世上，就在去年秋天。“高调星期四”不久后，休就告诉我：“让我们和一些候选人一起吃个晚饭吧。”

结果，自你走后，三三两两知名人士隔三岔五地过来了，频率大约是一周两次。休的目的就是在这些成功人士中寻找“志同道合”的盟友，现在他已经基本掌握都有哪些人可能成为下一任局长了。可怜的休啊，他凭借自身的出色走遍各处，现在却告诉自己他要开始玩政治了。也许他的选择是正确的。艾伦一退，下一任领导对休来说十分重要。休现在的角色与他的天赋完美融合，只有像艾伦·杜勒斯一样的浪漫主义者才能让休坐到这个位置，如果艾伦更年轻一点，那这个位置肯定要被他自己纳入囊中了。你半开玩笑地说起了“幽灵”，噢，亲爱的孩子，幽灵！我多次告诉休把它换成“门”或者“大厦”或者“马厩”，但是全都不是，他就叫“幽灵”，“幽灵”是最高级的。我喝醉了吗？写这封信的时候我喝了很多雪利酒，这瓶窖藏百年的雪利酒，让我爱上了我写信用的这张木桌子。所以高级的“幽灵”包括了休和艾伦，两个家伙都从中得到了满足。你可以把“幽灵”看作是两个人的密室，而密室外部的办公室聚集有大量超级武装的各类特色人员，还有高级机密文件，这些全部为休服务，这也算是为艾伦的离退做准备吧。他们整个组织少有问题发生，而艾伦的继任者必须证明自己能够继续完善“幽灵”的价值，所以，休才邀请了这些人来分辨敌友。目前休无奈选择了迪克·赫尔姆斯。一方面，赫尔姆斯永远不会清晰地表态自己属于哪一方，除非他做足了准备；另一方面，休也在想，赫尔姆斯有这个意愿来继续支持“幽灵”的存在。

好吧，等到我们请完了这一批候选人，休想了个新招，我们开始邀请第二阶层的人来让最高层的人开心，我也是在这个时候才决定提名候选人来为我的团队所用。“让我们选霍华德·亨特吧。”我说。

“你是说E.霍华德·亨特吗？”休问我，“那我们该怎么写他？E？E.霍华德？豪·Eee？”这是休独特的幽默方式，这就是为什么你从未见过公开的标记。他就像一个牛仔一样好玩，但你不要忘了，休在他腿还没有长到可以碰到他儿童自行车的踏板上时，就能骑野马了，更别提他只不过是个科罗拉多的牛仔。

我说服休邀请豪·Eee，我说亨特目前正参与危地马拉行动，休认为那也许是最悲惨的美国胜利。你若能想明白这一对矛盾，你就会邂逅光芒！对，亲爱的，我指的就是“悲惨的胜利”，休觉得这份胜利错误地引导了我们几十年。在情报局借助亨特和他的同伙将休排挤出局之后，休几周都没跟艾伦说过一句话，所以我得说服休研究一下E.霍华德·亨特先生和他的妻子。

亲爱的，我不能再继续写下去了，我不要成为一个坏女人，我明天就会结束。不知道为什么我会喝起雪利酒，但是，我知道我透露了太多，这让我觉得自己背叛了休。然而我喜欢收到你的秘密来信，为这我就要付出代价。关于这一点，我原谅我自己。现在克里斯多夫十分活泼。

基特里奇

9

1957 年 1 月 28 日

亲爱的哈利：

关于我昨天写的信，我是今天重读之后才寄出的。信中的内容并不算太糟糕，虽然语言没有润色，但我们不是说好了有什么说什么吗？

现在，让我给你讲讲和 E. 霍华德 · 亨特夫妇共进晚餐的情形吧。我们见面不到五分钟，我和休就看出了他是个野心家。事后，我和休一致认同，接下来几年亨特先生最想要的东西莫过于 DCI，这份欲望比恐惧更可悲。

“希望我没有让你们反感。”亨特一进门就说了这么一句话。

“小朋友，你这说的是哪里话！”休回答道，尽管他大他不过五岁。

“当然是喧闹啊，恐怕我在你某个周四的演讲会场打扰了你。”

“霍华德，”亨特太太说，“休 · 蒙塔古可能自那以后有了别的想法呢。”她语气很友善，但看得出她也不简单，神秘而决断（我发现她有八分之一的拉苏族人血统），如果说她是霍华德野心背后的动力，我一点也不惊讶。

休本可以对这句话置之不理的，但他是个顽固的家伙，自愿承担这份虚伪的礼貌，就如同他对痢疾的姑息一样。“怎么会呢，亨特太太，”他说，“霍华德说得对，我一直冥思苦想，我猜这就跟机械钟表一样，霍华德只不过上了发条——过于激动罢了。”

你能想象这是我们的开场白吗？霍华德看起来还挺愉快，他说：“不，先生，这些纯粹来自我的内心，你看我是个绝对忠诚的人，但我说这是我的缺点。”

“来喝一杯吧，我们一起探讨一下缺点的问题。”休说道。

我在纠结要不要稍微喝一点酒——喝点酒放松了的我会让奶水更甜还是酒精会让它变酸？总是不由自主地陷入母性的担忧，每次宴会的开始我都要纠结自己要不要喝酒，真是讨厌！总之，亨特能说会道，晚餐一开始，我就感觉这是霍华德的专场。哈利，我必须告诉你，我绝不是个势利眼，但拿它消遣除外。观看爬山者在湿滑的斜坡上艰难地迈步，当真是十分有趣，没有什么比“观众”的目光更让爬山者紧张的了。当然，我也不完全是在旁边起哄，我一直保持微笑呢。

很快，他就开始了夸耀他的家庭背景（基本都在纽约州），这真不是一个明智的选择。虽然我在哥伦比亚长大，但是我的父亲碰巧有古老的纽约奥尼昂塔血统，该血统的人为人十分谦和，至今仍然高贵于汉堡同盟，那是布法罗的郊区，亨特宗族（希望是全部族人）坐落的地方。不过霍华德确实有一些本事，我相信他不会放过炫耀的机会——他的先人詹姆斯·亨特长官在美国独立战争时期官至上尉，布朗克斯鸡尾酒中就有一款以他的名字命名。

“真了不起。”我说。第二天我猜他会查阅我的血统，然后发现梅奇和其他“五月花”号上的老亲戚。

亨特先生继续侃侃而谈，当然，我们听得越仔细，他就越发地跳进自己挖的陷阱无法自拔，这也不容易呢。他对自己的家庭背景很满意，但是却遭到了我们的冷淡对待。比如他的父亲母亲在康奈尔大学合唱团唱歌这件事。

我说：“噢，太棒了。你父亲一定很爱康奈尔。”

“没错。他人生中的一个遗憾就是我选择了去布朗大学，但他这个人从来就不善于表达失望。”

“真和蔼。”休说。

“是啊，但我父亲并不愚蠢。有一次他曾对我说：‘我在了解你的工作情况，霍华德，我没有给第三十二代梅森子孙丢脸，对吧？’”

“真巧了，我父亲也是圣地兄弟会的会员。”休说。

“那让我们为这愉快的巧合干杯。”霍华德说。

“当然，当然要喝一杯。”休说，我皱了皱眉——休从来不谈他的父亲，这又让人记起了那个灾难的夜晚。当然，休可以就此打住，但是他继续开口说道：“对，我的父亲是个隐秘的人。”他小酌一口酒：“还有我母亲。”又喝了一口。

这倒给了霍华德一个提醒，让他知道该说些什么来讨好他的主人，我相信亨特在这一点上悟性很高，他一句话把话题引到意外死亡上面，的确是一个很好的选择。他讲了一件飞机坠毁的事情，去年夏天，亨特一家计划从东京回到华盛顿，由于预订差错，他们没有订到卧铺机票，霍华德说：“我怎么能让我的家人坐次等机票返程呢，况且政府已经说了报销上等铺位机票。正好下一班飞机有上等卧铺票，所以我选择推迟离开。看，多么神奇的选择！”霍华德声音温和地说道，似乎在刻意避免夸大这个不可思议的选择。“你知道吗，第一架飞机坠入了太平洋，所有的乘客都失踪了。”

我觉得他在说这个故事的时候心里暗暗自豪，他或许真的相信上帝在默默地关注着他和他的家庭，毕竟，他们扮演着很重要的角色。

你看，他还没有那么野心勃勃，倒是满脑子以为自己奉了神的旨意来拯救世界。所以要谨记一点，在你与你的新上司打交道的时候，不要忽略他心中的这些信仰。幸好他长得还算有魅力，否则一定很难让人忍受，他太自负了。

补充：亨特一家在东京租了一间房子，是由弗兰克·劳埃德·赖特设计的，这对于一位在北亚执行秘密行动的长官是很不错的了（据我目前了解，霍华德做过的出色工作包括宣传、公关，以及在共产党会议上丢臭气弹），亨特把这些工作叫作“谁—我”。

“‘谁—我’？”我问。

“嗯。如果他们问：‘是你留下的那气味吗？’你就回答，‘谁？我？’”然后他就大笑起来，带着无意识的嘶声（他以为自己很幽默呢）。很显然我对弗兰克·劳埃德·赖特设计的房子更感兴趣，但是他总是不正面回答这些问题，他只对设计师的名字感兴趣：弗兰克·劳埃德·赖特。然后他又继续描述那大门、院子、花岗岩的花园和深深的百合花池，他说：“当然这都很美，但是出于适当的考虑，日本园艺师断言这些百合花移栽以后也会重新生长，所以我们把它们拔出来，把花池改造成了游泳池可以让孩子玩耍。”

“拔掉百合的时候你没有犹豫过吗？”我问桃乐丝。

“有过。”

“我没有，”霍华德说，“当我断定改造方案切实可行时，我一秒钟都没有犹豫过。当然孩子的需求是第一位的，而不是美学享受。”

你听听，他这话里明显带着点恐吓。他每次提到他的女儿丽莎，他都会说全名，像是丽莎·蒂芙尼·亨特之类的。他告诉我们：“她的出生被铭记在墨西哥城的公民登记中，她出生在那，当时的我正在为弗兰克·威斯纳建立了第一个OPC加驻点。所以丽莎的名字就出现在了‘生在国外的美国公民领事名单’上，也因此成了不易识别的自然特殊群体中的一员。”

我算明白了，这是一个可爱而沉重的经历——领事名单，真是一种折磨。因为霍华德用微弱又怀着恨意的声音打乱了我的思绪——“当然，有一些在外国出生的美国人就没在Oofah里。”

“Oofah？”我问。

“杰克和斯塔克，胶水。”当我还没有概念的时候，他解释道：“美元和舍客勒[1]。”我记得他曾经说过钱是刺激物，他知道那么多同义词形容肮脏的钱财，还真是令人吃惊呢。他似乎不仅是圣化的，而且充满贪欲，对我们为驻点工作而得的经济收入非常敏感，他只是不知道自己什么时候能变得富有。

不过，我可能嘲笑霍华德·亨特太多了。他既能像火鸡填充物那样单调，又能如狐狸般狡猾。他总喜欢吊着你，让你对他无招，他甚至告诉休，他在布朗大学的一个朋友曾去过圣马修，还在休曾经任教的足球队。

“我记得他，”休说，“很努力，但没天赋。”

走过圣洁的婚姻殿堂，开始与另外一个人的婚姻生活，这就

[1] 以色列货币。

跟学习一堂人类结构的课程一样。我发现休的喉头里有转动装置，每次他要讲话时我都能看出“装置”的异样。“我听说你在危地马拉做的准备工作很出色。”他说。

“行动还没真正开始我就被派到外面，这着实让人难受，”亨特回答道，“但是我需要的权力基本已经得到，现在日本需要我。”

“好吧，但是日本不是送了你一栋弗兰克·劳埃德·赖特设计的房子作为补偿嘛。”休说。

“这算什么！”亨特说，“这事听了就让人生气。在遥远的东京任职，你的前助理受到白宫的邀请，原因竟是艾森豪威尔总统要夸赞他工作做得出色，可是你知道吗，那大部分出色的工作都是我做的。”

“我从上级那里听过。”毫无疑问这个人就是艾伦，他俩之间总有一种可靠的相互作用。“那位总统感情洋溢。‘让一小部分人统治这个国家，那全部都是花招！’”

“多谢你能理解我的感受。”亨特说。

“好吧，在我们为友谊干杯之前先来做个测试。如果我把你执行过的最有名的行动看作是个错误，你会怎么说？如果我们允许阿本斯在危地马拉建立社会主义，那么美国的利益集团就能获益更多。”虽然休满心想玩好政治，但他在这个领域真的是能力有限。

“你说的这些，我完全可以接受。”亨特说。

“假如我心里想鸡奸同性恋小男孩，但这也不意味着我就是自由的。我讨厌共产主义发散出来的微弱力量，那是西方世界里的一颗毒瘤。”

“听听，听听，”亨特说，“休如此委婉地表达出了我的情感，是不是，桃乐丝？”

“当然是这样。”她说。

“但是，先生，如果这是一颗毒瘤，那为什么不采取行动呢？无论何时何地你都可以啊。”

“因为每一颗毒瘤都可以是我们研究的对象，”休说，“而且世界共产主义才不过是一颗小毒瘤。霍华德你看，它还不确定自己是否做好了准备就开始转变，它还没有足够的内部必要资金和手段去对付每个难题。苏联可能会耗费大量的财力物力在危地马拉身上，因为它要投资这个国家，支持它，也许最终还会养着它。他们的财政系统太不适合这样做了，投入大笔大笔资源去支援这个无能的侏儒国家可能收效甚微，甚至毫无所获。其实我们有这个机会敲俄国一笔可观的钱，前提是他们真的愚蠢到去投资这么个无用的国家，如此一来我们也就可以弥补你的缺口，同时又能在世界面前嘲笑他们的徒劳无功。”

“但这不是更刺激爆发核战争了吗？”桃乐丝问道。

“核战争和国与国之间的小型行动无关，它即使要爆发，也是受了别的因素影响。”

“会是什么因素呢？”桃乐丝问。

“绝望，全世界的绝望。核战争意味着同归于尽。丈夫和妻子制定了杀死对方的约定，而他们只有同时觉得没有权利再活在世上的时候，比如他们作恶太多，他们才会履行约定，然而在真实世界里，没有任何国家比苏联和美国更爱慕虚荣的了，二者不管什么时候都不会理所当然地作恶。但是如果我断定自己是美好的一方，而对方完全是一片混乱，那么我向你保证，亨特太太，我绝不会跟他一起跳进致命陷阱同归于尽，我会用其他方法干掉他。”

“让俄国人弹尽粮绝吗？”她问道。

“完全正确。耗光他们的资金，拿耗费苏联力量的诱饵去诱惑他们，比如让他们投资危地马拉。你只管想想那一百万个墨西哥红色士兵，他们拿什么与我们抗争？”

“我可不希望我们地盘里加入这么一群数量庞大的废物。”亨特说。

“俄国人永远不会给我们这个机会,他们还没那么愚蠢,”休说,“但是如果我们把一百万士兵输入东欧呢？我们确实还没有在匈牙利做过什么动作,不是吗？如果论发动战争苏联哪里比得上我国！我再重复一遍，我们要孤立危地马拉，并建立一个三流的社会主义国家，我相信它会很快就找我们求助的。”

“我不同意你的观点，先生，”亨特说，“我认为我们必须在强盗强大起来偷袭我们之前解决他们。无论是苏联的还是危地马拉的共产主义，都让我讨厌。”

哈利，他在说这些的时候情绪极度紧张，他的声音就像一个男孩准备亲吻一个女孩时那样沙哑，又好像他自觉谋杀近在咫尺（如果他不控制自己的话，谋杀也是迟早的事），这种情绪也算得上高尚了。

我见过谋杀。哈利，你知道吗，恐怕我们可爱的国家已经变成了一个宗教。乔·麦肯锡只是把他的手指浸到了新圣水的瓶子里,以后让人们以为离了就活不下去的不再是十字架,而是国旗了。

无论如何，休听了这么多内容，现在终于下定决心不能委屈霍华德的才能了，所以我的丈夫把话题转到了乔治城的金钱价值上去，你可以想象，霍华德和桃乐丝一定对这个十分了解。

我一直在想你跟着这位古怪的上级工作会是什么样子，我想亨特一定会喜欢你的,危机中的势利小人总会。在晚宴快结束时，他才告诉我们，桃乐丝不仅有八分之一的拉苏族的血统，而且她母亲的家族来自约翰·昆西·亚当斯，她父亲的家族则出自本杰明·哈里森（他强调另一种说法：总统本杰明·哈里森——这个威严的名字可不是一般人会用的）。还好他强调了一点："不过，跟您比起来，我们是小巫见大巫了，五月花号小姐。"嗯，霍华德一直说个不停，直到晚餐结束。记得回信时告诉我有关他的一切。

基特里奇

10

基特里奇的信还没寄到我手里，亨特就已经来到蒙得维的亚上班了，所以看到信时我对亨特已经有了自己的看法。

1957 年 1 月 29 日

最最亲爱的基特里奇：

我的新上司昨天到了蒙得维的亚，跟他一起的还有他的家人——他的妻子、两个女儿、一个儿子、一个女仆，还有一辆凯迪拉克。这周梅休就会离开，我们每个人都觉得这一切来得好快，梅休也这么认为。新长官万岁！天啊，亨特和他的妻子桃乐丝出场规模堪比弗朗西斯·斯科特·菲茨杰拉德和塞尔达——22 件行李，件件都印有 E.H.H 字样，另外还有未统计的家具和纸板箱。所有这些都是盖茨比告诉我们的（他说话时的语气就跟他发现新大陆了一样)，上级派他陪同梅休一起去码头接亨特，带领他及他的家人过海关(当然，局里的规章就是不准大张旗鼓地迎接新长官的到来)。

亨特一行人暂住在维多利亚广场酒店，他的随从已经着手在寻找蒙得维的亚最好的郊区卡拉斯科的房子了，那儿离市区十公里。驻点就要发生巨大变化了，虽然亨特到来时安静又友善，但是他一进入房间就变得很雀跃，很明显他非常高兴，但只是为他自己而高兴，这算是他作为新驻地长官的首次吝啬吧。

现在不方便继续写了，明天我会写完这封信。

哈利

然而，第二天她的信就到了我手里，于是我决定把我的信放一放。我们对亨特的看法有很大的分歧，而我不想再收到一封训诫信，毕竟，亨特到来以后驻点的工作变得有趣多了。

梅休还没彻底离开驻点(正常情况下上一任长官的离职会在一个月内结束，而梅休只花了七个工作日)，我们就已经听说了新长官将会非常活跃。我们组建了一个六人小分队，另外加上南希·沃特森，我们围坐在他办公室的圆桌边(亨特到来的第二天)，静静地倾听他给我们的演讲，心中的希望也随着他的鼓舞而增加。

“自我从东京回到华盛顿，”亨特说，“我就一直在研究这个驻点，我保证我会让这里焕然一新，但是在我们分析和改正之前，我想要让你们知道情报局最新委派的你们的新上司。这是我首次担任驻点长官，但是我知道自己有这个资格坐这个职位，而且我也知道局里为什么派我来。一九四〇年六月，我从布朗大学毕业之后去了美国海军舰队服役，参与了V-7项目，后来又经历了印第安纳波利斯的一个速成项目，到一九四一年二月(十个月之后珍珠港事件就发生了)提升为驱逐舰梅奥的海军少尉。一九四一年十二月上旬，北大西洋上响起一阵平常的季度警报，我在攀爬塔楼的阶梯时受了战伤，伤势异常严重，于是上级允许了我光荣退伍。我知道你们很好奇我究竟受了什么伤竟然能光荣退伍，好吧，我告诉你们，是与命根儿相关的，但是没有后遗症。感谢上帝，我还能‘打炮’。”

我们笑了，甚至连南希·沃特森都笑了。这个“笑话”在别人看来或许微不足道，但是对我们来说却意义非凡，因为仅凭这一点我们对新长官的了解就多过了梅休。

“在康复期间，我写了一本小说叫《告别东方》，这本小说已经被阿尔弗雷德·A. 出版社出版了，没过多久，《生活》杂志便选我做了他们南太平洋战区的战地记者，取代约翰·海尔赛去了布干维尔岛和瓜达康纳尔岛工作。一九四三年，回到纽约，我又在 OCS 服役，没过多久，又被委派到 OSS 进行训练，后分配去中国，我飞越驼峰航线，‘二战’结束时我还在昆明。之后我便进军好莱坞专职编写电影剧本，那时候我就去了巴黎为埃夫里尔·哈里曼的马歇尔计划工作，不久以后，被弗兰克·威斯纳雇佣，加入了政策协调处。你们当中有人听说过一位才华横溢的同事名叫威廉·F. 巴克利的吗？他创办了《国家评论》杂志，自任首席编辑。”

我们点点头。

“好的，熟悉那本杂志是件好事。巴克利是我在墨西哥任职时的助手，工作很出色，如果他没有去办杂志，可能现在就会坐在我们中间一起开会了。离开墨西哥之后，我被派遣到华盛顿担任东南欧地区的秘密行动长官，这就意味着我的工作地点搬到了总部，同时我还会出差去雅典、法兰克福、罗马和开罗。再然后我就被调去危地拉马项目的宣传和政策指挥中心，在那里和三百个人共同完成了一项精彩的心理学和无线电通信行动，我个人觉得这项工作做得非常精彩。我们的成功让阿本斯政府倒台。摩西计划进军以色列，但是他从未到达那里，而我也没有机会享受我的胜利果实，因为我已经被派去东京了，去那儿指挥北亚地区的秘密行动，我再一次成功地阻止了中国共产党传播思想到日本和韩国，大大打击了他们的士气。

“让我们回到目前的情况吧。在华盛顿总部的阿根廷—乌拉圭分部工作，我其实帮不上忙，但是我清楚这个驻点并不是主流的活动点。然而话说回来，生活中没有无关紧要的工作，我觉得南美是至关重要的一块，你永远不会知道哪位领导会失去他的位置。南美的任何一个站点都可能成为情报界的焦点，所以，我们要给乌拉圭站点带来主动权，取得成绩时或许总部会如此评价我们：‘是的，先生，乌拉圭就是摇尾乞怜的南美狗。’”

后来我们和他一一握手，我很开心，而我的工作热情也再次被燃烧起来。

1957年3月5日

哈利：

距离我上封给你的信已经过去六个星期了，你现在在蒙得维的亚混得怎么样，是人神共愤还是沉溺于妓院？

请告诉我。

基特里奇

1957年3月27日

亲爱的哈利：

我讨厌欠别人钱或者人情，我也讨厌我关心的人欠我，沉默便是欠债的开始。

基特里奇·蒙塔古

1957 年 4 月 5 日

亲爱的基特里奇：

是，不是；不是，是；是，不是；不是，是……针对你的问题我只有两种回答，具体是哪一种由你自己决定吧。是，我是在妓院鬼混，不，我不是；是，霍华德·亨特先生很生我的气，不是，他没有生气；是的，我想念你，不，我不想；我太忙了，没有时间去思考这些事情。

把这封信当作我的道歉吧，相信我，未来十天里，我会写一封很长的信给你。

只属于你的哈利·哈伯德（H.H.）

附言：我刚刚才发现霍华德·亨特的名字缩写也是H.H.，但是他更喜欢E.，你看，我们多么不一样。休、哈（维）、亨（特）、哈（里克）·（哈）伯德，全部都是以H开头，但是我们彼此都不同。我一直觉得H这个音是最特殊的一个字母，这一点伦敦人恐怕永远不会认同，他们是一个注重实际的民族。H是“鬼魂（Ghost）”这个单词中不发音的字母，同时也是“天堂（Heaven）”和“地狱（Hell）”的首写字母，它还是“一半（Half）”这个词里发一半音的字母，也让“错误（Error）”变成了“恐怖（Horror）”。

附言中的附言：对，你没看错，我跟你一样生气。

我想都没想就把这封信寄出去了。然后我回到酒店，想要入睡，但是床单上仍然残留着萨利和我的味道——她总是留下很浓的怪味，一半来自肉体，一半来自香水，但是她的香体剂似乎从来就没有发挥过作用。

我真的不知道要怎么处理萨利的事，我们的肉体远比感情更亲密，而我也越来越不负责任。亨特的到来让碗哥更加忙碌，我本该花时间和沙威·福特斯开会的，但是我没有尽责，也没有告诉碗哥我没见沙威，而是去见了萨利。一周之后，我的“小动作”再次发生，专业点讲，掩饰这点秘密很容易，毕竟情报员经常错过会议，只是一点，就像马被拴在树下一样，我必须得伪造会议报告，例行公事嘛。我逃避了该干的工作，在塞万提斯的卧室里花两个小时与萨利幽会。我会洗好澡脱了衣服等着她，她来了便先敲一下门，再紧接着敲两下。她一进门脱鞋子和裙子的时候我们就开始了第一次拥抱，并且热烈地接吻。如果我不是兴致勃勃，我就会用“胶水三明治”形容这样的举动，但是通常我都是兴致勃勃。赤身裸体，我们交缠着挪到床边，未躺到床上我们就放开了双手。她开放的婚姻，夹杂着性欲、放纵和她赤裸裸地向往着哈伯特这个美国佬的命根子；而我，满脑子兽语，狂野地拽开皮带，贪婪地接受她嘴唇的膜拜——天啊，谁会说“嘴巴的膜拜”！有一次我们做爱结束之后，她向我坦白，从高中开始，她就已经有了这个嗜好，或者说是饥渴。但是，在遇到我之后这便一发不可收拾。

轮到我了，我正在养成我从未有过的口味和偏好。很快，她肚脐和阴部的毛发就呈现在我面前，我似乎还在犹豫自己究竟该霸道地控制还是温柔地对待，等我回过神来，我发现自己的头已经探寻到了她的沙地，不，是浓密的丛林。它看起来如此狂野又凹凸不平，但它并不重要，引起我注意的是这毛发后面的世界，我从不知道它的存在，它的大门完全打开，我越过了一个巨大的障碍来到了一个新的世界。然而，谁又能知道在这样的时刻，我们要对彼此说些什么呢？我想，我们交换的不是爱，是古老的欲望——多么强烈的欲望啊！性欲能释放出一个人所有的平庸（当我一个人待在床上的时候，我总会想，尽管旧的平庸已被净化，但是新的平庸又会冒出来）。我发现我有和高中运动员一样的爱好，像托马斯·斯特尔那斯·艾略特一样高尚地评估每个人的细微差别。

就说我和萨利这事吧，我们在满足彼此的泥潭里痛并快乐着，我们的交缠带给我无限的快感，“运动”加快，仿佛我的心都如海浪敲打在沙滩上一般撞得血流不止，似乎这样才能把托马斯·斯特尔那斯·艾略特的阴影驱赶出我的脑海。我的灵魂在加速，我的精液也一样，真没想到哈伯德家的人也分泌精液，真是个笑话！加速，加速……达到高潮，通向了极乐世界。然而极乐世界的光景仿佛一瞬间就消失了，比烛火灭掉还要快，但是我还是很开心，因为我是个男人，她想要我，而且我能让她快乐。她很快就要第二次，这并不是说她贪得无厌，只是欲求不满而已。第三次的时候，我再次想起了连尼·布鲁斯，激情的消散并不是最糟糕的，让人煎熬的是做爱之后彼此无话可说，我们俩就像是在火车上第一次见面的陌生人。

无论再怎么尴尬，没过两天我又会想要她，这样的环境实在不适合写信给基特里奇，但是有些事我不得不做。

1957年4月10日

最最亲爱的基特里奇：

我很惭愧我早先并不了解亨特而且还为自己的无知辩护，其实你对霍华德·亨特的描述对我不是没有帮助，只是，天啊，我实在太忙了。你也与霍华德有过社交往来，所以应该理解，他现在表现出的是他严肃专业的一面，他要求大家严格遵守纪律，他也希望我们人人都像他一样敬业认真，我们背后都叫他E.H2（E. Howard H.的缩写）。他花了很多时间外出打高尔夫、打猎、钓鱼，但是我们无权评判他，因为他的娱乐项目都是跟重要的乌拉圭官员一起的。这些都是大使馆大使的外部社交手段，如果你还记得的话，这些事以前梅休总是交给奥古斯都、碗哥和我去做，所以至少这是亨特任职以来的变化之一。霍华德和桃乐丝（她像一个首席审计员，计算着社交的账，有条有理地管理大使馆的派对生活，甚至可媲美海军舰队上的任何一个舵手）已经掌握了蒙得维的亚社会的大部分，真令人惊讶！以前在梅休手下工作（中间还隔着奥古斯都），我们竭力维持的人际关系都没几个，现在在亨特面前我们都自惭形秽。他每个周末都会去一些大型牧场捕猎，在非常富有的地主面前展现他美国人的魅力。他还因此丢掉了有趣的古老代号 AV/AILABLE 和 AV/IARY，并且宣布我们现在想要跟进的任何项目都可以用 AV 取名，比如他的挂包就叫作 AV/HACENDADO，这可是对我们的传统做出的改变啊。但是你知道吗，他是对的。这里没有那么多 AV 字眼存在了，根据亨特的指示，要实施他的计划，我们有大量的准备工作要做呢。

不用说，大部分新项目都还在计划阶段，但是我不嘲笑他，他来办公室的第一天就得到了我们的信任。通常人们都会厌恶听上级讲自己的条条框框，但是亨特让我感受到了对刺激生活的渴望。虽然我知道他不可能像卡尔或者休那么伟大，天意难违嘛，但他的确具有冒险精神，而且也去过很多地方做过很多有趣的事。我又一次感受到了当初在 OSS 时，年少的我对同伴的嫉妒，同时亨特也让我意识到自己有多年轻，作为一个站点长官你要经历怎样的生活，所以我接受了他告诉我们的东西。基特里奇，如果你想要全面理解我们的生活，那么你就不能急着评判我们。跟女人比起来，男人更向往战功赫赫的人生。

亨特任职的第二周，他又做了一个演讲，影响了一大批有能力的乌拉圭精英，他对他们说："你们一定有很多次都疑惑我来这里狩猎和钓鱼是为了自己，你们错了，我希望你们能信任我，这样我才能坦白。我不否认，在狩猎和钓鱼的过程中我确实很开心；但是，你们搞清楚，轻松娱乐的还有那些有影响力的乌拉圭人，这些人能边骑马边打猎，还能用一根线钓鱼。该死的，我可能七月还要到阿根廷的安第斯山脉去跟他们一起滑雪，但是我心里清楚我去那里的目的。嫉妒是站点的毒药，你们要记住一个事实：站点长官一直在工作。不管他参与的活动有多么高雅，都有他的原因。最后，绅士们，围过来，我有样东西给你们看。”于是，他向我们每个人分发了一份备份，上面写着：

NGECL RBNEL XYEDE LYNYE SYRPJ

NLVS BFTED BXNBF DOLPN UDBUS

BULZE YSGGD NPZVD MORYE ILPLU

基特里奇，我列举出来的词还不到一半，总共有36个由五个字母组成的词，就抄这么几个我就已经累得不行了。他不会给我们单次密本，还说每一个词对应的意思都很明显，我们可以根据字母出现的频率解读出来。“这本子值得我们花上一个小时来琢磨，也算复习一下我们已经学过的解码知识。”

但是你知道的，我们那么迟钝。解码并不是很难，但是这需要时间。碗哥和卡恩斯是驱动力，我放在我的分享里。奥古斯都坐在角落里，看上去他好像马上就要下笔了一样。我从来没见过格斯的脸那么红，他所有的手指都在解密，似乎他很讨厌解码器、译码器，当然，我们当时也没有这些工具。后来我们的长官还给我们留了课后作业。

下面是读出这些字母：

IFTHE UNITE DSTAT ESIST OSURV

IVELO NGSTA NDING AMERI CANCO

NCEPT SOFFA IRPLA YMUST BEREC

终于搞定了，我们做完以后，碗哥坚持大声读出来：“如果美国要继续下去，那么长期下来美国公平竞争的概念就要被重新定义。我们必须建立有效的间谍活动和反间谍活动机制，破坏、妨碍、摧毁我们的敌人，采用更加聪明、复杂、有效的方法，而不是那些他们用来对抗我们的方法。”

“天啊，”奥古斯都说，“他这是让我们解码《杜立德报告》。”

基特里奇，你能想象吗？我们无人熟悉宗教经典，但是霍华德让我们用刀夹豆子。第二天早上，南希·沃特森根据他的命令，在我们每个人的桌子上方的墙上钉了一块十乘八的白色卡纸，整齐地隔开所有36个五个字母组成的词组。大概我们要没日没夜地工作两到三年吧，从简单的赛门代码开始，解读整篇《杜立德报告》。我不知道亨特是不是在这方面特别有天赋，或者只是个三流。是《杜立德报告》啊！那晚我们喝着啤酒很开心。“我保证破坏、妨碍、摧毁我们的敌人，”我们当中的一个开始说，“用更加聪明、复杂、有效的方法，”第二人接上，“而不是那些他们用来对抗我们的方法。”最后由第三个人做出结论。在那之后，碗哥，卡恩斯和我会“庄严地”背诵，“为什么是魔法、为什么是魔法”这是信里最后三组五个字母的意思。我知道这很小儿科，但是我们乐在其中。我甚至喜欢碗哥，他是个敏锐的录入者。他告诉我：“奥古斯都正在寻找升迁的机会。”

“你怎么知道？”

“我就是知道。”

那是两个月之前——噢，基特里奇。我现在才意识到已经过了这么久了。我只能告诉你碗哥完全正确。亨特从北部大雪原回来的第四个星期，奥古斯都就一直努力把自己调去安哥拉。这要谈到他的妻子了，一个胖胖的爱尔兰人，她讨厌热天气，喜欢把自己塞满沙发——很凉爽的柳条做的非洲家具，在她的臀部印上了象棋棋盘——但是安哥拉是唯一一个可以随时拥有站点长官头衔的地方，奥古斯都告诉我们，他真的很想在一年以后当上正长官。可怜的奥古斯都，我不知道他是否有这个实力。他没再说起安哥拉人。他已经有了取代梅休的想法，这给我们局里带来了不小的麻烦，但这也是无法避免的。无论如何，我现在没有像以前一样崇拜碗哥了，也没有那么懊恼自己的愚笨了。当然，奥古斯都没做成一把手，日子也照样进行。毕竟亨特接手了所有事情，高尔夫、社交活动，加上所有格斯不能做也做不来的事，例如在草原上和有钱的农场主培养感情。此外还有一点毫无争议的，那就是亨特来的第一个月就与萨尔瓦多·卡帕布兰卡（记得吗？在戈麦斯冒险里的那个靠不住的警察局局长）建立了更加坚定的关系。碗哥说，亨特把握住了机会，带警察局局长一起吃午餐，任何一位美国大使馆的秘书长都会做的事（这是亨特的头衔）。但是咖啡过后，卡帕布兰卡谦逊地说："秘书长先生，现在我一个人要怎么服务于你？" 亨特回答道，"萨尔瓦多，这很简单。挑一条大使馆的线给我，苏维埃、波兰、东欧、捷克，就从这些开始就足够了。"

碗哥说卡帕布兰卡站不稳阵脚了。

"噢，然后呢……" 他说，"噢，然后……你是……"

"是的，我是CIA，" 亨特说，"你看我不像国务院的瞎话对吗？" "瞎话" 一词用在这儿显然是一个很好的词汇。卡帕布兰卡笑了很多次，就像他在跟鲍勃·霍普吃饭一样（亨特对他总是嗤之以鼻），但是碗哥说卡帕布兰卡笑那么多是因为他受到了惊吓。我们的CIA名声很大，甚至是这里的警察局局长都认为我们会砍掉别人的手指来逼供（他们不清楚我们有多么遵从法律）。总之，亨特一直戏弄他的恐惧，另外他问道："卡帕布兰卡先生，你知道放置窃听装置需要或不需要帮助。"

"需要或不需要帮助？亨特先生，你能解释一下吗？"

“需要或不需要你的帮助。”

“噢，我明白了。”卡帕布兰卡又笑了起来。

“但是如果我们一起来做这件事情，那么我们就一起分享好处。”

“我会告诉巴特列总统的。”

“好的。”霍华德说，然后他们握手。

开会回来的途中，亨特很认真地听碗哥说。碗哥的解读是巴特列会因反美情绪太高而拒绝与美合作，但又会太没骨气而选择利用我们的窃听方法。然而，警察局副局长佩奥内斯也出席了午餐，他已经准备好被我们雇佣了。碗哥告诉亨特，他曾经为佩奥内斯工作了九个月（为什么情报员总要工作九个月？这是我们站点的另一个笑话），亨特眼神严肃地跟碗哥握了手，“嗯，这的确是一个可行的妙计。”他说。实际上，基特里奇，现在看来确实值得干这九个月的工。从二月开始佩奥内斯就被包围了，这对碗哥来讲只是小菜一碟。

午饭结束后奥古斯都急忙离开。他和亨特相处得很礼貌，却不和谐。现在奥古斯都离开了，而碗哥掌握着副长官的实权，他本人也十分期待自己能够早日拿到这个头衔。他对细节的深思熟虑以及对党派的正确领悟能够很好地辅助霍华德。

再讲一个小插曲吧。前几周我在碗哥家度过了一个有趣的夜晚。他的妻子是个热衷于桥牌的人，她还参加过美国的全国桥牌锦标赛。现在她被困在乌拉圭，所以就加入了蒙得维的亚的一个桥牌俱乐部，她也因此不得不学点基本的西班牙语——“Yo declare tres corazones!”碗哥夫妇为我约了好多萨利的牌友，大部分都是些悲伤、满脸皱纹的少女保姆，大概有七十到七十五个人，大部分人说英语，个个都是桥牌高手。我的水平勉强可以接受，碗哥稍微好一点，但是你想想那个晚上的规模，我们很快吃完晚餐——唉，萨利没有做饭，我们吃的炖肉，味道像是在洗碗水里煮过的牛肉，这糟东西让我想起了老梅休。在打牌的过程中，我像傀儡一样坐在那机械地打牌或看人打牌，看到孩子们在他们全美式的卧室里走动，小小的双层床放满了破掉的玩偶，所以相对自由的我也有机会带着最小的孩子到床边并哄她看着她睡着又醒来。我为什么要告诉你这些？因为我看到美国式的家庭生活感觉非常陌生，我甚至把它们当作火星人的生活（我设想过克里斯多夫未来的卧室，拜托不要有破掉的玩偶）。

仔细观察谢尔曼我才发现他们家并不是那么平凡。他的房间可能跟你预想的相像——灰色的窗帘，亚麻色木制的家具，胶木的餐桌和椅子，没有上色的架子上放满了书和报告；也许看起来整个房间像是美国中西部毕业生的公寓，甚至方格的小地毯都是拼接的，而且还露着磨损的痕迹。他们的家具全部都是从华盛顿买的，钱由驻点出（这让我联想到我们美国的摩登家庭说不定早就遍布全球了），至少，这些家庭里都会有一个玻璃箱，里面有八个手绘的鸡蛋，做工十分精巧吸引人：从窗户远远地望出去，房子被树木和池塘包围，另外有的房子可能是一座哥特式的城堡，月光洒进森林，透出紫色的光，映射出不同的图案——想必这些都是能工巧匠的杰作，后来我才知道这些美景全都绘在玻璃箱里。萨利告诉我们，谢尔曼在蛋壳上刺了一个小洞，非常小心地吸出蛋汁，只剩下完整的蛋壳，他便开始在表面绘画图案，享受着蛋壳破或不破的刺激，蛋壳一破便功夫全废，这在他眼里也是乐趣。“你想近距离看看这些精致的东西吗？”萨利问我。

好，现在你也来看一看惊人的东西吧。谢尔曼把第一个蛋壳递给我时，蛋壳竟从手中滑落到地上，我感觉就好像死掉了一只小鸟儿。基特里奇,这是不应该出现的意外,这真是个超低级事故,关于这一点我已经在目录中标明了。蛋壳离开谢尔曼的手，我发誓，它是完全出于自己的意愿坠落的。

我一直为此道歉，直到我意识到自己像在嚼阿司匹林，而谢尔曼也一直在表示自己不在乎一个蛋壳。然而我想，在他的内心深处，一定有一股公牛般的愤怒被他控制在他灵魂的另一个部分。我确定这样一个蛋壳花费了他五到十个小时，你想想，如此完美的杰作就这样毁于一旦，而且我们都毫无补救的能力。过了很长时间他才跟我说话，我想这也是他控制着自己的情绪才能做到的吧——“嗯……不要过分自责，这是我最不喜欢的一个蛋壳，每逢陌生人想看我的作品，我总是拿它出来。”此情此景，我承认碗哥只是在安慰我，我看得出来，他深蓝色的脸颊跟这个场景一样悲伤。

很晚了，信还没有结尾，我明天会写更多，然后再寄给你。

你的契约工

哈利

11

1957 年 4 月 11 日

我真不知道自己哪根筋出了问题，竟然讲了这么一个无聊的蛋壳故事，然而其实我心里明白——就在我写信给你的时候我才想到了原因，是那蛋壳碰到瓷砖地面发出的声音。它只是一个空壳，摔落在地上，发出的是最温和而伤感的破碎声，这声音在我的脑海中挥之不去。曾经在某个“高调星期四”，休给我讲过一句古埃及谚语：真相和谎言之间的差别，重不过一根羽毛。

这个话题就到此结束吧。跟你讲个令人振奋的消息，现在我们在苏联大使馆旁边设了一个观察点（OP），而且这是我们目前拥有的最高级别的观察点。话说回来，我们需要感谢碗哥，观察点的建立跟佩奥内斯直接相关，但是也离不开霍华德给我们的警醒。我虽没跟你仔细描述过佩奥内斯，但是我想你一定不喜欢他。他很重，又很虚弱，是意大利和西班牙混血，具有与生俱来的忍耐力。身材中等，但四肢非常健硕，还长着一大把黑胡子。说实话，他整个人都挺黑的，而且即使喷了香水也难掩他身上散发出的动物般的气息。佩奥内斯知道蒙得维的亚的每一所妓院，并进到里面发掘新人才，就好像大学的助理教练去看高中足球比赛并从中寻找新队员一样。而碗哥呢，据我所知，他本人疯狂地喜欢逛窑子，我跟他比起来简直就不值一提，而且他还傲慢许多。我现在算安分了，坦白说是我工作太努力了。但是碗哥和佩奥内斯却因为同去妓院而变成了铁哥们，去妓院挖掘特工的确是不够谨慎，但这种方法却可以煽起一段友谊。然而请你不要嘲笑碗哥可怜又可笑，我相信谢尔曼有他自己的理由。

大约三个月前，碗哥与佩奥内斯之间的关系发生了微妙变化，整个事情的背景是这样的：佩奥内斯十分憎恨卡帕布兰卡，而且故意在奥古斯都和碗哥的事情上迷惑他，说他们两个是来自国务院的好人。同时佩奥内斯（和碗哥）还想方设法让卡帕布兰卡相信，当霍华德告诉他们那顿午餐是由情报局出钱的时候自己也感觉很尴尬。然而，那顿午餐过后佩奥内斯简直气疯了，但是碗哥显露了他的手段——“看开点，佩德罗（没错，佩奥内斯全名就是佩德罗·佩奥内斯),”他说,“虽然我们在你身上花了几个月的精力,但你也没加入我们。我的长官太沉不住气了,我想拦也拦不住,可他只是想直截了当地了解你的想法——你开价多少才愿意加入我们?”

“我们有句谚语,”佩奥内斯说,“钱能买到一切,却买不到正直。”

“我们的说法是:每个人的价值都可以拿钱来衡量。”

“而我的价值已经隐藏、与世隔绝了。”

“那它隔绝到哪儿了呢?”

“何出此问?我已经跟你说了,谢尔曼,这是一个秘密。我只能跟你说,它藏在我的睾丸里。”

基特里奇,碗哥向我复述的时候,我根本不敢相信他们真的如此交谈——佩德罗·佩奥内斯的价值在于他那毋庸置疑的巨大睾丸中。好像确有其事:一个漂亮又聪明的女孩,为了赚钱,几年之前离开蒙得维的亚的妓院去了哈瓦那,现在,她已经成为闻名加勒比地区和南美的一个传奇。她的名字——当然了,是工作时用的化名,叫作“自由舌头”(简单翻译起来,不应该说是言论自由,意思更加接近于“啊,自由——那就是你的舌头!”)。

她似乎最近才与佩奥内斯联系上,但他爱她如命。如果中央情报局有办法让她从哈瓦那回到蒙得维的亚来,当然了,得出于她自己的意愿,那么拿下佩奥内斯就不是什么难题了,到时候大半个乌拉圭(佩奥内斯掌管的地区)都会在我们的掌控之中:经过挑选的政府官员、人力档案、电话公司、使馆区,以及来自左翼组织的警方线人。最后,佩奥内斯用英语说了一句:“到时候我的国家就会成为你们的了。”

碗哥带着佩奥内斯的要求回来了，佩奥内斯给了巨大的承诺，但他值得信任吗？那个女孩回来之后，他要是失败了怎么办？后果我们承担得起吗？因为那女孩在哈瓦那一切进展顺利，更换她的工作地点可能需要花费很大的代价。但佩奥内斯保证说，我们出得起那女孩的要价，因为她是真心实意地想要回到他身边。他向碗哥强调说，他们之间是真爱。

佩德罗还说，我们除了补偿交通费之外也没什么其他的费用了，他早就为她准备好了几处豪宅，她一回来他就有能力照顾她。

因此该项“工程”的成本中又加了一笔可观的船运交通费，说实话，这并没有超出我们的预期（两千元就能让这个女孩回来，并且是头等舱，还包括所有的箱包行李以及其他附加费用）。而且霍华德·亨特知道国务院的处事风格，有些站点长官的返程票是不给报销的，但是像亨特这样的，他就有办法要到钱。没错，亨特确实一刻不停地谈钱，而他对支票和现金的不同别称，也比我见过的任何一个人要来得多。“那女孩知道把她送到这需要多少铜板吗？”这是他的一种说法。“票子”“绿票”“马车轮”（后来我弄明白这指的是银币），还有“四分之一便士”“半便士”“六便士”“巴拿马币”“委内瑞拉银币”等词汇，他每次提到这些称呼都很有意思。

然而出乎意料的是，这件事最大的障碍竟然在于哈瓦那驻地。霍华德怀疑加勒比部门已经收了佩奥内斯的女人利博塔德并分配了任务给她，但是霍华德有办法敲动 I-J-K-L 的关节，打破僵局之后我们得到了她。但是我们仍心存疑虑为什么哈瓦那故意给这件事制造麻烦。

但无论如何，佩德罗非常开心，因此我们的站点也新形成了一种富有极端感情色彩的有趣工作形式，我们称之为“疯狂的佩奥内斯”。虽然那个女孩还没到达乌拉圭，但佩奥内斯的工作热情已经十分高涨，他在他厌恶的上级萨尔瓦多·卡帕布兰卡的电话上装好了窃听器，我们的监听点立刻就反馈给我们一直想要确认的信息：乌拉圭总统路易斯·巴特列比我们想象的还要亲和苏联，卡帕布兰卡则是他忠心耿耿的部下。我们早就预料到了这一点，但当猜测得到证实，那感觉就好像饥饿后饱餐一顿一样，是绝对让人兴奋的事。

接着就发生了一场大政变。佩奥内斯收到利博塔德的电报确认她确实在来乌的途中，于是他对碗哥说了这么一段简短的话，他说：“谢尔曼，我是这样的人，如果我的存在没有价值，那么我就不会苟活于世。而一个人能拥有的最高价值就是做一名‘绅士’，很快你就会见识到我是怎样的一位绅士。”

你知道吗，他做得的确跟他说得一样漂亮，而且他还会因此获利。一年多以前，他在西班牙林荫大道、邻近苏联大使馆处有一栋别墅，一年多以前他出租了这栋别墅，但租金少得可怜——他只是从那家租户收取必要的生活开支费用。因为租金过低，现在双方协议，那家租户在一周内搬离别墅。他的直觉确实非常敏锐，他似乎早就嗅到了我们有意向为自己人租赁那栋别墅，并且出价会相当可观。但是他并没有急于行动，而是确认了我们足够信任他，并把他的利博塔德安全带回蒙得维的亚之后才说出租别墅的事情。

如果奥古斯都还在这儿的话，他可能会对这栋别墅提出质疑，而休也会把这看成一块腐烂的糖果，盖茨比和卡恩斯甚至还会忍不住大声说出来——如果这栋邻近苏联大使馆的别墅被克格勃监控了该怎么办呢？佩奥内斯会欺骗我们吗？

亨特打断了这些争论:“在安全人员对这栋房子进行彻查之前,我们只会把它当作一个简单的监视点,这样一来,即使俄国人监听了这栋别墅,他们也不会听到任何有价值的内容。”

但是我们也不决定这样做,除非我们派了绝对合适的人进来,在此之前不会在这里进行任何情报活动。住进这栋别墅的人必须对我们的事一无所知,而且具有绝对的耐心,可以一连坐在窗帘之后几个小时不动,并时刻做好准备,一旦有任何人进入或者离开大使馆,都要打开我们的H-16摄像机进行拍摄。

虽然这个时间办户外派对似乎有点晚,但是这里四月的天气可要比华盛顿十月的天气还暖和,所以在冷空气到来之前,我们还有机会在侧窗下的花园举办几场派对,显然我们得尽快找到合适的人入住。但是,我们去哪里找到这样的人呢?这件事可不能再依赖佩奥内斯了。

亨特决定拉来戈迪·莫尔伍德,很快别墅里就住进了一家三口:一位父亲、一位母亲和他们30岁的女儿。他们是为躲避纳粹迫害而逃亡的犹太难民,1935年前后来到蒙得维的亚,他们的姓是博斯克威尔第,这大概是从德语变化过来的吧。格鲁尼沃尔德大概是本地人,但是不要把海曼变成杰米,所以,男主人的名字应该是海曼·博斯克威尔第,他的妻子叫作罗莎,女儿叫格蕾塔,夫妇俩也叫她格蕾特尔。这是一对胆小、不善交际的夫妇,他们的女儿也很羞涩朴素,但是彼此之间却很亲密,如果女儿打喷嚏了,妈妈也会颤抖一下。我之所以能知道这么多,也是因为霍华德任命我为他们的协助管理员。

我们没人敢跟博斯克威尔第一家说英语(真是遗憾,他们的英语并不差),这么做也是为了防止克格勃监听这栋别墅。这个时候局里就想到了我,虽然我的德语也不是非常好,但是我相信我完全可以用浓重的西班牙口音蒙混过去。我们的初衷也是想以此来误导俄罗斯人——如果克格勃真的在监听这栋房子，那么他们可能会误以为我是博斯克威尔第家的朋友，来他们家是为了改善德语口音。

总之，我在这里的任务不算艰巨。博斯克威尔第一家免费住这栋别墅的代价便是至少保留一个人在摄像机旁，三脚架要从早上六点一直架到晚上——因为他们女儿在图书馆当管理员，所以我猜想老两口做这件事的时间会比女儿更长。我隔三岔五地到他家看看，时间一般都是晚上，带去新的胶片，同时收回一卷卷录制过的胶片。我们在一间安全的实验室放映胶片，然后花上几个小时在投影仪和屏幕边观看影片，研究出入苏联大使馆的人，随时为新面孔编上号准备调查他们。我们看过之后再把胶片装进袋子运往蟑螂小巷，那里的苏俄分部负责调查他们的档案信息。等到我们收到苏俄分部的反馈信息，事情就变得更加有趣了。比如说其中有张面孔，就是一位高级克格勃成员，他来过大使馆几次，每次来访都要停留半个小时左右，随后就飞回巴黎，这是我们从专门监控护照的 AV/OUCH-2 那儿了解到的。虽然我们不知道他为何而来，但是苏俄分部在其巨大的关系网中还保留有备胎，他们会有办法解决疑惑的。

另一件事情就是花园派对了。摄像机记录了两次派对，我就全神贯注地看着这些影片，好像自己就坐在湖边，眼睛一眨不眨地望着水面上的粼粼波光。其实这些片段也只不过勉强可观罢了，毕竟博斯克威尔第家人并不是专业摄影，所以这些拍出来的画面近乎于质量极差的家庭录影片，而且是用长焦镜头来拍摄的，镜头的转换如此突兀，让你感觉就像是摔跤手一把把你甩到了半场之外。尽管如此，我还是看了一遍又一遍，希望能从中找到一些线索，帮助理清有关苏联大使馆的一些人物关系。我很难向你说清楚这件事有多么大的吸引力，我感觉自己像是在看一部罗伯托·罗西里尼的电影，它吸引着我去发现更多的东西，但我只能等到下一个派对（就安排在这个星期六）再行动。这次派对邀请了美国大使馆的有关人员，因为大使本人不能前往参加，亨特就作为首席秘书代为参加，而我作为首席秘书的助理也应该一同前往。我出现在派对上，一边跟那些俄罗斯人谈话，一边想着过后我还要研究他们每一个人，这种感觉是多么奇妙啊。但是霍华德正在犹豫这件事情，如果俄罗斯人真的在监听这栋别墅，那么他们就会听出我的声音。下周亨特可能就会决定是否要我出席，到时候我再告诉你。

现在让我再跟你详细说说我们的租客吧。他们免费住在这里，海曼依靠给几个即将接受成人礼的犹太小学生上希伯来文课赚取小钱。在蒙得维的亚，犹太人的数量并不算少。我非常喜欢博斯克威尔第一家，他们是我拜访过的第一户犹太人家庭，所以他们做的每一件事对我来说都非常有趣。几乎我每次去他们家，他们都在用玻璃杯喝茶，吃些简餐解决晚饭，通常都是酸奶油冷鲱鱼配洋葱，这菜的气味弥漫在整个房间，但也不算讨人厌。他们也经常请我吃东西，但我一般都婉拒了（因为上级规定，我不能跟他们有太多的交谈，尤其不能提到胶片和摄影器材，他们默不作声地上缴胶片就足够了）。

有时候博斯克威尔第先生的某个学生会在原来放置摄影机的房间学习，我就听着两人朗诵希伯来文，那些词语都像是有魔力一样。先生和学生头上都戴着小帽，在我看来都是那么地神秘。想想看吧，他们就这样迎来了自己的成人礼！当我离开的时候，老夫人特意在门厅留下我，直接贴在我耳边，用带有浓重犹太口音的德语悄悄说:“拜托，你可要尽心尽力地照顾莫尔伍德先生啊，他这么努力都是为了你。”

“好的，没有问题。”我说，然后我就带着排好的一卷卷胶片离开了，它们在纸袋里咔咔作响（我还在袋子里装了一条面包以作掩护)。随后我走回到街上，沿着街道漫步三个街区，途中故作悠闲地休息了数次，暗中观察以防有人尾随，最后才来到我的小破车边。幸好，到目前为止还没有被跟踪过！以我的直觉，那栋别墅还没有被监听，苏联间谍一定以为在乌拉圭就没有必要保持柏林的标准了。

在开车回酒店的路上，我一直在想那些犹太人。他们的人数仅是我们的八分之一，但我对他们却有种奇异的感觉。

该是睡觉的时间了。代我向我的教子问好，也向你和你丈夫问好!

哈利

12

1957 年 4 月 11 日

最亲爱的基特里奇:

明天就是花园派对了，亨特最终决定我跟他一起去参加这个派对。毫无疑问，他的这个决定相当大胆，但我却十分高兴。我知道这里的形势，我做了这么多工作，应该有这个资格获得这份回报。当然了，今后我再去博斯克威尔第家的时候就要加倍小心了，再不然就会让卡恩斯或者盖茨比代替我做这件事。事实上，他们两个现在很嫉妒我，因为亨特越来越器重我。但总的来说，我还是非常高兴。距离敌人的花园一墙之隔，我愉快地啜饮着鸡尾酒，世上有几人能有这样的经历？

然而，经过一个晚上的放纵，大量工作就堆积到了今天。我早早地离开了办公室，因为我心中有一股冲动想要再次写信给你。我的工作是如此多面，而我向你描述的也只不过是非常片面的一小部分。比如，从亨特入职的第一天起，他就对我和 AV/ALANCHE 共事的事情感到好奇。不久以后，他就给了我口号并要我传达给黑帮。霍华德想让我看用五英尺高的字母写成的宣言，类似“可恶的马克思主义”，它们真的是用超粗的字体写成的。

“霍华德，”我告诉他说，“我不相信这些小孩会把这种字眼放到墙上，哪怕他们是贫民窟出来的，他们对这种事情也是很严肃的。”

霍华德说：“你知道中国人在抗日战争时期对日本人做了些什么吗？”然后他就讲了一个漫长的故事——美国战略情报局提供臭气弹喷雾器给中国小孩，这些小孩悄悄接近外出散步的日本军官，只要往他们的裤子上喷一点点，五分钟后这些军官就会闻到一股恶臭，就好像刚从粪坑里洗了个澡出来一样。“这种事情对日本人来说简直就是奇耻大辱啊！”亨特说道。

我说：“这确实是个不错的故事。”他听出了我话里的反对意思，但是暂时并没有予以理会。

他依然是这么鲁莽。他想让我帮助沙威·福特斯尽快取得成果，但被我拒绝了，沙威跟我一直相处得不错。我培养的一批忠实“读者”回到了 Groogs，所以现在我掌握了相当详细的乌拉圭共产党（PCU）高层人员的资料，发现 PCU 的某些派别也具有一定的影响力。这两年掌管人事的碗哥却说，我的人是很不错但都算不上新人——我真不愿相信这是他对我打破蛋壳的报复。总之，霍华德现在想让我说服沙威安插几个间谍进 PCU 的机要办公室。这个任务不算太难，只要派个人去那里，换掉墙上已经老掉牙的电源插座（看起来就像白瓷把手），修饰一下让它看上去跟旧的一模一样，只是在里面装上微型麦克风和发射器。盖茨比在一栋办公楼里租了一个房子做监听点，它距离 PCU 总部很近，能够接收到发射器发出的信号。因此亨特说我们所有的工作都已经准备就绪了，唯一需要的就是由沙威走出关键一步。

但麻烦的是办公室禁卫森严。沙威负责机要办公室的保安工作，每周一次，值日那天他就会和另一位共产党同伴在办公室里留宿一晚。PCU 对保卫工作近乎疯狂的追求，任何人都不能脱离其他人单独行动，他们甚至都不能到楼下的浴室去洗澡，只能在房间里备上水桶，这里的规矩就是这样。但是呢，规矩就是用来打破的。每次沙威的同伴都会有十分钟的时间去上厕所，这就是一次不可多得的好机会。就用这十分钟，沙威就可以把原来的插座换成我们特制的新插座。但是万一中途出现什么差错的话，我可不敢想象可怜的福特斯会有什么样的下场。我不确定他们会折磨他的身体，但是至少，他在组织里算是堕落毁灭了。其实从某种意义上来说，他已经堕落了。当然了，我也需要思考一下，我是否过于爱护我手下的特工？过分的爱护和过分的鲁莽一样，都是不可取的。无论何时，我的压力都部分来自如何才能够很好地说服福特斯为我们做事，但我相信自己有这个能力做到。亨特希望我们在各条线上都能有所渗透。比如，在谢尔曼的指导下，盖茨比就用一家中立公会接手了碗哥的人事联系，公会随时会让我们知晓几个左翼组织的动态。

然而亨特希望更加深入:“我们在这里是为了对抗红色政权，不是为了掌控他们的社会进步。”因此上级才令盖茨比使用臭气弹。近来一些左翼团体会议频频被一帮右翼学生破坏，而这帮学生就是盖茨比在过去三个月一直雇佣的人。亨特坚信扔臭气弹的做法能够事半功倍，“这会让人感觉很幼稚，而无助又无知的人就会在这种氛围下坚持中立。所以这会让工人领袖们丧失掉一部分认真严肃对待自己的能力，这对工人领袖来说会是一个巨大的障碍。”

盖茨比，我好像还没跟你形容过他的长相——他的头发是茶色的，身材矮小，脸上还有雀斑，总的来说外形上其实没什么可以描述的。他看起来十分不显眼，甚至他的胡子颜色也没有深到能和他的浅色头发形成鲜明对比。亨特说服了他，让他刮掉胡子，现在的他简直是扔在人堆里都找不着的了。

我最后再详细说明一下臭气弹的事。AV/ALANCHE-1 到 7 都装配有小型臭气弹。亨特一再强调说这么做能够增强我手下的斗志，出人意料的是,亨特居然说中了。上次 AV/ALANCHE-1 到 7 外出时，他们确实与一伙左翼分子发生了一场激战，本来美国兵对他们还是心存畏惧的,但是这次臭气弹的使用大获成功,情况完全不一样。他们已经盘算着下一次突围的时候，在市中心附近的一个仓库外墙上喷一个“可恶的马克思”的标语呢。

说到下一场突围，我就想到碗哥本人也参加了苏联花园派对。我感觉自己就像作家安东尼·特罗洛普一样，赫里克·哈伯德能够说服碗哥太太与俄罗斯人共舞一曲吗?

此致，敬礼。

只属于你的哈利

1957 年 4 月 15 日

基特里奇：

要是我昨天没有寄出那封信该有多好啊！现在你如此期盼新消息，可我真的无话可说。苏联人取消了那个派对，原因是他们的驻外特工萨莫伊洛夫得了流感病倒了，这根本就是一派胡言。谁能比我们更了解内情呢？只要略微核实一下博斯克威尔第拍摄的录影就能确认，今天早上，那位萨莫伊洛夫先生还进出苏联大使馆好几次呢。

你可能会问，光天化日之下，我们敢派谁去博斯克威尔第家查看呢？这确实是一个勇敢的举动，也是再次与不受欢迎的莫尔伍德先生的漂亮合作。戈迪每次找博斯克威尔第先生出来到一个公共电话亭的时候，都会先联系博斯克威尔第先生的一个 12 岁侄子。因为这小朋友住得离博斯克家很近，所以也就是戴上帽子出门到他希伯来文老师那闲逛一趟而已。这堪称一种“间谍的艺术”。我多么希望大家都能像戈迪一样啊，他身上有那么多值得学习的东西。

就这样，海曼·博斯克威尔第向我们转述了萨莫伊洛夫确实健康地出入苏联大使馆。那么派对究竟为什么取消了呢？这个问题还不得而知。我们通知了 Groogs，他们把这个情况报给了苏俄分部，对此他们的分析是赫鲁晓夫对西方的友好举动是想要延缓北约核建设，而在蒙得维的亚对我们的邀请也是计划里的一种遥远示好。但是可能有些事一夜之间发生了变故，所以刚刚伸出来的橄榄枝又被收了回去。通过调查苏联大使馆在全球举办的派对情况发现，只有蒙得维的亚和约翰内斯堡的两个派对取消了，而这两个派对都邀请了我们使馆的人。

我们通过三方电报交流，目前得到的最完整的解读是，苏联方面表示出了略微的寒意，证据就是他们取消了派对，而不是直接拒绝邀请美国大使馆人员，这样看上去更加地委婉。天哪，一天就这么浪费了！我感觉很不好,巴里·卡恩斯的状态比我更糟糕，他这一整天都在给苏俄分部发送、接收电报。卡恩斯只不过犯了一个很小的错误，苏俄分部就对他大发脾气（与苏俄分部取得联系需要请求一个进入码，但这个进入码会每小时更换一次）。卡恩斯忘了华盛顿采用的是夏令时，不再比我们晚一个小时，这样就遭到苏俄分部讲那么多难听的脏话！不过话说回来，由于卡恩斯的失误，苏俄分部得在丢失信息里寻找，这花了他们九十分钟才找到了电报，部分内容如下：

NEXTT IMESH OWYOU RCERT IFICA TEOFI DIOCY（下次再展示你那白痴证书）。

剩下的内容我就不说了。苏俄分部全是由戴着啤酒瓶底眼镜、半秃、长着长尖鼻子、脾气暴跳如雷的人组成。

可怜的卡恩斯，我还没有跟你描述过他长什么样子。他并不适合这份工作,他实在是太胖了,体重可能是我们组织里最重的人，看起来就像一块肥肥软软的猪油。我真看不出来他哪里有运动细胞，竟然还能和奥古斯都打高尔夫球，而且擅长打长远球，还是个挑剔的却可靠的轻推球选手，只是一点，他的高尔夫球包已经开始积灰了。亨特上台以后，由于其管理制度更趋严格，所以卡恩斯自身的缺点也开始慢慢显露了出来。他很容易慌张，也很容易在工作中出岔子，而且有时候他与Groogs开玩笑下手也太重。我们约定俗成一种电报礼仪，我甚至可以称它为一种派头，驻点的一把手亨特都知道电报礼仪，可卡恩斯偏偏就不具备。霍华德上周发送给阿根廷—乌拉圭分部的电报是这样说的：虽然没有人告诉我，但我确信今天是我们乌拉圭驻点设立十周年纪念日。我驻点十分感激你们送来礼物，但烦请不要寄现金来，谢谢。

我明白，自己不能把这其中的幽默感完全传达给你，但是在我们与 Groogs 的高压关系中，这确实算是一封很有趣的电报了。他们是这样回复的：我部愿意考虑给你 3000 美分，助你将一份羽翼未丰的工作完美蜕变。

现在我似乎觉得自己已经飞越 6000 英里来到了你身边，因为我能感觉到你的愤怒。基特里奇，请一定原谅这封信给你带来的失望。

哈利

1957 年 4 月 19 日

哈利：

我知道自己不是一个成功的情报官员，因为我期盼得到一份情报，却无论如何求之不得。我需要隐忍自己的坏脾气，这让我不得不确信自己的加德纳祖先的确拥有德鲁伊血统。你上一封信，往好了说，是傻子说出来的一派胡言。我为何要知道你工作站的差劲长官和他的事呢？他发出来的电报正好反映了他的智商，你对如此平庸之人的赞许简直让我惊恐。

我在写这封信的时候，正坐在夏洛特的书桌前看着你送的胸针，于是忽然意识到这是我有史以来第一次叫他夏洛特，尽管大家都知道他是夏洛特。我在想，能让克里斯多夫引以为傲的假名会是什么呢，娼妓？墓碑？

孩子在哭呢，他老是哭，老是哭。是因为我叫他坟墓吗？其实，他未来的生活本来就是我的死亡。

胸针

你的胸针

1957年4月20日

亲爱的哈利：

如果可以的话请忘记昨天的那封信吧。我一写完就把它寄出去了，现在已经完全不记得自己都说些了什么。信里面的东西，可能一大多半都是我在胡言乱语；我当时太难受了，好像得了偏头痛，只是头不痛而已，或许我得了暂时失忆症吧。

你和那个妓女断了联系还是依然跟她纠缠不清？

我真担心情况更糟呢。

我真的不想再和你继续通信了。

就这么说定了。

中断一切与我的联系。

亨得利·基特里奇·加德纳·蒙塔古

如果我曾经发誓我再也不用安全电话联系夏洛特，那么现在我不得不打破这个誓言了。我们站点的安全电话保存在霍华德·亨特办公室里的一间密室，并且密室上了锁，更可恶的是，他对我的请求竟然一点也不通融。

我说："霍华德，我必须要用这台电话。"

"你得给我个理由。"

"私人原因。"

霍华德坐在他的桌子后面耸了耸肩："如果是这样的话，为什么不到小镇的另一边找一个公用电话呢？"

"这是组织事务。如果我不用安全电话，那个人是不会和我说一个字的。"

"是休·蒙塔古吗？"

"是的，长官。"

霍华德把他的手肘放在书桌上，两只手支成帐篷状，从胳膊肘中间的空隙中看过来。他说："哈利，我觉得你应该知道，夏洛特是我们组织的一个传奇，有六个正当理由和八个不当理由，其中一个不当理由就是：除非你用的是一台安全电话，否则你永远不可能跟他好好谈话。"

"我承认，休·蒙塔古是一个浑身怪癖的人。但这次是因为一些头等重要的家务事。"

霍华德终于发威了："我作为站点的长官，安全电话由我掌控没错，但你这样做是在要求我滥用职权。"

"看在上帝的分上，天哪！我在柏林随时都可以使用安全电话，那里的安全电话就放在走廊尽头的国防部，任何人都可以用。"

"柏林！"霍华德说，"那地方就是太放肆了，是该死的完全失去控制的放肆之地！"

"我承认。"

"我不能批准你因为个人私事而使用我的安全电话，绝对不能开这个先例。"

"好吧，长官。但是我确实有十分重要的家事要联系他。"

"我还以为这件事我们已经说完了呢。"

"霍华德，蒙塔古的孩子克里斯多夫的教父是我。就在今天早上，我收到的一封信，信中消息实在令人不安。"

"休·蒙塔古不是你的教父吗？"

"没错，长官，"我无法回避这个问题，"可你是怎么知道的？"

他的拇指捻着食指，看起来像是鸭子嘴巴一开一合。"我回华盛顿的时候，和阿尼·罗斯吃了顿午餐。"

"原来是罗斯，"我说，"他传话的本领可真要超过曾经的电话接线员了。"

话音刚落，没想到亨特居然笑了起来。"给你！"他把手伸到马甲口袋里，掏出了一把小钥匙，说："你要用就用吧，我能体谅为孩子忧心的感觉。"

"谢谢你，霍华德。"

"在你处理完这事之后，我不是说今天，不过也就是最近，我要和你谈点事。有些人警告我，你也不用问是谁说的，叫我离一个叫哈伯德的人远点，说你在柏林搞砸了事。"

"也许吧。"

"不过，每个人都会在比尔·哈维手下变得一团糟。如果你想听，真正难听的话其实是，说你跟错了人。"

我没有做任何回答。我内心已经暴跳如雷，但现在还是竭力让自己平静下来。

亨特接着说："我们可以找个时间吃个饭或者喝个酒，顺便谈谈这件事情。"他看了一眼手表，说："哦，我还要去参加一场重要的午宴，快迟到了。你可以留在办公室，事情处理完了再离开。"他笑了笑，缓和一下生硬的语气，然后就离开了。

在蒙得维的亚使用安全电话还真不是一件容易的事情。我得通过接线员层层转接，从布宜诺斯艾利斯转到墨西哥城，然后再转到华盛顿，花了半小时我才得到消息，夏洛特既不在办公室，也不在家。然后我又打电话到安全定位调查局，终于转接到了"野蒜"——这是夏洛特在基普的电话绰号。最终我在霍华德·亨特的密室里，花了一个小时才联系上这个让我敬畏的人。

"你打电话来，是想找我谈基特里奇的事吗？"他这样跟我打着招呼，这声音听起来像是从一根长管子的另一头传过来的。

"是的，我打电话来就是为了这事。"我说。

"不过你到底是怎么用上霍华德的电话的？你向他坦白什么了吗？"

"也许吧。"

"不用说，肯定坦白得够多的。"

"休，基特里奇和你都在基普吗？"

"她很好，注射了镇静剂，她没事。"

我不明白，一个注射了镇静剂的人怎么还能说没事？不过他可能猜到了我内心的想法，因为他说完又补充了一句："我陪着她，她不是孤身一人。"

"没错。"

之后他沉默了，从没见过他沉默这么久。当他再次开口，我感觉到他想告诉我更多详情。

他说："哈利，你知道吗，她并没有疯，只不过是负担太重了。"

"我也曾担心过这个问题。"我说。

他轻哼一声："担心？我都担心得磨碎了好几颗牙。你知道吗？她现在还想要给宝宝喂奶，同时还去工作。除了这些，最不幸的是，她还要服药，她每服完药都无法给孩子喂奶，只能等到药物代谢完才可以。"

我无法相信他说的话。"你在说什么？"

"基特里奇在给他人试药之前，总要自己身先士卒。但是这次她的时间选择是个错误。"

"那她现在还好吗？"我问。

"我已经告诉你了，她正在好转，刚刚注射了镇静剂，而且我的一个名医朋友正在负责她的恢复过程。是艾伦的朋友。"

"那么她去过医院了吗？"

"当然没有了。去你们二〇一医院看精神疾病，就像你们年轻人加入了共产党一样，可以让人大做文章。"

我能感觉到他是如此渴望交谈，现在的他该是处在怎样的一种状态啊！

"休，抱歉我想提个问题，你不觉得应该给她找一个非常好的精神科医生看一看吗？"

“我全都知道，”蒙塔古说，“我请了好多个医生，在TSS进进出出看了无数次，但是没有一个人比我更能理解基特里奇，他们谁都没有资格去插手影响她正常的心智。我跟你说了，她没有任何精神问题，再过一周，她就能恢复到从前那样了。当然了，最近一段时间她不能工作，而且将来必须停止摄入任何药物。这是她的志向，你难道还看不出来吗？这姑娘与众不同的地方就在于此。人们没能充分认识到她工作的境界，这足以使一个人正常的心智变得疯狂。”

“我能和基特里奇说两句吗？”

“她现在睡着了，我不想叫醒她。”

“那我能过一会儿再打过来吗？”

电话那头沉默了许久，我静静等着，可他依然没有回答。

“克里斯多夫和你在一起吗？”我又问。

“是。”

“有看护吗？”

“有个来自缅因州的好心女人每天都会过来，克里斯多夫晚上醒来的时候我也会起身照料他。”说完这些他又沉默了。

我想问关于他办公室的情况——现在是谁代替他上班呢？基特里奇曾经提起过，有两位非常可靠的助理，可能是“幽灵”的看门人。这时我心中涌起一丝无法摆脱的恐慌，因为我通话的时间在一秒一秒地流失，他一挂掉电话，我就又成了孤身一人留在遥远的乌拉圭。

“我能过一会儿再打来吗？”我再次询问。

电话那头又陷入了沉默，仿佛时空静止，又像被无数的微小生物吐的泡泡填满了一样。

“哈利，好好看看你自己吧，”夏洛特说，“你这个狗娘养的！从今往后你必须停止与基特里奇通信。”

听了这话，我的第一反应就是想知道，他是已经看过那些信件了，还是仅仅知道我们在通信而已。

最后，我开口道：“噢，休，我想这句话应该由基特里奇来说才算。”

“哈利，生孩子对一个满怀聪明才智与雄心壮志的女人来说，就像用长矛在身上捅了一个洞，剥夺了她所有的能力，她需要好好休养。所以，别再通信了。这是我的心愿，也是她的心愿。”

“我要去请个假。”

“就算你能请到假，我也不允许你见到她。”

“休，请别挂电话，请不要对一个身处六千英里之外的人这么残忍。”

“有件事我一直很不满意。跟你说实话吧，那就是你，哈利，不是因为你选择了这种职业作为毕生事业，而是你还不够坚强，有本事你就证明我错了。好好工作，我们若不去看你你就永远不要来找我们。”

说完这话，他就挂断了电话。

13

我住的旅馆在中央邮局附近，我有个习惯，每天早上去上班的路上，都会拐到邮局看看是否有我的信件。萨利会把给我的信投到那里，关于信的内容你可以猜到，无非是些情话或邀约——“噢，哈利，我十分想念你。周六咱们干点什么呢？”

有人想念我当然是好事。收到基特里奇最后一封信后的一个月里，我心中憋着一股怒火，所以便和萨利疯狂做爱。我知道这对她不公平，但是我觉得萨利应该为我失去的东西负责，我心中充满怨恨，这也许会加深我与萨利的隔阂，但她却一直夸我很棒。性的虚荣驱使着我，我一直问自己，为什么不能像其他美国人一样，随便找女人玩玩，然后就忘记她们。就拿碗哥来说，他可以如此潇洒地在蒙得维的亚的妓院“款待”盖茨比和我，他可是个有老婆孩子的人，而且还身负驻点副指挥的重任，他都可以毫无忌惮地享乐，为什么我就不能呢？更讽刺的是，我竟然还想对萨利忠心。或许这就是性的矛盾吧，性经常会对爱妥协，性与爱并不是完全没有关系。如果我继续和萨利幽会，那不应该和她在一起的想法就会让我很生气，因为她让我和我唯一崇拜的女神相距越来越远。我因为基特里奇的事而痛苦，但我的愤怒又不得不向我的性贪婪妥协。这份失去让我在爱的国土上变成了一个无家可归的流浪儿。

然而还有点滴的爱溜进我的心里，所以我并不十分鄙视萨利，相反却很同情这个孤独的女人。在她的生命中，理解她的人要么是疯狂的牌友老太太，要么就是年轻的冷漠情人，或者是最了解却最不理解她的丈夫。她抱怨道：“他以为自己嘴上说说想陪着我，我就会开心了吗？‘噢，萨利是一个善良的老姑娘。’说得好像我是四健会[1]播种比赛中第一名所获的蓝绶带。我有时很讨厌谢尔曼，他总是欲求不满，而且一点也不体贴。”她说着说着就开始抹眼泪。我抱住她，第一次感觉到我对她如此同情，但同时我也轻视她，我不知道自己对她的好感与同情能持续多久。每当我看到她身上的瘀伤，我便想起基特里奇·加德纳·蒙塔古，不知道未来我对她会如何。

一想到她我就陷入了痛苦的深渊，她真的疯了吗？我回不去美国，所以每时每刻都在为自己的所作所为懊悔。是的，已经没有希望了，夏洛特没有开玩笑，也许他是对的。

但是，我和萨利在一起总会让我觉得自己背叛了基特里奇。尽管如此，我和萨利的性爱却愈演愈烈。我有时会躺在她的胳膊上，想象着基特里奇

[1] 四健会（4-H Club），美国农业部的农业合作推广体系所管理的一个非营利性青年组织。

是否在好转中，我是否要跨越六千英里去看她。

算了，就这样吧。整个五月连着六月我都觉得自己像一个露天矿工人，蒙得维的亚的冬天不是很冷，在这里过冬跟在东部煤矿过冬没什么两样。我在乌拉圭很孤独，没有什么信件可写，所以我接受了夏洛特的建议，每周看两次沙威·福特斯，看一次 AV/ALANCHE，照看旅游管理局和护照管理局的 AV/OUCH -1 和 2 也在我的计划内，同时负责社会板块的同性恋记者 AV/ERAGE 也向我表示好感，并告诉我盖茨比去了碗哥曾经待过的工会；除此以外，我依然负责联络那家犹太人（他们整个冬天都是在拍摄出入苏联大使馆里的人中度过），这些事全都由我一个人来做。亨特甚至还命我全权负责戈迪·莫尔伍德的事，我必须得解决他们的现金需求，某些天的早晨，似乎每一张脸都想让我发火。有时看到碗哥、卡恩斯和盖茨比一同出现在大办公室，我就再一次意识到每天见到的脸孔竟然如此陌生又熟悉，甚至每一撮鼻毛都不对劲儿。

一九五七年，在乌拉圭度过的那个冬季，正是北美的夏天，我和亨特成了朋友。距离我打电话到缅因州的基普已经过了两个月，我每周去卡拉斯科两次，与桃乐丝和亨特共进晚餐。以前我对亨特评价很高，但现在经过长时间的接触，感受到他的各种规定、习惯和形象之后，我对他的印象已有所改变。亨特性格不是很好，喜怒无常，但他仍是我的领导。我再次发现，尽管其他方面都做得很糟，但我与亨特相同的一点是，我们对工作的爱却从不曾减过一分。

破屋

1957 年 6 月 30 日

亲爱的哈利：

我从你母亲那得到你的地址，我想给你写信是可以的。我真的很想告诉你，我现在一切都好，事实上，我现在的情形正变得越来越好。宝宝已经不用我每天哄着，他已经对数学产生了兴趣。我们请了一个保洁员，我也开始上班了，单位里没人知道我曾经得过病，休很快就把这事处理妥当了，也许艾伦知道，但是其他人都不知道，因为我和休结婚后就没休过假，所以我们侥幸蒙混过关。当然，他还在为基普工作，而且很勤奋，而我只能自己从疯狂中慢慢恢复。不要再放在心上了，真正的问题不是你，也不是胸针，也不是孩子，也不是休·蒙塔古，你们都是我的朋友。事实上这是个不明智的实验，一种让人产生恐惧的药物，叫作LSD，会使人失去意识。过去五六年，人们也做过此类实验，但是并未得出具体的结果。我在自己身上做这个实验，希望可以得出LSD对 α 和 Ω 的影响，结果也是徒劳，估计连 α 和 Ω 也避免不了加入这场恐怖的土风舞会吧。

我写这封信是想和你道歉，我知道我所做的一切不可原谅，有时候我想和你诉说，但又没有勇气。他禁止我给你写信，某种意义上来说他是对的，我想我过着双重生活——朴素但也到处都是麻烦。我已经答应休，再也不会和你联系，除非我事先征得他的同意。当然，我说这些的时候，心里在默默地祈祷，所以这封信不算。总之，我想珍惜这次机会。

我真的很想告诉你，我真的一切都好。事实上，我比以前更爱休了，他在缅因州对我那么好，又那么关心我，我能感觉到他是多么地爱我和孩子，而这些我之前一直不知道。休对我们真的很好，他的爱简直深不可测。如果没有他，我可能一直沉陷于狂乱中，虚度着年华。

我写这封信也是想告诉你我很想念你，我有耐心，再过三四个月，我要向休证明，我真的好了，没有旧病复发。到时候我完全恢复，这边正值秋季而你那边正是春天，我会告诉他我想继续给你写信，如果他不同意，我们就等着瞧，耐心点吧。

把我当成你的表姐，你亲爱的表姐吧。我会一直爱你，以一种特殊的方式爱着你，这让我感到温暖与轻松，我承认，我十分想念身在远方的你。

基特里奇

附言：休·蒙塔古从未见过你的来信。我告诉他我们曾经是有过往来，但只是作为大学同学的身份通信，别无其他。这是他可以接受的，因为他见过你来拜访我。所以我的坦白消除了他的疑虑。我不敢告诉他我们之间的其他事情。他永远不会理解，也不能原谅我们。

我又一次向他撒谎了，说在我吃 LSD 的那个夜晚，把所有的信件都撕毁了。你看，即使我是在发疯期，我还是很会撒谎的吧。

14

尽管晚饭只有我们三个人一起吃，但是气氛也很严肃。在他们漂亮的长桌前，霍华德坐在桌子的一端，桃乐丝坐在另一端。如果说他们两人都是势利小人的话，我发现被这样的人接受，就跟中了奖一样，自己仿佛沐浴在芳香之中。霍华德拜访“破屋”的经历并不十分愉快，所以现在目光又转移到了我的身上——我不仅是哈伯德家族的继承人，而且还是蒙塔古的教子。但是霍华德还未理解，有些社会欲望是无论如何也无法满足的。我喜欢他还有另外一个原因，那就是在他面前，我有一种不可言喻的优越感。

回到办公室——当然，我不会忽略我的本职工作，我注意到我的任务之一就是要把今天的报道在今晚之前送到亨特家，因为下午亨特出去和乌拉圭人在赛马俱乐部谈笑风生。我很久没干过这事了，因为碗哥和其他同事都以为我并不是为了工作才去他家，而是他家餐桌上的固定客。所以那天晚上我去亨特家办案时，盖茨比或者卡恩斯甚至碗哥都亲自开了十二英里的车，去卡拉斯科海滩（亨特家就住在那里），亨特住在一栋白墙红顶的别墅里，离大海只隔两个街道，但是他大多时候不会留我的同事在他家吃晚饭。桃乐丝对晚辈一般没那么友好。而我也不愿意在那见到萨利，也不愿看到卡恩斯那副表情，卡恩斯的妻子个头最小，他们两人在一起看起来十分不协调，桃乐丝对这种不协调似乎感觉很不习惯。如果盖茨比出身较好，他妻子狄奥多拉也来自南方有名的女子教育机构阿特金斯—埃默里（Atkins Emory）的话，也许亨特会再邀请他们一次，但绝不会再有第三次。

我和萨利度过了一个最难熬的下午，那天碗哥邀请大家和霍华德以及桃乐丝共进晚餐,以作为回礼。萨利那天的表现有点吓人,她一直说要离开，差不多说了半个小时——我竟然和一个身体僵硬、患有社交恐惧症的女人做爱！亨特可能一心投入到“马克思主义是狗屎”的游戏中，他想把球状纸箱往前运，却不能回头。这次晚餐亨特注定不能吃得很开心，因为我们都不知道怎么玩那个玩意儿。桃乐丝更糟糕，她有八分之一的拉苏族和哈里森血统，天生性格比较冷血，亨特夫人的称号果然没有白叫。亨特会告诉你，桃乐丝嫁给了 Goutiere 伯爵家的人，他们在金德讷格尔有一所房子，“Goutiere 伯爵家都在那里，在加尔各答附近。”

我不知道 Goutiere 究竟是法语中的印度语，还是印度语中的法语，虽然我时不时地会听到“伯爵夫人”，但还是不知道怎么写。桃乐丝是贵族出身，乌黑的秀发、大大的眼睛、高高的鼻子，但她的嘴总显得她愁容满面。她有一种奇妙的吸引力，自我感觉很不错。

无论亨特一家有何优势有何缺点，他们还是会殷勤招待我，只是我付出的代价就是在办公室忍受这位“家中哥哥”的冷漠。无论如何，我接受了这场“交易”，这给了我一个机会，让我更多地了解亨特对驻点的看法。在卡拉斯科吃晚饭期间，桃乐丝说道并不是所有的交易都能在饭桌上完成，在晚餐前半个小时，亨特把我叫到他的书房，我们谈了很久，说到了盖茨比和卡恩斯的缺点与不足。在他和我说这些的时候，我没怎么回应他，因为我知道这是在为我的新任务做铺垫。凡是我们付费的记者和编辑全部由碗哥负责联系，让他们在蒙得维的亚报纸上刊登我们的新闻。但是上周碗哥等了很久才等到他们的期刊，结果主题竟然是“赫鲁晓夫，乌克兰的屠夫”。

所以我知道我的新任务是什么了，碗哥认为和记者的联系神圣不可侵犯，所以大部分书写和编辑工作可能由我来负责。亨特抱怨盖茨比和卡恩斯的工作任务完成得不好，我知道他这是在向我暗示我的工作量将会很大。这是所有机构长官的小把戏，我已经了解得一清二楚了，他们往往把枯燥的工作交给新人，亨特就是想给我派更多的任务。我只好点头同意，开始接手碗哥给他最欣赏的三位新闻记者发的资料，AV/ARICE、AV/ENGE、AV/IATR——亨特达到了他的目的，可以松口气了。

他告诉我:“哈利，等我们把该说的话说完、该做的事做完，你就会发现，其实宣传只占其中一半，但我觉得这是更好的那一半。”他打开他的抽屉又关上，似乎是在检查苏联人是否在这动过手脚。“我真不想跟你说，”他说这些的时候用双手挡着嘴，好像要阻隔所有敌人的耳朵似的，“我们身后到底有多少家媒体报社，收买记者简直比买马还容易。”

这时女仆敲响了书房的门，晚饭时间到了，公事暂告段落。桃乐丝不如亨特健谈，饭桌前，桃乐丝通常是听亨特讲，我希望她能把亨特的话吸收变成自己的思考，毕竟她已经听过那么多次亨特的故事了。

但是我没有听过，所以觉得亨特讲得很好，现在举一个例子吧。

“两年前在日本那会儿……”

“好像是一年半吧？”桃乐丝说道。

“你总能清楚地记住时间，”亨特说道，“好吧，十八个月以前，中国人宣布要在日本举行首次商品交易会，展示他们先进的机械设备。这真是惹来不少关注，我们也曾经历过，但是这事决不能发生。万一他们真的有竞争力怎么办？美国的利益会受到影响，而且我们当然不想日本与中国拉近关系。我设法潜入他们，事先打探消息——可怜的中国人啊！他们的设备只不过是我们的劣质复制品，而且大部分还是手工艺品。显然，他们手工作坊的规模不会减小，不，我们根本不需要花钱和他们竞争，只是我决定炸毁他们的展览会。”

“你打算使用‘谁—我’吗？”我问道。

“根本用不着,这次的任务叫作策略。我雇佣了一个技术很好的飞行员，晚间使用飞机向东京投放数以万计的传单，上面写着：请来参加中国贸易展览会吧，免费入场，还有免费的啤酒、主食、生鱼片。”

亨特开始大笑起来：“哈利，中国人将被淹没在东京人民的浪潮中，每个日本人手里都拿着一份传单。到时候他们只能关门，因为他们根本就不提供免费的东西。迫于舆论压力，他们也不得不离开日本。”

“说到奖励，”霍华德说道，“我认为我坐站点总指挥这个位子的主要原因就是由于这个妙计的成功。当然,我还得谢谢桃乐丝。”他向她举杯道,“朋友，看看你的女主人，你怎么形容她？”他问道。

“一位漂亮的女士。”我答道。

“不止吧，我通常看女性的深层内涵。哈利，问问你自己，你觉得桃乐丝能当间谍吗？”亨特问道。

“没有人比她更适合了。”我答道。

“你说对了，”他抿了一小口酒说道，“我不会放过我不应该放过的人。在东京时，就是她拿到了阿根廷的代码笔记。”

“您太厉害了！”我充满敬意地对桃乐丝说。

“好吧，霍华德非要这样说我也没办法。其实对我来说，这并不是什么壮举，毕竟当时我正为阿根廷大使工作。”

“她的西班牙语非常了得，她是阿根廷大使的发言稿起草者。”霍华德说道。

“兼职的。”桃乐丝补充道。

“尽管做的是兼职，但她还是趁午睡那么会儿工夫就拿到了代码笔记。我们在拐角处有一个小队，拍到她的速度比你扒兔子皮还快。而且午休没结束她就把代码笔记放回原位了。北亚地区指挥官都敬佩她。亲爱的，你真的很棒！”霍华德说道，“即使我没在巴黎遇见你，我想我也会在香港的某个晚上被你迷住。”

“我去香港干什么？”桃乐丝问道。

“经营一个大型间谍结构，培养间谍精英，所有国家都得找你。”

“趁酒还没被你喝完，递给我一杯吧。”桃乐丝说道。

“再开一瓶吧。”霍华德说。

那晚我们都喝醉了。桃乐丝后来去睡觉了，霍华德又和我谈了很久。我没有哥哥，但是他给了我一种哥哥的感觉。

吃完晚饭我们一起回到他的书房，他又拿出一瓶拿破仑酒，我们开始了饭后的感情沟通。亨特书房的墙上挂了大概五十张照片，有他和桃乐丝各自的童年照、他们一起在巴黎的照片、他们孩子的照片，还有亨特各个时期的纪念照，包括在大学乐队演奏萨克斯、当海军少尉、在美国海军后备队、在瓜达尔卡纳尔岛当通讯记者、在写小说时的照片，还有他和中国持枪狙击兵的合影，他在奥地利坐山吊椅、他在莫斯科抓野鸡、他在阿卡普尔科海滩、在好莱坞、在怀俄明州手持羚羊角的照片、他手持公羊角的照片（我也不知道是在哪里），我们到希腊时，他已经不想再旅游了，他在卫城给自己放了个假，坐在一个大皮革座椅上，显然他早就想好了，让我当他的助手。

酒喝得越多，他就越自信。不一会儿，他就开始叫我哈伯，我听着这个名字意义非凡，很快他就解释说他的双胞胎哥哥的昵称也叫哈伯（这可能是莫须有的）。“话又说回来，哈利，你的名字不错。”他说道。

“谢谢。”

“哈利，你在这一行业有什么打算吗？”

“在这一行业？”

“从现在开始，三十年以后，你是想继续干下去，还是想退休？”

“我喜欢这份工作。每天都能学到东西，我希望我可以做好这份工作。”

“会受到良心的谴责吗？”

“有点，但我会适应的。”

“很好。”霍华德说道，然后打开抽屉，“我接下来要给你看的，是秘密。”

“好的，先生。”

“这些都是个人评估。”

“我知道。”

“我们就不看盖茨比和卡恩斯的了，我想不起他们有什么好事。”

我也不能，所以我保持沉默。

“碗哥得的 B-，你的成绩更好。”

他一定是又有了其他想法，因为他没有拿出文件就关上了抽屉。“我给谢尔曼的分值挺高，他工作勤奋，而且做代理副指挥官也很用心，但是我得慢慢地提拔他。他现在已经是驻点副指挥的水平了，但要等他学会了如何管理，才能继续提拔他。我怕他会一直窥探这个职位，但没办法，我必须公平对待。”

“我知道你的难处。”

“你这边也有问题。比尔·哈维是一个报复心极强的家伙，我们都这么认为，但是他确实有与众不同的地方。他说你不值得信任，这可是致命的打击。一周后他又改变了主意，他写道：‘经过考虑，这个人有些怪异，但是很聪明，值得信赖。’当同意你执行这项任务时，检查员开始好奇：是什么让哈维对你的看法发生了一百八十度的大转变。但这对你来说没有什么不好。”

“是的，先生，”我停顿了一下，“噢。”我听到自己说。

“你需要得到我的明确肯定。”

“我也这么认为。”

“我相信你能理解，我在你身上看到了许多优秀同事身上所欠缺的特质。虽然现在还没有相关经验，但是我看你很有潜质。我打算让你更上一层楼。”

“谢谢你，霍华德先生。”

“因为你很有志向。”

我是这样吗？从知识和权力中做选择对我来说绝不是个难事，前者就是我的首选。不知他是否看到了我自己都没察觉的品质，难道是他的拿破仑酒激发了我的潜质？总之，我知道这些话给我带来温暖。明天我还得好好想想哈维对我评价的事。

“哈伯，最主要的是，对不起，应该叫你哈利，不要自欺欺人，我们谁都想成为中情局的老大。对我来说，这比当总统都好，你觉得呢？”

我当然不能回答不是。我点了点头。

“见鬼，我真的这样想。我在二十岁的时候中过弹，五十岁的时候也中过一次，桃乐丝说我有个不好的习惯，那就是对自己太不小心了。我对自己的关注可能只占所有事情中的1%，而这1%的关注就是我的神经。我的神经很不一般，我从头到脚指头都是由它支配，再过十年到十五年，我可能会真的争取最高位置。所以你要争的话，可能就要再等二十到二十五年了。”

“我今天算知道好的白兰地究竟是什么样的了。”

“哈哈，哈利，你再说一遍。”他抿了一小口酒，无名指敲打着酒杯。“好吧，我们理解了这场游戏的意思，为我们的目标干杯吧。”他举起杯子。

“干杯。”

“让我给你说说你最近的主要任务。过不了多久，你得结婚。”

“确实是件令人期待的事情。”

“一位优秀的中情局情报员的妻子可以说是一件艺术品。当初我被派遣前往危地马拉时，桃乐丝正怀着我们的第三个孩子。在她最难熬的那段日子，我却不能留在华盛顿陪她。但是结婚有好也有坏。干咱们这行的，从短期来看单身是不错，你想去哪就去哪；但是时间长了，就会凸显许多不利因素。客观来说，咱们这行最好的妻子人选就是有钱的女孩，在社交方面能应付得来，就算我们一连几个月不在身边，她们也能自己养活自己。

“咱们这么说吧，只要你还没结婚，就好好利用单身的优势，尽可能寻求机会，争取在不同的部门间调转，拓宽自己的领域。当你遇到合适的女孩时，我指的是像桃乐丝一样优秀的女孩时，就应该和她结婚。如果你没有结婚，是不可能坐到驻地指挥官的位子上的。机构的领导一般而言都是我们国家的外交大使，我们只是外国人眼中的美国花瓶。”他修长的手指呈四十五度角从酒杯向上指出。“你看，我的理论就是，我们这些身在国外的美国人都是‘控制嫉妒组织’中的一分子。我们向全世界展示了如何过上清净而富裕的生活，他们都憎恨我们。所以我们做的任何事情，都与‘控制嫉妒组织’密切相关。他们可能憎恨我们，但是他们的憎恨毫无用处，就让他们恨去吧。让他们恨我们，就是你未来妻子的职责。”

他说这一切的时候，我脑子里想的和他说的并不一致。可能是喝了酒的原因，我并没有任何想当高层领导的想法，不，我在这拥有双重生活。我把全部的希望寄托在双重生活上，我点了点头，好像白兰地是我的知己一般。

15

天气变暖时我才再次收到基特里奇的信，而这时我已然要迎来在乌拉圭的第二个圣诞节了。

1957 年 12 月 12 日

哈利，亲爱的哈利：

我想看到你的来信，也想写信给你，告诉你我所有的事，最近真的发生了好多事情。

当然，我又一次违约了（我不想说自己食言，因为这是休·蒙塔古逼迫我发的誓。在我心灵最脆弱的时候要我说出的誓言不能代表我的心声），也许这个逻辑站不住脚，但我还是决定不告诉休我又开始和你通信了。就算我告诉他，他也不会同意我的请求，结果反而让我更难和他相处，因为我不会向他的强势妥协，他也不会接受我的反抗。到那时候，我们好不容易培养起来的平等、真诚、幸福的婚姻可能又要陷入危机，尽管他在我最需要关怀的时候给了我无微不至的照顾。

显然我已经学聪明了许多。维持生命只需要一口饭，但灵魂的存在却需要另外的东西，也正因此，我才需要你的来信。然而欺骗休我并不心安理得，负罪感日益上升。所以我要向你倾诉的可能不再是你期望听到的内容，而是关于真正的我。事实上，我很快就会写一封长信给你。

附言：再次启用这个信封很安全，只是地址要换一换。你依然寄给波莉·盖伦·史密斯小姐，但是地址变成了AT-658-NF。

我的回信内容只有两行：你的圣诞礼物已原封到达。等待你的“词曲”。

1958年1月5日

亲爱的哈利：

你的教子小克里斯多夫现在好玩极了，他的事说出来准能让你乐上一阵子。当然，其他妈妈已经提醒过我了，他现在这个年龄正是让人不放心的时候——他会走路了，但怎么也不肯开口学说话。你永远也体会不到我对这事有多抓狂，而且一朝一夕还解决不了，只能苦等几个月心才能安。克里斯多夫每次出去总是这也碰碰那也摸摸，唯一的解决办法就是让他坐在婴儿车里，或者只让他走有栏杆的楼层。小克里斯多夫每次进客厅都像极了醉汉，张牙舞爪的，总想把我们的藏品通通打碎。天啊，我真是爱死他了！每次他想碰倒我的手工杰作“精灵”或者精致的飘仙洋酒时，我都会忍不住对他大喊“不要”，这时他总是露出一个小男子汉似的咧嘴大笑，像极了休的邪魅一笑。噢，哈利，每当看到我的挚爱宝贝在我面前晃来晃去，我都担惊受怕，可再值钱的古董也比不上这个活生生的小宝贝！

哈利，我思前想后决定向你坦承一件事，我不知道你早在几个月前就已经掌握了我的精神病情，对，都是因为这个麻醉药LSD，还有胸针、休和你，当然也有一些控制不了的幻想和难以克服的困难。但是，这都不是真正的原因，真相是我当时在为中情局效力。

我想告诉你的是，每当我想起“蟑螂小巷”的一侧，那技术服务部办公室里的语料库和中情局的走廊，我就会想到艾伦·杜勒斯穿过那条臭走廊时总是皱皱鼻子。我总幻想着他变成了一匹马，长出了尾巴和马脚，你知道他天生就有马蹄内翻足吗？他的家族给他做了一个治疗畸形足的手术，好让他走得快些，而不是让他成为一个解密高手，所以只有当他的撒旦似的邪恶欲望遭到刺激时，他才会一瘸一拐地走路。当然了，物以类聚，他果真和一个叫柯洛弗的女孩结了婚（她的名字拼写和“马蹄”仅是最后一个字母不同）。哈利，原谅这群容易上当的可怜人吧。每当休或者艾伦留我加班，我真的恨透他们了，他们真不是好老板！

哈利，别着急，我正在整理杂乱的情绪，这些内容我只对你一个人讲。你也知道，因为中情局的工作很大程度上偏离了精神控制，而精神控制是操纵他人灵魂的必要条件，所以我经常会因为思考我为TSS工作是否合情合理而分心。然而，看看夏洛特支持的人，他们都赞成精神控制。你看看，为了人类的未来而发动的伟大战争——基督徒对抗苏联赤色分子。俄国唯物主义者选择代表鲜血和火焰的红色作为他们的象征色彩，难道不明智吗？要我说他们真是明智！因为他们选择了一种恰当的颜色填补了他们唯物主义的空洞。我是不是又神志不清了？自从我认识了休，我就看清了这样一个事实：共产党分子一天

24 小时都在想办法控制全人类的信仰，所以我们也要日夜不懈地挫败他们的阴谋。中情局是我们的圣地，它不仅搜查秘密信仰萌芽、催眠一般的精神操纵、制作令人胡言乱语的非法药物，还实施心理控制，我们要赶在共产党成功之前歼灭他们、接管他们的地盘。事实上，休在与我结婚之前，曾经给我做了一个态度鲜明强硬的演讲（这是他最坚信的人类精神来源理论），我深受影响，完成一项使命时，同时催动自己最好和最差的一面，那么人们就能全力发挥自己的才能去作为。后来偶然的一次，他对我坦诚地说道："因为我要克服自己的恐高症，所以我才这么喜欢攀岩。当然，这算是个正面积极的理由。但是，我喜欢攀岩还因为我享受把别人踩在脚下的征服感，而这也是我本质的一部分。"哈利，他如此坦诚令我心烦意乱。我知道，大学女孩般的青春靓丽只是我的外在，而在我的内心深处是莎士比亚式的流血、伤痛和无法言说的心事，我知道休总能搅动我内心最黑暗的世界。

与我结婚前他就能在生活中运用他这一理论了，因为结合我和他的优缺点可以在工作上一往无前，所以他说我和他简直是天生一对。我们必定会合作无间，最后大败克格勃。而那些"悲惨的同事"（休的原话），即使他们竭尽全力表现自己，也注定事倍功半。

所以休·蒙塔古强壮的手臂抓着我的手腕，带着艾伦的祝福，我进入了中情局技术服务部（TSS）工作。我之前已经做好了投身于这份工作的准备，当然了，我完成岗位培训后就立即领工作服走岗上任。而且哈利，你也知道，TSS 里相当独立，与其他部门的工作泾渭分明。现在已经是我在 TSS 工作的第五个年头了，但我还是会对一些简单的问题犹豫不决，比如要不要挑战自己找难度大一些的任务来做，要不要先搁置某些暗杀任务，或者判断我们有没有被一些任务套牢，比如一些应该立即结束的实验。在单位里三人成虎的事时有发生，我就遇到过好几次，而且大部分都是因为阿尼·罗斯，我都不知道能不能再相信他了（他真是太八卦了）。

好了，哈利，我真正忏悔的时间到了。一年半之前，阿诺德开始在我手下工作，他工作很出色，很快就成了我的第一助理。他是个聪明人，但他也很“坏”，你应该明白这里的“坏”有点老派拉德克里夫癖好的风格，如果我们把这个词用在男性身上，意思其实就是指他是个同性恋。但你千万不能在他面前一直说，阿诺德很会隐藏他的癖好。他说自己自从进了单位，就一直避谈跟性有关的话题，我才不信他的话呢。但是他对天发誓了，我想他也是迫不得已才发这个誓。显然，他在学校似乎还是“女王”级的人物，很难想象吧。他那时一定怪模怪样，眼镜笨重，以全优的期末成绩毕业并做毕业演讲。他说自己的发音有问题，特别是念“降低”这个词的时候，他读得有点像黑人口音。当你慢慢了解他的时候，你会发现绝不能相信他的那些拙劣荒谬的谎言（他居然说休是一条总办不好事的走狗）。我问他是如何考试进入TSS工作的，他轻松答道：“亲爱的女士，人人都知道怎么通过测谎仪的检测。那是常识。”

“好吧，那你是怎么‘通过’的？”我不禁又问了一遍。

“我不能告诉你，这会冒犯你的。”

“绝对不会。”

“基特里奇女士，您是我见过最单纯也最闭塞的人了。”

“快告诉我吧。”我催促他。

“亲爱的，我们都会吃豆子。”

“豆子？”我一点都没弄懂他到底是什么意思。

“一旦你知道考试开始的时间，剩下的只不过是考试过程中的轻微不适。在我看来，你吃大量豆子就能解决，你的臭屁会把那些鸟儿都熏飞的，哈哈。”他详细解释给我听。

我拍开他的手道：“阿尼，你真是个恶心的神经病骗子。”

“才不是呢。这个办法只是加速你的肠胃蠕动，你忍不住就会放屁啊。当时考官对我的行为非常恼火，‘你不可能会过的，’他大喊道，‘你没希望了！’我连忙向他道歉：‘对不起，先生。我不是故意的，我一定是吃坏了什么东西。’”

哈利，阿诺德有时候真是个恶魔，如果我从来没想过 α 和 Ω 理论，那阿诺德的存在已经刺激我的思考。他完全就是双面人格，我想你可能会更熟悉一些，但对我而言就很陌生了。我想，休把他安排做我的助手，目的就是希望我身边至少还有一个聪明人。当然了，阿尼满足了我极大的好奇心，让我知道了经过走廊的许多人的小秘密，周围一有风吹草动，阿诺德都了如指掌。“基特里奇，好好感受那扇门吧，门后就是吸血鬼德库拉的魔窟。”

他说的这一点我倒很相信。但是我想，我是不是那种很容易遇到灵异事件的人。（几个月前，你还记得我在基普碰到奥古斯都·法尔的鬼魂吗？而且我清楚地记得那是一个坏天气，他走起路来就像艾伦一样一瘸一拐。噢噢噢，我不能再想了。）

哈利，我还想跟你说说几年前的事，就是我刚进单位的那阵子。艾伦·杜勒斯对我的拉德克里夫高级理论“α 和 Ω”非常着迷，所以他一开始就全力支持我做这方面的研究。当我一结束农场训练——就是我们见面的那个春天，我就十分幸运地和五个毕业生去了康奈尔，一起合作研究心理学，他们甚至还不知道一切经费全由TSS负责。当时另外一件幸运的事就是我可以两周一次飞到伊萨卡岛，去那看看研究进展如何。

那时的我工作兢兢业业，清清白白，而且似乎还爱上了艾伦，如果没有休，我想我会考虑和艾伦发生关系的。艾伦也很可爱，如果我不加节制，那么最终肯定会和他发生工作以外的关系。幸好我及时悬崖勒马，没有一错再错，我停止了研究 α 和 Ω。也没有像专家弗洛伊德一样一直待在自己的实验室里，把自己作为实验对象研究多年，再把自我、本我的研究公之于众。我的研究进展太迅速了，当时中情局急着挖掘单位里的内奸。

在这项研究上我花了五年时间，一直努力做出一份能揪出单位叛徒的测试报告。终于在八个月前，测试报告成型，一共有20个不同的测试表，每个表有25道测试题，而且就像斯左迪测验或罗夏克墨迹测验一样，这个测验对精神错乱划分出了不同的等级。

形成一个可靠的 α-Ω 理论，是件极其辛苦的事。更惨的是，我们要对“长脚汤姆”（我们单位内部对五百个配对测试者的专业称呼）至少测试五次才能得出 α 与 Ω 互相转换的过程特点。但是有些官员完全孤立这两种人格，而演员、精神病者却能够一天变脸二十几次。针对这些情况，测试员要在一天的不同时段、根据被测试者的不同精神状态对他们进行重复性测试，这样才能拿到他们较为准确的数据分析，从黎明到半夜，从醉酒状态到清醒状态，不一而足。最后，我们还设计了一套非常简单的矢量测试题来确定嫌疑间谍或双重间谍。设计“长腿汤姆”比培育兰花还要难。

哈利，这五年时间里，我经常要承受巨大的哀痛、怀疑、挫败感。这五年时间里，在走廊的对面还工作着另一位心理学家吉廷杰，他曾在俄克拉何马州诺曼乡国立医院工作。他一直在检测我的测试报告的可行性，因为我的测试报告借鉴了老式韦克斯勒智力测试的精华部分，所以他把它称为“韦克斯勒—贝尔维尤 G”。经过检测，他最终觉得我的测试报告是可行的。吉廷杰，他长得像矮小健壮的圣诞老人，还留了灰白的胡子，能利用他的测试（只有一部分）更加容易地抓到叛徒或嫌疑间谍。

哈利，我和罗斯最终信任了对方，然后他就警告我要关注单位的风向变化：韦克斯勒·吉廷杰的工作蒸蒸日上，我却远不如他。

“他们到底说了什么？”我问罗斯。

“呃，有些人觉得你的方法不实用。”

听到这，我很难过。接着我就听说，吉廷杰得到某大型财团的资金支持，好过我们那华而不实的待遇。他现在有人类生态学基金会的支持，而我在康奈尔的研讨会已经很久没有组织过了。

这就是我在研究方面遇到的种种难题。哈利，上帝始终待我不薄，一直以来都给予我好运。如果说我的母亲对我毫不关心，那么我的父亲则对我十分宠爱，深沉的父爱弥补了我母爱的缺失。但我和我的父亲并没有越雷池一步，父亲对我深沉的爱，从未随时间的流逝而消散，从我三岁有记忆时我就已经感受到了。我渐渐长大，父亲对我的占有欲也越来越强。哈利，你都想不到我父亲多么地痛恨休·蒙塔古。我想这是我第一次在现实生活中感受到雷霆之怒。直到现在，我父亲的小公主还从来没有走过没有地毯的路，拉德克利夫代表了我的加冕礼。我曾一直被周围的人或羡慕或嫉妒，但我从未察觉，我那时整天胡思乱想，脑子里想法多得我都想躲到荒漠之山上去，那我肯定会高兴疯掉的！但这也是我痛苦的来源，我的想法真是太多太多了。而且，天啊，我嫁给休时才23岁，就已经有身经百战的间谍专家排队来邀请我加入他们了。亲爱的哈利，世上还有哪个聪明的傻瓜能得到这份殊荣呢？

但是在TSS待了五年之后，我的工作就开始走下坡路了，相比之下，吉廷杰则步步高升，但是我并不讨厌他。阿尼用他那吉他弦般低沉的嗓音夸赞吉廷杰，说他是个睿智、执着又能给人带来快乐的俄克拉何马州人，吉廷杰有时还特意逗乐我们。他真是厉害，随便给他一份素未谋面的陌生人的韦克斯勒—贝尔维尤G测试报告，他就能反馈一份完整的报告分析，内容简直比名人普鲁斯特的资料还要详细。吉廷杰是单位里唯一一个能从简略的韦克斯勒—贝尔维尤G里找到这么多信息的人，但他背后的努力也不容忽视。他一天可以工作24个小时，也可以按照他的思维方式把所有东西都相互联系，间谍、电话窃听、监控、口头审问、照片（可以分析一个人的身体语言）、字迹，林林总总,不一而足。他得到了所有人的青睐,因为他真的是(或者假装是)一位谦谦君子。他总是把他的工作让给其他人,还说:“只要有塔罗牌，任何一个人都能做好。”所以他的对手也承认吉廷杰比他们更优秀。(当罗斯告诉我单位每个人都把吉廷杰称作我们单位的“天才”时，我真的很失落。)哈利，你要知道在过去，我才是他们心目中的那个天才，这就是从峰顶跌下来的痛苦。但吉廷杰总是会过来拍我的马屁，“你的 α 和 Ω 理论才是开创历史的那个角色，而我做的只不过是一些微不足道的旁枝末节罢了。”

也罢，我已经彻底输了。吉廷杰在心理学领域颇有建树，与中情局官员、特工一块工作（驻点指挥官也都不约而同地默认此事），而我也成了他的助手——请叫我“吉廷杰的加德纳助理”。

哈利，接下来我就要说最糟糕的部分了。在麻醉药LSD小插曲之前，我的助手已经缩减到了只剩一个，他就是罗斯，我们一起和笔迹鉴定部门分析、校对数据。但是笔迹鉴定专家不仅没有教我们如何寻找 α 和 Ω 双面性格特征，他们还随意评价我们的工作。

当时，阿诺德特意找时间和我长谈了一次，我知道他的意思，果不其然，他后来对我说他想转到吉廷杰那里工作。“人贵在诚实，”他最后总结说，“但是我真的不想再待在这该死的地下室了。”那一刻，看到他的眼神，我终于领悟到，快乐的日子真是一去不复返了。阿诺德虽为一个犹太人，但在单位也不会平白无故就受到重用，现在他的确壮志难酬、心生悲意，虽然他并没有轻易流露出来。最后他还提醒我应该让休介入此事。

“基特里奇，你在TSS的真正对手（敌人）出现了。”

“你最好具体说出他们的名字，要不然我不会理你的。”

“我是不会说出他们的名字的。但是有些也是休的对手。”

“你是想说我有敌人全是因为休？”哈利，那天下午我和他坐在K屋咖啡馆一起喝咖啡，罗斯就坐在我的对面，湿着眼眶，天啊，我感觉他就要忍不住流出泪来了。“我觉得我自己也有问题，不经意间惹了别人。”我忍不住反驳。

“也许吧。”

“我一开始太自大了。”

“是的，”他又补充道，“应该是。”

“而且我一开始还太轻视个别同事。”

“噢，你终于意识到了。”他轻声附和这个说法。

“而且我还不配合我的管理员，特别是他们想让我改变研究方向时。”

“是的。”

“但是这些事都只发生在我刚来的时候啊。最近，我最大的不足也只不过是给我最优秀的调研助手争取了一份额外的津贴而已啊。”

听到我这么说，他神色震惊，面露愠色，只是他还不确定自己为什么而生气。他说：“基特里奇，我们回你的办公室吧，我要大喊几声好好发泄一下。”

于是，我们一起沉默地走了一段很长、美得好像没有尽头的路，回到蟑螂小巷，他好像轻松了一些。“基特里奇，现在的情况是你的测试犯了一个最根本的错误——你的测试想法有漏洞，嫌疑间谍可以利用漏洞撒谎。在加德纳·蒙塔古女士的几个小小的文字游戏中，他们可以隐藏真实的自我。”

“你怎么敢这么说！”我问，“我们在测试里布置了陷阱不是吗？”

“基特里奇，我爱你，”他回答，“但是你的陷阱抓到了谁？我只是认为那些测试不实用罢了，而且我不想把我的一生都耗在一项不可能成功的事业上。”

“撇开那些测试不谈，难道你不相信 α 和 Ω 吗？”

“作为隐喻，我当然相信双面性格，亲爱的。”

嗯，我们确信我们在这一点上达成了共识。

“阿诺德，在你离开之前，你一定要说出最重要的原因是什么。他们到底说了什么？隐喻这个词不像是他们会用的。”

“你不会想听的。”

“我觉得你欠我一个离开的理由。”

“好吧，”我突然意识到阿诺德既不是自私之人也不是胆小鬼，甚至也不是个耍小聪明的无赖，而是一个能改善 α 和 Ω 理论的能人，是一个未来的绅士，是一个最坚定、最果断的好同事，他将来一定会功成名就。“基特里奇，”他郑重地对我说，“你要记住，在 TSS 这里，α 和 Ω 理论并不成立，说白了，α 不过是意识的代名词，而 Ω 也只是表示潜意识的新词罢了。”

“他们还是没有理解我的理论。我跟他们说了多少次了，α 和 Ω 代表了不同的潜意识，超我和自我。”

“大家都知道，基特里奇。但是每当我们想要应用 α 和 Ω 理论时，总是会回到意识和潜意识问题上，而且总是把 α 排第一，Ω 排第二。但是要我说这些人还不是最诋毁你的人。”

“告诉我，我已经不是第一次问你了，最难听的话是怎么说的。”

“我不想说。”

“请你离开之前一定要告诉我，就当帮我最后一个忙。”

“好吧。”他仔细看着他指尖的旋涡纹，“基特里奇，曾经有专家断定你的 α 和 Ω 理论根本就不存在，只是你精神分裂臆想出来的衣架子。我很抱歉让你听到这样的评论。”

他站起来，伸出了他的手，而且哈利，你知道吗，我当时居然也伸手握住了他的手。就这样，我们轻轻握了握手，告别了我们一起工作的日子。不管怎样，从此以后，我只在咖啡馆、走廊碰到过他。我想念他的机智聪明，我稍后会向你解释的。

哈利，你叫我如何独立承受这样的打击！我把这些告诉了休，随后休就找了杜勒斯和赫尔姆斯开会。休认为我应该及时从 α 和 Ω 研究中抽身，但那绝不可行，因为这样一来大家就会认定我就是精神出了问题，那我肯定百口莫辩了。杜勒斯对休说，他从不相信我的理论是我精神分裂臆想出来的，这真是太让人难以置信了。不，对他们来说，基特里奇的理论研究是有意义的，而且要继续研究下去。“我会平息那些不实的诽谤，”杜勒斯说，“这项理论是正确的，这一点不容任何人质疑。”

赫尔姆斯接着说，在他看来，基特里奇是他见过的最具创造力的人，新事物的产生初期总会受人非议。他说:“现在的问题是，我们急需解决一项心理学的现实挑战。不论是TSS的高层还是个普通的档案记录员，都把 α 和 Ω 看成一场声光表演。”

“偏执狂的声光表演吗？”休反问道。

“听着，”赫尔姆斯解释说，“那些闲言碎语总会消失，但是在单位里谣言是屡禁不止的，过了一个故事就会有下一个故事。基特里奇已经研究五年了，但到现在还没得出结论。我们已经帮她找了另一个‘工作’领域来做研究。”

哈利，“工作”是职业的另一个久远的说法。休把这个对话转述给我听，我从没见过他如此的心灰意冷。你知道吗，那天刚好是你的胸针寄到的日子，这也许可以解释一些事情。那时我急急忙忙开始了对麻醉药LSD的研究，我想抓住一切对我测试研究有利的东西。这个短暂的研究一点儿也不愉快，我的想象力指引着我沿着一条紫色的路，来到一个月光粼粼的池塘边，猪成群结队地穿过池塘。我成了一个深陷妓院寻欢作乐的年轻男子。

这些天，我一周研究四次笔迹学，这似乎是现在最有趣的工作了，而且我仍然坚持继续研究 α 和 Ω 理论。噢，哈利，我保证我会回来的，是的，我保证。

那么，现在你就知道我为什么想再听你说一说你的事了吧，而且必须要面面俱到，事无巨细。我想我对自己生活的细节还不够清楚明白，我过去自然也不知道有多少个同事、陌生人，在影响着我的人生轨迹。你的信启发了我。

哈利，再说一次，我真的真的对你的生活非常感兴趣。我已经很久没有收到你写得满满的信纸了。AV/OCADO身上和内心究竟发生了什么事？还有你的苏俄花园派对？海曼·博斯克威尔第还有他的妻子情况怎么样了？博斯克威尔第的妻子不是还悄悄说了很多戈迪·莫尔伍德的好话？把剩下的所有事情都统统告诉我吧，霍华德·亨特是不是开除了那个黄头发、黑棕色胡子的盖茨比？你看，你说的事我都记得，而且我真的想知道更多后续和细节。

你甚至可以写信和我说说你的上级指挥官，我现在知道我为什么不喜欢亨特先生了，他是那种遵循世俗准则的人，而我不是。但我不会对他有任何偏见。人一旦有了新想法，他就得不断提升自己才能把新想法付诸实践，所以，把他的事也和我说一说吧。我现在越来越好奇，对事情也看得越来越开。哈利，虽然我们好久都没见过面了，但我对你即使远在天涯也永不变心。

基特里奇

16

这封信是用她自创的哥特式字体书写的，我一写完就知道自己想要逃避爱情的愿望又落空了。

1958 年 1 月 11 日

最亲爱的基特里奇：

你的来信让我又一次感受到你与我是多么亲近，你的情感是多么深沉、多么可恶、多么不公平！我现在明白了你为什么喜欢看我那充斥着琐碎小事的信了，那么，现在让我再给你讲点故事逗你一乐吧。在驻点，有那么两三件事可干就已经算是忙碌的了，但这样还避免不了让大家觉得自己变成了鲁布·戈德堡的机械。现在是周六下午，这里很安静——真罕见哪，现在正值一月夏天呢。我认识的人都去了沙滩，在咖啡色的海水里畅游。这里真热，我依旧穿着我的短裤，一个人坐在廉价的旅馆房间里，你信吗？我竟然是这家旅馆住得最久的房客之一。基特里奇，我很佩服自己对物质生活要求这么低，但事实上在列举驻点故事的过程中我也体会到了乐趣，仿佛我开了一家商店，这所有的故事都是我的存货，我很自豪我有这么多库存。

跟你讲个好消息吧。博斯克威尔第家里来了两个可恶的华盛顿人，其实是苏俄分部乔装打扮的线人在他家借宿。周二晚上，在城市的另一端，AV/ALANCHE 正与左派青年学生组织 MRO 激战（你还记得吗，AV/ALANCHE 就是那个绘制指示牌的人），参与其中的还有佩奥内斯、利博塔德、沙威·福特斯，还有一些俄国人——为我们效力的俄国人。我现在可以愉快地“拜访”马萨罗夫夫妇了，没错，这就是发生在我身上最大的变化了，在最严厉的预防措施保护下，上级允许甚至鼓励我与这家人培养出一份可靠的关系，这真是彻底改变了我的内心生活。

但是,基特里奇,跟你细说之前我得先声明,我是多么地爱你!听到我们的同行有人怀疑 α－Ω 的存在，我也完全蒙了，但是我认识的一位耶鲁写作老师曾经说过,永远不要使用修饰语,比如“绝对”，除非一个人无可救药地坠入爱河。绝对不要!

现在来说说我的好朋友鲍里斯·马萨罗夫和他的吉卜赛夫人齐尼娅吧（她曾经告诉我，她有十九分之一的吉卜赛血统）。

“十九分之一？”我问她。

“你跟俄国人一样如此痴迷于事实、数字。”她回答道。

“十九分之一？”我又问了一遍。

“这么帅的年轻人，怎么问这么傻的问题？”

有了这次对话，我发现我竟总结不出她的特点。她并不是一个肤浅的人，她自认为，自从沙皇的缓刑令从射击手中救下陀思妥耶夫斯基的一条命，俄国就再也没有出过优秀的作品。我想我的意思是说，她是从历史鉴赏角度看待问题的。她就是来到我们中间的一位贵族女性，每次与齐尼娅在一起，我都能体会到俄国文学的精华又一次涌现在我心中，那么多屠格涅夫不满意的女性形象也冒出来，还有契诃夫对俄国那无可匹敌的见解。对我来说，齐尼娅能代表他们所有人，甚至比他们每一个人都要伟大。然而，同样是这个女人，她还活在斯大林的阴影下。基特里奇，你能体会苏联对这个高贵的灵魂的蹂躏吗？虽然她看起来已经四十多岁了，但同龄的俄国人与美国人相比，前者总是更显老一些。你知道吗，他们的灵魂总是写在满是褶皱的脸上，而且似乎对此还很满意。当然，我们美国人从来不会给任何人机会，让他们满足于探索我们灵魂的深度，但俄国人可能就截然不同了。她的脸似乎在告诉我:“我已经经历过了大动荡，也经受了暴政所带来的恐惧，但是我从来不会对我的灵魂说谎。”(她的眼窝是那么深，眸子是那么黑)是啊，她经历了那么可怕的遭遇，毕竟她是一个克格勃，或者她的丈夫是。她告诉我她只有33岁，历史果然一刀刀刻在了俄国人的脸上。

我看我多没礼貌，没做任何铺垫就急忙忙向你介绍一个新人，但目前为止，马萨罗夫一家是我在乌拉圭处得最有意思的人了，尽管这段友谊是被别人安排的，就像相亲而得的婚姻一样。

这段友谊能够开始，我想一部分原因是我们都是待在蒙得维的亚为国务院工作的人。亨特经常说“我们的掩护身份如今变成了我们的坚硬外壳”，当然，他并不是反感假装成美国大使第一秘书长。你或许还记得一位知名人士杰弗逊·帕特森吧，也就是艾森豪威尔当局的宣传部长，他是个彬彬有礼的绅士，但是一说英语就口吃，说西班牙语时结巴得更厉害，所以帕特森就一直拒绝工作。他的副部长，也是他的顾问，人还行，但是他的老婆却是个酒鬼，在大使舞会上随意脱鞋，来了一个即兴劈叉——“完美落地！”她大喊。然后他们就把她封杀了，现在这个地盘成了亨特家的，有时候我和碗哥也会参与。

把这一点和国务院的预测联系起来你就会看到，最近赫鲁晓夫一直示好减少武器装备，虽然这也不值得我们信任，但是我们国家也不会坐以待毙的。这一轮世界舆论大战我们绝对不能输——这是现在国务院的态度，西半球分部传来消息：认真指导与苏联结交一事可行。理论上说，我国随时都愿意向苏联敞开怀抱，尽管他们鄙视我们；但实际情况是，双方对话无论大小，我方的表现似乎也有轻视之意。所以我们不能一心寻求双方友善结交。

终于上级下达了命令，俄国的花园派对又开始了，我们增派了“果哥尔”哨岗（与博斯克威尔第一家的拍摄工作相关），这些暴脾气思虑真周到——趁这次机会处理了他们两个话务员。几乎所有苏俄分部的人都是反苏联的俄国人、波兰人、芬兰人，个个俄语说得顶呱呱，但他们却在机构里埋下了奇怪的种子。极度偏执、孤立的他们竟能散发出藤壶般的热，他们彼此起绰号闹着玩，各自起一个爱尔兰名字，拼写真是奇奇怪怪呢，比如“Heulihaen、Flarrety”，上个月他俩轮流去果哥尔哨岗值岗八小时，当然记录了苏联使馆花园派对的各个细节。

亨特把他们称作我们的“芬兰爱尔兰人”，他们向我们提供的情报与爱尔兰人和芬兰人一样多，但是亨特知道怎么把球击回蟑螂小巷，结果就是这些芬兰人和爱尔兰人乖乖地向我们提供内幕消息或者骗局陷阱之类的情报。

最大的发现（经过对花园派对上的俄国人和宾客的拍摄，以及之后的仔细观察研究）就是苏联大使馆的“后院着了火”，这位新来的苏联克格勃长官似乎与我们高尚的齐尼娅有联系。这位长官名叫瓦尔科夫，格奥尔基·瓦尔科夫，代号“居民”，他长得跟他的名字还真是般配，一副坦克脸，头发剃得像颗子弹外形。

这是我与马萨罗夫的友谊稳固之后得到的消息。我依然觉得齐尼娅灵魂高洁，虽然她有可能与瓦尔科夫有染。这两个芬兰人和爱尔兰人信誓旦旦地说这是事实，我想了想，得出这样的结论：社交生活中，我们在派对上遇到背叛之事实属常见。派对上人们彼此微笑、耳语、抛媚眼——所有这些电影似的标志“语言”都很常见，但是两人之间即使有好感也是极其短暂的。这样的事不少见，但是也并不是所有的事都是眼见为实。拍电影时，如果我们抱着极大的耐心不停地回放，仔细观察演员的一举一动，那么任何不确定性都会被具体为有形的、实实在在的东西。基于这个假设，我们已经有四分之三的把握，确定齐尼娅和格奥尔基·瓦尔科夫有联络，而且马萨罗夫还知道这件事情。

真抱歉我不得不停笔了，单位里突然打来电话——有紧急事情要处理。去单位的路上我会经过大使馆，所以我就顺便把信寄给你吧。我尽量明天能继续写信给你，心怀这份希望，我才有信心今天把信寄给你，请原谅我唐突地收笔。

爱你的赫里克

17

那个紧急电话并不是单位里打来的，而是萨利，她现在需要和我在一起，因为她刚去看过医生——她怀孕了。

最近我一直在有意疏远她，但是该来的还是要来。现在她怀孕了，我可怜的萨利很诚实，诚实到被迫说出真相（是我强迫她说的）——她承认近期和谢尔曼发生过性关系，她不知道孩子是谁的，尽管她发誓说这孩子是我的。

我感觉自己快要崩溃了，而她的情况也好不到哪去。她告诉我她不会做流产，她要生下这个孩子，萨利说："真希望这孩子长得不那么像你。"如果是个男孩，她就确信孩子是我的。她自己那套逻辑听起来还真是无懈可击。她还说："但我希望孩子能长得有一点像你。"

我们坐在床边紧紧抱着对方，就像乞丐希望从别人那里获得自己缺失的温暖。这是第一次，我们没有脱衣服也没有做那样的事。我知道，即便我让她把孩子打掉，她也会拒绝，并且还会看穿我心里的小九九。我一想到自己要有孩子，而且孩子还要认别的男人做父亲，我对萨利怀孕这事就没什么感觉了。我突然明白，魔鬼不是时刻存在的，它只需要触动你最脆弱的那根神经就够了。我尽量安慰自己这孩子毕竟还是有可能是谢尔曼的，但是后来我就觉得无所谓了。谢尔曼是蒙得维的亚所有妓院的常客，现在出现这种事也是他罪有应得。我因此又想到他可能会感染上梅毒（这样我也有可能染上），因为他不仅依赖现代药物，而且还经常服用大使馆药店新进的每种抗生素。

萨利不愿意和我深入讨论这个话题，这真的让我饱受折磨，我甚至想让孩子出生。我不知道自己是不是一步步掉进了萨利的陷阱，但我安慰自己说萨利会是一个热情并充满爱的母亲，虽然孩子的童年可能会因为自己的淘气而受到这位大嗓门母亲的训斥。

周六一整天我都跟丢了魂儿一样，不知道该怎么就度过。不过，那晚我的确去了大使馆，把信投进信箱寄给国务院，然后回家继续写。

1958 年 1 月 11 日

亲爱的基特里奇：

我这里已是深夜。工作上的禁忌情况已经解决——福特斯“危机”并不严重，过几天我再详细告诉你这位高手的事情，现在我还是想和你说说我的这位克格勃新朋友。

当然，我仿佛仍能听见农场教官大喊：“说！”这是情报局说教时的口号。你吃饭的地方，哈伯德，说出你吃饭的地方——记忆就像一个巨大的胃，感受一下隐喻用法的魅力！现在给你写信我又觉得头晕了，难道是海拔问题？我没告诉你，除了卢森堡，乌拉圭是世界上地势最平坦的国家，海平面也是最平的。你知道吗，我就着牛油果喝了四杯酒。

我得向你道歉,我现在有点头晕不能继续写了,我要去睡一觉,明早再继续。

星期天清晨

现在是 1 月 12 日，我没有忘记昨晚说的话，虽然我喝醉了，但我相信我言行还是有分寸的。

说到马萨罗夫，前段时间苏联大使馆的瓦尔科夫邀请我们参加派对，我们给 Groogs 和苏俄分部发电报汇报完就接受了邀请。亨特带领国务院代表团，我和碗哥分别是大使秘书长的第一助理和第二助理(想起了吉尔伯特和沙利文)。亨特看了一眼我们的“队伍”，说我需要一位女伴。

我说:“利博塔德 · 拉 · 伦古阿怎么样? ”

他回答说:“还是南希 · 沃特森吧。”

我很久没提到南希了，现在我要唤醒你对她的回忆。我记得我曾经对你说过她温柔、聪明、工作努力，但是不能否认她确实是一个相貌平平的单身女人。她曾经一心一意地喜欢梅休，现在又对亨特死心塌地。一开始，梅休太太、碗哥太太、盖茨比太太和卡恩斯太太看我没有合适的女伴，我就带她出去冒充了好几次我的女朋友。南希比我大十岁，我觉得她可能从没和男人发生过关系。

如果是去瑞士大使馆的话，我还可以接受她当我的女伴，但是很奇怪，去苏联大使馆我就不想带南希一起去。

亨特才不管这些。“你知道‘上校的命令’是什么意思吗? ”他问道。

“霍华德，南希不会高兴的。”

“她会的。”

他对此哈哈大笑，他的笑声非常刺耳令人反感。他的中指很长，无论如何，基特里奇（希望他的直白没让你感到反感），我能想象到霍华德手指伸进那褶皱、毁掉沃特森小姐的贞节的画面。下面的对话我都不知道怎么发生了。我看到手指在里面前后探索，手法真是高明，是大脑指引着我们才有了下面的对话不是吗？

“你看起来目光有点呆滞。”亨特说。

“你是什么目的？”我口气冰冷地问他。

“这只是工作，哈利。谁也不知道你和南希是什么关系。”

“他们会看穿的。”

“孩子，他们不会的，因为我要你介绍南希是自己的未婚妻。”

“你问过南希了吗？”

“她会答应的，这对她来说很有趣。”

“霍华德，告诉我你真正的目的，这样也好让人接受。”我说。

“苏联人经常玩骗人的把戏。我曾经在三场使馆宴会上看见同一个男人带了三个不同的女伴,每次这个人向别人介绍身边的‘女士’时都说是自己的妻子。”——亨特弯曲手指，做了一个经典的引号动作。“现在是时候让我们也来玩一玩了。”

结果，基特里奇，那个晚上还真不同寻常！我们周六傍晚时分到达苏联大使馆，此时的光线和浅黄色的大使馆建筑交相辉映——和大部分蒙得维的亚建筑一样，苏联大使馆的建筑融合了意大利文艺复兴、法国巴洛克、特兰西瓦尼亚哥特式、奥克帕克、约 1912 年的伊利诺伊州的风格，还有古老的俄罗斯沙莫瓦；不规则的大别墅有一个大门和炮楼，里面还有阳台，看着就像是内嵌的脚指甲，大大小小的窗户遮挡住外面的门，黑色带刺的栅栏涂着金色图案。我们刚进门我就对南希说这是“蓝胡子城堡”，并且被花园里站得笔直的俄罗斯士兵深深吸引。我情不自禁地抬头看博斯克威尔第的窗户，Bolex H-6就摆在那里。我紧握拳头向“芬兰人”敬了个军礼。

在华盛顿参加的派对绝不在少数，那么我还有必要在这详细说苏联大使馆举办的这一个吗？当然有，因为俄国人办得实在是太漂亮了！他们邀请了驻华盛顿的每一个外国集团，人员来自包括挪威、希腊、日本、葡萄牙、哥斯达黎加等国家，在此不一一列举。除此之外，他们甚至还邀请了马耳他骑士团、比利时王国、捷克共和国等人员。世界各国代表齐聚苏联大使馆的草坪，人数多达150人，隶属于50多个大使馆和领事馆。苏联人向世界表达他们的热情好客：提供一吨鱼子酱、伏特加酒管够、各式各样的开胃菜，这些食物就像翠绿色珠子那样夺人眼球，他们还从高加索地区运来红酒和白酒，全部都用软木塞塞住。各国使馆的人员都来和我用英语交谈，处处体现着友好相处的假象。然而实际上空气中涌动着紧张的暗流，人人都如惊弓之鸟。

美国人出场的时候，场面达到高潮。我多么希望你能在这里，你的美貌一定能惊艳全场。事实上，现场就像电影中的情节，美国人和俄罗斯人是全场的绝对焦点，照相机也似乎从未从他们身上挪开——这场面可是记者不可多得的好机会，每条信息都很重要，几乎人人都会有收获。

黄昏时分又是另一种气氛，每个人都放开了（我的意思是这些人都不再拘谨）。亨特告诉我演员把这个时候称为“魔幻时刻”，因为光线柔和美丽，但是要在这个时候取景的话就得在30分钟内搞定（如果我要被枪毙，我希望枪决能在傍晚的花园里执行——这是多美妙的想法）。Heulihaen和Flarrety用他们的镜头和高速电影对准我们准备拍摄，我就趁机狂拍他们沮丧的表情。当然，我们在派对上玩得越欢乐这两个芬兰人就越不高兴。

很快，这些大大小小的领事已经没有要协商的事情了，他们准备离开，草坪上开始戏剧表演。你能想象花园里的场景吗？亨特正和瓦尔科夫说话，瓦尔科夫却转而奉承桃乐丝。不久前，齐尼娅辗转于外交部与克格勃之间，后来撇下另两个英国政府官员去到了瓦尔科夫身边，现在这两个人正因亨特的玩笑而哈哈大笑。在花园的另一角，一个男孩（无疑是来自伊尔库茨克）正在和萨利调情，她好像不害怕谢尔曼知道后会把她怎么样。而我，因为一年中每天都吃两顿肉，所以对鱼子酱也没有胃口，对伏特加酒也无动于衷，于是带着南希一起走向鲍里斯·马萨罗夫，我对他说："你好，这是我的未婚妻。"我说得很轻松，好像这是事实似的。

基特里奇，我必须要告诉你，我现在知道了女人能够多么地完美和神秘。我坦白，南希·沃特森今天不再像是牧师的女儿那么保守、拘谨，虽然她一副瘦弱模样，但现在看起来光彩照人，就好像蛋糕上点燃的蜡烛。一个长相普通的女人竟能瞬间变得光彩熠熠，美到让人窒息，这个世界真是充满惊喜（也就是说，我瞬间觉得世界是有意义的）。

马萨罗夫的回应很正式，他说："祝贺你，我用这杯酒祝你们未来婚姻幸福。"

南希用她那完美的中西部口音说："马萨罗夫先生，这是一份特别的祝福。"她的话听着很实在但也带有些许敏感。她浅浅一笑，脸上的表情很自然，并说道："希望你能来参加我们的婚礼。"

他问:“婚礼什么时候举行?”我看到他的目光看向草坪,此时齐尼娅与瓦尔科夫正和亨特与桃乐丝说话,马萨罗夫的表情很痛苦(我现在觉得齐尼娅与瓦尔科夫有“联络”的可能性为75%),就像受伤的动物不得不停下飞奔的脚步,身上还在滴血。他一口把酒喝干,拦住走来的服务员,又拿了一杯加冰的伏特加。

南希说:“我们还没有确定日期,因为我觉得长时间的订婚生活是一段很有价值的经历。”——她这是在说醉话还是对自己的魅力太过自信?“这是我们家的管理,我的父母就是一起待了七年才走进婚姻的殿堂。这事说来话长,先说这么多吧,请给我们打电话,我们之间还不太熟。”

他说:“好的,我能问你父亲是干什么的吗?”

“我父亲是马戏团演员。”南希说完又咯咯地笑起来,她的眼睛在眼镜后面转来转去。我知道真相,这就像是用同情心和悲伤清理自己的内心,这将是南希在乌拉圭过得最有意思的一个夜晚。她说:“不是这样的,我们国家的信条就是不能说谎。我父亲现在退休了,他曾经在俄亥俄州亚克朗市的一个保险公司里做高管。”

马萨罗夫看起来如释重负,就好像侦破了一桩案子,他说:“我们国家不是这样,我们更相信自己。”

我知道最后一句话和亨特有关。

马萨罗夫举杯说:“为你们的婚礼干杯。”

“谢谢你的祝福。”南希说。

“那就先学会喝我们的伏特加,美国人总说不适应俄罗斯宴会,就是因为你们不知道喝伏特加的秘诀。”

南希说:“那快把秘诀告诉我吧。”

在这时候，瓦尔科夫需要招待剩下的客人，他向我们走过来，并且很快就接上了南希的话，这让我相信这两位男士都接受过教育，并且接受了俄罗斯精神。瓦尔科夫讲的英语完全就是老师口中的“俄式英语”，冠词、发音和动词不定式都用不好。

瓦尔科夫说:“不能小口小口喝，永远不要，要大口吞进去。”他抓住一名俄罗斯代表的手，“说句祝酒词，首先，最深情的祝酒词表明我们之间的情谊。要发自内心，说发自内心的祝酒词，然后一饮而尽！”他把服务员叫来，“倒满，别担心，都是小杯子。”

我们都满上了自己的酒杯，他说:“喝完酒吃点鱼子酱，最好吃点开胃菜。”

南希说:“好的。”就好像她一直很听话一样。

“其次，亲爱的女士们记住永远不要喝醉。”

我说:“呵，呵，呵。”

瓦尔科夫说:“你就是牢骚太盛！”

他再次拿起自己的酒杯。他说:“干杯，为今夜干杯，为和平的未来干杯，为美丽的女士干杯，为美国大使馆干杯！”他朝我使了个眼色。我们这些听话的人都喝醉了。

我听见西班牙大道上汽车来来往往，想必都是往返于城市与海滩之间的人群，我想起了我和沙威见面的安全屋。马路边，青年们的说笑声在黑夜中回荡。瓦尔科夫向我们鞠了一躬，然后又去了别的来宾那里。

“你下象棋吗？”马萨罗夫问我。

“下，但是下得不好。”我回答说。

“应该下得不赖。”

“只是皮毛。”我说。

“很好，那就说明你可能是个高手。我邀请你去我家，就在附近，沃特森小姐一起来吧？”

“再约个时间吧，我给你们带一种蛋糕尝尝。”她说。

他问：“这是美国的传统吗？”是我听错了吗？他的英语不仅讲得很好，而且似乎还很享受说英语的感觉。

南希说：“不是，不过就是家乡人的癖好。”

他重复说：“‘家乡人的癖好’？是小包、疙瘩？”

南希说：“差不多。”

基特里奇，这就是那晚派对上的核心话题，这算是一个引子，下面还会有精彩内容，下一封信我会告诉你，那天晚上我和马萨罗夫之间的细节。

爱你，爱休，爱克斯里多夫

已订婚者哈利

信中我故意没提那晚剩下的时间我干什么了。南希喝醉了，并且说自己吃了太多的开胃菜，所以我把她送回家。她家就在距离大使馆三个街区的杰拉尔德·拉蒙大道，是一栋豪华别墅二楼的三个房间。她醉醺醺地说：“自由还应该包括早上可以走着去上班。”她肯定是话里有话。我亲了她。

她回吻我，就好像我们真的已经订了婚，而且明天就要结婚一样。我发现处女的嘴唇也和别人的不一样，她吻着我，就像家族的封印被解开了一样，她的牙齿有一股牙膏、漱口水的味道，还有镶的牙。她呼吸急促又火热，不禁让我涌出一股强烈的冲动，这个感觉我永远都不能跟基特里奇坦白。我知道，如果我愿意，南希可以永远成为我的女人，这个想法更加刺激了我内心深处的冷酷，我曾幻想过南希和亨特的手指之间的画面，现在我的脑海里我成了那个征服南希的男人——我只是拿她作为我一时冲动的借口。我吻向了她的脸颊，表明这是一个值得纪念的美好夜晚，或许我们可以一起去马萨罗夫家做客，然后这个吻也宣布了我的告别，我不能允许一个吻就把我带向一场婚姻的边缘。

在回家的路上，我想起萨利（完全不知道亨特为我介绍的女伴是谁）在草坪上经过我的身边，凑近我的耳朵小声嘀咕道："你这个贱人，品味还真是差劲啊！"

然而，我的第一反应是芬兰人可能会拍到萨利的举动，我立刻说："这是亨特的计谋，萨利，别冲动。"同时像对待其他领导夫人一样，保持距离，举起酒杯表示敬意。

正开着车，我突然想到俄国人也可能在草坪上安装了摄像头，他们还可能拍到了我的脸，要是我说的话被他们听见了怎么办？"这是亨特的计谋，不要冲动。"我一定会泄露很多信息。苏联人在监视方面经验很丰富，他们把每个摄像头都安装在很远的地方。

我想到了夏洛特曾对我说过的话：魔鬼，就是知道什么是好的，然后拼尽全力去毁坏它。然而，邪恶仅是一个人在不清楚自己在干什么的时候尽量加大自己的赌注。这样来看，我就是一个邪恶的人。有时我想我们在乌拉圭做的很多事情都是不道德的，但是我不在乎，不是每一个无辜的人都是个好人。开车一到家我就趴在床上睡着了。

18

1958年1月27日

亲爱的基特里奇：

我一直希望给你写信，也许你也期待听到更多关于马萨罗夫的事，但无论如何，我都想写这封信。你知道的，我有义务向你报告这些天鲍里斯和齐尼娅所做的每一件事，但Groogs和苏俄分部把我的电缆弄得粉碎。

举一个目前工作的例子，Groogs和苏俄分部找到亨特一起商量决定（因为亨特不放过任何一个决定，一切都要亲力亲为），南希不应陪我去马萨罗夫家。他们给出的理由是：如果我和沃特森小姐以未婚夫妇的身份频繁出现的话，可能会露出破绽，这是对我和南希的极大考验——最起码是对南希的考验。我觉得亨特一开始就不应该让像南希这样的行政官员蹚浑水，要不然情况也不至于这么糟糕。

无论如何，沃特森小姐非常失望，也很愤怒。她说："噢，简直是胡说八道，是有精神病吧。"所以，请帮帮我吧，基，这是她说的话！然后，她叹了一口气，又恢复了职业性的微笑——确实是很职业性的微笑啊。接着她就回去继续审计戈迪·莫尔伍德的拜占庭账户，可怜的南希失望至极了。

同时，我也正准备去马萨罗夫家。我通过亨特的具体指示，打电话约定了拜访日期，并声明我是和南希一同过去的。我们的想法是让齐尼娅和鲍里斯一起待在家里，如果她知道南希不去的话，她可能也不在场了，亨特不允许这事发生。夫妻俩人同时在场我们才能看出更多的蛛丝马迹。如果马萨罗夫夫妇的婚姻快要破裂的话，可能就会有暗示，比如两人都想叛逃。无独有偶，假如他们夫妻关系和睦又坚固的话，他们也许愿意一起待在“牢笼”里。这只是我们的推理。

到了那一天，我小跑去他家喝茶，并向他们道歉，南希因为身体不舒服而未能赴约。他们看起来很失望，我便不禁想起，也许亨特是对的，如果提前告诉齐尼娅，她可能真就不会待在那儿了。

鉴于蒙得维的亚的房子供应有限，友善的俄罗斯夫妻住在高层住宅楼里，距离兰布拉大道仅有两条街——我们的安全屋就在那里。马萨罗夫一家住在第十层，从他们家的窗户可以看到波西托斯海滩和美丽的海景。看，所有相似的东西都不见了，他们确实布置了他们的房子，我不知道是否这些布置符合我的品味，但是他们似乎把所有的东西都放在了客厅——厚重的天鹅绒床帘挂在落地窗上，还有几个扶手椅和带有蕾丝边的大沙发，在一个大的沙发上铺着具有东方韵味的毯子，还有两把茶壶（一铜一银），许多挂灯上面镶着一串串珠子。一个带有玻璃隔窗的桃木家具，用来摆放盘子和碟子。每张桌子上都摆放着19世纪的微型雕塑，比如，有一个少女雕像，是用铜雕刻而成的——朦胧的金黄色礼服映衬着她那半露的乳房更加美丽，阿波罗雕像的一只脚踩在一个圆球上，剩下的地方挂着镶金边的大师画作，有塞尚、凡高、高更的作品，也有我不知道名字的俄罗斯画家的作品，画中勾勒的是：俄罗斯东正教大祭司在沙皇的两边，有贵族穿着像海盗服一样的服装，那些人应该是波雅尔，在一幅油画的角落里，一位波雅尔被一剑封喉，流血而亡，他的痛苦状被勾勒得淋漓尽致，这幅画让人百看不厌。

也有东方装饰物挂在墙上，我数了一下，有四副象棋，其中两副价值连城，其中一个象棋底板是用上等良木镶嵌的。

这不禁让我想要做一下比较，马萨罗夫家体现的是古典特色的中世纪富裕家庭风格，而谢尔曼家的亚麻色家具磨得破旧不堪，甚至像狗咬过一般，另外还有一个书架立在瓷砖地板上。马萨罗夫家所占的地方不是太大（现在这些空余的地方都被填满了），他们已把三间房连在一起的走廊改为了狭长的图书馆。两个人并肩走都有点挤，而墙壁上还镶有深色橡木书架。后来，我又看了鲍里斯的收藏，我告诉你，他读了法语、德语、英语、西班牙语、意大利语和苏联语言的作品，书的名字我连拼写都不会。他说他才 37 岁，你想想他究竟学了多少东西！另外再算上他自 32 岁便开始在苏俄分部档案室工作，他真是学到了太多的东西！他说起在“二战”期间,他的军衔为上尉——他家桌子上摆放着无数照片，这都证明了他曾经参过军，而且军事生涯还很辉煌。我在这些照片的军衔肩章上作了标记以便苏俄分部可以做检查。当然，我不能发誓说这 100% 是“二战”的写照，但是这些照片确实有那个时代的印记。在一张照片上，你可以看到背景是一个满地都是垃圾和破损的工艺品，他告诉我:“这是柏林，那是最后几天的景象，也就是我们笑的原因。”

“是的，战争将要结束了，你肯定很开心。”

他耸耸肩，突然声音很低沉地说道:“喜忧参半吧。”他回答得很优雅，但好像这并不是对客人说话的态度。他又补充道:“一直以来都有一个问题，我们有资格活下去吗？有那么多更伟大的人都已经烟消云散了。”

齐尼娅说:“尽管这样，你在照片中一直带着微笑。”

他有点自我矛盾地说:“我当时很开心。”

“拍这张照片的前两天我们见了面，”他说道，“那是我和鲍里斯第一次见面。”

我问:“你当时也在柏林吗?”

“在文工团。”

马萨罗夫说:“齐尼娅是一个诗人。”

齐尼娅纠正道:“曾经是。”

“她有两年没有写过诗了。”

我回复道:“噢,是这样啊。”

齐尼娅说:“我现在都要变笨了。”

(基,我发誓,当听到突然的坦白时,我们就应该表现得像英国人一样坏。)我说:“好吧,坐在这摆满家具的房间里,看着你干巴巴的笔头一定很痛苦。”(我觉得我听起来有点像法姆佛德姆伯爵。)

但是,俄国人有一个优点,他们说话很跳跃,一个话题不超三秒钟就会换。齐尼娅问道:“房间里都摆满了家具吗?”“是聚合,全都聚合了。”

我首先听到“聚合”时当然很迷惑,直到她又说了另一番话来阐述,我才清楚。她说:“他的家庭,我的家庭,聚合了莫斯科公寓——他父亲家的家具和列宁格勒住所——我母亲家的家具,两家的残留物全都聚在这儿了。”

“没有你们俩的吗?”

“所有的都是我们的,所有的都属于鲍里斯,当然也属于我。”

我说:“的确。那么你的国家把你们的东西送到这里来了吗?”

她说:“当然是这样了,除此之外还有什么办法?”

“但是你在莫斯科的公寓肯定是空的了。”

她耸耸肩,说道:“有人在里面。”

我们坐在第二个象棋架子的前面，鲍里斯把那个白色的棋子递给我，说道："你是我的客人。"

基，你知道我的棋艺跟休完全不在一个等级，但我也并不差。曾经有一次，我在低水平的业余棋手比赛中获胜；还有一次参加与一位顶级高手的模拟赛，这位顶级高手正和20个耶鲁大学的学生对战，我碰巧是打成平局的三个人中的一个，剩下的17个选手都输了。虽然成绩如此，但要来一场真正的棋艺比赛时，我一点优势都没有。不过我能感觉到，我们一开始比赛，这就意味着该比赛对他意义非凡，就像在重大国际赛事上，对手的一个轻微呼吸，我们都能感觉到一样。我感觉他很紧张，我也很紧张，我欢呼地对他说道："一开始就走国王的卒，你确定这是明智之举吗？"他匆匆点了一下头，首次表现出了他粗鲁的一面——因为一直以来我都觉得他的举止是所有在西班牙殖民地区的俄国人中最好的一个。他坐在椅子上，静静地凝视了我一分钟。他并没有看棋盘，而是看着我的脸、我的首饰，还有我那心虚的笑容，总而言之，观察我整个下棋的过程。这场景就像我是在圣马修的健身房，20秒之后我要和一个选手摔跤，那个选手在席子的另一边，满脸都是必胜的决心。

他最后说道："我认为西西里防御这步棋不错。"他把一个王后的士兵移动到了第四排的位置。基，我清晰地记得，你说过你在12岁的时候就不再下棋了，理由是你可能想不出好的抵御办法。我不想中断我的故事，但我忍不住告诉你，总是让我的棋子陷入困境的黑子是西西里防御，它似乎每次都能扭转乾坤，我是没有赢的希望了，我所持的是白子，但总是被黑子牵着走。现在想想鲍里斯一直仔细地看我，真是可怕，还有他那致命的西西里防御！

要告诉你的就这些了，剩下的都无关紧要——走到第六步的时候，我已感觉到不舒服，到第八步我已经能预见自己的死期了，到了第十步的时候，他不耐烦地从椅子上站了起来，看着我还要考虑多长时间才会走下一步。我们没有用钟表计时，我还在思考下一步该怎么走的时候，他看起了书，有点失礼，又带着高傲，又或者很优雅地坐在那儿阅读。然后，我做了决定，他立即抬起头来看着我，他上牙齿咬着下嘴唇，发出欣赏的声音。然后他好像是提前知道我下一步要怎么走似的，又不假思索地走了一步，然后又开始看他的书。你相信吗？他居然看的是现代畅销书《白鲸记》，他又沉浸在此书中了。

马萨罗夫在第十四步的时候，用到了骑士，我在第十五步的时候放弃了。他一切都准备就绪了，他的车也开始行动了，我从来都没有做好防御准备，他总是让我手忙脚乱。

现在，齐尼娅拿出了茶。比赛之后，似乎没有什么可谈论的。于是我说她没有用俄式茶壶，而是用了一个紫砂壶来泡茶，她回答道："这是英国茶。"我于是问她姓什么，她说："我父亲的名字是阿尔卡季，我的名字就是齐尼娅·阿尔卡迪欧瓦。"

我说："这个名字听起来很好听。"

为了准确发音，我们还做了一个小游戏。她告诉我："在俄语中，许多声音，如森林、土地、各种小动物，都是不同的，它们源自马路、山川、沙滩和海洋。"

让我接受这种大范围的概括有点困难，但是他们也太初级了。

我说："我说的当然是对的。"

她看着我，让人不安，她似乎在寻找我身后隐藏的某个人。我于是问鲍里斯："介不介意我参观一下你的图书馆？"

他从比赛的沮丧情绪中走了出来，手指越过四分之三都是斯拉夫语的书架，指向了与美国相关的那部分书架——海明威和福克纳的书都是用英语写的，还有玛丽·麦卡锡、田纳西·威廉斯、亚瑟·米勒、威廉·英奇、西德尼·霍华德、艾默·莱斯、奥尼尔、克利福德·奥狄斯的书，也有T.S. 艾略特的《鸡尾酒会》。

我问道："你的理想是当一名剧作家吗？"

他咕哝着说："一个剧作家？可我不知道怎么和演员交谈。"

齐尼娅说道："瞎说。"

他耸耸肩说："我喜欢海明威，他的作品是'二战'前期美国的精华，你同意吗？"我们沿着书架又走了一步，走到了亨利·詹姆斯的作品那里："列宁和捷尔任斯基对《金碗》这部作品做了深入的研究。"

我问道："那是真的吗？"我完全被这样的消息震惊了。

齐尼娅回答道："当然不是真的了，鲍里斯开玩笑罢了。"

"我才没开玩笑，《金碗》是资本主义的完美象征，当然，捷尔任斯基会读这样的作品。"

"鲍里斯，太荒谬了，这是对我们客人的侮辱。"

他耸耸肩，看着我的眼睛说道："我道歉，你喜欢哪一个，托尔斯泰还是陀思妥耶夫斯基？"

我说："我喜欢后者。"

"很好，陀思妥耶夫斯基写了有点残暴的俄罗斯作品，但是这实际上也是我喜欢的。所以，我们有可能成为朋友。"

"首先我必须提高我的棋艺才行。"

他说："你能提高到哪里去。"他的直率让我很惊讶，我笑了起来，他很快也跟着笑了。他拖着沉重的身体，还有那发白的头发，一张轮廓清晰的脸庞，简直就是硬汉形象，但是他那奇怪的表情，表明他还没有找到所有的东西。

齐尼娅说:“凉菜,就着凉菜喝点茶,或者伏特加。”

我婉言谢绝,她抗议,尽管她的声音有点难听,但还是很富有内涵和表达力。在公共场合,她看起来就像一个带有神秘色彩的、美丽的异国女人,又像一个遥远的圣人。但今天下午,她表现出一副爱挑剔、怀孕的小资产阶级中年妇女形象,我觉得很难把这两个人和苏联克格勃联系起来。然而,他已经不再提及陀思妥耶夫斯基了,这似乎是一种迹象。

我们坐下来,谈了与美国文化相关的事。他对杰克·克罗克、威廉姆斯·宝来的事情很感兴趣,也对塞隆尼斯·孟克和桑尼·罗林斯的事很感兴趣,这两个人我之前从来没听过。他有一张桑尼·罗林斯的专辑,于是放给我听,我说这是我听过最好听的萨克斯。

突然,他又转到了一个新的话题上,他说:“齐尼娅说的不是真的。”

我问:“齐尼娅·阿尔卡迪欧瓦在撒谎吗?”

他听到我用了全名,就笑了。“她过去两年里其实写过一首诗。”

齐尼娅说道:“不,实在拿不出手,不要说了。”

马萨罗夫说:“是用英语写的。今年,齐尼娅用俄语不能很清晰地表达她的想法——语言障碍,这个问题也许不是今年才出现的。她想表达……”

齐尼娅说:“Zakuski(俄罗斯冷盘),一首短诗,开胃菜的意思。”我发誓,她现在很气愤,她的胸波动很大。她说:“没有任何价值,太琐碎了(听起来像猫头鹰在树上的叫声)。”

鲍里斯说:“让我来读吧。”

他们用俄语在那儿争着读，她被迫妥协。于是她走进卧室，拿了一本廉价的笔记本出来。诗就记录在这本子上，手法很笨拙。她把这本书放在面前:“困惑也是一种享受。”

看到这个标题你可能就会相信，我并没有感到开心，而是……让我写下来告诉你吧。只有上帝知道，我不仅拿到了一个复印本，在我从苏俄分部出来的时候，我却清晰地背出来:

眩晕是一种享受
鸟儿从我手心飞过，
羽毛覆盖着整个身躯。
我知道此刻，
是最后的心跳。
对着我的掌心，
鸟儿说，伙伴，
不要等待了，
去悼念我吧，
我已坠入深渊，
很深，很深。

齐尼娅说，用俄语读出来会更美，但也不可能找到完美世界。不是说俄语，而是用英语说出来。鲍里斯的语法正确吗？标点正确吗?

我说:“是正确的。”

“是好的吗？这是一首好诗吗？”

“我觉得很好。”

“齐尼娅在俄罗斯得到了认可，”鲍里斯说，“尽管并不是完全认可。”

齐尼娅问道:“在美国，这首诗适合出版吗? ”

我说:“很可能，让我带走它，我认识两个编辑文学杂志的朋友。”

她说:“好吧，是你的了。”她把本子放到了我的手里，看着我，一想到我们在她丈夫面前，靠得这么近，就感觉很尴尬。她说:“为我也印一份，附上我的笔名。”

鲍里斯说:“不用啊，‘苏联诗人’的作品就很好了。”

她咕哝说:“这是愚蠢的行为。”

我说:“我觉得你可能要换一下标题，这样有点太直接了。”

她不同意更换标题，她喜欢这个音节，说:“我坚持用Vertigo。”从她的发音里，可以看出这个词和“无尾礼服”的发音很像。

我们接下来又讨论了下次见面的时间，马萨罗夫提议和我与南希一起去野餐，我同意了。但是，当那一天来临的时候，南希并不在场，齐尼娅也离开了，只有鲍里斯和我一起吃野餐。

然而，我又开始匆匆忙忙了，我宁愿再等上一两天，再跟你讲接下来的故事。

你的哈利

19

1958年2月16日

亲爱的基特里奇：

我原本几周之前就要回信给你的，但是苏俄分部却总是要我参加各种各样的会议，我多希望每天晚上回到旅馆就能忘掉那些破事，好让我安安稳稳地睡上一觉。此外，没有收到你的回信，我很担心，有时候，我会怀疑自己是否没拆看信封就把信全部打包堆积放在了一边。如果你总是受到S的审问的话，那么人不疯才怪。

你也许知道我和马萨罗夫的关系是多么真诚，一点没有虚情假意。但是，苏俄分部并不这么认为。我向华盛顿发送了一份长电报，内容有关我和苏联新朋友见面的事。在我发送之后，我收到的却是一份调查表，与我给你写的信有关。回复这个调查表，耗了我一天半的时间。之后，奉苏俄分部的命令，有个人亲自过来审问我，通过他的声音和外貌可以判断出他是一个芬兰爱尔兰人。他称自己为欧梅勒（听起来像是欧米勒），个子不高，却很瘦，他的头发很好，不然的话，可能就已经谢顶了，他的胡子我也很喜欢。他胸前的毛发很浓密，一部分翘到了衬衫外面，还有一部分到了脖子上，看起来就像衣领的边缘一样。他看起来就像一个营养不良的野猪，你能想象得到，霍华德·亨特遇见希尔马·欧梅勒会是多么的可笑。

但是欧梅勒并不在意别人称他为“该死的”，他只是做好他的本分工作就好了。我只在他冰冷的办公室待了一天，就不禁想到了发生在我母亲家的一件事：美好的早晨，厨师在烤箱里发现了蟑螂，由于女仆没有洗烤架，于是准备弃之不用，大家便坐等灭虫队的到来。我说这个并不是要恶心你，只是欧梅勒就像一个清道夫一样，不会为他的敌人留下任何一点可以吃的东西，除了它的尸体。苏联共产党员是狂热的寄生虫，克格勃是既狂热又隐藏得很好的寄生虫，我和后者已经打过交道了。

这一点我说得有点夸张，但除此之外，我并没有夸张。他问我是否记得马萨罗夫战争照片里面的内容，不停地问，我只觉得自己被负罪感包围，除此之外便再也想不起其他的东西。确实，我怀疑自己是因为缺乏动力，才没有记住相关的内容。希尔马肯定打从娘胎里就具备了冷静的分析能力，他让我无休止地反复叙述每个问题。我在电报中把鲍里斯和齐尼娅描述成“可以相处”的时候，我就犯了一个严重的错误。我原本打算客观地评论一下，但这引起了苏维埃普鲁士部门反间谍小组的强烈担忧，我告诉你，会面的各个细节都被问到了。我怎么可能记住下棋的准确步骤呢？我尽力回忆比赛的过程，以便让他们感到满意，但是不可能从一开始下棋到最后结束的每个步骤都说清楚，这激怒了希尔马·欧梅勒。很显然，马萨罗夫很擅长下象棋（至少从他们原先调查档案中得知，记录中马萨罗夫的年龄是32岁，而不是37岁），所以他们怀疑他在比赛中是否给我下了套，这关乎他是否有故意吸引我的动机。我一遍一遍地对他们说，不是这样的，他并没有引导我，相反，我很尴尬，在第十五步的时候就认输了。

接下来，我们就把那些家具分门别类，苏俄分部着手调查这些家具的来源地，期望能从马萨罗夫父亲的莫斯科公寓和齐尼娅母亲的列宁格勒公寓找到更多线索。弄完这些之后，他们又继续审问我，关于他书架上的美国小说和戏剧——这些书卷有几成新？翻阅的次数有多少？他是想从我的答案中猜测这位俄罗斯官员是不是同时也是一位美国文化方面的专家。

然后我们又谈到了齐尼娅的诗歌，他们认为我暗中和马萨罗夫联系。单位发的磁带仅有一个小时的电量，所以还没谈到这个话题磁带就没有电了，因此，他们要求我重现当时没有被录下来的对话——我建议这首诗可以在美国出版时，这对夫妻当时是什么反应？我是否确定齐尼娅当时只是咕哝地说一声“太疯狂了”？

他们在“我已坠入深渊,很深,很深”这句诗上磨了多长时间(当然，他们认为马萨罗夫说的这句话有很大的漏洞)。

第二天，我对欧梅勒说:“每个中情局的人和俄罗斯人见面都要接受你如此详细的拷问吗？”

他笑了，好像我是一个傻子，居然会问这样的问题，我觉得自己就是任人宰割的鱼肉。

到了第三天，亨特把我带到了他最喜欢的老鹰庄园去吃午餐。他对我说，苏俄分部上下都处在一片喧嚣中，关于鲍里斯的档案调查出现了不一致。因为，我的报告中称他为37岁，与他们部门的32岁出现了差别，他们都很忧虑。现在的问题是，现在住在那栋别墅里的是鲍里斯本人还是另一个人？亨特说:“另一个问题是，鲍里斯想叛变，还是想欺骗你？”

我说:“他说他有自己的实际目的,其他的事我就帮不上忙了。”

他回答说:“这事会过去的。你在柏林的不良记录给你带来了消极的影响，但是仅仅和积极的影响相抵消。若鲍里斯叛变，你将会得到所有荣誉。”他点了一下头:“但是，伙计，你下次做事的时候要更加谨慎。”

我说:“这不符合情理啊。如果鲍里斯想要归降我们的话，为什么他还要耍我，让他自己身处危险中呢？”

“因为齐尼娅和瓦尔科夫的事，鲍里斯可能判断有误。”亨特正在品尝刚刚打开的葡萄酒，一脸苦相。“霍文，”他对服务员说，“这瓶酒太差，给我换瓶好的。”

“干杯，”他对我说，“这种情况的确没道理啊。为什么他对你这么友善呢？你能给他们什么呢，哈伯德？或许是他们以为你可以给他们想要的东西。”

“这我肯定办不到啊，霍华德。”我说，但是此刻，我想到了沙威·福特斯脸上的表情，难道这家俄国人知道AV/OCADOO？

“回到最基本的问题，”亨特说道，“我们现在能确定的是什么？那就是鲍里斯——不管他是马萨罗夫一号还是马萨罗夫二号，他是一个克格勃的人。作为蒙得维的亚‘居民’，他肯定是这里的二把手，地位仅次于瓦尔科夫。”

“你确定吗？”

“Heulihaen和Flarrety已经详细地研究了他们的档案，并以此建立了一个权威排序，谁的屁股暴露在谁的嘴下，他们都了解得一清二楚。瓦尔科夫比苏联大使及其下级官员都有优先权，马萨罗夫排名第二，一号先生搞上了二号先生的老婆，二号先生则寻找与你建立友好关系的机会。”

“我现在怕了野餐，”我说，“其实我不是指那次野餐，而是欧梅勒连续三天拷问我这事。”

“那就拿出点真材实料，向他透露点马萨罗夫的情况，我保证帮你解决掉这个麻烦。但是有个前提，你不能总给个模棱两可的信息，有点诚意才行。”

准备就绪，基特里奇，我该准备就绪了。昨天，齐尼娅打电话过来询问南希是否也要来，我说她很不舒服，齐尼娅就咕哝了一句，声音听起来跟鲍里斯一样，她肯定不会加入我和鲍里斯了。

然后就到了今天，周日早上（我现在给你写信的时间是周日后半夜），鲍里斯和我开车去了乡下。他带着他的钓鱼用具，没有再带别的东西了，因为齐尼娅忘记给他打包锤子了。我觉得很别扭，并且注意力也不集中，因此，我怀疑，他就是鲍里斯本人。一路上我们几乎没有任何交谈，一个半小时之后他把他的杂物箱取出来，递给我一瓶苏格兰威士忌，在这种环境下，喝点威士忌也很好。在喝酒期间，我们交谈了一两句。

“你喜欢乡下吗？”他问。

“不是太喜欢。”

基，这是我第二次离开蒙得维的亚去旅行，距离上次已经一年半了，连我自己都不相信竟然隔了这么久，我就是一个井底之蛙啊。在耶鲁，我从来都没有离开过纽黑文。在这里，我所有的时间都待在大使馆、安全屋以及亨特在卡拉斯科的别墅里，还有我那廉价的旅馆房间里。我认为这是因为我做的一切事情都意义非凡，所以忽略了时间，也忽略了发生在我周围的变化，我现在在这座城市看到的事物还没我刚来那三天见的多。

当然，出了蒙得维的亚也没什么好看的。靠近海边的是三级度假村，这个度假村一直想要升为二级。刷了粉的墙头布满了灰尘，马路另一边的别墅还未竣工。内陆地区则是绿茵茵的大草原，你不经意间还会发现有牛群，但是，总的来说，很单调。

马萨罗夫打破了平静，说道：“乌拉圭就是这个样子，没有什么新意。”我们都笑了。他的西班牙语并不如他英语说得好，但是我笑了，一部分是因为他在说西班牙语时带着俄罗斯口音，这确实是真的。另一部分原因是，上帝对创造乌拉圭的确也没多大兴趣。

“但是，我喜欢这个国家，”他说，“能让我内心平和。”

我并不觉得有什么。公路逐渐成为狭窄的双行道，道路也有些破旧、凹凸不平，还有油渍——这是大卡车经过时留下的吧。我们把车停到了加油站旁边的咖啡馆吃午餐，这里到处都是汉堡、当地啤酒，还有随处可闻的牛肉和洋葱味，碗哥曾经就把这味道称为“妓女房间的味道”。

然而，这家咖啡馆里的人都认识马萨罗夫，很显然，我们就是在这家咖啡馆的附近钓鱼了，他肯定经常在这儿停留。我想这些破旧的公路、平坦的乡村和破旧的马路旅馆有没有让他想起他的国家，我们好像心有灵犀似的，他喝了一小口啤酒，说道：“乌拉圭就像俄罗斯的一个小角落，无法用言语形容，为我喜欢这个地方干杯！”

“为什么？”

“自然之力变得强大时，人类的力量就显得渺小了，”他拿起杯子，“向瑞士致敬！”

“在这里，你会觉得比自然还强大吗？”

“状态好的时候会，”他仔细地看着我，“你了解乌拉圭人吗？”

“不是太了解，”然而，我想到了沙威。

“我也不太了解，”他叹了口气，拿起啤酒，“向乌拉圭人致敬。”

“干杯！”

我们碰了一下杯子，又安静地吃了一会儿，好像鲍里斯变得和我一样紧张。我想起了亨特的劝告：避免模棱两可的信息。

“鲍里斯，”我说，“我们下一步怎么办？”

“走一步算一步。”

我觉得我好像又回到了下象棋的时候，是不是我每次考虑下一步棋的时候他都要一边读书一边等我做决定？

“让我这么说吧，”他说，“我知道你是谁，你也知道我是谁。”

现在我又变得迟钝了。录音器在我的裤子口袋里，但是我的左手似乎变笨了，怎么也够不着它（其实是因为我的左手拿着汉堡）。

“是的，”我说，现在我已经按下了录音键，“你认识我，我也认识你。”

他看着我的手很明显在移动，但并没有停止发笑。“你就是这样的天性。”他回答。

“这说明什么？”我问。

“这说来话长了，是一种可能性吗？”

“只要我们都彼此信任对方。”

“半信半疑，”他说，“对于我们接下来要谈的，这就已经足够了。”

“为什么偏偏是我？”

他耸耸肩说道：“你恰好这时出现了。”

“是。”

“看起来有点拘谨。”他说。

“很明显，我很小心翼翼。”

他一口喝完了啤酒：“与你比起来，我失去了更多。”

“好吧，那，”我说，“取决于你想要的东西。”

“我什么都不要。”他说。

“你想要加入我们吗？”我问。

“你疯了吗，还是你太笨了？”他温和地说。

基特里奇，我正在想，如果领导看到这个手稿，情况该有多么糟糕。从他的声音根本听不出来他有冒犯我的意思，他只不过把我看成了一个呆头呆脑的人。

“不，鲍里斯，”我说，“我既不疯也不笨。你接近我，对我表示友好，而且还暗示我们俩有许多话要聊，你这样做，如果不是想加入我们，那你要我怎么想？怎么解释你的行为？”

“你可以想，”他说，“这刚好证明了你们对我们的人的绝对藐视。”

“那你要告诉我，我们为什么来这儿吗？”

“可能要让你失望了。”

“那能由我来决定吗？”

他什么也没说，我们彼此挨着桌子坐着，看着咖啡馆的尽头——没有前窗，仅有一个遮雨棚，每当有卡车经过时，这个遮雨棚发出的声音就像有人开了一枪。

“让我们回到刚才的话题，”我说，“你真正想要什么？”

“政治情报。”他微笑着，似乎这只是他的一句玩笑话。

“我倒是更想从你那得到情报而不是给你情报呢。”

“当然了，”他疲倦地叹息一声，接着说，“克格勃，代表苏联国家安全委员会。”

“这我知道，”我说，“即使国务院的外交事务办公室也知道这一点。”

他面带微笑地看着我，我一直坚持小心谨慎。“克格勃里有许多部门。”他说。

“这我也知道。”

“说到第一部门和第二部门，第一部门由苏联驻外官员组成，第二部门负责国内安全，与你们中情局和联邦调查局相对应。”

“是的。”我说。

“我们的‘联邦调查局’，也就是第二部门，在美国有很高的声望。说它效率很高，但是我们国内很多人都认为它办事很愚蠢。想听笑话吗？”

“好吧，”我说，“我愿意听。”

“当然，”他说，“谁不想听故事呢？”

现在，我们两人都笑了。这很滑稽，我们都知道我在鬼鬼祟祟地录音，所有的谈话内容都会被认真分析。我们痛饮啤酒，一杯杯干完。他拍了一下手，一个服务员就送来了两个杯子和一瓶伏特加。我突然意识到，这个咖啡馆里可能有俄罗斯便衣战士，某个角落可能装有窃听器，天花板上还可能有一个摄像头在那儿晃动。

或者马萨罗夫仅仅是这儿的常客，所以老板才知道他要伏特加。

是的，基特里奇，的确很滑稽。马萨罗夫手里拿着杯子，就像以酒为生的酒鬼一样一饮而尽。

“有两个第二部门的人追赶另一辆车里的男孩和女孩，他们开车驶过莫斯科街道，然后上了高速公路。这两个人和外国人在一起——他们不应该和这些人在一起，但是他们是高干子弟，因此一点也不怕。他们还对彼此说：‘我们甩掉这些恶棍怎么样？’”他停下来问：“恶棍？”

“这个词用得好。”

“愚蠢的警察。恶棍，用得好，是吗？”

“完全正确。”

“因此，男孩和女孩把他们的车停在了路边，在他们之后，其他的车也停在距离他们一百米远的地方。勇敢的男孩走下车，把车盖打开，暗示摩托车出了故障。你猜恶棍做了什么？”

“你快告诉我吧。”我说。

“他们走下车，”鲍里斯慎重地说，“把车盖打开，模仿前面那个男孩！”

“啊，”我说，“真愚蠢！”

“我们第二部门，”他说，“真的处处是蠢蛋。”

“为什么你要告诉我这些呢？”

“因为，你所在的中情局应该区别于这两个部门，你们把所有的克格勃都看作残忍的人。”

“噢，这话说得不对，”我说，“我们花了几周的时间分析捷尔任斯基从《金碗》中所学到的东西。”

现在，他开始狂笑，他笑得很大声，而且猛打我的背。鲍里斯真是一个坚实的男人。

“我喜欢你。”他说。

“‘眩晕也是一种享受’。”我回答道。

我们又笑了，我们实际上也互相拥抱了。当欢声笑语过后，他又突然变得很严肃。

“是的，”他说，“我们待在第一部门就得出国工作，也因此我们有义务研究他国的变化。我们意识到苏维埃系统存在缺陷，这让我们很头疼。尽管受官方机构的策略限制，我们还是尽量把最准确的信息传至国内。我们试图纠正我们伟大的苏维埃梦想，但是，好吧，结果很不理想，我们不应该白费功夫。第一部门的领导比你国家任何一个人都清楚苏联所做的是错的。”

“这并不是我们所得到的印象。”

“当然不是，在你看来，克格勃就是个杀人不眨眼的恶魔。”

“事情不是这么简单。”

“不，太低级了！你说我们是杀手，还是专业训练过的，可是你能说出一个中情局官员因为我们而失去一根手指吗？”

“干这些事的都是些雇佣帮手。”我说。我突然想到了柏林。

“是的，”鲍里斯说，“不管是你们雇的还是我们找的，雇佣的人都应下地狱。”

我沉默了。“什么时候去钓鱼？”我最后问了一句。

“让钓鱼见鬼去吧，”他说，“让我们再饮一杯。”

我们又喝了几杯。过了一会儿，我开始觉得他一生都在等待一个美国人能够和他交谈。我把他看了个一清二楚，因为他讲俄国人的故事时脸几乎贴着我的脸（我想这是由于他们住在狭小拥挤的公寓里的缘故），因此我趁机偷偷地观察他的脸——他的剃须刀刮过的地方留有一些残茬，鼻孔里的毛发很旺盛，呼出的口气夹杂着汉堡、土耳其香烟、洋葱、伏特加、啤酒的味道，我想他一定有龋齿的烦恼，我并不确定，但嘴里生溃疡似乎能让一个人变诚实。休曾经告诉我恩格斯说过的一句话，“量变引起质变”，至今让我难以忘记。当然，一点口臭完全不同于一个人嘴里完全腐烂的味道。我说这些，是因为我在咖啡桌旁和鲍里斯待了很长时间，因为他坚持要我们称呼彼此布里斯卡和哈利。可以肯定地说，这顿午餐会一直延持续到天黑才结束。太阳向西落下，只在我们眼中留下一角余晖，当太阳落到只能照射到马路上的遮雨棚时，有时，会有一辆小汽车穿过，或者一个醉汉进进出出。

马萨罗夫不停地讲尼基塔·赫鲁晓夫已经一个小时了，他说，在美国没有人了解苏联，除非他们了解这位总理。他是一个伟人，“他与苏联现在的情形有关，他很伟大，”他长篇大论了一番，“无数人都死了。”在第一次世界大战中，无数俄罗斯人被美国人、英国人、法国人杀死了。在内战中，也有无数人丧生，无数人为斯大林的集体农场丧命，无数苏维埃士兵和居民被希特勒杀害。战后，斯大林又开始屠杀，苏联就像一个被家暴的“妻子”，“每天都被自己的丑陋丈夫残暴地虐待，就这样过了四十年。如果她是一位美国人的话，她将憎恨这样的丈夫，但是俄罗斯妻子却给予更多的理解，她知道，在这样的婚姻下，一切都是因为丈夫渴望提高自己。”

“我糊涂了，”我说，“‘俄罗斯妻子’是谁，谁又是‘丈夫’呢？”

“噢，”他说，“很显然，‘俄罗斯妻子’就是俄罗斯，‘丈夫’则是共产党。有些时候，我们也不得不承认这位妻子也有问题，她也许活该挨打。故步自封，只看眼前利益，不愿意向前走。丈夫可能是个酒鬼，但是他看到的却是远方。”他说到这儿停了下来，他拍了一下他的脸颊，“喝。”他，点了一杯黑咖啡说道。

现在他的语法有所提高。“我之前说的是‘科瓦奇’。”

“‘科瓦奇’？”

“不贵，很一般，共产党和人民的关系不容易解释。苏联的孩子从小到大都相信只要凭着纯粹的意志力就可以成为一个更好的人，这种意志力得是好的、无私的，所以有时候我们宁愿毁掉完善自己人格的机会，图的就是一句‘无私’，其实做到这样很难。在我孩童时期，我对自己贪婪的欲望感到可耻。所以做这样一个民族的领导人真的是巨大挑战，每个人都想要比原先要好。斯大林——我都不好意思承认这一点，他失去了内心的平衡。然后，赫鲁晓夫这位勇士取代了斯大林，我们都敬爱赫鲁晓夫。”

“为什么？”我问。

他耸耸肩说道：“他之前是个坏人，但变得越来越好。”

“坏人？他是乌克兰屠夫？”

“噢，他们是这样教你的。但他们只告诉了你寒冷的冬天，却没有告诉你还有温暖的春天。”

“他们是谁？”

“你的老师们。从俄国的角度考虑，我们看到了被权力吸引的残忍的人们。”

“这不是有一点偏离了马克思主义思想吗？”

“完全偏离了马克思主义，”鲍里斯说，“尽管马克思不愿意，但是俄国人民期待一个残忍的领导者。我们的问题是领导者如何才能超越种族，成为更好的人。斯大林是一个伟人，但是斯大林没有超越任何人，而是变得更糟了，邪恶的行为让他近乎疯狂，而赫鲁晓夫却相反。”他似乎觉得英语让他表达错了想法，于是又扇了自己一巴掌。他得让他的大脑保持清醒，这样才能让他心口一致。他好像润色了自己的英语，但还是夹带着俄语的音调。鲍里斯喝醉了，而他的表达也越来越不着边际，当然，他永远都不会说“赫鲁晓夫是反动派”，但是你可以感觉到他想要表达的意思：“赫鲁晓夫是反对派。”

“是的，”他说，“想一想赫鲁晓夫，并不是每个人都接受他，许多俄罗斯人都诋毁他。有人说，他太情绪化了。”基特里奇，我希望你明白这一点，就是这个代词的使用。“是的，”他说，“几乎所有人都同意赫鲁晓夫是 nyet kulturny，就是你理解的 nyet kulturny。”

“我不懂俄语。”

“那你就自己猜吧。”他笑着说。像齐尼娅一样，他的身体里住着两个人，他们彼此不能相容。他已经喝醉了，神智已经混乱，现在我又想起来下象棋的事。“你自己猜吧。”他又说了一次，好像他很了解我似的（可能他了解我，但毫无疑问，我们对他的了解还不太准确）。

“意思是没有受到良好教育吗？”

“当然，总的来说，没有受过教育。你可以说那是俄罗斯人说的最难听的话。”也对，他的英语很符合他的特点。“我们族人住在小木屋里已经几个世纪了，没有人需要擦鞋子，地板也是脏的，动物和人住在一起。nyet kulturny 是原始人，没有受过高等教育。因此，赫鲁晓夫让很多人都十分尴尬，而这些也许对他不利，最终会使他下台。”

“但是，你说他是一个伟人。”

“相信我，总体上来看，斯大林既残忍又傲慢，而他却长得很高大，要反对他需要极大的勇气。你应该把这一点解释给你的人听。现在，在莫斯科，许多党派高级领导人对赫鲁晓夫说：‘美国的核武器是我们的四倍之多，我们必须要赶上美国。’‘如果美国袭击我们的话，我们必定积极反抗，两个国家就会同归于尽，这样就再也不会有战争了。我们苏维埃共和国需要发展经济。’赫鲁晓夫承受着巨大的军事压力，他是一个好人。”

“从我们的立场来看，我们很难相信这一点。你们国家应该为自己的过去负责，你们不会那么快就实现转变。”

他点点头道：“这是因为你们代表的是公司资本主义，线性的，团结起来的线性人力。”他喝了一大口咖啡，这个黑咖啡就像过滤的污泥一样，颜色很深，点点头说道：“是的，美国人从来都不知道共产党是如何发挥作用的，只知道我们生活在意识形态之下，这是很严重的错误。你们以为只有资本主义社会才能有完全的思想自由，而把我们看作奴隶民族，但是我们却有更多的独立与自由。”

“我相信这是你真实的想法。”

“当然，没有两个俄罗斯人是完全一样的。所有的美国人，在我看来，都是一类人。”

“这绝不是对你那一类人的误解。”

他又进一步摸到我的胳膊肘处：“说到公司资本主义，经理、执行总监这一级别的人相信美国的意识形态，我们却半信半疑。”

“半信半疑？”

“一半，哈利，你的赌注。”再一次，他用他那厚重的手拍了拍我的背。

“另一半呢？”

“那是我们的秘密，我们的思考。”

“思考什么？”

“我们的灵魂,我欣赏我的灵魂。美国人民讲自由浮动的焦虑，是吗？缺乏认同感，是吗？但俄罗斯人说：我失去了我的灵魂。美国人过去跟俄罗斯人一样。19世纪已然出现个人企业家，但是你们的心中仍然存有巴洛克式精神，这不仅体现在你们的建筑风格中,还在每个个体身上有所体现。现在,美国人成了企业资本家。人们都被洗脑了。”

他的眼睛闪闪发光，神情很激动。

“赫鲁晓夫不想失去他的灵魂，”马萨罗夫说，“所以，他尽力改变世界。”

“你告诉我这一切时脸上不带任何表情？”我承认我对他那近乎完美的表情感到生气。

“没有露出任何表情吗？”

“告诉我你的监狱集中营。”

他的好心情消失了，他说:“俄罗斯熊和恐龙的尾巴住在一起，带着传染病的尾巴爬了出去。从过去，慢慢地吃掉尾巴。我们将从这段可怕的历史吸取教训，但是，到目前为止，仍然心有余悸，这是个悲剧，太恐怖了。”

我几乎不能相信他说了这么多。他闷闷不乐地看着咖啡，好像为了这个新认识的朋友离开他的老战友伏特加是个错误的决定。然后他深深地叹了一口气,好像这口气能够清除旧的记忆似的。“你知道 Beriozhka 吗？”他问道，“桦树。”

“知道，据说你们都喜爱这种树。”

“是的，”他点了点头，“齐尼娅用俄语写了一首关于桦树的美丽的诗，我翻译成了英文，但只是随便翻翻而已。齐尼娅不会认可我的译文的，她可能会为此而离开我。”他看起来好像要哭了出来，却拿出一张纸，对我大声朗读起来：

致桦树

苍白的箭光

寂静的剑

月光和剑光

我们银色的太阳

“乌拉圭不像俄罗斯，”他说，“这里没有桦树。”

然后他把写着这首诗的纸最底部的一半撕了下来，给我写了几句话，递给我。基特里奇，这几句话我凭记忆转述给你（你很快就会知道原因的）：

谨慎。就像我们中的任何一人一样，要尽可能保守秘密，这个秘密属于你的，也属于我们。不要相信你们苏俄分部的人。我说这话可能会被处死。所以守住秘密。谨慎一点。只能说给你最最信任的人听。

他给了我足够的时间阅读这几句话，然后他又收回纸条攥在了自己手里。我不知道那一刻我是否在猜测他的想法，但我的确预料到了他会把那半张纸烧成灰烬。我向你发誓，他真的这么做了，好像我也希望他这么做似的，又好像在此之前我就已经读懂了他的心思。

基特里奇，这的确是奇怪的语气，我们离开了咖啡馆，伴着二月夏末黄昏里的灰尘，我们开车回了蒙得维的亚。现在有点晚了，我很累，但是终于，我们又可以通信了。

挂念你的哈利

20

我明白，我应该野炊一回来就给霍华德打电话的，但是我发现自己处于一种奇怪又叛逆的状态中。我不希望周日晚上的最后几个小时是在被盘问中度过，所以，我选择了给基特里奇写信，就好像我期盼着能在这个过程中理清我和马萨罗夫之间发生的事。我知道，一旦希尔马·欧梅勒仔细看过我的正式报告，然后再发电报递交给苏俄分部时，我与鲍里斯的这份经历就完全变了质，虽然我的做法很不符合职业道德，但我就是想要这份经历完好无损。

然而，我也是进退两难。“不要相信你们苏俄分部的人。”这句话我一旦写在报告中，就会带来极大的危险，因为现在除了我的个人描述，没有任何证据证明鲍里斯纸条上的言论，我一定会被视为扰乱两国交流的不可信的联络人。也许克格勃本来就是想让我把这句话传达给苏俄分部，以期达到扰乱苏俄分部的目的，如果真是这样，那不提及这张纸条，才是更为谨慎的做法。

当然，也存在这样一种可能性——那家咖啡馆有可能安装了摄像头，拍到了鲍里斯递给我一张纸条，我看过之后他就把纸条放进烟灰缸烧毁，之后我们两人都严肃地注视着这一切。如果是这种情况，那我若不向亨特和欧梅勒汇报这件事，而且苏俄分部的确存在一个克格勃卧底的话，那他可能就会看到这份录像，并以此来敲诈我。

因此，我决定在我的报告中写上马萨罗夫递给我纸条的事，但是我会省略纸条中提到苏俄分部有内鬼的相关内容。如果克格勃的目的是让我们怀疑自己人，那么我不会让他们奸计得逞。虽然保留一部分内容不上报会显得纸条内容太模糊，但我决定冒这个险。

为什么？就好像有人将粗鲁的手指戳到我的胃里——这个问题给我带来很大的压力。的确，这事怎么能不让人“压力山大”呢？为什么要上报？为什么不报呢？如果这则消息扰乱了苏俄分部，那么毫无疑问他们将在此之前就已经遭受损失了。然而，我知道我不会改变主意，但我今天没打报告的原因不仅是因为与欧梅勒住得这么近就像和传染病同居一样，而且我还没有准备好面对他谨慎的怀疑。

尽管如此，我仍然无法知道我这么做的私人动机是什么。我内心深处的顽固本能让我这样做的。

现在是周日晚上十点，再不给霍华德打电话就太不合适了。我去了街上，找到一个付费电话。七月十八日的大街上，夜晚安静得如同周二威斯康星州绿湾的午夜。

“该死的，你去哪儿了？”他一开口就这样的话。

“与我们的朋友喝酒了。”

“一直到现在？”

“坦白说吧，霍华德。七点我回到酒店就准备打电话给你，告诉你我回来了，然后十分钟之后再打给你跟你详细说，但是我拿着电话筒就直接睡着了。”

“噢，不要这样吧。”

“你曾经有没有和俄罗斯人比赛喝伏特加？”

“当然有，并且我赢了。难道你不知道在喝之前喝点橄榄油吗？”

“嗯，也许我现在就可以喝一点。”

“好吧。一个问题，有答案了吗？”

“不完全肯定。”

“放屁。”

“有太多信息了。”

“现在要开始通宵会议了吗？”

“我恐怕不能。”

“那好，明天再说。但是现在你得去大使馆，南希正等着打印录音稿呢。”

“好的。”

“待在她身边，及时纠正她的错误。”

“好的。”

“我知道这是公开的电报，伙计，但是你得给出一条线索，我们这位朋友究竟想干什么？”

“比我聪明的人多的是，他们会给出答案的。”

“你的朋友有机会站到我们这一边吗？”

“20% 可能。”

“20%？”亨特重复道。我能想象他在卡拉斯科的书房，听到他长长的手指敲在桌子上的声音。“有点失望。”

“但是，”我告诉他，“还是有些新鲜玩意儿的。”

“那我们明天有的忙了，”亨特说，“早点休息。”

“我和南希待上三个小时再去休息。”

“好吧，哈利。也许我思考着你的困境时就能听见你的鼾声喽。”

我与南希花了几个小时转录磁带，整个过程都很正式，就像我们接了一次吻之后带来的无声影响。我确定，她内心一定很空虚。手稿终于做好了，我的报告也完成了，离早上还剩下两个小时，我回到酒店，而南希，太敬业了，还在把我们的文本发送到编码器上，我们五个字母组成的密码将在黎明前被华盛顿的通信人员破译。

希尔马·欧梅勒，不知道是不是亨特提醒了他，又或者是他自己的直觉，在我离开前的二十分钟找到了我。他的时机掌握得刚刚好，我的报告刚刚完成，南希也马上敲完录音手稿。他精读这份手稿，样子十分怪异（这让我回忆起盖伦将军对着棋盘咕哝的样子），他只是低吟这些内容。“神圣的流氓，希尔马，神圣的流氓。”一边读一边不停地说，但对我此次行动成果是褒是贬呢？我无从得知。正当我离开的时候，南希飞快地——像小鸟飞到屋檐上一样（我没想到她会突然有这个动作）——给了希尔马一个温柔的微笑。真是讽刺，我应该担忧自己内心的空虚，而不是瞎操心别人的事。

周一上午，霍华德处于极度兴奋的状态，苏俄分部已成功证明了马萨罗夫的年龄有问题，现在他们苏联人事部门正有序地工作着。然而亨特不会也不能提供给我更多细节，除了说马萨罗夫不是三十二岁而是三十九岁，也不是他说的三十七岁。明白这一点：他的级别比我们想象的要高很多，甚至比瓦尔科夫还要高。

“芬兰爱尔兰人不是已经得出结论，说鲍里斯就是这里的克格勃二把手嘛。”

“他们确实已得出结论了，但是苏联肯定已经发送了谋划的信息，是一个‘袋鼠信封’。”

我从未听说过这个词，但是显然这个比喻涉及了掩藏在背后的头号人物。

“齐尼娅和瓦尔科夫是什么级别呢？”我问。

“还在评估中，不过，有一件事已是板上钉钉了：在乌拉圭的马萨罗夫是美国问题上的克格勃专家。”

“为什么他处在这些位置呢？”

“这可能是不解之谜，不是吗？”霍华德说。

访问鲍里斯和齐尼娅的家让我经受了沉重的盘问，与马萨罗夫的野餐也让我和希尔马共度了十八个小时，紧接着又花了三十六个小时填写来自华盛顿的调查问卷。不止一次我差点承认我所谓的“可恶的遗漏”（都是最后一刻又被我防守住了阵地），因为问卷总是返回到鲍里斯所写的纸条上。我能确定的信息能占多少百分比呢，60%、70%、80%、90%、95%，还是100%？我犯了一个错误，回答说是80%，好像他们精神上感觉到负罪感。苏俄分部又提出了问题：在你重新组织这纸条时，纸条上有三个完整的句子，还有三个分开的单词，说的是劝诫的内容。如果回忆的内容80%都是完整的话，那么很可能第四句话被“遗漏”了。

我回答说：可能性为零。

重复问题：50%、40%、30%、20%、10%、5%、0%？

可能性为零。

鲍里斯的纸条上意思不完全，你怎么解释呢？

我坐在能连接到编码器和译码器的打印机控制台旁边，一个加密的问题将从华盛顿发过来，通过译码器，激活我的打字机的按键，再破译出来，我的打字机页码上就会出现五个字符，我能很快读懂它就像读纯文本一样。boris notel acksc oncer tedim pact 我用0.1秒就可以明白。然后，我打上我的回复，我的五个字符开始重组，通过打印机和编码解码器传到蟑螂小巷的苏俄分部那里。之后我就会坐在那儿等着我的打字机重新发出咔嗒声。经过几个小时的来来回回，我开始觉得我是在和一个对手在另一个房间里下棋。希尔马·欧梅勒就站在我身旁看着这些问题和答案。

最后的评论里，“鲍里斯的言论缺少共同影响”，我转向欧梅勒。

“那是什么意思？”

他表现出一副恼人的笑容，他的牙齿和他的眼镜一样闪着光芒。“这意思是，这纸条究竟是什么意思？”

这把我惹恼了，于是我准确地回复了我之前对他说的话：这是什么意思。

收到回复：它究竟是什么意思。

“好吧，问题出来了，我不懂问题的意思，无法做出回答。”我说。

在耶鲁大学，我总是讨厌看起来像希尔马·欧梅勒一样优秀的研究生，他们的脑袋总是有些奇怪的想法。他们边笑边听其他人说，当和他们完整的一致性相比较时，你总能感觉到他们对别人的鄙视。他们会回答调查问卷，这些问卷通常以“准确地说是什么意思”这样开头。然而，他们一旦解释了该主题，就会要求你100%信任他们。“我们已经在考虑这位高级克格勃、研究美国问题的专家了，他心血来潮与未成年人案件负责人讨论那些小到几乎可以忽略不计的地缘政治影响，还谈论所谓的克格勃官员凭借极其严厉的评论、暗示继续去控告所谓的小案件负责人，他还把他的国家和党派比作妻子和丈夫，滥用马克思主义原则。所有这些言行都至少是他不可否认的，而且也足以让他受到监禁。如果我们将获得的记录转发给克格勃的话，他们肯定会相信。你现在明白我的意思了吗？”

“是。”

“很好。因为他是乌拉圭克格勃骨干的领头羊，如果他自己也有一份手稿的话，那也无济于事，只要乌拉圭的克格勃出了问题，他怎么着都难逃其咎。现在在乌拉圭的克格勃里，不难找行动‘自由’的人，言论‘自由’的家伙就更多了。这位后尼安德特人目前的境况可堪比十七世纪的耶稣了。我说的这些你明白吗？”

“明白。

“很好。我们现在遇到的问题十分棘手，我来总结一下刚刚所说的：克格勃里的一条大鱼无意叛变，却参与了与‘反对派’对话的不明智行动。

如果这场对话有意义——肯定有意义，否则怎么会有这么一场对话呢？那么他成功地展示了一张纸条又立刻毁掉这事就很可疑。你所递交的信息并没有实质性的内容，没有提到任何人，也没有专门攻击我们部门。总之，内容太一般、太没有道理了，他这是甩给你一把没有手柄的铲子。你还有什么要解释的吗？”

我正要回答，他说：“等一下，”顺手打开放在解码和编码器旁边的录音机，对我说，“说吧。”

麦克风的位置让我不得不背对着欧梅勒，我能感觉到他倾斜在我肩膀的衣服上，满脸都是恶意。

“再说一遍你的问题。”我说。

“你对此作何解释？”

“我认为我们是在和一个人打交道而不是一个场景。”

“解释一下。”

“我不像你们所有人一样肯定，马萨罗夫是否向我传递了什么明确信息。如果他真是一把手，他的妻子也确实爱上了瓦尔科夫，那么现在谁来做他的助理？我相信这一点能解释他的行为为什么那么让人迷惑。”

“马萨罗夫无情又老练，工作才能和效率更是没的说，所以他被戴了绿帽子却不采取行动（假设他妻子的事是真的）的确让人难以置信。一九四一年，他才二十二岁，是内务人民委员会的一个年轻军官，苏联屠杀波兰官员时他就在卡廷森林，他是一个敢于射向其他人的后脑勺的人。”希尔马站在我身后，轻轻拍了一下我的头。

难道我要重新定义鲍里斯吗？我的胃开始不舒服：“卡廷森林有助解释他对赫鲁晓夫的评价。”我说。

“运用马萨罗夫自己的口头禅‘科瓦奇’。简而言之，他试图欺骗，误导你，让你在他的游戏中堕落。”

“如果你知道这一切，为什么还一直质问我？”

"'鲍里斯写的纸条缺乏共同影响',在编码和解码器上回复这句话。"

我转向我的打字机,把下面的内容发到了编码器和译码器上。

ICANN OTDOA NYTHI NGTOR ESOLV ETHIS IMPAS SEIWI LLALT ERMYE STIMA TEOFP ROBAB ILITY OFREC OLLEC TIONO FTHEN OTEFR OM80% TO95%(对目前的僵局我无能为力,我将我对那张纸条内容的完整性由80%改为95%)。

我们停顿了很久。欧梅勒独自一人坐在那里摇着头,慢慢地从一边摇到另一边,就像一个节拍器在振荡一样。现在已是深夜,我们是唯一留在大使馆里的两个人。

"最终决定?"编码器和译码器上显示。

"最终决定!"我回复过去。

这次的暂停很短。"你同意做谎言测试吗?"

在这三天里,欧梅勒头一次看起来这么高兴。

INPRI NCIPL HYESP ROVID EDJUR ISDIC TIONA LHEGE MONIE SDONO TOVER RIDET HEPRI NCIPLE

"原则上是的,"希尔马越过我的肩膀大声读道,"提供了司法机关的支配权不包括原则在内,"他笑了,"你觉着你的驻地长官保你不受颤振盒的惩罚的概率有多大,50%还是40%?"

他提高了音调,很讨厌,我差一点就上去揍他一顿,他刚刚在我后脑勺上打那一下到现在还疼。

21

“太荒谬了，”霍华德第二天早上说，“真是令人发指。你工作一直这么出色，勇敢地接受克格勃这个烫手山芋已经很了不起了，他们竟然因为不满意结果就欺负你。你说得对，这是管辖权的问题，我绝不会让任何高傲的偏执狂在我的地盘撒野。”

“如果真要接受谎言测试的话，我也会做好准备的。”我说。

“很高兴听你这么说，但是在这儿我要保我的人周全，我已准备好了冒任何风险，”他停顿了一下，“但是我需要掌握事实。你真的确定你的笔记准确性达到95%了吗？你知道，这就是他们生气的原因。你不能厚着脸皮侮辱他们的评估过程，就像你不能亵渎《圣经》和《古兰经》一样，”他仔细地看着我，“我们之间亲密无间，你告诉我，你真正的估计是多少？”

“90%。”

“好，我信你。但是为什么马萨罗夫的话这么模糊？这场游戏的名字会使某人受伤。”

“霍华德，我把它写在我的报告里，这是我自己的推测，恐怕没有人会相信：几周前，也就是二月二日，俄国人要求召开一次峰会。我想马萨罗夫是想故意透露给我——俄罗斯用上千种不同的方式发送到世界各地：来参加峰会吧，赫鲁晓夫还不错。这是他们的个人宣传方式的一部分。”

“完全正确。这些个数字肯定会在手稿中脱颖而出，但是为什么会让人混淆呢？鲍里斯是一个老手，他知道秘密的纸条和政治立场之间的差异，顺便说一句，我一点也不相信，苏联人会放弃和平而追求喘息的时间来思考应对我们的新方法，”他停顿了一下，“但是，就这样吧。鲍里斯传授他的思想，进行布道，我们也可以为苏联哭泣，毕竟无穷无尽的人被杀害。

但是，马萨罗夫曾经间接对着后脑勺开枪的五千名波兰军官，以及失踪了的一万名波兰军官又该怎么说？斯大林知道自己在做什么，他杀害的可能是未来导致波兰独立的骨干人才，是的，这些人想要和平，除非拉皮条生意断绝。”他拍了一下桌子，好像这个桌子是一个讲台。

“你应该参与政治，霍华德。”我说。

“我本来可以做许多事，可是守着卡拉斯科这份家业真的快要了我的命。我们要付出的代价很苛刻，哈利，我们要对组织忠诚。我这个中央情报局的人可是作出了很大的经济牺牲啊，但那又是另一件事了。还是让我们说说眼前的事吧，你再跟我解释一次你对马萨罗夫纸条一事的看法吧。”

“霍华德，我认为鲍里斯喝醉了，很痛苦，一边准备叛变，一边又心里清楚自己不会叛变，毕竟他是俄国人，半疯半傻，他爱他的妻子，而且他还沉浸在内疚中。他是个有良心的人，他想拯救他的灵魂，如果把所有的都算上的话，他肯定很有自我破坏力。他喜欢陀思妥耶夫斯基。我认为他想带毫无意义的纸条上吊自杀，但后来他改变了主意，就把它烧毁了。”

“所以，你听进去了他的话？”

“我想是的。要不然他为什么还要写一个毫无意义的纸条给我呢？”

“我的上帝，你还是太年轻了。”

“我也是这么想的。”

实际上，我是惊讶我能撒谎，这让我觉得很幸福。看来我的体内也有我母亲的影子，我第一次明白了她从“小发明”中获取的乐趣。撒谎也是精神上的慰藉。

“好吧，我决定帮你一把。”霍华德说。

“我很感激。”

“孩子，你知道为了证明你说的是真的，要付出多么昂贵的代价吗？”

“我认为由于你的强硬立场，不管是高官还是低官都会尊重你的。”我说。

“是的。获得多少尊重、失去多少他人的善意。告诉我，哈利，为什么你不愿做测试呢？”

“我会做测试的，霍华德。我准备好了，我是无辜的。只是，一旦他们把这些电报拿上来，你就会有负罪感。”

“你再说一遍。我记得，当初他们问我是不是同性恋，我很愤怒。好多年前，我一直控制着自己，替自己反驳——当你受到质疑时，你就要观察究竟谁是挑事儿的人。但是，我告诉你，伙计，如果任何人胆敢把他的阴茎放到我的嘴里，我不管他是个黑小子，还是有六英尺高，我必定将他的阴茎咬断。所以，我可以明白你的感觉，我也讨厌谎言测试。让我们一起教训他们一顿吧，毕竟，这是我的地盘。”

我可以感觉到他的呼吸。他身上有几条皮带，我敢肯定这不是他的习惯，很可能他比我更愤怒。

亨特和一位乌拉圭朋友约了吃午饭，所以很快就离开了。“我会保持电话线畅通。”他说。

似乎是为了表示对我的信任，他离开了他的办公室，留我自己待在里面。这有点不太寻常，他通常都会锁门，现在他却让门半掩着，待在外面的南希·沃特森小姐坐着不动就可以看到房内的情景，看我有没有打开他的抽屉。就在这时，封闭的储藏柜的安全电话响了。

“南希，”我问，“你听到电话响了吗？”

过了一会儿，她说她听到了。

我告诉她：“我们最好接听一下，你有钥匙吗？”

她有钥匙。于是，她打开储藏柜的门，在她接起电话的时候，电话铃声已经响了十二声。“是的，”她说，“他在这儿。你是谁？”片刻停顿后。“噢，这个电话是机密电话。噢，恐怕我不知道这个机密电话上的内容。”与此同时，她用手指向我，意思是：找你的。

“我来接。”我说。

“等一等，”她遮住了听筒说道，“谁找你呢？”

“不用大惊小怪，不过是个正常电话。”

“这我可不知道，”她又重复说道，“谁找你呢？”

“南希，如果有必要的话，我可以告诉你所有内容，但是我不会这么做。你在干涉我的私事。”

“好吧，”她说，然后在她把电话交到我手上时，又说了一句，“是个女人。”

“你好。”我对着话筒说。

“有别人站在你旁边吗？”基特里奇在话筒那头说道。

“差不多吧。”

“让她离开。”

“这不太容易。”

“我不管！”

“南希，”我说，“这是个私密电话，请给我点私人空间，这不就是安全电话本来的用途嘛。”

“但这电话仅限首长使用。”南希说。

“他不在，他已经授权给我用，电话内容会涉及亨特和我。”

南希退了出去，但是很不情愿，就像涨潮时潮汐不愿从高水位退下去一样。房门依然半开，我也没有打算关上储藏室的门。今天的情况比较特殊，而且房门、储藏室的门都只是半掩着，也许南希会往里面偷看，所以我一边尽量压低声音，一边观察南希的动态。

“现在没人了吧？”基特里奇问。

“是的。”

“哈利，我很高兴收到你的来信。我知道我没有及时回复你，但是，我很喜欢信上的内容，特别是这最后一封，很有价值。”

“你还好吗？”

“非常好，现在一切都正常了，我身体很健康。”

她的声音传到我这有很长的回声，我能确定她现在一定说得很快。

她说：“我打电话来是想征求你的同意，关于一些微小而准确的托词。”

“好。”我说。除了部分可恶的遗漏内容，我还有什么“微小而准确”的东西不能说呢？

“我还没有准备好告诉休你和我通信的事，这会让他很难过，但是我希望得到你的允许，让我告诉他，你很担心与俄国人一起野餐的事，我就说是你打电话到家里来，休刚好出去，我接了电话，你把所有的事情都告诉我了。这样你和休今晚就能愉快地通话了。”

“你的提议有漏洞，第一，你打来这个电话本来就让人很不痛快了，我今晚除非说出一个很有说服力的理由，要不然南希小姐不会允许我再次使用安全电话的。顺便说一声，亲爱的，安全电话是锁在储藏柜里的，钥匙在南希小姐手中。”

“你不要一次讲那么多话，话筒里的回声太嘈杂了。”她说。

“第二就是我不信你说的话，我觉得你已经跟休讲过了。”我说。

“我确实已经告诉他了。”她说。

“我最后一封信也告诉他了？”

“没有，绝没有告诉他信的事，我只告诉他马萨罗夫给你的纸条的事。我昨天才收到你的信，是的，就是昨天，星期三，我编了故事，说你是下午四点打电话过来跟我讲的。休很忙。”

“说慢点。你说他很忙？”

“他很忙。休安排了他的人进入苏俄分部，他们很高兴。亲爱的，休说，你一定篡改了纸条上的信息，你在给我的信中就没有那些内容啊，他们肯定是在辛苦地寻找纸条确切的信息。”

“请慢一点。”

“他们不是在白费功夫，是吗？”

“嗯，”停顿了一下，“休·蒙塔古怎么看我的做法？”

“他认为你的本性体现出了一点‘神圣的焦油’。”

“‘神圣的焦油’？”

“哈利，那是休对你的夸赞，这东西是由上帝从恶魔手中夺来的。”

“好吧，基特里奇，你让我对自己有了更深刻的认识。”

突然，基特里奇就把话题转向了让人不开心的事上。“噢，哈利，我刚刚想到，你和休通电话的时候，记得把我们的故事编圆满：你昨天打电话时，告诉了我纸条上缺失的内容。”

“好，我会把新故事牢牢记住的。”我说。

“你真是太好了！可是这不算难题，如果没有安全电话，你怎么和我丈夫通话呢？”

“我想休可以今晚十一点打电话给我。”我说，我把距离我酒店很近的街道电话号码给了她，我有时候会用那部电话联系沙威·福特斯。

“你是第一次用它吗？”她问。

“不是。”

“你必须选择一部你从未使用过的付费电话，然后于今晚十一点打给我们。休会接电话，你不要告诉他你的名字，只报一下颜色代码就挂断。当然，你最好事先处理一下颜色代码。”

“选哪个数字？”

“随你决定吧。”

“4……”

“我想说 2 来着，那就定为 3 吧。”基特里奇说。

“3。”

“嗯。”

“需要连续吗？”

“最好是这样。”

“跟你说一声，这儿的电话上只有六个数字，不是七位数字，”我说，“我会在晚上十一点准时打过去，如果没有打通，我会在午夜继续打。”

“好的。”她说。

“再跟你说件事，他们想让我接受谎言测试。”

“休会有办法帮你解决这个问题的。”

“什么办法？”

“哈利，你要相信休。”

我还没来得及说再见她就挂了电话。

这是一个漫长的下午，我一想到颜色代码就很紧张。我回想起了当初接受的专业训练：0代表白色，1代表黄色，2代表绿色，3代表蓝色，4代表紫色，5代表红色，6代表橙色，7代表棕色，8代表灰色，9代表黑色。颜色代码在使用时需要交叉或修改，即0变为9，1变为8，2变为7，依次类推。我与基特里奇约定的数字3，意思就是从3开始交叉，即3变为9，4变为8，5变为7，6变为6，7变为5，依次类推。连续交叉数字代码是一件很费脑筋的事，电话号码的第一位数字切换为3，第二个变为3加3即6，第三个数字变为9，第四个数字又变回3，如此循环。在使用过程中，没人敢用脑子直接替换，而是用笔和纸记录下来再操作。但是，颜色代码的交叉使用有一个优点，那就是如果有人窃听电话，而且窃听者又很熟悉颜色代码，但是他不知道连续交叉代码是从哪个数字开始的话，他就需要拆分并重新组合这些数字，等到他们完全弄明白了电话号码，那我的电话也早就打完而弃之不用了，这也就是为什么基特里奇要我选择一部从没用过的电话的原因。

亨特吃完午餐回来便锁上了他的门，我猜他是打电话到华盛顿。后来他又给希尔马·欧梅勒打了电话。等到亨特出来时，我见他面无表情。不难猜测，苏俄分部是否要我做谎言测试，这个问题不是亨特能做得了主的，决定权在蟑螂小巷手中，然而编码器和解码器上什么信息都没有发来。

谢尔曼五点钟回了家，盖茨比也是。南希六点钟离开了办公室，跟她前几周一样，希尔马很快也离开了，我猜他俩今晚会一起吃晚餐。

亨特离开前在我的桌旁停下，问我："那个安全电话是怎么回事？你家人生病了？"

"是的。"我回答。

他要发飙了，脸上的表情预示着一场暴风雨即将来临。"我再也不会让你用安全电话了！""我不用了。"

他"砰"的一声关上了门。我明白他的愤怒，毕竟他也不想一直抓着电话这事儿不放。

办公室里只剩下我一个人了，从周日下午以来我第一次觉得很充实。我和沙威·福特斯照常约在安全屋见面，今天恰好是周五，所以我得先看看有关他的文件，遗憾的是我与AV/ALANCHE相关的材料一团糟。我已经两周没有整理它们了，这些材料就搁在那儿，像是经历了几场血腥的街斗一样混乱不堪。我那未完成的材料笔记不仅包括AV/OCADO和AV/ALANCHE，而且也包括AV/OUCH-1、AV/OUCH-2和AV/ERAGE，现在这些都要我重新整理，为了南希·沃特森。我一个人坐在办公室里，甚至都能感觉到AV/ERAGE——我那个同性恋记者正在生闷气，因为我一周都没有约他出来喝酒了。然而，一想到这些未完成的任务我就很安心，正好有机会利用一下过去三天突增的肾上腺素。

那天晚上，在约好与夏洛特进行一场严肃的电话交流之后，我一个人去了老城的一家咖啡馆。坐在里面感觉有点不安，但还算愉快，我一个人吃着烤肉喝着啤酒，就像我就要准备去和萨利度过一个愉快的夜晚一样。

我拦住服务员，扔了一大把零钱给他，离开饭馆的时候，我的钱袋空空如也，懒散地贴在我的大腿上。

到了十点半，我来到了电话亭，准备打电话。在十一点十分的时候，国际话务员接通了电话，我告诉她乔治城“破屋”的电话号码，同时在电话机里投了几枚硬币。当我听到夏洛特的声音时，我说：“黄色的墙前放着一张白色的桌子，桌子上有一台紫色的台灯。一个穿着棕色夹克、黄色裤子、红色鞋子的男人站在那儿，没有椅子。”

“再简要地重复一遍。”夏洛特说道。

“黄色、白色、紫色、棕色、黄色、红色。”转换为数字就是 104715。

夏洛特说：“十二至十五分钟。”然后就挂断了电话。

104715 只不过是直接转换过来的数字，用连续交叉法换算之后是 154545。

我选择在一家正规酒吧附近的电话亭接听第二次电话，那里有两个独立的私人电话亭，所以如果我和夏洛特的谈话需要很长时间的话，那么另一部电话可以供别人使用，而不至于站在亭外等我。说实话，我提前五分钟就进了这个电话亭，我一手拿着电话对着我的耳朵，另一只手则支着会随时挂断的杆子，以便这个电话能响。

十四分钟之后，电话终于响了。

“好吧，”夏洛特说，“我们又要废话了。我和你一样十分不喜欢付费电话。”

“这个电话会比较有趣。”我说。

“时间有限，”他停顿了一下，“这是‘卫生’问题，为了把事情说清楚，如果有必要我们需要透露人名，所以现在我们暂时断开，你待在那里不要动，我会再打给你。如果五分钟之内没有接到电话，那就等到午夜时分，我会打给你的。”

“十一点四十分打来吧。我问过了，这个地方午夜就关门了。”我说。

“真是个好家伙！现在说我打电话的目的，为了验证：你确定你的酒友提到了苏俄分部，是吗？”

“是的。”我说。

“你为什么不报告？”

“我的酒友很显然在陷害我，我想我已经落入了他的圈套。”

“你太放肆了。”

“我只能说，我内心深处告诉我这么做，”我说，“而且我有预感你也希望我这么做。”

“太棒了！”夏洛特说，“你知道吗，如果你咨询我的话，我会告诉你听从自己内心的想法。俄国人的真正目的不是苏俄分部，而是接近我们的老窝。”

“天啊！”我惊讶道。

“是的，‘幽灵’才是他们的目标。我认为苏俄分部里潜伏着一个毛茸茸的家伙，他们也都认为苏联人要对情报局下手，但这个间谍是不是潜在‘幽灵’里，还没有得到一致认可。亲爱的伙伴，你天资聪颖，做法很得当。因为现在不论怎样，大家都以为你和我同乘一条船，所以如果你在报告中实话实说，那么苏俄分部一定会咬定间谍就在我的部门，到时候连艾伦也不得信他们几分。我预计马萨罗夫选择了你就是这个目的，毫无疑问最终的目标就是我。这些俄国佬把我看得比情报局还要重要，同样，我也欣赏你的那位酒友，他的价值可超整个克格勃啊，他是一个可怕的家伙，要远离他。坦白地说，他和我一样有资格被人如此看重。”

“我的天啊！”我说。

“你还不至于想和我交换智慧，是吧？”

“是的，先生，还不至于。”

“呵呵，这样对你也好，还不是时候。所以，同样的道理，离你那位新朋友远一点。”

“如果不是工作命令的话，我会有多远就离他多远。”

“你会的，”停顿一下，“关于谎言测试，你可以不用参加了。”

“我能知道得更详细些吗？”

“不能，你该知道的都已经知道了。电话费很贵的，而且我还不能报销。”

“好吧，再见。”

“好的。记住，我对你很满意。”他挂了电话。

22

1958 年 2 月 22 日

亲爱的哈利：

你不用接受谎言测试了，恭喜你。如果在像晚宴一样的小事上我的丈夫表现出拜占庭风格的话，那么换成触动机构这根弦这样的大事时，他绝对就是个巴赫大提琴演奏家。为了把你从苏俄分部这件事中解救出来，休找了西半球分部的上校先生 J.C. 金，他也不愿意让苏俄分部插足他的地盘。你终于得救了，你看，是不是我的丈夫能顾全每一个人的事业，就我除外？

实际上，休和我的婚姻生活是前所未有的融洽。由于我的病，休与我分享了他大量的工作，你不知道这对他来说是多大的让步。从感情上来说，小时候，当他的母亲杀死他父亲之后，他那悲惨的童年生活就开始了。他不知道他父亲的死是场意外还是蓄意谋杀，他内心的 α 和 Ω 都出现了，两者相互对立，就像深渊两边的两座高山一样，恶狠狠地看着对方。可想而知，刚开始的时候，让他信任我、与我分享他的工作是多么困难（这也是为什么如果他知道了我们俩一直通信就可能会崩溃的原因）。你也许会问我为什么还要与你通信，其实，休和我经历的正是一种典型的“结合炸弹式”的婚姻，也就是说，我们现在只是半婚！休心中的 α 与我的 α 紧密结合，就像婚礼誓言里说的一样。但是他的 Ω 永远不会允许他信任任何一个女人，而我的 Ω 渴望自由、独立，对生活充满了兴趣，这注定我要忍受任何婚姻的束缚。

我生病之后，我们首次谈到了这样的问题。我说如果他允许我参与他的冒险生活（精神冒险），那我就能保证缓解我们双方的精神压抑。

“它们不是冒险，”他告诉我，“而是网状物，就像蜘蛛网一样错综复杂。”

但是，去年夏天，休涉足了我的恐怖（精神）生活，真不愧是个好男人、好丈夫！尽管他很谨慎，也患有难以预测的妄想症，但他终于明白，他把我排除在他的专业生活之外，其实这正是造成我思想不平衡的原因，于是他开始一点点地向我透露他工作上的事情，所以我可能比你自己都更了解你现在的处境。我想提醒你，休说，自从斯大林死后，克格勃在过去三年中已发展壮大，恐怖的专制统治时代已经终结，但是你估计要更加谨慎小心了。休对你与马萨罗夫野餐一事的看法是这样的：克格勃已经成功在苏俄分部安插了一个间谍，要保护这位间谍最好的手段就是声东击西，设法向上级传达错误的消息，说这个间谍是在“幽灵”里。休·蒙塔古还预测，克格勃安排这样一场野餐，递给你一张奇怪的纸条，直接目标就是苏俄分部，但这有一个前提，那就是杜勒斯相信这个间谍就在苏俄分部。关键问题是，现在看到这张纸条的人偏偏是你，再加上鲍里斯已经烧毁了纸条，你无凭无据，所以这个阴影就自然而然地落到了“幽灵”身上，而且“幽灵”与苏俄分部之间的矛盾无人不知。那么，这事给休带来的坏影响也不言而喻了。乌拉圭的克格勃发起的挑衅很有可能就是由潜伏在苏俄分部的间谍所操控的。

因此，这顿野餐的目的不仅是伤害“幽灵”，同时也是为了撼动休在情报局中的地位，这必然是一场灾难。虽然休不会大声宣扬，但我知道，他心里明白，如果不阻止克格勃的阴谋，用不了几年，他们的势力就会渗透到情报局的最高领导阶层。

哈利，我知道你不想远离马萨罗夫，那么就让我利用我最低调的智慧帮你一把吧。我相信，像你我之类的人进入情报部门工作，首要原因是我们很大程度上受到了智慧的诱惑。优秀的间谍小说、电影狠狠地诱惑着我们，让我们也想做其中的主角，所以我们就进了情报局，然而进来才发现，不管我们坐的是什么职位，主角永远都轮不到我们。读侦探小说，我们刚看完第六章，就忘完了第五章讲的是什么，更别说之前的那些章节了。我们俩私底下很少讨论“小说”的下文，有一次我请教了休，他说：“如果你真觉得过意不去的话，就读一本偏导数微积分的书，你会从中得到安慰，亲爱的。”所以哈利，生命的关键就在于耐心二字，这是个让人悲伤的词，如果没有耐心，我们将一事无成。

为了测试一下你的耐心，我现在告诉你我又有了一个新消息，但不在这封信里说。为了把你的胃口提高到最大限度，我给你一点提示，我在技术服务部的职位有所变化了。我现在工作的位置曾被阿尼·罗斯称为“德库拉的巢穴”。是的，我正在接受训练，这种训练被我们称为“繁重工作”。我已经决定不再做一个坏脾气女人了，我要和野蛮人在舞台上跳舞，承载沉重的秘密和压力。

你最好告诉我你接下来要做什么，不然的话，你就再也收不到我的来信了。

爱你

基特里奇

23

1958年3月10日

亲爱的基特里奇：

收到你2月22日写的意外来信后，已经过去了两周。你在信中提到了“德库拉的巢穴”，让我很震惊，无论是什么，我希望你能明白你已进入了什么状态。我坦承，我很好奇，对你不想告诉我的事充满着不安的情绪。然而，去年我们的信件往来间隔了很长时间，我很矛盾，我总觉得我的事情给你带来了很大的压力，我自己也在深刻反思沉重的道德责任感。

我在想我和沙威·福特斯在一起工作的日子，在过去的十四个月里我每周至少见他一次，除了圣诞节时他带着老婆去布宜诺斯艾利斯度假之外。Groogs对沙威的业绩很欣赏，同时他们也在仔细地检查我的报告，显然他是我们渗入乌拉圭共产党内部的最关键的力量，他的重要性可从我与苏俄分部的“战争”中窥探一二。右派伯爵上校（这个称呼你是怎么想出来的？是11岁时在普雷多街上玩抓子游戏，你的小辫子到处飞的时候吗？噢，我的天哪！）J.C.金发电报给亨特：表彰再一次送给AV/AILABLE在发展AV/OCADO上做出的贡献。

亨特的才华是无人能及的，发来的赞扬电报已经说明了这一点。苏俄分部一定已经意识到了，谎言测试在某种意义上就像一根粗鲁的手指插入J.C.金的眼睛里一样，所以，他们取消了测试。亨特同样也很高兴，于是他这几天打算带我去曾经允诺要去的大牧场。为了给这次出行预热，他在卡拉斯科外的实习场地教我打马球。你知道吗，人类的贪婪本性就是个无底洞，我喜欢自己的程度远远胜过了喜欢他。

事实上，我有点自恋了，金给予亨特的赞扬也许是受到了休的影响，但是无论如何，它还是激起了我对过去14个月的回忆，我想，仅凭沙威·福特斯这一件事，我也受得起这份赞扬。

也许你会问我为什么只写了一点沙威的事，我想我避之不谈的原因是，沙威渗入乌拉圭共产党的任务里牵涉了太多琐碎的信息，我得一点一点串起来才能跟你说明白，但我不想拿这些琐事烦扰你。

但是在这14个月里，沙威已经在他的部门得到了晋升，尽管他的妻子是乌拉圭共产党的重要领导，但是如今他和她已经能够平起平坐了，他已经跻身于乌拉圭共产党领导人的前20名，将来很可能成为整个机构的核心人物——沙威已经帮助我们获悉了这个领导团队的核心思想。

当然，他能晋升这么快也是我们情报局尽力操作的原因。也许你还记得，一年前，我们让沙威在乌拉圭共产党的内部办公室安装了一个发射器。说起来这只是一个五分钟就能搞定的活儿，只需要一把螺丝刀，用我们装有窃听装置的东西替换瓷壁电源插座就可以了。但是，真正操作起来也没那么容易，因为用不了十分钟沙威的助理就会来大厅使用厕所，所以整个过程都必须在紧张的氛围中完成。

在那个时候，我们争论是否值得让 AV/OCADO 以身涉险，最后我们一致认同安装这个设备所带来的效益对得起这次冒险行动。沙威对此既没有反对也没有特别积极支持，他只是要求周薪由原来的 50 美元涨到 60 美元（我们决定每周给他加五美元的补贴），然后他利索地完成了任务。从那以后，我们开始获取情报，尽管这个发射器经常出现故障。然而，因为沙威不知道我们的设备是多么差劲，所以他以为我们得到了所有的情报，这让他变得更加小心翼翼，尤其是在他报告乌拉圭共产党高级官员的信息时更是如此。

此外，他成功地处理好电源插座，这件事让我们相信他已经完全归顺我们了。这种情况经常发生在间谍身上，他们早期的歇斯底里不见了，取而代之的是平静。作为回报，亨特决定再帮沙威升职，很了不起，是不是？这官升得比我都快。

基特里奇，所谓的“实用型情报工作”根本就不理想，我们并未到第一现场作业，至少在乌拉圭我们还没有真正涉水。但是，我们的双手也不干净，佩德罗·佩奥内斯的办公室不是就被我们动过手脚了吗，再加上利博塔德的配合，佩奥内斯就更好对乌共分子下套了，这些人的职位比沙威还要高，但照样逃不出佩奥内斯的陷阱。例如，从优秀的乌共官员的卡车里“搜到”了一千克海洛因（这些毒品是从佩奥内斯缉毒队那里获得的）。另一名共产党员因受此事的影响而潜逃，在追捕过程中很粗鲁地袭击了警察，因此也被逮捕了（在争斗过程中，他被一瓶“液体”所伤，恐怕现在已遭毁容，这就是和佩奥内斯的警察作对的下场）。然而，了解他们的人知道他们是被陷害的，但是他们什么也做不了：第一个官员被指控藏有大量毒品而不能获得保释，第二个则是被警察打得连小命都快没了。当然，他们的工作自会有“别人”来料理。

现在，这些受害者（如果这样可以给他们带来些许安慰的话）受到了很好的照顾。其实这次行动也可以说是由谢尔曼策划的，我现在明白了“燕麦粥”的蛋壳绘画与策划此次行动之间的微妙关系了。亨特授权谢尔曼组织策划——“我倒要看看你有什么能耐让沙威升官。”结果谢尔曼完成得漂亮极了！选好陷害目标是谢尔曼下手的第一步，他认为，扳倒沙威的直接上司是个下下策，我们得让乌共明白，佩奥内斯会是这次行动的执行者，所以乌共就会猜测谁会成为受害者。做到这一步，接下来就容易多了，聪明的谢尔曼选准了绝佳的受害者，这些人的下级也不受人尊重，所以谢尔曼就有机会来个一石二鸟之计。尽管这次破坏行动的确费了不少心思，但用不了多久福特斯就会从中受益。

此次毒品案中的受害者是个不容置疑的正直官员，可是他的助理沉溺于赌博，因此被这个党派的其他人指控和佩奥内斯是同谋，最后审判还没结束，这个人就辞职了。

数月后，第二个被捕的人也遭遇了相似的下场，沙威却在我们的帮助下连升四级。

谢尔曼的计策的关键是保证了我们与佩奥内斯合作的“清洁性”，我们不需要向佩奥内斯交代任何理由，他只是单纯地负责逮捕需要逮捕的人，我们甚至还与他商讨对其他几个乌共官员下手，包括福特斯在内。我们怀疑佩奥内斯的警察局已经混入了乌共间谍，所以保护沙威的最好方法就是让他也成为佩奥内斯陷害的目标，像其他被陷害的正直共产党官员一样。果然，没过多久，乌共当局就提醒福特斯，佩奥内斯正想方设法陷害他。

然后福特斯就谈到了对他自身安全的威胁。“我很恨，”他告诉我，“我明明就是共产党的叛徒，现在却要假装成正直的共产党员而接受佩奥内斯的走狗的虐待。也罢，我本来就有罪，受惩罚也是应该的。”

“你的话很讽刺啊。”

“我希望你能听出我对你的忠心，而不是讽刺。你能让佩奥内斯远离这具身体吗？”他拍拍他的胸膛说。

“我们对他的影响力很有限。”我说。

“真的吗？我听到的可不是这样。”

“我们也试过与他‘建立联系’，但没有成功。”

“太令人难以置信了。谁还能比你们给他开的价更高吗？”

“无论什么原因，佩奥内斯都在追求自己的事业。”

“那你的意思就是不会保护我让我远离那些警察了吗？”

“我想我们也不是完全无能为力，”他笑了，我补充道，“我们会依法行事。”

最近，沙威越来越怀疑自己在共产党中的快速发展。几个月前，他对我说：“背叛我的同事是一回事，在他们背后开黑枪又是另一回事。”

但是沙威还是改变了很多：一方面，他已经能够在斜坡上嗅到山峰的味道，这让他精神振奋，雄心勃勃；另一方面，他的身份也改变了。

基特里奇，他内心的 α 和 Ω 已经混乱了，体重增了30磅，脸上长了八字胡须，眼袋鼓鼓的像挂个烟袋——他的面孔看起来像一个典型的美国南部的黑人面孔，他也许会让你想到骑着瘦骨嶙峋的马的肥胖的加乌乔人。他以前经常和罗杰·克拉克森一起玩女人，现在他特别喜欢吃，就像他的名字AV/OCADO体现的那样。我们这些天最大的分歧是见面的地点，他讨厌安全屋。如果我忘记在冰箱放满东西的话，那就连上帝也帮不了我了。他喜欢喝啤酒时配餐前小吃，威士忌配牛排，他还有一个癖好，那就是喝着苏格兰酒嚼着生洋葱，再加些甜点，经常是杜尔赛甜酒。这酒的名字听起来就让人愉悦了，仿佛你的嗓子已经湿润了一样。他一边吃东西一边说话。他吃东西真是一绝，尤其当食物快掉了时候，他总能机智地吞进口中。他会不时地停止说话，好让吸进去的空气清洁一下牙齿的缝隙，偶尔，他还像佩奥内斯一样粗鲁。然后他又回到了主题：我们要多在餐厅里见面。现在如果不答应他的请求很难，因为安全屋所在的公寓楼内有很多住户，这些住户中有钱寡妇和退休人员的数量不断增多，他们会调查进入这栋楼的每一个人。每次当电梯刚停下时，门才打开一个缝隙就会有很多人上上下下，每个人的眼神里都流露出贪婪的欲望。这些妇女也许希望到她们老年时能够关上木门，然后胸部倚靠着破旧的二层楼窗前，向外望着大街上来来往往人群。不过事与愿违的是，她们现在只能待在十二层，仅仅能够看到每个房间里进进出出的人。福特斯也注意到了这个问题，说这很危险，万一我们的谈话在整栋楼里传播开来，那恐怕大家就会记住他，这就不好办了，他还要在蒙得维的亚混下去呢。

我把这个问题告诉了亨特，他听到后很愤怒："告诉那个狗杂种，他再贪得无厌我就让他消失！"

"霍华德，"我抗议道，"如果我们失去他，我们的损失将不可估量，"我停顿了一下，"搬到一个更保密的安全屋里怎么样？"

"现在所有的安全屋都有问题。真正让他不满的是当地的环境，就是该死的家具。我们没条件添置更好的家具，这儿经济水平落后。政府真是愚昧，一个漂亮的安全屋就是一个好的投资，”他停下来说，“假发，告诉他每次都要伪装成不同的样子。”

“这没有用，他有那么长的胡须。”我说。

“那就让他剃掉。不要对他那么好，他就是个下等人，别不识好歹。”

见过亨特之后我忽然意识到，在与特工的接触中，我比霍华德投入的时间要多得多，所以我当然知道不能按照他的建议来。在实际工作中，我们要把像福特斯一样的特工当作兄弟来看待，而且只能比这待遇好，而不是像亨特说的那样。大多数时候我都会迎合他，我知道一部分原因——就像休·蒙塔古说的，是因为我做不到冷酷无情，他妈的，我竟然还控制不住自己去可怜他们！沙威还努力探寻自我的起起落落（疑问：我们从来都没有谈论过 α－Ω 以及它们的内在关系，我知道这是一门很深的学问）。我觉得沙威也把我当兄弟，举个例子，他喜欢向人讲诉他在纽约待的那两年，他和哈莱姆区的一个黑人女孩同居。那个女孩诡计多端，而且还吸毒，总是劝沙威做个男皮条。过了一段时间，他改了口，坦诚地说他实际上听了那个女黑人的话，还跟我讲他和其他皮条客打打杀杀的故事。我不知道他说的有多少是真实的，我怀疑他过于夸张了，我想如果遇到打斗时，他一定是逃跑得最快的那一个，但我不敢保证这是真的。他的脸上确实有几道伤疤，毫无疑问他的故事也达到了一定的目的：我觉得我不及他老练。然而，我们总是分享各种故事，都想证明自己的勇猛能干，从而争当兄长的角色。

稍后，我的处理方式还是出了问题。霍华德把六英尺高的大字“马克思是狗屎”贴得到处都是,结果这就引起了一场小型战争。马克思主义者也是有信仰的，把马克思与狗屎联系在一起，无疑相当于引爆了一颗炸弹。蒙得维的亚最强横的左派街党大多活跃在码头区域，他们的领导一般也在极左组织中担任要职。这些人可不得了，我们 AV/ALANCHE 的人简直要被他们吞噬掉了。我跟你说，这可一点都不好玩，我坐在车里，半英里外什么动静都没有，只听见我的对讲机呜呜啦啦响着——有埋伏！15分钟后，我看到我们那一队人稀稀拉拉地回来了，七个人中有四个人满头都是鲜血，然后就一个接一个地被送进医院。于是，亨特为了支援我们的队伍，动用了特殊预算，让佩奥内斯叫来了本不该上班的警察,给他们支付了好大一笔钱。当然,AV/ALANCHE 也赢过几场战斗，但每次胜利的结果都是招来 MRO 更多的支援。这些夜间冲突已演变成古老的中世纪斗殴了。

这支队伍于去年成立，由七个孩子组成，他们每周一次在墙上绘画。在某月的一个夜晚，他们与人发生了点小冲突，结果就慢慢演变成了大规模战斗，涉及人数多达三四十人，双方使用石头、棍棒、刀子、盾牌、头盔、弓和箭攻击对方，这些工具是最后一次骚乱我们获胜之后在街道上发现的。我们这边死了一个男孩，一个月前，杀手射穿了他的眼睛。佩奥内斯布下法网，在两个工薪阶层区域卡普罗和特加展开搜寻，包括枪支、枪手，然后告诉亨特，那个凶手虽没被绳之以法，但他们把他“照顾”得很好（我们可信可不信）。总之，这些战斗的性质已经发生了变化。佩奥内斯让两辆警车排队等着，一旦战斗过火就上去强行制止。AV/EMARIA 的红外摄像机在周边街道巡逻，实际上是在监视接近现场的人，尤其是年轻人——这种行为真荒谬（白花钱）！这事儿除了浪费人力之外，获得的拍摄结果还存在技术上的问题（拍出来的人连脸都看不清楚，怎么指认谁是谁？），于是亨特就叫停了这一行为。

总之，MRO 现在是与我们势不两立了，他们在许多墙壁上、天主教社区画着：美国佬，滚回美国！MRO 的人似乎比我们更了解怎么去打击敌人。亨特认为，佩奥内斯手下肯定有内鬼，暗中援助 MRO，所以，他希望沙威能向我们提供 MRO 干部的详细信息，我们也好更加了解对手。

沙威直接拒绝了这个请求，说自己是一名严肃的特工，做的也是很严肃的工作，我们的要求是在让他参与到街头小瘪三中去。他说："我只出卖比我地位高的人，这是我的尊严，低我一等的人有什么资格值得我出卖？"

"兄弟，帮帮我吧！"我喊道。

"我不是你的兄弟。我是你们的特工，还是个廉价的特工。"

"你觉得你的拒绝会迫使我们给你加薪吗？"

"加薪也没有意义，你照样会把我看成你们的玩偶，我只是在争取我自己的权利。"

"我们为什么不跳过废话讲重点呢！"我告诉他。

"典型的美国人！只管讲重点。"

"你要不要答应我们的请求？"

"我背叛了大人物。很愚蠢，共产党内部的官僚人士也会出卖自己人，来换取自己的高官厚禄；上层人士都很腐败，我每天和他们在一起也很腐败，变成了像他们一样的人，但是我不会让自己堕落。我已经背叛了我的人民和我的国家，就像一条毒蛇。不过，我再怎么低贱，也不会毒害比我职位低的人。我比你想象的还要熟悉 MRO 的人，我在特加长大，上大学的时候我还是 MRO 里的核心人物。但是现在不同了，我已经成了共产党的一位要员，已经不符合你们的要求了，因为MRO与共产党本身就互不信任，他们觉得共产党太官僚，而且潜伏着太多的不和谐因素。”

好吧，这番言论至少可以让我带给亨特一个很有说服力的理由。我一边听一边在脑子里记录：PCU与MRO之间互不信任，如果势力进不到MRO，就无法获取左派警察的力量。

这下，驻点和Groogs就有的争论了，到时候说不定亨特会发挥特殊的作用，我有这样一种直觉。与沙威合作的关键就是保留彼此的颜面。

“好吧，”我说，“我知道了你不会接受我们的请求，我不会为此威胁你。我同意你的说法，PCU和MRO之间缺乏实质性的连接。”

沙威说：“自己知道就行了。”他弯腰向我低语：“他们讨厌彼此。”他咯咯地笑了。

“好吧，”我说，“你说得对，现在我想让你帮助我。我的人需要打入MRO内部高层。”我把手指指向上面，意味这是上级的意思。“我希望你给我提供一份可策反官员的名单。”

做成这笔买卖还是没有问题的。

“给我两周时间吧。”他说。

“不，我们下周见面时我就要拿到它。”我考虑应该与戈迪·莫尔伍德一起查看沙威提供的名单，或许戈迪知道下一步该怎么做呢。总之，这整个行动得花上几个月的时间，到时候也许我那些小兵小将就要“隐退”了。基特里奇，我到现在才感觉到自己是情报局的人。

“那就下周吧。”沙威同意道。

说完，沙威就走进大厅，挥动手臂向别人问候，我猜他是向偷瞄他的老妓女打招呼，然后就大摇大摆地朝电梯走去。

真是个浑蛋！MRO中谁能变成我们的人我猜他早就心里有数

了。下周，他果然带来了一张名单，上面有三个人，戈迪对此十分用心。再下一周，沙威又要求加薪，这次很有可能还会满足他。

这些天太忙了，所以忽略了马萨罗夫的事。写信告诉我，我需要知道。

爱你

哈利

24

1958 年 3 月 15 日

我最心爱的人：

很高兴你似乎已经接受了我提出的“耐心”忠告，因为我还不能告诉你更多“德库拉巢穴”的消息。就这件事，我已经无数次发誓要闭口不谈了，可是要我一个人承受实在是太艰难了，所以才把你也牵涉进来。我依然渴望与你通信，只有在这个过程中，我才感受到奉献精神如此鲜活。

你很勇敢地接近我，问我关于“α 自我”与“Ω 自我”的问题，过去我的有所保留一定吓到你了吧！情报局里其他人都在忙着争抢“年度最佳情报员”的时候，你却在研究我的理论，这是多么了不起呀！

好吧，你一直都很重视我的工作，这让我很兴奋。你知道我是从哪里开始的吗？我的第一份调查问卷的确是将 α 与 Ω 分成了两个独立的自我，以此来获得它们各自独立的特点。你看，从我的一份调查问卷开始，我就已经有所洞察了，最好的方法就是记忆测试。

这是一个有趣的概念，毕竟，记忆往往是邪恶的。在我们的内心，没有什么能像记忆一样背叛我们了，而自我就是记忆的监督者。不管记忆有多深，自我都能够控制，而且哪怕要扭曲我们的记忆，自我也会保持自己的看法。

嗯，考虑到两个自我所面临的障碍，一个是 α，一个是 Ω，难怪人们不能接受我的理论。然而，我很快就清楚了这个特征。因为 α 和 Ω 始终保持独立的回忆，回忆在这两个区域并不完全一样。各自的自我都有独立的需求，很多很多的需求，因此记忆便成了自我的奴隶。我想，这就是为什么成功的人通常都会有如此强大的记忆。

我得出结论，要想得到 α 和 Ω 全部的独特属性，最简单的方式就是去研究各自自我的发展。我提供给每个主体去记忆一些材料，然后有所保留地问问题。我希望能发现回忆的模式是伴随着令人惊讶的回忆缺失一起出现的。我确实发现了这一点，但我也发现我的测试对那些从事高水平工作的强大又无情的人不起作用。他们总是打破记忆模式，他们有称之为超自我的东西。他们能在没有大的波动迹象下，完全记住一个丑陋的事件。

例如，想想那种强大的精神力量，能够使像希特勒和斯大林一样的猛兽去和数百万死者生活在一起。从更正确的角度来看(暂不求可理解)，这些人应该对成千上万的死者负责。休渴望成为那样一类人，这让我很不舒服。休的超自我所采取的亲密方式会让我兴奋，甚至有一种成为“德库拉的女人”的冲动和错觉。这有点夸张，但一定程度上是真实的。你看，我并不是再也没有预感到，地下的灵魂与我们极其相关。在这个紧要关头，一个名叫诺埃尔·菲尔德的人给我带来了莫大的恐惧。你知道吗，有很多天，我一想到诺埃尔的样子，就会回忆起艾伦·杜勒斯，因为诺埃尔被关在苏联监狱好多年了，当时是1950年，艾伦在休的帮助下，把诺埃尔弄进了苏联监狱。

请相信，我亲爱的丈夫确实向我透露了其中的内幕，诺埃尔把艾伦看作在“二战”期间苏黎世的一个傻瓜。由于某些原因，艾伦十分信任菲尔德，并为菲尔德举荐的很多欧洲人提供了推荐信，推荐他们到盟军中担任重要的职位。这些人中很多都是共产党，菲尔德或多或少知道这件事，但是他从来都没有告诉艾伦他们的政治倾向。(恐怕他像许多贵格会教徒一样，也参与到这件事中，在给这些共产党人安排职位时会过分偏袒他们。)结果，艾伦为这个错误付出了很大的代价，从此再也没有原谅诺埃尔。但是，休·蒙塔古和弗兰克·威斯纳一起想出了解决这些热忱的贵格会教徒的方法。1949年，我们想方设法让一些苏维埃高级官员知道诺埃尔是中情局的一员——纯粹的假情报。休处理了这部分假情报，而且没留下任何美国人参与的痕迹。接下来，杜勒斯、威斯纳、蒙塔古都预测，一旦菲尔德开始红十字或美国援外合作署的工作之旅来到华沙，他就会被当作间谍抓进监狱，那他的很多共产党朋友很可能也会遭殃。但是，事情还没有结束，到那时斯大林肯定会发疯！菲尔德则被抓进监狱，单独囚禁在一个牢房内。之后，和他打过交道的共产党人以及很多他们的支持者要么被杀，要么被拷打，要么以莫须有的罪名被抓进监狱。有的人统计了共产党受害人数达一千人，甚至还有些人说是五千人。于是我问休，他耸耸肩回答道:“斯大林制造了一起卡廷森林惨案。”

好吧，我不知道对于我丈夫的做法，我是应该感到自豪还是害怕。当然，关于情报局的行动，无论人们认为它多么有趣还是很可怕的，都与个人的世界观相关。在过去的几年里，我们资助了许多崇尚自由的反共产主义组织，他们一致呼吁释放美国烈士诺埃尔，说他是苏联镇压波兰事件中的受害者。

哈利，之后，在我独自度过事业的低谷时，我开始想波兰共产党人的事，他们错误地被当作叛徒杀害了，我们做了一件罪大恶极的事。我相信我们的初衷是好的，但是却给受害者带来无穷无尽的痛苦。我开始想我们是否没有触及宇宙最脆弱的地方，我希望不是这样，我害怕这样的事发生。我想到了阿道夫·希特勒屠杀数百万人，这种残忍让人觉得毛骨悚然。进入毒气室的人只以为自己要洗干净肮脏、疲惫的身体，却不知道他们呼吸的是致命的毒气；有人告诉他们已经准备好了淋浴，他们可以洗澡了。紧接着，排放毒气的通风口就被打开了。当我自己做一些疯狂的事时，我都仿佛听见受害者愤怒的尖叫声。这种死亡是多么不公平啊！人类或许会因为这项罪恶而受到诅咒，我们完全没有抵抗能力的诅咒！有时候华盛顿的雾霾很严重，然后我就想，这不是来自上帝的恶意警告吧？你看，我仍旧很困惑。这倒让我想到了你和沙威·福特斯的事，他现在怎么样了呢？你对他的事有多负责？对他身边的人呢？

好吧，我已经陷入了令人可怕的孤独中，是不是？我正担忧接下来的工作，同样不是轻松的事！

你能让我开心起来吗？我知道这似乎是一个小小的请求，但是如果亨特确实带你去一个大牧场溜达的话，你会写信告诉我这点小事吗？我喜欢听你讲参与的社交活动，我确定任何关于亨特和富有的乌拉圭人的寻欢作乐，对我来说都是一种多姿多彩的享受——这总好过我胡思乱想你去妓院鬼混的事吧!

真的是这样!我们都撒了这么多谎,一个直截了当的陈述对心灵来说是一种温暖的慰藉。

爱你,亲爱的

基特里奇

25

我不知道自己是否还想要听到更多的谎言,基特里奇的信让我很困惑,毕竟,我仍旧把自己当作诚实的人,虽然我已经向很多人撒了谎——休·蒙塔古、基特里奇、霍华德·亨特、谢尔曼。最糟糕的是,我还对萨利撒了谎,因为几个月前我曾向萨利暗示,未来我与她沿着林荫道散步也不是不可能。当然,我几乎没有任何超越自我的资本,但在萨利这件事情上,显然应该由我来埋单。我的谎言被揭穿了,就在那天她告诉我她怀孕了,而我呆滞的表情如同一个无头幽灵一般展现在她面前。从那以后,我无论说什么都不重要了,我想她早已了解了我的想法。

我的记忆中不断闪现着那段不被世俗认可的肉体关系,就像一幢燃烧殆尽的大楼一样,让人厌弃。当我和萨利在大使馆晚宴上遇见时,她说这让人很讨厌,现在这样的宴会是我在蒙得维的亚全部的社交生活了。在平常的夜晚,我一个人待在旅馆里,想到自己连一家常去的酒吧都没有,就觉得很苦涩。组织不鼓励我们去酒吧,因为情报局的人经常是被绑架或殴打的目标,至少这是一个有说服力的理由。有时候,晚上我不必在大使馆工作,也不用参加大使馆宴会,每当这时候我便不知道自己还能做些什么，任何一周工作六十个小时的人都不知道该做什么。现在我也没有机会与萨利共度春宵，她怀孕以前，我们还能偶尔在我酒店里约会，通常都是谢尔曼很晚回家，我和萨利才有机会见面。现在，在宴会上遇见她，她就会把我引到角落里揶揄我一两句——“哈利，现在谢尔曼在床上成了一只猛兽。”

“他们说婚姻会经历几个阶段。”

“关于婚姻，你懂什么？”萨利回复说，对屋子里剩下的人展示出一个迷人的微笑，就像她是在复述三张桥牌的故事一样，她补充道：“我打赌你是个同性恋，深入骨髓。”

她说的话将我的心扎得百孔千疮。在跟她上过床的男人中，我是最包容她的抗议的一个，可是现在，我却要在她的话语中挣扎着不让眼泪掉下来。这对我显然不公平。

我说了一句：“你看起来非常迷人。”然后就走了。

我很快又在另一个苏联大使馆举办的宴会上看到了她。我们和我们的同事——苏联同事待在花园里，夜幕降临，就像早些时候的晚宴一样，仿佛是一次重演，亨特、谢尔曼、卡恩斯、盖茨比以及各自的夫人，还有南希和我仍旧站在最后，在那一刻，亨特长期以来的愿望实现了。他用他僵硬的手指指着瓦尔科夫的胸膛说道：“格奥尔基，我听说你的大使馆会把我们迷得神魂颠倒，现在可以带我们参观一下吗？”

“神魂颠倒？”格奥尔基说，“我可不知道那是什么。”但是我能够看到他看向鲍里斯，表情有点轻浮。紧接着，马萨罗夫睁开眼睛暗示赞同他说的话。瓦尔科夫接着说：“没问题，当然可以去参观，每个人都可以。”然后，我们一群人就去参观了大使馆的房间，总共有四个房间，每个房间都很宏伟，就像一个博物馆一样，镀金的白色家具摆放在接待室里，很适合路易十四或恺撒大帝的贴身侍女居住。这是一个很烂的猜测，因为瓦尔科夫现在正向亨特小声说道：“这些家具来自苏联列宁格勒的爱尔米塔什博物馆。”

“我听说这是一个极好的收藏。”亨特说。

“这仅是沙俄财富的皮毛而已。”瓦尔科夫回复道。

我们又参观了中等房间，高高的天花板、显眼的镀金画模型、年代久远的地毯、镶木地板、洛可可式风格的椅子上铺有褪色的香槟色坐垫；还有很多列宁、斯大林的肖像，斯大林的肖像居多，也有赫鲁晓夫、布尔加宁、彼得大帝以及狩猎的情景画。我发现自己看着列宁的眼睛，而他也看着我——原来是我伏特加喝多了。

伏特加一杯接着一杯地倒上，我们干杯，为这次峰会干杯，为两国友谊干杯，为世界和平干杯！我们喊着万岁。今晚，我们喝着伏特加，解决了许多问题，尽管这些问题明天还会出现。但是，今晚，我们喊着万岁，只因我们在苏联大使馆里。

亨特一直在取笑瓦尔科夫：“格奥尔基，这些房间是为游客准备的吧？让我们真正进行一次参观之旅吧，让我们看看洗涤槽里的盘子吧。”

“噢，不可以。洗涤槽里没有盘子，苏维埃洗涤槽里的盘子是干净的。”

“你敢拿斯拉叔叔打赌吗？”亨特说。瓦尔科夫问：“斯拉叔叔？是山姆叔叔的表弟吗？”于是桃乐丝解释说：“这只是打个比方而已。”

亨特最后还是得逞了，我们又参观了后面几间办公室，里面的家具是俄罗斯制造的，但也不是所有的都和我们的家具不一样。在我们参观的过程中，有一刻，马萨罗夫站得离我很近，向我眨了一下眼，我猜他的意思可能是针对给我的晚餐纸条感到抱歉。好像从那个周日下午之后，我们就一直如此尴尬，再也没有提过纸条的事。鲍里斯再也没有邀请我去他家或者一起出行，齐尼娅也待我如陌生人一般，也就是说她展示出她有些偏离但强烈的性取向，这是我在她家从来没有看到过的一面。她在家里总表现得毫无任何价值，但很有母亲范儿。在公共场合，她的性特征总是说：“你是一个男人，怎么会理解我母性的力量是多么有魔力、多么令人惊奇、多么神秘！”但是，如我所说，这种现象是抽象的性取向。从遥远的距离靠近一座城，你就能体会到夜晚的星空带给你的满足感。

马萨罗夫朝我眨了一下眼就再没有别的表示了，我们手里拿着酒杯继续朝办公室里走去。最后我们一个个分开了，房间里只剩下我和萨利，在一个小房间里只待了三十秒。她现在还怀着孕，看起来比之前更加漂亮了。萨利似乎能准确地把握另一个人到达我们房间的时间，她坐在椅子上，抬高膝盖露出大腿——她没有穿内裤，我能够看到她的私处。然后时间控制得很好，她放下腿，整理好自己的衣服，接着谢尔曼和桃乐丝就来到了房间。然而在刚刚我们独处的那段时间，她有足够的时间向我展示她自己，同时小声低语道:“在这么多人的房间里做爱,一定很刺激。”如果真是那样，我可能已经奔到她面前了。这种冲动折磨了我好几天，于是我给她打了电话，但事实证明，这个电话真是个错误！她摸了摸自己的腹部，提醒我她已经怀孕了。第一次，我为没能占有她而深受折磨。而萨利，在电话里强调说:“我不用再去找你了，谢尔曼能让我高兴。”

“萨利，我只是很伤心。”我告诉她说。

“好吧，那你就继续伤心下去吧。”她边笑边说，她的父亲若听到这样的话肯定会气得跺脚。

26

我从来都没有过这么强烈的性需求。一天晚上，我和谢尔曼（除了他还能有谁？）去了他最喜欢的妓院。这个妓院坐落在一个八十年代的大商场里，里面挂满吊灯，墙壁上镶着胡桃木。“这些妓女很怠慢人，”他向我透露，“都怪萨利这几天只吃红辣椒。”

这些疯狂的日子一过就是好几周，确实很疯狂！最终我在蒙得维的亚的妓院得到放松，我比我期望的还享受这些进攻。我发现自己完全处于对基特里奇的性幻想中，与娼妓度过的夜晚甚至比与萨利在一起还要快乐。我知道我很喜欢性,因为我现在头脑中一想到她就很卑微,就像她对我一样。我又想起了萨利，她如同一匹好色的野马，让我了解到我真正的内心，去爱大多数女人。基特里奇可能曾经谴责我把性和爱描述为 α 和 Ω，但现在看来这个想法未尝不可。α 喜欢妓女，Ω 变成梦想的守护者。当然，Ω 可能仍然只喜欢唯一的蒙塔古夫人，但是这样的 Ω 削弱了我的性幻想。仅仅就像一个房子的主人，有两个个性鲜明的个体，一个是浪漫的爱人——仅仅需要一封情书就能温暖自己；另一位是运动员，一生只追求对女性肉体的享受。

当然，肉体享受在蒙得维的亚的妓院不难找到。我知道初次尝试的人，都会从无限博弈中得到快乐。有一两个月，这种情况很简单。我的眼睛里、腰上都留下了萨利的印记，我一直记得萨利光着屁股坐在苏联大使馆椅子上的情景。这种疯狂提供了好色的资本。

第一次去嫖娼，是谢尔曼做的指导，并且对所有女孩都做了一些评论。“那个矮个子的黑人妞比她看起来还漂亮，她能让你很舒服，抓住窍门就好了。”她给我一个大大的微笑，把她的两颗金牙都露出来。“这是你曾经见过最好的，但是她很脏。”这个柔软的、高挑的阴郁女孩的屁股是她最显眼的地方。“尽管如此，真该死，”谢尔曼说，“看那个。”他用胳膊肘推了我一下，我看到一个虚伪的紫发女郎从台阶上走下来。“这个女人身上除了嘴以外，没有哪处地方是干净的，她患病了，但是她的嘴比任何地方都值得让人一亲芳泽，青霉素能防止你受到传染。”于是，他笑了一声，缓缓地拿起啤酒，他是妓院的老主顾。在一八八九年侵占土地运动之前，他和他的家人已经离开了俄克拉何马——我今晚才知道的，我甚至还看到了萨利和燕麦粥的家族起源，他们一代又一代居住在这些宽广又贫瘠的平原上，猎手们骑马而过扬起一阵尘埃（对于俄克拉何马州，我只了解这一点而已）。然而，只因人类的贪婪，这片净土被剥夺，生活在这里的人们背井离乡，甚至被逼到人类神经的最深角落，直达灵魂的地方。贪婪，尽管代代被人唾弃，它依然顽强地渗入人类骨髓，谢尔曼、萨利，当然还有我，都逃不掉。萨利带给我的伤害，好吧，我可以仁慈对待萨利，但是我却忍受不了谢尔曼。他是美利坚帝国的一名好士兵，他把他自己看成拥有这些女人的人，他能够在全国旅行，他吮指回味他的“美食”。或者，我，来自异国他乡的客人，要描述我自己吗？

那晚，我买了一个女孩一个小时的时间，又买了另一个女人一个小时，觉得和陌生人在一起很自由。这种感觉比我二十五年里待在派克大街、马蒂·圣茨、莫里的大酒杯酒吧等都要好。也许我内心贪婪的本性最后在美国时代得到释放，我觉得内心有股力量，让我全身发热，就像我最终能够参与到重大事情一样。

在这段夜生活时间里，我去了曾经和苏联大使馆一样宏伟的大厦，它照亮了棚屋小镇的边远地区，那里街道还没铺好，当刮风时，锡质屋顶便会发出响声。我又去看了在波西托斯海滩附近的高楼公寓，里面的卧室还带有大客厅。曾经有一次，我从亨特的别墅回家的路上，看到了一个长得很漂亮的妓女站在著名的卡拉斯科赌场酒店的角落里。在那里，这些女孩们向我示好，我看她们就像好莱坞明星一样。尽管我选择的那个女孩能给我一种西班牙式的各取所需的感觉，但并没有给我带来多大的乐趣。我选择她是因为她的胸部很高挺，乳头上翘，好像能触碰到星星。

在一条破旧街道上的一家地下室妓院里，我最终放弃了和一个矮胖的妓女玩，不过这个女孩有一双黑亮的大眼睛，那双眼睛里闪烁着恶作剧一般的光芒。她很开心，因为她交到了一个美国男朋友。她继续用舌头吻我嘴里的空隙地方，我数着，她甚至还吻到了我不知道的地方，直到我内心的 Ω 让我想起了基特里奇充满爱意的房间。当我用胳膊搂着那个调皮的丰满女孩时，我感觉我像穿越了整个城市一样——男人怎么会和一个只会一种技巧的女孩结婚呢！

我喜欢这些妓女打扮得花枝招展。她们可以很清纯也可以很邋遢，可以很奢侈也可以很贫穷，可以待在酒吧也可以待在卧室。但是不管待在哪里，那些灯光都是很柔和的，还有自动唱机总是播放着狂想曲，伴随着各种颜色的灯光以及像瀑布一般的霓虹灯。在这种地方，你可以挥霍你的钱去赌博，也可以出卖你的内心以及你的健康来冒险。在接下来的几个月里，我患了两次淋病，一次梅毒。但是蒙得维的亚不是柏林，你可以信任你在大街上遇到的任何一个医生，不用预约就可以接受治疗。在柏林，每一次冒险似乎都需要付出相应的代价，需要提前付钱。在这儿，在这个海滨上，潮汐一波接着一波袭来，随之也为这场旅行带来影响。

更不用说，夜夜如此冒险，原因就是我内心深处有个声音，告诉我我比从前更爱基特里奇。我再也不用骗她，说我和一个美国啦啦队员在一起，而是辗转于各个娼妓的床榻，无论是与哪一个在一起（她们几乎都是南美人），我的脑子里永远都是基特里奇一个。我并不感到羞耻。相反，我很开心，我发现长得很像的女人连做爱的方式都很像，这也许和其他事情一样只是个假设。我甚至告诉自己，这个快速掌握的无知感确实对我未来的工作非常有用，毕竟学会看人也是一种本事。

如果我最初就有勇气独自进入妓院，这种勇气的增强就像我的心跳加速一样的话，我会很担忧。因为我是一名中情局官员，我的行为无疑是向绑架、伏击、折磨或者落入陷阱等打开了一扇门。然而这个顾虑现在已经烟消云散，因为我认识到罪恶、暴力与这个商业社会格格不入，世界上再也没有任何地方能比蒙得维的亚的妓院更堕落了，也没有任何地方能比蒙得维的亚的妓院更受欢迎。如果我知道如何识破吹牛者的低级诡计，那只能证明我是有学识的，并且是个美国人而已。我很快发现，真正的危险不是危险本身而是孤独，孤独会让人麻木，麻木中溜进酒吧狂欢的中心地带。有一晚，在码头附近廉价的妓院，曾经的“轻骑兵的天堂”如今早已荒废，并且还是十九世纪早期的旧房子，这儿曾经肯定在客厅里养过马，就在这里的一晚，我想起了乔治城的日子。然而，在这里墙上的模型和老鼠洞之间有很多空隙，床面凹陷的地方有很多脏毛毯，这里的妓女都很郁闷。我那天晚上待在那儿是因为我的心情很好。我和一个女孩做爱，令人惊讶的是，我很敷衍，但因为自己付了钱就装出一副很认真的样子（想到自己得到的回报，哈伯德还真是改不掉吝啬的习惯）。通常情况下，我会选择那些带点艺术气息的女孩，最好具有亵渎神圣的圣礼的勇气——你也可以把我带出教堂，但是你不可能让我脱离圣马修的阴影。我很孤独，一直在喝酒。就在那个下午，我实际上已经麻木了，我想着萨利和我，能否明知有危险还要过普通的家庭生活，有我、有她、有新生儿。不，一想到她前夫在和她做爱时可能压着孩子的头部，我所有的幻想都破灭了。晚上我到了“轻骑兵的天堂”，这个病态的想法依然在我脑子里盘旋。我躺在一具肉体上，想要与她一起堕落。我能听到另一间房中两个妓女在和客人玩时发出的专业叫床声，或者是她们假装这么做的。她们的哭声在南美寒冷的夜晚仍旧可以听见：在我左边的妓女发出尖叫声，然而我右边的女孩只发出咕哝声。那个时候，我才感觉到我是世界上最孤独的男人。因欢爱过后隆起的胯部，仍然高高抬起像小山丘一样。我快速地穿好衣服，走下楼梯去酒吧喝了一杯酒，不，一杯也没有喝完——我结束了我青春放荡的生活，尽管我已经付过钱了，但又有什么所谓！我离开了妓院，走到车库（我做好了预防措施），开车而去。

在路上，我遇见了沙威·福特斯，这简直就是一场奇迹！反正我是这么觉得。我一看到他那微笑般的宽阔胡子，就觉得这是幸运的征兆。现在不再是我漫长人生的末端，而仅仅是一个糟糕的夜晚，一个让我脱胎换骨的夜晚。我们开车到了另一个酒吧一起喝酒，十五分钟后，我想到在公共场合可能会被人看见，于是我们决定坐我的车，到波西托斯海滩之外的地方，去拜访他最亲密的朋友利博塔德小姐。他说，她在周四晚上不工作。他称呼利博塔德小姐时很奇怪，我想我应该更加关注这一点。

27

1958 年 4 月 10 日，午夜

亲爱的基特里奇：

离我上次给你写信已经有好几周了，但我觉得我不用急着向你道歉，毕竟是你不告诉我“德库拉的巢穴”的事。然而，我确实有一些话想对你说。你知道吗？我见到了利博塔德小姐，传说中的利博塔德！

让我告诉你整个故事吧。上周四晚上，我去拜访沙威·福特斯，那是一周前的一个暴雨夜，我因为想你而觉得异常孤独，我发誓我甚至可以闻到一百年前在你公寓里骡的气味，乔治城是那么远！在乌拉圭世界最底层的我，至少还有一件值得高兴的事，那就是沙威·福特斯还有胆量向我住的酒店打电话。当然，他把手帕放在话筒上，我承认我并没有听出是他的声音。他就是个顽皮的家伙！他口齿不清地说我们计划进行一场同性之间的游戏。（呸！克格勃窃听电话又能怎样！想到这些垂死的特工，在未来几个月里，就会把他们交给我处置。哈伯德，安第斯山的宝石。）

好吧，这是开玩笑了。沙威·福特斯只是想开车到波西托斯海滩的安全屋，坐公共汽车的话需要太长时间。难道真要我陪他住一晚？基特里奇，如果我曾经训练过中情局官员，那我首先要教会他们的就是如何引鱼上钩——你最松懈的时候才是鱼上钩的时候。现在就是这个时候了。我在酒吧把他接走，然后便开着车到了安全屋。

这只是一次常规会面。最近，如果你能想起的话，他很勉强地把我们放在了MRO，但他只是抱怨他被当作一个眼线。他提到了MRO领导的名字（总共有四个人），这四个人都住院了。“我真愚蠢！”沙威·福特斯告诉我，“佩奥内斯和他的走狗并不听命于你。”

我说：“佩奥内斯有他自己获取信息的渠道。”沙威·福特斯听到后便开始笑

“我可以告诉你佩奥内斯的事情，”他说，“我很了解他，我们一起长大。”

“是吗？”

“在蒙得维的亚每个人都是一起长大的。佩奥内斯是一个恃强凌弱的人，也是一个危险的男人。”

“真的吗？”

“但归根到底，他是一个傻瓜。”

“你为什么这么说？”

“我要告诉你，是因为我想这么做。如果我不想告诉你的话，就算受到拷打，我也不会透露我知道的消息。”

“我同意你的观点。”

“偶然！”他很高兴我把他看得很重。他继续说道：“佩奥内斯疯了似的喜欢一个妓女，这个妓女还是我的一个朋友。他很爱

这个妓女，为了她，他能背叛所有人。”

“这件事还有别人知道吗？”

“谁知道呢！从表面上看，不可能。那个女人，利博塔德小姐，是一个彻彻底底的资本主义者，资本的积累是她的一切。为什么她要佩奥内斯背叛你们任何一个人呢？”

“商人之间总会发生这样的事。”

“很有意思。”

“有意思吗？”

“嗯，”沙威说，“如果值得这么做的话，她就会叫他背叛你的人。比如，俄国人开价够高的话，她可能会引诱佩奥内斯和他们合作。”

“她一定非常有吸引力。”

“确实如此。一旦你见到她，你就会明白我的意思。她的魅力很独特。”

“是的，但是我们什么时候可以见到她？”

“今晚，在她家，”他坐在电话旁边说道，“佩奥内斯总是在周四的晚上去看她。早上他去工作，下午晚些时候便会和他的家人待在一起，到了晚上就迫不及待地和她待在一起。她在家里见他，现在他已经离开了。她在等我的电话，我能用一下这个电话吗？”

“我们需要这么做吗？”

“当然了。她在等着我呢。”

“那你怎么介绍我？”

“一位在国务院工作的美国朋友。”

“你要告诉她，你这个共产党员在和美国国务院的人交往？”

“她对政治不感兴趣。”

“沙威，我绝对不能去。”

他开始笑道：“我什么都没有告诉她，我只说你是一个有钱的美国人，可能很快就没钱了。”

“那如果我想花钱买她的服务呢？”

“那不是服务，是提供奉献。”

“你爱她？”

“是的。”

“但你不介意我买她的服务？”

“她是一个名妓。这是事实，我接受事实。”

“好吧，如果她是一个名妓，我怕我支付不起。”

“我不这么认为。”

基特里奇，我们就是这么说话的，按常规来说，我们不应该这么友好，但我们俩就是这么不见外。实际上，他和我都知道尽管我偶尔去妓院（不要嘲笑这简单的身体需求），但我永远都不敢和这种女人进行金钱交易，尽管她们一直诱惑我，否则我很有可能会做出很多妥协。我们手中有她的资料，她有西半球分部的礼貌谦恭，而且在哈瓦那，她与巴蒂斯塔和卡斯特罗双方都有联系。就凭这一点，我决定陪我的特工去拜访她。亨特表现得很积极，他也想参加有前途的行动。我一直向亨特汇报我检查她的结果，如果她有同情左派的倾向，而且这份同情心还很强烈的话，那我们就得继续跟进调查。她是否真如传言般有影响力，想想她对佩奥内斯的影响就知道了。

所以我们就去看她了。她住的房子同样很高，比鲍里斯和齐尼娅的公寓还要高。我很疑惑，这么多人本来能买更好的房子或者别墅，可他们偏偏有冲动住进高楼公寓。但是不要反驳高楼带给你的冲动，至少十层楼高呢！而利博塔德的房间在第十六层，顶层公寓。

在去的路上，沙威的情绪很不正常，他突然很冲动，还发出令人讨厌的叹气声。比如，他坚持要我穿过兰布拉，而不要去挤高速——高速路上白天交通忙碌，晚上却是真正危险出现的时候。但是经过这场自我要求的冒险后，我那朋友还有心情朝一个司机大喊大叫“你会不会开车（那司机车开得离我们太近了）？”并且中指指着天。尽管他有点野蛮，但他仍然觉得他做得很对，而我怀疑他这样又骂又朝人竖中指根本就没用。然后，他坚持让我们脱掉鞋袜，我们沿着沙滩打闹，袖口卷得高高的，我们都提着鞋子走在月光下的路上，时而有浪花卷起如泡沫般的涟漪。我很好奇，为什么他要绕道走呢，原来他是要告诉我利博塔德和佩奥内斯之间的性关系。在他谈起他们的关系时，表现很淡定。

“她说做了一次，”沙威告诉我，“‘没有女人能比我更了解男人了。我接近了一个访客，他像迷宫一样神秘。每个男人都有一把锁，只有我才有钥匙打开它。’”

“沙威，”我抗议道，“利博塔德不可能那样说。”

“好吧，事实上，她确实这么说了。那是因为我教了她许多，我向她推荐了博尔赫斯的作品。你读过他的作品吗？”

“没有。”

“你肯定没有读过他的作品。只要五页，每页他都会总结，说你下一个十年的生活是多么没有意义，尤其是你的生命。”

我被他说的话吓住了，于是回复说：“享受你生活中的荒唐。我也会管理好我自己的生活。”他狂笑了一声，用力地拧他的短发。

好吧，我仍旧不相信利博塔德说了锁和迷宫的故事。“博尔赫斯或者其他任何人都不能如此总结别人的生活。”我告诉他。

“她就可以这么做。”沙威说。

“她怎么和你做爱的？”

“那是神圣的。”

“那你是不打算说了？”

“我告诉你她怎么和佩奥内斯做爱。”

“好吧。怎么做的？”

他又一次狂吼了一声。他赤着脚踢了一下潮湿的黏土，然后，他才继续说细节。

基特里奇，这是一件让人震惊的事情。我宁愿不用他的话告诉你，他的话真的考验了我的知识水平，不仅用了很多蒙得维的亚贫民窟的语言，而且还有哈莱姆的习惯表达。不管你信不信，他用了一些我们不曾用过的俚语，我也很难理解那些俚语的意思。沙威在描述这段话的时候发出咯咯的笑声，这些笑声打破了我对他自尊的认知。他很快乐，但又有点内疚，还有所有拉丁人都有的轻蔑。我的天哪，乌拉圭人都如此看重肉体吗？当然，所有的肉体都是通向肉体，臀。我现在知道拉丁人认为邪恶藏在他身体的何处了。

很明显，佩奥内斯躺在了利博塔德的床上，他的脸露在外面。利博塔德穿着沙威称之为“优雅皮革”的衣服，轻轻拍打着他。佩奥内斯的体型很大，就像一头海象一样，躺在床上，腹部的肉很松垮，可以占两个厚枕头，让他的后背看起来——如沙威描述的，像“两个巨大的瓜”。她轻轻地拍打着他，他的嘴角处露出一丝疼痛的表情时，她便停止了。接着，她便开始咬他，用她那整齐的牙齿轻咬着他那露在外面的肌肤，之后，佩奥内斯便开始发出声音，这种声音里夹杂着呜咽、疼痛、内疚、快乐。她也开始呻吟：

“噢，佩奥内斯，我的鹧鸪，我的石榴，我的乳头，我光滑的背，我的桃子，我的追捕者，我的花瓣，折磨，骗子……”她的呻吟声在他耳边响起，这些呻吟声还押头韵。她用牙齿轻咬他的脸颊，轻轻地拍打着他，她弯着腰，发出咕哝声，然后他们开始接吻，时间很长。是的，基特里奇，佩奥内斯大声咒骂着，弄湿了枕头，最后达到了高潮。

这些描述太色情了，沙威讲完的时候，我根本不相信这是真的。是的，他告诉我，这些都是利博塔德向佩奥内斯说的简短话语，是她对这个发了誓言的男人说的话，尽管这个男人是她的爱人，还是一个特工叛徒，但都阻止不了她说出那样的话。然后他补充说:“这是对这个家伙的真实描述，他是一个暴徒，这是他认为的快乐。这是隐藏在我们的性施虐狂心里最柔软的一面。”

“在听了这样的事情之后，你还要继续爱利博塔德吗？”

“她告诉了我她的所作所为，这是她公开示爱的一种方式。当然，你不能够理解。在你的国家，你的宗教奉献精神，人与人之间缺乏坦诚。”

你知道，有时候我觉得沙威正是因为变成了一个美国特工，所以他才抓住机会如此贬低美国人的优点、风俗以及道德观念。

好吧，我继续讲述与利博塔德的会面。我们上了电梯，到了她的房门口，按了门铃，她确实在家。我只知道我面前出现的是一位尤物，她很特别，房间里蜡烛的光芒是黯淡的白色，而她比蜡烛火焰的颜色还要白。我在她那有酒窝的瓜子脸上看到了白色的光晕，她的眼睛又大又蓝，画着深色的眼影，看着我。她深红色的嘴唇又厚又性感，我仿佛在盯着一个天使，我的心里像蜂巢里面灌满了蜜一样甜滋滋的。这是我对她的第一印象，仿佛珍·哈露站在我的前面。我对她的第二印象是她走路的样子，和我之前见过的女人都不一样。“你好，”她用英语说道，声音低沉沙哑，“请进。”她说道，带着我们穿过客厅到了露天庭院。在那儿，她站在栏杆旁，很快脸便朝外看向十六层下面的大海，好像她不希望我在灯光下盯着她看。也许她比我想象的要老，也许她比玛丽莲·梦露还年长十岁，至少要比梅·韦斯特年轻20岁，但她走路的方式是那么的优雅！让人不得不优先对待她。她的小腿很细，大腿一点赘肉都没有。当她垂着头走动的时候，我们都屏住了呼吸。我说起了哈露、梦露和韦斯特，她与她们属于同类，性感尤物的同类，本质上就像现金是绿色的一样。沙威说：“我就是钱，过去是、现在是、永远都是，我比盯着我看的所有人都物质。”因此，利博塔德是性感的化身，我仿佛置身于女神的面前，第一次去见电影明星也差不多是这光景了吧。

除此之外，我必须告诉你一个事实，她有致命的吸引力，可我一点都不快乐。因为在基普见到你的第一眼，我就已经彻底沦陷了。

强调一下，她对我说的是“请进”这个礼貌用语。在阳台上，她拿出一个银色的钱包，这个钱包的颜色和她穿的礼服的颜色相配（这件衣服不可能是她拿着鞭子时穿着的礼服，不，她肯定在见我们之前已经换了衣服）。她准备从她的钱包里拿烟，但一直掏不出来，于是沙威拿出打火机给她点燃了一根香烟，她吸着烟。我突然想到了圣公会教徒卓别林，他经常做出十字形状，集中精神向上帝祷告（至少卓别林是这么做的），当他伸展胳膊画出水平线时，你可以感受到同样的痛苦。我被点燃香烟时的庄重场面深深震撼到了。我从来都没有陪伴过这么一个有女人味的女人，我似乎看到了古代的女祭司，那么沙威被她和佩奥内斯做爱的过程吸引着，我被这种有趣的暴力暗示吸引着。我觉得我会背叛自己，不管怎么样都会。我于是开始观察她的步伐移动的方向。她曾经遇到的所有优秀女人身上的气质似乎都在她一个人的身上表现出来了。她肯定是一个 Ω，日常生活给她造成的印记都去了哪里？我没有从她的胸部离开，当灯光照到庭院的时候，她的胸部似乎更大了，并且形状也变得更好看了。她的乳沟也若隐若现，就像她的声音一样深沉。

很快，我意识到她知道我的职业，很显然，是她让沙威带我过去的。

“你喜欢你的工作吗？”她问我。她说话的声音很柔和，南方口音，“你的英语说得很好。”我回答。

“我从一个美国人那儿学的。”她说。

“一个富有的得克萨斯州人，”沙威补充道，“在哈瓦那，他是她的守护人。”

“我的守护人。”她重复说，好像这个人永远和她在一起一样。

“美国驻古巴大使的朋友。”沙威说。

“你的朋友之一。”利博塔德对我说。

“我不相信我的同胞会成为你的守护人。”我说，但是她的回复让我很头疼，我怀疑她只会用 38 个常用词汇。

“你的朋友之一。”她又重复说。

“也许她的意思是她想见另外一位美国朋友。”沙威补充说。

“霍华德·亨特先生。”她说。

“噢，”我肯定地说道，“他已经结婚了。”我承认，自己给出这样一个介绍，让人突然有一种奇怪的喜悦。

她耸了一下肩，嘴唇做了一个向下的姿势，好像是说“那又有什么关系呢”？她返回客厅，真是非同寻常啊！她有戴安娜王妃、路易十四、邓肯怀夫和西班牙殖民者的画像，这些都挂在客厅里，在所有的木质模型中都加了一片金叶子，用缎子制成的妓女靠垫随处可见，我们站在一个价格不菲的地毯上，从颜色可以辨别出质量的好坏。我的天哪，这是多么庸俗啊！她的客厅就像家具店橱窗里的爱巢一样，甚至连烟灰缸都像水果盘一样大。

她仍旧关注着霍华德·亨特的话题："霍华德先生和贝尼托·那顿不是关系很好吗？"

"你正在谈论政客们，"我问，"谁是那顿？"

沙威听到后立即做了一个厌恶的表情："你很清楚他现在正在竞选乌拉圭总统。"

"是的，我知道这件事了。"我承认。

利博塔德笑了。她的笑容好似要允诺付款一样。我看出来，一个高级妓女就像运动员一样，每次只会锁定一个目标：她想要见霍华德，当然，他可以把她介绍给那顿。

我回答道："那顿现在是挺闹腾的，但他没戏，百年来总统都出在科罗拉多。"

"今年，"利博塔德说，"那顿将会赢，你的霍华德会把我介绍给他。"

她的目的很奇怪，这侮辱了我。我必须承认，她只是把我当作一系列环节中的一环。当然，她的女性魅力让我沉溺其中，但是我很好奇是否我能从她那亲密的声音中，找到我自己，但是，她的声音就像一阵风，吹向我们每个人。

我们快要陷入僵局了。我问她为什么不让佩奥内斯介绍她呢，不过这个问题的答案很明显，她只是笑笑。如果霍华德把她引荐给那顿，那么那顿就会更尊重她。因此，我只是含糊地点了一下头，站起来打算离开，没想到沙威也要和我一起离开。他们像老朋友一样拥抱彼此，他拍了一下她那纤细的后背，用带着胡子的嘴巴吻了她的手，她则吻了我的嘴角，我的脸迅速变得很有生机，就像被鸟的羽毛触摸了一下。然后，我想到了她的嘴今天晚上吻过的地方，我的脸变红了，像野火烧了一样。

“你会把我介绍给霍华德先生的吧。”她说。

“我尽力吧。”我弱弱地回答了一句。

在下去的电梯上，我就已经很生沙威的气了，但我一直控制着没说话，走到大街上，我成了那个坚持要走兰布拉大道而不走高速路的人。直到我们到了安全的沙地，我仍旧在尽力控制自己的脾气。

“你怎么能让我处在这么被动的位置呢？”我最后说了一句，“你根本就不把我当朋友。”

他说：“我是为了你的利益考虑。我只不过是想让你看看我们国家的稀有人才，这可是乌拉圭天才笔下的标志性角色——妓女。”

“闭嘴，”我说，“你真不值得信任。”

没想到我的一通发火倒让他变得温顺，我想我是不是几个月前就已经展露了我这一面。但问题是我的脾气不是一个可靠的工具。“你怎么那么自私，那么愚蠢，那么粗心呢！”我喊道，“就应该开除你！”

“你吸引了别人的注意力，”他指着百米远的两个坐在沙滩地毯上的情侣说道，“他们正在看你呢。”

“我们回安全屋，我会解释的。”

“你不要忘了，我们不是离了你就不行，你有责任解释这一切。”

他确实解释了。我们坐在安全屋内，从她的客厅出来之后，回到安全屋，这里的家具就像一件上好的笔挺衬衫一样。我发现我威胁让他失业这种做法并没有吓倒他，我们现在每周支付他 100 美元，这是一笔昂贵的财富，有时候会给他 120 美元，甚至更多。放弃这个工作，他几乎没钱。然而，那只是他做这件事的动力之一，另一个原因是与利博塔德有关。在我严厉批评他之后，他说："你说得对，我是想利用你来着，我承认，这有违约定。基本规则应该是你利用我，我不应该违背最基本的关系。"

"那为什么你要这么做？"

"因为她提出了这个要求。"

"那么，你和她的关系也是彼此利用吗？"

"是，原本的关系已经破灭了。"

他开始给我讲他们的故事，他认识利博塔德已经有大半辈子了。他们一起去特加大学上学，大一的时候，他们相爱了，她很崇拜他，然后他去了纽约。到他回来的时候，她已成了一个妓女。然而，当他去看她的时候，他从来都没有付过钱，但依然感觉很糟糕。然后，她决定成为一名高级妓女，就去了哈瓦那。当她回来的时候，她不再爱他了。她只是喜欢他而已，他却爱她爱得无法自拔。"我鄙视她，"他说，"但我没有力量彻底离开她。她已经变成了无忧无虑的女人。"

我知道他为什么选择用西班牙语说这些话。他们活得很平庸，毫无希望，就像"一个没有灵魂的女人"一样。

基特里奇，我正在开发这份工作所需要的天性。沙威很悲哀地结束了他的故事，他把他的头靠在了安全屋内廉价的橙色紫胶桌餐桌上哭泣。我说："为什么你还要撒谎？我们都知道利博塔德来自哪里，根本就不是特加。”我只是假装知道事情的真相，但是，他的故事中有一些错误的地方。从孩童时期就认识彼此的这对情侣都很感伤。

“好吧，”他说，“与真实的情况还有很远。”

基特里奇，现在太晚了，我就写到这儿了。那天晚上我并没有得到真相，的确，还需要更努力才行。但是我向你保证，这个真相肯定不同寻常。有点耐心，我会在一两天内告诉你。我觉得我最好向你坦承，你不告诉我“德库拉的巢穴”，这让我很烦恼。

最爱你

哈利

28

我又撒了一次谎！我停止写那封信并不是为了惩罚基特里奇，我只是不知道该怎么继续写下去。毕竟我已经编造了沙威打电话给我的谎言，从那时到现在我一直忙于处理自己的工作——整理情报局的报告。如果出于某种原因，你无法向华盛顿报告真相，比如说，你雇了戈迪·莫尔伍德，由他来完成 Groogs 派给你的任务，但是 Groogs 不准戈迪插手，那你该怎么办呢？那就给戈迪换一个名字，然后给他报酬，并记录一个新账簿。这就是复式记账，这是一门艺术！这个家伙经常干这种事。

现在我跟基特里奇玩的就是“复式记账”，因为我在信中删除了一段我与利博塔德的重要对话。应她的要求，沙威把自己锁进她的金色大理石洗手间，时间大概有二十分钟。在此期间，利博塔德赠送给我一份她的“高档礼品”——口交。我们刚一独处，她的手指就解开了我的裤子纽扣，我不会讲述之后的细节，但我可以很满足地说，她十分了解如何让一个男人得到快感。我们并没有更进一步，因为沙威在洗手间冲水洗手，以此来暗示我们他马上就要出来了。但是，哈伯德家族祖传的死板成了我的障碍，让我羞于把自己完全交给一个陌生人，我的灵魂之门紧闭。高潮来了,但是出乎意料的是,我竟然觉得很痛。α 最终突破了障碍，然而 Ω 却掉入深渊摔得粉碎。结束以后我的胯很疼，我迅速扣好自己的裤子纽扣。沙威从洗手间出来时,她紧紧握住我的手,并热情地亲吻沙威。我才不会把这些告诉基特里奇，我不想误导她太多，要不然我们俩的通信状况又会受到影响了。所以我才那么大方地描述利博塔德的美貌，以此来掩盖她的嘴唇与我下面紧密接触的磁力。我承认，我的感觉超级好，就像一位很高贵的艺术家与他最喜爱的抚摸者一起躺在帆布上欢爱。我真的陶醉在这份剧烈的快感中，我高估了这次见面的最初影响。本来我并没有注意到她是怎样的一位女神形象，是她的嘴巴把我引到了她的脸颊上，真是个美人啊，这份难以平静的欲望统治了整个世界！我见过很多妓女口交时的脸，但是她的脸不一样，那是绝世稀有的脸！过了几天我才意识到，我钢铁般的决心——不把她介绍给亨特，这份决心已经渐渐削弱了。

1958 年 4 月 15 日

最亲爱的基特里奇：

利博塔德一定有她自己的本事。亨特说带我去大牧场，这都已经过去几个月了，终于在 11 天之前，也就是周五早上（我周四晚上刚见过伦古阿先生），他告诉我周六去杰米 · 萨韦德拉 · 卡瓦哈尔先生的大牧场，所以现在我可以向你讲述一下我的这个周末了。有个念头我冒出了好几次，那就是描述这个周末：当前紧张中的旅行，你同意吗？

好吧，那就这么说吧。周六早上我们如期出发，桃乐丝坐在汽车后座上，我坐在前座，霍华德开着自己的凯迪拉克，感觉像是开着捷豹，座椅直立，胳膊抬起，双手戴着一双皮质手套，控制着方向盘。我们朝着北方一路前行，经过了好几条大道，其中有些亟须整修。不过150英里的车速疾驰在南美洲小镇上，激起片片灰尘，一路无人打扰，安静得只听见凯迪拉克的机器呼吸声。车子的两旁是辽阔的草原，车里后座上的桃乐丝睡着了，发出微弱的呼吸声，就像夏天食堂里的苍蝇嗡嗡叫，亨特的鼻孔也有节奏地颤动着。而我，一直想着利博塔德。

我知道为什么桃乐丝睡着了，因为土地太平坦了，一眼简直能望五英里远，但是半英里外还有一座小沙丘。我一直边听亨特说话一边估算距离，他这些天的话题总逃不过菲德尔·卡斯特罗。西半球分部分析，也许卡斯特罗还未彻底推翻巴蒂斯塔，于是亨特向国务院抱怨他们对此缺乏关心，“卡斯特罗手下的一个中尉格瓦拉，切·格瓦拉，接收了我们提供的有关危地马拉阿本斯的信息，这个小子的意识比左撇子奥杜尔还要左。”

我一直计算着地平线上的英里数，到下午三四点时，我们到达了大牧场的大门。牧场门口是两座悲哀的石柱子，每一个都有20英尺高，二者相距20英尺远，我想它们立在那是为了纪念坑坑洼洼的泥土路，指引着远方的客人一路驶来大庄园。接下来一场长达36个小时的派对就开始了。杰米先生是派桑杜省最富有的地主，是一个很有权力、很健壮的人，脸上长着公羊羊角状胡子，掩饰不住他的殷勤好客；然而他的妻子冷淡又高雅，很快就指引着我向现场年轻的乌拉圭女士献殷勤，我还以为自己变成炮兵军官穿越到了19世纪的茶话会呢，但是与这里的年轻小姐发展一段浪漫感情，起码三年时光的周末都要花在她们身上才行，哪怕你追求一个已婚女士，都得花一年！尽管难度很大，我还是努力地与会场上的女士们调情，她们有的是当地农场主的千金，有的是绅士、磨坊主等人的小姐，似乎所有的男士都喝醉了。我原以为古老家族当然比暴发户赚的钱多，但事实并非如此。然而，古老房子的周围都是花园，小路两旁种着各种各样的树，还有葡萄园、花藤，在这样的环境里自然很容易就喝到天黑。辽阔的草原上，葡萄酒、乌拉圭白兰地、朗姆酒、苏格兰威士忌，各种美酒觥筹交错，好不醉人！杰米·萨韦德拉·卡瓦哈尔先生的矮房子不规则地延伸着，房间里牛皮坐垫、靠背摆满了椅子全身，当然也有黑暗维多利亚时期的东西，长长的英式狩猎桌、哀伤的沙发、桃花心木橱柜，也有一些二等人使用的瓷器，屋里的地毯是古老的东方风格，巴西美洲豹的颜色。壁炉上方摆放着古董级的卡宾枪，窗户上镶嵌着很多小窗格，天花板并不高。但房子总体看起来依然雄伟壮观，我不知道为什么会有这种感觉，房子主体距离大门十英里远，从门口一路开车过来，一望无际的草地上有成千上万的牛群，更别说无数的客房、花园、牛棚、谷仓等等了。

派对上男同胞花大把的时间讨论马，第二天早上我们就外出进行了一场马球比赛。真让人惊讶！马儿经过了一番打扮，门柱边的草也修剪得整整齐齐，队伍中有一两个专业马球手、三五个骑马好手，剩下的都是普通人了，像亨特这种，我跟你说，他把我弄上去替他冒险，我迅速上去又迅速出局，甚至比小马驹死得还要快。你还记得吗，在卡拉斯科的草地上，亨特就简单向我介绍过马球，但是在现场激烈的竞争中，我还是状况百出。我能用前额推着球杆碰到球，但是我死活不会反手拍。亨特把我叫到一边小声跟我说：“不要击打你左边的任何东西。你只管一个个超越对手，把他们逼出局。”

我按照他的建议来，虽不是百发百中，但也让我渐渐感受到了乐趣。这是我一年多来玩过的最刺激的运动了，我超级喜欢，我甚至能感受到我父亲的好斗血液在我体内流淌（也许这才是让我开心的原因）。控制马球的那一刻，我疯狂地奔跑，留意有可能阻断我的对手，这些军事化的竞争意识在每个人身上达到高潮，马对着马，人对着人，狂奔，呐喊。忽然我的马儿一个抽风就把我摔倒在地上，那一刻，马匹狂奔带来的风猛吹，我清晰地记得马蹄子就要越过我的头顶时自己的恐惧，我甚至还看到马儿的眼睛，同样流露出恐惧，也怕自己受伤的缘故吧，它自己一个急刹车，算是保住了我的命。

所以接下来的两场比赛我不得不退出，但当我再次回到赛场上时（是我自愿的），观众席里的太太们、小姐们、选手和替补者，无一不鼓掌喝彩，亨特也走过来抱住我的肩膀。突然，我爱上了自己，尽管接下来还是冒险，尽管我现在浑身疼痛，但是那一刻让我的一天达到了制高点。

然而到了晚上（周日），烧烤过后才进行到了当晚的重头戏——贝尼托·那顿来了。高高的额头顶端露着明显的寡妇尖，长长的鼻子，厚厚的嘴唇，V形黑色眉毛下是一双大大的、猎鹰般的眼睛——这副形象完全不符合我的想象，而且最糟糕的是，他看起来就是电影里典型的黑帮老大形象，像不像乔治·拉夫特？

那顿在图书馆做了一场演讲，男人们被白兰地和雪茄包围，气氛很严肃，周围还摆放着皮质书籍、木质书架。我想，那顿的父亲一定是蒙得维的亚港口的一名意大利搬运工，他现在出现在这样一个组织里就是因为他不是圈里人——他没有钱，没有家族支持他，没有头衔，他们以为他可能成为一个恐怖分子或者共产主义者，但是他放弃了自己的左翼信仰，改做了右翼领导人。这是一场募集资金的演讲，当他讲到核心内容时，我仿佛看见钱像雪球滚下山一样越滚越多，因为他知道如何激起这些人内心最深处的恐惧和愤怒，他也知道这些人只听他们愿意听的内容。然后我就想到,政治就是建立在这些伪善之言的舒适中。那顿说道:“这个时代，工人不再想着多付出少回报了。相反，如今乌拉圭的工人心里想的一个问题是，他们能不能在37岁就拿着部分保证金退休，或者，50岁时就领着全额经济保障金退休。先生们，我们希望这样的日子快点到来，而不是成为南美的瑞士或瑞典。鼓励我们成为南美的瑞士的福利国家，我们便不能继续给予他们支持。”

他们为他鼓掌，当他拿蒙得维的亚官员的懒惰、腐败生活与农场上人们的勤劳、体面、善良作比较时，观众的掌声更激烈。当然，我已经在科罗拉多听过很多遍，农场工人无意识地被豪绅利用、剥削，所以，今晚的政治因素惹得我很沮丧。我应该再次认识到，我对这些问题有多忽略，我甚至问自己，我为什么要加入情报局，还把自己这么多年的时间精力全部投入到里面（到目前为止，我已在情报局工作了三年）。我对政治并不感兴趣，但是我有自己的理解：尽管我们犯过很多错误，但我相信，美国政府依然是其他国家的榜样。

那顿似乎感应到了我的想法，因为他在最后说道:“向北方那个独立自主的国家致敬！”大家也为他这句话鼓了掌，但我想这并不是出于他们对美国的爱，只不过是向杰米·萨韦德拉·卡瓦哈尔先生的美国朋友表示友好罢了。那顿指着亨特补充道:“这位北方国家的杰出代表总是用他的想法深化我的理解，我的朋友、骑士霍华德·亨特先生！”

“你好！”民众们大声喊道。

在此之后，我们打了斯诺克，然后就上床睡觉了。我本来有机会向那顿或者亨特提及利博塔德，但是我犹豫了，其实我整个周末脑子里都想着这件事。好奇心驱使着我帮她这个忙，但是谨慎又劝阻了我。天亮之后，我们就返回城里了。

在开车回去的路上，我斥责自己。我在乌拉圭过着最隐秘的生活，但这也正是我想要的。除了那场马球赛，整个牧场之行我并不开心，天天如一的草原让我觉得无聊，噢，还有那远景——小河绕着树林流淌，树林里种着三叶杨，白白的树叶，淡金色的阳光透过树木洒到小草头上。但是我依然禁不住想到我们一路上经过的村庄，破旧的棚屋上面贴着一层锡，强风吹过，房顶响起的声音如同颤抖的百叶窗。这里草原上平时还刮一种风，人们称之为“女巫”，我若居住在这里，风一定会把我吹疯。

基特里奇，我希望你能满意这封信。在草原上，听着“女巫”的风声，我想如果你在这儿会怎么样，风会给你带来危险、麻烦、困难，还是仅仅如我一般，遭受灵魂的脱臼？

爱你的哈利

附：

在回来的路上，桃乐丝又睡着了，这次我提到了利博塔德的事。当我对亨特说我见过了她时，亨特的好奇心立刻就跳起来了。

“你怎么见到她的？”

我即兴编了一个故事，我们的记者 AV/ERAGE 把我介绍给了她，在一场交易会上。

“我提醒你，她想找人把她引荐给贝尼托·那顿。”我说道。

“做她的白日梦吧。”亨特脱口而出，但是过了一会儿，他轻轻拍了一下我的胳膊，说道：“我再三考虑了一下，我不介意调查一下她，她可能在菲德尔·卡斯特罗身上放了什么料呢。比如说他怎么在镜头前娱乐的。”

我们定在周二一起吃午餐，地点由亨特选在一家小餐厅，远离意大利大道的地方。基特里奇，我能想象到那是个怎样的地方——肯定是个毫无特点的餐馆，与亨特来往的人从来不会去的地方。总之，明天就是周二了，我们一周前就为这个“周二之约”做好了准备，不过这顿饭不是由我埋单，我会在明晚给你写一封长信。

29

1958年4月16日

最亲爱的基特里奇：

那顿午餐真是太出人意料了！利博塔德并非一人前来，就像与沙威提前约好的一样，陪同利博塔德一起出现的那个人正是福特斯自己。

亨特还从来都没见过我们这位驻地的优秀特工AV/OCADO(幸好没出过什么岔子，所以二人至今还未曾谋面)，但是那场面却让我备感痛苦。虽然看起来亨特接受了利博塔德对她带来男伴的解释——“我的朋友兼翻译，恩里克·萨韦德拉·莫拉莱斯博士”，但我还是不断地对自己说：“不要激动，不要激动，要冷静。”

整个过程利博塔德都很热情，面对这样一个白炽灯一样的美人，亨特脸上甚至都冒出了汗，他用西班牙语说：“小姐，我很欣赏您的语言，所以我决定用西班牙语与您交流，尽管这对我来说并不是明智的做法（亨特的西班牙语说得并不好）。”他说完，她就笑了起来，笑中还带着鼓励。他继续说道：“我想，我的命令恐怕也需要一名翻译员来配合执行了。虽然我已经对你朋友的到来表示欢迎，但是我想问，”他转向沙威说，“您与杰米·萨韦德拉·卡瓦哈尔先生有什么关系吗？”

“远房亲戚，”沙威回复道，“我不知道他是否听说过我这个贫穷的亲戚呢。”

我现在仿佛置身于载重超重的飞机上，终于跑到了滑道的末端，要腾飞而起了。

我们点了餐。这就是我见过的再普通不过的低价中层社会餐馆，菜单上就那么几样菜，亚麻桌布虽还不至于泛黄，但早已不成白色了，餐馆的一端坐着几位当地的商人，另一端坐着两个中等收入的中年妇女；这里的服务员看上去像是深陷债务的烦恼，整天抱着侥幸心理买彩票。所以，亨特选的这家餐厅显然不是我们这种身份的人会来就餐的地方。

吃完回去的路上，亨特问我：“利博塔德知道我的名字吗？”

“毫无疑问。”

“我的职位呢？”

“我觉得她知道。”

“那我得把这次见面告诉佩奥内斯。”

“一定要这样吗？我看她一个字都不会跟他提。”

“对，她不会说的，是不是？说了对她又没什么好处。”

“是的，先生。”

他啧啧两声，说道：“这次我们不能再把事搞砸了。”

在这样的情况下，你可以预测亨特会给利博塔德多少空间让她展示自己的诡计。很明显，她的日程第一步就是激起霍华德·亨特先生的勇气，但是这位女士的魅力不断地挑战亨特的空间，因为魅力一旦与社会地位沾边，那对霍华德的影响力立刻就大打折扣。

所以他们一阵寒暄过后，亨特很快就投入了工作。我们根本无心享受马提尼（霍华德非得搅乱喝酒的心情），因为亨特还要对这位天堂小姐审问一番呢。

“你能告诉点菲德尔·卡斯特罗的事吗？你在古巴见过他没有？”霍华德问道。

很快，沙威的眼神就瞟到了我身上——这是我们坐那之后第一次眼神交流，他的表情看起来痛苦不堪，就跟我心里的感受是一样的。

利博塔德回答道：“见过，卡斯特罗现在在山上。”

“嗯，是的，我知道这一点。”亨特说道。

“在马德雷山脉东部。”

“对。你是怎么见到他的？”

我觉得很尴尬。审问虽不是霍华德的强项，但也不至于问得这么没水平吧！前面连个铺垫都没有，当然更没有鼓励之词了，连他自己与利博塔德眼神交流的机会都没有。

但是，她还是接受了这个问题，回答说：“菲德尔·卡斯特罗与我哈瓦那的一位闺密交往过。当然，他现在在山里面，我的朋友也很少见过他了。”

“但还是见过，对吧？”

“有时候他悄悄潜入哈瓦那，他们就是那时候见的。”

“他去哈瓦那还做了什么事？”

“听说他是去筹钱，发表演讲。”

“你参加过任何会议吗？”

“只参加过一次，但目的只是为了告诉我的重要朋友富尔亨西奥·巴蒂斯塔，会议上都说了什么。卡斯特罗先生跟其他愤怒的革命人士一样，说：‘富尔亨西奥靠美国佬撑腰。’”

“你亲口听他说的？”

她重重地点点头。

“你还知道卡斯特罗的其他事吗？”

她说：“在古巴逗留期间，我和一个男人生活在一起，就像我现在只与你的朋友在一起一样，想必他的名字我也不用再说了。”

“不用说了。”亨特同意道。

“我很忠于这个我敬仰的男人，这是我的原则。”

“难能可贵。”亨特说道。

“所以先生，我与卡斯特罗并没有肉体关系，但是我的闺密告诉了我许多私密的事。”

“好吧，那让我们一起来听一听吧。”亨特说道。

利博塔德给出了一个理解的微笑，说道：“他跟其他男人没什么两样。”

“你能说得具体点吗？”

“他年轻力壮，有一点害羞，跟女人讲政治。”

“这是你女性朋友的原话吗，还是大家的传言？”亨特问道。

“是事实。他跟其他古巴男人一样，自私，事儿做完就一拍屁股走人。他就是个普通人。”

亨特似乎很难接受卡斯特罗是个普通人的事实，一脸痛苦。

“卡斯特罗多久去一次哈瓦那？”亨特问道。

“可能一个月一次吧。”利博塔德说道，还叹了一口气，意思好像是说她说的已经够多了。然后沙威开始说话：“你不满意我朋友利博塔德小姐讲述的内容吗？”

“像你朋友这样美丽的女士，她肯回答我，我当然满意了。但是，据我手下人报告，卡斯特罗已经两年没下过山了。”亨特说道。

沙威回复道：“因为我朋友利博塔德小姐说他去过哈瓦那，先生，我觉得我的朋友比你的手下更可靠。”

“我当然尊重女士的意见，我会做进一步调查的。”

“明智的做法。”沙威说道。

接下来就是一阵沉默。然后利博塔德说道：“我听说你朋友贝尼托·那顿先生很孤单。”

“他跟我一样忙得很。”亨特说着把手放在了桌布上,五指展开,似乎在躲避利博塔德。

而她呢，把自己的手放在亨特的手指上，要是我我永远都做不出这样的举动。她说：“我想请你告诉贝尼托先生，他是我见过的最有吸引力的男人，我说的不仅是乌拉圭，而是全世界所有我去过的国家。”

亨特抽离自己的手，说道：“亲爱的，好多像你一样漂亮的女士都跟我说过类似的事，但我不会转告给我的朋友，这不是我们关系的基本要求。”

她的眼神闪烁着，说：“你愿意为我做这一件小事吗？”

“你现在拥有的强壮男人不是已经能够满足你了吗？”

没有人再说话了。这次沉默时间很长，我看亨特都想起身离开了——他已经在控制自己的脾气了。然后沙威打破沉默，小声说道："请允许我替自己说几句。"

亨特点点头。

"我不过是个教授古典文学的穷教授，我必须得让自己具备观察能力，因为这是他在这个舞台上唯一具有的本事。"

基特里奇，我真不敢相信沙威这么大胆，他竟然敢自称萨韦德拉，还说自己教授古典文学。万一亨特好奇，向杰米先生询问这位"远房亲戚"的话，那不就露馅了嘛！如果我没记错的话，亨特当初在布朗大学的时候还辅修过希腊、拉丁文明方面的课程，这个新话题可不简单啊。

沙威说道："通过观察你，先生，我钦佩你一针见血的锋利，你考虑问题很周全。所以，不管鄙人与你的差距有多大，请允许我这个贫穷的希腊文学教授请你及你的朋友喝一杯。"

"好，那我再调一杯马提尼。"亨特说道。

"好的，你再调一杯马提尼，我们全部喝完，这一轮我来埋单。"沙威说。

然后亨特用英语说："一切都会水落石出的。"

"哈哈，说得真透彻。听我说话像是美式口音，而不是英式英语，美语似乎粗糙了点，但很准确。这个语言是新帝国的战士，而你，就像罗马军人！"沙威说道。

"那不是距离希腊更亲近了嘛。"亨特说。

"哈哈，真是一语中的。"

沙威还真能演，简直让我目瞪口呆。沙威的第一任领导罗杰·克拉克森曾经说他是个蹩脚演员，但是他一定没有见过这样的即兴表演，现在沙威是"贫穷的萨韦德拉"教授。他说，"先生，我希望没有冒犯到你，我下意识地观察你拒绝利博塔德小姐的请求,以为利博塔德小姐只是一心想高攀贝尼托·那顿。但在我看来，你真是大大地误会了。”利博塔德重重地点点头。沙威继续说道：“贝尼托·那顿是这样一个人，他会为了自己的政治前途而抛弃老朋友。如果他成功当选乌拉圭总统，那么他就要让民众重拾对他的信任，利博塔德的出现可以满足那顿先生的需要，因为利博塔德小姐就是民众中的一员，是——”

亨特打断了他,“我看这个类比根本就站不住脚。”过了一会儿，亨特用眼神告诉我：“说来说去，那顿需要的不过是个妓女，这个勾搭着警察局局长的女人。”沙威似乎有心灵感应超能力似的，赶在亨特说难听话之前开口道：“我猜，先生，你心里一定顾忌着这位女士目前的保护人，怕他的愤怒给你带来麻烦，但是我可以向你保证，那位先生的毕生所爱转投乌拉圭未来救世主的怀抱，他一定会备感荣幸。”

“是的，”利博塔德说道，“佩奥内斯会接受失去我这个事实。”

“亲爱的，我可不想伤害任何人。”亨特说道。

利博塔德说道：“很多阿根廷人最开始都不信任胡安·贝隆和贝隆夫人艾薇塔，但是你知道那位女士改变了多少历史。”

“我很赞同，”亨特说，“我也相信你能利用你所有的资源见到贝尼托，而且你的魅力也能吸引他，就像你已经吸引了那么多重要的男人一样。也许有一天，你的梦想会实现。但是，我还是不适合直接出手相助，毕竟我是你们国家的客人，这不符合我的角色。”他已经调好了马提尼，递给她一杯，笑着说：“让我为你的美丽干一杯！”

“为她的美丽而干杯。”沙威说道，并一口喝完了他的第二杯马提尼。

“为这个了不起的佩德罗·佩奥内斯干一杯！”亨特说道。

“走开！”利博塔德说道。

我们都哈哈大笑，以此来打破之前的乏味不愉快。菜上来了，但一点也不好吃——像在地沟油里炸过的鱼，吃起来就像橡胶一样令人作呕，旁边搭配的米饭黏成了一团。大家都没胃口享用这样的饭菜，只好继续品尝马提尼。

沙威现在的心情我能理解一二，但我已经做好准备，回到安全屋就对他大发雷霆。沙威继续用英语说道："地球万物，都抵挡不住女子的芳香。"

“什么？”亨特问道。

“这是欧里庇得斯（希腊）的诗，是吉尔伯特·莫雷教授翻译的《美狄亚》里面的诗句。”沙威说。

“高！”亨特说道。

沙威举起酒杯："为你的马提尼干杯！"

“干！”亨特说道，一口喝完了杯里的酒。我从没见他午餐时喝这么多酒，他一定得做点什么才能突出自己对利博塔德适度的冷漠。

这位女士还真是不放弃，她给我递来一个眼神——基特里奇，我真是太没骨气了，我竟然严肃地点点头，好像我可以随时为她服务似的。于是她的脚趾就在下面轻轻触碰我的脚踝。

沙威基本都没微笑，他问："你知道我有多么尊重美国人吗？我很看重他们的力量和自信。"

“你算说到点子上了，”亨特说道，“我十分赞同你的看法。”

“所以我才这么后悔，自己没有机会与你们国家的人多来几场深刻的谈话，但似乎你们并不愿意明确表达自己的思想。”

“我们觉得谈话没有价值。”亨特答道。

“恰恰相反，我喜欢引用希腊人的话：‘在真相的铁砧上煅烧你的表达，尽管会有火花飞溅，但终能铸成利剑。’”

“这是索福克勒斯的诗句吗？”亨特问道。

“不是，先生。”

“品达的？”

“当然不是。”

“现在我知道了，是修昔底德更为精练的作品，我想起来了，是释义。”

“释义还说得过去，毕竟修昔底德并不是一位诗人。”沙威说道。

“帝国有三个致命的敌人，”亨特说道，“一个是同情，第二个是公平交易精神，第三个——回应你想诱导我吞回自己刚刚说的话，就是讨论的乐趣，”他举起一只手，“现在我的国家举世无双，它的确受到历史遗留下来的帝国思想束缚，但是我们尽自己最大的努力来打破修昔底德口中的帝国三大铁律，培养自己的同情心。我们寻求痛苦下的公平，最后，我承认我的确喜欢有质量的谈话。”

我没想到亨特竟然喝得这么醉，沙威也是，就像这两人就要相爱了似的，又像他俩悬在峭壁边上，共拉一条救命绳索，现在就要一起坠入山崖了。空气里弥漫着马提尼的香气，他俩早就把我和利博塔德抛到了九霄云外。

其实我也喝得够醉了，我控制不住自己的冲动，骄傲地说：“霍华德，这是我们的一流特工AV/OCADO。”我再也不敢酒后如此冒失了！

“但是，帝国一定要建立在上帝与人类的平等关系中，因为他们都有权力管理自己的地盘。”沙威说道。

“同意。”亨特说道，“显而易见。”

“当然，如果只有一个上帝，他当然会谴责你的自负。”

“狂妄？我没看到我的国家哪里狂妄了。你记住，”亨特对沙威说道，“现在是美国时代，我们的自大是因为我们有这个资本。这个国家的伟大人民已经奋起反抗，这是一场与共产主义的较量，也是一场教育唯物主义之间的较量。”

“不，先生，共产主义只是你们的借口，你们的帝国消失了，但你们却不知道自己输给了谁。”沙威说道。

亨特说：“先生，你是在暗示我们树敌颇多吗？”

“是的。”

“好吧，这也是英国曾经面临的负担，现在成了我们的压力了。我告诉你，萨韦德拉教授，”亨特满怀尊严，虽然酒精削弱了他的表达能力，但他还是尽量含蓄清楚地说，“我们不会接受没有价值的友谊。”

利博塔德打了个哈欠。

“无聊了？”亨特问道。

“不，我们得去我的顶楼公寓，继续喝很多很多的酒。”利博塔德说道。

“其实我不知道自己是否愿意生活在你们的帝国，有时候我觉得它就像一个蜂窝，一群群蜜蜂一直满怀激情地围着那几个领导人转，还说这是他们的爱国主义精神。”

“你还在引用希腊人的话吗？”亨特问。

“没有人知道修昔底德的思想有多深，我只不过是萨韦德拉教授。”

“博士先生，你最后一句话的意思是说我的国家是垃圾？”

“怎么会！我是萨韦德拉·莫拉莱斯，一个忠于罗马的希腊人，一个新帝国的特工，一个巴蒂斯塔和那顿的助手。从政治上说，我跟随着你，因为我的生命只有一次，跟着你才能发挥我的优势。但是我们陷入了历史的长长阴影中，你的派别，也就是我的派别，是不会赢的，我们必输。你能告诉我为什么吗？”

“我不知道为什么。你说我连敌人是谁都不知道。”

“你的确不知道，你和你的同胞永远不会理解我们，我们比你们更深刻。我们知道什么时候转潮，当那一场独一无二的革命——菲德尔·卡斯特罗1956年第一次踏上古巴的国土时，他手里只有12位战士，他就要被巴蒂斯塔打得走投无路了，日夜遭受追捕。但卡斯特罗及他的人和贫穷的农民待在一起，到第五晚，卡斯特罗说：‘结束独裁统治指日可待。’他知道，他可以看到农民脸上的渴望，他知道古巴就要迎来一场大的变革。是的，先生，你永远都不会理解我们。”

“可你说你跟随着我啊，如果真如你所说，那他妈的‘我们’指的又是谁？”亨特说道。

“你可以挑剔我表达上的错误，但我是他们中的一员，‘我们’指的是黑暗中的人们。是的，长官，是黑暗中的人们，拉丁人、穆斯林、非洲人、东方人，这才是‘我们’。你永远理解不了‘我们’，你不懂我们需要荣耀，我们不要活在羞愧中。你看，有许多人像我一样，以为自己堕落到永远无法获得荣耀的地步。假如我绞尽脑汁干点好事、勇敢的事，那么即使我成功了，也只是我从羞愧中暂时逃离出来喘口气，但我的荣耀已经永远地失去了。”

亨特明智地点点头，但是并没有轻易被沙威说服，他说：“这根本就不是美国文明造成了你们的痛苦，而是你们自己造的孽，伙计。上面什么样，下面就是什么样。”他递给沙威一杯马提尼，也为自己斟满了酒杯，此时他调制的马提尼已全部喝完。“还是让我们面对现实吧，你坐在这儿，喝着我的酒，大侃特侃什么‘黑暗中的人’。但你知道什么，黑色皮肤的人映射出来的就是黑的，是他们自己毁灭了自己的灵魂。神的旨意也许就是要告诉我们什么，你听说过哈姆（Ham）的儿子们吗？”

“是啊先生，你们总是最终归结为人种的优越性。”沙威说道。

“不，是性格，”亨特说道，“我想讲一个故事。”

沙威疲倦地挥挥手，终于金酒的酒劲上来了。

“你说吧，我听着。”他说道。

“你不累，是吧？”亨特问。

“你慢慢讲。”

亨特说：“这跟我父亲有关，所以我想这可以稍微缓合一下这里的气氛。”

“我请求你的原谅，先生。”

“我接受你的道歉，谢谢。我父亲是个体面人，律师，晚年生活的时候成了一位法官。他是一位好父亲，他教会他的儿子钓鱼、拳击、骑马、射击。我十岁那年，我们开车行驶在佛罗里达大沼泽的乡间小路上。”

“那儿离迈阿密很近。”利博塔德说。

“我们遇到了一条大大的响尾蛇，就在水沟边儿上。我父亲把车停在路边，让我从后备箱里取来崭新的二十二弹连发枪，那是我生日的前一天买的。我还没时间害怕，我父亲就拿枪瞄准了响尾蛇的头，然后鼓励我扣动扳机。那张蛇皮现在还挂在我家的墙上，”他点点头，“我现在还记得十岁的我是多么信任我的父亲。”

基特里奇，我喝得烂醉，但还不至于忘记这个故事，几天前我就听他讲过了，就是在大牧场那顿请他为大家讲几句的时候，他讲的就是同一个故事，但没有今天讲的时间这么长！天哪，这成了一场演讲！现在亨特已经接受了我们的萨韦德拉先生和利博塔德小姐，亨特在我面前一遍遍地重复着他的故事，真是愚蠢！他向我递了个眼色，但是他喝了太多的酒，明眼人一眼就可以看出他的意思。哎，亨特已经成了透明人！

亨特继续说道：“没错，我父亲是个勇敢的男人，他在佛罗里达的合作伙伴携巨款潜逃至哈瓦那（大概几千美元），于是我父亲只从抽屉拿了一把布朗宁手枪，买了一张泛美航空的机票，当天就追到了哈瓦那。他搜遍了每一家酒吧，终于在很显眼的‘邋遢乔’酒吧找到了他的合伙人，他走向那个人，伸手要钱，结果他却迷失在一堆女人和美酒里。我的父亲真是太有同情心了，他不仅没有控告这位合伙人，而且还跟他一起喝酒，友谊也持续了很多年。”

“真好！”利博塔德说道。

“是啊，如今在卡拉斯科，哈科沃·阿本斯上校住在我家附近，距离我家两条街区，他刚从铁幕国家捷克斯洛伐克回来。我提到他是因为，四年前推翻他的危地马拉亲共政府时，我也帮了一点忙。”

“真了不起，干杯！”利博塔德说。

“现在我和阿本斯上校在高尔夫球场见面还会点头微笑，真是一个奇怪的自由主义时代。但是我从不认为，这位绅士和他的亲共思想会真正成为我的邻居。我经常想起他的父亲，阿本斯的父亲自杀了，他往自己的嘴巴里灌满了水，然后朝自己的嘴唇开了一枪。这样的自我毁灭方式造成惊人的混乱后果。”霍华德一直微笑着，于是利博塔德忍不住小声说道：“先生，先生，对阿本斯上校的家庭不幸，我们不该这么幸灾乐祸，这是不同的信仰造成的自由与独裁主义的区别。”

“所以我跟你说，萨韦德拉先生，你说其他的民族和国家代表着神圣不可侵犯的尊严，可我不同意你说我的国家想要永远剥削你与其他的国家和民族，不，先生，你也看到了，我的父亲把我引向了希腊，而且大学时候还学了古典文学，他甚至要我记住了亚里士多德的一句名言。没错，亚里士多德告诉我们，人类的上面还有一个生灵：人类只要找到自己身上最神圣的点才能见到那个高于人类的生灵。你们谁能清醒地看到他吗？我再引用一句：‘不要听别人劝告你信守人类思想，不，要为你身上最高级的东西而活，他可能掌管着力量和价值，但是他比任何人类都要高级。’”

沙威最后一次反驳道：“不，先生，是我们，不是你们，欣赏亚里士多德的智慧，因为他是一位希腊人，是黑暗中充满智慧与光芒的人。”

他说着亨特就看了一下自己的手表，叫来服务员埋单，他看我把自己的那份饭钱放在了桌子上，他就小心翼翼地掏出了自己的饭钱，并等我撒下一把零钱支付一半的消费。向沙威告别，亲吻了利博塔德的手，说道：“亲爱的，你的手又滑又结实。”然后就跟我一起走出了餐厅。我最后瞟了利博塔德一眼，她并没有暗示自己还想不想和我再见一面。

我们停在了一家咖啡馆，每人喝了三杯意式特浓，嚼了两片口香糖。回到大使馆，我们两人都有很多工作要做。到了五点钟，我设法打电话到沙威的办公室，把他叫醒，告诉他在“法律图书馆”

等我——其实就是位于兰布拉大道某座高楼上的安全屋。我们见面说了很多秘密，所以明天我会继续写信给你。

你永远的哈利

30

1958年4月17日

最亲爱的基特里奇：

我与沙威在安全屋待了四个小时，但我会把前面一些内容省略，因为那些都是我训斥沙威的话，后来也有几次我差点揍了他。当然，他太让人恼火了！他竟然说他陪同利博塔德一起出现在餐馆是为了保护我！这家伙一直在说："如果亨特和她纠缠起来，那对亨特来说就会是一场灾难。我不会过多地解释，利博塔德并不是我们想象的那样。"然后他就不再多说了。

是的，我本可以杀了他的。如果我不是宿醉未醒，如果我没有很快让自己冷静下来，那我早就要了他的命了。一个小时过去了，我才有兴趣盘问他怎么在希腊问题上这么博学，结果他说他只花了几个小时，背了几条名言名句而已，"只是一时兴起，我不想空手出现在你们面前。"

"那你怎么知道他不会和你用希腊语聊天？他大学时候学过的。"

"他是个土耳其新军，对任何文化都不会感兴趣的。"

"你疯了。"

“这险值得冒。”

我又生气了，说：“你不要以为这样不会惹祸上身。”

“我觉着不会有麻烦。”

“你得放弃利博塔德。”

“噢，没这个必要啊！”

“当然有必要，你最基本的关系是和情报局有来往。”

“是，你是我的第一关系，也是仅有的一段关系。”

“这事儿就这么定了！”我喊道，“你必须放弃利博塔德！”

“我们可以明天再讨论吗？”

“去你妈的，不行！”我再次喊道，“如果你不遵守这条命令，那你以后就不用再为我们工作了。背叛了我们的人，法官出手可是很慷慨的。”

说实话，如果这段关系终止的话，Groogs一定会毙了我的，因为他们会一直审问我为什么要终止。但是沙威并没有看穿我的小九九，“慷慨”一词显然吓住了这颗妥协的心。

他突然说道：“我以后再也不见她了，从这一刻起，我彻底放弃她了。”我不知道他说的是不是实话，这话来得太突然，就像一面墙突然倒塌在我面前一样。“我跟你说实话，你自己判断我是不是在保护你。”

我想我们可以把他交给佩奥内斯处置，但我被自己的冷血惊到了，因为这份恐惧，我感觉自己的胸口压了千斤重。他的谎言让我很凌乱。

我说：“你先告诉我有关的真相，否则我不允许你现在就放弃她。”

他看着我的眼睛，较量依然进行，有好几次我们发生眼神的碰撞时，似乎都要压倒另一方才罢休，或者是看着他不再像是撒谎，我才移开自己的目光。最后他说:“你不知道真相，要不然你今天就不会要求见我了。”

“那你就告诉我。”

他笑了,但也只是苍白的笑容而已,他比我要疲惫多了。他说:“我告诉你，客观事实已经清楚了，所以我必须要脱离她。”

“脱离?”

“是，让我自己放弃她。其实我的确不应该支持她去见亨特，等我把话说完，你就知道了，她根本就不是一个妓女。”

然后他把双臂环在我的肩膀上，就像一对兄弟早晨醒来时互相拥抱一样，他十分悲伤地说:“利博塔德不是一个女人，他曾经是个雌雄同体的阴阳人，后来转变成了女性。”

他深深叹息，他的呼吸朝我吹来，我似乎闻到一股背了太久的繁重责任的臭味。我没有回应他的话，因为我以为他只是打个比方，结果他强调道:“真的，变化很大，做了变性手术。”

“变性手术?”

“是的。”

“在哪儿?”

“瑞士。”

“那你……”我本想问他的身体是不是彻底改变了，然后我的脑子里就不断地涌现愚蠢的问题，我想起了亨特的那句“亲爱的，你有一双又滑又结实的手”。

“她对基本部位很了解，但是仅限于黑暗中。她用自己的手指欺骗他人，她给它们涂上润滑油，她很会摆弄自己的关节。有一次她向我吹嘘，说她在拉斯韦加斯30天里玩了70个男人，没有一个人真正进入过她的身体，这靠的都是她的手指的技巧。”

“手的技巧？”

“是的，手指的戏法。”

“那她的乳房呢？”

“雌雄同体是有乳房的啊，而且，她给自己注射了荷尔蒙。”

“好吧，真是个惊人的消息。”我说。其实我要不停地和他对话，因为我知道一旦自己停止问他问题，就代表我信了他说的话，那就显得我弱了。

基特里奇，我的情感超越了这个事实，我能感受到 α 与 Ω 的存在。是的，α 认为这个男人问题的管理者一定会疑惑：他自己是个同性恋吗？这很明显，对不对？他竟然被一个伪异性吸引，或者说“变性人”？随便怎么称呼这个怪胎吧！我写出来都觉得难堪。

但是我知道，不管利博塔德有多低贱、多肮脏，她总能唤起女性的神灵，介于“他”和“她”之间的利博塔德早就熟练掌握了女性的精华。她不是个女人，但她早已拥有了美貌，她是所有美丽女人的结合体。Ω 以为，我应该告诉自己我不是同性恋，只是爱美而已，爱着女人的美。你能想象如此对立的情感吗？是的，你当然可以，你是世上唯一一个理解这种感受的人！

可怜的沙威！利博塔德是女人世界的卧底，而他是男人世界的间谍，所以接近她还能缓和一些他的孤独，还有谁能比沙威更孤独？可是现在，我却关闭了这扇门。

我回了他一个拥抱，对他充满了感情。我们喝了点酒，他给我看了他老婆儿子的照片，就在他随身携带的钱包里。两人都很健壮，黑色皮肤，他老婆长着一双橄榄色的眼睛、一头乌黑的头发，笼罩在共产主义世界的忧郁完全体现在她的脸上，一对乳房很漂亮，她同时也承担着巨大的责任——工厂、家庭、党派，至少哈伯德不用承受这些。沙威看着她，又叹了一口气——此刻她是他的全部。我的灵魂在颤抖，我们两个都是。

你一定觉得这很恶心，我自己都觉得恶心。我开车送他回家，一路上再没有别的话。然而我一回到酒店就开始头痛，明天到办公室，我要向亨特报告多少啊？

让我暂停去吃个晚饭：一点儿巴西烤肉、香肠和黑布丁。

（过了一会儿）

第二天，周三，过得不怎么样。我已经准备好与亨特进行一场可怕的会议了，如果他觉得 AV/OCADO 妥协了，那么我就要花 36 个小时工作在编码—解码器旁，向 Groogs 发电报，但是亨特没在办公室。早上 10 点左右，他打电话告诉南希，他要陪同那顿参加竞选活动，大概需要 24 小时。

“我们剩下这些人，”谢尔曼嘀咕道，“就干点平时干的活儿吧。”

谢尔曼并不像在关心他人，但因我宿醉未醒，倒显得他这句话没那么虚伪庸俗了。大家各扫门前雪吧！不管谢尔曼的缺点是什么，总之他不傻。

外面有条街上到处都是咖啡馆，我们出去随便找了一家，铁椅子上扑满了灰尘，咖啡渍粘得到处都是，遮雨棚上贴着各种开胃酒的广告，穿着邋遢的家庭主妇吃着高热量的冰淇淋，未成年小孩翘课出来玩耍。我觉得世界上真正意义上的户外咖啡馆只存在于巴黎，但是我们的咖啡馆不是在巴黎，唉，是在蒙得维的亚，尽管它的名字叫作“特鲁维尔（法国城市）咖啡馆”，但又有什么用呢！四五十张脏兮兮的桌子摆在路边上，清一色白色小圆桌，不过个别的已经生锈了，它所在的位置是阿蒂加斯将军大道，是一条主干道。南美这些地方的命名总是喜欢沿用某位将军的名字，比如埃尔塔将军大街、卡罗提达将军大道等。蒙得维的亚这座城市并没有伤害我，以上我对它的曲解是不是太残忍了？不过这是因为在这样的早晨，二等码头代表的就是这样一个阴沟似的肮脏世界，或者这些只是代表我今天的心情很差？

时间已经过去了20分钟（谢尔曼一直在抱怨亨特），我开始谈正事。谢尔曼知道不知道利博塔德的事呢？

他说："她的事没几件是我不知道的，你尽管问吧。"他拍着胸脯说道。

谢尔曼就像一个优秀的毕业生，在炫耀他看过的参考书目比任何人都多，连说话都带着妄自尊大的鼻音。

于是我打算尝试一下，给他打打气，鼓励他多透露点信息，因为无论任何话题，谢尔曼总是很难守口如瓶。

所以我告诉了他沙威跟我讲的变性之事。

他说："是的，我正在犹豫要不要提醒你小心沙威。"

"那你为什么没有提醒我？"

他离开了自己的座位，说道："他是你的特工，我不想多管闲事。"

我看他是等着AV/OCADO给我捅娄子吧。

他似乎看穿了我的心思，说道："我不想让利博塔德把我们驻点搞得乌烟瘴气，你也不想这样。"

"那关于她你还知道些什么？你能告诉我吗？"

他点点头，好像自己是谢尔曼大法官，刚舒适地小憩一会儿，然后决定帮我这个忙。他说："我从一开始就不看好这档子事儿，蒙得维的亚的妓女，佩奥内斯想要哪个不行，我是说他比我的性欲更旺盛，他干什么还非得去古巴找个妓女？这肯定有猫腻，肯定有。于是我派人去哈瓦那调查这个女人，结果她的事情全都被掩盖了。所以我就托我的一个朋友帮忙调查，他是西半球分部的一位高官，可是我的朋友还没着手，利博塔德就离开哈瓦那回到了佩奥内斯的身边，但我还是获悉他在哈瓦那的保护人是美国大使的亲信，得克萨斯人，所以我们才没有从哈瓦那驻地人员嘴里撬到任何信息。后来过了一段时间，我才发现利博塔德是个变性人，去瑞典彻底翻了个面。”

“翻了个面？”

“难道你不知道瑞典外科手术？”

“还真不知道。”

“活到老学到老啊。瑞典外科医生不会收费切除你的阴茎睾丸然后奉还给你，他们把自己看作艺术鉴赏家。也就是说，把里面的肉剔除，留下阴囊和阴茎外面的皮肤，为了奉行人道主义精神，他们会保留表皮的性欲神经末梢。下一步就是再造阴道，医生给你开一个洞，但恐怕这个洞哪儿都通不到，再在洞里填充昂贵的神经组织。社会民主主义者经常去做，尤其是瑞典人。”

他真像个水牛，想要赶他走很难，但一旦他上路了，那就拽也拽不住。他说：“我自己也有想不明白的地方。我们现在在亨特手下做事，驻地长官都默默地想得到当地警察的势力，亨特喜欢佩奥内斯，佩奥内斯又爱着利博塔德。我掌握的信息已经像培养皿里梅毒的繁殖，可是你了解我，我还想要更多信息。于是我就在当地的妓院四处打听，他们竟然都很乐意分享他们知道的事。利博塔德未去哈瓦那时的名字叫做罗德里格，罗德里格·杜兰戈，是个专业演员。阴茎和睾丸都好好的，但没怎么用过，而且他的胸部还很发达，看着就很放荡。”他放下杯子，做了一个鬼脸，“这咖啡真酸！”他把服务员叫过来，指着空杯子说道，“罗德里格想要改变，所以他就一直攒钱，之后就去了瑞典。手术过后，她就直奔拉斯韦加斯一试他新造的洞。”（基特里奇，没办法这就是他的原话，你就把他当作肉体工程的工程师吧。）“可是，哈伯德，她的阴道不像瑞典专家预测的那样管用，新洞太脆弱了承受不住，可能是里面加了什么东西的缘故吧。但是她后面的那个洞，昔时在蒙得维的亚用得很多，现在却因为手术的原因，已经变得不如从前了——这不就是上帝最初的决定吗？所以以前享受的愉悦也再无福享受了。那她现在怎么办呢？和她一起在妓院工作的女人跟我说，她的手法很好，能骗过任何一个男人，我不相信，可是你信了。在拉斯韦加斯，她与那位得克萨斯人性交，然后就被他带到了哈瓦那，这个秘密她守了很长时间，他只以为自己钓到了一个绝佳女郎，喜欢在黑暗中寻欢。这个人真是一个大傻瓜，你说是不是？要不要吃个三明治喝一杯？说得我都饿了。”

于是我们就在特鲁维尔咖啡馆吃了午餐，西班牙点心和啤酒，一边吃一边看街道上来来往往的车辆。“一个妓女能用五根手指加上一点润滑油模拟成阴道，然后愚弄男人，那这个女人当然有资本吹嘘自己了，其他妓女也会把她捧上天。这个女人一定从合恩角游到了加勒比，最后哈瓦那驻地的人接收了她。这是精彩啊！驻地里的人一定会向美国大使报告，说他的亲信和一个手术变性人同居。这事儿闹大了以后，这个得克萨斯人也不得不抽身，结果利博塔德给佩德罗·佩奥内斯写了一封情书，佩奥内斯知道她曾经是罗德里格·杜兰戈，可是看了这位伪娘的裸体照，他就完全疯了。只怪我知道得太晚了！不用说，利博塔德搞得我很紧张，一个一出生就有一半是女人的男人，把自己的命根子拿去喂鱼，这样的人似乎不大可能会对克格勃说：‘走开，你不是一个虔诚的基督徒。’”他点点头，“这就是我掌握的信息了。”

我问了一个我一直都不敢问的问题:“霍华德知道利博塔德的事吗?”

“你最好再好好理解一下霍华德和情报局,他们都是老妇人,高贵的老妇人啊。”

“我不太懂你的意思。”

“你有没有与老妇人一起听过演奏会?我从来没有过,但是我听说,老妇人一个音都不会落下。那个笨蛋他根本都不存在。”

“拜托,谢尔曼,霍华德不是一个傻子。”

“我不是说他傻,我只是说他知道什么时候该呼吸喘气。只要佩奥内斯还保护着我们的领地,霍华德就得一直装傻下去,”谢尔曼打了个嗝,“现在问题好像又绕到你身上了,年轻人。说到这个AV/OCADO,我只能说我很担忧但我还不至于发狂。我猜沙威还值得信任,你分析一下,他有没有可能是双重间谍?”

“这说不通啊,为什么乌拉圭共产党牺牲掉自己那么多的高官来成就一个双重间谍,而且这个间谍还只不过是个为我们服务的小喽啰?”

“他把你引向了利博塔德啊。”

“这倒是真的。”

“但是我也同意你的观点,这说不通,造一个双重间谍花这么多功夫?得不偿失!我们还是得抓住最关键的东西。”他反思着,严肃地重复了一遍自己的话:“最关键的东西。”

基特里奇,我发现人们有时就是会不自觉地重复自己的话。我想如果 α、Ω 并不是共同发挥作用,而是单独影响主体,那么对,我现在就是这样,先是 α,现在又成了 Ω,双方都影响了我。谢尔曼说:“嗯,要保守这个秘密,只有你和我两人知道。你我都不想让霍华德烦心吧,如果告诉了他,他肯定会打电话到华盛顿请求人员过来调查的。再说了，如果AV/OCADO暴露了，那后果就得由你来承担。所以现在你知道了消息泄露出去会怎样了吧，如果你等一等，那就不会暴露了，而且沙威一定要离开利博塔德，你得再三跟他强调，如果他不离开她，你就让佩奥内斯弄死他。”

我们重重地握了握手就离开了咖啡馆。我本来还想告诉你接下来都发生了什么，结果一切都很平静，什么新消息也没有，我们得再等一等。

我再来说一点谢尔曼的怪事。在回办公室的路上，谢尔曼说：“跟我说个神秘的事吧？”

“好啊。”

“为什么我老婆从来就没说过你的好？”

“她有一次跟我说她不喜欢我的口音。”

“嗯，这个问题还可以改。但我还是不明白，你虽算不上很优秀，但至少我觉得你还可以啊，虽然你连一个鸡蛋壳都接不住。”

良好的社会能建立在一个人的朋友对他的评价之上吗？

爱你，基特里奇

赫里克

31

1958 年 4 月 30 日

哈利，亲爱的哈利：

尽管你的每一天都奇特无别，但与我的日子相比却暗淡了许多。我深知我有点太过于守口如瓶，但我仍无法向你透露任何事情。我发了誓对那个项目要绝对缄口不言，但同时我也在犹豫要不要扰乱你。我并不在乎中情局的惩罚，我反而觉得这是一件冒犯神灵的事情。

我的天使，我怕自己永远都无法向你诉说，但是有时候我又因为不能告诉你而几近崩溃。但是请一定不要不再给我写信啊，我喜欢读你的信，我尤其享受你描写特殊场景的方式，就像我们并肩坐在一起。我知道最近我的回信很少，而且恐怕情况会越来越糟，因为不久我就收不到任何信件了——我将远离华盛顿。

爱你，我的男人

基特里奇

附：我想了想还是觉得，你应该只在每月之初给我写信，但每封信拜托不要吝啬你的笔墨。我已经安排波莉在我不在的时候去乔治城邮局取信了，另外，不必担心她的办事能力。我保证，我已巧妙地让她不过问你和我的事。她会看到在回信地址上的名字，所以不要写你自己的代号，就写上弗雷德里克·安斯利·加德纳吧。你看，我编了个谎话骗了她；否则，她会怀疑我们两人之间存在男女之情，而且把这事到处传播。为了让她相信，我向她坦白，我背地里有一个叫弗雷德里克·安斯利·加德纳的同父异母兄弟，他是18年前我父亲一场秘密婚外情所得之子。年轻的弗雷迪住在乌拉圭，父亲供养在此居住的低贱之妻和从未谋面的孩子，并允许孩子用父亲的姓。这样拿父亲撒谎真是委屈他了（虽然我怀疑他常常自己这样幻想），但不管怎样，波莉相信了这个故事。其实你见过她的，在一场晚宴上，她和她的丈夫——她丈夫在国务院工作，还记得吗？他个子很高，有着猫头鹰一般的严肃，但对家人很好（如果他不那么乏味就好了）。波莉是我大学的老室友，同样是个拉德克里夫女孩，对性也是傻里傻气的。她有一段隐秘的婚外情，但嘴巴没管严，被其情人的名字迷得神魂颠倒，所以总会提及他。（这是人类共有的缺点吗？问问你天真无邪的基特里奇，除了蒙塔古就再没碰过别的男人！）波莉现在正跟杰克·肯尼迪暧昧不清，据说他正在认真准备1960年的大选，争取被民主党内提名。真不敢相信，竟然是杰克·肯尼迪！我听说那个花花公子自从进了参议院，就没上过一天班，却没有人指责他，因为他如此受女人欢迎。波莉现在还在继续跟杰克偷偷约会，这是她自己说的，显然她完全守不住自己的秘密。但是如果她泄露了弗雷德里克·安斯利的事，那也掀不起什么波澜，这里有谁会在乎我父亲许多年前的丑事呢？

总之，亲爱的弗雷德里克·安斯利，我喜欢你，我们未来的日子会更美好。记住每个月给我寄一封信，就从6月1日开始吧，虽然我还不知道自己5月1日会在哪儿。

爱你

基特里奇

再附：我重复一遍，这一段时间我都不会写信给你了。相信我。

我从来没想过用我的信去打动她，但是现在她却不能再写了，而且还要求我每月给她写一封。为了不让自己突然陷入沮丧，我就在办公室留了一晚，处理繁杂的工作以转移注意力。现在工作成了我最好的朋友，这几周我们都在围绕老对手转，很有意思。他叫普鲁塔克·罗巴露·戈麦斯，很有进取心，现在任职于乌拉圭外交部，一年半以前被捕入狱，原因是他控告警察局长的警笛声在公园里响。戈麦斯现在在外交部的职位很高，毫无疑问，他现在还在向俄国走私乌拉圭情报。虽然亨特来就职时上一任已经把事搞砸了，但他来了不到一周就提醒我们小心戈麦斯这个人，他还在逍遥法外，为苏联红军建巢搭窝。亨特的血液里完全没有共产主义毒液，他讲到共产党人时就像在说自己的继母一样。不管我心里多么好斗，我都把俄国人与我们比作股票投资组合的竞争对手，起码在乌拉圭是这样。而亨特呢，如果这些长鼻子篮球教练的球员打得很烂，那么亨特肯定会立刻做出反应。但是如果行动进展顺利的话，霍华德那张苦瓜脸才会挤出一个有种特殊温暖的笑容。

盖茨比有收获时，霍华德就喜笑颜开。情报员想要估量他们各自在驻地的重要性，标准就是他们发展的特工的渗透能力，这就像女主人根据客人的满意度来评判宴会的质量一样。我负责的特工 AV/OCADO 享有盛名，谢尔曼和亨特就可以拿佩奥内斯来炫耀。但是直到现在盖茨比还没有一个拿得出手,因为他发展的特工只有两个仅仅做到了中层,剩下的都被戈迪·莫尔伍德称为“捡垃圾的”。

现在盖茨比的其中一位中层特工 AV/LEADPIPE，一直在乌拉圭和巴西边境走私金子，他告诉盖茨比他与外交部的某位官员走得很近，那个人能搞到乌拉圭护照，问我们驻地要不要买一些。我们买了，国外护照是驻地常备物品。所以亨特跟盖茨比说买五个护照，并要求 LEADPIPE 说出贩卖护照的那位外交部官员名字。果然，那个人就是普鲁塔克·罗巴露·戈麦斯，这下我们局里的人又活跃起来了。

我们在 LEADPIPE 的车上安装了窃听器，盖茨比指示他，下次与戈麦斯见面时要他重复说一遍每个护照的系列编码。

“乌里亚特，你年轻有为，还有经济头脑，为什么你还要我们花时间在这文案程序上？”戈麦斯问道。

“塔克，谢谢你帮我这个忙，当事情只有我一个人干的时候，我的脑子就得保存好数字。”LEADPIPE 说道。

“你的精神不稳定啊。”戈麦斯说。

“差不多快疯了。”乌里亚特说道。

他们讨价还价了一番，这些全部都记录在录音带里了。亨特把磁带的复制品寄给了《蒙得维的亚日报》的编辑，同时还附上了那五个护照；然后这家报纸就把这个新闻设为了头条，结果戈麦斯就被迫辞职了。之后整个政府圈子里都流传，说戈麦斯栽的这一跟头全是因为中央情报局。

亨特跟我们说：“有时候秘密也要为新闻让路。我们已经变成了蒙得维的亚的笑柄，都是因为戈麦斯，现在当地人都相信，无论谁与我们作对，我们都是个劲敌，我们严守自己的原则，狡猾地让他们无能为力。现在我们就要保持这样的形象。”

接下来我的好运就来了。“幽灵”告知我们，苏联大使馆方面，瓦尔科夫表现很不正常，三天里有五次每天离开大使馆一个小时，每次回来表情都很苦恼。我决定调查这个问题。在大使馆附近有一家商店，苏联大使馆的工作人员经常去那买吃的，那家老板的儿子是我们“捡垃圾的”人之一，他在他父亲的逼迫下学了几年俄语。海曼·博斯克威尔第跟我说，这位父亲现在已经支付不起他儿子的学费，于是我拿钱解决了他儿子的学费问题。在其他场合我们有了可与苏联人聊天的自己人，这机会可是求之不得呢。我还给这个男孩起了个代号，因为亨特吩咐要给这个人齐全的配备，这会令总部对我们的工作更加认可。这位商店小职员的代号就是 AV/GROUNDHOG，这成了驻地的一个笑话，GROUNDHOG 才十六岁。

为了追踪瓦尔科夫的动向，我约 GROUNDHOG 在一家咖啡馆见面，给他一些明确的指导。尽管他的俄语还有很大的提升空间，但是我跟他说让他尽自己最大的努力与瓦尔科夫的司机（他经常去商店买百事可乐）扯上关系，跟他聊聊他老板最近的出行动态。结果这个司机率先透露了信息——他问这个男孩是否知道这个地区有哪些可出租的高级公寓。嗯，这就可以解释瓦尔科夫最近的古怪行为了，他去见了房地产经纪人。

亨特听见这个消息可高兴了。他检查了自己的名单，然后递给我一张纸，上面记载了二十个人名，“这些都是有钱人、亲美者，也许瓦尔科夫用得着。选一个经纪人与我们合作，可以是瓦尔科夫已经见过的人，把他的名字也添加到这份名单上。”

经过讨论我们决定让戈迪·莫尔伍德去做这件事，他几乎认识蒙得维的亚的每一个房产中介。

戈迪总是不负众望。我们选了一所公寓的一楼，就在费利西亚诺·罗德里格斯大街，房主是一位老绅士，名叫博斯科·提奥提莫·布兰登克斯先生。戈迪找了一个房产中介，这个中介把瓦尔科夫介绍给了这位房东。瓦尔科夫还真是个谈判专家，最后谈下的租金远远低于这栋房子的价值，不过，当然，博斯科先生知道我们会补齐差价，而且还会额外支付一笔封口费。

当然，我们还得征得博斯科先生的同意，在房子里安装几个窃听器。普通的窃听器还不行，亨特要求“高效自动窃听器”。

博斯科先生说，他不介意冒风险，即使苏联发现他与我们合作，他也不怕瓦尔科夫报复他。他说：“我会邀请瓦尔科夫决斗，我已经二十八年没有与人交锋了，那是因为这二十八年来，我每分每秒都严守自己的誓言，如果有谁敢对我不敬，我就叫他吃不了兜着走。先生，这个誓言帮助了我保持镇定。”他这一番话，在他卷起的白色胡须衬托下更显有力。过了一会儿，博斯科先生补充道：“我的问题是这些技术设备，你们得钻很多孔，我怕这些脆弱的墙禁不住折腾啊。”

博斯科先生的别墅在二十年前就分成了两个公寓，所以里面肯定有些墙不结实。博斯科先生的眼神告诉我，我可以先不急着作出决定。果然，我们还是得等待，喝了一杯鸡尾酒，尊敬的博斯科先生还是向钱妥协了。亨特也收到上级命令允许安装设备，不过我们得多付百分之三十的费用，而且事后我们还得赔偿摧毁的墙、木质家具、石头物品以及安装设备毁掉的模型等。

霍华德说：“这个老贼可能会找戈迪代表他与我们谈判赔偿金。”

那天晚上我非常沮丧，虽然没什么能阻止我写信给基特里奇，可是她却要求我从六月一日开始写起，即使我现在写了信，也无法寄出去，当然也就达不到我想要的效果。而且我身体上很想念她，连续好几个晚上我都从梦中醒来，是我和她做爱的梦。我从来没有做过那样的梦，我们表达情欲的方式让我很震惊，比妓院强多了。我想也许是最近太焦虑了，有关利博塔德、佩奥内斯、沙威，目前一切都很平静，我希望这事不要掀起波澜，可是谁知道呢？白天工作它缠着我，晚上也睡不好觉，我越来越不确定这事儿会不会爆发。

32

1958年6月1日

亲爱的基特里奇：

我希望自己因为大量工作一直忙碌到今天，可是事实不是这样。我只有在写信给你的时候，才有忙碌的感觉。我只要一停笔，一切似乎就都停止了。

当然，这个月我们也经历了一些事情。尼克松副总统在他的南美巡游中访问了蒙得维的亚，亨特带领大家把野蛮的驻地好好“装饰”了一番，并引导副总统先生参观了大使馆区域。他还为我们每个人准备了一幅迷你素描画像，向尼克松先生和夫人介绍道：“副总统先生，这位是谢尔曼，他可以告诉你任何你想知道的关于乌拉圭工会的情况，以及我们是怎么帮他们摆脱左派控制的。”

谢尔曼十分难为情地笑起来，像俄克拉何马州的驴叫一样。

“这些组织民主吗？”尼克松总统问道。

“我不能说不民主。”谢尔曼回答说。之前谢尔曼咒骂当地的工会领袖：“浑蛋，乌拉圭笨蛋！”现在亨特在尼克松副总统面前问他：“那么，既然你不说没有，那就是有了？”

“他们确实有一些真正的民主精神。”谢尔曼咕哝道。

亨特并没有把尼克松夫妇带回到自己的办公室，而是在我们众人面前展示自己。我不知道亨特当时是紧张还是勇敢，还是二者都有，总之，作为驻地长官，他有资格送别客人时来一场两分钟“独唱”：“副总统先生，请原谅我利用这个时间说点细微琐事，但是我回想起了那个夜晚，我和我的妻子桃乐丝看完歌剧后准备去哈维饭店吃点儿夜宵。真是荣幸，正好坐在您和尼克松夫人旁边！出于冲动，我走到您桌旁介绍了自己，您十分友好地邀请我与桃乐丝加入你们。”

“霍华德·亨特，我一直都记得这件事。”副总统说。

基特里奇，我看尼克松根本就不记得这件小事，他那低沉的声音会让你想起钻机在油里钻动的声音，但也帮他度过许多窘迫时刻。一个政治家的生活中一半都是回忆，你不觉得吗？大多数人都是那样。总之，他那虚情假意的声音与大不列颠的无线广播员有的一拼，你听："现在女王陛下都已经脱离候选人成了真正的女王了。"他很快使了个眼色给他妻子帕特——瘦得跟个电线杆似的，她说："是啊，迪克，是四年前的那个晚上，你还给前联邦调查局特工协会做了一场演讲。"

"是的，"迪克回应道，"一个优秀的团体，问答环节的时候他们反应可真快！"

"呵呵。"亨特笑了笑。

"在那之后就发生了希斯案。"帕特·尼克松说道。

"我记得你和霍华德当时还祝贺我，"副总统说道，"说我在阿尔杰·希斯案中'不知疲倦地工作'，我还得谢谢你的祝贺呢。那时候，公众还没放过那件事，舆论中出现许多不同的意见，希望我的西班牙语没说错。"

"当然没有错。"亨特说道，看他高兴得都快跳起来了。他说："我记得，我们进行一场无比愉悦的讨论，谈到国内外的见闻，聊了足足有半小时。您的记性真的很好，先生。"

"的确是一次愉快的偶遇。"尼克松总结道，身体也放松了下来。然后亨特就带路走到大厅，去了大使的办公室。基特里奇，真希望你曾经见过副总统。尼克松总统长得很普通，但他这个人却不普通。他就跟休·蒙塔古一样，绝对有手段来达到自己的目的，但他们二人又不一样，你能想象得到吗？

亨特现在返回到我们面前："甘，你们刚刚见到的就是下一任美国总统。"

我想霍华德是不是在考虑从情报局辞职，转而为尼克松1960年的大选工作。他这些天越来越不满我们的新大使：一个叫罗伯特·伍德沃德的衣着优雅的人，其实早在伍德沃德到大使馆之前亨特就已经开始抱怨他了。“又一个明显无用的人，”霍华德最初形容他，“这个人的大使聘书在哥斯达黎加可不是什么稀罕物。”

然而，事实证明伍德沃德的到来并不是无用。他曾经谴责一个公开反对情报局的国务院阵营。另外问亨特的第一个问题是：“你在这里造了什么麻烦？”

霍华德跟我们说：“我回答他：‘我的职责不包括破坏一个和谐的部门，先生。’”

伍德沃德随后发表了一场演讲，这场演讲让霍华德名声大噪。“‘亨特先生，请你承认，’”他模仿着霍华德的语气，“‘乌拉圭这个国家虽然面积很小，却是南美洲最好的民主国家。很少有国家能够像乌拉圭一样在整治腐败时也能运行良好，那些小国中不幸的例子太多了。乌拉圭是南美洲的瑞士。’”霍华德把这些全部复述给了盖茨比、卡恩斯、谢尔曼、沃特森和我，然后补充道，“整治腐败，哼！在这个福利国家立法机构的骗子们每年都能免税购买一辆全新的外国轿车。把这些车子卖掉能值多少钱？一万个奢侈品太阳镜？”

当然他是对的，乌拉圭很腐败，是个自由和权利都被偷走的国家。就像杰米·萨韦德拉·卡瓦哈尔先生，他只不过是沿着通往巴西的捷豹河养了几千头牛，也顺便给消费者节省了无数的税，换句话说，那就是走私，边防警察肯定已经被收买了。但是霍华德并没有反驳，他说，那倒让他想起得克萨斯州的第一笔财富是如何来的。我不明白霍华德怎么能联想到得克萨斯州的事，但是显然那天不适合与霍华德争论，真正的问题是驻地再也不用受制于国务院。我们虽然很少与他们单位的人来往，但是为了我们自己的虚荣心，我们不介意跑到他们位于大使馆的办公室办事。那里的男人，不管是30岁还是60岁，对我们恨之入骨。然而那里的女士对我们的来访却热烈欢迎。

现在我们都成了小滑头。国务院的人表现得空虚又过度友好，好像他们是我们的社会管理员，但又不让我们知道，因为小滑头们会破坏他们的财产。两周前，亨特得知伍德沃德将带领他的新副手去参加各大使馆宴会，如此一来，亨特可以名正言顺地回家休息、享受天伦之乐了。不用说，我们也自然不必参加，感谢老天，我有时间读读书了！然而尽管你不介意自己的工作被终止，但是社交生活却难免遭到排斥。当然，亨特的思想依然活跃得很。

最后一点。其实这里发生的事还远不止这些，上个月整月我们都设法为齐尼娅·马萨罗夫和格奥尔基·马尔科夫建造一个爱巢，那可是一项大“工程”，华盛顿专门派技工飞来安装并测试窃听装置，最好的位置就是在显眼的地方放置一张四柱床。

我不得不承认，我们在驻地也有某种预期，十天以内，让我们看看会发生什么吧。我应该早点写信给你，我接受你的指责。

你的哈利

33

1958年7月1日

亲爱的基特里奇：

原来齐尼娅和格奥尔基正打得火热，我真替鲍里斯感到悲哀！而且齐尼娅还经常在自己的姘夫面前唠叨她老公的事，所以她总是感慨——“可怜的瓦尔科夫！”这个不顾廉耻的女人还真健谈！慢慢地，谢尔曼就总结出了一句话：“只要男人‘活儿’好，女人就不会觉得受伤。”真是个有趣的总结，如果这是真的，那世界不就更美好了嘛！

现在我已经成了AV/RATHOLE行动小组的监督人，这个代号是亨特起的，意思显而易见——窃听行动。我不知道这项行动会成为一出喜剧还是荒诞剧，不过，人类能为自己在演出中所说的话负责吗？

窃听工具倒是挺滑稽的。他们承诺说窃听装置的音效是最好的，卧室、厨房、客厅、餐厅，各个角落的声音都听得到——果然都听得到！齐尼娅和瓦尔科夫敲打盘子的声音，或者把弹簧床弄得吱吱响，我们都听得见，但如此一来我们就听不到他们的谈话内容了。我们在这俩人住所的楼上租了一间卧室，那两个爱尔兰人每次去那取走录音磁带之后，都要在办公室花上几个小时重听一遍并翻译成英文，之后再交给我润色一下他们的语言。但是一天之后苏俄分部会拿走俄文录音手稿，再自行决定哪些内容真正具有价值。于是我想，在这过程中，我是不是有点多余？我把我的想法告诉了亨特，他说我过于吹毛求疵，“你只管做你的工作即可。”我预感，他是把我润色过的录音手稿复印本传给了西半球分部的几个“壮汉”了。

真让人不痛快！苏俄分部把录音内容压缩得不能再压缩了。瓦尔科夫去他的爱巢而忘记办公室的工作，齐尼娅去见他是因为她“迷上了外来诱惑”（我们经常从磁带里听到齐尼娅如此表达）。从磁带中可以听出，瓦尔科夫这个人比我们预想的还要幼稚和粗野——显然他是一个农奴的后裔，他的父亲晋升为铁路建筑工程师，其实不过是个开火车的司机；而他，格奥尔基年轻时就展现出非凡的勇气，从一群没教养的苏俄人民委员中脱颖而出，在斯大林格勒战役中幸存下来，人也变得心狠手辣，并在苏联红军进军柏林时，充当格勒乌（苏军总参谋部情报总局）的刽子手。齐尼娅含蓄地称他为“屠夫男孩”，他之前经营“鲜肉、骨头，现在是在收拾我”。她说这些时总是用一种悲哀的语气，表现出自己一副毫无招架能力的软弱形象。“我读了有关女人美德沉沦的书，但并没有得到满意的启示。福楼拜的书中没有，托尔斯泰的也没有，也许契科夫的书倒能启发一二，但也不够，陀思妥耶夫斯基的书最差劲——宠坏了的女人深陷对恶魔的崇拜，这种痛苦有谁知道？”

“谁是恶魔？”格奥尔基反驳说，“我并不神通广大，相反，我很羡慕你丈夫的智慧。”

“但也比不上你对我以及我的阴毛的崇拜。喜欢它的味道吗？鲍里斯很喜欢！你不喜欢，你害怕，坚强的男人害怕阴毛下的罪恶。”

对不起，基特里奇，因为这只是芬兰人的译文（我修改了一遍），我无法为你还原齐尼娅与瓦尔科夫用俄语讲时的真实语调，录音初稿里最后出现的内容是“胯部毛发里的邪恶，异味的胯部毛发”。

千万不要觉得俄国人性保守！

她训骂了瓦尔科夫好一阵儿，说他“没有男人气概”。“男人气概”这个词我听马萨罗夫讲过，但后来从芬兰人格霍冈口中得知，“没有男人气概”对俄国男人来说是极大的侮辱，不管这个人有没有文化修养。齐尼娅因为自己爱上了这个“没有男人气概”的男人而觉得丢脸。“我有五个姑姑，都死了。要是她们还活着，肯定看你一眼就会昏死过去。”

我们在整理录音手稿时，会在他的回应里插入这样的内容：瓦尔科夫……（咯咯笑）。

我很好奇瓦尔科夫会怎么回应，于是请求格霍冈让我听原文录音，结果我听出一点，那就是齐尼娅的声音，虽然她的话很刺耳，但是她的声音却十分轻柔、悦耳、热情。瓦尔科夫回应的语气也只有喜悦，有点像河马吸淤泥的声音。他的回应是“Khorosho”，听起来有点嘶哑，感觉像是在说“真恐怖”，但其实它的意思是“好吧”，仅仅是“好”。

“我让我的家人蒙羞。”齐尼娅说。

“好。”

“你就是条狗。”

“好。”

“你是头猪。”

“好。”

“贪婪的家伙。”

“好，好。”

我想起了佩奥内斯，这里有什么原则？野兽是不是遭到了鞭笞？人心还有没有正义这杆秤？

他说：“继续说，我洗耳恭听。”

“你不值得我开尊口。”

“好吧。”

“我丈夫也不值得。”

“理解。”

“你厌恶我了。”

“我没有。”瓦尔科夫说。

“对，你没有。来这儿，我需要你。”

呻吟声，重重的呼吸声，弹簧床吱吱响声，最后两声疯狂的喊叫（对了，我听的就是原声磁带）。你甚至分不清楚哪句话是谁说的，“操我，操进我的心里，解放我，拯救我。”齐尼娅喊道，对，这是她的声音，从磁带里我都能感觉到，她洞穴里的快感把她带进天堂。我不知道自己是该感动还是惊骇。听着这盘磁带，我能感受到她欲望里最甜蜜的眩晕，我不知道自己能不能克制住自己的那根神经。

亨特时不时地来到我办公桌前，劝告我从录音中提取本质的东西。“仅限于露骨的内容。我要以此为矛，杀鲍里斯一个片甲不留。这个女人的背叛真是玷污了那句‘我的丈夫很了不起！’妈的！哈利，人性的邪恶本来就是如此。一个女人只要把她老公放在嘴边，那这个男人就会原谅她的出轨。所以你再好好听听那让人鼻血流一地的磁带吧，绝对精彩！气死那个可恶的鲍里斯，杀人狂魔克格勃！”

于是我就开始编辑了，这份“成果”想想都够可怕，就跟基特里奇·加德纳·蒙塔古的 α－Ω 理论一样！如果我对自己不加克制，那现在心里肯定一团糟，幸好现在 α 为我控制了局面。α 救我于水深火热之中，它对此似乎十分满意，只是它的方式有点冷酷，令人讨厌，但也不是非常讨厌。说实话，基特里奇，齐尼娅的声音真的触动了我。你见我向第二个人坦白这样的事情吗？但我们可敬的教士哈伯德不得不承认，连瓦尔科夫的声音都那么诱惑，简直让人类最原始的欲望无处可逃！野兽般的贪婪中夹杂着款款柔情，内心的痛苦在咒骂中释放——他射了（好吧，我就毫不保留地告诉你），“婊子，淫妇。”她让他勃起，让他销魂。淫荡的他们真是让我心乱如麻。幸好有我的 α，它像士兵一样拯救了我。听录音的整个过程就像一场手术，在那份“精彩”中，我的 α 一针一线缝补我的伤口，挽救我的生命。格霍冈帮我拼接了磁带，听起来像音乐一样。当然，这个处理方法并没有完全解决问题。我需要一遍遍地播放原声磁带，从中辨别俄国人话里的内涵，因为我并不懂俄语，所以逐字翻译不可行，于是我一点一点拼凑、修补，最终形成了一篇符合亨特要求的手稿。如果沉默寡言的他每天都抱怨我做这份工作耗时太长的话，那他就太宽厚了，因为这正说明他对我的工作成果很满意。我对此当然也很开心。而在 Ω 的深处，是绝望的监禁，我灵魂的一角再为鲍里斯哀悼，幸好还有 α 解救我。真是煎熬的一周啊！我化身成了优秀的编辑，或者说是广播总监，这份有声任务真是太有趣了！这份艰巨的任务已经圆满完成，虽有小小的道德不安，但在成就感面前，道德不安又算得了什么！

当然，现在的问题是怎么处理这份结果。亨特已经预言到了，这是对鲍里斯·马萨罗夫的重磅一击。把磁带寄给他，不管他怎么处理，我们都会有一笔可观的收入。至少，如果他选择忍气吞声的话，那他跟瓦尔科夫得共同努力才有可能解决问题；但是，马萨罗夫更有可能是把瓦尔科夫遣送回国，要么就是申请自己回国，不管他俩谁回国，都需要耗费相当长的时间——苏联政府机构的办事效率有目共睹嘛。

当然，现在还有一个更为可行的解决方案，那就是恐吓瓦尔科夫，让他为我们工作，马萨罗夫也一样。但是，仅凭一盘磁带，就能瓦解鲍里斯的价值观，考虑叛变吗？

亨特认为这只会让鲍里斯比以前更恨我们。然而希尔马·欧梅勒支持策反鲍里斯叛变，因为他又去苏俄分部工作了，苏俄分部一贯都是这个态度。亨特与欧梅勒之间的口水战，其实指代了他们所代表机构之间的分歧——与西半球分部对抗的是两拨势力，一拨是Groogs，另一拨为苏俄分部。在这封信里我就不浪费纸张，列举过多的辩论、情景、偏执的指控（欧梅勒干的）等细节了。希尔马每天晚上都与南希·沃特森约会，亨特怀疑这个南希还值不值得信任了。真是一场闹剧！

在这整个过程中，有一封电报传来，解码之后内容如下：

收件人：AV/HACENDADO

寄件人：KU/GHOUL-1

恭喜你在窃听一事上取得的成就。漂亮的离间计。祝贺你。

基特里奇，我知道你反对搞离间破坏。

但是亨特高兴坏了。“自从两年前在你教父家第一次吃饭之后，这是第一次受到他的认可，”他清了清嗓子，“我仔细考虑了一下，你对这个人更加了解，你说夏洛特下一步会做什么？他想参与此事吗？”

“如果他想参与的话，他也不会直接找你。”我大胆地说道。这感觉太爽了，基特里奇，我竟然成了亨特眼中的专家，我甚至一刻都没弄懂过休，现在却向别人解释休的做事风格。

“好吧，那他这话是什么意思？”亨特问。

“我想，他只是在祝贺你。这本来就是一场漂亮的胜仗。”

“谁说不是呢！”亨特大声说道。说到休·蒙塔古的事时，亨特总是半信半疑。而我，其实也不过是拣他爱听的说，这样他从心里愿意相信我的话，但听过又会摇头。“这封电报不应这么简单。”

“为什么不给他打个电话？”我问。

他叹了口气，我想他有点不情愿，最后说：“这得用安全电话才行。”

我离开了他的办公室，15分钟后，他又把我叫了进去。他情绪很低落，说：“蒙塔古接手此事也不是什么坏事。他想和你说话，也想祝贺你。”

于是我过去接听电话，你猜怎么着，霍华德还在屋里徘徊，所以我也不敢关门。你那亲爱的伴侣问候我，熟悉的电话隧道声音：“你的工作我很满意，大声说出你的喜悦吧。”

“是的，先生。您能满意，我非常开心。”我说。

“好了，够了，”休说，“那封电报的目的只是把你引到安全电话旁。我并不是想参与窃听行动，它的前景太狭窄了，马萨罗夫和瓦尔科夫两人天生都是硬汉，他们不会叛变的。总之，这事与我无关。我打来是想问你个问题，你想转去以色列工作吗？”

“此话当真？那不是个肥缺吗？”

“别兴奋过了头，那儿是安格尔顿的天下。你的身份是我的代表，这项任务很艰巨。但是我在那还算有点势力，摩萨德（以色列情报机构）里不是每一个人都忠于组织，甚至有几个高层都替我办事。”

“我觉得我得考虑一下。”

“嗯，往好的方面说，摩萨德是情报游戏中的王牌。”

“好。”

“等你归来时，要么功成名就，要么降级撤职。”

“降级撤职？”

“如果事情失败的话。”他见我没有说话，就继续说道：“没问题，安格尔顿的小封地而已，上帝会保佑你的。”

“你为什么提出让我去？”很遗憾，我得低声耳语说出这句话，生怕霍华德听见。

“因为你最有可能完成任务，上帝也不能保证不出意外，我得考虑周全。”

“我能考虑一下吗？”

“好。这是个三岔路口，回去好好想想。”

“我们下次怎么联系呢？”

“打给罗斯，他现在是我的‘奴隶星期五’，用公共电话打到技术服务部的第三级教士处。闲聊，表现得像个无害的哥们。如果你决定前往以色列，那你就说‘我多想念缅因州啊！可惜我在蒙得维的亚。’剩下的交给我来处理。”

“如果我的答案是否定的呢？”

“那就不说刚才那句暗语，罗斯也用不着向我汇报了。”

“好的，先生。”

“给你两天时间。”我还没来得及问候你，基特里奇，他就挂断了电话，并不是说他没有谈及你。

你不知道接下来的四十八小时有多煎熬，我甚至都不想谈了，我既兴奋又恐慌。安格尔顿的大名让人听起来就颤抖，就跟你丈夫的一样，情报局里的人甚至都不知道这两人做过什么，就把他们奉为神明。

这两天我想明白了两件事（关于我自己），亲爱的已婚女士：我掉进了懦弱的深渊，闻到了里面有毒的烟雾，我爬上了抱负的最高峰。我甚至觉得这是一场马球比赛。最后，我用驻点的公用电话打给了阿尼·罗斯，向他表达了我对缅因州的向往。

然而，我还没有说完这句话，罗斯就打断了我："别想来这儿度假了，你的假期已取消。"

"什么？"

"是的。"

"为什么？"

"噢，噢，噢。"

"我受不了这个，快告诉我原因。"我说。

"是你老妈，你妈不让你去缅因度假。"

"我妈？杰西卡？"

"是的。"

"她不能决定我的事啊。"

"虽然她不是决策者，但她是个很好的理由。"

"谁是决策者？"

"你老爸，"他停顿了一下，"换句话说，是你老爸，"他又停顿了一会儿，"你的主人对此表示遗憾。"

我以为我能接受这个理由，但是结果却并非如此。"阿尼，你再帮我一把吧。"我们为了将来会互帮互助。

他很擅长干这事，他说："好吧，但是我永远都去不了那个地方。"

"为什么去不了？"

"缅因州太反对闪族人了。"

这一个理由就足够了。

“好吧，基特里奇怎么样？你和她见过面吗？”我问。

“我当然愿意见她，但是她不在缅因州，她在很远的地方。”

“有多远？”

“如果你以为是澳大利亚，那你就错了，波兰也不对。我真希望我能告诉你她在哪儿。”他挂断了电话。

两天之后我就收到了一个大使馆专用邮袋，里面放了一张卡片，卡片上有夏洛特亲手写的小字：“你失误的教父。”那个时候，我的问题得到了解答。原来，人们知道休就是夏洛特，更多的人知道安格尔顿就是“大妈”，但他不是我的母亲杰西卡·希尔福菲尔德·哈伯德。罗斯提醒了我，我还有八分之一的犹太血统。我的父亲呢？看情况！这得由组织的政策决定。当然，组织肯定不会派个犹太情报员去以色列执行任务，因为双方有利益之争。我不知道这一点最初是情报局提出的还是摩萨德的要求，还是说双方商讨之后的结果。总之，基特里奇，你那无与伦比的爱人夏洛特忘记了我还有部分的犹太血统，最后还得靠人事部的人提醒他。基特里奇，我竟然是希伯来裔，这事儿还真新奇。

说到另一个话题，虽然我现在忙于窃听事件，但是我现在怀疑我是不是在乌拉圭。我有自己的私人目的论，我一直都相信我的出生是有目的的，我会努力达到某一个目标，尽管我不知道这个目标具体是什么。48小时里我的脑子一直在“过电影”，最终下定了决心，我一定要接受这份工作，不管别人如何质疑，也不管它是不是会毁掉了我的事业，我都要去以色列，因为我命中注定，就要去以色列。然后突然，我发现自己根本就不是命中注定前往以色列。这让我再也无法专注于窃听任务了，不过这也许不是什么坏事，因为虽然我们很谨慎，但窃听事件似乎就要失控了。

你看，苏俄分部的人最终赢得了这场争论，他们的决定很明显：无论如何至少得有一个人叛变，并一致认为这个人应该选瓦尔科夫。他们都觉得马萨罗夫这个老滑头太顽固，策反他的难度太大。所以驻点就开始商讨如何策反瓦尔科夫。谢尔曼赞同从 AV/EMARIA 那儿调来几个警察，跟踪瓦尔科夫租来的汽车，迟早他会停在一家咖啡馆吃午餐，到那时候，欧梅勒和格霍冈，再加上谢尔曼甚至还有我，接到警察的通知以后，冲到瓦尔科夫身边，递给他磁带和电话号码，并告诉他“一个人播放”录音带，“我们都是好朋友”之类的。然而这个方法却遭到了希尔马的反对，苏俄分部当然支持他而非我们。他们认为，与瓦尔科夫的会面必须控制人数，人越少越好，我们甚至可以把邮件直接寄到苏联大使馆，但问题是我们怎么保证他本人一定可以收到呢？

当然，我们一旦把磁带交到他的手中，他们的爱巢就会从此消亡。我提议，把车钥匙交给 AV/ALANCHE-1（绘画小分队的头头，最值得信赖的孩子），由果哥尔发通知，瓦尔科夫的汽车停在苏联大使馆后面的哪个位置，然后派遣 AV/ALANCHE-1 去试一下车钥匙。不管车门是否能被打开，他都得立即离开，这样我至少可以知道我们能否打开车门。

妙计！他们采用了我的方法。于是某个周五的下午，我们小试一下，得知瓦尔科夫的车锁还没换，等周末过去后，我们就开始了行动。我们发现，迄今为止，无论瓦尔科夫一周往费利西亚诺·罗德里格斯大道上的别墅去几次，他每周一的午休时间必去幽会（因为录音带里说得很清楚，他周末会陪孩子老婆一起过，但他由衷地厌恶自己的妻子）。所以我们在别墅前门入口处的桌子上安装了线圈，并在旁边装置了磁带录音机，它会自动记下见面的时间和地点。如果他同意为我们效力的话，那他要做的事就是在空白的纸上写满内容。多亏了希尔马，“所有人都说俄国人做事很完美”。这句话的背后有一个隐藏的意思——瓦尔科夫总赶在齐尼娅之前半小时到达费利西亚诺·罗德里格斯大道上的“爱屋”，为了不让他的司机看见齐尼娅，所以他就把车停在大使馆的后面。齐尼娅通常坐出租车，且在一个街区以外下车，再步行到他们的爱巢。瓦尔科夫提前半个小时到达，通常都是脱干净衣服，像俄国大熊一样饥渴地等着齐尼娅。但她总是故意拖延他，有时候还要让他把衣服穿上，说“我们得公平开始”。很有趣！但重点是，瓦尔科夫独处的那半个小时没有悬念，通常都可以预见他在做什么。

于是，周一早上，我们的“礼物”放在了“爱屋”大厅门口的桌子上，盖茨比在半街区以外的监视车上蹲点（因为瓦尔科夫、马萨罗夫都不太可能认出他来）。15分钟后，瓦尔科夫出来了，满头大汗，踱步到大街上。他慢慢走着，我们的人一直坐在那里监视他，他经过那辆靠边停车的出租车旁，天啊，他竟然认出了盖茨比！他停到路边，向他敬了个礼，拇指伸到鼻子上摇摆其他手指，露出鄙夷的表情，然后就举起棒槌一样的拳头，一下子砸到出租车车盖上，用力很猛，车盖都被他砸了个坑。然后他看到齐尼娅走了过来，于是大步走向齐尼娅，并一起进了爱屋。盖茨比也吓了一身冷汗，留在车里跟司机讨价还价，处理修理车盖的事情。半小时以后，齐尼娅一副心烦意乱的样子就出了别墅，瓦尔科夫陪着她，两人一起打车离开。盖茨比本打算在车后远远地跟着，谁知道走到一个红绿灯路口时，瓦尔科夫自己的车子停在了盖茨比前面，他的司机下了车，朝盖茨比的车盖上就是一拳砸下去，又砸出了一个坑，然后就开车扬长而去了。我猜他们全都失去了理智，瓦尔科夫竟然把齐尼娅送到兰布拉大街，车就停在她家公寓旁边的一栋楼前，然后还径直开车回了大使馆。瓦尔科夫给了出租车司机车费，下车之后又朝盖茨比挥动自己的拳头。

我们的人私自进入他们的爱屋放置“礼物”，其实瓦尔科夫完全可以报警，但这样太浪费时间。盖茨比打电话过来，我和格霍冈立刻就过去查看那栋别墅了。真是可恶！瓦尔科夫折断了自己的钥匙，半插在前门锁孔里，我们根本就进不去。幸好后门还有一个小门，瓦尔科夫愤怒中忘了处理它，我们手里的钥匙还派得上用场。室内的确被他大动手脚——四柱床被砸得粉碎，录音机也被损坏了，磁带里的线被他弄得到处都是，厕所的便池、地板上，全都是散了架的磁带线圈，看起来就像一条条虫在地板上爬，卧室的家具里存放的东西扔得到处都是，好几面墙上还砸出了几个坑（像棒槌一样的拳头手印）……不用再说下去了。我能感受到俄国冬天大雪里的一团熊熊烈火在燃烧，这是句玩笑话，但也不是，因为我看到了恐怖的东欧人身上所具有的野蛮和粗暴。

现在，策反瓦尔科夫的希望彻底消失了。亨特以及支持他的西半球分部和Groogs都认为叛变并不可行，我们的备选方案就是再次利用离间计，“速度问题至关重要。”他发电报至华盛顿时说道，然后上级就指示他放手行动。我们并不需要付出太多，复制一下磁带，寄给马萨罗夫，大使馆和他的家各寄一份，在瑞士大使馆举办的派对上再往他的大衣口袋里塞上一盘。因为伍德沃德大使禁止我们参加大使馆举办的宴会，所以我们没人去参加派对，幸好谢尔曼认识派对上的一位衣帽间女服务生（乌拉圭人），所以他就用了半个星期的薪水诱惑那个女孩，让她把磁带放进马萨罗夫的大衣口袋里。这些不过是最低级的谍报技术，但也无所谓，多寄出几盘磁带才能保证鲍里斯能收到并播放录音带。当然，磁带上没有附带任何纸条，没必要，这事儿还得靠马萨罗夫和瓦尔科夫自行解决。

我们就一直坐等消息，好几天过去了，依然没有情况发生。然后俄国人通知我们接待一位年轻率直的俄国诗人尤金·卡巴斯基，附带信息中还称，这位诗人曾在莫斯科和列宁格勒做读书会，都是在两万人规格的大体育场里举行。他虽不是歌手明星，但流行程度也可堪比美国的“猫王”埃尔维斯·普雷斯利了。美国大使馆的人都说，这次是专门邀请此人过来的，所以伍德沃德就觉得应该带上亨特、谢尔曼、卡恩斯、盖茨比、哈伯德一起接待这位特殊的客人，另外还带上了南希·沃特森。现在已经是深冬了，所以派对是在室内进行，而且正式程度都比得上接待沙皇了。

瓦尔科夫和马萨罗夫也在接待人员名单里，同时陪伴他们的还有各自的妻子（瓦尔科夫的老婆真是只肥猪），他们都很紧张，不过我们也好不到哪儿去。盖茨比带着自己的老婆狄奥多拉经过瓦尔科夫身边时，瓦尔科夫又向他敬了一礼。这时候马萨罗夫朝我使了个眼色，或者只是他下意识地眨了一下眼睛？齐尼娅脸都红了，表情也很奇怪，让人感觉她就要大哭或者大笑起来，但除此之外并看不出这副表情有什么深刻的内涵，她依然是那么光彩照人。请原谅我接下来要说的无礼想法：女人的身体总闪耀着羞耻的光芒。齐尼娅也不例外，但她似乎为此而得意扬扬。基特里奇，无论你现在在哪里，都不要太生我的气。

在那晚的高潮阶段，有人邀请卡巴斯基朗读自己的作品。他长得和我一样高，而且也不难看，肌肉发达身体健壮，像个滑雪教练。他大声朗读自己的诗歌，像个男中音，他的俄语听起来像添加了拟声效果。他表现得太做作了，但齐尼娅的眼睛闪得像颗宝石，一眨不眨地盯着他看。“俄国人的新精神。”她跟我说，好像我是她的友人。过了一会儿，比利时大使跟亨特说，齐尼娅与卡巴斯基也有一腿。

怪不得呢！尤金·卡巴斯基也不是个孬种，虽然英语说得一塌糊涂，但勤勉练习。他把我拉到一边，问我游泳能游多远。

“噢，两英里吧。”我说。

“我能游十英里，在冰水里。”他的眼睛蓝蓝的，狂热的眼神一直盯着我，充满决断的力量，好像他能让你屈服在他的意愿之下，因为他只是纯粹地想和你做朋友。我看不出他有没有别的意图，他问我:“你对婚礼习俗感兴趣吗？”

我耸耸肩。

“西伯利亚的婚礼习俗很有意思，新郎要往玻璃杯里撒尿，直到尿满为止，然后由新娘喝掉。很粗野，是不是？”

“听起来有点‘没有男子气概’。”

我讲的这句俄语并没有引起他的注意。“真是粗野，但是也很智慧，对！有原因的。对穷人来说婚礼意味着什么？孩子，湿尿布，叽叽喳喳，臭味，小臭蛋！好的妻子就得忍受这一切。所以，这就是西伯利亚人的婚礼习俗，婚姻的美好开始。”

“这不公平，新郎也应该喝一杯尿。”我说。

“是，我同意，对女人来说的确不公平。你真是太有正义感了，来，握个手，让我给你行个礼吧。”

他握住我的手，眼睛直直地盯着我的瞳孔。我不知道他究竟是个天才诗人，还是齐尼娅的新情人，还是一个克格勃，或者，他完全就是一个疯子！我不知道他对我们的行动了解多少，但他让我觉得自己很低贱，那个狗杂种，我都不知道自己为什么会这样想！

基特里奇，我想你想得发疯！如果我能像尤金·卡巴斯基一样公开展露自己的感情，那我至少还能埋在酒里哭一哭。

爱你

哈利

34

七月一日我向基特里奇寄出了每月一次的例信，之后过了好几周才收到她的回信，信封上的邮戳显示信件来自弗吉尼亚州的阿灵顿，寄达我所在的酒店并直接送到了我的手里。信上什么内容也没有，信封里放着一枚钥匙，并用一层薄纱包裹着。第二天又来了一封信，是从乔治城寄来的，信纸的抬头显示的是阿灵顿的一家银行，纸上写着保险箱的号码。第三个信封里装着一张发票——保险箱的预订款，还有一张纸条，写着保险箱的保存费用按季度缴纳。又过了几天，终于，基特里奇寄来了一张完整的信，信封上的寄信地址依然写着波莉·盖伦·史密斯的名字。

1958 年 7 月 26 日

亲爱的哈利：

我又回到了乔治城，用不了多久就要去缅因州了。现在你已经收到了保险箱的号码和钥匙，那么等你回到华盛顿就去打开存放在阿灵顿银行的保险箱吧，里面放着大概 30 张 35 毫米的底版，每张底版可曝光 10 到 12 次——我把你寄给我的全部信件都做成了缩微胶片。我想你也同样处理了我寄给你的信，那么请你暂时保存在蒙得维的亚的保险箱里，等你回国以后就把它们一起放在阿灵顿银行的保险箱。当然，你得一直支付保存保险箱的费用，它会值得的。将来有一天，等你我都到了风烛残年，或许这些信件可以拿来出版，当然是没有涉及个人隐私的部分。

哈利，你万万想不到，我是怎么样差一点就毁掉了你全部的信件啊。我家的一间小卧室——你偶尔借宿在我家时所住的那间，里面有一个壁橱，它的护壁板建造得比较特殊，我可以不露痕迹地撬开再合上。就在护壁板的背后有一块大小刚合适的空间，在过去的一年半时间里，我每次收到你的信，都会撬开护壁板把你的信藏进去。当然，我并不是看完就放进去，有时候也会暂时夹在某本休·蒙塔古永远也不会看的杂志或书籍里面，比如《针织的基本要领》等之类的。就在上个月，我在《时尚》杂志里夹了太多的信，它看起来跟怀孕了一样，于是我一封封挨个儿检查，确定我读过了每一封信之后，就悄悄地打开护壁板，把信放进那个小空间，最后让壁橱恢复到原样。

然而，哈维天生长着个狗鼻子，角角落落有什么不对劲，他总能嗅出来，所以我时不时地就突然心跳加速。有一次他竟然拿起一本《小姐》，那里面就夹着你最近寄来的一封信，他把杂志卷成了圆筒状，当个临时的按摩器敲打自己的大腿，我的心都提到了嗓子眼儿里！终于，他把杂志看都没看一眼就放到了地板上，又随手从杂志书架上拿了一本攀岩方面的时事新闻，我这才大大地松了一口气。真是死里逃生一般，我觉得自己快成为悬疑大片的主角了。还有一次，他花了一个周末挨个检查房子里的护壁板，修理松了的螺丝钉，真是要感谢我的绿植啊，我上周刚在那个藏信的地方放了一盆盆栽，刚好盖住螺钉，才躲过一劫。我真不知道自己该不该期盼我的丈夫对家这么用心了，都怪他总是像个显微镜似的不放过家里的一砖一瓦，跟这样的人生活在一起，难免让人担惊受怕，但也很刺激！这也弥补了休的一个缺点——他那让人受不了的口气！我觉得他是继拿破仑、丘吉尔之后烟味最浓的男人了（他以为这样就很有男人味了吗？呸！）。抽烟，是一个男人对女人的最大侮辱！哈利，如果你娶了一个女人又想离开她的话，那你只管在她古色古香的床上吞云吐雾吧！真是一群把人的话当耳旁风的可恶家伙！

我跑题了，不好意思。但是近些天我一直都很容易分心。我回到家才两个星期，可是再过十天我们就要回到基普了，我想在那里度过整个夏天，不管休陪不陪我，我都迫切地需要缅因州的新鲜空气，因为上次自我离开后，克里斯多夫就一直郁郁寡欢，晚上经常从噩梦中惊醒，我想是因为他的母亲远在千里之外，他便失去了依靠和温暖吧。现在我的小宝贝小脸儿那么苍白，甚至还有点小忧伤，看起来像个懂事的十岁孩童，可他明明才一岁半啊，而他的母亲也早已憔悴不堪。我的工作给了我一个惨痛的教训：什么都有可能出错！所以我再也不想在休的眼皮底下藏你的书信了，再也不觉得那是一种邪恶的快乐了，一旦出错，那后果不堪设想。经历了上次事件之后，我再也不能把一切都想得那么美好、那么纯洁了，我学会了每件事都做好最坏的打算，而且我还发现，最坏的一面恰恰就隐藏在最好的一面里。我到今天才发现这个真理，可见我之前是多么单纯，多么幼稚！但是我，还有你的信，你那些可爱的信，都奉献出了世上最美好的温暖，有了这份温暖，我才得以在婚姻中喘口气。在夫妻房事上，我对休总有一种罪恶的激情——我也不认识其他男性了，但是休，没有人比他更崇拜阴茎的了（他简直就是全能机器的活塞），幸好我还没有那么死板。但是他的香烟，他关注一切事物唯独忽略我（还好现在我终于感受到了他的关怀），这些依然让我无法忍受。所以你信中的那个温柔、有前途的小伙子给我带来了安慰，让我小小地背叛一下休，但我的心依然忠于他。

这就是个魔鬼游戏。我相信婚姻，相信婚礼上的誓言，它对我的约束力，就像任何公司、法庭、工厂之间签署的合同一样，坚不可摧。这些合同可以违约，但是绝大多数还是成功遵守的，否则社会舆论的力量也足以让违约方倾家荡产、声名狼藉。同样，如果你打破了结婚誓言，那么上帝就会疏远我们，所以对我来说，婚姻本身就是一个神圣的誓言。

所以，我已经决定要向你说：我爱你，再见了，我亲爱的人，可是我怎么能仅仅凭借一个婚姻誓言就离开你，留给你无限的困惑与猜测：我究竟发生了什么事？很奇怪，我就是想要告诉你这个重要的秘密，倘若现在憋在心里，那么总有一天我也会打破不再与你讲话的誓言——它与我的结婚誓言分量一样重！我的确已经试过了自己扛着这份沉重的秘密，可是我太像我的父亲了——渴望获得所有的信息，却没有胆量一个人承受那么多。我父亲已经解决了他的困境：他深入研究了莎士比亚，之后就以学者的身份养活自己，过得体面又开心。但在我看来，他不过是在误人子弟——原谅我吧，父亲！——也许我的教授父亲充其量是个催化剂，催化了他人心中的丑恶力量而已。我有没有跟你说过基普里飘荡的那个鬼魂奥古斯都·法尔？他来找过我了，这事我从来没跟别人讲过，他第一次来是在很多年前的复活节晚上，就在父亲为我们朗诵莎士比亚的《泰特斯·安德洛尼克斯》：

拉维尼亚口含木棍

器皿里是你罪恶的鲜血

你想起来了吗？我简直惊呆了，我想象自己的手腕变成了木桩，插在我心爱的休的头颅里。而你，不知怎的，竟然在背后徘徊，这让我怀疑你是不是幕后凶手。我竟然这样想你真是太不可思议了！因为你是我见过的最有魅力的年轻人，就像蒙哥马利·克利夫特一样帅，又严肃、腼腆、热情洋溢，还有最棒的一点，那就是你还没有定型。你不知道这些天你在女人面前是多么俏皮可爱，我很怕你控制不住自己的欲望，像你之前在乌拉圭一样，去妓院寻欢作乐，满足你所渴望的男人雄风。然而，我又要伤害你了,这可是一个危险信号。我之所以这么说,是因为我隐隐地害怕，怕我说出我将要说出口的话会给你带来怎样的伤害。很多年前的那个复活节晚上，我经历了一场可怕的梦。奥古斯都·法尔，他的恶魔，或者是别的什么生灵，来到我的床边（在基普），把我扔进了恐怖的世界。我感觉自己变成了一个又黑又脏的接生员，手持莎士比亚那血淋淋的剑，干着邪恶的事——我在肉欲最肮脏的角落，地下神灵的小乳头插在我的嘴里。你还记得那天下午我跟你讲我和休尝试意大利式吗？就在那天晚上，奥古斯都·法尔待在最黑暗、最恶臭又美好的角落，指导我的性爱生活，我知道我和休已经开始了性的旅程，但我表面上还装出一副处女的害羞模样。不久，在我婚礼当晚，就是那个复活节之后的夏天，休最终正式、残暴、血腥地夺去了我的贞洁，他的妻子也配合地与他融合为一体。交合，起伏，缠绵，他支撑着，像只山羊一样，收放自如，真是一场无与伦比的交欢！我知道，我正在深深地伤害你，亲爱的哈利，但是我也付出了代价。既然向你坦白了，那索性就告诉你全部吧。是的，就在那最深的一刻，奥古斯都·法尔，藏在最深的洞穴，默默地呼吸，深深隔在我和休之间。是我的贪婪召唤了他，我埋藏在最深处的贪婪！我从来不知道一个人身上的天使与恶魔能够如此愉悦地交谈！

有很长一段时间，我觉得奥古斯都·法尔都不会再靠近我了，但我想他已经成功地在我的婚姻中植入了他的印记。当然，婚姻有那么多层面，就这么无凭无据地说他在我的婚姻中留下印记，未免有点过于偏激。而且，就算结婚蛋糕上有颗蒜头又怎样，直接忽略便可。

然而，在我怀孕六个月的时候，法尔又出现了，依然是在基普。1956年8月，我和休在基普度假，确切地说，是我和休在缠绵的时候——说“缠绵”是因为休不过是在我的大肚子前蹲下而已。波莉·盖伦·史密斯曾经跟我说过，她在生孩子的前一天还做爱——真是饥渴！不过这事发生在我和休身上的可能性几乎为零，我们只是缠绵。但就在我刚刚说的那个晚上，我觉得自己是后宫闺房中最丰满的妾，彻底地堕落，我清楚地记得，我当时甚至希望有人观看我和休。

我的伴侣一定是感受到了我心的躁动，我俩又一次疯狂地占有彼此，我甚至感受到了胎动，但胎儿也是我与休的一部分，不是吗？然后，忽然，恶魔出现了——随便你怎么称呼它，夹在我和休之间。在那晚的彻夜宁静中，我感受到了与它的性欲共鸣，我现在很难想象怎么会有这份共鸣！但当时我体会到了人类退化后是多么热情，我还听到了欢愉的叫声回响在恶臭的深坑。奥古斯都·法尔离我很近，跟休离我一样近，和我那未出生的孩子距离我一样近，待在那分享我与休的纵情狂欢。我知道，如果我不立即停止的话，恶魔就会带走我的孩子。我安慰自己说，“不过是自己胡思乱想。”我太兴奋了，很想继续下去，我记得休和我一起发出了野蛮的狂叫。之后我就开始抽泣，我知道奥古斯都·法尔一直在那看着。我也不敢相信，甚至都写不出来——我的手在颤抖！他已经夺走了我的……我不要说出我亲爱的孩子的名字。他的步伐很奇怪,我总觉得他是被钩子勾着走路,但他的脚步很轻盈。然后我就请艾伦做我孩子的教父。我们很高兴克里斯多夫有两个教父，一个为他的 α，一个为 Ω，等孩子长大了，由他自己决定他要选谁。写到这里，你是唯一一个知道克里斯多夫有两个教父的事，希望你不要因此觉得受辱，你知道，你与艾伦在我心里的分量没有差别。

好了，奥古斯都·法尔的事我不能再说了，除了一点，我还能够感觉到这个地下灵魂依然缠着我们。从那以后，我就有一个奇怪的想法，克里斯多夫的安全取决于我对休的忠诚度。所以现在我觉得，我与你书信往来削弱了我对休的忠诚，那些信会让我爱上你。

从我第一次在我父母家的客厅见到你，我就知道我可能会与你共度一生，彼此亲密无间。所以你看，我一直爱着你，但是我对休的感情亦坚如磐石。

然而,在过去的两三年时间里,你的信正一点一点吞噬我的心,我必须要讨厌你、恨你，疯狂地嫉妒你，我还要承受着对你的那份强烈淫欲的折磨。简单点说就是，我讨厌你信上的文字，它实在太精确了，不需要任何遐想。我对你的渴望让我无法自持，邪恶就像过山车一样刺激着我的欲望，这些本应该只属于休，然而现在你却抢走了我对休的专一。α 与 Ω 二者不停地争论，我知道同时渴望两个男人的身体是什么感觉，你和休现在就像我的 α 与 Ω，不断地在我心里徘徊、争论、纠结，这虽不过是人生常态，却让我痛不欲生。也许人的天性就是，Ω会很容易爱上一个人，α也会轻易爱上另外一个，彼此独立。然而我却觉得你同时沾染了它们两个，我的α、Ω都爱上了你，但它们都只给了你一半的爱，另一半给了休，这让我的内心摇摆不定。

哈利，你知道休对我有多重要吗？我仍然困在世俗的欲望里无法自拔，是休给了我勇气和力量。我忍受不了低人一等（就跟我父亲一样，当他认识到没人把他当回事时，他就拼命努力直至成为一个让人难以忍受的狂妄书呆子）。我可能比我父亲更糟糕，我母亲埋藏了一生的野心传到了我的身上，她的隐忍让她变得脆弱不堪，我怎么能重蹈她的覆辙？

所以，我接受了那项任务。它跟操控人类的思想有关，所以它的机密性、严肃性不言而喻；这事一旦公开，那对技术服务部（TSS）来说无异于一颗炸弹爆炸。休和艾伦都十分害怕出现任何差错，所以他们就创造了一个封闭的、严格控制的环境。你知道那个地方在哪儿吗？在巴拉圭，我与蒙得维的亚相距不足千英里！我每天晚上都会梦到你，一个人待在空旷的床上渴望你，我的子宫，对，就是子宫，不顾对休的背叛，渴求你。你知道我有多恨你踏足低贱的妓院吗？我知道你去过！甚至有一两次，我差点就买了机票，去和你一起度过周末！我的私处淫水涟涟，休来看我的时候，还误以为他身下的女人是多么渴望他呢！

总之，你也旁观了沙威和利博塔德、瓦尔科夫与齐尼娅之间的情爱，没错，我的腰胯早已为你敞开了一扇门。我知道我这点无人知晓的天性丑陋不堪！我们的一个实验对象垮了，我虽不是实验发起人，但也是监管人之一，按理说我该为此感到伤心难过，但是我没有，毕竟我们所做的工作本来就没有道德可言。为了对付敌人，我们应该敢于挑战恶魔，我甚至觉得自己已经成了魔鬼——我是不是出卖了自己的灵魂？我们的实验失败了，事后也并未作出任何补偿。

我的反应很奇怪。我觉得自己一下子老了十岁，身心都陷入了地狱的昏暗中。我参与了一项十分大胆的冒险，收获的却是一团糟，失败的结果在我的事业上永远地蒙上了一层阴影。所以，我一回到乔治城，就决定做点什么。

结果，我就做了两个决定。我去找了艾伦·杜勒斯，请他分配独立的任务给我做。结果我就要开始编写有关 α－Ω 的书籍了。他似乎松了口气，并给了我祝福。我马上就动身前往缅因州，全年都会在那里工作，也许以后也会一直留在那里——“不管付出什么代价。”这是我们曾在巴拉圭常说的一句话。

这是我做出的第一个决定，另外一个就是停止想你。我是说，停止与你往来书信。所以，尽管我很想保留你所有的信，但那样太危险了，万一被休发现，我的生活就会彻底破碎。（因为我已经亲手毁了一个南美人的生活，我再也经不起这可怕的打击了。）而且你的信让我上瘾，唯一的解决办法就是戒掉，所以我会把你的信放进粉碎机。

当我投放信的那一刻，我发现，不，我做不到！我做不到就这样粉碎你的一片深情！于是我拿来办公室的设备，把它们挨个拍成微缩胶片备份，连着哈伯德的思想、心、鼻子、眼睛，你、我、乌拉圭的一切，一起封存！然后我把那满满的一箱信件，那廉价商店里的信纸，还有你过去十二个月花费的心思，一起放进了粉碎机。看着整张的纸变成碎末，我觉得天地都在旋转！糊里糊涂地，我就一个人去了酒吧——我从没一个人去过！坐在吧台边，因自己一人在大庭广众之下而微微颤抖（真是一个拉德克里夫的女孩）。喝了两杯波旁酒就起身离开——竟然没人向我要钱！独自一人回了家，向他解释说今天太累了所以喝酒放松心情。我亲吻我的克里斯多夫，他竟然哭了起来！

说完了。我是认真的，哈利。我们再也不要通信了，我也不会再见你。祝福我在缅因州工作顺利吧！我不知道我们要分离多久，也许是几年，也许是一辈子！你要知道，我如果不是爱你，我才不会与你断绝往来呢。请相信我！我一定要遵守我的誓言，我相信，在我们打破誓言的同时，上帝也会血流不止。

我爱你

再见，亲爱的人

35

这是我在乌拉圭收到的基特里奇寄给我的最后一封信。好几个月过去了，每天睁开眼睛，我都被痛苦包围，我失去了基特里奇，可是我不明白，这是为什么？究竟哪里出了问题？我只知道，她这次真的离开了我。记忆，如同门口吊死的一具死尸，在我的脑海里挥之不去。

她说她爱我，可是这只会感觉更糟糕。哪怕是我的新娘离开了我，我也不会感觉如此哀痛、绝望。我的心都碎了！是与基特里奇的书信往来，支撑和鼓励着我待在遥远的乌拉圭驻地，领略另一个世界的风采，跟上历史前进的步伐。然而现在，对我来说，这里只是一个毫无意义的工作站，同事成了空气，我的一切神经都已麻痹。绝望中，我写起了日记，但是，写什么好呢？于是，我又放弃了。

我想驱赶走这份麻木，我利用自己的假期去了里约热内卢，去了布宜诺斯艾利斯，我徒步走过许多生机勃勃的城市，也在无数个夜晚醉过、哭过，我像个幽灵一样穿梭于人群、行走在山野丛林，我甚至还去了有名的妓院，第一次那么清晰强烈地厌恶妓女口中的气味。然后我回到蒙得维的亚，去了埃斯特角海岸，想要豪赌一把，却发现自己太过吝啬。无聊，我此时的感受只有无聊，甚至无聊到昨晚又与萨利待了一夜。

谢尔曼和巴里・卡恩斯完成了乌拉圭的任务，打算返回华盛顿接受下一个任务，大家为他们举办送别派对。在最后一场派对上——距离他们离开还有四天，萨利跟我说："我想去找你。"

"几年之后？"

"明天晚上七点钟。"

她已经生了小孩，是个男孩，谢天谢地，与谢尔曼简直是从一个模子里刻出来的。她说："过去的事情已经过去了，我只是想见见你，和你道个别。"虽然理由很老套，可她还是说动了我，我们在我小屋的床上度过了最后一个夜晚。她还在生我的气，一开始就坐得离我远远的，但她的务实本质战胜了她的矜持。她已经很久不打桥牌了，还没有培养出一两个高手来就金盆洗手了。

中间，我发现自己竟然认真地倾听我俩发出的声音，而且还拿它与齐尼娅和瓦尔科夫同时达到高潮时的声音相比较，甚至我还设想苏联人正在窃听我和萨利做爱，真是刺激！这些俄国佬会不会在谢尔曼离开前把录音带交给他？我和谢尔曼会不会在大街上单挑，以此作为我俩的最后道别？我们亏欠马萨罗夫和瓦尔科夫太多了，他们那么努力地证明自己的合作能力，可是两个人没有一个回到了莫斯科。

谢尔曼和卡恩斯离开之后，代替者（一个听从于我、自称无所不知的老兵）就来上班了。接着就听到亨特丧亲的消息。当时亨特与桃乐丝正在卡拉斯科的乡村俱乐部跳舞，使馆的值班员就打来电话，说亨特的父亲去世了。亨特第二天早上飞到了汉堡市，又去了一趟纽约，回来时整个人变得十分忧郁，但我却为此更加真诚地喜欢他了。因为他有他的痛苦，我有我的哀伤，我们俩可以深切地体会对方的感受，也可以间接地为彼此疗伤，也增进对彼此的了解。有天一大早，我开车去卡拉斯科给亨特送南美地区经济调研报告，我以为他会上交给贝尼托·那顿，结果他带我出去散步（桃乐丝在家准备早餐）。他家别墅的对面是一座天主教公立高中，亨特的两个女儿——穿着白色上衣，戴着宽大的黑色领结，正在亨特家阿根廷籍保姆的陪同下进校门。他朝她们挥了挥手，转而告诉我："你得爱一个信仰天主教的女人。"他的嘴角露着酸楚，说道："我的父亲，从始至终都希望他的儿子是个天主教徒。"霍华德耸耸肩，"可是在美国有种感觉太紧张了，暂且说是反罗马情绪吧，你说是不是？"

"我想也是。"

"你觉得这种情绪渗入到我们机构里了吗？比如在人员配置方面？"

"我希望机构没有受此影响。"我答道。

他叹了口气，他与伍德沃德有些过节。我从来都不知道亨特的钱是来自他早期出版小说的稿费以及后来的明智投资，还是桃乐丝嫁给他时带来的丰厚嫁妆。但是都没关系，他的确比一般的驻地指挥官过得好一些。于是大使伍德沃德就向国务院以及情报局弹劾亨特，说他不过是一个大使第一助理，生活水准不应过高，亨特的生活也因此受到影响。

我想起了去年，我不止一次写信给基特里奇，讲述办公室里的钩心斗角。然而，刻在心里的悲伤，就像在银行的大理石地板上露营——尖锐的声音减成了低语，而回音却异常清晰，而且有一种感觉甩也甩不掉，那就是寒冷。我站在亨特一边，希望驻点能够战胜国务院，这就是我的团队精神。

这时，西半球分部的指挥官 J.C. 金来拜访亨特，两人待在密室里交谈。有这么一个说法：如果不了解点金的故事，就不能进到西半球分部的葡萄园（从墨西哥一直到阿根廷）工作。我已经从谢尔曼口中得知，这位上校先生曾经在犹他海滩战役中失去了一只眼睛，但也因此获得了国会荣誉奖章，战后积累了丰厚的财富。谢尔曼说："金认为巴西人一定很愿意购买安全套,每个人都跟他说'巴西人根本就没有购买避孕用品的需求，那是个天主教国家'。但是金太固执了，他利用国家发给他的伤兵抚恤金在亚马孙南岸建了一个安全套工厂，另外加上他自己攒的钱，从别人手里借来的钱，你知道吗？安全套生意在里约热内卢做得风生水起。他现在也许是情报局里最富有的人呢，人家在巴拉圭沿着巴拿马运河扩建了好多厂子。"

谢尔曼如果没跟我说这件事，我怎么着也想不到金这么具有商业头脑。上校先生长得很高大，走路微跛，一只眼睛上面戴了一只眼罩，说话声音极轻柔，就像他是个空心人一样。α－Ω 理论似乎在他身上无法成立。

我希望金上校的财富不会给亨特带来坏处，毕竟伍德沃德大使已经控诉亨特"太过张扬，有悖国家公务员身份"了。

事后我跟亨特说："你一定要坚决防御。"

"我不会防御的，我要进攻，"霍华德说，"我告诉金上校，我投那顿一票简直明智之极。为什么，因为庆祝那顿大选胜利的派对上，我是唯一一位受到大使邀请的美国官员。而伍德沃德呢，他当初竟然都不相信那顿能赢。所以，如果大使先生想在那顿就职之前见他一面的话，唯一的办法就是由我这个卑微的助理引见。我把这事说给 J.C. 金听，他走之前来了一句：'让伍德沃德下地狱去吧！'他根本就没有劝说让我低调一些，甚至，上校还说他很看好我。"

很快，亨特就被召回了华盛顿，回来之后，他再次邀请我去卡拉斯科吃晚餐。在书房，喝着上好的白兰地（我已经戒烟了），他告诉我事情有了新转机。"你以为自己运气不好，但偏偏它就转了运。我应邀参与一次大的行动，比危地马拉行动要大得多。"

“卡斯特罗？古巴？”

他用食指指了我一下，意思是我说到了点子上。“这可是一次特大行动，是古巴流亡者赢回他们土地的大好时机，机密中的机密！”他的脸如同被白兰地酒杯中的光芒照射一样，散发着火光！“我也将参与筹划事宜，任务完成前，我们要比情报局给予的指示做出更多的努力，一条接一条地实现、完成。但要绝对保密，所有的信息都要保密，最好不漏任何痕迹，让世界上所有人都不知道美国的参与。”他的手指一直围着酒杯绕圈。“你愿意做我的助手吗？”

“我想要的莫过于此。”我说道，我是认真的。虽然我对工作早已漠不关心，但是第一次我觉得自己受到了触动，有了参与的欲望，我内心深处的悲伤本就不知道乌拉圭之后我还要去哪，我再也不能把自己当作夏洛特的木偶人了。难道要留在华盛顿，避开基特里奇吗？不。我对亨特说：“我十分愿意和你一起工作。”这句话说出口，我感觉一束火焰在我胸中愈燃愈烈。

“那我从头跟你说。在这次行动上，没有什么方式是禁止不行的。”亨特说。

我默默地点点头。“不择手段吗？”我小声咕哝道。

他慢慢把手指指向了天花板……

36

我的工作又恢复了生机——向新来的情报员交接工作。一年前，我觉得要向 AV/ALANCHE1-7 道别是一件很痛苦的事，但现在我的“街党”队伍壮大了，而且其中一半的人都是佩奥内斯手下的警察，实际上也是他待在办公室操控这批人，这位重要人物——佩奥内斯已经取代了那顿成为乌拉圭的领导者。

然而，怀旧之情却在不经意间爬上心头。现在也许 AV/OUCH-1 和 AV/OUCH-2 还在护照监管部门负责检查游客，可我再也不用监督他们的工作了。我们那位负责社会新闻版面的记者 AV/ERAGE，本就已经被我们忽略了很久，现在更是用不着我时不时地花费一个晚上盘问他，我心中五味杂陈；还有我们的 AV/EMARIA-1、2、3、4，他们不必再听从我的命令，给我派监控车来了；生意惨淡的“果哥尔”将要关门大吉，从苏联大使馆赚来的钱已经不足以弥补它的花销；鲍里斯一家人也在着手寻找更小一些的公寓以节省开支；戈迪·莫尔伍德也不再打电话来向我讨价还价；AV/OIRDUPOIS 现在也交由我的下一任来负责了。

除了工作上的事情，我也要向蒙得维的亚的妓院告别，这更加触动了我那根脆弱的情感之弦。在那，我看上了几个女孩，出乎我的意料的是，她们竟然也喜欢我。我对自己说，她们不过在做生意而已，然后我就意识到，妓女与嫖客之间不就是一场戏吗？短暂相聚又匆匆离别，一样的不真实。

说到处理 AV/OCADO 的事，利博塔德事件的副作用就是让我变得更加谨慎。有好几个月，我每周都会带着问题清单与 AV/OCADO 在安全屋见面，请他吃饭、喝酒，我甚至还学会了做饭；我们一起争论在餐馆见面是否安全的日子也一去不复返了。

然而，沙威的事还在进行。我不清楚是这件事的重要性降低了，还是因为我太久沉溺于沮丧的情绪中，总之，我怀疑，在乌拉圭共产党身上投入这么多心血真的值得吗？我甚至都不知道我是否在乎它值不值得。以前，我总是苦恼于福特斯每周体重都会上升，现在连他自己都担忧自己的肥胖问题会影响到他的安全。他发誓，那件事过后他再也没见过利博塔德，但我每次去看他都能感觉出他似乎越来越怕佩奥内斯生气，怕这位警察局长发现真相。沙威说："你不了解这个人，他就是个法西斯，跟那顿没什么区别，他掌权后整个人都变得越来越残忍。为什么偏偏要成为法西斯呢？"

我说："我们不会让他伤害到你。"

"那你承认自己控制着佩奥内斯了？"

"不是。"

"那我就有足够的理由担惊受怕了。"

我不知道该怎么跟他说，沙威自己已经有了答案。

他又说："你的确控制着佩奥内斯，这就是你为什么相信自己可以保护我。所以，如果你在我身边画上一圈安全符，告诉佩奥内斯不准他进来护身圈，那就更好了。"

"那这就等同于告诉佩奥内斯的人，你和我们有关系。然而警察局里已经出现了乌拉圭共产党的人，虽然你还不知道是谁，但你我都不能冒这个风险。"

"你不用告诉他你为什么要保护我，警察局通常都会睁一只眼闭一只眼。"福特斯说。

"沙威，我已经糊涂了，你究竟在说什么？这里面肯定有别的内情。"

"的确有，"他说，"实情就是上周利博塔德打电话来警告我，说佩奥内斯最近已经听说，几个月前有人看见我和她一起出现在公众场合，这激起了他的疯狂嫉妒。其实那次不过是与你的领导一起吃午饭而已。"

"噢，不是吧。"我说。

"她说，佩奥内斯已经准备好给我点颜色看看，但是她命令他不能这么做，因为她与我之间什么事都没有，如果他教训了我，那她就再也不见他了。利博塔德在讲这一番话的时候情绪很激动，还跟佩奥内斯说，我只不过是她的大哥哥，仅此而已。尽管这样，佩奥内斯也不见得就会相信她的话。

然而不管肉体出轨还是内心忠诚，我们在这样言辞激烈的爱人面前难免妥协。佩德罗明白这一点，如果他仍然怀疑她的话，自己一定会付出惨痛的代价。”

“那你就没必要害怕什么了。”听到这个消息，我一时还无法预测这会带来什么损害。

“我当然有理由害怕了。他根本就不需要亲自动手，他手下的人会替他出头。”

“如果真是这样，我看他怎么面对利博塔德。”

“当然可以，他肯定会否认是他指使别人打我，他甚至还可能会惩罚打我的人。我敢说，这事最后一定会不了了之，如果找不到证据证明佩奥内斯是幕后指使的话，那么利博塔德也不会舍弃佩奥内斯带给她的荣华富贵而离开她。”

“证据？这事除了他还能有谁？”

“没这个必要了，现在的问题已经不仅仅是折磨那么简单了。那顿痛恨共产党，甚至比约翰·埃德加·胡佛还要恨。也许是因为共产党深深伤害了那顿的自尊，所以才造就了他虐待狂般的信仰，他相信，左派就是个毒瘤，只能通过折磨才能彻底根除。所以一股迫害无政府主义者和共产主义分子的狂潮就要来临了。”

“是谁的命令？依据哪条法律？你快跟我说说，我不敢相信这是事实。”

“警察若想逮捕你，那就不怕找不到理由，也许你过马路时没遵守交通规则他都能把你弄进去。现在的情况是，你一旦被捕，事情就成了另一番光景。待在警察局的左翼人士没有人会保护你，我党内的三位高官上个月在里面的日子真是难熬。是被打残了吗？没有，是他们太想女人了！”

“真这么惨？”

他笑了——难道是因为我突然用西班牙语回应他吗？

“我夸张了。”他说道。

“是吗？”

他耸了耸肩：“我现在怕死了被折磨。”

于是我们一致认同：如果有人警告他要逮捕他的话，他就打电话向我求助；如果他来不及亲自告诉我，就把信息留在“RAINFALL”（降雨）一词中。

距离我计划离开乌拉圭的前两周，我在办公室接到一个人的电话，说他要找“RAINFALL”，他不肯告诉我他是谁，只说福特斯先生一小时前被捕，现在正在中央警察局总局。现在这种情况只有警察才会知道，那也就是说福特斯买通了这个人给我打电话，并且他的身份已经暴露了。

我十分愤怒，我不过是个情报局官员，不是吗？我根本就不在乎此时的沙威有多恐惧，是他向我提供的情报太少的缘故吗？“去他妈的！”一挂电话我就破口大骂！

然而，现在沙威的情况的确很紧急，我心中也十分担忧，所以我决定冒险去找亨特帮忙，陪我去一趟警察局，也许他都不愿意留在那等，除非是接沙威出狱。

果然，亨特听到这个请求情绪很低落：“真是笨蛋，蒙得维的亚这么多优秀的情报员都能守住自己的秘密，怎么他就不能？他算是废了。”

“我也明白，可是事情已经发生了。”

“真丢人！下周一阿尔奇·诺克罗斯就要过来代替我掌管这里了，我不能交给他一个管理优良的驻点也就罢了，现在还要我给别人擦屁股！”

“发生这样的事，真的很抱歉。”

“我们要救 AV/OCADO 的话，就得警告佩奥内斯。”

“霍华德，我们不能这么做，否则沙威就会彻底暴露。”

“那好吧，我现在就给佩德罗打电话，一个电话就能搞定。”

能吗？时运不济，佩奥内斯现在不在乌拉圭，而是跑去了布宜诺斯艾利斯。

霍华德看看他的手表，说："我该去国家俱乐部吃晚餐了，这事留到明天早上再说吧。"

"这事儿可不能等，说不定一个晚上一条命就没了。"

"你真觉得我陪你去一趟监狱，事情就能改观吗？"

"霍华德，我只是国务院的无名小卒，但是他们都认得你，你去了肯定能行。只要他们懂了你的意思，你就离开，可以吗？"

他举起双手，说道："那我给桃乐丝打个电话。真他妈的，我最多给你一个小时的时间，就当为我送行的一件特殊的礼物吧。"他压碎了自己的雪茄。"这个蠢人沙威·福特斯，如此拖累你我！"他叹了口气，"好吧，那就让我们树立一个榜样，让别人看看我们是怎么保全自己的特工的。"

警察总局在市法院大楼，一座八层楼高的大厦，最初是为新扩张的商业投资企业而建，如今这栋楼归了警察局和法院，但惨败企业的阴影仍然残留在这栋建筑里。

楼梯台阶很宽，每个楼梯平台之间都是双行弯道，我有足够的时间冥想这里的阴郁。在这圆拱形的寂静中，曾经有多少财富悄悄消失？潮湿的空气一直徘徊在通向法庭的台阶，远处的痰盂、烟蒂像一只浮肿的甲壳虫躺在破旧的油布上。

我们尽力调整呼吸，不让别人看到我们爬个楼梯都要气喘吁吁。爬过六层，来到第七层的走廊时才发现事情不对：整个楼层空空如也，办公室的门开着，里面连家具也没有，夜晚路灯的光芒透过窗户照进来，可以看到窗户上布满灰尘。感觉好像我们错过了人生中的一次重大转变！我想，死亡大概就是这个样子吧，脏，空，没有一个人愿意接纳你。

"真见鬼，我们竟然找错了地方！"亨特说道。

就在这时，楼上传来各种敲击鞭打声，有钢铁、木头，还有塑料，惨叫连连，可以听出他们已经尽力压低声音了，但呜咽声还依稀可辨，像小狗被车碾压之后的残喘。失落感弥漫在空气中，我和亨特都说不出话，就像我们待在别人家里，听到从浴室里传来歇斯底里的呻吟声。

“不得不说，”亨特小声说道，“上面肯定是无所不用其极了。”

然后我们回到六楼，找到佩奥内斯的助理副局长，并向他介绍了我俩，听到亨特的名字，副局长立即敬了一个礼。我们的工作进行得很快。副局长说，很庆幸我们在能来这里的时候来了，各项调查还没开展，只要你们做担保，福特斯先生就可以获释了。

“不，是他担保，”霍华德说，用手指着我，“我要赶着去赴约了。”

我就一个人在那等着，过了一个多小时才把人放出来。我看到沙威时，他很沉默，我也没有开口说什么。我们出了警察局来到大街上，他才打开了话匣子，一说就是四个小时，他一边说个不停，我还一边告诉他慢慢道来。他说，他现在很危险，夹在两边受气：一边是佩奥内斯，一边是乌拉圭共产党，双方现在都想报复他，他说：“我死定了。”

“乌拉圭共产党不会杀了你的，不是吗？”我说，我承认，我当时脑子里在想“推翻乌拉圭共产党”。

他回答说：“他们只是开除我的党籍，下一步就轮到图帕马罗城市游击队（乌拉圭极左翼游击组织）来料理我了，乌拉圭共产党中的极端分子会把我的事告诉游击队，那我就必死无疑了。所以现在唯一的办法就是把我带离乌拉圭。”

我提到里约热内卢、布宜诺斯艾利斯，沙威说都太危险了，不能去，我又提到南美、中美、墨西哥，他还是摇头。

“那你要去哪儿？”我问他。

“迈阿密。”他要离开他的老婆孩子，因为他们都是坚定的共产主义分子，他要一个人前往迈阿密。我们得给他提供一份体面的工作，比如去银行工作，一个讲西班牙语的非古巴人，在处理古巴人的业务时一定大有用途，毕竟在金钱方面臭名昭著的古巴人对美国银行来说也是个难题。

“我还没这个本事给你提供这么好的工作。”

“你必须能，除此之外的办法都很危险。为了保护我自己，我恐怕得找到蒙得维的亚的报社，虽然我比你更有理由惧怕与媒体合作，但是我在监狱想明白了一点——我还不能死。为了保证我的安全，迫不得已我会曝光自己，当然还有我掌握的信息。”

接下来的二十四小时，我们办理了假文件、假护照，还有一张去往美国的签证，他去了迈阿密一家银行工作，当然是归情报局所有的银行。这一局我并没有必胜的把握，直到我连续八个小时工作在编码器—解码器前，向 Groogs 汇报（这也给了我厌恶他的充分理由）。总之，在迈阿密，我又有机会与沙威合作了。

（中册完）

FONGHONG
凤凰联动出品

HARLOT'S GHOST

夏洛特的亡灵（下）

［美］诺曼·梅勒 著

马飞剑 段淳淳 译

江苏凤凰文艺出版社

JIANGSU PHOENIX LITERATURE AND ART PUBLISHING, LTD

第五部

猪湾之战

（1960.5—1961.4）

迈阿密

1

霍华德·亨特离去后，我又在乌拉圭逗留了几周，直到五月初才回到美国。多谢有这几周的假期，我才有时间去缅因州，希望可以穿过荒漠之山去看望住在多恩的基特里奇。

但我却无法鼓起勇气。如果她拒绝了我，我今后还能抱有什么幻想呢？如何保存这份浪漫的遐想才是最现实的问题。

因此，我去了更远的北方，来到巴克斯特州立公园，爬上卡塔丁山。在五月去这些地方旅行确实不是明智的选择，黑苍蝇横冲直撞让人忍无可忍，一直到我爬到很高很高、通向山顶的山脊时，寒冷的风从山顶吹下来，才摆脱它们。

那片山脊被称为“刀锋”。要走过去并不是什么难事，也就一英里的路程，但是它的两边就是万丈深渊。虽然路有几英尺宽，但时值五月，“刀锋”上的冰并未完全融化。而后，顺着斜坡往下，小路在下午三点就已经被浓浓的阴影遮蔽了。我在满是冰雪的山谷中艰难前行着，非但没有感觉到孤单，反而觉得自己是美国的一位隐居者。我受到启发，明白忽略像政治这样大而普遍的事情确实是很可怕的。我在情报局是个怪人吗？在柏林的那段时光匆匆而过，来到陌生的乌拉圭政治世界，我竟变得这么活跃。

现在我准备动身前往古巴，负责做研究工作。我回到纽约，找到一间远离时代广场的廉价旅店，在纽约公共图书馆的读书室待了一周，试图突击深入研究一下我们这位加勒比海上的邻居。我读了一两本历史书，但能记下来的实在是寥寥无几——我无数次在书本上睡了过去。我已经做好准备去推翻卡斯特罗了，但我一点也不想学习任何有关他及其统治下的政府的事。但我已然满意于自己能学习《时代》的背景知识，因为基特里奇曾经告诉我，杜勒斯先生希望情报局官员接受某种观点时也经常用那本杂志，恐怕没有比这更有说服力的了。

卡斯特罗第一年当领导人显然难以令众人满意。古巴国内充斥着如此多的争端，部长大臣如走马灯般更换，轮番上演辞职以抗议新出台的法律。不久之后，有一件事吸引了我的注意力：一九六〇年一月三十一日，马萨诸塞州参议院约翰·肯尼迪宣布，他将参与总统竞选。在我眼中他还十分年轻，比我才大了十二岁不到，我当然会觉得他有些过于稚嫩。两周的假期确实让我焕然一新，并且，我在纽约街头见到的年轻女孩都是那么让人如痴如醉。

在假期的最后期限，我邀请母亲一起吃午餐，不知道自己以后能否再见到她。真难以令人置信，我对她竟毫无感情，淡漠得如同我肺下的那层隔膜；而且今天的我仍然一无所知，就凭这一点，我就不可能原谅她。但是，她现在病了。在离开蒙得维的亚时，我收到她寄来的一封信，信中轻描淡写地说她动了一个手术，仿佛叙述一个普通的事实，仅此而已；之后还提到了她娘家几个亲戚的近况，都是些我几年未曾谋面的人。在此之后又有一些明显的暗示：我现在有一大笔钱，但是我却怎么也想不出来如何使用，当然，设了几个基金会。话说到这个份儿上，连傻子都看得出来她是什么意思：该死的，给我当心着点，不然你别想拿到一分钱！

如果现在我对政治还算一无所知，那么那几年我对金钱的关心就更少了。出于那份骄傲，母亲的威胁并没有给我带来什么异样的感觉。

然而，在信的最后一页，写着一个大大的“附”：她写字的手已经不听使唤，写下了她并不想说出口的话——“噢，哈利，我最近是真的生病了。”——她又激动起来，这已经是第四次了。“但是儿子啊，不要害怕，我已经切除了子宫，切除得干干净净。以后我再也不想聊这个话题了。”

卡塔丁山的山坡上，温暖的春风拂过，树木郁郁葱葱，但也引来了无数长着小刺的小昆虫，山上的冰冻地带看起来十分不合时宜。在图书馆打了几个小时的瞌睡，现在的我突然产生了一种愧疚感，尽管我对母亲毫无感情，但这样的愧疚感却挥之不去。我意识到自己已经被爱的痛苦包围，就是这份痛苦促使我拨通了母亲的电话。终于我邀请母亲在一家名为“殖民地”的餐馆共进午餐,但她却想去另一家叫“二十一”的餐馆，这该死的控制欲！她就是这样抓住我老爸的吗？

我走过去问候她的时候，不经意间看到子宫切除手术（花了好大一笔钱）的疤痕已经永远留在了她身上。在我看来,她整个人都是那么可怕。未满五十岁，外加苍白阴郁的脸，双重作用让整张脸都松垮了下来。当她走到餐厅入口，在前厅与我碰面时，我终于确信她之前所说已经失去的种种确实都已经失去了。正因如此，她亲手毁坏了这个她三十多年来一直擅长的游戏，所有的爱好也在这一刻消失殆尽。

当然了，我也不会一直这样想下去，她毕竟是我的母亲。我一直在复杂矛盾的情感中纠结。说实话，在我们见面拥抱的时候，我真实地感觉到自己已经进入了一种自我防护状态，但防备对象居然是这个已经变得瘦小干瘪的中年妇女，真是令人难以置信。也难怪，上一次见她已经是三年前，这种温情我早已不信任了。我更加熟悉的情景是：蒙得维的亚的妓女们经常将她们的辛酸往事以一种堕落的方式传递给我，而我也用同样的感情去回应她们。现在我拥抱着母亲，她将我重新拉回现实，这转变太过剧烈，我的思绪瞬间就混乱起来，我们之间的亲密感也随之荡然无存。

在吃饭的时候她还提起了我的父亲。显然，这时的她，比我更了解关于我父亲生活的点点滴滴。她用一种确认无误的口气告诉我：“你父亲的婚姻现在遇到了危机。”

“这是你瞎蒙的，还是事实？”我问道。

他现在住在华盛顿，是的，他又回去了。在经过几次冒险之后，你可以称之为冒险或者换成其他说法，总之，他现在又是孤身一人了。

“那你又是怎么知道的？这事连我都从未听说过。”

“纽约自然有各种各样的渠道在流传着小道消息。我之前已经跟你说了，你父亲现在在华盛顿，而那个女人玛丽，就是那个大块头的白种货色，选择留在日本。当然了，那女人也绝对不是乐意到其他国家去过艰苦生活的那类人，肯定是她又找到了姘头。”

“怎么会呢，母亲，她怎么可能会把目光从我父亲身上转向其他男人呢？”

“像这样的女人能够下定决心搬去千里之外，我敢打赌她一定是爱上了一个瘦小但是值得尊敬的日本富翁。”

“你说的这些我完全不能相信。”

“总之，你父亲和那个女人已经分开了，你可以不相信我的话，但我估计过不了多久，你自己也能知道事情的真相会是怎样的。”

“既然他回来了，我倒是希望他最好能早点联系我。”我不假思索地脱口而出。

“噢，他会的。只要他到这附近，他就会联系你的。”说着，母亲一边从长棍面包上掰了一小块给自己，然后挥着那只手，好像要跟我说个秘密似的。“当见到你父亲的时候，”她说，“我想让你帮我跟他说一声你好。如果可以的话，可以向他描述一下我在说这话的时候眼睛还闪闪发光。”她咯咯轻笑了一声，不像普通人的笑声，好像是马上要把一个水壶架到火上一样。“不，”她继续说道，“或许你不用说得那么多，”但仅仅是嘟哝着，“好吧，或许也可以这样说。总之，你自己看着办好了，我的瑞奇。”我是有多久没有听人叫过我的小名了！“你看起来比以前更加英俊了。”她接着说道（同时在我看来她是越发老态龙钟了），“瑞奇，你现在这样让我想起了盖瑞·库珀，我曾经有一次愉快地接受邀请与他共进午餐。”

而我只感受到了亲情温暖的刺痛，但至少这也是纯洁的情感。当我们告别彼此之后，我一个人去了一家市中心的酒吧继续喝酒，尽情享受接下来几个小时的空虚，细细思索着爱的真谛。是啊，所谓相爱的人事实上仅仅只有一方是怀着爱的，对大多数人来说不就是如此吗？性与爱难道可以融为一体吗？这样想着关于我母亲的事，我的心情变得更悲凉了。叫人如何接受杰西卡逐渐老去的容颜？

那一夜，真是太让人沮丧了。我意识到自己已经放弃了蒙得维的亚情报机构官员的身份，但是却没有别的东西可以去填补它。人因有了身份而成熟，在失去身份后又退化。我拿起电话打给了身处迈阿密的霍华德·亨特。他说：“如果你想要缩短假期提前几天回来，我他妈的一定会用你的。我有一些奇妙而惊悚的事想告诉你。”

2

霍华德·亨特看起来瘦弱而敏捷，并且也怡然自得。因为现在晚上还挺温暖的，我们就在西南第八街的一个露天餐馆吃了饭。他告诉我那条大街的名称来源于那群古巴流亡者，在西班牙语里第八街称作“Calle Ocho”。我们选择的这家餐馆，只有一个雨篷，四张桌子，和一个烧得漆黑的烤肉架。厨师只有一位胖胖的古巴女人，服务员就是她的大胖子丈夫。但是这里可以吃到熏牛肉、辣椒、芭蕉、豆子和米饭，比起乌拉圭那些令人作呕的食物，这些食物真的可以算是相当美味了。

亨特最近刚被安排前往古巴去大体上感受一下这个国家。他用了工作中使用的化名，提取了出差预借经费，联系好了去哈瓦那的飞机，预订了哈瓦那维达多酒店的房间。“之后，”亨特说，“我把那些阴暗的房间几乎都仔仔细细调查了一遍。让我满意的是，可以确定这里没有任何可疑的人物，电话也没有被安装窃听器。随后我才开始游览古巴首都。”

“哈利，那里到处都是大胡子。我的天哪，我讨厌那些狗杂种和他们汗津津的皮肤、令人作呕的脏胡子，还有那些污秽不堪的杂役！他们都随身带着捷克斯洛伐克造的枪支，还有，我的天哪，他们还要到处炫耀。这种一文不值的男人的廉价骄傲，简直就像是恶棍拿到了新的玩具。哈利，当他们把武器甩在肩上扛着走过的时候，你就能够感觉到这些杀人犯残忍的内心。不管他们怎么扛枪，都会让你觉得，这么蠢的人知道要给枪上保险吗？

“至于那里的女人们，说话的声音刺耳难听，就像一群母山羊在啼叫。即使穿着制服也难以掩盖她们丑陋的行为举止。竟然还有非常多的老姑娘加入了民兵组织，她们挤满了街道，有节奏地喊着口号：‘一，二，三，四，卡斯特罗万岁！’但在我听来，除了一遍遍攻击你的耳膜之外，没有更多的用处了。噢，那些严肃的女人们，还有那令人生厌的口号！”

“这样听起来，确实非常糟糕。”

他十分严肃地喝了一口啤酒，继续说道：“事情比我想象的还要更糟糕。哈瓦那城内将近一半的人都试图逃离。我们的使馆里就大排长龙，人们都想得到去美国的签证。他们想要离开这些愚蠢粗俗、现在却翻身掌权的人。

“我还去了邋遢乔酒吧，”他说，“真的，每次去哈瓦那我都会去，这是一种令人愉悦的‘朝圣之行’。毕竟我父亲，为了追回他合伙人潜逃躲避的债务，三十年前造了这个引人注目的入口，所以我一直把这里当作一个喧闹嘈杂、兴奋活跃的地方。在那里，你可能会在吧台一头偶遇海明威，不过说实话，他也很久没有出现过了。后来我又到佛罗里达酒吧，那儿真没什么意思，都是一片荒凉萧瑟之景。哈利，那些闷闷的酒吧侍者，以及毫无生气的氛围，我实在是无法忍受。唯一照常经营的，是在梅赛德斯—奔驰展示厅楼上的妓院。这也源于卡斯特罗那对于国民纯洁性的自大的宣告。为什么，比起巴蒂斯塔的时代，现在大街上出现了更多的妓女和牛郎呢？老富尔亨西奥至少还能维护哈瓦那的治安，但现在的妓女们就像蟑螂一样纷纷溜出来，期待着从来往的游客身上多少招徕点生意。”

“那你能找几个吗？”我一直就很想问，但让我吃惊的是，竟然真的这么问出来了。在乌拉圭，我过去可不敢这么做。但是今天，我感觉自己和霍华德的眼前仿佛将要出现一个新世界。

亨特笑了，他说：“这样的问题，你似乎不该问我这个幸福的已婚人士啊。但是，如果有人问怎么评判一个人是否有资格成为一名间谍，我唯一能给的合理建议就是，看着他的眼睛说，如果你曾经欺骗你的妻子并且侥幸得手之后，你就够资格了。”

我们哈哈大笑。我不知道这充满肉香的油脂味是从那个小烤肉架传来的，还是被我们的遮阳篷分隔了的热带天空本来就飘散着味道，我觉得又沉闷又祥和，仿佛我已然来到了哈瓦那一般。来迈阿密的第一天，我就已经看到无数从古巴流亡出来的人们，沿着第八街来来往往。我仿佛嗅到了一种令人兴奋的危险，那些沉醉在朗姆酒精中的恶行仿佛就在不远处。

“每天晚上，”亨特说，“在我住的维达多宾馆的窗外，我可以听到那些人在街上高声谈笑。那种声音会让你联想到街头帮派，这是从哈瓦那贫民窟出来的人最糟糕的一点。那时他们还没有被成群带上警车。我可以听见他们走进一栋栋大楼，敲开每一户人家的大门，如果门开得慢了点，他们就会一直不停地敲下去——想想哈瓦那老砖墙上的老木门发出的那种巨大回音吧，天哪，这声音简直能把整个加勒比的鬼都招出来。然后楼里的可怜人就跟着那些人出来，他们全都拿出自动手枪以示恐吓，防止他们逃走。警笛在尖叫，探照灯在扫射。这多么让人悲伤！过去哈瓦那的夜晚，总是能在闷热的夜色中让人唤起感性神经。”哈瓦那海滨大道上那些漂亮的拱门，现在都被革命的正义取代了。现在，你无论何时走在哈瓦那的街道上，都没有办法避开一连数小时高音喇叭的折磨。民众们大多都不愿意听那种宣传，大家都垂头丧气的。”

“你在那里的时候跟那些古巴人聊过天吗？”

“我的任务是按照某特定名单找到相应的人，他们都有着同样的经历：曾经为卡斯特罗工作，为卡斯特罗战斗，但现在他们想要彻底脱离他。”

他环视餐厅一周，好像是要确定没有人在关注我们，算是一种职业病吧，仅此而已。现在已经是晚上十一点了，我们是店里最后的客人。厨师已经熄灭了他的烤肉炉，而他的妻子，那个服务员，早就睡着了。

“我一回到美国，”亨特说，“就给情报之眼提出了建议：无论是否入侵古巴，首要任务都是暗杀菲德尔·卡斯特罗，就以此作为古巴爱国者们的任务吧。”

我轻吹一声口哨：“这倒是个绝妙的建议。”

“回到乌拉圭后，我并没有一味吵吵闹闹地想当头领。因为现在的主要问题是，我们要推翻卡斯特罗却不能成为众矢之的。可以说，这相当需要技巧。”

“那么情报之眼如何回应你的建议呢？”

“我想说这事已经不远了，”亨特说，“说实话，现在你父亲已经在考虑我的建议了。”

“我父亲？”我的提问实在是简洁明了。

“难道没有人告诉过你，你的父亲对这整个计划有多重要吗？”

“嗯，我想没有。”

“我真是非常欣赏你父亲的保密意识。”

我却不这么想。这一年里，我从没听卡尔说过这件事，现在从别人口中得知我父亲竟然是古巴行动的实施者，实在让人感觉无比羞辱。

“你跟卡尔相处得如何？”我索性这么问亨特。

“我们是老相识了，在危地马拉我就开始为他工作。”

“这些我竟然从来都不知道。”为什么不能让我知道这个家庭的秘密呢？“我一直误以为卡尔在远东工作。”

“唔，其实这么说也没错，”亨特说，“除了他为理查德·比斯尔建立危地马拉观察所以外，一直在远东。我必须说的是，哈利，我们的安保就像是英国的迷宫花园，人们可以秘密地在其中穿梭而过，另外一边他们的亲朋密友与他们隔着篱笆，什么也不会知道。你父亲真不愧是我们的人里面最能够保守秘密的人。”

我脑海中闪过这样苦涩的想法：卡尔不告诉我任何关于他的事，唯一的解释就是我从来不够让他赞赏，也没有赢得他的信任。“是的，”亨特说，“我总是在想，我们在一起时从没谈过到你的父亲，也许就是因为你想让我知道，你在安保方面是有多么出色。”

“干杯！”说着，我喝了一大口啤酒。

我十分震惊，并且受到了过度的刺激。我与古巴计划中所有人的关系，包括最熟悉的霍华德·亨特，最后竟然都取决于它的首领。我曾经以为，我能够被亨特选中伴随他左右是因为我在乌拉圭是一名最优秀的年轻官员，这也至少是我喜欢他的一半原因。现在事实确实这样：他看着我，就好像看到了升官发财的曙光。

但是，我的家庭荣耀感的确有所提升，毕竟他们选择了我的父亲而不是别人，去进行这项危险而艰难的任务。我觉得自己将要沉醉在黑朗姆酒中了。当然，我的身心都做好了暗杀的准备，这个状态也让我觉得吃惊，比我想象的还要斗志昂扬。是的，我已经完全沉浸在加勒比的朗姆酒、恶行和迷醉中了。

3

亨特所说的汽车旅馆就在卡拉·奥乔，几个臭名昭著的古巴流亡者曾试图暗杀普里奥总统和巴蒂斯塔总统，暗杀失败后的藏匿地点就是那家旅馆。它的名字是“皇家棕榈”，我原以为这是一家至少四层高的现代化旅馆，装着铝制窗扉的落地窗。但实际上，它不过是一个潮湿的热带庭院，只有一层，租金低廉，墙面涂着深绿色的油漆以掩住水迹，各种各样的昆虫在腐烂的棕榈树根周围乱飞。我发现自己对矮小的棕榈树、飘落的棕榈油或是腐烂的灌木没什么兴趣，而且，这个庭院太过狭窄，我们只能将车停在角落。旅馆的每个房间都背阳，因此房间潮湿得很。我很不情愿地掏钱住在那儿，但我似乎有股动力住在这潮湿的庭院，晚上睡觉的时候，我总会想起那些沮丧的杀手，他们也许和我一样，躺在床上冒冷汗。

雷蒙德·钱德勒在这儿住上一段时间，最终才敲响了马洛的破旧的门，我知道的也就这些。这里住有单身汉，也有拖家带口的，总之都是古巴人。管理这家旅馆的是一个老妇人和她的儿子，这位老妇人右眼因患青光眼而看不见东西。她的儿子皮肤黝黑、神情忧郁，尽管他的一只胳膊几乎残废，但他依旧可以把扫帚的把手夹到腋窝里，自在地扫地。晚上，我能听到大声的争吵，也能听到便携式收音机里播放的古巴音乐。我以前在书上看到过，非洲裔古巴鼓手们的演奏实际上是鼓手与上帝、与他们的祖先或是爱慕、敬仰的圣灵交谈，所以我才不至于被这些喧闹声吵到失眠。邻居开着收音机，播放着他们对上帝的倾诉，我似乎也得到了安慰，安心睡着了。然而整个旅馆的空气中都弥漫着大蒜和油烟味。

我很快就睡着了，累却快乐。我以前在迈阿密的工作就是见很多的人、去很多的地方；如果我现在还在那工作的话，那我一大半的时间都是开着政府配备的雪佛兰黑斑羚，高速行驶在无边无际的迈阿密林荫大道或海滨堤道上，或者是驰骋在佛罗里达大沼泽和群岛。我们曾在佛罗里达南部执行过一次任务：北起劳德代尔堡，南延二百英里至基韦斯特，从戴德郡出发，穿过大赛普里斯沼泽，抵达坦帕市和墨西哥湾。此次任务必须保密，所以为避免引起注意，我们需要租借安全屋，这些房屋的主人通常都是富裕的美国人或古巴人（偶尔会在自己的房子里住上一段时间）。后来我才知道情报局不仅在莱茵河和卢瓦尔河的上游拥有城堡，在京都拥有寺庙，而且还有很多非常规房产，那就是我刚提到的安全屋。它们大多属于租赁房屋，没有华丽的装饰，所以并不显眼，最为安全，并且配备标准、功能齐全。

在佛罗里达也时常出现打破常规的情况。比如，看到租来的廉价酒店或者破烂的公寓（有时候安全屋的条件实在是差），我就会和古巴人约在高档地方见面——房子两侧是巨大的草坪和泳池，屋里装着敞亮的落地窗，窗外就是码头，路边摆放着为当地居民提供的午餐。六个古巴人齐聚在这个空荡的房间开会，他们一直抽着雪茄，时不时惬意地吐一口烟，显得自己很有钱的样子。

我的描述是不是很抽象？但有一点可以肯定，尽管这些古巴友人出现在这里令我意外，但我对他们却怀着一份敬意，他们中有的留着海盗一样的胡须，有的像老练的秃顶政治家。我的任务就是开车带他们去亨特选好的时髦安全屋，地点可能在比斯坎湾、椰子林，或科勒尔盖布尔斯等，随后，我再开车将他们带回到旅馆。他们的房间和我住的一样破旧，我无法理解他为何把临时会面的地点选在奢华的地方，而且还要用车接送这些古巴人。

亨特继续给予我此类问题的指导意见。“若一直为他们提供最好的食宿，不出一周他们便会狂妄起来，”他说，“你必须把握住古巴人的心理。他们与墨西哥人不同，当然也不能与乌拉圭人相提并论，与我们美国人相比，那自然更不必说。若一个美国人极度沮丧，想要自杀，那么他可能就是默默地扣动扳机。但古巴人不这样，他会告诉自己的朋友，举办一个派对，在派对上喝得烂醉然后杀死其他人，甚至，他们还会诈死。我认为这背后的原因是他们居住在热带地区，热带丛林激发了他们的癔病。走在一条美丽的丛林步道上，你或许会踩到一只蝎子，或许是头顶的树叶上掉下来一只毛毛虫，叮你一下，让你陷入半醉半醒的状态。古巴人表现出大男子气概也是为了抑制这种癔病。我们的任务就是抑制他们的不稳情绪，而且我告诉你，小子，我们可以做到，我们就是如此对付危地马拉前总统阿本斯的。”

他已经告诉过我蒙得维的亚的事，但现在我还得再听一遍：“哈利，我们当时只有三百名士兵和三架修补过的飞机，而且……”他伸出一根手指，“只有一台无线电广播发射机，就设在边界洪都拉斯附近。我们不停地向外发射信号，所用代码也很简单，阿本斯和他的人肯定都能破译。不久，他们就作出了回应——我们在假消息中提到了效忠于阿本斯的军队，还为这些军队如何密谋叛变加密，阿本斯因此将自己的军队关在营房一周。他以为这些部队已经向我们倒戈了，而且我们也的确一直在扩军。‘虽然我们现在拿不出两万士兵，但今天我能交出两千，明天就能把剩下的人数凑齐。’以上这些就是我们做出的全部努力，仅仅三百名士兵，还未攻打危地马拉城，阿本斯就弃城而逃了，而且所有的共产党都逃到了山上。这是我们干得最漂亮的一仗！

“现在我们要开始对付卡斯特罗了。由于我们制定了多个登陆计划，所以他并不知道我们究竟会抵达古巴的哪个角落。”

“我可以做恶魔的支持者吗？”

“这正是你来这里的原因。”

我说：“卡斯特罗现在对危地马拉的情况已经了如指掌。因为切·格瓦拉曾是阿本斯政府的一员。”

亨特说道：“是的，但是一个格瓦拉毕竟势单力薄，我们打入古巴内部的‘资源’虽然情报没得到多少，但散播谣言还是有一手的，很快这个格瓦拉就会为我们所用。现在在迈阿密已有超过十万人背叛了卡斯特罗，我们打算用虚假信息为这些谣言造势，最终让谣言传到卡斯特罗的耳朵里。谣言受我们控制，这就是左右卡斯特罗的一把利剑。”

“难道卡斯特罗就不会发布虚假消息误导我们吗？”

亨特耸耸肩说道：“那就称之为一场假信息之战。我的人会取得胜利，毕竟，与古巴人相比，我们更理性一点。”

我不断提醒自己，亨特在来情报机构之前曾是一个小说家，我能感受到，这个具有浪漫气质的同伴或许比我更像一名职业军人，因为他可以像个直尺一样坚守机构的制度，在他身上我一直能看到 α 、Ω 各自独立的特征。α 、Ω 让我禁不住思念基特里奇。那天晚些时候，下了一场春雨，我不得不把车开到路边，停在路沿石上，关掉发动机，把头埋进方向盘，几乎哭了起来。就这么突然地，我满心渴望着基特里奇，这种渴望早已成了常态。可是她离开了我的世界，想到这儿，我的心一阵一阵地绞痛。她不让我写信给她，这让我多么绝望！可是我还是止不住在脑海里书写想要和她说的话，说不定今晚睡觉前，我就会再写一封。现在雨停了，我发动车子再次驶上高速路。阳关照射下的州际公路像象牙一样白，我甚至有幸看到一只白鹭单脚站立在路边的黑色沼泽中。

4

那天晚上，我开着车行驶了很久，足够亲手写一封长信了。但我一直有一种可怕的感觉，因为我知道即使自己写了信，也不会寄出去。

迈阿密

1960年6月15日

亲爱的基特里奇：

我该如何向你解释我这些天所做的事呢？我有许多零碎的工作要做，而且几乎没什么前辈给我指导。我最差不过是霍华德·亨特的跟班儿，追随着他的幻想。最好的情况是我有了新身份——传奇爱德华的助手罗伯特·查尔斯。爱德华是即将开始的古巴行动的政治行动官，长时间奔波在迈阿密、纽约和华盛顿之间。他把我留下来保护掩饰我们身份的故事：爱德华是一家重要钢铁公司的总经理，勇于与加勒比海地区的共产主义作斗争，因此被与最高政治层面有联系的人请来担任此职。当然，这并不能迷惑我们的古巴人，反而令他们火冒三丈，他们希望机构总部能够负责管理此事。

虽然霍华德可能会为自己的极度任性、冲动而感到自责，他让我用罗伯特·乔丹作假名，但是我对他说："有些古巴人或许读过《丧钟为谁而鸣》。"

"不会的，"他说，"跟我们打交道的古巴人不可能读过这本书。"

我们最后决定让我就用罗伯特·查尔斯这个名字，很快与这个身份对应的小包、信用卡和银行账户都办理完毕，这些小事对我们迈阿密行动组来说根本不是问题，所以罗伯特·查尔斯已经得到合法认证，但是那些古巴人却称呼我为"年轻的罗伯特"。

至于办公场所，我们选在科勒尔·盖布尔斯的顶点无线电技术电子有限公司，就在迈阿密大学南校区的南边。在蒙得维的亚待得太久，我都有点不习惯不去美国大使馆领取自己的"职业指导"了。我现在是顶点公司的一名销售代表，是在宽敞的总部——顶点噢！从外面看它和往常一样，依旧是一个长条状、低层办公楼，毗邻一家灯泡制造厂。但是，它的内部已经按照我们的需要进行了彻底改造。因为我们从事的是政府活动，所以有必要启用铁丝栅栏和高安全系数的门禁。

我们都在大楼内，其中一百多人的任务已经安排妥当。桌子的间距按平方英尺计算，但是依旧拥挤，室内开着空调，好吧，空调还算管用，毕竟这是在迈阿密啊！我们甚至在大厅里挂起虚假的生产图表以及所获的奖章。

但在这正常的表面背后，我们已完全被实际工作包围。我不知道其他人都在忙些什么，但是我自己的工作大部分都在办公室以外。我花很多时间与爱德华的古巴流放犯待在一起，另外每周有两天时间忙着接待新来的古巴人。截至目前，似乎每个流放到迈阿密的古巴犯人都知道我们正在中美建立训练基地，因此周二早上还可能看见我在市区一家店面门前，周五我就已经驱车抵达奥帕洛卡了。在这两个地方，我负责监督与迈阿密的古巴流亡者的见面，他们通常都是最近来到迈阿密并且会长期待在此地，而且当然也是有意愿加入我们的人。我们的会谈由我的古巴助手主持，他讲着一口流利的西班牙语，语速很快，所以通常我都需要他再向我解释一遍。说起来还真可笑，所有这些活动都是情报局在幕后操控，这本来应该是个秘密，但现在每个人都很清楚这一点。尽管我们撒谎，说所有的经费都是由慷慨、热心、富有的美国公民承担，但是连一个八岁孩童都知道是情报局出的钱。我想，组织撒谎的原因是，如果卡斯特罗在流亡运动中垮了台，那么俄国一定会大吵是我们操控了这一切，到那时候我们就需要这一群古巴流亡者证明我们的“清白”。

无论如何，每次《迈阿密先驱报》上报道有俄国人进入古巴，我们就会受到困扰。这些古巴流亡者为什么会加入我们？他们不知道自己究竟是站在美国这边，还是会被遣返回国，然后成为山上游击队的一员。我得监视这些古巴人哪些有意向倒向古巴，哪些会坚定地支持我们，我不仅要继续与他们交谈，而且要研究调查问卷，进而得出第一手资料。此外，我们拒绝接收那些不能为自己提供更加详实材料的古巴人，我们更倾向于相信天主教行动学生社团的古巴人，而且更倾向于相信天主教行动学生社团的古巴人，而不是单个投奔我们的古巴人。我工作的第一步就是要检查当地人为申请人所做的介绍信，凡是自愿为古巴人作担保的当地人都在当地社区有迹可循，顶点公司里有档案存储计算机，可以很快查到这些志愿者的信息。这项工作没什么压力可言，在把申请人送去迈尔斯堡接受早期训练之前，我经手的任何志愿者、申请人都会接受我们进一步的调查。

然而，我的确对这些人进行了研究，他们中有很多人同时具备了两种不可能融为一体的品质，即高贵与腐败。而且，我承认这些黑皮肤、兼有自豪感和特权意识的古巴人身上的确存在某种品质，我无法用语言形容。这些古巴人与我大不相同，他们很在意自己的信用，但也允许自己偶尔放纵，犯点小错误，这让我很是困惑。我也注意到他们得意于自己的名字，就像自负于自己的美貌一样，但其实大多数名字也不过司空见惯而已。

亲爱的，上面我说的你都明白了吧，很多人的名字都像堂吉诃德一样被人熟知，只有少数的人名才像桑丘·潘萨。有的律师衣领板正，胡子捻到末梢；有的人打扮很时髦，简直把普鲁斯特和危险的年轻绅士比下去；有的人表现得很有威慑力，简直像一群强盗，见到什么就将什么据为已有，不过还好，他们都通过了审核——有脸上长满粉刺的年轻学生，做个令人惊恐的决定，就能把自己吓得面色发白，两腿发软；有老兵，他们身材臃肿，却幻想恢复到年轻时的自己；还有其他从我面前经过的人，身体虚弱，有的还发着烧……人们一边嘲笑自己周围的同龄人，一边向前推挤。有时候出现三四个醉酒的人和一两个职业军人，因为这些军人誓死效忠巴蒂斯塔，所以我们不会选他们。这些人有的精力充沛，有的偏执，有的勇敢，有的胆小，但都能增强我们的力量。

我的工作自然需要考虑到实际情况。基督教民主运动党（MDC）、美国汽车业协会（The AAA）、基督山、营救党和革命复苏运动（MRR），这五个政治团体由我和亨特负责，我还必须向他们提供研究结果。

难道你不想知道他们之间的区别吗？他们不同程度地把自己看作自由资本主义者，或者是社会民主党，跟卡斯特罗一样，他们也仇恨巴蒂斯塔。关于我们编造的掩护故事，他们并不相信，反而以为亨特和他的“美国富人”是想让政权重归巴蒂斯塔。这样的说法竟然还传得满天飞！我怎么也没想到古巴人竟然这么情绪化，亏他们还是领导人！他们领导五个流亡小组，形成“革命民主战线”，简称为“战线”，美国挑选这个组织作为一个左派联盟，并不是为了孤立倾向马克思主义的拉美势力。但是，他们也应该尽量向中间派靠拢，为艾森豪威尔、尼克松和情报局出人出力。在此我重申一遍，政治并非我的强项，我想也不是你的强项。但是，我意识到近年来我们制定的许多外交政策都在设法摆脱以前乔·麦卡锡留下的阴影，我们必须向世界上其他国家证明我们比俄国更先进，所以这就把我们置于这样一个自相矛盾的境地：亨特比理查德·尼克松更保守，他更愿意用与自己意气相投的右翼团体来执行此次任务；但现在组织已经把这个小组交给亨特负责，而且亨特在情报局的地位如何，就取决于这帮人的工作做得有多出色。

没有日常工作，我总会惊异于古巴竟是如此一个小国，它的本土也许只有八百英里长，但是这里的人似乎都曾住在哈瓦那的同一个街区。这些人之间已经保持往来很多年了，而且还自称与卡斯特罗有交情，不过这也并非没有可能，说不定其中就有人做过他的特工呢。虽然他们值得信任，但是他们相处的时候又会像关系紧张的拉美家庭一样总是激烈地争吵。过去三十年，我们的五位“战线”领导人在政治上一直都存在分歧，这就给亨特带来了极大的麻烦，他既要保持五人之间的相对独立性，又得把他们团结起来共同制敌。

还有我们高贵的支持者：一个是前古巴参议院主席（随后巴蒂斯塔将参议院废除），另一个是古巴卡洛斯·普里奥·索卡拉斯总统执政时的外交部长，还有一个是古巴工业发展银行前行长。但是他们给我的印象并非像他们的头衔一样令人敬畏，相反，有时候我甚至怀疑他们是否真的坐到如此高的位置上。

这时，我决定停笔，因为我永远也不会把这封信寄出。此时的我和一个在空荡地板上独舞的人一样悲伤。

基特里奇，就在刚才我试着睡觉，但是睡不着，我必须把自己现在的孤独感倾泻出来。我现在穷得只能住汽车旅馆了，但讽刺的是我所付的租金足够我在略微偏远一点的社区购买一套小而家具齐全的公寓，但我不会这样做。同样，我也不会接受“顶点”同事的任何邀请，所以没有社交生活是我自己的错，但我只是不在乎别人是否认可我付出的努力。在乌拉圭，事情更简单，在那儿，每个人的社交生活基本都是在使馆派对上展开，轻松愉快。但是来到这儿，全球各处驻点的特工都挤到迈阿密，没有了大使馆的约束,所以这更像一个新兴之城。显然还有一个例外——虽然每个人早上都会去赞尼特，但是一到晚上，大家就会分散到佛罗里达的各个旅馆，当然是他们住得起的旅馆。因此我有两个选择：要么和已婚夫妇亲密交谈，要么和像我一样的单身职员喝得酩酊大醉。但是两者都不是我想要的生活。如果是跟已婚夫妇交谈，那么肯定这位妻子就会介绍自己的女性朋友给我，或者就是修理他们孩子放在院子里的塑料自行车；单身职员让我想起了农场训练的日子——这里还残留许多农场支援军队的痕迹，所以跟他们喝酒只是徒增伤感罢了。

当然，到哪儿都有霍华德·亨特的身影。在乌拉圭，我大部分夜生活都是和亨特还有桃乐丝在一起。但是现在桃乐丝还在蒙得维的亚，她要等到孩子们学期结束才回来，而亨特则穿梭在华盛顿和迈阿密两个城市间。我们一周见一次面吃晚饭，每次吃饭时他总会就婚姻问题对我指责一番。

白天佛罗里达州笼罩在炽热的阳光下，夜晚住宅区街道上种着的夹竹桃和三角梅散发着迷人的香气。此刻，我感觉自己在等待着什么,但“等待”这个词似乎才是最让人绝望的。基特里奇，我似乎就是在等待，我在等待爱情。从许多被遗忘的老电影中，感知那最廉价的兴奋，品味那最香醇的美酒。

写到这里我停了笔，然后上床睡觉。早上醒来我意识到，把这样一封信放在旅馆里并不安全，于是我便停在保险箱前，把这封不能邮寄的信锁进了信箱里。

晚些时候在赞尼特，好像辛苦写这封信为我带来了一种魔力——夏洛特用公用电话打给我，说想跟我谈一谈。我能找到一些借口去华盛顿吗?

能，因为霍华德一直说派我去华盛顿。

“最早什么时候？”

“明天。”

“一起吃午餐，一点，哈维餐馆见。”电话的嘀嗒声在我耳畔回响。

5

“我吃了一惊，”休·蒙塔古说道，“霍华德·亨特那么想来华盛顿，这次竟然同意让你代他过来。”

“让他高兴并不是我的使命，”我回答道，“我来这里的目的是为‘战线’争取福利。这需要时间，而且也不会得到很多收获。”

“我听到我们的人说‘我们要的是枪，不是黄油’，你要多少？”

“十万就能鼓舞士气，我们的领导会懂得如何满足士兵的需求。”

“去他的前线士气！我只是想利用你的筹款能力令霍华德难堪。如果他一直派你来提更多要求，那你我之间以后还是不要联系了。”

通过他点的菜和饮品可以看出他很和蔼可亲。我们并未提到基特里奇，也没有提到他的儿子克里斯多夫，这样一来便好似我们经常见面一样。

“好吧，”他说，“我给你钱。”

我没有必要问他如何把钱给我，谣言说艾伦·杜勒斯在每个分部及指挥部都放置了大量资金，我很确定，这些钱就是由夏洛特掌管的。

“我很高兴一通电话就能见到你。”说着这些奉承的话，我感觉周围陷入了一片沉寂。

“你为什么要加入这次古巴行动？”他问道。

“我相信它会成功。”我回答道。我的话一直回荡在耳边，这令我感到不悦。“这是反对共产主义最为直接的方式。”

他哼了一声，说道：“我们的目的并非消灭共产主义，而是要抑制它的发展，我们没有必要与它斗争。天啊，难道你都没有从我身上学到什么吗？”

我停顿一下说道：“我学到了很多，很多，可是之后我却与你断了联系。”

你可以想象直视他的双眼的感觉，寒冷、畏惧。他说：“嗯，你这个人太难捉摸。我不想耽误你，但也不知道怎样安排你合适，所以才任你漂泊。”夏洛特清一下嗓子，继续说道：“但是，我们还是有希望的。最近我正在思量你未来的方向。”

在去华盛顿的飞机上，我有充足的时间思考，长时间不与他联系对我损失有多大？我回答他说：“我洗耳恭听。”

“不，不，还不到时候。”他说着，把甜点放到一边，点燃一根丘吉尔牌香烟。吐出第一口烟，他再次把手放进上衣的口袋里，掏出一根给我——丘吉尔牌是哈瓦那生产的最好的雪茄吗？对他的礼物赞扬一番后，我发现自己对古巴多了一层了解——带有香味的排泄物夹杂了荣誉和钢铁般的意志，是的，尼古丁里潜藏着炼金术。

“噢，不，还没到时候，”他重复说着，“我还不想跳过古巴这个话题。你知道现在的形式是什么吗？”

“只知道皮毛。”

“等着看笑话吧。危地马拉行动虽然不理想，但这次古巴行动就是我们弥补的机会，谁也帮不了它。可爱的艾克并未读过马丁·布伯的书。”

“我也没看过。”

“那就读读他的作品，《哈西德遗事》是最好的选择，他会使你把普通的游客混淆为摩萨德。当我提到马丁·布伯时，以色列人的眼睛就湿润起来，真不愧是犹太人的同胞。”

“我可以问一下马丁·布伯与古巴有何关联吗？”

“他的确与此有一定关联。他讲述过一个故事：一位贫穷、不孕的已婚妇女很渴望拥有一个孩子，于是她徒步走遍了大半个乌克兰只为寻找一位旅行的拉比。十八世纪晚期，这些被称为哈西德的绅士和我们的福音传道士一样，常常在俄国大陆上传教。他们从一个犹太社区赶往另一个犹太社区，追随者众多，而且其中不乏聪明美貌的女子。犹太女人与我们的异教基督徒女人不一样，她们总是被智慧的力量吸引，在近中世纪的情况下，智慧当然就聚在拉比周围。在马丁所讲的故事中，悲伤、不孕的犹太妻子必须在遍布各种流氓的原始国家进行一次长距离的游历。然而最终她实现了自己的目标，那位同在巡游的拉比保佑了她，他说：‘回家吧，去找你的丈夫，你就会得到一个孩子！’然后她安全回到家，怀了孕，九个月后生了一个活泼的孩子。与她同村的妇女一样渴望拥有一个孩子，自然她也决定明年开始一次这样的旅行。但这次拉比说道：‘唉，亲爱的，我什么也不能为你做了。你已经听到了这个故事。’从道义上讲，我们击退了危地马拉的共产党，但不能再以同样的方式处理古巴问题。”

“这一点我也跟亨特讲过。”

“可惜你并没有按照你所说的去做，”他嗅着自己吐出的烟雾，仿佛在这层烟中有一条善恶的边界，“我理解艾森豪威尔为何心里不痛快，就是因为上个月格力·鲍尔驾驶着U-2时被击落，可爱的艾克也掉入了陷阱。全世界都听到了赫鲁晓夫对他的诅咒，然后黑人静坐示威，这肯定扰乱了他。他一直把古巴比作加尔各答的黑洞。”休·蒙塔古抿着他的白兰地说道。

我和夏洛特一起吃饭时，通常都要遵守一些形式。餐费必须按照我们自己的份额仔细计算，结束就餐前一定会有咖啡和甜点，而且他似乎从来不在意吃一份午餐花费多长时间。就这个问题，我问过基特里奇一次，她苦笑着说道:“午餐是他的爱好，吃过午餐他就会工作到深夜了。”现在他会把烟屑抖到烟灰缸里，手指轻轻敲打着椅子的扶手。我知道，我们又要在哈维餐馆多待一段时间了。果然，我们再一次成了这一层最后吃完午餐的一桌客人。

“你觉得这个餐馆怎么样?”休问我。

“还不错。”

“这是约翰·埃德加·胡佛最喜欢的地方，没有比这更好的了。但是后来我还是决定改变地点，让别人难以窃听我们的对话，而且，我的确有很敏感的问题要讨论。”

他终于提到我们此次见面的重点了。在耶鲁的那场诗歌读书会上我就明白，好的文章并非一开始就会呈现最好的内容。

他说:“我想直接说重点。你觉得从CIA辞职这个决定怎么样?”

“噢，不!”我回想起那一幕他说自己永远不再攀岩，这令我感到很难过。

“看清路了再出脚。我打算成立一个合营企业，这是一个秘密，如果我误判了你的可靠度，那我的损失就会非常大，所以你别想产生一丝一毫泄密的想法。这并非借助于组织的条条框框，绝对不是，他们有太多漏洞。但是，我们有的是保险柜，也的确在里面存放了一些东西。艾伦与我们中几个人关系紧密，他主导了一个神圣不可侵犯的团体，那就是我们中还有一些人未能将自己的名字印在二〇一档案上，他们没有报酬，也没有文件，用艾伦的话来说就是特别的研究员。我想让你成为一名最特别的研究员。”他轻轻地拍着眼镜，低声跟我说着最后几句话。

他继续低声说道:“比如，假如哈伯德现在从机构辞职，机构则会承诺为其支付一个一年期的速成课程费用，这笔高额的费用将由华尔街知名证券公司来承担，随后证券公司的接待员也会给予你优质客户才享受的待遇。随后更有经验的人会对许多特别研究员进行指导，让他们学习管理特意挑选的财富，直到他们能独自处理这些财富。他做股票经纪人的事业也因此不断取得进展，余生过上幸福的生活。在这些特别研究员的任用问题上，我们还是相当保守。但我向你保证，若工作需要，我们会安排这些特别的研究员去那些特殊场合。这可能就是你的活儿，搅动着国际金融的大局，但又有一层不可刺穿的外衣保护着你。”

我并不信任他的说法，用这种方法让我辞职，真是糟糕透顶。他肯定猜到了我的想法，于是补充说道：“再告诉你一点，算是为这个提议助兴——我们只为那些极其优秀的年轻人提供这样的机会。”他举起一根手指接着说道，“这些人并非天生就具有官僚意识，也不是只在正式的体制框架下才能工作出色的人。艾伦需要从我们这里找出几个最优秀的人，为替换掉不合适的人做准备。你现在有没有因为受到这样的邀请而感到荣幸呢？”

我慢慢说道：“有一点，但是你知道吗，我喜欢机构这种日常的工作，对债券和利率恐怕不会尽心。我愿意留在这里工作。”

“即使你留在这里，可能也不会达到你的要求。你的性格更适合一个人工作而不是团队协作。”

“我并不介意自己能爬多高，抱负不是我前进的指导原则。”

“那你加入我们是想得到什么？”

我想了一会儿说道：“独立完成一些特殊的工作。”听到自己这样说，我有一种奇怪的感觉。

“你准备好做特别研究员了吗？”

我摇摇头。不管我做没做好准备，我只是摇摇头。他依然那么坚定，但是我怀疑他已经知道我不愿意当一名股票经纪人了。或许他只是想让我在脱口而出的情况下回答，因为这样我拒绝他的概率会低一点。

另一个提议来得更快。“我给你安排其他的特殊工作，”他说道，“我希望你不会拒绝这一个。当然，除了这份工作外，你为亨特所做的工作还得继续。”

“我希望我是直接向你汇报工作。”

“也许吧，但是肯定没有官方记录。”三根手指夹着一支雪茄，其中一个像绕着台球杆一般。中指轻轻地拍打着外皮，轻得甚至连灰尘都没有震掉。“当然，你明白艾伦留我在身边做一个时隐时现的调查员，实际上就是要我在机构内部将一些人带进某个地方或从某个地方领出来。”

“休，”我大胆说道，“每个人都知道不管什么事，你总有办法搞到消息。”

他说道：“如果这几个特殊研究员安排妥当的话，那我的信息渠道会更广。”他的手指不停地抖着，直到雪茄燃尽的碎末掉下来。于是，他把雪茄搓一搓放在餐盘里。“当然，我有‘幽灵’，”他停顿一下，“‘幽灵’的确与FBI有联系。有时候我很清楚约翰·埃德加·胡佛究竟在掩藏什么。”

我的反应很奇怪——头发在颈后乱摆，感觉我们像两个牧师站在长桌前，他在递给我一把密室的钥匙，密室里存放着我们的遗迹。我并不知道他的自信是否亵渎了神明，但这却给我造成了不小的困扰，而且困扰中还夹杂了些许愉悦。他刺激了我想要了解其他人不知道的事情。

夏洛特说道：“一旦完成你任务的第一个部分，我就会给你更多的信息。”

“我知道自己准备好了。”我说道。

“现在你需要‘偶然’结交某位年轻女士，她现在的活动基本已被FBI完全窃听，显然她自己并不知道这一点，窃听工作由胡佛一手策划。你可能会把她当作陷入悲痛中的少女，但其实不是，她太有企图心。

“一个应召女郎？”

“噢，不是的，只是一个女空乘而已。但她的确与两三个绅士保持联络。”

“这些人中有美国人吗？”

“我确定的有两个。”

“两个？我能问一下为什么我们机构会涉足于此吗？”

“情报局并未直接参与，而是‘幽灵’，可以说，‘幽灵’对此感兴趣是因为胡佛对此感兴趣。我们也许还会把胡佛视为这个国家的一个威胁，因为约瑟夫·斯大林在过去曾有过这样的想法。”

“你不是在暗示胡佛是一个苏联特工吧？”

“当然不是，他只为自己做事。我怀疑他想操控整个国家。”

我回想起有一晚，在夏洛特家，他给我讲他对我们职责的理解：这将成为美国人的想法。

“我觉得自己必须对此保持高度信任。”我说道。

“现在看来的确如此。只要你结识到这个女空乘，我就会把剩余的资料全部给你，包括联邦调查局手里的全部录音磁带，到时候你就会把握故事梗概了。只要你见到这个美人，引她上钩，这所有的资料就是你的了，”他怕我理解不了，就又补充道，“陷得越深越好。”

“她长什么样？”

“绝对不会让你失望。”他说着从口袋里拿出一张很可能是在开车中拍下的快照，因为影像稍微有点模糊。但我大致看出这是一个头发乌黑、身材苗条、面容姣好的女人。我跟他说：“我不知道只凭照片，自己是否能认出她来。”

“机会就要来了，你在飞回迈阿密的飞机上就可以见到她。今天下午四点三十分，东方航空，她在头等舱服务，我会把你的回程机票升级为头等舱，然后想办法报销多出来的费用。”

“她也住在迈阿密吗？”

“对。”

“如果我和她处得很好会怎样？”

“你会和我一样对我们的国家感到惊讶。”

“你的意思是什么？”

“电视上、广播里总充斥着各种各样的艳遇，全都是垃圾小说。你知道，这艳遇不是发生在我们身上，而是他们——我们的美国同胞，全都是些泛滥的爱情和污秽的情节。但是，一旦涉及真正的故事，那么连上帝也变成了一个商业小说家，真是让人惊讶。”

我们在三点三十分结束午餐，在此之前他又跟我多讲了一些。这位年轻女士的名字是摩德纳·墨菲，昵称墨。她的父亲是爱尔兰和德国混血，母亲是法国和荷兰的后代。她今年二十三岁，父母有一些积蓄。

“他们的积蓄是怎么来的？”

“噢，”夏洛特说道，“她的父亲是一名熟练的机械师。战争刚结束后，他就获得了几项摩托车通风口的专利，然后他把这些专利出售并退休。”摩德纳成长在大溪城一个富裕的郊区，在那里她的家庭即使不是很显耀，但也算不错的了。“她有点像个未成年的少女，”夏洛特说道，“有点中西部少女的感觉。当然她们没有足够的钱，也没有高贵的地位，我猜测，成为一名女空乘会给她带来一些社交上的平衡感，虽然我并不觉得女空乘是一个很好的职业。”

“你为什么会觉得我和她能处得来？”

“我不知道你能不能做好，但是你的父亲在OSS时在这一方面很擅长，也许你会遗传这一点，”他说，“再加一点信息。你可能不想把问题复杂化，但是恐怕我们还得给你另一个名字。虽然我们完全不会记录你的任何信息，但是我有时候可能会联系你，甚至你还需要用新名字办张信用卡什么的，避免摩德纳质疑你的身份。”

我说：“那继续用哈利做名字吧，我想自然地面对她。”

“好。”他说，“哈利，你母亲家姓什么——希尔佛·菲尔德？这是犹太姓吗？”

“不是。”我回答道。

“以防万一，我们将它改成菲尔德吧。哈利·菲尔德，是不是更真实？”

现在我已经有了三个名字，我不知道自己的职务是升了还是降了。

6

要不是有点小运气，很难说我可以完成第一步任务。在东方航空的等候区，就在登机前，我遇到了斯帕克·布恩，他是我在圣马修的一名同学，在班里属于不受重视的那一类，同学们经常嘲笑他像一个长着龅牙的梨子，现在在他稀疏的沙色头发里又多了个早熟的秃斑。因为希望以哈利·菲尔德的身份出现，所以我在飞往迈阿密的航班上并不想和布兰德利·斯帕克·布恩坐在一起。但是登机的时候发现头等舱有一半都是空的，所以没办法，我只能接受他的邀请和他坐在一起。我选了过道的位置坐下来，以此来安慰自己失望的心情。

很快他就与我攀谈起来。他说自己是《生活》杂志的一名摄影师，这次去迈阿密是为了拍摄古巴主要流亡者的照片。在一个特工眼里，他的这些话题简直是无聊透顶（因为基特里奇跟我说过《生活》杂志的可信度比《时代》杂志还要低），我还没反应过来，他就开口说道：“我听说你在中央情报局工作。”

“天哪，不是这样的，”我说道，“你怎么会这么想？”

“圣马修的小道消息。”

“肯定有人胡说八道，”我跟他说道，“我是一家电子产品公司的销售代表。”我正准备证明自己的身份，忽然想起我的名片上的名字是罗伯特·查尔斯，于是我跟他们解释说自己太慌乱了，没有带名片。头等舱有两名女空乘，都符合夏洛特的描述——都有一头乌黑的秀发，很有吸引力。我必须要先确定哪一位是摩德纳·墨菲，才能开始和她搭讪。

但是，答案很快就水落石出了。其中一个女空乘身材很好，她在仔细地扫着地；另一个女空乘美得可以跟电影明星相提并论，她在过道里走着，检查每位乘客的安全带是否系好，以及行李架上的行李是否摆放安全。她看上去有些自负，为乘客服务时有点怠慢，好像乘客低了她一等似的，她似乎没有从这份工作中找到归属感。最糟糕的是她长得实在太美了。她有一头和基特里奇一样乌黑的秀发，一双明亮的眼睛透着萌意，好像诉说着她会在任何事情上和你争论，无论是清晨跑步，还是玩金拉米纸牌。斯帕克直接赞美她的身材要把他迷死——斯帕克给我看他的全家照，包括他的妻子、两个女儿的照片以及他们在达连湾的房子，可以看出他也极其渴望拥有摩德纳·墨菲这样的女人。是的，就是她了！当她从我身旁经过提醒我系好安全带时，我撇了她一眼，看到她胸前工作证上的名字，就更加确信她就是摩德纳·墨菲。

我开始脱掉夹克衫。“小姐，可以帮我把衣服挂一下吗？”我向她问道。

“飞机就要起飞了，现在请你先把夹克衫放在膝盖上。”她说道，看都不看一眼这个跟她说话的男人，就回到自己的座位上了。

到了空中，我便只能呼叫她，她拿起夹克衫就走了。反倒是斯帕克引起了她的注意，他对着她微笑，跟熟人见面一样。这个过程就好像成功排练过似的，随后从地上拿起摄影包，放在大腿上开始装胶卷，先是给莱卡装，然后是哈苏相机。在她回来前，斯帕克已经把胶卷全部装好。“打扰一下，”她问道，“你在哪里工作？”

“《生活》杂志。”斯帕克回答道。

“我猜就是。”她说道，然后叫来另一名女空乘，指着斯帕克说道：“妮达，这个男人，”——她用手指指着斯帕克，“登机时我说什么来着？”

“你说他一定是《生活》杂志或是《时尚》杂志的摄影师。”

“你是怎么看出来的？”斯帕克问道。

“我有超能力。”

“你能说一下我的职业吗？”我问道。

“我没想过。”她回答道。

为了更贴近《生活》杂志摄影师布恩，她俯下身，在我面前掠过，向斯帕克打听道：“你在迈阿密待多久？”

“大约一周。”

“我有一些问题想请教你。我不喜欢自己拍的照片。”

“这个忙我是可以帮的。”他回答道。

“你似乎对摄影很感兴趣。”我补充道。

她第一次看了我一眼，但也只是微微动了一下嘴唇。

“你到迈阿密后住在哪里？”她问斯帕克。

“迈阿密海滩的萨克森酒店。”他说。

她笑了一下，说道：“萨克森。”

他问道：“你对那里很熟吗？”

“当然！”

当她回来时，手里拿着一张字条，她说道：“你可以打上面的电话联系我，或者我也可以打到萨克森找你。”

她一回到过道上斯帕克就“呼”了一声。我看着她很开心地与一个商人聊天，那人穿着丝绸套装，指甲修剪得很好，隔着三个座位还能看到指甲闪出的光。真让人郁闷！自从夏洛特跟我提过这次会面以后我就一直在想这件事，不管怎样，现在我的确被这个女孩迷住了。圣马修的阴影还残留在我心里，在摩德纳·墨菲面前，我感觉非常无助。她有着难以置信的老练，又极为无知。这两种品质本身就有矛盾。

“斯帕克，把这个女人的电话号码给我。”我说道。

“噢，我不能这样做。”他对我说。

以前在圣马修，同学们很轻易就能威吓住斯帕克，我们总是用摔跤的方式惩罚他。但是现在表面上看我们都是平等的成年人，但他却表现得难以相处。

“我一定要拿到她的电话号码。”我说道。

“为什么？”

“因为我感觉自己遇到了一个对我很重要的人。”

在我的凝视下，他说道：“好吧，我可以把电话号码给你。我知道这种女孩并不适合我，她看起来消费很高档的样子，我养不起。”跟我说这些话的时候，我感觉他语气中透着一股醋意。

“你认为跟她在一起就得为她埋单吗？”

他摇摇头说道：“不，但是如果想要这些女空乘同意跟你约会，那就得花费很多精力。这些本该属于我的妻子和孩子的时间、精力、金钱，我拿来花在她身上，我一定会因此感到很难受。”

“这是一个很好的理由。”我说道。

他说：“是啊，但是你怎么报答我呢？”

我说道：“嗯，你想要我怎么报答？”

“我想要一个专业点的古巴妓女，听说她们的床上功夫不错。”

我的脑海中又浮现出这些年斯帕克经历的幸与不幸。

“你凭什么认为我可以办到？”我问道。

“你是情报局的人，这种事正是你的强项。”

其中有一部分是真实的。我可以问问流放犯的头领，他们肯定有经营妓院的朋友。

“好吧，这件事就包在我身上，”我说道，“我保证替你办好，但是你还得帮我点小忙。”

“什么？你还真是善于讨价还价！”

“才不是呢，”我说道，“你得小心这些古巴妓女，因为有的唯利是图，有的萎靡不振。我也是临时做的这个安排，所以必须做些准备工作才行。我会竭尽全力把你装扮成一位成功人士，然后再把你介绍给那些古巴妓女。这种办法肯定管用。”

“好吧，”他说道，“我同意你的做法。但是你还想让我帮你做的事是什么？”

“显然她对你比较关注，那就跟她讲一些我的优点吧。”

毕竟他有自己的看法。于是他皱起眉头对我说道：“把你介绍出去可并非易事。”

“为什么？有什么难的？”

“因为她心里已经对你有了一种看法。”

“好吧，那她是怎样看我的？”

“你很穷。”

一想到摩德纳·墨菲我就又失落起来。

我跟他说道：“斯帕克，你先跟她聊一聊，一定能找到办法的。”

他仔细思量了一阵，这时间足够暗示我他已经回想起当初我对他施加的惩罚。他说道：“我想到了一个办法。”

“真的？”

他举起手说道：“尽管你不会承认，但我还是要告诉她你是情报局的特工。”

我破口说道：“这简直是愚蠢至极，为什么这能引起她的注意呢？”但实际上我知道为什么。

他认为：“就算没钱，也得有点刺激在里面。我知道她是哪种女人。《生活》杂志与中央情报局都有其吸引人的地方。”

我再次想起自己机票上的名字还是哈利·菲尔德，他只能按这个名字把我介绍给她。

我的胃感到不适，这比斯帕克说服我承认自己是个特工还要痛苦。现在，这种痛苦就要表现出来。我提醒自己要坚守住特工的经验法则，不惜一切代价也要坚守住。

“布恩，”我说道，“我必须跟你坦白一些事情。我在一家电子产品公司工作，但并非在迈阿密，我们的店在弗吉尼亚州的费尔法克斯郡。我到迈阿密是为了见一位已婚女士，她有一个嫉妒心极强的丈夫。”

“重磅消息啊！”

“是的。我的女性朋友建议我不要使用真名，因为她丈夫在航空公司工作，可以弄到乘客名单，她说如果自己的丈夫知道我来迈阿密一定会追究的。于是我就以哈利·菲尔德的名字买的机票，我再说一遍名字是哈利·菲尔德。”

“既然你在迈阿密已经有了一个女人，那你为什么还要这个女空乘的电话？”他一边问一边从旅行夹克的侧兜里拿出那张纸条，念叨着“为什么是摩德纳·墨菲？”

“因为我被她迷倒了，我敢保证自己以前从未有过这种感觉。”

他摇摇头说道：“你的名字是什么？”

我跟他说名字的时候，他让我拼出来。我嘴里拼着，看他一副很享受的样子。

航班进入一段颠簸的航线。接下来一小时，没有人愿意离开自己的座位。当我们进入清晰的夜空时，航程已经只剩下最后半小时了。他站起身走向餐厅，我可以看到他正在和摩德纳·墨菲交谈。一旦眼神落在我身上，他们就会大笑一阵。然后他回到座位等待飞机降落。

“任务已经完成。”他说道。

“你跟她说了什么？”

“我怕你不想听，都是一些你要否认的话。”他对着我笑了笑，这笑容仿佛告诉我，只要他想，就没有他办不成的事。最后他说道：“我跟她说哈利·菲尔德是情报局里最棒的特工。”

“她信了吗？”

“只要你一暗示你的工作性质，那么所有的怀疑就不存在了。”

他说得对。我们落地后，她走到我面前，什么话也没说，只是把夹克衫递到我手上，眼神中闪耀着光亮。那一刻我相信了陈词滥调还是挺管用的。我的心怦怦直跳。

在机舱口我向她问道：“我可以给你打电话吗？”

她低声说道：“你并不知道我的电话号码。”

我说：“我会有办法的。”说完我就迅速走开了。

斯帕克正在出口通道那里等着我，他要开发票。“你要给我介绍的那个古巴女子叫什么名字？”

第二天我把古巴女孩儿的信息发到他所在的酒店，然后他才把摩德纳的住址告诉了我。她住在枫丹白露酒店。

我们在机场分开时，他跟我说：“得有人为她埋单。”

我又看了他一眼。身为电子产品推销员的我可能比较穷，但他作为《生活》杂志的摄影师也好不到哪里去。我们分开后不久，我就买了一期《生活》杂志，看它的报头——他并不是摄影师，而是图片编辑，他隐瞒了部分实情。这令我很振奋，毕竟摩德纳·墨菲的眼睛还没那么雪亮！

第二天早晨，我就带着这种想法满怀信心地敲开了她在枫丹白露的门。她在飞机门口给我道别时是那么的甜美。“很高兴你能来，”她说，“我正想和你谈谈，需要和你这样的聪明人说说真心话，”然后她笑了，“你懂的，专家。”她会意地一笑，好像要说些什么。

她解释说，昨晚很晚才回来，今天一天都要去购物，晚上还有别的约会，但“下午五点到六点半有空，我可以那时候见你”。

我们选在枫丹白露的一家酒吧见面。然而在见她之前，下午三点钟左右我遭遇了一场变故——由于和“战线”的人在安全屋会面，而且有会议持续到晚上的迹象，所以恐怕我要错过和摩德纳的约会了。

我们就资金的问题争吵起来。每看一次时间，我就越发地讨厌这场漫长的争论。最长篇大论的那个人是古巴参议院前任领导人托托·巴尔巴罗，在这次午宴上巴尔巴罗为我们制定了一个每月七十四万五千美元的“战线”预算，用于满足日常生活基本需求。但亨特说，我们每月只能分到十一万五千美元。

会议变成了一场吵架。“告诉你的‘美国富人’，我们早已看穿了他们的种种托词，”托托·巴尔巴罗大声吼道，“我们不要宣传手册，我们可以驾驭自己的历史车轮。爱德华先生，我提醒你一下，推翻巴蒂斯塔我们没有得到你的任何帮助。所以，给钱买武器，其他的由我们来做。”

“拜托，托托，”亨特说，“我们的《中立法令》在这方面要求非常严格。”

“你就是个平庸的守法者。在坐满古巴律师的参议院房子里我就是那个大法官，如果我们占优势，那我们不介意用合法方式解决问题。但是，爱德华先生，只要我们做好了准备，我们也管不了那么多约束。你是在笑话我们。”

“你去和他谈。”亨特生气地离开了房间，霍华德懂得什么时候该发火。“战线”的经费就放在那儿，但是现在管钱的“会计先生”已经摔门而出，所以最后，大家都满腹怨气地接受了这十一万五千美元，这才结束了此次会议。通过巴尔巴罗帮忙，我给自己的老同学斯帕克找了一个古巴女人，一个年轻的寡妇，人不是太苛刻。又是一场政治！巴尔巴罗的帮忙为他自己换取了我的一顿晚餐，吃饭当然是次要的，单独见面的机会才是他的目的。我发现向未来借贷的最快方式就是通过政治手段来实现。当然，我也和摩德纳喝了一杯，并在四点四十五分到了去往迈阿密海滩的堤道上。我终于按时按点到了枫丹白露，并让服务生为我停了车。

7

我在迈代鸡尾酒酒吧与摩德纳一起喝酒时，一旦我们的眼神相遇，我就会躲开，因为我不知道该说些什么。当初与萨利·谢尔曼相处时我也有类似的表现，但是和萨利交流几乎没有问题，因为她总会有很多话题——她有多爱她的孩子；她多讨厌她的丈夫；她曾经有多爱自己的初恋，那是一位足球明星；她有多爱我；我是多么地卑微，不负责任；她如何差一点自杀……萨利可以毫无保留地和我分享她的幸福和痛苦。

然而，如果你相信，摩德纳·墨菲是个愿意享受一切的人。她喜欢海滩,因为那里很干净。“他们经常打扫那里,”她喜欢枫丹白露的池子,“因为酒吧店主会在迈阿密调制出最好的‘丰收鸡尾酒’。”“我还喜欢在迈代酒吧喝酒。”她还大大称赞东方航空,因为“我对它了如指掌,”她告诉我说,“上班的前几年可能比较痛苦，因为他们会拿各种怪想法差遣你，而现在他们听我的，我不仅可以选择航线，还可以选择工作日。”

“你是怎么做到的？”

“谈谈你吧。”她说。

“我很无聊的，”我告诉她，“至少电子产业很无聊。如果你和我是同行就会明白它有多无聊了，都是些电线而已。”

令我不爽的是今天我带了一个磁带录音机（是从情报之眼引进到真力时店的最新款），就在我的公文包里，所以稍后我就必须得听自己说过的话了。

“你或许是名专家，”她说，“但不是电子业的专家。”

“那我是什么专家呢？”

“你会发现人们不想让你知道的事。”

“是的，你说对了，我是私家侦探。”

“我喜欢你，”她说，然后笑了，“我欣赏你的风格，很自律。”

“自律？为什么？每次看你我都会颤抖。”

她轻拍了一下我的手。

“实际上，”我说道，“我为你疯狂。”当我说这些的时候有些结巴，但我明白这也是我表达这些的唯一方式。我自己听起来都很诚恳。“真的，”我说，“我认识很多女人，只有一个女人我爱了很多年，但她已经结婚了。”

“我知道你在说什么。”摩德纳机智地说道。

“我从来都没有感受过……我第一次看你时的感觉。”

“啊，你是在向我示爱吗？天哪！我第一次见你是在头等舱，当时你低着头，我记得你没有好好护理你的头皮。”

“什么？”

“头皮屑。”她郑重其事地对我说，并看着我大笑起来。“那也可能只是个线头，”她说，“但看得出，确实没有女人照顾你。”

“像斯帕克老婆那样的照顾吗？”

“谁？”

“布兰德利·布恩，《生活》杂志的摄影师。”

“他呀，我对他不感兴趣。”

“那你当时为什么表现得对他很有兴趣呢？”

“因为我只想找人教我摄影。”

“所以你就向他暗示你很喜欢他？”

“我只是比较随性，而且容易陷进去。”她毫无掩饰地大笑起来，像是不相信自己有多么离谱。

“我觉得你很棒，”我对她说，“你让我的思想有了很大的转变，这是从未有过的，甚至是连我爱的女人都没给过的感觉。”我看着她的眼睛，喝了一大口。我决定了此处要用夏洛特教过我的方法。

“我想吻你。”她说。

她吻了我。但她的吻只是轻轻地触碰，她的双唇是那么柔软，我当然没有吻到里面。“你很质朴。”她欠身回去的时候说道。

“但愿你喜欢。”

“呃，我易被质朴的人吸引。”

我对她的吻意犹未尽，连呼吸都有感觉。质朴？呃，这可真是个新闻！“你有这样说过其他人吗？”

她把手指放在我的嘴边。“亲吻告诉我的。”

“我不介意。”

“我介意。我的生活是隐私，要尊重隐私。”

“你所有朋友都不了解你的一切吗？”

“让我们谈点别的吧，”她对我说，“我知道我为什么想见你，可你为什么想见我呢？”

“因为看着你我心里很坦然，是我从未感受过的。这是真的。”

我在想，到底什么是真的？我总是对许多人撒谎，现在我感觉自己都不是真实的了。我到底是个怪物还是我只是一时糊涂呢？我对她说：“我认为当你遇到和你一样的人时你就会感受到这种影响力。”

她看起来半信半疑。她还在想我的头皮屑问题吗？

“是呀。”她说，又给了我一个吻，仿佛在暗示什么。

“我们可以出去走走吗？”我问道。

“不行。已经六点十分了，二十分钟后我就得走了，”她叹了口气，“无论如何，我不会和你上床。”

“为什么？”

“因为我有限额，”她摸着我的手，“我只会在认真的情感中付出，我只允许自己在两种情况下付出，一种是稳定的感情，一种是浪漫的感情。”

“你现在已经收获了这两种情感吗？”

“我有个很棒的男人，他很关心我，到了华盛顿我就会去见他，他会保护我。”

“你看起来并不需要保护。”

“不能说是保护。他……在工作上很照顾我。他是东方航空的主管，所以他能安排我想飞的时刻表。”

她的那个“主管”权力听起来不像夏洛特期望的那样大。

“你爱他吗？”

“说不上。但他是个好男人，绝对靠谱。他能让我开心。”

“你说话的方式不同于我认识的所有女孩。”

“呃，我能说我有点特别吗？”

“是的，你确实很特别。”

她用一个长指甲轻敲着吧台。“然而，这里，迈阿密海滩是我选的港湾。”

“你的指甲真长，”我问道，“工作的时候你怎么保护它们不被折断？”

“处处注意就是了，”她说，“有的会偶然弄断，那会很疼。我用半个月的工资护理指甲，所以它也很贵。”

“我想，这家旅馆也很贵吧。”

“不，现在是夏季，在这里住可以打折。”

“这儿离机场不远吗？”

“我不在乎与其他空姐和飞行员住在一起，但我更喜欢在这旅馆附近的旅行。”

“所以说，你不喜欢和同事待在一起？”

“不是，”她说道，“说这些毫无意义，除非你想嫁给一个飞行员，他们很小气。如果三个女乘务员和一个飞行员、一个副驾驶员共同承担一美元八十分的出租车费的话，请放心，这个飞行员一定会让每个女孩都拿三十六分出来。”

“嗯，”我说道，“这确实太小气了。”

“我还没有告诉你我想让你做什么呢。”

“是的，你还没说。”

“你喜欢弗兰克·辛纳特拉[1]吗？”她问。

“没见过。”

“我的意思是你喜欢他的歌吗？”

“非常喜欢。”我回答。

“你根本就没听过他的歌，对不对？”

“如果不相信我的回答，你就不该问那个问题。”

她点了点头，好像明白我的意思。“我认识弗兰克。”她说。

“你认识？”

“我见过他。”

“你怎么会和他见过？”

“在飞机上。”

“他有你的电话号码吗？”

“我们互换了电话号码。对我而言，除非是一位名人把他的电话号码给我，否则我不会主动把电话号码这么隐私的东西给他的。”

“如果他给的是假号码怎么办？”

“那我和他就没的聊了。”

“在我看来，你很了解辛纳特拉。”

“我觉得这不关你的事。但有一天我可能会告诉你。”

我们喝了第三杯酒，马上就要到六点半了。我在研究迈代酒吧里柔和的曲线和螺纹线条，那能让人想起法国式的波纹线条。透过盘子大的玻璃窗，我能看到变形虫式的大水池。在人工湖的一侧有个人造洞穴，那里是另一家酒吧，很多游泳的人都可以坐在那里休息。不远处，穿过那

[1] 20世纪最重要的流行音乐人物，能与他媲美的只有猫王和披头士。

片沙子堆积起来像网球场地似的宽阔海滩，在人行横道的另一侧就看到了一朵朵浪花。

关于弗兰克·辛纳特拉，我不知道该谈些什么。他是在外面花钱不用女生和他 AA 制的绅士吗？

“那你想从辛纳特拉那里得到些什么呢？”我问她。

“这不是我们交流的话题，”她回答，“此刻，我也不想谈弗兰克。”

“虽然曾经他是你的避风港。”

“你有点令人讨厌，”她说，“但也没有关系，因为你会发现我们再见面时，我也会有点让人讨厌。”

“见不到你我会更心烦。所以，我为刚才说的话感到抱歉。”

“我们得搞清楚，如你刚才所说，我在迈阿密的确有个避风港，只是他在这座城的时候总是待在棕榈滩。我也爱他，”像是经过深思熟虑后，她郑重其事地说道，“是的，和他在一起时我爱他。”

“好吧。”我说。

“但我们不经常在一块儿。他非常忙，实际上，此刻他正在忙。”

“呃，那我能为你做些什么？”

“什么都不用。事实上，你永远都不会知道这个人是谁。”

我喝掉最后一杯酒。那时已经是六点二十八分了，我在圣马修时就下定决心做事要准时，马上就要到六点半了，于是我说：“我猜，我对你而言一无所用。”

“等一下。”她说。

“我不知道我是否做得到。”

“你当然可以。”她看起来有些像我母亲。那种爱操心和专横跋扈是不是女人的通病？“我几乎见不到这个人，所以我在考虑改变一下，而另一个人很关注我。”

我接着说：“他是辛纳特拉的朋友吗？”

“是的，”她看着我说，“你很善于侦察，是吗？”

我想或许我真的是这样。“是的，”我回答，“但我什么都做不了，除非你告诉我他叫什么。”

“呃，我可以告诉你他叫什么，但可能不对。至少，我现在能肯定它不对。”

“或许这只是开始。”

“山姆·弗勒德。我知道这不是他的真实姓名，因为他称自己叫山姆·弗勒德，但我在报纸上从未见过这个名字，要知道这个人很受人尊敬，而且是个很有名的人。”

“你怎么知道这些？”

“因为辛纳特拉几乎没有尊重过他身边的人，但山姆·弗勒德除外。”

“明天晚上见，”我说，“同样的时间，到时候给我讲讲山姆·弗勒德。”

“我见不到你了，因为我订了明晚六点的航班。”她对我说。

“为什么不让那个华盛顿主管给你多放一天假呢？我觉得你能做到。”

她重新打量了我一番，说道：“好吧，如果你能在明天下午两点之前确认山姆·弗勒德的真实身份，发个短信给我，我会考虑调换我的航班。”

我们握了握手。本想再吻她一下的，但她的眼神告诉我不能那样做。

8

亨特和“战线”的人一起吃了午餐，就此事我得向情报之眼发送加密报告，所以我必须得回赞尼特一趟。到了那里，就得开始搜寻弗勒德先生的资料了。

在华盛顿，I-J-K-L 有一台电脑叫作“训导者”，它可以帮助实现赞尼特和情报之眼之间的互通联系。据称，“训导者”的数据库里有五千万个名字。所以，当屏幕上出现十六个山姆·弗勒德时，我一点也不惊讶。然而，有十五个看起来明显不对：一个是驻扎在日本的空军，一个是英格兰西北部兰开夏郡的管道工，一个是埃德蒙顿的皇家骑警，还有一个是有名的艾玛尔·伊克巴尔，是贝鲁特的商人——真没必要再一一列举了！最吸引我的是住在芝加哥和迈阿密的弗勒德、山姆——去查 WINNOW。

WINNOW 比“训导者”更高级，进入系统需要密码。这种机密都由亨特保管，由于我等不到明早了，所以我决定打电话给罗斯，他一定知道四十至五十个进入该系统的密码，而他对此又不保密。

令我惊讶的是，罗斯不仅给了我密码，而且还要和我一起找。因此我不用为了这个事儿刻意取悦他。他本来就该照顾好“客人”。

然而他却抱怨说：“我得知道你的用意，才能给你进入密码。”

“亨特要查一个古巴流放人员的背景，我们认为他有犯罪前科。”

“噢，看看！”罗斯说，“你果然信任我，WINNOW 系统会带你进入另一个系统 VILLAINS。你要用这两个共同完成。看，这是密码。进入的密码分别是 XCG-15 和 XCG-17A，记得是大写的 A，而不是小写的 a。”

“多谢，阿尼。”

他说：“不忙的时候大家一起来聊聊天，我请朋友们喝酒。”

罗斯很清楚人名在该系统里的大概分布位置。WINNOW 确实带我进入了 VILLAINS 系统，在那里我找到了弗勒德先生。屏幕上出现了以下信息：

> 山姆·弗勒德（许多别名中的一个）是默默·塞尔瓦托·吉安卡纳的一个代号，一九〇八年五月二十四日生于芝加哥，以山姆·吉安卡纳著称。

自一九二五年以来，因犯罪曾遭逮捕七十多次，罪名包括袭击罪，刺杀袭击罪，爆炸嫌疑，入室盗窃嫌疑，赌博、盗窃和谋杀罪。

吉安卡纳在芝加哥约有一千名“士兵”，他在很多松散组织中也是领导。如盗贼团伙、收藏家、伪警察、敲诈勒索者、法官、政治家、联合领导人和商人、赌徒、抢劫犯、刺客、贷款敲诈、毒贩、政治竞选家等，共约五万人参与。

Cook County 的年总收入约为二十亿美元。

注意：以上数据未经芝加哥和迈阿密警方核实。

美国联邦调查局评估：吉安卡纳被证实是芝加哥财团的唯一老板。该财团联合了迈阿密、哈瓦那（现在不是了）、克利夫兰、温泉、堪萨斯城、拉斯韦加斯、洛杉矶、夏威夷等利益分支。

吉安卡纳是美国三大犯罪头目之一（美国联邦调查局称）。

我昏昏沉沉地睡着了，参加中情局能发现很多浮于世事后的事。然而，凌晨四点我就醒了，脑子里清楚地回荡着一个声音：吉安卡纳是个大魔头！这几个字特别刺耳，使我不禁打冷战。我到底怎么了？这让我想起了十多年前第一次挡水墙训练。和那时的我想法一样：一个人根本不必这样！

天亮了，我可以给摩德纳·墨菲打电话了，告诉她我一无所获，然后她坐下午六点的航班离开，再也不见我了。我再把这个不好的结果告诉夏洛特，那我和他之间也完蛋了。然而，为了按预期进行钓大鱼，即使这是一场大灾难，我还得继续查下去。显而易见，摩德纳很喜欢聊天。几小时前她不经意间透露的事情，能和我的工作联系起来，这让我十分开心。但是此刻我并不开心——如果我们俩开始交往，她把这事告诉山姆·弗勒德，那他的五万名手下或是一千名“士兵”可能会打断我的腿。

就像长的智齿，真心让人害怕，我得去喝一杯，我还得算一下要冒的风险。目测，这种风险会有多大呢？我仿佛听到夏洛特轻蔑地说："伙计，别哭。你不是吉安卡纳的手下，他也不会杀你。冷静些，你是美国中情局大部队的一员，不管怎么说，山姆都是一个流氓痞子。我们选择和他们交战，那是他们的荣幸。"

喝了第二杯酒，我又睡着了。当我七点醒来的时候，对我而言，又是新的一天，一种新期望，一个全新的自己。即使我的神经还未完全清醒，但我依然重拾希望，就称其为极度恐惧吧。我又想起了攀岩，和夏洛特在一起的每天早晨醒来，我都会清醒地意识到：我充满了活力（因为，毕竟，每一天都可能是我活着的最后一天）。直到此刻我还记得当人身处绝境时的感受和价值，这种感觉并不糟糕。

我在对摩德纳的极度思念中醒来。据我算来，我又爱上了一个人。不管对基特里奇的爱有多深，都不会永远不变。我决定以后少写信，也不再寄信了。同样，我也明显地感觉到不再那么忠实了。

9

"我就知道是这样！"摩德纳说，"是的，我知道，山姆绝非等闲之辈。"

她正在读我从 VILLAINS 上打印下来的总结，已经读第三遍了。"噢，这看起来似乎合情合理，"她说，"但事实可不是如此。"

"为什么不是？"

"因为我和山姆在一起很有安全感。"

我挣扎了一会儿，犹豫要不要告诉她事情有多可疑，但我又想到，没准我见到菲德尔·卡斯特罗还会喜欢他，不是有人说斯大林和希特勒让很多人倾倒吗，谁能挡住一个真正的怪物展示他令人愉快的 α 那一面呢？

“你知道的，”她说，“山姆真是个绅士。”

“没人会这样想的，读了这些谁还会这样想吗？”

“那确实是，那我正好不知道他之前的样子，所以能以现在的眼光研究他这个人。他对女人这件事很小心。”

“你相信他是怕她们吗？”

“噢，不，不是怕她们。他了解女人，十分了解，所以他才小心的。你应该看看他带我逛街的时候。他十分清楚我想要什么，也知道我会接受多贵重的礼物。比如说，现在我们都清楚，我不会接受超过五百美元的礼物。”

“为什么要限制钱数啊？”

“因为这样的话礼物就不会太贵重，我也不欠他什么。毕竟，我也不能给他什么。”

“那是因为你要和你的另外两个男朋友订婚吗？”

“你在跟我摆架子吗？”

“不，”我说，“我其实很生气。”

“是啊，”她说，“你看看你，品着最好的鸡尾酒，看起来和里边放着的黄瓜片一样可笑，而你却在假装生气。”

她穿着一双绿色鞋子，一身和她的眼睛一样绿的绿色丝裙，这就是她与昨天的不同。我们坐在一样的酒桌前，一样空荡荡的休息室，一样的平板玻璃窗，望向窗外的泳池，平坦的沙滩，依旧是下午六点。迈阿密漫长的夏季午后，外面正慢慢接近黄昏，但此刻的我们正舒适地喝着酒，直到黄昏。距离昨晚凌晨四点已经很久了，我探身过去，亲了她。我不知道这是不是对准时送达的一种奖励，还是她已经等了二十四个小时再亲我一次，但我感到一些小小的危险。也许也不是不可能去和摩德纳·墨菲相爱，她表面所说的讲究只是一件可以剥去的外衣。那之下未做防护的，肯定是渴望，和我想象的一样温暖、甜美、火辣。我如今明白了她所说的朴实是什么意思。

“够了，真的够了。”她说着，后退了几步。我不知道这个举动是不是让我对她的印象更深刻一些，我也从未意识到自己会对一个女子产生这么大的影响，即使对萨利都没有这样过。我就想问一个问题——我该拿她怎么办？她是否会允许我进入她的房间？

她不会的，她就坐在我旁边，告诉我必须按她的规矩来。她问我有没有笔，我说有，她便在餐巾上画了一个圆，然后用一条直线把它分开。“这就是我的生活方式。”她说，“这个圆的每个阶段我都有一个男人，这就够了。”

“为什么？”

“因为圆外都是些乱七八糟的事。”

“你怎么知道？”

“不清楚我为什么会知道，但我就是明白，你是不是觉得我会像刚才吻你一样把这里所有男人吻个遍？”

“希望不是吧，我能再亲你一下吗？”

“别在这儿吧，这么多人看着呢！”

三对中年夫妻像是游客，他们分坐在不同的桌子边上，不停地挪换，迈阿密海滩正值暑夏，可悲的枫丹白露。我对她说：“如果你不想，为何不放弃你在华盛顿的男人呢？而你为什么又要舍弃棕榈滩的那个呢？”

“等我告诉了你他是谁你就明白了。”

“你是怎么遇到他的呢？”

很显然她有些扬扬得意，而且很想告诉我这点，但她却在摇头。

我说：“我不相信你的圈子理论。”

“当然，我的生活并不是一直如此，两年以来我的男人一直都是沃尔特。”

“那就是华盛顿的那个男人吗？”

“你不要这样说他，他一直对我很好。”

“但是他已经结婚了。”

“那没关系，他很爱我但我不爱他，这很公平啊。我也不想勾搭任何其他人，遇到他之前我一直是个处女。”她肆无忌惮地大笑了一声，好像内心的真诚慢慢地流露了出来。“当然，不久后我就开始有其他男人了。但是我的第二个半圆已经空闲太久了，所以你应该过来。”

“再吻我一下吧。”

“不要！”

“然后辛纳特拉走进了你的生活。”

“你怎么知道的？”

“可能是我比较爱你。”

“其实你已心有所属，”她说，“显然你很想得到我，但你已心有所属。”

我说：“跟我说说辛纳特拉的事吧！”

“现在不能说，我不想说，我只能说是他毁了这一切。”

“你会告诉我这一切吗？”

“我想不会。任何人的生活都必须在我圈子的轨迹里进行，不能超越，这是我的决定。”

我在想，我爱上了另一个女人，她只会用自己的想法来滔滔不绝地谈论自己的私生活，这还是她的挚爱。

“为什么不甩了沃尔特？”我说，“让我进入你的圈子吧。”

她说：“他阅历丰富。”

“那就甩了偶尔来棕榈滩的男人，都没见到他的影子。”

她说：“如果他回来，我就踹了你，你觉得如何？”

“我可能会努力维持现状。”

她又笑了，好像很喜欢我的样子，但无论你怎么看我都滑稽透顶。

“你在棕榈滩的男人叫什么？”我问，“我不能一直叫他棕榈滩吧？”

“可以告诉你，因为知道了对你也没什么好处，他叫杰克。”

“沃尔特·杰克。”

“是的。”

“不是山姆·杰克？”

“当然不是。”

“也不是弗兰克·杰克？”

“肯定不是。”

“但是，你同时与辛纳特拉、杰克两人交往？”

“噢，天啊！”她说，“你又猜对了，你在你的领域一定是位高手。”

我没有提高嗓音再说一遍：我别无选择，辛纳特拉是唯一的选择。

她说：“好了，现在你可以走了。”

“不，不走，我今晚没事。”

她说：“好吧，我跟山姆还有个约会。”

“别去了。”

“不行，和别人约会就像是签了合同，我是一定要赴约的，这就是我。”她在三英尺远的地方跟我飞吻了一下，瞬间阵阵暖流袭遍全身。“我明天上午八点去，”她说，“应该在一周之后回来。”

“一周之后？”

“回来看你，”她说，“我从洛杉矶回来之后。”

“除非杰克跟你在一起。”

“他不会的，这一点我很清楚。”

我问：“你为什么要去洛杉矶？”

她说：“因为杰克邀请我去，我都请好假了。”

我又回到了赞尼特，利用“训导者”查到了五页纸的内容——弗兰克·辛纳特拉，在“亲朋好友”这一栏里长长的列表中只出现有一个杰克，杰克·恩德特，金沙酒店，标注是：

可能是 CLAN 的一员。除此之外还有一句：如果想了解 CLAN，请查看 WINNOW 系统。

我不必进入 VILLAINS 系统，用 WINNOW 就够了。在 CLAN 成员里有：乔伊·毕夏普、萨米·卡恩、德沃尔、埃迪·费舍尔、约翰·菲茨杰拉德·肯尼迪、帕特·拉夫特、彼得·拉夫特、马丁院长、罗曼诺夫、伊丽莎白·泰勒、吉米·万·霍伊森。

我给夏洛特发了一封假名电报，在乔治城：我们的朋友是胡安和桑尼·卡冈都亚，所以是时候交货给菲尔德了吧？

我绝不相信所谓的“棕榈滩的杰克”指的就是约翰·菲茨杰拉德·肯尼迪，就在洛杉矶将被提名为民主党总统候选人。但是奥卡姆总是会提醒我，对所有事实，最简单的解释是最正确的解释，我对事实知之甚少，但所知为数不多的事实对肯尼迪来说还是有用的。我睡眠没有出现问题，因为我根本就没睡。早上六点夏洛特给旅馆打电话，店老板睡眼惺忪地来敲门，说让我去电话间接电话。

“不要给我发公开电报，真是被胜利冲昏了头脑。”他说。

他很快就明白我这里的情况了，我得马上去华盛顿。

10

两个古巴流亡者要向我报告他们政治组织的未公开行为，要在同一天的早上和下午在两个不同的安全屋开会，两地相聚二十英里。第二场会面无法提前完成，所以我告诉夏洛特我下午才能动身去往华盛顿。一到达那里，我就乘出租从国际机场到他在乔治城的家。在具有古风的餐厅里，我们吃了汉堡、解冻的炸薯条，我之所以记得这个小细节是因为这是他自己用平底锅做的。今晚厨师休息，夏洛特解释道，作为一名来自科罗拉多州的小伙子，他晚餐基本上都吃这些。他很少向我讲述他的童年生活，这是其中之一。

“你都跟谁一起吃饭？”我问他。

他耸耸肩：“我自己吃。”

他起身带我去他的办公室，打开了一个双层公文包，里面有三英尺厚的文件，然后锁好公文包，把钥匙交给了我。“从现在起这些都是你的了，”他说，“你在赞尼特一定要好好保护好这些文件。”

“好，一定。”

“记住在白天不要把文件留在桌子上，或者留在宾馆里。”在这场并不十分舒适的晚餐过程中，他还问了我赞尼特的安保情况和我在棕榈皇家大饭店的住宿情况。

“好吧，”他说，“你觉得现在的情况怎么样？”

“难以置信。”

“肯尼迪的角色对我已经够清楚了。如果他当选，那会是自格罗弗·克利夫兰以来第一位伟大的总统。但是另一位怎么样了呢，卡冈都亚，你还想着要把它放在电报里呢！”

“我太粗心了。”

“你太自我陶醉了，这对于我们这行的来说，就相当于得了斑疹伤寒症。”

“除了你，谁还能这么懂我？”我问道。

“约翰·埃德加·胡佛就是一个。你还没到发公开电报的级别。”

“好的，明白。”

“再犯一次这样的错误，你就不用再给我干活了。”

“好的，明白。”

他清了清嗓子，像是宣布集会似的：“出于安保需要，这次活动的代号为粗心大意（HEEDLESS），吉安卡纳为长发公主（RAPUNZEL），肯尼迪为洛塔（IOTA），辛纳特拉就叫作巨石阵（STONE-HENGE），至于这个女人，她应该有个男人的名字蓝胡子（BLUE-BEARD），怎么样？”

我点了点头，不怎么高兴地点了点头。

“她的高中老友，威尔玛·雷亚是个话痨，你会发现的，就叫她奥拉尔（AURAL）。”

“好的，明白。”

“我没有时间看完这该死的四英寸厚的文件，我只大致浏览了一下。你要把这个文件夹里的文件都消化掉，然后给我做出总结，不要遗漏任何重要的信息。这些都是FBI做的，虽然经过机器修整，但还是有点混乱。政府部门不都是这样吗！所以就需要你给我整理好。我想要看重要的东西，要是文件太分散，就总结重点，比如看看这个购物女孩都买了些什么，能否从中总结点什么来。”

他看着我认真地问道：“你能搞定那个小姑娘吗？”

“百分之五十吧，”我突然冒出了这个答案，“我很怀疑自己是否够格。”

“我确信所有的苏联少年在被克格勃送出去之前都是这样想的。听我的：成为她的知己。当然，你要当心，不要在FBI的录音上留下你的痕迹，每次带她去不同的酒店。”

“那很费钱的。”

他看起来确实很郁闷。

“你能允许我用那些安全屋吗？”我问道，“我能想到迈阿密的几个，条件还行。”

“噢，天啊，我们要触犯律法了，是吗？”他考虑了下可能存在的危险，“我们还是先从酒店开始吧，”他说，“要是花费超支了，我们再考虑安全屋。”

“好的，明白，”我停了下，“假设我找到了这些高级场所，我们必须面对一些其他困难。”

“说出来。”

FBI 窃听她在枫丹白露的电话，在她和朋友们聊天时，他们早晚会听她提到哈利·菲尔德。她甚至已经怀疑菲尔德就是中情局特工，这在迈阿密虽不算什么稀奇的事情，但恐怕联邦调查局会盯上我。

他点头道：“有什么办法能让这个女孩不谈论你吗？”

“也许我可以让她以为如果她不保护我，长发公主会打断我的腿。”

“好吧，这可能会治愈悲伤和那道伤口，”他眨眼道，“你知道吗？如果不是碍于我工作的职责，我可能和她一样健谈。”

“你？”我说道，“像她一样？”

“在我们的工作中，我们有泄露秘密的想法就像牧师有强烈的性欲一样。”他饶有兴趣地拍着我的后背，我不知道他会不会又绞住我的腿。“老伙计，”他说道，“午夜有去迈阿密的飞机，让我们送你回去。”

他开车送我去机场，他难得这么有礼节。在去机场的路上，我鼓足勇气询问基特里奇与克里斯多夫的情况。

“我每个月探望他们一次。”他说得很慢，似乎在考虑我值不值得信赖。“我们喜欢迈阿密的团聚时刻，但是，是的，我们平时会很孤独，但我们必须这样。她现在正在写一本书。”

“那进展顺利吗？”

“我认为基特里奇相当引人注目的部分是，她认为自恋是件很好的事情。她有一套我从未碰到过的新理论，而且一直很管用。在她看来，自恋通常发生在那些拥有强大人际关系的人身上。很有才华，我希望其他人也这么认为。她需要被认可，女孩都如此。”他盯着正前方，手放在方向盘上。“对克里斯多夫而言，基特里奇也是一位极好的母亲。小男孩很出色，我无法用言语表达我有多么想他。”

车停在在机场入口，他握了握我的手："让我们的工作有趣些，我们的工作会很残酷，所以我们要学会在工作中找到乐趣。"

我在飞机上睡了会儿，到达迈阿密的时候，还是感觉非常疲惫，很想再补个觉，但我还是先去了趟办公室，把公文包里的东西放进保险柜，然后趴在办公桌上睡了几个小时，然而，遗憾的是，办公桌太短。我梦到长发公主让五万个巨人用蜘蛛网绑着我。

11

夏洛特和我只是在美国大陆上进行通信往来，所以我将长电报放到一个特殊的代码盒寄达"幽灵"，这让我非常放心，就仿佛在使用一部安全电话。这样的话，工作不会过度受到安全问题的困扰。但是，我的感情生活却乱作一团。我怎么能希望把摩德纳称作蓝胡子呢？夏洛特坚持用这些难听的假名作为对我粗心大意的惩罚。当然，休的曾外祖父是个骡夫，他赶的骡子因能负重翻越陡峭的山而出名，显然这优良基因完好地遗传到了休的身上。用夏洛特的假名让我觉得自己是骡子里的一员。要深入探究摩德纳过去与辛纳特拉、肯尼迪、吉安卡纳的关系并不那么容易，所以无论如何我得忍着将她的名字变为蓝胡子。是的，这就是我的个人生活。这个我无法预测的女人，我怎么能判断她是如宫廷猫般娇宠成性，还是天使般过度热情？现在有了这么多有关她过去的资料，仿佛一只鸟儿的腿上绑了千斤重的沙袋，所有伟大的工作都是残酷的，我不停地告诫自己。

序列号：J/38，741，651

路线："幽灵"线路—特殊分流

收件人："幽灵"A号

发件人：菲尔德　　　　　　1960年7月10日早上10：00

主题：粗心大意

由于对这些通信的安全性不存在争议，且在联邦调查局文件中也使用的真实姓名，我想知道是否可以放弃使用假名？蓝胡子实在令人不快。望立即指示。

菲尔德

一个小时就有了回复，而且是通过低安全性线路，这就是提醒我特殊分流在夏洛特的终端，且我无法解码。他也将此代码记作GAINSBOROUGH（盖恩斯伯勒），"幽灵"的替补。任何以G字母开头的词都至少包含剩下四个字母中的两个字母，H，O，U和L（例如，"漂亮宝贝"[GUINEVERE]就不行，因为在G后面它只有一个U，但是"煤气制造工厂"[GASHOUSE]中有H、O和U，所以可以）。

序列号：J/38，742，308

路线："赞尼特"线路—开放流

收件人：罗伯特·查尔斯

发件人：盖恩斯伯勒　　　　1960年7月10日早上11：03

主题：保密电话

立刻打电话给我。

盖恩斯伯勒

电话一个小时才接通。“我想放任你，随你怎样都行，”夏洛特开始说道，“但是，这样确实会开启一个可怕的先例。真实姓名会影响我们的判断，特别是知名人士。你看，我们已经从以前的旧报纸上的故事中收集到我们要评估的资料了。然而不相符的假名能激发我们的想法，使我们的思维模式脱离已有情境。”

“遵命，长官。”我觉得我似乎又回到了“低调星期四”的例会上。坐在不通风的电话亭里，这里安装着我们的保密电话，我的后背流下了第一滴汗水。

“我能理解你的想法，但是，”他继续说道，“这有违常规。首要的问题是这些材料是涉及敏感问题还是只是闹剧。所以，在写报告的时候要用假名或不署名。我们确实要找出谁正在对谁做什么，明白吗？”

“我欣赏你的适应性。”我说。

“很好，现在你自由了。”

“遵命，长官。”

他犹豫了一下，似乎在寻找一些方法将其假名活化。“哈利，你说那个女孩会不会成为干草中的选择？”

我过了一段时间才回答。“休，”我最后说道，“基于目前的证据，我只希望干草是她所有关系中最积极的因素。”

“好家伙，去工作吧。”他说完挂了电话。

序列号：J/38，749，448

路线：“幽灵”线路—特殊分流

收件人：“幽灵”A号

发件人：菲尔德　　　　1960年7月10日晚上8：47

主题：粗心大意

关键问题在于蓝胡子的诚实度，她似乎太天真，别人可能想保密的事，她能很轻易地说出来。但是你可能很快就会发现她很擅长撒谎。例如，据我对她个人状况的初步了解，她的私人生活平分为两部分，而且都是完整的：一边是与棕榈滩一位不知名的男子在一起，一边又是与名叫沃尔特的航空公司高管在一块儿。

别人对她有相当大的误解。今年年初一月三日和一九六〇年一月五日她与奥拉尔的电话交谈中，我了解到在巨石阵闯入蓝胡子生活不久，沃尔特就被迫离职了。然而，蓝胡子当然继续享受沃尔特航空公司高管的职位为她工作带来的特别待遇，巨石阵清楚他那广泛的人际关系和合适的工作安排足以让沃尔特退出。尽管这听起来很冷酷，但确实是如此。

蓝胡子继续与沃尔特交往，我觉得这是个谎言。也许每天都有追求者成为她的“日常工作”，但唯一肯定的结论是，她能对权威撒谎。

现在，按照我们的时间表，我将谈论从一九五九年十二月十日到一九六〇年一月十日这段时期的事。辛纳特拉在十二月十日从华盛顿飞往迈阿密的航班飞机上工作的时候，摩德纳遇见了他，并向他展示了自己的魅力，之后的那个周末辛纳特拉就邀请她和他一起在拉斯韦加斯度过。

在这段时间她与奥拉尔大量的通话中，她讲述了自己对巨石阵的印象。辛纳特拉在金沙酒店为她预订了一间套房，每当她对此花费提出异议，说自己无法支付，而且也不承认他的慷慨时，他就笑着说道：“甜心，你是和我在一起的，账单不用你担心。”

一九五九年十二月十七日至十九日，辛纳特拉在拉斯韦加斯的金沙酒店预订了一栋很大的别墅，周围是宗族集团预留的类似别墅。他整日整夜在房间露台上饮酒作乐，露台连接着泳池，那是他和宗族集团专用地盘（会员有乔伊·毕晓普、萨米·卡恩、萨米·戴维斯、小艾迪·费舍尔、彼得·劳福特和迪恩·马丁），摩德纳向威利·雷伊（奥拉尔）解释，说集团给她的印象很深刻。

摩德纳在与威利的电话通话中说：“第一天在泳池边的活动真是太糟糕了，就跟上学报到第一天一样痛苦。他们说话都用特殊代码，有人说了一句‘电话响了’，其他人就跟着大笑起来。所有人都知道笑点在哪里，除了我自己。”

来自一九五九年十二月二十一日电话录音手稿：

威利：如果是我，我早就打包行李走人了。

摩德纳：我差一点就走了，要不是为了弗兰克，我也早走了。

威利：他帮你解围了吗？

摩德纳：刚开始还没有，我得跟你说说这事。在拉斯韦加斯看到他真的太让我吃惊了，他身穿自己最喜欢的橘黄色和黑色，再没有别的口味了。他的套房里总摆着天堂鸟花，你应该不了解这种花吧，它是一种橘黄色和黑色相间的花。

威利：情况是不是糟透了？

摩德纳：还不至于糟糕到极点，但是大家一直在连续循环他的那几首歌。

威利：有用吗？

摩德纳：嗯，至少我们是在一起。

此时刚过晚上十点，我正坐在装有空调的房间里准备需要向夏洛特汇报的材料，空旷的赞尼特办公室里弥漫着尼古丁的味道。我得承认有那么一段时间我停止了手头的工作，咬了咬牙。如果用刚刚这一情景来形容，休·蒙塔古在天王星的新生活，那还真是挺吸引人的，而对我而言，则违背了内心的感受。这个年轻的女孩虚荣得像一头雄狮，竟然敢跟着一群像皇家大猩猩一样的团队四处游荡，其中还跟着一位总统候选人，而且她还能从某种程度上回应我的需求。我都不禁相信我们似乎真的上过床了，我们最好还是赶紧从之前这些复杂的经历中逃出来吧。是不是每一段地下情都像是一场逃亡？我的双手悬在打字机上，考虑着摩德纳的种种行为是否会阻碍我逃出这场恋爱。

来自一九五九年十二月二十一日电话录音手稿（续）：

威利：弗兰克是不是真像人们夸的那么好啊？

摩德纳：可能是吧。

威利：他可不像天生就这么优秀。

摩德纳：他不需要这样啊。

威利：我猜他绝对懂得如何让心情保持愉悦。

摩德纳：他是个细心的男人，而且深知细节的重要性。他的躯壳下隐藏着一个绅士且性感的男人。他是个非常积极主动的人，做事从不求回报。

威利：鬼才信你这话。

摩德纳：他很无私。

威利：他在你心里是个这么完美的男人啊。

十天后，摩德纳在辛纳特拉棕榈泉的家里度过了新年周末，她照例跟威利通电话，对威利说："我喜欢和他做爱，他身材很棒。"那天摩德纳坐在卧室里，弗兰克在和一位钢琴家排练新歌。他一直在房间里踱步，重复着那几个拍子，每次从她身边经过时，都会捏捏她的胳膊或肩膀，就这样过了几个钟头。她给威利解释说，弗兰克就是因为在舞台上抛头露面的时间太长了，所以他没事时总喜欢在家里享受私人时光，这样才可以让他放松下来。

威利：他还真是好福气哪。

摩德纳：我很喜欢棕榈泉这个地方。

威利：他的房子装修如何？

摩德纳：东方风格。

威利：这个意大利鬼子肯定把自己当成撒旦了。

摩德纳：他知道如何让自己强大起来。（1960 年 1 月 4 日）

一月十七日当摩德纳再次和弗兰克在棕榈泉私会时，发生了点小插曲。一月二十日的电话录音如下：

摩：我俩完了。

威：你没开玩笑吧？

摩：我以后绝不会再让自己这么相信一个男人了。

威：发生什么事了？

摩：他毁了这一切。

威：怎么搞的？

摩：我不想再说了。

威：你真是太残忍了，挑起了我的好奇心，又残忍地扼杀了它。

摩：他想让我接受我绝不能接受的事，对他，绝对不行。对谁也不行。

威：我感觉你现在是往我身上扎了几个针眼，然后还在针孔里来回搅动。

摩：他把另一个女孩带上床了。

威：怎么回事？

摩：那天我喝了点香槟，早早上床睡了。醒来的时候，看到一个高个黑人女孩躺在我俩的床上，他俩正在做……你懂得那些事的，他还叫我也加入其中！

威：那你怎么做的？

摩：我在他眼里也太不值钱、太下贱了吧。我当时就哭了。

威：嗯，我了解。

摩：我并不喜欢哭，每次一哭起来就止不住了。我去浴室哭了半小时，等我出来的时候那女孩已经走了，弗兰克满脸歉意，我告诉他现在才后悔已经晚了。我表现得有些过火了，但我才不在乎呢，我的自尊心受到了极大的伤害。后来，他耸耸肩，说："你高尚，你永远都是高高在上，身上星光闪闪，但是亲爱的，我们得面对这些啊，你不能对我这么残忍啊。"我马上就回绝他说"弗兰克，我绝不会后悔"。

威：你的确反应挺激烈的。

摩：我那样做不是在假装正经。虽然我相信我自己可以，但是你相信我，我从没这么坚决过。

威：摩德纳！

摩：要是我不爱一个男人，只是和他保持男女关系，心里想着这样做谁也不会受伤。如果是这种情况的话，那我可能还会加入他们的三角关系，但我绝不会那样做。

威：你跟弗兰克说过这些吗？

摩：说过了。那晚我睡在客房，还锁了门。早上起床后，我跟他说了我的想法，但他说："如果你不是对我要求过多，那我们问题的关键在哪里？"我跟他说："弗兰克，你完全搞错了。""我怎么搞错了？”我说道：“弗兰克，我享受你对我的温情，但是我完全搞错了，我以为你只会对我一个人这样。昨晚我才发现，你对所有女人都是这般温情脉脉。她们是你音乐生涯中不可或缺的一部分，当我想到以后还会有各种女人穿梭于你的床边，我的心都伤透了。”

威：摩德纳，我一直以来都认为，你从不惧怕底线，无论是好的还是坏的，你都不怕。

摩：听完这些他的确有反应，他双手握着我的上臂，我站的位置离他有一点距离，然后对我说：“在未来两周里，每当我想到你就是我的真爱时，我都会有种想杀了自己的感觉。”我大笑起来，我只能笑了，在那样一个情景下他这样说，真是个滑稽可笑的孩子啊，简直就是个蠢货。他是故意这样的，他就想看看我的反应如何。然后我对他说：“弗兰克，我们还是做朋友吧。”你知道接下来发生了什么吗？

威：我不知道啊。

摩：他的脸上顿时浮现出一个我从来没见过的表情。我亲眼目睹过他对趋炎附势的人鄙视的眼神、愤怒的表情，我见过因为陌生人在公共场合打断他的音乐而气急败坏的样子，但我从来没见过他这般复杂的表情。他对我说：“好吧，那我们就做朋友吧，你对我来说是个无比珍贵的友人。”我顿时感觉自己被他从脑海中抛弃得一干二净。

威：你俩这情景，听着真凶残。

摩：唉，我有些夸张了，但这就是一生中最让人纠结、无奈的时刻。（1960 年 1 月 20 日）

不久以后，辛纳特拉就把她介绍给洛塔，这件事也许也很重要。现在是凌晨一点钟，我就要把手里的材料发出去，明天下午继续干活，继续为这项工作做准备。

菲尔德

12

序列：J / 38759483

路线："幽灵"线路—特殊分流

收件人："幽灵"A号

发件人：菲尔德　　　　　　1960年7月1日 下午3：11

主题：粗心大意

两周后，也就是一九六〇年二月五日，巨石阵在迈阿密给蓝胡子打了电话。她会再次来到棕榈泉吗？这位歌手说："明星也会过来。"他口里的"明星"指的是洛塔。

摩德纳问："如果你朋友不出现呢？"

"那你就坐下一班飞机回家。"

摩德纳向奥拉尔解释她和辛纳特拉在棕榈泉度过的周末，各路名流、朋友和商人纷纷从洛杉矶、拉斯韦加斯和拉荷亚飞到这里，但是摩德纳发现辛纳特拉把她安排在了沙漠之门酒店（她觉得那是二等客人待的地方），在最初的二十四小时，她在辛纳特拉的棕榈泉家中度过，随后她打出租车回了酒店。洛塔始终未露面，她打算回迈阿密。辛纳特拉揶揄道："难道我对你不够好吗？”由此告诉摩德纳她想错了——他的朋友杰克·肯尼迪一定会来。(后来，在摩德纳向奥拉尔讲述那晚的情形时，承认她有些胆大妄想了。她怀疑肯尼迪议员是否会来，怀疑是辛纳特拉故意报复她，不把肯尼迪介绍给她。)

然而肯尼迪出现了，是在第二天，带着他的随从一起来的，并在摩德纳所住的酒店沙漠之门落脚。她说："我全都搞错了，我以为你会去壁炉山庄酒店呢，那儿才是你这种身份的人该住的地方。但是我突然发现，弗兰克把我安排在全镇最特别的地方，这也是因为跟你住同一家酒店的缘故，不过你可能会发现，沙漠之门跟观光牧场没什么两样。”

上述内容来自联邦调查局对摩德纳的电话监控记录，电话接听方是奥拉尔，时间是一九六〇年二月十七日，就是那个周末过后的几天。

威：杰克·肯尼迪真的那么英俊潇洒吗？

摩：他的帅气程度都够当电影明星了。

威：他穿了什么衣服？

摩：灰色法兰绒裤子和深蓝色运动夹克衫，着装非常得体。他的外形看起来帅极了，牙齿透白，没见过比他更白的了。他古铜色的皮肤映衬下的眼睛更加闪亮，一双迷人的爱尔兰眼睛，还有一副同样的睫毛，看起来好像比别人懂得更多一些。

威：你只跟他握了个手就有这么多感想啊？

摩：对啊，那么半天我就只跟他握了手。他的两个妹妹也来了，其中还有一帮我不认识的男男女女，这些人都太懂得如何把你拒绝在圈子之外了。我并没有挤着去靠近这个男人，我走开了。你知道吗，十分钟以后他在大厅里发现了我，而且还和我约好时间第二天一起吃午餐。他甚至还为那天晚上没有见到我而道歉半天，他解释说是因为作为政治活动资金筹款人，走不开的缘故。

威：弗兰克没邀请你去参加吗？

摩：他们用一个词来形容去参加那场聚会的人——出手阔绰的大亨。尽管我很不开心他没叫我去，但我觉得只有这种有钱人才有资格参加吧。他有本事能把人捧得高高的，也能把人摔到地上，然后还能再向你招手示好。威利，我觉得做弗兰克的小情人比做他的朋友简单多了。

威：感觉那个夜晚对你来说不怎么好过啊。

摩：当时弗兰克的几个助手邀请我去吃晚餐，但我拒绝了，我自己回房间吃的。这种状况太令人失望了，要不是因为杰克邀请我第二天吃午餐，我那天早上就走了。

威：那你第二天是和他单独吃午餐的吗？

摩：是的，他建议去我房间的露台上吃，而不是在他的房间，这样就不会有人打扰我们了。

威：他就不怕别人说闲话吗？

摩：他身边来来往往的女人还不够多吗，说闲话的人都不知道该从哪个说起了。

威：你们都聊了些什么？要我的话肯定早吓瘫了。

摩：坐下后，就只有我们两个人，当时的操控权根本就不在我这儿，而是在他这样一位卓越的政治家手里。我一直有一种感觉，那就是他对我所说的话非常感兴趣，他有本事能让你觉得你跟他是平等的。每当他问问题时，他总会非常认真地听你的答案，他想了解对方的一切。后来我发现，除了他在海军服役期间的那些日子，其他时间他都过着非常优越、高贵的生活，我猜他是想找到能和普通人交流的话题。他被我高中时当啦啦队队长的事深深吸引了，而且对我是家里独生女的事也很感兴趣。当然了，他还怀疑我是不是天主教徒，尽管我都向他解释过了只有我父亲信天主教，而且那都是过去几十年的老皇历了，我家不是天主教家庭。他问我："你觉得投票给一个天主教信徒怎么样？"我想告诉他对我来说，投票给谁都不重要，没什么区别，但是我知道他并不想听这个答案。所以我回答道："我想投票给这样一个候选人——他发誓绝不会支持天主教徒，因为他自己曾是天主教徒，他恨天主教会。"接着他又问我，那这个人是谁呢？他让我描述一下这个人。最后，我告诉他这个人是我的父亲。他问我："你父亲是共和党人士吗？""以后，他可能会加入共和党。但他以前是民主党人士，而且还是工人联盟成员。"我回答道。他叹了口气，感觉非常惋惜的样子，就好像选举一事会因此而失败、所有的天主教徒都会出来反对他似的，但随后他又笑着对我说："我在想，加上你父亲的力量，我们手里有多少选票。"

威：要我的话，绝对不会跟他说实话。

摩：恰恰相反，这样正好打破了冰冷的气氛，如果你明白我什么意思的话。我觉得如果迟迟不回答他，就像个哑巴一样，这样他就会把话题转移开。威利，你知道吗，他在这方面就跟个女人一样，我感觉对他来说，我的智慧的重要性可以和美貌相提并论。当他问及如果投票给一个像他一样的年轻人如何时，我告诉他这对那些提前有中意目标的选民来说可能接受起来有困难，但他们中大部分都是共和党人，所以也就不重要了。我还说，如果他能让选民信服选一个年轻的代表是多么有优势，那他的年轻就是宝贵财富了。而且，总统是谁与每个家庭都紧密相关。就拿艾森豪威尔总统来说吧，他是每位美国人心里的大叔，他真的是艾克大叔。“那我又是谁呢，我是不是美国人的侄子呢？”他问道。我说：“不不不，你得是招人喜欢的女婿，如果你真的想融入大家，那他们一定会接受你的。如果他们觉得家里有了你会更加有趣的话，那就更好了。”

威：这些话你都跟他说了？你真是惊到我了，我都没想到你脑子里还会想这些事啊。

摩：我以前也不想这些啊，是他问到了我才考虑的。我在他身边就像一张白纸似的，就因为这一点，我就得拜倒在他面前，但我们确实还继续聊了很多。

威：要是我被夹在这样的谈话中，我一定放弃聊天的。

摩：我没有这么做，他问我觉得尼克松怎么样，你知道的，我也就在电视上见过这人，怎么会了解他呢。但是当你和杰克在一起时，他总是鼓励你凭第一感觉说，我便对他说：“我觉得副总统尼克松是你最大的优势，实际上美国人都不喜欢他。”他问道：“此话怎讲？”“因为他看起来总是一副饥饿的样子，让人觉得特别不舒服。”我说道。“这又是为何呢？”“因为看到这种饥饿的人，人们心里总会想，还有没有一块和平的土地？”“如果你所说的是事实的话，那对我来说还真是个好消息呢。如果我赢了选举，”说到这儿我俩都笑了起来，他又说道，“我非常享受今天这顿午餐，真是太棒了。真希望一下午都能和你待在一起，但我一个小时以后还得赶飞机。但我真的非常想再次见到你，我见过无数的人，你是非常特别的一个，你懂的，你只属于你自己。”

威：这恭维话真是说得完美极了，滴水不漏啊。

摩：我都准备好给他提鞋了！他记了我的电话，说他也想把他的号码留给我，但没什么用，因为他每晚都在不同的镇上睡觉，电话总会换个不停，这种情况还得持续几个月。他说他会打给我

的。（1960 年 2 月 17 日）

洛塔的确是个言而有信的人，从二月十六日到三月三日，我们获取了八份电话记录，全部由洛塔打给蓝胡子。二月二十五日在丹佛，他提议三月三日晚上在纽约华尔道夫酒店见面，摩德纳也同意了。来自麦迪逊、芝加哥、惠灵和巴尔的摩（二月二十六日、二十八日，三月一日、二日）的电话记录也越来越朝着预期的方向发展了。

根据你的时间安排，我为你节选其中两份录音记录：一份是来自西弗吉尼亚查尔斯顿，时间是二月二十日，另一份是来自巴尔的摩，时间是三月二日，也就是华尔道夫酒店会议的前一晚。

蓝胡子：你送的玫瑰我收到了，你不知道吧，这种长茎红玫瑰是我最爱的花。

洛塔：它们在花瓶里怎么样？

蓝胡子：开得正艳。

洛塔：太好了，很高兴你喜欢它们。今天在西弗吉尼亚，休伯特发现我们毫无准备，训斥说我们现在是无节制地狂欢作乐，我们得立刻行动起来。西弗吉尼亚真是个糟糕的地方。

蓝胡子：你们那儿肯定是个精神病院。

洛塔：你都不知道我有多期待我们的通话，一整天我就等着这个电话呢，它对我来说就是奖赏。你如果没接到电话，我就特别沮丧。（1960 年 2 月 20 日）

三月二日来自巴尔的摩的电话记录：

洛塔：你确定你明天会来？

蓝胡子：我保证，我跟你定好的事一定信守诺言，我就等着你来敲门了。

洛塔：别让我失望。

蓝胡子：你要是觉得我不会信守承诺，那你还真是不了解我呢。（1960 年 3 月 2 日）

三月三日，事情发生了。要是胡佛的技工在房间里安的仪器正常工作的话，我们能得到更多的消息，但是我希望只有出现不良状况时，再采取这样的行动（华尔道夫酒店的保密安全工作一向做得非常到位）。这边的电话窃听记录非常混乱，所以还得看蓝胡子三月六日晚上对奥拉尔的监听记录。

威：你为何就不承认你和他上过床？

摩：我就是和他上过床，但这不是问题的关键。

威：是不是非常值得怀念啊？

摩：你别管。

威：你谈恋爱了？

摩：可能吧。

威：是那位吗？

摩：是不是男人恋爱的状态都非常短暂，而且还只是在做爱时。

威：我倒是希望我能承认这一点。

摩：说这个没意思，咱俩的参照完全不同。

（沉默片刻）

威：你怎么了？

摩：我也不知道，我很怕受伤，他每天见的人成千上万。

威：可是你每天工作时见的人也很多啊，成百上千的吧。

摩：但我心里只想着他一个人啊。

威：他的床上功夫比弗兰克还厉害吗？

摩：我不想聊这个话题了。（3月6日）

在那位女士到来之前，她俩又聊了很久，录音手稿长达几页。

摩：我觉得我身上有两个齿轮：一个已经准备好转动了，而另一个的离合已经烧坏。不管是不是已经迅速画好了妆容，我都会一遍遍地继续往脸上画。我脑子里不断想着是不是该换一条裙子，我已经被自己折腾得精疲力竭了。我真不想见到他了，每次见他就像个鬼故事。女孩倒是沉浸在恋爱的海洋里，可是和她恋爱的男人真的存在吗？

威：在我看来，这个男人是存在的。

摩：你要试着理解我的意思。他就是我耳中听到的声音，三周以来，我都是听着这个声音睡着的。每天早上，我都会收到十八支长茎红玫瑰，有一回在收拾花的时候划破了手，那只受伤的手指带给我的疼痛感就如同他突然毫无征兆地给我说了什么残忍的话。现在我们彼此分开，我都不好意思接吻了，后来我们还是吻了。我的舌头盘旋在他的口中，他的双唇如同砂纸一般粗糙。我们不知如何交流，两人就像一对八竿子打不着的表兄妹要结成夫妻了，他不像在棕榈泉时那般帅气英俊了，脸上的肉都松弛了。他问道：“我是不是看起来糟透了？”我只能回答他：“糟透了这个词太严重了。”随后他又说道：“当你为选举做宣传时，每天要跟无数不喜欢的人握手寒暄。多少餐饭都是站着吃完的，你每天听着自己一遍遍重复着同样的话，过不了一会儿，那个真正的自己就被埋藏到了内脏深处。这就是为何政治家在做竞选宣传活动时脸上表情滑稽无比的原因所在，他们都害怕自己在人群中突然放屁。”

威：放屁？这话什么意思？

摩：如果你不懂的话，我就不能跟你说了，因为我得用个我自己都很少说的词来解释。

威：我懂了，是不是臭的意思？他要是成了总统该有多疯狂啊！

摩：我就是这么说的，听了他的话我顿时笑了起来：“你真是个不可思议的领导啊，因为你太不严肃了。”他回答说：“关键是我还得一直保持如此。”突然我又感觉和他在一起很舒服自在，他跟我很像。

威：跟你很像？摩德纳，你也太高估自己了吧。

摩：我才没有呢，不是完全相像。我有很多面，他也是如此，他一直努力着去发现自己究竟是个什么样的人，就如同我也在努力认识我自己一样。这就是你得不断尝试的原因，你知道吗，当我俩真正发生关系后，才感觉真的松了一口气。

威：弗兰克和杰克你更喜欢哪个？

摩：你不去当报社记者都可惜了，杰克告诉我，有个按钮可以长按不停，那就是好奇心。只要你勾起了人们的好奇心，你就能跟他们侃侃而谈几个钟头。你是不会从我嘴里知道答案的。

威：好吧，我知道谁更厉害了。

摩：我才不会问你呢。（1960 年 3 月 6 日）

跟奥拉尔聊到了（1960 年 3 月 9 日）身体的孤独程度：“现在

他不在我身边，就好像我身体里被掏空了一样。”所有的快乐和忧伤都与洛塔有关系。

如果要我估计的话，巨石阵的情况就是另外一种了。巨石阵时刻关注她的需求，他要在言语上不断地夸奖她，在行为上要对她像对毒品一般痴迷。我应该去追求她吗？期待你的答案。

菲尔德

13

“期待你的答复。”夏洛特可能会在早上答复，到了那时，我还挣扎在宿醉的痛苦中。前一晚，在寄完特殊分流的信后，我就跟托托·巴尔巴罗去吃了晚餐，这事都说了很久了。吃饭时我犯了个错，跟他喝了很多酒。但我现在唯一欣慰的是，喝那么多酒没花我一分钱。让我惊奇的是，霍华德竟然积极地把账记到了报销账单上。

霍华德对我说：“我很高兴你今晚一直盯着巴尔巴罗，而不是我。喝他的、吃他的、从他那儿抢来任何你需要的东西，但是从不做任何承诺给他。”

刚开始吃饭时，我感觉非常疲倦，我已经连续两个晚上在办公桌上睡了。

托托在他订餐的餐馆里等我，那是一家西班牙式餐厅，装修成中世纪风格，跟我预想的一样昂贵，餐馆名字叫 EI Rincon De Cervantes，这个长长的名字在巴尔巴罗给我说完之后，我就忘得差不多了。他是个权力很大的人，我一直在考虑如何能把我们之间友好的交流融合为一个拥抱，因为那晚他总是站起来拥抱从旁边经过的古巴人。我在他跟别人拥抱的间隙默默松了口气，休息片刻。在喝过古巴朗姆酒、享用过鲫鱼和鱿鱼后，巴尔巴罗抢着去付账。

他的存在多重要啊！他长着一个大大的方形脑袋，头上秃顶，脑后长了一圈歪歪扭扭的灰发，从左耳朵长到右耳朵。他两肩上顶着一颗大脑袋，要不是架着那副学者式的钢架眼镜，他看起来活脱脱就像一头猪。因为身材的缘故，他总是穿着黑色翻领毛衣，如果再添上一个翻领白衣的话，不知道的人还以为他是神父呢，整日一脸严肃，跟他待在一起没有一丝快乐可言。古巴式的幽默听起来就跟他们的朗姆酒一样黑，我们又一遍遍回到预算问题上。过了一会儿，我突然意识到他并不是想说服我，而是只想占上风，想到这里我的身体顿时舒展了，明天我可能啥事都不想跟他持反对意见了。他可能会跟我说："你爱德华不够慷慨啊。"

那我回复他说："决定是上面做出的，你这样多是在为难我爱德华呀。"

"这对他来说只是一个小小的不舒坦，但对我来说就很严重了。你每个月要拿出十一万五千美元，这是多大的羞辱啊！我们太缺钱了，你能想象有多少古巴人现在在迈阿密吗？他们中有些人已经老到没办法再去学习一门新语言了，就只能惨度余生。"

"我从华盛顿给你弄来了一万美元。"

"把这钱分成五份，分别给每个领导两千美元。这点钱都不能用有尊严、有面子来形容，真是太少了，他们塞牙缝都不够。"

我说道："假如，我们每个月给你所要求的七十四万五千美元，你是个好心人，你可能就会在买游轮还是给穷人更多面包的问题上作抉择，我相信你会选择面包。但是这样一来，你的军事行动能有什么成果，你的士兵拿什么做装备。而且承诺给你钱的人就得承担这一切后果，大好前程就因此事而了结，联邦政府那边哪个人能给你承担这样的后果？"

他伸出两只手戳到我胸前，说道："奇科，我看在你还年轻不懂事的分上，我不追究你刚刚胆大妄为、随意批评别人的行为。但是你的话反倒揭露了你们所谓的美国富人其实就是中央情报局。”

“我可能表达得不够准确。”

“不管怎么说，你都别想试图让我相信出钱的人不是中央情报局，我能嗅出他们的味道。”

“我不是情报局里的人。”

“你，奇科？你说你不是。对啊，你不是，那我还不是古巴人呢，是只蟑螂好了。”他的手指像蜈蚣一样飞快地在桌上动来动去，嘴里不停地咆哮着，叫嚷着他那些所谓幽默的话。

“不管哪种玫瑰都能闻出香味来。”我回答说，这句话还把他逗笑了。当他再次回到预算这个话题时，怨气少了很多：“你们这些有钱的美国人，要从我们古巴人这儿学的东西还多着呢。没有了自由，我们便会堕落，堕落成任何你们可以想象到的样子。在暴君的统治下，我们像奴隶一样心怀恶意。我们腐败、做事无效率、互相不信任甚至愚蠢，没有人会比痛苦的古巴人更可怕了。但是如果让我们掌握自己的命运，不和任何国家有军事冲突，这种情形下的我们又是多么地足智多谋、勇敢、忠诚、士气鼓舞啊。历史上，只有几百人我们也成功实现改革，这是因为我们才是真正坚持民主精神的国家，正如何塞·马蒂曾说的，自由是生命的灵魂，任何事失去了自由都不完美。”

我说：“听着，听着。”不知道什么时候才能轮到我说话啊。

“为你们的美式民主干杯。”他回答道，端起一杯酒，灌了下去。我也跟他一样喝了一杯。

“是的，”托托说道，“你们美式民主可能试着去理解我们的古巴式民主，但结果是你们理解不了。你们的民主制度建立在平等投票权的基础上，但是我们的民主是建立在人民热情的基础上，倘若某个人改变历史的愿望比其他人更强烈，那么支持他的人就会多一些。这就是古巴人民的选举方式，我们靠的是感觉。拿钱给我，你就能看到古巴式的民主，你们的钱就是我们赖以生存的血液。”

“你们民主的前提还怪厉害的啊，”我回道，“在美国，我们只有上高中的时候才会有这种幼稚的想法，才会这样打赌。”

“你嫩得都够当我儿子了，”托托说道，“就是因为你在为有钱的美国政府工作，所以你才敢这样嘲讽我。但我还是需要用你们的钱来买枪，我会试着让你更了解古巴是个什么样的国家。古巴只有一个军队，有人说是两个，另一个就是我们的烟草。实际上我们谋生的手段是种植甜菜，这是我们唯一的优势。但是国际市场对糖的需求摇摆不定，我们的命运也就不掌握在自己手里。二十世纪糖便宜到一磅才一便士，有时才二十分。从经济的角度来讲，古巴人民就像是个轮赌盘。”他叹息道，一只手重重地落在我的肩膀上。“其他国家的经济波动影响了我国人民的命运，因此我们有着无比强烈的愿望改变历史，这就是赌徒精神，我们相信自己的感受。”

形势现在对我一片利好，我不知道是不是因为酒精的缘故，但我还是能听懂他的西班牙语，他对两国政治体制上的差别还挺能说道的。“美国立法人员失败的代价，”他现在又开始说服我了，“就是人格羞辱，你们美国人用自我意识来衡量自身的价值。如果美国人在政治上失利，他一定感觉人格受挫。但是在古巴，政治上失利就是要了命的事。你明白的，暗杀对我们来说是反抗的基本方式，这还真是个有意思的差别哈。”

“这点我同意。”

“你见到的卡斯特罗是个厉害的家伙，你明白吗？”他问道。

“我听着呢。”

“他成为古巴领导人只有一个简单的原因，那就是有种，你再找不出一个比他还有种的男人了。”

“那你为何恨他呢？”

“我不恨他，我只是不相信他。三十年代初期当我还是个学生的时候，我支持的是拉蒙·格劳·圣马丁，我当时是班里最淘气的孩子，在哈瓦那大学上学时，大家不是看谁聪明，而是看谁有种，我们简直就是全世界最难管教的学生。在哈瓦那大学，没有枪就别想当个受他人尊敬的学生。我是班里的老大，我的梦想是减少腐败，把当时总统马查多踢下台。我本来是能成功的，但是我们的政治领导人圣马丁没种啊，当他跟我说他不允许我冒这么大的风险时，我徒手就击碎了他的桌子。罗伯托，我举起桌子，然后猛摔在地上，用劲太大都摔碎了它。”

“现在的卡斯特罗，当时也备受尊敬，”托托说道，“我记得一九四几年他跟其他学生领导人来了一场即兴比赛。真要命啊！以最快的速度骑自行车上墙，其他几个学生领袖没人能做到，总是在上墙的最后一刻掉头。轮到菲德尔时，他把车速提到最快，一股脑就冲到了墙上，然后他的朋友就把他送进了诊所。一小时之后他又出现在大家面前，头上扎着绷带，鼻梁折断，但说起话来依然响当当。”

“那你为什么还要反对他？”

“他不负责任。他以前是个强盗，像你们的西部恶棍一样，欺负小孩子。这人从来就不会反悔，危险越大，他的笑容就越灿烂。虽然共产主义并不符合他的性情，但他之所以回应共产主义是因为，共产主义强调：人民的意志蕴含在领导人的意志中。就这一点就合了菲德尔的意，所以他才接受了共产主义。结果呢，他成了古巴历史上最糟糕的领导人。”

“那谁是最好的领袖呢？”

“噢，奇科。要我说，那个人得是个智者、民主人士，还要努力维护古巴永久的平衡，这种平衡在我们国家就体现在同情与腐败之中。”

“托托，我看你就符合要求。”

“我不会生气的。菲德尔缺少的正是对腐败形式的正确理解，格瓦拉更差劲，他们都没有完全理解腐败的河流本质。”

“河流？”

“就是河，河流，听见了吗！我反对贪婪的掠夺，过度的贪婪不应该受到推崇。但是合理的腐败就是另一回事了。待在什么位置就得做什么事，一条安静的河流会冲刷走污秽，就像光的诱惑。菲德尔理解不了腐败的价值，他的内心过于黑暗，做出的判断也是错得离谱。就你们美国的歹徒，我能说出好多名字来。”

“你是说黑手党？”

“嗯，那就是你们的歹徒，数量很多。他们不会忍受卡斯特罗抢走他们的赌场，这真是大大的失策啊。菲德尔算是惹上了这些人，这些人有那么丰富的资源，除非你想杀了他们，要不然你还真拿他们没办法。”

我们吃吃喝喝花了两个小时，他的脸都喝红了，呼吸也有点急促起来。每次他点燃自己的雪茄，我都仿佛能听到他的肺在大声呼喊。说到河流，托托的呼吸有它自己流淌的河床，一呼一吸的节奏萦绕在我耳边。

他还在不停地说话，服务员们都站在房间最后。现在已经晚了，但是巴尔巴罗把他们叫过来，似乎又要一场打斗了。我坐在那，感觉越来越不自在，神经比当时的气氛还要紧张。

“我们古巴人喜欢说，哈瓦那夜港的水在黄昏时分呈现不同的色彩，像极了孔雀的羽毛，如果你没有亲眼见过，那就很难想象它的美。现在，在你们的比斯坎湾，椰风海韵，一片耀眼的热带风情，然而你们的海水却流向东方，所以它仍然比不上我们神奇的哈瓦那。色彩斑斓，是天堂的绚烂，也是地狱的缤纷，更是随时展现着我们情感的色彩。我们知道自己的高贵与污浊，我们看到过华丽、透明、暗淡，也有背叛和憎恶。在哈瓦那的黄昏，到处是人们的生活，”他突然站起来说道，“我遇到了难以应付的难题。”我吃惊地看着他，等待着他的解释，然而他并没有说话，而是拿出自己的药盒，打开他，却没有找到他要找的药丸——好多药丸，五颜六色，像哈瓦那港黄昏时分水的颜色。然后他手臂交叉，表示这顿饭就此结束，夜晚也就此结束。我把钱放在服务员的托盘里，他说了一句：“滚！”

他走路趔趔趄趄，却异常蛮横；他抓着我的胳膊，像是为我引路，而不是寻找支撑；然后踉踉跄跄地走向我的车。天色已经很晚了，路上只有我那一辆车。

“把我送到旅馆。”

他住的那家旅馆距离我的旅馆不算远。我开车把他送回去，一路上都担心他会发病。到了地方，我把车停在灯光下，他挥手向我告别。

“你心脏病快犯了。”我说。

“是的。”

“我们去医院吧。”

“太远了，”他咳嗽着说，“我有药。”

我们还没走进他的房间，他就已经浑身湿透了，像一匹刚辛勤劳作完的马。在路上有那么一刻，他肯定以为自己就要死了，因为他把我当成他的哥哥，对着我大声哭喊道：“唉，兄弟！”然后就把额头贴在了我的肩膀上。

进到他的房里，他一下就倒在床上，竖起自己的拇指和食指，向我说明药瓶的尺寸大小——当然是很小的瓶子了，说道：“药。”

那一刻，我最害怕的是打开橱柜却找不到他的药瓶！但是这种恐惧感一闪而过，因为我一眼就看到了他的药。我眼前一共有七瓶处方药，大小高低各不同，他需要的药瓶身上的标签很显眼。这些药瓶一个挨一个地立在玻璃架子上，看起来像棋盘上最后一排守卫家园的战士。

我真不敢相信接下来发生的事情。只见他把两片白色药片放在了舌头下面，然后冲进洗手间，一阵狂吐，接着一阵马桶冲水的声音。出来以后，他整个人又恢复了神气，打开一瓶安乔龙舌兰，坚持要我陪他再喝一杯，他用第一杯酒冲服了一片药。

“终于有一天，我会因心脏病而丧命，”他说，“我还得为自己的暴饮暴食埋单。说起暴饮暴食，奇科，它代替了我的‘大胃口’——成为这个国家的主席。”

“干杯。”我举起自己的酒杯。

“这些天，我有可能会死于心脏病。如果这事真发生了，你就要求验尸。”

“为什么？”

“看看我是不是被毒死的。”

我礼貌性地笑了笑。我感受到了古老哈伯德家族的命令：永远不要急于回复华丽的言辞。于是我说：“你能说得更具体一点吗？”

“我会死于心脏病，”他又重复了一遍，“但是验尸会让你知道我是物理性发作，还是被化学物质刺激而亡。”

我叹了口气。在当时的情境下，也许叹气的声音很不合适宜，但我不会做出一个我不愿意遵守的诺言。我告诉他：“只有警察或者你的家属，才有资格要求验尸，托托，我不符合条件。”

“现在，你比我的亲儿子还要与我亲近，而且你当然要比警察更高尚，你甚至都能指导他们开棺验尸了。”

“我连一张车票都搞不定。”

“奇科，你不需要向我承认你是中情局的人，但是拜托你不要这么以言语抗议，我不会给你难看的。但是，都不重要，现在你需要向上级传话，”他掰开我的手指，“向天父起誓，”那一刻我还以为他说的是上帝，谁知道他又补充一句说道：“‘我们的天父’就是你的父亲。”

我说：“你根本就不知道我父亲是谁。”

“但我知道他是干什么的，你父亲与我能实现交流，这一点很关键。”

我最终接受了巴尔巴罗要探寻我的“公司”的理由，但是这不能说我喜欢他，反而让我有种被出卖的感觉。

“我不会联系我的父亲的，除非你告诉我更多消息。”

“这关系他的利益。”

“你能保护我父亲的利益？”

“有两个男人找过我，坏人，说他们是你父亲的人。”

“他们是谁？”

他表现得像凝结在锅里的油，我能感受到他的恐惧。他最终说道：“他们是穷光蛋。”

“穷人？古巴人？”

“不，是美国人。富裕的美国人。”他看起来很不高兴，“你好好想想，这不难猜的。”

“卡斯特罗废止了他们的赌场？”我问。

他微微点点头。

“让我理一理头绪。我所代表的集团与很多人有过往来，我没看出什么异常，更没有发觉你提到的问题。”我说。

“那是因为你从来都不总结思考，也不期望任何结局。”

那一刻，我心中的警钟鸣响，就像道路拐角处突然发生了一场车祸。我突然意识到，巴尔巴罗的房间很有可能也装上了窃听器，这场对话也许不过是个陷阱。

我说：“我向你保证，我父亲绝对没有可能参与这样的事，所以根本没有必要再谈下去了。”

我不知道是什么暴露了我的话，因为我清晰地听到一个声音，十分真实地传到了我的耳朵里。巴尔巴罗坐在椅子上，懒懒地伸出一根手指指向台灯，好像在说：“谁知道他们竟然在这儿安装了窃听器？”然后缓缓地给我使了一个眼色，说道：“既然这样的话，奇科，你可能不会打电话给父亲。”但他的语气似乎在说，无论如何我都必须打电话给我父亲。

我回到皇家棕榈酒店，今晚发生的事像是给我的当头一棒。我喝了一杯，倒头睡去了。

14

我一醒来就满心悲伤，而且昨晚的宿醉让我感觉浑身沉重。昨天早上十点三十二分从“顶点”低特权电路传来夏洛特的消息，幸好——不管我醉没醉，我待在那接收了夏洛特的消息。

序列号：J/38，761，709

线路：“顶点”专用—公用

收件人：罗伯特·查尔斯　　　　1960年7月12日早上10:29

发件人：伽利略

主题：巴比伦市场

对我来说，你的巴比伦人与夸尔特岛人一样陌生，他们是不是过于沉溺口语才能了？我一直把口语归为语言。根据我的经验，负责任的人只允许古老的指南针有一丝偏差；但对智者来说，这项古老的发明就是个废物。短暂的污染也可以积蓄纪念力量（古老的农业方程式）。显然，你的巴比伦人居住在其他高山气候带。我通常把口语才能看作草莓圣代，保持这份愉快的合作。把一切都高高挂在干草车上，当沧桑的老人进入这座白色的大厦时，他们会用干草装饰大厅吗？

伽利略

我在办公桌前坐了半个小时，犹豫着自己要不要行动。基特里奇跪倒在地，休·蒙塔古的阴茎纪念仪式还未开始就已经勃起，这个画面在我本就愤怒的脑海里挥之不去，我现在已经不知道自己是该愤怒还是该担心休的精神状态了，或者应该意识到这只是休独有的开玩笑的风格。

今天依然有一大堆的工作等着我去做，而且晚上还要处理希德利斯的事。我忽略了夏洛特的信息，人得能够忍受在长远的平衡板上摇摇欲坠的感觉。休·蒙塔古指引着我变得坚韧、振奋、仁慈、优雅、奉献，学会掌控自己的心智，但是他的阴茎勃起了！

而且我还生自己的气，因为摩德纳性欲泛滥。我的过去竟然如此悲惨！我能做的难道只是去找蒙得维的亚的妓女，或者做萨利的可怜姘夫？摩德纳评价辛纳特拉"绅士、主动、健硕"，把我衬托成了一个怂货，我甚至都懒得问自己：我是不是一个好的情人？恐怕答案是否定的吧。我真丢尽了哈伯德家族的脸！

我仔细环视了一下我的周围，这算是我用来修复注意力的程序代码。这些年我从不介绍我工作的办公室，那是因为真的没有什么好说的。家具是铁质的，颜色是炮舰似的灰；墙的颜色通常是白色、米白色、黄色、褐色或者是淡绿色；办公椅的颜色有白色、棕色、灰色和黑色，上面垫着一张坐垫，而且椅子还是可旋转的，能让你从打印机处旋转到打印纸那；访客的椅子是塑料的，颜色有黄色、红色、橙色和黑色；地板上如果不是铺着灰色油布就是棕色地毯；办公桌上可以摆放照片，什么样的都可以，但是即使我有摩德纳一张绝美照片，我也不会摆在那，因为它会比一瓶果酱都要显眼。我办公室其中一面墙上挂了一张南佛罗里达的地图，它对面的墙上是一幅古巴地图，两墙之间的隔墙上是一挂日历，上面是十二张缅因州港口的照片。我还有一个墨绿色的废纸篓，一张橡木桌子，上面放着一个烟灰缸，门旁立着一面镜子；还有一架金属书架，上面有四个架子，还有一个铸铁保险箱。台灯发着荧光，光芒照在一人高的挂物架上。这就是我办公室的全貌，在中情局，凡是我使用的办公室都是这个样子，但没有一间办公室的墙到达了天花板。在"顶点"我工作的这个楼层，这样的房间多达八十个。

有时候我想，办公室如此装置的目的是助你集中注意力工作，尤其是当大脑疲劳的时候。我那面灰色的分隔墙看起来就像一块变白了的黑板，人在上面书写了无数次也擦拭了无数次。我又开始工作了，到了晚上我才回复蒙塔古。

序列号：J/38，762，554

路线："幽灵"线路—特殊分流

收件人："幽灵"A号

发件人：菲尔德　　　　　1960年7月12日晚上11：41

主题：希德利斯

明白了你的意思，我会更加简明扼要。

三月四日、五日、八日、十一日均有通话，由洛塔打给蓝胡子，地点分别为新罕布什尔州的康科德、宾夕法尼亚州的哈里斯堡、印第安纳波利斯以及底特律。每天一束十八支装长茎玫瑰，寄达蓝胡子处。对话中涉及两人的下次约会。

但是，三月十七日二人的语气突变。蓝胡子在华盛顿的威拉德酒店接到洛塔的电话，但通话记录的手稿恐怕过于混乱。

洛塔：弗兰克给你打过电话吗？

蓝胡子：最近没有。

洛塔：我昨晚本想带你去迈阿密海滩。

蓝胡子：真遗憾，我凑巧出去了。

洛塔：希望和你在一起的是个好朋友。

蓝胡子：噢，只是一个空姐同事。

洛塔：（乱码）

蓝胡子:(乱码)

洛塔:(乱码)

蓝胡子:(乱码)

洛塔：当然是了。你为什么不想参加弗兰克在枫丹白露举行的公开表演秀?

蓝胡子：我早就想去了。

洛塔：弗兰克在迈阿密待几天?

蓝胡子：十天。

洛塔：真是个见他的好机会!

蓝胡子:(乱码)

洛塔：我想安排你我在华尔道夫酒店见面，日期为26号，你能调整一下你的时间吗?

蓝胡子：当然可以，只是……

洛塔：是什么?

蓝胡子：日子好远啊。

洛塔:(乱码)

剩下的都是乱码。(1960年3月17日)

三月十八日到三十一日，辛纳特拉的公开秀在枫丹白露酒店如期举行。在此期间，蓝胡子四次往返于迈阿密和华盛顿，不上班时便待在枫丹白露，再没有与“候选人”通过电话。但是，三十一日那天，蓝胡子打电话给奥拉尔，从中我们了解到，蓝胡子到达酒店不久，巨石阵便带了一个人进到蓝胡子的房间，并称这个人为“驱虫人”,由他拆开电话并重组。蓝胡子对此表示疑惑，巨石阵解释说：谨慎为上。我们猜测胡佛的电话窃听器已被移除，而且这也很可能就是三月十八日至三十一日期间，洛塔与蓝胡子的通话记录缺失的原因。

然而，我们仍然截获了两通电话（三月十八日至三十一日），均由蓝胡子打给奥拉尔，这可能是因为胡佛的人在奥拉尔的家（密歇根夏洛瓦市）安装了窃听器。二者于三月二十一日的通话可拿来详细研究。

摩德纳：我之前不知道弗兰克这次选择表演《变身怪医》，但是他一进入状态，威利，他就闪耀了整个亚拉巴马。你知道吗，和杰克的地下恋情让我待在黑暗的角落太久了，现在置身于镁光灯下，真是美好极了。我爱杰克，但是舞台上的弗兰克俨然变成了另外一个人，让我欲罢不能。晚宴时分，我和他的几个朋友静静地坐在那看他表演，所有人的目光都集中在弗兰克的身上。

威利：与你同坐一桌的都有谁？

摩德纳：呃，迪恩·马丁、德西·阿纳兹，这两人是你认识的明星，可是管他呢，所有人都在看弗兰克。为了营造混乱的打斗场面，他咬断了自己的手指，现场的每一位女性——已婚的、未婚的都愿意跟他私奔；等到爱的音乐响起时，现场所有的男性都感动得要哭了。

威利：他唱的是什么？

摩德纳：唱了好多首，《沙里的情书》《玛利亚》《深深海洋》《刚刚好》等等。唱得真是好极了！最后他唱了一首《世界在我手中》。

威利：那你和他感情复燃了吗？

摩德纳：无所不知的小姐，很遗憾这次你错了。他迷上了朱丽叶·普罗斯，他俩总是形影不离。

威利：那也不能阻挡他同时向你们两人问好。（3月21日）

说到这，摩德纳突然就挂断了电话。一分钟之后电话又响起，是威利打到了枫丹白露酒店，前台告知她墨菲小姐吩咐酒店外电话一律不接。

到了三月三十一日，我们又监听到了一段长时间通话记录，由摩德纳打给威利。我认为应该呈报给您。

威利：这些天候选人去哪了？

摩德纳：离开了。竞选活动。

威利：你在纽约没见他？

摩德纳：没有。

威利：我以为你在三月二十六日去找他了呢。

摩德纳：我没有。

威利：是他取消了见面吗？

摩德纳：是我错过了飞机。

威利：什么？

摩德纳：我错过了飞机。

威利：那他怎么说？

摩德纳：他问我怎么了，我说："我错过了航班。我工作太忙了，等到我整理好，就错过了航班。"

威利：那你和杰克一定完蛋了。

摩德纳：没有。那天之后我们两个还通电话，我们打算四月八日在华盛顿见面，就在他四月五日结束威斯康星州的预选活动之后。

威利：你这次没赴约他没有不高兴吗？

摩德纳：他表现得还挺平静的，但是我想他可能跟你想的一样，以为我和弗兰克又在一起了。我有时候怀疑他跟我交往只是因为想夺取弗兰克的女人。

威利：那你敢打赌你没有回到弗兰克身边吗？

摩德纳：这本来就不是事实，你让我发什么誓。

（沉默）

威利：在枫丹白露为弗兰克举行欢送派对的时候，你穿的是什么？

摩德纳：一条翠蓝色的礼服，另外选了一双与之搭配的鞋子。

威利：噢，拜托，配你的一头黑发？那一定惊艳全场了！我都能想象出你那一双绿色的眸子配上翠蓝色礼服的样子。

摩德纳：我的确花了点心思来搭配。

威利：我真是嫉妒死了。那你在派对上有没有认识新朋友？

摩德纳：弗兰克把我介绍给了一个名叫山姆·弗勒德的人，他看起来超级自信，跟他同坐一桌的人都很尊重他，我很喜欢那桌人，感觉他们像在表演一出音乐喜剧。

威利：都很帅吗？

摩德纳：没有，我的意思是像《红男绿女》那样的音乐剧。他们中有个人有6.6英尺高，300多磅重，还有一个长得比骑师都寒碜，剩下的人就很一般了。但是，当山姆坐在我身边时，其他人似乎都不敢抬头。然后他表明自己要坐在这张桌子旁，所有的人就都向他问好，他坐在那就像国王。有时候他根本就不愿意理睬别人，比如萨米·戴维斯面带微笑地走过来，山姆只是挥挥手，萨米就逃也似的走了。我问他："你不知道他是谁吗，弗勒德先生？"他说："我知道那是谁，那不是黑桃二嘛。管他呢。"

威利：这位山姆·弗勒德长什么样子？

摩德纳：中等身高，甚至有点丑，但还算有吸引力。他的穿着很讲究，而且古铜色肌肤让他看起来很有男人味，但是又很低调。也许他是通用汽车公司的总裁。

威利：哈哈哈……

摩德纳：弗兰克走进房间的时候，所有人都欢呼雀跃，只有山姆像个教皇似的坐在那一动不动，一定是他屁股太重了！他既吸引人又让人反感。

威利：让人着魔！

摩德纳：就是啊。

威利：他约你了吗？

摩德纳：嗯，但是我跟他说，我因为工作的原因上午11点还要飞回华盛顿，他说为我换一次更好的航班，我说我想按时回去，我没告诉他东方航空里的每个人都恨我入骨，因为我的飞行安排过于自由。

威利：你这么拒绝他，他怎么说？

摩德纳：他说："我曾经也被人拒绝过，但没有一个人的理由像你的理由那样俏皮。"然后他就被自己的玩笑逗乐了。威利，我发誓，这个人一定是个自恋的绅士。

威利：这就是你对他的全部看法？

摩德纳：这只是个开端而已。两天以后我回到迈阿密，看到我的房间里放了12打黄色玫瑰，一半是为昨天一半是为今天。

威利：黄色玫瑰不是代表嫉妒吗？

摩德纳：如果真是这样，那他的态度就太过明显了，因为从那天起我每天都收到六打黄色玫瑰。

威利：你觉得弗兰克告诉他你和杰克的事了吗？

摩德纳：除了这个还能因为什么！（1960年3月31日）

你的菲尔德

下班之后我就回了皇家棕榈酒店。午夜将近，要不是宿醉的痛苦还未消散，我现在肯定愿意想想吉安卡纳的黄玫瑰一事。困意已让我产生了幻觉，笨重的老空调吹出风来，仿佛一群河马在跳跃，停了空调才能让这群“河马”安静下来，可是这样房间里又热了起来。就这样，空调时冷时热，我迷迷糊糊就进入了梦境。一大早就在恐惧中醒来，因为我意识到自己该给父亲打电话了。

15

问题是我该如何才能联系上他，我既不知道他的电话号码，也不知道他的假名代号。而且，他依然必须在理查德·比瑟尔手下工作，要知道，这种级别的官员在情报之眼那样的机构是不会超过三个的。那天上午我走进赞尼特，查看了我们的组织系统表，在合适的位置发现了 SPINE、GUITAR 以及 HALIFAX。

一个人是不该使用符合自身特质的假名的，但我父亲一定忽略了这一条定律。他在十七岁的时候曾经赢得过一次为初级船长举办的航海比赛，具体航程是从巴尔港到哈利法克斯港（在加拿大的新斯科舍省），距离我确实够近的。

我用闭路电话给情报之眼打了过去，我只能拨出与哈利法克斯相对应的三个数字；然后我父亲的秘书埃莉诺接起了电话，我一下就听出了她的声音。她是个未婚妇女，我曾经在一些场合见过她，她总是把自己收拾得干净利落，头发扎成一个圆髻，看起来甚至有点冷酷。我父亲走到哪儿她就跟到哪儿，也就是说，她在维也纳，近东、远东地区，甚至洪都拉斯和危地马拉都待过一段时间。基特里奇曾经告诉过我，有谣传说埃莉诺做过我父亲的情妇。

因此，我下次再见到埃莉诺的时候便格外关注她。她看起来并不友好，双唇紧闭，目光灼热，而且总是守口如瓶。今天我一听到她的声音我才忽然意识到："埃莉诺"究竟是她的真名还是只是一个内部的代号？

"埃莉诺，"我说，"我是在 HAWTHRONE 工作的罗伯特·查尔斯，如果你去查一下情报之眼里的人员名单，我想你就会允许我同哈利法克斯通话。"

"我们可以不必去查名单，"她答道，"我知道你是谁，罗伯特·查尔斯。"

"那倒确实是省了不少事。"

"孩子，每次赞尼特有陌生声音来电时，你都希望我跑遍整个大厅去核对身份吗？所以记住你们的声音才是一件更容易的事。"

我心里暗想着，她还真有情妇的样子啊！

"那么，"我说，"先生在吗？"

"这个电话路线是公开的、受委托的还是搜索的，你得详细说明一下，罗伯特。"她十分愉悦地提醒着我。

"这个电话线路是搜索的。"这是一部机密电话。

"他一个小时内会给你回电话。"她说完便挂断了电话。

我坐在自己的办公桌旁等待着，发现还有不少简报要整理。自从我开始为夏洛特负责文字记录的工作，我的办公桌便不断地被各种简报淹没，有时候一来就是五十封。这桌上的文件至少要处理一半——要么归档要么直接扔掉，并不是每一封简报都能置之不理。当我离开一天后再次回到这个办公桌时，我实在是不知道是悲还是喜了。所以，当那可怜的秘书在那里嘟嘟哝哝的时候，我就在一页页匆匆翻阅着这堆积如山的文件。这时，我有一个机密电话需要接听。

赞尼特的电话亭就是一个桑拿屋，你要接听"搜索"电话的话就必须要把门关上，否则就不能保密。电话亭的门一关，空调也会随之关闭，然后,你就会在通话的过程中不断地流汗。我铿锵有力地说出“罗伯特·查尔斯”，但是多亏了这解码器，它听起来就如同身在古墓中。“你就是埃莉诺说的那个人吗？”

“丝毫不差，先生。”

“哈哈，你以为我不知道你在哪里吗？”

“我正在考虑这种可能性。”

“爱德华已经告诉过我了。孩子，你可以不相信，但是我计划下次和你坐下来好好聊聊，甚至我们可以摔烂一个杯子。”

“那我倒是很期待。”

“好的。那现在我们要说的是什么事？”

我太了解他了，他的寒暄不超三秒就会转入主题。“我要说的是，”我说，“你在试图‘驯服’某个大家伙的事。”“驯服”一词正是我们以前夏天用在控制缅因州的长耳兔身上的。“告诉我这件事的人来自佛朗迪。”我补充道。

“小子，这可是机密电话，你到底要不要告诉我你是听哪个大嘴巴说的？”

“福斯蒂诺·巴尔巴罗。”

“我听说过他，一个胖胖的政治家。”

“是的。”

“他跟你说了什么？”

“他说他想和你谈谈。”

“很多人都想和我谈谈，包括我自己的儿子。但是他们总是说不上来他们到底要做什么。”

惹父亲生气总是让我感觉很糟糕，我甚至都能看见他蓝眼睛里跃动的怒火。这次也一样，我还是不能逃避他已经生气的事实。

“巴尔巴罗和暴徒之间私下里是有联系的，”我说，“他声称暴徒中有人传言说你给暴徒分配了除掉卡斯特罗的任务。”

“一派胡言！”他立即答道，短暂的停顿之后他又说，“你听说这种恶心的谣传多久了？”

“两个晚上。相信你也看出来了，我并不怎么相信这些话。”

“好吧，你应该清楚的，忍受这些败类的谣言可不是我的风格，也不是杜勒斯先生的风格，更不是比瑟尔的风格。”

“看起来的确不是。”

“巴尔巴罗是如何称呼这些人的？他们都叫什么名字？”

“他不告诉我，他说他必须要和你说。”

“该死，我可能不得不去追访这件事了。”他咳嗽了一声，我以为他就要挂电话了，但我又意识到他心里还是有我这个亲生儿子的。“你对你自己的工作还满意吗？”他问道。

“嗯。”

“工作努力吗？”

“我知道该怎么工作。”

“我听说了你的事。亨特在蒙得维的亚扩张时期给你提供了一些不错的报告，只是苏联国家安全委员会的家伙想要留住你却被亨特胡扯挑衅阻止了。”

“霍华德·亨特可不是个完美的人。”

“哈哈，我们见面的时间可能比你想象的还要早一些。”他说完便挂断了电话。

16

序列号：J/38，767，859

路线："幽灵"线路—特殊分流

收件人："幽灵"A号

发件人：菲尔德　　　　　　1960年7月13日上午10：54

主题：无

四月十二日真是个幸运的日子。在一场拖延已久的会谈中，蓝胡子告诉奥拉尔，四月八日他要在华盛顿会见洛塔，紧接着四月九日、十日要在芝加哥访问长发公主，然后四月十一日她要同长发公主一起回到迈阿密，在同一天，还有一场蓝胡子同洛塔的会面，地点在枫丹白露酒店。虽然蓝胡子并未提及洛塔和长发公主有场会面，但他俩的确有一场会面，而这一切显然都是瞒着她进行的：事实是，长发公主已经于四月十一日入住枫丹白露酒店了。

现在，即使冒着使你失去耐心的风险，我也要总结一下你可能认为无关紧要的细节，因为我承认我对此十分上心。这里是四月十二日的文字记录：

摩德纳：杰克刚刚赢得了威斯康星州的初选，所以我想他目前情绪一定大好；但当我到了他家时，却发现他表情十分严肃。

威利：他邀请你去他家了？天哪，你是何等的荣幸！他的妻子当时在哪里呢？

摩德纳：噢，她去了科德角，所以杰克是一个人住在华盛顿的。我当时感觉我并不是第一位被邀请去他家吃晚餐的女士。

威利：他家在哪里呢？

摩德纳：在乔治城的 N 街—3307N 号。

威利：我知道乔治城，但我想象不出来那个街区是个什么样。

摩德纳：一整条街都是又高又窄的房子，房间都小得令人惊讶。

威利：难道也没有精心装修过房间吗？

摩德纳：沙发和椅子都被填充得很满，坐上去十分柔软舒适。在我看来，他家里的装修有些太过夸张了。我觉得这不是他的风格，而是他妻子的风格。四周的墙上都挂满了照片，给我一种很紧张的感觉，也让我觉得他的夫人也是一位令人紧张的女士。我觉得她回到家在准备放松之前需要这些超级舒服的环境来刺激她。

威利：她都有什么类型的古董啊？

摩德纳：法国的一些古老小玩意，玲珑而精致，而且一定是价格不菲。我猜她应该是很喜欢花她公公的钱。

威利：你难道不喜欢？

摩德纳：我从来没想过。

威利：那么，你在那里时晚餐都吃了什么？

摩德纳：让我告诉你吧，你也一定会很失望的。杰克·肯尼迪对高级法式菜肴肯定情有独钟无人不晓，但是当她不在家的时候，她的丈夫的饮食就变成了爱尔兰式——我们吃的是土豆和肉。

威利：太糟糕了。

摩德纳：我并没有在意食物的好坏，但是也没有心情吃东西。晚餐时我们一共三人，除了我和杰克，还有一个看起来郁郁寡欢的家伙叫比尔，他应该是个政治纠纷调解者吧，整顿饭他都在和杰克分析西弗吉尼亚州的前景。那里95%的人口都是新教徒，比尔一直重复说着："汉弗莱已经成功地使那些新教徒相信你很富有而他却和他们一样贫穷。""好吧，"杰克说，"那你的对策是什么呢？""老式的战壕而已。杰克，去吧，去寻求一些帮助吧。"杰克开始大笑。我能看出来他并没有很在意这个家伙。"比尔，"他说，"我已经知道那些了。"就看他这种说话的方式，威利，我感觉他不是个好对付的人。

威利：能如此了解一个男人，你也是够厉害的了。

摩德纳：比尔离开之后，杰克和我一起小酌了几杯，他告诉我他是多么地想念我。男人都知道怎么和女人交谈。他给我讲了个有趣的故事，关于非洲的一个黑人部落——那是个相信万物皆有灵的群体，比方说一条裙子也是有灵魂的。他说，当一位美丽的女士穿上一条漂亮的裙子时，不是这条裙子使她看起来光彩照人，而是这条裙子的灵魂和这位女士的灵魂得到了完美的契合，正是因为灵魂的相互作用，才产生了这样强烈的效果。他赞扬我说，很少有女人能和她们的衣着相得益彰，而我却做到了。

威利：对，杰克·肯尼迪确实很懂怎么和女人聊天。

摩德纳：然后他带我参观了整个屋子。吃晚餐的时候，我只看到了两位仆人；但不管他究竟有多少仆人，那些仆人们也只是在他们的区域里活动。所以只有我和杰克两人，看了好多房间，最后停在了主卧室——我们俩坐在两张单人床的其中一张上，然后继续聊天。

威利：你们竟然待在主卧室里！这家伙真是让人难以置信！如果我丈夫敢这样做的话我一定会杀了他的！

摩德纳：好吧，但是我并不这么认为。我告诉自己，杰克和他的妻子在一起并不开心，而且我不得不说，这个夜晚正是我所需要的，我要为自己鼓劲。所以，我可能觉得有点内疚，但也是做好准备的了。一切都发生得如此平静，他好像往我体内注入了什么无形又奇妙的东西，我感觉如此充实。这就是我真实的感受，我不会为此道歉的。和他做爱真的是一件很美妙的事情，他带走了我所有的疑惑。他就在那儿，默默地欣赏我，那一刻，我愿意为他付出一切。虽然他不像弗兰克那样主动，但我也无所谓。如果我会害怕什么的话，那一定是我有多么地爱他。

威利：那你要小心啊。

摩德纳：嗯，我会小心的。当我们完事之后，他对我说："你不知道你为我的生活带来了什么。和你缠绵使我走出了挫败的阴影。""不要这样说了，"我告诉他，"事情不会像你所想的那样糟糕。""不，"他说，"如果我拿不到这个提名，我将会把你'绑架'到某座孤岛上去，只有你和我，还有太阳和月亮，整日与蔚蓝的大海相伴。我们会像赤裸降生时一样过着简单幸福的生活，我向你保证，我们将会相伴到老。""不要着急，"我说，"你这是在试图夺走我的灵魂。我愿意为你牺牲一切，除了我的衣柜。"威利，我们一直大笑，根本停不下来。

威利：你在那过夜了吗？

摩德纳：噢，没有，我无法面对第二天的清晨。毕竟，他已经有家室了。我明白有时我必须要与我对他的爱意作斗争。

威利：之前我从来没有听说过你会为一个男人失去自制力。

摩德纳：好吧，威利，可是，为什么不能呢？

威利：你什么时候再次见到他的？

摩德纳：4 月 11 日，在枫丹白露。他在两天之内走遍了整个国家，西弗吉尼亚州、亚利桑那州，我甚至都不记得还有哪里了。

威利：杰克知道你去了芝加哥吗？

摩德纳：我告诉过他。

威利：你告诉过他关于山姆·弗勒德吗？

摩德纳：杰克他愿意怎么想就让他怎么想吧。如果他都不信任我的话，那就随便他吧。

威利：我可不相信你。（1960 年 4 月 12 日）

文字记录看到这里我停了下来，问题就是是否应该相信蓝胡子。客观情况和她讲述的也差不多，我们知道她同长发公主的会面是提前安排好的，西弗吉尼亚州的现状急需采取强有力的措施，但是长发公主有被要求全力以赴吗？

疑问：关于这一点你还有其他信息吗？

菲尔德

序列号：J/38，770，201

路线："赞尼特"线路—开放流

收件人：罗伯特·查尔斯

发件人：盖尔斯通　　　　　1960 年 7 月 14 日上午 10：57

主题：芝加哥

在西弗吉尼亚州有百分之九十五的地方存在着严重的违法赌博现象。罗伯特·阿普索普·鲍威尔警官领导着当地的警察，警察们向他请求供给饲料袋来协助马匹的迁移；大量燕麦片的供应还算稳定。来源：Jebbies。

盖尔斯通

这百分之九十五对西弗吉尼亚州来说是一个明显的参照，但是Jebbies需要一段时间来阐述这个情况。我一直把Jebbies当作耶稣会会士，然后我就试着把Jebbies缩写为J.E.B.，但这又让我联想到了约翰·埃德加·胡佛。我回到了联邦调查局，发现罗伯特·阿普索普·鲍威尔一定就是长发公主。

序列号：J/38，771，405

路线："幽灵"线路—特殊分流

收件人："幽灵"A号

发件人：菲尔德　　　　　1960年7月15日中午12：32

主题：无

以下依然是四月十二日的文字记录：

威利：你是在告诉我你在这个男人的公司里待了48个小时，而他一次调情都没有？

摩德纳：他带我参观了整个公司，带我去和他的下属会面，带我去餐厅吃饭等等。因为我一直挽着他的胳膊，所以每个人都以为我是他的女友，这对他来说已经足够了。

威利：但你是怎么跟他保持一定距离的呢？

摩德纳：我告诉他我深爱着杰克·肯尼迪，而且我是个专情的女人。他却说没关系，还告诉我他包养了一位著名的金发歌手，他说："她的名字说出来一定吓你一跳！"然后他又说他对她十分忠诚。我试着从他嘴里套出那位歌手的名字，但他就是闭口不言。

威利：他是如何当着你的面进行商务会谈的呢？

摩德纳：他和他朋友们的会谈是在西西里岛，而且我猜他们说的一定是一种特殊的方言，因为当我说我打算去学意大利语这样我就能听懂他们说的话时，他就一直在那里大笑。“亲爱的，”他说，“就算你去学校学上个20年，你也学不会我这语言中的任何一个词，除非你生来就会说这种方言。”这太让我抓狂了，他惹我抓狂的本领总是轻轻松松就超越任何人。我对他说：“你别过于自信了，我能学会任何东西的。”

威利：你太天真了。这个男人就是个流氓。

摩德纳：可是，难道你不认为我自己已经把这一切搞明白了吗？

威利：那你知道你现在究竟陷入什么境地了吗？

摩德纳：你一定是瞎了才看不清我的情况。他周围有些朋友都是身形魁梧、丑陋险恶的。而且你听他们的名字：什么吝啬鬼、两趾仔、车轮兄、齿轮兄、芥末哥、黑孤佬、山雀托尼，还有布鲁诺。如果你记住他们的名字，他们竟然还觉得很惊讶，但是试问名字叫成这样怎么能让别人忘记呢？

威利：你在芝加哥的这些天就是一直围着他转吗？

摩德纳：全程都是。我们一起去了许多夜店，他的影响力实在是太大了。我们进了一家生意特别好的饭店，客人特别多，我们进去之后没有空位，于是一些服务生就会把还没吃完的六人餐桌抬起来搬到门廊那里，那六个人就不得不站起来挪到门廊那里继续吃他们的饭。然后服务生为我和他搬进一张仅供两人使用的新桌子，山姆甚至连头都没有点一下。也是，只要他伸个手指，这家饭店关门歇业也就是分分钟的事情，你知道的。不过对那几个被迫离开的客人，我感觉还是挺愧疚的。

威利：你真的内疚吗？

摩德纳：也不尽然。我喜欢成为万人瞩目的焦点，而山姆恰恰能满足这一点。事实就是，我还挺喜欢弗兰克·辛纳特拉的。饭店里的每个人都在注视着我将食物送入嘴里的样子，这让我很是享受。当人们注视着我的时候，我就会很乐意故意翻转手中的刀叉。

威利：你真该去做个模特。

摩德纳：我的确有成为一名模特的实力。

威利：你依然觉得和山姆保持这样的关系不会使你陷入危险，是吗？

摩德纳：这么跟你说吧，如果我是喝多了，那我可能就会跟他犯那种错误，但是我并不会一杯一杯地把自己灌醉，而且山姆是个绝对的绅士。我们只是聊天，聊了很多关于肯尼迪家族的事情，他讨厌杰克的父亲，他说："乔的酒水生意做得比我好，你跟他绝对能学到如何压榨你的朋友，而且实际上，他也压榨了我。"山姆又开始用他疯狂的方式大笑了起来。然后，他小心翼翼地擦了擦双唇，说："杰克可能是那家庭里最善良的一个了，他不怕和实在的人打交道。但是尼克松……呵呵，太不能相信了！他被一些看似牢固的前线掩护着，比如像霍华德·休斯那样的大亨和石油巨头，这些富人从来都不会把我放在眼里。所以，如果我想与尼克松合作的话，估计我会先和杰克做生意。只是，我可能不会跟尼克松有什么业务往来。他的兄弟鲍比，想在公众场合愚弄我。可能是鲍比不知道意大利有句老话叫作'复仇是一道凉菜……'，当我更了解你时，我会把剩下的半句话告诉你。"然后他又大笑了起来。我说："看起来你似乎遇上了点麻烦。""我？"他说，"我没有任何问题，更没有有趣的解决方案。"

接着他又发出了一阵笑声。

疑问一：鲍比·肯尼迪是怎么愚弄山姆的呢？

疑问二：这句话的剩余部分是什么？

摩德纳：周一一大早山姆和我就飞回了迈阿密，山姆坚持要带我逛街，一逛就逛到天黑（这个时候杰克有可能路过枫丹白露）。跟你说，山姆很会逛街，他能在五十英尺的距离内从一团东西中辨认出钻石来。

威利：好吧，这我也能做到。虽然我没有钻石。（1960 年 4 月 12 日，未完待续）

今晚文字记录会终止，明晚之前能够完成。如果有可能的话，请尽快回复以上两点疑问。

菲尔德

17

序列号：J/38，776，214

路线："赞尼特"线路—开放流

收件人：罗伯特·查尔斯

发件人：GARRULOUS　　1960 年 7 月 15 日晚上 11：37

主题：美食

对疑问一的解答：信息来自特别委员会劳动部门纠纷办，第86届国会主席森·麦克莱伦，故事时间为1959年6月9日，行数从18672至18681：

肯尼迪：你会告诉我们吗？如果你遭到了任何人的反对，你会通过暴力灭了他们吗？你会那样做吗，吉安卡纳先生？

吉安卡纳：我拒绝回答，因为我知道任何回答都可能让我受到牵连。

肯尼迪：你会告诉我们任何关于你们行动的事情吗，还是你只是选择在我每一次向你提问的时候就咯咯傻笑？

吉安卡纳：我拒绝回答，因为我知道任何回答都可能让我受到牵连。

肯尼迪：只有小姑娘才会咯咯傻笑啊，吉安卡纳先生。

对疑问二的解答：1943年，战略情报局在意大利秘密行动，读到了那句西西里谚语的完整版本：复仇是那些喜欢吃凉菜人的一道凉菜。

GARRULOUS

序列号：J/38，780，459

路线："幽灵"线路—特殊分流

收件人："幽灵"A号

发件人：菲尔德　　　　1960年7月15日晚上11：44

主题：无

感谢你对疑问的及时解答。以下还是四月十二日的文字记录：

摩德纳：实际上，我本能够一直同山姆逛街而非赶回枫丹白露的，因为等待杰克的过程实在是太漫长太难熬了。后来终于等到了杰克回来，我却发现他似乎服用了什么药物。他的双颊浮肿，但他还是笑着说："终于还是发生了，我的两只脚已经开始痛了。""没关系的，"我告诉他，"你在我眼里永远都是那么迷人。"但当我们亲吻的时候，我能感觉出来他并不想同我亲热。

威利：那一定让你很受挫吧。

摩德纳：但是我依然觉得跟他很亲近啊，这是多么棒的事情啊！当他像这样完全不在状态的时候我们还能够继续约会，这对我来说已经是很大的奖赏了。我们就着三明治喝点酒，然后他又开始说起那个孤岛。

威利：我很想知道如果他没有当上总统，他和他的妻子是否还会在一起。

摩德纳：跟你考虑的一样，我也稍微想了一下这个问题。

威利：你期望他们分开吗？

摩德纳：我只能说我从没觉得和杰克如此亲近过。那个夜晚我们就这么静静地坐着，直到他不得不离开，然后他跟我说这可能是这段时间里我和他的最后一次见面，因为他所有的精力都得投入到西弗吉尼亚州了，虽然这次他赢得了初期选举，但也要开始夜以继日地着手准备七月的大会了。他似乎对我们要分开很久这件事情感到很伤感，我们坐在房间里紧握着彼此的手，他说："我觉得我的生命里还从来没有过这样一段时光能比我们这几个月将要经受的折磨更痛苦的了，但痛苦既然摆在面前了，我们就要忍受住。我们能忍受住的，对不对？"他悲伤地说着，我只能尽自己所能地不哭出来。

威利：我都想哭了。

摩德纳：问题是我不知道暂时告别了他我还能够回到哪一种生活轨道上来，在与像弗兰克和杰克这样的人交往过后，你还能再看上谁呢？

威利：我想你和山姆在不久的将来会有很大进展的。

摩德纳：噢，不。我们逛街的时候，他告诉了我他女朋友的名字，菲利斯·麦圭尔。他马上就会离开拉斯韦加斯去见她，留我一个人在这里，我也只能对着电话独诉衷肠了。（1960 年 4 月 12 日）

接下来的两个月内偶尔会有电话打给奥拉尔，其中提到了洛塔和长发公主的远程会谈。然而，有证据显示这样的交流正在不断减少。在西弗吉尼亚州的初选之后，洛塔便给她打了电话。蓝胡子同奥拉尔接下来的对话（五月十一日）有必要在这里插入：

摩德纳：嗯，也是在今晚他打电话给我的，我能听见他的政客们在后面的欢呼庆贺声。他跟我说他现在还不是停止不前的时候，他要等到最终赢得大选之后再与我团圆，然后他还邀请我大选之后的那一周就出来和他见面。

奥拉尔：你应该很激动吧？

蓝胡子：听到他这么说我当然很开心，有了盼头我倒是也平静下来了。我知道接下来的两个月我可以等，而且我再一次十分肯定自己能够等上两个月。（1960 年 5 月 11 日）

菲尔德

18

一九六〇年七月的第二周，对于这个夏天，我发现自己并不像春天一样适应这里，因为在我的脑海里，我早已跟随着摩德纳的脚步走过了迈阿密、芝加哥和华盛顿；实际上，当我在那个七月的夜晚走进赞尼特的官员休息室时，我就明白我已经开始远离了我自己的生活轨道。休息室的电视机里播放的是约翰·菲茨杰拉德·肯尼迪在民主党大会一次新闻发布会上的演说。多么玄妙的一次经历啊！我带着震撼看完了整个演说，感觉就像是在读一本书，而书中的一位主角刚刚才踏入了我的生活。

随即我就意识到摩德纳现在就在洛杉矶的大选会上，但这则消息的可信度并不高，并不像之前我每晚向休·蒙塔古汇报的关于她的活动信息一样准确。

听到杰克·肯尼迪在电视上细而尖的声音之后，我开始有了一些转变。我发现时间并不是一条畅通无阻的大河，而是充满了阻力，而我还要在第三周之前弄明白一些关键的事。我一整天都在向枫丹白露打电话，每隔几个小时打一次，看看摩德纳是否已经回来了。终于在这个月的第九天，她出现在自己的房间里，她一进门房间里的电话就响了起来。我确定她把这事当成了一种预兆，而且她一定以为我有非凡的力量，因为她接到我的电话瞬间就落下眼泪来。

我到达她的房间不久，大约过了四十分钟吧，我们的“私事”就开始了。美人鱼上钩了——这确实是个不恰当的比喻！鱼钩已经准备完毕，而我就是这个鱼钩。我从来没有和像摩德纳这么美丽的姑娘发生过关系，尽管我在蒙得维的亚的妓院有过几个耐人寻味的夜晚，但它们只不过是商业娱乐的诱惑而已。当我的肉体碰上新鲜的刺激时，我的其他部分却暴露在了道德恐慌之中：当一个人什么都不在乎的时候，他就容易误入歧途越走越远。

然而，还不到一个晚上，我就无可救药地爱上了摩德纳。我一半的心已经属于她，不管另一半是何状况，我整个人都已经朝着她的方向移去了。我不知道自己是否会厌倦摩德纳·墨菲小姐，但此刻我的激情已经超越了我的焦虑，所谓焦虑就是担心违背夏洛特颁布给我的第一条命令。如果趁她不在的时候，往她屋里安放一个窃听器，那么我的声音也就可能出现在录音带里，而录音带最终也会被联邦调查局带走。所以在我们第一次拥抱的当儿，我必须清醒地告诫自己，至少不能让他们听到哈利·菲尔德这个名字。所以在我接到她电话火速赶到宾馆之前，我准备了一张纸条，上面写着“叫我汤姆，或者迪克，但绝不要叫我哈利”。当然，从房门关上的那一刻起我们就开始了拥抱、亲吻，然后喘口气又接着亲吻。当我们终于停止亲吻时，她哭了起来，所以在最初的五分钟里我根本没有时间把这张纸条交给她看。之后，她停止了抽泣，取而代之的是笑声；当她看到纸条时，就更加乐不可支了。“为什么？”她轻声问道。

“你这房间隔墙有耳。”我也轻声地回答。

她点了点头，身体颤抖了起来，她的脸上开始荡漾出春意；脱落的睫毛膏和弄脏的唇膏反而使她显得更加可爱了。她美就美在她的野性和傲慢，而此刻这样的她又回来了。如果她的房间的确装了窃听器的话，那么至少现在她也是备受瞩目的焦点。

“汤姆，”她发音格外清晰，“我们做爱吧！”

如果我之前能知道她很少用到这个直白的词，那我就能更了解她了。

那一夜，摩德纳和我对彼此了解得越多，要学习的也就越多。我不习惯自己贪得无厌的样子，但是无可否认，我之前的确没有与这样的女子发生过性关系，这个女子可能是美国总统候选人的情妇，或是美国最著名歌手的女友，又或是恶霸的情人。就算是这样，我也毫无畏惧，我的内心深处是深谙“解决”之道的，而且跟她在一起，我总是要不够她。

当一场完美的性爱结束后，我们相拥着小睡了一会儿，凌晨两点钟的时候她小声将我叫醒："我饿了，汤姆，我饿了。"

我们去了一家在迈阿密沙滩南端二十四小时营业的餐厅，就在科林大街上，挨着一家二十四小时营业的电影院和供人通宵达旦饮酒的成人酒吧，附近还有闪着霓虹灯的汽车旅馆钟点房。我们点了三明治和咖啡，并开始聊天，我感觉自己正坐在一艘船上甜蜜地微醺着，我还从来没有如此放松过。我觉得应该告诉她我的想法——我们俩需要一个私人密码。她一口答应了，这种共谋的快感瞬间刺激了她。我们决定以后见面就在枫丹白露旁的宾馆酒吧，但每一家宾馆的名字代表的都是另一家宾馆，比如我跟她说到美岸酒店，我指的就是罗克酒店；罗克酒店指的是杜维尔，而杜维尔指的就是罗尼酒店；或者晚上八点的聚会指的其实是晚上六点。我将这些具体的变换复制了一份给了她。

"我现在很危险吗？"她问。

"还不算危险。"

"还不算？！"

我不知道我是否还想回到其他的圈子里。"山姆让我很不安。"我终于说出口来。

"山姆是不会碰我一根汗毛的。"她深情地说。

"如果那样的话，"我说，"他可能会对我下手。"说出那句话，我立即就后悔了。

"你知道，"她说，"我感觉很棒。我父亲是一位摩托车赛车手，今晚我能感觉他的血液在我身体里澎湃起来，我觉得很刺激。"

餐厅的另一端有个黑人男妓一直在试图吸引她的眼光，然而无疾而终，只留下了他对我的无尽怨念。

我感觉自己似乎已经走进了一个期待已久的新世界。

19

又过了两周我才发现她为什么回来之后一直心烦意乱，我们已经是情侣了，但摩德纳并没有告诉我太多她自己的事，反而在我们的两次短暂见面时趁着酒劲儿闲聊了不少其他的话题，比如各自的童年，或是著名歌手、乐队、电影之类的，噢，还聊了一两本书——她倒确实认为《了不起的盖茨比》并非一本世人皆褒的名著（“作者完全不了解地痞流氓”，这是她的原话）；而《乱世佳人》则是名副其实的经典之作。“尽管我是看过翻拍的电影才确认了这一点。”她说。

我几乎不关心这些，但如果我和她结为连理，那她的品味就得成为第一参照了，不过我也的确从未问过自己对《了不起的盖茨比》的看法如何。一个人是不应该对这种事情产生好奇感的，至少从耶鲁走出来的人不会考虑这些，这就跟问自己是否被阿西西的圣弗朗西斯教堂感动过一样。

终于，我们在对《麦田的守望者》的看法上达成了一致意见——“天堂般的作品，”摩德纳说，“尽管它算不上经典之作。”聊到这里，有关书籍的交流也该是足够了，我们也吃好喝好了——佛罗里达州南部的每一家不错的饭馆她都了如指掌。只要我一休假，我们就会“一不小心”就见面约会，我们去滑水潜水（暂时抛开她长长的指甲不管），然后在基维斯特的酒吧度过整个礼拜六的晚上。很惊讶我居然都没有招来麻烦，因为做她的护花使者其实并不是个好差事，无论何时只要有人觊觎她，我都得保持高度的警觉状态，而且我对自己的拳脚功夫并不太自信，当年在农场学的那几招现在看来已经远远不够了。我一直在暗自估摸每一位潜在对手的实力，后来我才意识到只要你的女人没有挑起纷争，你就不会招来麻烦。摩德纳似乎早就懂得了这个道理，我并不知道她是怎么做到的，但这可能与她做空姐的经历有关，她一年里可以遇到成千上万的男人，所以她对陌生的男人态度总是很好，但并不随和，而且会很明确地表示我是她今晚的伴侣，她是要同我一起的。所以，我得救了，这也算是一件成功的事吧。我甚至可能看起来有那么一点令人敬畏的神色，我已经做好了舍命的准备，在任何场合我打死都不会说“你可以带走她，你可以带走她”这样的话，而且我知道我会永远好奇迪克斯·巴特勒是不是没有对我说实话。

我们还开车去过坦帕市，去参观了沼泽地里的火烈鸟。我们共处的整个白天可以说是为我们的一夜春宵做足了准备，白天的欢乐时光有一半都是在车中度过的。她很喜欢敞篷车，于是很快我便租了一辆。我有一笔资金不到四十岁不能取出来使用，它由一九二二年班格尔市发行的债券组成，这是从我祖父手里传给我的，但我可以利用这笔钱的利息——虽然根据家族契约我不应该这么做，而且我也不明白为什么我家族的人也跟我一样花这笔不该花的钱。不管怎么说，我也是哈伯德家族中善良的一员，我一直以来都积攒着这笔利息。可是现在，面对摩德纳·墨菲，我不由得自私了起来。我开始感到痛苦，我的慷慨与我的自私之间的矛盾一直纠缠着我，哈利·哈伯德积攒已久的利息开始被挥霍在高级餐厅和这辆白色敞篷车上，都是“汤姆·菲尔德”惹的祸！

汤姆和摩德纳是多么热爱驾车啊，此时正值多雨的季节，天气炎热，这使我不由得爱上佛罗里达州南部的天空了。在一个美丽的清晨仰望天空，它是那样的轻盈自由又蔚蓝空旷，笼罩着整片沼泽地，带着美国西部苍穹的魅力；但如果佛罗里达州的地形能平坦一些的话——平坦如海平面，那这天空就会被赋予崎岖如山的神采。阳光倾泻在陡峭的悬崖上，一如暴雨忽至。云朵不断变换着形状，因此你不得不停下步伐来好好观赏一番，从而无法及时到达山顶，一些积雨云伴随着热带阵风飘进人们的视野。其他翻卷的云朵如同一个个精致的钩子，随时准备着雕琢出锦缎般的天空。阴沉的天空昭示着大气层的愤怒，浓密的暴雨云层层交叠，几乎要淹没整个地平线；如果碰上疾驰的车群，小飞虫便会被撞死在挡风玻璃上，即使经过了大雨的冲刷，玻璃上仍然残留着死亡的痕迹。

佛罗里达州南部居然会下这么大的雨！一瞬间我有点怀疑车的限速，我的高速之行更像是冲出地平线发射的一支白色的长箭。此时，乌云就变得如同遮着脸的陌生人。过了十分钟，大雨倾盆而至。这发怒的天宇鞭笞着汽车的金属壳，就像父母在惩罚孩子一般。当雨停下后，她的头已经倚在了我的臂弯里，我则悠然地继续开着车穿过佛罗里达州南部。

我们从不谈论在洛杉矶发生过什么，她也没有再刻意地提及所谓的杰克或者山姆，他们似乎都消失了，而且鉴于她受到的伤害，我也不打算再问这些问题了。痛苦和沉默是她灵魂上的伴侣。我过去总是为基特里奇感到悲哀，而现在我能够载着摩德纳一个小时都没有交谈。我一直都保持着一个情人该有的乐观态度：这样的沉默反而能更加拉近我们的距离呢。直到在和她亲热时发现她心不在焉，我才意识到我们之间横亘着的“候补选手”给我们的亲密带来了多大的阻力。有时候亲热到一半时，我就能感觉到她的思绪早已离我远去，而且我能感觉到我和她的故事在性爱的高潮结束时就谢幕了。

这时候，我收到了父亲给我寄来的一封信，是用“情报之眼”的袋子装着的。这就是他的风格，会用各种不同的方式来和我交流——预约好时间的公用电话、编码器对译的编码、特殊的分流器代码、安全电话、专用的情报电话，以及其他许许多多高科技的通话方式难以一一列举，大多都是我父亲从原战略情报局学来的。他写完一封信就把它封在信封里，用四分之三英寸的胶带（有钢铁的一半那么坚韧）把整个信封捆起来，然后放进日常用的袋子里，袋子去哪儿，这封信就跟着去哪儿。然而就这么一个看似简单的袋子可能需要两个专家花上半个礼拜用蒸汽解开这个简单的袋子，然后再还原这个信封；还有其他更多原始的方法来拦截。这封信比较惹人注意，因此很容易被窃取。但是在我父亲的一生中，他不止一次地吹嘘过自己从来没有弄丢过这种方式传递的任何一封信——噢，不，他纠正了自己——曾经有那么一次，那是载有袋子的飞机失事了。因此，如果不经过他的直接操控就派发出他的信息，他就会受到谴责。

我拆开信封读起了这封信：

亲爱的儿子：

这周日我就要去迈阿密，这封简略的信要表达的意思就是我想和你一起度过这个周日。我不想见面时说些不合时宜破坏气氛的话，所以现在让我提前公布一个坏消息吧：我和我的妻子玛丽·博兰·贝尔德，在度过结婚二十五周年纪念日之后不到一年的时间里已分居六个月了，现在正式进入了离婚的程序。我恐怕两个双胞胎会站在她那一边，我向罗克和托比保证，在这种情况下，我和他们的母亲会尽量和平分手，但他们看起来还是很难过。毕竟，她是他们的母亲啊。

等我到了迈阿密，我们不必详谈这件事情，我只是想告知你一下。让我们摆脱束缚，再次更好地了解彼此吧。

爱你的卡尔

我一直期待着和摩德纳共度一天，但是现在情况有变——我父亲要来，我本想把她介绍给我父亲的，但我担心他会勾引摩德纳。不过我又很开心他愿意多给我一些私人的时间——在我们之前的相处模式中，这一次显得格外特别，他竟然愿意跟我独处好几个小时。

所以最终还是摩德纳帮我解决了这个难题——她决定周日那天去工作，这样我就能单独去机场接我父亲了。他那棕褐色的皮肤使他看起来十分憔悴，我们刚见面的头一个小时里他也很少开口说话。当时才上午十点钟，我父亲竟然就想直接去沙滩了。“我需要跑跑步，”他说，“来驱散一下在办公室积累的疼痛疲劳。”我闷闷不乐地点了点头。“那我们就做些你想做的事吧。”我说，我心里很清楚他肯定是想和我比赛，他总是这么做。自从我长到十四岁，每次我们相聚他都会提议赛跑，而且每一次都是我输；有时候我还想，父亲这一生中最伟大的成就早就在他进入战略情报局或者中央情报局之前已经实现了：一九二九年美联社授予我父亲全美明星队左前卫亚军的荣誉称号，但他总是懊悔自己没有拿到第一名，这就是我的父亲。

我和枫丹白露的保安成为了朋友，所以这次我就把卡尔带去了那里，然后我们去了一间空置的海滨小屋里换衣服——我真是有先见之明，自己额外备了一套运动短裤。接着我们就动身前往沙滩了。

我打心眼里赞美摩德纳，她身上表现出一种很动人的矛盾：她既要不惜一切代价保护好她那银色的长长指甲，同时她又是一个不折不扣的体育竞技女子。其实只要我们有时间，我就可以教她航海，帮助她提升网球水平，她肯定会学得很快。同时她也能传授给我她精通的高台跳水和快速游泳，我还可以应她之邀一起去沙滩跑步。现在尽管我缺乏睡眠，食道也在因为我大量的饮酒而不停地消化运作，我还是基本上做好了与我五十三岁老父亲竞赛的准备；看着他又长了一英寸的腰围，我是既欣慰又悲伤。

“我们不需要全力以赴拼命快跑，只要慢跑一小会儿就行了。”父亲建议道。

于是我们就动身朝迈阿密沙滩的北边前行了，那里视野开阔，但已经是人潮拥挤而且特别炎热了。在我们的左边，即沙滩的另一边，是一栋栋大型宾馆，墙体洁白，光彩耀眼。在这样的高温下，天空都似乎开始眩晕了，我整个身心也生出对这种非人性行为的强烈排斥。但我们还在并肩慢跑着，差不多跑到一英里的时候，他的呼吸开始变得沉重，他的汗水顺着胸毛淌下来；我就在他的身边，心里暗想着，这一次虽然没有摩德纳的“观战”，最终我一定能战胜他。

跑完一点五英里后我们就掉了个头，两个人当时都气喘吁吁了，只好大步往回走，这时我们都保持沉默不再交谈了。他再也不问我海鲢鱼和旗鱼在垂钓巡航中是怎么上钩的，他也不提八年前的那次钓鱼度假中，第一天他就顺利捕获重达七百八十磅的金枪鱼……现在他表现得异常沉默，我也一样。此时的沙滩也变得像我登过的最高的山坡，头顶的天空也开始变得摇摇晃晃。我知道无论如何我们都会一直跑下去，除非其中一个人跑不动了倒下去，或者是双双回到枫丹白露，这场长跑才算结束；因为我是不会放弃的，他也不会，所以我们就一直跑啊跑，跑过了无尽的沙滩，而且我们一直是齐头并进地慢跑着。就这样，我们距离枫丹白露还剩下几百米远，中间曲曲折折地隔着三家酒店，我们跑过了一家，两家，只剩最后一家酒店的时候我们开始冲刺了，这时候全世界似乎都黑暗下去了……终于，我领先了他十五英尺到达终点。

我们在沙滩上漫步休息了十五分钟，之后就开始准备游泳了，直到我们出了泳池，我还能感觉到我们之间无声的竞争。过了很久，我父亲终于开始跟我争论了，尽管这场争论光明正大而且也不太严肃，但他实在是我不愿与之争论的那一个人。他那么笨拙，又那么异类，虽然他比他的同龄人反应灵敏，但与年轻人相比就没有优势了，而他依然不会退缩。我在农场的时候就已经学会如何迅速地躲避他的拳头，虽然他的拳头的确可以将人打得满地找牙；如果我一不小心也给他狠狠一拳的话，他就会转换右手跟我打。然而他的反应太慢了，完全一副老式拳击手的姿态。我只好报以稍微温柔的还击，结果却出乎我的意料，他举起双手拥抱起我。“孩子，你已经真正学会如何拳击了，我爱你。”他夸赞道，尽管棕褐色的肤色衬出了他的憔悴，但至少他一半的身心都是感到无比欣慰的，我能看出这一点。

我们最后的一场竞赛是扳手腕，这也就是走走形式而已，因为不管是在我的家族还是朋友圈子里甚至是情报局里，都没有人能扳得过他，他总能用他的右手轻轻松松将我打败。我过去总是好奇，如果他和迪克斯·巴特勒比一场，结局会是什么。

这次，不管是用右手还是左手，他都赢了我。我们用右手比了一个回合，他赢我易如反掌；轮到用左手比赛时就没有那么轻松容易了，到了第三回合，我用我的左手赢了个平局，我们俩对此都很满意。

“真为你骄傲！”父亲说。

接下来，冒着濒临中暑和中风的危险，我们又随意地游了一会儿泳。游完我们就穿戴整齐，回到了机构配给我的专车中——我可不敢给他看到那辆用班格尔债券的利息购买的白色敞篷车的——然后我们去了基维斯特，一路驾车赶路直到我们都饥肠辘辘。最终，我们停在了一家渔产市场旁，甲板上能够同时欣赏到大西洋和海湾地区的景象，我们下了车，吃了石蟹喝了啤酒。我能感觉到，到目前为止和父亲共处的这四个小时就是他对他这个长子也是第三爱子的素质考核。我们互相微笑着看着对方，拍了拍彼此的肩膀，大口畅饮着啤酒，抓着双股叉给蟹肉抹上蛋黄酱。天哪，我们是多么和谐友爱啊！“情报局为你做的已经可以与我为你付出的相提并论了。”他说。

“不，”我说，“我的父亲卡尔·哈伯德可不是个傻瓜。”然后我们二人同时想起了那天滑雪我摔坏了腿的经历。我们都满脸堆笑，就像两个探险者一起横穿过大陆，最后终于看到了无边无际的大海。

“里克，我这里需要一名助手，”他说，“我希望你能够胜任。之前我只是希望你是，而现在我坚信你是。”

“我也相信我能做好。”我说。我想起了摩德纳，我从来没有觉得如此深爱她，我对她的了解超过了任何在情报局里的同事。噢，不，不仅是了解，更多的是对她的爱慕，她给了我某种我从未感受过的力量。“给我一份有挑战性的工作吧，”我说，“我会和你同舟共济的。”

“我将要交给你的这份工作已经足够艰巨了，”他答道，“首先，它是完全机密的，就让我们先从保密开始吧。我对你的一切都挺满意的，但除了一点。”

“哪一点？你说吧。”

“你和休·蒙塔古的友情。”

我掩饰不了内心的惊讶，但我只是说：“我不知道这些天我们还有没有那么友好了。”

“那为什么你与他在哈维酒店共进午餐呢？”

“我需要他的帮助。”我向他解释道。此时，父亲的目光正死死地注视着我，就好像我们还在拳击赛场上。我不知道他对我这样的解释是否满意，本来挺好的一天到了这一步就变成这个样子了，我实在感到有些悲哀。而更加悲哀的是华盛顿那边传来的关于情报人员的八卦消息：我很了解父亲，他想得到的不过是我肯定他的誓言。“无论你说什么，”我告诉他，“我都不会告诉他，也不会以任何形式对休·蒙塔古暗示的。”

他伸出手，紧紧地跟我握了一下，力气大到简直能捏碎我的骨头。“好的，”他说，“那我就简单跟你说明一下休·蒙塔古目前的情况吧。他是个很棒的家伙，但现在，他简直要把我愁死了。虽然我没有证据证明，但是我知道艾伦·杜勒斯跟我有一样的感觉。当然，比瑟尔也铁定不能忍受休·蒙塔古的，因为他俩是死对头。问题就在于休·蒙塔古知道得太多了。天啊，机构里简直处处都有他的影子。这都怪艾伦·杜勒斯，从一开始，艾伦就想让我们这几个人中有一个被赋予自由的权利并时刻监视所有人的一举一动以及所有情况的进展，然后再直接汇报给艾伦·杜勒斯，这样艾伦就能对我们的官僚行动了如指掌并及时干涉阻止了。这才导致了如今的棘手境况——休·蒙塔古有自己的渠道获得所有信息，从而使他能够掌控大局。他的管辖领域就像一张令人头痛的蜘蛛网，国中有国啊，而且他还是古巴运动的忠实反对者。”

“好吧，我是支持古巴运动的。”

“你最好是这样。”

我的内心在挣扎,不知道是否应该告诉父亲我也正在为休·蒙塔古做事,最终我决定还是闭口不提。一个警示在心中响起,警示我得同时为休·蒙塔古和卡尔工作——在他们各自的“领地”里,这是我生命中第一次有机会为自己做一回主。我因为这样难得的机会而心生恐惧,但同时我也迷恋这个机会带给我的快感——这一点我愿意承认——毕竟这很可能就是我接受任务的难度的极限了。不,我才不会还没一展宏图就吓晕在起跑线上呢。

“实际上,”卡尔说,“我很不喜欢休·蒙塔古的态度,所以每当艾伦·杜勒斯让我执行一项顶级特殊的任务时,我都跟他摆明我的条件:不允许休·蒙塔古干涉。艾伦·杜勒斯也会同意的。”

我点了点头。

“整个通信流是从艾伦·杜勒斯到我和比瑟尔,现在轮到你了。我在纽约和华盛顿确实有个案件负责人,但是现在我在迈阿密也需要人手了。我要把你加入到我的队伍里,你意下如何?”

“我没意见。”

他斜视着航道里扬帆向前的渔船。“里克,我必须承认我对这次行动十分重视。从我十四岁还未成年开始,我就知道我的第一场大学生足球赛将要在圣马修学院举行,而且我还要成为最年轻的足球校队运动员。所以,是的,如果我在半夜惊醒,就我们两个的话,我就会告诉你,是的,我紧张得喘不过气来,我要大口大口地呼吸。因为此次古巴运动的核心就是——我能一句话给你总结——艾伦·杜勒斯现在已经决定要除掉菲德尔·卡斯特罗了。”

他忘了我给他打的那通机密电话了吗?“这则传闻在这里已经耳熟能详啦。”我说。

“噢,对了,”卡尔说,“你现在是和古巴人打交道了。任何事只要有点可能性,无论是多可怕多过火或者是多轰动,都是古巴人每天八卦的谈资。但没有哪个古巴人深信他能打倒卡斯特罗。然而,我们能做到。”

“那巴尔巴罗呢？”

“现在先别管他，他是极力想要接近我。所以，别跟他扯上关系，就当他是个两面派，况且他很可能就是。”

“好的，”我稍稍停顿了一会儿，“有时间期限吗？”

“卡斯特罗将在十一月初之前被除掉。”

“在选举之前？”

他看着我回答。“是的。”

“我能问一下这行动有多重要吗？”

他摇了摇头说道：“孩子，要真正搞明白我们这个机构是任重道远的，你永远也不会懂这个机构里的‘齿轮’是如何一一吻合的。但有一个观念你必须树立起来，那就是我们或多或少都会散布一点谣言，切忌耳听为实，仅仅有某些谣言才可以逃过调查。真正的安全取决于一个关键因素，一个简明的关键因素，那就是千万不要去查找谣言出自哪里，除非有人告诉了你他是谁。你不会想知道这个人是谁的，因为你一旦将这个谣言追踪下去，你就会发现我们连自己都无法相信了。所以我不想听到比如‘这是来源于艾森豪威尔总统或是理查德·米尔豪斯·尼克松或是艾伦·杜勒斯自己’的言论，我有足够的证据证明艾伦·杜勒斯不可能是始作俑者，也能保证不是比瑟尔，因为相对于散播无聊的谣言他会更乐于去做别的有意义的事。没错，如果他们谈到了十一月，那就一定是尼克松了，毕竟他是古巴的执行官员，而且如果卡斯特罗下台的话那就一定是他赢得大选，到那时候古巴人都要打成一团了。我们仍然还是不要过问，因为这一切可能是艾森豪威尔所为。帕特里斯·卢蒙巴[1]上个月来华盛顿的时候，国务院对待他

[1] 1958年领导建立刚果民族运动党，任主席。参加领导了1959年1月爆发的刚果人民反对比利时统治的民族独立斗争，被捕入狱。1960年6月刚果宣布独立后，任共和国总理兼国防部长。主张国家独立和统一，奉行反帝反殖和不结盟政策。1960年9月被推翻，后被捕杀害。

就像对待非洲总统一样。他们说服艾克让卢蒙巴入住布莱尔大厦，希望以此来暗示他自己正活在白宫的庇护下，但是卢蒙巴先生极具改革精神，他丝毫没有感知到这样的暗示。他和他的手下时常抽大麻，连国务院的烟灰缸里都有他们丢的烟蒂。卢蒙巴还是个拥有非凡勇气的家伙，他问过政府能否给他提供一位白人妓女，最好是金发的，而且他还想要一些这样的女人陪同他一起待在布莱尔大厦。据报道，艾森豪威尔曾说过：'卡斯特罗和卢蒙巴必须得远离加尔各答的黑洞。难道就没有人有什么办法对付他们了吗？'"

我父亲耸了耸肩。"我们的卡斯特罗运动可能已经开始了，尼克松没有留下任何线索，但我从艾伦·杜勒斯那里得到的所有信息便是去和比瑟尔谈判，而我从比瑟尔那里得到的有价值的信息促成我做出一个决定，那就是和那些在哈瓦那失去了地下赌场的人员合作，在古巴有大量投资的'罗宾汉们'可能就是合作的不错人选，我们圈外的人不会怀疑这些人是这次行动的触发者，而这些人也的确能从这次行动中获得他们想要的东西。比瑟尔说：'好吧，那就填下这个表格吧。''难道你不能给我们提供点线索帮助我们展开工作吗？'我问。'还是你自己来吧，'比瑟尔说，'你认识那么多人。'我确实认识很多人，但是有我需要的这一类吗？里克，我有过一段特别滑稽的日子——我一直都待在远东地区，我能给你找到香港的手工技师，一次性把你的脚指甲拉长一毫米，但悲哀的是在美国我根本没有社会底层的交际，我根本不知道从何处下手，当我真的需要深入底层的时候我是不了解真正的美国人的。我甚至想过——如果你敢透露给别人的话我就剥夺你的继承权——叫来我的老朋友莉莉安·海尔曼，她几年前和弗兰克·科斯特罗有过一段感情，她至今还为之自豪不已。我觉得可以通过她认识一些帮派的'大老虎'。看来我还算幸运，开局还算顺利——科斯特罗已经离开这个圈子很久了，之后，我就被比瑟尔叫走并告知了他这一消息。他告诉我，我即将要和鲍比·马休共事了。噢，这是另一件事了。我希望你能在迈阿密和马休见个面。他以前在联邦调查局工作过，现在是霍华德·休斯的手下。我曾经跟他共事过，几年前在远东的时候，我和鲍比·马休合作过，他是个很出色的队友。”我父亲盯着他的手掌沉思了片刻。“关于鲍比·马休差不多就是这些了。我已经掌握了各个等级的职责，我就像个旁观者一样等着马休向我汇报，这可不是我喜欢的状况。至于这些事都该从哪里下手，呃，霍华德·休斯和尼克松早已有了答案。但是我无法假装我很高兴，唉，我们快埋单回去吧。”

在我们去迈阿密的路上，他又细细地解释了一番。“很快就会组织开会，”他说，“我不一定会参加。马休有他的底层朋友们，但我肯定得保持我的高层形象。”

“那我的角色是什么？”我问。

“哈利，我还无法预知这份工作是会占用你一个小时、一个礼拜还是完全榨干你，我感觉目前我还没能很好地控制它。”

“我还从来没有见你有过这样的难言之隐。”我说，对我来说这可是一个很大胆的评价啊，但他还是沉浸在忧伤之中。

“和玛丽离婚实在是有点痛苦。”我父亲说。

然后我们都沉默了片刻。

“都是我的错，”卡尔说，“她都已经学会了如何容忍我的不忠，直到有天午后，我以为她会逛街逛到晚上，于是我就把别的女人带到了我们东京的房间里，结果被她捉奸在床，这次她是无法再原谅我了。”

“天哪，”我说，“为什么你要那样做？”

他叹了口气道：“我觉得没有冒险的性爱就是场令人不适的亲密交易。而且，哈伯德家族的每一个人都或多或少有些疯狂。你知道我最引以为荣的是什么吗？十四年前，也就是一九四六年，那年的新年前夕，那是结束战乱后的第一个新年，就在我即将走入四十不惑之际，我和一位新年派对上结识的姑娘发生了一夜情。”他停顿了一会儿，似乎是在等我问他，“是吗？特别之处在哪呢？”

“我们发生关系时是凌晨四点钟，地点是在林荫大道，有大概两千多扇窗户都开着，里面的人观摩了全过程，我从来没有觉得自己如此强大过。一会儿一辆警车开了过来停在我们旁边，那位爱尔兰警察从窗户里伸出头来说：‘你们知道你们是在干什么吗？’然后我答道：‘做爱啊，警官。直到奶牛都回家了我们才会结束哪。噢，对了，祝您新年快乐！’”

“然后他做什么了？”

“他只是很厌恶地看了我们一眼——纽约警察都这副德行！——然后就离开了。”父亲大笑了起来，这段记忆看来是他一辈子都不会遗忘的。当他说完，我们还在前往基维斯特的路上。我感觉他还在思忖他破裂的婚姻，然而，当他一张口，我才知道并非这么回事。

“孩子，你知道的，”他说，“我觉得我有能力满足他们对这份工作的期望。以前在战略情报局，上级要求我除掉一个背叛我们的党羽。用枪的话声音太大了，于是我只好赤手空拳灭了他。我可从来没有告诉过任何人这件事情，”他盯着我，“今天是我第一次说出来，也许我失去了我的妻子，但我赢回了我的儿子。”

“可能是吧。”我不知道自己还能说什么。

“我从来没有告诉过任何人，因为在我不认为你有能力杀死另一个人之前，我是不会说的。那件事之后过了很久我都不确定我到底会被说成一个好人还是坏人。但是，最终，我也想明白了——我就是一个恶人，这没什么紧要的。所以，我迟疑不是因为我们要去完成这个任务，而是我还没有足够的信心能够控制整个局面，起码现在我还控制不了。”

20

就在那天晚上，我父亲飞回华盛顿之后，我又约了摩德纳在晚些时候见面。她坐晚上的航班返回迈阿密，我们打算去一间安全屋，因为她不喜欢宾馆，而且她告诉过我：迈阿密海滩只是当地居民的一个小世界，我在那里会太醒目。

之后，我在比斯坎湾选了一处狭小但优雅的地方，它之前被一位富有的古巴人租给了赞尼特，但这个夏天他恰好在欧洲度假，而且我觉得住在这里应该也不会影响参加那几个会议。过去我总是用白色敞篷车去机场接她，然后沿着里肯巴克长堤驱车前往位于玛莎北部的别墅。我们会在主卧室过夜，第二天清晨醒来时窗外便是飓风港的繁华美景——皇家棕榈树摇曳在白人聚居区中，红树林海岸上停泊着一艘艘精致的船。

当然，我得对夏洛特和机构安全屋的负责处圆好谎，不过风险看起来并不太大。亨特是佛罗里达州南部的唯一情报官员，他有权力过问我安全屋的用途；虽然他每次都会依照惯例要求我就安全屋的用途签一个便条（亨特是一个能从他人的名字辨别出地址的人——玛莎北部必然引起了他的警觉），但我仍然受到程序限制的保护。这栋别墅，如果非要登记使用的话，那我也会登记为“房产 30G”。如果我多次使用这个名字引起了亨特的警觉，那他可能就会查找它的地址和户主。何必这么麻烦呢？看看这些古巴人，我就知道我们用的房子肯定都是安全的，所以，我并没有什么好害怕的。不过，曾经有一次在梦里，我醒过来发现亨特正凝视着我们的主卧室，看着我和摩德纳享受云雨之欢，但那也只是一个梦。如果这是我在情报局的第一年，那我将经历的不幸就比现在多得多了。可能是因为现在我领悟到了夏洛特的格言的真谛吧：在我们这个行业中，我们得学会应对各种不确定的因素。

所以我对自己能够非法使用这栋别墅感到特别骄傲。这石灰墙跟佛罗里达州南部海岸上的建筑一样白得晃眼；它的英文名翻译过来叫作“落雪之屋”，这点很值得摩德纳反复推敲，因为她对翻译有着天真的兴趣，这倒使我开始好奇她父亲是花了多长时间才习惯他的金钱的。有时候，我承认，当她精确的说话方式——多年参加演说课程的结果——对我不起作用的时候，我就把全体中西部居民都看得简单了。为了纠正这样的偏见，我必须说，无论何时只要有一座极富魅力或者有点历史文化底蕴的建筑出现在摩德纳面前，她都会被深深地迷住。她喜欢奇形怪状的窗户、木质工艺走廊和色彩柔和的建筑，以及它们富有浪漫色彩的名字，比如纳为斯伽别墅，这个名字简直堪称完美。她甚至还对比斯坎湾南部楼宇的模型感兴趣（因此，不要以任何方式拿她和基特里奇进行比较，这对我来说很重要）。同样，我也忍不住想象摩德纳在富庶的拉皮兹大道上是怎么度过她的童年的，而且我还认识到她对我非富非贵的轻视——“我猜你应该是我约会过的最穷的一个了。”——已经抵消了她对我渊博学识的敬畏：耶鲁大学毕业，以及我不能和她谈及的职业。我甚至都没有告诉过她有关圣马修的事情。

现在事情对我有些不公平了。她知道她想知道的事情，她的信心建立在她擅长的事情上，比如她热爱的跳舞。然而，在夜店爽过几个晚上之后，我们几乎就放弃了共舞，因为她的舞蹈水平达到了专业级别，而我的舞蹈水平顶多算及格。她向我展示了桑巴、梅伦格和恰恰等各种舞蹈，她还能从双人林迪舞跳至三人舞，这只是她在炫耀她的舞技。但是她从来没有兴趣提升一下我的舞蹈水平，她解释说如果她教我跳舞会使她觉得自己很愚蠢。她那艺术家的贵族气质全都体现在她的一举一动上了：人不应该埋没自己的才华。不过确切地说，舞蹈其实只是伪艺术。

不过说到另一回事，她倒是对我的口音很着迷。她说过她可以整晚整晚地听我说话，就像是在听加里·格兰特[1]侃侃而谈，简直就是一种享受。这让我明白了她心中的完美形象是加里·格兰特，然后我也明白了她为什么不愿意教我跳舞了，这就跟我不愿意花点时间教她说话一样，她其实说得已经够好了。如果什么时候我都听厌了，好吧，那我就把注意力转移到她其他的优点上。

有一次她对我说（我还听到了萨利的回音）："你就是个势利小人。"

"你知道吗，"我说，"你亲爱的伙伴杰克·肯尼迪也是。"然后我忍不住又加了一句，"不管他在哪儿，都一样地势利。"

"他那是要努力赢得大选，"她答道，"所以他怎么会有时间陪我？当然了，他没有。"

"甚至连个电话都没有？"嫉妒灼烧着我的心，如同滚烫的汤溅在大腿最柔嫩的肌肤上。

"他才不是势利小人呢，"她辩解道，"他对周围的每一个人都有很大的兴趣。不像你，他是我见过的最好的聆听者。"

我确实不是个好的倾听者。每当她开始跟我说话的时候，我的心就已经在垂涎她的肉体了。我也没有必要好好聆听她——她本身的魅力超越了她开口说的每一句话。接着很快我们就会做爱，我就能再次发掘她的智慧与美丽、深刻与激烈、贪婪与慷慨；她的心会在一片痛苦与欢乐之中安宁地融化，这让我们每一夜都能忘却之前不快的僵局。然后我也就不必担心我到底知不知道如何跳舞了。

性欲是一种内心的信仰，纵欲则是一种狂妄自大。我的内心告诉我，我是她拥有过的最棒的伴侣；但之后，我又再次沦为不懂怎么跳舞的男

[1] 加里·格兰特（Cary Grant），美国著名英国裔影星，出演过的经典电影有《美人计》《捉贼记》《西北偏北》等，是著名电影大师希区柯克的专用男主角之一。1999年，被美国电影学会选为"百年来最伟大的男演员"第二名。

人了，可是辛纳特拉和杰克却都很精通。

“你真是疯了，”她会这么和我说，“杰克·肯尼迪背部不好，在战争中留下了伤，我们从来就没跳过舞。不过这也没关系，当他说话的时候我想好好听着；当他静静聆听我的时候我就乐于说。”

“那弗兰克呢？弗兰克不跳舞吗？”

“这是他的专长。”

“他经常跳？”

“不是，但他很懂跳舞。”

“那我不懂吗？”

“过来。”在床上躺下来之后，她便开始吻我，我们就会再云雨一番。第二天早上，我会沉浸在极度的抑郁中，我感觉似乎这只是她这一场比赛中的一个歇脚点，肯尼迪会回来的，辛纳特拉也可能回来的，而且吉安卡纳还在等待。当他们都摆在我面前的时候，我实在是没办法控制好我的情绪！

当八月一日夏洛特发来了一则信息时，我不知道我是否准备充分了。

序列号：J/38，854，256

路线：“赞尼特”线路—开放流

收件人：罗伯特·查尔斯

发件人：GLADIOLUS　　　　1960年8月1日，上午10：05

主题：BABYLONIAN PARTOUSE

称呼我“搜索”。

GLADIOLUS

他的对话很直接：“哈利，我拦截过一次文字记录，是洛杉矶大选周的七月十六日蓝胡子和奥拉尔的对话。胡佛不仅把它保留在重要文档中，还在精选条目中备份了一份，我就把它拿了出来。”

“还要多久才能拿给我看呢？”我问。

“今天四点钟你会在赞尼特吗？”

“会的。”

“希望我的人能准时抵达你的办公桌。”

“好的。”

“你知道摩德纳的情报吗？”

“不，”我撒了谎，“但是还在调查中。”

“如果这太耗时间的话，那你的收获的‘性价比’就降低了。”

“先生……”

“怎么？”

“Partouse，这是巴黎的俚语是吗？”

“很快你就会知道了。”

下午四点，一个男人走进了我的办公室，我认出来他就是四年前在柏林跟着夏洛特的两个乡巴佬之一；他朝我点了点头，递过来一个信封，没有要求我签名就丢在桌上离开了。

“1960 年 7 月 17 日，由 FAC SPOONOVER 寄给 DIRECTOR 的 AIRTEL，主题是精选，记录于 7 月 16 日上午 7 : 32 至 7 : 48，太平洋时间。”

摩德纳：威利，请听我说，我刚刚和杰克吵架了。

威利：刚刚吗？这里现在是早上九点半，所以你那里现在应该是七点半。发生什么事了？你整个礼拜都没来电话。

摩德纳：噢，不是刚刚，我们是在凌晨三点吵架的，吵完我就睡不着了。我现在在机场候机，我一夜都没睡。

威利：他做了什么？

摩德纳：我还不能告诉你。拜托了！你得等我全部理顺搞清楚了才能告诉你。

威利：你听起来真的很难过啊。

摩德纳：整个礼拜他都把我安排在希尔顿酒店，说我是他的客人，但我很反感这样躲躲藏藏的。我都不知道我是否只能孤单地与客房服务相伴，我很渴望他会在晚上打电话约我出去。

威利：你去了大选现场吗？

摩德纳：是的，他把我安排在一个包厢里，我记得是四号包厢。第一个包厢是肯尼迪一家；第二个包厢是他其他的亲友团；第三个包厢就在我的旁边，里面是一些看起来有头有脸的大人物；但我的包厢就比较古怪，里面有弗兰克的一些朋友，但弗兰克本人却在肯尼迪的家庭包厢里。我的包厢里都是些二流的人，我不知道怎么描述他们，可能有波士顿的政治家，有的镶着金牙，但还算有些风度，噢，还有一两个女人，我不喜欢她们的装扮，头饰做得很夸张，似乎在向你说着："不要问我是谁，我很神秘。"

威利：但你确实看到他了吗？

摩德纳：当然，几乎每晚都会看到。

威利：他有几晚没有出现呢？

摩德纳：七天中有三天。我那时还怀疑过他是否和我所在包厢里的某个女人也有一腿。

威利：他一定觉得自己如同潜在的炸药。

摩德纳：有一天晚上他特别累，我就把他留下了。然后他忽然就精神了起来，虽然他很累但他却很快乐。一整晚他都显得精力充沛，他那受过伤的背居然都得到了完全的放松。杰克·肯尼迪就应该拥有一个健康有力的后背。

威利：他可能是吃了止痛药，我听说过这事。

摩德纳：那真是完美的一夜，我毫无保留地把自己奉献给他了。但是之后我好几个晚上都没再见过他。后来我才知道我留杰克在我那里的那天正是林登·约翰逊被选为副总统的日子，但昨晚……（话音停顿）威利，我真是止不住掉眼泪啊。

威利：你哭的时候我不在你身边，那你的痛苦肯定要加倍了。

摩德纳：我现在在公共场合，用公用电话打给你的。该死，是话务员。

话务员：继续通话三分钟需要再存75分。

威利：请把这个电话转到我的号码上，沙勒瓦·密歇根，629-9269。

摩德纳：昨晚，派对似乎没完没了，终于熬到快结束时，杰克带了一队人进了希尔顿酒店他一朋友的套房里，他轻声告诉我让我也待在那别走，所以我就在房间的角落里晃悠，那可真是尴尬啊。于是我就进洗手间里去打理头发，尽可能在那多待一会儿；过了不知道多久，终于房间里只剩下了他和我还有几个高层政客。接着我就进了卧室，他也跟着进来了，叹了口气说："哎呀，他们终于都走了。"然后我又走进洗手间去卸妆换衣服。当我出来的时候，他已经躺在床上，我无法相信——还有另一个女人，一个我在大选上看见过的女人！她已经褪下衣服了。

威利：天哪，他这是和弗兰克学的吗？

摩德纳：我径直返回洗手间，穿戴好，等我再出来的时候，那个女人已经走了。我浑身止不住地颤抖。"你是怎么腾出时间来干这种事的？"我问他。我几乎都快要尖声大叫出来了，他却如此平静，让我实在无法忍受。他说："确实需要一点撒谎的功夫。"我差点就扇了他一个耳光。他一定是看到了我眼中的怒火，所以他才解释说他这么做并不是有意要伤害我，只是为了改善生活。“改善生活？”我问。“是的，”他回答，“对欣赏得了这种生活的人来说的确是一种改善。”接着他告诉我他以前深爱过一位法国女人，那个女人就很喜欢这样的方式，甚至给它取了个名字——la partouse。“如果你愿意的话，这并不算什么伤害的。”他说。但是他还是从我的反应中意识到他犯了个过分的错误。

威利：太过分了吧！

摩德纳：是啊。我说：“杰克，你怎么能够这样？你已经什么都有了。”然后他说：“很快就什么都没有了，有限的生命里我们做得太少了。”你能相信吗？他竟然是个这样的爱尔兰人！一旦他们形成了某种观念，你想改变简直是难于上青天。他开始爱抚我，然后我说：“放手，否则我要叫了！”接着我就一个人离开了。我回到自己的房间，喝杰克丹尼喝到天亮。他打电话给我，但我一个都没接。

威利：啊，可怜的摩德纳！

摩德纳：可是我现在甚至都没有醉，我的脑子依然这么清醒，我的心里翻江倒海。他居然还厚颜无耻地让酒店服务员送了十八朵红玫瑰到我的房间，里面还有一张便笺，上面写着：“请原谅我做的这最愚蠢的事情！”哼！我立即花了一百多美元订了六打黄玫瑰给他，并署上了我的名字。他会收到的。

威利：他知道山姆的黄玫瑰吗？

摩德纳：他当然知道，我告诉过他，我喜欢用这个故事来取笑他。

威利：我听起来像是你已经准备好了迎接山姆的归来。

摩德纳：不，不是山姆！不是现在！这得看我回到迈阿密心情如何了。

威利：如果这个家伙当上总统，我们就会有的受了。

摩德纳：威利，我得挂电话了，我不想又哭起来。

我的反应很奇怪。我问自己是否会带别的女人和摩德纳一起上床，答案是不会，但这只是因为我害怕失去她。如果是她自己带个女人过来，我倒是会很乐意。有些时候，尤其是最近，我感觉我们在这里经历了太多的震撼。我们或许应该把这些信息反馈给上级。

然而，过了许久，我才意识到我有多么生气。对我来说，似乎这都是辛纳特拉的错，我也能理解父亲徒手杀人的癖好了。多么遗憾啊，辛纳特拉没有在那一刻穿过赞尼特的小隔间——我的手指都狂暴地蜷了起来。我喃喃自语："摩德纳，你怎么能这么做？"就好像她应该对她的过去和我与她的现在负全责一样。

渐渐地，时间抚平了伤疤，我们都把杰克·肯尼迪当作不存在，这几乎能算上一个可行的方法。我不知道她只是把我当作一个疗伤的驿站，或者是真的奇迹般地爱上我了，我只知道在她返回迈阿密的那一夜，只有我才是她的最爱。她一直夸我的脸长得很英俊，我就开始对着镜子仔细观摩我的脸，自恋得如同投机者每个早上都会浏览一遍他的投机列表一样。

后来我就一直醉心于工作，担心那个乡巴佬会再次带着从夏洛特那里拿来的新文字记录到我桌边，我害怕知道摩德纳又在找杰克·肯尼迪。

21

大约是八月中旬，亨特开始为他筹谋已久的计划采取行动了，我们那些领导就把他们的指挥部转到了墨西哥。这是情报之眼为即将到来的运动实施的一项必要伪装，也正是亨特所支持的。他的孩子们在结束蒙得维的亚的学期任务后，立即就和桃乐丝一起回到了美国。我觉得迈阿密的住宿问题一定让他很头痛，因为好点的地方都收费太高，现在他和桃乐丝可能已经在墨西哥城找到了一处别墅，这里不仅可以解决他的住宿问题，同时还能够让他大展宏图，就跟当时在蒙得维的亚一样。

回到赞尼特，我就搬到了一间有窗户的面积更大的办公室里，负责政治行动部门。尽管这窗户外面只是一片延伸到铁丝网、警卫室和大门的杂草坪，还能看见路边一栋栋隶属迈阿密大学的现代平顶建筑。不管怎样，这也是我第一次升职。

除此之外，这份新工作却没有其他福利了。现在除了我自己的工作职责，我还得同时监视亨特未完成的任务，包括维护与每日乘各种船只抵达迈阿密的古巴人的公共关系。自从我们同迈阿密的报社建立合作之后，他们每几个礼拜都会撰写特辑，介绍古巴人是怎样坐着粗制滥造的筏子从哈瓦那偷渡过来的。这些筏子有些仅仅是用长二寸宽八寸厚的木板和油桶捆扎而成，偷渡全程是从哈瓦那港口到迈阿密，全长一百八十英里；其中还有大部分人是经由墨西哥至圣多明各的空中航线偷渡而来的。在一个没有月亮的夜晚，我正坐在 La Nevisca 的露台上，趁着微弱的星光，我隐约看到一艘载满人的汽艇和两只筏子驶向大海。第二天早上，那只筏子又再次浮现，上面有个年轻人，他两个礼拜前在我这里注册过，是个很有魅力的古巴人，顶着一头卷发。他对我咧嘴一笑，好像他只是刚刚才抵达一样。当然，我还是无法抑制住内心的骚乱——我只是希望亨特能更好地简要介绍我。在我看来，军事活动的最大亮点就在于做出简要精准的决定。

与此同时，亨特一直通过电报和电话同我保持联系。尽管他现在是在墨西哥湾的另一边，但他仍然想要掌控转交给我负责的工作。现在我名义上是掌管他的情报员招聘工作，但我们的大多数招聘面试并没有带来可靠的“回报”。要招到想为我们工作的间谍并不难，但应聘来的都是些爱说闲话之人、学生空想家、小瘪三、不景气的皮条客、边缘商人、新来的古巴店主、各类船夫、古巴军队的退伍士兵、美国军队中的古巴裔美国人等，在这些人群里我们能招到几个合格的间谍呢？即使是所谓的古巴记者、律师、商人和革命家，他们又能给我们带来多少准确的信息呢？“我们招来的间谍，”正如亨特说的那样，“向我们提供的信息都是他们认为我们想听到的东西。”

此时正值八月，是加勒比海盛行飓风的时节，卡拉·奥乔开始在霓虹灯里植入西班牙语标志，新来的入境者睡在我们位于迈阿密市中心的招募室里；情报之眼在赞尼特员工中流传起一本手册，里面列着迈阿密区域内一百多个流亡组织，但自从我们在赞尼特编撰了一份同样的手册后，这便成为了我们裁员的一项依据。我也在委员会会议上与其他的案件负责人一起讨论制定出一些可行性方案，将这些流亡人员打造为自治群体，让他们自己清除出该组织中卡斯特罗的间谍。联邦调查局报道说，DGI 的人手大概有两百（这则消息已经在赞尼特内部流传开了）。这也就是个内部的玩笑，因为这个数字早在三个月之前就已经在流传了，而且接下来的时间里调查局仍然会谈及在迈阿密狂乱奔走的这两百位 DGI。

然后，在九月上旬，我又收到了另一封被胶带粘牢的信，这封信依然是密封在情报之眼的袋子里。

信的开头是这样的：

我附上这封来自鲍比·马休的信，如果你不能把它藏在一个足够安全的地方，那就毁掉它。我还有备份。

亲爱的哈利法克斯先生：

这封信是要通知你，我已经会见了黑手党内部一位备受推崇的大人物，他称自己为约翰·拉斯顿。因为他要收回自己的征用投资，所以毫不夸张地说，这对他来讲是很有刺激作用的。

我很自然地作为富人代表加入了午宴，这些富人愿意为这一权威行动支付15万美金。但是，拉斯顿确实有些刻薄，他拒绝了迈耶·兰斯基。“迈耶定价太高了，”他说，“同样的职位要100万美元。”

“是的，”我向他保证，“但你一旦成功了，你就得收敛，否则你愿意成为一个不得不向迈耶·兰斯基要钱的人吗？”

既然我录下了这段对话，那我就直接把剩下的也抄录下来给你听吧。

R：我要怎么相信你们的人是有利于这1/50的呢？

M：我们将会把它放在第三方。

R：为什么要这么做？

M：因为我对这个国家强烈的责任感，我听说你也有这样的爱国之心。

R：我的爱国之心使我想要获取我的公民身份，让你们的15万美元见鬼去吧！我要的是那些公民证书，我受够了那些移民官员了。

M：我们可以安排给予你公民身份的证件。

R：是啊，以前我可是被出卖过的。

M：认可你的公民身份这件事是无法提前给你承诺的。但事成之后，你就可以得到你想要的了。

在和拉斯顿共用午餐的录音带出现了几分钟的故障，可能是我把垫层压得太紧了，下次得避免出现这种可悲的失误了。

尽管我无法详细复述这一段出了故障的录音内容，但我能向你保证，我尽我所能使他相信他能够依靠“我的人”得到他想得到的。

孩子，我们就到这里吧。永远不要相信马休，他是个狡猾的老手，知道怎么藏起自己的狐狸尾巴。我怀疑录音出故障的那段是被他动了手脚，而且我猜这切掉的录音里涉及他所代表的“富豪大亨”就是情报局。很明显，让拉斯顿介入这件事，对马休是有利的，因为我们机构的地位会帮助他更容易地获取公民身份（但是，谁又知道呢，我们可能跟移民局会有冲突）。在任何情况下，一旦马休还原了这份录音带，拉斯顿就要担负起责任并同意入伙。然而，他确实告诉马休，他想见一下“跟你说话的那个家伙，我想同上等人握个手”。

这封附件仅仅是给你提供些建议。如果有什么内容引起了你的兴趣，你就去着手调查吧。另外，我真的很好奇拉斯顿的真名到底叫什么。

哈利法克斯

第二天早上，我收到一份来自夏洛特的加密便笺。

Buddhists 发来报告说，长发公主的一位贴身助手约翰尼·罗塞利在比弗利山庄的 Brown Derby 与罗伯特·马休共进了午餐。不幸的是，目前还没有可靠的信息来源，看来这是最吊我们胃口的一次神秘会见了。

GREENHOUSE

“可靠的信息来源”就是这段录音。很明显，联邦调查局能做的也不过就是记录一次午宴内容。然而，在我父亲给我的这份任务中，休·蒙塔古也算是帮了我一个大忙。我又一次下楼去了大堂，得到了进入VILLAINS的许可，为了一探约翰尼·罗塞利的究竟，我便径直冲了进去，结果收获颇丰呢。

约翰尼·罗塞利，又名约翰尼·罗尔斯顿、罗科、阿尔德或菲立波，于1905年出生于意大利，于1911年移民到美国，在波士顿长大，12岁时就因帮助一名亲眷烧掉房子以此来获得巨额保险金而小有名气。

1921年第一次被逮捕，原因是兜售毒品。

1925年，菲立波改名为约翰尼·罗塞利，与阿尔·卡朋共同经营白酒出口。

这位据说擅长敲诈、赌博和工会诈骗的罗塞利，加入了西海岸的舞台戏剧员工和电影机器操作员国际同盟会。“二战”早期，罗塞利和哥伦比亚电影集团的总裁哈利·科恩成为了亲密朋友，他借助科恩的无息贷款买入了提华纳赛道，出于感激，罗塞利买了一对由双星红宝石打造而成的同款戒指，一只送给科恩，一只戴在自己的手上，这两个男人至今仍然因为戴这两枚戒指而成为人前人后的谈资。

当萨米·戴维斯与金·诺瓦克传出“激情”绯闻时，罗塞利曾说服这位黑人歌手放弃这段感情——算是帮科恩一个忙，因为在这一时期，诺瓦克是科恩的哥伦比亚电影公司的首席金发巨星。据说罗塞利这样警告独眼龙萨米·戴维斯：“离诺瓦克远一点，否则你另一只眼睛也会瞎的！”戴维斯便妥协了。

罗塞利因在电影业敲诈勒索两百多万而被捕入狱，服刑三年零八个月之后，于1943年刑满释放。出狱后，他成为了拉斯韦加斯和加州南部非法行业的最高协调者。他的这一职位早已被传闻是黑手党议会长的山姆·吉安卡纳预料到了。

现在罗塞利的新身份是黑手党的唐乔·凡尼，表面看上去是大使的头衔；同时他还被叫作银狐，意指不合群的人——他的家人几乎没有和他有过往来，除了他将自己的妹妹送入大学读书。

体态特征：高挑，中等身高，轮廓鲜明，头发呈银灰色。人生信条："永远别想威胁我，我没有任何害怕失去的东西。"

我把这份打印资料发给了父亲，还加了一条便笺告诉他我在 VILLAINS 寻找拉斯顿无果，但碰巧遇上了罗塞利，真是一次幸运的意外，因为名单 R 开头的词目下有成千上万个名字！

第二天卡尔的电话打了进来："下午四点到达修道院。"他就说了这么一句，但这只是暗语，他的真正意思是："下午一点用外部电话打我的私人号码。"当我午餐时间打给他时，他讲起话来滔滔不绝，那精神劲儿就好像他刚喝掉三大杯咖啡。"多谢你，"他说，"为了带比瑟尔跟马休和罗塞利会面，我搜查了整栋大楼，谢谢你。我可不想让比瑟尔知道，我没有能力向他提供与马休会面的人的名字。而且，里克，艾伦·杜勒斯就在比瑟尔的办公室里，他当然不会拒绝看一下关于约翰尼我带来了什么消息，但是他竟然把资料都拿颠倒了。至于那件事，比瑟尔把资料保管得很妥善，这样就不会扰乱艾伦的观点了，"父亲窃笑道，"最近你有练习颠倒阅读吗？"

"不是每天都练。"我说。

父亲笑得更大声了："孩子，在战略情报局的那段日子，我们曾经相信那是除了勇气之外你需要具备的唯一能力。"

"知道了。"

"艾伦说得很清楚，他需要一个防水隔间来隔离一切，但同样地，他这样做还是免不了其他人的议论。他说：'好吧，这些都是养鱼的水，不是吗，卡尔？’‘就是该死的养鱼水啊，先生。’我说。他笑了，‘卡尔，我正好要做一个备注：利用你的判断力。卡尔，利用你的判断力总是能避免招来糟糕的麻烦，不是吗？’‘不是。’我说，然后我们都大笑了起来，因为我们都知道如果有什么出错的话，那么我的手是肯定避免不了沾染污点的。但是，我也同意他的观点，这不太公平，但也很不错，不是吗？”他说，“我不知道你能否查找到他们午宴的地点，马休当时正住在比弗利山庄酒店，所以地点可能是马球酒廊。”

“我去调查一下。”我对他说。

序列号：J/38，961，601

路线：“情报之眼”线路—开放流

收件人：哈利法克斯

发件人：罗伯特·查尔斯　　　1960年9月6日上午10：46

主题：饭店

我冒昧地占用调查局的时间和译码器，为了把你带去参与在洛杉矶饭店的一次会面，饭店我挑选了Brown Derby。据耶鲁大学的小道消息，也就是我的老同学——他竟然在为哈利·科恩打工——说一般行家都会选择去那里。

罗伯特·查尔斯

第二天早上，我又收到了一封用胶带封好的信：

1960年9月7日

儿子：

你关于饭店的调查十分有用，它帮助我们再现了文字记录里的真实场景。

现在，我承认我并没有将马休首次与罗塞利会面的所有细节都告诉你，这些保留也只是形式上的，因为你并不需要了解，但是，考虑到你最近出色的工作表现，我很乐意带你参加这次会面。罗塞利需要带一个人参与进来这个项目，这个人是他的朋友，名叫山姆·戈尔德，他说山姆和我们的目标国家有深层次的往来。下一个问题就是：山姆·戈尔德是否就是迈耶·兰斯基或山姆·吉安卡纳？我和我任命掌管此项目的案件负责人谈过一次，这个负责人是一位前联邦调查局的官员，我相信你知道他。因为据说在训练的时候他带过你，他就是雷蒙德·伯恩斯，也叫伯兹艾·伯恩斯，是一位严厉且十分能干的绅士。据他所说，这些黑手党人有个习惯，当他们使用假姓氏时，名是不变的，而且他的假姓与真姓的首字母也一样，比如约翰尼·罗尔斯顿改为约翰尼·罗塞利。山姆让我们跟踪吉安卡纳，但马休警告我们不要以为兰斯基是置身事外的——山姆·戈尔德可能就是那个令人敬畏的迈耶。无论他是谁，山姆都已经是这个项目中的一分子了。我猜，这个经营赌场的大头目是要在辛迪加联合组织大展手脚了。

在这过渡时期，一场会议将会于9月14日在皇冠饭店里举行，参与人员包括马休、罗塞利和伯恩斯。因为罗塞利坚持要同“最高助手”会见，所以这就取决于伯恩斯如何应对自如了。

儿子，要为哈伯德家族增光。

父亲

第二天，卡尔又寄来了一封信：

1960年9月8日

儿子：

我随信附寄了马休对皇冠酒店会议的报告。

亲爱的哈利法克斯先生：

酒店里的环境比较喧闹，这使得我们的录音不太清晰，不论是伯恩斯先生录的还是我录的都不尽如人意。虽然录音遇上点问题，但还好我比较擅长做头脑笔记，所以我会提供我关于这一程序的记忆，并能确保百分之九十的记忆是可靠的，另外至少百分之六十是逐字逐句地复述。另外，由于环境喧闹，对方可能也无法录入清晰的内容。

拉斯顿很快地打量了案件负责人伯恩斯，态度有些粗鲁。拉斯顿说："我并无意冒犯，老兄，但我能看出来你就是个马屁精，这可不厚道啊。帮我向你上司传个话吧：别想要利用我。"

我不得不说，这话从拉斯顿的嘴里说出来实在令人震惊，他外表看起来是那样一位温文尔雅的绅士。

因此伯恩斯不得不花时间劝慰拉斯顿并保证下次会见的是更高层的领导，但我曾与伯恩斯在局里共事了这么久，我知道他的脾气，雷蒙德·伯恩斯对肆虐横行的暴徒有着深仇大恨。我不愿去诋毁伯恩斯先生，我了解他如斗牛犬般的韧性和其他的美德。但是鉴于同拉斯顿之间的联络，我们无法对未来的和谐共处抱有任何希望。

然而，伯恩斯是受过严格的纪律训练的，他保持着沉默，由我在一直不停地践行主题。对于我的询问，拉斯顿给出了回应，他最终定下了我们下一次的会面时间和地点：9月25日，在迈阿密海滩的枫丹白露。

我们继续讨论可行方案，拉斯顿说："你不想要这份工作的解决方案，这又不是情人节。"

从首次会面中我了解到，你想要这个签名是为了给黑手党以启发。五把披着罩子的机关枪分明是在掷地有声地告诉整个世界，这件事是黑社会一手策划的。

但那些家伙并不希望从中获得什么。我觉得我们得放弃最有用的选择了，这样问题随之而来：我们是否还愿意与这些特殊分子合作呢？当然，我并没什么好的推荐，而拉斯顿说："我们有所有能联系到最高领导人的方式。"

"那你建议采取什么方式呢？"我问。

"药物，"拉斯顿淡定地说，"把药片碾成粉末，掺进他的食物里。他会生个三天病，然后他就会去找神父了。"我们最终达成共识，这种药将会在9月25日传到拉斯顿的手上，那也是我建议你去与他会见的最好时间。

R.M.

下面是来自卡尔的便笺：

我自然很担心，我们将不得不赶紧在25日之前做好准备。此命令必须由医药服务办公室发出，他们可能必须使用更多的外来实验室，如此一来，休·蒙塔古肯定就会发现点什么，问题就是：休·蒙塔古会发现多少呢？

哈利法克斯

22

到了九月中旬，我转租了一间公寓，摩德纳和我第一次陷入了感情危机。

这次危机开始于她日程表上的一点变化，由于西南地区空姐的短期匮乏，她通知我，她即将要去达拉斯的航班上服务几天，而且连续四个晚上都不在迈阿密。

即使我觉察出她在对我撒谎，我也会尽量回避这一事实。她每晚都会打电话到我的新公寓来向我汇报她一天的详细行程：第一天是从纽约打来的，第二天是从达拉斯打来，后来她就去了孟菲斯，并在同一天内又回到了达拉斯。她说她这些天服务的乘客不是特别温和就是特别暴虐。

到了第四天，我不能再相信她了，并核对了她所说的这几天的行程。我查询了我们机构中要出差去纽约、华盛顿、新奥尔良、墨西哥城以及其他南部地区的所有人的数量，更不用说迈阿密设有卡斯特罗间谍潜入佛罗里达州南部的警报了，我们情报局与机场的联系次数可谓数不胜数。所以我们的秘书仅仅花了十五分钟、打了两通电话就让我知道了东方航空公司的空姐摩德纳·墨菲请了四天的假，将在今晚返回，即九月十四日晚上。

我的妒火在熊熊燃烧着，我决定一定要在迈阿密与摩德纳见一面。尽管当时已经很晚了，我们还是立即去了我的新公寓，那是位于椰林的一座改造过的小巧而精致的西班牙殖民风格建筑的二楼，我们一番云雨之后才开始交谈。如果我们之间的桥梁已经垮塌，那么建造新的浮桥就尤为重要了，所以我知道爱情走到绝路时将会是什么样子。这一次的云雨之欢我是心怀仇恨的。在这座装修华丽的现代公寓里——尽管我连房租都付不起——我就像在和另一半自己相爱，因为那一半已经与摩德纳的一半融为一体了。说到为情所困，我就记起自己曾满怀怨恨地凝视着她的长指甲，因为这些看起来绚丽优雅的长指甲毁掉了我们许许多多的夜晚。她幻想着自己是个小龙女，这些长指甲便是她的龙鳞，她不愿与人分享她美好的存在，而且她在网球场上输给我之后就会大发脾气，这是一个“α-女孩”啊。“α”必须要戴着手套来时刻保护自己的指甲，甚至指甲上还贴着保护胶布，没打完两场比赛就要更换一次手套。我怀疑她为她指甲流的泪比为我流的还多；但在酒店的烛光中，她漂亮的指甲夹着烟卷的姿势是多么的唯美啊！我觉得她的灵魂根源和其他的凡夫俗子相比起来，就如同兰花和杂草相比一样。

今晚她回到家后，我并没有谈及我了解到的事情。就像我有能力杀了她，但我也绝对做不到一样。这就是绝望的爱吧！她刚刚结束了四天四夜的劳累奔波，本来应该休息一下的，但恰恰相反，她还要在接下来的三天里每天都要飞去华盛顿再飞回来（连续工作七天！）这是为什么呢？她竟然完全没有解释一下的意思！不，她肯定已经知道了，聪明如我已经知道了她是去度假。然而直到一周以后，来自蓝胡子—奥拉尔的文字记录传到了我的手上，我才知道摩德纳是在芝加哥和山姆·吉安卡纳度过了这四天。从这份文字记录我看出威利与我一样的好奇：摩德纳和吉安卡纳发生关系了吗？

没有，摩德纳坚持说她没有和山姆上过床，但她已经有点喜欢他了。“老实讲，威利，他实在太任性了。”

“你有觉得对不起他吗？”

“没有，他才不会在乎呢，但他的生命里还是存在苦痛的。”

“比如？”

“不要再盘问我了。”

她们的交流开始重复，我把她们的对话压缩到一个合适的长度，并向夏洛特提供了一幅吉安卡纳的画像。

威利：他有把你带到他家吗？

摩德纳：当然了。

威利：他的家是富丽堂皇的大别墅吗？

摩德纳：不是，但从外面看起来很高雅，而且建筑结构坚固，像一座堡垒，其中一个出口可以通向橡树公园。

威利：在芝加哥北部吗？

摩德纳：是的，橡树公园。当我开口说“这里是海明威成长的小镇”的时候，山姆显得十分吃惊，问我：“海明威是谁？你的众多男朋友之一吗？”然后我说：“你不会有兴趣知道的。”山姆说：“你觉得我是个无知的人，是吗？好吧，我们这里正好有份报纸，我见过这个人的名字，海明威，我和海明威是橡树公园里最著名的两个人了。”接着他大笑了起来。对于自己的笑话，他总是笑得最大声。我猜他一定是独自生活很久了。

威利：屋子里，你们在屋子里都发生了什么？

摩德纳：你就不能等一会儿吗？屋子里其实没什么特别的，房间挺小，家具是笨重的意式风格。地下室有间没有窗户的屋子，那便是他的办公室了，我猜里面有一张开会用的长桌，他还在那里放了一张断层式橱柜，橱柜上面还残留着一些瑰丽的玻璃碎片。他是一个收藏家，他每拿出一份收藏，你都能领略到他不同的一面。他的手指可灵活了，威利，假如我同山姆发生关系的话，那便会是他诱惑我的地方。

威利：所以这种诱惑使你进行下一步了吗？

摩德纳：别再问了。

威利：为什么不告诉我呢？

摩德纳：没什么好说的。

威利：晚上你们都做了什么？

摩德纳：他喜欢去钢琴吧。氛围越是烟雾缭绕的，他就越喜欢。他会叫一个号然后在钢琴师的弹奏下伴唱，然而山姆只是在不停地变化歌词而已。你懂的，就像“为什么你不带走完整的我？我，你以及全部的我。关上灯睡觉吧！”哎，可怜了我们的钢琴师啊！山姆的嗓音听起来就像坏掉的雾号。但真的很难相信，我竟然觉得这很有趣。

威利：他态度严肃吗？

摩德纳：是的。他跟我说了他母亲的死亡，我看得出来他所承受的痛苦。他母亲曾经救过他的命。他从小在芝加哥的意大利贫民窟长大，当他五岁左右的时候，他正在墙角玩耍，忽然一辆车朝着墙角冲了过去，他母亲立即跳过去将自己的孩子救了出来，自己却不幸丧生在车轮之下了，我为山姆感到难过。然后他又跟我说起了他的妻子，那是个精致的女人。她出生时心脏不太好，虽然她的家族也是从意大利移民过来的，但社会地位或多或少都比他高一些，所以她的家人都看不起他，为了改善这种局面他盗窃了一辆汽车，却因此被捕入狱。当他出狱时，他和妻子只能住在只有冷水供应的公寓里，抱着他们的两个小女儿围坐在炉子旁，烤点橘子皮当甜点吃；而且其中一个女儿心脏也不好，这听起来的确让人为之动容。山姆的妻子在认识山姆之前是有一位未婚夫的，但不幸英年早逝了，所以，她总是在缅怀她的前夫，山姆为此花了很长时间才成为她真正意义上的丈夫。

威利：他真聪明。

摩德纳：为什么这么说？

威利：他这是在暗示你他能够容忍你和杰克·肯尼迪的事情。

摩德纳：他一直都叫我“上流小姐”。

威利：我在想他是不是害怕靠近你——因为弗兰克·辛纳特拉的缘故，要是他比不上他怎么办？

摩德纳：威利，你说得也太不靠谱了。首先，山姆知道我是不可能告诉弗兰克我和山姆的事的；其次，山姆和弗兰克完全是不同的类型，他更情绪化一些。

威利：对不起，但我更同情山姆。

摩德纳：好吧，他其实并不像我们想的那么惨，他能把你逗得开怀大笑半天。他对我说过鲍比·肯尼迪的一个故事，那是几年前，当鲍比做好准备动员山姆加入麦克莱伦委员会时……你记得麦克莱伦委员会吗？

威利：记得，他们是专门做犯罪调查的。

摩德纳：嗯，山姆特意把自己打扮成最低劣的那种地痞流氓，你知道的，就是那种穿得一身黑，再戴一条金色领带的装扮。当他走进肯尼迪办公室的那一刻，他扑通一下跪倒在地，用手摸着铺满整个地板的地毯，说道："这里真是个适合赌博的好地方。"然后一个律师走进屋子，山姆一把抓住他，拍了拍他的背和大腿，叫喊起来："不要靠近肯尼迪先生！如果鲍比被杀了，他们一定都会怪我的！"

威利：是有一点好笑。

摩德纳：是啊，我的心情实在是需要靠玩笑来缓一缓。

威利：不好意思我想问一下，汤姆怎么了？

摩德纳：没怎么，我不想说他的事情。

威利：你会告诉他你看到山姆了吗？

摩德纳：当然不会。

威利：你确定不会吗？你说过汤姆的嫉妒心越重，他就越会是一个好情人。

摩德纳：现在看来，这个话题已经没什么谈下去的必要了。

第二天从情报之眼传来一条消息：请我接听机密电话。

“这些姑娘们，哈利，”夏洛特张口便说，“确实间接参与了很多事，事实证明这很有用。我做过一些小调查，所以现在我能确认吉安卡纳先生就是一个骗子——他从来就没有被他母亲救过一命，那场车祸里不幸丧命的是他的继母，而且被救的是山姆的同父异母兄弟查尔斯，吉安卡纳的亲生母亲是死于子宫感染的。”

“是的，他就是个骗子。”实际上，我根本无法相信他如此高超的撒谎本领：一个随时可能打断你腿的家伙没有必要编一个他母亲的谎啊。

“此外，”夏洛特说，“在鲍比·肯尼迪的办公室里，吉安卡纳没有耍任何手段。我的手下盘问了一位前麦克莱伦委员会的成员，有位叫乔伊·盖洛的绅士上演了肯尼迪办公室的这一出闹剧，山姆只是张冠李戴而已。”

“嗯，他就是个大骗子。”

“现在，这个汤姆到底指的是谁呢？是汤姆和哈利二人合成了菲尔德吗？”

“是的，这就是我告诉你的方式。”

“你是在暗示我你已经钓到了美人鱼，是吗？”

“这是最近发生的事情。”

“为什么没有任何信息反馈呢？”

“因为我们这位美人鱼一点都不愿意提供任何信息，而且我不愿意打草惊蛇。”

“嗯，孩子，现在就开始吧！吉安卡纳可能只是想利用她从肯尼迪那里获取情报。扮演好你是汤姆的角色吧，尽力找出这个姑娘身上的蛛丝马迹。”

“我会努力的。”我说。

“做得再好一点吧。”

“我会的，”我说，“这是需要时间和运气的。”

“再加一点冷暴力。”他建议道，然后就挂了电话。

23

我该如何告诉夏洛特我与摩德纳的事的来龙去脉呢？摩德纳说她以前从来没有这样跟随过一个男人，我相信她的话。我怎么能不相信呢？我不知道一位酒鬼父亲和一位充满社交野心的母亲是怎么造就出她的，但现在我知道为什么我的女人都会对我怀有敬畏之心了。如果萨利让你想到的是一把凿墙的大锤，那摩德纳带给你的就是那来自她的手指、脚趾、大腿和内心的美。我敢发誓在我这位迷人的姑娘身上，有着大地和海洋完美的融合，我能感觉到她的身体和我的简直就是一体的。所以对于她的谎言，我妥协了。我一直无法忍受别人对我的欺骗，否则他至少也要向我坦白并承认错误。今晚，摩德纳就主动向我承认了她对我的欺骗。以下就是她向我坦白的第一件事，使我想起了我们第一次见面的情景。

“你记得沃尔特吗？”有一天她问我。

“记得。”

“我想跟你聊聊他。”

我知道我不该说“我宁愿你跟我聊聊杰克”这样的话，所以我只是点了点头。我们当时舒服地躺在床上——这样的场景我们完全可以说点吓人的事情，比如现在窗户的另一边躲着什么。

“你现在还会见沃尔特吗？”我问。

我期待她说出让我满意的答案，但她只是说：“是的，我有时候会去见他。”

“最近呢？”

她点了点头，不再说什么了。我不知道她是不是因为害怕，所以她在看到我的表情后大笑了起来。

“自从我最后一次看见杰克，”她最终开了口，“就是那次大选之后，我又开始与沃尔特见面。”

“为什么呢？”我说不下去了，但我还是必须得说，“我难道不能满足你吗？”

“不，你能，”她只是停顿了一会儿，“但是我的生活里必须时刻都有两个男人。”她似乎对这样的事实很满意，就好像她发明了一种可以应对任何情绪爆发的保险装置一样。

“那么，你和我在一起的同时，你也一直在见沃尔特是吗？”

“没有，只是几次而已，这样我才觉得我的生活里还有其他人，这也使我更喜欢和你待在一起。”

“我不知道我能不能忍受这一点。”我说。

“我不能去见杰克了，他做了一些我很厌恶的事情。要是我和杰克待在一起，你的心情就会好受一些吗？”

“嗯。”我答道，那一瞬间我明白了为什么嫉妒可以扭曲人的情感——因为它能助长我们的智慧——“嗯，”我说，“我宁愿你和杰克约会。”

“你撒谎。”她说。

“没有，”我说，“至少我还能拿自己和配得上你的人作比较。”

“好吧，我们也许可以做点什么，”她说，“你想要我再次开始约会杰克吗？”

“不，我不知道你为什么和他分手，但我明白你的自尊受到多大的伤害。”

“啊，我再也不会靠近他了，”她说，“除非我是迫不得已，或者是其他外部因素。”

“可是在这种事情上又没有所谓的外部因素。”我对她说。

“不，是有的。假设你的好朋友请你帮个忙，你会帮吗？”

“你这样说也太抽象了。”我说。

“假设你的这位好朋友想要你给那个你厌恶的人带口信。”

“这位收信人仍然还会相信你是在找借口靠近他。”

“嗯，没错，除非他一开始就和那个人有来往。”她慵懒地打着哈欠说。“我们现在能做爱了吗？”她问道。

她今晚的忏悔算是到此结束了。

第二天一早我就给“幽灵”—特殊分流发了条信息：

长发公主和洛塔经由蓝胡子保持着联系。我会尝试去掌握他们对话的内容，但有可预见的障碍。

菲尔德

夏洛特的回复如下：

如果这要花上几周的时间，那你就是要让我习惯天天穿着旧衣服四处闲逛了。

GLOCKENSPIEL

24

周日，也就是九月二十五日，我父亲乘坐首班航班从华盛顿赶到迈阿密，跟预先计划的一样，我要陪同父亲去枫丹白露会见罗伯特·马休。

我之所以期待这次能够陪同父亲，是因为马休已经成为机构的一个传奇人物了。结合我们的区域划分，马休的成就可是不容忽视啊。他作为一名前联邦调查局员工，现在正与霍华德·休斯联手经营着一家专为旗舰客户服务的私人侦探社，所以他就有资本拥有更多的专业功勋。我经常听说他在一九五四年为理查德·尼克松谋到过一份差事，后来尼克松为了美国石油集团的利益，不惜牺牲掉亚里士多德·苏格拉底·奥纳西斯[1]，发动了一场耗资数百万美元的政变。

马休和他的两位助手制作了一部黑白色情片——男女主角都是来自马休办公室的工作人员，他们是一对夫妻，分别扮演南斯拉夫的铁托元帅和他那丰乳肥臀的金发情妇。这片子的制作条件实在是有些简陋，而且画面粗糙，光线不足，但最后还是提取了一些剧照，构成影片中的一个个画面。当这部片子在欧洲各地广为流传的时候，没有人敢确定这片子是否在影射真实的铁托元帅。但这部影片也的确大大提升了马休的知名度。

会见时，罗伯特·马休看起来可堪称全国最优雅的私家侦探——他穿着一套配有背心的条纹西装，系着清爽利落的温莎领结，一开始我还以为他是包养着奢侈情妇的某位大陆银行家呢。

“我一会就去和我们的新朋友聊聊，”马休说，“我从他们那里打听到的消息是桑托斯·特拉菲坎特今天将会和山姆、约翰尼一起出现。”

“天哪，”卡尔惊叹道，“是坦帕市的特拉菲坎特吗？”

“是的，是山姆带他来的，山姆说我们的行动不能没有他。这三个人中，桑托斯在古巴掌握了最多的信息资源。”

我父亲点了点头道：“有机会录音记录下你们的会议吗？”

“哈利法克斯先生，这事要是放在几周之前我还能办到，但是现在，

[1] 希腊海运巨子，他的创业经历是一个传奇。

经过了几次聚会我已经变成这些人中的一员了。我告诉你这个，不是在质问我的忠诚哪儿去了——我的忠心当然一直都在——我只是在陈述一个事实，我真的做不到录音这件事。因为吉安卡纳和罗塞利都是些试探者，他们的手游走在你的后背只为测试你的臂力。而且事实上，如果你没有经过搜身的话，你连跟他们握手的机会都没有。”

“如果是携带一个公文包呢，会很明显吗？”卡尔问道。

“如果是这样的话，那么他们是不会开口讲话的，”马休说，“我必须要‘净身’才能进去见到他们。但是,你也知道的,我训练过自己的记忆力，我对我的记忆力能够充当录音器功能很有信心。”

也许他可以吧。两个小时以后他回到我父亲的办公室，告诉我们吉安卡纳是受了唆使的。

“‘罗伯特，’他对我说，‘我用过许多不同的假名，卡斯罗就是其中一个，另外还有一个是山姆·卡斯特罗，在我听闻卡斯特罗之前，我一直都用这个假名。’罗塞利吹了声口哨。‘你一定是命中注定干这一行的。’他说。吉安卡纳答道:‘我也觉得自己是这一行的天才，是命运，罗伯特。’他对我说，‘我恨卡斯特罗，我恨那个杀了自己的私生子的梅毒患者。罗伯特，我已经做好准备接受任务了。’

“‘很好。’我说。

“‘我准备好了，但是有一件事除外。’然后他就停顿了一下，”马休说道，“用狡黠的眼光看着我。‘也许，’山姆说，‘这份工作也没必要，因为有内部消息说：留胡子的家伙就是那个梅毒患者，他活不过六个月的。’”

“特拉菲坎特此时插嘴说话了，”马休说，“虽然这是他第一次开口说话，但我观察到连吉安卡纳都在认真听他说话。‘卡斯特罗眼观八方，’特拉菲坎特说，‘恕我斗胆直言，我认为卡斯特罗不是那个梅毒患者，因为这些天他脑子运转得特别好。’

“吉安卡纳完全不知道该如何回应，所以，他转变了话题。他拿起这周日的《普拉达》时尚杂志，那上面恰好有他以前的照片，于是他说：‘你能相信他们把我照得多丑吗？’罗塞利也附和着指责媒体。‘这其实就是个阴谋。告诉你们实话吧。’吉安卡纳继续说，‘哈哈！’然后他站起来，用手指戳了戳罗塞利的胸口，‘事实就是，’山姆说，‘杂志社派了一个小喽啰，他从柜子里捉出一只虫子，由虫子肆意地在五十张照片中爬行，然后就这样挑出了最丑的一张，最后虫子还在这张照片撒了一泡尿，之后杂志社的人说这就是他们想要的照片了，还让别人闻闻，闻闻那张撒了尿的照片，然后就这样放到了杂志上。他们总是放最丑的照片。’山姆如是说。”

“你记忆力真是好。”卡尔夸赞道。

“我说的这些，”马休说，“是我喜欢他们的一面，他们很有趣。特拉菲坎特赶快插进来说，‘想一想你给别人带来的影响吧，山姆，他们还要谢天谢地终于找到了像你这样帅气的家伙呢。’”

“这的确挺让人愉快的，”卡尔说，“但实质内容是什么呢？”

“几乎没什么关键的。这些家伙默契地聊到一个话题，对他们的正事倒是谈得模棱两可的。”

“下次的会见已经有了一个大概的日期，就是十月末，最迟不超过十一月上旬。”

“明白。我们之前讨论的运输问题已经转交到他们手上了，他们向我保证已经着手开始这项任务了，但他们拒绝暴露具体的计划。不过我听说有位叫弗兰克·菲奥里尼的军火走私商，在古巴流亡运动中十分活跃，他的女朋友可不是个普通人物。一年前，这位年轻的女士和卡斯特罗有过一段风流史；现在这个菲奥里尼正在努力说服他女友回到哈瓦那，去和卡斯特罗上床，然后往他的水杯里丢一些‘粉末’。他们把希望放在一家卡斯特罗经常去的饭店里，那家饭店的服务员领班和我们有相似之处，但他并不能让我满意。然而我们只能依赖这些不稳定分子，他们也许可靠也许不可靠，但我们别无选择。所以我觉得这次行动并不成熟。"

"我什么时候能看一下你的伙伴们？"卡尔问道。

于是，马休就邀请卡尔参加明晚午夜的聚会，地点在BBR夜店，明晚的那个时间点也刚好是理查德·尼克松和约翰·菲茨杰拉德·肯尼迪二者的第一次竞选辩论，到时马休会和吉安卡纳共进晚餐。

"好吧，"卡尔说，"虽然我明天还要在迈阿密办几件事。"

然而，具体他是要办什么事他一个字也没多说。

周一深夜，应该算是周二凌晨了，我和摩德纳正熟睡在我们的新床上时，父亲给我打来了电话。"我现在正用我房间的电话打给你，"他说，"因为我担心枫丹白露的卫生状况。"

"如果你没把杀虫剂带来，那么就先假设你染上了瘟疫吧。"

"唔，这个我们是有办法的，"卡尔说（我能感觉出来他是喝醉了），"这简直比起床出去打公用电话容易多了嘛。"

"明天我们来不及吃早餐了吗？"

"老兄，我们黎明就要出发啦。"他剧烈地咳嗽起来。

果然，第二天早上天刚蒙蒙亮他就离开了酒店。我撕开信封上的胶带，上面写着：

儿子——

鲍比·马休把我介绍给了伊斯·尼布斯，身份是马休的好友，职业是一名运动员。"运动员，嗯？"G问道，"你出去找什么？""大事。"我跟他说。

"像海明威那样的人物吧？"他问。

"是的。"我说。（我得跟你解释一下，当时的气氛的确很紧张。）

“哈利法克斯先生可是海明威的一位老朋友噢。”鲍比说。

吉安卡纳趁机接下了这个话题，说道：“我很想见见你的朋友，海明威和我是有一些相同之处的，而且我知道他成长所在的那个村子。”

“嗯，”我说，“是橡树公园。”

他伸出双手，意思好像是说他现在可以信任我了。“橡树公园，”他说，“你说对了。”

我问他对这场辩论的看法。“只是一场有钱人和拍富人马屁的马屁精之间的交锋罢了。哈利法克斯先生，你会支持哪一方呢？”

鲍比说：“支持杰克·肯尼迪。”

“嗯，”吉安卡纳说，“我也赞成，有钱人更有前途一些吧。”

在我跟他们道别晚安之后，我在宾馆的另一头待了一会儿——在贵宾休息室，那儿真是一个容易让人喝醉的糟糕地方，我真怀疑那儿的女洗手间是不是被称为“叮铃铃”呢。然后马休走了过来，为的是喝一杯觉前酒，他告诉我说吉安卡纳很欣赏卡斯特罗今天在联合国的四小时演讲——和我们的总统竞选是同一天！吉安卡纳对马休说——我引用罗伯特的记忆法则：“你要怎么去谋杀一个滔滔不绝了四个小时的家伙？”吉安卡纳说：“如果你用一把猎枪顶着他的臀部并扣动扳机，他肯定连屁都不敢放一个！”

儿子，这事笑死我了。如果你记得的话，我是给你打电话来的。有那么五分钟我是多么希望这个黑帮暴徒的智慧可以传给你啊。天哪，我都醉成什么样子了！整个人都快瘫软了。

这很难解释得清，但是我很喜欢这样的吉安卡纳，他使我相信他和我一样熟悉自己的业务。希望我是对的吧，所以我真的不希望这样的秘密往来拉近我和他的距离。

卡尔

后记

到目前为止，你收集的信息让我多少有点了解并掌控整个局势了。你都不知道我每天要多少次地祈祷特雷西·巴恩斯和迪克·比瑟尔能处理好机构的各种杂事啊。但是，即便有他们的协助，我还是每天早上都要花上六十分钟阅览发来的电报，花三十分钟阅览发出的电报，天天如此，而且遇上周一我的工作量还会翻一倍。我觉得这就是我写信的原因，而且还选在深夜时刻——这样，我才能够与自己的灵魂进行深度交流。我告诉你这些目的就是以防万一你也遇到了同样的麻烦，一封条理清晰的信就能够助你梳理好头绪。所以，如果你也碰到了这样的麻烦，就把大概的情况告诉我吧；考虑到我们的当务之急以及霍华德·亨特离开去墨西哥之后你的工作量的增加，我们两人上周的书信往来的确不够。所以，趁此机会，你可以写信告诉我一些霍华德的真实情况。整个机构都知道亨特是个很有野心的家伙，如果不是被迫的话，他对坏消息永远都是闭口不提的。

还有，别忘了利用好这个袋子。地址就写：EYES ONLY，哈利法克斯；切记要用胶带封好。

父亲

我没有深究自己是不是面临着忠诚的考验，不过我父亲确实是想从我这里打探一些情报。

25

1960 年 9 月 28 日

寄信人：查尔斯

收信人：哈利法克斯

自从亨特 8 月 15 日离开迈阿密，他就开始在墨西哥城全力建设佛朗迪了，但是一直都不顺利。霍华德的电报和电话都给我透露了一些事实真相，但可能你早就知道了，不过我还是相信我能给你带来一些你不知道的消息。

现在问题的核心就是温·斯科特这个人。我知道斯科特先生算是我们这里最受尊敬的领导之一，所以我猜想，一旦霍华德在墨西哥城展开的行动计划超越了斯科特的管辖范围，他就很难将他的行动继续下去了。此外，墨西哥政府并不放心任由卡斯特罗煽动民众的革命情绪——这一评论也是出自霍华德之口——所以墨西哥政府对古巴流亡运动的支持力度也不尽如人意。现在霍华德的工作内容基本就是努力让佛朗迪的官员适应墨西哥的习俗。而且，一些墨西哥权威人士也在不断地攻击玛姆比的新闻办公室——那里有佛朗迪的每周资料，一直以来，玛姆比每天都要遭受安全法规、外来劳工限制和垃圾清理罚款等问题的困扰。

与此同时，霍华德自喜于这份工作带给他的某些特权，但他也不得不忍受他所住房子的昂贵租金，而且这房子的面积又小，家具又简陋，位置还是在洛马斯·德·查普德派克地区，连他自己都亲口抱怨租金“贵得过分”。他跟他社会上的那些朋友说，因为他与我们在拉丁美洲实行的“左”的政策存在分歧，所以他从驻外事务处辞职了，现在在专心写小说。说到重拾以前的人脉关系，霍华德雇了一位曾和机构有过往来的美国商人，这位商人曾为我们租了几间安全屋，霍华德就是利用这些安全屋来会见佛朗迪成员的。但在任何情况下，古巴人都不准获知埃德瓦多的住处，埃德瓦多和霍华德·亨特是不能够互相碰面的，这就导致了每天的工作量都相当大。不过霍华德很确定安全屋位于这座城市的另一端。

不用多说，佛朗迪内部的猜疑并没有减少，对于美国的信任危机随处可见。应我们的要求，该组织的领导者们可能已经前往墨西哥了，但他们的主体仍然在佛罗里达州南部地区；因此，尽管我们早就已经将他们从未来领导名单中剔除了，但他们依然声称我们的隐匿动机是将他们奉为傀儡好扛住世界舆论。霍华德竭力反对这种假设，并在这样一个大前提下全权主持了好几次会议。而且，让问题更加复杂的是，现在巴尔巴罗并未参加这些会议，他于一个月前出差到了迈阿密，且说在迈阿密无人开口讲关于福斯蒂诺没能返回这件事情。亨特也一直都在强求我抓住托托的蛛丝马迹。

当我见到巴尔巴罗的时候，他向我发誓说他只要处理好了自己的事就第一时间返回墨西哥，但他居然没有做到。我觉得他肯定是想返回墨西哥的，只是被什么给束缚住了，身不由己。霍华德确定巴尔巴罗被卷入了一场非法的金融活动中（金钱数额巨大），他说我们需要一位迈阿密间谍来和托托取得联系。说起来很悲哀，如果我能做主雇人的话，那最有希望入选的候选人根本就不是来自古巴的，而是在蒙得维的亚为我工作过的一位前乌拉圭共产党人。在我的帮助下，他先于当地警察和前共产党同事到达迈阿密。他就是尤西比奥·福特斯，现在在一家迈阿密银行工作，负责行动中的洗钱事宜。巴尔巴罗碰巧是那家银行的客户，这就是我考虑将福尔特斯牵扯进来的原因。

我必须告诉你，在雇用他这件事情上，我犹豫了。正是昨晚我和福尔特斯的重逢，导致了我的犹豫。他就是个彻头彻尾的卡斯特罗拥护者，所以如果我没那么了解他的话，我肯定不会靠近他。而且在蒙得维的亚的时候，他也是这样的态度——永远不相信美国会有正当动机。然而在乌拉圭，对我们来说，其他间谍都不如他有如此价值。当涉及这个问题的时候，他对共产党的仇恨比我们更胜一筹。当然了，如果你们有更合适的间谍人选，那么好吧，我也可以有。

机缘巧合，福尔特斯向我提供了一条当地的重大新闻——佛朗迪的每个人似乎都畏惧一位叫作马里奥·加西亚的古巴百万富翁，这个人将卡斯特罗奉若撒旦，而且认为佛朗迪的领导者们是卡斯特罗的秘密间谍，因此暗杀的对象都已经被他锁定了。加西亚和一位叫作罗兰多·马斯费雷尔的前古巴议员有往来，这个罗兰多建立了一支由暴徒和杀手组成的军队，并把这些人监禁在一个叫作无名岛的地方。通过福尔特斯，我听说我们机构里的一些人（目前我还不知道都是哪些人）一直在支援加西亚开展私人侵略活动，并为他提供船只。我觉得，要是他们得逞的话，这将会是一场灾难，因为这样的冒险很可能演变成一场内战（当然，我也有可能小题大做了）。福尔特斯对流言的直觉很准，他说共产党内部最深刻的流言便是加西亚得到白宫的支持——虽然不是白宫的最高领导者，但也不是小角色。

我必须要说，亨特走后我一直很忙，也就没有指望这封信能够收到什么好的效果。我一直希望我的手下能和你站在同一个立场上。

有人期待你的下一次来访噢。

哈利

26

1960年9月29日

亲爱的父亲:

现在看来我的确很乐于给你写信，昨天已经写过一封，今天又再写给你。因为写信给你，我不得不让我的女朋友等我——她具体是谁，这几天我会告诉你的——但她可不是一个愿意久等的人。

尽管如此,我还是想多说一些关于我同福尔特斯的会见情况,我需要你就他的可信度给我一些意见。

首先，我来简单说说福尔特斯的外貌。三年前我在蒙得维的亚招到他的时候他还是个很惹眼的帅小伙，身形修长而且肌肉匀称，很受异性的欢迎。但成为一名间谍之后，他的改变简直是极具戏剧性的。体重骤涨，还长出了滑稽的八字胡，活脱脱的一个懒汉形象。

现在在迈阿密，他依然体重超标，而且还成了一个花花公子——穿着三件套的西装，戴着顶巴拿马草帽，抽着哈瓦那雪茄，看起来比古巴人还像古巴人。

然而对于鲍比·马休的记忆力我不想评说什么，我相信现在我给你提供的信息都是足够准确的（准确率能达到 90%），因为在福尔特斯说话的时候，我做了笔记。

我必须说他对我们以及我们要干什么的了解程度让人很不安。他天生就是交际能手，频繁出现在各种咖啡馆和饭店，范围遍及卡拉奥乔的大街小巷。他不仅对流言有着敏锐的觉察力，还是个情报工作的天才。那天我邀请他去了安全屋，他竟然知道 9 月 19 日是我们建立危地马拉训练营的日子，还知道地址是 TRAX，以及我们四百人的训练目的。

他轻而易举地就向我们建议纳入 TRAX 的社会成分，他告诉我 90% 的受训者应该是中产阶级的学生和教授，剩下的 10% 是工人、农民和渔夫（他说得相当正确，我就是负责人事招聘的）；他甚至还能够详细说明受训者的相貌和武器，他们是如何头戴棒球帽手持黄油枪地与疲倦作斗争。他说得全部正确。他是从哪里知道这些信息的呢？好吧，我们都明白，对古巴人来说，革命是一个家族的事，在一个大家庭里，人与人都彼此诉说与聆听。

福尔特斯接下来说的话让我很惊讶。"我计算了一下，"他对我说，"入侵爆发的那一天只会有不到 1500 人参战。"

我对他笑了笑。我自己是没有一点线索的，但我故意跟他唱反调，我说："这不可能，就这么点人是拿不下古巴的。"

"能的，"福尔特斯告诉我，"如果卡斯特罗不再是民心所向。而且，毕竟巴蒂斯塔也不受爱戴。当然，现在情况不同了。"

他继续对着我侃侃而谈。卡斯特罗退居山区开展游击战争时的医疗条件十分恶劣，每 2000 人才有一个医生。"古巴的老话里说只有牛才需要注射疫苗。"他告诉我，接着便是一场偏左派的介绍（我相信他的数据，只是就礼仪方面我有些怀疑，但他的数字还是吓了我一跳）。在巴蒂斯塔的统治之下，4% 的古巴农民是经常吃肉的，2%吃蛋，3%吃面包，11%能喝上牛奶。他们不吃绿色蔬菜，大米和豆子遍地都是，岛上一半的家庭都没有厕所。然而，在哈瓦那，交通堵塞时有发生，电视机也不是什么稀奇玩意——做一位哈瓦那居民就是要去相信古巴是一个先进的拉丁美洲国家。他说："你们流亡运动的精神领袖是哈瓦那，不是古巴；他们全都是中产阶级。"

"你听起来像个拥护卡斯特罗的人。"我对他说。

"不，"福尔特斯说，"我的心一直都是四分五裂的。"我必须警告你，他不是没有拉丁人的倾向。"这种一生都困在左右手斗争中的人，内心世界总是密封的。"他严肃地说。

"为什么你不支持卡斯特罗呢？"我问。

"因为他会摧毁我想要的自由。像我这样身处哈瓦那的人，没有自由就只剩死路一条了。"

"那，你为什么不反对他呢？"

从这里，他便就革命和资本主义的本质展开了一段有趣而冗长的探讨，听完绝对能让你热血沸腾。

福尔特斯说，资本主义实际就是精神错乱，它只不过是暂时存在的，它的长久只能建立在损坏自身生命力的基础之上；所有更大的道德问题则是代表了爱国主义、宗教或者精神分析。"这就是为什么我是一位资本家，"他说，"因为我是个精神病患者，因为我很贪婪，因为我想快点得到顾客的满意。如果我有精神疾病，要么我会去找我的牧师，得到他的赦免；要么我会花钱请一个精神分析师，花上好几年时间来使我确信我的贪婪就是我的病根。我可能会对我的自私感到抱歉，但我会尽量改正的。对于如何维护一个发达社会，资本主义算得上是一个意义深远的解决方案——它能一剑击中我们的权力欲望。"

到目前为止你一定已经了解，他这个人坐在椅子里、喝着小酒的时候，是很装模作样的。他采用了我从未想过的二分法——呆瓜和傻瓜之间的巨大差异。“这个差异很深远，”他说，“呆瓜在智力上是弱势群体，这很悲哀但也无可更改；而傻瓜却是因为他们自己做的决定而变得愚蠢，他们践行的是有意的消极，他们满足自己需求的手段是隔断别人的欲望。在共产主义之下，现实为未来作牺牲，傻瓜们却堵住了所有工业‘毛孔’，他们以懒散和低效为乐。然而，在资本主义条件下，一个贪婪的傻瓜将会面临一个痛苦的抉择——只要他一直这样愚蠢下去，他就不能满足自己的贪欲，因此，他经常不得不绞尽脑汁想出一些致富之道。所以，在共产主义下郁郁不得志的人到了资本主义社会就会变得富有又圆滑。”

没停顿多久，福尔特斯又接着说：“另一方面，卡斯特罗离不开共产主义者的支持，没有他们的话，他的革命将会溃不成军；有了他们的话，他就有机会锻炼提高他治理国家的政治才能。”

“那你是说共产主义并没有对古巴不利是吗？”

让他集中在一个话题上真是困难啊！“我没这么说，”他说，“我不确定。六个月前我去过那里一趟，那里的女人让我印象深刻。你应该去看看她们穿着红衬衫黑短裙组着队扯着嘹亮的歌声大步往前迈进的样子，共产主义对她们来说就是团结一致。”

他的话也令我想起了霍华德向我描述这些女人的时刻，如果我没记错的话，霍华德称呼她们为“一群不守规矩的母羊”。

“确实，”福尔特斯说，“这些女人实在是让我很感动。她们拥有一种从未有过的自我存在感。卡斯特罗似乎天生就懂得如何为不同的受众提供相应的服务。这就是当巴蒂斯塔在1958年底战败逃离古巴时，卡斯特罗没有赶去哈瓦那的原因。他从马埃斯特腊山脉启程，然后在沿途的每一座大城市留下一次时长四个小时的演说。演说时他的头顶上方会盘旋着一架黑色直升机——这真是够轰动一时的，仿佛头顶上方悬着代表自由的死亡天使。死亡在他的革命中是一个很重要的组成部分。当然，女人们也都会懂的。按西班牙人的思维，我们此刻在地球上的流血与牺牲是天赐的。如果恰好有更多的医生、教育和更好的经济发展，那对拉丁人的革命来说，就是鲜血、死亡与进步的三位一体了。”

“为什么不和流亡等同对待呢？”我问他，“他们可不像是巴蒂斯塔的左翼分子，但他们也是为自由而战。”（我不得不承认，在佛朗迪待久了，我听起来都有些不谙业务的样子了。）

“是的，”福尔特斯说，“不采取暴力手段的话怎么能够在一个落后的国家开展重大的改革呢？卡斯特罗的答案未免有些消极，他认为只有暴力才是比贪欲更强的力量。如果流亡者回到古巴，我敢向你保证，他们中的绝大多数贪官将会交织成一张贪欲的网，他们会比空想家获得更多的胜利。”

“所以你是和卡斯特罗一起回来的吗？”

“我没和任何人一起，我自己一个人。”

我们接着讨论了薪酬。他狮子大开口，要求是包括红利在内一周三百美金。但我相信他是值这个价的。福尔特斯喜欢同时居住在两个世界，但如果他有意向玩双面游戏的话，我觉得我还是能掌控住他的。

等候您的意见。

哈利

第二天，我就收到了父亲的回信，信封上写着：EYES ONLY ROBERT CHARLES（罗伯特·查尔斯亲启）——

已收到9月29日的交流记录。

你手下的那个乌拉圭人听起来像是个久经世故的老共产党员，而且还像个彻头彻尾的两面派。但他是个很腐败的家伙，金钱就是他的软肋。我建议你遵循以下的基本程序：

1）不要再和他进行政治讨论了，他会研究你的态度并通风报信。

2）锁定目标。我会给你派发具体的任务，不要让他跑题。本来你想要的是洗碗机，但他偏偏就给你一个厨房水槽。所以，要让他集中注意力到洗碗机上来。当然，我也会利用合适的机会试探和考验他。

3）永远不要太喜欢他。我不关心你有没有救过他的命。

4）案件负责人该有的礼仪绝对不能疏忽。在没有征求我的同意之前，绝对不可以让他同赞尼特或者情报之眼中的任何人有联系。

5）第一个目标就是利用他接近带你去吃晚餐的那个古巴胖子，就叫他RETREAD。

6）确定BONANZA是你那滑头朋友的假名。

哈利法克斯

27

接到父亲的指示后，我本打算约见福尔特斯的，但是霍华德·亨特忽然飞回了华盛顿，并获得了情报之眼的允许将佛朗迪带回了迈阿密。由于这次活动是卡尔授权的，我猜我的信在一定程度上促成了他的这个决定；虽然后来我才知道，原来是因为墨西哥的一间安全屋已经被墨西哥警方发现，其他安全屋的安全性也因此大打折扣，总体来讲墨西哥已经不适合佛朗迪发展了。

霍华德因此才把这群人带回了迈阿密。但是他的心情很沮丧，因为他没有获得任何荣誉，而且这样的折腾带给他的孩子的伤害也引起了桃乐丝的不满——孩子们不得不再转学一次。此外，霍华德还迫不得已利用他的私人时间来工作。他会为了保护自己的顿·爱德华的假名而要他的女儿们更改姓氏吗？这根本不可能。所以，亨特一家必须得忍受暂时的别离了。桃乐丝在华盛顿附近租了一间房子，霍华德则住在他迈阿密的公寓里。当然，他们现在就得需要编造新的理由了，来向美国的亲戚解释他们分居的原因。

他的困境并没有让他的脾气变得温和。我记得我曾经提到过他的工作效率很低，然后他就很快收拾起了虚荣心——我的记录都是真实可行的。说到洗钱的事，霍华德并不满意我分发给情报员的报酬金额（我之所以发报酬用现金而不用支票的目的就是消除痕迹，以免万一被别有用心之人利用）。当然，问题的关键就是值得我花大钱雇用的可靠通信员很少，通常这种“高价”情报员都是由我担任，所以我的手里攥着很多现金，而且我很喜欢在自己钱袋里装着大量的现钞。确实，有天晚上当我把腰包挂在身上时，感觉就像是为摩德纳宽衣解带，这种乐趣真是没法比喻；她的这位情思细腻的情人背着大量的现金，设法去重燃她和他的爱火——嗯，我很乐于做这样的情报员。

亨特本来什么都没有的，这确实是太不可靠了，而且还十分危险，一旦有人胆敢泄露出去，此人就会遭到抢劫或者谋杀。通过书面命令传递资金的方式还有很多种，但这同样会混淆记录。鉴于此，他有一个经验更丰富的媒介，是个叫伯纳德·巴克的家伙，亨特会把我介绍给他认识。

我还犯了其他的错误。在爱德华不在的那段日子里，我曾与佛朗迪中的一小部分成员打过交道，他们这些人已经开始策划一些军事计划了，而且过程和细节都已经相当详尽了。在这个当儿，我浏览了大量的古巴地图，整个八百英里的海岸线都已经充斥着各种后勤和策略的问题。然而，亨特跟我解释说，必须把和佛朗迪的军事讨论看作一次有益无害的锻炼，体验一把讽刺的快乐。“我知道，”亨特说，“对这些古巴人来说，他们对自身战略劣势的无知状态是很悲哀的，但是哪怕时机成熟，我也没有兴趣向他们解释目前的状况。但是，哈利，我们还是要面对的，目前最关键的要素在于卡斯特罗送来的DGI间谍，他们扮演的角色就是实施佛朗迪的计划并传播至哈瓦那。所以对虚假信息一定要高度警惕，这个行动太重要了，千万不能流落到古巴人手上。”

“我知道你这么做是对的，”我说，“但我还是不太明白。”

“哈利，道德必须屈从于马赛克。”

我当时便想起了渔夫们。我工作的一部分就是在联系从马里兰州到基维斯特以及从加尔维斯顿到坦帕市的海湾区域的各种造船厂，我们做的生意就是购买二手动力船。每天晚上都会有古巴流亡者乘着船出去，有的船上装着炸药，有的船偷偷地把人运回来潜入古巴与地下组织建立联系，说不定现在就有船上的渔夫丧命了呢。我叹了口气，历史究竟是供人学习的篇章还是仅仅是一股洪流冲走一切，这真是太难弄明白了。

亨特回来后没多久的一个早上，迪克斯·巴特勒给我打了个电话，说他要来迈阿密做个短期访问，想邀请我共进晚餐。

听见他的声音，我的第一反应就是摩德纳一定没有和他见面。我坚信，如果爱足够坚定，是可以激发出一个人的勇气的。我把同摩德纳的约会时间往后顺延了，就是为了让她远离迪克斯。

然而，巴特勒十分平静地下了飞机，而且也没有急着解释他这次来迈阿密的任务。实际上，我们根本就没有离开机场，只是在最近的酒吧小酌了两杯。

“在这里待多久？”我问。

“两天。我在检查一些人。”

“我能问一下你是在为谁工作吗？”

“答案为否。”

我们喝了好一会儿，在此期间几乎没有交谈，我们中也没有人提起柏林的话题，两个人待着就如同二者之间什么也没发生过一样。但是，他平静的神情倒使气氛莫名地紧张起来了。

我开口打破了沉默：“你还跟着比尔·哈维吗？”

“可能是，”他停顿了一会儿，“也可能不是。”

“比尔都在忙什么呢？”

“这说不准，”他说，“无论他在做什么，对威廉国王来说，都是够疯狂的了。”

我们俩都大笑了起来。

“我猜，”我说，“他现在就在华盛顿。”

“猜得不错。”

“你是在为他工作吗？”

“你的名字是叫阿尼·罗斯吗？”

我差点忘了巴特勒的工作有多厉害了。

“实际上，”迪克斯说，“我就是通过‘阿尼·罗斯’才找到你的，你去问‘他’我在做些什么吧，‘他’可能会知道。”

“我猜你就是在为比尔·哈维工作。”

“我也可以说不是，我的工作是很逍遥的。”

他当时戴着一块昂贵的金表，身穿一件价值五百美元的丝绸西装。

“你能告诉我过去三年你都去哪里了吗？”

“老挝。”

“金三角吗？”

“一直问问题的人可是不招人喜欢的哦。”迪克斯说。

“你告诉我你来这里做什么，”我说，“我或许能够帮到你。”

“你帮不了，”他说，“我在寻找一些能够使用武器、掌舵开船、丛林生存、无所畏惧的古巴人。你有合适的人选吗？”

“你会找到的。”

“让我们结束今天的交谈吧。我还有其他的安排。”

“好的。”我说。

他伸出手，我握了上去，他并没有紧紧握着我的手，而是眼睛一眨不眨地盯着我的双眼。我怀疑他从早上开始就一直在喝酒。“我们都会全力以赴，对吗？”

“对。”我说。

“你敬重卡斯特罗吗？”他问。

“我觉得是。”

“我恨他！”他说。

“为什么？”

“他比我年轻一岁，却已经做得比我多得多了。”

我以为他在开玩笑，但他看起来特别严肃。“你看，”他说，“不管什么时候，地球上都会有二十位杰出的伟人，卡斯特罗是其中一位，我也是。上帝，或者不管是谁——可能是我厌恶的某个委员会成员——却总是贬斥我们二十人。”

“为什么？”我问，“为了折磨你们吗？”

他大笑了起来，这种高兴的神情如同一只狮子在风中嗅到了腐肉的气味。“你，”他说，“正在努力远离傻瓜的世界。”

好吧，确实，我很高兴我没有把摩德纳带来。

“但是却是南辕北辙，”他说，“我们处在这个地球上只是为了通过彼此的竞争来取悦上帝。我敬重卡斯特罗，但不是对他个人崇拜。我祈祷能把卡斯特罗和我一起放在丛林之中，最后活着走出来的那个人肯定是我。”

话毕，他陷入了沉默，接着他就开始变得郁郁寡欢了。当我喝完酒要动身离开时，他几乎都不曾点个头。

我用最近的公用电话给罗斯打了过去叫醒了他，这是午夜时分，他必定在蒙头大睡，但他居然没有咕哝半句；恰恰相反，他反应很迅速，问道：“那个大块头找你了吗？”

“当然找过，而且很多事情他都不愿意提及。”

“是的。”罗斯说。

当他不再说话的时候，我停顿了一会儿说道：“你能告诉我你掌握的信息吗？”

“能啊，”罗斯说，“但我为什么应该这么做呢？哈利，我们的关系正在变得如同一条单行道。”

原来我也喝得有点多了，我几乎是对着罗斯做了次长篇演说，“演说”内容也无非就是在我们的工作中，一点小信息都会引起紧张以及无休止的好奇等内容；所以，我们拥有高超的八卦能力，而且急于求得更多的真相。如果我们嘲笑阿尼，那就是嫉妒，是的，罗斯，在我心里这是另外一种形式的敬重——我们要求你去发现，但是我努力说出口的只是：“阿尼，我觉得如果你不告诉我，我也睡不着的。”

“所以你把我叫醒，”这让他大笑起来，他说，“这个大块头因为失宠不得不离开柏林。”

“因为比尔？”

“不是，是因为一位检察长。比尔确实救了他一命，把他送到了老挝。”

“就这些？”

“这些是我所知道的全部。”

“肯定不是。”

“你怎么能这么肯定地下这个结论？”

“因为我足够地了解你，而且我知道他在老挝待过。”

罗斯觉得这也挺好笑的。“天哪，你是喝醉了吧？”他问。

“是的，我和巴特勒一杯接着一杯地灌。”

“噢，这样做可不好啊。巴特勒是一个固执到令人讨厌的家伙，你明白我的意思吧。”

“我的意思是，这个大块头现在到底在做什么？”

“我不会告诉你的，起码在现在这种情况下我不会说出来。我只能说，他和威廉国王有过不止一次的联系，这实在是太机密了。所以请不要再问我了。”

“我不再问了，因为你根本就没有掌握那么多信息。”

“你说得很对。”

“那就跟我说说去了柏林的那位检察长吧。”

我能感觉到他如释重负，毕竟这个话题没那么敏感了。“这个大块头曾有过一个前纳粹间谍，只是后来对他失去了信任；他使他兴奋起来，并将松脂涂在了他的生殖器上。据说这就距离真相更进一步了。”罗斯笑了起来。“我知道，这疼得要命，但我还是忍不住要笑，因为这个大块头说：‘这个德国佬被我弄得单脚跳了！想一想所有的犹太人吧，罗斯，这个纳粹人曾经一直都在单脚跳啊。’确实如此，据迪克斯所说——天哪，我还是说了他的名字，不过我可以肯定我的电话是机密的，你用的公用电话也不赖，对吧？迪克斯说他个人总是遵从一个双重标准，所以同样是针对变坏的间谍，他对前纳粹间谍的同情要弱于循规蹈矩的间谍。只是迪克斯犯了一个错误，这些前纳粹间谍内部有张无形的保护网，那位松脂受害者向他的一位重要的 BND 朋友抱怨了这件事，迪克斯因此就倒了大霉。在柏林有一位左脸上有烧痕的检察长，他很自然地对另一位被烧伤的可怜人满怀同情，因此迪克斯的日子便开始不好过了，直到比尔·哈维动用个人力量将他送去了老挝。”罗斯打了个喷嚏。“你又成功诱导了我，好吧，我已经把我知道的全都告诉你了。”

“真是太感谢你了。”我说。

那天晚上后半夜，我向摩德纳说了关于迪克斯的种种事情，并承认我不想他和她遇见，她表现得十分满意，并说道：“对于这样的男人你不需要担心的，我永远不可能对他产生好感。”

“能告诉我为什么吗？”

“如果他真是你说的这样，他就已经固定在自己的生活模式里了，我根本无法改变他。对于一个我无能改变的男人，我实在是没什么兴趣。”

我刚想说“你能改变得了杰克·肯尼迪或者山姆·吉安卡纳吗？”但话到嘴边我又咽了下去，只说了一句，“你觉得你能改变我吗？”

“唔，”她说，“太难了吧。”

28

十月十二日下午，尼基塔·赫鲁晓夫在联合国办公桌前赫然脱下鞋子并用其不断地敲击桌子，这便是我和父亲连续几周糟糕生活的前奏。就在同一天，罗伯特·马休收到消息说毒害卡斯特罗的药片已经到达了哈瓦那目的地，我对此的反应有些古怪。我开始好奇总理大脑中的沉默传感器是不是有心灵感应，赫鲁晓夫竟然能在没有完全弄清原因的情况下就煽起了民愤。我这样的好奇是源于我父亲所谓的“自由式思维——虚无缥缈”，但我还能听见那鞋子敲击在桌子上的回响声，在我的耳中，这回响声就像是宣判卡斯特罗生命终结的铃声。我提前对他进行了哀悼，并总结出卡斯特罗背叛了他内心里崇高的东西。对敌人的沉思会引发深刻的忧郁。

当然，他暂时还没有丧命呢，我的工作也还在继续，我和摩德纳共度良宵的日子也并没有因此而改变。在这几个礼拜的每一个夜晚，我都在期待电话铃声叫醒我，然后告诉我卡斯特罗丧命的消息，但电话始终没有响起过。

在十月第三个礼拜的周日，我收到了父亲的来信。亨特本来不会在清晨一大早就经过我的小隔间的——这不是亨特的习惯。但或许是曾经做过站长的直觉吧，亨特那天早上第一件事就是去我的办公室里，当我走进屋子的时候，亨特正坐在我的椅子上，我父亲给我的信正夹在他的两指之间。他站起来，一句话也没说，只是把信扔给了我。信封上写着：ROBERT CHARLES EYES ONLY（罗伯特·查尔斯亲启）。

“我能问一下这封信是谁寄给你的吗？”

他是有权盘问我的。理论上，我做的所有工作都是在他的管辖范围内，我或许可以自主操控机密的小型行动，但我不应该对他有所隐瞒。

“好吧，是卡尔，”我说，“他喜欢用这种时髦的方式，给我写私人信件的时候他都这样。”

“就是这样吗，罗伯特？”在赞尼特，无论什么时候他都觉得叫我罗伯特，而我叫他艾德·霍华德很必要。

“是真的，艾德。”

“好吧，这可是前所未闻啊。我可以因此指控你父亲。”

“你在说什么啊？不用这么敏感吧！”

“当然，我是不会这么做的，但高级官员必须要做出表率。”

“我不会把这些话转告给他的。”

“你当然不会了，但如果我愿意的话我会亲自向他提起这件事的。”

“我丝毫不会提起的。”

我粗鲁的态度激怒了他，接着他耸了耸肩道：“又一头凶猛的小老虎啊。”

“没什么好担心的，”我说，“这只是封私人信件而已。”

等他走后，我打开了这封信。在我的记忆里，这封信的某些内容只是融合成了那么几点，但有些重要信息我是无法忘记的，因为经历了与霍华德的简单交谈，这封信的内容几乎都烙在了我的脑子里了。一想到霍华德可能看过这封信我就忍不住颤抖。

1960年10月25日

先说说BONANZA和RETREAD吧。现在还没有必要和BONANZA进行私人联络，先将他记入RETREAD的“账目”即可。如果真如我所料，他们开几家银行的话，BONANZA可能就得联系一些同行。我可以告诉你，在新兴银行之间，这并不是不正常的举动，因为他们永远不会知道他们将在哪里寻找下家。

孩子，这可是个好消息啊。现在，准备好接受一个爆炸性新闻吧。但是首先，让我来介绍一下这位信使。理查德·比瑟尔是某人的直接上司呢，他是个让人过目不忘的男人，但我不是指外形，虽然他体型魁梧，但我照样能将他击倒在墙上。我所指的是他的智商，他的头脑不是一般的灵活。你熟悉纽约第110号大街上的圣约翰大教堂吗？你当然应该熟悉，那里是个适合沉思的绝妙之地。在我看来，迪克·比瑟尔就是这种精神的具体体现。我想让你给他画幅肖像：他身高至少六点六英尺，比你我都要高，哪怕他都坐下来了，看起来他依然高过你一头呢。在办公桌前，他会仔细聆听每个人说话，同时还会用他纤长雪白的手指轻轻地扳弯手中的回形针。或者，他会把所有注意力都放在你身上，苍白修长的手指微微托着他的头——里克，这些手指白得就像受到了极好的教养，这个比喻有点古怪，但小时候我一直认为家教优良的人都是长着这么一双苍白修长的手指的。比瑟尔一直在玩弄手里的回形针，就好像它们是什么策略或者行动一样，玩弄起来就像驶向下坡一样毫不费力——真是有个性啊；他这样一个高大白皙的男人，头脑和身体都是那样洁白无瑕——天哪，他简直就是哈佛校长的完美人选啊，魁梧、绅士，完全没有被任何阴暗的行为所沾染，他是那样的高雅。孩子，他有着轮廓分明的下巴、双唇、鼻孔，甚至连他那双架着牛角框眼镜的双眸都魅力无限。

你看看，我以上这些描述难道不像一篇杰出的文学作品吗？我有没有告诉过你，“二战”结束一年后，我想努力成为一名作家但是最后放弃了的事？这些丰富的个人资料都是战略情报局提供给我的，只是我不想欺骗自己而已。此外，写作能帮助你从另外的角度欣赏你的妻子——讲到时间，玛丽说“现在又到了担忧坏天气的时候了”。而我已经准备好补充说：“她说了。”所以我决定把这项“艺术”融入这封信里了，哈哈！

现在我完全是跑题十万八千里了。我写这封信的理由：比瑟尔今早把我从情报之眼叫到了K楼，并给了我一张便笺——是约翰·埃德加·胡佛写给理查德·比瑟尔的：

在最近几次同友人的谈话中，吉安卡纳明确表示卡斯特罗很快就会被除掉。当有人质疑这条论断时，吉安卡纳又详细解释了一番：此次暗杀卡斯特罗的行动将会安排在11月。此外，他已经会见了那个刺杀者三次，并且刺杀卡斯特罗已经是万事俱备了，刺客也安排了一个姑娘在卡斯特罗身边，准备在合适的时候往其

食物或者水杯里投毒。

比瑟尔看着我说道:“好吧,卡尔,胡佛先生是怎么获得这些信息的呢?”

儿子,如果你有过这种经历——你迟早会有的,我们都会从列举周边所有人际关系开始,这会给你思考的时间,也会帮助你分析和排除部分可疑的人。我是从领导开始的,这倒让比瑟尔脸色铁青了。“领导们,”他说,“和这个没有关系,还是从我开始吧。”

我没有争论,就从比瑟尔开始,之后我就是第二个,我们必须相信自己。接下来就是谢菲尔德·爱德华、迪托,然后就轮到伯恩斯了,他以前是联邦调查局的一员,但基本可以排除嫌疑,而且,他并没有去过枫丹白露。

“你的儿子,”比瑟尔说,“也接触到了我们的核心部分,但我还是会接受你的意见,你能为他担保吗?”

“是的,”我说,“百分之百可以,他是个很不错的年轻人。”(我没有告诉他我们整个家庭的缺点就是喜欢夸张。)

接下来就剩下马休和我们手下的三个意大利人了。

“我看马休没有理由和我们玩双面游戏,”比瑟尔说,“这或许会在未来缓和我们和他的关系,但如果这项任务没有成功的话,那他的损失也是显而易见的!”

“我很赞同这点。”我说。

“罗塞利很渴望得到公民身份吗?”

“马休承诺说事实的确如此。”

这就排除了吉安卡纳和特拉菲坎特了,我们一致认为我需要和马休静坐下来细谈一下另外三人的忠诚度。

现在问题的关键就在于胡佛到底已经掌握了多少信息。比瑟尔认为只要联邦调查局不知道我们和吉安卡纳的关系，胡佛的便笺就不会伤及我们。然而为什么胡佛要透露消息给情报局呢？他还知道更多的信息吗，还是他希望迷惑我们，让我们误以为他还知道更多的消息？

马休抵达华盛顿的时候，我才从他嘴里知道吉安卡纳有一个女朋友叫作菲利斯·麦圭尔，她是麦圭尔姐妹中的一个，在电视上为戈德福雷唱歌。一年多之前，有一些低俗的小道消息在圈内流传，说朱利叶斯·法罗萨和桃乐丝·麦圭尔无意间公开了他们的阴谋诡计，至少是为了迎合戈德福雷——那个经久不衰的伪君子！戈德福雷是一刻也离不开花式性爱——这是我偶然间了解到的事情，他自己可以享受人间乐趣，但他却不允许他的手下享乐。还记得吗？他甚至还说过朱利叶斯·法罗萨太不够谦虚呢。这个国家最终也是走向灭亡的，他真是没有必要如此虚伪啊。再者说了，麦圭尔姐妹很明显就是活泼靓丽的美人啊。我听说菲利斯因为沉迷赌博欠下十万美元的债，吉安卡纳“英雄救美”替她还清了所有债务。这是多么别致的爱情开场白啊！马休告诉我，吉安卡纳对菲利斯·麦圭尔的爱恋已经到了痴迷的地步，但这位女士似乎对罗温和马丁搞笑组合中的丹·罗温情有独钟——你对这些人有印象吗？马休的第一个猜测是：吉安卡纳为了逞一时之快吸引菲利斯的注意便告诉了她有关卡斯特罗的项目，然后菲利斯又透露给了罗温。在这些人的所有联络中，联邦调查局截获了一段录音记录，内容可能就是有关麦圭尔的。

马休的另一个猜测是：吉安卡纳是故意对他的一些朋友“说漏嘴”的。理由如下：他想要破坏这个行动。可是动机是什么呢？对此，马休只是耸了耸肩。吉安卡纳可能想通过炫耀他与情报局的关系来堵住司法部的嘴。很显然他并不可靠。

接下来就是马休对特拉菲坎特的剖析：多年以来，桑托斯都坐拥哈瓦那赌博业的头把交椅，而且现在依然掌握着那儿最强大的人际脉络。古巴革命结束后，卡斯特罗将他软禁在牢狱里，给他提供豪华舒适的套间，有电视机，允许访客探视，还有特别配置的餐食。这听起来就像是一场旷日持久的谈判。特拉菲坎特曾承诺给卡斯特罗提供卫星，但他回到坦帕市之后却一直都没有兑现。所以，他现在急着要除掉这个古巴巨头。这就是马休的看法，而我也同样怀疑卡斯特罗和特拉菲坎特正在进行某种交易，而且托托·巴尔巴罗也卷入其中了。这虽然只是直觉，但我开始相信这种直觉了。

让我们说说你的角色吧。你可能已经注意到了，我所掌握的信息比你想知道的都要多呢。请格外注意这封信，但是如果你没有足够的保险措施收藏此信的话你就把它投进碎纸机吧，或者你去开一个保险箱账号，它是值得你花费这笔钱的。我跟你讲，这些年来，我在北方一家较远的银行开设了一个私人机密保险箱，另一个是在波士顿，当然还有一个是在华盛顿。如果你能开设这样的机密保险箱的话，那就保留我的信吧。几十年以后，当我死了，情报局的障碍可能也倒塌了，到时候你也许会想给你这位老父亲写一本回忆录，先假设他值得这样的浓墨重彩吧！如果你真要这么做，这些信将会帮助你唤醒各种记忆。然而，今天，乃至本周，你都需要知道这一切，因为以后要想再联系到我可能就没那么容易了——接下来的十天，我要到前线直接参与军事活动了。我告诉你，和联席成员共事就像耶鲁大学高才生来到了印第安纳州。

我不在的这段时间记得和马休保持紧密联系，他和我不约而同地得出了一致结论：我们需要窃取到菲利斯·麦圭尔在拉斯韦加斯的电话内容，这将使我们明确她是否是知情人士。马休建议让情报局来完成这项任务，但我不能让我们的人卷入其中，把事情弄砸了就误大局了。于是我告诉马休无论他乐意与否，这件事都得由他亲自负责——毕竟，他可不是一般的私家侦探啊！

（晚些时候）

噢，天哪！马休告诉我，如果我们没有窃听到罗温与麦圭尔的谈话，吉安卡纳就会辞职。萨米一直纠结于麦圭尔是否有婚外情，他必须要找出证据。你可能会问，为什么不窃听麦圭尔呢？我的设想是，我们手下的人是不会希望他的电话被菲利斯监听到的，因此他们才向罗温下手。接着马休向我模仿吉安卡纳表达自己情绪的样子："如果窃听是通过交易耍手段得来的话，我就阉了罗温，再把他那玩意儿粘到他的下巴上！还要给他的八字胡加一撮山羊胡须！""是罗温还是马丁有八字胡？"马休问。"谁跟这事儿有关，我就切了他的鼻子塞到他的屁眼里！"吉安卡纳答道。

这就是个冒险的勾当。你会发现一个人对一项工作的赌注下得越大，突发因素发生的概率就越大。我们在这里日复一日地翘首以待，期待着古巴的这棵"大树"的倒塌。我厌恶有关吉安卡纳的一切事宜，我的灾难预警系统此刻提醒我要小心这个家伙。里克，你要提高警惕！马休只是暂时出手协助我们的，所以别犹豫，记得多问些刁钻的问题！在收到我们继续向前的信号之前，督促他不断思考自己的安全问题。直接用 POUCH 回信给我。

失眠的哈利法克斯

1960年10月28日

伟大的哈利法克斯：

我不知道马休到底是善良的还是邪恶的，过去的几天时间里，我见识了他的方方面面，但我却理解不了他，他表现得似乎呆板又滑头。我想一个人只有比别人技高一筹时才会把对方看透彻吧。

因此，我每提一个新问题都会紧扣马休对上一个问题的回答情况。我们两个的相处有所进步，但我觉得他是把我看作某种需要按时服送的药片了。

然而，我目前了解到的新消息有：特拉菲坎特和吉安卡纳正在费时筹备哈瓦那运动。当然了，萨米在迈阿密还有大量的工作要做，特拉菲坎特在坦帕市也一样，所以他俩似乎并没有把精力全部放在我们的利益上。另外，我方间谍已带着药抵达了哈瓦那，我们都指望着卡斯特罗的这位前女友能够再度获宠。这位女士的美裔男朋友弗兰克·菲奥里尼已经向马休传达了这个信息：弗朗西斯科·佛朗哥做完爱都会立即酣然大睡，这让此姑娘很是厌恶，似乎都是卡斯特罗的满嘴烟味惹的祸。

天哪，我们竟然抓住这些细节不放，甚至还把它们当作圣人的遗迹似的！

我以上提到的内容只是向你汇报一下海外的“险境”，现在算是为了拉斯韦加斯吧。我已经将你的担忧转告给了马休，他安慰我说这份工作是相对安全的。因为首先我们“不会”窃听电话。但这只是表面上的说辞，实际情况是我们会将一枚尖钉状的窃听器插入距离电话很近的护壁板上，这样它就能记录下目标在电话里说及的一切信息，同时我们还能听到房间里发生的任何对话。重要的是，我们不会违反联邦以及内华达州任何有关禁止安装窃听装置的条令；但没有任何法律明令禁止从毗邻的房间窃听电话，当然也就没有禁止装设尖钉状的窃听器的法规了。

我告诉他，这个计划看起来好像是天衣无缝了，但是，要是正在安装装置的时候被逮个正着怎么办呢？

于是马休给了我一张有趣的流程图来解释要采取的预防措施。首先，我们会安排一个操作员入住同一家宾馆，他会将客厅和卧室之间的门锁拆下来，然后带去给一位精心挑选出来的拉斯韦加斯锁匠，让他给这家宾馆里的所有客房配一把万能钥匙。接下来，我们的操作员就会去敲目标者的房门，如果没有应答的话，我们就利用万能锁自己打开它。操作员会安排一位助手站在身旁，专门负责移交万能钥匙，同时这位助手会洒出几滴威士忌在操作员的西服上，之后离开到楼下大厅。操作员进入目标者的房间并开始安装装置，安装完成以后他就把门锁上然后离开。万一目标者进入房间的时候恰好撞见操作员，那故事就变成了这样：我们的操作员假装喝醉了，他不知道自己是怎么进这个房间来的，房门一定是开着的，然后他会拿出他自己房间的钥匙，装作神游的样子离开目标者的房间。如果此时有个私家侦探打断了他，那么我们的解决办法很类似，除了一点，那就是额外支付一百美元作为转手费。

“如果保安突然进来，正好撞见操作员摆出了所有的工具怎么办呢？”我问马休。

“这对一位技艺娴熟的操作员来说根本不算大问题，”马休说，“他的工具都很微小，都放在他的背心里面。试想一下，钻子比你的手指还细，螺丝刀的把手都十分扁平，你会觉得这大概是珠宝匠的工具箱吧？但他们一次只会拿出一个工具。”

“那木屑怎么办？”

“木屑要小心地收集起来，然后再通过厕所的排水管处理掉。”

“在钻护壁板的时候保安忽然进来，难道操作员不能跪着吗？”我问。

“不能。目标者的房门都是有锁链的。因此，没有人能不经过切链就进入房间的。时间足够，我们的操作员会拾起工具，然后装进自己兜里，再走到门边，解开链子，最后再开始装出醉态。”

“但是，如果要搜身的话，工具就会被发现的。”我据理力争。

“是会被发现，但搜身的可能性实在是太小了。”

“但仍然存在这种可能性。”

“这可没有明确的保证。”

“如果真的发生了怎么办？”

“唔，操作员安装窃听器还没有明确的法律明令禁止，这个案子最后可能会诉诸专业部门吧。因为锁和门都是完好无损的，那凡是拉斯韦加斯经验丰富一点的律师都应该能结案。当然，操作员必须立场坚定。相信我们会有这样优秀的操作员的。”

马休准备在迈阿密同杜布瓦侦探所合作，操作员安排的是一个叫亚瑟的男人，但杜布瓦和亚瑟都不知道除了被马休雇佣之外的任何信息。马休会给他们提供目标者的房间号。

马休的筹备措施确实给我留下了深刻印象。如果我们能够及时了解最新的人事动态，我就支持更进一步开展任务。在这种情况下，还是相对安全的。

罗伯特·查尔斯

29

十月三十一日晚上，因为一直惦记着要去赞尼特查收消息，一大早就醒了。这一觉睡得很沉，醒过来的一瞬间我还以为是在自己的公寓里。看着主卧室窗外比斯坎湾的月夜美景，想到我和摩德纳一起睡在酒店的大床上——睡前我们抽了许多大麻才陷入沉沉睡意。

今晚我们试抽大麻是因为摩德纳的航空公司的朋友告诉她“这对性爱很有帮助”，并且给了她半盎司的量。于是，我们在这一夜变得十分疯狂。摩德纳坦白说山姆·吉安卡纳把她搞得很紧张。“如果他想监视我们，他完全可以安排人手。他随时都能搜索出你的位置，不管是在你的公寓里还是这里。”

“你和他睡过吗？”我问过她。

“我告诉过你我没有。但我和他是朋友，而且他确实很想和我上床。”

“你告诉他什么了？”

“我告诉他我爱上了杰克。”

“这倒是真的。”

“并不完全正确，正如我爱上了你一样，也是不完全正确的。”

“你没有和山姆说起过我，是吧？”

“我告诉他我只和杰克睡过。”

“是真的吗？你回到杰克身边了吗？”

“你知道答案的。”她说。

“你回到他身边了。”

“对。”

我感觉心似乎在滴血。但此时我的职业素养提醒我：忽略痛苦，继续追问。所以我说：“可能山姆和杰克之间互有联络。”

“可能吧。”

“他们是通过你取得联系的吗？”

“我讨厌你这样问。我知道你是为谁工作的。”

“你在说什么啊？”

“你是联邦调查局的一位特殊间谍，这是你的一位朋友——《生活》杂志社的摄影师告诉我的。”

好一个斯帕克·布恩！“这不是真的，”我说，“我只不过是麻醉药品管理局财政部的一名员工。”见她还没回应，我就点了点头：“好吧，我是个缉毒警察。”

“那你为什么不逮捕我？我可是有诱使你吸毒噢。”她拿起了我们抽过的大麻烟嘴交回我手里。就这样，我们又开始做爱了。

然而，摩德纳和准总统在床上云雨的画面依然在我的脑海里不断盘旋，已经盖过了我幻想的 N 街餐厅里的奶油浓汤和汉堡。我脑海里的剧院已经开演了，幕布缓缓升起，露出了郑重装饰后的舞台，舞台的中心是一张古典的大床，摩德纳正躺在床上摆出各种各样兴奋的姿势，这位准总统可真是一个幸运的人啊。我腹股沟里一股强大的压力勾起了我的欲望，大麻之后的性爱确实令人惊奇，我们似乎来到了庞大又神秘的舞台上尽情舞蹈。摩德纳腹部和胸部的曲线是那样美丽，真是性感得无可救药，她那“花园”流出汩汩爱液，她也瞬间化身为致命的美人鱼——然后我游走于她的“洞穴”里，我们两个身体随着一个节奏律动，时而如远处鼓声传来，美妙极了！我甚至都愿意让杰克·肯尼迪加入我们了。该死的，谁让我们在上帝的眼中都是平等的呢。我飞上了山巅，陶醉于这次前所未有的高潮，甚至我的感官系统都陌生得好像不属于自己了：我似乎看见了卡斯特罗和弗兰克·菲奥里尼的情妇睡在哈瓦那的床上，和这里仅仅相距了一百八十英里，而弗朗西斯科·佛朗哥叼着烟发出轻蔑的鼻音。然后这些幻想统统消失了，我的“皮球”也泄了气，昏睡在毒品和大麻的坟墓里，直至醒过来——已经过了一个小时，还是更久？——这些思绪沉重得就像夏天埃弗格莱兹大沼泽里的空气。睡意充斥着我的五脏六腑，但我却不得不强迫自己醒来，因为我的脑子里还想着我必须要做的事：必须呼叫赞尼特的夜班官员。

当我呼叫过去时，那边只传来一条消息：联系在洛克福尔斯街道的哈利法克斯。

仍然处于半睡半醒状态的我，半天才揣摩出来“洛克福尔斯街道”的意思——“尽快给我的办公室打电话”。肾上腺素与我的迟钝斗争着，阴沉的天空闪耀出一道青铜色的光芒。这一刻，我已经不关心我是否还会再一次接触大麻了。

在去肯帕克街的路上有一部公用电话，于是我开车去了那儿。一路上我想着如果摩德纳醒了，发现自己只身一人躺在安全屋里，没有任何交通工具留给她，那么她也不会恐慌的，因为她最起码还可以打个电话叫辆出租车过来。解决这类小问题，我的脑子转动得还挺快。

等我打电话接通卡尔的时候，已经是凌晨的三点十四分了。“把你的号码给我，”他说，“我会在八至十分钟内给你打回去。”他的语气里带着肯定。

电话亭外面有许多猖獗的蚊子飞来飞去，我似乎都感觉到了比斯坎湾泥土的气息；足底是贝壳和陆地珊瑚、渠泥、沥青。电话亭里面，大个头的飞虫在玻璃墙上横冲直撞。紧接着，电话铃响了。

“听着，”卡尔说，“在拉斯韦加斯，就今天下午，马休的操作员亚瑟进了目标者的房间，开始安装窃听器，但是过了很久还没弄好却觉得肚子饿了，他决定先下楼去趟咖啡厅点些东西吃。这一走，却落下了一些工具——几个窃听器和半打线圈。”

我感觉到胃在剧烈地震荡，这种感觉自童年后我就再也没体验过了。

“这时，一位女服务员领班恰好来检查房间，”卡尔接着说，“她看见了地板上的东西，就给酒店保安队长打了电话，保安就在房间里等着。亚瑟吃完东西又返回房间，用的是万能钥匙打开了房门。亚瑟并没有喝酒，身上也没有沾染一点儿酒气。”

“噢，不！”我说。

“的确是这样，”卡尔说，“当他们到了警察局，亚瑟要给在迈阿密的马休打电话，为了让警察能够开展电话调查，亚瑟就给了他们马休办公室的电话号码。”

“噢，不！”我又说了一次。

“事情的经过真的是这样的，”卡尔说，“电话窃听罪是很严重的罪行。这个倒霉的家伙亚瑟并没有把窃听器装入护壁板，他是直接安装在了电话里。这可是联邦大罪啊。这几天内，我们会派 FBI 的人尾随马休，他将继续承受更大的压力，但是我期望能够向局里解释他正在为我们执行一项特殊的任务。”

“你跟马休谈过了吗？”

“这几个小时里我都在跟你们每个人通电话，甚至，如果你愿意相信的话，我还亲自会见了伯恩斯——他代表的是安全办公室。那天下午我发现，我们的整个计划确实是从安全办公室开始的，首先他们雇佣了马休，然后为掩饰他们的不足，谢菲尔德·爱德华通过和杜勒斯、比瑟尔或其他一些什么人的交谈，最终和我取得了联络。不幸的是，他们从来不曾明确告诉我，我并不是这项任务的主宰者。”

“那这样对你有利吗？”其实我不该这么开口问他的。

“没有。安全办公室还指责我一意孤行，而不是与伯恩斯或者谢菲尔德商量。事实的确如此，我向来是独来独往的。”他停顿了半晌，咳嗽了起来，听得出来他的气管里充满了痰液。

“现在，”他说，“我们必须要同马休进行一次面对面会谈。相信我，我一直跟谢菲尔德有往来，以及他的走狗——伯恩斯，他竟主观认定我将他排挤在外，把他的工作安排给了一个叫罗伯特·查尔斯的新手。”

“我就是那个新手，”我说，“我建议你实行马休的计划。”

“嗯，看来你真是有点笨，不过我也有点傻。马休每天还要对付霍华德·休斯，他很忙的，这点我知道；而且他不再是个私家侦探了，而是个骗子，专门骗取他人的信任。他现在做的是公关。他怎么给你出了这么个‘好点子’呢，而且还选了这么个不靠谱的人来做这件事！”

“你告诉过他这些吗？”

“说得慷慨激昂，”卡尔咆哮着，“但是我怕他挂我电话所以我才缓和了一点语气。现在，你去仔细检查一下，悄悄地测试一下马休，现在就去他的办公室吧！他已经在办公室等你三个小时了。今晚你到底在哪啊？难道连个电话都不能接吗？”

“我出去了。”

“干什么了？”

“做爱。”

“好吧，咱俩至少还有我保持着清醒。”

是的，他是从圣马修教堂跋涉过来的。“早晨你需要我向你汇报吗？”我问。

“一定要，必须是最早的航班信。”

1960 年 11 月 1 日，下午 5：54

哈利法克斯：

与你通完电话，我和马休大约在凌晨四点至五点半期间一起喝了咖啡，之后我就回到赞尼特写这篇报告。当然，这次的谈话我同样记了很多笔记，保证给你提供一份精确的总结和可靠的引文。

虽然我被马休欺骗了一次，但我也不得不说他似乎真的很低落。我们在他的私人办公室交谈，正如你可能期待的那样，他的办公室里铺着奢华的地毯，摆放着复古餐具柜。他把灯光调暗了一些，比斯坎湾的黎明更加清晰地展现在我们眼前。今天早上阴云密布，这天气像我的心情一样。

马休详述了他之前的流程图以及如何用他的方式完成这一行动，他意识到自己忽略了检查亚瑟的执行力，他为此懊悔不已。

这就是马休的信仰。无论何种原因，可能是为了多省点钱，亚瑟在拉斯韦加斯并没有雇佣一位后备人员。马休说，也许亚瑟根本就没打算安装窃听器，因为校准窃听器是件难事，而且匆忙之中安装的窃听器还有可能不能使用，但亚瑟却说马休误会了他。一时间马休也不相信亚瑟的话了。

现在,说一说万能钥匙吧。亚瑟并没有按照计划找一个助手，也没有把万能钥匙藏在酒店的走廊里，而是直接放在他自己的口袋里。这真是一个不可原谅的过失！此外，他也没有携带烧瓶，也没有去买个小瓶子——节省清洁费的愿望也成了亚瑟安装设备失败的因素之一。

最后再说说亚瑟去咖啡馆吃东西的情况。马休说其实这一点都不费解，他解释说闯入一个陌生人的房间会开启一种根深蒂固的精神机制，即窃贼往往会清理房间的地毯、主卧室的床单等，有些人的确会感到饥饿，这是生理的一种原始反应；而且酒店很安静，亚瑟没有想到女服务员领班会来检查房间。“但我不能原谅亚瑟的失误。”马休说。

当我问及为什么亚瑟在警察局给他打电话时,马休耸了耸肩。“我不知道，可能是他一时没经过大脑思考吧。”

这是马休的官方解释，当然，还可能有另外的解释。在这次谈话中，马休一度很抗拒我的提问，然后我向他暗示我是遵照你的指示问的问题，最后，马休开口说：“你是在问，我们是不是吉安卡纳指派的吗？”

“这确实是个问题。”我告诉他。

“我们现在都是在做无知的假设。”马休说。

“就让我们来推测一下吧。”

“你说的可能性的确存在，但吉安卡纳的动机是什么呢？”

我们心照不宣地达成一致结论，那就是我们必须搁浅此次计划。马休也说，现在什么也没有发生在卡斯特罗身上，这并不损害情报局的利益。由于联邦调查局很清楚吉安卡纳对暗杀古巴领导人很有兴趣，所以他们可能会从轻处理拉斯韦加斯的酒店和马休本人。因此，并没有什么新的风险。

我承认我喜欢和马休交谈。最后，几乎是凑巧，他顺便说了句，“告诉哈利法克斯先生，也有人对我不爽的。”他再次抬了下眉毛。他说的一定是休斯或者尼克松，那就是为什么我认为这次任务失败并不是马休导致的。大家都说，休斯很可能就是尼克松的人。

准时的罗伯特·查尔斯

30

十一月二日，卡尔发来一封电报，上面写着：感谢你精彩的评价。

收到这封简报之后的一段时间里我都没有与我的父亲联络，但这也无妨，因为亨特为我安排的工作也在日益增多。迈阿密到处蔓延着流言蜚语，说十一月八日大选之前古巴会受到入侵，并且哈瓦那会爆发一场狂热的暴动。机构的通信量从来没有这么大过。霍华德给我父亲写了一条便笺，其中写道："赞尼特已经被一支业余间谍部队包围了，他们以为如今的间谍需要的不再是技术，而是能在古巴召之即来的裙带关系。当然，一旦我们将他们派遣回国，那么他们就会把所有精力投入到联系亲朋好友身上了。但是人们应该知道，在患难岁月里，不是每个朋友都能够称得上是真正的朋友。加勒比地区的历史也不允许一个人忘记，这些生活在热带的拉丁人既能忠心耿耿，也能临阵倒戈，这是一种莎士比亚式的圆滑。"

亨特很满意这条便笺便拿给我看，我毫不犹豫地夸赞了他。毕竟，他是对的，我们正在渐渐失去那些年轻的间谍人才。古巴当地的各级网络每周都会向上级汇总报告，那些有消息向我们汇报的间谍，他们的行为真符合亨特挂在嘴边的格言——间谍只会告诉你想要听到的消息。我要对每天发来机构的报告评出信用等级，我评出的等级通常是百分之十、百分之二十。这些间谍发过来的消息都是诸如"卡马圭市已经做好了反抗的准备"、"哈瓦那处在一片沸腾之中"、"关塔那摩湾已经成为古巴人的神殿"、"卡斯特罗情绪低迷"、"民兵组织做好了反抗的准备"等抽象的言论，没有一条是具体的，几乎所有的消息都带着戏剧色彩。

除此以外，我还得处理一些机构内的准军事组织，但我对它们却一无所知，除了 VIKING 和 CUTTER，他们总是对我的评估不满意，甚至有时还会打电话过来质问我："你怎么知道你没有缩减信息量呢？"我只能安慰他们说，在机构里，我们就像是在烂泥里淘金，任何看起来跟金子不沾边儿的东西都会被丢弃一旁。

然而霍华德在佛朗迪没有过上一天清净日子，麻烦总是不断，而且他的困难也在不断加剧。曼纽尔·阿蒂姆现在正和大部队一起训练，他是一位虔诚的天主教教徒，可能是五位领导里最受争议的一位了。赞尼特有谣言说，机构正计划选举他为下一届的古巴主席，但有一个前提条件，那就是护送年纪大一点的佛朗迪领导人前往 TRAX。但是，托托·巴尔巴罗却不断地叫嚷：“只要给我们两千万美元——事成之后兑现亦可——我们立刻就会乘坐专船前往哈瓦那。”

“你怎么做到让我们的船顺利从海岸警卫队的眼皮底下溜过呢？”霍华德问。他接着说：“耐心一点，要相信支持我的人的力量。前古巴大使威廉·波利和其他譬如霍华德·休斯和亨特这样的大财团很有可能就与下一届美国总统有着千丝万缕的关系。”

“要是尼克松没有获胜怎么办？”佛朗迪的一位成员可能会问。

“我只能祈祷肯尼迪上台之后我们的处境不会变。”霍华德如是回答。

大选之前的几天，巴尔巴罗叫我出去喝了点酒。“你必须告诉你父亲，”他说，“整个佛朗迪的领导队伍，我们这全体五个人，都处于险境之中。”

“是谁要加害你们？”

巴尔巴罗是永远不会爽快地回答一个严肃问题的，唯恐别人不会把他诚实的回答当回事的。“这也算是我们对马里奥·加西亚有所恐惧的原因了。”抿了一口酒，他说。

“之前你谈到过他。”

“他就是一个极右翼的古巴富豪，他甚至认为阿蒂姆是撒旦的士兵。一旦佛朗迪宣布自己为临时政府，马里奥就会暗杀我们这五个人。他有独立的资金支持，并且会利用罗兰多·马斯费雷尔的人。”

“一派胡言！”我说，“大部队会保障你们的生命安全的。”

“大部队？”他做了个鬼脸，“马里奥军队里的人已经秘密潜入大部队了。我告诉你吧，我们这些领导者落地之后不出几天就会被处死的，这些危险是你根本无法想象的。马里奥的父亲任职古巴驻西班牙大使已经多年，马里奥则是佛朗哥将军的一名下属。目前我们听说尼克松将会给予马里奥大力支持，”他把一只手搭在我的胳膊上，“你会告诉你父亲的吧？”他问道。

我点了点头，但我知道我不会这么做的。这些话太疯狂了，我只能给它标记上百分之二十的可信度。不过，我倒是会和亨特说这些的。

亨特怒不可遏：“这样的谣言会让佛朗迪的军心涣散的！你最好去和伯尼·巴克谈一谈，他很了解福斯蒂诺·巴尔巴罗。他会告诉你，如果巴尔巴罗被暗杀，那也是因为他本就该死。”

“我能和巴克谈谈吗？”我问道，“我想深入挖掘出巴尔巴罗的故事。”

“那还不如去把公共厕所挖个底朝天。”霍华德说。最终我们达成一致意见，大选那天晚上，亨特、巴克和我会一起观看全过程。霍华德在波恩西阿纳大街的邻居是一位离异人士，她正打算举行一场聚会。

“你能带个姑娘来吗？”霍华德问道，他伸出一根手指戳了戳我。“你难道不认识一些吗？”

“当然认识，”我对他说，“我有一个女朋友。”

“这不错啊！”霍华德说。

“艾德，你得答应我一个要求，”我说，“我女朋友和肯尼迪家族关系比较好，所以我希望你不要当着她的面大声抱怨杰克，我会十分感激你。”

“好吧，”霍华德答应道，“这真是个新闻，我保证会克制住自己的情绪的。”

31

其实，我还是很高兴带摩德纳去参加派对的，因为她在迈阿密没有真正意义上的朋友，而我也没有。她每次乘夜班飞机返回时我们都会来一场深夜幽会，当然，每次幽会都少不了性爱的滋润。也有一些时候，早上我们抽完大麻，会彼此盯着对方，似乎很反感一对甜蜜情人竟然变成了无聊的室友。

我们也曾试过出去跳舞，但每次都免不了对我的折磨。有时候，摩德纳获得我的允许后会接受陌生人的邀请去舞池享受舞蹈的气氛，只留下我暗自希望她的搭档跳得别那么好。有一次我们和另外一对情侣一起约会，女方是空姐，男方是飞行员，他的思维就像一块被小心耕耘的农田："汤姆，你是做什么工作的？""电子工业。""真好！"我心中的警报立即响了起来——我可能免不了要和他聊起飞机上的仪表板，于是"我先下手为强"："电子工业确实还不错，但实在是有点无聊的。我倒是对大选更有兴趣。"

就这样，跳舞不得，我只好和摩德纳待在家里。也就是说，我们不得不回到住所，躺在主卧室的大床上共度时光了。我试着将约翰·菲茨杰拉德·肯尼迪驱逐出她的肉体，但他一定是已经深入了她的灵魂，大选那天晚上我才意识到，摩德纳的镇定并非是理所当然的。

我自己也是如此，我都不知道自己究竟是不是希望肯尼迪获胜。也许摩德纳只是把我看作他的替身。如果他没有获选，那么这场选举将不会给我带来任何浪漫的美好结局，因为我记得他曾说过他会和摩德纳去一座无人小岛，足够两个人无忧无虑地生活在上面的小岛。

同样的，如果杰克获胜，那么我仍然可以占据她的身体，如此不堪的想法就像一盏亮若白昼的焊灯闪烁在我的心中。还是回到我们的派对话题上吧！

派对的女主人，这位叫作雷吉娜·纳尔逊的离婚女士，并没有宣扬过自己离婚的事实，但她曾经也是一位金发女郎，现如今已是一头褐发；之前挫败的婚姻留给她的只是日益明显的皱纹，每天的日光曝晒更是加速了她的衰老。

“我知道一个曾在南卡罗来纳州的查尔斯家族，”雷吉娜说，“你跟这个家族有关系吗，鲍比？”

“抱歉，我在南卡罗来纳州没有亲人。”

“你女朋友叫你汤姆，但有时候她又会喊你哈利。”

“我的全名是罗伯特·托马斯·哈利·查尔斯。”我说。

“你女朋友很漂亮。”

“谢谢你，雷吉娜。”

“如果她的美你招架不了，就给我一个机会吧。”

我讨厌她的屋子。她的房子在椰子林，从前是一片沼泽。室内家具的色彩太淡，而墙纸用的是竹制的，这样连书柜也省了。然后又配了一地奶油色的地毯，落地灯笔直地立在地毯上，就像白金汉宫的侍卫；墙上贴着好几面装有华丽金框的镜子，连一张照片也没挂。

“艾德是你的上司吗？”雷吉娜问道。

“是的。”

“你知道吗，他第一次搬到我邻屋时，我以为他是个同性恋呢。”

“艾德看起来一点也不像同性恋啊。”我说。

“等真相大白，你一定会很惊讶的。”雷吉娜说。

“是因为他行为古怪吗？”

“嗯，他打扫屋子时总是很挑剔，而且总是过来借一些东西，比如抛光剂或者清洗剂之类的，但这也可能是因为他想借口多接触我一些。”

我意识到今晚我不仅仅是想喝醉，而是一定会喝醉。雷吉娜的另一边是一个拱形的门廊，过去门廊就是电视机房，摩德纳正一个人坐在电视机旁边，手里端着杯波旁酒。

雷吉娜说：“一直有古巴人晚上来访艾德，我听说那些古巴人是AC/DC。”

“可能他们是想加深彼此的感情吧。”我告诉她。

“可怜的艾德！我能看出来他的失落，也许我要开始关照这个受伤的灵魂了。”

我没有回应她，她继续说道：“我不介意邀请艾德来参加我的派对，也不介意他邀请像你和你的女友一样的人来喝我的酒。尽管有一半的客人我都不认识，但人们还是会故作友好地互相打招呼，不是吗？人们品尝你的美酒时，舌头都会伸得长一些，而你甚至不认识他们。”

“我去加点酒。”我说。

我也不认识这个派对上的人。她的客厅里怎么说也有五十个人，在我看来应该有房地产经纪人、救生员、保险推销员，以及离异人士——我忽然意识到我在佛罗里达州生活了好几个月了，但除了机构里的人以外却不认识这里的任何人。派对上有一个退休的商人，也是一个高尔夫球手，他开始跟我说起他的推杆运动，而我竟一边喝酒一边开小差想象若是哈伯德喝点雷吉娜的酒，他的舌头会伸得有多长。

摩德纳仍然独自一人待着，她拱起的背部和肩膀形成了电视机的一道护栏。

“大选进行得怎么样了？”我问道。

“看起来他仍然是优势方，但也不是百分之百能赢得大选。”她说。

屏幕上出现了一张杰克·肯尼迪的近照，电视机里传出声音：“候选人的妻子正在期待着他们的孩子降生。如果获得选举，总统和肯尼迪夫人将会在白宫迎接他们的第一个孩子。”屏幕上又出现了一张纽约肯尼迪总部的照片。

“他在中西部的得票情况乐观吗？”我问。

“嘘……”摩德纳示意我不要说话。

我感受到了她的怒意，就像我的父亲对我不满一样，而且她甚至都没转过身来看我一眼。

亨特和他的助手伯纳德·巴克、曼纽尔·阿蒂姆都站在客厅的一角，我一点也不想和他们一起，也不想跟其他任何人聊天。

“我们在谈论一个已被证实的谣言，”我一走过去亨特就对我说，“苏联打算明年夏天给卡斯特罗几架米格式战斗机。”

“那样的话，”我说，“我们就必须在此之前率先抵达哈瓦那了。”

这两个古巴人意味深长地点了点头。

派对的喧闹声让我们几乎听不清彼此说出的话，这倒有一种别样的乐趣，在这里谈话总好过在赞尼特的咖啡厅。

“卡斯特罗能找到足够的飞行员来操作这些喷气式飞机吗？”阿蒂姆问道，“他跟空军可没多少来往的啊。”

“现在，”亨特说，“有一些古巴飞行员正在捷克斯洛伐克接受先进的训练。”

“该死！”巴克说。

亨特转向我，“选举怎么样了？肯尼迪还是领先吗？”

“尼克松似乎要赶上来了。”

“我也希望如此啊！”亨特说，“如果肯尼迪获胜，敌我就难分清了。”

“唐·爱德华，”阿蒂姆说，“你不是在说任何美国总统都会孤立我们吧？肯尼迪在与尼克松的大选辩论中不是还说过艾森豪威尔当局对古巴采取的行动远远不够吗？”

“是啊，”亨特说，“我算看出门道来了。想一想尼克松得为此付出什么代价吧。你看，电视现场直播，就在各自的讲台后，肯尼迪正在假装打算干出一番大事，而迪克·尼克松不得不一直紧咬自己的舌头。”

“也是，”阿蒂姆说，“卡斯特罗现在本该丧命的。”

“我却觉得未必。”亨特说。

“我本来可以亲自动手杀了卡斯特罗的，”阿蒂姆说，“要杀他方法有的是，枪杀、刀杀、投毒，甚至是用棍子活活打死他，总可以要了他的命。”他的声音很刺耳。其实阿蒂姆这个人长得一表人才，肩膀宽厚，身材魁梧，唯一不和谐的就是他的嗓音太过于刺耳（这种嗓音实在是不能给他加分）。

福尔特斯一直对阿蒂姆很不友善，他曾亲口说过："我不喜欢他，他总是通过朗读自己文笔糟糕的伤感诗歌来招徕观众，他都快把他手下的人弄得精神错乱了。他外表看起来像一位职业拳击手，但实际上只不过是一个骗子。"

"此话有些言过了。"

"他就跟小男孩一样脆弱。我听说他小时候总是被其他学生愚弄，别人打他屁股笑话他。所以从某种意义上来说，这一切造就了如今的他。"

"我觉得他已经不再是当日的小孩子了。"我对福尔特斯说。

"的确不是了，但他为此付出的代价可不小。他的嗓音就在告诉你这样的成长是多么不容易。"

"卡斯特罗活不了的，"阿蒂姆说，"如果这个月他还活着，那下个月就是他的死期。如果下个月他还没死，那明年他就一定逃不过去了。怎么能够允许这样的恶魔活下去呢！"

"就凭你这句话，我干了这杯酒！"巴克说。

我们都端起了酒杯，一饮而尽。

在客厅的另一端，地毯被卷起了一段，一些人开始跳起新型舞蹈，唱片带里唱着"让我们开始跳扭动之舞吧！"这真是令人匪夷所思。一位年轻又身形姣小的金发女郎一直大声嚷嚷着要再跳一遍这首曲子。我打心眼里反感这里的一切，这些跳舞的人不是互相抱住对方，而是分开站着，扭动着他们的臀部，就像站在各自的屋里对着镜子顾影自怜。我可能比自己预想的更醉，但我感觉自己就像是在保卫一座我不再熟悉的城池。

"你看那个金发姑娘扭得多欢！"亨特摆出一副嗤之以鼻的样子，却又略显悲伤。

"是啊，"我说，"你可以朝她吹个口哨啊！"我并不喜欢自己说出这样的话，但巴克却大声笑了起来，我怀疑这句话只是我替巴克说出了口而已。他就像个魁梧结实的碉堡，只不过秃顶日益严重，双唇看起来也寡淡无趣。他以前在巴蒂斯塔的警卫队待过一段时间。“唐·爱德华，告诉我一些关于托托·巴尔巴罗的趣事吧。”我说。

“他就是个无名鼠辈！”巴克说。

“那是哪一种无名呢？”我问道。

大家又都笑了起来，接着巴克说道，“他在坦帕市给一个流氓打工呢！”

“这个流氓会不会是桑托斯·特拉菲坎特吧？”

“这话可是你说的哦，我没说过这样的话。”巴克说，然后对亨特做了一个手势，示意他要先走了。

“你和伯尼，”亨特平静地说，“还会有机会交谈的。”阿蒂姆也离开了，然后亨特和我去了酒吧又继续喝了几杯。“你女朋友太有魅力了，”亨特说，“虽然她有点羞涩。”

“不不不，”我对他说，“她就是个势利的家伙，这些人不能给她带来她想要的东西，当然就吸引不了她。”

“嗯，”亨特说，“这也不是我想要的那种派对。”

“巴尔巴罗到底怎么了？”

“如果伯尼·巴克仍旧不愿意提供信息的话，我就会把我所知道的都告诉你。”

摩德纳关掉了电视机，朝我们走了过来。“我们走吧，”她说，“他们根本就分不出个胜负来，这样的辩论还得持续好几个小时呢。”

我能感觉到亨特情绪的变化。“噢，这样啊，”他说，“那我还是继续留下来，再看一下理查德·尼克松的表现吧。”

“我本应该猜到的，”摩德纳说，“你看起来就不像是支持杰克·肯尼迪的人。”

“嗯，”亨特说，“但我也没有反对他。实际上，几年前我在波士顿的新秀派对上还碰到过杰克·肯尼迪呢。”

“那个时候他是什么样子啊？”摩德纳问道。

“唔，我说不上来，”亨特说，“不过那晚他一定是喝得有点多，最后躺在角落里的一张椅子上睡着了。他处于高度放松状态，一点没有总统候选人的架子，我差点没认出他来。”

“我希望我能记得你说的这些，”摩德纳说，“这样我就能跟杰克分享这个小故事了。”然后她朝亨特点了点头，带我跟雷吉娜告别了，随即就走进了黑夜中。

“天哪，”我说，“你果然很势利！”

“当然了，”她说，“我才不会跟住在贫民窟里的人扯上关系呢。”

32

然而，我们二人的夜晚并没有到此结束。“最后跟我说话的那个人是你的领导吗？”她问我。

“我们只是共事而已。”

“他看起来不像联邦调查局的人。”

“他确实不是。”

“可是你是啊。因为你在联邦调查局工作所以你才和我在一起的，你就是为了从我这儿多了解山姆·吉安卡纳一些。”

“你心情不好吧，”我说，“是因为选举结果还没出来吗？”

“我当然心情不好了，而且我还喝多了。但这也改变不了什么，看来你确实是很想知道吉安卡纳的事情。”

“我不能不关心啊。但我现在最想做的就是抽上几口大麻。”

“不可以，”她说，“大选结果还没出来。现在做爱的话也一样是种亵渎。”

“你是认真的吗？”我问。

她点点头。

“那我就去睡了。”我说。

“不行，”她说，“你得陪我一起熬夜看完大选。”

“好吧，”我说，“哪怕我们不做爱，我还是打算去抽些大麻，这样才有精力看大选。”

“我先提前声明，”她说，“我也会抽一点儿，但我只是为了跟你一起看选举。”

“没问题，”我说，“那你不要挑逗我。”

“我不会的，”她说，“不过我会告诉你山姆·吉安卡纳的事情。我没有跟他发生关系，我们之间只有一种私密的感觉。”

“你能解释一下你的这种私密感觉吗？”

“我感觉如果我太沉迷于他的话，我可能会错过杰克的这场选举。”

“你认为我会相信吗？”

“我要遵守我的誓言，因为我曾告诉过杰克我不会和山姆上床。”

“吉安卡纳很吸引你吗？”

“当然，他与众不同。”

那晚我们待在我的公寓，一起抽了大麻，熬夜看大选直播，到凌晨一点左右，电视分析员说，大选最终结果将取决于得克萨斯州、宾夕法尼亚州、密歇根州和伊利诺伊州的投票结果。“但是现在，”分析员继续说道，“伊利诺伊州的情况看起来摇摆不定。”

摩德纳略有深意地点点头。“山姆说过他会为肯尼迪拉来伊利诺伊州的选票。”

“我还以为芝加哥市长会搞定这个。”

“戴利市长只能搞定芝加哥的部分地区，其他区域就是山姆的任务了。黑人、意大利人、拉丁人，以及许多波兰少年都听命于山姆——他在西部地区还是很有影响力的。”

“是山姆告诉你这些的吗？”

“当然不是，他不会跟我说起这些事情的。”

“那你怎么知道的？”

“沃尔特跟我说的，他过去在芝加哥的东部工作室待过。凡是航空公司的员工都必须认识他这样的人以便和当地工会更好相处。”

“你还会去见沃尔特吗？”

摩德纳说：“从我再次跟杰克见面开始就没有再见过沃尔特了。”

“没关系，”我说，“我知道你从我这里了解到的比他能提供给你的多得多。”

“你怎么这么确定？”

“要不然你怎么会花时间和我在一起啊。”

“因为我在试探自己是否有结婚的意向，如果有的话，那你可能就是最合适的人选。”

“你想结婚吗？”我问她。

“嫁给你吗？”她问。

“不可以吗？”

“可是你是我所认识的男人里面最穷的一个啊，要不然你就是最小气的一个。”

我们开怀大笑，继而我问道：“你真心希望杰克获胜吗？”

“当然了，你觉得我会希望自己沦落成一个落选者的情人吗？”

“难道做国王的高级妓女才更好吗？”

“胡说！我并不把自己看作是个高级妓女。”

我记得自己当时感觉到了一种别样的兴奋。“那你现在很希望他能够离婚然后要你，你一直都把自己看成是第一夫人，对不对？”

“别这么恶毒。”

“可事实就是如此啊，你要么做第一夫人要么就是个高级妓女。”

“我没有想那么远。”

“你做不了第一夫人了。他妻子现在已经怀孕，明天他们俩就会一起出现在电视上了。”

“我之前怎么没发现你是这样的残忍！”

“那都是因为你只顾自己坐在电视机前等待另外一个男人的出现，却只留给我一个背影；他甚至根本就不在这个房间里啊。”

这时电视机里传出了声音。“看来得克萨斯州更加倾向于肯尼迪。将家乡位于得州的林登·约翰逊作为竞选伙伴，这一选择看来的确取得良好了效果。”

“你看得出来他有多么聪明了吧，”摩德纳说，“能挑选出约翰逊这样一个讨厌的家伙！”

“我并不关心这个。我很烦躁，就是因为我只能盯着你的美背玉颈看，我很想再抽点大麻然后与你滚床单。”

“我感觉自己都有点精神错乱了，”她说，“而你就是始作俑者。”

“那是大麻的作用。”

“不，是因为今晚将会出现历史性转折，而我想要感受到它。尽管我做不到。”

“我们都做不到的。”我说。

“其实我能做到的——如果你别这样烦我的话。”

“好吧，”我说，“你知道杰克·肯尼迪有多少个女朋友吗？”

“我不在乎。”

“数不胜数。”

“你怎么知道的？”

“我就是知道。”（最近我收到过夏洛特传来的联邦调查局的相关名单。）

“那你为什么不告诉我你是怎么知道的？”

“是因为，”我说，“我看过几份报告。”

“报告里有我吗？”我的表情把她逗乐了，然后我意识到无论怎样她对约翰·菲茨杰拉德·肯尼迪都是忠心耿耿的，这也是为什么她会迁怒于他的理由；所以，对于出现在报告里成为陌生人关注的焦点这一事，她是十分享受的。这让我想起，她从来不介意开着窗帘脱衣服。

“你介意我说一说山姆吗？”她说，“他是个很有趣的人。”

“我从没发觉他有趣。”

“呃，他很有趣的。他有时候会骂骂咧咧满口粗话，却不失幽默。”

“你的意思是？”

“再给我一口烟。”她吐出大麻的烟蒂说道，“他很喜欢谈论性的话题。还有，就像你，他也想了解杰克到底是个什么样的人。”

“你告诉他了吗？”

“我撒了谎。我谎称杰克跟你很像，而且彬彬有礼。”

“其实他并非如此，是吗？”

“当然不是。他工作很努力的，操劳也很多。他需要一个愿意为他奉献的女人。”

“哪种方式的奉献？”

“嗯，你知道答案的。”

此刻我终于感觉到了真相带来的痛苦。

“那山姆是怎么说的？”我问道。

她把视线从电视机上移开，转向了我。她的表情从来没有这么冷酷却又魅力四射。“山姆说：‘亲爱的，如果我的双唇吻向你，你一定会沉迷于同我做爱的。’”

“天哪，”我说，“山姆真是这么说的吗？”

“是的。”她说。

“那你动心了吗？”

“山姆是想全身心地占有我，这才是让我动心的地方。”

“难道我不是想全身心占有你吗？”

“是，”她说，“你是，而且你也一直这么努力得到我。但是，毕竟，依你目前的状况，你也没有理由不想要我。”她开始发自内心地大笑了起来。

到了凌晨两点多，解说员说：“尼克松目前还是没有示弱，但伊利诺伊州和得克萨斯州的支持率现在已经倒向同一边支持肯尼迪了；此外，几份报告显示宾夕法尼亚州和密歇根州是民主党坚定的拥护者；所有这些都让我们坚定了约翰·菲茨杰拉德·肯尼迪更有可能获胜。”

摩德纳深深地喘了一口气，然后关掉了电视机。“我知道，”她最终开口说道，“他今天早上准备说的话。”

“他准备说什么？”

“‘现在我和我的妻子正在筹备一个新的行政机构，以及一个新的孩子。’”

“你怎么知道？”我问她。

“他在我面前预演过一遍。他真是个恶魔！”

“好吧，其实我们都不是什么好人。”

她凑过来给了我充满激情而又略带沉闷的一吻，接着我们就开始做爱了，我是确确实实想全身心地占有她。毕竟，在我这种情况下，没有理由不去占有她。

33

1960年11月25日

儿子：

自选举之后，情报之眼一直都是风平浪静的，而我们也在等着弄明白我们的立场，所以我一直拖延到现在才给你写这封信。

我没有心情欢度今年的感恩节了，我一直在想念玛丽——我善良美好的前妻，但现在我已经失去了她。她正在考虑嫁给一个日本小商人，那家伙富得能买下整个堪萨斯州，的确比我这个喋喋不休又穷酸凄凉的老家伙强多了。上个礼拜克拉克·盖博死了——我居然对这样一个男人有如此大的关注。

现在，我弄明白了，我是完全不了解这个克拉克·盖博的，但去年夏天我却对他异常嫉妒，原因就是他竟能与玛丽莲·梦露合拍电影。这是个多么幸运的家伙啊！儿子，如果在全国举行一场选举，选出你最渴望与之春宵一刻的女人，最后获胜者肯定是非她莫属啊！所以，我当然会嫉妒这个男人了。现在，他死了，可能她会将他的灵魂带走吧。虽然我完全不了解他，但也不禁为他哀悼。而且，各式演员也很吸引我。从某种程度上来说，他们的工作和我们的工作颇为类似，但演员与我们情报员却截然不同。虽然我与演员们的接触并不多，但我依然觉得他们是令人失望的一个群体——他们不具备核心动力。失去了这样的参照物，一个演员要付出很大努力才能演好除了他自己之外的角色，至少这是我的看法。但是，我确实很欣赏盖博这个家伙。让你们这些小势利鬼了解我们老一辈对影星的态度，这是很不容易的！有时候，我会想假如自己回到“二战”时期，我肯定会在脑海中与他对话，尤其是在我出色完成了工作之后，我会问他：“你也完成工作了吗，克拉克？”谁知道这些对话都从何而来的呢！不管怎样，这些问题是够傻的了。

我怀疑我脑子里这些曲折的思维还是由于10月31日拉斯韦加斯的那次失败，我对此一直耿耿于怀。这些天我一直在思索三个问题，第一，这是上天的安排吗？第二，吉安卡纳在整个行动中动了什么手脚吗？第三，联邦调查局现在知道情况吗？我们没有答案，但我有三个推测，第一，就是天意的安排。我的同事现在都认为卡尔·哈伯德可能正在走霉运。第二，卡尔选择吉安卡纳这个浑蛋实在是一个糟糕透顶的判断，我竟然信任马休的选择，而且在计划实施中我们忽视了太多的“可是”，没有充分考虑到事情的全面性。还是承担过错吧，这才是更简单快捷之道。第三，也是这三者中最不利的因素：若是联邦调查局从一开始就一直追踪这次行动呢？只是最后的这次偶然事故才终止了所有的行动。

结果呢，我一直都遭到艾伦、比瑟尔和巴恩斯办公室的冷漠对待，我们也都知道，如果事情朝着更坏的方向发展的话，那么收拾烂摊子的那个人就会是我。首先我们必须保护艾伦将其抽离事外，这样做我也无所谓，就当是锻炼责任感的机会了；然而现在我提前遭到冷漠对待，这的确是伤了我的心。

本来我不能掌控整个事件也不是非常糟糕的事情，但是，里克，男人也是有更年期的，也许我应该去咨询医学机构了，我有一种末日之惶恐，这也影响了我本来的乐观心态。

唔，让我给你说些更有趣的事情吧。虽然在这个故事中我是个局外人，但你的老父亲还是听说了这件事。艾伦·杜勒斯和我们的总统候选人约翰·菲茨杰拉德·肯尼迪于11月17日在棕棕榈滩举行了一场会议。我敢打赌虽然你所在的迈阿密距离棕榈滩只有六十英里但也绝听不到此次会议的只言片语，而我的圈子里却有点滴传播。我听到的故事是这样的：艾伦并没有载誉而归。具体情况是肯尼迪对即将发动的古巴攻击持怀疑态度，甚至想商讨如何解散大部队，然后艾伦就用他荷兰大叔的模式答道："肯尼迪先生，你真的准备好要违背这支年轻的古巴队伍的意愿而强行解散他们吗？然而他们冒着生命危险为的就是要重建他们国家的民主政府啊。"

肯尼迪显得很风趣，丝毫没有紧张感，待他领会了艾伦传递的信息之后他回答道：我基本已经准备好往下进行了，但不得不强调美国的不干涉是有多么重要。因为如果要公然对古巴实施大规模进攻的话，那么苏联可能会因此而采取一些威胁措施。

肯尼迪又补充说了一点：不做则已，做必成功。

十分赞成！艾伦这么回复道。

肯尼迪说：好吧，杜勒斯先生，如果我们想大获全胜的话，为什么要用大部队来打头阵呢？如果真要一场大规模军事行动，那我们又何必烦劳中央情报局呢？

他让艾伦在这件事情上陷入了困境。艾伦的确得到了肯尼迪的"放行"信号，但是决不允许声张，要使美国的干涉行为做到神不知鬼不觉。如此一来，对古巴的入侵行动就已经延期好几个月了。如果艾伦要等到肯尼迪完成他的就职演说、肯尼迪政府得以顺利运转的话，估计就要耗到 1961 年的早春了。

在此期间，大部队内部可能会颇不安宁，我姑且称之为"不上不下"吧。万一他们的纪律不起作用了，他们可能就会自我毁灭在危地马拉了。哦，一场好戏即将开始了！

无名小卒哈利法克斯

34

序列号：J/39，354，824

路线："幽灵"线路—特殊分流

收件人："幽灵"A 号

发件人：菲尔德　　　　1960 年 12 月 20 日上午 10：11

主题：无

很抱歉地通知你，菲尔德丢失了所有和蓝胡子的联系方式。催化因素：不速之客的干涉。

有报告称，12 月 19 日，蓝胡子在和长发公主购物结束后独自回到了枫丹白露。大厅里面有两位戴着毡帽的男子。她刚回到房间一分钟就接到了前台的来电，说有一位名叫麦克的先生和一位名叫劳斯的先生想要见她，并称两位先生是联邦调查局的人。前台服务员还说，她可以选择不开门，但主动开门会更节约时间，因为无论怎样，两位先生也是要见到她的。

于是，她同意与麦克和劳斯见面。很快两位先生表明来历，说他们正在调查她和长发公主的关系，她称自己无可奉告。然后，两位又问她与菲尔德的关系，她怨言与两位先生的谈话"十分令人不快"，而且不幸的是，她对菲尔德产生了怀疑，她指控他是麦克和劳斯的共谋，并声称再也不会见他。

这些事情都是昨夜发生的。菲尔德认为其与蓝胡子的关系已经结束，再无圆谎的可能性。

如果这样的情况持续到下个月的话，你需不需要一则最终报告？

菲尔德

夏洛特对这一缺乏细节的描述一点都不满意，而接下来同蓝胡子失去联系的事实更让他郁闷。

本来我能够向他提供更多信息的。因为两位先生的“拜访过后”我与摩德纳共处了一个小时谈论这件事情，其中摩德纳不断地在我耳边重复着麦克和劳斯的每句话。他们走后没多久她就给我打电话了，她一直都保持着冷静，而我却能感受到她冷静外表下的歇斯底里。她说：“刚有人要来找我，你可能认识他们。在我喝醉之前你能过来吗？”

我一到她那里，她就开始向我描述刚才的场景了。

麦克率先说话的，他是个又高又壮的家伙。

“你是摩德纳·墨菲？”

“是。”

“你和山姆·吉安卡纳关系很好，是吗？”

“他是谁？”

“他也被称为山姆·戈尔德。”

“我不认识他。”

“那山姆·弗勒德呢？”

麦克见她没有说话就又重复了一遍；“那山姆·弗勒德呢？”

“我认识。”

“他和山姆·吉安卡纳是同一个人。”

“好吧，那又怎么样？”

“你想知道山姆·吉安卡纳是靠什么发家的吗？”

“我不知道。”

“他是美国十大通缉犯之一。”

“那你们为什么不去抓他？”

“我们会的。”这次是劳斯回答的，他中等身高，身形修长，有着一口锋利的尖牙。他说：“一旦我们准备好就会立即去逮捕他的。但是现在，你可以给予我们帮助。”

“我不知道怎么帮你们。”摩德纳说。

她看到了麦克脸上的一抹冷笑，“你收过山姆的礼物吗？”他问道。

“合适也不太贵重的会收。”

“你知道他在拉斯韦加斯有一个杜丝吗？”劳斯问道。

“杜丝是什么？”

“杜丝是一个女孩,因为给吉安卡纳提供‘帮助’而获得报酬的女孩。”麦克说，“吉安卡纳给过你绿票子吗？”

“你说什么？”

“钱，他给过你钱吗？”

“你们的意思是问我是不是一个杜丝吗？”

“他是不是付了你的房费？”

“你们现在可以走了吗？”

“只要你点个头就行了，”劳斯说，“你见过约翰尼·罗塞利吗？桑托斯·特拉菲坎特呢？还有人称‘金枪鱼’的托尼·阿卡尔多呢？以及驰帝、沃尔斯、巴祖卡，还有托尼·蒂茨，这几个人你见过吗？”

“我想不起来了，我见过太多人了。”

“你从没见过托尼·蒂茨吗？”劳斯说，“他是个男人。”

“我不关心他是谁，现在我命令你们离开。”

“你的工作是什么？”麦克问道。

“我是空姐。”

麦克看了看手里的文件，“你在这里的租金是八百美元一个月吗？”

“是的。”

“吉安卡纳先生从来没有帮你支付过？”

“我再说一次，请你们离开。”

“这里现在好像有不少打包好的包裹噢，是礼物吗？”

“圣诞礼物。”

“是吉安卡纳送的吗？”

“有一些是。”

“你介意和我说说哪些包裹是他送的吗？”

“你能不能只管好自己的事？”

“这就是我自己的事了啊，我这是在工作，”麦克说，“一旦你从吉安卡纳那里收到钱财或者等价的礼物，那就是犯罪的物证了。”

劳斯说：“为什么像你这样自力更生的人要和这样的流氓扯上关系呢？”

“你们再不走，我就要打电话到前台请保安来把你们‘请出去’了。”

麦克和劳斯都微笑起来了。

“我现在就去叫他们把你们赶出去，这可不是你们的酒店。”

“我们现在就走，”麦克说，“但墨菲小姐，我们还会回来的。同时，问问你自己有没有什么额外的信息要传达给我们。”

“嗯，”劳斯说，“你还会见到我们的，”他微笑着，“鼻子灵敏一点啊，摩德纳。”

他们一走，她就立刻打电话给吉安卡纳了。

“小心一点，”还没等她开始解释，山姆便说，“你的电话可能会被监听。”

“你能过来吗？”她问。

“这对你没好处的。”

“山姆，我本该说些什么呢？”

“别担心，你说得没错。他们只是在放长线钓大鱼，钓的还是恶臭的死鱼。他们都是些不择手段的浑蛋，不用听他们胡言乱语。”

“山姆！”

“亲爱的，如果他们再来的话，就告诉他们我会免费提供前排门票，供他们观看胡佛和克莱德·托尔森在梅西百货窗前热烈云雨的场景。这世界变化很快的，人渣！摩德纳，你就是个女王，如雪一样洁白美好的女王。”

接着，他就挂了电话。她说，山姆跟联邦调查局说的同跟她说的一样，而且她从未见过他如此兴奋。

她说完了整件事，转而问我：“你跟他们是一伙的吗？”

“和谁？”

“麦克和劳斯。”

“真不敢相信你竟然说出这样的话来。”

“你们就是一伙的，我知道。我们之间一直以来都有些问题。”

“如果你的确相信我与他们共谋一伙的话，那你为什么还要告诉我他们说的话呢？”

“因为他们说的话实在是无法让我平静。”

“我相信你。”

“还有，反正他们还会报告给你，”她大笑了起来，“我就知道这是一个事实，”她说，“你就是联邦调查局的人。”

“我要怎么做你才会相信我不是联邦调查局的人呢？”

“唔，那你告诉我你到底是为谁工作的？”

“你为什么不发挥一下你的想象力呢？”我说，“还是说你实在是缺乏想象力呀？”

这句话戳中了她的死穴。

“滚出去。”她说。

“滚就滚。”

“我知道我们之间没有可能了，”她说，“但我却不知道竟是以此收场。”

“这是你的选择。”

“我觉得也是。”

“的确。”

让我惊讶的是，我居然和摩德纳一样的愤怒。

“别再给我打电话了。”她说。

“我想也不大可能了。”

“天哪，我太讨厌你的人了，”她说，“你就像一只沉闷无聊的公鸡！”

关上房门的那一刻，我竟异常冷静。我不知道自己什么时候能再见到她，一天，一年？或者永远也不会再见了，但就在那一刻，能否再见到她已经无所谓了，反正我也只不过是她的一个备胎而已。如果灵魂里也有议会的话，那么当权的党派已经被击败了。我觉得我与摩德纳已不可能在短时间内复合了。“沉闷无聊的公鸡。”她竟这样说我。

35

接下来一周的日子就没那么好过了，这是自然。但是我已经厌倦了与摩德纳的地下恋情，也受不了她与我在一起时心里还想着别的男人。不过我倒希望这样的美人能够偶尔出人意料地出现在我身边。可是那个美丽的女孩再也没有在酒店等过我，再也没有躺入过我的怀里了。

但是分界线还是很明显的，我也并不是真的希望收到她的来信，我甚至都厌倦了拥有她所带来的自豪感。对我来说，目前迫在眉睫的事情是全身心投入工作，接下来的几个月就是见证历史的大好时机了。为了解决我在这件事情上的疑虑，我给夏洛特发了一封电报，两周后他给我回了电报。

序列号：J/39，268，469

路线:“赞尼特”线路—开放流

收件人: 罗伯特·查尔斯

发件人: GLOUCESTER　　　　1961 年 1 月 3 日下午 10:23

主题: 功效

女孩子们跟闺密一起聊天会比和男朋友聊天更轻松自在。希望很快能见到你。

GLOUCESTER

他这是在告诉我没有必要再给我发送蓝胡子和奥拉尔的聊天记录了。

快到一月中旬的时候，我父亲又给我寄来了一封长信。我不得不崇拜他摆脱低迷情绪的自我痊愈能力。

1961 年 1 月 12 日

儿子:

你要知道忧郁是哈伯德家族最古老的特质。昨天我听到达希尔·哈米特 1 月 10 日去世的消息后悲伤不已。就在我打开报纸看到这则消息时，我听到收音机里正在播放这首可怕的新歌:“让我们跳一曲《扭动之舞》吧！”我就立即给莉莉安·海尔曼打了个电话以表问候，这也是我们十年以来第一次联系，我自信她收到我的消息会很开心。我不知道有没有告诉过你，莉莉安是我的一位老朋友，只是现在的我们有些陌生，后来在我同哈米特小酌共饮的那几天里，莉莉安无意间得知了我的秘密身份，不过这并没有给她带来什么影响。我不是个捏造丑闻的人，但海尔曼小姐却与我不同，她总是愿意向别人炫耀新奇的消息。我所认识的一些卡萨诺瓦人认为这是一条暗示的线索：将寻找虔诚的基督教徒设为目标。唔，儿子，我现在把这个思想传给你——你久经战场的父亲总结出来的独门秘籍：要找一个“左”倾思想严重且意志坚定的犹太姑娘。

我告诉你这些只是为了阐明我和海尔曼友谊的本质。他知道我和莉莉安的事情，但我觉得他还是会支持我们的。他是我遇见过的最该死的共产党人。莉莉安一直爱慕哈米特，但他很久之前就决定不结婚了。所以，如果一定要有其他的选择，就必须得有，因为莉莉安是个欲望很大的人，达希尔也不介意加入这一选择。虽然他完全支持我与莉莉安的交往，但我从来不会自欺欺人，我知道她爱的人只有达希尔·哈米特，他在她心中简直就是完美无瑕永垂不朽；与其将他比作枯燥无趣的银色天使，不如说他就是一块在沙滩上永久搁浅的浮木。因此，他的离去确实令人难以置信。

我不仅把他看作一位作家，更把他看作一个鲜活的男人。他从没试过将我融入他的文学作品中，我相信他是出于对我工作机密性的尊重。只有我们在一起喝酒的时候，他才会有兴趣细细探讨一番我的工作，这也使我更有可能进入他的作品角色。这样一位谦谦君子就这么离开了我们。

在上一封信里我已经提到过一次——我遭受到了冷漠的对待。我觉得 12 月 18 日这一天真的是最糟糕的一天了，甚至整个圣诞节都被毁了，我们几个人的心情都是乌云密布。12 月 18 日那天，因为肯尼迪已经上台执政，杜勒斯和他的得意门生——卡贝尔上将带着巴恩斯、比瑟尔和我以及该项目的其他高管去商讨肯尼迪统治下的古巴问题新形势，艾伦想要通过重述整件事来弄清楚哪些是对的哪些是错的，以便做出及时的批评指正。

接下来接踵而至的便是无数令人沮丧的报告，我们积累了太多的关系网。我们的空投服务系统已经被切断，只能使用前古巴航空的商务飞行员，这些家伙根本完成不了精准导航，他们一直都位于迈阿密和哈瓦那之间的雷达高速公路上，他们完全不具备应有的方向感，而且还总是错过标志。实际上，完成空投最精准的正是这位愚蠢的卡贝尔上将。

我们打算向一个组织空运武器，卡贝尔想知道我们的实际运输量，答案是整个货舱空间的十分之一。于是他说："太浪费了，怎么可以空着十分之九的空间就发动一架飞机呢！再去装上一些大米和豆子，也许我们古巴的团队很需要这些物资。"

好吧，但这是精确位置内的一次精确空投。接收方力量薄弱，根本接收不了满舱的货物。

"我不想听你说这些，"卡贝尔说，"在这项任务中做些让步吧。"

有一名拉丁美洲的队员大卫·菲利普斯对卡贝尔说："上将，过去的六年里我有四年都是待在古巴的。大米和豆子是古巴人的基本主食，我能向你保证，他们不可能缺这些的。"

卡贝尔答道："听说过拨款委员会吗？我是不会去和那些委员解释的，我们为什么要发动一架空着十分之九货舱的飞机，请装上大米和豆子。"

儿子，那个晚上我们的飞机确实正中目标。但收音机里却传来这样的反馈：该死的！我们差点被米袋砸死！你们疯了吗？

我们都确定艾伦·杜勒斯也收到了这条信息。这次他也许要对卡贝尔降一个优秀等级了，尽管他是空军四星上将；这次事件之后，国防部对我们的不满情绪稍稍减少了一些，当然，这位上将现在已经被众人"美名"为"大米豆子的老卡贝尔"。

想听到更多的坏消息吗？沿海军事行动也是不容乐观。卡斯特罗的海岸护卫队死伤率很高，DGI似乎已经知道了我们在古巴的不少着陆地点。我一直在努力为我们争取一艘母舰，实现在古巴水域三英里之外的区域航行。我们可以为之配备先进的雷达监控设施，这样通过雷达监测确定附近海域安全的情况下，我们就可以派遣较小型船只开展其作业计划了。然而问题就在于如何快速地弄到这样一艘船。

现在说个好消息吧！此次入侵主力确认已分布在特立尼达。那个小城市位于西恩富戈斯和圣斯皮里图斯中间的海岸南部，它的附近有众多山脉，易守难攻，且在局势不佳的时候还可以提供藏匿场所。然而这两座省会城市却挨得很近，不出几日就能拿下，这足以证明我们此次行动是多么明智了。还有最好的情况是，这个位置是古巴最窄的一处，仅仅只有七十英里宽，我们可以以最快的速度将这个国家一分为二。

这里还有一则传闻。我们在木工活里暗藏了一项功能，叫作ZR/RIFLE——我真希望之前能够把这项技术运用在与马休合作的项目中。比瑟尔曾叫赫尔姆斯展开这项任务，赫尔姆斯就立即请教了你的教父。休先生会选择谁来审查这一新功能呢？会不会是比尔·哈维？真是够奇特的——居然将他们的老对手考虑在内。

暂且先写到这里吧。我正在享受一个我期待已久的美好夜晚，等到了明天我会继续写信给你。

13日，星期五

昨夜真是一个不错的夜晚。艾伦真的是个很有智慧的男人，他邀请了所有肯尼迪派的大亨来阿利比俱乐部同我们一行人共度了这一夜。天哪，我真是太喜欢他了！他想鼓励华盛顿的新人都投身到古巴的军事运动中，我相信我们成功地做到了。我必须得说，阿利比俱乐部真的是最合适的场所了，它里面就和波士顿的萨默赛特俱乐部一样散发着守旧的霉味，墙上挂着老式菜单："甲鱼汤，每份25美分。"提供的马蒂尼酒也不错。这个地方让这些年轻的肯尼迪派人士的身心得到了放松。虽然他们当中有些人的年龄很小，但是特别聪明，全方位的预警系统也总能够让他们敏捷地感知到下一条线索藏在何处。这些年轻聪慧的法律评论高手可以说是天生异禀，但另一方面，他们也有身不由己之处。怀着对你母亲家族血统的崇敬，这些人让我想起了在社交舞会上认识的一些美国优等生荣誉学会会员（犹太人）。昨晚的晚会上可能还有肯尼迪的爱尔兰黑手党成员，他们就跟联邦调查局的狗腿子一样多疑，而且也的确很强硬冷酷，似乎时刻准备好使用暴力来解决事端似的。然而，他们的身不由己也证明了他们有多无知。所以聚会就是个不错的主意，比瑟尔在聚会上做了出色的演讲：一如既往的镀金主教风格，表明自己和所有白人一样无所差异。这家伙伸出一根修长的手指戳在自己的胸口，说道："看看我，我就是那个穿着这身衣服吃掉'大鲨鱼'的人。"这话显然影响非凡，就跟一位德高望重的牧师开口说脏话一样。他这句话表达的意思其实就是："兄弟，给我们分配任务吧，我们不畏惧身兼重任，哪怕冒着极高的风险。就算你是想移山，也可以随时召唤我们。"你可以看到这位来自耶鲁大学的经济学博士、准备好吃掉"大鲨鱼"的人物，是多么受肯尼迪的人的推崇啊，他甚至还在麻省理工学院授过课呢。

聚会上，我们给他们讲了一些很棒的故事，比如300人如何用危地马拉方式搞垮一个国家，艾伦还跟他们解释了间谍活动为何称为第二古老的职业等等。在这过程中，大家还向许多优秀人才敬了酒。然后艾伦叫了我的名字，该死的，连他眼镜片上反射的光芒都在恳求我精准地叙述一遍我的当年勇。好吧，那是 1947 年——也许你从未听说过这件事，所以我大致跟你讲一下——因为当时我认识几个高级办公室的女员工，所以我得知了杜鲁门内阁的人正在筹备的一项计划。昨晚，讲完这个故事之后，我用一句话圆满结束了我的演说，我说："当然，类似的事情不会再发生了。"肯尼迪的人很喜欢我的这种说法。我觉得艾伦想要表达的就是，我们是个绝对正确的组织。

但是，哪怕我雄风不再，我也不会让自己陷于这个传奇部门为他人"作嫁衣"，所以我用一种诙谐的方式来表达：白宫和中央情报局要团结起来向前看，一起迎接美好时代的到来。让我们为伊恩 · 弗莱明干了这杯酒吧！我一边说着一边举起了手中的酒杯。不过确实也有人在嘟哝着，"他干的都是什么狗屁不如的事啊！"——我当然能听见那些年轻人用稚嫩的嗓音说出这些话，但是我装作充耳不闻的样子，我继续说："伊恩 · 弗莱明，属于我们这个时代的造型师！"情报局这边的一些人，具体来说就是杜勒斯、比瑟尔、蒙塔古、巴恩斯、赫尔姆斯和我，都在思考那些伊恩 · 弗莱明式的设计品，连技术情报局也在使用，比如 1959 年菲德尔出访联合国时使用的刮掉他胡子的脱毛膏。其实从实用性来说,这些技术"产品"只不过是达特茅斯出来的废物，房间里只有几个人知道我多多少少有些夸张了，所以在场的人肆无忌惮地大笑也就无可厚非了。不过他们那些人也明白了我们和他们一样，都像是被困在笼子里做杂耍的猴子。我们也一致认为，如果你想要给棘手的问题追究一个答案的话，中央情报局就是最佳去处。再重复一次，是中央情报局，而不是国务院。

随着夜幕降临，迪安·鲁斯克的脸色越来越难看。在我看来，他是第一个觉察到在新任总统上任之前的过渡时期，艾伦对于如何结识新朋友而玩的绝妙把戏，他那难看的表情就像长期便秘似的，他大概是每天早上都要在卫生间里待上半个小时。

不管怎样，我现在又得开始四处奔波了，最起码要从鼓舞组织内部的士气开始。

你的良父

举足轻重的哈利法克斯

附言：尽管这封信里充斥着我的沾沾自喜，但我没有忘记要说一下RETREAD，他真让我忧心。假如他真的像我想象的那样狡诈，那么BONANZA应该能够追踪到RETREAD投放在迈阿密银行的资金。

36

以前在蒙得维的亚，我与基特里奇断了联系之后就会有事没事找亨特见面聊聊，现在我失去了摩德纳，我只好转向亨特，一周七天有好几个晚上都和他共进晚餐——历史正在重演。霍华德的心情和我的差不了多少，桃乐丝在华盛顿，虽然他们每晚都会通电话，但传来的也不过是她的母亲身患癌症住院的消息。而且，对他来说十分重要的社交生活也几乎是一蹶不振。他本来可以继续参加棕榈滩的派对，但他这几天总是穿着白色夹克衫哪儿也不去——那一棵棵华丽高大的皇家棕榈树和凤凰树，平铺的喷泉以及棕榈泉宫殿的栏杆都离他远去；他无心徜徉于茉莉花丛和三角梅簇，也无心在大理石地板上优雅地舞蹈；悠闲的下午，他不再在海厄利亚观赏穿越碧绿草坪的粉色火烈鸟，也不再细嗅夹竹桃和杜鹃花的芬芳，而是在迈阿密工作——他的事业正处在十分关键的阶段：事业成功则助他荣升为高级军官，事业失败则扼杀他的理想和抱负。

当然他并没有放弃鞭策自己，他声称自己是“理查德·尼克松的右翼分子”，可见在他处理左翼古巴人的时候是做出了多少忍让啊。当巴尔巴罗问及他的意识形态立场时，他回答：“我在这里是给齿轮添油的。”

他的确贡献了自己的力量。尽管整个佛朗迪组织中只有曼纽尔·阿蒂姆唯一一个与亨特持有相同哲学观的人，但霍华德还是能够团结佛朗迪的全体成员。看着他的操纵方式，我明白了政治靠的不是意识形态，而是资产。佛朗迪的资料都在亨特的文件夹里，而且我很快就发现，这些材料都是有着决定性意义的。我还发现霍华德不仅知道该如何忍受托托·巴尔巴罗，同时他还做好了对他的保护措施。现在，我根本不需要动用我父亲的力量来让福尔特斯处理巴尔巴罗的银行账户问题，他自己已经在做了——他成功地追踪到了巴尔巴罗独立账户里的资金流动情况——这也证实了卡尔的直觉——存取款的流向指向了迈阿密彩票业，原来彩票中奖号码被固定在了古巴币的发行量上。有一则盛传的流言说古巴比索的发行量是被哈瓦那操控的，特拉菲坎特总能够提前获知中奖号码，并且他收益的一部分资金用在了 DGI 在佛罗里达州的行动上。如果这一流言是真的话，那么特拉菲坎特要么是机构里暗杀卡斯特罗的最佳选择，要么与之相反是卡斯特罗在美国最重要的间谍，而托托则是为特拉菲坎特给迈阿密的 DGI 发工资的人。特拉菲坎特为解放古巴募集的钱财越多，他就越可能是卡斯特罗的人。

为了消除自己的疑虑，我通过机密电话联系上了卡尔，他立即把我的电话转给了亨特。他说：“我本来能以上级身份直接介入这个问题的，但我不会这么做，至少这次不会。霍华德一直在控制着一个不可能的局势，而我是不会和他就此起冲突的，把你的调查结果拿给他看看吧。”

然而让我惊讶的是，亨特几乎没有任何回应。他说，他会仔细研究巴尔巴罗账户里的现金流动记录。几天之后他还是没有给我任何回复，我只好给他施加压力，而他仍是一副态度不明朗的样子。“我不知道我们是否有足够的力量来绞死这家伙。”他最终说道。

“伯尼·巴克同意你的说法吗？他说过托托根本不是个东西。”

“不是东西也不代表他就是个双重间谍，这是两码事。”

对于亨特的态度，福尔特斯一点也不惊讶，他说：“下一步行动即将开始，想要取代卡斯特罗的流亡者或许和巴蒂斯塔存在某种关系，为了避免任何责难，你们的新任总统肯尼迪将会坚持接纳新的左翼力量。这太可笑了，巴尔巴罗那么一个腐败的政客，曾经还伪装成左翼代表你们的佛朗迪。但是现在肯尼迪带来了一些重要角色，比如曼纽尔·雷，他不可能是巴尔巴罗的左翼派，托托已经成为了一个全新的中心，你不会去除掉一个联合起来的中心。如果没有巴尔巴罗的话，你觉得曼纽尔·阿蒂姆能同曼纽尔·雷说上话吗？不，所以说托托很重要，他能与左翼的曼纽尔联手，给右翼的曼纽尔传递信息。”

“但如果巴尔巴罗是为卡斯特罗效力的呢？”我问。

“如果不是每个洞里都插着一根手指的话，托托会知道怎么操作吗？”福尔特斯说，“当然，他的手指很肮脏，但托托只看到了自己的想象。”福尔特斯用一丝厌恶的眼光看着我，接着说道，“在我们的工作中，这是再正常不过的了。”

我考虑给马里奥·加西亚写一封匿名信，向他揭露巴尔巴罗是卡斯特罗的间谍的真实身份，但很快就听到福尔特斯向我透露了一则消息，说特拉菲坎特也和马里奥交往甚密。那么，马里奥和马斯费雷尔究竟是决定除掉托托还是要和他做交易呢？奸商、凶手、爱国人士、叛徒、告密者、贩毒者和双重间谍都同流合污，斗不过他们的事实让我再次变得低落。

现在TRAX传来消息说大部队内部存在着明显的意见不合，关键人物就是这位佩佩·圣·罗马司令。他是美国陆军的荣誉成员，毕业于古巴的军事学院，当时的古巴是巴蒂斯塔当权，所以这可能就是情报之眼重用他的原因。然而，机构内部的另一派人认为为巴蒂斯塔运送过武器的人（即佩佩·圣·罗马司令）几乎不会得到卡斯特罗的信任，而且双方都和年轻的军队很难谈得来。这次内讧引发了大部队的“罢工”，军事训练也不得不暂停，佩佩·圣·罗马司令也因此而被革职，他说他不会领着这些不信任他的人上战场，但他最后还是被一位和大部队有联络的美国官员恢复了职位。“罢工”的军队现在已经扬言要发动兵变了，但在重新开始训练之前，司令首先开除了六十个人，其他的反抗者同意回到原职上，但条件是允许巴尔巴罗来访问营地。这时，我才明白为什么我父亲并不急着除掉托托。

佛朗迪一直以来都希望给TRAX一次出行的机会，这个请求最终被接受了，这还是情报之眼下的命令。阿蒂姆将会和巴尔巴罗同行，亨特也会陪他们去，还有我。“这是奉哈利法克斯之命。”亨特说。

“好吧，”我对霍华德说，“靠山为主，能力为辅，足矣。”

我觉得他挺喜欢我这种说法的，为此我也很高兴。关系这种东西真的很该死，这是我在机构参与的第一次正式出行，它来得正是时候，完美地彰显出单身生活的优越性。因为如果摩德纳还在我身边的话，这样的旅行很可能会引起她的怀疑，而现在我就不用担心无法给她打电话这样的问题了。我只需要收拾好一个包，买上驱蚊剂，带上一双丛林靴，就能潇洒地离开了。

37

危地马拉

1961 年 2 月 17 日，TRAX

哈利法克斯：

明天黎明时分，邮政专机会从雷塔卢莱乌省出发（距离我所在的位置 25 公里），这封信会在 48 小时内送达情报之眼。但我却觉得像是从美国撤除了一颗行星，真是奇怪的感觉。我们大家都一致要求 TRAX（不知道为什么，古巴人称之为瓦克罗）离开丛林，然后找一片火山土堆在上面休息一下，试着在常年不停的雨中凑合做一份秋葵浓汤。古巴的沼泽实在是太不舒服了，我再也不想深入周边的山野丛林了，除非这里不再如秋天的新英格兰一般。

我们乘坐一辆 C-46 型号的货机离开了奥帕洛卡，我知道你肯定乘坐过很多次这种货机，但这是我第一次体验起飞时没有机翼灯，甚至连跑道灯都没有，即使你厌烦我的描述我也要告诉你我的感受——我感觉自己就像是坐在鲸鱼的胃里，这架飞机装满供需品。我和亨特、阿蒂姆、巴尔巴罗都裹着毯子，对抗高海拔骤降的气温，睡觉时也只能凑合着躺在纸箱上面。驾驶员和副驾驶员会时不时地关照我们，给我们递来咖啡和三明治。

巴尔巴罗深更半夜都不忘给我们进行长篇大论的“演讲”，我之前也见过这个男人不同程度的焦虑状态，但从来没有像这几天这样紧张，不管是他无休止的抱怨也好，还是他服用的硝化甘油药片也罢，都不过是他释放压力的方式而已。整个晚上，他都在大呼小叫说 TRAX 即将有麻烦了，因为没有人邀请他去危地马拉，而且现在除掉巴蒂斯塔人中的TRAX成员也成为他的首要任务。

然而听到托托这样说话实在是让人不愉快——“给我钱我就能征服古巴。”——亨特被刺激得不得不现出马术师一般的天赋，他可以驾驭好托托这匹老马，有时候还会说出一两点自己的观点使巴尔巴罗误以为他是我们关注的重点。心中的怒火让我难以入睡，若不是对你和亨特的尊重，我早就喊出口了——“你这个老骗子！你就是在为特拉菲坎特做事！”

我们在黎明时分进入了危地马拉，吃完早餐，我们就把货物传送给了空军司令员，实际上他也是危地马拉私人飞机的最高指挥官。

然后我终于看到了这个国家的真面目：我们低空飞过罕见的烟雾缭绕的巨型火山，离丛林更近了一步——如果你来这里旅行，你的导游一定会说他从来没有见过这样碧绿如宝石的叶子。然后我们降落在一块纹路均匀自然天成的高山侧面，这足以让一个人兴奋起来。我们下了飞机后四处走动，竟走到了距离丛林围墙大约十英尺的分界线处，我可是什么都不怕的，我是哈伯德的儿子啊！

这个地方太遥远偏僻了，我都不知道该用什么词来形容。我们坐吉普车去瓦克罗的路途中见到了几千英尺的上坡路，而且一路上都是特别泥泞狭窄的小路，我们甚至联想到了举办一场体面的葬礼。

接下来的这几天我认识到：在你开始训练他人之前，你必须建立一个阵营。大部队的第一批队员和他们的领导干部都当起了木工和造路人，给沼泽排水、浇筑水泥、建造发电站，还因此砍掉了无数的树木。这一连串举动很自然地激怒了当地的动植物：一群群毒蛇和蝎子遍地乱爬着。在这片土地上是绝对没有人敢开着睡袋睡觉的，因为这里的扁虱很容易被误认为橡子，连古巴人都开始抱怨昆虫的攻击，你就知道你来这里就是踩着高跷观赏地狱的美景！

幸运的是，我们的住所是TRAX的基地——咖啡种植园的住宅区，我们的宿舍就是一间铁皮屋顶、四面三角墙围成的小屋，我的床上挂着蚊帐，透过窗户还能看见住宅主人罗伯托·阿莱霍的大亩田地。他的咖啡豆灌木丛——我不知道是该叫它们小树还是灌木丛——这些灌木丛在丘壑山脉之间一排排立成了整齐的棋盘状。在我们的另一边，地形变得平坦，这才是绝佳的游行场地呢，而且还适合建造军营和餐厅，旁边是飘扬着古巴白星旗的旗杆，旗杆插在红白蓝三色田地里。

我们刚梳洗完毕就回到了客厅，托托便开始谴责佩佩·圣·罗马和托尼·奥利瓦对大部队的领导无方，他们两个便立即离开了房间——明摆着这两人不是好惹的。跟你一样，我对军队里的人有种很复杂的感情，这两位绅士给我留下了深刻的印象：圣·罗马长相并不出众，但也是身形修长，没有一点多余的赘肉，没有多少幽默感，却又时刻充满了爱国的荣誉感——我觉得他是那种随时为事业奉献和牺牲的人；奥利瓦是个为卡斯特罗卖过命的黑人，之后离开了他，他就和圣·罗马一样让我过目难忘，他们的不同之处在于他是更加勤勤恳恳的那种老实人。你可能会说，就这么匆匆一瞥能获得这么多信息吗？事实的确如此，我们只是握了一下手，彼此心中就已经有数了。不管怎样，圣·罗马和奥利瓦的突然离开使亨特和我们这儿的美国司令官展开了争吵，这位美国司令官就是弗兰克上校，他在硫黄岛战役中拿过军功章，看起来就是那种能把陷进泥地里的吉普车举起来的家伙，即便这样他也可能受到上层的怠慢。最近，他将大部队中的十二名反叛者用独木舟送到了一处极度偏僻的地方，叫作“再教育阵营”，显然他的举动伤害了大部队中另一位高官的自尊心，他们宁愿自己制定规则约束自己的人民，也不愿意被美国人操控。弗兰克上校把亨特和我叫到一边斥责我们：“你们这两个猪脑袋是怎么想的？你们竟然带巴尔巴罗来这里！如果你们不把这个家伙踢出去，我们的大部队就要完蛋了！”

霍华德同意了上校的观点，这不是无意识的。霍华德在体力、外形方面显然是比不过弗兰克上校。

“我会处理好托托·巴尔巴罗的，”霍华德说（此时说这句话的确是聪明的做法），“前提是你要劝说圣·罗马和奥利瓦平静下来。”

好吧，弗兰克还没开口，他们之间的竞争就已经呼之欲出了。“你最好小心点！”弗兰克说完便拂袖而去。

这之后巴尔巴罗再同圣·罗马和奥利瓦说话的时候确实彬彬有礼了些，但他也表达了隐瞒最重要的消息是既不诚实也没有责任感的行为：佛朗迪就是古巴未来的政府，无论其他人（他盯着阿蒂姆）告诉过这些军人一些别的什么话，所以大部队不应该在没有征求佛朗迪的意见之前就擅自做出重大决定。

我大致数了一下，站在这里的军人一共有六百多名，可能其中有三分之一是支持巴尔巴罗的，三分之一是反对的。令人不安的则是处于中间立场的这些人，他们沉默地站着，但看起来根本就不满意。

此时亨特给了我一个暗示。他站在我旁边，脸色看起来苍白如坚冰，他说：“我真想把白痴的嘴巴给缝上！”

然后，到了住的地方，圣·罗马给出了他的最终决定。如果巴尔巴罗不在军队面前公开表示对他的支持，他就会辞职。

“托托，”霍华德说，“来一下我的房间吧，我有一些话想跟你说。”

接下来发生的一切应该叫作“赫尔维西亚的奇迹”。当他们下来之后，霍华德还是面色苍白，神情却刚毅坚决，巴尔巴罗则看起来似乎有些心灰意冷。他当着我们所有人的面——圣·罗马、奥利瓦、阿莱霍、阿蒂姆、弗兰克、霍华德以及我——说他现在确信，在确定自己能否满足圣·罗马的要求之前，必须好好研究一下瓦克罗现在的情况。今天下午和明天他会在这里研究相关的策略。

他的话听起来有些古怪，就好像他已经决定了明天早上要对部队说的话。霍华德暗示我们，如果托托不合作的话，他就会让他准备好坐下一班飞机回迈阿密，这样的举动很明显会分裂佛朗迪。现在我算是知道了为什么你和霍华德都不回应我发现特拉菲坎特的非法彩票并和巴尔巴罗有牵扯的这一事实了（如果你不认同我的想法也没关系）——比赛快要赢的时候再出王牌就没有任何意义了！我感觉自己学到了一些珍贵的东西。

这天下午发生的事就更有趣了。我们去观看了军队里的小型武器射击演练，见识了重机枪、轻机枪、迫击炮等威力，令人印象深刻。在这期间，我一直止不住留意巴尔巴罗，他看起来格外兴奋。人家邀请他试用一把 50mm 机关枪时，他兴奋得接近狂躁，特别是枪卡壳之后，他更是止不住地大笑起来。他一直不断地掂量每个设备，感受它们的重量，还试戴了一个军人的头盔，挂上了他的步枪，丢了几个除掉雷管的手榴弹，后来又扔了一个将要爆炸的手榴弹，然后就高兴地嚷嚷着自己丢出了手榴弹。我看了一会儿才意识到原来他是在伪装成一副退休安逸的样子。霍华德则始终在满意地点头，而且一路上都在与领导、士兵以及当地的地形摄影师合照，当然脸上一直挂着一副标准的笑容。

第二天早晨，阿蒂姆和巴尔巴罗给整个大部队做了演说，阿蒂姆诗人般的风格让我们这些北方人彻底败下阵来。他把每一个感性问题都当成他的舞伴来对待——“我们告别遥远的故乡，相聚在这方天地间，这是上帝的旨意……我们在恐惧中流汗，在恐惧中生存，而后又战胜这恐惧，这是上帝的旨意。我们兄弟姐妹团结一心，重新将自己的旗帜带回古巴，带回哈瓦那，带回那个古巴人民相亲相爱的地方。我们将会胜利，将会繁荣，将会成为主流！在这场与邪恶的共产党人的博弈中，我们决不能失败，哪怕要我们牺牲在滩头之上，我们也决不放弃！”——此时，大部队里爆发出一阵呐喊，大概是想起了他们逝去的年轻生命——“即使我们会全军覆没，我们也不会全军退缩，因为我们的身后还有美国人，他们来自一个骄傲的国度，一个永不言败的王国，他们是我们永远的坚强后盾！”

接下来就是潮水般的掌声，阿蒂姆是最古怪的领导者了，他讲话时魅力十足，讲完之后依然是一位彬彬有礼的绅士。但他也是有双重人格的，他也有不成熟的一面，甚至可以说是无知，而且对自己、对事物都充满了疑惑。然而，他不得不违心地使用谄媚的言辞来介绍巴尔巴罗的出场，他又可以脱口而出：“在过去的二十年里，如果没有他的话，古巴的历史将会不同。”托托还未开口讲话，军队里的人就已经感觉到了一丝异样，因为喝彩声与倒彩声“势均力敌”。巴尔巴罗对下面的人说，他会把大部队的完美表现通报给迈阿密，这则消息肯定能使迈阿密的流亡人民为他们的英雄感到骄傲。话刚说完，下面就同时传来了掌声和嘲笑声，似乎昨天还支持他的人们一夜之间就变了立场和他反目成仇，但圣·罗马和托尼·奥利瓦的所有支持者对此是赞扬大于起哄。

托托以一首凯歌作结，对纪律、牺牲和成功的期望表达了赞美:“大部队的英雄壮举会谱写传奇！”如果你能全身心投入的话，听演讲简直就是一种享受。明天我们将带着这一行取得的成功离开 TRAX。

对我来说，这就是一次成功。最后一夜，我去参观了军营，亲自看一看、听一听士兵们的故事，也趁这个机会深入了解了这些队员都是全副武装随时准备奉献自己的生命，他们甚至将宗教信仰融汇到他们的思想中。当说起他们甘于奉献的信念时，他们炽热的灵魂让我不得不感动。我希望这些能让你了解 TRAX 的形势。

罗伯特·查尔斯

我想传达的消息远不止这些。最后那个晚上，我和被我雇佣的古巴人进行了一场秘密交谈，他们对死亡无惧无畏的精神深深打动了我。坐在他们之中，神圣感油然而生，甚至还打了个寒战，就如同在山谷之中听到铜钹发出了清脆柔和的声响。这一刻我觉得自己和卡尔离得很近，因为我知道，这声响是只有决意背水一战的战士才能听见。那一晚我伴着森林里的倾盆大雨声入眠，但我的脑海里还不停地闪着我的好奇心——十字军战士和西班牙征服者是否也能听到这神圣、美妙而又难以捉摸的回响呢？占领盖利博卢半岛的澳大利亚人了解这妙音吗？苏联红军和白人有过长途征战吗？如果有，当双方决战时，他们听到了同样的旋律吗？当然，我知道我父亲跳伞降落在一块陌生土地上时，他也听到过这种声音。

继而我又意识到，如果我是大部队里的一员，我也一定准备好了和他们一起接受炼狱般的挑战，我也一定能够更加深刻地理解他们对卡斯特罗的仇恨。也许灭掉卡斯特罗的愿望不会很快实现，但大部队的前景深深地打动了我。我们攻击古巴的力量虽小，但它在我心中依然重如泰山，我甚至希望自己也能如他们一般仇恨卡斯特罗，从而让我的存在为他们的成功增添几分胜算。

38

与摩德纳分手后，我并没有感觉十分痛苦，可能是因为远离了伤心地所以伤口有些麻木了吧。然而从危地马拉返回迈阿密之后，这份痛苦便无处可逃了，很快我就打电话到枫丹白露——虽然我已经下定决心不和她说话，但至少我可以知道她是否还在迈阿密——前台告诉我她已经搬去华盛顿了。我会问她要新的转寄地址吗？当然不会。光是说出这几句话就已经让我很吃力了，感觉就像我们再一次分道扬镳了一样。

佛朗迪出现的新难题还等着霍华德和我去解决呢。佛朗迪推出了一些人与曼纽尔·雷的人取得联络，但这些人却被分成了不同的等级。待在迈阿密的古巴流亡者有一半都相信曼纽尔·雷是卡斯特罗的间谍。

另外，曼纽尔·雷主张在哈瓦那建立最大的地下网络。此外，委内瑞拉和波多黎各的总统都对他怀有好感，而且据说他们都深受肯尼迪政府的影响。

我很同情亨特，他工作如此努力，而且在他并不赞同古巴人的那一套政治纲领的条件下，他还能够竭尽全力促进古巴的政治运动。可是现在，他却要被迫接受一个在他看来和布尔什维克党有亲缘关系的古巴人。“你看看雷的政策，”他抱怨道，“保持卡斯特罗的银行国有化、医药社会化，拒不恢复任何没收的财产，同时还和共产主义政党集团保持着紧密联系。曼纽尔·雷就是个赤裸裸的卡斯特罗主义追随者。”

第二天，霍华德收到通知去了一趟华盛顿，而后又返回迈阿密，与他随行的还有一则消息——何塞·米洛·卡多纳博士被情报之眼选为佛朗迪的领导。这个人曾做过古巴的总统，就在卡斯特罗获得哈瓦那大捷之后的几个礼拜，之后很快就辞职去了阿根廷。就在最近的这段时间，中央情报局把他带到了迈阿密。亨特告诉我，他是个有威望的人，能比托托·巴尔巴罗更好地管理整个佛朗迪。

“只有一件事情不对，”亨特说，“以前无论什么时候，情报之眼邀请雷加入佛朗迪，他都会特别傲慢地告诉他们，让佛朗迪加入他会更有意义。而现在米洛·卡多纳博士即将上任，那么雷应该也会加入的。”

“那你要何去何从呢？”

“我还没有决定。”

到了三月的第二个礼拜，亨特再次被请去了华盛顿，在那里比瑟尔告诉他，曼纽尔·雷确定要加入佛朗迪了。

亨特回复道：“这等同于在瓦解佛朗迪。”

我父亲也参加了这次会议，现在他对亨特说：“你难道不能强迫你的人接受雷吗？”

“能啊，”亨特说，“我能强迫他们，但我更希望上级不要命令我去强迫他们。”

“为什么呢？”

对这个疑问，亨特给出了一个十分完整的答案，但过了一会儿卡尔却说他已经不记得这个答案了。他还说道：“亨特真是让人头痛，曼纽尔·雷对我来说无关紧要，但现实情况很明显，霍华德的当务之急是要搞明白他到底要不要妥协继续干下去。可是呢，他却还在那里徒劳地争论。”

亨特则一直在滔滔不绝地说着。我知道我父亲为什么不愿意听了，亨特说来说去也就是那些事，卡尔听得耳朵都长出老茧了。“我们，”亨特说，“已经深深伤害了这个国家德高望重者的尊严。这段时间，佛朗迪的这些人已经意识到，在迈阿密他们和傀儡差不了多少。尽管如此，他们还在继续做着我分配给他们的任务，因为他们知道，如果他们再不努力，那就真的救国无望了。现在我们是他们的唯一依靠，如果把曼纽尔·雷调过来和他们平起平坐，那你叫我如何面对他们啊。所以呀，我宁愿退出也不能妥协。”

“那比瑟尔那边是什么反应呢？”我问亨特。

“只是长时间的沉默而已，我也算明白了他的态度。所以，我说我想回华盛顿，同菲利普斯一起负责这次袭击任务中的无线电广播任务。我可以向你保证，他们肯定很满意我这个提议。”

“那这次返回迈阿密的途中一定很煎熬。”我说。

“这段旅程足以改变一个人对某些事物的看法。”他说。

我邀请霍华德共进晚餐，但他要同伯纳德·巴克去探访古巴人的聚集区——去和他们告个别。第二天他就要回情报之眼了。当晚，在开车回我那空虚清冷的公寓的路上，我意识到霍华德·亨特这次丢掉的不仅仅是这份工作，也许这就是他事业最辉煌时代的结束了。我并没有假装理解中情局的这个决定，但任务再繁重它也得有人去做不是吗？

第二天早晨吃完早餐，亨特请我和他一起到情报之眼工作，我接受了这份邀请。我明白，如果我继续留在赞尼特，那我一样不会有什么前途，因为无论是谁接替了霍华德的职位，都不会重用他的前任助手。不过话说回来，我回到情报之眼任职宣传干部也仍然能同佛朗迪并肩作战。想到这里，我的肾上腺素在体内骤升，内心也更加坚定了这一决定。毕竟，我们是要和那些铁石心肠的共产主义者决战到底的。

于是，我把辞呈递交给上级，一周之后传来消息，命令我去华盛顿工作。然后，我转租了迈阿密的公寓，并且做好准备到华盛顿和卡尔共居一室。

就在我去情报之眼之前，佛朗迪被重组并入了古巴革命委员会，由何塞·米洛·卡多纳博士担任委员长，曼纽尔·雷的团队也提议加入其中。在迈阿密一间汽车旅馆召开的会议上，我见到两个我之前从未见过的机构官员，这两个身材魁梧的人自称是威廉和吉姆，都穿着三件套灰色正装。他们向流亡者中的暴动组织声明，如果不接受这个提议就撤回所有援助。这就是机构的精明之处啊，总是派一些陌生面孔的无名小卒来颁布让人难以接受的严厉措施。

39

我父亲住在一处环境有些恶劣的地方，是一间废弃的安全屋，情报局把它改造成了出租屋。我想我父亲是为了省下钱来买更多的酒和食物才选择了这样一间廉价的出租屋。为了庆祝我的到来，他带我去了无忧宫。

周六晚上我们吃了一顿大餐，酒店里人满为患，人人都像过节一样喜气洋洋，我和父亲轻松自在地聊着天。结束了一周的紧张工作后，我不用再收拾亨特的办公桌，也不用面对面无表情的同事威廉和吉姆了，而且此刻我也不用再担心周围是否有监听器，我开心得就像是在享受度假。

“你可能很想知道，”卡尔说，“那些药片是怎么回事。”

“给那个姑娘的药片吗？”我问道。

他点点头，开始大笑起来。

“好吧，到底是怎么回事？”我问。

“那个姑娘把药片放在了她的雪花膏罐底。过了几夜，当卡斯特罗在她身边酣然大睡的时候，她起身打算挖出药片丢在桌子那头的水杯里。但那些药竟然不见了，没有融化在雪花膏里，也没有被卡斯特罗的保镖发现。”

“你是说他们是故意要她的？”

“这姑娘是这么认为的。那晚卡斯特罗是一个娴熟的情人，异于他平日的风格，至少这姑娘是这么说的。在这个特别的晚上，他简直就像个超人，对她是一点提防也没有，这明显打消了她的顾虑和怀疑。她说，他是一个乐于了解谋杀他未遂的情妇的。实际上，他可能只是把这些当成一种消遣。现在她已经回到了迈阿密，跟她的男朋友菲奥里尼说，卡斯特罗扬言没有人能杀死他，因为萨泰里阿教[1]的教士动用了各种‘魔法’来保护他的安全。‘对于一个马克思主义者，我对魔力会更感兴趣。’卡斯特罗对她说。”

“这些都是马休告诉你的吗？”

“不是，”卡尔说，“马休只给过我一些空洞的概述，让我迫不及待地自己去采访那个姑娘。”

“她看起来怎么样？”

“很迷人，但很紧张。她偏执地认为 DGI 派出了一个职业杀手来搜寻她。”

“那她男朋友是什么样的呢？就是这个菲奥里尼。”

“很有冒险家的气质，他的皮肤晒成了古铜色，而且如果他的甲板上出现了一个血淋淋的鲨鱼头，那他一定会很兴奋。”

“他是不是和马斯费雷尔有关系？”

“我希望他们有。”

我自己以为，马斯费雷尔和马里奥·加西亚是有关系的，马里奥准备谋杀佛朗迪——现在已经改名为古巴革命委员会——的头领，就在他

---

[1] 萨泰里阿教，盛行于古巴和加勒比海群岛，后传入美国。萨泰里阿教在巴西被称为 Macumba。

们着陆在古巴的滩头阵地时。这一定是我的妄想症在作怪，我甚至转而问我父亲："这个姑娘有一头深色秀发吗？"

"是的，"我父亲说，"还有一双绿色的眼睛，搭配得真是完美。"

"你有她的照片吗？"

"真遗憾，今晚我没有带在身上。"他喝了一口手中的威士忌，并对我说这是无忧宫特意给他留的好酒。"对了，"他接着说，"我一直在调查萨泰里阿教的一些人，你肯定不敢相信这些人每天都在烹调什么药。我拿到了一份处方，可以混淆你敌人的任何不良企图：将杀人犯的头和七只毒蝎子的尾巴一起煮，从午夜熬到凌晨两点；然后加一些萨泰里阿教人胳膊上的血，取少量烟头，再溶解一滴水银，再放许多胡椒粉给尸肉调味，加进草药、树皮、生姜、大蒜、肉桂，十只活蚂蚁和二十只活蠕虫，再小心地念上几句咒语，加进一只干蜥蜴、一只压扁的蜈蚣和一夸脱[1]的朗姆酒；挖出前一晚埋入土里的两只死蝙蝠，以及三只相同方法处理过的死青蛙，再用一条满是白蚁的木头和一根黑狗的骨头。最后也是最重要的一点是，一夸脱的佛罗里达州的水。我暂且称之为'烹饪'！"他兴奋地咆哮着，"我觉得把这些材料收集起来的难度绝不亚于做情报。"笑到一半时，他的脸忽然面无表情，我知道他这是在犹豫是否要说出更多的东西。

"我们离开滩头阵地才几个礼拜，"他的嗓音忽然变得很低，我几乎只能通过唇语来识别他的意思了。没有作任何停顿，他继续说，"给你的咖啡加点轩尼诗吧。"然后他一边示意服务生过来，一边继续说话，"由于你现在可以称得上是我的同事了，我希望你能对上个月发生的事情有个更清晰的概念。不用说，你就把它当成一种顺势疗法药物，有必要的时候，给别人也喂上一颗。"

"好的。"

---

[1] 容量单位，主要在英国、美国及爱尔兰使用。

“特立尼达岛是着陆点。”他说，此时服务生正好端来了我的白兰地，“但迪安·腊斯克拿国务院当挡箭牌来反对这个选择，我觉得他没安什么好心。以前他任职洛克菲勒基金会的会长时，艾伦提出想看一下腊斯克手下高层官员的国际出访日志，腊斯克居然断然拒绝！他说不能让洛克菲勒基金会陷入危机。但是艾伦依然不放弃，最后还是看到了他们的信件。艾伦之所以能得到那些信件——你可能很想了解——是休策划的行动。我不知道他们是怎么做到的，但还是被腊斯克发现了。现在腊斯克不信任艾伦了，因此腊斯克每次来信都会向我们重复说他不想让古巴的事情威胁到美国的利益。可是哈利，现在还有什么比古巴的事情更重要啊！古巴现在是个热点地区，我们却把它弄得一团糟；特立尼达岛是袭击的目标，但是腊斯克对此胡说了一番。他说，太吵了。要是伤害了妇女和孩子怎么办？所以我们败给了政府，特立尼达岛因此被排除，新的着陆点是一个叫巴伊亚的地区，猪湾，记好这个名字啊！”

“它有什么优势？”

“它偏远又没有人烟，我们可以毫发无损地在那里建立滩头阵地，至于我们要怎么部署防御就是另一回事了。滩头阵地四周都是沼泽地，这‘地利’自然就给卡斯特罗接近我们增添了障碍，但同样，我们要冲出去的话阻力也会很大。当然，那里很安静，只有我们伪古巴人和鱼。选择这样一个地方算是合了迪安·腊斯克的心意了，他对此也大加赞赏。”

“可是肯尼迪会反对吗？”

“毫无疑问，”卡尔说，“肯尼迪就喜欢推迟对古巴的袭击。本来说好三月总统与我们有一场会面的，但现在计划已经改到四月了，可实际上我觉得如果艾伦不在，就不会有任何会面。他一直在给总统施加压力，向他强调五月之前苏联会一直供应补给卡斯特罗，联席会议已经给大部队冠以拉丁美洲训练最有素的武装力量了。‘总统先生，’艾伦说，‘如果大部队没有任务可接的话，你就要面对一个人力资源分配问题，想想这个士气高昂的队伍在佛罗里达州南部无所事事闲荡的样子吧！’”

“‘好吧，’肯尼迪回答道，‘既然整个世界都知道是我们在幕后操纵，那就继续进行对古巴的袭击吧，但记得要保持绷带洁净。’”

“‘什么都看不出来的。’杜勒斯说，然后他对总统说：‘这次加勒比海的工作我感觉自己比之前的危地马拉要有信心得多。’”

“我也等不及了，真想行动早点进行。”我说。

“会有你建功立业的机会，”我父亲说，“你要和霍华德·亨特一起前往滩头阵地。”

“已经能够定下来了吗？”

“是的。”

我内心的恐惧在欢呼雀跃，兴奋之感袭遍我全身上下的每个器官，直至我的灵魂深处。本来我是要开口说些什么的，但一口白兰地下肚后，一切都在酒中了。

“你听我的，”卡尔说，“接下来几周记得写日志。战争时期我就从没写过，天哪，现在想想真是后悔呀。”

“我可能会写吧。”

“记住日志的安全是个大问题，但是你可以将你的日志放进我保险箱的信件投递口里，没有人能靠近我的保险箱的。”

我什么话也没说，只是努力掩饰心中的一丝惊慌和骄傲，因为这次父亲为我考虑良多，都提议我写日志了。

我们离开无忧宫时，卡尔说：“我刚忘了告诉你，当我在迈阿密采访菲奥里尼的女朋友时，正好遇上了帕特森与约翰森的第三次争霸赛。”

“你都没有告诉我你当时就在迈阿密。”

“好几次我到迈阿密都没有告诉你。”他一字一句地说着，意思很明了，我也就完全失去了追问下去的兴趣。

“争霸赛怎么样？”

“很棒，他们都应该是当之无愧的冠军！我跟你讲那一晚，是因为我正好又撞见了山姆·吉安卡纳，他那晚看起来心情很好，他搂着一个尤物般的姑娘，应该是你喜欢的类型，黑发碧眼的完美结合。”

“你知道她的名字吗？”

“好像是叫什么麦克·墨菲，这名字跟她本人实在不搭。”

“跟那个给卡斯特罗下药的姑娘是同一个人吗？”

“当然不是，你怎么会这么想？”

“你之前描述菲奥里尼的女朋友时，也说她有黑发碧眼。”

“没有，”他明显忧虑了起来，“是我说错了还是你听错了？菲奥里尼的女朋友是金发碧眼的。”

“肯定是你说错了。”

“那真是少见，”他在我胳膊上重重地捶了一拳，“可能是萨泰里阿教的人骗了我。”

“肯定不会。”

“在你还没分心之前，我得再叮嘱你一句，记得写日志！”

“好的。”

“从一开始就把它传给他人，这能助你在新工作的初期走得更顺利。”

40

1961 年 4 月

在这次生死存亡的行动中，我写了这些日志并传至基特里奇·加德纳·蒙塔古手上，传递任务将由我的父亲博德曼·金伯尔·哈伯德负责，并由他审查我这些日志的安全性。我希望这不会给两位带来诸多不便。

那就让这第一篇日志做封面页吧。接下来的日志会装进信封里，并按照上述方式传递并妥善保管。

1961 年 4 月 4 日，情报之眼

这是第一篇日志。

经过一番深思熟虑，我决定开始写日志。入侵古巴的行动将会在 4 月 17 日拉开帷幕，精确点来说的话，距离今天只有两个礼拜了。我期待飞到滩头阵地和古巴革命委员会的领导们并肩作战。这也许是我生命的最后两周了，我以此方式来记录我最后的生活。

1961 年 4 月 5 日

基特里奇，用这样的方式和你交流，我感到十分抱歉。你可能会问我为什么不直接把这个交给休·蒙塔古再转交给你，请你一定跟他交流好，这是因为他是除了我父亲之外对我影响最大的人了，休的思想是我所见识过的最高深的和最有影响力的，这也是为什么我不希望他成为我和你之间的中介。如果从他的角度来看，他应该不希望你看到这些日志，甚至会直接销毁它们。所以，如果他要看这份日志，那我压根就不会写了。毕竟，从八年前的夏天开始，我就一直绝望地爱着你。哪怕我战死沙场，我也会珍惜这份爱，因为它给予了我精神财富，使我能够直面死亡。我们和共产主义的斗争会给我们每个人的灵魂带来尊严和制裁，这也正是我男儿本色一展身手的好时机，而且，我是真的爱你。因为我很敬畏休，现在有了我保家卫国的机会，这也给我一个机会把自己看作是他的庇护神。

好了就说这么多吧，我可能说了一些不需要说的话，请见谅。至于剩下的日志，我会每天记录书写，以满足你的好奇心。

1961 年 4 月 6 日

考虑到我们机构不规律的性质和它的独立性，我忽然想到你可能还不知道情报之眼的位置。

我们就如同从 I-J-K-L 扔出去的石头，在俄亥俄大街上——这条街曾经是一个濒临波托马克河的军营——进行一场我们自己的“二战”。不用说，我们需要特殊的身份证件，并且要绕开情报局其他部分，只能在我们自己的通信中心活动。这种模式成功地应用于危地马拉事件中，理论上也同样适用于现在。

好吧，我们的确是距离倒影池更近了一步，但华盛顿沼泽地的排水管还是堵塞不通，旧军营的地板发出咯吱咯吱的声响，年久失修的通风设施也一遍遍地告诉我们这里遗留了太多的问题。我们还必须花费很多钱来买除臭剂、沐浴露，否则我们就真成了臭烘烘的野兽了。这就是我们的工作环境，给我们的工作带来了莫大的阻力，从来没有这么多人如此关注过个人卫生问题，工作在这样一个封闭的区域，我们真是有的罪受了。尽管我们还没有做好准备，但不可否认我们的苦行已经开始。每一次我回到华盛顿工作，我都会想起它来。恶劣的环境就是我们在当地的一座堡垒。

不管怎样，都没有太多要说的，不过就是一座两层的军营。楼上是新闻室——亨特和我的辖区。办公桌、海报和宣传工作都得到了不同程度的改善，还有到处可见的小隔间，北端是专供绘图员使用的画室。比起一楼来说，我们这里的光线算是很不错的了。一楼的战情室（人员同样需要另外的新身份证件，哪怕我要去隔壁里卡尔的办公室也得花费48小时来接受检验核查才会放行）当然是每个人都想待的地方，那里有完备的通信系统、大幅地图和覆盖着醋酸盐的图表，走进去就如同置身于圣所一般。此刻我想起了手术室，在动刀之前，它们都是一样的肃静。

1961年4月7日

霍华德在情报之眼的直接上司叫奈特，在乌拉圭的时候，霍华德就经常说起刚去危地马拉的那段日子，那时奈特是为他工作的，所以我知道这个人的真名叫作大卫·菲利普斯。这种领导与下属转换角色的事总是让人觉得很尴尬，所以其中一个人必须假装毫不知情。但讽刺的是，这根本就无所谓，就算我们真把他当成大卫·菲利普斯，也不会损害到情报之眼的一丝一毫。在迈阿密，或许假名的问题还算是个问题，但在这里，这个问题还比不上人们对彼此个人卫生的关注。因此，在这份日志里，我会叫他大卫·菲利普斯。因为我觉得这个名字更适合他——高大健壮的身材，俊朗的脸庞，男人味十足，而且看起来还十分智慧、修养翩翩，即使是拍电影分派角色，他也是中央情报局人员的最佳人选。现在，他在这儿负责整个宣传部的工作。大概在1958年左右，他和中央情报局切断了往来，在哈瓦那设立了一间公共关系办公室，并且很合理地预料到了巴蒂斯塔会输给卡斯特罗。他期望在卡斯特罗新的统治下，所有以前的宣传公司都不再受欢迎，但结果却是他根本指望不上卡斯特罗，因为古巴很快就转为了左翼势力的天下，共产党是不会允许除了他们自己之外的人来负责宣传工作的。考虑到菲利普斯的立场，当时情报局也与他合作在哈瓦那完成一些联络工作，所以当他抽身前往美国后，特雷西·巴恩斯又再次雇佣了他，并且提拔了他。菲利普斯现在的事业可谓是坐上了高速电梯——升势迅猛啊！虽然他和霍华德表面上相处得很好，但我能猜到他们之间的关系并不亲密。

菲利普斯一直对我很好，我虽然不是特别喜欢他，但对他也有好感，可能是因为他那与生俱来的亲切感吧。他本来能在大公司谋得一个管理职位，像美国通用、IBM、波音、通用食品、《时代》或者《生活》等杂志社等等，他如果想去这些地方道路肯定是畅通无阻，但我猜他是跟霍华德一样的野心勃勃。

但是，他有个很让人受不了的特点，就是他总爱讲故事。这些故事还挺有趣，轻轻松松就戳中你的笑点。但是，每当被他讲的故事逗乐的时候，我都感觉就像是一根裱花管在往外挤奶油，给你举个例子你就明白了。“我知道，”他用熟练的口吻说道，“贝鲁特有一位美国记者，有一次他开着一辆大众汽车前往大马士革，可是到了叙利亚的边境，年轻卫兵把他给拦了下来。为什么呢？因为他涉嫌走私汽车发动机引擎。原来叙利亚政府为了减少贪污腐败，将它们的皇家卫兵都送去了农场，所以这位身着制服的新面孔从来没见过这种后置式交通工具。然而，这位记者可是个老油条了，他耸了耸肩，掉了个头，一直开到了五百码外的黎巴嫩哨所，然后又掉头返回了叙利亚海关。”

“这个卫兵走到了车后面（前一次他是在车的前部），打开了后备箱，发现里面空无一物，就说，‘你可以进入我的国家了。’所以这位朋友就倒着开进了叙利亚。”

基特里奇，你知道这里有多少这样夸张的奇闻逸事反反复复来回讲吗？我只好尽我所能地回避像菲利普斯这样的人。这种幽默让我想起饭前要喝一杯的人，他们并不喜欢喝酒，这样做只不过是遵照医嘱罢了。

不管怎样，目前我们是“三足鼎立”的局势——菲利普斯讲他的笑话，霍华德负责嘶嘶长叹，我则在一旁暗自发笑；只要我们的笑声足够持久，停下来的时候就会像一辆刹车很灵的慢速行驶轿车——这真是够人消磨灵魂的了。

1961 年 4 月 9 日

战情室收到了一份关于我们租赁货船的报告，它们是用来运送士兵的部队运输船，而且士兵们已经抵达尼加拉瓜的卡维萨斯港口了。通过哈利法克斯我了解到它们都是年久失修的旧船，势必会降低运载供需品的效率。我们在现场的人反应都不太积极，其中还有人跟卡尔说:“这给我一种冷冰冰的感觉。”

希望这不会增加这次行动的风险。发烧和寒冷一直折磨着我，但二月大部队算是有了较大的进展——他们的人数翻了一倍，也正因为这才导致大部队中一半的军人都无法受到充足的训练。就在几天前，第五营和第六营才刚建立起来，参军人员也不过是前两周才刚签约招募过来的。由于它是一支中产阶级队伍，其中只有 50 位黑人，因此人们有理由担心我们的人员组成。这也的确成为了一道难题，因为古巴人口有一半以上都是黑人。此外，情报指挥部告诉我们，只有 25% 的古巴人反对卡斯特罗。不知怎么的，大家竟然并不关心这个问题，而且似乎大家还因为不关注情报指挥部的信息而感到骄傲。

但是，我一直被那个数据困扰着：只有 25% 的古巴人反对卡斯特罗吗？如果真是这样的话，那为什么卡斯特罗不来一场公开选举而采取武力革命呢？这次袭击我一直是底气不足摇摆不定，特别是当我想起卡斯特罗的军队，我就感到阵阵寒意。我方估计，卡斯特罗至少有三万训练有素的精兵，他的民兵组织数量是这个数字的十倍。当然，我们猜测卡斯特罗会在很大程度上失去民兵组织的军心。古巴的战争史一向是以少胜多、以弱胜强的，换句话说，古巴是个具有魔力的系统。所以当我想到这个结果时，哪怕自己发烧我也感觉很好。据卡尔所说，战斗一直是最大的魔术秀，充满了障碍和偶然性。不过无可否认，我依然很担心大部队。

1961 年 4 月 10 日

我收到了一封从赞尼特发来的报告——我在迈阿密的头号情报员，也就是我在乌拉圭的同事福尔特斯，一直在提醒我注意马里奥·加西亚和罗兰多·马斯费雷尔这两个人，他们的极右势力正在筹划暗杀古巴革命委员会的人。对我来说，这听起来更像是一种威胁。如果我是卡斯特罗，我就不会逮捕马里奥在古巴秘密组织里的人，至少要等到他们完成刺杀任务以后再对他们采取行动。所以他猜测这个马里奥和其他人一样已经被卡斯特罗渗透了。

当我把这个消息告诉卡尔时，他对我摇了摇头，并问道："你有看报纸吗？"

这时刚好有一版《华盛顿邮报》在我面前，我看到罗兰多·马斯费雷尔今天被迈阿密的联邦陪审团控诉了，理由是参与谋划了向古巴发动军事远征行动，违背了中立法。

"好吧，"我说，"我们并没有搞砸所有事情啊，难道不是吗？"

"确实。"卡尔说。

1961 年 4 月 10 日，又一则日记

亨特、菲利普斯和我都在二楼的会议室工作，这听起来一定

很像我们在给电脑编程，一经要求即可打印出诗歌来。诺曼底登陆日到来的时候，我们位于天鹅岛的短波发射器将发送大量的信息到哈瓦那和古巴其他省市，以此来干扰DGI任何部门对我们的窃听，甚至不惜使古巴的通信系统瘫痪。尽管这些信息内容并没什么意义，但最起码也能反映出情报技术，这是干净利落的一炮！停留在古巴的自己人则会忽略他们看不懂的信息，把它们推给别人去处理，毕竟DGI会有义务破译每一条编码。我们这边呢，也无不在尽责地调整每一条信息，像作家一样斟酌一字一词。举个例子，比如“甘蔗地里的豺狼自由散漫”，我们会争论这些豺狼是不是古巴本地的，以及它们是否对甘蔗地有一种向性反应。我们不想让别人看出来我们对古巴自然历史知识的匮乏。我们当然可以请教我们这边的哈瓦那居民，但我们只是给情报指挥部的加勒比部门打了咨询电话，因为他们并不参与这次行动，所以就不担心详情泄露的问题了，我们仅仅询问了有关古巴东西部动植物和农业技术等方面的情况，是否采用其中的知识则由我们的需要而定。再跟你分享几条：“猫头鹰在半夜会大声鸣叫”“山猫在山脊上活动”“沼泽地正在干涸”“木瓜地会烟雾弥漫”，还有一条最好的，“等待安的列斯群岛的曙光”。

1961年4月11日

今天波托马克河畔的樱桃开花了，这自然的馈赠似乎象征了我们今天的心情，但也可能是我自己的推测而已，总之我看到大家脸上挂满了笑容。

古巴革命委员会，以下简称为CRC，带着托词去纽约会见他们的最高领袖，弗兰克·本德，一个常常叼着烟的秃顶东欧人，不会说西班牙语。他把他们带进了一间小型会议室，对他们说，这次袭击意义重大，如果他们想抵达滩头阵地，那么接下来的几天，他们就必须待在纽约的一间宾馆套房里与外界隔绝——这是考虑到信息的保密性，也不可以打电话。如果他们中有任何一个人不同意的话，那么他就可以“自由”地离开并“自愿”放弃参与这一行动。但是，这位东欧老手本德也向我们暗示：这种“自由”相当冒险，因为上级很有可能会单独隔绝离开该行动的 CRC 领导。所以，这些领导者自然都同意被集体封锁。亨特认为这些复杂的步骤是很必要的，因为曼纽尔·雷的缘故——他很有可能是个泄密者，但我却觉得这是因为托托·巴尔巴罗也不一定。总之这些领导连信息也发不了了，我想想就觉得开心。我忽然想到，我们一定用了至少 20 位赞尼特的人，来编出各种借口将这六名高度独立的古巴绅士带去纽约。好吧，我们很擅长此事，而且我们也应该这样做。

已被软禁的本德告诉亨特，他们一直向他打听新消息，而且还说:“如果我们已经成了囚徒，那我们是不是应该得到一点特权（提前向我们透露消息）来作为补偿呢？”

与此同时，为了做好 CRC 的宣传工作，奈特雇佣了麦迪逊大道上的一家叫作莱姆·琼斯的公共关系公司，实际上，这是他第二次雇佣这家公司了，而且这家公司也曾为佛朗迪做事。看到菲利普斯的表情，我能确定他又要开始讲故事了。

菲利普斯开始说道:“去年九月，琼斯在佛朗迪赚了一笔钱。同月，卡斯特罗也被选为联合国大会上的发言人，于是我和琼斯公司就决定让他去面对一车的古巴女人——‘来自迈阿密的妈妈们’，这俨然成了一辆‘悲伤大篷车’，并在圣帕特里克大教堂的祷告环节达到高潮。

“但悲哀的是，从迈阿密去华盛顿的路上，我们的‘特聘’

灰狗巴士真是慢得要命。一车女人中有四位怀孕妇女，她们简直每十英里就得小便一次。我们到达华盛顿的时候已经晚了，错过了那次新闻发布会；同样悲哀的是，‘悲伤大篷车’到达纽约的时间竟晚了整整一天，但幸好女人们到达了圣帕特里克大教堂，我们通过报纸或者电报得知了女士们在教堂祷告的消息。所以我说，再次雇佣莱姆·琼斯公司是很值得的。”

1961 年 4 月 12 日

真正的行动已经开始了，愈加紧张的气氛弥漫在整个战情室里。

今天我得知波多黎各的卸货速度比预期的还要慢。起货机一直在工作，船上有一大块舱口盖已经生锈了，我们花了好几个小时才将它撬动。但大部队依旧士气高昂，人们都亲手卖力地搬动这些货物。我的想象开始天马行空，仿佛听见了绞车尖厉的运行声和起重机的喘息声在港口上空回荡。一旦货物装上，它们就会上锚被吊到几百码之外，再在大部队的帮助下顺利上船。听说，军队士兵就睡在营地的甲板下面，还有一部分人睡在舱口盖的防水油布上面，而官员们仍然住在岸上的小帐篷里。今晚等他们收到行动开始的命令、了解到袭击方向之后，他们会举行一次狂欢派对以鼓舞士气并预祝成功，到那时他们就会知道他们将会在古巴哪里着陆。

我们在波多黎各的人也报告说，尼加拉瓜总统路易斯·索莫查给大部队下命令：“务必给我割几根卡斯特罗的胡子回来！”我们的观察员补充说道：“因为索莫查长得圆圆胖胖，一张脸又跟块煎饼一样，所以恐怕他在赢得热烈掌声的同时，也会引来丝丝窃笑。”这时竟然有一位粗狂的古巴汉子问道：“是上面的胡子还是下面的？”

情报之眼里还谣传说我们从加西亚租来的货船年代太久，他们本可以给我们提供一些可靠性更强的货船的，但条件是要我们对外宣称这次行动是受了古巴人资助，并且也是古巴人操纵的。没有一个有自尊的美国人会愿意忍受这份侮辱，菲利普斯对此的评论是：“这次行动中，古巴人可能有点过了。”

4月12日，另一则日记

现在我依然忍受着发热和受冷这两个感知系统交替侵袭的痛苦。每一封从TRAX和波多黎各发来的报告都会让我内心的一部分加速发热，而身体的其他部位则会提醒我，我与大部队生死共存亡。这一周之内，我就要加入他们去到滩头阵地了。这感觉很不真实，但我身体内部的焦虑感却实实在在地伴随着我的一举一动，如同一场温和的流感，传至全身。

此刻，我忽然意识到，如果我到了滩头阵地，我肯定也会被“圈禁”；如果他们调查得知我是中央情报局的人，他们一定还会折磨我，结果就可能是“屈打成招”。（我真的会说吗？可是我真的知道答案吗？）然后我想到可能我知道得太多了，于是我很孩子气地埋怨起了机构里每一个告诉我太多事情的人——“这是你的错，与我无关。”我真这么对自己说的，但自己都被自己吓到了。事实上，处理这些冒险行动，我一点儿经验都没有，所以我肯定是脑子里一团乱，就像一个人独自身处热闹派对中却不知道该找谁说话一样。

4月12日，又一则日记

今天情报之眼的头条新闻就是肯尼迪今天早晨在新闻发布会

上的声明，他说：美国武装部队将会无条件干预古巴行动。

这些话写在新闻室和楼下的战情室的公告板上。亨特喜气洋洋地总结道：“真是一个极大的误导啊！”我们知道埃塞克斯号航空母舰正在波多黎各等待着猪湾的会面。

但在战情室里，卡尔却不是这么满意：“如果肯尼迪的意思真是这样的话，我们就可以显露真身光明正大地行动了。”

很明显，卡尔指望美国能发动一次完整的军事后续行动。这表明比瑟尔和杜勒斯观点一致，这样我们就可以推断肯尼迪是决不会接受失败的。争执也就集中在这里了：我们总统的意思是任何情况下他都不会干预，还是正如亨特所希望的那样，这是个锦囊妙计？

在战情室，我比任何时候都清楚我们在猪湾的地图铺展得有多大，我将它视为一种技术魔术，用来对付萨泰里阿教的血腥、扭曲的“处方”。

4月12日，再一则日记

在总统发言之后又出现了一则新闻：一位叫作尤里·加加林的苏联航天员驾驶宇宙飞船成功实现环绕地球，也就是说，他在太空舱中环航了地球这颗行星。在情报之眼，我们大部分人都是心情沉重的，这实在是够震惊的！俄国人怎么能在航空领域领先于我们美国呢？但是，我父亲倒是重拾了信心，“这个时机实在是太好了，”他说，“这势必会唤起肯尼迪的士气！”

这里没有人再说到猪湾了，取而代之的是红海滩、蓝海滩或者绿海滩。这是诺曼底的阴魂不散吗，还是塔拉瓦，或者是硫磺岛？

1961年4月13日

我忘记和你分享昨天在新闻发布会上杰克·肯尼迪说的一段有趣的话了："弗罗里达州的马斯费雷尔先生密谋袭击古巴是为了建立类似巴蒂斯塔的政权，所以对他的控诉应该是表达了整个国家对像他这样想要在古巴内部建立类似行政机构的人的态度。"

1961年4月14日

今天，行动倒计时——倒数第三天，大部队扬帆起航了。我们的士兵挤在五辆旧矿车上，这次行动的代号叫作Zapata；明天，倒数第二天，将会有八架B-26S从邻近的波多黎各、尼加拉瓜基地起飞，对古巴三座飞机场发动空袭。我们的目标不仅是打败古巴的空军，还要向世界证明这次行动就是由古巴人发起、由古巴人操纵的。情报之眼里普遍的观点是认为诺曼底登陆的那次大规模空袭让美国出了太大的风头，但这次亨特和我因为这样的安排而动摇了。如果倒数第二天就开始轰炸古巴机场，那将会给卡斯特罗充足的时间来收拾与我方有密切来往的人，这样在入侵那一天，古巴很可能就没有地下组织接应我们了。今晚，我与卡尔在客厅争论，他并不赞同这一逻辑，但我也是第一次发现了艾伦·杜勒斯是何等地深谋远虑。他明天即将起飞前往波多黎各完成一场他几个月前就许诺的演讲，我明白只有杜勒斯先生能做出这样冷静的判断。总的来说，如果我们在古巴的"关系网"给我们带来的有利价值和带给卡斯特罗的一样多，那就任由他大规模围捕这些古巴人好了，这样一来，他很可能会关押大量自己的双重间谍，这将会更进一步地击溃他的情报队伍的士气。至于我们秘密组织的士气，好吧，估计也要元气大伤了。

亨特和菲利普斯也担心在明天空袭时，几百万份传单会分发不出去。B-26S 的全部载荷我们都已经用来装运攻击卡斯特罗飞机的炸弹了。接下来，如果还有更多的空战，我们可能就要丢下一些传单，但是任何类似危地马拉政变的想法似乎都被放在了次要位置。为了缓和我们的情绪，我们得知这些传单将会转给补给船代为运输。“一旦我们占领了滩头阵地和飞机跑道，你们的投入迟早会派上用场。”

“太迟了。”菲利普斯想解释道。他是机构里最出色的健将，所以看到他这副嘴巴和脸皱在一起的孩子模样，实在是有些古怪。“他们完成不了的，”他说，“我们就是前戏。可是我们要在事毕之后再开始前戏吗？”

4 月 14 日，另一则日记

迫于国务院的压力，我们上级的人，可能是比瑟尔，决定明天空袭时额外发送一架诱饵飞机从尼加拉瓜直接飞到迈阿密，这架诱饵机据称是一架从卡斯特罗空军叛变的 B-26S，预计由它炸毁哈瓦那机场，然后再飞越过我们的头顶。

亨特预见了这次行动可能会遇上的各种问题，并用转码解码器向快乐山谷发送信息——“快乐山谷”是我们给波多黎各机场编定的代号。他继续向大家解释准备过程中最重要的环节，这架飞机必须看起来像是在古巴领空受到了突袭——这个任务可以交给专业的艺术家们，由他们负责把弹坑和烧痕“画”在恰当的位置。亨特对此的意见是：“这让我很不好受，一个细节出错那就全盘皆输了！”

空袭会在明天黎明时分开始，机构里的大部分人今晚都不准备回去了。我们睡在军队的小床上（床垫不是太硬就是太软），大家喝着咖啡，“悠闲”地度过这几个小时。我觉得等待时机来临就像身处牢狱一样痛苦。

1961年4月15日，上午8:00

房间里整个晚上都弥漫着烟味，大家都伴着这样陈腐不适的气味紧张不安地睡去。黎明过后没一会儿，电报传来说我们的三场空袭已经开始了。一架叫作“琳达”的B-26S将会奔赴它的目标德洛斯巴尼奥斯——距离哈瓦那西南方向三十英里的一座重要的大型军用机场；另一架叫作“彪马”的B-26S，将会袭击哈瓦那外围的自由营；编号为“大猩猩”的第三架B-26S将会袭击位于岛屿另--端的古巴圣地亚哥机场。

忽然传来一封报告说三个机场已被同时轰炸，哈瓦那到处响着歇斯底里的广播，我们的古巴飞行员跟我们汇报说卡斯特罗的空军已经全军覆没了。

我们的“宿舍”顿时沸腾了。早上六点半，窗户忽然打开，我们全都欢呼起来，然后大家一跃而起穿好衣服冲向了楼下的战情室。战情室里更是一派欢呼雀跃的景象，官员们都在互相拥抱，比瑟尔也收到了各方的祝贺。“还没有官方消息，”我听见他说，“我们还是要等U-2发来的官方确认。”但他整个人都是神采奕奕的。我听见其他官员的嘟哝声：“终于都结束了！哈瓦那还是在我们手里的好。”

与此同时，单独从“快乐山谷”起飞前往佛罗里达州的那一架B-26S在迈阿密国际机场降落了，飞行员却被移民署的人带走了，他的飞机也被拘留了。美国新闻报道说这位迈阿密的飞行员穿着一件T恤，戴着一顶棒球帽，戴着墨镜，叼着一根烟，看起来潇洒不羁。他的飞机估计也要报废了，因为一个发动机已经坏掉，机身上也有很多明显的弹坑。

米洛·卡多纳在纽约发表了声明："古巴革命委员会已经和这些飞行员取得了联系并鼓励了他们。"在这间情报室里，我们有一台十英寸的黑白电视机，我观看了他和记者们说话的整个过程。他看起来十分疲惫，摘下墨镜对媒体说："先生们，从我的眼睛里你们应该看得出来我差不多是没日没夜地拼命了。"

"这次的空袭是入侵的前奏吗？"一位记者问他。

卡多纳笑了，他像个裁判一样伸展开双手，说道："不存在什么入侵的，先生。"

但坐在他邻座的巴尔巴罗却说道："好戏已经开始了！"我觉得巴尔巴罗看起来都有些不正常了。

一小时后

又是一则奇异的新闻。在基维斯特，我们的一架轰炸机在结束自由营的空袭之后，发动机出现了故障，不得不强行着陆，小说里的情节竟然要在现实中上演了，这还真有点让人难以接受。基维斯特当时正在博卡契卡海军航空站筹备奥林匹克日的庆祝事宜，现场还有很多的"配套设施"：径赛项目、父母亲、仪仗队以及啦啦队。但因为这架飞机的到来而不得不取消——奥林匹克日被海军取消了。

另一架袭击德洛斯巴尼奥斯的B-26S飞机由于燃料箱不能正常使用而被迫降落在大开曼岛。大开曼岛是英国殖民地，所以指望英国将飞行员和飞机遣返回"快乐山谷"就不是那么容易了——正如卡尔所说的那样："你不能相信英国人能够在这方面给予协助，在这兵荒马乱的年代他们办事还要走复杂的程序。"

迈阿密电视新闻中播出了移民局局长召开记者会的场景，局长拒绝透露两位降落在美国的飞行员的名字——他们在古巴的家人同时也受到保护。一位记者问道："难道卡斯特罗的空军司令会不知道他们自己飞行员的名字吗？"

"这我帮不了你，"局长说，"这些飞行员要求对他们的名字进行保密。"

亨特摇了摇头道："局面真是要乱了。"

他说得对。这一整天里，迈阿密和纽约的记者都在不停地提出新问题，他们简直成了我们领域的另一种新生力量了，他们对每个事件都有着敏锐的直觉。而且有位记者竟然设法靠近了那架着陆在迈阿密的飞机，注意到B-26S机关枪的枪口还是用胶布封着的——封胶布是为了防止尘土和碎石进入枪的后膛，同时也意味着这把枪还没有开过火。这个问题真是引起了轰动，整个新闻室和战情室里的人们都在嘟嘟哝哝地骂着："这些该死的记者，他们究竟是站在哪一边的啊？"我自己心中也有同样的疑问。记者们提的问题越来越犀利，但都没有得到任何正式的回答，广播和电视里的发言人对每一个问题都报以"无可奉告"的回复。

在联合国，来自古巴的大使劳尔·罗亚和美国驻联合国大使阿德莱·史蒂文森展开了激烈的争执，整个下午我都守在收音机前听报告。史蒂文森说："这些飞行员是从卡斯特罗的暴政之下逃出来的，没有任何美国人员参与。据我们所知，这两架飞机是卡斯特罗自己的空军用机。并且飞行员自己交代说，它们是从卡斯特罗的军用机场起飞的。我有其中一架飞机的照片，上面有明显的卡斯特罗空军标志。"

我忽然有种悲喜交加的感觉，像阿德莱·史蒂文森这样的大人物都准备对情报局撒谎了，而且他这似乎还是超越邪恶的正义善举。但是，我的情绪依然很低落，史蒂文森似乎是个骗子高手，他的声音听起来是多么真诚啊。

“我不知道他会有意撒谎。”亨特说。

劳拉·罗亚说：“黎明时分的那场空袭是大规模入侵的前奏，是由美国一手策划和资助的。这些雇佣兵是接受过中央情报局和国防部的专家特训的。”

在白宫的一场新闻发布会上，白宫新闻秘书皮耶尔·沙林格否认了所有有关轰炸的信息。

稍后一点

傍晚时候，我路过父亲的办公室并同他喝了一会儿咖啡，他心情明显不太好。第一条伤亡消息刚刚传过来，我们的一艘租赁货轮上发生了一场50毫米口径的机关枪激战，这些装备因为年久生锈而有些松动，甲板上是一片枪林弹雨，最终造成一人死亡，两人受伤。士兵们在海上举行了一场葬礼：人们身着制服，虔诚地祷告着，然后在日落时分将尸体投进了大海。

卡尔·哈伯德一直以来都把不必要的伤亡看作凶兆，他同时也很担心阿德莱·史蒂文森。“我觉得阿德莱根本不知道这两架飞机是我们的，虽然特雷西·巴恩斯给他介绍了情况，但特雷西完全可以隐瞒真相。万一史蒂文森发现了事实，那他就有好果子吃了！天哪，他很有可能会劝说肯尼迪取消这次袭击行动，”卡尔继续说道，“这一定不会发生的。”就好像他的意念能够变成真正的力量一样。

晚上

今晚天黑之后，桃乐丝来看了亨特。他溜出了情报之眼，跟她在车里聊天。他并没有告诉她，我们会在72小时之内前往滩头阵地，他甚至都没有将行李打包。等到古巴革命委员会的“主力”降落在奥帕洛卡之后，他可能很快就会加入其中，然后挑上几条休闲裤和几双军靴加入到战争中，我也一样。我想象着亨特和桃乐丝在他们车里的画面，他们应该会谈到她母亲的去世、孩子们的学校——这是他们在国内的日常话题。我们即将前往一座热带城市，可我却再一次感染了风寒。马上就要上战场这件事情对我来说显得不太真实，但死亡对我来说却是异常的清晰，我都能想象到自己尸体的样子。既然这日志是写给基特里奇看的，那么我就可以问：比对手更愿意面对死亡的话，Ω会嘲笑α吗？

周日早晨

昨晚我们没有人睡得好，即使到明天一大早才能确定入侵的具体细节，现在人们仍然要坚持起床下楼去战情室。用完早餐——咖啡和甜面圈，菲利普斯便给我们说了一个故事。我们有一位秘书，昨晚轮到她去床上小憩的时候，被睡在邻床的一位陌生男人吓醒了。那个男人脸色苍白，身材魁梧，她之前从来没有见过他。他是私闯进来的吗？不，菲利普斯说，他就是我们的领导理查德·比瑟尔，当时正在那张床上打盹。

早上九点左右的时候，情报之眼里一半的成员都请假一两个小时去探视家属或者去教堂礼拜了。此时战情室传来了令人不安的消息：经过仔细审查，航空照片显示，昨天古巴机场的空袭并没有刚开始报道的那么成功，卡斯特罗的飞机并非全部被摧毁。很显然，我们大部队的飞行员的确看到了他们想要看到的场景。但根据战情室的计算，卡斯特罗有三分之二的武力被摧毁或者遭受损坏，但他们仍有三四架喷气式教练机，三四架“海之怒”

战斗机和两架B-26S轰炸机。现在我们需要立即开展清除行动，彻底摧毁卡斯特罗的空军力量。卡贝尔上将——杜勒斯先生不在的时候他就是代理司长——打了一个上午的高尔夫球回到战情室时，我们的空中作战官员正在发号施令，准备展开这一行动。

我并没有在现场听到，但很快就从别人口中听说了卡贝尔不赞成在没有请示国务卿腊斯克的情况下发动第二次袭击，结果腊斯克反过来要求他去一趟国务院，看起来情绪低落的理查德·比瑟尔也将同卡贝尔一起离开了。

已经过去了两个小时，我们的第二次空袭依然处于悬而未决的状态，情报之眼的气氛再次发生了变化。正如卡尔附带向我解释的那样，军队的主力按计划会在周一凌晨两点钟着陆，供给船则必须在天亮之前卸货完毕，否则它们就会遭到卡斯特罗残余势力的突袭。卡尔还说，明天天亮之前完成这项任务是完全有可能的，但是必须是在一切都进展顺利的情况下，天黑之前这支未经演练的队伍上船前往一个不熟悉的港口的确不是一件易事。

两小时之后

我们仍然在等待，现在已经临近天黑了，我们也越来越焦虑。周日的《纽约时代》头条新闻便把这一“令人迷惑的状况”渲染得很到位，问题提得也越来越尖锐，比如，为什么还不公布飞行员的名字？然后又多了一条关于B-26S机首的问题：卡斯特罗的飞机机首都是由透明树脂玻璃制成，但迈阿密的这架B-26S机身前部却是用别样的固体材料。

亨特指出了问题的关键，我们编造的故事必须要撑到着陆全部完成。一旦我们在猪湾的机场开始行动，那么对真相的报道立刻就会淹没目前的飞行员名字问题。可是现在，国务院可能已经失去了再次展开空袭的兴趣，因为腊斯克、比瑟尔和卡贝尔仍然在就发动空袭之事进行会谈，我们真是等得花儿都谢了。

现在我正忙于同亨特和菲利普斯一起发布各种信息，今晚我们将通过天鹅岛的无线电台向古巴发出多次广播，希望这些“情报”能够充分迷惑他们。跟你分享其中一条“情报”吧:“警报！警报！仔细看这条彩虹，鱼很快就要浮上水面了！奇科就在屋子里，去探视一下他吧。天空是蔚蓝的，公告就在树上，树是绿叶棕枝。信件已经顺利送达，信件是白色的。鱼很快就要浮上水面了。鱼是红色的。”可是后来我才知道“鱼”在古巴的意思是“阳物”，但消息已经发出——“阳物已经勃起，阳物是红色的。”

下一条广播是由路透社哈瓦那支部的电传打印机发出的，说送葬队伍有三十个街区那么长，在首都的各条街道缓缓移动，悼念昨天空袭中逝去的生命，遇难尸体整晚都躺在哈瓦那大学。现在送葬队列朝着科隆公墓前进，卡斯特罗正等候在那里，准备说些什么。

一小时之后，路透社便提供了卡斯特罗的演讲摘要:“如果珍珠港偷袭被美国人们看作是一次罪恶、叛变以及懦弱的行动，那么我们的人就有权利认为这一次的突袭是严重一千倍的罪恶与懦弱！美国佬是在欺骗这个世界，但整个世界都很清楚，这次对我国的袭击都是美国中央情报局一手炮制的。”

我把这份报告给卡尔看,他点了点头。“我听说了,”他说,“史蒂文森现在一定很愤怒。他已经发现我们的B-26S并非古巴的叛军，而且面临着被迫请辞的威胁。所以我觉得他们不会允许我们发动另一场袭击了，因为政治因素将要凌驾于军事因素之上。”

他是对的。比瑟尔在黄昏时分回来了，他看起来不太好，憔悴却又异常镇静。他告诉我们，入侵已经开始了，但空袭已经结束了。如果供给船不能在天亮之前卸载完毕，他们就得撤退到海上，直到次日晚上才能返回继续完成卸货任务。

上级这一指示让我很受打击，但与此同时也传来了好消息——我们有至少55号人集合在一起听到比瑟尔说“入侵行动开始了”而欢呼起来。我们会全力以赴，总统会支持我们，这才是问题的关键。游戏开始了，我相信我们的欢呼是因为如释重负——终于不用再担心上级命令取消此次行动了。

我发现我们就像一支合唱队,而我终于理解了这出希腊戏剧。我们不仅是一支对上帝旨意做出正确评判的队伍，而且已经化成一股专属人类的力量，并紧紧地团结在一起，让命运屈服于我们的意志吧！不久以后，我们将会让供给船和卸货船更加靠近滩头阵地。我一点也不惊讶，我们几乎所有人都在“推动”这些锈迹斑斑的货船——曙光已在眼前，我们斗志昂扬。

（晚些时候）

到了晚上，一切都稍显平静下来。我再次躲在厕所里，写下这些要发给你的日记。但是我办公室里的人很快就会知道我哈伯德并没有紧致的括约肌。如果我每隔几个小时就离开一会儿的事被记录下来的话，那我希望这种强度不要引起他们的疑惑，这自然很好。但是，如果他们误以为我是个必须频繁进厕所的人的话，那我写这篇日志就要付出代价了，这样的话那我宁愿自己从来没有给你写过任何东西。如果当初在农场的时候他们能针对一条原则一而再、再而三地教导我们，那现在也就没有必要做这些笔记了。即使我写了，我也会备感束缚。现在我并不方便透露太多有关我们战情室的人员和他们具体的任务，我把重点放在这重要的历史时刻以及我自己的主观情绪上——我仍然不得不对父亲不正当的伪装行为表示惊奇。他很清楚地知道我这种行为——往轻了说是违背了职业操守，但他仍然鼓励我完成这份日志。同时我也很惊讶自己竟然很听他的话，都是因为我太想亲近他了啊！

虽然在写日志的这几个小时里，我一直在思考自己是否已经做好准备迎接滩头阵地指挥部的压力、是否准备好牺牲自己换取伟大的永垂不朽，但是倘若没有这份日志的话，我将无法承受这份压力和动力。而且写日志的风险很小，每一次我写完几页新东西，我都会把它们封在信封里，然后扔进卡尔的保险箱。我推测他一定会每隔几天就打开箱子收集我的日志。不过实际上，这些日志似乎的确触到了个人隐私，我和他从不谈论日志内容。

亨特刚刚告知了我最新的日程安排。如果天亮之前供给货品能够着陆，并且滩头阵地足够安全的话，那么我们就能前往迈阿密混入古巴流亡领导之中，然后二十四小时之内我们就会到达滩头阵地。确实，今天早上凌晨那段时间，古巴革命委员会主要成员已经离开了纽约前往奥帕洛卡，他们一下飞机就会立即“安顿”下来——我不会用“监禁”这个词——驻扎在旧空军基地的军营里。他们现在正处在一个半生不熟的环境中——一半即将爆发，一半已经凋萎了。我一直以来都无法忍受古巴人歇斯底里的性格，但在这种情况下，我还是很赞成他们的处境的，毕竟，他们是身在迈阿密的郊区，而不是距离他们的家属仅仅十英里之远的危险地带。虽然他们还不能擅自外出，但作为政客，他们还有机会参加各种庆典。我们从各方打听来的消息是，在佛罗里达州南部的古巴人自周六的空袭之后，已经进入了休假节庆状态。现在身处迈阿密的每一个古巴流亡者都想要一个机会能加入反抗卡斯特罗的战斗中。但在奥帕洛卡，流亡领导人的情绪却徘徊在战争打响的士气高昂和典型的妄自菲薄的古巴式忧郁中。

然而，弗兰克·本德代表情报局与这些领导就该问题进行了秘密会谈——这是正义之举。本德，在他数次飞往迈阿密之后，我发现他和亨特或者佛朗迪一直都处不来。作为一个拥有炉火纯青的间谍情报技术的东欧男人，本德有一个他自己坚持的原则——只看结果。他有些秃顶，戴着眼镜，叼着烟，整个人就像根粗糙的玉米棒子；而且几个月来，无论什么时候亨特用附近的电话打给他，当霍华德这边砰的一声挂掉电话时，我都会等到对方同样的崩溃。但现在，他们俩相处得友好多了，本德和六个古巴人待了三天（在酒店的套房），现在又和他们共处一个军营，他真是饱受幽闭恐惧症之苦，然而现在他又要强忍着将霍华德的嗓音转变到友好的音频上。有时候，本德甚至会和我说话："小伙子，告诉我一些新闻吧，说一些能让这些家伙开心的新闻吧，要不然他们连地毯都要啃了。"

"那你就告诉他们，"我说，"卡斯特罗说美国人的新闻服务业都是胡扯，他的原话说'甚至连好莱坞都翻拍不出这样的故事。'"

"哈哈，这话说得真他妈对！"本德说。

霍华德朝我喊话："告诉弗兰克去通知他们一切按计划进行！"

"他们很讨厌计划，"本德说，"他们想要去前线参与战斗临场发挥。"

"谁想去那就告诉他，"亨特喊道，"我会代他向他的妻子问好。"

"给我带一盒烟下来，"本德说，"我的快抽完了。"

两小时之后，他又喊我了——巴尔巴罗想和我通话。"我有三个词让你转告你父亲，"他说，"这三个词是马里奥·加西亚。

马里奥，马里奥，马里奥。问下你父亲马里奥是否已在我们的观察范围内。”

“马里奥现在什么都做不了，”我说，“马斯费雷尔已经被逮捕了。”

“马斯费雷尔可以有多个，但我们只有一个马里奥。他是个定时炸弹，一旦爆炸了我们就一个都活不了了。”巴尔巴罗说道。

过了没一会儿，卡尔回复说马里奥不过就是184发大炮中的一枚机关炮而已（这个数字恰好是迈阿密难民营的数量）。

周日，接近午夜

在着陆开始前，我们都抓紧睡上几个小时。由亨特和菲利普斯谨慎起草的古巴革命委员会一号公报现在已经完成了。我们会在几分钟内给琼斯公司打电话告知他这份公告，他们会油印出来，然后乘坐出租车，将它分发到各处新闻服务点，各新闻服务点预计会在凌晨两点钟得到该公报（附公报内容如下）：

古巴革命委员会发表声明：一场反对卡斯特罗的古巴革命将在几小时后全面爆发。这支惊人军队由一群不可征服的爱国主义战士组成，现在，他们拿起武器，为他们亲爱的祖国的自由而战。他们的追随者——各个城市和村庄的人们都响应号召，加入这场推翻暴政的内战中。我们得到消息，古巴国民军中的大部分战士已经投降。

我没有时间思考，但我不得不怀疑我们是否有所谓的“追随者”与我们并肩作战。今天下午路透社发来报告，是关于卡斯特罗对周六空袭的回应——在哈瓦那和圣地亚哥发生了大规模围捕古巴人运动，我再次怀疑我们第一次空袭的理智性。我猜我们是担心如果我们等得太久，卡斯特罗就会有时间分散他的空军力量，而且他的侦察机可能会发现大部队供给船的卸货点，但是现在我方没有一举歼灭卡斯特罗的空军力量，这又给我们带来了多少损失啊！指挥将领们尽犯这种错误，唉，我以后也不用质疑我的军事才能了。

1961 年，4 月 17 日，凌晨 00：30

我又回到卫生间里,继续写日志了。大部队中的伞兵分遣队，176 位强壮的男子，刚刚在享用完牛排晚餐之后从“快乐山谷”起飞了，他们每人只带了一个苹果做早餐。他们将在几个小时内降落去设置路障。这几天我一直在战情室里研究墙上的那幅地图，这块 40 英里高、80 英里宽的区域占据了我的整个脑海。我先提前描述一下计划内的滩头阵地，因为一旦行动开始，就没有时间了。

我们将会降落在一条 L 形的海岸线上。猪湾是条自北向南方向的水域，水流主体位于东西向轴中，距离加勒比海 20 英里。我们军队里的一支力量（两个营）将会从猪湾逆流而上，最后登陆普拉亚拉尔加海滩（红海滩）。我们的主力部队将会前往吉隆滩（在加勒比海岸转弯处大约十英里之外的地方），普拉亚拉尔加海滩和吉隆滩都位于卡斯特罗新修的路上，两者相距 30 英里。沿着加勒比海岸再往东走 20 英里，就是绿海滩了。接下来我们的第三支力量就会抵达那里。预计在 24 至 48 小时内，我们的各支力量将联合起来，如此一来我们在猪湾、后方的加勒比海以及前方三英里的赞帕塔大沼泽地这一带，就拥有了长达 55 英里的“海岸保护线”。在我们主力部队的前方，伞兵分遣队将会按计划在这三条横跨大沼泽的路上设置路障。

我想到了从尼加拉瓜飞到古巴的伞兵分遣队，甚至当我起床去洗手间写这篇日志时，C-46发动机的嗡鸣声、睡在我邻床的同事梦中发出的疾呼声，都混杂在我的脑海里。

1961年4月17日，上午6：15

在这过去的六个小时里，发生了太多事情。

入侵部队在凌晨两点半左右成功登陆普拉亚拉尔加海滩和吉隆滩，但其他力量并没有按照计划准时抵达。我们通过迂回手段获取了相关信息——吉隆滩的战地指挥所使用无线电通信设备和大部队的指挥舰"布拉加号"取得联系，然后再转到距离海岸线20海里的美国驱逐舰上，用同样的通信方式传达到五角大楼和我们战情室这边。事实的价值和错误报告的价值都很难判断出来，经过确认和辩驳，现在我知道了，着陆的海滩并不像预期的那样有斜坡防护层，而是布满了参差不齐的珊瑚丛和水下暗礁，而且晚上将夜光浮标放置在海上的航道上也比预期的时间要多很多。大部分供给货品都无法到达海岸，因为它们都搁浅在珊瑚丛上了。这些男人更是不得不把步枪举过头顶、跋涉渡过齐胸高的水域，因此很多设备都被水浸泡了，其中还包括许多无线电广播设备。这也就能解释为什么我们和大部队的通信工作延迟了。

此外，还出现了一个未预料到的问题。卡斯特罗自卫队的一支小分遣队也在海岸上，在当地人投降或撤营之前又与之发生了几次交锋。当古巴人缴获了我们这些设备时，有几个微波无线传输器还是热的，所以卡斯特罗知道入侵消息的时间应该比我们预期的还要早。卡尔对我说："等我们在滩头阵地足够有资格凌驾于临时政府之上后，他就会试着结束这一行动。”

因此,所有现在收到的消息都成为建造滩头阵地的一种动力。伞兵分遣队正面临着不同程度的危险。在东部前线，即圣布拉斯特区北部，路障都已经设置好了。一些圣布拉斯特区的市民还自愿搬运供给货品，有的还自告奋勇做志愿护士。在西部前线，普拉亚拉尔加海滩,伞兵分遣队的供给物落在了沼泽地（再说一次，我们训练这支队伍比飞行员还严格），战士们便只好落回沙滩。

所以，在普拉亚拉尔加海滩，位于西部前线的第二营营长托尼·奥利瓦，从他着陆那刻开始，他便卷入了战斗之中。整个过程是混乱而恐怖的，但同时也获得了一定程度的成功。本来在普拉亚拉尔加海滩和吉隆滩两处都应该安全着陆的，可是现在两处都与自卫队的派遣小分队在沙滩附近发生了交火。这两个大部队阵营都获胜了，现在都在掘壕固守阵地，同时时间也都被消耗殆尽了。我们的廉价二手登陆艇似乎没有起到什么特别的作用，从战斗现场发回的无线电报不断地报告着外侧发动机失灵的警告。随着夜幕降临，船只可能会沉没，而且珊瑚礁的存在也会耗费我们大量的时间。我相信了卡尔几天前说过的话：海军情报局警告过情报局，吉隆滩会出现许多这样的障碍，但我们几乎是充耳不闻。曾经我们已经错过了特立尼达岛这一登陆点，情报局一定会认定我们再也折腾不起了，或者是没有可实行的计划了，很明显我们现在要赶快拿定主意。着陆有麻烦吗？——尽你所能地将货品送到岸上。这就是为什么供给货品现在来得很慢。供给船必须离开沙滩，但看起来，天亮之前坦克依然到不了沙滩。

大堂里的骚动声已经传过来，我只能写到这了。

上午 11：30

距离上一篇日志已经过去五个小时了，事情有点向坏的方面发展了。今天早晨六点半，卡斯特罗的残余空军势力在吉隆滩现身了，仅仅只有六架飞机，并且其中一辆已经坠毁，但我们反过来还损失了一艘供给船，另一艘也在离岸三百码的地方沉没。

可怕的事情发生了。休斯敦号成功地将第二营在天亮之前撤离普拉亚拉尔加海滩，但当古巴的一架飞机发射一枚火箭弹至休斯敦号时，全是新兵的第五营仍然在甲板上。由于这艘船同时还运载着弹药和汽油，所以船没有爆炸简直就是个奇迹。但这艘船在吃水线以下的位置有处严重的漏洞，在前往海滩的航行中它开始像一头垂死的公牛挣扎着下沉，甚至当第五营全部队员都跳进海里游向海滩时，燃油和舱底污水还在不断地从漏洞口渗出来，游向海岸的他们还遭受着空中的炮击和扫射。报道中说死亡人数在 20 至 40 人之间，其他伤亡还未列入统计。第二营营长托尼·奥利瓦需要第五营并入第二营，但他们现在距离他还有十英里远，而且第五营估计也在重新集结了。

就在几分钟之后，一场更大的灾难降临了。另一架卡斯特罗的飞机用另一枚火箭弹袭击了埃斯孔迪多，使之遭到了更严重的爆炸，很快船就沉没了。幸存者还没有统计，但埃斯孔迪多运载了我们这十天战斗所需要的大部分必需品——弹药、食物、药品、燃料——可是现在都没了。

现在又有消息传来说大部队只成功卸载了百分之十的弹药，今天或许够用，但供给船逃往了海里，只能等到天黑之后才能再次返回来卸载。于是预计降落在绿海滩的第三营则不得不转向前往吉隆滩的基地。如果普拉亚拉尔加海滩的阵地失守的话，奥利瓦的第二营就不得不撤退回吉隆滩，滩头阵地的宽度将会只剩几英里。在如此糟糕的情况下，供给货品能够顺利穿过这片水域就成了重中之重。

可是这就又导致了另一个问题：上级安排货船和埃塞克斯号航空母舰会合，目的是为了避免遭受下一轮的空袭，但是船长竟没有对无线指令做出回应，而且他船上的古巴船员明显没有大部队的高昂士气。所以结局就是：布拉加号、加勒比号、亚特兰蒂克号和巴巴拉号都分布在加勒比海的不同区域了。

唯一的好消息就是我们在吉隆滩附近占据了一座小型机场，里面的各项设施条件都还不错。我默默地告诉自己那就是我要着陆的机场，顿时一滴汗液就顺着我的脊椎流了下来。然而，亨特过来说我们乘坐的飞机降落到佛罗里达州与古巴革命委员会会合之后，因为收到这些坏消息而延误了。在这段时间里，古巴革命委员会将资料文件都分发了出去。当然卡多纳是最高的领导，曼纽尔·阿蒂姆（现在和大部队在一起）被称为“入侵军队代表”，但制衡天才托托·巴尔巴罗则是国防部长。曼纽尔·雷也当上了内部事务委员会会长，如果亨特对他共产主义者身份的怀疑是正确的话，那这个职位就一定是曼纽尔梦寐以求的。

然而，奥帕洛卡现在处处都是歇斯底里的兴奋。有位部长（我怀疑是巴尔巴罗）发誓说如果再不还他自由的话他就自杀，他不断地向本德要求和艾伦·杜勒斯进行对话。本德一直给迪克·比瑟尔打电话，恳求他调几位肯尼迪的人到奥帕洛卡来安慰这些政治家们敏感的神经，其中他还提到了亚瑟·施莱辛格和阿道夫·伯利。

对我们许多人来说，在情报之眼的工作已经快要停滞不前了。偶尔会有一封电报传到战情室，内容无非是刺激更多的人加入这紧张的行动之中——我们都迫不及待地想做些什么——但是好多人都是因为未在前线而有点力不从心。停驻在尼加拉瓜的B-26S时常航于空中参与作战，但从“快乐山谷”到吉隆滩往返七个小时的航程需要消耗很多燃料，而它们抵达滩头阵地作战时间不超15分钟。这些轰炸机能在空中载重四万磅的重量，同时还运载了3000磅的炸弹、八枚火箭、八把口径50毫米的机关枪以及燃料，装载这些物品恰好超重了4000磅，这还是在不装机尾枪的条件下。上述这些机关枪、弹药盒、发射装置等加在一起也差不多重达1000磅，载重这些物品所耗能量也抵得上飞机飞行15分钟了。这些缺少了机尾枪的B-26S，哪怕面对的是卡斯特罗的残余货机，也是不堪一击啊。

我竟“粗心”到忘记汇报我自己的情况了——但是我却觉得很开心！——如果你问B-26S为什么不留在当地机场的原因，答案就是：他们会被卡斯特罗的飞机炸毁。

1961年4月17日，下午3：00

一向以温文尔雅著称的大卫·菲利普斯这次也被彻底激怒了，我们完全不清楚古巴革命委员会究竟向琼斯发布了怎样的公告。我们是要去确认行动中有什么困难吗？

我们提出以下内容：古巴革命委员会想要宣布，今天的行动不过就是向军队输送供给品以及向在古巴接受了训练的军队力量提供支持。

我们引用了一位佚名政治家的话：“我预测，天亮之前，全体古巴人会站起来加入起义军的队伍……许多农村的自卫兵已经倒戈了。”

事实上，大部队目前为止已经俘获了100名自卫兵，其中一半已经能够向我们投降了。我们从这个比例中完全可以推断出古巴的未来。

但迪安·腊斯克却更加谨慎了，他早上召开新闻发布会时的记录现在已经传到了新闻室——大家都抽了多少烟啊，烟灰缸里的烟蒂装得满满的！油印文件掉得满地都是。我们办公室的成员其实还一直号称是全美国最整洁的人，但最近几天的压力实在是太大了，我们的神经时时刻刻都紧绷着。全部都变成了灰色：新闻本身、烟灰、烟雾、地板上的碎石和踩在掉落在地板上的文件上的脚印。尽管如此，我们一收到消息就会快马加鞭地发送出去。

Q：这位降落在迈阿密的飞行员说了，他是从古巴叛逃出来的，事情好像越来越扑朔迷离了。卡斯特罗怀疑我们伪造成他的人，为什么政府不允许媒体见这个人？移民署是不是替国务院做了什么决策？

腊斯克：我认为这个问题首先是从移民局开始的，现在渐渐演变为与古巴之间的问题了。今天早上我不想回答这个问题。

Q：如果反叛者在古巴成功地建立了牢固的立足点，我们会与之建立外交关系吗？

腊斯克：这个问题谈的是以后的事情，目前我并没有任何答案。

Q：部长先生，关于古巴的问题我问完了。

腊斯克：谢谢。（大笑）

然而这事对其他人来说就没那么快翻篇了。驻哥伦比亚波哥大美国新闻处门前挤满了人，还有陆续不断的石头和被打碎的玻璃窗：在委内瑞拉的加拉加斯，政府甚至都动用了催泪瓦斯来对付非法游行。《消息报》称之为“恐怖新闻”，我还看过国外媒体——伦敦、巴黎、罗马、波恩、华沙、布拉格、布达佩斯、北京、新德里和金沙萨等的评论。消息铺天盖地，地板上自然也堆了更多的废弃报纸。然而此刻窗户外面是俄亥俄大街周一下午车水马龙的景象；波托马克河上，电动船照常载着行人过河。这一刻，尽管我们的工作已经相对停滞了，但我们依然有可能是华盛顿最炽热的政府机关。我感觉既空虚又兴奋，同时还掺杂着愤怒，甚至还有一种疏远的感觉，一定是咖啡因起的作用。虽然我是历史的一名创造者，但仅仅是扮演扛着枪独自焦虑的小角色而已。

当我读到今天晚上的报纸时，我实在是很生气，媒体真是太不负责任了！谣言如今竟也敢拿来当新闻头条：

古巴海军军心大乱

入侵者袭击了古巴六个省中的四个

劳尔·卡斯特罗被俘虏

数以千计的政治囚犯被释放

卡斯特罗即将逃离古巴

可恶的谣言竟然赤裸裸地说成了事实！我觉得自己身处情报局还是很正义的，至少我们撒谎都是很巧妙的。然后我想起了古巴革命委员会的公告——这真不是情报局的风格啊。有一刻我挺讨厌亨特的，埋怨他背叛我把我推到了宣传部这个火坑里。我觉得自己的思维被一分为二了：一半想着我此刻应该在奥帕洛卡，明天就能够到达滩头阵地；另一半则体会着目前这如腋窝一样腐臭的环境。任何事情都和过期的除臭剂一样难闻吗？我们神经的废物都被吐到了盘子里和地板上。

1961年4月18日，凌晨3:30

普拉亚拉尔加海滩和圣布拉斯特区的战争持续了一整晚。卡斯特罗的军队在下午3点（也就是12个小时前）抵达前线，然后立即开火打了起来。前线传来报告称，卡斯特罗的手下在第一场袭击中已经伤亡不少了，现在大部队正承受着巨大的炮火压力，我们便报之以4.2英寸的迫击炮和白磷弹药。现在大规模伤亡仍在继续，我无法入眠——这战斗听起来就像一部恢宏的史诗。

1961年4月18日，凌晨3:44

我根本无法入睡，索性就听起了天鹅岛的无线电广播。一个小时后，一份文字记录传来，我觉得很有必要将它加入这篇日志。亨特、菲利普斯和我正致力于此，希望能够激起卡斯特罗支持者心中的恐惧，前提是他们能够听到这条广播。

“现在对你来说是占领战略性位置来控制公路与铁路的最佳时刻，将那些不听从你指挥的人送进监狱或者干脆枪毙吧！海军同志们，保全好你们在古巴海军的职位；空军同志们，听好了，所有的飞机必须待在地面！要保证没有一架卡斯特罗的飞机起飞：拆了它的无线电广播设备、毁掉它的尾翼、砸了它的仪表、刺穿它的油箱！加入我们的人将会获得真正的自由和无上的荣耀！叛国者必死无疑！”

1961年4月18日，早上6:31

以下也同样是来自天鹅岛无线电广播的消息：

“哈瓦那人民注意了，哈瓦那人民注意了！帮帮这些为自由而战的勇士吧！……请你们配合我们：今天上午7点45分，待我们发出信号后，请你们打开家中所有的灯以及所有的电器，增加电厂的电力负荷！但是不要担心，哈瓦那人民，我们保证会很快恢复电力供应。”

1961年4月18日，上午7：00

大部队在普拉亚拉尔加海滩的战斗中取得了胜利，却丢了阵地，我们的各方报告均表示卡斯特罗的伤亡人数很大。他的军队不得不沿着两边均为沼泽的道路发动进攻，听起来就像一群流着鲜血的伤员前脚接后脚前行，中间还隔着一具具牺牲的尸体。

当我在写上面这段时，我感觉我的意识已经不受控制了。我仿佛看见自己身处受伤战士的血泊中，推着身旁牺牲战友的尸体前行，我甚至都能感觉到肮脏黏稠的血。

卡斯特罗的军队已经不可能突围出去了，但反过来，奥利瓦的第二营也已经弹药用尽，第五营也没什么好使的武器了，而且最终二营和五营也没能会合。普拉亚拉尔加海滩和吉隆滩的部队均收到了撤退命令，五十英里长的滩头阵地正在“萎缩”至短短的五英里海滩。

最坏的消息就是昨晚没有一艘供给船从海上送新的货品给岸边的军士将领。我一夜醒了四次，醒来就看吉隆滩发来的电报。这实在是令人困惑。加勒比号和亚特兰蒂克号船上的船员一定是既恐惧又愤怒。加勒比号现在位于猪湾南部距离海岸218英里的海上，没有显示任何返航的迹象。另一艘亚特兰蒂克号仅仅在南部的110英里处，正在请求将货卸到距离海岸55英里的通用艇上。

投放到埃斯孔迪多的炸弹爆炸起来像是原子弹爆炸，大量的蘑菇云升腾而起，30英里外都能听到声响。虽然布拉加号上大部分船员都暂且保住了性命，但这群士气低落的船员现在已经开始倦怠了。尽管大部队丢失了大多数的弹药和通信工具，但布拉加号上的供给品还是足够支持我们这群古巴人再战斗两天的，可是现在布拉加号返回吉隆滩的速度极其慢，天亮之前根本到达不了岸边，那也就意味着今天它还是不能卸货。埃斯孔迪多爆炸事件的幸存者的情绪感染了布拉加号上的船员，他们扬言如果美国不派遣护航驱逐舰，他们就要关掉轮船的发动机，不再向岸上的部队提供军需。因为这一点还处于协商之中（我猜是和白宫），所以这艘船只能慢慢航行。

我不对此事做出任何评论，但如果我亲自蹚了这浑水，那我可能就不能控制自己的意志了。菲利普斯解释道，让这些暴动的船员顺利回归的问题根源在于我们获取这艘船的方式——租给我们这些船的加西亚运输公司（办公室设立在哈瓦那、纽约和休斯敦）不仅是一家真挚友好的运输公司，它同时还是古巴最大的运输巨头，显然老板决定叛变卡斯特罗的决心并没有感染到下属船员。

另一则日记

佩佩·圣·罗马真是越来越忍受不了现在的局势了，他乘着他那破旧的汽艇出海搜索，希望能够找到供给船。当然，就靠这样一个“气喘吁吁”的马达，只走了六英里却“远得”跟火箭发射一样，佩佩自然什么也做不了，只得回来继续传达无线电广播传来的代码：德洛丽丝，我是海滩，我需要你。我正在寻找你，请回答海滩。

我忍不住研究这几句话，看起来就像绝望的寻人启事。

今天天亮之前,我们已经确定无法向滩头阵地输送供给品了，只能等到今天晚上再行动。为了弥补这一损失，肯尼迪总统同意今天晚上派遣六架位于尼加拉瓜的B-26S来歼灭卡斯特罗空军的残余势力。

然而，我们似乎被诅咒了。今天早上，哈瓦那机场上空一直被低矮的乌云笼罩着。

当然，这次飞行出击任务已经由总统本人批准，但是周日申请派出战机作战的请求却被驳回，因此大家的情绪都有些别扭。“爱尔兰的哈姆雷特”——这一绰号很适合肯尼迪。而卡贝尔除了周日早上穿着高尔夫球装来过我们办公室，之后他就再也没有出现过了。同样，大家对比瑟尔也有些怨念。原因就是（我也是道听途说的，而且卡尔和大卫·菲利普斯说的版本还不一样)，周日下午比瑟尔和卡贝尔去了腊斯克在国务院的办公室，同他讨论是否需要开展新一轮的轰炸，很明显，腊斯克更关心我们在联合国的局势，于是他给肯尼迪总统打了电话。在电话里，他将卡贝尔和比瑟尔认为需要展开第二次空袭的意见转述给了肯尼迪，并说明他本人不同意二人的意见，于是肯尼迪说他赞同腊斯克的意见。腊斯克就向卡贝尔和比瑟尔转达了总统的意见，并指向了电话听筒。他们两个想要和总统对话吗？显然不想。这事都过去三天了，你还能听见情报之眼里有人在嚼舌根：卡贝尔的反应是我们预料之中的，但为什么比瑟尔也保持沉默呢？

我问了我父亲，他很快就给了我回复，他说:“迪克是害怕，他怕如果他太着急发动第二次空袭，那么肯尼迪可能会这样回应:‘如果此次战争的胜负取决于是否发动第二次空袭的话，那就取消这次行动吧。’”卡尔意味深长地看了我一眼。“男人一生当中总会遇到勃起困难的问题，那该怎么办呢？孩子，勇敢地将它送进去吧，哪怕只是进去一点点，然后，就向上帝祈祷吧——上帝，请赐予我力量吧！”

我的父亲——圣马修学院史上最强校长就这样轻轻松松向我灌输了他的性观点，亲身实践了八年，我终于发现验证这条规律的最佳证据，那就是 α 和 Ω 的存在。

1961 年 4 月 18 日，下午 3：00

罗伯托·阿莱霍的哥哥卡洛斯是危地马拉的大使，他刚刚在联合国做了一个演说，来回应古巴的控诉。我在电视上看到，卡洛斯掷地有声地说，着陆在古巴的军队并没有在危地马拉接受过训练，他的国家是不会允许存在反对美利坚共和国的侵略性武装力量的。

我被征服了。我必须承认，在某种程度上，我是有些崇拜他的——弥天大谎总是有它自己的乐趣所在。卡洛斯谎言的背后有一个实实在在的理由，这总好过“迈阿密的妈妈们”和“悲伤大篷车”这样的鬼主意。

1961 年 4 月 18 日，下午 4：00

今天下午前线相对平静一些。在经历了昨天的打击之后，卡斯特罗的军队变得“谦卑”了，他们小心谨慎地沿路从普拉亚拉尔加海滩前往吉隆滩。昨天，在东部前线圣布拉斯特区也发生了同等强度的交火，所以现在我们的军队进行了一些改组。跟随佩佩·圣·罗马前往吉隆滩的第三营，到目前为止没有采取任何打击行动，只是不断地向东部前线移动，来缓解圣布拉斯特区伞兵分遣队的压力。第五营损失惨重，几乎有一半的人溺水身亡；为了增援第五营，第四营昨天被派遣到普拉亚拉尔加海滩，但现在已经撤回到东部；第六营之前一直在和第四营玩竞争，现在也已经转移到了西端。我忽然发现我没有提到第一营，然后我才反应过来原来他们就是伞兵分遣队。是的，他们现在在吉隆滩稍作休息。我想起了酒吧里的啤酒瓶，当卡斯特罗的飞机飞过酒吧屋顶时，喝酒的人们一定藏到了桌子底下——但我不知道这画面是否真实存在。

在 TRAX 的时候，佩佩·圣·罗马让我印象深刻的是他纤瘦敏捷的身形，下陷但略显神圣的小脸，还有那毫无幽默感可言的灵魂。他总是一副必胜的样子，当然以他的权力，他能够决定一个人的生死。然而此刻他的情绪就快要爆发了。

BLAGAR: 我是特遣部队队长。佩佩，你怎么样?

佩佩：该死的，你去哪里了，你个浑蛋？你竟然抛弃了我们！

BLAGAR：我知道你们有难，可是我也有我自己的难题啊。

格雷（布拉加号船上的一位情报局官员）：佩佩，我们绝不会抛弃你们的。即使现在遇到了最棘手的问题，我们也会杀过去将你撤离到安全地带的。

佩佩：我不要离开，我们会战斗到底的。

格雷：你现在需要些什么？

佩佩：武器、子弹、通信工具、药品和食物。

格雷：今晚我们会全部给你送过去的。

佩佩：你昨晚就说过这句话了，但今天一天你们也没有出现。

1961 年 4 月 18 日，周二下午 5：02

卡尔告诉我——国务院的领导告诉他的——赫鲁晓夫向肯尼

迪发来了一封语气十分强硬的信函。我父亲有部分的文本，拿给我看了：

写于对世界和平的担忧：对任何人来说这都不是秘密——入侵古巴的军队是受过特殊训练的，并且具有良好的配置，武装力量也来自美国。我国立场不容误解：我们会鼓励古巴人民对军事袭击报以回击。我们真诚地希望能够缓和紧张的国际形势，但如果有人要蓄意恶化，我们会全力抵抗。

得到肯尼迪的回复对我们来说不是什么难事：以防外界干预，美国将会义不容辞地履行条约义务。

"鱼"是红色的！

1961年4月18日，晚上8：00

布拉加号传来一条消息：三艘登陆艇继续靠近蓝海滩。如果破晓时分还没有喷气式飞机来增援，我们就会全军覆没。请立即回复。

1961年4月19日，凌晨00：30

布拉加号整晚都在等候回复，我们也是。比瑟尔、海军上将伯克、迪安·腊斯克和罗伯特·麦克纳马拉为了见总统一面，也几乎等了一晚上，因为今晚白宫有一场正式接待晚宴，总统和第一夫人不得不携其内阁和国会成员一起接待宾客。

我父亲的一位好友也出现在了白宫的晚宴派对上，总统一离开派对前往与比瑟尔等的会议，我父亲的这位朋友就向我父亲透露了一些消息。会见的时候，我一直都知道父亲是个社交人才，但直到和他同睡了两个星期后，我才发现他和国会以及政府部门有多少交集。我父亲只是把这些看作普通的社交事宜，不像休·蒙塔古多少有些狡猾，他整个人都充满了“善良”的好奇心，至少他总是让你觉得好像你的左右脚负重不一样（因为他可以让你整个人倾斜），人们会自然而然乖顺地对他的质问做出应答。今晚，卡尔从他的国会朋友那儿得知：总统身着燕尾服，系着白色领带，挽着身穿粉色礼服的总统夫人，在晚上十点一刻的时候从楼梯上走下来。总统和夫人跳了一支优雅的舞，之后许多宾客陆续加入到舞池中来，大家一直跳到临近午夜。之后总统离开了舞会，去了他的办公室，和高级官员们一起商讨大部队的命运。卡尔告诉我比瑟尔在这件事情上想要提出一些大胆而真心的设想。我猜比瑟尔在波多黎各的时候就和艾伦·杜勒斯保持着联系。据卡尔了解，比瑟尔会在海军上将伯克和雷姆尼泽将军的支持下，向肯尼迪提出如下请求：（1）使用距离吉隆滩 20 英里的美国海军航空母舰进行空中支援；（2）咬紧牙关挺过去，稳住埃塞克斯号上的 1500 号人。总之，就是希望能提供更多支援。比瑟尔和机构里的人会据理力争——这是美国挽回面子的唯一方式。

我的脑海里久久盘旋着总统和他的夫人从楼梯上缓缓走下来的画面（在我看来，总统夫人似乎越看越像你了，基特里奇），这幅画面简直就像由乔治·库克或马莫里安导演出来的一部作品。对了，我已经将近三个晚上没有睡了，我的思绪就像一只断了一侧翅膀的苍蝇在乱飞乱撞。

1961 年 4 月 19 日，上午 2：30

大概 15 分钟之前，比瑟尔回到了情报之眼，我们自然是全都围了上去。他看起来颇为疲惫，但说起话来好像收获颇丰一样。他说，总统已经批准六架喷气式飞机于早上六点半至七点半之间提供沙滩上空的空中援助了，它们会保护B-26S免受卡斯特罗战斗机的迫害。虽然我们的喷气式战斗机不属于首发阵容，但至少他们已经获得了开火的命令。有了这样的基础，大部队的B-26S就一定能够在战场前线重击卡斯特罗的军队和坦克。在这几个小时里，巴巴拉号、布拉加号和登陆艇也能在吉隆滩卸货了。

我们向上级申请了无数次的军事援助，但通过审核的却没有几个。我很惊讶自己在听到这样的消息时还能这么情绪高涨。可能是因为空洞的内心被疲倦和绝望占据了太久的缘故吧，一点点的能量都能激发我积极的情绪，但我还是能感受到不同之处。甚至连卡尔都情绪高涨。“我们提了很多要求，并非都获得了批准，但至少也都在商榷之中。当海军上将伯克提到发动海军陆战队时，肯尼迪就必须要提供援助了。”

“会给足够多的援助吗？”

“当然，肯尼迪再也不能假装自己是个生手了。”

1961年4月19日，凌晨3:30

我焦虑地走来走去。在美国喷气式飞机的庇护下发动B-26S是没有问题了，但肯尼迪可能不知道，而且比瑟尔也没有想起来跟他说，16架B-26S里已经有9架坠毁了，剩余的轰炸机也都遭到不同程度的损害。从周日晚上开始，飞行员们基本都是在空中飘飞，一天至少飞两趟，每趟七个小时，这已经让他们疲惫不堪了。实际上，他们中的一些人不相信我们会发动喷气式飞机提供支援，于是拒绝起飞。在他们看来，很明显，一定是昨天有人未经批准就许诺了喷气式飞机的事宜，而且并未得到落实。

卡尔也告诉我执行任务的四架飞机中有两架确实是美国人操控的，每架飞机上有两个飞行员。这四个美国人如果跳伞被俘获的话，那么我们就会被拉下水，我国在国际上的声誉也会受损。此外，有一位古巴飞行员表示如果没有战斗机做掩护，他就不能开着他的B-26S飞过位于吉隆滩以南175英里的大开曼岛。

噢，他的确见不到掩护他的战斗机了。这些战斗机只有距离埃塞克斯号足够近的时候才会现身，而且这还是理论上的说法。这位飞行员就用无线电发来消息说他右侧的发动机不翼而飞了，所以他必须返回。如此一来，我们就只剩下三架飞机了。我想着，如果你没有必胜的信仰，那完成这样危险的任务该是多么艰难啊，你无畏的行动看起来就像是自杀。

我现在脑海里一片混乱。如果飞机能在六点半的时候到达沙滩上空，那么它们就必须得在美国时间凌晨3点10分，或尼加拉瓜时间凌晨2点10分离开。

比瑟尔回来的时间是凌晨2点45分，于是我计算了一下B-26S能否准时到达滩头阵地。然后我意识到，即使比瑟尔凌晨两点半还未离开白宫，埃塞克斯号掩护B-26S的决定也会更早传达来的。命令可能在凌晨1点45分就已经发出了，所以，飞机当然就有足够的时间起飞去往目的地了。

就这样一个简单的计算都让我出汗了，尽管如此，我依然觉得很开心。如果三个晚上只睡三个小时的事也能让我开心的话，那我会在战斗中发挥多大的作用啊！我不想丢掉自尊，但我的想法的确是有点不合适。再看看我身边的每一个人，我看他们也不见得比我好多少。但是我真心希望同事们能够过滤掉战争带来的负能量。

1961 年 4 月 19 日，早上 6:30

我们所有人都无法接受此刻的局面，三架 B-26S（按照预先安排并没有开设无线电广播）在早上五点半（我们的时间）飞过了吉隆滩的上空，但是埃塞克斯号的支援要等到六点半才能过来。在这段时间里，海军飞机还停在货船的甲板上没有起飞呢，我们的两架 B-26S 就已经被卡斯特罗的 T-33 教练机射中了，幸存者拖着重伤逃离，最终乘坐一艘在水下百尺的潜艇逃到了尼加拉瓜。当然，我们没有一艘供给船在五点半之前能到达海滩，也没有卸下任何弹药补给，埃塞克斯号的喷气式飞机本来预计是在六点半至七点半之间掩护 B-26S 战机的，但是到现在都还没有起飞。

大家都觉得不可思议，每个人都在绞尽脑汁地想着失误的原因。

我猜测是其他人弄错了时间。情报之眼一定有人告知 B-26S 在“他们”时间的五点半到达沙滩上空，却被理解为“他们（古巴）”的时间，也就是尼加拉瓜时间的凌晨四点半。结果，飞机在尼加拉瓜时间的凌晨一点十分——也就是我们的时间凌晨两点十分就起飞了。但是为什么飞机起飞之后关掉了它的无线电广播系统，那就不得而知了。

这是我的解释，我还听说了另外五种版本。最令人信服的一种解释是，比瑟尔和伯克上将没有做好沟通，两方分别单独发布指令至“快乐山谷”和货船舰队。卡尔还轻轻告诉我说，海军一直都习惯用格林威治时间，而我们有时候会用国家规定的标准时间。噢，天啊！此刻龌龊的想法流遍我的体内——我竟然因为如此大规模的军事行动就这样失败，原因却不是出了什么实质性的故障而感到愉悦。这种愉悦在我全身弥漫开来，速度快得像一只奔跑在空旷院子里的松鼠，继而我开始为自己感到羞愧。在这一切的背后，是对我们损失的哀悼。终于我意识到自己只是个普通人，忠于组织的人，而不是什么怪物，想到这心里就宽慰多了。

1961 年 4 月 19 日，上午 7：30

西部前线上，在距离吉隆滩以东几英里的地方，卡斯特罗的军队正在发动攻击，地点还是圣布拉斯特区的马路。军队从东边一步步压过来。南部就是加勒比海了。

1961 年 4 月 19 日，上午 10：30

这篇日志可能不再有必要了，佩佩·圣·罗马向布拉加号发送的消息几乎已经说明了一切——

早上 6:12，敌方卡车从红海滩方向开来，离蓝海滩三公里远。佩佩。

早上 8:15，局势危险，急需空中援助。佩佩。

上午 9:25，2000 名自卫兵从东西两方夹击蓝海滩。急需近距离的空中援助。佩佩。

诸如此类的信息还有很多。很明显，没有人跟佩佩·圣·罗马解释喷气式飞机只是支援 B-26S 的。而没有了喷气机的支援，他们便一触即溃。

1961 年 4 月 19 日，下午 1：30

更多信息传来："弹药用尽了。""敌军逼近了。"

1961 年 4 月 19 日，下午 3：30

领导们仍然处于僵持之中。我不清楚情报之眼、参谋长联席会议和白宫之间的最后一次协商发生了什么，但总指挥 CINCLANT 收到了撤军的命令，有必要的话，就大规模撤退，这是一次成功的“抄袭”（两天前，这样违背安全的行为是闻所未闻的——我开始明白了为什么战略情报局的老官员是这样的处事方式。冷战才是安全的，而热战是双方均要开火杀戮的），我都觉得自己不像是中央情报局的人了。

上级向 CINCLANT 下达了命令：用驱逐舰将大部队的人员带离海滩。在执行这一人道主义任务的过程中，只有受到攻击才能够回击。

两艘驱逐舰将会带领布拉加号、巴巴拉号、亚特兰蒂克号和登陆艇一起进入海滩。现在唯一的麻烦就是，由于今早的重新安排，供给船都分散开了，现在都在离岸 50 英里的海中。

此刻，我正在起草最后一份公报，即六号公报。亨特和菲利普斯给我提供了大纲，他们这次看起来比我的情绪还要激动。有活要干我觉得很快乐，我感觉自己就像个消防员。

1961 年 4 月 19 日，下午 4：20

第六号公报，古巴革命委员会，今晚将会公布：

面对时下的局面，古巴革命委员会希望做出及时而重要的声明。最近发生在古巴境内的着陆事件一直以来被看作是入侵行为，它实际上是为我们在古巴作战数月的爱国主义者投放物资和提供支援的，而且总数也就是几百人，而非外界传言的上千人。我们采取的行动包括允许着陆部队的大部分人抵达艾斯坎布莱山。

写这份公报着实让我遇到点困难,比如三次把“声明”写成“生命”。我就像处在一间地牢里，门外等着我的是一位秀色可餐的绝代佳人。我知道她十分俊美，伸展着修长有力的腿，亨特和菲利普斯挥着一根巨大的羽毛轻抚她，但这显然不能满足她。一分钟前还对这根羽毛没有兴趣的她,此刻却想知道：现在羽毛在哪里?

我大笑了起来，我们一个个都是在讨好美国大众的小矮人。让我恐惧的是，我突然差一点呕吐起来了。后来我才知道原因——我周围“畜栏”一直在散发着阵阵令人作呕的气味。我的嗅觉一直都很敏锐，不仅能闻出苏格兰威士忌和伏特加，而且还能闻出呕吐物中的金属腥味，以及中枢神经刺激剂的药物气味。其实我想说的是，一个人婚姻破裂的时候也就是这种感受。

我从厕所里出来就被分配去写一些奇奇怪怪的东西，来代替早先计划发给古巴的无线电广播。现在我已经开始动笔了:“鱼已经被弄脏了。贾维尔正扛着他的锄头。草木在摇摆。种子已经播出去了。”

这些乱七八糟的消息是没有什么好争辩的。

1961 年 4 月 19 日，下午 5：00

我读了最后一条信息，它是下午四点半由布拉加号发来的：我没有可作战的物资了。我正走向树林。我等不了你了。佩佩。

1961 年 4 月 19 日，下午 5：30

以下内容是下午 4 点 40 格雷与佩佩对话的文字记录：

格雷：等一下，我们马上就来了，我们带来了一切物资。

佩佩：还有多久?

格雷：三至四个小时。

佩佩：你们不会按时到的。保重了，朋友们。现在我就要毁了这个无线电广播！

佩佩·圣·罗马、阿蒂姆和他们的手下正在前往赞帕塔沼泽，但他们中可能只有三四十个人能成功挺进艾斯坎布莱山。我想就像之前卡斯特罗一样，这三四十个人可以组建一支游击队。我怀疑这也是阿蒂姆和圣·罗马的想法。

1961 年 4 月 19 日，下午 6：00

现在情报之眼里的职员陆陆续续地离开了，也有一部分人留了下来，毕竟单位已经不需要那么多人了。我也是留下来的人之一，或许是因为我们有相同的个性吧。我觉得我们都是那种可以熬夜熬到凌晨三点，反复听关于某场灾难的新闻广播的人，我们都希望听到更多新细节。

确实，我们“捕捉”到了一个新细节。这个周三的早晨，流亡领导人威胁要炸毁他们军营外的路。本德成功地说服了他们宣传工作做不好就会成为一场媒体屠杀，每个人都会失去尊严。为了抚慰他们的情绪，亚瑟·施莱辛格和阿道夫·伯利今天早上特地过来了。现在，有消息说委员会的人很快就要降落在华盛顿,然后直接去白宫拜见肯尼迪总统。几位流亡领导人（卡多纳、巴尔巴罗和马赛奥）的儿子都在大部队里作战，其他人的兄弟或者外甥侄子也在其中，所有人现在不是牺牲了就是被俘虏了。在这片荒芜的沼泽地里，我竟对肯尼迪产生了好感。我觉得这一步他走得十分得体——在这样的节骨眼上会见他们。

迪克·比瑟尔来到新闻室，告诉我们流亡领导人现在位于华盛顿附近的一间安全屋里，并问亨特："你会护送他们去白宫吗？"

"我做不到，"霍华德说，"他们十分信任我，所以我无法面对他们。"

弗兰克·本德将会陪同他们去白宫。我想象着托托·巴尔巴罗和总统进行小型对话时的场景。但那又怎么样呢？

菲利普斯蹦出来一句话来："我认为霍华德无法面对的不是古巴人，而是总统。我敢打赌霍华德肯定希望肯尼迪是个身高不足六英尺的男人，我不知道我是否也有这个'梦想'。"

在离开情报之眼前，我在《迈阿密消息》上读到了最后一则消息："今天反抗侵略者声称开进了50英里，赢得了推翻卡斯特罗政权的首次大捷。"

早上九点，第六号公报将会发布出去。

我向"快乐山谷"发出了最后一条指令：明天，一架残余的B-26S将会载上我们还未分发出去的上百份传单出海，将它们倾倒进大海里。

日志写到这里就全部终结了，我试着用非戏剧性的风格来表达出一种"事后诸葛亮"的故事。既然现在我还活着，我就会将这些日志从卡尔的保险箱移到我的保险箱里来。

41

犯了痛风的艾伦·杜勒斯周四一人早就从波多黎各回来了，我父亲去了安德鲁斯空军基地接他，他对我父亲说："这是我一生中最糟糕的一天了。"

还是周四的早上，那三位流亡领导人从华盛顿飞回了他们在迈阿密的家里，而我也一路陪同负责解决他们可能遇到的问题。单独护送我们的古巴人回去是一件苦差事，我没有一个上级想揽这份活，所以我在强制分配这个任务的前一刻自愿揽了下来。

这真是一趟安静的旅行，我的心情就跟抬棺者一样沉重。我们乘坐空军的飞机抵达了迈阿密，等我安排好他们的市内交通之后，我们便郑重握手以示告别。很明显，他们已经受够情报局了。

中午之前我就已经完成了这项任务，我本来可以乘坐另一架飞机于今晚返回华盛顿的，但我决定开到市中心，把车停下，在四月的熏风中好好散散步。穿过第二大道，我有一种想要走进耶稣天主教堂的冲动，这是一座伟大的军工厂，有一百八十英尺宽，长不少于三百英尺；完全属于迈阿密式的建筑风格，墙是粉色和绿色的，小礼堂则是金黄色的。在过去的十个月里，我去过那里很多次了（那里曾是一个情报秘密传递点）。

所以，是的，我知道第二大道上有这么一座耶稣天主教堂。在和摩德纳相爱之后，我也独自去过那里几次；我发现（虽然我不知道为什么）教堂能够净化你心中的七情六欲。我曾经甚至想过，如果采取非常手段，圣公会（Episcopalian）的教徒们是否愿意加入天主教。有时候我甚至和摩德纳在教堂后面的祈福蜡烛那里约会——不过我选的这个地点也许激怒了她，她大概已经有一年多不曾踏足教堂了，之后再去时则是因为参加她同事的婚礼。

今天耶稣教堂不是空无一人了，一个小时之前就有大批人来到这里了。下一拨人要到下午五点才来，然而现场已经座无虚席，到处都是在祷告的女人。我不想看她们的脸，因为她们中大部分人都在哭泣。我的耳朵一向对教堂里的肃静很敏感，可是今天如哀悼般的哭泣声不绝于耳。痛苦的低语声从男人女人、父亲母亲以及兄弟姐妹的喉咙中传出来，他们都是大部队中战死沙场的勇士们的亲属；忽然间，这种失去亲人的痛苦也如潮水般淹没了我。我想象着这些哀悼的人们在十字架下祈求庇护，结果最后等来的却是这样的噩耗，这何尝不是基督和灵魂带给人们的痛苦与折磨啊！哀悼者们也一定都是心中苦痛，害怕来自上帝的亲切眷顾会从这个世界上永久消失。

我知道这种想象不过是一种自我欺骗，我的痛苦之下掩藏的是愤怒。我没有感受到温柔亲切的爱意，我不知道自己的愤怒到底是来自总统先生，还是他的军师们，还是机构本身！我的愤怒就如同一位刚刚被转动轮夺去胳膊的工人，他不知道该责怪机器本身，还是楼上开动机器的人。所以我独自坐在教堂里，从未有过的悲伤袭上心头。我知道猪湾之战对我来说并未结束，因为我还没有悲伤到掘开坟墓埋葬自己的希望。但是我几乎要被这个压抑的问题判处死刑：这究竟是谁的错？

就在这时我看见摩德纳坐在教堂的另一端。她独自一人，裹着镶花边的黑色头巾，跪在地板上做祈祷。

我觉得这真是一个好兆头，幸福的感觉闪电般涌遍我全身，就如同一阵暖风把我这棵小草吹向了太阳。我站起身来走到教堂后面，转到她那一边，向她的位置走了过去，然后在她旁边坐了下来。我想象着，当她转过头看到我的那一刹那，她的碧眼里也一定会闪烁出惊喜的光芒，而且还会小声地叫着我的名字："噢，哈利。"

然而，当这个女人转过头来看着我时，我发现她不是摩德纳。我凝视着的是一位年轻的古巴女人，除了发型一样，她们再没有什么共同之处。

我一直在假装甚至欺骗自己什么都不曾失去，但现在我才清醒地认识到，我已经失去摩德纳了。"不好意思。"我脱口而出，接着站起来离开了教堂，在沿途遇上的第一座公用电话亭旁停了下来，给枫丹白露那边打了个电话。前台对她的名字没有什么反应，只是把电话接通到她的房间。当她接起电话的时候，我竟不知道该说些什么。

"我爱你。"我说。

“噢，哈利。”

“我能过去吗？”

“可以，”她说，“你最好过来一下。”

她的房间十分狭小，证明了房费是她自己掏的。一进门我们就开始做爱，从门口的地毯一直滚到床上，从未有过的快乐感觉填满我的心房，在完事之后我们拥抱着彼此的时候，我甚至开口央求她：“嫁给我，好吗？”

这真是句令人吃惊的话。我从未有过这样的想法，今天脱口而出完全是临时的主意，但说出口的那一刻我就知道自己犯了错，因为她肯定不愿意做一名中央情报局员工的妻子。而且，天哪，她甚至都不会做饭，而我现在也身无分文，除非我动用那笔家族留在银行资金的利息——这些现实因素一下子冲进我的脑海，可是已经来不及了，就像旅行者错过了自己的火车，已经无济于事了。可是我就是想要娶她，我们会找到共同生活的方式，我们的个性是那样的不同但又有着千丝万缕的联系。于是我又重复了一遍：“嫁给我吧，摩德纳，我向你保证，我们一定会幸福的。”

令我惊讶的是，她并没有伸出双臂来抱住我，并流下激动的泪水。她只是悲伤地抽泣起来，我看得出这种悲伤源于她内心的最深处，就好像第二大道的耶稣天主教堂里所有的哀悼都承载在她一个人身上一样。

“亲爱的，”她说，“我不能嫁给你。”我等着她继续说点什么，过了许久，我甚至都感受到了爱人翅膀上的恐怖幻影在飘荡，她飞得越高，我越是没有可能与之相依相伴，我的爱亦是无法企及。此刻，一切都来不及了，我已经没有任何知觉了。

终于，她开口道：“噢，哈利，我努力过。我想再一次靠近你，但是我做不到，这会让我觉得对不起杰克。”

一九八四年三月，莫斯科

打开百叶窗，我望着窗外庭院的风光，铅灰色的天空似乎比黎明时分更低矮一些。我的手表已经调成了莫斯科时间，现在是六点整。我读了一整晚的书，现在已经是清晨了。或者说不知不觉我已经读了一天一夜？女服务员都没有敲门整理房间，难道是我没有听见吗？

我已经睡过一觉了吗？为何我一点都感觉不到饿！我一定是坐在椅子里，手里拿着手电筒，读着读着就睡着了。每一页我都仔细读过了吗？我不知道，很可能只是囫囵吞枣地略读。不管我是不是仔细阅读了，书中的内容都已经印在了我的脑海里——就像一个被人引导着的盲人，正走在一条其实自己很熟悉的路上。

我凝视着窗外，天色越来越暗了，这是我第一次连续工作20个小时。是的，20个小时，而不是8个小时，一切都进展顺利，没有出现大的差错。难道我已经找到魔法圈的避难所了吗？我在纽约最后几周的焦虑，让人无法忍受的焦虑，现在已经安然沉寂了。今晚我可能还是会只用来读书和睡觉。早上我就能去酒店的咖啡厅吃些早餐，也不过就是些果汁、黑面包和一根像在水中浸泡了一个月的手指一样的香肠，咖啡看起来也跟咖啡渣没什么两样。这是什么烂地方？是的，明天我还是得在这里吃早餐，再回去继续看《猫鼬战术》，以及继续筹划暗杀卡斯特罗的行动。缅因州的灾难之夜耗费了我大部分的笔墨，我在纽约整整待了一年，回忆包括那夜在内的所有事件。回忆在我心中盘旋，一旦我没有什么可读的时候，这样的回忆就会再次涌上我的心头。

我很感激这每一部“未放映的微电影”，至少第二天，我就不用离开我的房间，哪怕是我在布朗克斯区发现了一个藏身处，有了这一部部作品，我也会躲在里面不出门。确实，微弱的光线从通风井里照下来，让我想起了步行大道上公寓里的另一口通风井，心中难免泛起淡淡的哀愁。

是的,我孤身一人在莫斯科,但只要每天坚持做记录我就“好得很”。在这家陈旧的宾馆的白色石膏墙上，这一篇篇记录就像是一帧帧放映出来的画面。俄国革命初期，布尔什维克党的领导人曾聚集在这里。此刻在这间大都会酒店的小房间里，我拥有的是3片20个小时以前的面包，以及一整个可以用来读书和睡觉的夜晚。

第六部

猫鼬战术

（1961—1963）

迈阿密

华盛顿

巴黎

1

猪湾之战后的第二天早上，艾伦·杜勒斯因为身患痛风从波多黎各回来了，我父亲说他看起来就像已经死了一样。

我不知道是不是因为卡尔的这句话，在这之后的日子里，我一直将艾伦·杜勒斯想象成垂死之人，这样的想法持续到他真正去世——那已是七年之后的事了。他的离去给那些和他亲近的人带来了一个悲伤的圣诞节。我记得那是一九六八年的平安夜——他去世那一晚我在西贡，我正在给基特里奇写信。后来她在回信里告诉了我一些关于艾伦去世的细节，再后来到一九六九年早春同她用餐时，她跟我讲述了更多细节。那个时候我们的婚外情已经开始了，这段恋情彻底改变了我们的生活，悲剧也自此与我俩紧密相随。

当然这些都是后话了。一九六九年春天，克里斯多夫还活着，夏洛特也是健健康康的，但他被戴了绿帽子却浑然不知情。他的雄性生理特征无可挑剔，可是相对他妻子的情人（某种程度上来说已经替代了他）来说，他的床技太显被动，而且他不会像情人一样乞求基特里奇大展舌吻，也给不了他妻子飘飘欲仙的幸福感——基特里奇不经意间描述的“鲜有体会的羽毛飘落的喜悦之感”，我从不敢问这样的表达是不是出自某位诗人的作品，然而我并不在乎这是不是诗人的诗句，总之这种描述很恰当。我们两情相悦，没有哪两个朋友可以这样亲近了，我们之间的欢爱就像是换了一种方式的对话，跟随我们的心情快慢起伏。

那个下午在客栈的小房间里，在我们经过一场酣畅淋漓的性爱之后，她再次跟我详述了艾伦·杜勒斯辞世的最后情形，她称之为“和他的出生一样奇异”——我忘了他出生时是畸形足，跟拜伦勋爵一样脚趾头都向同一个方向弯曲。她告诉我，他的父亲——长老会的教士（曾在十九世纪九十年代主持再婚典礼）艾伦·梅西·杜勒斯，无法忍受他儿子的这点缺陷，他觉得这是受了洞穴诅咒的异常胎儿。于是他在新生儿洗礼前，给艾伦做了手术，这使得他受到了所有亲朋好友更多的关注。“曾经休·蒙塔古跟我说过艾伦的畸形足，但我从来不曾见过他的异常，”基特里奇说道，“没有人能像他一样仅凭一只脚，就能纹丝不动地屹立在青天白日里，要知道其他人都还在黑夜中苦苦挣扎呢。”

杜勒斯是在一九六八年平安夜的派对上去世的，那是一场他和妻子克洛弗举办的派对，举办地点是在中央情报局最棒的七楼，蒙塔古、赫尔姆斯、安格勒斯、特雷西·巴恩斯、劳伦斯·休斯敦、吉姆·亨特以及很多国务院的老朋友和一些国外显要人物都到场了，最终却变成了一次吊唁。在他退休七年后，人们在他的最后一夜发现了他的慷慨阔绰——毕竟，是他举办了这一次平安夜的派对，为大家提供了足量的圣诞前夕酒，他们无以回报，只是用行动默默证实这七年来，尽管杜勒斯退休了，但从来没有人能够取代他。即使他上了年纪，人也驼背了，还有一只穿在绒毡拖鞋里的畸形足，人们对他的怀念也不会减少一分。是的，基特里奇说，他们所有人这次一起来看他，但是他却不露面，还是他的妻子克洛弗出来接待了客人，带领他们去喝酒吃东西——曾经美丽动人的克洛弗现在看起来很消瘦,像一朵紫罗兰似的弱不禁风——“愚蠢的克洛弗，心根本就不在派对上。”基特里奇说，克洛弗有种模模糊糊的复仇欲望，其实也不是真的想要报仇，只是她对自己的婚姻有怨言。因为艾伦搞婚外情，与他在华盛顿认识的一半的女人都发生过关系，而克洛弗甚至还要强迫自己与她丈夫的一些情妇成为朋友。但是在经历了几轮的“较量”之后，克洛弗的仇恨已经缩减到最小的程度了，变得就像是戳在艾伦畸形足上的刺：克洛弗将钱都花在一位有着正式执照但实际什么都不懂的理财师小白脸那里。杜勒斯夫妇也因此陷入了累累债务：每个活动都要置备一件崭新的礼服。如果与太多情人在床上活动，那他们就要重新装修卧室。他们结婚已经快五十年了，她确实爱他，但同时也厌恶他。“婚姻越久越能暴露出 α 和 Ω 的相对面。”基特里奇说道，但她没有要继续解释下去的意思。

现在在派对上，客人们发现艾伦还没有下来。基特里奇可能是第一个憎恶他这次缺席的人，毕竟，距离两人第一次见面已经相隔十八年了，而且这十八年里他们也没有再联系过，当然他这个恶魔也从来没有同她这个天使调过情。基特里奇很喜欢恶魔承诺一生只爱那个天使的故事——恶魔与天使一起生活在存在完美爱情的地方，与世隔绝，每见一次面他们的爱就增加一分，她希望自己能遇到属于自己的恶魔，但这从来就没有实现过。

所以，最终杜勒斯的死还是由基特里奇最先发觉的。她告诉休·蒙塔古，艾伦很有可能不在他自己的派对上现身了，但是克洛弗却对他的缺席支支吾吾，所以他应该去楼上看一下。结果休·蒙塔古上楼发现艾伦毫无意识地躺在床上，脸色蜡黄并冒着冷汗。

于是，休·蒙塔古下楼告诉克洛弗她丈夫病危。“不，”克洛弗说，“他只是得了流感，只是流感。”

“不，”休·蒙塔古说，“他必须立即去医院。”

休·蒙塔古叫了救护车，基特里奇则赶紧送走了客人。救护车一来，克洛弗就急忙冲过去，连大衣都忘了拿。后来，医院证实艾伦的确病危，克洛弗只好留他住院治疗，独自一人在午夜时分回家。她回家乘坐的出租车空调效果不好，一路上冷飕飕的，于是回到家就准备洗个热水澡，还没等到浴桶里的热水放满，冷得不行的她便钻进被窝睡着了。第二天早上她醒来发现，溢出来的水已经淹到楼下天花板的高度了，她的家具以及天花板上的雕刻模型都如同浸泡在潮湿的灰泥中。哈特福特保险公司的人过来说，这种情况下，他们不用承担任何责任。

“我不在乎要花多少钱修复，”克洛弗说，“我只是不想让我的丈夫发现。”

他不会发现了，基特里奇说，他已经在医院里与世长辞了。

这就是他的结局，但因为我好几年前就以为他快要死了，所以我对于他拖了这么久才离去实在费解。在他的心肺停止工作之前他的灵魂是不是早就死了呢？我希望不是这样。他的生活多么丰富多彩啊——间谍工作和出轨不忠一直是他生命的全部内容，这两者都是他的最爱。没有理由不爱这样的生活啊！间谍就像不正当的情人，一定能够同时出现在两个地方。一个演员的角色只有被演绎出来才能显示出它的真实性，谎言也是一样。

如果这是写给艾伦的最单薄的墓志铭，我想说我是在虔诚地哀悼他。在这个一九六九年的春天，我邀基特里奇享用一顿私密午餐，甚至是享受。但我就先说到这里吧，这些都是八年之后的事了。

2

一九六一年四月十八日，周四，猪湾之战的第二天，罗伯特·马休觉得是时候通知联邦调查局十月三十一日的拉斯韦加斯窃听案确实牵涉了中央情报局，并且博德曼·哈伯德让马休为他查阅有关这件事情的所有细节。

好吧，当然，我父亲曾经向马休许诺，一旦事情出现障碍，他会全权负责。很明显，马休已经“肯定地”认为事情发展得不顺利，所以现在联邦调查局表示想和卡尔·哈伯德谈一谈。

我父亲知道该怎么做。他会以书面的形式通知调查局，中央情报局会反对马休的起诉，否则必定会泄露关于入侵古巴的敏感信息。而且，如果博德曼·哈伯德不接受采访的话，这封信中所陈述的理由一定更加有说服力。现在杜勒斯一定会说："一夜之间，我就忽然老得保护不了你了啊。"

父亲告诉了我他当时的心情："我没有回答，我其实很想对他说一句，'我这都是在保护你。'但也无所谓了，我已经做到了我想要表达的意思。"

人们普遍认为卡尔会再次在远东地区任职，当问及他想要去哪里的时候，他会说："日本，我要去一探究竟，玛丽为什么离开那个她打算要与之结婚的日本人。加油！"

所以，变化悄然发生了。那一刻我还不知道自己是想要回到迈阿密呢，还是想待在华盛顿，或是被分配到遥远的驻地接手我父亲的公寓。但考虑到我父亲与领导的关系，我希望自己能被签到杜勒斯办公室做他的助手。我会帮忙审查从I–J–K–L到新办公室——距离弗吉尼亚州十五英里——的各项变动。

这就是裙带关系，虽然我在渐渐妥协，但我的内心一直反对搞关系。我知道在我为机构完成大事的时候，我才有可能真正尊重自己的事业，前提是我做成功的事不能依靠我父亲或者我教父的力量，必须由我自己亲自出马。我已经做好了留在华盛顿的准备，因为我想见基特里奇，我不希望再跟她分离。

我在工作中度过了整个暮春、夏天和秋天。艾伦·谢泼德成为第一位进入太空的美国人，登陆时间和尤里·加加林一样，都是五月二十五日，这也是自由骑士在密西西比州被袭击和逮捕的日期。六月四日，肯尼迪和赫鲁晓夫在维也纳举行了一次峰会，有谣言说赫鲁晓夫一直对猪湾之战尤为鄙视。大概是六月底的时候，国会忽然提出要大力增加军费开支。

我无法形容自己的感受，好像这些全部都距离自己很遥远。我按时间顺序将这些事情一一列了出来，看起来就像一个个路标。我发现一个人的伤口不需要众所周知也不需要刻意保密，从猪湾之战结束之后我也在慢慢恢复了。忙于这些无休止又劳神缜密的工作，我倒不是很沮丧：最忙的那段日子是在机构的车里度过的。波托马克河沿岸的弗吉尼亚大森林繁茂地生长起来，这些树荫在南部的夏天里用实际行动证明了自身的价值。

有人在高速公路上发现了一个小路牌，上面写着“仅公路安全局可进”，然后便在这个路口转了个弯到达了兰利（中央情报局总部所在地）大本营。到达的人在一段狭窄的双行道上开了半英里到达了卫兵室，只瞥了一眼红白相间的水塔（在我看来，它看起来就像是一艘巨大笨拙的货轮）。兰利不过就是个七层楼高的庞然大物，二楼和七楼安装有连续的一整排窗户，这可能会让人产生错觉：原来它连“甲板”都是上下层的啊！这附近有农田、树木和许多柏油停车场。我们占地有一百二十五英亩，投资了四千六百万美元。这个数字是要保密的，连建筑师都不能知道。不久以后，将会有超过一万人用到它。有时候，当接送我同事的班车在公园大道遇上交通堵塞，我肯定会感慨这个人数真折磨人。这个新总部也是圆了艾伦·杜勒斯的一个梦——情报局的所有员工总有一天能在一座大楼里办公，这样能够提高我们整体的工作效率——讽刺的是艾伦·杜勒斯自己就是个效率不高的人。但是至少，他点子很多，而且喜欢将这些点子付诸实践。他的办公桌上总是乱成一团——就这样的人还渴望提高工作效率呢！

新的办公楼的确给我们建好了，很多人说新总部从内部看就像普通公司一样由走廊与办公室组成，而且似乎走廊总也走不到尽头，这里还有一些私密的大厅，跟银行或医院等地方相似。其中有一个很漂亮的大厅，由白色大理石铺成，入口处的地板上嵌入了我们的印章，右边的墙上是艾伦·杜勒斯的个人资料，另一面墙则用来纪念所有因公殉职的队员。墙的顶部是一段摘自福音书的话，是《约翰福音》的第八章第二篇："你要知道真相,真相能让你自由。"我在夏日某个最糟糕的时刻告诉自己，真相，就是为了自由，我们必须创造一个建筑物，能让你感觉待在那里面就如同在法西斯国家工作一样。但我立即就后悔用这样一个比喻，可是确实有足够多的令人沮丧的事情促成了我这一想法。每天都在增设新的部门、科室，还有新招聘的员工，所有这些都要置办新办公室、办公桌，这栋楼里就变得越来越拥挤了。同时你还必须收集不同的徽章，用来通过不同楼层不同区域的卫兵的检查。在一楼，走廊还是比较宽敞的，机构安置了它的服务功能——医务室、旅行社、信用社、咖啡厅和用来管理录音的地下室。我们在情报局还有一个宽敞的走廊，用来安置所有的俱乐部——摄影俱乐部、艺术俱乐部、登山俱乐部和棋艺俱乐部。我们还有自己的商店，这可是镇上所有购物中心关门和开门的生意晴雨表。

楼上，我们的走廊似乎永无尽头。夏秋更替之际，我们搬进了新办公室，没多久空调就出问题了。如果离开 I–J–K–L 的难言之隐里有一条就是华盛顿低地地区下水道的臭味令人难忍，那么不幸的是，如今尽管装上了先进的设备，办公室还是散发着阵阵恶臭。空调的温度调节器不管用了，我们个个都在不住地流汗。原因就是本来每个办公室里的空调都可以自由地调节温度，所以人们总在不断地把温度调来调去，最后导致了整个系统瘫痪，于是后勤管理部门就关闭了办公室独立空调，只打开公共空调供我们使用，结果就导致了有的办公室特别冷，有的办公室特别热。不久之后，许多年轻的员工自己捣鼓着启动了独立空调——毕竟，我们也是擅长操纵控制的人，所以大家就再次根据自己办公室的情况来调节温度，整个系统就再一次崩溃了。承包人因安装不当被起诉了，但这个案件始终没个定夺，机构也不打算提供必要的数据作为法律依据，他们担心会泄露其他的信息。

不久以后，一股安全程序的热潮向我们袭来，每个走廊里都有卫兵巡逻。晚上，你会看到他们在巡视大厅。多少年来，我们一直都会将保险箱里的每份文件加密，将无用的笔记丢进粉碎机。但如果有人下班后赶时间而匆匆忙忙地离开，我们就会把文件连带着垃圾空奶盒一起丢进保险箱里，留到明天早上一并处理。将任何文件遗留下来都会受到严厉的斥责。

我不知道新办公楼还发生了什么，但是它给我们的劳动带来了动力。这里的每份文件都比普通文件更有“料”，比如外界人士所读的杂志或者是一封再平常不过的信，人们会为它不可言喻的美妙所打动。直到若干年后，我读到昆德拉的《不能承受的生命之轻》才想到了两种文件的不同之处：可以随意丢弃又没有心理负担的文件给你带来的美妙感会远大于你不能随意处置的文件。当然了，需要处理的官方告示也是足够多的。(一九六一年六月至十月的每一天里，每间办公室都会收到公告，内容都是有关新总部的建设进程。)

在八月一个炎热的日子里，有一份写在米色硬纸上的备忘录被送到了兰利的每个小房间里：

新建筑和新卫生间设施

在这段过渡时期，新总部的人事安排工作已基本完成，鉴于目前预算投资问题，卫生间的建造工作明显供不应求，可能会造成员工为了上厕所而排起长队，造成时间的浪费和精力的消耗。但是，现在依然有必要发布以下指令，目的是惩罚那些在新建筑周围灌木丛随地大小便的员工。

警告

尽管情报局的园丁已经付出辛劳，但依然没有除尽灌木丛中的毒橡树、毒漆树和有毒的常春藤，这片植物群的生存环境也在

> 恶化。现在附上一张图片，一张最常见植物漆树（也被称之为毒漆树，或者毒山茱萸）的照片。这张附图目的是供大家辨认，以期达到避免接触毒液分泌区域的目的，否则一旦沾染上任何毒液，必定使久坐办公室的你们痛苦难耐。

很快就离开了情报局的卡贝尔先生，因为他要求安全局找出这些“恶作剧”的始作俑者，所以他一直在回忆情报之眼的处罚条例，并以此为根据下达了这条指令。

最终查出来的随处大小便的罪魁祸首是训练营中的两个初级官员，他们曾是哈佛讽刺文社的成员，一同加入中央情报局，一起在农场接受了训练，然而现在一起被解雇了。

在顶层的七楼是杜勒斯先生的办公室，内部的装修标准是和政府部门同一水平的。门窗都是胡桃木镶板，地毯十分厚实，窗外是一路延伸出去的连绵山脉，以及波托马克河上升起的薄雾，每天清晨时分都可以观赏到河面上徐徐上升的薄雾。

杜勒斯先生的秘书是一位亲切的老妇人，她开创了一项“传统”：任何去参观七楼露台的客人都要喂鸟。然而很快，三位办公室的守卫员便被她安排每天早上去下逐客令，这项“传统”就这样被取消了。杜勒斯先生期望建造这栋建筑很久了，然而当我们布置好了他办公室的最后一个角落时，他似乎就知道没多久他就要离开这个位置了。

我觉得他对于这次愿望成真并非那么开心。在他的新办公室落成之前他都没有搬出E街。甚至在那个夏天快要结束的时候，他都没有打算花点钱好好地装修他的新办公室。

他偶尔会邀请我坐他的豪华轿车，而且总会亲切地提起我的父亲，并表示对我父亲和母亲的破镜重圆十分欣喜。除此之外，他看起来就像一个戴孝的哀悼者，他只有那么一两分钟情绪是欢乐的，其余的大部分时间他都一言不发，几近恍惚的状态。

九月二十八日，他陪同约翰·麦科恩去了位于新港的海军军事学院，当天在毕业典礼上肯尼迪总统宣布了情报局的下一任局长是麦科恩先生。霍华德·亨特曾经在猪湾之战那段时间一直在杜勒斯先生E街的旧办公室里工作，这次毕业典礼结束后，他就幸运地跟着杜勒斯先生回到波士顿。对于他们这次完全没有对白的旅行，我丝毫不感到惊讶。杜勒斯先生的跛足当时肯定是架在一个放着枕头的凳子上。最后他一定会说："我厌倦了 sub cauda，"他看了一眼亨特然后接着说，"亨特，你是学过拉丁语的，你会怎么翻译 sub cauda？""呃，先生，"亨特嘟哝道，"不是要冒犯你，但我相信它不仅仅是它的表面意思。如果翻译过来的话，我觉得可能是'在猫鼬的尾巴之下'。""不错啊！"杜勒斯说，"但你知道我指的是猫鼬屁股。"然后，就好像车上只有他一个人，他没有特意要对谁说，不是对亨特说，不是对司机说，甚至也不是对他自己说，我想他是在跟上帝说："总统私下里和我说，如果他是欧洲大国的领导人，他一定会被迫辞职的；但他是在美国，他不能这么做，那这个人就只能是我了。这都没问题，但你难道不觉得罗伯特·肯尼迪可能也被要求过辞职吗？"

快到十月底的时候，离约翰·麦科恩新官上任没几天了，杜勒斯先生便搬离了兰利，像头受伤的水牛一样跛着脚蹒跚了好几个礼拜，我觉得他不喜欢这个地方。我给父亲写了封信，把这些想法都告诉他了。后来，父亲用强硬措辞回复了我。

1961 年 10 月 10 日

儿子，是的，走之前我去过兰利，我太赞成你的观点了。我有时候都在怀疑艾伦是否意识到了建筑风格对于塑造人格的重要性，我为我们在兰利的员工担心。I-J-K-L 确实有些可怕，但人们还是可能会喜欢上那些小棚户和营房。艾伦没有看到这重要的一点——魅力是需要大家的拥护的。I-J-K-L 可能到处都是古怪的老式走廊和隐匿的小房间，但这些都能够通向邻近的大厅，而且无论如何，至少这些都是属于我们的，而兰利里面除了各种简报就是各种会议，集合技术将会占据越来越大的预算比例，而优秀的间谍工作将会成为一门失传的手艺，连在室内播放音乐可能都不行了！最多也就是听听莫扎特而已！

艾伦怎么能这样对我们呢？这个可怜的人知道这么多，最终还是走错了这一步。

现在我们要面对这位来自美国柏克德股份有限公司的麦科恩了，他是个留着一头浅色头发的男人，个头矮小但是身体够结实，他那一双蓝色的眼睛看起来如同冰雪一样冷峻，戴着一副银边眼镜。我猜这个家伙连拉出的屎都不一般哪。

这是迄今为止最为公道的一封信，但我发现一旦我父亲提到了排泄物，我们就会从文雅的绅士转变成疯狂的流氓。

当你收到我的明信片时，我和玛丽已经和好了。我觉得这不是因为爱情，可能只是因为习惯而已。经历了 25 年的婚姻生活，你会发现离开你的妻子就和戒烟戒酒一样艰难。事实上，并没有多少人能做到。你知道，我很喜欢这个女人——她就是我的大白鲸。我回到日本后，将那个日本商人赶出她的生活。但你知道吗，这有多恐怖，我猜他俩之间一定有着邪恶的色欲，可是玛丽却死活没有承认。然而我有时候还是会情不自禁，想象着那个该死的日本人是如何强占她的肉体。一想到这些，我就有些恨玛丽。

这不该是拿来和自己的儿子分享的事情，但是里克，你可能是唯一一个不会因此嘲笑我的人了。我很担心控制不好自己的情绪。几个月前当海明威自杀时，我受到了强烈的震撼。全能的上帝啊，还记得一九四九年的一天晚上，我曾在施托克俱乐部的扳手腕比赛中赢了他，那一刻他看到了我眼中的光芒，我也看到了他眼中的痛苦。

不管怎样，海明威的自杀都是让人无法接受的，他是饮弹自尽的！我宁愿相信这不是一次自杀，他可能是患了癌症，你知道这病治起来是痛苦无比的。但没有医生敢承认的，可是我明白——那就是夜以继日地和死亡作斗争。这里有证据，海明威那时候整晚地唱着歌和他的妻子玛丽狂欢，然后，他们就开始玩飞船游戏。然后，他就独自回到房间自杀了吗？不，他一定是挣扎了好几个晚上，想象着所有介于生与死之间的无人之地——弥漫着浓雾的地方。我觉得这个勇敢的男人每一夜都会把枪管插进嘴里，摸着扳机，这时他的脑海里才浮现出那片浓雾缭绕的无人之地。然后他只需用一点点力就可以解脱了，就可以去到死亡之地。否则，他可能还有存活的希望。这是治疗癌症的一种方法，在我看来医生们都可以去自省了，但这确实就是海明威正在做的事情——挑战死神，而且好几个夜晚他可能都侥幸逃脱了。然后，到了七月二日，他扣动扳机时稍稍用了力。他已经有太多事做不了了，不能滑雪，不能拳击，但天啊，他还是能和死亡做斗争。这正是我所希望的，因为我一直在暗暗害怕他会放弃斗争。儿子，这些死亡一直缠着我，以前是克拉克·盖博、加里·库珀、达什·哈米特，现在是海明威。死亡向我叫嚣着，这让我更加讨厌那个该死的杰克·肯尼迪了。我不想变得太心胸狭隘，但事实就是你无法信任一个天主教徒——罗马教廷与肯尼迪和卡斯特罗一直有些秘密的联系。你知道卡斯特罗小时候是个宗教信徒吗？你可以用“SOUECES”来搜索他，再用“VILLAINS”来核对。他和肯尼迪的联合就能用来解释为什么卡斯特罗总是能持有胜利王牌。

我知道我在胡言乱语，但是我确实很愤怒。直到不再想到那个小日本王八蛋，我才得到了回到玛丽身边的好处。你明白吗？我从来没有很思念她，我思念的是那些习惯，大部分都是些无趣的习惯。我想念和她玩双层纸牌接龙的游戏——不知怎么的，这种游戏总能让我忘却在外面的不和与伤害。但是现在，我必须得好好想想到底什么才是值得守护的了。

里克，明天我可能会继续写点什么，来为这封信的言辞致歉。儿子，你最好知道，我们哈伯德家族天生有种混合了愤怒与混乱的性情，但你也应知道，我们哈伯德家族一直在尽力掩饰这种性情。

想念你，我的好室友。

父亲

我开始害怕，因为现在我终于明白了，为什么父亲几年前那么迫不及待地要给我的头动手术。

3

我自己也有一些问题，第一个问题就是我的事业下一步该何去何从。每次我考虑和我的父亲、祖父断绝联系的时候，我都会想起最早在蛇穴的那段时光，就这样几个小时过去了，我还是不知道只凭我自己的实力我能去哪儿。

不管怎样，问题依然存在：下一步我该做什么？我父亲动身去日本之前曾向我表示，反对卡斯特罗的行动还会继续，但我会继续埋身于暗杀卡斯特罗的行动中吗？我愿意回到那个已经没有了摩德纳的迈阿密吗？

当然，我可以申请去巴黎、罗马、维也纳或者伦敦的驻地，但这些地方可能都太负有盛名了，在那里我也许只能做些杂活吧。此外，我还可以隐藏自己的喜好，给自己在冰岛或者帕尔玛市找到自己的落脚点。

当然，我在情报局里的表现有没有得到大家的认可也是一个很重要的问题，答案也不是百分之百的肯定。我最近听说布林格才华横溢，但激怒了霍华德，因为布林格申请去分支机构、分公司甚至是规划指挥部，结果直到现在他还被埋没在情报指挥部。实际上，如果你要申请人事调动的话，往往就是这个结果。

尽管如此，我还是决定去找霍华德看看，毕竟我父亲的名声遭到了怀疑，我的教父夏洛特一直以来都是不善交际的。我不知道霍华德会给我提供哪种工作，但除此之外我还能有什么办法呢？我不想去大卫·菲利普斯那里，理查德·比瑟尔也不太合适，拜见他对我来说难度有点大，如果我能智慧地处理这些事情，或许我能找理查德·赫尔姆斯帮忙了。据说（我致电阿尼·罗斯，他告诉我的）一旦比瑟尔被迫辞职，赫尔姆斯就会成为 DDP 的一把手，毕竟，赫尔姆斯很清楚猪湾之战的经过。

好吧，说到底我并没有这份智慧，我都不知道理查德·赫尔姆斯可能马上就会在年轻官员中挑选他的得力干将了，而罗斯似乎已经做好了准备，去接受这份背叛夏洛特的任务。

这种精明已经超越了我淳朴的天性，对我来说，我能请到霍华德·亨特下班后一同小酌一杯，我就已经满足了。

完成了杜勒斯给他安排的紧急任务后，霍华德便去了位于宾夕法尼亚大街的国内业务部门为特雷西·巴恩斯做事，他称之为“有趣的提议”。当我告诉他我不太明白的时候，他说：“我这样说吧，国内业务部的成立是经过了一番血雨腥风的厮杀的。”

“你可以说得再详细点吗？”我问。

显然他可以。美国国防部已经着手开始接下项目，“中央情报局不是很重视的项目，”他说，“我是国防部隐秘行动组的组长。”

“能否告诉我这样的工作到底是什么样的？”

“这不重要，我们现在急需的是书籍和出版商的支持。”

看我没有说话，他就继续说：“举个例子，米洛凡·德热拉斯的《新阶级》是由普雷格出版社出版的。”

“听起来并不难。”我说。

“确实不难。这些天我把时间都花在了亲朋好友以及我的副业身上。维克托·韦布莱特最近一直在拉拢我，你可能不知道，他是新美国图书馆出版社的主编，他希望我能写一部类似于詹姆斯·邦德小说系列的作品。经过讨论，赫尔姆斯觉得这样做未必不利于公共关系发展。我已经开始创作了，我称之为‘彼得·沃德系列’。当然了，我会用我的笔名：大卫·圣约翰。”

“这是个好名字。”

“这是取自我儿子们的名字，大卫和圣约翰·亨特。”

“嗯，”我咽了一口酒，“这就是你在国防部的所有工作？”

“目前是这样。”

我们还要再点些酒吗？当然了，埋单的是我，所以我当然希望物有所值。“有人想知道你在等待什么。”

“我只能再说一遍，”霍华德说，“我们正在接手中央情报局不重要的项目。”

说完我们就离开了。直到半夜醒来，我才意识到亨特传达的不仅限于此。如果我猜得没错的话，国内业务部一定涉及了有关古巴的特别行动。

两天后，我的公寓收到一封电报，上面说道："不要上了贼船啊，环球旅行家。"

我忽然想到霍华德和特雷西·巴恩斯交谈过，而特雷西一定和蒙塔古讨论过我的优点。我不知道该高兴还是该谨慎，大家还没有对赫里克·哈伯德失去兴趣呢。

今年的春天和夏天都有些令人失望，因此我的情绪也一直比较低落。但这一刻我一下子如释重负了——就因为一通电话，我称之为"砰然一击"。

收到"环球旅行家"电报的次日早晨，在我去兰利上班的路上，我的电话响了，里面传来一个女人低沉的声音，她应该是拿手帕蒙住了嘴，这个声音就像缓慢播放的录音一样含混不清，所以我并不确定自己是否认识她。我刚做好准备仔细聆听，电话就已经挂断了。

"请在十二分钟内用这个电话号码打给我：623-9257。请重复一遍。"

"623-9257。"我难以置信，但是我脑海里浮现出一堵橙色的墙，墙前面是一张绿色的桌子，桌子上有一盏蓝色的台灯；一个穿着黑色夹克衫、绿裤子和红鞋子的男人正坐在一张棕色的椅子里。"623-9257。"我又说了一遍。

"现在是 7:51，你要在 8 : 03 给我打过来，用'卫生电话'打来。"

"收到，"我重复道，"8 : 03，'卫生电话'。"

"再见。"然后，电话就挂断了。

我简直不敢相信。当年训练的时候，每个人都梦想有一天能够迎来这么一刻。

我开始大笑起来——这个女人除了基特里奇不会是别人了。自从我来到兰利看到那张关于如何利用灌木丛的公告之后就再也没有这么高兴过了。

距离公寓两个街区之外有一个公用电话亭，在八点零二分五十秒的时候，我投进了一枚硬币。这次传过来的声音不再是蒙了块手帕的效果了。

“哈利？”

“在。”

“我是基特里奇。”

听到她的声音我还是有点惊奇的，一时间不知道说什么，只回答了一句：“嗯。”

“哈利，你听说过一个叫摩德纳·墨菲的姑娘吗？”

“为什么这么问？”我一张口我的喉咙就背叛了我。

“哈利，你就是菲尔德，对不对？”

“我不作回答。”

“我一直都知道的。哈利，不管你愿不愿意，休·蒙塔古已经选我做你的接替者了，我正在看你的报告。”

“全部吗？”

“嗯，全部，不，更多。你不知道接下来会发生什么事情。”

好吧，这可能就是我们接下来长达一年半联系的开头了。

“基特里奇，我能见你吗？”我问。

“现在还不能。”

“为什么？”

“因为我不想背着休·蒙塔古见你，而且我当然也不想在家里吃饭的时候同时看着你们两个人。”

“克里斯多夫怎么样了？”

“他很好。我可以为了那个孩子去死。”

“我很想见见他，毕竟，我是他的教父。”

她叹了口气：“你有邮箱吗？”

“有。”

“把号码给我。”她说。我把邮箱地址告诉了她，她接着说，“我觉得我们又成为同事了，我这就去给你寄一封长信。”

“多久能收到？”

“明天之前会发出。我在脑海里已经打好这封信的草稿了。”

“那我怎么给你回信呢？”

原来基特里奇也有一个专属邮箱了。

“你听起来混得不错啊。”我说。

“忍耐一下。”她说道，然后挂了电话。

4

1961年10月20日

亲爱的哈利：

虽然我不知道去年你都经历了什么，但我知道猪湾之战造成了不小的伤亡。你用你的工作证明了情报局遇到的每一场灾难都应该归结为个人的损失。

当然，我想起大约从一九五九年开始，我和赫里克·哈伯德就失去联系了。所以，我希望我在你的记忆里不是在乌拉圭经历困境之后的模样。

我自己的变化挺大的，几年的时间是可以深刻地重塑一个人的，我觉得自己不一样了。这一年多的时间里，除了休·蒙塔古每个月来看我，管家一周四次来打扫屋子和照顾克里斯多夫以外，其余时间我都独自一人待在机构，专注于我的新书，以及照顾我的儿子。

在缅因州独自生活了一个冬天，我感觉自己如同一座被拨停的潜水钟。水下的部分也许已经磨损，但一旦浮出水面，你就必须要装出很强大的样子。我就是这样，这一年里我自己钻研出了一套重要的心理学理论（这对我来说很重要，对其他人可能只是起一点作用）。我不想向你详细介绍我的书，但我可以说在当今的心理学界，自恋和精神病是最难解的两个问题，没有人知道如何应对它。弗洛伊德派将这些比作十四世纪制作世界地图时留下大面积空白的制图师。

好吧，如果一个人接受了 α 和 Ω 理论的存在，就能对我的书有个很好的把握了。此刻我觉得自己没有多少热情再给你解释一遍这个理论，我只能告诉你为了创作这本书，我已经耗费了大部分的文学细胞。这一年来我日复一日地与之抗争，发现了自己不为人知的潜力。我的个人生活太过单调，但这却给我的文学创作带来了不少灵感。我希望这部作品横空出世的时候能闪耀着智慧的光芒，但我不得不再次承认——我只是一个稍微聪明些的早婚早育的姑娘，虽然坐在岸上，但一个脚指头已经沉浸在职业的大河之中了。这种情况下，你已经无法改变历史了。

就在这个时候（正好一年前我们才走近彼此），休·蒙塔古开始一再要求我回到华盛顿。至此，在他的意愿和我的想法之间展开了一场“拉锯战”，我们彼此都很受折磨，但对于这种不适谁都不愿抱怨一句。最终他开口了：“我想要我的婚姻，我一生都在努力逃脱合久必分的规律，我不想临到最后只能死在修道院的小房间里。”

我就这样被感动了。你知道他很爱慕他的母亲，实际上，他甚至十岁之前都和她共睡一张床，我怀疑这就是他母亲同他父亲保持距离的一种方式。然后，灾难就发生了。在休·蒙塔古十一岁的时候，他父亲去世了，他不得不继续和他那有谋杀亲夫之嫌的母亲生活在一起。然而他却刻意地远离她，整个青春期都独自生活。就是从那时起，他开始玩攀岩运动。你能想象吗？当时这个少年在落基山脉首创了自由式攀岩。你一定很敬畏他居然能够冒着如此巨大的风险度过如此绝望的境地。现在我们结婚这么多年了，我的丈夫忽然如此真实地面对我，这不得不让我感动。

我的 α 几乎融化了一半，但 Ω 还是坚硬如岩石，我都为自己感到惊奇。我第一次明白了我在 Ω 上费了多大劲。我给他写信说："只要能改变我们婚姻的方式，我就会回去。"我是不会回到那种他向我关闭工作大门把我完全孤立起来的生活中的。过去他可能不懂，我在养马场总能如此兴奋的原因，其实就是因为我对社会关系带给我的快乐和满足的要求越来越高了——比如，我参加过的那些审查性的晚宴，其实就是在寻找艾伦的接替者。多么愚蠢可笑啊！只要我去蹭饭怎么能够满足我呢？

那么，我想要什么呢？答案就是分担他的工作，准确来说，是他的秘密。他不赞成，还试着解释——我在叫他违背誓言。我对他说，你的誓言毫无价值，我们的婚姻是一件圣事，那才是个更深刻的誓言。

他最终同意了，我不仅回到了华盛顿，还加入了他的工作。当然，不是大部分，只是他允许我在一两个项目上与他合作。我发现了休·蒙塔古在协商方面的天赋——我话说完了，你可能确定我能从中得到更多，但不要紧，我已经足够满意我所得到的了。我现在是他的初级搭档，晚饭时可以分享他的几个秘密真是件幸福的事儿，我相信他也很享受将他脑子里最重要的秘密与我分享。

然而，我们还是常常斗嘴。去年十一月的时候，我们有了一次可怕的争吵，我甚至一个多月都没有回华盛顿，还是因为我的老朋友波莉·盖伦·史密斯去我家拜访我我才回去的。现在，我知道你记得她是我们俩在华盛顿和蒙得维的亚之间的“联络员”，但我不记得我还告诉了你多少关于波莉的事情。她的丈夫，华莱士·莱德奥特·史密斯去了情报局，现在是行政部门的大人物——他做得很好了，比他更无趣的男人甚至连踏上机构走廊的机会都没有呢。我是不是曾经写信告诉过你他们的事啊？嗯，我记得我跟你提过，波莉几年来一直都对莱德奥特·史密斯不忠，甚至可以说疯狂——我指的不是在数量方面，而是她喜欢冒险，我觉得她喜欢男人的方式就如同你们所有男人喜欢女人一样。

不管怎样，波莉和我的关系非常好，因为我们太不一样了。在总统就职演说前的一个月，她又来找我帮她一个“大忙”——我能否将我的房子借她用一个小时。时间是周三下午，那时候休·蒙塔古在上班而我可能外出购物了。她说她有一个朋友住在距离我家两个街区的地方，波莉则住在反方向的三个街区之外。她那位朋友现在是这个国家最忙的人，但他们之间存在着一种“绝对的吸引力”。他是谁呢？她说这是国家机密。我说，没有办法借给她用，因为家里还有克里斯多夫和女佣。她却说，不是这样的，下午两点的时候克里斯多夫还在幼儿园，女佣周三是不来家里上班的。她真是置我于窘境之中了。

最后我告诉她，除非她告诉我这个男人是谁，否则我就不会答应她的请求。

我不会说的，她说。我说，那好吧，那你和你的亲密朋友就只得找一家汽车旅馆了。

天哪，不，基特里奇！好吧，那我告诉你，他太有名了，这个男人太有名了，她一直在说。最后我还是逼她说出了那个名字。她的情郎就是两年前那位参议员老友，也就是我们现在的总统，杰克·肯尼迪。他们需要一处和我这里一样方便的地方就是为了提防特工局。他们提前达成共识，要一直谨慎地保持至少半个街区的距离。此外，杰克能在两场会议之间偷偷溜出他在N街的房子，然后在不扰乱自己任何行程的情况下溜回去。

我忽然得到一点启示：势力、财富、亲密关系和曾经美好的初夜让我看到了他们之间的真实关系。哈利，我只能答应波莉的请求了。我想让自己的房间里充斥着这位总统当选人的七情六欲。那一刻我才意识到我本能够在另一种教育下成为荡妇的。

我太嫉妒波莉了！嫉妒就会让人变得卑劣！我发现自己竟然要求他们付出代价——在我还没有见过杰克·肯尼迪之前，我是不会让他碰触我的床褥的。

波莉坚决反对，就好像我打破了什么臭东西，但她还是不得不妥协。所以他们的周三之约就开始了。她说，他们很喜欢每周三能够相约在我的房子里，即使他们见面的时间可能仅仅只有半个小时。于是我便开始设计与他“邂逅”的桥段了。我会假装突然回到家，跟平时回家的时间还是分秒不差的。“如果你迟了两分钟，他就会走了；如果你早来了五分钟，你就要做最后的‘收尾工作’。”你看，波莉还真是一针见血，我也就明白了他们为什么能一开始就走到一起。我还没有见过一个比杰克·肯尼迪还擅长切中要害的人呢，除了他的兄弟鲍比（当然，我听说他们的父亲才是最厉害的）。

不管怎样，我见到他了。就在我转动钥匙进门，径直走进自己的专属客厅时，我的心脏悸动了两下：一下是为了历史，一下是为了这个人。他真的很有魅力，我想是因为他是个懂得节制的人。我必须要说，这个我正在平等地与之交谈的男人，他有着让人揣摩不透的亲切感，而且他说话很直接，自信溢于言表，但绝不是傲慢。他是个很好的人，一个超越道德界限的从容不迫的好人。波莉则强忍着笑意，这无可厚非——毕竟，她两个最好的朋友在见面，而且他——不知道她是否已经告诉了他——对我的“意外到来”一点都不惊讶（可能她提前告诉了他，然后他成功躲过了特工局。嗯，看他俩的样子的确是这样）。

“你知道吗？”他跟我打了个招呼，“你和我的妻子有一点像，真是神奇。”

我想起了杰奎琳·肯尼迪的父亲，布莱克·杰克·布维尔。然后我把他和我的父亲做了对比：“噢，亲爱的，跟你妻子比起来我可是很乏味的。”说完我立即就有了一种自卑感——我从不曾想过我竟然会觉得自卑，但这本就是基因的作用，难道不是吗？“令人乏味！”我又重复了一遍，但他只是一直保持着微笑，似乎待在我的客厅里比我这个主人还舒服。

“噢，”他说，“我们还是让事实说话吧。”然后又摆出一副很好看的笑脸。

“呵呵，时间到啦，”波莉·史密斯说，然后杰克对我行了一个小小的举手礼便走出屋子，把波莉留在了背后，“下个礼拜三见吧。”他说。

波莉留下来喝茶，我开始感觉有些背叛休——我太渴望听到关于杰克的事情了。

休·蒙塔古一回家，我就进入了一种忏悔的模式。我们入睡前我一句话都没有说，第二天晚上还是如此，但我已经开始感觉到一种可怕的暗示了，我称之为“黑暗波动”，我觉得你应该有印象。那次你从蒙得维的亚给我寄来胸针时，我就有这种感觉。

现在它们又来了，我知道我必须告诉休·蒙塔古，这样事情才不会更糟。“我感觉被玷污了。”他说。然后他接着说（你不知道这些话是多么不像出自他的口）：“这真的是比那个杰克·肯尼迪强奸我感觉更好啊！”你能想象这是休·蒙塔古说的话吗？

“这是波莉做的事，不是我，”我对他说，“我没有做那种事情。”

“下次不准她在我们家做这种事情了。”他答道。

“别这样，”我说，“我不能这样对她。”

“她这种事情玷污了这里的一切东西，包括我的孩子！你能区分开相对的神圣和完全的亵渎吗？”

好吧，我打算妥协了，我也知道他是对的，但是如果休·蒙塔古很快占据上风的话，就会对你完全不尊重，所以我要拖到下周二才妥协，好让他知道他只是“险胜”而已。

下面我们说一下总统时机的问题吧。我开始明白了杰克是如何抵达他要去的地方的。我没有跟波莉说任何信息，但周一早上我收到了一份请柬：“蒙塔古先生及夫人周二晚上可否来N街寒舍共进晚餐？”

休·蒙塔古那时胃不舒服，我之前从来没有见过他吐得那么严重过，我知道这是为什么。他十分想去N街，他想接近杰克·肯尼迪，真的特别想。如果不是为了什么其他目的，那就是为了情报局。但如果我们不让波莉周三来我家，那么这顿晚餐会不会被取消呢？所以，我们当然可以在周二去参加晚宴，然后顺便告诉他们，他们的周三之约要取消了。可是，我们怎能对总统做这样的事情呢！

不过提醒你一下，这些都是我的推测罢了。休·蒙塔古吐得动静很大，如果我敢的话一定会去抱住他的头。隔了很久，他终于能说话了:“我很清楚了，你现在给波莉打电话，或者我打。”

其实即使不能和杰克共进晚餐，我也会爱休·蒙塔古的，但是在现在这种情况下，我更没有理由否定一个正直的灵魂了！我给波莉打了电话，我能说的也就一句:“休·蒙塔古会去。”

“哎哟，”她说，“真是个好消息！”

“但是，你每周三的约会地点被取消了。”

你知道吗，虽然我们取消了他们在我家的约会，但周二的晚餐并没有取消，而且让我感到惊讶的是，休·蒙塔古竟然在那里待了很久，我也能和杰克·肯尼迪愉快地相处了一晚。波莉表面上看起来天真无邪，却是个十分敏感的人，她看出了我和我的丈夫出了点问题，但我们还是继续吃饭聊天。她对18世纪皮德蒙特和查尔斯顿的细工家具还是有些了解的，而且还讲了一个特别的奴隶传说:似乎查尔斯顿最好的家具匠之一——查尔斯·艾格蒙特曾经是个奴隶，他的雇主查尔斯·考迪尔给了他自由之身，而且还在自己的商店为他留了一席之地，商店的收入和他分享。她说这些传说的时候，态度十分和蔼，就好像小心翼翼地将自己的珠宝拿给你看一样。但是，哈利，她真是个复杂又麻烦的女人啊！

与此同时，休·蒙塔古和杰克当然也是共处一室的。杰克向休·蒙塔古表达，和具有神话色彩的蒙塔古一家见面实乃幸会。“神话色彩？”休·蒙塔古说，他的嘴巴都卷成了螺旋形，好像他正在被要求亲吻一只乌龟的嘴巴一样。

“那就说是‘可疑的’蒙塔古吧。”杰克说。

“我只是农业部的一个小主管而已。”

“别胡说啦，我听闻你的大名都好几年了。”

好吧，我能看出来他们在虚与委蛇。休·蒙塔古很聪明，他专门研究过苏联的假情报技术。让我感到惊恐的是，他竟然准备给当选总统及他的夫人奉上一段“演说”，但幸好，他还是取消了这一计划。

现在，就职演说之后，我们有时候还会被邀请去白宫共进晚餐——提醒你一下，是更加私密的晚餐。在上一次晚宴上，当杰克和我跳舞的时候，他问起了波莉。

“她很想念你。”我说。

“告诉她这几天内我会给她打电话，我没有忘记的。”

“你很坏。”我说。

他的眼中闪过一丝光芒。“你知道吗？你真是一个人间尤物，可是佳人的舞蹈似乎有点拘谨噢。”

我真想用我的晚宴包打他！好吧，我不敢。他自己跳得也没有多好啊，而且一看就知道是专门学过的，还跳成这样，就像占着马鞍的骑手却一点也不像在骑马。

但是，我们相处还算和睦。我发现他充分考虑了休·蒙塔古的感受，所以并没有对我有什么轻浮之举，但我们都是有指望的。

（随后）

我不想夸张，我们一个月内不止一次地被他们邀请进餐，还有一次，他们甚至来到了我家，而我和杰克的关系也随之进一步加深了。杰奎琳·肯尼迪和我的相处则显得比较平稳，我很尊重她，因为她从来不会仗着地位比我高而对我颐指气使。与此同时，休·蒙塔古和杰克则待在一旁的角落里，你知道休·蒙塔古很擅长一对一地交流的。而杰克呢，不管他对猪湾之战有多么气愤，他都对间谍活动很感兴趣，而且他也很聪明，知道休·蒙塔古才是这个“大厨房”里的“领班”。当然了，杰克和我也是十分合得来。

然而我却没有意识到这对休·蒙塔古产生了多大的影响，直到今年夏天——七月末的时候，他忽然把蓝胡子的卷宗摆在了我面前，说道："这里面是你朋友的另一面。"我觉得他是指望这些卷宗能让我对杰克失去兴趣，但是我没有。我知道杰克的本质是什么样的：私交混乱是他为获得其他利益付出的代价。杰克·肯尼迪在这方面就像个小孩子，每天都必须受到奖励才开心，哪怕这个奖励需要逾越道德底线。我觉得，只要我没有卷入其中，这对他来说就没什么不好。虽然他做了这些坏事，但只要他能多做一点善事的话，上帝就会毫无疑问地原谅他对这么多女孩的伤害。我确定他也是这么想的。

但我确实对休·蒙塔古有一些失望，他本不应该把这份文件交给我的。事实上，要不是那天 7 月 17 日恰好是泰·柯布的祭日，我是不会原谅他的。

休·蒙塔古曾经说过，你父亲对讣告栏十分愤恨，但泰·柯布在蒙塔古的奥秘中是一位标志性的人物。毕竟，泰·柯布的母亲也杀了他的父亲，这和蒙塔古一家经历的悲剧很相似。所以，当柯布死的时候（死于前列腺癌），休·蒙塔古很受打击，于是交给了我这份蓝胡子的文件。

你可能已经猜到了，我已经仔细看过了这份文件。当然，我一直在思考到底谁是哈利·菲尔德，一直没有想到这个人与你有什么关系（休死活不肯向我透露这一点），直到昨天收到确切的信息，我才有了些许转变。

好吧，我不只是读了你的报告，还看到了一些你还没有看到的蓝胡子的文字记录，休·蒙塔古和我一样很担忧。他一直在悄悄努力让我们年轻的总统认识到胡佛不管对哪一届政府都是个梦魇，尤其是肯尼迪这一届，但是在这段时期，我不相信杰克能理解胡佛承受了多少压力。肯尼迪一开口，他的政治生涯就结束了。摩德纳就有些太不慎重了，我不打算记录她和她朋友威利的对话。表面上看起来她什么都没有告诉她的朋友，但实际上她什么都说了，即使这得花上很长时间才能反应过来。我打算总结一下我从中领悟到的东西，为你节约时间。

简短地说，在杰克和杰奎琳五月底出访巴黎期间，摩德纳饱受相思之苦。你记起来了吗？我们的第一夫人在巴黎受到了盛大的欢迎，甚至连杰克都说“我这次巴黎之行的真正任务就是为杰奎琳·肯尼迪护航”。天哪，这些一定会深深地刻在你这位可怜的姑娘的脑子里吧，或许我们的魔鬼山姆还会揪着她的痛处挖苦她。“你嫉妒吗，摩德纳？”他一直这么问着。“一点也不。”她一直这么回答。在向威利（这个人我一定要说，我把她想象成了一个金发胖女人——你有看到对她的描述吗？）诉说这一切的时候，摩德纳哭了起来。原来在五月初，巴黎之行前夕，杰克将摩德纳带上了白宫的床。你能想象吗？吃完冷汤配汉堡番茄酱的诡异午餐之后，杰克将摩德纳从家庭餐厅带到了二楼的卧室，一张宽敞的床上。就在那里，他们发生了性关系，她又一次疯狂地坠入了爱河。也许她会把这件事告诉威利。

以下这段文字记录还是值得摘录在此处的：

威利：等一下，守卫放你进白宫了吗？

摩德纳：当然没有。我是走到门口，那里有一位矮小而结实的男人下来接我进去的。他叫作大卫·帕沃斯，他的眼里闪过一丝光芒，看起来像一头丑陋的怪物。总统，他说，正在游泳，很快就会过来。大卫说到“总统”的时候总是强压着声音，就好像叫你在教堂里做跪拜。当然，杰克一过来吃午餐他就离开了。在那之前，大卫告诉了我，他每天早晨都会喊杰克起床，每天晚上将他送上床，他当然会让你觉得你是在白宫，而不是其他随便的地方。

威利：那并不是一个好地方吧？

摩德纳：这就像是身处公谊会的教堂里，甚至更庄严一些。这是一种神圣的信任感，置身于其中，我空前地渴望来一杯波旁威士忌。那是周六下午一两点钟，大厅里空无一人，我一直觉得我再也不会见到杰克了。但是，在大卫带我去了楼上的家属住宅区后，我感觉稍微舒适了一点点——我熟悉N街杰克家里的所有家具，现在这些家具都搬到了二楼。

吃完午餐，他们就去了卧室，是杰克背着她上楼的。还记得哪一位法国国王总是这样“问候”他的情人的吗？路易十四。不管怎样，摩德纳说，杰克的“腰椎状况”越来越糟糕了。“关爱领导。”她对于服务“主人”十分乐意，但还是有些不满的情绪。“我不介意自己处于什么位置，不同的位置能展现不同方面的我。唯一的条件就是要我自愿做主。”

这一阵子她都能透过双人床房间的窗户看到华盛顿的纪念碑了。

亲爱的哈利，我真的很想知道你读完这些早期的文字记录有什么反应，我希望我已经足够理解你了，我猜这些东西应该刺激你想和摩德纳有更进一步的发展——但也有可能让你们的关系更冷淡。我们好想看到这位空姐眼中的光芒啊！

噢，哈利，这算是我对你这个年轻弟弟的挑逗吗？

还是让我回到重点上吧。杰克在巴黎获得了胜利，回国以后在六月初的时候又和摩德纳取得了联系。一整个夏天，在华盛顿的每一个炎热而“荒芜”的周六下午，他都会把她带上同一张双人床。他们过去总是说起乔·肯尼迪，你和一个人生意做得越久，对方获得的礼仪就会越多，你自己得到的就会越少。她和威利的对话掺进些许悲伤之意，但她还为杰克找到了辩解的理由：他太累了，他有太多的事情需要解决。

这是我们和蓝胡子在一起度过的最特别的一段时期。她现在主要居住在洛杉矶，和其他四位空姐在布伦特伍德合租了一间公寓，简直成了另外一个人。她虽然人在洛杉矶，但她一直在等着从华盛顿传来的“召唤”，而且同时这个布伦特伍德的公寓还是个举办派对的场所——男演员、适婚年龄的年轻职员、专业运动员、偶尔出现的电影制片人和大量酒水。我不太熟悉这样的聚会，但是那里跳舞的人很多，而且大麻的供应也很充足。她总是随时做好准备飞去芝加哥或者迈阿密，和长发公主共度周末，但她一直不变的原则就是“没有性的来往”。威利对此深表怀疑，我就不在这儿跟你细说了。

放荡不羁的生活一直在持续。摩德纳开始发胖，而且喝太多酒的她去参加了“嗜酒者互戒协会”——不过是偶尔去一下而已，她还“被抑郁纠缠”，她还同时服用兴奋剂和镇静剂。她把宿醉说成了“灾难”，而窗外的一场网球比赛在她看来也是一场“防空炮击”，她不断地提到“一个醉醺醺的夏天”。工作的时候，她的痛苦更是“前所未有”的，她很频繁地给肯尼迪打电话。很明显，肯尼迪是给了她一个特别的私人号码，可以直接打给他手下的一位秘书。根据摩德纳的说法，杰克只有在空闲的时候才会给她回电话，并且她有提供线索说去年夏天她确实用了马尼拉纸信封将信从洛塔寄到长发公主。但是，杰克却一直在戏弄她。“不要和山姆太过亲近了，”杰克说，“他不是一个值得相信的人。”

休·蒙塔古出乎意料地对我说：“我怀疑这肯定和卡斯特罗有关系。这一切都是因为，你的杰克拥有一支爱尔兰共和军。相信爱尔兰人的直觉吧！他想进行报复，报复完就可以颐养天年了。”

我的内心涌现了一股从未有过的奇怪感受。我总是把自己想成可悲的爱国主义者，也就是，我热爱美国，但这就好比当你的伴侣犯了点错，你都会一直对她大声吵嚷：“噢，天哪，他怎么又做了同样糟糕的事。”但我很愤怒，卡斯特罗这个人应该是更适合去做海盗船的船长，而不是凌驾于我们之上幸灾乐祸，这确实让我很不爽。我知道这在肯尼迪的心中就像一根刺，那么爱耍诡计的他，很有可能会为自己争取到塞米·G.。

八月底的时候，我们这位姑娘再次被邀请周六去二楼小客厅共进午餐，但这次不同的是，大卫也参与其中了。

摩德纳：快吃完的时候，杰克对我说：“摩德纳，我听说了一些谣传。”“谣传？”我问道。从见他第一面开始，我就不喜欢他的语调，一点也不喜欢。他说：“你有和别人说过我让你接受另一个姑娘介入我们之间吗？”

威利：他真的当着大卫的面这样跟你说话吗?

摩德纳：别说是大卫了，我看他巴不得安排一个下属现场录音呢。

威利：也许真的录音了呢?

摩德纳：别说了，这已经让人很不快了。我觉得他这么做都是为了大卫，好像是在说：“好吧，这就是那个谣传，但摩德纳，你有恶毒到四处散播吗？”

威利：你一定很生气。

摩德纳：我并没有发誓的习惯，但是直觉告诉我这次就要“俗套”到底，所以我说：“如果你真的希望再扯进来一个姑娘，我发誓我肯定是最后一个说出去的人，这对我来说简直是种羞辱。”

威利：你真的这么斥责他了呀？

摩德纳：他已经越过了我的底线。

威利：我很喜欢你现在说的话。

摩德纳：嗯。

威利：但是你真的跟我说过杰克邀请了别的女人加入你俩的事。

摩德纳：我有吗？是的，我说过。但是你肯定不会泄密啊。

威利：除我之外你还和谁说了吗？

摩德纳：我可能和汤姆说了吧，我记不得了。天啊，我是真的记不得了！你知道吗？安眠药和酒精会损害一个人的记忆！

威利：是的。

摩德纳：好吧，我确实想起来我跟山姆说过了。

威利：不，天啊。

摩德纳：可我不能独自受煎熬。

威利：那你责备了杰克以后他怎么样了呢？

摩德纳：我一直都很气愤。我问他，他怎么能够在外人面前讨论我们的私事。之后杰克一定是打了个暗号，因为大卫接着就离开了房间。然后杰克想要道歉，他一直吻着我的脸颊说：“我真的很抱歉，但我确实有难言之隐。”我跟他说，如果他不喜欢别人乱说，那他自己也应该注意自己处理的方式。然后我忽然说：“让我们就这么断了吧。”我简直不敢相信这句话是我自己说出口的。他想让我留下，我觉得经历了这些不愉快，他还是只想和我上床。男人就这“一根筋”，不是吗？我最终不得不说：“你太麻木了，我想离开。”

威利：你就这样径直离开了吗？

摩德纳：没有。他是不会允许的，他吩咐大卫带我参观白宫。

威利：我觉得他们是想知道你是否能够控制自己的情绪。他们需要的就是一些美丽的女人疯狂地冲出白宫，在宾夕法尼亚大街上脱掉所有的衣服。

摩德纳：你今天还真是“幽默”啊。

威利：对不起。

摩德纳：参观白宫之旅真的是太痛苦了，大卫总是在我想叫喊的时候转移我的注意力。我感觉自己就像在服务一架满员的客机，大卫可能花了45分钟吧，带我参观了绿厅、红厅、总统办公室和东厅。

威利：你还记得其中的什么吗？

摩德纳：能不记得吗？“优雅来源于理性”。

威利：什么？

摩德纳：“优雅来源于理性”。这句话就在东厅展出，大卫一直在说东厅是最宏伟的部分。当我们进了椭圆办公厅，他必又说：“这里曾经是为白宫婚礼而设置的。”然后他便开始描述椭圆厅里的蓝色阴影。起初在门罗做总统的时候，它是深红色和金色的。但范布伦将之改成了品蓝色，到了格兰特总统就变成了紫罗兰色。切斯特·亚瑟的女朋友则选择了蛋青色，到了哈利森夫人这里，她就选了天空蓝。

威利：你的记忆力看来没什么问题。

摩德纳：谢谢，哈利森夫人选的天空蓝墙纸很有品位。

威利：谢谢你告诉我。

摩德纳：然后，泰迪·罗斯福使它变成了钢青色，哈利·杜鲁门又把它改回了品蓝色。

威利：真是神奇。

摩德纳：我生病了，我想离开这儿。

我能理解摩德纳，男人是不会理解当女人察觉到感情变化时，她们假装特别沉着冷静的痛苦的。摩德纳一回到宾馆，就立即打包了行李，赶上了一班飞往芝加哥的航班。

我告诉你，她就是从这时候开始和山姆的恋情的。但是，今天我还不准备跟你说这些，等你先给我回信了我再说会更保险些。

Eiskaltblütig

附言：你能相信吗？这个落款是休·蒙塔古为我起的假名之一，我就像早期的岩浆一样内部已经高温过热，但还是没有发育充分。

5

1961年10月22日

亲爱的冷血岩浆小姐：

如果我们要通信的话，我不想提到摩德纳。我们能说说其他事情吗？我已经做好准备听你讲述关于自恋的理论了，为什么你不跟我聊一聊呢？我期待你的构想能适用于内行人。是的，还想听你说说关于精神病的种种。

至于我自己，现在是处在一个奇怪的阶段。我的事业目前停滞不前，前途也是一片渺茫。可是又好像出现了新的迹象，一只在我脑海里飞行的鸟忽然折返向着来的方向飞去了——至少这是我闭上双眼所看到的画面。一个小时前，你丈夫给我打来了电话，他邀请我10月28日晚上7点在哈维的酒店共进晚餐。他说爱德华·兰斯代尔将军也会出席，而我那晚的任务就是协助你的好男人休。然后他就挂断了电话。

你知道这背后的事情吗？

哈利

1961年10月26日

亲爱的哈利：

稍后我会回答你的问题。首先，我要满足你对自恋和精神病的好奇心，所以我会将关于自恋的见解做一个高度的总结。

首先，需要改变你对自恋的偏见，它不是指一个人爱上了自己，这种观点在很大程度上歪曲了它的真实意义。它的核心在于：即使你会厌恶你自己，但你依然是一个自恋患者。自恋的关键在于：一个人的伴侣就是他自己。一般人都能够和他人分享自己的爱恨情仇，但自恋患者会被这些情感弄垮，因为他体内的 α 和 Ω 一直都处于无休止的对抗中，他一直寻求的是一次永远不可能到来的休战。

自恋所导致的缺陷之一就是交际无能，这在爱情里体现得最为明显。不管两个自恋者是多么亲密相爱，这也仅仅是他们相爱的决心的体现。在这种表象之下，掩藏的是精神空虚。

是的，哈利，这是很矛盾的，两个自恋者的爱情有时是那样激烈，有时又充满了痛苦和折磨，真的很难给出一个确切的定位。如果双方能够真正地接近对方，那么二人就能够开启超越自我的世界大门，这就如同从手淫向性交的质的飞跃。

关于精神病，我对此可能就不太自信了。它和自恋性质有些类似，但又有明显的不同。有些人不会正视他的 α 和 Ω 的冲突，也不会正视精神病，在这种意义上说，精神病超越了自恋症。α 和 Ω 不停地互相攻击，期望着能获取更大的能量，主要的表现不是超脱，而是紧张不安。确实，这种紧张不安的情绪负作用极大，会诱使精神病患者发生性行为或者袭击他人肉体，却对此不负任何责任。毕竟，精神病患者生活在一种恐惧的状态中，他们害怕找不到能够减少他或她紧张情绪的行为；无论什么伤害都会给他们带来安慰，而且理由还很充足。对一个精神病患者来说，最快速的安慰就是他或她内心的主宰由 α 转为 Ω。这就是为什么精神病患者接下来能很快吸引其他人的原因。

当然，事实永远不会像我的理论一样简单。在现实生活中，精神病患者和自恋患者其实都在试着变得和彼此更相像。自恋患者想要摆脱超然，以身试法，而精神病患者却是在追寻超然。更好的理解是将这两种患者都看成是人格错位的两个极端，此间的范围从最自我封闭的自恋患者到最不受控制的精神患者。举个小例子，我怀疑你的摩德纳现在有点自恋患者的迹象了——她的父母一定十分溺爱她，导致了她日夜思忖的对象只有她自己。现在加上山姆的“帮助”，她似乎又开始向精神病患者转变了。

我不希望你将我看作没有价值的无用之人，而是有一定判断力的正常人。我说到的关于摩德纳的事情，在某种程度上也能应用到我自己身上。我也只是个孩子，没有人的自恋程度比我的深

（毕竟，如果我不是从很小的时候就开始同 α 和 Ω 生活在一起，我又怎么能产生关于它们的设想呢？），所以我不是在评判摩德纳——我很清楚自恋患者很容易发展成精神病患者。

自恋患者和精神病患者都有一个恶习，那就是背叛，这个说法有些奇怪但是也很符合逻辑。精神病患者无法自助，在原始的状态下，他的背叛是不受自己控制的（这就是我们所说的“精神骗子”的意思）。由于精神病患者比常人更频繁地在 α 和 Ω 之间动摇,所以 Ω 或者 α 会理所当然地打破对方刚刚许下的承诺。自恋患者则更倾向于只是发现背叛的细微差别，而不是真正去实践它，所以表现出来的总是善变不断，其中背叛还充当了催化剂的作用。

所以，我进一步挖掘了自己掩埋心底的激情，这就是背叛休·蒙塔古，但不是肉体的背叛。我关于性方面的誓言一直让我保持着自己的头脑清醒，我不知道是不是因为誓言才没有在肉体上背叛他，但我一直遵守这个誓言。尽管背叛他的想法已扎根很久了，给你写信便是对我这些直觉的一种升华。我已经建立了一条连接你我的纽带，构建了一个只属于你我的二人世界，这让我更加自由地去追寻我的梦想。

你知道，对于我想要的东西我都会有真正的暗示。这个国家的“大船”并非无人掌舵，但是它的罗盘却是歪斜的，我不能告诉你猪湾之战对我们这些机构的人带来了多大的影响。如果连我们都不知道如何在历史的长河中引导出一条正确的航线，那么谁还能做到呢？我们应该为总统服务，但我们大多数的总统都没有什么卓越的大智慧，所以我们一直都不得不自己给自己带路。

现在我们的这位总统就比较接地气，他能够意识到错误与问题的存在，虽然有点自负但头脑却很聪明，乐于去学习，而且对于谨慎与冒险之间的制衡很敏感，让他了解局势是具有决定性意义的。他限制百分之百地依赖蒙塔古一家，或许是我夸大了？尽管如此，他对我家的依赖是真实存在的。我相信他准备好了聆听休·蒙塔古，也准备好了听我的意见。

所以我发现我从休·蒙塔古那里学到的东西还不够多，我想学到更多。你可能会说这是过分虚荣的体现，但我希望在我内心最重要的部分成立自己的情报中心。

你会说这太疯狂了，岩浆小姐太幼稚了吧。

不，我告诉你，我没有疯。机构里几乎一半的人都有这样的激情，大家也是心照不宣、劲儿往一处使。可是我们却很少有人敢于承认它，只有我敢，我想知道正在发生的一切事情，我想影响到船的舵盘。尽管我有自己的偏见和缺点，但我觉得我和我丈夫一样能够做出良好的判断，你知道我的丈夫可是机构里甚至是整个华盛顿特区最聪明的人啊。

你可能会问，你能为我们的合作贡献什么呢？你能做出很多的，朋友。你知道，我一直都很关注你的状况。你是对的，你的事业现在确实处于“赤道无风带”。亨特没能在赞尼特的编制里为你争取到一席之地。对于你的表现，他描述为你的“工作习惯不够严谨而且经常分心”。这个问题可能要牵涉你和摩德纳男欢女爱的那段往事了，你坐在一艘不错的船上，却没有把握好方向。

所以，我对休·蒙塔古说：“你要去给哈利谋点差事。”他答道：“我不知道我是否愿意。他把蓝胡子的事弄得一团糟。”这是他第一次承认你就是哈利·菲尔德。

我跟他指出你只是适度地跑偏了，其他人要是身处这样污秽的军事行动之中，可能什么成绩也达不到，甚至连女人的红唇也吻不到。

"他没有充分有效地利用他的职位。他本能获得更佳成绩，而且，如果他真的坠入了爱河，那他完全可以直接告诉我啊。"这就是他的评判。

你知道吗，我觉得他其实心里还是很喜欢你的。休·蒙塔古几乎没有满意过其他人的工作，但你是他的教子，他一直没有忘记。我们一直在讨论适合你的工作，最后我们不谋而合！那就是让你在新古巴运动中做比尔·哈维和爱德华·兰斯代尔之间的联络员，我不必陈述这份工作的重要性了吧。我可以自信地告诉你，这就叫作"猫鼬行动"——为了纪念一只以捕杀老鼠和毒蛇著称的印第安猫鼬。你看，猫鼬是"MONGOOSE"，"MO"指的是远东地区，最方便的是，这两个字母缩写还很容易让人想到国防部，所以赫尔姆斯选择了它。他认为这个代号会让我们这些人当中爱管闲事的人摸不着头脑，让机构里的好奇分子误以为这是我们和国防部要在亚洲进行的行动。

实际上，"猫鼬"是被一个特别组织发现的，其头目是马克斯韦尔·泰勒将军而非鲍比·肯尼迪。(如果你觉得杰克对古巴问题是焦虑不安的，那我可以告诉你鲍比对此就是完全怀揣着恶意的。所以促成这件事是存在着许多推动力的，目的就是不择手段打倒卡斯特罗。)

兰斯代尔将军现在是负责管理"猫鼬"的，他的直接下属就是你的老搭档比尔·哈维。

我和休·蒙塔古也认真地讨论了一番。这是一份没有具体分类的工作，它有可能让你名声大噪，但也有可能什么也得不到，而且，哈利，这还不是你能够做主的事，只能听天由命了。事业上的进展与你所得到的职位有很大关系——这么多年你先是去了分部办事处，然后又去了驻地(乌拉圭)，今后就要去更高级的部门了。联络员这份工作将会让你接触到更多厉害的人，比如，兰斯代尔。他是一个非常特立独行的人，有过一段军旅生涯。他从来没有去过西点军校，也没有正式服过军役，也就只是美国后备军官训练队的一位储备队员。30多岁的时候，在战争期间，他为战略情报局从事公关及广告工作（我想应该是宣传工作）。在对日战争胜利之后，他冒充自己是预备队的陆军上校，给菲律宾人派了一项任务，这一举动也为他挣来了圈内人的关注。我确定你一定知道一些关于他传奇事业的故事，他被格雷厄姆·格林记载进了《寂静的美国》（不公之举），被莱德勒和伯迪克记录在了《丑陋的美国》中。事实是，他彻底地改变了菲律宾人，并且在战胜虎克党的斗争中发挥了最重要的作用。然后，他成功地扶持了拉蒙·马格赛赛竞选总统。最近，他在越南同迪姆交往甚密。这个男人有很多功绩，他确实特立独行，但也能给人很大的鼓舞。

现在的问题就是如何将你推荐给兰斯代尔。休·蒙塔古几乎不怎么了解他——事实上，休打算明晚请他吃饭并在餐桌上进一步了解他，这件事由卡尔来安排。因为你父亲跟兰斯代尔比较熟，在远东地区他们合作得十分愉快，所以我说服休·蒙塔古给卡尔打电话，尽管我知道猪湾之战让他们彼此心生嫌隙。在日本接到这个电话后，他对我们说了以下的话，和他给兰斯代尔的推荐其实是一样的："哈利是个很不错的年轻人，而且一直在进步。我很幸运有这样一个儿子。"然后他又额外叮嘱了休，"不要告诉你的这位教子，他听到了会骄傲自满的。"

休·蒙塔古当然不会告诉你的，但为了给你鼓舞士气，由我向你说明，我相信你现在需要这样的鼓励。休为你们的晚餐选择了哈维的酒店，原因在于你不仅要去做兰斯代尔和哈维之间的联络员，也要做休和哈维之间的联络员。如果你觉得这些还不够的话，那你每一步工作也要向我做汇报，就像我一直跟你讲述我手下的事情的进展一样。我知道我现在有点狂妄自大了，但是我相信我们俩是机构里最单纯的人，甚至说到背叛，中央情报局仍然需要纯洁的灵魂。

我是疯了吗？听着，亲爱的，我知道从柏林回来之后，你从来不会考虑同哈维共事，但这次我要说：比尔·哈维有某些把柄落到了休的手里，所以你什么都不用害怕。我正努力找出究竟是什么把柄，我可以肯定的是这个把柄一定很有分量。

我希望你能在做完自己的事之后记得跟我分享一下明天晚餐的情形。

基特里奇

6

10 月 29 日，周日，晚

亲爱的基特里奇：

昨晚晚餐时，兰斯代尔教导我必须要做到小心谨慎。“你将会掌握着从国家安全委员会发来的资料。”他说，他特别强调了来源的重要性，说完休·蒙塔古也用他那犀利的眼光打量着我，我当然向他们俩都点头示意了。

你是对的，和你保持联系确实是一件让我很开心的事情，而且我会附上“交易”中我的那部分内容。

现在说正事吧。那个晚上很奇怪，我能看出来我的工作是早就安排好了的，我本来以为兰斯代尔跟我父亲的关系并没有那么好，甚至都没有打算和我们共进晚餐，但是却在晚餐的最后通知我："对不起，年轻人，你不能做这件事情。"事实真是恰恰相反。我承认这一顿饭吃得还是挺愉快的。

休·蒙塔古和兰斯代尔两人是如何获得彼此的认可的？我对此挺感兴趣的。我猜休对人的要求的等级评定一定和美国海军陆战队准将的一样高，即兰斯代尔的等级，所以他们才能以这样平等的方式见面。虽然兰斯代尔在战略情报局和中央情报局（我查到是在越南分部）都待过，但他完全就不是机构里的人，不是说他的言谈举止有问题，而是像你说的，他是自成一派的。

不管怎样，你丈夫和兰斯代尔指望通过对比各自的战绩来评估对方。休只讲了一件战功，我本来还在疑惑他为什么只讲一件，后来我意识到他是把自己摆在了裁判的位置，由兰斯代尔成为那个自卖自夸的家伙。然后兰斯代尔连续说出了自己四五个英雄事迹之后，休才觉得该轮到他说说自己的了，他便给我们说了一个关于纳赛尔政府的小笑话。似乎是休在开罗的时候，他试着让纳赛尔接受一些中情局的"项目"，但那个大人物甚至听都不愿意听一句；因此，休·蒙塔古打印了一份关于他的项目的详细备忘录，贴上了顶级机密的标签，将它放在了自己雪纺上衣的口袋里：他知道在他踏出宾馆的那一刻，保卫人员会拍下照片（并向上级汇报）。"第二天，纳赛尔就给我打电话和我讨论这件事了。"

基特里奇，你知道吗，我想起了你家的一位客人，一位叫作迈尔斯·科普兰的狡猾商人，他也讲过一个同样的故事，这让我对休又有了更深层次的了解。就战争故事这方面，这可是他的优势啊！所以我确定他会利用任何人达到他的目的，而且也不会因此而惭愧，甚至不惜编造故事，因为我觉得他不会向兰斯代尔透露一些真实的功绩。

这位将军就是另外一回事了，他就像一个真诚的推销员，给每个人都递上了他的资料。他是个古怪的高个子男人，看起来丝毫不像一位将军。他已经50岁了说话还是轻声细语的，而且长得也不难看——鼻子又高又挺，脸颊上还挂着俊美的酒窝，但他的眼睛有些凹陷，我不知道在这里我想表达什么，眼睛虽然凹陷却炯炯有神，那光芒好像在邀请你走进他内心的空洞之中。我想说他就快成为一名催眠术士了，似乎可以将你催眠进入他的意志中心里去。但他是个充满矛盾的人，他一定是个久经世故之人，但是并没有刻意显现，相反他甚至看起来还有点单纯。轮到我说一个战争故事了，我就讲了利伯泰德的传说，兰斯代尔竟咯咯地笑了起来。

我猜性对他来说一定是很陌生的。他表现出一副亲切又充满幽默感的样子，但是在1946年对琉球岛的军事巡视中，他竟教围绕在身边的当地孩子对即将跟过来的美国人大喊："我爸爸是兰斯代尔少校！兰斯代尔少校！"

那个故事就是个热身而已，接下来，他展现出了自己更古怪的一面。"我曾经，"他说，"和一个吕宋岛的官员打过交道，他是个很腐败的家伙；到了紧要关头，他就把自己锁在房间里，透过窗户挥舞手枪。我不得不跟这个人周旋，所以我说：'开枪吧，先生！哪怕击倒你需要我的牺牲，那也是一件幸事。'你知道吗，那个官员竟然投降了！"

"后来，我有一个手下问我是否射中了精准的一枪，我跟他说，我还没见过有比他拔枪还慢的人。"

"难道你会冒险去承认这个？"休问道。

“不，先生，我的策略不取决于持枪，而是心理战术。在我们和虎克党的斗争中，我们的战斗机总是会飞得更高，再用扩音器攻击他们的耳朵——我的菲律宾手下会对着下面可怜的家伙们慷慨陈词。游击队知道头顶有直升机，但该死的，上面也会传来别的声音。因为我们有周密的情报工作，所以我们知道虎克党里一些成员的名字，他们都来自当地的贫民区，而且我们的人熟悉他们的人。我的手下跟他们说：我们看到你们躲在下面了，第三团！我们看到你了，米格尔长官！还有你，约瑟·坎波斯！是的，我们也能看到你，基基！佩德罗！埃米利奥！不要再躲了，卡拉宝！我们看到你了，还有古诺和芭比！我听到了你们所有人讲话。相信我们吧，我们今晚就会消灭你们！我们的勇士就要到了，所以，下面的友人，我们要对你们说：‘快跑吧！’那些告诉了我们名字的人，我们想要说：‘朋友，谢谢你！’现在，拯救你们自己吧，从这个团里逃走吧！”

“好了，”兰斯代尔说，“我们这么一喊，他们里面一半的人都想逃走了。当然，领导层便开始怀疑哪些人是我们的朋友，然后很快形成了一间非法法庭，一些成员天亮之前就被处死了。那个扩音器消灭掉的敌人真是比任何枪炮消灭掉的还要多。

“我们也把我们最棒的侦察兵送去了菲律宾的军队接受晚间训练，因为共产主义者一直在远东地区吹嘘，说美国人只能在白天耀武扬威，而夜晚就属于共产主义者了，所以为了赢得这场战争，我们必须加强夜间的军事力量。

“我决定充分利用当地的人才，人类学和军事火力一样有价值嘛。在虎克党的地盘上，传说有一只叫作‘阿爽’的可怕的吸血鬼，我想要‘雇用’那个恶魔！”

“很棒！”休·蒙塔古说。

“我也这么认为。我们将吸血鬼阿爽来到这片区域‘积极做事’的故事散播出去，然后，选择某个晚上，我们高明的巡逻队员埋伏在虎克党必经的一条小路上，直到最后一个人走过，我们才出动伏兵。我们太幸运了，他是一个掉队士兵，我的手下完全能够制服他，然后把他从小路拖出去。我手下一个叫杰克·罗宾逊的人，迅速地在他的喉咙上戳了两个洞，用他的鞋跟撑着这个可怜的受害者的喉咙，直到血都流光了。之后，我们就把他放回了小道上——我们知道当虎克党回来寻找他们这个走失的队员时，会发现一个血已流干的‘标本’，喉咙上还有两个小洞。然后关于阿爽在周围潜伏的消息就会更加真实了。接下来，如我们所料，大批的人都被吓得叛逃了。你看，这些菲律宾人相信阿爽只会攻击那些错的一方。”

“那你怎样把这个方法应用到古巴呢？”休问道。

“最需要的是走出狭隘的圈子，去了解你要对付的人——所谓‘知己知彼，百战百胜’嘛，猪湾就是个值得吸取教训的经典例子。官员们坐在办公桌前读着所谓的目标报告，可是写这些报告的人自己都不知道真实情况是什么样子，看这些‘二手资料’你怎么能得到最真实的信息呢！懒惰的情报人员总是需要更多的火力刺激。”

“听着，听着。”休·蒙塔古说。

“关键就是把他们的原则转为我们所用。共产主义者对一个国家社交组织的薄弱点攻击得越猛烈，我们就越要努力地巩固和加强那个薄弱点。这就是我在越南一直努力向迪姆和努解释清楚的事情。和他们共事，就要让他们来做操纵者，因为军事决策者总是偏爱使用蛮力。对付共产主义者的唯一力量就是‘从人民中来，被人民支持，为人民服务’。”

此时，休·蒙塔古点起了他的第一根烟。“是的，”他说，“这对我来说很明显，兰斯代尔。可是你的心还停留在远东，而不是加勒比海地区。”

“的确如此。”

“我能问问你为什么同意接这个活吗？”

“唔，先生，你会忤逆美国总统的意愿吗？是他请我来的。”

“噢，既然是总统要求了，那的确是很难拒绝，”休点了点头说道，“但我会，因为我会预见到存在的问题。”

“请继续说下去。”兰斯代尔说道。

“正如我所见，这个问题就是你要插在鲍比·肯尼迪和威廉姆·哈维之间，而你很快就会发现，他们两个都是很急于得到结果的人。”

“我也是啊。”兰斯代尔说。

“是的，但你的方式是和人民建立密切的关系，现在说的人民就是指古巴人民了。很不幸，他们不会和菲律宾人民一样，也不像越南人，你将无法混入他们之中，你做不到和圣斯皮里图斯省，或者马坦萨斯，或者圣地亚哥，或者西恩富戈斯等地的居民打成一片。你只能拉拢一个迈阿密流亡军的队伍，而且他们因为自身罪恶其实已经失败了。”

“他们的罪恶是什么？”

“胡作非为。对一个古巴人来说，迷惑欺骗自己的朋友或者是投靠敌人，都是十分重大的秘密了。”

“那我们就碰上了一些和菲律宾人相似的地方了。”

“你当时是公开行动的，因为决定权在你手里，而且你的军队跑得比你公开秘密的速度还要快。可是现在，你需要时间来成立一支地下组织。”

“是的，我希望它是由古巴人构成的，为他们自己的原则而战，而不是为了我们的利益。我计划将这些反对巴蒂斯塔拥护卡斯特罗的流亡队伍调整归零，我们会在古巴境内和他们合作，然后小心谨慎地选择我们的攻击点，不要引起当地人非正当的报复行为。”

“你觉得你会这么幸运吗？两个月前，我们年轻有为的将军安东尼，还有罗伯特·肯尼迪，在白宫的内阁室里公开痛斥了理查德·比瑟尔。比瑟尔可是一个有尊严的人，而且身形都是鲍比的两倍，‘但是，’鲍比竟然对比瑟尔说，‘你真是什么事儿也没干成！’”

“现在比瑟尔先生肯定走出去了啊。”兰斯代尔说。

“当然了，迪克·赫尔姆斯还在里面。他更矮小，更刻薄，而且更直接。”

“我不知道我是否要听你的。”兰斯代尔说。

“你说到人类学比火力更有用，我很欣赏这个观点，但我还是要说：在古巴没有那么多的‘人类’。三个世纪之前这里的土著就被除光了，取而代之的都是些黑人奴隶。你会发现古巴的文化跟它的经济一样：不过就是些迁移过来的西班牙人和奴隶，糖、朗姆酒、咖啡、烟草、伦巴舞、曼波舞、旅行者、成人表演和萨泰里阿教。”

“我，”兰斯代尔说，“可能还要说两句。罪孽和天主教义，两者都是——我能强调一下吗？——具有高度激发性的。当你欠缺人类学的时候，就尝试一下激发性的研究。”

“我知道你在考虑的不仅仅是将卡斯特罗从古巴赶走。”

“是的，先生，我计划更深入一些。越南人有一句美丽的谚语：‘没有人，能不受天意就可以统治国家。’所以，在古巴，我们将要拿走这个‘天意’。”

“这个天意是什么？”

“我觉得，卡斯特罗的重要支柱之一，是他在耶稣和他自己之间精心创造的身份，他的优势就是他名字的拼写：Castro和Cristo。你应该能注意到辅音都是一样的，C、S、T、R、O，只有A和I是不同的，而且它们都是元音。这就是一个宣传点了，”兰斯代尔说，“辅音都重复了两遍，下意识里形成了某种联系。”

基特里奇，我抓住了一个机会——能够接上话了，于是我插话道：“另外，还有Hernando，Cortés和Castro。C、S、T、R再次出现了。”

“没错，”兰斯代尔说，“说得好！Castro/Cristo还能被看作Castro/Cortés，他真是个伟大的将军！”

“从某种程度上来说，这个概念没什么缺陷，你已经想到更多的困难了，”休·蒙塔古说，“但是激发性的研究要怎样避开这些神秘的关联呢？”

“我们将会找到方法的，”兰斯代尔说，“它绝不会是表面看起来的样子，就像你们讨论过的给卡斯特罗的胡子涂上脱毛膏。”

“是的。”休回答。

“这个未遂的计划现在成了情报局高层内部的笑料了。”

“是有那么一两个人总喜欢拿这个开玩笑。”

“很遗憾我没有参与那个计划。我说不定可以说服一些决策者实施这个计划呢，这虽然听上去很愚蠢，但是我的确认为这种脱毛膏是个可行的方案。”

“请允许我说一句，”我说，“我不明白为什么。即使我们真的成功地剃除了他的胡子，卡斯特罗的小下巴显露出来，难道他不可以用假胡子来掩盖，直到他的胡子再长出来吗？”

“不是这样的，”兰斯代尔说，“如果一个美女没了头发，不得不戴假发，天哪，你看吧，大家很快就会知道了，坏事传千里嘛。秘密的消息在人们之间口口相传，比起直接揭示真相更能让人们相信。此外，假的胡须总会在意外的情况下脱落，卡斯特罗肯定会为此而心神不宁的。”

“你知道吗，和你进餐感觉好极了，将军，”休·蒙塔古说，“我和比尔·哈维对你的任务非常感兴趣，我相信，一切都会进展得非常顺利的。”

“我希望如此。”兰斯代尔说。

“如果比尔对此有什么意见的话，你尽管来找我。我不是在这空口许诺，论野蛮我还是胜过比尔的。”

我们都笑了起来，但不知怎么的，我觉得大家的笑都太小心翼翼了。我不知道到底是应该敬畏兰斯代尔将军还是应该同情他。

但是他接下来对我说的话让我感到很惊讶。“作为联络员，你应该是一个译员，同时也是一个外交官。所以你现在给我解释一下：你的朋友休·蒙塔古想告诉我什么？”

我真是如坐针毡啊，基特里奇。我知道休·蒙塔古不愿意别人解读他的话，但是，这又是我要接的第一个任务。最后我说：“那我就斗胆说一下我的理解吧。我觉得休·蒙塔古的意思是说，比尔·哈维只打算同他能完全控制的古巴人打交道。”

休·蒙塔古赞同地点了点头，似乎他教子的情报才能中显露了一些充满希望的迹象。

兰斯代尔说：“我们会对此多加留意的。”

这是我第一次向将军提出我的一些看法。他不准备详细说明他即将在古巴开展的行动，因为他可能也怀疑他的方法在古巴问题上行不通。通过我昨天的搜集和观察，15年来他一直在一级军事任务的边缘徘徊，所以我觉得他这次接受这份工作的唯一原因就是，这是他所接受的任务中最重大的一个。或许他的确是出了名的特立独行，但是现在他需要得到同事和上司公开的尊重，所以他才打算参加他最不齿的事情——从办公室中接下一个项目。我很好奇结局会怎样，让我们拭目以待吧。

昨晚一直到最后，兰斯代尔讲了一个很好玩的故事：似乎是他与肯尼迪总统第一次见面的时候，肯尼迪说："将军，他们告诉我，你就是美国最像詹姆斯·邦德的人。"

兰斯代尔摇摇头道："我向你保证，我会尽快摆脱这个印象的，我活在世上最不能忍受的就是别人说我像詹姆斯·邦德！于是我向总统推荐了一个更合适的'候选人'，这个人就是在CIA里负责猫鼬计划的外勤工作人员，威廉·金·哈维。'你，'总统回复道，'勾起了我的好奇心。你可以把这个叫哈维的人带到白宫来吗？我想见见他。'"

"于是，"兰斯代尔说，"两天后，我把哈维从兰利的基地带到了白宫。当我们坐在等候室等待拜会总统时，我突然冒出个直觉——真是谢天谢地！我转向哈维对他说：'你不是任何情况下都带着手枪吧？'他回复道：'不，我随身携带武器。'说着他继续将一把枪从皮套上取下来。多亏耶稣和卡斯特罗（这个项目），我才能进入白宫大楼，如果特务机关看到一个人在白宫里挥着榴弹炮会是什么反应？'把你的东西藏起来。'我对哈维说。

"我向你保证，我是特别安静地走到特务机构的桌前，咨询坐在那儿的年轻人，我问：'我的同伴很想知道，当我们和总统私下密谈时是否会检查他的武器。'然而这一点儿用也没有。就在我们打算进入总统办公室时，哈维决定他最好还是'展示'一下他所谓的‘王牌’——他放了另一把枪在他背后的一个小皮套里，他把手伸进外套里，抽出了一把三八式手枪，展示给那些特别困惑的特务机构情报人员。我们实际上已经进入了总统办公室，我小声说：‘看在上帝的分上，你不能这么明目张胆地带着这些军火！’他则回答道：‘如果你像我一样知道那么多秘密，你也会带上一把枪的。’

“会议开始了——果然是一个很奇怪的会议。我们刚坐毕，总统就开起了哈维的玩笑，调侃007的风流韵事。哈维咕哝着这些天有点过度肥胖才造成了他的形象受损，并对总统说：‘你可以看出来，我已经不像詹姆斯·邦德了，不过我身材最好的时候倒是更像007，那时候差不多每天晚上都是不同的姑娘陪我。’”

“‘是兰斯代尔将军把你挑选出来的。’总统说。

“‘是的，先生。’哈维答道。

“会议结束后，哈维在出来的路上对我说：‘我表现得像个傻瓜，但是我的天，该死的，他可是总统啊。’”

几天之后我再跟你汇报，基特里奇。我会关上我的抽屉，坐电梯下楼，留下比尔·哈维自己处理剩下的事。可想而知，他会提供另外的任务给我。

顺便说一句，休·蒙塔古在吃完晚饭回家的路上告诉我说，哈维这些天相当沮丧。情报局最近发现柏林的秘密隧道在完工之前被炸毁了，与此同时，哈维想到他之前控制整个工程时有个英国官员为俄国人效力。我不愿提起现在这个“针织厂”在发生着什么。“这个损失肯定比猪湾事件更严重，”休·蒙塔古说，“实际上，太糟糕了。我希望我们不仅能在‘地毯’下清除它，而且还要烧掉这些‘地毯’。”

好吧，我不知道这封信是否能帮助你更了解情报局和这个国家，但是给你写信很开心，对我来说没有比给你写信更能安慰我心灵的事情了。

忠诚的哈利

7

一九六一年的秋天和一九六二年的冬天，我一直保持着和基特里奇通信，我一周至少写两封信，尽管她回复得并没有那么频繁，但她想说的话却比我多。关于这件事，她的情报可能更靠得住：猫鼬计划是次间隔行动。关于这次行动的内容，我十分确定自己能够区分出哪些是事实哪些是谣言。密谈在 JM/WAVE 内不停地进行着，这是无可避免的。密谈结束之后，情报局派了更多的人（比起派去猪湾的人还要多）到迈阿密。实际上，猫鼬计划中情报局的部分——JM/WAVE，成为了情报局辖内的全球最大机构。

因此，我们合并的速度很快，规模也很大，导致机构里到处都是谣言，安全性也非常差，但这根本不用惊讶。中情局的最高保密标准由中情局的学者们在 17 世纪开发满洲里的土地时就论证实践过，他们的原则就是对他们的发现一言不发。但是，现在甚至在哈维位于兰利的基地，人们都肆无忌惮地谈论，整个 JM/WAVE 计划甚至已经传遍了大半个佛罗里达州。兰斯代尔会怎么实施他的猫鼬战术呢？马克斯韦尔·泰勒或者鲍比·肯尼迪又会说些什么呢？白宫的真正立场又是什么？佛罗里达的情形更是推动了我们深刻地思考这些问题，在兰利，这种认识又难以避免：一个人只是政府的一小部分，而不是载入历史的情报员。

虽然我被派驻在迈阿密，但我却住在华盛顿：很难说清我到底住在哪里。我很快怀疑兰斯代尔给我安排工作并非出于更重要的任务需求，而是为了同我的父亲保持良好的关系，所以我工作上的职责（或者说根本没什么职责）显示出这个新职位的肤浅。兰斯代尔并没有那么需要我，他有他自己的骨干，而且十分信任他们。

不久以后，我同哈维一起去了基地，刚开始我们谁也不信任谁，但我们还是会尽最大努力来一起共事。可能我的存在让他想起曾经在柏林的英雄岁月，事实上，我们之间的关系即使到现在也不是完全嫌隙不信任。他有时沉思拒不开口，有时又很信赖我。一段时间以后，我发觉自己就像是有着痼习的老男人的年轻又不忠的伴侣，他可能永远不会原谅我的“出轨”，但是他很享受我的陪伴。我又像以前一样坐上了他的凯迪拉克防弹车的后排座位，他喝着他的马提尼，我记载着我们去机场及以后的路线。由于他的身材臃肿，无法将自己挤入经济舱的座位，所以他乘坐的是头等舱，极少的中情局官员能享受这个待遇，因此只要他需要我陪在一旁，我也就能享受头等舱这份难得的奢侈待遇了。

通常，我会在佛罗里达南部待一晚上来监督他所发起的一个小项目。每周我不再同兰斯代尔保持联络，将军似乎一点也不在意。即使我有机会向他汇报，他也总是在他办公室的前厅会见我，此时他可能正赶往会见来自联邦、国防部、特警小组官员的路上，边走边说：“你能一直让哈维心情愉快吗？”

“我正在尽全力。”

“继续保持，这是很有用的。”他一边说着一边匆匆走过。

比尔·哈维没有特别怀疑我同兰斯代尔的关系。休·蒙塔古在柏林时的暴露却给他带来了阴影：哈维总是怀疑我是夏洛特安排在他身边的奸细，事实上，这的确是真的。如果夏洛特向我询问情报消息，我想我会提供给他，不过我也并不十分确定，我希望我只受雇于自己。哈维已经不再信任我了，我承认这让我感觉很受伤。我一天有12个小时花在他身上，我的工作自会证明我对他是尽职尽责的。但讽刺的是，在我写给基特里奇的信里，客观地说，我汇报了哈维的每一个细节，但是我不相信她会一五一十地全部告诉夏洛特，而且说实话，她也很难向她的丈夫交代清楚这些情报的来源。

同时，我对蒙塔古为掌控野蛮比尔所动用的力量感到惊讶，常常想起我在柏林最后的那段日子，夏洛特给我看的四页纸的文稿，但我只记得前两页。哈维并不确定我掌握了多少秘密，但是他可能私下里做了一些标记："我不在乎你们抓住了我什么把柄，但不要以为这样就可以控制我，去他妈的！"大约一周一次，哈维会大怒，如同佛罗里达上空的黑云一样席卷而来，之后，一切又回到我们的工作上。

我们要做的事很多，兰斯代尔安排的工作强度很高：一个月内，他就安排了三十多个任务给中情局、国防部、联邦政府，以及其他同猫鼬计划合作的人。在这些任务中，有情报的搜集、古巴官员的策反、宣传活动、破坏活动，还有无论何时新古巴运动打算推翻政府时我方势力应采取的进攻方案。兰斯代尔发布一个备忘录，要求"发动一场革命来瓦解这个国家的警察力量"。这有赖于以下几方面的力量：专门反对卡斯特罗的流亡者、工人领袖、教会组织，如果有必要的话，还会加入流氓团伙来完成某些任务。

这个备忘录的结束语是这样说的：我们的工作就是美国的精英人才快速而高效的工作。彻底推翻卡斯特罗的可能性是存在的，我们将不惜投入大量的时间、金钱、精力和人力。

"他在开什么玩笑？"哈维问道，"所有人都知道兰斯代尔听命于鲍比·肯尼迪，就凭这他能投入什么？也是，他们告诉我们这些，无非是让我们卖力为他们做这些龌龊勾当。三十多项任务啊！"哈维感叹道，准备说出他的结束语，"某人应该告诉兰斯代尔，古巴的工人领袖是流氓，这些流氓收买了教会，神父把钱花在算命先生身上。你不是要分 a、b、c、d 各类，而是要找能做这件事情的人。哪怕你分给我的是一个独眼的火星人，他的阳物如港口工人一样强壮，却总在午夜时分喝着猫尿，这些我都不在乎，只要他是个愿意炸掉大桥的敢说敢干的家伙，而且遵守我的命令，我就会用他。兰斯代尔，有鲍比·肯尼迪在背后撑腰，在谈论革命吗？他最好直说。任何我无法控制的古巴人都与我的行动无关。让兰斯代尔去处理吧，我们即将进行的革命，会引来一种新的共产主义者，他们的徽章是别在右胸而不是左胸。不要再废话了，我说，去他娘的古巴，给经济运行最坏的一击，重创这些浑蛋，让他们堕落去吧。我唯一认可兰斯代尔的事就是我们要动摇古巴。但是我告诉你，花言巧语的将军是他妈的伪君子。昨天，告诉我们三十二项任务，今天他又告诉我们一个新任务：在收获季节让制糖工人无法工作。这个浑蛋就知道明哲保身，说什么‘听到政策决定的最终确认后再采取行动’。即使我不是一个国际主义者，谢谢你，我还是能够看出来这根本不符合国际主义是非观。听他的安排：要提前研制出合适的化学物质，确保仅仅让古巴的制糖工人‘暂时’生病。哈伯德，这个‘暂时’的强调符号是我加上去的，这种非致命而只是使人没有力气的化学物质，目的是让制糖工人无法下地干活，而不造成永久的疾病影响。兄弟，我已经听说了所有细节了——你可以想象，我们在世界其他国家眼中的形象会变成什么样子吗？这就全靠特警小组了，他们的规模一直在扩大，现在他们已经将第三十三项任务纳入议事日程了。”

特警小组的确讨论了这些任务。一周后，哈维暴躁地看到了明确的三十二项任务，其中有一段这么说道：“流氓团伙最有可能袭击古巴的情报官员。”哈维很激动，说道：“我们要的不是纸上谈兵的文人。哼，流氓团伙！哈伯德，我清楚战争的规则，那就是死人，就是大规模谋杀啊。你想想谁能控制战争？为什么，我们的朋友比尔·哈维和他的 W 特遣队要做这些蠢事？如果事情有所差池，比尔·哈维能够控制住，这句话算我替兰斯代尔说的。他是个复杂的个体，他并不希望任何一个可怜无辜的古巴人被杀害，除非我们有能够说服自己的理由。然后他喝了一口水，要求我将一群苏联集团的技术专家作为目标，将他们加入暗杀的名单。我对他的计划根本就毫无兴趣，这个浑蛋。”

哈维给SGA发出了一份备忘录：猫鼬计划的重点，依我看来，应该放在获取更多的情报上。迄今我了解到哈维发布这份备忘录与他的真正意图无关，只是起到模板的作用，放在中情局礼仪手册上供大家借鉴。迄今，我能把这些手册单独收集起来。如果你要完成一个越权的任务，那么关键就在于发布一连串的文件来混淆视听。经验法则就是你所写的与你所想的完全相反。哈维以书面形式声明，他派出怠工者去破坏工厂，目的是要强化我们的情报工作。

兰斯代尔一直以来都是一个孤立的执行者，决定一切的是哈维，所以他现在倾向于把所有的事情写下来。哈维说道：“我曾在阿拉斯加认识一个妓女，是一个又肥又老的爱斯基摩女人，她的私处就像凯迪拉克的后座一样又宽敞又舒服，就像兰斯代尔的嘴巴一样大。”

我很快得出结论，真正的问题在于兰斯代尔很有可能已经在某些想法上妥协了，但是并未完全放弃，兰斯代尔想要建立真正的地下组织。他正在寻找自治的古巴人，来获得他们真正的情报信息。这一点，大致看来，他们可能会与我们共享信息。但他没有注意到，每次谈到这，哈维都宁愿没有地下工作者也不要冒险利用这些他不能完全控制的人，因此哈维正在建设一个由值得信赖的精英组成的骨干团队，以便在后续的军事行动中发挥力量。JM/WAVE如何在迈阿密的开放环境中保持一定程度的保密性呢？“关键在于，”哈维说，“情报官员，而不是特工。这里的情报官员已经打算告诉他所有的事情。看到了吧？哈伯德，你干这份工作也已经很多年了，这份关系对你来说可行度怎么样？”

“百分之五十的可能性。”

“很好，”他咕哝道，“我喜欢你的回答。你肯定是一个温和的情报官员。”

“并不像你想的那么温和。”我回复道。他笑了：“胡说八道，你在乌拉圭只是浅尝辄止，你每天都在围着那些‘郁金香’打转。”

终于有一天兰斯代尔把我带到了他的办公室，问我：“你跟比尔·哈维一起干出了什么成效啊？”

“我可以带个私人消息给他。实际上，我认为他更愿意直接向你汇报。”

“不是纸上交流吧？”

“不是的，先生。”

他叹了口气道：“我这辈子相当多的时间都在试图学会用军人的方式做事，军人们只有在看到清晰的书面命令才会行动。很明显，哈维并不习惯于这种方式。”

“是的。”

“告诉哈维，我希望他能记住我不是敌人。”

“不是才怪！”哈维听到这个消息后说道。

下次我拜访将军时，他说：“哈维，我想让你知道我的立场，我想强调我接下来要说的话，我信赖与人和平共处。如果我要求你将此话带给比尔·哈维，他会给我什么样的回复？”

“我无法回答，将军。”

“但你已经有答案了？”

“是的。”

“让我给你安排个事，这样你就能够理解我的观点了。”

“我会努力的。”

“我当然希望你能做到。因为JM/WAVE现在在古巴做的事不过就是胡乱打、打了就跑的突袭，没有施展任何的整体策略，我不知道这些人的期望是什么。有一次，我们的人炸毁了一座桥，‘你为什么要这么做？’我问哈维，‘你到底打算摧毁哪个通信系统？’你知道他怎么回复的吗？‘你从未告诉我们不要炸掉这个桥啊。’哈伯德，我们不需要这种独立自主。我希望结束这种漫无目的的破坏活动，我想把古巴人民从毫无意义的死亡中拯救出来。我已经说过多次：走出国门的美国人一定具备了对最高原则的真正奉献精神。”

他聚精会神地说着，直到最后才注意到我在记笔记。“你不需要记下我这些零零碎碎的话，”他说，“就直接告诉他我已经无条件妥协了，但是下周我希望看到一些改变。”

“遵命。”

“如果有机会，把我这些情绪也捎带给蒙塔古吧。”

我不会这么做的，我可以预见夏洛特的反应。古巴一团乱，肯尼迪兄弟对待战争的观点开明，所以哈维的行动至少能够降低其中蕴含的危险。防止他们几人之间产生裂痕，这远比去搞明白蒙塔古的反应有意义。实际上，基特里奇写给我的信中已经说得很明白了：“你可以看出来，休·蒙塔古很确定卡斯特罗获取的情报要比我们的高级，他能够干掉那些叛徒，而我们能做的只是裁减我们每周的薪水。我们的情报人员为自由而战，但同时也是为了古巴未来的利益而战。可是贪婪导致情报机构腐败，与此同时，卡斯特罗的一批追随者相信他们正处于改革之中。但是，卡斯特罗比我们更了解古巴人民，他利用克格勃的方法引导着人民，而我们的工作却是不停地满足政客的要求。所以每次谈到古巴，他的情报人员总是比我们中情局更胜一筹。于是就得出这样一个结论：减少损失。当然，休·蒙塔古不会这样跟总统杰克·肯尼迪说的，而只是试图刺激他做出更正确的决策。我，作为一个女性，不必承担任何压力，所以可以经常拿古巴的事来挖苦杰克，我也是这么做的，‘你不觉得卡斯特罗手中有王牌吗？’我很淡然而不露痕迹地说，接着我拿出蒙塔古的分析作为我的理由。女性来到这里应该是让总统放松的，而不是让他更糊涂。我必须得为杰克点个赞，因为他一直在认认真真地听我分析，他在政治上一点儿也不迟钝。我希望我也能告诉鲍比同样的事情，而他更加情绪化一点。可能在下一封信里，我会向你描述更多关于鲍比的事情。”

兰斯代尔的反击很快就到来了。如果他从军事方法论上学来这个方法，那他的确运用得很得当。每日的调查问卷到了基地，我们填完问卷之后很快又来了第二批问卷，同时也带来了更多的疑问。哈维向麦科恩写了一封备忘录，里面全是牢骚：

> 组织要求我们向特警小组提供消息，包括很多恶心的细节，但这都与该行动的目的毫无关联，比如登陆海滩的坡度和沙子的成分这类事；还要求我们提供登陆和撤离的时间，这些时间根本难以预计和协调。所需军火的列表需要附在每一计划之后，即便战斗计划中只有六个古巴人，全副武装，乘坐橡皮船，试图从卡斯特罗的海岸警卫队溜走。他们无所不用其极地让我们做一些完全无法完成的事情，然后他们就会抱怨我们什么也没得到。他们的要求能更愚蠢点吗！

问卷调查源源不断，一直持续到一九六二年的二月。有一次，乘坐东方航空正午时分的飞机飞往迈阿密，执行我们通常所说的“飞行勤务”（因为你可以很快认出新的情报人员带着妻儿到JM/WAVE去）。比尔·哈维转过头对我说：“我掌握了整个军队，而他有的只不过是一张桌子。我会让这些孙子们见识我的厉害。”

我从不知道哈维会不会是下一个罪行的责任人，但是他的行为很容易让我怀疑到他，因为他用一种艺术家的口吻告诉我一个故事。在猫鼬委员会的联合会议上，一个来自国防部的叫福赛特的陆军上校提出悬赏行动的想法。“国防部并不是想从悬赏行动中得到任何好处，”福赛特说，“我们只不过是借鉴了艾德·兰斯代尔的一个想法。”

悬赏行动，这一提议将会通过分发传单知会整个古巴，不同级别的古巴高官的性命将从五千美金提升到一万美金不等。但是，刺杀卡斯特罗，只会得到两美分。

兰斯代尔立即站起身来，“这太可怕了，”他说，“这完全是南辕北辙。”

“艾德，你为什么反对这一提议？”麦科恩问道，“这难道不符合你的原则吗？”

“天啊，当然不符合，”兰斯代尔回复道，“这一想法最终会使大家作茧自缚，你不要用你这种方式嘲笑卡斯特罗了。相反，我们还得承认古巴农民的生活比以前更好了，古巴人民是不会允许你如此嘲弄卡斯特罗的。”

随后，哈维评价道：“说完这席话，兰斯代尔失去了麦科恩这一伙伴，一半是联邦，一半是国防部的支持。你不要告诉麦科恩卡斯特罗所取得的成就。‘将军，什么才是应该说的正确的话？’麦科恩问道，烂醉如泥。兰斯代尔说，‘这个恶魔给了你所有，却唯独没有给你自由。你需要的所有物质东西都有，但是，你没有自由。’我们想让他们明白，我们能够给他们的除了物质还有自由。”

“耶稣只存在于火腿三明治之上，”哈维说道，“麦科恩不希望听到任何关于撒旦的消息，马克斯韦尔·泰勒看上去很尴尬，来自联邦政府的罗格·希尔斯曼正咳嗽着压住他的笑容。可能会议桌上有十个原则，但是有三十个势利小人在原则背后捣乱，你必须亲自拨开这层雾。兰斯代尔完全不知道他已无胜算。”

一周以后，故事在整个 W 特遣队流传开来，说兰斯代尔正试图使古巴人民相信卡斯特罗是反基督分子的谣言，基督复临（世界末日）就要到来。这个谣言在基地传开了，兰斯代尔在全国安全会议上公布了他的辩解：在一个无月之夜，一艘美国潜水艇在哈瓦那湾长时间浮出水面，伺机发射信号弹到天空中。这一举动规模空前，死亡的气息飘向哈瓦那。可是这恰好给了哈瓦那的造谣者一个机会，让他们乘机散布消息：卡斯特罗带着海岸警卫队快艇巡逻到此，并成功阻止敌人上岸。然而，这个机会如果进展得适度，就会带来显著积极的效果，甚至推翻卡斯特罗。

国务院的一个官员说道："这听上去像是只用信号弹就能消灭卡斯特罗。"

这个故事一直折磨着兰斯代尔，基特里奇在信里提到："他昨晚再次叫来休·蒙塔古，抱怨这些谣言，并向休·蒙塔古发誓这谣言不是真的，自己从未在国家安全委员会上说过这样的话。这个愚蠢的报告出自W特遣队，兰斯代尔认为这明显是哈维搞的鬼，但我怀疑这可能是休·蒙塔古做的。"

8

3月13日，基特里奇捎来一张便条：亲爱的，哈利，请你帮个忙。你曾经告诉我不少关于JM/WAVE的故事，但都是零零碎碎的。这次你能给我说说整体情况吗？我还不太明白JM/WAVE到底是什么。

1962年3月23日

亲爱的基特里奇：

我不确定我能否向你解释清楚，毕竟JM/WAVE非常大。上周我接到你的信就一口气读完了它。我真是做梦也没想到——我正在名为“扩张”的特别小组开会，我可以告诉你，这样的会议对我这一级别的官员来说通常只可远观而无“亲近”的可能，我暂且想当然地认为你很熟悉特别小组包括它的人事和协议吧。如果你不熟悉，那你也不用对特别小组或反暴动特别小组感到困惑不解。通常来说，特别小组每周四两点都会在行政办公楼开会，总统顾问如马克斯韦尔·泰勒、麦克乔治·邦迪、约翰逊、约翰·麦科恩等都会参加。他们会回顾全球最新的军事事件（从上周四到本周四）。当罗伯特·肯尼迪从司法部转去任职总统之后，经由总统顾问商定，由反暴动特别小组接手罗伯特以前的职责。这必须动用特种部队的力量，也就是“绿色贝雷帽”。这一天的最后一个会议（通常在傍晚），主角是特别小组“扩张”，整个会议的话题都没有离开过古巴问题。

上周，比尔·哈维应邀去做汇报，他就带我一起去了——作为他的副手。这项任务很艰巨，我必须要不断地徘徊在两个大箱子之间——这里装满了哈维可能会参考用到的公文。我就坐在他的后面，镇定地帮助他以便让他把报告做得连续完整，比如说，如果会议上有任何人提到近六个月发生的事情，我就必须得准备好相关的文件资料。但是你不用担心，我在整理这些文件的时候已经发现，这项工作并没有听上去那么难，所以参加这个会议对我来说还是非常值得的，尽管我的确需要面对工作任务的压力，以及受到上级的强烈质疑。当我发现我同麦克纳马拉、麦科恩、赫尔姆斯和马克斯韦尔·泰勒坐在一起时，我感受到的压力溢于言表，这种同重量级人物共呼吸的恐惧紧张感一直笼罩着我，虽然他们彼此之间是可谓谈笑风生，而且他们之间的打趣如同角度犀利的网球赛一样友好。所以，毫无疑问，来参加这次会议很值得。以前在旧办公楼上班的时候我就无数次地经过会议室的凸出的窗户和阳台，每一次都憧憬着有一天我能进去一览窗户外的景色。你能想象得到我们的会议室的装扮——厚重的皮椅，各主要人员都有皮套扶手，会议专用的爱尔兰亨特桌，一套亨特印刷品（波托马克河战马，大约是1820年的事），我感觉我经历了我职业生涯的里程碑。

哈维只在会议上待了45分钟，而在此之前，他和我在前厅等待时非常紧张，那种紧张感只有我看得出来，他的呼吸听起来就像不断有碎石搅动他的喉管。这个人有两种声音：一种是对下属使用的并不小声的嗓音；另一种是在公众场合的安静表现——低沉甚至听不见的嘟囔声。当他不希望被别人理解得太清楚时，他就会用十分冗长的言辞来描述一个简单的意思，这种技能简直没有别人能够超越哈维了。

今天这次会议，上级要求他汇报关于猫鼬计划的间谍活动和全球范围内的相关设施。由于我之前给你说了许多这方面的细节，我今天只简单讲述一下。他从法兰克福行动开始讲述（如果你回想一下，这件事休·蒙塔古也有插手，而且是大手笔），包括说服一个德国的企业家，代号是“席林”（很明显是莱因哈德·盖伦的一个老朋友），让他运送不圆的滚珠轴承到一个古巴的工厂。我想你在思考其中的伦理道德，但是休·蒙塔古说服那个德国人的技巧真的是惊到我了：这个企业家的公司声誉以高精度轴承著称，休·蒙塔古竟然说服他降低标准，原因就是古巴威胁论。因此我得出一个自己并不喜欢的无情结论：打败卡斯特罗的长远方法就是让他筋疲力尽。哈维的报告中还提到了由我们改造的行驶在利物浦码头的英国公交车（他向SGA的成员提到，早期在哈瓦那的故障是可以预知的），他也详细地讲述了我们的信贷业务，就是利用先进的银行技术来阻拦古巴的贷款。你记得吗？我在安特卫普勒阿弗尔、热那亚、巴塞罗那都有银行业的情报人员。你说你不明白技术方面的事情，我也只是略知一二：古巴托运的大多数货物无法从欧洲和大部分的南美国家发出，除非提前支付。“这就是赫尔姆斯、麦科恩长官和我派到海外 81 个基站的情报工作人员努力的成果，我们下令每个基站至少安排一名情报官员集中处理古巴的事务。”他指着我附带的一叠文件说，“在这些文件中，依据所提到的项目，有 143 项独立行动，其中全部行动已经根据我们不同的建议，得到了开展。”

我必须说，哈维巧妙地汇报了这些信息。他用了 15 分钟描述核心工作，指出有 100 多名突击队员在古巴，以及汇报了爆破马塔各布雷铜矿场的重大计划的进展。随后，由于兰斯代尔恰好不在这个会议上，哈维表示这是在执行“兰斯代尔项目”。

这包括了在卡玛格、西恩富戈斯、帕累托、马坦萨斯到处分发传单，传单上写着邀请古巴人民带上火柴参加这些即兴的破坏活动，比如焚烧毫无保护措施的田地，任意撂下公用电话亭的听筒等。“趁通信高峰期在足够多的地方做这些事，通信肯定会被影响。”

哈维很清楚，这些不过都是些无关紧要的事，所以他把这些说成了是兰斯代尔的计划。

过了一会儿，喘了口气，我感觉到哈维对我手中文件的需求减少了，我便渐渐睡去。哈维正在唠叨我们 JM/WAVE 的海上能力，听上去“充实”了许多，我们将游艇称为母舰，将游船称为“炮艇”。我们在猪湾事件中存在的海军问题，将会再次出现。我们所有的船和舰都可堪比我们的双重间谍。如果我们能够光明正大地动用美国海军，问题就会变得简单得多，但是我们不能，至少突袭时绝不能用美国海军，所以我们的船必须无止境地伪装下去，每过几周就要重新油漆一遍，他们的官方登记也要改变。所谓的炮艇不过是一艘游船，船头载着几架50毫米口径的机关枪。但是话说回来，所有这些谎言都是很有必要的，因为我们派遣的每一艘前往古巴的船都违背了中立法，只是联邦调查局、海关、移民局甚至财政部（他们理应抓捕毒品走私贩的）对我们睁一只眼闭一只眼。

无论如何，处在这些颇有名望的大人物中间，我顿悟了。哈维继续做着他的报告，而我想起了迈阿密的一个基地，在里维埃拉大道6312号，一座气势非凡的大厦，就像许多科勒·盖布尔斯的大厦一样，石头墙，铁门，两层红瓦，类似于西班牙的大庄园，有一座优美清凉又简洁的大房子，哲学家美化了的圆屋顶。然而，只有当你走进这座建筑的后院时，你才会发觉这个地方有多了不起——这个房子坐落在科勒·盖布尔斯航道，其实就是一条运河直通比斯坎湾，然后汇入墨西哥湾。基特里奇，真的很难相信，尽管这些任务可能会让他们牺牲在古巴的红树林沼泽中，这些古巴人还是义无反顾地离开古巴去执行任务，他们穿过沼泽，就像水手一样，拿起他们的武器，包括黑色的头巾，在路上他们会戴在头上，一旦被捕，这样古巴的飞行员就无法认出他们来；当夜色来临时，他们就会乘坐“快速”的豪华渔船出发，噢，不，这就是我们所说的炮艇。真是一场别样的战争啊。当船行驶在水道上，两边都是粉红色灰泥或者淡黄色、艳蓝色或者石灰绿的房子，他们的花园和花树有着各种各样的红色，但棕榈树倦怠无力，跟我在其他热带地区见到的一样——是否这些粗糙的大树用尽了所有的生命力才让自己在酷热下笔直地站立呢？

我们搜集了大量的信息，包括安全屋、海军基地（里维埃拉大道 6312 号)、仓库、高档住宅区，让我来描述一下精彩所在吧。我们在沼泽地有一块狩猎营场，位于沼泽中间的一个小丘上，允许直升机在此降落，来到这里的人都是些重要人物，像兰斯代尔、哈维、赫尔姆斯、麦科恩、你的蒙塔古、马克斯韦尔·泰勒、麦克纳马拉，以及总统和他的弟弟。我们称之为“野狼狩猎营地”——私人领地，不得擅自闯入。这个地方的存在仅仅是为了召开私密会议，避免被大众知晓。比如，鲍比到迈阿密，这就是个新闻事件。但如果他直接飞到霍姆斯特德空军基地，然后乘坐直升飞机到野狼狩猎营地，参加与某个拉美领导人的会议的话，这事可能就瞒过了整个佛罗里达南部和 DGI。

另一个地方是：一条不起眼的泥巴路，但有一个很可爱的名字叫“鸟巢大道”，穿过一片松树林，到达一座饱经风霜的佛罗里达平房，这座房子“踩着高跷”架着环形门廊。这是一所间谍情报技术学校，教授的重点集中于无线电传输，除此之外还包括游击队战术。我已经参观过十余个类似的地点了，例如，在埃利奥特，有一个藏在红树林里的码头，波士顿小艇带你进进出出，一共 16 英尺的路程，但必须经过蚊虫密集的植被区，然后进入四英尺宽的小河，逆流而上 100 码，到达码头。码头上有一条足够宽的珊瑚路能容纳一辆吉普车运送物资穿过灌木林到这所被树木包围的老房子。房子里是军营宿舍——16 张小床，一间大小合适的厨房和一个神龛；没有室内厕所，只有户外厕所；淡水只能通过船和吉普车运来；再加上一间设备库，装着武器、工作服和各种驱虫剂、一些舱外的发动机。这是一座完全独立的训练营地，能够让迈阿密的流亡者联合起来，组建一支蠢蠢欲动的突击队“患难兄弟”(一个老词)。但是我认为，一个有军事头脑的人，在需要理解如何去鼓动一个想要战斗的人的时候，他的脑子是不会迟钝的。

在这些逻辑的另一个极端，在赞尼特总部（JM/WAVE 目前占据的地方）附近，我们有个大型仓库，给我们的突击队员提供巴巴多斯的假胡须，以及最新的古巴军队制服等所有物资，苏联和东方集团国家向古巴提供的每一种武器——迫击炮、机关枪、冲锋枪、手枪、火箭炮、信号枪等，都能在我们的仓库中找到。我希望你能观察一下一个真正的战士，就像我的朋友迪克斯·巴特勒，你看一下他浏览我们 45 页目录时脸上的那种表情，俯视他的嘴唇，你就会看到真正的一大锅“战斗汤”。

继续向你介绍一下 JM/WAVE 所有的公寓、套房、带厨房设施的汽车旅馆吧，还有迈阿密大学的大学旅馆（这些我们都拨出来给中层的临时员工用了）。

我们在市区内有一个小区，专门提供给情报局的人员和他们的家人居住，我们的情报工作人员数量达到了五六百个。我们这五六百人要对付 2500 个古巴情报人员、兼职情报人员、间谍人员、通信员、服务人员以及为这些人做饭的工作人员。我们情报人员的数目还在增长，我们支付给他们的报酬是平均每人每月 300 美元，完成支付报酬的是一个傻瓜式的系统，兑换现金的工作则只能由位于比斯坎主干道的迈阿密第一国家银行来完成。

我们相对比较亲近的几个同事一般会一起吃吃喝喝，我不想描述这些酒吧和公共场所：你只看看它们的名字就能明白我的意思——三大使旅馆休息室、材料衬衫休息室、27 只鸟——我虽然不想介绍这些酒吧，但是我可以告诉你，从我第一次在农场训练开始，我就每天晚上都和同事出去喝酒，很自由。但是出去猎艳的次数可能比你想象的要少，真实的情况就要视我们参与活动的规模而定了。当我喝到第三杯或第四杯波旁葡萄酒时，我才意识到为什么哈维总是甩给我们愚蠢的指责和各种情绪，可我依然为他卖力。原因就是兰斯代尔有着不错的想法，只是，他恐怕指导的是一艘他并不熟悉的船，而哈维却给我们自由，让我们自我管理。我们的房产和皮包公司到目前已经超过50个了——侦探事务所、枪店、船舶修理设备、游钓场地等——你能想到的领域我们几乎都有涉及。另外，我们还在奥基乔比路成立了加勒比地区的调研室和市场办公室，我们还拥有独立的机构来监管安全屋等不动产，以为我们自己的旅行社承担每月的飞行支出，我们的进出口公司负责处理每种供应品的物流。我们的印刷店几乎是一个专为流亡人员开办的雇佣机构，我们的电子维修商店和我们的钓鱼狩猎俱乐部，专做武器训练。我们甚至还没有到达情报机构位于赞尼特的内部，但是我们的情报部每月需要更多的空间，照片实验室专门负责处理U-2飞机日常航拍的古巴照片。赞尼特的邮局，就像舞厅一样大，负责审查往来迈阿密和哈瓦那的信件，而且剪报室搜集世界媒体对美国和古巴的反应，尤其是南方圣所要搜集30到40种古巴地下报告——哈维并不信任这一非亲手建立的网络，所以他称之为“巫师圣所”。

也许向你展示我们权力和地位的最好方法是指出我们遵守、违背或忽视了哪些联邦或州的法律。佛罗里达州的报纸上每天都刊载机构合并的错误消息；税收返还规避了我们财产中投资的真实来源；每天上报给联邦航务局的都是错误的航班计划；我们在佛罗里达州的高速路上运输武器和炸药违反了《枪支弹药法》，同样我们的所作所为也违反了我们的“老朋友”——海关、移民、财政和《中立法》的规定。

哈维应对新闻记者的态度很强势，因此我们能够控制大多数关于古巴的消息的发布，当然也得根据实际需要来决定是否发布有关古巴的消息。我们同当地记者的工作大多在酒桌上完成，而且非常愉快。哈维的政策就是“不到万不得已不对记者撒谎”。但实际上，我们要发布的消息都是由自己的公关部门亲自动手编写的，所以这“第四权等级”（指代新闻媒体）也就不需要太努力工作了，这样导致的一个结果就是如果他们选择抵抗我们，那么我们就切断渠道来源不再向他们提供任何古巴消息。“天哪，我们比一家城镇公司还糟糕啊。”哈维感慨道，他喜欢让新闻媒体在他的掌控下。

这就是我对 JM/WAVE 的所见所闻。本来我试图向你解释这个公司的道德和氛围的，但是可能收效不佳。从我早期在农场的奇特经历开始，我就觉得我们每时每刻都在参与高风险活动，这同我所知道的情报局的任何东西都不像，并非我们现在才是如此，而是每时每刻我们都在风险中度过。例如，哈维安排迪克斯·巴特勒作为观察者，观察“绿色贝雷帽”（特种部队）在布拉格展示的盛大的杰克·肯尼迪霓虹灯广告，他带回来的报告也如荧光般令人兴奋，就像特种部队可以做到各种绝技和身体技能一样，这份报告迎合了我们自身计划中的坚定而大胆的原则。

特种部队的概念，我想你肯定知道，就是一群特殊战斗的士兵，处理像老挝、越南这样的第三世界国家的激进的游击部队。国防部的一些年轻“智囊”，加上总统、马克斯韦尔·泰勒，很有可能还有鲍比·肯尼迪都会因这个训练而感到激动不已。我看鲍比的书《内部的敌人》里也有这种情绪：“我们国家过去的重大事件均由强硬的人推动。”为了证明这一观点，他简单列举了美林的掠夺，莫斯比的攻略，弗兰西斯·马里昂、沼泽狐狸——简而言之，我们的游击队英雄。特种部队就是这些英雄的追随者，杰克·肯尼迪来参观特种部队的那一天，应邀去了麦凯勒湖，那里有一场完整的“哈拉之乐”正在上演。潜水员带着防水武器上岸作战，伞兵从15000英尺的高空自由落体到湖岸边——沿着彩色的烟雾，他们在天空来回交叉，到最后一刻才打开降落伞，以避免坠亡；在柔道队伍中，选手们赤手搏斗击败对方，其他特种兵爬到表面光滑的高杆上去——工程师曾经将这些杆子插入湖中，然后沿着非常陡的角度滑下去；卡里布和莫霍克直升机在表演低空飞行，从总统面前经过，大约有1000人隐蔽在湖另一边的灌木中，他们边大喊边扔出燃烧弹——这种渗透物的实体可能会困扰到你。高潮时刻，一个人从空中的直升机下来，背着火箭包装物，掠过大气层，恰好跳到杰克·肯尼迪的面前；一队由八架卡里布直升机组成的队伍对着集结区域抛下成千上万张传单，最后一页上都是印着总统的照片。

我能感受到你的愤怒。这也不是他们所做的全部事情，但是可能你会问：这是为什么，哈利，从你的文字里我能看出你的想法来，但是你们所有人真的对此感到非常激动吗？嗯，我的内心的确汹涌澎湃，迪克斯·巴特勒甚至还认真地考虑过要加入特种部队，我意识到我加入情报局的初衷是自我认为我丰富的人生应该是这样的，这可能与卡尔的战略情报局的传说有关。虽然情报局的生活并不枯燥，但是我自身的冒险精神鼓励着我去行动，鼓励着我去战斗。

现在，你应该知道我不会抛弃情报局了——永远不会。总的说来，我过得很开心，我做的大部分事情都是我想做的，这可是没有多少人敢这么说啊。但是，对许多情报局官员来说，特种部队确实是有一种特别的甚至是略带私密的威望，这也形成了JM/WAVE内部的诸多不同的意见，迪克斯·巴特勒就代表了其中一派。

例如，“土狼”，迪克斯是他们的联络人。我发现从阿拉斯加到迈阿密有张秘密情报网，这张情报网有多个联系点，这些联系点隐藏在数以千计的前足球运动员、前竞技摩托车手、前特技手、自行车手、前罪犯、前拳击手、未经雇佣的调酒师、流动的滑板手和冲浪手之中，他们都是曾经听说过 JM/WAVE 或者是为古巴人疯狂的人。也许你认为他们会去参加特种部队，但是这对他们来说太军事化了，他们不想要太多的命令，他们只喜欢用自由的方式同情报局合作：他们会选择成为情报机构的一员。以我个人的观点，我很抱歉他们不能如愿以偿，“第一个条件就是学会使用打字机。”我不得不告诉他们。当然，当他们询问我如何申请加入情报局时，我对他们报以微笑：“你在这条线上的任务可能会增加。”当他们问起如何得到这个任务时，我会告诉他们：“别费心力了，会有人来找你们的。”

我现在来回答你的问题：他们怎么知道我与情报局有关？确切地说，他们并不知道。我一直告诉他们我在电子公司工作，他们机智地点点头，但是这种对话只发生在我同迪克斯·巴特勒晚上出去喝酒的时候。他是这群人中性情最开朗的，与 100 多个人的关系都很好。他可以告诉你他们中每个人的运动记录或法院案宗，而且我发现，巴特勒依然在为哈维工作，而且他现在做得比当初在柏林做得还要好——在更宽泛的社会环境下，他向哈维汇报各种已经发生的事以及各种可能性。

由于我们并未在突袭中使用任何美国人，也没有将任何情报人员渗透到古巴（据我了解），所以“土狼”的任务并不是很多，迪克斯只是利用他们做些临时的非常规工作。然而，“土狼”们做的大多数工作都不是情报局安排的——由于他们往往与城镇周围不同的棚户、公寓团结起来，所以古巴流亡团体会雇佣并依靠他们，他们就变成了执行者。另外，他们就像枪手一样为富有的古巴人或者得州人去古巴完成特定的任务，他们帮助富有的古巴人完成他们的战争梦。实际上，这些人会举行各种座谈会、定期连续几个小时的随意训练、每周一次去步枪打靶基地、制订和反复制订许多计划来完成特定的任务。但是，这些计划都会化作泡影，因为士兵们的情绪逐渐低落，富有的古巴人也丧失了原有的勇气（他们总会害怕DGI报复他们留在古巴的家庭成员）。或者，也有可能不受尊重的“土狼”拿了钱却毁约不执行任务，当然也有不要钱而用大麻或更厉害的毒品代替钱的“土狼”分子。

对哈维来说，这些“土狼”分子是情报局的重要资源——不太受认可的流亡团体指望着他们呢，一些甚至能胜任合同工，并能为我们找到船，有的甚至能为我们修理这些船只，能替我们传说中的古巴潜水员经营潜水学校。

我和迪克斯有许多夜晚都待在一些“土狼”（不法分子）的住处。我们坐在包装箱上、地板上，或者我被当作一个尊贵的来宾，让我坐在一把摇摇欲坠的石头椅子上，而让迪克斯“主持会议”。我们喝着自己带来的波旁葡萄酒，之后又喝了他们的红酒，我们还另外付了小费。波旁葡萄酒、红酒和大麻在我们的身体里产生了强烈的作用，幸亏我并没有陷入这种被扰乱的放松或高度紧张的混乱中，这些夜晚真是令人难忘啊！当大家都听说了所有重量级人物都在做什么时——菲奥里尼、马斯费雷尔、科林、普里奥·索卡拉斯，他们可算是知道了一些东西，却有各种狂言脱口而出：“特拉菲坎特总是口出不逊。”“零零组正在购买火箭炮，他们打算除掉菲德尔的坦克。”

“谁在经营这个买卖？”

“老虎·泰克。”

“老虎·泰克是一个脾气暴躁的人。”

“严格说来，是个没主见的人。”

“当联邦工作人员缠着你时，任何人都会妥协的。”

“该死，”另一个人说，“这些联邦工作人员就在那里。他们打算让我们这些人都成为废物。”

这是我和迪克斯之间的对话,迪克斯很喜欢。他喝了一口酒，递给我，边呼气边说:“为什么你不骂约翰·菲特了？”

大家笑了起来，当然，这个夜晚也不是没有风险的。房间里有20个人，迪克斯能制服大多数，但是仍然有几个是他控制不了的。“我打算好好施展一下自己的才能。”他说。

我感觉自己真是太幼稚了。我假设，仅仅是假设——我可能有机会同三分之一或二分之一的人交手，但是我面对的是六尺六高、300磅重的墨西哥“小矮子”，他叫哥利亚，绰号哥普，他就是个带着刀的猛兽（谁能在与哥普搏斗时保护好自己的腿呢？)。然而，迪克斯每次都敢于复仇，他称他为“奥多比”，哥普深恶痛绝，这是对墨西哥人的另一种蔑称。

“别说这个词。”

“那么，‘痰盂’这个词怎么样？”

下边一阵不安的笑声。

这是一个好奇的世界,处于情报局另一端的我们是如此干净。然而，这些“土狼”中偶尔也会有一些善意的牛仔——我们可以信赖的合同工。

“Gerry H是小鸡,噗噗叫。”这是句赞扬的话,翻译过来就是:没有人的“棒”比他的大。

他们当中大多数人天生都会喝酒，也会自我吹捧，他们有流浪的女性陪伴，并称呼这些女士为“追星族”——对我来说这是个新词。如果这个女人比他们年纪大一点，有点精力，就像摩托车手一样，他们就称呼她为大地之母。我觉得是兰斯代尔将军发现了人类学。

如果你也参与其中，你就会发现，并不是很多个夜晚都是以个人冲突或流血结束的（虽然我上个月已经亲眼看到了两次），但是没有一个晚上不是重复着三个主题：喝酒、打架、私通，唯一的争论就是前两个哪一个更重要。人们整夜进进出出这间小屋，除非有老交情或者敌意，否则你得到的问候就与你拿来的酒的量成正比，如果你空手而来就会被中伤。

我为什么这么喜欢这里的语言和这里的人呢？是因为他们过着今天不想明天吗？可是他们对当前的认识却是如此的强烈。某一天晚上我们一些人在一个“小窝”喝酒（“小窝”是我喜欢的另一个词，天啊，在这里你可以深切感受到人类是多么像笼子里的动物），之前一个叫福特的表演者（曾在别处摔断了腿，无法再从事他之前的赚钱职业了），恰好带着新开刃的刺刀到处表演。他一直拿着刀在他最好的朋友吉姆·布拉德——又称奥克赛面前晃来晃去，奥克赛不喜欢这种潜在的威胁，对着福特胸口猛击，随后刺刀飞到空中，落在了福特的肩上。他流着血，就像神坛上祭祀的野兽。我们拿来了毛巾、报纸、旧T恤，也无法阻止血流出来。

“该死，这是血管，不是动脉，”福特说道，“缝起来。”

大家说去找医生，但是任何一个医生都会报告此事。“没关系，缝起来就好了。”福特说。

所以，跟福特一样醉醺醺的奥克赛·布拉德，拿了黑线和针，用火柴消毒，缝伤口。过了一会儿，他的手指被针上面的炭弄脏了，开头缝错的，加上刺入福特三角肌里的一针，都需要拔出来重新缝。我越来越觉得房间里弥漫着臭味。我们在距离迈阿密20公里的荒郊野外，处于红树林湾的边缘，那里腐烂的植物和死去的海洋生物的臭味非常浓烈，我满脑子都是蛆虫涌动的画面。这个针没有弧度，所以每缝一针都必须直直地插入超过一英寸，你可以听到福特咬牙的声音——使劲忍耐着不让自己叫出来。在缝针期间，他喝完了仅剩的那点过甜的白兰地，我们其他人都很宽宏大量地让他在缝针时独自享用。最后缝了六针，但仍然有血沿着三英寸的伤口流下来，这个晚上对福特来说真是太难得了，他一声都没有叫出来，这也成了我们日后的谈资。就像在牢里，让狱友信服的唯一品质就是勇气，除此以外你再没有别的地方与众不同了。勇气可能是你最后的资本，但是它能为你换来你自我意识中所需要的所有营养。我很佩服他这种简单和力量，这也为他赢来了自由。

当然，这种自由也是不屈不挠的。迪克斯·巴特勒忍受着心中的沮丧，他无法与这些由哈维监管的古巴人一起突袭，他倒是很欣赏其中一些船夫。有一个叫罗兰多（真名叫欧亨尼奥·马丁内斯）的人，他是个熟练的汽船领航员。罗兰多，我还是叫他欧亨尼奥吧，这里的每个人都知道他的真名，他是一个高水平的合同工，一个情报人员，忠诚的古巴人，可堪比“一战”时期执行王牌飞行任务的飞行员。马丁内斯一个月出船五到六次，如果有需要的话会多出船一次，每次出船都会经过里维埃拉大道6312号的前门。现在，标准的行动流程已经由哈维的兰利基地制定出来，其中一条是决不允许船舶领航员看到自己船上古巴人的脸，全部人员都必须戴好头罩。

但是就像其他所有涉及流亡者的规划一样，这一流程的制定也宣告了失败。古巴的家族是无限关联的，所以，就拿欧亨尼奥·马丁内斯来说，他的表哥很有可能是他的突击队员，他们甚至互相开头罩的玩笑。迪克斯也认识这个表哥，就在一次特殊任务之前，他们打算去一家轮胎厂放火，可能会有交火甚至更多的突发状况，迪克斯边走上船边对着表哥大叫道:“阿马德奥，给我带个耳朵回来。”

“值多少钱？”

“100块。”迪克斯说。

结果阿马德奥带回来两只耳朵。

巴特勒假装抱怨了一下，实际上却拿出来200美金，阿马德奥带着他去基拉戈的古巴餐馆吃饭，他们把迪克斯的钱花在了两个妓女身上，还赔偿了一些破碟子。

我不知道我是否应该告诉你这些。将这些赤裸裸的事实写在纸上可能会误导你。我怀着一颗不安的心，期待你的回复。

你值得信赖的通信者

哈利

9

1962年3月27日

亲爱的笨蛋:

噢，这个强大的马戏团——JM/WAVE！你到底是怎么了？你能非常迅速地发现微小的差别，非常坚定地保持正直和诚实的品性，但是这些品性似乎都在消失。我感觉你想把自己表现得热情高涨，但是从你写给迪克斯·巴特勒的信中可以看出，你似乎经历了一段高中生似的迷恋。

我提醒你一下我们的目的，尽管我们有种种厌恶和暴行，我们仍是一个优于苏联的社会，因为有一股力量约束着我们的行为——我们大多数美国人都相信上帝是我们公正的裁判员（即使这是我们谈资的最后一个选择）。我无法强调这样一种内心的终极恐惧是多么重要，这样一种灵魂的谦卑对于社会福利是多么关键；倘若没有这一点，人类唯一无限制的事情就是他们的虚荣，他们对于自然和社会的蔑视。他们会产生一种内在的信仰：他们比上帝更懂得经营这个世界。共产主义的所有可怕之处就是源自这种虚荣，他们认为上帝只是资本家所使用的一种工具。约瑟夫·斯大林的偏执就是这种认识的病态终点，列宁的自负也是如此。听我说，哈利，我判断自己和判断社会主义的标准是相同的。没有了对上帝和审判的信仰，我会变成自负的怪物，休·蒙塔古也会变得邪恶。虚荣傲慢是一种令人讨厌的自负态度，这种自负态度就是他只要不是太虚弱他就可以玩转世界。你的“土狼”——低级的精神变态的犯罪，你可能会羡慕他们，但是你要知道他们在各种小错中兜兜转转，嘻哈胡闹，烂泥扶不上墙。你必须记住，如果我们以恶制恶（基于在必要的情况下），我们就必须要避免任意的邪恶，比如瘟疫。我很担心我所热爱的这个国家，也担心所有人。

想想我要表达的意思吧，不许你生气。

爱你的基特里奇

我不是生气，只是有点小失落，我觉得基特里奇完全不了解男人。所以我放弃了向她解释男人的天性就是害怕测试，而且是体能测试多过心理测试。熟练的逃避技巧使我们自己远离怯懦。我们开始工作，然后，“及时地”开始婚姻和家庭，我们中的一些人进入了官僚机构，利用闲暇时间制定各种计划，渐渐就习惯了自我隔绝的模式。所以，我也无法不喜欢上 JM/WAVE——我佩服那些愿意每天暴露恐惧的人，虽然他们也沦落为赤裸裸的醉汉、不胜酒力的野蛮人。我能理解自己为什么这样，虽然我成不了他们中的一员，但是我尊重他们，如果我像个高中生一样迷恋迪克斯的话，那就这样吧。去她的，让她去死吧。我没有再回复基特里奇了。

这让我有时间去回想。我遇到她的那天，她刚登冰山回来，这是她第一次挑战冰山，所以表现出一副很开心的样子，那天早上她出发前一定是克服了不少身心障碍吧。那天有封信送到了我在迈阿密的邮箱，我就在犹豫是否应该给个回复。(由于我每隔一天都会查看邮箱，甚至有时会提前一刻钟查阅——很明显我想从她那里听到一些好消息。)

1962 年 4 月 23 日

亲爱的哈利：

你在生闷气，不是吗？其原因可能就在于我的确很残忍。我在想你是否还记得多年以前复活节的周日下午，我的父亲阅读莎士比亚早期的戏剧《泰特斯·安特洛尼克斯》的事？无论这场戏有多么糟糕，这都是他心目中的最爱，虽然他可能不会承认这一点。我记得他曾经说过：“莎士比亚对复仇有着最好的理解。他懂得，复仇不仅是黑暗的，还必须是精确的。有什么能比得上从手腕上切掉一只手更精确呢？”

父亲的 α 从未卷入过比任何学术冲突更血腥的事件中了，但是父亲的 Ω 是黑暗且精准的。我想他已经将这些传给了我。我不知道为什么我这么喜欢激发你的男子气概，我怀疑这与休·蒙塔古有关。我痛恨他在“成为一个男人”这个问题上总是先发制人，直到这个已经成为他的代号，这倒是给他永远不回头看的原则提供了理由。我，不管是向前还是向后，总是盯着所有的方向，因此更加痛恨休·蒙塔古，而且你知道，我把气都撒在了你的身上。

然而，你还要学习男子汉气概的更多方面，学会与责任和危险共处，这是成为一个男人的重要能力，我很仰慕肯尼迪兄弟，鲍比几乎和杰克一样勇敢，这也是我仰慕他们的原因，他们承担的责任已经超出了他们应该承担的范围。

我不想夸大他们的美德，他们也同大部分男人一样在很多方面都很愚蠢，如果有人怀疑这一点，那就邀请他参加胡桃山（肯尼迪夫妇的私人庄园）的周日下午聚会，正如我和休·蒙塔古一样，见证一下错误付出的热情会如何指引你。这个让你停不下笔来的“绿色贝雷帽”（特种部队）也在邀请之列，我们当中大约有二十个着装优雅的客人，竟然与十几个高大威猛却愚蠢的青年互动游戏，被抛到空中十英尺高，而其他人——我称呼他们为泰山王子——却不住地荡秋千。鲍比喜欢这样的人——我想他也跟你一样饱受错误情绪的折磨——但同时他也爱休·蒙塔古，为什么呢？因为休·蒙塔古在触身式橄榄球中表现非常出众。他怎么可能不是橄榄球高手呢？他们不知道休·蒙塔古曾经是个橄榄球教练，而且现在仍然是一个集坚强意志力和运动反射性于一身的厉害人物。我为我的秃头老公感到骄傲——实际上，他一招就赢得了比赛。真是谢天谢地，休·蒙塔古与鲍比是一组，所以晚餐非常丰盛。到了晚上，我们聆听了一场颇为著名的演讲。

由于肯尼迪兄弟总是追求打破各方面的纪录，所以鲍比决定内阁官员、总统顾问、其他白宫关键人物等都应该在情报线索上有所建树，因此每月一次，挑一个晚上来倾听一些卓有名望的经济学家或科学家（这是肯尼迪家族决定的事）的演讲，这些都是当前活跃在公众视野中的人物。有时，我怀疑肯尼迪也在从《时代》周刊中寻找线索。

《时代》周刊最近刊载的是逻辑实证主义哲学家A.J.艾尔，所以今晚是艾尔的演说——用非常华丽的牛津口音，针对肯尼迪的宗族和支持者讲演检验的必要性。

当面见到弗莱德·艾尔这个人时，我觉得他是个非常优秀的人，如果他只拥有自己的 α 的一面的话；他很有礼貌、幽默诙谐，举止大方。然而他身上仍然具有英国哲学家隐藏心底的那种干旱贫瘠而且丑陋的 Ω。英国人非常讨厌哲学，但他们又讲究逻辑，符合他们的想法，他们就很开心。对他们来说，文化似乎就是盛开的花朵。听着弗莱德·艾尔洋洋洒洒一个小时谈论哲学的局限性——了解到保留形而上学理论毫无价值，因为你永远无法证明大多数形而上学的命题。逻辑实证主义者试图斩断阿尔卑斯山脉和砍尽壮观的世界之林，可能这刚好给了我们一个机会迎接计算机时代的到来。我欣赏弗莱德·艾尔的风度翩翩、举止礼貌，特别是他的嗓音，但是我讨厌逻辑实证主义，发自内心地讨厌，这会将我所有的思索都扔进垃圾桶里。

然而，艾尔还是吸引了一批观众的——一群有名望的人，包括腊斯克、加尔布雷斯、马克斯韦尔·泰勒、麦克纳马拉等，都是些受人尊敬的人，他们都同意艾尔的理论。逻辑实证主义论，尽管它对游戏中最灵活的宗教问题具有欺骗性，但必须对官僚有吸引力，所以艾尔的演讲无疑造就了他深入人心的个人魅力（虽然逻辑实证主义认为魅力不值得一提）。然后人群中冒出一个声音："艾尔博士？艾尔教授？"

"是我，有什么问题？"

这是埃塞尔·肯尼迪。她是肯尼迪的一个亲戚，但我不是很喜欢她。她研究能量学——一群孩子仍然在各方面非常活跃，但是她思想非常沉重。朴实的天主教知道所有的答案（上帝），但很少思考这些答案对应的问题。“艾尔博士，”她已经无法控制自己了，便脱口而出，“你觉得上帝怎么样？”

“你是指什么意思？”他问。

“是这样的，”她说，“你所说的所有事中，没有任何一方面提到上帝。”

艾尔是最有礼貌的。他承认自己的确没有涉及上帝，实际上，上帝存在于逻辑实证主义之外，毕竟哲学只关乎那些能够被证实的理性问题。

“是的，”埃塞尔说，“但是上帝究竟在哪里？你是怎么看待上帝的？”

现在，她肯定是喝了不少酒，今天一天她都在尽女主人的本分，现在抽身出来，声色俱厉，说得难听点就是固执得像头驴：“刚刚你所说的我什么都没听到。”

“埃塞尔，”鲍比的声音从房间后面传来，“不要说了。”

于是，艾尔教授继续进行他演说的结论部分。

这个故事跟鲍比有很大的关联，我确定他和埃塞尔达成了真正的协议：肯尼迪家族的逻辑就是团队中的每个人都最好有个“项目”，今晚的“项目”就是听 A.J. 艾尔讲述他的理论。

这是在肯尼迪家里发生的关于忠诚问题的一个小插曲。神保佑杰克，赐予了他一个将所有时间都投入到目标中的兄弟。他们家不允许背叛，我认为这也是他们成功的原因。我将此与我自己家庭中的特殊背叛做比较，虽然没有得到公开承认，但我知道我的父亲和母亲从来就不是一条心。α 表面上前进着，但是从来就没发出过任何声音，但同时我也怀疑他们两人的 Ω 也从来没有停止过暗自争斗。甚至在神圣的婚礼中也有着背叛，以后我会告诉你他们是如何做爱的。不，我现在就告诉你：一天晚上在剑桥，我就看到了他们做爱，那时我才十岁，他们的门开了一英寸的缝隙，那些年我总时不时地发作梦游症，那晚我在大厅里梦游，后来就溜进了他们的房间里——他们做爱就是另一种形式的背叛。我虽不打算但是我现在就告诉你，梅奇睡着了，或者很有可能是装睡，我父亲就像在一具尸体上努力抽插着。直到我在拉德克里夫学院读大三时我才知道竟然还有这样的做爱方式。

一直以来大家都认为我是一个甜美专注的可爱女儿，但是现在我长大了，对他们加诸于我的冷冰冰的废物感到愤慨。现在我将背叛看作自我陶醉者和精神病患者的秘方，是的，我认为这是真的。我很确定自己对背叛有着极大的兴趣，怪只怪我那莎士比亚式的童年。

在肯尼迪家族里，特别是鲍比，没有受到过这样的影响。鲍比绝对忠于杰克，甚至可以为他去死，这一点我从来没有怀疑过。然而，他们俩却截然不同，比如杰克就更忠于自己。他的 α 和 Ω，我想，彼此之间相处得很轻松，尽管会在责任和幸福方面有所争执，但就像在一起生活很久的室友一样，知道对方期待什么也知道该如何相处。鲍比就不同了，他的 α 和 Ω 共处一室，但双方都对彼此忙碌的事情一点兴趣都没有，各自独立着，就像情人往往寻找不同类型的伴侣而不是锁定一个工头。如果你看到鲍比带着他的家人在山里散步，你就会感受到他多么喜欢孩子。他会牵着他们的手，脸上洋溢着本能的爱意；他完全陶醉在呵护孩子的幸福感中，这是极少男人才拥有的品质。当他同情陌生人时，也会拿出面对孩子般的温柔。所以，他若是某人的情人，那么他付出的爱是关心而不是欲望。相反，杰克，在所有的平静之下，充满了欲望，就像记者对于他想要的故事充满了好奇心一样，女人对杰克来说就是知识的源泉，是同未知世界相连的快速通道。

鲍比毕竟是肯尼迪家族里的一员，他也是贪婪的，但是他针对的是结果，而非针对个人。每逢他接手新的项目，他都会视这些新项目为个人的战利品，这也使得他在许多人看来是个傲慢的主人。我想他是生活在恐惧中的，他很害怕如果他不能为杰克承担所有重要的工作，一切都会陷入困境。所以，据我所知，他总是沉浸在忙碌的工作中。他寻找问题所在的方式就是无休止地交叉检查，我比你清楚他给予兰斯代尔和哈维在猫鼬计划上的压力，我可以告诉你休·蒙塔古向我透露的事，当鲍比有心恐吓你时（对，就像他对待埃塞尔），那感觉就如同从每一寸皮肤上移除黏合剂一样，冷酷无情，痛苦无比。

但是问题之一就是尽管鲍比希望最大限度地“榨取”每一个人，但是很多时候他都不知道该怎么对别人说、说什么，毕竟有些东西也不是靠询问就能得到的。二月，他带杰克去环游世界，在西贡暂时停留了一段时间，宣布美国军队将会留在越南，直到打败越南共产党。这算是他个人向越南、特种部队、后续工作人员做出的承诺，然而，四月的大部分时间都被美国钢铁和伯利恒公司的价格上涨问题占据了，民权问题也时时刻刻都缠着他，而且到处都有有组织的犯罪团伙作案闹事。他还要努力拉拢吉米·霍法。他也一直在与林登·约翰逊争执，这也是他鄙视的人，还要与埃德加·胡佛——他更鄙视的人——周旋。每次鲍比去司法部拜访胡佛的时候都要遭遇坐冷板凳的尴尬境遇（胡佛总是让他等），于是作为“回报”，鲍比下达严厉的指令，命令埃尔代尔、宾齐在胡佛办公室外的走廊上操练，即撒尿和反撒尿。看到了吧,鲍比可是信奉“滴水之恩当涌泉相报”的啊。现在菲德尔·卡斯特罗仍然是左右鲍比情绪的最重要因素，然而鲍比并没有给予足够的时间和关注。所以，休·蒙塔古告诉我，每周四鲍比来坐镇特警小组只不过是他在加热空气来掩盖他知识的匮乏。但是鲍比的直觉是非常棒的，能促进那些没有明显进展的任务继续进行，并发掘那些工作人员的官僚主义，传达给那些缓慢运行的轮组，但他的急切意志却很快成了他们最不舒服的热量来源。他可以一整个上午给州或国防部或司法部的下属部门的各级官员一系列电话，自上而下刺激这些“蚁穴”，他非常擅长这事，他讨厌懒惰和迂回的习惯。但是，跟其他领导一样，他没有耐心，他不能容忍出现了问题却没有及时的解决方法。

这也是他不能理解卡斯特罗的原因，这也注定了他不会集中关注猫鼬计划，然而他仍然强烈要求事情有个结果。我想我大概知道为什么杰克和鲍比在这个问题上如此紧张的原因了。我们第二次到访胡桃山时，我同鲍比聊起来，他在卡斯特罗问题上打断我，“应该阻止这个人，”他说，“如果他最终拿到了苏联的远程导弹怎么办？你想过这个问题吗？你想过吗？这个国家就可能掌控在一个不负责任的家伙的手中了。”

可能线索就在于此，他们没真正理解卡斯特罗——也就是，他们不知道：一、他是多么严肃；二、他多么具有灵活性。他们害怕他就像富家子弟同穷小子在一起不自在一样，对，就像你和你的“土狼”。可是在当前情况下，他们明显仰慕卡斯特罗。仰慕是一种存在于皮肤之下的难耐的酵素因子，所以他们当然也恨他。如果肯尼迪家族打算形成一个崇拜型的社会，那么他们肯定不会通过在本可能毁灭的丛林作战而获得权力，不是，如果是在粉丝俱乐部的话，那他们会将他们的掌声送给罗伯特·弗罗斯特和亚瑟王。

但是，不要忘了鲍比同情心的威力，这一点拯救了他。我不知道自从猪湾事件后他是否睡过一个安稳觉，他思考着大部队里成千上万的人如今蹲在古巴的牢狱里。对于这件事，肯尼迪兄弟俩都显示出更强烈的责任感。他们承担了猪湾事件失败的指责，虽然这并不是他们的过错。我不知道是否应该由参谋长联席会议或中情局来承担更大的责任。但是实际上，如果必须在蠢蛋之间选择，选择哪一个又有什么区别呢？参谋长联席会议从来没有真正研究过问题的真相，他们过于自负了吧？我知道他们从不怀疑卡斯特罗的空军无法逃脱反卡斯特罗流亡者的 B-26S 轰炸机的进攻，他们也从未质疑过突击队是否真的会穿越 80 英里弯道到达埃斯坎布雷山脉展开射击？相反，情报之眼尽全力推动参谋长联席会议赞成对这个可能性的有利评价，然后情报之眼又利用了参谋长联席会议之前的乐观主义来说服杰克·肯尼迪。当然，参谋长联席会议从未认真做功课，你们所有人成功地欺骗了自己，同时向突击队说了关于来自我方的军事（空军的、海军的）谎言。所以待在办公室三个月的杰克·肯尼迪被欺骗了，但是他的回应很体面——他承担了这份责任，所以就连休·蒙塔古这个完完全全的共和党人（不论何时他都可以趾高气扬地去投票）都开始敬重杰克了。自从猪湾事件后，杰克一直觉得应该由自己负责任。五月的时候，卡斯特罗提出交换突击队的战俘，换取 500 辆推土机，于是杰克引导弥尔顿·艾森豪威尔召开名誉美国公民委员会来募集款项，埃莉诺·罗斯福和沃尔特·路特都大力支持，但是戈德华特和他的参议院伙伴扼杀了这一切。你注意到这一点了吗？这很可怕，戈德华特控制了新闻头条。如果我们给卡斯特罗送拖拉机，他就会说我们的名誉“肯定会下降得更低”。

我无法相信他会利用这一形式使得政治更唯资本化，天知道那些人在牢狱里承受着什么呢。荷马·卡佩尔说:“如果我们接受了卡斯特罗这个邀请，那我们就会成为世界的笑柄。”这真是个浑蛋。斯泰尔·布里奇斯说:“这个共产主义者到底要给我们多少羞辱？”我第一次意识到不论我们对中情局作出多么含糊的行为，我们总是受尊敬的人，而不是投机取巧的圆滑之人。还有尼克松！似乎荣誉不会融化在他口中，他说:“人的生命不是拿来交易的。”

面对这种政治上的滥用行为，可怜的弥尔顿·艾森豪威尔退出了，这一交易宣告破产。

但是,杰克并没有放弃,当“拖拉机自由委员会”六月破产后，一些流亡者组织了一个古巴家人委员会来为战俘的解放奋斗，肯尼迪兄弟豁免了他们的税收。然而委员会整个夏天并没有发展壮大，但是最近卡斯特罗已经同他们接触，寻求交易。为证明他的好意，他已经将六十个残废的战俘送回迈阿密，就在上周刚刚抵达，我想你已经知道这些事了。在鲍比的请求下（我自然很开心，因为他认为我在此事上很有价值），我飞到了迈阿密，作为私人顾问观察此事。这很有可能与你在那有关，我很开心你不在那儿但同时也很失望。（我的 α 和 Ω 就像伸出去的胳膊一样互相远离——如果全身心地爱一个人会是什么样子呢？)任何时候，都需要振奋起来，亲爱的哈利，我很快就把你忘得一干二净了。一大群古巴人大概一万五千或两万人挤在机场，他们似乎很喜欢拥挤，但我不喜欢。作为一个享有特权的人，有着司法部最后时刻的许可，我能够从高处看到这些伤残的军人——可以说是卡斯特罗的诱饵——走下飞机，六十个军人带着陈年旧伤，看到一大群亲友无比健壮，都挥着白色的手帕。当然，这些亲人都聚在一起哭泣。哈利，六十个人走下飞机，都一瘸一拐的，一个人腿没了，一个人胳膊没了，第三个人带路，眼睛永远瞎了。人们试着唱着古巴的国歌，却断断续续。他们多么缓慢而痛苦地走下斜坡啊，甚至还有一些人跪下来亲吻土地。

我一回到华盛顿，鲍比就请我去他的办公室，希望听到我掌握的每一个细节。就在前天晚上，他邀请我和休·蒙塔古接见一个回国的军人，叫恩里克·鲁伊斯·威廉姆斯（绰号哈利），他是个了不起的人，一个率直而诚实的人，看上去头脑简单，但后来我意识到这是率直，而不是天真，他有着深沉的嗓音，从胸腔发出，一点也不口吃，就像在他灵魂里有着保持头脑清楚的力量，声音只是自然而然的风。

让我十分高兴的是，哈利·鲁伊斯·威廉姆斯和卡斯特罗有很多次谈话，我听到的内容激起了我的兴趣。在猪湾战争中，鲁伊斯·威廉姆斯被炮弹炸飞到空中，摔下来时身体里刺进了无数弹片，双脚都摔得粉碎。鲍比接着告诉我，他的脖子上有个洞，另一处伤在胸上，肋骨断了，胳膊也瘫了。

在这种情况下，圣·罗马和突击队剩下的队员都已经撤退到沼泽，他和其他伤员就只好留在海边的一间小屋里。那天晚些时候，卡斯特罗带着他的军队到达了，查看伤员。威廉姆斯试图拿出枕头下面的手枪，想要开一枪。他大概只是尝试了一下，当时他正发着高烧，记不太清楚了。但他听到卡斯特罗说："你打算做什么，杀了我？"

威廉姆斯答道："这就是我来这儿的原因啊，我们三天以来一直在努力。"

很明显，卡斯特罗没有生气。

"他为什么不生气？"我问威廉姆斯。

“我想,”威廉姆斯说,“菲德尔·卡斯特罗认为我的回答只是逻辑上的一个回应,以我当时的情况根本就动不了他一根汗毛。”

威廉姆斯还没来得及与他受伤的同胞离开哈瓦那,卡斯特罗再次对他说:“当你到达迈阿密,注意不要批评美国,因为他们会生气。也不要批评我,因为我会生气。你最好保持中立。”卡斯特罗一直以来都很强硬。

相反,哈利·威廉姆斯对鲍比·肯尼迪留下了很深的印象。“当我与他会面时,我期待着见到一个非常威严的人,这个国家的二号人物。但是我看到一个年轻人没有穿外套,袖子卷起来,领口开着,领带拉下来,他直直地看着我的眼睛,我可以告诉他我所知道的所有事情。美国是有责任的,我告诉他,但是突击队不想玩共产主义那一套。”

自从第一次会面后,鲍比一直用他宝贵的时间赠予威廉姆斯建议,这就是鲍比。

政客对情绪的控制如同成功人士对其金钱的投资一样,都是为了大胆地追求利润。因此,杰克的荣誉就是他从不流露出任何情绪,除非他感到了内在的一些虚弱的却是正当的热情。而鲍比的荣耀就是大量地释放情绪,就像穷人为孩子买礼物。突击队是鲍比的一个孤儿,他当然不会放弃,在结束之前他会把他们救出来。

忠诚的

基特里奇

10

一九六二年四月十四日，六十个突击队伤员回到迈阿密，那天我也在，但是我一直没走出国际机场。哈维下令，JM/WAVEW 的全体成员一律不得现身，除非有特殊任务，原因是我们的古巴情报人员大多可能会向他们的朋友指出我们。

如果我提前知道基特里奇会去那里，我一定会违反命令，然而，现在读她的信，我对信中的语调颇为不满——她对肯尼迪兄弟的印象太过深刻。

我们没有多少时间来思考这个问题，两天后，一个便签条通过小袋寄到了我的手里。

1962 年 4 月 25 日

哈利：

原谅我改变了与你通信的方式，但是我只是想能够连夜联系到你。这些人中的悉尼·格林斯特里特今天晚上过来吃晚餐。之后，在我同格林斯特里特夫人谈话时，悉尼和休·蒙塔古陷入了争执。我并不常听到我的丈夫提高声音说话，但这次我很清楚地听到他说："你一定要带上他一起，这事就这么定了。"

我确定你就是上述所指的那个人。回信。

哈德利

基特里奇用小袋传递消息时偶尔会用这个名字，这里的悉尼·格林斯特里特一定就是比尔·哈维了。夏洛特提到野蛮的比尔·哈维时总是会说他"这个胖子"。

基特里奇的留言给了我提醒，所以第二天早上通过 LINE/ZENTH-OPEN 接到电报（上面的签名是 GRANDILOQUENT）时我一点都不惊讶，只见上面写着“通过 seek 打个电话”，于是我又通过保密电话联系上他了。

“我又给你谋了个差事，”他一开始就如此说道，“我保证工作量不会太大。”

“但我有个疑问，”我回答道，“为什么选我？”

“因为我知道了你为卡尔做事。非常好，你从未留下半点痕迹，所以我需要像你这样能够保守秘密的人。这次的事与你之前做的很类似，只是管理工作需要做得更好。”

“明白了。”

“目标还是拉斯普廷。”

夏洛特希望我能明白他所说的，这是一种进步。拉斯普廷只能是卡斯特罗，除了他还有谁遭受过这么多次的生命威胁！当然，我们真的没有必要说得如此隐晦——我们用的可是保密电话——但是夏洛特习惯使用暗号。

“那个胖子很悲惨，”他继续说，“他知道我将你安排在他身边，但是他会习惯的。他最好习惯。”

“我有个问题，这次的行动是你主导的吗？”

“我和老提勒斯共同管理整个组织。”

“麦科恩同意了吗？”这么问不太恰当，但是我觉得他会回复。

“别提麦科恩那个家伙了。上帝，他根本不具备这个能力。”

我没必要问到兰斯代尔，休·蒙塔古不会邀请兰斯代尔的。“这次的代号是什么？”我问道。

“‘凤尾鱼’，五颜六色的凤尾鱼。胖子是红色的凤尾鱼，你是绿色的凤尾鱼；我是蓝色的凤尾鱼，拉斯普廷是灰色的凤尾鱼。你很快会见到鲍比雇佣的那个人——约翰尼·罗尔斯顿，他是白色的凤尾鱼。”

“你觉得‘触身式橄榄球’怎么样？”我不知道该怎么称呼他，当然我们使用的是安全电话，只是考虑到夏洛特的习惯，我并不想使用他的真名。

“就那么叫他吧。很好，触身式橄榄球。他并不在乎，他只想让每个人‘产生结果’，但不要蜻蜓点水敷衍了事。”

“明白。”

“你要全程陪同红色凤尾鱼参与这次冒险，他喜不喜欢并不重要。”

“他每次都会叫上我吗？”

“如果他不想跟我有任何不愉快的话，他会叫上的。”

说完，他就挂了电话。

我没有太长的时间等待，我知道哈维今天在总部（赞尼特），很快我的电话响了起来：“你吃过午饭了吗？”他问道。

“还没有。”

“那就不要吃了，过来停车场见我吧。”

他的凯迪拉克停在那里，发动机早已启动了，我恰好提前一点到——有时间给他开车门，他咕哝了一声，并作出手势让我先上车坐过去。途中，他一言不发，糟糕的情绪显露无疑，就像体味一样明显。

当我们到了里肯巴克堤道前往迈阿密海滩时，他才开口说话了：“我们要去见一个叫罗尔斯顿的人，你知道他是谁吗？”

“知道。”

“那就好。我们到达之后，你不要说话，我来说，明白了吗？”

“明白。”

“做这份工作你并不合格。但你知道，有人把你交给了我，在我看来这就是个错误。”

“我会努力改变你的看法的。”

他打了个嗝，说：“把那杯马提尼递给我好吗？”

走在迈阿密海滩的柯林斯大道上，他再次开口说道：“你不仅要闭紧你的嘴巴，而且不要把你的眼睛从这个油腔滑调的家伙约翰尼·罗尔斯顿身上挪开，你盯着他看就像盯着一坨大便看一样。如果他动你也要跟着动，你就一直想着你能把迷幻药泼到他的眼睛里，千万不要说话，否则他就会知道这只是冷了的一泡尿。”

“现在我明白了。”我说。

“我并没有冒犯你的意思，但我只是觉得你没有经验而已。”

罗塞利住在崭新的游艇上，停泊在印第安溪上，经过枫丹白露和柯林斯大道就到达了。它旁边停放的是一艘全新的三十英尺长的巡洋舰，巡洋舰上还带了航行驾驶台。一位五十岁左右的男人（身材修长，皮肤呈古铜色，五官端正，一头银发）坐在游艇的甲板上，当他看到凯迪拉克停下时，他站起身来，穿着白色的T恤，白色宽松长裤，光着脚说道:“欢迎！”我留意到这艘游艇叫懒惰女孩二号，巡洋舰闪电三号停泊在此。

“我们能不在大太阳下说话吗？”哈维走到甲板上问道。

“进来吧，欧·布莱恩先生。”

游艇的客厅超过三十英尺长，涂着近似皮肤的白色，就像枫丹白露的套房一样。房间的地板上铺着地毯，摆放着波浪线形的家具。两个小女孩身着粉红色和橘色的背心，黄色的裙子，白色的高跟鞋，背对着琴键，坐在白宝贝钢琴前。她们有着一头金发、小麦肤色，婴儿般的皮肤和厚嘴唇；她们近乎白色的口红流光溢彩，似乎在说她们可以尽情地亲吻你们，因为她们再擅长不过了。

“去看看特里和乔安。”罗塞利说道。

“姑娘们。”哈维并不打算在她们身上浪费口舌。

就跟提前安排好的一样：姑娘们既不对我微笑，我也不对她们微笑。我感觉我一言不发也没什么不好，只是我的老板给予我那样的评价着实让我心里不痛快。哈维朝着特里和乔安的方向微微抬了抬下巴。

“姑娘们，”罗塞利说，“去甲板上吧，晒得更黑点，你们愿意吗？”

她们都走了，哈维坐下来，靠到一张大大的圆形扶手箱的一角，然后从他的手提箱里拿出一个黑色的小箱子。他一边打开箱子一边说："我们谈谈吧，我是有事才来你这儿的。"

"完全理解。"罗塞利回答道。

"如果你身上带有电线之类的东西，最好脱下来，舒服一点。"哈维说，"如果你在这里安装了任何录音设备，你就是在浪费磁带，这个黑匣子会干扰所有的接收信号。"

设备里传来不算悦耳的电子嘈杂声，似乎在说哈维说得对。

"在此事之前我不介意你同谁打交道，但从现在开始，你必须与我合作，别无他人。"

"同意。"

"你答应得太快了。我有一些问题，如果我不满意你的回答，我会中断跟你合作这个项目的。如果你泄露了风声，我就把你扔到狼群里。"

"听着，欧·布莱恩，不要威胁我。你能做什么？杀了我吗？我可不是没有去过地狱的人。"他点点头，表示对自己说的话坚信不疑，又说道："喝点什么？"

"我不需要，"哈维说，"谢谢。我再重复一遍：我们知道你为什么在此，你八岁的时候非法进入美国，你的名字是菲利波·萨科，你现在需要的是一个公民身份证。"

"身份证是我应得的，"罗塞利说道，"我热爱这个国家。这个国家数以百万计的人有公民身份证，但他们却看不起这个国家。可是我，虽然没有护照，但是我爱这个国家，我爱国。"

"不要欺骗我，以及我代表的人民。如果你敢要任何花招，我会把你驱逐出境的。"哈维说道。

"你不要这么强硬地说话。"

"你是宁愿我背着你说话吗？"哈维问道。

罗塞利笑了，他自娱自乐了一会儿。

“我猜，欧·布莱恩先生是一根十分锋利的刺。”

“我会让你见识厉害的。”

“喝一杯吧。”罗塞利建议道。

“来一杯马提尼，倒点苏格兰威士忌加冰块，然后加入杜松子酒。”

“先生，你想要喝点什么？”罗塞利对我说。

我看着他，没有回答，对我来说，我很难对不认识的人表现出我的礼貌。此外，我的确也想喝一杯。罗塞利耸了耸肩，站起来，径直走到白宝贝钢琴旁的吧台边。哈维和我静静坐着。

罗塞利把马提尼递给哈维，他自己来了一些波旁威士忌，递给我一杯苏格兰威士忌，然后坐在了茶几旁，身体紧挨着我，我的注意力在他和我的酒杯上不断地徘徊着。

“我们来说说这些问题积极的一面吧，”罗塞利说道，“如果我做成了此事会怎样？如果这个大家伙——”

“拉斯普廷？”

“如果我们成功打击了他会怎样？”

“那样的话，你就能拿到你的公民身份证。”哈维说。

“为了成功干一杯！”罗塞利举起他的酒杯。

“现在，回答我的问题吧。”哈维说道。

“问吧。”

“你最初是怎么加入这个项目的？”

“鲍比找到我的。”

“为什么？”

“我们彼此认识。”

“你们怎么认识的？”

“我去找了山姆。”

“为什么？”

“因为我需要去找圣人。”

“为什么？”

“你知道的。”

“不要管我知道什么，你尽管回答你的问题就好了。”

“这个圣人是唯一一位充分了解古巴而且知道如何选择适合这个工作的人。”

“山姆做了什么？”

“他把事情搞得一团糟。”

“是的。”

“他都有所涉猎。他收罗了一批人，不费吹灰之力。”

“但是他使鲍比陷入了与当局的麻烦中。”

“这可是你说的。”

“是你说的山姆把事情弄得一团糟。”

“我并不知道他做了什么，但是我觉得我们做好了准备。拉斯普廷应该在选举之前就消失了，尼克松当选了总统。所以我问：山姆搅局了吗？”

“我们指的是去年十月三十一日在拉斯韦加斯的事。”

“是。”

“你说是山姆做的？”

“我并没有证据证明是谁做的。”罗塞利说道。

“山姆吹嘘说他现在正纠缠于我的助理。”哈维说道。

“口风再严实的人，山姆也能撬开他的嘴。”罗塞利说道。

“为什么？”

“他很自负。”

“解释一下。”哈维说道。

“山姆刚开始做这个项目的时候，他只是一个不起眼的小家伙，有一个不起眼的老婆，现在，他却到处说‘我们意大利人是这世界上最棒的情人，我们能超过那些处于最佳状态的黑人。看看这个例证’。”

“他对谁说的这些？”

“他周围的那些‘哑巴’。但是这些消息仍然泄露出去了。他总是夸口，太自负了。他说：‘看看这些证据，两个世界领导人——肯尼迪和卡斯特罗。’”罗塞利停顿了一下，“抱歉，你介意我说出这些名字吗？”

“不用担心，很安全的。”哈维说。

“那就好，”罗塞利说道，“两个天才塞米·G.和弗兰克·菲奥里尼正在坏肯尼迪和卡斯特罗的事。摩德纳可能会缠着肯尼迪，但是她又回头找上了塞米·G.，这都是塞米·G.说的。说实话，他真的对自己有点过分夸口了。当我第一次认识山姆时，他穿着白色的袜子和黑色的鞋子，白色的袜子老是垮下来，他以前就是这么一个乏味的人。”

“谢谢你，你给了我一个清晰的描述。”哈维说。

“山姆在联邦调查局里算是一个大人物了，也包括在芝加哥、迈阿密、拉斯韦加斯、洛杉矶——最好不要和他混在一起。古巴的事坚决不可以有他的份儿。他只会求圣人去处理古巴问题。”罗塞利说。

“那马休呢？”

“他只对霍华德·休斯忠诚。”

“休斯对哈瓦那感兴趣吗？”

“谁对哈瓦那不感兴趣呢？哈瓦那会让拉斯韦加斯重回沙漠。”

“这就对了，”哈维说，“你不要再同鲍比和塞米·G.合作了，想想他们是多么不可靠和多余。”

“我听到了，我同意你的看法。”

“干杯！”哈维说，他端起他的马提尼再次倒满，喝完一大口后，又说道，“我们说说桑托斯的情况吧。”

“他就是可选择的对象。”罗塞利说。

“胡说，”哈维说，“他这个人既与我们合作，又同卡斯特罗合作。你怎么信任他？”

“圣人同很多人有过合作的啊。他曾经与巴蒂斯塔工作过，所以如今他与巴蒂斯塔的一些朋友比较密切，比如马斯费雷尔和霍利，除此之外，他的朋友还遍及 MIRR、INTER-PEN、alpha 60、DRE、十一月三十日、MDC、CFC……我可以列举出许多组织的名字。在迈阿密，古巴的流亡者分了两半又彼此不和，但是圣人却可以与两边都保持友好关系。他在新奥尔良也有朋友，如普里奥·索卡拉斯和卡洛斯·马塞洛——友谊很深的朋友——还有塞尔吉奥·阿卡查·史密斯。另外，他的朋友名单里还有托尼·瓦罗纳、托托·巴尔巴罗、弗兰克·菲奥里尼、吉米·霍法，还有得州的石油巨头。为什么他不能与卡斯特罗成为朋友呢？为什么他不能与你成为朋友呢？他会告诉卡斯特罗他想说的，他也会告诉你他想说的。他会为你效劳，并且做得很好。他也会为卡斯特罗效力并完成任务。他真正忠于的是——”

“对，他真正忠于什么？”哈维问。

“是哈瓦那的财产。”

“那梅尔呢？”

“桑托斯与梅尔也是朋友，他并不担心梅尔。如果卡斯特罗消失了，那么桑托斯就会接手赌场，这比兰斯基、吉米·霍法要了不起得多。桑托斯就会成为暴徒中的头号人物，这就相当于美国的第二把手，仅次于美国总统。”

“谁让你如此打算的？”哈维问道。

“这的确有争议，但是请允许我说出自己的观点。”

“如果我是桑托斯，我会跟随卡斯特罗，他也有权给我赌场。”

“是的，但是如此一来你就变成为卡斯特罗打工了。”

“从某种意义上讲是这样的。”哈维说。

“卡斯特罗永远不会让这些赌场重新开业的，他会一直关闭它们，他就是个彻头彻尾的清教徒。我了解桑托斯，他会追随我们反抗卡斯特罗的。”

“我有点犹豫。”哈维说，“他的眼中钉肉中刺叫鲍比·肯尼迪，他不会与我们交易。塞米·G.可能会帮助杰克·肯尼迪夺得伊利诺伊州，但是FBI现在正迫害塞米·G.。如果桑托斯愿意的话他可以看看那些手稿。”

“桑托斯会抓住他的机会。一旦卡斯特罗死了，桑托斯就会大展身手的。”

两个人都沉默了。“好吧，”哈维最后说道，“怎么除掉卡斯特罗？”

“用枪。”罗塞利说道。

“靠子弹。”

“是的，”罗塞利说道，“但是射击的那个家伙希望自己可以活下来。”

“我会给你一架高性能的来复枪，装好消声器，五百码内精准无比。”

罗塞利摇摇头说：“桑托斯想要药。”

“药丸太不可靠了，卡斯特罗总是能够发觉别人对他下药。”哈维说。

“就要药丸，我们希望下周就拿到货。”

这次轮到哈维耸肩了，“我们会按确定的日期生产产品的。”他说道。

接下来的时间他们谈到了将武器运到一个流亡组织，特拉菲坎特想要供应这个组织军火。

“我会亲自运送军火的。”哈维说。

他站起来，收起扰频器，同罗塞利握了握手。

“我希望你能再回答我一个问题。”哈维说。

“当然可以。”罗塞利说。

“你同无政府主义者萨科和范塞蒂有任何联系吗？”

“我从没听说过这两个浑蛋。”罗塞利说道。

11

我的视线一直盯在罗塞利身上，他仿佛变成了墙上的一抹灰尘，而我就像艺术家的模特一样长时间保持着同一个姿势，疲惫不堪。哈维，同样感觉疲惫，上车后并未说话，只是倒了一杯马提尼。

当我们走出凯迪拉克时，他说："当你向你们的领导汇报时，告诉他清理掉特拉菲坎特，这一直都是块腐肉，我不会独自一人享用这顿晚餐的。"

我发送了六页长的报告给 LINE/GHOUL——特意回避了意外发生的一些事情，我同时也告诉了夏洛特，但我此时正矛盾着要不要告诉基特里奇。

我决定不告诉基特里奇，这里涉及了太机密的东西。但是换个立场看，我得告诉她一些别的事情，于是，我给她写了下面这封信：

1962 年 4 月 27 日

亲爱的基特里奇：

最特别的行动已经开始了，我终于知道了为什么哈维不希望我做他的助手，而休·蒙塔古却认为我可以。但是，你千万不要告诉大老板我告诉你的事，我们正准备干一笔"大买卖"——我们打算绑架菲德尔·卡斯特罗。如果成功的话，我们将会把他安然无恙地送往尼加拉瓜，让索莫查（这个热爱媒体的人）承担起责任。这不会再像猪湾事件一样无人问责了，这次应该会成功。尼加拉瓜政府会审判卡斯特罗，他们会制定特定的法律来宣判一个拉美国家元首允许苏联社会主义进入他们的南半球是重罪。这次追求的效果就是让这戏剧化的一幕使卡斯特罗看起来更像是苏联的走狗而不是殉道者。当然，古巴会因此而陷入混乱的。

危险同时也是显而易见的。我们最大的担忧是，卡斯特罗在运输或审判的过程中被杀害了。这也是哈维为什么广泛搜寻最特别的拉美人员的原因，也让我明白了他为什么这么不愿接纳我，其实我只是依靠关系而不是依靠自己的本领。不过话说回来，考虑到危险性，休·蒙塔古一定希望由他信任的人来汇报哈维的动向细节。

我们将会与不同的极端流亡组织会面，我会继续提供更多细节给你。下封信大概更长。顺便说一声，这次行动的代号为“鱼子酱”。

忠于事实的赫里克

谎言并没有困扰到我。事实上，我对自己能够左右逢源还颇为满意。如果卡斯特罗被刺杀了，我可以将它归因于失败的绑架。如果连绑架也没有成功，我就说这个任务太难了。

就在这一天，基特里奇的信到了。我做了一个摘要：

……如果我最近这些话听起来很夸张，不要感到吃惊。我想了解你所做的事情的原因，不是我承担着了解中情局和引导肯尼迪兄弟渡过前面危机的压力，当然，我的动机并不过分，我只是不想被华丽的辞藻蒙蔽眼睛。事实上，我需要知道更多的事情，这样我就能够描述出各个阶层的 α 和 Ω 了。当然，我也会走出去，遇到各种各样的人，但我依然对这个艰难可怕却真实的世界知之甚少。

看到这条消息我很震惊，基特里奇想要知道真实的“齿轮”是怎么工作的，我只好为她设计超现实主义的“机械装置”。我的脑海里出现某本书中的一句话，这本书的书名我实在是想不起来了——“当我们越接近对方，我们就越容易面对谎言，越容易基于对过去的错误理解来解释自我，继而继续错误前进。”

我感到焦虑不安。我不得不提醒自己，她也有可能是在耍我，这并不是好玩的游戏。以下是我的回复：

1962 年 4 月 28 日

基特里奇：

几个月过去了，你打算告诉我关于摩德纳的什么事情呢？不能全心全意的爱最容易让这份爱消失了。

1962 年 4 月 30 日

亲爱的哈利：

对你表示一万次歉意。我实在没有时间来就这个话题予以完整地回复了，因为在我所得的录音手稿中，有三十页是你没有看到的，现在我打算把它结结实实地打好包寄给你，但是我记得我还欠你一个结尾，我会努力提供给你的，请给我一点时间。

在此期间，请让我知道关于“鱼子酱”的事，我完全不敢相信你上一封信里所讲的事。难怪这个胖胖的男人是个传奇！还有休·蒙塔古也是，他没做一个罪犯对于这个社会来说是多么幸运啊。

1962 年 5 月 1 日

基特里奇：

这封信写得有些匆忙了。

三天前，我飞到华盛顿，从TSS拿了一点麻醉药——用于“鱼子酱”行动，当天我又飞回了迈阿密。第二天中午，哈维和我在迈阿密机场的鸡尾酒餐厅会见了一个意大利裔美国人，他是尼加拉瓜的代表——这位走在我们中间的意大利人穿着订制的真丝套装，银色的光泽与头发很般配，脚上穿着鳄鱼皮的鞋子，手上戴着金表，就像另一个约翰尼·罗尔斯顿。哈维穿着白色T恤和黑色裤子，从肩上的手枪皮套到腋下都透着汗渍，T恤宽松地垂于腰带上，腰上挂着另一支手枪。而我感觉自己就像一个骗子（我穿着热带的T恤）。哈维喝着他的马提尼，罗尔斯顿品着他的红牌伏特加，我从华盛顿带来的四个胶囊就在我们中间传来传去。

喝完酒，我们走到机场的停车场，哈维指着一辆汽车告诉罗尔斯顿：从早上六点开始，我就忙着租赁卡车并装上价值五千美元的捷克来复枪、东德手枪、各种炸药、雷管、无线电传送和接收器，还有一个从JM/WAVE仓库拿来的船用雷达。哈维只是将卡车钥匙递给罗尔斯顿，随后我们就走开了。我再次发现即便是最干净的搬运，背后也会流很多汗水。

那天傍晚，又上演了一出“好戏”。鲍比·肯尼迪来JM/WAVE视察几个小时，所以哈维就带着他去赞尼特的大厅转转，不用说，他们俩并不开心。在信息中心，肯尼迪自己走开了，开始阅读电报上解密后的密码，其中一行吸引了他，毋庸置疑，这行信息他可以在下次特勤小组集会时拿出来使用，所以他撕下来了，走到门口。

哈维跟在后面，“先生，”他喊道，“等一下，等一下，你打算带着这个文件去哪里？”

肯尼迪站住了，仿佛被电击中了一样。哈维终于寻得“报仇”的机会了——为了他去SGA开会时所受的伤害，他走上来，大声说道（他今天一天说话都是高分贝的）：“总检察长，你知道多少信息指示码和操作码隐藏在这些信息中吗？我不能让你带着这个文件走出这个房间。”哈维一边说着一边用一只手抓住文件，另一只手掰开了鲍比的手指。我不敢想象这件事最终的结果会是怎样的。

你的赫里克

亲爱的赫里克：

大约在一个月前，休·蒙塔古和我被邀请参加白宫的一个小型晚宴。在我们离开之前，杰克把我叫到一旁谈了十分钟，严肃地告诉了我他那天曾经同约翰·埃德加·胡佛共进了一顿特别的午餐。我不知道杰克为什么选我作为他倾诉真心话的对象——是因为我正直的脸庞吗？但是，你和我都知道，杰克的选择是错误的，把秘密藏在我心里就如同放了一颗一触即发的炸弹，我很想把这些事实告诉休·蒙塔古的，但是我忍住没有说。

可是我却想告诉你这个秘密，它在我心中就像一团火烧得我痛苦难耐。我感觉胡佛跟杰克谈论的应该与山姆和摩德纳有关，在你还没有看过的录音手稿中就能够猜出胡佛此行的目的。

当然，你知道，去年夏天杰克指责她传播谣言的事，不管摩德纳对此有多伤心，她都依然乐意在八月底再次接受邀请前往白宫，她把这事告诉威利时那欢快的语气就已经证明了这一点。根据摩德纳所说，杰克告诉她他爱她，我不知道是否应该相信摩德纳所说的。波莉·盖伦·史密斯曾坦诚地告诉我，杰克从不将性与爱混为一谈，他告诉波莉一个女人应该从一开始就弄明白这到底是不是爱。杰克对摩德纳似乎甜蜜得超越了理性，但是，这也可能是由于她弥补了他所缺失的一半——天真烂漫的 Ω 的一面，这使得杰克愿意做一个滑雪迷，或者只是新港的一个普通水手，整天躺在阳光与海洋的怀抱中享受假日般的生活；然而，现在支撑着杰克的是他作为总统的 α 的一面，而且一直都是这一面起着决定性的作用。

杰克与摩德纳在印度度过了一两周的幸福时光后，他们彼此继续各自的生活，直到寒冷的秋天。他又受到了身体需求的困扰，但是很明显他与摩德纳的情人关系已经过了高峰期。如今，就像摩德纳告诉威利的那样：“他只不过想让我陪他做爱而已。”

“可是，你告诉我他非常疲惫了啊。”威利说道。

“可能吧，”摩德纳说道，“他只是有点容易体力不支吧。”

这是目前为止摩德纳在这个话题上说出的最不堪的字眼，但是11月底时她又说：“我很惧怕接到白宫的电话。我爱杰克，但是我不喜欢在那个地方见他。”

哈利，我知道她的意思。由于各种爱国力量的推动，白宫的确过于庄严肃穆了，这所古老的住宅承受了许多颇有分量的妥协，也经历了太多有能力的政客的陈词滥调。我夸大了这些负面因素，是因为波莉·盖伦·史密斯也在同样的地方约会过许多女士，他告诉我，白宫可能影响了杰克。有一次摩德纳也亲口说“白宫正在耗尽他的胃口”。

同时，摩德纳见吉安卡纳更频繁了，却没有规律，他没那么可靠。比如，去年十月，他们第一次发生关系后两个月，山姆又将他的注意力从摩德纳身上转移到了菲利斯·麦圭尔身上，和这个歌手在欧洲闲逛了近一个月。山姆要么就和摩德纳一样，需要两个情人同时陪在自己的身边，要么就是他很气愤摩德纳继续和杰克见面。在我看来，不管怎样，他俩的恋情都是不乐观的。尽管我没有读完摩德纳与威利在8月16日的相关对话的录音文稿，但是证据已经一目了然了。

摩德纳：好吧，我答应山姆了。

威利：我真不敢相信他愿意等上好几个月。

摩德纳：已经有一年多了，每天都会送 72 朵黄玫瑰。

威利：一直收到花你不嫌烦吗?

摩德纳：花永远不嫌多。

威利：好吧，和山姆在一起感觉怎么样?

摩德纳：我从来没有厌倦过他。

威利：你说的是实话?

摩德纳：真的很完美。

威利：你说的是什么意思? 真的很完美?

摩德纳：你自己去想吧。

看出来了吧，这手稿向我们提供的不过是一种简单的描述，并没有涉及任何实质性的评价。就在这仅有的“证据”之后，摩德纳很长时间都没有提到同山姆的关系，然而威利一直在追问她更多的事情。下面这部手稿是从 1961 年的 11 月上旬开始的：

威利：如果他打算跟他的小歌手一起消失，那他为什么还要向你求婚?

摩德纳：可是当我告诉他我第一次忠贞的爱献给了杰克时，他非常生气。

威利：但是你告诉我山姆已经不再跟杰克计较了呀。

摩德纳：山姆的确是感情更外露，他愿意跟你分享一切，而且他有许多爱好，这感觉就像我们俩吃着同一个盘子里的意大利菜。

威利：杰克却比较执拗。

摩德纳:是的,但是我是站住他那一边的。山姆也清楚这一点，他知道有些东西我会同杰克分享但不会告诉他。

威利：那是什么？

摩德纳：最重要的东西。

为避免你受打击，我并不愿意让你知道接下来三页手稿的内容，它里面包含了“最重要的事”——通俗地说，就是“最首要的事”。山姆从来就没有真正走进摩德纳的心。所以，那三页以后再奉上。

威利：我不敢相信。

摩德纳：除了那事，我们什么都做过了。

威利：如果这样，那你们的关系怎么会这么好？

摩德纳：这才叫朴实，有时候这种情况下性会变得更私密。

威利：你真是太复杂了。

山姆从欧洲返回的途中，他带摩德纳在芝加哥度过了许多美好时光，在住处，她受到了女王一样的待遇。但是在床上，仍然是除了做爱之外什么事都可以做。就此事而言，我不会发表任何评论。我记得几年前曾向你坦白过我和休·蒙塔古体验过“意大利式”，你当时鼻子都气歪了呢。但是，我依然很烦恼自己无法掌握摩德纳。

此信结束得比我想象的要晚。明晚我将会告诉你这位女士的真正魅力，耐心等候吧。

爱你的基特里奇

12

原本说好的信第二天就到了，但是现在已经不存在了，因为我一看完就立即毁掉了它。

我并不后悔，这让我意识到失去摩德纳我有多么激动。当他们把最后一页纸放进碎纸机中时，我甚至还能感觉到手指尖的麻木。基特里奇没有告诉我更多的细节，这让我感到很愤怒。

这同时也是一种损失，基特里奇写得最好的一封信已经没有了。如果这封信摆在我面前，我的文字性工作会变得更加容易一点。很久以后（确切地说是十六年以后），我得到了这份文稿的副本，是基特里奇基于她自己的信件制作的。这就够了，我不需要过度利用这个文件，毕竟这事已经过去多年了。

一九六二年一月的一天，摩德纳的父母出了车祸。她的父亲高速转弯时撞到了一块冰，车翻到了壕沟里。她母亲毫发无损地逃过一劫，她父亲却陷入昏迷中，生死难测。

摩德纳异常悲痛，她向威利坦承她恨了她的父亲很多年，因为她的父亲每次喝醉都会虐待她的母亲。然而，她又觉得自己非常像他。她在家里待了一周，末了她躺在母亲的怀里哭泣，因为她再也无法与父亲亲近了，虽然她曾经想过很多次这终究会发生，但真正发生的时候她还是无法面对。

从家中回来，摩德纳继续投入工作，这让她的情绪稍稍恢复了一些，连她自己都很惊讶她父亲的状况似乎对她的影响很小。然而一周以后，她去芝加哥出差三天，她才发现自己正处于精神崩溃的边缘，她害怕她父亲如死人一般躺在病床上，甚至她还感觉到自己的父亲深更半夜站在床前看着她。然而，早晨她打电话回大急流城的家中，得知他仍然活着（处于昏迷中，但是仍然活着）。值得一提的是，基特里奇在一本《双重性格的哀悼》中提到，这种哀痛，如同爱一样，在父母健全时很难体会到。然而，在困难的情况下，基于各种哀悼的斗争在灵魂中进行着，灵魂的出现也并非偶然。

第二个晚上她又梦到了自己父亲的“深夜来访”，之后，她感到浑身无力。吉安卡纳考虑到她从未与他待过一个晚上，于是他只在清晨来到她的酒店房间接她去吃早餐。他很快就感觉到她痛苦万分，于是他说等他打几个电话安排一些事情之后就陪她一天。

这一天里，他并没有带她穿梭于酒吧和俱乐部之间，而是提着一个野餐食品篮，里面装着几瓶葡萄酒，一夸脱波旁威士忌，还有冰，平静地告诉她他们一起举行一个私人隐秘的守丧，他会帮助她将并未去世的父亲的灵魂埋于心中。吉安卡纳自己说他很擅长干这事。

他一边开着车，一边向她说着他可以接近她的父亲，因为他，山姆，本来是去做摩托车赛车手，为了证明他的话，他开着车穿过了破旧的工薪阶级的西芝加哥后街，迅速穿过各个角落，以快速而利落的侧滑转弯来证明自己的本领，这种技能其他司机根本无法做到。“我本来是个有绝技的人，”吉安卡纳说道，“你父亲也是如此。”那天，他开着车带她沿着南阿什兰大道到了一座低矮而黑暗的教堂，叫作“圣·犹太神殿”。“这个地方，不是为了犹大命名的，而是圣·犹太。在被诅咒的绝望的人们看来，他就是个圣人。”

“我不觉得自己被诅咒了。”她告诉他。

“这么说吧，圣·犹太关照那些异常的事情。我的女儿弗朗辛视力很糟糕，近乎眼瞎，但是我把她带到这儿。我不是一个常做礼拜的人，但是，我却连续九天做了祷告，九次礼拜，终于弗朗辛戴着隐形眼镜可以看到一些了。他们说圣·犹太会帮助那些毫无希望的人。”

“我并不觉得自己毫无希望。”

“当然不是，但是这种特殊情形是涉及你父亲的。”

“你打算带我来这里九次？”

“你不需要，我已经来过九次了，我来向圣·犹太说情。”

她跪下了，在圣·犹太的私人祷告处祷告着，看到与她一起祷告的人，她的痛苦又增添了一分。“有一些残疾人，看上去简直疯了，”她随后向威利描述道，“这个地方感觉很诡异。我感觉父亲离我很近，他很生气，在我耳边说‘你竟然祈祷我去死’！但是我处于一种飘飘然的状态，就像我在学着怎么在洞穴中生存。圣·犹太教堂就像这样，就是这样的感觉——我感觉自己仿佛身处一个古老的基督教洞穴中，也许是因为墙上没有太多装饰物吧，这是一座简陋的教堂。”

离开圣·犹太教堂后，他把她带到一个陵墓，她没有留意上面的名字，但是他告诉她是他的夫人——安吉丽娜长眠于此。借着陵墓里昏暗却昂贵的照明，大约七十度，他开始在他们坐的石凳前摆放午餐篮。他们边吃边喝，他不断讲述着他与安吉丽娜的回忆：她又矮又瘦，从出生开始就有脊柱缺陷。但是他爱她，可安吉丽娜并不爱他，至少很多年都没有爱上他了。“她一直活在她英年早逝未婚夫的悲痛记忆中，她忠于她的记忆。我必须把她争取过来，”山姆说，“最终我成功了。她死后，曾经在夜晚来看过我。相信我，在她的邀请下，我来到了这座陵墓。”他一边说着，他们一边吃着东西喝着酒，然后开始亲吻彼此。

关于这件事，我会用手稿的副本：

威利：你开始在陵墓前亲吻他？

摩德纳：这有什么不妥？你知道当一个人家遭变故，她会有多么强烈地渴望一副温润的嘴唇吗？

威利：我想我可以理解你。

摩德纳：好吧，你总是问我到底发生了什么。

威利：我宁愿你说出来吓我一跳也不愿意活在疑惑中。

摩德纳：你会很震惊的。山姆不是一个普通人，他理解我的烦恼。他再次告诉我西西里岛人是怎么诠释死人、鬼魂和诅咒的，他们可以找到方法来度过其他人可能迷失的境况。他告诉我如果我同他合作，安吉丽娜就会来帮助我。他带我到这个地方，她的陵墓前，是因为我们必须向安吉丽娜证明我们并不怕她。因此，我们应该做点我们之前从未做过的事情。

威利：什么？

摩德纳：我们必须性交。

威利：他用的这个词吗？

摩德纳：是的，他已经有好几个月不曾用过这个词了，但是那天他说我们必须在她面前“性交”。他说他从未强迫过我，是因为他自己也有点害怕安吉丽娜，但是他现在很想做爱。他爱我，他已经准备好了抓住这个机会，即便事情不像他想的那样发展。

威利：这听起来太恶心又太疯狂了。

摩德纳：你若被灵魂入侵，你就会明白的，那个时候你对什么是可接受行为的看法可能会有一个转变。

威利：你同意了与他那么做？

摩德纳：他从食品篮里拿出一个毯子，平铺在地上。我躺下来，第一次让他进入。然而我身体紧绷，不能够允许他做完。

威利：天啊，你们已经做到这个份上了！

摩德纳：我感觉到了她的存在——就像一个吉卜赛老女人，在我的耳旁低语：“适可而止。”我想她是对的，这让我呆住了。山姆和我就在地上商量，我就像一个握紧的拳头一样紧绷着。我告诉他：“没关系，但是我们得在其他地方完成，否则这些都不会奏效。”你知道吗？他很理解我。他站起来，穿上衣服，他很兴奋，这使得他看上去特别性感。他收拾起所有东西，放在食品篮里，开车带我回到他家里。我从未体会过的性兴奋充斥着我的大脑。

威利：这句话你曾经说过。

摩德纳：从未像这次这样。我迫不及待地走进他家，他家就像坟墓一样令人害怕，但是我却感到极度兴奋。我不得不承认，山姆的私处有一种特别的味道，有点儿像石油和汽油的味道，这更让我莫名地相信他能为我父亲的事做点什么。

威利：我真怀疑自己是否还要继续听下去。

摩德纳：是你自己问的，那就不妨继续听吧。当我们进入山姆的房间时，我们冲向位于地下室的一个私密的办公室，他在那里同下属召开严肃的会议。锁门之后，我们扯下身上的衣服，在地毯上做爱。我一直在想那些曾经走来走去的人们，我很确定山姆肯定在桌前做过杀人的决定——这样的猜想让我更刺激了，我已经做好准备，他亦如此。之后，我们躺下来爱抚彼此。你知道吗？那天晚上我回到旅馆时，收到一则留言让我回电话给母亲。她告诉我，我的父亲就是在那天下午去世了。我说："母亲，我为我们感到高兴。"

基特里奇的一行评论让我难以忘记：

你知道吗？哈利，我宁愿相信这是吉安卡纳的巫术，可是感谢与休·蒙塔古生活在一起——我想到山姆或许那天早上发出命令让顺从的人在她父亲的医院里，拿着合适的小费拔掉插管。想着这些事安排起来很困难，我又躺下来，我承认这件事情难以理解，于是想起休·蒙塔古的认识论的困境："我们是该进入偏执狂的领域还是站在犬儒主义一边？"

13

我对胡佛与杰克·肯尼迪午餐的了解，不过是基于已经发生的事实和基特里奇告诉我的一些细节。然而，许多年间我很多次想起这次有意思的午餐，终于从种种回忆中看出了一点端倪。我所能提供的只是幻想，然而我承认我说的并不一定是真的。

我确实想起一个细节，这个细节是杰克透露给基特里奇的。就是胡佛在午餐前拒绝饮用开胃酒，但是，一斑即可窥全豹。

“如果你不祝我健康的话,那就为你的健康干杯吧,”杰克·肯尼迪说道，“我想你应该不介意来一杯开胃酒，听说你很喜欢喝堪培拉开胃酒。”

“非常准确地说，不是这样的，”胡佛回复道，“午餐我很少喝马提尼，今天，我喝苏打水。”胡佛轻轻地抿了一口，继续说道:“我很失望，肯尼迪夫人没有和我们一起共进午餐。”

“她昨天和孩子们一起去哈艾安尼斯波特了。”

“噢，对，你倒提醒了我，我已经听说这个消息了。我想她的印度之旅会让她付出点什么。”

“这里就我和你，说说你的请求吧。”肯尼迪说道。

“这的确是我的请求。我很后悔没有亲自向你美丽的夫人打过招呼，我有时看到她向电视观众展示白宫之旅时是那么的令人难忘，在我看来她是白宫的珍宝。”

“这是当然，胡佛先生，你有时间看电视吗？”肯尼迪问道。

“只要工作和约会允许，看得不多，但是我喜欢看电视。”

“那么，你最喜欢的电视节目是什么？”

“几年前是一档叫‘答案六万四’的节目，我想着如果自己去参加这个节目，遇到一些适合我的题目的话，我会赢得无以计数的钱。”

“我期待你一举成名。”

“我们没有这个机会了，不是吗？我很失望，作为不计其数的观众之一，我发现制片人在操控结果。多么肮脏的腐败啊，竟然出现在这个相对令人尊敬的地方。我真的无法原谅查尔斯·凡·多伦。”

“这很有趣，”总统说道，“你为什么选择他？”

“因为我没有别的理由了。一个有着各种优势的男孩是如何参加到穷凶极恶的犯罪当中的？教众们一直说穷人的贫穷是他们的借口，但是查尔斯·凡·多伦提前接受获胜的答案又是什么原因呢？我把它归于常春藤联盟的默许，”他喝了一口他手中的苏打水，“让我们为更愉快的话题干一杯。我可以告诉你，我被约翰·盖伦的三个‘轨道’迷住了，难怪苏联人能够在背后感受到我们的呼吸。”

肯尼迪说：“我很高兴听到你这么解释，因为有时候看上去我们似乎落后于苏联好多呢。”

“我一点都不担心，我们会赶上来的。”

他们继续用餐。

在享用蔬菜大麦汤的时候，总统提到了威尔特·张伯伦在一场NBA球赛中得到的一百分。

“这是什么时候的事？”胡佛问道。

“大约三周以前，你肯定听说了，这是令人惊讶的成绩。”

“好吧，我听说了，但是我对篮球并没什么兴趣。”

“真的吗？”

“太无聊了，每二十四秒，十个巨人在空中跃起抢球。”

“是的，这的确没有太多发挥空间，不是吗？”肯尼迪说。

“我不明白你的意思。”

“我，有一件事，印象很深，有色人种运动员似乎主导了篮球比赛。”肯尼迪说道。

“你不是在误导我吗？我并没有说是黑人巨头跳起抢球啊。”胡佛说道。

“事实上，你的确没有说。”

“我已经准备好了支持更受尊敬的黑人目标，但是你可能会因此遇到点问题。这些人的运动天赋总是大于他们的政治才能。”

一盘红烧牛肉和煮好的土豆、豌豆端上来了。当这个黑人服务生离开房间后，杰克·肯尼迪说：“毫无疑问，马丁·路德·金是个伟大的领袖。”

“可是，我并不这么想，要我说出他任何积极的事情，我一定会犹豫半天的。”

“你的表现太强硬了，胡佛先生。”

“我只在‘情到深处’才会使用强硬的语言，总统先生。马丁·路德·金是我们这个时代最声名狼藉的谎言家，我可以证明这一点。如果真有那么一天你需要他撒谎的证据，我保证我有办法让马丁·路德·金停止提出那些更离谱的要求。”

“好的，这些天你会让我看到这些特殊文件，是吧，胡佛先生？”肯尼迪问。

“实际上，只要它是既发事实，我就能弄到相关文件。不过，我今天来，为的是另一件我关心的事。”

“你要说的与什么相关？”

“你的一个朋友。”

“我的哪一个朋友？”杰克·肯尼迪问道。

“弗兰克·辛纳特拉。”

“弗兰克确实涉足了很大范围的关系网。”

“总统先生，这并不像一个艺人在夜总会与不同的人握手一样是个大新闻，我关心的是辛纳特拉同山姆·吉安卡纳（黑手党的领袖人物之一）的进展，而且这也关系一位女士，她与他们二人之间都有一腿，我们有理由相信这位女子的情夫远不止这两位。”

肯尼迪沉默了。

胡佛也沉默了。

“想来杯咖啡吗？”肯尼迪问道。

“可以。”

总统揿响了服务铃，黑人服务生将咖啡端来，当他走后，肯尼迪说：“事情是这样的吧，你在建议我的朋友弗兰克·辛纳特拉应该注意他和山姆·吉安卡纳的关系。”

“是的，基本上是这个意思。或许这其中还有未曾了结的问题。”

“什么问题？”

“这是我的拙见，以为这是个问题。这个有着混乱男女关系的年轻女士，名叫摩德纳·墨菲，她似乎同白宫里总统的一位秘书甚为友好。”

“真是个稀奇的新闻！我会去调查一下的。我无法想象你是如何从我们的电话中窃听到的信息。”

“我们不能，也不会，你大可放心好了。只是考虑到她同山姆·吉安卡纳持续的联系，我们认为有必要监听她的电话线路。但是我们并不能不间断地窃听，因为吉安卡纳先生经常派人来检查她的设备。我们只是获取了一个短期的嵌入，能够证明她在某些情况下，连续几天同白宫保持联系。”

他喝了一口咖啡：“关于这个问题，我会交由你处理。”他说完站起身：“肯尼迪夫人回来后，代我问候她。”

他们走到门边时聊起了春季训练。胡佛先生打算去圣彼得堡待几天看看扬基队的比赛，杰克·肯尼迪托他转达他对克莱德·托尔森的问候——克莱德会陪同胡佛先生一起去圣彼得堡。胡佛先生说他会转达的。

14

几周后，看到基特里奇发给我的FBI报告，我才知道胡佛在白宫用餐的第二天，我仍在东京的父亲收到了胡佛（署名：胡佛）亲自发来的电报：

> 司法部的犯罪分部要求中情局具体建议是否应该反对他人对马休共谋侵犯窃听条令的刑事控告。希望能尽早回复。

一九六二年四月，胡佛向司法部助理首席检察长米勒发送了一份备忘：

> 博德曼·哈伯德建议，对马休的控诉会导致泄露有关一九六一年四月我国对古巴入侵失败的消息。基于此，他的情报人员反对对马休的起诉。

鲍比·肯尼迪随后同中情局总顾问劳伦斯·休斯敦在五月七日召开了会议，与会者还有谢菲尔德·爱德华，中情局安全办公室主任。为了回复总检察长指出的问题，他们不得不承认马休向吉安卡纳支付十五万美金以求他杀掉卡斯特罗。这一节点上，谢菲尔德·爱德华将责任再次推给夏洛特，罗伯特·肯尼迪用低沉而清晰的嗓音说道："我相信如果你们再想跟流氓合作，你们一定会让总检察长知道的。"

五月九日，在罗伯特·肯尼迪和爱德华·胡佛会面后，胡佛在他的私人文件中写下以下内容：

考虑到马休的不良声誉，我表示对中情局反对控告马休的举动很震惊；同时中情局雇佣了一个与吉安卡纳相同背景的人来完成这个项目，这个判断亦很可怕。总检察长也表示同样的看法。

两天后，休·蒙塔古给理查德·赫尔姆斯写来非常渠道的便签：

我和兄弟谈了一下，他说他已经见过胡佛了，但他绝不会原谅我们干的这件事。他说最糟糕的就是，尽管没有记录在案，但是胡佛的确暗示是“劳苦的主”首先唆使“花栗鼠先生”向我们介绍了他的一群狐朋狗友和“长发公主”。我回复道，这的确令人难以置信，尽管还无法证实A.J.艾尔的错，但这已经足以让我无地自容了，我恨不得立即离开他的办公室，但这段距离竟如深渊一般遥远深长。恐怕我们要深深地埋藏这个“肿块”了，否则污染了其他部分那就不好收拾了。

页边上是我用铅笔写的笔记：

劳苦的主——霍法，毫无疑问

花栗鼠先生——只可能是马休

五月十四日，胡佛拜访鲍比·肯尼迪之后的第六天，威廉姆·哈维在夏洛特的指令下给谢菲尔德·爱德华打了个电话，说如果总检察长问起，就告诉他我们不会考虑雇佣罗塞利。爱德华说会将一份备忘放在文件里。

但是文件的指示是错误的，于是哈维联系了罗塞利，罗塞利说药片已经到达古巴，哈维说道："那就派上用场吧。"

在这期间，FBI 对吉安卡纳的监控力度也加强了。

摩德纳：我和山姆还没去机场我就已经想吐了，因为我知道那里有 FBI 的人等着我们，我都已经学会识别他们了——他们就像企鹅一样显眼。

威利：你说得夸张了点吧。

摩德纳：当一个人脑子里想着一件事，只想着那一件事时，在人群中的他就会变得很独特。从我们靠近大门开始，我就可以看出他们。他们以前只是安静地跟着我们，但是现在他们竟然走过来，还大声地说话——他们想让每个人都听到他们的声音："你做什么工作，吉安卡纳？"山姆回答道："很简单，我拥有芝加哥，我拥有迈阿密，我拥有拉斯韦加斯。"这样的事在我们登记时连续发生了两次。山姆想着他能够控制住，然后告诉我说："他们得不到答案的，摩德纳，他们工作只是为了薪水，仅此而已。"

威利：噢，那我猜山姆一定知道该怎么应付这些人了。

摩德纳：是的，但是他不知道这样的事什么时候才会停止。上次我俩一起出去旅行时，山姆改变了他的回答。他说："我拥有芝加哥，我拥有迈阿密，我拥有拉斯韦加斯。你拥有什么，穷鬼？"

这个 FBI 工作人员刚好就是我们每次进入芝加哥都会遇到的人，一个高大的家伙，留着平头——他真是吓到我了，他看起来总是那么紧张。很明显他想要攻击山姆，因为就在山姆说出"穷鬼"的瞬间，这个情报人员的眼睛里已经充满了怒火——他当时的样子我真不知道该怎么形容。他立即转过身对所有乘客说暂停登机，还说："这是山姆·吉安卡纳，看看他，他是全世界最臭名昭著的暴徒，他是个人渣。你们将同这个你们此生从未见过的败类乘坐同一架飞机。"

他们之前从未对山姆做过这种事情。"闭嘴，否则我会亲自收拾你。"他说道。

我呆住了，山姆只是那个人的一半大小啊。那个情报人员脸上带着惊恐的表情，说道："呵呵，山姆，来挥拳吧，伸出你的拳头打我吧。"他几乎是喊叫着说的，显得山姆的声音太柔和了。

山姆努力地自我控制，他转身背对着情报人员，无视他们的存在。但是这个高大的家伙一直在说："来吧，打我呀，你这个肮脏的家伙。"我猜山姆肯定也受到了惊吓，他古铜色肌肤下掩藏着惨白，就像他的脸上长了两张皮。"我不能登机，"山姆对我说，"可是我不能再坐等三个小时啊。"

威利：那你们的行李怎么办啊？

摩德纳：我错在了不该对他那样说。"那我们就离开这里吧！"他大声喊道。我们沿着过道离开了，身后FBI的人还一直对我们大喊大叫，就像狗仔一样疯狂。情报人员一直以我们能听到的声音嘀咕道："一堆狗屎！"

威利：我不相信FBI的人会这么粗鲁。

摩德纳：我的经验是他们这些人在山姆面前会觉得很不平衡，他们一定很生气，因为他们在山姆身上什么也得不到。对他们来说，山姆太聪明了，即使在这样的情况下，他都能强辩到底。我们一边走进出租车，山姆一边对着这个高大的情报人员说："你今晚算是惹火上身了，请你记住，有我在的一天，这火就不会熄灭。"

“这是威胁我吗？”这个家伙问道。

“不是，只是陈述事实。”山姆静静地、有礼貌地说道。

随后FBI的人一直跟着我们到了山姆的家里，山姆也不介意：“他们可以整夜守在外面喂我家的蚊子。”我们下楼走到他的办公室，据他所说是百分之百防窃听的，他打电话给他的下属，让他们过来。

威利：难道FBI的人不会发现山姆的手下进入山姆的房子吗？

摩德纳：这有什么关系呢？他们看着同样一群人会见山姆好多次了。如果他们不能听见里面在说什么，他们又能得到什么呢？

威利：你果真弄明白了这其中的原委。

摩德纳：我心里全是对山姆的爱。

威利：我想也是。

摩德纳：的确如此。

威利：那么，你同杰克彻底结束了吗？

摩德纳：我爱山姆，他告诉我他这一生中从来没有对任何一个女人倾诉过心事，但对我不一样，他可以跟我说说一二。

威利：告诉我，他说了些什么？

摩德纳：我不知道我是否可以说，我答应山姆我不会再用我的电话，但是我已经违背了我的诺言，可是我实在忍受不了那些“付费电话”了。

威利：我觉得你的线路已经被清理干净了。

摩德纳：即使这样我也不能说！

威利：你就告诉我吧，我能感觉到你的电话线路是“干净”的。

摩德纳：山姆说他痛恨鲍比·肯尼迪。早在一九五九年，他不得不去麦克莱恩委员会接受升级考试，那时候鲍比是他们的特别委员。你知道那些在场的人是怎么说的吗？——“我拒绝回答，省得连累自己。”山姆非常担心。很明显，他在学校的日子并不好过，他连阅读都学不会，他说哪怕是现在让他大声读书，他还会咯咯傻笑。鲍比·肯尼迪一直问：“是你将受害人处理掉埋在水泥里的吗？”山姆很想看着他的卡片大声读出来此事与他无关，但他就是不由自主地咯咯笑着，然后鲍比说：“只有小女孩才会这样笑。”

山姆告诉我每当他想起这些事总会出一身汗。虽然鲍比如此侮辱他，他还是选择了为杰克效力。山姆认为杰克会解散FBI，这样一来就算替他报复了鲍比，但是这并未实现。

威利：山姆生辛纳特拉的气吗？

摩德纳：他非常生气。山姆以为我完全不了解“西西里岛”，但是我长了一双好耳朵，于是就听来不少信息。每当他的人说Farfalletta，他们就是在谈论辛纳特拉。

威利：那是什么意思？

摩德纳：Farfalletta是一种蝴蝶。

威利：你怎么知道的？

摩德纳：因为山姆的下属总是用手势来表达想法。

威利：原来如此。但是你怎么知道他们是在谈论弗兰克？

摩德纳：因为他们除了用手势，也会说“辛纳特拉”“弗兰克”。尤其是今晚，很明显山姆跟他下属说的就是和辛纳特拉在一起是多么令人厌烦。他们中的一些人就开始谈论压扁这只蝴蝶——他们会将手掌放在桌上捣碎，山姆会露出一个恶魔般的笑容——我知道那种露齿笑，这意味着他打算挣其他人都无法挣的

钱。那晚结束时，山姆说："我打算让这个瘦弱的几内亚人去干这件事。"（1962年5月20日）

摘自FBI报告，一九六二年六月十日，特工罗斯：

写给：局长办公室

关于：吉安卡纳

Subject约了弗兰克·辛纳特拉、迪安·马丁、塞米·戴维斯、小艾迪·费希尔以及乔伊·毕晓普，在威尼斯度假别墅待了整整一周。威尼斯度假别墅是间位于芝加哥西北郊外的路边酒吧，大家都以为这是Subject的，他不仅聘用了大量的人才，还享受着他的通宵赌场的巨大人流量所带来的利益，这个赌场设在威尼斯度假别墅两个街区以外的旅馆里。Subject从赌场获得的收益连续三个月来都达到每月一百五十万美元。据可靠目击者的消息，每一个艺人得到的只是他日常薪金的一小部分，因为他们是受辛纳特拉之邀来到芝加哥的。

摘自奥拉尔手稿，一九六二年六月十二日：

威利：你看了杰克在麦迪逊花园举办的生日宴会的报道了吗？

摩德纳：当然。

威利：我是在电视上看到的。

摩德纳：那时候我没看。

威利：玛丽莲·梦露美极了，她唱着："祝你生日快乐，总统先生。”摩德纳，她把自己塞进那个裙子里，简直是一项了不起的“工程”。

摩德纳：玛丽莲·梦露与杰克的关系非比寻常。

威利：你很确定吗？

摩德纳：我看得出来。

威利：你沮丧吗？

摩德纳：为什么我要沮丧呢？

威利：别这样，摩德纳。

摩德纳：不是，有些事情说结束了那就是结束了。我并不想念肯尼迪，我只是生气。

威利：我还以为你只是被动地任由这段关系走向终结呢。

摩德纳：千真万确是结束了，当埃德加·胡佛介入时，这段关系就已经结束了。杰克那天下午给我打电话，告诉我这是我们之间最后一次通过白宫的接线总机打电话了。然而，他给了我一个白宫私人专线，以便我紧急情况下联系他。

威利：你试过拨打这个特殊的号码吗？

摩德纳：我没有打算用。FBI 的人已经“拜访”我在洛杉矶的公寓了，让我的室友非常尴尬。我的意思是，她们可以看出来拜访我的这两个男性友人并不是来喝咖啡这么简单。

威利：我想这并不是你的问题,你不是很少看到你的室友吗。

摩德纳:FBI 让我很紧张。我这几天经常感到晕眩，太可怕了，我几乎已经不能再上机飞行了。山姆曾经将我的飞行次数降到一个月三次，但是每当我工作时，我总是步履蹒跚。我曾经全身水肿，一次飞行中才收拾三个托盘。

威利：不会吧。

摩德纳：我最后决定使用这个特殊专线。我请求杰克让 FBI

离我远点，但是他不同意。他一直告诉我山姆才是他们要跟踪的人，我只需要对他们笑笑就可以了。“我做不到，”我告诉他，“他们给我的生活造成了很大的困扰。”说到这，杰克也生气了，说道:“摩德纳，你是个成年女性，你应该知道如何照顾好你自己。”我问道:“你的意思是,你和你弟弟都无权取消FBI的行动？”“我们有权，但是代价可能太大。你就好好照顾自己吧，让我自己好好想想如何进行一些相对重要的事情，下一步该如何走。”你知道的，他总是用他那沉闷尖刻的波士顿口音。他说的这些话让我的心里凉飕飕的，“无论你信或者不信”。

15

1962年8月15日，东京

亲爱的赫里克:

好久没有给你写信了。我只是一直拖延着，等着有好消息就一起告诉你。不过我很害怕，因为我经历了一个又一个让人难过的死亡，却只能把注意力转向几个FBI人员的“拜访”上来调整自己的郁闷情绪。不得不说，我很擅长让这些情报人员筋疲力尽，当然，位于远东地区的分支的组成人员相对来说更加文明，他们都清楚自己在远东地区不过是个联络员，所以他们都比较尊重我。

我的另一位老朋友,成了这片混乱的入侵者。上个月威廉·福克纳英年早逝，但是我近期见过他多次，这种喜悦无法形容。我记得1946年某个愉快的晚上，战争刚结束，达希尔·哈米特和福克纳还有我在二十一酒吧喝酒，两个小时里福克纳没有说一个字，我甚至怀疑他是否在听我们讲话；有时候我们会推推他，他就抬起头说：“各位绅士，你们好奇的秘密就是，其实我是个农民。”达希尔是个很少笑的人，但是此时他却对此开怀大笑，就像福克纳说出了世界上最正确最幽默的话。福克纳死了，我很难过，可是我很后悔我把这事告诉了玛丽。

“噢，卡尔啊，别提了，他算不上是你的知己，因为你在过去15年里甚至都没收到过他的一封来信。”她说。

“虽然如此，他仍是一个伟大的作家。”

“你知道，”玛丽用她那准备好回答的一贯腔调说道，“他是个伟大的作家，但是我根本读不懂他，他是那种把所有的事情都深深埋在心底的人，他的文字也只不过是奇怪的噪声而已。”

真是要谢天谢地，我从来不打女人。如果这话出自一个男人之口，我早就一拳打上去了，我很担心我的脾气。你知道吗？玛丽根本无心谈论福克纳，她的那些话只是在敷衍，她想说的是她的日本商人的事情。我把那个日本商人“送回”木屋子里或者竹垫子上，或者无论他藏在哪里吧，如今玛丽谈到像比尔·福克纳这样潜伏着且发出“奇怪声音”的人一定是她想起了她的日本财主吧，想到这里恼得我手心都湿透了。

或许都是这些死亡引起的吧，有很多朋友我只见了最后一眼。你知道看到这些人死前最后的表情是如何扰乱我的心神的吗？是因为这些表情是他们脸上从未有过的样子。这让我不由得幻想我所关心的人的死亡，想象他们脸上的最后表情是什么样子。

现在又轮到了玛丽莲·梦露。她在8月5日自杀了，就在10天前，她的死在我的脑海中盘旋不肯离去。你知道吗？1955

年时艾伦·杜勒斯曾经提议派我去好莱坞拜访梦露小姐，希望我说服她与印尼总统苏加诺“发展恋情”。艾伦可能被玛利亚·黛德丽的话语“蛊惑”了，因为她曾经向这个长官透露她很后悔在30年代没有见一见希特勒，因为她很确定自己可以让他更“人性化”，由此就可以拯救成千上万的生命。玛丽亚无疑知道一些我所不知道的事情，但我还是宁愿让希特勒更强硬而不是让他更人性化。艾伦一直都有这个想法，并打算让苏加诺同玛丽莲·梦露有所发展。我希望你能认识到艾伦是认真的，所以，很快我也认真对待起来，这是多么美妙的任务啊。十年还不见得能遇见一次的美差落在了我的身上。我毫不在乎苏加诺，心里只一心想着与玛丽莲见面的事。我得说服这个爱国女士认识到这个任务的重要性，这可能需要占据她的心。我甚至还研究了她的电影——我看了《绅士喜爱金发女郎》三遍，偶尔，艾伦会插一句：“我还没有忘记你和梦露小姐啊。”

当他有时间考虑这件事时，已经到1956年了，但是一切都太晚了。玛丽莲已经不在好莱坞了，她去了纽约，话说她正与阿瑟·米勒谈恋爱。太可惜了，我总以为自己可以成为她的情人，但现在她死了。

接下来的事也很令人沮丧。我一直严加控制自己的设想，但我几乎可以确定她并不是自杀，因为我们有个检察官朋友，他与东京警察署的取证官关系甚好，而洛杉矶的验尸官托马斯·野口也是日本人，取证官能给我们带出验尸结果的副本来。

里克，我不是一个幸灾乐祸的人，你非常了解你的酒鬼父亲——是的，现在我在喝酒，每当给你写信时我都爱喝酒，我的儿子——我不需要为自己辩护。我不得不掌握验尸官的报告，你说这是本能也好，是20年来待在情报系统的结果也罢，看过报告我后背都发凉了。

里克，我已经细细地读了这份报告，这就是颗定时炸弹。验尸官的报告显示梦露的血管里有足量的安眠药，足以杀死两个健康的女性，但是胃里却没有任何东西。“一汤勺棕色的液体”远远不够，你不可能服用40片以上的药来将你的血液里的安眠药含量提高到这个水平，而同时你的胃里却连一汤勺的剂量也不到——她是被注射的。

你知道她同杰克·肯尼迪有私情，而且她跟鲍比的关系也很亲密。我无法不让自己怀疑她是否威胁这两兄弟中的一人或两人，才让他们起了杀心。

是他们结果了她吗？我很痛恨这一想法。美国总统几乎都会犯下严重错误，让后人去评判，毕竟，总统并不能完全掌握局面。其实，杀死一个女性并不难，这就是令人讨厌的地方。我抗拒这个念头，但越是抗拒这个念头就越是不停地徘徊在我脑子里让我无法入睡。我痛恨肯尼迪兄弟——他们在猪湾事件中犹豫不决，但是在谋害一个可爱的女士的生命上却如此果断——不！我努力说服自己：不是他们吧？我很怀疑，我觉得很有可能是他们做的。我是不是到了崩溃的边缘？如果是，那就是因为情报局的人们各抒己见的氛围造成的，但是在越南南部（莽骑兵和步兵在此服役），他们更责备肯尼迪，因为他更偏爱“绿色贝雷帽”，故而冷落了麦克阿瑟将军的缘故。

东京的情报人员并未看出肯尼迪和卡斯特罗之间的区别（“左”倾思想！“左”倾思想！）。猪湾事件留下了抹不去的苦涩，并非我一个人有这种可怕的猜测，你可以听听北亚地区的呼声。我的这种思想就像脑子里的肿瘤一样，除非我自己将它“揪”

出来否则它不会出来。我正进一步调查玛丽莲的死。

你的夏洛克·哈利法克斯

附言：猫鼬计划进展如何？

16

玛丽莲·梦露是被谋杀的！我想每个人都能得出这种疯狂的结论。无论如何，我并不希望与我父亲谈论猫鼬计划，几个月来我一直在给基特里奇写信，开头总是说“我不太想说我们最近的进展情况，而且也没有太多需要汇报的”，然而，接下来我还是会向她解释我们的小规模袭击。

几乎每天晚上，我们在迈阿密或基斯的一两艘船都会偷偷进入古巴海岸的汇合点，过去几周里已经有大约二十艘船冒险往返了。现在我说一下关于我父亲对母舰的看法，哈维得到了一些快艇，能够为登陆方装载大型的汽艇；我们还派出了两艘海军巡逻舰——“雷克斯”号和“雷达”号，当作我们的旗舰。每次我在码头看到它们时，它们都刷上了新的颜色；上一次见到它们是孔雀绿的夹板、碧绿色的船体，现在可能已经涂成了茶粉色的夹板和白色的船体。这些都是因为哈维想让我们的船队看上去更像游艇而不是炮艇。船上装载的物资包括大炮——四十毫米海军加农炮，五十口径机关枪和无后坐力的武器，五十七口径的来复枪，两艘旗舰上还装载着一辆组装的起重机，一旦组装好，就可以升起或降下我们的一百二十马力船（舱内为玻璃纤维），以保证我们的船只最快速地冲向岸边。哈维将这些参战的人登记在尼加拉瓜，挂靠在一些避税公司里（这些避税公司都是依附于索莫查的船舶公司），这些船的入港费由海洋红树林公司收取，而这个公司又属于赞尼特下属分支的管辖范围。“我能够用这个一百八十英尺的船玩一场骗局。”哈维说道。古巴船员的薪水由基维斯特的一家罐头厂负责，我很想满足基特里奇对细节的要求，但是写信给她让我觉得很有压力。我一直在思考如果夏洛特发现我们互通书信，那该是一场怎样的灾难啊！那一定可怕极了吧，除非他选择跟她离婚（我会娶她）。但如果是其他情报局的人而不是休·蒙塔古发现了我们的书信又该如何呢？如果真是这样的话，我想基特里奇和我应该会继续通信，但为了安全起见我们会更加谨慎小心。如果这种危险足够吸引她，那么我愿意承担这份风险，反正哈利·哈伯德的灵魂已经满负重担了，又何必在乎这一点呢，我会继续告诉她更多的消息——我总是告诉她更多的事。

为了掌控局面，哈维把每个关系网都建立在独立的细胞群上，他喜欢让各个“细胞”分开，最终传统意义上的间谍往往只参与其中的一环。例如，我们在哈瓦那的财政部安排了四个会计，工作干得非常出色：他们成功地挪用了足够的政府资金来支持我们在古巴的大部分行动。我可以想象卡斯特罗在他桌上堆积如山的文件中寻找一份特殊的文件，但是他永远都不会找到他所需要的，因为他的私人秘书已经将这些都交给我们了。在我的梦中，古巴不断地壮大，让我不得不怀疑这个国家究竟是怎么回事，古巴的混乱恰好成了它的实力。古巴已经如此混乱了，所以无论我们再多做点什么也只是杯水车薪，这就是为什么卡斯特罗的 DGI 可以运转，而我们如此谨慎的情报人员却无法控制 JM/WAVE 中的大多数古巴人。我们偶尔的突袭成功，那些流亡人员在返回迈阿密的路上，都迫不及待地开起了未经允许的新闻发布会来吹嘘他们的功绩，接着在“小哈瓦那”的西南部八号街游行宣扬，古巴妇女盲目地崇拜着这些人，在他们走过的路上放满了棕榈叶。哈维，盛怒之下削减掉所有突袭者的薪水，但是一个月左右，他又只得恢复发放他们的薪水。我们几乎不允许 JM/WAVE 的古巴人同不正规的流亡者勾结在一起，即使如此，我们还是痛失了我们最优秀的船夫。我们不支持他们大肆宣扬，但他们却恳求我们，他们认为，有力的宣传等同于思想战争。

我愿意写信告诉基特里奇关于罗塞利的事情，整个春天和夏天他都很活跃，但他的冒险行为却一直毫无所获；我们给他的药物也已经到了他最终的接触对象手中，但是没有下文，我们听到的解释就是："时机还未到。"那些服务生每个晚上都在焦虑中度过，不知道菲德尔会不会在午夜突然光临餐厅，我很同情这种诚实的恐惧。无疑这些情报人员最终只是将这些药物冲走，凤尾鱼（即"鱼子酱"）哪儿也去不成。

有时我会写信告诉基特里奇关于兰斯代尔和哈维之间的斗争，虽然这些斗争并不足为奇。哈维称呼兰斯代尔为"全美国的天才男孩""花生头""莱尔阿布纳""怪人""非常杰出的人"。相反，兰斯代尔却对哈维充满了抱怨："同比尔·哈维工作不可能有所收获。如果我需要对某一件严肃的事情做充分的预估，那么我能得到一个只有一句话的备忘我就已经觉得很幸运了。如果我说我想知道更多，那他一定会说：'将军，我不打算事无巨细滔滔不绝地告诉你。'曾经我到他的桌前，看着哈维的眼睛，天啊，我当时真想揪住他——幸好我是个不喜欢动武的人。'比尔·哈维，有话直说，'我告诉他，'我不是敌人。'——这根本就不起作用，一点作用也不起。你想听到他的回答吗？他抬起他臃肿的腿，扭到另外一边，当着我的面放了个屁。"

"放屁？"我问了一句，似乎想要确认这事一样。

"对，他放屁了，散发出难闻的气味，只有莎士比亚式的坏人才给我更鲜明的厌恶感。比尔·哈维是个多么可怕的人。他摸着他的脚踝，解开他的护套，开始清理他的指甲。真是让人无法忍受。"

兰斯代尔一边说着，我一边不停地点头，表示我在认真倾听。但我没有回复，我不知道说什么才能够不背叛哈维或者我自己，或者听起来不同情兰斯代尔。我也意识到他根本就不需要我的回应。假设我是一个连接点，然后开始这份联系人工作的话，那我就只是一个分号，让那些分散的联系很好地隔离开而已。

17

1962年9月6日 星期三

亲爱的基特里奇：

八月中下旬你都在缅因州吗？趁着劳动节我休息了两个星期，自从1960年的春天我冒着五月的最后一场雪爬了卡塔丁山之后，我就没有享受过这份惬意了。今年我不应该跟我母亲一起待在南安普顿（免费食宿），还差点结了婚（开玩笑，亲爱的，完全是个玩笑）。事实上，我根本不认识那些待在我身边的女子，也不过就是些单身的女孩（我母亲曾经在我面前夸赞过她们），或者是她那些年轻的已婚朋友。而且我也没有打算与她们往来，以便让他们知道我的到来，因为我觉得南安普敦没有谁是不知道我是个情报人员的。这真是令人讨厌，尤其是大家知道了你的底细之后。天哪，我们中情局的人都被看作操控受压迫国家的恶魔，等等。但是这些姑娘还是不顾一切扑向这样的男人，因为他们并不是完全不像样，而且即使再坏也还是个中情局的人啊。这两周时间里我意识到我并不需要担心自己的那份本金和利息，因为我的母亲比她口中说的要富裕得多，无论如何，她都会将一些钱放到我的名头上。除此之外，我还有至少十年的好时光去谋得一个娶富家女的机会。其实如果我愿意的话，用不了几周时间我就能找到一个真正有钱的人与之订婚，然而我惊讶地发现我看不起大多数的有钱人。因为他们大多极度自恋，“我和我的钱”似乎是他们内心世界的全部，无论你挑选她的 α 还是 Ω，都只会更糟糕而已！有钱的自恋狂与其他自恋者相比，缺少了一种魅力。这正是讽刺的地方！我细细维护着西方世界，实质也不过是在保护这些华尔街阔佬们的利益罢了。或许我真的需要进修布尔什维克唯物主义的罪恶了。我又开了个玩笑！

我很享受我的假期，也很开心回来酝酿着告诉你在八月上旬哈维和兰斯代尔之间的一场暗战（几乎都是通过备忘录进行的）。事实上，我在假期里也考虑了不止一次，因为斗争的开端很是怪异，但是后来的“进展”却也“落入了俗套”。

说到特勤小组“扩增”，我不得不说这几次的规模都很大，连我也可以再次参与了，更不用说那些真正的“官僚主义根基”了，比如马克斯韦尔·泰勒将军、兰尼兹尔将军、罗伯特·麦克纳马拉。

无疑我又一次跑起了“龙套”。我带着我的两个公文箱坐在首长威廉·金·哈维（他代表的是麦科恩）后面，这次鲍比·肯尼迪又没有出席，会议讨论的重点是猫鼬计划。鲍比不在，那些首长们也没有那么紧张了，只表现出较为“正常的情绪”——八月下午的正常情绪就是不打瞌睡。我们汇报了此次计划的很多进展以及未来的发展趋势，但我们依然预想不到猫鼬计划的中期和结局是什么样子。

例如，哈维阐述了一个成效良好的破坏工作的概要。就这个月初，古巴的货船，叫作“SS 迪特里汉姆·希尔”的，运载着 80 万包古巴糖料去苏联，途中不得不途经波多黎各圣胡安进行检修。哈维低沉地说道：“我不知道为什么古巴人的发动机总掺进沙子。”虽然这是SGA内部的玩笑话，但由于傍晚的困倦，只有少数人挤出了点微笑。在古巴货物强制停留期间，我们在波多黎各的情报人员成功地让这一船货物都吸收了一种叫碧萃的非毒性物质。“它能使甜味变成苦味，苏联人会收到80万包无法食用的糖。”

兰斯代尔真不该问这个愚蠢的问题：“我们的人是如何将碧萃渗透进每一包糖料里的呢？”

“这些‘包’并不能单纯地理解成它的字面意思，”哈维极为耐心地说道，“而是一种数量单位。糖料在船舱里是散装的，估算下来大约有一万吨的糖渗进了碧萃。”

之前一直沉默的罗伯特·麦克纳马拉开始说话了，很明显谁的话他也没有听。国防部中，罗伯特·麦克纳马拉是个再严肃不过的当权者了，但是华盛顿总部认为——至少到我所知道的也是如此——他是所有内阁成员中最聪明最有企图的人，他几乎具备了所有的官僚品质，我也赞同这个说法。那天他在SGA会议上的表现当真是索然无味，可能他那天也比较心烦意乱吧，一直沉浸在各种官腔中，成功地把我们带入了困倦的边缘，连我也警惕地打了个盹。他对猫鼬计划简直毫无建树，但我隐约听到他提议刺杀菲德尔·卡斯特罗，并说了下面这些话（我还是没法确定他是否提议刺杀卡斯特罗）：“虽然我不愿意把这个方案列入此次计划，但是，我能看出来，直接从理论角度讲，这个方案最终可能会导致古巴政治局面的一次转变。但是话说回来，这种选择需要的秘密技术可能还不够……”

基特里奇，我记得我对自己说过：“他不可能说出那样的话。”当然，其他每一个人都是很激动的。他到底是什么意思？他真的打算刺杀卡斯特罗吗？没有人能回答。

这次会议按时结束了，每个人都离开了。我确定罗伯特·麦克纳马拉的发言不会被记录在会议记录中。但是，几天后——8月13日，兰斯代尔发来一份备忘录，总结了这次特勤小组会议最后所讨论的“紧急指令”，兰斯代尔列出：经济破坏、军事预备行动、情报活动、政治活动。最后，他加上了“清理领导人”。

由于兰斯代尔也给联邦调查局、国防部和新闻署的SGA工作人员发了备忘录，哈维于是怒了：“让他的备忘录泄露秘密去吧。国会委员会因此猜测是谁在指挥行动，到时候比尔·哈维可就遭殃了。”

哈维发了一份备忘录给赫尔姆斯：我给兰斯代尔将军打了电话，告诉他在这样的文件里透露这样的消息是多么失策和愚蠢。

基特里奇，你可能知道赫尔姆斯会将这些话带给麦科恩，麦科恩会询问兰斯代尔。然后我听哈维说，兰斯代尔的回答是：“好吧，先生，我很怀疑你所给出建议的实用性，但是我会尽量做得更全面。在意外事故的计划里，你肯定希望掩盖‘门面’吧。”

这听起来完全就是兰斯代尔的风格。麦科恩告诉哈维，麦克纳马拉的发言是不恰当的，“因为如果是我做了这样的事，那我最终会被逐出教会的。”他近期才改信天主教，才说了这么一句。

因此，麦科恩进一步“影响了”兰斯代尔，修剪羽翼。麦科恩提议兰斯代尔“寻求在卡斯特罗和保守的共产主义者之间的裂缝，这个行动既合理又会有成效”，而不是进一步推进“第二章：鼓励叛变”。

我不知道兰斯代尔是否意识到他失去了什么。

给你写信很开心，很有可能我们今年能共享圣诞潘趣酒。

爱你的哈利

18

一九六二年九月十二日，摘自一封写给基特里奇的信：

争执的消息传来，吸引了休·蒙塔古的注意力。他可能没有告诉你，所以我要告诉你这个不好的事即将发生。上个周六，也就是9月8日，哈维通知我去华盛顿。我并不愿意去，因为金·比尔为了惩罚我曾经替休“监视”他的举动，他总是安排我周末加班。如果他周六或者周日出现在了他位于迈阿密或者华盛顿的办公室，那么毫无悬念我一定会被叫去待命。

但是，这次这个任务很关键——中情局总部有一张照片需要偷运到W特遣队位于兰利的基地。这是最高禁令的禁运品，一场意志的角逐很快就会在总参谋部和情报局之间展开。

实际上，我了解到情报局不是一个搜集机密信息的最佳选择，而只是一个精心设计的结果，这个形式源于谁的决心是有事实依据的。哈维说苏联出口中程核导弹到古巴，情报局总部辩称事实并非如此。由于中程导弹可以直接从哈瓦那打到纽约、华盛顿或芝加哥，我们不会如此轻易就相信一方的解释，一定会仔细核查。U-2飞越领空时发现哈瓦那的西部正在安装发射台，但是情报局总部却坚称那个地方无法承载地对空的防空导弹。很明显，肯尼迪和赫鲁晓夫已经在维也纳达成了共识：卡斯特罗可以部署防御性的武器，例如SAM导弹（射程只有25公里），但不允许中程核武器的存在。

我所说的周六照片早在周五晚上就转到了哈维的手里，这是由苏联的货船鄂木斯克号在距离哈瓦那100公里的海面拍摄的。

这条船的舱口遮盖着帆布，显得这种类型货船的舱口很大，很适合装卸木材，但是苏联人从不运送木材给菲德尔——古巴的森林覆盖如同革命的胡须一样多，是一些别的东西装在里面。哈维的一个拍摄专家仔细检查了照片，从鄂木斯克号船体的阴影认定这艘船露出水面很高，所以它的装载物肯定是低密度的巨大物体。“装载中程导弹，”哈维咆哮着说，“完全符合照片中的情形。”

我从未见过野蛮的比尔这么开心。他已经知道了奥茨·勃林格曾经与我一同在蒙得维的亚工作过很多年，他是我在情报局总部的联系人之一，所以哈维让我周六约奥茨出来。奥茨是唯一一个我可以叫得出名字的优秀情报工作人员，他从总参谋部调至情报局。对此，他对自己的评价是身处一个技术的“肮脏角落”。奥茨似乎成了重量方面的专家，他可以通过尺寸和形状来判断木箱或纸箱里究竟装载何物。

不过我和奥茨并没有那么喜欢彼此，而且我和他的夫人也比较生疏，所以我俩回国以后从来没有共进过一次晚宴。但是，我们在组织内部咖啡馆的两次偶遇可以算是我们回来之后的“交流”了吧，只是这两次共用快餐对我们来说都没有愉快可言。奥茨在乌拉圭的工作未获得组织的认可，这让他感觉很痛苦，因此他也妒忌起我来了，认为我不配谋得那么好的差事。

但是，当他听到哈维调他过去时，他非常激动，他已经期盼目睹这位“传奇”（哈维）的尊容好多年了。他们在这个周六相处得很好，虽然哈维接收他有点不合正统，但是我了解我的老板——他的本能告诉他，我们处理的是中程导弹，所以他需要他的私人重力学家来为他工作几个星期。因此，他给了奥茨一个机会，鄂木斯克号上可能装载的货物已经缩小了范围：导弹、塑料玩具、厕纸和藤条家具或其他五种轻型的货物，然而只有中程洲际导弹需要鄂木斯克号提供这么大的舱口。

在那个周六会面之后，我整个周末都非常忙碌，直到周一，两个初级军官学员加入了我的工作。9月9号，鄂木斯克号停泊在巴伊亚码头（哈瓦那西部的港口），在夜色的掩护下卸载了货物，所以我的工作就是监督那两个学员检查鄂木斯克号可能航行的每一个路线，以及检查每一条从巴伊亚港口离开、宽度足以运送导弹至少一百公里的道路。这并非一件无法想象的难题，毕竟，这样的路必须能够容纳一辆大约80英尺长的牵引车穿过村子里狭窄的角落和山里U字形的转弯。

不用说，大多数驶出巴伊亚港口的要道都是难以走通的，但是我们找出了一条可能性最大的道路。哈维手下有一个情报人员在圣罗萨里奥的城镇街区有套房子，运送的车辆可能会经过房门口。放心，无线电消息会传到我们的情报人员处——他是我们在这个区域非常重要的一个人员，我们给他配备了一台突发式传输器。

一九六二年九月十四日，写给基特里奇的信：

高潮比我们的预期来得更快一些。我们在圣罗萨里奥的情报人员于9月12日晚上传来电报，显示一个装载着巨型导弹的拖车经过了他家门口，而且他可以精确测算出导弹的长度（因为他知道从他到他们家房前空地的长度）：大约23米，这应该是个中程的核火炬。

哈维指示这个同事打包行李，准备撤离古巴。

我会和你保持通信……

一九六二年九月十六日，基特里奇写给我的信：

我虔诚地祈祷这个胖子说的是错的，否则我可有一肚子火等着发泄呢。如果哈维是对的，那么他即将成为苏俄分部的头儿，而我呢，如果导弹有爆炸的那一日，那我一定只是在家里照顾孩子。卡斯特罗是个怪物，他怎么敢接受俄国人给他的导弹呢？或者更糟的真相是他向俄国人索要的？

一九六二年九月十七日，基特里奇写给我的信：

我平静多了，我意识到工作还是要继续，一点一点地完成，一个任务一个任务地做。请告诉我当前正在发生的事情，我也会问休·蒙塔古（这些天他出奇地安静），但是即使世界末日来临，我也不敢泄露我们通信的秘密。

一九六二年九月十八日，我写给基特里奇的信：

国家预算委员会的谢尔曼·肯特告诉麦科恩，这里并没有苏联导弹的设施，但是麦科恩不相信，他太依赖哈维了。相信你已经预料到了，哈维现在正是如鱼得水。麦科恩对哈维说："你最好是对的。"哈维毫不犹豫地给出了肯定的回答，他甚至在浴室里都大声喊叫着："我来了，苏俄分部，我来了！"

一九六二年九月二十日，基特里奇给我的信：

尽管谢尔曼·肯特并不愚蠢，他手下的人也很优秀，但是休·蒙塔古仍然不同意委员会的看法。他在情报局总部上评价“雇员太软弱”，我知道他肯定想起了之前那些手脚湿冷、牧师一样长相的老职员。休·蒙塔古以为问题的根源在于委员会中有许多人在战争期间盲目地崇拜斯大林，至今仍然认为苏联是一个跛脚的巨人，需要和平来包扎伤口。休·蒙塔古说：“他们不懂，马克思主义是那些希望去死的人的信仰。当人的内心打算为一种虚幻放弃生命时，理性总会崩溃。我准备好了为基督而死，他，沉溺于共产主义的战士愿意为了他们对唯物主义的神秘契约而牺牲——非理性是历史唯一的巨大引擎。”

哈利，我把巨大的 α 和 Ω 构成的组织看作一个更理性的组成部分，而总参谋部则被视为信仰。我 99% 愿意与你和休·蒙塔古共处于总参谋部的大家族里。但是，天啊，我今晚宁愿谢尔曼·肯特是对的，野蛮的比尔是错的。

顺便提一句，也许你很快就会增加与麦科恩的联系了，所以我在此告诉你我所知道的麦科恩。表面上看，他并不是一个好人。从他接替艾伦的第一天起，他就注意到了白人情报官员的豪华防弹轿车，艾伦对他说：“是啊，这车很漂亮，坐在里面人可以心无旁骛地看报纸，而不用担心有人从街上对着你的玻璃一通乱射。”

那天晚上，正当麦科恩坐上他那未装甲的奔驰豪华车离开时，他下了一个命令：他希望第二天坐着这辆完全一样的防弹车离开兰利市。于是二十个疯狂的下属连夜跑了很长的路去通用公司安装准备，之后又用货机运回——我们多么幸运啊，有足够的预算，他们甚至还将最后的通信线路焊接到了仪表盘上。麦科恩带着他的公文箱走出来，走到新车边，坐进去，让司机带他离开，他始终没有说一句谢谢，似乎这一切都只是人家分内的事，而不需要得到任何回报。我真怕人们变成这个样子。休·蒙塔古笑了，说道："谈到实际工作时，麦科恩连括约肌和喉头盖都区分不开，所以他才一直努力与我们保持距离，而我和赫尔姆斯也正需要他这么做。"

这是真的，麦科恩围绕自己建了一条"护城河"，比如，他封住了他的副手和他之间的办公室的门——他不喜欢副手马歇尔·卡特突然出现在他面前，卡特经过这个接待室就得像普通群众一样。然而卡特有着自己的幽默感，他贴了一个十分逼真的假手在这个办公室入口处封住的框架上，当摔门时这只手就会掉下来，看起来就像把他的手臂从手腕处砍下。当然，麦科恩如此冷淡，卡特也总不至于害怕他的老板会意外地出现了。

我告诉你这些，是为了回报你对我的深切关怀，同时也算是一种小小的警告吧。如果你同麦科恩打交道，不要期待你自己不受伤害。

一九六二年九月二十五日，我写给基特里奇的信：

这个周末我又要加班了。9月20日，上周四，我们的古巴情报人员结束了他从圣罗萨里奥到奥帕洛卡的冒险历程。基特里奇，我几乎不敢相信，他只是个会计，古巴抵抗运动中过半被埋没的英雄都从事这个职业。从任何角度看，他都是一个体型高大、形象良好的家伙——高大的鼻子，浓密的黑胡须，高声调而略微紧张的笑容。我不得不幻想 α 和 Ω 各自对恩里克·佛加塔先生的影响了。

哈维亲自去JM/WAVE视察（他希望我们把他运往"我的D"之前，再看看我们的骄傲），当然，我也会去担任野蛮比尔的私人翻译陪在他左右。

我们会讲西班牙语的巡查员就从训斥佛加塔开始（根据哈维的指示），理由就是很多流亡者散播谣言说空旷的田地里、体育场上、游泳池里都布满了导弹，然而这些都已经被证实为子虚乌有。

佛加塔回复道："我知道我所看到的。"

"这也是我们打算弄明白的。"质问者告诉他，并拿着各种导弹的图纸给佛加塔看。这些导弹来自全球各大兵工厂，只是所有这些图纸都是同样大小，唯一的方法就是通过图纸的形状来选择。

但是，佛加塔对此毫无疑问，他似乎有过目不忘的本领，毫不犹豫地就指出了苏联的中程弹道导弹的图片。

"这个长度是多少？"

"23米。"

佛加塔当晚就被派遣去华盛顿，但是过了一天多，情报局总部才给了哈维答复：他们并不相信我们情报员的数据。他们辩称，佛加塔看到的物品是23英尺长，而不是23米长，他弄混了测量单位，而且一直混淆不清（我想他们认定是我们告诉了他正确的长度）。我一周前给你写的信里的情报都是基于事实的，麦科恩——谢谢你的提醒——同哈维的关系很平淡，而且二人所在的单位：情报局与总参谋处仍然存在一些不愉快。现在，这就是问题所在。

我不希望让你担心，但是我确实同哈维进行过如下对话：

"等到一切都真相大白了，我们必须给古巴来一次空袭。"他说。

"如果苏联人得寸进尺扶持古巴怎么办？"

“他们不会的，”哈维说，“他们只是运送导弹，因为他们认为我们会袖手旁观。他们想要向全世界展示他们可以踮起脚尖站在我们的窗台上，但是我要说，把他们打下来！”

基特里奇，国防部一半的人认同比尔·哈维的看法。

对我而言，我最近经常午夜醒来，感觉胸口压了千斤重，这可能是我第一次不希望站在肯尼迪的立场上的缘故吧。

19

关于恩里克·佛加塔的感知能力的争论以比尔·哈维的胜利而结束。十月十四日，情报总部终于妥协了，向哈维承认那天早上带回来的照片中显示的是古巴小镇圣克里斯托瓦尔正在建设洲际弹道导弹的发射基地。麦科恩与他新婚的天主教妻子在意大利享受这份迟来的蜜月，他们待在一个意大利的小村庄里，所以哈维不得不在电话里使用特定的语言讲，他的语法让我想起了我们曾经在圣马修读书时翻译拉丁语的方式：“长官，你，你一个人，说会发生，是的。”哈维说道。麦科恩说他马上就会回国。

当然，之前就有危机的先兆。十月十日，纽约参议员基廷公布了古巴核导弹的存在（这很明显说明我们在兰利的基地有漏洞），他很有信心这个消息是真实的。共和党核心会议上谈及了古巴共和党的“最大资本”，这指的是十一月的国会选举。克莱尔·布思·卢斯为《生活》杂志十月刊写了一篇社论，如同一种强烈的呼唤：“现在，处于危险边缘的不仅是美国的声誉，更是美国的存亡。”我想起了那个温柔的金发女郎，我从农场返回华盛顿后的某个晚上在斯特布尔遇到了她——鲁斯太太，她的美就跟我的母亲一样（似乎更胜一筹，因为她散发着银色的光芒）。我想她一定非常兴奋，因为她手中掌握着让世界宣战的武器。

十月十四日后，在华盛顿的日子让我想起了一艘有着神秘漏洞的船，通过计算从早晨的第一束光到晚上天黑的时间就可以得出该船渗漏的范围。单位里的人一整个星期都在电话里说这个事。在首都工作再次让我意识到，华盛顿的秘密也有等级性，你的影响力有多大完全取决于你有多少朋友愿意告诉你他所掌握的信息。城市里充斥着各种谣言，以巨浪的节奏席卷而来。在白宫、行政办公楼、联邦政府、办公室彻夜灯火通明，人们凌晨一点开车去白宫观赏这种景象。罗斯与我一天通话五次告诉我他的最新发现；我既不想承认也不想否认，但我还是得说出来，罗斯与我分享这么多信息一定是他“走动”了不少关系才得来的，这都是我欠他的。我想如果核战争爆发，而我们都要在核屠杀中毁灭，那么罗斯一定不愿意背着那些未偿还的债走进枪弹雨林里。

当我出差去国防部办事时，我在走廊里看到那些高级官员的脸上有种缅因州森林里野生麋鹿的表情，战争的临近所导致的勃起经久不消。我擦肩而过的那些人，他们不知道自己在不久的将来是成为英雄还是壮烈牺牲，或者因为战争而升职，他们内心的焦虑正如烈火般熊熊燃烧，所以许多官员都在为伟大的一刻准备着——就像一个人过着维斯太贞女的生活，只能交配一次，但是得在圣殿里：这唯一的一次最好能够一举成功，否则就算是这个人选错了人生。我意识到这个道理同样适用于我，但这种顿悟却带走了我的快乐：如果我们与古巴开战，我想自己一定是要投身到战斗中的，而且我也希望自己能够直面战争。如果灵与肉在核弹的打击下均归毁灭，那么我们的牺牲是光荣的，我的灵魂就不会四处飘散。这就是一种信仰！

十月二十一日我回到佛罗里达州，第二天晚上肯尼迪总统向全国宣布苏联技术人员在古巴建立了一个有着大型洲际武器等攻击性武器的基地。

总统说，苏联向美国撒了谎，因此，美国将对古巴进行海空隔离防止苏联继续向古巴运送军备武器。如果古巴胆敢发射这种导弹，那么美国一定或对这种行为进行报复，报复这种“秘密轻率、威胁世界和平的挑衅行为”。

迪克斯·巴特勒的公司里传言，“小哈瓦那”城里到处都是酒吧，古巴流亡者在街上跳舞。我被激怒了，我的国家可能就要遭受毁灭了，我的朋友我的同胞也许会残疾或死掉，但是这些流亡者却如此开心，因为他们有机会重返古巴，他们真是一群不可思议、以自我为中心的自私鬼！他们现在在迈阿密挣着大把大把的钱，却还要为他们在古巴积累的财富的损失而愤怒；古巴的中产阶级对属于他们的权利异常敏感，对他人的权利却漠不关心，他们为了自己不惜牺牲掉我整个国家来对抗菲德尔·卡斯特罗。这种想法很快占据了我的思想，却是一闪而过，很快我就与古巴的男男女女跳起了舞蹈，喝醉的哈伯德在街上跳舞，哈伯德通常不跳舞也因此错过了姑娘；现在他跟着古巴人的节奏——一个小时不停歇，赫里克·哈伯德的骨盆摆脱了束缚。

之后，我和巴特勒又去了酒吧，喝了一阵子，然后互相许诺。他说：“我不想再派人出去，我永远不知道他们能否回来。哈伯德，在这种紧急情况下，我们可以依靠比尔·哈维，他会让我们和船夫一起出去。”

我说：“是的，我想把我的双脚插入古巴的土地上。”我已经酩酊大醉了。

他说：“战争一旦开始，我们中一定有人被派去古巴加入我们的部队。”

这真是一件伟大的事，我俩不由得鼓起掌来。

早上醒来，我无比恐惧，因为昨晚酒醉中立下的豪言我是无法推托了。过了一会儿，随着宿醉的本能反应，我走到我的邮箱前，找到基特里奇写给我的一封长信。我站在椰树林的邮局门口读着信，感觉似乎是她从世界的另一端寄给我的。

1962年10月22日晚上11：00

亲爱的哈利：

这些日子是我们有生以来最重大的日子，这对人们的自我控制带来了新的压力。听着朋友对三天前（已经过时）的新闻的反映，我了解了人们为什么疯狂到爬到屋顶上尖叫。

我和休·蒙塔古与肯尼迪兄弟同在一个极特殊的组织，我曾经告诉过你这其中的原委，但是随着时间的推移，你我的友谊变得更重要，所以我要坦白我并没有告诉你全部。

几个月前，杰克被一个苏联官员吸引住了，很明显是个克格勃分子，就是你在乌拉圭时写信告诉我的那个鲍里斯·马萨罗夫，他在为苏联使馆工作，但并不热心。很明显，不论这个马萨罗夫具有什么素质，赫鲁晓夫都对他“穷追不舍”——可能这就是赫鲁晓夫缺失的可悲的苏联智慧。苏联总理将这个人一步一步提拔到政府的最高位置，并把他派往美国做赫鲁晓夫同肯尼迪兄弟的私人联络员。我早就注意到肯尼迪喜欢玩双面游戏了，这意味着他对苏联的态度是一面强硬一面温和，而且根据不同的事件，总统先生总是朝着双方关系的冰点或融点而努力。赫鲁晓夫同样双手上阵，但是他也有另一张王牌，这是个未知数。

马萨罗夫似乎是来华盛顿同鲍比进行对话的——可以推测，杰克已经得到了这个消息，他们之间的谈话范围会很广——我从休·蒙塔古那里得知马萨罗夫的主要“功能”是维持赫鲁晓夫同肯尼迪兄弟之间的联系。总理是一个喜欢同人们交流的人，他可能下周就要把你发配到西伯利亚，但是在此之前，他还是会和你保持温和的私人关系。比如，鲍比和鲍里斯在上一场柏林危机中联系甚为密切，鲍比告诉马萨罗夫，如果苏联不将坦克从勃兰登堡大门移走，美国肯定会打上一仗。于是马萨罗夫将此话传给了赫鲁晓夫，24 小时内坦克就全部开走了。相反，马萨罗夫告诉鲍比，赫鲁晓夫认为美国仍然是掌控在洛克菲勒、J.P. 摩根和华尔街的手里，但是他对肯尼迪兄弟的看法已经改变。

这就是他们之间的“爱恨纠葛”，我的丈夫叮嘱我说任何时候都不要卷入他们的旋涡。休·蒙塔古与马萨罗夫共事多年，对他早已十分熟悉，休·蒙塔古说他是苏联所拥有的最有才能、最聪明的克格勃之一，他的这份悲哀的必胜魅力使得这个机构的运行更加顺利。

也许赫鲁晓夫和肯尼迪兄弟之间达成了协议：如果你的最聪明的人没有在最高的级别上，却提拔他们、重用他们去负责特殊风险的项目。我认为这样的人之所以被提拔重用，原因就是他们能说出他们的想法，而且善于倾听。我前一方面做得不怎么样，但是后一方面做得非常好。

关于我的情况，鲍比和杰克对我的决策权力没有太大的兴趣，但是他们很喜欢我倾听他们诚恳的言辞（这一点他们并不能同下属或对手倾诉）；因此，他们把我叫过去倾听他们说话，让休·蒙塔古过去自由地诉说他的感受。所以我们上周见了好几个肯尼迪家族的人。

他们都对赫鲁晓夫愤怒不已，对马萨罗夫也没有好感。几个月来，鲍里斯一直向鲍比保证赫鲁晓夫决不会再向古巴运送核导弹——即使要撒谎也要选择在最需要的时候说啊。当然，马萨罗夫表示他同肯尼迪兄弟一样惊讶。

不论谎言是从什么时候开始的，有一点你可以确定——杰克个人对苏联毫无好感，一直以来都是如此。在这样一种心理状态下，他被迫承受来自国家安全委员会执行委员会的压力（这是一个我一直都在关注的委员会）。这些天白宫圈子里的每个人都在使用“鹰派”和“鸽派”这样的字眼，而且很确定，一些强势的鹰派人物就身处执行委员会。10月17日，鹰派的许多人都提出立刻轰炸古巴，目的就是为了铲除导弹基地，这些高层包括马克斯韦尔·泰勒、迪安·艾奇逊、大部分的参谋长联席会议成员，加上麦克洛伊、尼采和麦科恩。然而鲍比曾是鸽派的领袖，他认为任何“意外的”爆炸都会导致数以万计的平民死亡，“这是个道德问题。”他用巧妙无辜的语气说道。作为一个顽强的年轻人，鲍比总能认清方向，但是这些天关于死亡的问题一直困扰着他。杰克和鲍比都没有向我提起过玛丽莲·梦露的事情，但是我能感觉到她的自杀一定程度上还是震惊了他们。这些天其他人的死亡也对鲍比产生了很大的影响；尽管如此，他还是坚持主持国家安全委员会的执行委员会，其中两派还在争论到底是对古巴进行封锁（包括麦克纳马拉、吉尔帕特里克、鲍尔、史蒂文森、索伦森），还是正如鹰派一直坚持的——不提前告知开战就直接展开空袭。

“这完全就是另一场‘珍珠港事件’啊。”鲍比告诉他们。

他这么说让迪安·艾奇逊很是不悦。在接下来的10月18日，也就是上周四，就约了杰克共进私人午餐。迪安·艾奇逊憎恶依据直觉的冲动反应，并以此“癖好”为荣，他说：“总统先生，我们别无选择，你必须发动空袭，规模越大越好。”

虽然艾奇逊已经年老，但他就像黎塞留红衣主教一样专横。冷战早期他并不是国务卿，他那一丁点儿的自由主义倾向早已被阿尔杰·希斯完全打碎。艾奇逊，虽然留着灰色的胡子，甚至看上去像鹰派的人，但是他对杰克说：“我们可以从这个或那个角度分析问题，但是有效的答复只有一个——消除导弹‘落户’古巴的可能性。”

“我不乐意空袭，鲍比不断地提醒我这种空袭有种‘珍珠港’的味道。”

“你竟然会这么说，”艾奇逊说道，“鲍比这套说辞实在是愚蠢至极，拿珍珠港来做类比是完全没有意义的，这只是逃避的借口。总统的职责就是分析这些无法忍受的问题，得出恰当而且清晰的答案。在上天看来，道德的挣扎并不比专业缜密的分析更有价值。眼泪是为糊涂和软弱的人而创造。”哈利，我向你保证，迪安·艾奇逊肯定和总统谈过话了，我很不愿意成为他利爪下的一只小鸟。

然而，当天傍晚，是否要登船搜查靠近古巴的苏联船舶由执行委员会决定（麦克纳马拉带头），并负责向总统提出建议。第二天，艾奇逊再次出现，并说这个问题应该重新谈判，与苏联人打交道就是意志的抗衡。既然摊牌难以避免，那么如果拖延太长时间，对抗双方的实力势必会削弱。延后封锁，这是秘书长狄龙同意了的，麦科恩也同意，泰勒将军说越快展开空袭效果就越好。如果周日早上准备好空袭的话，他们必须现在就决定，也就是周四下午；如果是周一上午的话，那就最晚明天做出决定。

假如我也是这些委员中的一员，那么我很难说我会作何选择。我认为我是鸽派，但是我对苏联有着难以形容的愤怒。哈利，听着鲍比说话，我意识到他是个聪明人，是个有协调能力的人。还是那个下午，鲍比不顾艾奇逊的鄙视，告诉执行委员会，全世界都会把这场空袭当作偷袭。他还说，我们从来都不是这种国家，在过去的175年里都不是做出这种勾当的国家，这不是我们的传统。我们当然需要有力的行动来让俄国人意识到我们很重视他们的举动，但是我们也必须给他们调遣的机会。假设他们认识到他们在古巴的行为过分了，我们应该允许他们改变主意，所以还是实施封锁最为恰当。

鲍比周四对执行委员会所做的发言说服了他们，但是到了周六，这个问题被再次公开讨论。麦克纳马拉认为空袭会杀害几乎所有驻扎在导弹基地的人，我们无法预见赫鲁晓夫对空袭的反应，因此，我们就难以控制空袭后的状况了。然后战争会逐渐升级，最后可能会导致全面战争。然而，马克斯韦尔·泰勒并不同意，他认为，这是我们最后的机会来摧毁这些导弹，摧毁了古巴的导弹基地俄国人就再无控制古巴的能力，更不会使战争升级，因为我们的核实力强于他们。麦乔治·邦迪和参谋长们都支持泰勒。

总统直到昨天（周日上午）才给出他的决定——他选择了封锁，并开始起草他今晚即将对全美国人民发表的演讲。我知道他正在担心他的这次选择所带来的政治影响。共和党人已经呐喊了好几周说古巴有导弹，但是他现在才向公众坦承这一事实，所以，损失可能是巨大的。从政治角度而言，下令空袭可能更有益一点，这样他身后的共和党人就会团结起来支持他。

无论如何，现在我们都必须等待，苏联的船队到达封锁线还需要一些时日。我今晚情绪异常激动，我把克里斯多夫从他的床上抱起来，紧紧地拥抱了这个睡眠中的天使。他醒来了，轻轻地在我耳边说："没关系，妈妈，一切都会好起来的。"

我恐惧到了极点，哈利。我很想念你，你对我来说如此珍贵。不要像迪克斯·巴特勒那样做出疯狂的事情。

爱你的基特里奇

20

十月二十四日，周三晚上我从西南八号街的一个酒吧的高脚凳上站起来，拿起我随身携带的包，和迪克斯·巴特勒走到街上去招呼出租车——我们要去里维埃拉大道6321号。西南八号街上所有的酒吧的收音机都在用英语或西班牙语播放着两艘苏联船舰已经进入我方封锁线内五十里的新闻，这是美国海军在古巴岛屿周围设立的。

刚刚过去的周一、周二、周三是我从来没有经历过的日子。在华盛顿，各种各样的打印资料在白宫、国务院、国防部以及兰利的重要人员之间流传，这些资料显示的是撤离到弗吉尼亚、马里兰州的地下防空洞的路线。在JM/WAVE，我们获得了佛罗里达州南部的防空洞详细地图，这时我才知道，我们两年前在埃弗格莱兹的沼泽地建立了一个二十人的防空洞。这真是一项有趣的成就，因为在埃弗格莱兹的沼泽地，水上两英尺以上根本就找不到土地。兰利总部传起了一个流言到JM/WAVE，说鲍比·肯尼迪宣布他不打算去任何防空洞："如果必须撤退，那么就会有六千万美国人被杀害，俄国人也是如此。我必须坚守在胡桃山。"

当我把这个流言告诉迪克斯·巴特勒时，他说："你怎么知道鲍比在胡桃山没有自己的地下工程？"

这也是赞尼特观察到的"模板"之一，人们的情绪各种各样，就像有石子扔进了鸟群，我们这么快死去似乎不太适宜。当我觉得愤怒的时候，我的胸口像被烫伤了一般灼痛难忍，烦恼亦是几乎惹人哭泣；此时的愤世嫉俗也足以毒害人命。现在在JM/WAVE内部，很难说谁更不受欢迎，是菲德尔·卡斯特罗——古巴流亡者，还是肯尼迪兄弟？比尔·哈维确信有人背叛了古巴，说："如果我们不来点真枪实弹，赫鲁晓夫会在谈判中对着肯尼迪放肆的。"

人们不断地在喜悦与忧郁中转换，自己无法掌控局面的想法渐渐浮现。现在的迈阿密，像粉扑一样柔软，像毒蝎一样残忍，像天堂一样悬在空中。所有的事情都已经说开了，没有人会抗拒等待，除了哈维。他像一锅沸水一样愤怒，他那禁锢的衣领都要绷开了，迪克斯·巴特勒不费吹灰之力就说服 JM/WAVE 的领导让他允许我们继续做任务，哈维就在这种紧急情况下临时安排了几项工作。

然而，他把我远远地带到一边，悄悄对我说："哈伯德，我还不能确定你是否可以回来工作，但是如果你回来工作了，那么这个世界也仍将继续，只是我希望我能够有自己独立的空间。所以你不要告诉蒙塔古你要去古巴，有关你的事情他会联系我，届时我会告诉他是你自发地离开美国去完成我派给迪克斯·巴特勒的任务。我不会控告你擅自行动，因为这是你我之间的事情，但是，假如你'错误地'把真相告诉了上级，那么你就要与我对簿公堂了。而那时我就会出具你签署的证明：我自愿与迪克斯·巴特勒一同外出，写下证明并签上你的名字，详细内容可以这样写：'我，赫里克·哈伯德，承认收到编号为 7418537 的文件，并承诺遵照其指示。'"

"我看过 7418537 号文件吗？"

"现在就给你看，"他大声地读了起来，"兹命令 B 号办公室以及 JM/WAVE 的所有员工都只能在基地十英里范围内活动，直到安全度过危险期。在此期间，所有人的通信工具都要保持畅通无阻。"

"明白了，长官。"

"我现在就要公布 7418537 号文件了，十分钟之后它就会出现在你的桌子上，你收到之后尽快给我回复。"

我的确很快收到了文件并上交了我的回复，我一下子就松了一口气，似乎自己已经完全自由了。因为我有可能两天时间就死亡消失，所以我完全可以再对休·蒙塔古撒一次谎。再怎么说，野蛮比尔肯利用我们也是有他自己的目的。我们就要乘坐欧亨尼奥·马丁内斯的船只公主号，载着成箱的照明弹驶向古巴了，之后再用橡胶小艇运载分发给哈维在古巴的一个联络人。如此一来，古巴的地下组织就可以得到这些资源用于照亮夜晚美国军队入侵古巴的道路了。

这就是我所知道的此项任务的全部内容了，这对我心境的影响十分显著。在如此被动的等待中，我很疑惑“十月怀胎，一朝分娩”的计划并没有体现出“分娩”所该有的强烈痛苦，参与此次计划的人们都明白此刻的存在其实也意味着永远失去，因为他们现在在做的事极其富有危险性。

而我本人也是在这样的思虑中不断地徘徊。我记得曾经站在我公寓房间的全身镜前，看着镜中那副严肃的表情，想着把我这些杂乱无章的情绪隐藏其中，而我看到的却是一位高大得体的青年。我从来没有觉得镜中的自己是如此遥远，我问自己：“难道明星就是这样的吗？”

周三下午一两点，巴特勒就载着我们去了基拉戈码头，我们装载了一个十四英尺高的可充气的黑色橡胶艇，并在其中装上了一千五百磅的水泥砖和沙子，假装成载着同等重量的物资和人力的样子，然后我们出发驶向了更小的关口。我们调整船舷穿过红树林沼泽，把船开过落潮时的阴影，拉高船舷或者降低船底（如果有必要的话），直到巴特勒得到满足，我们也回到了停泊区。我们装了一整车的“货物”去了临时仓库，在那间黑暗的小屋里，我们把卡车引擎放入装了一半水的桶中，摸黑练习了简单的修理工作，即拆开又重组。多年以前，我在农场接受训练时也曾度过如此漫长的一天，他们把我们带到了诺福克南部的一个小峡谷，布置给我们的任务强度也与这次类似，然而，我现在已经毫不记得当时究竟学到了什么，其实我很怀疑明天我是否还能记得我今天学到了什么。

当天下午五六点我们又开车回到了迈阿密，随即去了一家酒吧，点了三杯朗姆鸡尾酒，巴特勒说：“为了庆祝我们就要完成的种植园修复工作，干杯！”同时也要为了柏林干一杯（这个话题稍微敏感了点），那就“为‘天堂’干杯！”巴特勒说道。这句话吓了我一跳，因为我的脑子里也正在想着这个词。难道是因为世界末日的临近在我们的内心产生了心灵感应？这似乎是一个逻辑问题。我叹了一口气，一杯酒下肚后，我似乎又看到了今天下午基拉戈海上的美丽风光——明亮浅绿色的海，岩石降落至更加明亮的海蓝宝石透出的彩虹中。不计其数的小鱼在水中穿梭，“护送”着我们的船只驶过红树林沼泽，而后又消失在密密麻麻的沼泽中。

现在我们已经来到了里维埃拉大道6312号，换了行装——从衣柜中取出黑色高帮的运动鞋，穿上黑色牛仔裤，套上黑色高翻领毛衣，戴上黑色头罩，只露出眼睛和嘴巴。接待室里很热，其他人的涤纶套装和热带衬衫已经脱掉了挂在衣架或衣杆上，我能明白为什么刽子手所承受的别样痛苦是值得的。穿着一身黑，我觉得自己已经不是自己了，我更像是监督执行死刑的教士助手，这一刻我终于看清了情报局，我也知道了自己究竟为什么来到这里。人不能够一辈子都与正人君子待在富丽堂皇的大厅而从不委身去一次地下室——这只是一个比喻，但是，我跟其他人一样处于紧张的忧虑中，脑子里一直思考着已经发生的事情。死亡，其实可称得上比喻中的比喻，就像负号的平方根莫名地变成曼陀罗草根引领着我们去向一个什么“根”也没有的世界。我又想起了红树林沼泽里的小鱼，鱼群围绕着我们的船只护送我们，之后又消失在水深不足两英尺的沼泽丛林中。

里维埃拉大道6312号房子的内部基本没装什么家具，但是其安全性却是同类房了中的典范。我们穿过了围墙镶嵌黑色木板的客厅，经过一道拱门，就到了一间餐厅，一张红木餐桌立在那里，四周摆了四张西班牙式的黑色椅子，这让我想到了严肃的西班牙中产阶级家庭——妻子忧郁，孩子孤独，父亲脸上露着掩饰不住的愧疚，哪怕已经为妻子购置了性感的黑色内衣，但还要忍受妻子抱怨他吝啬小气。假如我是死亡的仆人，那么一所空置的房间就会让我想象历史上从未有过的悲伤家庭生活。此刻，俄国的货轮距离封锁线究竟还有多远？

过了餐厅就是一道通向走廊的门，走廊是用玻璃围起来的，可以当作露台，其尽头就是码头了。一艘大型白色捕鱼船，坚固得如同砌成陵墓的大理石，随着海浪的波动而上下起伏。在这样的环境下，我想起了吉安卡纳的亡妻。然后我们上了船，船上有十个男人戴着黑色头罩坐在厨房的铺位上，只有几个人抬头望着我们。这里的空气稀薄又透着肮脏的恶臭，向抛锚点倾斜的船体看起来也很让人不悦。

我们依旧在船上等着，并没有人在头罩下悄悄说话。舱内的机器开始发动，怀着它们的目的在我的脚下不停地抖动，我也觉得自己离目标越来越近了。在上面，我听到船长用西班牙语发号施令，那声音就如同被局部麻醉的耳朵接受外科医生手术时被医生敲击一样——我们就要开航了。下面厨房里的灯光透过舷窗照在外面的甲板上，跟两岸人家里的亮光一样微弱，我们的发动机声音听起来像是野兽的咆哮一样生动。

我们的行进速度很慢，为的是尽可能地不吵醒大家。在船只经过科勒尔盖布尔斯的狭窄运河驶向比斯坎湾的途中，我睡着了。等我醒来睁开眼睛时，才发现我们已经到达了公海，迈阿密的灯光遥远得如同海上的一颗星，天空的颜色让我想起了步入夜晚的最后一朵玫瑰。从船头往右望去，一百英里以外的灯光微弱得还不及半轮弯月，此时的哈瓦那就是这样。今晚夜很黑，但是天空却异常清晰，我想等到明天晚上，不管是迈阿密还是哈瓦那，可能都要处在一片火海中了——是战火，而我们将会在陆地上还是在海上见证这历史的一幕呢？"欧亨尼奥会带领我们停在卡德纳斯和马坦萨斯中间，凌晨三点就是我们进攻古巴的吉时。"巴特勒如是说。

我点点头。说实话，此时的我还有些昏昏欲睡，茫然发呆，我总觉得死神不会在这种乌云密布的时刻降临。

“你要喝点朗姆酒吗？”巴特勒问我。

“那我还不如睡上一觉呢。”

“兄弟，我的弦可是绷得很紧的，在我们返程之前我会一直喝酒。”

“我跟你有一样的期待。”说完，我再次走进舱内，心里想着巴特勒的不怀好意，因为是他让我觉得战斗之前去安然地睡觉是一件不高尚的事情，是一种过分放纵自己的表现。如果巴特勒的性格不是这么激进，那他的肾上腺素也就不会如此旺盛了。

在船上的厨房里，人们随意地躺着，两个人躺在床铺上，四个躺在餐桌上，两个在厨房的行李舱上，噢，现在已经变成三个人躺在那里了，因为我也加入了他们的阵营。地板上十分潮湿，但在这样的场景下，这已经算是相当温暖的地方了；别的人都挤到了甲板上，我们这里就有足够的空间供自己伸展身体了。我在船体的摇摇晃晃中半睡半醒着，我还听到水浪敲打船体外壳的声音；人们吃过大蒜后呼出的气味与从黑色衣服上透出的汗臭味夹杂在一起，飘满整个厨房。十瓦的蓝色小灯泡发出微弱的光，透过水槽的反射我看到古巴人掀起他们的头罩，好让睡眠中的自己呼吸得更顺畅一些，等他们醒来就又再次放下头罩盖住全部的脸。他们为什么要戴上头罩呢，是为了保护他们的家人吗，还是为了祈求魔法的庇佑？在墨西哥湾暖流与北大西洋交接的这片热带海域上，魔法只是一个推动贸易的小小角色，然而在古巴海岸南端被咒语冲刷的加勒比海海域，魔法的重要性就不言而喻了，这让我想起了我们在佛罗里达州大沼泽地按照马塔各布雷铜矿场同等规模建造的复制品。在过去的九个月里，流亡者敢死队在那里接受破坏工作的训练，以及练习模拟袭击。每次的训练演习我们都很满意，因为每次引爆炸药都能够取得胜利（象征性地），然而在现实战斗中我们没有成功引爆过一次。上次在玛塔哈布雷，八个突袭者在午夜时分登上了古巴海岸，却被卡斯特罗的巡逻者及时发现，然后敢死队中的六名战士又杀回海岸坚持战斗直到同胞都成功撤离。这就是我们在玛塔哈布雷地区做过的最有成就的事了；当然，它的结局依然没有逃过失败二字，说起来真可耻，敢死队成员还从来没有上过敌方的海岸。

现在上级派我们来完成任务，我们已经省略了许多准备工作的细节，我们需要做的也就是跟知道把照明弹藏在何处的古巴人会合，与之配合的还有配备先进的军队，以及上级下达的几条重要命令。半梦半醒中，我若有所思。

然后，我意识到，这或许是我最后一次睡着了，再或者是仅有的几个能睡得着的夜晚。前所未有的迷惑笼罩着我的大脑，我处在矛盾的两个极端——既清醒又昏昏欲睡，日常的见闻同时赋予了我生命和死亡，像两个故事活在一个寄体内。就在这个时刻，我多么希望能够再给基特里奇写上最后一封信啊，恳求她永远不要放弃她的理论成果，因为这些成果是深刻的，是意义深远的，我真的很想恳求她！我醒来了——我根本就没有睡着，只是躺在诗意的碎石堆里，任自己的思绪肆意飘荡；然后我坐了起来，感受到自己心中的那份坚定——我已经准备好了立即行动，虽然还需要再等上几个小时。掀开头罩，猛地深呼吸了几口厨房里污浊的空气，再放下头罩，坚定地走向了外面的甲板。

巴特勒正在与船长一起待在驾驶台上，我认识那个人——欧亨尼奥·马丁内斯，我曾经在给基特里奇的信中提到过他。他是一个传奇人物，在佛罗里达州南部没有人比他给古巴制造更多的麻烦了。他是一个英雄，但同时也经历着悲惨的人生，这一点在JM/WAVE内部有一半的人都很清楚。他想要把他父母带离哈瓦那，但是哈维却不允许他这么做。今晚我爬上阶梯，跟随船长一起感受他亲近家人的感觉。

“今晚，有个人经过我的身旁，对我说：‘我戴着头罩，所以你不知道我是谁，但是我知道你，你是罗兰多。’”

“我对他说：‘如果你这么了解我的话，你就应该知道我是欧亨尼奥·马丁内斯，但是大家只叫我罗兰多。’‘这个我知道，是我们的上级要求我们称呼你为罗兰多的。’‘如果 DGI 知道罗兰多就是马丁内斯的话会怎么样？’你看到了吧，卡斯尔先生……”

“叫我弗兰克吧。”迪克斯说道。

“好吧，弗兰克，弗兰克·卡斯尔，我就叫你弗兰克吧。我听欧布莱恩说，你的老板，那个肥胖的男人，说我的父母在古巴还是很有名气的，如果我与我父母取得联系的话，那一定会引起注意的。我觉得他说得很对，因为我是一个西班牙混血人。你继承了这份血统，不管结果是好是坏，你都要承认这份逻辑规则，尤其是那么讨厌混乱的暴力人士。”

马丁内斯说得振振有词、慷慨激昂，我以为他还会继续说下去，但是我错了，他沉默下来，我们也随之安静。他沉默的力量并不比他言语的力量弱。在航行驾驶台上，我们随着海浪涌动——远处的地平线就像罗盘的指针，注定永远不停地调整着自己。驾驶台下面的舱内发动机不停地为我们运转着，仅仅是为了我们。海风松一阵紧一阵，松紧之间的空隙是听得见的安静，马丁内斯不知道经历过多少个这样静谧又涛声汹涌的夜晚。他长长的三角形脸上挂着一个西班牙人典型的长鼻子，深邃的眼窝里嵌着的黑色瞳孔吸纳了他所有的人生经历，透射出他的见多识广，但也看得出他为此付出了应有的代价。我甚至怀疑他的眼睛已被鬼魂附体，不知道他是否如僵尸般看过形形色色的鬼魂。

当然，在这样连月亮影子都看不到的晚上能够看得这么仔细也实属难事，所以，我还是乖乖地承认吧——两天前在巴特勒的提议下我和马丁内斯一起喝了酒，很明显，我到现在还对他敬畏有加。但是，我父亲经常说：“我不会信任任何古巴人，除非我能把他举起来扔出去，我还是很高兴能够把古巴人扔出平板玻璃窗的。”他还说过：“给我一百个像马丁内斯这样的人，我就可以征服整个古巴。”所以，能够上驾驶台来与英雄为伍的我还是挺高兴的。此刻我觉得自己又回到了在圣马修的那些日子，见到英雄时激动不已的感受在我的血液中涌动。如果现在天空在火焰山的熊熊大火中闪亮，如果那无可比拟的亮光穿过厚厚的蘑菇云烤焦我们的眼睛，我也不会觉得惊奇。如果一百英里外的哈瓦那疆土如同冲出火塔的火箭一样骤然燃烧，我也不再感到惊奇。船体的晃动崴了我的脚，这时我才意识到，现在我们一定非常接近哈瓦那了。尽管天黑我还看不到陆地，但闪亮的共产主义探照灯焦躁地照着距离海岸大约20里的海域——古巴还不具备发射巡逻机的实力。

海岸线不规则，我只好仔细研究了地图，所以我知道把小船安置在什么位置。地图上显示的红树林沼泽就是一座海中小岛，紧挨着的就是珊瑚礁，只要我们把运载的人力、照明弹以及军火等物资转移到小船上，我们就可以乘坐公主号继续向南行驶几英里，去寻找我们要停靠的海滩了。但是，一艘巡逻舰从它隐藏着的红树林群岛上轰轰隆隆地驶来，我们只好快速“投靠”一个最近的进口以躲避巡逻舰的追赶。

现在我们离古巴越来越近，看到的船只也越来越多，远处有一艘美国海军军舰护送着八艘船舰，由一辆驱逐舰领航，想必是从基维斯特出来前往东方某个目的地的——难道这就是隔离线吗？军舰静静地驶过，我们没有互发信号，此刻我对整个世界的好奇也随着军舰的消失而消失了。我们的确有事可做了——在最后时刻，我们要给橡皮艇充气，检查设备，从货架上卸下步枪，把照明弹搬去甲板堆积起来。我和巴特勒坐在照明弹堆儿的旁边，以情报局观察员和尊贵的客人身份自居。如果以我们俩发挥的作用来衡量这次冒险行动的话，那简直就是讽刺。我真真切切地体会到了恐惧，明白了害怕不过是一种再正常不过的人生感受了。胆汁涌到我的鼻孔和喉咙里，苦涩无比，这才让我认识到自我控制不是人生来就具备的能力。

这时巴特勒开口了：“你要和我在同一条船上。”他的嗓音沙哑而愉悦。

“好！”

此刻，我不知道自己是该松一口气还是该自惭形秽。

他继续说道："这些人都是不错的。"

"你认识他们吗？"

"我与其中几个人打过交道。如果这次行动进展顺利，那么我与他们的来往就无所谓；但是如果进展得不顺利，那你就更不需要提前训练他们了，他们给卡斯特罗带来的麻烦远比带给我们的多。"

"听起来你深谙其中道理啊。"

"我可是经历过猪湾之战的'老人'。"

"什么？"

"虽然没有名正言顺地接受委任，但我的确参与了这次战争。"

"之前你怎么没有告诉过我这些？"

他只是耸了耸肩，没有再说话。

我不知道巴特勒说的是不是实话，但我觉得他有参加那次事件的可能性。我很生气，我原以为他和我一样，此次都是以"菜鸟"的身份出发执行任务的，然而事实并非如此。此刻的不愉快又令我想起之前在柏林的某个晚上发生在我和他之间的糟糕事情。现在，我只觉得自己是一个被牺牲掉的可怜小丑，心中的愤怒溢于言表。但是，在这样的时刻，愤怒替代恐惧不也是一个不错的选择吗？

接下来的三十分钟我都待在公主号上，琢磨着手中的捷克式冲锋手枪该如何使用。这种枪的弹匣为倒弧形，可装 30 发 9 毫米口径的子弹，亦可当作微型或全自动手枪，如果需要连发的话，持枪者还可以蹲在倾斜的小艇后端展开射击——这种枪练上几个小时也不见得能够准确射击。

小船只都应该装载完毕并置于公主号船体的周围，所装载的货物均由防水纸箱打包好。装完了货物就轮到我们人了，六个人中每人乘坐一条小船，欧亨尼奥·马丁内斯走到围栏处与我们一一告别。

"祝你们好运！"他轻声地说道，下面响起一片掌声，我如同经受了洗礼般斗志昂扬地出发了。

这崇高的祝福鼓舞着我们镇定地驶向进攻地，海上波涛汹涌，我们人人劲头十足。马丁内斯说:“向正南方前进,直入古巴！”二十小时以后，马丁内斯需来这里接应我们——也就是晚上十一点钟——现在是凌晨三点钟。如果二十小时后我们没有出现的话，他就要每小时都返回查探一次一直到天亮。

小船上装了一个指南针，方向盘安装在夹板的仪表板上。我所乘坐的船由巴特勒驾驶，船体双排气系统机器运作的轰隆声和海风的呼呼声让人以为船只在疾驰，其实它的速度只有每小时十海里，但这个速度真够慢的了，它激起的海浪也不算大。这对我们来说倒是一件好事，因为在漆黑的夜晚这样一只慢速行进的黑色小船才不易被巡逻舰发觉，除非我们的船立于激起的海峰上，否则巡逻舰激起的海浪会将我们掩盖。船上无人说话，因为人的声音比机器的声音更易引来祸患。静静地听着其他船只发动机发出的声音，微弱得就像浪花轻轻拍打着海岸，它们也在慢慢驶向集结地。夜晚的空气很沉闷，我们慢慢地前行，如隐藏在枕头中一样安静，船上装满了货物，空余的地方不足六寸，海水也随着船只的晃动而涌进船内，我们只好用剪掉一半的塑料牛奶罐把水排出去——我们把罐子也染成了黑色，用绳子穿起来挂在橡胶船板的挂钩上，排水的罐子互相碰撞着，哗哗作响。

海岸已近在眼前，沙滩上亮起一排磷光。等待着我们的是自己人还是卡斯特罗的自卫队呢？我们的橡胶船底已经摩擦到岸边的沙子了，我和其他人都站了起来，走到船边，跳入几寸深的水中，我全身的肌肉紧绷得像一只握紧的拳头。我们六个人静悄悄地把船拖到距离岸边二十英尺的沙滩上，把船藏在一棵矮树下，繁密的树叶垂下来几乎触到了地面，刚好遮住船只。在寂静的夜里，一只葫芦从树上落下来，摔碎在地上，刺耳的声音特别像猫头鹰的叫声。越过沙滩的灌木丛传来丝丝细语，听得出有人在不知疲倦地匍匐爬行着——这个灌木丛里躲藏着一帮人。其他的丛林里还有各种昆虫，昆虫吃树叶的簌簌声不绝于耳。

“哈伯德，我需要你。”巴特勒小声说道。

他把自己座椅上的坐垫拿下来撑开成一只大黑袋子，我们把头伸进袋子里，巴特勒打开手电筒，我们便一起看起了地图。他小声说道：“我们偏离了目标。”“偏了不足四百米，但我们是偏西了还是偏东了？”我指着地图问道。按照计划，我们应该靠岸的地方有一条从树林里流出来的小河，可是现在所在的地方根本就没有河流的痕迹。

“水流方向是自西向东。”我说。

“我知道，但是我可能矫枉过正了。”

在我们过来的途中，我看到了西边几百码处有一座小矮丘。根据地图上的地形线，小山丘的东边几千码处就有一条河流。

“向东走。”我说道。

在这条黑色毯子下面，我俩的脸只相隔几寸，我真想快点结束这场对话。但是巴特勒一直不停地看地图，似乎是想反驳我的观点，最后才蹦出一句：“也许你是对的吧。”我才得以逃出这条毯子的“包围”。

现在的问题是派一个人先去东边侦察海滩上的状况，最好连等待着我们的游击队的地理位置也一并查到，还是我们应该把船推向海里、整个部队再次起航前往东方海岸。如果我是指挥官，我就先派一个人过去，毕竟单独行动更不易引起察觉，而且如果万一受到枪击，也好给我们提个醒。但是巴特勒的决定却与我相反，他下令人船下水，因为目的海岸上等着我们的人群希望看到的是我们的大部队，而不是一个人单枪匹马地寻找他们。

“军规只有一条，万一开战我们被俘的话，记得毁掉我们的军火。”巴特勒补充说道。

我回答道：“知道了。”哈维也跟我多次强调过这一点，他甚至还用手抹脖子以示事情的严重性。在我们离开迈阿密之前，哈维还给了我们足够保命的掩护身份——我们是《生活》杂志社的记者，为报道一场突袭才来到古巴，巴特勒是摄影师（他随身携带了一个相机），而我是撰稿人，我们的记者证由JM/WAVE某办公室连夜制作出来交到我们手上。如果我们被捕了，野蛮比尔就会联系他所认识的《生活》杂志社的主编，杂志社就会出来解救我们。这就是我们的掩护身份，对，两个从纽约来的陌生人——弗兰克·卡斯尔和罗伯特·查尔斯，刚落地古巴的海滩上，是船上仅有的两个记者来到国外赌上一把。这个故事并不能百分之百确保我的安全，因为我还没有时间整理自己的档案，不知道二者之间能否衔接起来，但是这已经很好了，DGI里面又有谁十分了解《生活》杂志社的内幕呢？

我一边帮大家把船推向海里，一边脑子里还在勾勒着下一刻的场景。如果真被抓了，我就告诉DGI的人，说我只在迈阿密待了一周就见识到了“土狼”，然后我就向他们描述“土狼”的样子，他们肯定会根据自己掌握的情报审视我的信息是否准确。几分钟之后，我们已经在距离海岸二百多英尺的海上了，努力寻找着地图上那条河流的入海口。我感觉自己像演员一般富有创造力，对我所扮演角色的细微特征把握得十分准确。我的童年故事也是虚拟的：在缅因州的埃尔斯沃斯度过，我的父亲是一个木匠，我的母亲只是一位家庭主妇。我高中就读于埃尔斯沃斯高中，毕业之后就再也没有正式求过学了。DGI肯定不会有埃尔斯沃斯高中的年鉴——如果换作是克格勃或许还会想办法弄到手，但是DGI肯定不会那样做。

我喜欢套在我身上的虚拟故事，这算是我短时间里最后一次颇有收获的思考了。在沙滩上的一个轻微拐角处，我们看到了那条河，巴特勒肯定地拍拍我的肩膀，就载着我们靠岸了。我们又一次着陆，又一次把船推至矮树下藏在树丛中，然后静静地等待着，聆听着植物生长的声音。

灌木丛林里没有小路，只有一条小河慢慢流淌着。我们派出一位领航员沿河侦察了好远，才看到河流的第一个弯道，二十分钟之后他返回时，我们见识到了蚊子的厉害。巴特勒给了他驱虫药就让他回去了。

我们还在等着。我们的暗号是“对比”，回答应该是“无能”，我竖起耳朵听着。“对比——”,说这话的人应该声音嘶哑还是喃喃而语？然而，迎面而来的只有蚊子，我拿出自己的防虫剂，与巴特勒一起使用。他很没耐心等待，于是又拉着我把头伸进那个黑色大袋子研究起地图来了。假设我们第一次靠岸的时候只是错过了半英里，那么我估算出的小山可能就被我们误看成沿着海岸更远的岬角了。我和巴特勒的头在黑色袋子里，两张脸距离只有六英寸，紧张不安地呼吸着，讨论着我们是否没有按照地图显示的线路航行。

我始终坚持自己的推理，我俩也只好一直缩在袋子里，直到大约十秒之后，我们的领航员带领几个迷路的古巴人沿着小河找到了我们，于是，在岸边的矮树下，我们摸黑向彼此打了个招呼。我想如果真打起仗来，大家该有多兴奋啊。这六个古巴人来到河流的尽头与我们会合，我难得与陌生人走得这么近，甚至我连他们的脸都还没有看清。

刚开始的交流需要配备专门的翻译人员，因为我根本听不懂他们说的方言，所以他们就请那位领航员解释给我听了，这真是个花时间的事！结束了问候，我们就开始讨论问题了。卸载完船上的东西后，我们是该沿着河流一直走直到找到一片空地把船藏起来呢，还是该把橡皮艇里的空气排净之后放在丛林里，等到下次用的时候再给它充气？我们侦察过沿河情况之后发现上游并没有一片空地放置船只，所以我们只好采取第二套策略，把泄了气的橡皮艇装进一个手提箱大小的袋子，放进某个洞里。

现在我们可以开始准备运输这些照明弹了，它们都被装在四十磅重的纸箱中。赶来与我们会合的向导清楚卡斯特罗的民兵会在哪里埋伏，所以他们一个在前一个在后，巴特勒、我、船上的四个领航员以及六个古巴人每人肩上扛一个四十磅的纸箱，最后还剩下两个箱子，我们这一群人中最重的那个人把他的大刀递给他的朋友，自己两个肩膀各扛一个箱子。巴特勒也打算扛两个箱子，于是把他的武器交给了我。漆黑的夜晚，我身扛一个箱子和两把武器，与大家一起沿着河流向上走去。

我们举步维艰。水淹没了我们的膝盖，一路上不停地攀越岩石，滑倒在泥巴里溅得浑身是泥，肩上的箱子也不停地滑落，小河的某些地方水深没及腰部。也许我们走的路程还不足一英里，但感觉起来就像走过了五英里之多，耗时一个多小时。伴着痛苦的呼吸，我们终于来到了邻近河道的泥土路上，找到一片空地把箱子堆积放在那里，接应方承诺天亮之前派一辆卡车来运走全部照明弹，跟我们一起行动的人会带领我们找到那片约好的空地。等一切工作都做完，有人说我们最好返回沙滩，因为民兵经常在这条路上巡逻。

但巴特勒说："我会在这里等着卡车到来。"

其中一个古巴人向我们解释说，如果民兵到这里巡逻发现了这些箱子，这将对当地接应方很不利。而且，这种灾难完全可以避免，因为马坦萨斯的黑帮组织或许已经筹备好军火准备开战了，我们一旦被抓，冲突就会发生，黑帮可能就要和民兵开火了，到那时候就要牺牲无辜的生命。所以现在我们还是赶快返回沙滩比较好。

巴特勒却说："告诉这个人，任何东西都不及照明弹重要。我们一定要等到卡车来运走照明弹之后再离开。"

我向来不用解释他的话。我们等待的交通工具出现了，但来的不是一辆卡车，而是一辆又老又大的林肯轿车，在破晓时分呈现出一抹湖滨绿。

我们把十四箱泥糟糟的纸箱装在汽车的后备箱和后座上，分别盖上一条大大的毯子，年轻的司机（看起来像个学生）冲我们微微一笑，黑亮的胡子下露出一口白牙，然后就原路返回了。

现在继续留在这里已毫无意义，只好返回河流下游。我们已经在丛林里度过一天，饱受蚊子的折磨。今夜，我们就要给橡皮艇充气，而后与公主号会合了。这中间没有发生任何意外，我能感觉到巴特勒为此稍感失望。

我理解巴特勒的失望，这中间本该出现点什么的，但我们只用了不到二十分钟就回到了海滩。我不想详述这一天，但我还是要提，我们穿梭在热带丛林里，最后只得找一片空地安顿下来。我们浸润在杀虫剂之中，还妄想着能在这恶劣的环境下睡上一觉，却总是被森林里的声音惊醒。我们还听到远处海上巡逻舰的嗡嗡声，抬起头，透过树叶间密密麻麻的蜘蛛网看到空中的喷气机隆隆飞过，直升机也是不分早晚地盘旋在海岸周围。时间一分一秒过去，我们不停地在痛苦中挣扎，驱蚊剂也失去了作用，蚊子肆无忌惮地叮咬着我们，这时我才发现，与时间争先恐后真是毫无意义。

黄昏，火红的太阳渐渐向西藏到了似青似紫的云朵后面，夜幕降临时，各种昆虫也都猖狂地乱飞乱撞。巴特勒再也不想原地等待了，他命令大家带着橡皮艇转移至河口附近的沙洲。来到沙洲，我们依然躲藏在茂密的树叶下面，同时轮流给船充气，大约过了半个小时充气就完成了。然后我们把仅剩的步枪、弹药和大刀一起装到船上，此时敌军巡逻舰的大灯射过来，如果灯光再亮一点，恐怕我们就被发现了。

又过了十五分钟，我们一行就动身前往海上了。其实用不了三十分钟就可以到达会合地点，可是没有人愿意待在陆地上喂蚊子。这似乎意味着我们就要离开黑暗的古巴疆土了，它真是太“富饶”、太陌生，我们渺小得就像野兽厚厚皮脂下的一只昆虫，永远看不到野兽的头、尾巴和四肢。

船开动了，像之前一样低调慢速地行驶着。我坐在巴特勒的身旁，眼睛注视着指南针，浪潮也时不时地发出呜呜低语。尽管巴特勒从来不会倾听别人对他驾驶技术的指导，因为他本来就是一个合格的舵手，但他还是意识到了我比他更懂航海，因为在缅因州度过童年时光的缘故，我也应该比他懂，即使我并没有花太多时间与沾满鲸鱼油恶臭味的船打交道。但是，我懂航海，他也明白这一点，我们正朝着正确的方向前进，而且比预定的时间提前了三十分钟。我们还暂时看不到马丁内斯，看不到公主号，但至少我们穿过了珊瑚礁和红树林隘口，如果现在敌军的巡逻船发现我们并打算开火，那他们也不可能从附近一座暗岛的背风处迅速冲过来。

马丁内斯依然不在视线范围内，我们只好向海的更深处行进。在迈阿密时就听人说，有这样一种可能，当附近没有美国炮艇时，古巴的海岸警卫队就会无视三英里的法定距离。但是由于我们发射了五百六十磅的照明弹减轻了船体重量，所以现在我们的船舶吃水深度减小了，再加上船上双引擎的支撑，我们的小船行驶速度可以与任何一艘又旧又破的古巴船对抗。

半个小时后，我们结束了四轮航海海域作业，回到我们猜测公主号可能会出现的地方（我们也希望它能出现在那里）。这个漆黑的夜晚同样有着一片清澈的天空，唯一不同的是在遥远的东方朵朵云彩正随风飘散。

巴特勒开始质疑我的航海技术：我是不是带领大家绕了个梯形？我敢发誓我们现在所处的位置是正确的吗？

“我们就是在会合点。”我拿出所有的自信说，尽管我的信心已如一面破旗，但我知道此刻我们指望不上遥远的委员会来指导我们航行，我们唯有靠自己，所以我说服他再沿着一个正方形海域行驶一圈，这次的行驶边长为半英里。终于在十一点十五分，公主号进入了我们的视线，向我们驶来的它看上去像个大帆船。巴特勒握着我的手说：“我们迟早会成为一个团队。”公主号停了下来，我们开到旁边，登船并把橡皮艇一并拉上公主号，然后径直走到餐厅去喝咖啡。此时的感觉简直比和阿尔洛一起攀岩还要棒。

在餐厅里，巴特勒问起了隔离线，马丁内斯说：“一切都结束了，俄国的舰船已经撤离。”他把这个消息向领航员们重复了一遍，但是他们并不高兴。现在已经不需要袭击古巴了，那么我们的照明弹不管藏在什么地方都会被放坏。

然而，马丁内斯有一个更迫切的担忧——另一艘船错过了集结点，他解释道：“这就是我们来晚的原因，我们在等其他的船，现在我们得再返回去找它们。”

这是一段漫长的时间，我们以平时一半的马力向东行驶，迎面吹来像鞭打一样的海风，接着是一阵热带暴雨。走过红树林隘口，我们就看到了古巴的海岸，距离还不足法定界线的三英里。

马丁内斯说：“如果敌军在海上搜索他们，那他们应该藏身在这些隘口处。”他用他的铅笔指着航海图上的一些红树林小岛。“我认识领导这个党派的领航员，他十分熟悉这些咸水湖，水浅到卡斯特罗政府的舰船无法开进来。”

“你从欧布莱恩那儿听到了些什么？”巴特勒问。

“他告诉了我关于俄罗斯人的事情。”

“他说：回到迈阿密，普龙托。”

“为什么？”

“他说不管什么邪魔鬼怪都在他的掌控之中，”马丁内斯耸耸肩继续道，“他说的也许是真的，但我怎么能丢下其他人不管呢？”

巴特勒点点头，他看上去很高兴。“哈伯德，”他说，“你和我也得出去找他们。”

马丁内斯点点头。

这太鲁莽了，我们要在陌生的咸水湖里寻找古巴人，而他们可能压根就不在那儿，但是我不会反对他们，与其呆呆地忍受巴特勒作我的长官，还不如冒险返回那些水域来得容易呢。

我们已经准备好了，我们搜寻之后返程时，将会和马丁内斯在两个红树林隘口的中间点碰面（在地图上标出）。这个地方在距离古巴陆地三英里以内，对马丁内斯来说非常危险，对我们而言则简单得多。在接下来的四个小时里，他每过一个小时都会穿过那个地方，如果到了约定时间我们没有出现在那里的话，我们都会有麻烦，因为那时已经接近黎明。我们花了二十分钟在餐厅里仔细检查航海图，标记出我们将会穿过的每个隘口和暗礁。

小船上只有我和巴特勒，所以驾驶起来很顺手。依照计划我们以二十节的速度行进，除非波浪迫使我们降速，但是现在的行进速度还在我们的掌控之中。

马丁内斯为我们挑选的地区包含三平方英里范围内的五个隘口和四个珊瑚咸水湖。我们有条不紊地一点一点往浅处探索，直到水深不足六英寸，我们在黑暗中搜寻着每一个水池，在泥沙周围打转、后退，然后又上前。我们的橡胶船头被水中的树根撞弯，从树根的缠绕中抽出后又恢复原貌。船底则刮遍了每一个浅滩，我们就像洞穴中的盲人一样摸索着前进。很奇怪，我们越深入浅滩，就越感觉远离了卡斯特罗的海岸警卫队。然而我们却融入了另一个生物体系——每一个咸水湖里都有成群的昆虫向我们打招呼。我们一点点蹭过珊瑚礁，在黑暗中我看到许多岔路口，可是我厌倦了拿着手电筒在地图上不停地照啊照，因为我的视力难以适应在黑暗与“强光”之间的频频转换。我意识到自己开始喜欢巴特勒了，他虽然迫使我加入这次探险，但是很值得。这究竟有多值得！融入到这样一个满是飞虫、野生物种和海水的环境中等同于探索我内心的每一个洞穴，在那里存储着我卑微的恐惧，我们继续前行着。

这些红树林隘口很少有通道，许多入口也缩减成无法通行的沼泽，但是我们依旧期待能在这些浅水域里找到我们的人。我们期待，在每一次小小的探索深处，我们其中一人能像忧伤的鸟儿一样呼喊“完美的人”。

已经过去两小时了，天渐渐变亮，在黑暗压过黎明的最后一刻，我听到一个人声音嘶哑地回答“无与伦比”，我们发现了他！一个虚弱的声音！他躺在那儿，一只脚搁在破损小船的橡皮船底上，血迹斑斑。他在一个珊瑚礁上把这艘船锯开，漂到这条小溪里，把船拖在身后，腿受伤了。

其他人在哪儿?

死了，他说，有的被俘获了。这儿有埋伏，所有人都遭了伏击，只有他和他的朋友逃到了船上。

他的朋友在哪儿?

死了。一个巡逻队逮捕了他们，他的朋友中了一枪被打下了船，就在追捕的途中。

“胡说，”巴特勒低声对我说，“是他把那个死人扔下船好让船开得更快。”

“没有一个故事像是真的。”我说。

果然不是真的。在假装处理从他靴子里流出来的血时，我用手电筒仔细观察了他的脸。他留着稀疏的络腮胡子，上嘴唇上的胡须也蓬乱生长，脸庞又瘦又枯黄——他看上去像一个你不会信任的人：另一个失败的上帝之子。

他做过什么、没有做过什么重要吗?也许其他人在岸上遭伏击时他匆匆逃离了，不管真实情况是怎样的，也不管他是否在掩饰自己的怯弱，但有一点可能是真的：其他人都死了，他确实看到一个人丢下他的同伴自顾自逃命去了。

还有一个问题：追捕他们到狭窄入口的巡逻船是否还在隘口处巡逻?

答案很快就揭晓了，我们刚出沼泽就遇到一艘船首配有探照灯的巡逻舰在海角处巡逻并且慢慢逼近我们。

机关枪的响声真大啊，那灯光是有多耀眼！巡逻舰激起的水花一会儿流到我们左边一会儿流到右边，我们的船体也轮流向两边倾斜。我们相隔有二百码吗，还是比这更近？

我记得当时我并不曾害怕死亡，肾上腺素在绝境下不停地释放，我极度兴奋，甚至心怀敬畏，死亡是一座雄伟的寺庙，而我就站在大门口——机关枪枪口的火花就像高压电火花一样喷射着。天空似乎在摇晃，也有可能是我们的船在摇晃？星星成了射向空中的烟火，让人眩晕。我还记得当时响起一声惊人的咆哮，巴特勒朝追捕我们的人喊叫着："戳瞎你们的眼睛……"他时不时地站起来高举机枪，打出一个更高的火光，继而急转弯掩护自己。每一次他站起来，机关枪都会朝他的头开火，然后追捕者就消失在视线里。没有了巡逻舰激起的水花涌到我们船体两边，机枪手连攻击目标也找不到了，而巴特勒则突然来个大幅度急转弯，迅速逃离巡逻舰，我们还一度逃出了探照灯的扫射范围，并在夜色下疾驶在隘口的弯曲水道，穿过我们已在航海图上标出的珊瑚礁。来到浅滩前，巡逻艇只得绕行离开，狂怒中，它鸣响了电喇叭。汽笛声响彻整个夜空，那巨大的声音，听起来就像入侵古巴的行动终于开始了。巴特勒在狂笑中呜咽起来，"所有的警察都一样，"他说，"全世界都是如此。"

我们驶向珊瑚礁的另一边通道，开足马力，并且谋划着一条与他人会合的路线。在东面一英里的地方，我看到巡逻舰上的探照灯射向每一个咸水湖和海岸。我拍打了一下巴特勒的手臂——我们逃不掉了，巴特勒真是世界上最差劲的人！

"你个狗娘养的，你妈的真傻！"我骂道，这是我说过的最粗鲁的话语。我俩开始吵起来，但在船舷的轰鸣声下，他几乎听不到我的声音。

21

1962年10月30日

亲爱的基特里奇：

噢，过去的十天里我们经历了如此奇特的事，我依旧在处理与苏联人的各种危机，当然，我也等待着你补充点什么。我再次为你灵魂的力量所折服，在上一封你寄给我的信里——好像是在一年前——你说“不要和像迪克斯·巴特勒这样的人做任何疯狂的事”。

可我还是与巴特勒一起行动了，但我并不后悔，我打算给你写我们八次往返于沼泽、最后筋疲力尽的故事。我们两次驾驶橡皮艇进入古巴的领土，这就已经足够了，我们最后回到了母舰“公主号”上。我希望现在就写一下我们的船长，一个叫作欧亨尼奥·马丁内斯的了不起的家伙。

顺便说一下，我们的回程十分沮丧。我们当中的五个人不知所踪，欧亨尼奥本打算再花几天时间找到他们，否则决不返回。然而哈维却命令马丁内斯返航，哈维说这是紧急情况。

马丁内斯只得听从命令，尽管这违背了他的本意。这一行损失惨重，他很痛苦。哈瓦那几乎掌握了所有情报，也实施了还击，但是我们执行海上任务的队伍侥幸突围且损失稍小，所以我们喝了很多朗姆酒，以抵御返回迈阿密途中将会遭遇的风浪。途中，马丁内斯给我讲了一个悲伤的故事，而我想要把这个故事说给你听，这个故事让我明白了他为什么对待痛苦像对待自己的敌人一样。他不能返程救回那些无踪的领航员，愧疚感如恶鬼缠身一般，在他脑中挥之不去。

这个故事跟他的一个叫库贝拉的老朋友有关，全名叫罗兰多·库贝拉。马丁内斯介绍，库贝拉是50年代初期的一个学生领袖，是那时哈瓦那大学有志推翻巴蒂斯塔政府的几十个学生领袖之一。菲德尔·卡斯特罗从重重考验后脱颖而出，同时还出现一批与他一样的有志之士，库贝拉就是其中一个。古巴的罗兰多·库贝拉，听起来像个政治领袖，是不是？马丁内斯没有具体描述库贝拉的样子，而我也不敢打断他，因为欧亨尼奥的严肃似乎惹得他周围的一切也严肃起来。但是直觉告诉我，库贝拉拥有一副伟岸的身躯，不仅外表英俊，而且充满存在感（与卡斯特罗别无二样？）。总之，听马丁内斯的意思，库贝拉现在是卡斯特罗的一位密友。

现在我按时间先后阐述原委。1956年，马丁内斯和库贝拉同属一个学生组织，这个组织信仰的是通过谋划来刺杀政府官员。在巴蒂斯塔政府里，有许许多多残忍的官员，但是马丁内斯和库贝拉袭击的不是那些最残忍的官员，因为令人反感的官员会激起人们对现有政权的极大敌视，该干掉的是巴蒂斯塔政府中合格的官员——听起来有些复杂吧！因此，他们锁定了军情处的首脑，一个名叫布兰科·里科的绅士，他不仅反对酷刑，还善待俘虏。之后通过组织投票库贝拉被选为执行此次任务的人。我真不能理解这个组织的政治理念，或许是扎根于中产阶级的无政府工团主义吧，比如说，库贝拉正在学习医学——唉，这些古巴人！在1956年10月的一个晚上（卡斯特罗在马埃斯特腊山时），库贝拉准备在哈瓦那一个叫作蒙马特（向图卢兹·罗特列克致敬！）的夜总会与布兰科·里科碰面，然后一枪爆掉他的头。“里科死了，”马丁内斯说，“但是死之前他一直盯着库贝拉的眼睛微笑。库贝拉跟我讲过无数次这个微笑，那是一种宽容，它似乎在向

库贝拉说：‘我的朋友，你犯了一个严重的错误，我可以原谅你，但我的灵魂做不到。’

“当然，库贝拉没有逗留。他跑出去上了一辆等候在那儿的汽车，来到一个隐蔽的地方躲起来，一星期后我们就把他偷渡到迈阿密了。又过了一周，我也来到迈阿密，因为哈瓦那不再是一个适合我们待的地方了。布兰科·里科死后，巴蒂斯塔的警察系统便变得杀人如麻了。

“我们组织中有个人在迈阿密有点资产，他叫阿勒曼，拥有迈阿密体育馆和一家廉价汽车旅馆，我们就住在那个汽车旅馆，一个叫作‘皇家棕榈’的地方。”

基特里奇，这时我打断了马丁内斯。“那个‘皇家棕榈’，”我说，“就是我第一次来迈阿密时住的地方。”

“罗伯特·查尔斯，这可能就是我给你说这个故事的原因了。”他喝了一大口朗姆酒，口中还说着“干杯”。

我们喝着酒，他讲着故事。我不会再深究他话语背后的含义了，因为即使我只是领会一下他的语气，也会错过部分故事。当然，这也刚好给了他提高英语表达能力的机会。现在我来总结一下他说的内容,这几乎是他的原话,我如实复述给你听。当时“皇家棕榈”收留了大量的革命者，并且全都是免费入住，而库贝拉和马丁内斯则是同住一个房间的室友。人们视库贝拉为英雄，但是布兰科·里科却一直萦绕在他的梦中。“布兰科·里科就那样一直笑着，”库贝拉告诉马丁内斯，“这个微笑如同癌细胞一样无可遏制地吞噬着我的身心。”

不过，库贝拉最终还是恢复了，里科也不再霸占他的梦。于是他决定回古巴为在埃斯坎布雷山的卡斯特罗战斗。这是与马埃斯特腊山不同的一个战斗前线，卡斯特罗很高兴有库贝拉这样的人为他效力，所以他授予了库贝拉司令头衔，这在菲德尔的军队中已属最高头衔。库贝拉带领部下提前进军哈瓦那，三天之后卡斯特罗才胜利完成穿越古巴全境的大计，毫无疑问由库贝拉负责指挥占领总统府的军队。

之后的几个月，他总是开着一辆华丽的旅行车围着哈瓦那转悠。一天晚上，他喝多了酒，“不知是因为疯子般的快乐还是高傲，他撞车了，撞死了一个年轻的姑娘”。姑娘的死让他再次陷入布兰科·里科灵魂的纠缠。不久，库贝拉找了一个精神科医生，那个医生是为另一个革命组织服务的，所以他告诉库贝拉摆脱布兰科·里科的唯一方法就是刺杀菲德尔·卡斯特罗。“在古巴，连精神科医生都变成了枪手。”马丁内斯说。

基特里奇，我本不想打断这个故事的，但我们是在公主号的驾驶台上听这个故事，这个驾驶台的设备震得船上的每一处都嘎吱嘎吱响。马丁内斯已经在墨西哥海流中耗了一天，希望能够收到哈维撤回命令的通知，这样我们就可以继续搜寻与我们失去联系的伙伴，但是最终什么也没等来。那时夜幕已经降临，我们降速掉头朝着美利坚的方向驶去，于是晚上就有了这个“听觉盛宴”。当时的场景很容易就让人联想到鬼魂，所以在听故事的时候，我脑海里冒出了基普著名的“幽灵”奥古斯都·法尔和他在加勒比海上从事海盗营生的情景，我有一种他离我很近的错觉，因为那时我已经两天没有睡觉了。

库贝拉告诉马丁内斯:“你知道吗？总有一天我会干掉菲德尔·卡斯特罗的。”说到这里，马丁内斯突然终止了他的故事。

我永远理解不了古巴人,虽然库贝拉现在在外交部身兼要职，但是很明显不会与他的老朋友马丁内斯有任何关联。欧亨尼奥说:“我相信终有一天他会了结菲德尔。”

我们回到迈阿密，发现哈维在这里的时间不多了，大概就一周吧。苏联的舰艇一步步靠近封锁线，哈维全然不顾肯尼迪下达的取消一切突袭的命令，派遣60个人去古巴执行不同的任务。

哈维是一个老派人物，他不仅不畏惧挑战，甚至还主动出击。我几乎全部告诉你了，他对肯尼迪的憎恶在过去六个月里放大了无数倍，他甚至把他们看作是所有邪恶的根源。我多么希望这只是他一个人的失误啊，但是，事实上，现在整个JM/WAVE都弥漫着对古巴导弹危机处理方案的愤怒。我们的古巴人很失望，我们自己的队员也有同感，很多人议论说我们对卡斯特罗和赫鲁晓夫太宽容了。你可能也有所耳闻，人们茶余饭后的闲谈总会涉及刺杀卡斯特罗，迈阿密的古巴人每天都提到这个想法。这件事甚至成了全民笑话："歼灭行动什么时候开始？""对谁？菲德尔吗？""不，对杰克。"

拥有这种情绪的人只占JM/WAVE的少数，我们和情报局大部分人一样，让我们的高级人才和他们的妻子、孩子以及草坪上的三轮车待在一起享受天伦之乐，但是，基特里奇，这种情绪令人十分厌恶。上周，许多人都说他们已经做好了战斗的准备（尤其是现在他们已经知道自己不用去战斗），但是我知道真正战斗时内心深处的强烈感受。在上次小小的战斗中（我们必须躲过机关枪的火力），感觉非常爽快。然而现在，很多个清晨醒来我都备感气愤，想要反击。如果这小小的战斗就让我狂躁不安，那么我确定其他人也会如此。

不论如何，哈维不仅违背了肯尼迪的命令，而且还有人因此被捕了。肯尼迪直接质问哈维，野蛮比尔就递交了这样一份备忘录：我已遵守你的命令，但有三个旅仍无法及时召回。

这成了执行委员会下一场会议激烈争论的主题。会议结束后哈维自己写了一份备忘录，还拿给一些人看，其中包括我。他似乎过于激动了，所以才那么迫切地想要看到我的反应。这份备忘录极其松散，可以看出作者内心十分混乱，但是，想到哈维的表现本就不好，我于是对他说，我很尊重这份他与肯尼迪交流的记录。

肯尼迪：你是在处理性命攸关的事，可是你足够谨慎了吗？这比铸造玻璃杯还要讲究精细啊。现在一点风吹草动都有可能引发核毁灭，你怎么能在这个节骨眼上私自派遣60个人进入古巴呢？

哈维：这次行动是为配合这次军事行动的要求，为了在入侵出现意外时能有一个基本保障。

肯尼迪：你是说国防部让你这么做的吗？

哈维：我确信，这是在落实相互扶持的合作精神。

肯尼迪：放屁。

此刻，肯尼迪调查房间里的每一位军事人员，麦克纳马拉、马克斯韦尔·泰勒、雷姆尼泽将军、柯蒂斯·勒梅，询问他们是否知道此事，所有人都回答：不知道。

肯尼迪：哈维先生，我们需要一个更好的解释。我给你两分钟。

哈维：我表示尊重房间里的同僚，而且保证绝不反驳这些人所反映的情况，军事决策的制定本就难免因紧急情况而违反命令，而且实际行动中也有违背最初决定的可能。

肯尼迪：为什么你不说英语？

哈维：你命令立即全面停止对古巴的行动，我明确地区分了行动与特工。我没有继续任何行动，但是我不希望美国在未来真枪实弹的战争中没有自己想要的特工，所以我决定最后一次派出特工打入古巴内部。

此刻，哈维自己的备忘录上写着：

此番言论过后，司法部长整理完文件离开了房间，其他人也跟着出去了。约翰·麦科恩也在场，他并没有像往常一样把我拉到旁边对我的话批评一番，而是直接离开了。之后，我的高层朋友和亲密的合作者向我转达了这样的消息，麦科恩局长对中情局副局长雷·克莱因说（原话）："哈维今天毁了他自己，他已经没有利用价值了。"

最后，理查德·赫尔姆斯和休·蒙塔古出面调解才避免了这个问题的激化。在这里我想说，麦科恩局长作为古巴安装中程导弹事宜的主要负责人，他如今被人尊敬是因为我用尽全力向他阐明共产党在我们附近海域布置核武器。

1962 年 10 月 26 日，在参谋长联席会议作战室召开国家安全委员会执行委员会会议后两小时，我头脑清晰地记录下会议内容。

WKH

今天早上，哈维把他的办公室当作殡仪馆出租出去，真是可惜。毫无疑问，我太包容了，我不是一个合格的情报员。我恳求你，纠正我的错误。

忠诚的赫里克

在重读这封信件的时候，我决定收回我对罗兰多·库贝拉的评论。如果有任何攻击卡斯特罗的行动的话，库贝拉就会有特别的作用，所以那天晚上我简单总结了他的个人履历，其中包括库贝拉现如今在古巴政府所任高职。我把这份总结传给了阿尔洛，也给了在东京的卡尔，并把对方收到相同报告的消息告知了两位。

阿尔洛先给了我回复：

洞察力不错，我们需要库贝拉这样的伙伴。你可能有兴趣听一听，胡佛现在就在卡尔的游泳池中使劲儿灌水呢。下面我告诉你约翰·埃德加与罗伯特·K.的谈话内容，时间是10月29日，约翰·埃德加甚至没有等到导弹部署就行动了。看完之后请马上销毁。

一个联邦调查局的地下告密者很自信地对我说他可以负责刺杀卡斯特罗行动，虽然我与司法部长一致认为中情局和黑手党的谋划愚蠢至极，但是我现在想要而且已经准备好把这个机会给他。当然，告密者的提议并不在我们的非法管辖权范围内，也不会给自己留下后患，这个时候我们不再深究这个问题。然而，我们和这个告密者的关系严格保密。如果事情需要，我们会随时与这个告密者联系。

——埃德加·胡佛

因此，对于你的发现没有什么想说的。从现在起，他的代号是安/拉稀·歌利亚。

备注：对哈维的遭遇备感惋惜，是我无法弥补的损失。

重复：毁掉联络痕迹。OTI

OTI 指的是“马上”，但我没有按照指示做，而是把信件放在了我在迈阿密的保险箱里。

第二天，卡尔从东京寄来了一封简信：

> 这次我与休步调一致，我们会联系安/拉稀（该死的累赘，但是不久我们就有了附属代理人，叫作安·布拉德。我们只是竭尽全力而已）。
>
> 你可能会很感兴趣，麦科恩告诉我他已经准备好替换野蛮比尔了，但是我就会接手一个精简谨慎的特遣部队 W。相信我，我会重新命名这支部队。如果比尔·哈维没有遭遇变故，我会为再次回到战壕而高兴。多么令人心痛的过失啊，真是个可怜的上进家伙。
>
> 你的哈利法克斯

22

1962 年 11 月 15 日

亲爱的基特里奇：

你抱怨说我的上一封信有一种奇怪的口吻，看来你是断章取义了。我还要提醒你，你所预示的导弹事宜也不存在。你等得再久它也不会成为现实，最终只是成就了历史而已。

我在古巴的短暂停留使得我对卡斯特罗产生了强烈的敌意。

不管赫鲁晓夫表现得多么成熟，我都做好了最坏的准备（这准备像大萝卜一样成熟），然而对卡斯特罗我却有一种被背叛了的感觉。他怎么能同意这样一个危险的决定，全然不顾他的人民和我的国家陷入危险的境地呢？

几天前的一个晚上我突然领悟到了问题的关键所在，现在说给你听。自从巴特勒和我一起探险，我们就相处得非常好，现在我们一起吃饭一起喝酒，以前的那些不愉快也已经有所改善，所以我打算再次利用这段关系。几个月前哈维派沙威·福特斯与他共事，他们相处得并不好。可是我认为福特斯十分有才华，所以我试着让巴特勒也认识到这点，因为沙威得到称赞时会更好多地展现自己的才华。于是，一天晚上我邀请他到劳德代尔堡一个奢华的餐厅与我们共进晚餐，在那里不会有我们认识的古巴人突然出现，我把这顿晚餐定义为沙威和他的老同僚以及新同事共进的晚餐。然而，沙威到来时巴特勒说的第一句话就是："直说吧，今晚你得悠着点，我们有的是工夫灌醉你。"

"我单挑你们两个。"沙威回答说，说得太过时髦，更进一步激怒了巴特勒。在迪克斯看来，沙威很有竞争力，但迪克斯也不甘示弱，如果我不了解他的话我一定不明白他怎么会这么理智。在他自己眼中，成为美国总统就会永垂不朽。但是他蔑视肯尼迪，因为他认为杰克是一个富有的伪君子。如果迪克斯涉足政治，他一定会所向披靡。

总之，这不是一个好的开始。我想听听福特斯对于古巴导弹危机的分析，因为他对赫鲁晓夫和卡斯特罗的动机很有见解，而且这也是我们无法从民众和流亡者那儿得到的视觉角度，但是迪克斯最多也就肯用一只耳朵听。福特斯比他更了解拉丁美洲的情况，这真是惹恼了巴特勒。巴特勒有他自己的能耐，但是无论何事他都不喜欢听到任何优于自己的见解。反过来说，沙威不得不忍受巴特勒无数的威慑，因为他是在巴特勒的手下做事，但是对他而言有机会施展自己的才智就是一件快乐的事。

尽管如此，在我的鼓动以及巴特勒妒忌的反作用下，福特斯很好地说明了他对赫鲁晓夫和卡斯特罗的分析，这期间偶尔会被巴特勒打断，我已将此整理完毕。

福特斯告诉我们，整个故事的关键是，开始卡斯特罗并不想要导弹，他和赫鲁晓夫争论说这没有一点军事意义，美国依然会保持无法逾越的优越性。卡斯特罗说，不，给我们经验丰富的指挥官和最先进的军火吧，让美国人看一看陆地作战同样能让他们伤亡惨重。

“你怎么知道这些的？”巴特勒问。

“你知道我的消息源的性质。”

福特斯指的是他在DGI的迈阿密联络人。然而，巴特勒摇摇头，说：“不可能，他们没有权利得到这些材料。”

“是文化赋予了他们权利，”福特斯说，“我已经研究卡斯特罗的本性有几年了，我了解共产党的心理。我天性擅长综合情报。”

“我从未见过不打算利用其天分的，”巴特勒把他的话分开来说，“天生就擅长综合情报的人。”

“我们这样说吧，”我打断说，“沙威提出了一个假设。”

我们深入讨论了这个天性问题，上面的只是其中一个例子。现在来说关键环节：根据福特斯所说，赫鲁晓夫说服卡斯特罗接受导弹，但是这仅仅能够满足他的荣誉感。“这是菲德尔的秘密软肋，”沙威说，“卡斯特罗喜欢众人把他看作一个宽容的人。”

赫鲁晓夫暗示说，在这一点上他一直在帮助卡斯特罗。现在，菲德尔也可以帮助他，他所在的政治局已经成为苏联总理制定折中方案（与美国）的关键。如他们所见，美国如果在苏联边境对面的土耳其部署导弹，那世界平衡的问题就会出现笑柄，而苏联没有什么可以与之抗衡。所以赫鲁晓夫想要在世界看待这两个超级大国的态度上来个大逆转。请放心，亲爱的菲德尔，美国绝不会因为古巴的导弹问题而发动战争。他，赫鲁晓夫，很清楚这一点，毕竟，苏联已经看到了在土耳其决战问题上的不切实际。因此，赫鲁晓夫总结说，菲德尔和他可以“盗取”帝国主义的好运。

“这就是你从你的消息源那儿了解到的信息吗？”巴特勒问。

“这就是他们了解到的，他们与卡斯特罗身边的人离得很近。”

“我认为这些是八卦消息。”

“不，卡斯尔先生，”福特斯说，“这是被严密审查守护着的‘八卦消息’。在哈瓦那，没有人比菲德尔更加吸引人的眼球了，他的评论、他的隐私、他的心情，全都对他亲密人的世界开放。”

“既然你对菲德尔·卡斯特罗和古巴丰富的文化很了解，那么你准备告诉我你个人对卡斯特罗接受导弹的看法吗？”

“早就准备好了，”福特斯说，“在我看来，从道义上来讲，卡斯特罗的个人魅力下降了。他一开始的想法是对的，古巴不需要导弹。”

“你是说他承认，”巴特勒评论说，“他只是在还赫鲁晓夫人情？”

福特斯开了一个满意的头，接下来的演说就如洪水般滔滔不绝了。他说，我们需要明白的是拥有核导弹的巨大魅力，这是每一个第三世界国家的领导人都渴望拥有的。“这就如同和一个电影明星上床，因为美国承诺不再入侵古巴，所以赫鲁晓夫同意撤回导弹，而卡斯特罗不但不满意反而还被激怒了，因为他没有了导弹。”

“他被耍了，”巴特勒说，“赫鲁晓夫先是对肯尼迪撒谎，然后又忽悠菲德尔。赫鲁晓夫只是想要美国把导弹撤出土耳其，我们都知道白宫会照做，因为我们的总统是个温顺的人。”

“我看这是民主的作用。”沙威说。

“你当然会这么想，”迪克斯说，“现在你告诉我，为什么我感觉你依然对卡斯特罗有好感？”

“我是为你工作没错，但我不必接受你的偏见。我喜欢菲德尔，他很有同情心。对！他跟我们每一个愿意改变现状的拉美人一样，只是有一样不同，他更有魄力。”

沙威说这些话并没有错。我停了很久才说道：“如果你欣赏菲德尔，为什么你不投奔他？”

“因为我憎恶苏联。跟菲德尔不一样，我青春年少时就在共产党世界里摸爬滚打，我明白菲德尔卷入的是什么世界，而我，我是否可以说，这都是你们所有人的错。”

巴特勒重重地捶了桌子一拳，引来餐厅里众人的目光。“沙威，你难道没有学会如何与美国人谈话吗？你滴一滴油到法兰绒上，然后再小心翼翼地把我们从上面赶下来。我已经受够了别人告诉我我的国家做错了什么。”

我的愿望已经泡汤了。我们喝咖啡，付款，然后分开坐三辆车离开。我到达住所后十分钟，沙威按响了门铃。

“来这里对你来说明智吗？”我问。

他耸了耸肩。

我倒了一杯白兰地。他说，和巴特勒在一起很痛苦，他很怕巴特勒，他甚至一直等着巴特勒挥来他的拳头。“这真不是一个安稳的环境。”

“你为什么要激他呢？”

“如果我不这样做，就会丢掉所有的尊严，迈阿密比乌拉圭更糟糕。在乌拉圭，我仅欺骗和我一起长大的人，他们有些人本就不值得我坦诚相待。然而在这儿，我正在背叛勇敢的人。”

“DGI?”

他点点头：“他们的生命安全每天都遭受威胁，流亡者只要发现他们就会把他们折磨死。”

“你会因为来找我而被DGI杀死吗？”

他再次耸耸肩。现在我明白了，这个动作包含了他多少无奈与悲伤。纸张已被风吹落街头，为什么还要强迫自己捡起来？

我又给他倒了一杯白兰地，他继续侃侃而谈两个小时。我已经累了，但是我必须说，基特里奇，我要怀疑我们的双重间谍福特斯对我们比对DGI还要忠诚。他来我宿舍找我，说明他并不在意自己的安危，或者很有可能DGI清楚他在为我们工作。我必须得将这个疑惑告诉巴特勒，真让人郁闷！

我依旧听着沙威说话。我没选择，他能够洞察我的困惑。

酒到深处，沙威的情绪开始升温。他谈了很多关于古巴的事，我很震惊有那么一刻他的话听起来似乎与你丈夫的关系非同一般。福特斯说：“国家是什么？是依靠黑人奴隶和蔗糖来发展经济的群体吗？想想别的东西：朗姆酒、烟草、妓院、性工作者法案，萨泰里阿教。你生活在那片土地上，每天都得问自己是否像自己国家的经济基础一样罪恶，然后，当然，你心生一种超人类的自豪并以此安慰自己。这就是为什么菲德尔总是追寻做不到的事，宝石是藏在历史中的。”

我不解地重复了一遍：“宝石藏在历史中？”

“某些人追求的东西已经超出了危险的范畴。”

“我不明白。”（基特里奇，我懂他的意思。）

“菲德尔追求无法实现的东西。”沙威优雅地打了嗝，冒出一股白兰地的酒香，发出的却是一种古怪的嘶嘶声。也许他内心的恶魔刚刚从一个错误的孔中逃出来。“你们都试图杀掉菲德尔，”他说，“但是我才是那个知道怎么做的人。”

“你怎么杀他？你爱他，不是吗？”

“我天生是一个歌剧能手，像陀思妥耶夫斯基。我会杀了他来靠近我内心的暴君。然后我会为他哭泣。就这样，我嘲笑你们所有人，尝试那么多次，也失败那么多次。”

“是什么让你觉得我们一直企图杀掉菲德尔？”

“罗伯特·查尔斯，不管你今年叫什么名字吧，你们想杀菲德尔的消息DGI尽人皆知，”他不愉快地大笑起来，“我不知道你们为什么坚持不懈地白费心思，连我都可以比你们做得好呢。”

“是呀。但你会怎么做呢？”

“我再说一遍：先满足他最想要的。”

“这只是一个原则，还没有形成一个计划。”

“啊，”他说，“你要的是一个方案。你为什么不找到一个无与伦比的贝壳？菲德尔最喜欢潜水。”

“我明白了。”我说道。

“不，你不明白。你们会往这个贝壳里装炸药，然后把它放在菲德尔用鱼叉刺鱼的地方。接着你们招来一个同谋把菲德尔引到指定的地点，然后期待他刺到炸弹。克洛斯来了，奇科出现了，但是没有菲德尔。他的自我报警系统会提醒他三思，这绝对是很了不得的技能。菲德尔·卡斯特罗，这位唯物主义伟大的理性者，听说俄国撤走他的导弹的时候，用脚踢向一面墙，弄伤了自己的脚，踢碎了一面镜子的家伙，尽管如此，他依然会对美国人的阴谋十分敏感，哪怕他要动手捡起一个无与伦比的美丽贝壳，他也会收回那只伸出去的手。要抓住这个家伙远不是美丽就行。”

“我希望你继续说下去，”我告诉他，“你在用你的言语创造生动的电影画面。”我有点喝醉了，我无法形容自己为何觉得福特斯很丑陋。他就是如此的腐朽，如此的自负。

“是的，是的，电影。棒极了！这就是一部电影。我不仅会把贝壳放在一个珊瑚洞里，雇一个中情局职员把菲德尔带到那儿，我还要让一个‘仙人’在一条魔鬼鱼上施魔法，这样无论什么生物都会爱上那个贝壳并且绝不离开它，如此便引得菲德尔靠近炸药。这时卡斯特罗可能会失去警觉，但也可能愤怒到杀掉那个引路人从而自己获得魔法贝壳。”福特斯开始大笑起来。“是的，”他说，“你们要做的就是在迈阿密找到一个‘仙人’，或者是在兰利找到一个海洋生物训练员。”

他喝完酒我就请他离开了。

请尽快写信并告知全部。你那边出现什么差错了吗？

忠诚的哈利

我对沙威构建的“画面”有些许困惑，于是我告诉了卡尔，他从东京回了信给我：

魔鬼鱼的这个主意比猪叫更迷惑人心，但是我得说我对把这个古巴小子的大胡子一根根揪下来更感兴趣，他怎么敢和那样的自己相处？我们会抓到他的，你和我，很快。

哈利法克斯

23

1962 年 11 月 28 日

最亲爱的哈利：

不好意思，我本该早点向你提供杰克和鲍比与赫鲁晓夫和多勃雷宁的谈判记录的，我怠慢了，而且现在已经太迟了。你是对的，一想到要重新组织行动我就感到厌烦。现在于我而言唯一新鲜的就是杰克在俄罗斯货船靠近封锁线时表现出来的镇定。有时我们伟大的政治领袖不仅从上帝那儿得到报酬，恐惧也能给他带来收获。我是不是夸张了点？我不在乎。我喜欢杰克·肯尼迪，因为他在投降还是毁灭国家这两种恐惧中找到了平衡，并且通过各种手段使得赫鲁晓夫撤走俄罗斯的货船来保持这种平衡。我告诉你，哈利，在此之前我并不信任杰克·肯尼迪会是一个好总统。现在我很喜欢他，因为他没有像其他政治家一样困死在僵局中。但也正因为如此，我才觉得与那些在登上权力高峰的途中手上沾满鲜血的苏联恶魔相比，他还不足以与之匹敌。还有迪托·鲍比，这两个像所有好孩子一样纯洁的有教养的美国人，如何做到毫不恐慌的？内心需要多么强大才能长时间勇敢地站在悬崖边上啊！即使是休·蒙塔古，那个认为赫鲁晓夫多花了点力气退出这次没有胜算游戏的人，也更加尊敬杰克。我和休·蒙塔古不同，我是被深深地打动了。两个相亲相爱的兄弟在历史的平衡中比单个狡猾猥琐的畜生更有价值。

我想你会失望，但是我只打算简单介绍一下谈判的进程。我方当然希望导弹能够撤离，连同赫鲁晓夫卖给古巴的50架伊尔轰炸机一起撤走，同时我方还要求授权联合国对导弹进行地面监测。条件是，只要卡斯特罗不颠覆拉丁美洲的政权，我们就遵守诺言不入侵古巴。文字说明都很清楚，但是要付诸实践的话就取决于每一个提议的时间安排。你看，杰克必须得平衡自己代表的鹰派和以阿德莱·史蒂文森为代表的鸽派双方的意见——鹰派以为我方所有的要求都得得到满足，否则就不能和俄国达成任何协议，而鸽派觉得只要赫鲁晓夫撤走所有货船就足够。此外，卡斯特罗不需负任何责任，他不会放弃伊尔轰炸机，不会允许对导弹基地进行监测，他甚至不会同意清除导弹。

哈利，我只能说这么多了。我发现，这些问题的关键就是区分出重要的部分，这就包括了清除古巴的导弹。所以，杰克并不坚持立刻召回50架轰炸机（这在所有环节中所占比例很小），也接受了卡斯特罗拒绝联合国介入的要求（我们飞越其领空的U-2战机早已执行了地面监测工作），通过这些来迫使赫鲁晓夫主动清除古巴的核弹头，尽管这让卡斯特罗勃然大怒。

好了，不能再说了。我得严格遵守之前的约定只是快速跟你介绍这个问题，否则我恐怕在未来一周每天给你写上一份十页纸的信都说不完呢，我可不想这么做。还是让我说说鲍比·肯尼迪吧，这些天我没少花时间在他身上。从这个夏天开始，鲍比一直定期邀请我们去胡桃山，这很明显不是埃塞尔最愿意看到的。她是好人，我很确定，是一个看到她周围的人受伤就会产生同情的诚挚的灵魂，是一个一点擦伤、哪怕是受伤的可能她都不会忽视的人。但是当然，她是一个典型的天主教徒，家里又有很多孩子。如果我是她，那我肯定以一个重度酗酒者了结此生。

我想鲍比邀请休·蒙塔古过来一定是为了打打网球，来一场严格高雅而又无情的比赛。双打比赛每个人都想和他成为一组（除非他不顾形象破口大骂）。我曾经是拉德克里夫陆上曲棍球队的能手，在鲍比家时打过一场信心满满的比赛，可我队输了。这场比赛打得不磊落，所以比赛结束时没有一个人高兴。我跟女人打球很少输过，但是赢了比赛更是交不到朋友。克里斯多夫已经六岁了却还是很害羞，和肯尼迪的孩子们一起玩了很长时间，这也算是一个机会强迫他加入别人，随便玩点什么。他在这里的不开心也惹得我跟着不愉快，休·蒙塔古说："这是他人生中的第一个阶段。"他还补充说道："你会把它宠坏了的。"他说得没错。

总之，胡桃山对你的基特里奇来说并不是那么有趣，只不过我崇拜鲍比而他又很乐意和我交谈，所以我们确实玩得很开心，我们的谈话内容都是纯洁的。我私下里觉得鲍比渴望爱情，但是，我的天，他到哪儿去找一个和他谈恋爱的人？《时代》周刊已经把他选为"年度好父亲"。所以他才喜欢和我这样的女性进行情感交流，我们甚至还打电话谈论这些。他把他那样杰出的思想灌输给你，让你变得单纯又富有逻辑，他的精力绝对会令你瞠目结舌。没有谁，可能休·蒙塔古除外，会有这般头脑掌控一个个行动：人权法案、密西西比大学的骚动、古巴导弹危机、永无止境地对霍法和黑手党的抓捕，加上司法部的日常事务，还有"绿色贝雷帽"，你的"猫鼬行动"（是他执行得最不成功的一次任务），靠一个弥天大谎掩盖了所有事情的真相。上个月他的心思放在了赎回大部队上，这是一次出色的行动。你是否记得我写信告诉你的那个腿折了的不错的古巴人哈利·鲁伊斯·威廉姆斯，他连续忙活了几个月，试图让美国人和古巴裔美国人筹集百万美元的赎金。我不知道你当时是否关注过，许多共和党人因为肯尼迪想用拖拉机与古巴交换囚犯而攻击他，真是太邪恶了。眼看这些古巴人就要腐烂在监狱里了，我们的政治家却把政治资本花在这些最廉价的愚蠢反共分子身上。现在同一支部队已经待在古巴监狱一年半了，鲍比告诉我，一个曾在古巴经营农场的流亡者（现为迈阿密的富人）前去古巴谈判，他看到那些俘虏的状况十分震惊。他跟鲍比说快死的牛的后颈会有不健康的颜色，而那些俘虏就是那样。鲍比跟我说:“我无法忘记,后颈！”那个前农场主也说:“如果你有拯救他们的打算，那么首席大法官先生，现在就是时候了。如果你继续等待时机，那等来的只会是尸体。”“你说得对，”鲍比说，“是我们把他们弄到那儿的，我们要在圣诞节前把他们弄出来。”

我想只有鲍比才能完成接下来的任务。卡斯特罗为1150个战俘开出的赎金是6500万美元，他声明说，袭击造成大量损失，无数的古巴民兵在战斗中牺牲。现在，一年半过后，一人5万美元的赎金并不过分。如果不缴纳6500万美元的现金，那么可以用实物代替，拖拉机、药品、医疗设备，或者婴儿食物都可以。

本来这些赎金该由古巴家庭委员会筹集的，这个团体是由囚徒的母亲组成，她们或在迈阿密或在哈瓦那。在鲍比的推荐下，詹姆斯·多诺万被选为谈判代表去了古巴，他是一个能够与卡斯特罗相处的精明的律师。很明显，多诺万身具粗犷的纽约风格，能够近距离接触卡斯特罗。据鲍比描述，多诺万第一次去哈瓦那时就告诉卡斯特罗除了赎回囚犯别无选择。“如果你想摆脱他们，就得把他们卖掉，而你只能卖给我，因为世上再也没有其他买卖囚犯的市场了。”

显然，卡斯特罗喜欢这样直白的风格。“你说得对，”他回答说，“但是古巴家庭委员会什么时候能筹到这笔钱呢？他们都筹一年多了也没凑够一百万，他们发现的事也只不过是我首先透露给他们的。富有的古巴人是这个世界上最差的有钱人，这就是为什么我在这儿而富有的古巴人在迈阿密。”

“我们是没有筹到钱，”多诺万说，“但是我们可以搞到医疗设备。”

现在就该鲍比上场了。他必须说服医疗企业捐献医疗设备等，这绝非易事。他开始游说之前打电话跟我说：“我不知道我们该如何做，基特里奇，但是我们会行动起来。”他遇到了难题：医疗企业因为违反反垄断法而正接受国会、司法部以及联邦贸易委员会的调查，某些医疗巨头可能确实违反了法律。自然而然，像所有不干净的企业类型，他们拒绝自我检讨，甚至完全不知道自己做错了什么，反而一味地自以为是、自我怜惜。他们痛恨肯尼迪当局，因为在他们眼里，这个政府敌对大企业。然而由于爱国主义情怀，他们更恨卡斯特罗，尽管如此，他们认为部队的俘虏是失败者，所以不想理会他们。

然而，鲍比把该行业的企业领导召集到华盛顿并且发表了一番动人的演讲（我在几个地方都听到过），他说，那个部队的人都很勇敢，对自己的失败也痛心疾首，但是他们从来没有背叛过祖国。这难道不是我们的责任吗？——去拯救西半球第一批与共产主义作斗争的勇士，趁他们现在还没有死在卡斯特罗那令人绝望的监狱里。

好吧，这些商业巨头心生触动，于是开始了和鲍比的谈判。事后我问他是否是他的演讲起到了效果，他大笑起来，说：“和这些家伙打交道，你要喂饱他们的肚子，也要喂饱他们的心灵。”之后国税局对医疗捐赠进行了减税补偿，某些医疗公司甚至从他们的慈善行为中获益。当然，他们不会在货物包装上贴上美国国旗标签，这次也算是一个清理过时库存或即将废弃药物的机会，这些都是鲍比亲自监督完成的。其实写这封信的时候，我依旧不确定这支部队是否可以在圣诞节前抵达迈阿密，但是我笃定，这个过程中也许会出现意外障碍，但是最终鲍比会把他们带回来。你可以期待他们会在迈阿密度过疯狂而令人高兴的一周。

你亲爱的基特里奇

在圣诞节的前一天，这支队伍从哈瓦那回到了迈阿密。12 月 29 日，肯尼迪总统在迈阿密橙碗体育馆向他们致辞，我也成为四千名观众中的一员。

我脑子里一片混乱。坐在 60 英尺高的一排座位上，颁奖台相当遥远，杰克 · 肯尼迪看起来就像是一个深谷中的小影，一个对着一堆麦克风说话的人，那堆麦克风看起来就像寄居蟹从蜗牛壳中伸出来的腿一般大小。我之所以选择如此超现实主义的意象，那是因为当时的环境相当匪夷所思。我看着摩德纳的前情人——他是最终抛弃她的人，而我是被摩纳德抛弃的人，所以我想在这个体育馆中，我是不是唯一一个与总统有这样不愉快联系的人。

我并没有做好准备面对这种拥挤的场面，在过去的两个月我已经习惯了总部那昏暗的办公室，所以如今体育馆内挤满兴高采烈的古巴人是我未曾预想到的，场馆里满是喜迎败者归来的喝彩声，同时掺杂着他们不可能再爱上那片失去的土地的悲伤。

我偶尔会想起那片混乱。仪式一开始，1150名部队战士以精确的战斗序列走进田径场，然后原地稍息，骚动便一发不可收拾，爸爸、妈妈、妻子、儿子、女儿、侄女、侄儿、叔叔、阿姨、大表哥、二表哥、三表哥，以及四表哥等，欢呼声一浪高过一浪。总统及夫人的到来更是引爆全场，他们二人从白色凯迪拉克中出来走进体育馆，一路上无数的古巴和美国国旗在挥动。两人立正，旁边站着佩佩·圣·罗马、曼纽尔·阿蒂姆和托尼·奥利瓦，此时古巴国歌《巴亚莫之歌》奏响。这些团聚的家庭激情澎湃，呼喊声似乎要永远响彻不停歇。总统先生穿行在队列中，亲自和每一个看到的士兵握手，引来掌声不绝于耳，就像一个有史以来最大的毕业典礼。肯尼迪总统的每一次握手都仿佛成就了一个家庭的传奇。

佩佩·圣·罗马开始讲话："战士们在对抗共产主义的战役中将自己奉献给上帝和自由世界。"然后，他转向杰克·肯尼迪说："总统先生，二五〇六旅的士兵把他们的旗帜交由您来保管。"

当地报纸曾经报道了这个旅的旗帜是怎么"乘坐"为数不多的船只从猪湾归来的，现在肯尼迪再次于欢呼声中展示这旗帜，继而转向士兵，让他们坐在草地上，高声说道："我要向这支队伍表达我最诚挚的感谢，哈瓦那获得自由之日就是我归还旗帜之时。"

我觉得一场新的战斗开始了。"格拉，格拉，格拉！"他们大声欢呼，因为他们得到了所有人的认可。回到战场，为了战争！

而我，一个在情报局工作的特工，拥有洞察力。他们在我分裂的灵魂持续疲倦的那一刻是自由的，但是一天前，他们的自由蕴藏在他们分裂的灵魂中。格拉！战争凝聚了所有人事，至少对某些人而言是如此。

下一刻我就对杰克·肯尼迪心生崇拜，他很可能对灵魂分裂有着令人羡慕的直觉。他问道："法昆多·米兰达先生，那个在过去二十个月保存这面旗帜的人，是不是来到了这里？这样我就可以见他一面了。"米兰达先生和他握了握手，然后肯尼迪说，"我要见一见你，这样我才知道将来该把这面旗帜归还给谁。”

喝彩声似乎永远不会停息。在这样的氛围下，杰克发表了他的讲话：“尽管卡斯特罗和他的独裁同伙可以统治国家，但是他们不会统治好那里的人民；他们的身体可以被禁锢，但是灵魂绝不会；他们可以破坏追求自由的行动，但是永远不能摧毁追求自由的决心。”

忽然，托托·巴尔巴罗的出现打断了我的爱国盛宴。他一步步接近指挥台，他会在典礼结束时走到台前与总统握手。

“我可以向你们保证，”肯尼迪说，“这个国家的人民，以及西半球的所有人民，将会再次解放古巴，而这个旅将会行进在自由队伍的最前端。”

我想知道谈判时究竟发生了什么会给基特里奇留下如此深刻的印象，是肯尼迪和赫鲁晓夫正共同谋划什么吗，这位政治家的热血战胜了总统的冷血，还是说我国又要对古巴宣战了？

早上，父亲从华盛顿给我打来电话。“我希望，”他说，“这次可以来一场大换血。”

24

1963 年 1 月 15 日

亲爱的基特里奇：

我要告诉你霍华德·亨特又重新出现了。我已经有十五个月没有听到他的消息了，但几天前我们在一起共进了晚餐。在此之前我最后一次见他的时候，他正在特雷西·巴恩斯的国内事业部埋头工作，或者像他对外宣称的那样，他是为新美国图书馆写间谍小说或者是从事更加隐秘而危险的事，外人不可知了。

我怀疑他和比尔·哈维是一条道上的人，但是处理方式可能更倾向于古巴极端右翼类型，我还不太确定，他也不会告诉我的。我和他只见了一面，他打电话过来说他想要和我以及曼纽尔·阿蒂姆共进晚餐。所以这封信是想告诉你我从阿蒂姆那儿听来的那个旅在古巴监狱里的遭遇。

我度过了一个愉快的夜晚。你知道吗，我是追求冒险和刺激才加入情报局的，可是现在我感觉经历了一天的文书工作后唯一能让我打起精神来的就是出去吃晚饭了。我不得不感慨，“在情报局中心的日子”，或者，“第100次最值得怀念的晚餐”。

就选其中一个作为我这封信的题目吧。霍华德现在还待在华盛顿，但是他已经获得了迈阿密一间最安全藏身房的独家使用权，一栋在比斯坎湾上叫作“拉夫斯卡”的精致别墅。猪湾事件以前，我偶尔也会去那个地方待上一段时间，但是现在霍华德霸占了它，还向我炫耀那里有为机构工作的设备。就餐时我们点了一杯鸡尾酒，是由依奎姆酒庄酿造的，我也是当时才第一次听说这个酒庄，给我们上酒的两个服务员是情报局里的职员，如有特殊晚宴，则他们自己采购，做成高级佳肴，再由他们亲自服务宾客享用。

这是家五星级餐厅，霍华德很明显找回了自尊。就我所知，他最大的热情就是每天晚上都能去这样的高档地方享受。

不论如何，我都像一个多余的人，因为亨特和阿蒂姆互敬互爱（若非真心，那他们一定是出色的演员），我还从未见过霍华德对别人这样热情过。然后他们俩人共同“表演”了一场古巴式的敬酒——真是夸张得毫无节制！我发现，这种“艺术”就是举起酒杯仿佛向很多人致辞。

“我向一个出色的人敬酒，”霍华德说，“向一个拥有无穷爱国基金的古巴绅士敬酒。我向我十分尊敬的人敬酒，我不知道能否再次见到他，然而我还是选择给他取个名字——不在场者，他就是我儿子的教父——大卫。”

阿蒂姆回以响亮的说辞——现在我知道什么叫“响亮”了！他会保卫他的教子，用生命去保护。你知道吗，基特里奇，我从未碰到过如此真诚的人。如果阿蒂姆在监狱里的12个月里好好地沉淀，那同样也是令人钦佩的。以前，他很有吸引力，但是有点孩子气，而且在我看来也太情绪化。现在，他比以前更情绪化，但是他的情绪里有一种别样的魅力，吸引着你的目光，让你看不透他究竟是一个杀手还是圣人。他看起来像是天生就具有谁也无法超越的奉献精神，这远远不只是具有吸引力而已。我的祖母，卡尔的母亲，也将她的一生奉献给了教堂，这一点也不夸张！她80岁时死于肠癌，人们可以从这样的人身上感受到这只顽强的意识怪兽。与阿蒂姆共进晚餐后，我希望能和卡斯特罗面对面战斗。

让我来向你仔细描述一下阿蒂姆是如何回应霍华德的敬酒的吧。

“在监狱里，有很多时候被绝望侵袭，”他说，“然而，在牢狱的深渊里我们甚至欢迎绝望的到来，因为那至少还是一种有力量的情感，此时所有的感觉，不论是高贵的还是卑微的，都随着溪流伴着小河流进爱的广阔海洋里。我们希望收到爱的回报——对同伴的爱，不论他有多么恶毒。我想要站立在上帝的光芒下，这样我就可以保持精力继续战斗了。因此，我很感激，感激绝望的力量，没有让我深陷冷漠之渊。

“然而，绝望是一种精神冒险，人们可能从中得到解救或者永陷其中不能自拔。所以需要有垫脚石，有路可以往上爬，有阶梯的痕迹。当一个人迷失在无尽痛苦的暗流中时，朋友的记忆可能是引导他们走出痛苦的指明灯。在我蹲监狱的那些日子里，没有一个美国朋友出现在我脑海中拉我一把，除了你，唐·爱德华，优雅的绅士，今晚我将以你儿子的教父——大卫的道德责任感向你致敬。”

他们继续说着，我刚意识到他们邀请我的一个很好的理由是我的西班牙语很不错，而两个成年人不能在没有一个听众的情况下以如此“高雅的”方式交谈。阿蒂姆后来谈到监狱，这才是我想听到的。但是，他说的大部分内容都是矛盾的，一个牢房的食物很丰盛，而另一个牢房的食物则很糟糕；如果是部队领导，则会被安排在单人牢房里，可是不久就会被带回监狱宿舍，领导的待遇也是好一阵坏一阵的；一间牢房与另一间牢房没有任何关系，却遭受频频调换。

这场“展览会”给我一种墙外满是混乱的感觉。就现在，在古巴，理论与实践一定发生了碰撞，因为监禁的背后没有一个共同目标。

从阿蒂姆的言语中我发现，监禁初期是他最糟糕的时光。在猪湾之战遭遇惨败时，他努力逃脱追捕，和一个人一起逃到难以被追踪到的赞帕塔沼泽。他说他有办法到达艾斯堪布莱山，就在80英里外，在那里他可以发起一场游击战。两周后，他就集结了一支部队。

阿蒂姆是卡斯特罗的反间谍机构逮捕到的最重要的领导人，或许你还不是很了解他的背景，那么让我大致介绍一下吧，希望我的介绍不像塞缪尔·约翰逊说的那样——“无外乎是一个无能且卑鄙的家伙试图画个草图而已。”阿蒂姆是一名毕业于耶稣教学校的精神科医师，未满28岁就投奔驻扎在马埃斯特腊山脉的卡斯特罗。然而，在卡斯特罗胜利后的第一个月，他就觉得自己是一个“在共产党政府里的民主渗透者”，于是他开始从事地下运动，没多久就成为被警察追捕的逃亡者。一天早上，他穿着牧师服，在一本掏空了的经书里藏了一把手枪，一大早就走进美国驻哈瓦那大使馆，随后不久就乘坐洪都拉斯的货船偷渡到坦帕市。你听得没错，他首先是弗兰迪的领袖，然后效力于大部队，然而同时他也成功地保留了他在古巴的地下组织。凭借这样的三重身份，毫无疑问在被捕后会受到不同寻常的审问。

当然，他遭遇的环境也非同寻常。那片沼泽十分干旱，并且布满了荆棘，淡水很少。在遭受了14天的饥渴后，没有人还能开口说话，他们的舌头都动不了了。阿蒂姆说:“我一直在想，我是争取古巴解放的一员，是上帝的一把利剑。然而在我被捕后，我才意识到上帝更需要的是我的鲜血，我必须做好为古巴的解放事业献身的准备。

“然而，回到吉隆，他们查看我的日记发现了我的真实身份，其中一个反间谍人员说，‘阿蒂姆，你得为你对我们所做的事付出点代价，也就是一颗子弹的事儿。你是不是想立刻英雄般地死去？那就好好配合，说出美国人背叛了大部队。如果你不协助我们，那么我们会让你死得很难堪。’”

阿蒂姆没有答应他们的要求，于是，那些人把他押送到哈瓦那，关进一个地下室。地下室的墙上挂满了破旧的被褥，他们把阿蒂姆的内衣撕掉，把他的胳膊腿拴在椅子上，然后打开聚光灯照着他的眼睛，足足审讯了三天。

并不是所有的审讯官都是暴脾气，偶尔会有人告诉他，他们已准备好仁慈地宽恕那些闹革命的人了，然而这样的人总是会被严厉者代替。审讯官要他盯着聚光灯，所以他看不到任何人的脸。凶巴巴的审讯官说道:“多少无辜的古巴人民因你的虚荣而断送性命。”一个审讯官将一张照片摆在他眼前，阿蒂姆看到了一地的死人，全部是在这三天的连续审讯中丧命的可怜人，一具具尸体瞪大着眼睛盯着他。

“我杀了你这个浑蛋！”那个气势汹汹的审讯官喊道，阿蒂姆感到一根枪管指着他的嘴唇，他看着亨特和我说道:“我很冷静，冷静到我自己都不敢相信，我告诉自己‘这就是一匹野马在嘴里拴上缰绳时的所想所感，而这根缰绳就是上帝的意志’。”之后，一个温和的审讯官对着那个凶煞的审讯官喊道:“滚出去，你只会把事情越弄越糟。”“我就不离开，”那个凶煞的审讯官说道，“革命给了你我同样的权力。”阿蒂姆说他们吵了很久，直到那个凶煞的审讯官离开，那个温和的审讯官就对阿蒂姆说:“他的哥哥在吉隆被杀了，所以他才如此烦躁。”

“你曾经有临近崩溃的时候？”亨特问道。

“从来没有过。我不承想自己还能有命活下来，所以也没什么好崩溃的。”然而，他下意识地点了点头。“第三天，他们把我关进一个牢房里，来了一个名叫拉米罗·巴尔德斯的人看望我，他是卡斯特罗手下负责两国集团事务的司令。巴尔德斯似乎很关注阿蒂姆现在的样子，尤其是他脸上被烟头烫下的伤疤。他问阿蒂姆，“谁是你的审讯官？我们要好好收拾他，革命需要的是革命分子，而不是狂热徒，曼纽尔，请把他们长什么样描述给我听。”

“长官，”阿蒂姆说，“我看不到他们的脸，我们还是忘了这些吧。”

亨特沙哑地说道:“我就应该好好收拾一顿那群狗娘养的。”

“不，”阿蒂姆说，“我不信任巴尔德斯。他是希望和我建立友好关系，所以他才主动和我交谈，但是我并不是他的合适人选，我关注的是我真实的心灵而不是目前的牢狱之灾。上帝正在考验阿蒂姆，如果我通过了考验，古巴就会更加自由。”

“考验中最困难的是什么？”我问道。

他点了点头，似乎很喜欢这个问题。“巴尔德斯准备了一顿丰盛的晚餐送到我的牢房，有鸡肉、米饭，还有黑豆，我都已经忘记我有多么爱吃这些东西了。这些食物再美味不过了，那一刻我实在没准备好迎接死亡，生活的美吸引了我。可是，我想起了鸡在被做成佳肴之前所享受的甜蜜生活，于是我马上对自己说‘不，我正在接受考验’。我不再贪恋他送给我的鸡鸭鱼肉，我想：‘我的灵魂是不朽的，鸡却不是，上帝在考验我。’”

古巴政府囚禁了阿蒂姆一年，之后把他送去法院接受最后的裁决，而更加艰难的考验也接踵而来。他已经习惯了活着，如果他在这次审判中不好好配合的话，法院就会强制实施死刑。

“那一刻我意识到我永远也不会有儿子了。对一个古巴人而言，那是多么令人悲伤啊。一个人的夙愿未了，叫他如何安心地接受死亡？于是，我向一个门卫要了一张纸和一支笔，我想在我被枪决之前写下我想说的话——转移注意力在这上面或许能让我忘记活着的诱惑。所以，我决定告诉那些审判官：‘我原谅你们，而且：上帝一直都在。他的存在会使我死后不加恨于你们，救世主万岁，古巴自由万岁。’这一举动带我度过了诱惑的考验。”

不久之后，菲德尔·卡斯特罗来看他。阿蒂姆说，卡斯特罗是在审判日六天之后的凌晨两点来到监狱的，他叫醒了佩佩·萨恩·罗曼，他当着卡斯特罗的面打了一个哈欠，穿着内衣站在他的面前。

卡斯特罗问他：“你究竟是什么样的人？我真搞不懂你居然相信北美人，他们把我们的女人害为妓女，把我们的政客贬为流氓。

你怎么不想想如果你的那一方胜利了会怎么样？美国人就会占领这里。所以我们要时刻谨记，如果他们美国人老是来古巴逗留，那我们就得给他们点颜色看看。”

“我倒觉得苏联人还不如美国人。”萨恩·罗曼说。

“我请求你不要浪费你的生命，革命需要你。我们和你们打过仗，所以我知道你们大部队中有多少勇士有多少败类。”

“那你为什么不在法庭上说这些？”罗曼问道，“你从来都当我是小人物，现在你跑来把我叫醒告诉我，我们的人很勇敢。你怎么还不走，我听够了，够了。”

“够了？我的天，难道你真的不想活了吗？”

“我们总算还有点共同语言。我不想活了，我一直被美国人耍得团团转，现在你也想玩我，杀了我吧，不要玩弄我了。”

卡斯特罗离开了，他要去阿蒂姆的牢房。当阿蒂姆看到他站在牢房门口时，他想也许这个最高领导人来是为了执行死刑。然后阿蒂姆开口问道：“你怎么想起来看我最后一眼？你是为了在你的人面前嘲弄我吗？”

“不，我之所以没有早点过来是因为我知道你经受折磨之后身体很虚弱。我真不希望让你以为我是来嘲弄你的，我只想问：你现在过得好吗？”

“非常好，但显然没你过得好，比起你在山上那些岁月，你现在看着重了许多。”

卡斯特罗笑了笑：“如今在我们的革命队伍中，每个人的待遇是不一样的了。曼纽尔，我来是想问你，究竟想怎么样？”

“死。”

“死？难道这就是你对革命的理解？不，我们要寻找彼此的潜能。你的阵营是希望提高那些已经获得优待的人的生活状况，我这一边是为了改善那些一无所有的人的生活状况，我这一边比你方更加仁慈。真可惜你不是一名共产党人。”

“你是一名民主党人，真令人惋惜啊。”

“阿蒂姆，你错了。你也看到了，我们并不打算加害于你，这已经是很民主的了。我们接受他人想要毁掉我们的观点存在，你敢说这不是宽容吗？你本来应该判30年刑的，可是革命军的仁慈赦免了你的罪刑，你不用去服刑了。因为你对于美国人还有价值，所以我们要赎你出去，四个月后，你就可以获得自由。”

然而，我们知道，整整过了八个月才实现自由。

在我们晚餐的最后，阿蒂姆改变了话题。

“我们还没开始真正的战斗呢。”他告诉霍华德和我。

“你不可能这么快就准备好行动。”霍华德说。

“我们的身体的确还没恢复，但是过不了多久我们就能准备就绪。如果有谁自以为能够阻止我们，那么很抱歉，让他们失望了。”

亨特却说：“杰克·肯尼迪能够阻止你，他一定会做两手准备。所以我提醒你，曼纽尔，我听说白宫准备和卡斯特罗达成某项协议。”

“真是诡计多端的恶魔。”阿蒂姆骂道。

亨特意味深长地点了点头道：“笑里藏刀的杰克啊。”

基特里奇，亨特变了，他曾经总是满腔愤怒，一半针对共产党人，另一半则源于他的成就得不到普遍认同；但是现在不同了，他不再是一个衣着邋遢的汉子，他的憎恨也在他的都市文雅中淡去了。

阿蒂姆继续说：“我们大部分人都不太了解肯尼迪家族的人，比如说鲍比，他上周带我去滑雪，真是让人无法不喜欢上他。他看到我不会滑雪，而且要跌倒在你们叫作‘滚落线’的斜坡上时，他就使劲地笑啊笑，然后对我说：‘今天我总算看到了雪上着火的一幕。’”

“肯尼迪一家擅长笼络他们想要的人。”亨特说道。

“我尊重你的看法，唐·爱德华，但我相信鲍比对古巴一事是认真的，他说制定了新计划，并且希望由我主导实施。”

亨特说：“我建议你最好自己来策划此次行动。你一旦募集到资金独立于政府，那么会有更多的人民支持你，我想这比你被肯尼迪兄弟牵着鼻子走要好得多。”

阿蒂姆道：“我最讨厌把事情复杂化。我听总统说：‘这面旗子会重返自由的哈瓦那。’对我而言，这就是对我事业的一份承诺。”

亨特笑了，端起一杯白兰地抿了一口，说道：“刚才是谁说他是个诡计多端的恶魔呢？”

阿蒂姆叹了口气道：“可是我的人对肯尼迪兄弟的态度是有分歧的呀。”

“我听说你的人里有人不同意把旗子交给肯尼迪，是吗？”

“对，我们是有分歧的。我现在也不确定自己的态度，我承认鲍比带我滑雪之后我就更喜欢肯尼迪兄弟了。”

亨特问道：“给杰克的旗子不是最初的那一面，而是一个复制品，是这样吗？”

阿蒂姆看起来不太高兴，他瞥了我一眼，亨特则挥了挥手似乎在说“没事儿，自己人”。这倒着实吓了我一跳。亨特不是那种热心肠的人，他怎么会轻易相信像我这样无足轻重的人呢？

“那是一个复制品吗？”亨特追问。

阿蒂姆歪了一下他的头，说道:“我们妥协了，做了另一面旗子，给肯尼迪总统的那一面是假的。撒这样的谎我也很愧疚，我们注入到国旗的精神力量如今估计也消失殆尽了吧。”

亨特看着格外高兴，我想我能明白为什么如此。因为阿蒂姆并没有单独秘密地告诉他这件事，而是当着我的面，所以亨特在向他人说这事的时候底气会更足吧。基特里奇，我对杰克·肯尼迪的态度还不明朗，但是亨特对他的敌意却让我很不自在。

那天晚上，我做了一个奇特的梦，梦见菲德尔·卡斯特罗和曼纽尔·阿蒂姆在辩论，阿蒂姆说:“你，卡斯特罗，并不明白什么是信念。我不会捍卫富人的权利，相反，我同情他们，因为上帝不会怜悯他们的贪婪，上帝将他的仁慈给予了穷人。在天堂，所有的不公平都会被摧毁。你，菲德尔，声称为穷人出力，但是你却以他们的名义进行谋杀，你用鲜血掩盖你的革命，你用物质蒙蔽穷人的眼睛，让他们看不到上帝。”

卡斯特罗回答道:“很明显，阿蒂姆，我们之间存在分歧，其中肯定有一方是错误的。基于此，让我来说说你的意思：如果我错了，那么我一生中杀害的任何人都将会升入天堂。

“另外，阿蒂姆，假如人死后没有上帝来惩罚那些不公平的富人，那么你的士兵杀掉的这些无辜百姓该怎么解释？你是害怕共产主义在古巴取得胜利，所以你在吉隆大街上杀了他们。如果是这样的话，你的人不仅白费力气杀了他们，同时还浪费了自己的生命。

“所以说，曼纽尔，投奔我吧。理论上说，无论我们之间哪一方是对的，你都将收获更多。”

基特里奇，这个梦很奇妙。然后比尔·哈维的声音突然冒了出来:“你们两个都错了，根本就不存在公平，存在的只有游戏。”“游戏”二字一直在我梦里回荡，直到我清醒过来。

你有野蛮比尔的新消息吗？传言说组织正调派他去意大利那边做驻地长官，这是降了他的职，对吗？

你永远的哈利

25

1963 年 2 月 15 日

亲爱的哈利:

听你说梦到了比尔·哈维，我一点儿也不惊讶，他的处境的确有很大变化。你说得没错，麦科恩局长是有打算将他调离中情局的，但被迪克·赫尔姆斯劝阻了下来。赫尔姆斯也许是我见过的最冷酷的人，但是他对他的军队绝对忠诚，而且在实际工作中也很仁慈。无论如何，为了阻止麦科恩炒哈维的鱿鱼，他做了许多工作，其中他指出，如果解雇哈维，那么 KGB 和 DGI 都将会获益，还说与哈维亲近的高层官员们也会伤心。为了说服麦科恩，赫尔姆斯还大谈特谈了机构内部高官们积攒下的职业危机感以及为此付出的个人经济牺牲（我确定麦科恩在贝克特尔公司那几年积攒的财富可与迈达斯媲美了）。最后，麦科恩答应从轻发落哈维。迪克让哈维转入地下待上个把月，等麦科恩出国后再安排他到合适的位置——我们这位新上任的情报局局长十分喜欢和他的新婚妻子去遥远的驻地长途旅行，所到之地的接待礼节可谓赶超印度大君。他住进最好的酒店套房，订上一周的高尔夫球娱乐项目，惬意地听着驻地领导向他汇报他愿意听到的消息（现在他可以任意炫耀他的导弹殊荣），而其他“琐事”则交由赫尔姆斯处理，自己则去做鸡笼里享受的狐狸！掌控情报局的其实是赫尔姆斯（休·蒙塔古一直在协助他），但是属于幕后操控，我敢确定有些东西你和其他官员们都不知道。赫尔姆斯承诺让哈维圣诞节之前回到兰利，之后派他去意大利支部任职。但是他可能要在某个昏暗的小角落待很久了，直到赫尔姆斯派给他新的任务（只要麦科恩再次启程去非洲、亚洲或者是澳大利亚等），那时他可能就是罗马驻地的长官了。这个职位很难和苏俄分部的长官相比，但是这对哈维而言已经算很不错的归宿了。

然而，休·蒙塔古对哈维的离开感到很伤感，我虽然是个轻率的人，但是我掌握着一条独家新闻，我得告诉你。自从导弹危机之后，我就一直猜想为什么休·蒙塔古会如此渴望保护哈维，毕竟他没少给休·蒙塔古惹麻烦，就比如上次在某会议宴会上，这个胖子总是不断称呼休·蒙塔古为“蒙蒂”[1],这就是他们产生摩擦的一条重要线索。我并不很清楚其他细节，我只知道哈维有把柄在休的手里，所以关键时刻，总是哈维让步。究其是什么把柄我也不清楚，但是最近我发现野蛮比尔对休很有利用价值。我和休之间有一个约定，那就是每个季度都要透露一些新鲜特别的信息来哄基特里奇开心（如果换作是别的女士，可能就只是生日时送一件皮草外套了），所以休·蒙塔古就会时不时地跟我讲一

[1] 蒙塔古的昵称。

些可靠的珍闻,而最近的这次“礼物”就和这位俊杰有关。哈利,你知道吗,给休·蒙塔古提供联邦调查局获取的摩德纳与他人的通话记录的人,不是别人,正是比尔·哈维。似乎局里有一位身居要职的老熟人情愿透露猛料给哈维,然后他再转述给休。所以很自然,野蛮比尔即将动身去罗马的消息让休·蒙塔古很难办,但是以我对丈夫的了解,我敢保证他已经制定出新的“地下通道”路线图了。

这难道不令人瞠目结舌吗?比尔已经给休·蒙塔古提供情报这么多年了,而且还都是联邦调查局最机密的信息。哈利,千万记得保守这个秘密啊。我现在把它写在纸上都觉得恐慌。

你知道吗,我忍不住问自己:为什么我要背叛休·蒙塔古?答案只能是,为了避免犯更严重的错误。我很同情那个杀了隔壁两个老妇人的杀人犯,因为他说:“我本来不想杀掉对面的三个小女孩。”一个可怕的举动往往是为了避免犯更大的错误,难道不是吗?一个酒鬼说:“我的宗教反对自杀,所以今晚我只会喝一夸脱酒。”然而,我却觉得自己的行为不过是纵容自己无故愤怒罢了。

哈维就要去罗马了。你相信吗?他竟然被人跟踪了。他和约翰尼·罗塞利在公共场所吃散伙饭,结果就被局里的人偷录了下来。我们从何而知?是他的情报局同事直接把文字记录交给了比尔·哈维。胖子很是震惊,于是拿着记录来找休·蒙塔古帮忙——他一定特别不愿意干这事!休·蒙塔古告诉他立刻召集他的重要伙伴开会。于是接下来的24小时,哈维启程赶到马里兰东部海岸,与联邦调查局的那些人一起划船直到离海岸很远,这样他们就不用怕被窃听了。在切萨皮克的一个小湾里,哈维说服他的情报局伙伴销毁这份文字材料,同事们最后答应不会将此材料传到联邦调查局，虽然这需要那些同事们冒点风险，但是如果不这样做的话，那么上周麦科恩的话就会成真、比尔就真的完蛋了。当然，前提是埃德加舍得打出这张牌而不是攥在手里。不过话说回来，假如胡佛拿着你的这张牌你能睡个安稳觉吗？

你有兴趣看看那份文字记录吗？那就让我解解你的痒。哈维与罗塞利去了迈阿密一家名为“乔的石头蟹”餐厅，然而，录音内容很不清晰，因为饭店里传来的咔嗒声有所干扰，加上哈维的声音也很低沉，而且后半段录音时录音器还出了点小故障。其中重要的部分实在模糊，你不是很了解比尔嘛，所以我正想要请你帮忙重拼一下缺失的部分信息呢。有一点很奇怪，休说哈维与罗塞利两人只是彼此发泄一下情感而已，但是欧博霍夫迈斯特却想要知道全部，说实话我并没有打算自己一个人去完成。

不要寄回来你的“作品”，也不需要另做一份脚注，我能独立完成。当然，重拼文本的模糊部分就要靠你了。我只想证明这不是两个人的醉后发泄，而是要组建一个“流氓小团体”。总之，有一半的可能哈维已经从事业的巅峰跌落了。

尽管如此，赫尔姆斯还是准备让哈维去罗马，他对休说:“那并不是一个重要的站点。”让我们对意大利的一切说“见鬼去吧”。休，哪怕不情愿也会支持哈维的，不过一切还是等你给我重拼的录音记录之后再说吧。

基特里奇

1963年3月2日

亲爱的基特里奇：

我剔除了录音中的不相干内容，包括所点饮料、抱怨和醉后的胡言乱语，另外在我填补的空缺或模糊部分增加了括号以作区分，其中大部分都累积放到了结尾。不过我得声明，我嵌入的特别重要的内容都是尽量贴近原话的（我很庆幸自己非常熟悉野蛮比尔的句法习惯）。

罗塞利：你觉得局里会监听我们吗？

哈维：不会，除非他们有长环狙击扩音器。

罗塞利：你怎么知道他们没有长环狙击扩音器？

哈维：操他妈的，我要一醉方休。

罗塞利：你现在就是啊。

哈维：这儿这么吵，谁会监听我们？你有什么话就说出来吧。

罗塞利：你是个警官，你可能会对我动粗。

哈维：想我打你打到满地找牙吗？

罗塞利：嘿，我喜欢你，如果你的性格随和的话，我会很爱你，比尔，只是，让我看看，你能不能打掉我的牙。

哈维说：我可以对着你两眼之间来一枪。

罗塞利：好吧，我们都等着你开枪呢。

哈维：我在等待时机。你知道我在我的脑海里装了多少东西吗？

罗塞利：不知道。

哈维：知道梅耶·兰斯基吧，我脑子里装的东西跟他一样多。

罗塞利：不可能，爱因斯坦都没有像梅耶一样的头脑。

哈维：吃屎去吧，我的脑子里装着一半的美国政府。

罗塞利：噢，那半个山姆叔叔都住在你的脑子里了？

哈维：你终于答对一次了。

罗塞利：谢谢。

哈维：你很勇敢。

罗塞利：是我自己争取来的。

哈维：是噢。你为什么不执行我们的小任务呢？

罗塞利：我告诉你，你也不会相信的。

哈维：我讨厌（失去勇气的人）。

罗塞利：你竟然这么说我！收回去，不然（我们就没法一起吃饭）。

哈维：那还是让我们好好吃饭吧。

罗塞利：看来我只能勉强接受你这种糟糕的收回方式了。

哈维：山姆最近怎么样？

罗塞利：他以前一直和那个叫摩德纳·墨菲的女人鬼混在一起，现在却围着菲利斯·麦圭尔转，而且还正要向她求婚。

哈维：墨菲与山姆还有其他关联吗？

罗塞利：她简直要疯了。

哈维：这就是你了解到的吉安卡纳的真实近况？

罗塞利：除了一些细节。

哈维：细节？

罗塞利：最近他很痛苦。

哈维：痛苦？

罗塞利：是的，联邦调查局找到山姆，就在高尔夫球场，我得夸夸这群混账东西。（他们安排四个人）在他前面，四个人在他后面。我跟你说一个不是秘密的秘密，山姆根本他妈的就不会打高尔夫球。但是陪他打球的都是一些重量级人物，无论他球打得多烂，他们都会主动输球（他从来没有和人真正打过高尔夫球），所以山姆也不知道自己从来就不是个高尔夫球手。但是昨天，联邦政府的人站在绿茵草坪上等着他把球打进洞里，可是他老是打不进去，他们笑得前仰后合，一边笑一边说："喂，山姆，我们听说'魔鬼'给你发了个徽章，给我瞧一眼吧，你拿出你的勋章我们就拿出我们的勋章。快点嘛，亮出你的CIA物件，我们就向你致敬。"他简直快要疯掉了，差点当场中风死过去。

哈维：你怎么知道这件事的？

罗塞利：还不是那些重量级人物。你以为他们不会说出来吗？

哈维：你是不是想告诉我就连那些势利小人都不喜欢这个家伙？

罗塞利：他就不是一个好人，是一个浑蛋。一个赌徒在拉斯韦加斯的一个俱乐部里骗了山姆一大笔钱，执行者应该很清楚这件事，好吧，这个赌徒是难逃一死了。但是山姆说，"要杀一儆百，杀了那狗娘养的还有他的老婆。"他手下的人就杀了那对夫妻。山姆真不是个好鸟，简直就是奸诈。要我说就是他向私家侦探泄露了电话监听的事。

哈维：你没有证据。

罗塞利：听着，我想让尼克松加入，而山姆却想要肯尼迪。如果他还有点脑子而不是整天想着自我的话，他就应该选择尼克松，但他偏偏没有，他心甘情愿被肯尼迪兄弟欺骗。

哈维：我一直觉得你和山姆在拉斯韦加斯一起合作呢。

罗塞利：我何苦自毁命根呢！（你知道我那天在）拉斯韦加斯丢了什么吗？美国公民身份。从我九岁开始，我就没有一天是个合法的公民。

哈维：你听到了小提琴的声音。

罗塞利：你关闭了对事物的正面看法，你看我就是一个流氓，但是你不明白，我已经准备好了为国牺牲，我是一个爱国分子。

哈维：冷静，（我不管）你是什么，（我似乎也）萌生了犯罪的念头。

罗塞利：你疯了，你那么正直。

哈维：是啊，我从来都没有放纵过我自己，尤其是金钱方面。只一个原因，钱要拿得光明正大。我本来可以加入你们的，但是我不能允许自己这样做；如果我加入了你们，那梅耶如今就是个无名小辈，我就是世界上最富有的人。

罗塞利：一切还不晚。

哈维：你没有（完全搞懂）我的意思。

罗塞利：我喜欢有话直说的人。

哈维：等我们吃好（喝好后）我再告诉你。

罗塞利：那就让我们吃好喝好吧。

哈维：干杯。

罗塞利：你的意思是什么？比尔大叔，给我来点猛料吧。

哈维：拉斯韦加斯，我想在拉斯韦加斯抢劫一票。

罗塞利：你会没命的，这城里连一个安身立命的地方都没有。

哈维：对两个流氓来说或许是真的，但现在是三个牛仔。没有人认为牛仔会惹事端，我不是要拿下（一个据点，我要）拿下整座城镇，只要给我（一支小军队），五架飞机，一共大概能载300号（人，几辆）坦克，还有小口径大炮。

罗塞利：你说得太好了，那些狗娘养的臭警察，全都是一群疯子。

哈维：你拿下机场，派一个人进入控制塔，把航线转到普雷斯科特（亚利桑那州）、菲尼克斯州。（根据需要）占用车辆，（潜入）市区，（切断）电话、电视、广播信号，包围控制警察及他们的（设备工具），（拉斯韦加斯就像）是置于桌面的鱼肉一般，任你宰割了。

罗塞利：你的脑袋真好使，你的军队里都有谁？

哈维：古巴人。现在就去尼加拉瓜随便挑500人，训练他们去攻打卡斯特罗，然后在行动前一天告诉他们任务（变了）——你需要志愿者，300名志愿者，（你告诉他们卡斯特罗）已经控制了民众，提供资助的正是拉斯韦加斯，（所以我们要去）拉斯韦加斯洗劫卡斯特罗的钱。你再安排一个完全信服你的古巴人去发射火箭炮。

罗塞利：打他们，把他们的尾巴毛打出来。

哈维：一切都（提前）安排好，给你90（分钟，你）搜刮（城里）一切可以搜刮的现金，带着伤员（返回）机场登机，飞向太平洋（回到）尼加拉瓜基地。

罗塞利：可是你着陆不到15分钟空军就会抵达机场。

哈维：别信这个，空军都是政府的，政府也（是一头雾水），估计得花上个24小时才能回过神来，况且启动一架飞机估计就得惊动上千人呢。

罗塞利：还好你是个正直的人。

哈维：就是啊。

罗塞利：你就是一个疯子，你从哪里搞到钱来支持你的工作？

哈维：（只需要一个）卡洛斯·马塞洛，一个桑托斯·特拉菲坎特。

罗塞利：哈哈哈。那你准备怎么处置战利品?

哈维：收养一个幸运的孩子，培养他当上总统。

罗塞利：现在拉斯韦加斯可不太平啊，我有很多朋友都在拉斯韦加斯。

哈维：(告诉你的朋友们)，他们在各集结点所安置的安全措施就是个笑话，没用的。

罗塞利：我早就跟他们说过多次了。(我们需要的)安全就是(人们)能够像你一样思考并行动，要提前预测到自己的(财产会被人惦记)。什么狗屁正直！(我会建)一整个学士(班)夜夜守护这(一大笔钱)。

哈维：说得太棒了！

罗塞利：我真是太狂躁了。

哈维：去拜访一下佛教圣僧吧。

罗塞利：哪个和尚?

哈维：就是上周往自己身上浇汽油的那个家伙。

罗塞利：那个穿长袍的自焚者，那个亚洲的僧侣?

哈维：嗯，越南胡志明市的。

罗塞利：对，就是那个人，自己拿着一把火炬……真是太壮观了！我至今都忘不了这个家伙。

哈维：想想吧，这才是爱国主义。

罗塞利：活生生的烤人肉串啊。

哈维：你也他妈算一个爱国分子。

罗塞利：这是个散伙饭，我不跟你置气。为你的新工作我干了这杯。

哈维：谢谢。

罗塞利：你打算去哪？

哈维：嗨，别提了。

罗塞利：对，秘密，是秘密。

哈维：我去罗马，奥布莱恩就要成为马夫[1]的国王了。

罗塞利：你没必要在我面前这么说话。

哈维：我忘了你也是意大利后裔。

罗塞利：上路吧你，我会和你保持联系的。

哈维：兄弟，他们把我弃于低人一等的世界了。

罗塞利：当然我懂，你逢人就“马夫”、“马夫”地叫，还把这当作理所当然；一会儿又想抢劫拉斯韦加斯，你小心着点吧——你可能会沦落到一无所有的地步。你最好好好照顾自己，去意大利之前先学学怎么跟人家说话，千万别去伤害他们的自尊心。

哈维：这个世界充满了狗屎，你知道吗？狗屎，罗斯。来来来，我们喝。

基特里奇，剩下的文本就不重要了，希望这些能对你有用。另外我给你附上了注释。

匆匆忙忙的哈利

附言：我承认听到罗塞利透露的有关摩德纳的消息我很难过，但是对于这件事你还有没有什么要补充的呢？

[1]对意大利人的蔑称。

26

1963年3月8日

亲爱的哈利：

虽然他们只是在胡说八道，但还是要感谢你很好地完成了重拼任务。我得承认我怕提到摩德纳的事情。我知道哈维和罗塞利的谈话影响了你的心情，但是话说回来你也是唯一一个听到两个男人在别的场合议论摩德纳的人。

我一直都在想着摩德纳。前几周，休·蒙塔古给了我奥拉尔—蓝胡子的谈话记录，其中附上了这么一句话：这两位女士已经不重要了，不过你还是看一看吧。

人们不知道，休很擅长布置陷阱。这份文稿我看了将近100页，都是摩德纳与威利之间的婆婆妈妈。这些电话全部都是摩德纳用安全电话打给威利的，其中有很多次通话中都提到了对在电话亭打普通电话的抱怨。哈利，如果你坚持要看文本我可以给你，但是你看过就会知道和我的概述不会有多大差别，另外我想在你阅读之前最好还是先喝一杯。

摩德纳有好几个月不联系杰克了，为此她并不开心，罗塞利也在与哈维的聊天中提到了这一点。她一直酗酒，山姆建议她从东方航空公司（美国）辞职。辞职之后就一直住在芝加哥，所有的花费全由吉安卡纳负担，整天除了等着山姆回来就没别的事可做。她总是向威利抱怨自己长肥了，但是下一句又转到了山姆从来没说过娶她的话题上。她还说自己在看八卦新闻的时候会寻找菲利斯·麦圭尔的名字，讲她与山姆吵架的事。她告诉威利：

“叫我如何甘心屈居第二？”“那你要离开他吗？”威利问。摩德纳回答说：“我不知道该怎么开口。”她怀孕了，而且和山姆说好把孩子打掉。这其中有点复杂，她需要做两次手术，但她相信山姆会找好医生来做手术。

然而联邦调查局的人却反过来为难摩德纳。她以前经常去市区的街角买上半斤奶油来兑咖啡，现在已经有好多天不去买了，因为她觉得联邦调查局的人会在那等着她。为什么她会这么想？因为她家的门铃那天早上响了，但是她没有应答。任何人敲门，只要她不想见她就不会应答，这点连她的知己威利都厌烦了。她俩还比较各自的体重，威利跟我想象的一样很丰满，身高平均，体重155磅；摩德纳比她高两英寸，体重是145磅。从她俩的对话来看，不可否认摩德纳占用了威利很多时间。

经过再三考虑，我还是附上了一段摩德纳与山姆的聊天记录。我不知道胡佛的手下是怎么弄来这份珍贵的记录的，毕竟吉安卡纳非常谨慎地排查了摩德纳公寓的每一个角落，但是让我们暂定为那天早上敲门的人动了什么手脚吧，或者是那个人犯了什么事儿而被迫为情报局卖命。

摩德纳：你为什么不带我去旧金山？我想去。

吉安卡纳：我是去谈生意，你去了我也不能陪你好好玩。

摩德纳：你要去见菲利斯。

吉安卡纳：麦圭尔去欧洲旅行了，现在在马德里（西班牙首都），你不信我可以给你看简报。

摩德纳：是啊，你这么关心她，连有关她的简报你都剪下来存在你的口袋里了。

吉安卡纳：我就得这么做,要不然你才不会信她去哪里了呢。

摩德纳：她是你的最爱，那我是什么？

吉安卡纳：你不要多想。

摩德纳：我什么都不是，就是一个空袋子。

吉安卡纳：不要那么说嘛。

摩德纳：我就是一个空壳。

吉安卡纳：小点声儿好吗？

摩德纳：既然你的最爱都已经不在旧金山了，为什么你还不愿意带你的“次爱”去？

吉安卡纳：我不能带你去，宝贝。

摩德纳：因为你不想让我去。

吉安卡纳：是因为你的约定。

摩德纳：你什么意思？

吉安卡纳：我带你去丹佛的那个晚上，你开了一间房，不是套房，就只是个单间，我没办法待在单间里，我需要空间。

摩德纳：可是你知道我住不了空荡的套间啊，住大房子总会让我以为隔壁房间有动静。我们周末出去度假，你一离开就要好几个小时，留我一人待在房间里，所以我需要有两个门闩的单间，这样才觉得安全。

吉安卡纳：摩德纳，你现在这种情况怎么允许我们出去度假？如果联邦调查局的人在机场拦截我们怎么办？

摩德纳：那就不要带上我了。

吉安卡纳：如果你让我在旧金山订个套房我就带你一起去。

摩德纳：必须是单人间。

吉安卡纳：我订一个套房一个单人间，我们一起在套房睡，等我出去见人的时候你就待在单人间里。

摩德纳：我不要在套房睡，晚上我会听到隔壁传来的声音。

吉安卡纳：那你就待在这里喝个烂醉吧。

摩德纳：既然你给了我选择，我宁愿待在这里，但是我需要交通费。

吉安卡纳：没问题，但是你打算去哪个城市？

摩德纳：我就待在芝加哥，但我要搬去单间公寓住。

（1962年11月15日）

哈利，我不清楚你是不是想和摩德纳联系，经我再三考虑还是附上了她的新地址和电话号码，装在马尼拉纸信封里的小信封中，我希望你联系她时不要过于激动。

我十分想念你，如果能在不违反我们组织内部规定的前提下和你见上一面该多好啊。

基特里奇

27

一天晚上在迈阿密的一家酒吧里，我想起了摩德纳过去如何把油灰敷在她的长长指甲的凸出部分并用黏合带子绑起来的情景，她每次打网球之前都会这么做。或许是酒精刺激的原因吧，我的眼里流出了泪。如果现在她的号码在我的钱包里我或许早就给她打电话了，可是现在它却安静地躺在密封的信封里，被我锁在办公室里了。

这段时间我没有说过自己的私生活，不过本来也没什么值得记录的。我和JM/WAVE里的几个出挑秘书搞过暧昧关系，这些女人似乎都是奔着找丈夫来的，而我显然不想寻找爱妻。等我玩够了，我就回去和总部的同事喝酒，有时候狂饮太过频繁我就休息一天或者更久，顺便再给基特里奇写上一封长长的信。

这段时间很奇怪。自从我父亲从东京回来，我的生活轨迹就发生了变化。他奉命来重组JM/WAVE，使之更加精简。到了三月，各个部门按比例进行缩减，缩减速度与我们建立的速度差不多。关于人事调动的事我父亲一直忧心忡忡。因为这事并不是我父亲擅长的领域，所以对每位他想派去不理想的驻地的官员他都仔细研究他们的二〇一档案，如果是拖家带口的他就会重新审视该项安排。我觉得这是非常高尚的行为，然而后来我意识到卡尔这么做也是在保护他自己，因为他不希望有过多的人上诉指责他安排不妥。

我们经常拿1963年前几个月我们派出去的古巴飞机出动架次作为预算的参考资料，不管什么计划只要耗得过久、花费过多，卡尔都会施以惩罚，如果是新项目的话就要从一开始缩减开支。所以我父亲常常是牺牲自己新建的项目来保全比尔·哈维的项目，同样我开始还以为父亲做事非常公平，后来才发现他有自己的小九九。“我不能总是跟机构的会计员解释，说我禁止这个烧钱的项目是因为它没用，而且这事由比尔·哈维负责不是我的错。会计员永远也不会听我解释，他们能有多懒就有多懒。”我真是受教了。

这个时期我们遇到的最大难题就是正在进行的美俄双方谈判，两国一直监视着导弹的动向，这其中还存在着障碍。鲍比·肯尼迪还是不时地刺激我们偷袭古巴，除此以外也没有什么更大的动作，但是如果卡斯特罗不遵守与赫鲁晓夫的约定，那么我们就不会放弃攻击古巴海岸线，这都是有章可循的。然而现在的问题是，流亡者们不断地擅自偷袭古巴，α66、突击队、第二战场、MIRR，或者任何一个从装备极差的队伍中出来的人，他们人员变动之快令我们来不及更换制服上的标签。这一群人常常朝苏联的船只发射火箭或者攻击古巴海岸泥泞街道上的桥。苏联人抨击我们背后支持了这些行动，然而这正是迈阿密的古巴人想要的效果。

肯尼迪认为现在不是产生误会的时候。共和党人基廷在参选纽约州参议员时称，苏联在古巴山洞里暗藏了大量不明导弹。赫尔姆斯一直督促卡尔获取更多的情报，但都无法证实基廷的言论。我们派去古巴的特工不断地向我们汇报，说卡斯特罗正加紧往山洞储藏坦克、军火，甚至飞机。这些洞口必定会安排把守，如此一来古巴普通民众可能见个汽油桶就会误以为是导弹。如果古巴民众不造谣，那么古巴流亡者也会造势之后再把这消息传达给基廷。

对，这就是一个很好的制衡作用。三月三十一号白宫宣布“将采取一切必要措施阻止流亡者实施袭击”。这些措施很快就发动了海岸警卫队、移民局、联邦调查局、海关，还有JM/WAVE，我这才发现，政府真是一个资产庞大的机构，各个部门行动起来义无反顾。联邦调查局的人查访了许多南佛罗里达的流亡者集中营，查获了一卡车的炸药以及炸弹外壳。于是当地古巴人收到指示，我们终止了对米罗·卡多纳和古巴革命委员会的资金支持，而且，卡尔的突袭计划也被国家安全委员会取消了。“政治就跟天气似的，变化莫测。”这就是卡尔的评价。他递给我一份报告，并嘱咐道：“下次你去到佛罗里达州，先把这件事干了——看过一个叫萨普的绅士之后过来找我。查理·萨普是迈阿密警察情报部门的一把手，想想他的工作性质就知道‘萨普’不是个普通的姓，你觉得呢？”

我们都笑了。那份报告仍然放在桌子上，上面写着：如今在卡斯特罗统治下的古巴，暴力组织或许已经变成了美国的政府机构。

卡尔说："我给萨普先生打过电话，他一直唠叨反卡斯特罗极端分子，说他们脾气暴躁，养着一队'野狼'（即从墨西哥偷渡进入美国的不法分子）。他还说十月我们错过了开战的机会，这直接催生了一批新的疯狂极端分子。现在，这样的传单塞满了小哈瓦那、科勒尔盖布尔斯以及椰子林的各个信箱。我一边和他通话一边记下了他的言辞。"卡尔大声地读着："古巴的爱国者们，勇敢地面对现实吧！我们胜利返回家乡的方法只有一个，那就是接受上帝的帮助。上帝会让一个得克萨斯州人成功入主白宫，他是所有拉丁美洲人的朋友。"

"您指的是谁？"我问道。

"没有名字。只有这样一封信写道：'一个痛恨东方的得克萨斯州人已经开始掌控大局，他败坏、束缚自己的人民，让他们堕落。'这样的写作手法真的很像是出自约翰·伯奇协会。"

我说："是啊，我们所有的穷人征服了美国人民。"

"可是，你不必用一个大学生的眼光来看它，感觉比约翰·伯奇协会的人高一等不能解决任何问题。"卡尔说。

"你他妈的到底在说什么？"

我可从来都没有打算这样子和他说话，我大概是忘了他那臭脾气吧，我可能打开了我父亲这个大火炉的喷爆之门。

"好吧，"我说，"我道歉。"

"接受你的道歉。"他接受我的道歉就像是一只猎犬在狼吞虎咽地吃着大块大块的肉。

但是我也不是没有自己的脾气。"你真的相信我们被束缚了吗？"

他清了清嗓："我们遭到了亵渎。"

"谁干的？"

“这是一个很复杂的问题，不是吗？你先问问自己，肯尼迪家族的人是不是有一种优越感？”

“如果他们并没有你所说的优越感呢？”

他仍然在深呼吸。“以前在圣马修教堂的时候，我的父亲常常告诉我，一个没有优越感的人会很快和魔鬼交易。”

“我想你对此是深信不疑的。”

“当然。难道你不相信吗？”

“半信半疑。”

“你说这话实在是他妈的让人不舒服，”卡尔说，“你只有一半的忠诚。那为什么你会在情报局工作呢？”

他扯得也太远了。“我喜欢这工作。”我告诉他。

“这个理由真不够充分，难道你不觉得我们在对付卡斯特罗等共产主义分子时是很英雄的吗？他已经踏足占据总人口四分之三的穷人世界，他是个极具危险的人。”

我没有回答。我在想，假如把卡斯特罗与肯尼迪分别分为两半的话，那么其中一半的卡斯特罗如同我父亲描述的一样危险，而另一半可能与一半的肯尼迪意气相投，所以他们之间才有那样一次对话。但是，我现在与另一半的肯尼迪一样，我忍受不了这个大胡子，而且也准备好了煽动大家立即干掉卡斯特罗。不，我不能告诉父亲我的想法。

“如果这封信是我们的好朋友休·蒙塔古写的，你会不会觉得很惊讶？”

“不，永远都不会。休·蒙塔古厌恶‘约翰·伯奇风格’。”

“但是，”卡尔说，“他确实会觉得某种撒旦的化身很可耻，让人堕落；而且，是的，‘束缚’这个民族的美德，扭曲这个国家曾经信仰的价值观。”

“休·蒙塔古真的那么痛恨肯尼迪吗？”

"也许吧。"

"基特里奇从来没有跟我透露过这一点。"

"那基特里奇该好好地向休·蒙塔古学习了。"

"好吧，先生。"

终于他不说话了。他眼睛里迸射出来的光芒消失了，脸上难以平静的表情看起来一定像当年在无情的大学时光里，他正在拼的第二个全美联赛名次那样愤怒。"到了佛罗里达要好好照顾你自己。"他说。

接下来的几周迈阿密都很平静。但是不可否认，一股消沉的气氛弥漫在第八街上。我们在酒吧喝酒的时候听见别人讲笑话，说将有炸药包通过窗户扔进来。这样的情景让我想起了小时候炎热的夏天午后，空气好几个小时都不流通，我总是预感晚上就会发生大事，但是从来没有灵验过。

1963年4月10日

亲爱的哈利：

我开始怀疑杰克·肯尼迪的 α 很活跃（跟他的 Ω 一样），他不仅有同时探索同一事物两个对立方向的倾向，而且他自己也愿意这样做。还有，你知道吗，我怀疑卡斯特罗也是这样的人。我从情报局特工詹姆斯·多诺万那里了解了一些这个男人的特别资料，他刚在哈瓦那参加完一系列谈判。

多诺万的任务就是想办法解救被困在古巴监狱里的美国人，当初鲍比把这项任务交给多诺万的时候，他说："天啊，我已经做了这么多的情报工作，如今你还要我步入更大的险境。"

我觉得就是这种爱尔兰式的幽默让多诺万能够和卡斯特罗和平相处。当然，这是相互的，现在他们两个的相处已经是轻车熟路了，卡斯特罗甚至还带着多诺万和自己的助手诺兰一起去猪湾，在大汽艇上用午餐，把一天中最美好的时间用在养肤、潜水和钓鱼上，全程都受人保护——是一艘俄罗斯的鱼雷快艇保护他们，我很喜欢。

下面是他们的部分对话，你可能会感兴趣，休·蒙塔古就觉得很有趣。

多诺万说："去年 11 月，我竞选纽约州州长失败了，但是我想我在这里估计更受欢迎呢。"

"是的，你在这里很受欢迎。"卡斯特罗说。

"为什么你们不实行自由选举呢？那样的话，我就与你竞争，或许我会被选上哦。"

"这就是我们不实行自由选举制度的原因哪。"卡斯特罗说。

由此可知，他们开始涉及一些非常严肃的政治话题。最近鲍比似乎正在尝试说服国务院提高去古巴旅行的旅游限制——我说的是"尝试"，因为杰克把这个问题交给了国务院和司法部处理，这着实让鲍比心里不痛快。他说："真是荒谬，我们竟要起诉美国学生，仅仅是因为他们想去古巴看一看卡斯特罗的改革。这有什么不对？如果我是一个二十二岁的小青年，我也想去古巴看看。"至少多诺万是这么跟卡斯特罗讲的。

听到这样的消息，卡斯特罗似乎很有兴趣。"这会和美国未来的政策有关吗？"他问道。

"这个嘛，"多诺万说，"事情或许会变得更透明一点。我们确实向流亡者组织施加过压力，这对你来说是一件好事呢。所以现在轮到你了，如果你放了囚禁着的美国人，那就相当于你扫清了一大块障碍物。"

"我问你一个纯属假设的问题，你相信我们两国之间的外交关系会恢复吗？”卡斯特罗说。

“嗨，我们两国现在就跟两只豪猪做爱一样。”多诺万说。

“我听说过这个笑话，让我们跳过刚刚那个问题，不过两只豪猪是怎么做爱的呢？”

“当然是小心翼翼的了。”

听到这个回答，卡斯特罗笑了。这次谈话结束前卡斯特罗说了这么一句：“我理想中的古巴政府一定会与苏维埃政府不同。”

“请你说明白一点，”多诺万说，“你的意思是古巴不会插手中南美洲的事情，是吗？”

他们没再说下去，但是过了一会儿卡斯特罗的朋友兼医师雷内·瓦列霍把多诺万叫到一旁，说：“卡斯特罗想要让你们都谈及的关系更进一步发展，他想到一个可行的办法，但是我们必须要说明，古巴政府里的共产主义高官肯定会誓死反对。”

多诺万一行回来以后，他在任务报告中如此评价卡斯特罗：明智而狡猾，相对坚定可靠。他的助手诺兰后来告诉鲍比·肯尼迪，“卡斯特罗并不难相处，他和我们所想的并不一样。他没有不理智，从不喝醉，也不邋遢。”

于是肯尼迪问诺兰：“你觉得我们能和那家伙做交易吗？”

这个问题问得真讽刺，他是在用自己的方式承认两国关系有可能更进一步发展，倒是卡斯特罗似乎才是那个更谨慎的人。就多诺万的提议，美国广播公司的丽莎·霍华德得到了将近十个小时采访卡斯特罗的机会。从古巴回来，她就疯狂地爱上了那个男人，我觉得是这样，但是她本人并没有承认这一点，我们也不便深入调查，毕竟这是私事，但是我怀疑她和他有染。

如果你想知道我如何得来这么私密的信息，那么你仔细推敲一下就会明白。没错，我也在丽莎汇报工作的现场。顺便告诉你，休最后成功地帮我争取到了加薪，而且已经保持了好几年。我曾暂时离开情报局，但是很快又回来了，而且恢复合同制特工身份。现在我的日薪很可观，比以前挣得还多，工作地点也不受限制，只要每年工作 100 ~ 200 天就行，上级派给我的任务也很有趣，最重要的是，我可以更好地帮助休，而且我的确帮了他很多。阿尼·罗斯第一次执行的任务是担任休与多诺万的联络员，而我看过这个消息之后就很有兴趣与丽莎·霍华德一起出国执行任务。

她很娇小，而且是白皮肤金头发绿眼睛，如果她不是我所说的“媒体空心”，那么她一定是一个十分吸引异性的女人。媒体人的内在似乎都被掏空了，全部都是表面开心、内心愤怒。他们和其他人很不一样，难道是因为他们必须和电子设备形影不离吗？或者是因为他们每天都必须做违背人类本性的事情？我们人类是特殊的动物，所以我们把男人或女人比喻为狮子、熊、牛、猫、鹿、大象、猴子、鸟儿等也是情有可原的，但是这些媒体人甚至连动物也不如。我的语气这么强硬是想强调我接下来想说的话：如果动物可以说话，那么你能想象动物之王将会多么害怕吗？如果有电视，人们会从电视上看到麻雀在哪里采访了大猩猩，或者蛇在哪里和狮子交谈——动物之王会因为这个世界没有隐私而惊愕。假设动物之间的联系可以让它们随心所欲地就任何话题交谈而不顾及各自的隐私，那将对它们独立的内心世界产生多大的伤害啊！当然，这样我们可以看到它们之间的共性；但是如果只是看到共性，那还如何区别鳄鱼和小羚羊呢。太可怕了！但在我看来，这就是发生在媒体人身上的事情。丽莎·霍华德很聪明、很活跃，在我们执行任务期间，她很积极地逗我们开心，立场鲜明地表达她反对卡斯特罗的观点。但是，她也很虚伪。你知道吗，我越是肯定她和卡斯特罗有染，我对这个传说中的卡斯特罗就越不尊敬。他也许就是这么品位低下，喜欢上这么一个最普通的异国女性，就像“我是黑人，你是个美国妞儿，哇哦，真棒！”这种男人永远都不在乎内在的品质，以貌取人的粗俗表现也不过如此罢了。我想，卡斯特罗先生，你总不至于这样糟糕吧。

但是，丽莎·霍华德或多或少都向我们提供了一些可靠的信息，而且也确实尽力做到客观。但是，这些信息（不管是卡斯特罗的话还是她自己的访问）还远远不够，而且无论我们多么强调细节，我们获得的信息几乎总是简化了的。

在她所提供的信息中的确有很有价值的东西——雷内·瓦列霍和新任外交部长劳尔·罗亚支持古巴和美国和解。切·格瓦拉和卡斯特罗却完全对立。这是休和卡尔在一起吃饭时说的。很显然，卡斯特罗正处于困境，他在采访最后对丽莎·霍华德说：“肯尼迪总统一定要率先采取行动。”

可是，这必然违背尼克松和基廷的意愿啊！

我往后坐了坐，仔细观察着，我最擅长静静地观察了。然而我也问了一个问题，可是我并没有提前做准备，所以问的问题特别不专业。当时罗斯和几个专业的情报局特工只是一味地消磨时间，而我也没有权利替代他们，因此，我只能问：“霍华德小姐，你认为卡斯特罗先生亲近我国的意愿强度取决于他对赫鲁晓夫的气愤程度吗？”

她说：“哦，我觉得不是，他是一个很有深度的人。”

当然，我俩对“深度”的理解不同。对于任何能够把不懂分寸的丽莎·霍华德看成一个金发碧眼的电影明星的男人，我很怀疑他们拥有超越个人恩怨情仇的胸怀。

赫鲁晓夫这个狡猾的老农民一定很了解卡斯特罗，因为他曾经邀请卡斯特罗到苏联访问，时间长达一个月。我想苏联一定是好吃好喝地招待了他，同时还给他经济援助（算是缓解古巴今年蔗糖减产难题吧），于是回国之后的卡斯特罗脑子里就装满了共产主义思想。固然，如今卡斯特罗和多诺万、霍华德这样亲密接触肯定让赫鲁晓夫焦急不安。

但是，我依然觉得我们正在步入一个全新的时代。

你忠诚的基特里奇

28

即使我对卡斯特罗很着迷，我的意思是，我既被他吸引又厌恶他，但我并不怀疑我的政治立场。我赞同卡尔的话，卡斯特罗是一个不值得信任的危险人物，或许就是这个原因才让我和我的父亲在五月初经历了一场高风险的事。我的描述可能有点夸张，但是卡尔全权掌管特殊事务人员事宜（准确来说是 W 特遣队），他的办公室在兰利总部大楼的第七层，内部空间很大，座椅很不错，室内光线也很理想。他并没有收到新的任务，因为他相信改善与古巴的关系是肯尼迪的必修课，大家曾经啰里啰唆的诱人贝壳和神奇的魔鬼鱼计划如今都已经果断地纳入行程了。虽然我们并不十分相信这些计划能成功，但是我们坚信具有成功的可能性。我们收到一份情报，安 / 拉稀四月末的时候与卡斯特罗一起潜水，我父亲确信这一点，所以我们暂且相信这是真的。我父亲给我安排了其他任务需要我在华盛顿待上几周，于是我就在技术部的实验室随时照管这个项目。

在技术部待了几个小时我才发现自己根本不用怀疑哈伯德家族在技术部的影响力，我知道自己很清醒。这个部门的人和情报局的其他人员有明显的差别——更加孩子气，在这里，人们把座右铭写在剪纸上挂到天花板上，我记得有一句："不要为了打翻的牛奶而哭泣。"噢，还有一句："从头开始有时也是一种独创性。"我也不清楚这是什么意思。这个实验室很奇怪，情报局，尤其是情报总局有很多据点，其中一半以上的工作人员都是光头而且全都戴眼镜。而这里的人看起来都很开心，一些人在走廊上散步，谈论喜剧，还有一些人则把头埋在报纸中专心看报。

我在一位名叫"博士"的技师手下干活，他很年轻而且很瘦，但是大腹便便，头已经秃了一半而且戴着眼镜。在人群中，你不一定能够立即认出他来，但是他也不希望被别人认出来。他负责古巴的这个项目，我们正在研究的是如何把魔鬼鱼放进美丽的贝壳。在他身上，我看到了真正的快乐。"这项工作需要我们费一番功夫。考虑到预算，我们要么自己出海捕捞样品，要么就直接把器械投放到迈阿密。"他伸出手掌，心怀歉意地说："很抱歉我刚刚自言自语。不过这些问题太费脑筋了，我们一定要三思而后行，否则就会损失一大笔预算。我知道我们不需要为争取上级允许而经历各种繁文缛节，毕竟，你就是上面派来的嘛！但是我们应该制定几个可行的方案，当然，我们还要检测海贝。我们是在里面装点炸药'孝敬'他们呢还是在下面装个水雷？不过你最好还是做足准备，毕竟水雷可不是好惹的家伙。"

而我再次去找他的时候，这个问题已经解决了。"他们可以在海螺的螺旋壳里装满炸药，"博士说，"在贝壳身上炸出个黑洞来，半径十英尺内的生物无一幸免。"但是，如果是往里装魔鬼鱼，那就免不了把魔鬼鱼压得奇形怪状，难道他们要试一试装活的魔鬼鱼吗？“这种可行性显然很低，”博士说，“我们得给魔鬼鱼下药，这样它就不会反抗了，然而好的魔鬼鱼是把自己打造成一把利剑，应对敌人就果断勇敢地出击。”

“确实如此。”

“加上你的合作我们就可以研制自己的人工魔鬼鱼模型了，我们暂时叫它‘螳螂模型’，现在我还不确定这个模型能否在贝壳里发挥作用。”

“刚开始很有生机，但是紧接而来的却是致命伤害，对吗？”

“没错。到时候我们会在现场放一个防水电脑，并用电线连接到模型上，这样我们就可以控制‘螳螂先生’的行动了。也许我们还能理解魔鬼鱼的肢体语言：‘嘿，你这个家伙，不要再拿着你的利器靠近了，那会有损我的健康。’我们可以控制‘螳螂先生’做这个。但是我很顾虑你那个光头的游泳者，他在射击模型时会不会打偏？”

“不会的，他不会失手。”

“太好了，这也是一个选择，还是确认一下比较保险。如果鱼枪没有成功射出的话，贝壳就爆炸不了，也就不会死伤无辜的生物了。根据目前的数据库，发射鱼枪不是难题，但是如果没打中，那我们要怎么控制‘螳螂先生’的下一步行动呢，我们仍然要它攻击吗，还是说直接终止？如果电脑不能同时处理两个大指令，那我们就什么也做不成了，这样就太麻烦了！还是让我们祈祷秃头旅游者不会打偏吧。”

“那就把这些可能性都考虑在内吧。”我说。

“那好吧，”博士说，“我们找找有没有展示魔鬼鱼受伤之后十到二十秒内的反应的影片材料，如果找不到，我们就在佛罗里达的水塘内抓一两只魔鬼鱼来做实验，我们或许会得出许多数据，”他伸出食指警告说，“但是，如果最后仍然失败，那么我们将不再尝试任何努力。没人想要这样的结果，但是我得把丑话说在前面：在这里，责任为王。”

“资料什么时候能出？”

“两周内。”

在这期间，卡尔一直在整理我们的资料。与安 / 拉稀保持联系的是一个名叫安·布拉德的人，他是一个住在哈瓦那的古巴律师，一名共产党员，早在大学时代他就认识了罗兰多·库贝拉。现在按照卡尔的指示，另外一个古巴人（用降落伞夜间进入古巴）将接近安·布拉德并和他进行第一次对话；反过来，安·布拉德又来和安 / 拉稀谈，现在，我们知道安 / 拉稀是外交部里面最不高兴的一个，而且他已经准备好考虑海贝计划了。

现在，卡尔必须做出决定。我们需要提醒库贝拉全面展开行动吗？情报局有一项规定即不能故意牺牲特工，但是，就卡尔这个级别的人来说，可以稍稍忽视这个规定。于是卡尔决定，只要安 / 拉稀按照指示把卡斯特罗引到指定的地点就行。

但是，如果这样进行计划，那么我们将会开创牺牲特工的先例。事情一旦传出去，就会造成很恶劣的影响。卡尔说：“这个机会我一定要抓住。那狗娘养的卡斯特罗都已经准备好用导弹对付我们了，该死的，如果这个计划能成功的话，我会不顾性命亲自去执行。”

“这能回答刚刚那个问题吗？”我问。

“你说呢？我们能给这个家伙贴上可牺牲的标签吗？”

“我们做不到。他又不是一个傻子，他是不可能把卡斯特罗引到我们事先埋伏的地点然后静静地等着厄运降临的。”我说。

“伙计，你还太年轻，有很多事还不知道，”卡尔说，“如果你给特工提供过多的细节，那么换来的就是他的恐慌，就像罗塞利的人挑选的那个给卡斯特罗送有毒饮料的服务员，这样的事例太多太多了，这是一个致命的错误。那个服务员的手抖得非常厉害，卡斯特罗一眼就看出事有蹊跷，于是就让服务员先喝一口饮料。由此我想到安 / 拉稀是不是就是那个在水上表演的人。他还没行动就已经开始索要保障了，他告诉安·布拉德他讨厌卡斯特罗，恨不能和他共赴黄泉。见鬼，这话听起来似乎是他在英勇就义一样。”

“我们为什么不等等呢？看看 TSS 能不能成功控制魔鬼鱼。”我说。

卡尔闷闷地点了点头：“我在好莱坞有一个老朋友，他是欧文·萨尔伯格的好朋友——你知道的，就是二十世纪三十年代那个著名的制片人。萨尔伯格曾经告诉我的朋友：‘你知道我们有多浪费吗？二十个项目中甚至没有一个会被制作成电影，二十个啊！’里克，我问我自己，我们能做得好一点吗？”

29

事实上，实验结果一无所获。但是，因为结果出来的时候已经是五月的第三周了，所以实施其他方案的可能性让人兴奋。驻莫斯科大使馆的工作人员传来信息说，卡斯特罗和苏联主席互动得很热烈，这让麦科恩局长很慌张。他很快就建议鲍比·肯尼迪以及国家安全委员会常设小组把重心放在“颠覆古巴的军队统帅，让他们不再效忠卡斯特罗，而反过来敌对他”上。

我父亲从赫尔姆斯那里得到这个消息，并给我使了一个眼色。这个眼色我上个月就见过一次，感觉就像我们正谈论一个姑娘，而我父亲刚好看到她走过来，于是慌乱之中给我这么一个奇怪而奸险的眼色。如果魔鬼鱼计划能够实施，那么我们买通安/拉稀或许还可行一些。其实，刚刚那个眼神暗示的就是安/拉稀。卡尔和赫尔姆斯已经苦苦工作了一个月，最后才等到麦科恩的决定。卡尔说："时刻注意你的语言。我们已经为自己打下了坚实的基础。'颠覆军队统帅让他们和卡斯特罗反目为仇。'儿子，你告诉我，你将会怎么完成这个任务呢？你可以武力颠覆一个外国的军队统帅，但是你不能控制他的所有动作。如果库贝拉能够成功打中卡斯特罗的头，那么我们就能引起麦科恩的注意。常设小组里面没有一个人敢反对他，所以得到最高长官的支持我们就顺利多了。一定要时刻注意自己的言行。"

两周后，也就是六月十九日，杰克·肯尼迪给特别小组发了一份关于古巴的备忘录：*培养反抗情绪，刺激背叛，滋生动荡的局面。*

"制造动荡的局面，"卡尔说，"会让我们得到更多认可。"

卡尔对赫尔姆斯的看法从来就没有这么好过。他告诉我："杰克最擅长做这种事。搞定安/拉稀需要花很多精力，赫尔姆斯还有你我都知道库贝拉过去是一个多么善变的人，但是他也知道我们必须结果卡斯特罗，否则第三世界的领导者将会做出错误的判断。赫尔姆斯充分地看到了这件事的重要性，而且这件事的成败还关乎着他的未来，因为他肯定会成为麦科恩的继承人，不过这还不是百分之百确定的事，如果他选择轻信库贝拉，那就太冒险了。"

"是啊。"

这一整个夏天，我都在想自己的直觉是不是影响了我的想法，我也禁不住想每个人或许都有失控的时候，我花了一周的好时光去想这么一个简单的问题。"阿蒂姆在哪里？我想知道他现在在什么地方。"卡尔说道。

亨特不告诉我，他说："我不能牺牲其他人的安全。"有报道说阿蒂姆和卡洛斯·马塞洛以及塞尔吉奥·阿卡沙一起待在新奥尔良，还有的说他在美国陆军贝尔沃堡、在危地马拉、在哥斯达黎加、墨西哥、美国迈阿密、西班牙马德里、委内瑞拉以及尼加拉瓜，各种说法，最后沙威·福特斯证明他在尼加拉瓜。在索莫查仁慈的支持之下，阿蒂姆正在训练一群几百号的古巴人，训练经费是由情报局出的——或者不是，这件事我只能自己查清楚了。卡尔询问夏洛特这个问题，夏洛特回复说："你想想这些人，比尔·波利、霍华德·休斯、约瑟·阿里曼、路易斯·索莫查、普里奥·索卡拉斯、亨利·鲁斯、卡洛斯·马塞洛、桑托斯·特拉菲坎特，或者理查德·尼克松的朋友们，就这些，你自己好好挑挑吧。上帝把阿蒂姆引向金钱，而霍华德·亨特可能就是那个引路人。我跟曼纽尔·阿蒂姆不同，我的心里没有上帝，霍华德心里也不见得就有上帝。上帝藏在我的意识里，他问我：这件事值得坚持吗？阿蒂姆指挥着三百号人，命令他们行军上山又下来。而你、我以及你那在外面的儿子，我们应该互动。你明白我是支持你的，我们必须采取行动完成那件大事。"

但是，那是新闻。夏洛特已经查遍了整个古巴，已经把美国情报局和苏联国家安全委员会在古巴的事情摸得一清二楚了。卡尔说："我们得想想为什么夏洛特会到这里来。"

一直等到八月初我们才有机会和休一起吃顿晚饭。我一直想着基特里奇会来，心里十分高兴，但是最后却得知她在缅因州的自留地。蒙塔古的厨师梅琳达给我们做了烤牛排、约克郡布丁，如果我没记错的话，还有一大瓶奥比昂庄一九五五年的红酒——不知道那年的红酒是不是叫作"记忆的玩笑"？

我们还没入座就看到餐桌上放着一瓶格兰菲迪威士忌，眼前瞬间一亮。夏洛特此时心情也不错，还放着俏皮的唱片，即使是赫尔姆斯也会沉浸在这美好的情境之中。"除了独处时会咬唇，他还是很不错的。"就因为我父亲这句难得的好评，赫尔姆斯乐得大叫。而我轻易就想到夏洛特会说："如果让卡尔·哈伯德穿过一片森林，那每个人都要为树喝彩了。"

我希望他永远不要来评价我。当他指出别人的缺点时，他的眼神总是带有那种遥远的微光，就像是牙医把钻孔伸入口腔准备处理牙齿时，病人眼中隐藏不了的那种眼神一样。拉斯科院长详细检查之后才进来："如果天上有云的话，我们是不可能向前的。"尼克松的遭遇更不好。"明明是个恶魔，可我们还愿意注视他，真该为此颁个奖给他。"艾森豪威尔是"一只充满能量、正在上升的气球"，而肯尼迪是"一个善于撒谎的人，但是他却能做好一个国家的元首"。

罗斯很快就获得了大家的关注。今晚，夏洛特很开心，并和我们分享了一个故事。

"你们已经知道了阿诺德那个藏了一半的秘密，是不是？"他问。

"是的。"我说。

"我不知道你们怎么能够忍受得了，"卡尔脱口而出，"罗斯不就在酒吧待了一晚吗，怎么就被带到了警察局！"

"当然，罗斯是在冒险，"休·蒙塔古说，"但是他可能不是在酒吧，也许他是去了一个土耳其风格的浴室，又或者是在酒店误入了他人的房间。但是，我相信阿诺德，虽然他身处自己酿造的危险之中，但这也让他变得更机警。这一点，值得我们所有人学习。"

这话听起来好像说他并不机警似的，我父亲有点不耐烦地问："干吗要提起他的名字？"

"因为你们的轻率，所以我透露点消息给你们，你们两个都必须发誓不把这件事说出去。"

"那就发誓呗。"卡尔说着，举起他的手。这个手势可以说是下意识的，我在很多场合都见过。

"那就发誓呗。"我也这么说。

夏洛特说："我把它叫作'罗斯的突袭'。几个月前，他来咨询我对他的发展前景有什么想法。‘你也许没有前途。’我回答，我不想浪费他的时间。‘罗斯，你可以走得更远，条件是你得尽快找个妻子。’‘你会对哈利·哈伯德说同样的话吗？’他问。我说：‘当然不会，他既没有雄心壮志，也不是同性恋。’”

我没有作出任何反应，夏洛特意会之后继续说。

“好吧，我不再说那些本该由罗斯来说的让人泄气的伤心故事了。罗斯的秘密就是一个地牢，他在里面一点也不开心，他想冲破地牢。他说他感受到了自己对异性的‘下意识悸动’，我告诉他，建立一个新的习惯或许是一件好事，‘性，对那些只对底线感兴趣的人来说，只是一种在熟悉通道里的摩擦运动罢了，没有意义却让人舒服’。‘我应该先从妓女身上下手吗？’他问我，因为他很快就想到通过和与人乱交的妓女建立联系，他就可以追赶上走在他前面的人。

“‘你还是离那些娼妓远一点吧，’我说，‘说实话，如果你这样做的话，你那犹太人的性格可能忍受不了别人的嘲笑。’‘从性中我已明白了这一点。嘲笑，我已经习以为常了。’罗斯回答说。‘话是这样说，但是如果你和娼妓有关系的话，那么你永远都找不到那种不仅适合你同时又适合情报局的女人，如果你还想获得提升的话。’他说：‘好吧，或许你是对的，但是，正派又很好的女人是不会对我有兴趣的。’我回答他说：‘胡说，这世界上没有比征服别人更让人开心的事了。’他说：‘你在引用萨德侯爵的话。’我说：‘确实，我是在引用他的话。’然后我们俩都哈哈大笑。我告诉他：‘你应该寻找纯洁的女人并试着在她身上培养新的习惯。’‘你的意思是找一个处女？’他问。‘为什么不呢？我相信这样才更适合你。我想到了一个人。’我说。‘她是谁呢？我有没有见过她？’他迫切地问道。‘可能偶然见过。几年前她从南美洲回来帮我的忙，就在你楼下。她很聪明，但是不太符合这一行的要求，所以我鼓励她从情报局辞职，之后又把她安顿在国防部，现在她为拉斯科工作。’罗斯对那位女士的工作背景很感兴趣，可见他是多么有野心！‘她这个人怎么样？’他问。我告诉他，‘一个经常去做礼拜的人，普通得就像一封邮件。’‘听起来像是一场相亲呢。’他说。‘本来就是。我们不想浪费对方的时间，这样不好吧？你们犹太人常在犹太人聚居区结婚是吗？你肯定也有这样的信仰吧？’他回答：‘是的，但是新娘不能是做礼拜的人。’‘对，但是你并不算是一个纯正的犹太人了，不是吗？’我反驳他说。他说：‘是，不纯正。但是情感很深。’‘有多深？’‘噢，最起码是深不见底。’我说：‘在你开始行动之前我想说，你不只是获得这份联系就够了。’‘不够吗？’‘不够。你不仅要追求她，你还要争取让她把自己的忠诚从拉斯科身上转移给你。当然，这样她就能为我所用了。’你知道吗？我喜欢罗斯。他那充满笑意的眼神直直地盯着我。‘好。这也算给我一个机会练习一下你在“低调星期四”传授的那些基本技巧。’这话说得多巧妙啊，我情不自禁就笑了。罗斯很警觉。

“从那以后，他就开始行动了。我给了他几张那个女孩的照片，并且告诉他，她经常去的教堂就是第一长老会，在司法广场旁边。你知道埃德加·胡佛第一次圣餐仪式就是在那里举行的吗？罗斯是又蹦又跳地去教堂。某个周日，他就坐在她斜后方，中间隔着一个过道，在离开时还无意撞上她，结果两人就互换了名字。她很紧张，一个从犹太教中来的皈依者对她有好感，这就像一个意大利的男高音对一位英国女士有好感一样。他们相约在周五晚上的教会社交活动上见，第二周的周二他们一起吃晚餐，第三周的周五，教会社交活动之后他送她回家，在走廊上，他成功地亲吻了她。自然，我是他的军师。我问：‘你不觉得现在是时候让关系更进一步了吗？’他回答说：‘我对她并没有那种冲动。’我告诉他：‘看来你得迈过这道坎儿才行。’之后，我们就一直朝着这个方向努力。”

我问：“那个女人是不是南希·沃特森？”

“对。其实，南希提起过和你在蒙得维的亚度过很开心的一晚，所以我甚至想过让你而不是罗斯去做这件事。”夏洛特说。

“这更像是由哈利来做的事啊。”卡尔说。

“不完全如此，我想着罗斯用不了多久就能攻克那个难题。之后他或许会和那个女孩结婚，我猜事情一定会这么发展。她有她自己的钱，而且她会像一只猎犬一样忠于自己的主人。所以，不同于一般套路，我们一定要鼓励他们之间发生大量的缠绵关系。但是在这条路上，我们会遇到一些古怪的难题。连续三个晚上，阿诺德都不能突破自我，他的吻仍然只是停在沃特森的唇上。‘所有的事都不对劲。’他说。‘也有可能是你自己太胆小。’我说他。他同意道：‘是的，我害怕。’我说：‘带她去看场电影，把你的手放在她的肩上，然后从某一刻开始慢慢摸向她的乳房。’”

夏洛特看着我们，说道：“有一种现象总让我惊讶——无论你面对的是多么有经验的特工，你迟早都会发现他身上的弱点，这些弱点通常只需要最简单的指导便可改善。这也适用于罗斯，所以我要引导他突破这层障碍。‘如果你控制不了你自己的手，那你就慢慢地、静静地从一数到十。在这期间，你就想着，如果你不能够面对这个挑战，你就会鄙视自己。然后数到十的时候，你的手就迅速往下摸。’罗斯想了想，然后回答说：‘这是《红与黑》里的主人公于连·索雷尔说的技巧吧。’我说：‘当然，是的，司汤达是一个专业的心理学家。’你知道，当他想到于连·索雷尔的时候，就说明开始生效了。每一个特工都有一把专属于自己的心灵之锁。罗斯取得了很大进步，到现在为止，他们在她的卧室地板上亲热打滚。但是没有性交，暂时还没有，罗斯还在努力当中。她被几个小时的亲热欢乐吞噬，我想这样的‘性爱’很适合来自‘沼泽’的人。完美的肉欲体验已经成为她的一种甜点了，我相信他俩发生关系是迟早的事。罗斯现在每天晚上都会去见她，而且已经向她坦承了自己的同性恋问题。但是她已经完全被俘获了，因为在她的意识里，他们两个都是处子。罗斯是个犹太人，很明显她想要扭转他的信仰。最终他们达成了共识，他放弃他的宗教信仰以及单身自由，她为了守住我们国家的最高机密。”

卡尔说：“我不知道你竟绕了这么一个圈子。”

“你要押上一注吗？”

“是的。赌注就是输的人在无忧宫请客吃饭两个月。”

“没问题，”夏洛特说，“我是要免费吃喝了。你自己也明白，《红与黑》里的道理大多数都证明很有用的了。和勒纳尔夫人一样，沃特森小姐被热情吞噬。我建议阿诺德暂时消失几天，而她很明显已经失去控制了，我相信用不了多久，他就会释放自己和她进行到下一步，毕竟她的感受是那么强烈。”

卡尔说：“我们就等着罗斯清醒的那一天，等他发现她和邮件一样普通。”

休·蒙塔古说：“我后悔这么说她了，阿诺德给我看了一张她夏天穿裙子的照片，简直光彩照人。我告诉你，在她允许自己失去罗斯之前，她会理解他的职业才是他俩之间最重要的东西，她也会理解，情报局是一个比国防部更好的归宿。就交给阿诺德就行了，他现在进入了高层，知道该如何谋篇布局，如果换作另外的男人，他可能花一周时间就可以引诱一个女人，但是却要花一年时间决定下一步做什么。”

卡尔说：“让我们预祝你成功，哪怕由我为这个酒埋单。”

夏洛特说：“是的，毕竟，知道拉斯科在做什么或许对我们很有价值。”

“嗯，我同意。”

休·蒙塔古说：“当然，古巴现在盯上我估计就是拉斯科搞的鬼。几年前，每个人，包括你，卡尔，都觉得加勒比计划行得通，可是我明白这里面有着无法控制的偶然因素。现在，经历了猪湾战争和猫鼬计划的失败后，这项行动算是遭到了搁置。我心里很着急，这些天赫鲁晓夫和毛泽东一定把古巴玩弄于股掌之中了。”

卡尔说：“这个我就不是很清楚了，赫鲁晓夫和毛泽东是君子，在我看来他俩并非想法一致呢。”

休·蒙塔古说：“不，我看他俩就是演员，满嘴虚情假意。我跟你们说下年表，你们听一下，好吗？五月，卡斯特罗访俄期间，北京宣布要和苏联举行会谈，主题是终止他们之间意识形态的分歧。然后就在上个月，苏联和中国代表在莫斯科举行了多次秘密会谈。七月二十一日，他们的调解计划宣布失败。苏联主张‘与美国和平共处’，而中国公然评论说这是向资本主义投降的行为。我们看到，整个西方国家的驻地记者以及外交官普遍认为这是国际共产主义运动的分裂，但是我认为他们是在演戏。”

“他们的目的呢？”

“分裂我们。我告诉你，他们不过是在自编自演，传出各种虚假信息迷惑众人，但它阻碍不了捷尔任斯基操纵资本主义垄断组织。”

“世上没有不透风的墙，参与这事的人有那么多，迟早会泄露消息。”卡尔说。

“没你想的那么多，而且有一点，他们根本不用担心公众舆论，也无须忧虑中层干部的斗志问题。让一个优秀共产党员这一刻轻视中国红军，下一秒又要给他们笑脸，那他肯定摸不着头脑了。所以，即使他们不能够完全保密，这个计划也会起一定的作用，毕竟世界是根据表象来看你，而不是实质。我们情报局已经有人知道了这套糊弄人的把戏，并打算说服领导相信这是苏中的假信息，但问题是我们能吗？这个还真说不准。因为就连赫尔姆斯都对这个问题持两种看法，而且据我们了解，那几个共产党员仍然在精心策划这场骗局，这将会引起边界冲突，双方彼此诽谤、中伤，届时共产主义世界就会产生影响不同的独立群体。当然，我们不惧挑战，我们会奉陪那些机智勇敢的共产主义守护者。”

我问：“那你打算如何利用古巴呢？”

“让它作为领头羊。卡斯特罗将会拉开和平的序幕，苏联也会紧跟其后，这时共产主义就会表现出某种程度的人性化。基督徒能不和改过自新的敌人成为朋友吗？我告诉你，他们最后就会进入我们的委员会、参与我们的经济运作，但是，我们永远不会信任所有的共产主义者，我们会选择亲美的那一方，甚至会控制亲美与非亲美两派的平衡。”

“因此，”夏洛特说，“我在想卡斯特罗一定不能掺和进来。毛泽东和赫鲁晓夫一天不达成共识，对苏联来说，古巴就永远只是一个荒唐的角色。现在，古巴可能是整盘棋里最有意思的一步棋了。”

我问：“卡斯特罗明白这是一场骗局吗？”

“我推测，”夏洛特说，“答案是否定的，因为他太年轻也太情绪化。只有当热情变成意志的时候这个人才最值得信赖。”

他的眼里迸射着光芒，眼神如同静止不动的水一样明亮。

30

自留地

1963年8月20日

亲爱的哈利：

我真的很担心休·蒙塔古啊。你有没有想过究竟是他疯了还是我疯了？可怜的克里斯多夫，我的孩子！有时候我会打破我们的约定，不再见你也不和你通电话，那时候我真希望你能看一看克里斯多夫。他的眼睛总是那么蓝，发着光芒，甚至你会觉得火焰最好的颜色就是蓝色。我的克里斯多夫是一个六岁的温柔小绅士，他很尊敬他的父亲（虽然他父亲现在只当他是一个穿着很大的尿布、又脏又小的怪物），但是，恐怕，我的儿子也很害怕他的母亲，他似乎在等着我发火，否则就不信任我似的。

亲爱的哈利，让我换个话题吧。休已经进入一种奇怪的状态了，他完全拒绝认识这个世界原本的样子。我知道他已经和你还有卡尔说过中国和苏联之间的庞大阴谋，他写信告诉我的，说在我走后，他和你们两个一起吃了晚饭。他已经花了一整个夏天来研究这个骗局，而且（运气不好！）整个六月、七月他都在想着苏联人和中国人下一步想要干吗。但是，在我来看，由100人操纵整个世界的几十亿人这个想法是很可憎的。“你忽略了很多可能性，而这是上帝的旨意。”我和他说，但是他从不接受别人的看法。休一生都在等待捷尔仁斯基来拜访他。很显然，他感觉自己是情报局里面唯一一个欣赏克格勃的人。

我一直想告诉他，苏联和中国不可能假装发生不可弥补的分裂。一般来说，人是不可能实施这么精密的计划而且还是个存在很大弊端的计划，但是我不想因为我的话而让你对休精心策划的辩证性模型产生其他的想法。现在，他一直都指望着情报局里的人能够信仰新的宗教，连我也包括在内，我们因为这个问题已经争吵过无数次了。休十分欠考虑，他利用和杰克·肯尼迪的每月半小时私人谈话时间来告诉他中国与苏联之间的政策本质。杰克最不可能相信这个说法了，他总是嘲讽那些在最简单的事情中犯错或失败的人。他们在楼上的会客厅，我呢就坐在对面房间看着他们，杰克后来直接就和他保持距离足有一英尺远。

休早上醒来会意识到自己迷失了多远并因此而悲伤失落吗？不！他很生杰克·肯尼迪的气。“那个男人，”他一直在抱怨，“太肤浅了，能认识到他多么肤浅也是一种荣幸啊。”

过了两天，休就决定和杰克、鲍比断绝关系。

“按照我说的做，否则我会离开你。”

“你也很肤浅。”

这是最糟糕的事了，我们从来没有这样子说过话。我们冷战了48个小时，最后休道歉了，我也承认我离不开他。当然，问题依旧是问题，依旧没有得到解决。我们探讨了彼此之间的差异，袒露了我们内心最深处的真实想法，这是我们的婚姻中少有的几次谈心。休说和肯尼迪家族的人待在一起感觉自己就像一个骗子。“我总是在假装自己很有趣，甚至有一段时间，我觉得那是自己的责任。在别人面前，我说话已经很有分量了，但肯尼迪家族的人从来都不知道我在说些什么。他们的信仰是理智、全面、人性，这对他们影响深远,然而该信仰的本质却与我们的信仰背道而驰。”

“他们是好人，”我告诉他，“在你眼里，他们不完美，肤浅，可是你知道既热心又理性同时还见解独到的人是多么稀少吗？这可不是生来就具备的品质啊，休。”

“我觉得这是心灵的缺陷，”他说，“缺乏深刻的思想。人除非生来弱智，否则肤浅就是一个人自己的选择。我知道与困难相伴极其痛苦，但这才是唯一能够让人变得智慧、深刻的机会。我不能忍受鲍比总是拿表面现象来建筑自己的快乐巢穴，他需要看到本质。”

我并没有说“就像你一样”，我不能这么说。这是真事，休不仅觉着他母亲是个杀人犯，同时他还认为自己应该为成百上千的波兰共产党分子负责，因为休和艾伦·杜勒斯在诺埃尔球场上打比赛，因为他的掉以轻心，才让这些波兰人掉入斯大林的陷阱。虽然这事已经过去了，但我担心休疯了，他告诉我说："我知道我的理论是正确的，我上周才证实过。"

"你怎么证实的？"我问。

"很不容易，我去了一趟沙湾汉克斯峡谷，虽然在那里待的时间不短，但我并没有怎么攀岩。在我去沙湾之前的一晚，我彻夜无眠，甚至想要结束自己的人生，我差一点就要和你说再见了。更糟糕的是，我早上到达峡谷时偶遇一群年轻的登山者，我喜欢上了这群小伙子，他们很好而且一直'坡坡'地叫我。和一群好的攀岩迷在一起，你就不自觉地对嘲讽敏感起来。这真是我见过的最好的地方了，我一定要超越他们，而且我也做到了，我徒手登山登到5.8级的高处，没有用绳子。

"我知道，如果我不慌不忙保持冷静，那么我的胜算就会很大。然而，没有什么比自由登山更让人觉得孤独的了。我对自己说，'如果我能超越这群年轻人，那么中国和苏联一起设计的骗局就是真的。这次攀岩就是一个象征。'"

哈利，我很想哭。所有的好男人都是这么荒唐吗？如果真是这样，那么我们将注定落入那些为英勇而残忍的瞎子所准备的陷阱。然而，我不肯定是不是这样，我只是在休身上看到了这一点。

然而，我什么也没有告诉他。我只说，我已经变成一个浮夸、贪婪而世俗的人，我最想做的事就是接受邀请去白宫吃饭或者到胡桃山享受下午茶。然而如果他还要坚持之前的狠话的话，那我便拒绝白宫的邀请，因为我担心他会当场侮辱鲍比或者杰克，我宁愿对他们避而不见，也不要冒险给他们机会产生冲突。但如果真是这样我便不会原谅休，永远也不会。第二天早上，我就带着克里斯多夫去了自留地。

现在，我已经在自留地了。我很生休的气，可是我不能告诉他我对与肯尼迪兄弟绝交的真实想法，他不会理解的，他不明白，我不是一个疯狂的天才，也不是一个智商高情商低的呆子，而只是有那么一点魅力、一点智慧，可以让总统先生推心置腹的人，我相信我的话会对他产生影响。我对自己说："休只是有一点傲慢而已。"但是你知道吗，哈利，没有比放弃傲慢更让人痛苦的事了。我这才理解，希腊人并不是接受天堂黑暗的判决，而是他们的愤怒已经远远超越了对上帝判决的在意。

我爱你。

基特里奇

附：我说"爱"的同时，你能完全感受到"恨"的力量吗？我也可以轻易地说：我恨你。

基

31

我不知道这是不是她临别时书写的信，但是我很长时间都没有给她回复过。我一直沉浸在孤独中，我的心就像一个空钱包一样。有很多次我都差点打开那封装有摩德纳电话号码的信，甚至有一次，我的手指就要落在拨号键上了，可最后还是放弃了。

工作占据了我整个身心，后来就再没有想起过这事了。然而我发现自己对父亲来说还是很有用的。尽管他只要稍微集中注意力就能掰开龙虾的钳子，但他的注意力不是天天都这么集中，他的桌子永远都像是没有整理过的床。还有他那不稳定的组织能力，就像不愉快的宿醉一样令人痛苦。然而我爱他，这一点是我从处理各种细节中发现的，关注细节给我带来了新的热情。我会负责一些卫生工作，比如把他的衣服送去洗；当然，我还会仔细检查他和麦科恩、赫尔姆斯、蒙塔古以及其他五十个仍然在JM/WAVE工作的官员之间的备忘录，检查传入的电缆以及我们制定的优先通信路由模式。说真的，我已经喜欢上处理这些琐事了，而且卡尔的秘书埃莉诺已经高负荷工作了很多年，现在她也需要一个助理来帮她分担，我很高兴埃莉诺和我很合得来。这些日子，我桌上的东西比我的住处更贴近生活，而且，实际上无论是在迈阿密和华盛顿，还是在兰利和赞尼特，我的办公室都没有什么差别。我又一次认识到我的知识是多么地不足。我获得的能量越多，我就能越多地参与事情发展的初期、中期和末期，同时得到的满足感也越少。我在晚上独处时看间谍小说，小说有一点让人很满意，那就是它的描述和现实工作一点都不一样，但是小说毕竟是小说，与真实的生活还是有一定的差距。我的思绪并没有停留在表面上，我还思考小说情节的本质，在生活中，情节永远都是不完整的。无论怎么样，这也是人们一半的焦点，因为我们永远都无须把自己逼得比剧本里的主角还要紧。如果你坚持把你的生活看成一个连续故事的话，那么一个人生活的另一半焦点就仅仅是积累习惯、错误、运气、偶然，还有许多获得的帮助，这些都是日常生活中的谈资而已。因此，我很感激这个夏天，在这个夏天里，我没有太多的个人琐事，但在许多的细节中学到了知识，而且我的父亲和我还组建了一支值得尊敬的团队。

然而，他还有一些工作是不让我知道的。我知道他正在和安/拉稀建立联系，但是如果九月八号的大事件不能说服卡尔让我担当重任的话，那我就真不知道自己还要学习到什么时候了。那天早上，我一进他的办公室，他就递给我一份《华盛顿邮报》的剪报，上面讲述的是发生在哈瓦那的故事。九月七号晚上，卡斯特罗出席了一场宴会，地点在巴西大使馆，在这期间，他把一个美联社的记者叫到一边，说："肯尼迪与我们的巴蒂斯塔是一样的家伙，我们已经发现了消灭古巴领导人的恐怖阴谋。如果美国领导人再敢援助这些计划的话，我保证他们自己也别想过安稳的日子。"

"这就是给我们的一种暗示。"卡尔说。

"你能跟我说说故事的背景吗？"我问。

"安/拉稀现在待在巴西圣保罗的古巴领事馆里，我们的人已经和他碰过面了。"

"有这条信息已经足够了，"我说，"哈瓦那有那么多地方可以和美联社记者沟通，而卡斯特罗偏偏选择了巴西大使馆。"

"是的，"卡尔说，"今天早上在理查德·赫尔姆斯的办公室，我们讨论了成立反情报小组，以及随之而来的反情报活动。"

这是真的，九月他们为此召开了几次会议，但是到月末的时候卡尔说："我们仍在筹备中。"我查看了赫尔姆斯发给反情报小组的最终备忘录的复印件："即使安/拉稀还没有被卡斯特罗策反成双重间谍，我们所掌握的证据也不足以下任何定论，但是我们也要准备放弃这个很重要的资源。但是，在加勒比我们再没有别的人比安/拉稀更能和卡斯特罗说上话的了，所以权衡之下我们将会继续和安/拉稀保持联系。"

赫尔姆斯为什么支持我父亲？对此我有一个合理的猜测。九月中旬，我们得到消息说美国和古巴正在进行一场秘密和平谈判。夏洛特仍然和派往联邦调查局的特工保持联系，所以我们源源不断地收到调查局传来的录音记录，内容与古巴驻华盛顿大使和驻联合国古巴代表之间的谈话有关。调查局还对联合国大楼的阿德莱·史蒂文森的办公室动了手脚，每天早上我们都会收到从“盗墓者”的三条途径发来的信封,我这才明白，史蒂文森大使的办公室本来应该是FBI的禁地，但是是谁建议胡佛这么做的呢？无论如何，我们有足够的信息材料。如果我所猜测的这些分散的片段真的是情报人员的悲惨生活的话，那么我至少可以理解现在这样杂乱如麻的状况了。

九月十八号，联合国美国代表团的特别顾问威廉·阿特伍德，向国务院负责政治事务的副国务卿艾夫里尔·哈里曼发了一封机密邮件：

> 在我看来，孤立古巴政策更加刺激了卡斯特罗在拉丁美洲制造冲突的决心，同时还把我们衬托成一个欺凌弱小的大国形象。
>
> 联合国中立外交官认为，我们有理由相信卡斯特罗将会在某种程度上与我们建立正常的外交关系，即使这种做法会激怒他的核心共产主义分子，他还是有可能与我国建交。
>
> 以上信息可真可假，但是无论卡斯特罗是否真的愿意和谈，也不管我们是否弄清楚了他下一步的计划，我们在这个过程中都是只得不失的一方。如果卡斯特罗愿意，那么我可以以个人名义前往古巴，当然，我会把自己的往返行踪告诉总统先生。

几天以后，我们得到消息，阿特伍德把哈里曼的反应告诉了阿德莱·史蒂文森，他说这个建议会让肯尼迪担很大的风险：“不管是哪一个共和党员，只要他们得到了一丁点儿口风，那我们就要付出惨痛的代价。”但是，哈里曼告诉阿特伍德他感觉“太冒险”，并且建议罗伯特·肯尼迪出面。鲍比在阿特伍德的便签边缘写着：值得追踪，联系麦克·邦迪。然后邦迪告诉阿特伍德：“总统很希望看到卡斯特罗能够从苏联阵营中脱离出来。”受到这样的鼓励，阿特伍德就主动联系了古巴驻联合国大使卡洛斯·莱丘加。

紧接着，赫尔姆斯、夏洛特、卡尔的三人会议陆续展开。他们告诉我，他们的策略就是由麦科恩局长指挥特殊行动小组，让他们在古巴开展新一轮的破坏行动。卡尔得到委任后就迅速开展破坏炼油厂的行动，同时十月六号加勒比海的一场飓风又占用了大量船只和劳力。然而袭击并没有成功，其中还有两位降落在古巴的飞行员被捕。

卡尔并没有特别沮丧，毕竟他不认识那两个人，我也不认识。巴特勒·迪克斯回我的电话说，他已经急忙开始行动了。是我们运气差还是他没有准备好，这个问题如果没有问询就不能下结论，但是很显然，我们的人再也没有机会调查安/拉稀了。

我父亲没有伤心，但是巴特勒却很生气。他从迈阿密打来电话，满口兰利总部的语气苛责抱怨，我实在很难忍受一个大男人这个样子，于是我说：“好吧。我父亲有责任，我有责任，那你呢？你有没有认识到自己一丁点的错误呢？”

“没有，”他说，“是你首先安排沙威·福特斯给我，我不得已才选了他做我的联络员。”

“我给你你可以不要嘛，工作不需要你这么勉强。”

“没有时间，我再重复一遍：没有时间，我必须用他。他一定是暗中向古巴海岸警卫队通风报信。”

“他怎么会呢？你不是没有告诉他我们的人是从哪里登陆古巴的吗？是不是？”

“他可能是当场发了个普通的警报吧。”

“他现在在哪里？”

“谁知道他藏在哪了，也没有见他再去银行上班。”

“难道他就这样消失了吗？”

“他打过电话给我，说等我冷静下来他就会出现。到时候我会跟他摊牌，保准他不会忘记。”

“你告诉他这个了吗？”

“没有，我跟他说没什么好冷静的，现在需要的是重整队伍，而不是互相指责。”

我现在也不知道自己究竟是该威逼利诱福特斯现身与巴特勒见面，还是应该直面巴特勒的指责，真是个痛苦的选择，另外，我也不知道福特斯藏在哪儿。

十月十三，卡斯特罗公开谴责这次突袭：“古巴人民正在努力对抗飓风，这场灾难已经带走了上千名无辜的生命，就在人民奋发自救的时候，美国做了什么？他们用海盗船运载着一船破坏分子以及炸药，突袭古巴，落井下石，乘人之危。”

你看我们得到了什么！菲德尔·卡斯特罗很不高兴，阿特伍德的人也跟着痛苦。然后，我们从夏洛特那里听到古巴代表团在联合国办公室的对话记录，从而得知我国高层与卡斯特罗的秘密会见仍在筹划中：把阿特伍德送到哈瓦那附近的小机场可行吗？

阿德莱·史蒂文森也很关心此事，他说：“到目前为止，参与此次古巴新计划的人很多都是秘密参与。”阿特伍德回应说，据他所知，唯一知道这些和古巴人联系的参与者的官员只有总统、司法部长、哈里曼大使、麦克乔治·邦迪、史蒂文森和他自己。

因为卡尔和夏洛特从我们的小组里挑选了特工去兰利总部当值，联邦调查局手里掌握着联合国的报告，并且会根据胡佛的需要而泄露出去，同时 JM/WAVE 和古巴流亡者领导们也会从众人嘴里得知消息，所以我觉得到现在为止唯一的负责人肯定是国务卿拉斯科，还有约翰·麦科恩。有几个早上，卡尔的办公室收到了四五封来自兰利不同部门的信件，这些信件都提到了阿特伍德的古巴提案，也提到了我和卡尔前些天秘密传播的谣言。

亨特甚至还带我去兰利的高级自助餐厅向我核实他听到的那些东西。“我就知道笑面虎杰克不值得信任，但这背叛也太明显了吧？你父亲有迪克·赫尔姆斯的消息吗？”

“他只能试试看了。”我告诉亨特。

“如果卡尔不直接找赫尔姆斯质问的话，我就自己公开反对赫尔姆斯。”

“但是，还是不要这么偏激为好。卡尔能够联系到他的。”

“代我问候你父亲，他的情绪还好吗？”

“今天吗？挺好的。”

这可不是假话。十月二十四号，也就是昨天下午，约翰·麦科恩带着理查德·赫尔姆斯、休·蒙塔古和博德曼·哈伯德参加了一场会议，同时与会的还有鲍比·肯尼迪和特别行动小组，他们成功说服了对方批准展开十三次主要的破坏活动，持续时间为三个月，从一九六三年十一月到一九六四年一月，平均下来是每周一次。发电站、炼油厂和榨糖厂都在破坏目标范围内。“这个时机很好，”卡尔说，“现在人人都没有安生日子可过。我们可以让卡斯特罗上火成溃疡，那个王八蛋！竟然敢和苏联一起玩导弹！如果有机会，哪怕要牺牲我自己，我也愿意一颗手榴弹同时炸死卡斯特罗、劳尔、切·格瓦拉。”

他是认真的。我的父亲年纪越来越大，他的小缺点也越来越明显，他对外人的承诺也变得越来越大。但是如果你没有勇气去做他说的事，那你也就没有资格嘲笑他。抱着敌人同归于尽，这种死亡就是最好的成功。

那是我父亲伟大的一面，即使是一头狮子，也有它脆弱的一面。我发现，面对敌人的诡计时，他会像一个老太太一样脆弱不堪。十月二十五号，也就是特别行动小组批准我们实施破坏活动的第二天，我和亨特吃完午饭回来不到二十分钟，卡尔的情绪就变得特别不好了。昨天下午，他和特别行动小组谈论他的行动方案，这期间他得知肯尼迪总统接受了一个受人尊敬的法国记者珍·丹尼尔的采访，时间持续了半小时。这个法国人的采访是由阿特伍德安排的，现在人已经在去哈瓦那的路上了。哎，可惜总统办公室装不了任何窃听器。但是十月二十四日的晚上，联邦调查局在联合国发布了一篇报告：

> 阿特伍德告诉史蒂文森大使，珍·丹尼尔是一个专业的记者，他不愿意重复与肯尼迪总统的谈话内容。但是丹尼尔透露，他与肯尼迪总统的对话“非常刺激”，还说“卡斯特罗的回应也许会颇有成效”。

“是的，”卡尔说，“你可以想象，笑面虎杰克把珍·丹尼尔介绍给了肯尼迪夫人，毕竟我们的第一夫人在巴黎还是很有魅力的，你能让这样一个顶级记者不见一见第一夫人就打道回府吗？杰克告诉珍，他并不反对集体主义，只是反感苏联的辱骂无礼罢了。或许他这是暗示珍，他会想办法和苏联和平共处，我相信杰克·肯尼迪有能力把大矛大盾说成是一个小小的家庭误会。”

“你是怎么知道这些的？”

“如果你愿意花上三个月时间来观察那些华盛顿阴险小人的举动，你就会发现它有多有趣了！”

谁能说我的父亲没有先见之明呢？珍·丹尼尔采访杰克·肯尼迪的事已经过去了五十天，这份报道才公布出来。

来自《新共和报》

1963年12月14日

10月24，周四，肯尼迪总统在白宫接见了我。我们路过他秘书正在工作的小房间时，碰见肯尼迪夫人正从一个拥有法国式窗户的房间走出来去白宫的私人花园，总统叫住了她，把我介绍给她。

华盛顿小阳春，天气非常暖和，肯尼迪总统和夫人穿得都比较单薄，给人青春活力、朴素却迷人的印象，这和他们平时的严肃、威严截然相反。总统夫人离开之后，总统让我坐在他办公室中间的半圆形沙发上，他就坐在对面的摇椅上。采访时间持续了20到25分钟，中间除了一个电话，再没有受到别的打扰……

现在我的笔记可以派上用场了，我可以引用肯尼迪总统的原话：“我想和你谈谈古巴……”下面的话说得非常具有说服力，他下意识摆动简单的手势来强调他说的每一句话，这一点已经人尽皆知了。

“我要告诉你这个：我相信世界上没有哪个国家的经济殖民、矿产开采以及羞耻心比古巴还要差，但这也部分归咎于我国在巴蒂斯塔时期对古巴的政治影响，我相信这是我们无意识中刺激了卡斯特罗反抗，我想这么多的过错已经影响到了整个拉丁美洲。这也是美国对外政策之中一个非常重要的问题。我可以向你保证，我理解古巴人民，也支持卡斯特罗在马埃斯特腊山脉地区奋起反抗，那时候他向世界呼吁公平，尤其希望古巴能够摆脱腐败。我甚至还会说：一定程度上巴蒂斯塔代表美国做了许多恶事。现在，我们必须为这些罪恶埋单。就巴蒂斯塔的政权而言，我支持古巴的第一批改革。这是毫无疑问的。”

我们沉默了一阵儿，在这期间，总统先生感受到了我的惊讶和我的好奇，他继续说道：“但是很明显，现在问题已经不止古巴一个国家了，这已经上升到了国际化高度，也就是说，苏联也牵涉了进来。我是美国的总统，不是一个社会学家，我是一个自由国家的总统，我们对世界的自由负有责任。卡斯特罗背叛了他在马埃斯特腊山作出的誓言，现在他已经成了苏联的特工，在拉丁美洲地区做着不法活动。我知道，因为他的这个错误，世界于 1962 年 10 月差点发生核战争。不管是因为他的‘独立意志’，还是他的疯狂，还是他信仰的共产主义，总之他错了。苏联很清楚这一点，至少我们的反击会帮助他看清如今的情势。但是卡斯特罗呢？我不得不承认我并不了解他是否意识到了这一点，或者说我不知道他是否在乎这一点。”他微笑了一下，继续说道：“你下次再来的时候，可以告诉我答案。无论怎么样，拉丁美洲的国家是不可能以‘那种’方式获得公平、得到进步的，我指的是颠覆共产主义。从经济镇压到马克思主义专政，他们是不可能走进公平、发达的社会的。现在，美国能够像以前一样扶持、拯救拉丁美洲，我甚至会说只有我们有这个能力，去阻止共产主义彻底统治拉丁美洲地区。”

然后，肯尼迪先生站了起来，这就意味着，采访结束了……

32

十月底，我父亲去巴黎待了三天，他回来以后我才知道他已经见过了罗兰多·库贝拉。

十月初的时候，库贝拉告诉他在巴西的上级领导莱姆，他要移居到巴黎，因为他找到了更适合他的职位——“内政部外交处的二把手”。一听这个部门的名称我们就更加确信他和DGI有紧密的联系，但是这并不排除他没有拿枪对准卡斯特罗的可能。

然而，我父亲在巴黎约见库贝拉时着实费了一番周折。他坚持要求鲍比·肯尼迪出席，他说他的目标是成为古巴下一任领导人，他希望得到肯尼迪的政治支持。

可是，让肯尼迪出席很显然是不可能的。我的天啊，这可能是一个陷阱啊！甚至告知他的可能性都没有。当然，最后库贝拉不得不妥协。这件事的关键是选谁作为司法部长鲍比的代表前往巴黎谈判。卡尔主动报了名。

这是再好不过的了，没有人会反对卡尔冒充自己是肯尼迪家族的密友。

然后，上级决定让巴黎驻地放松警戒。相反，请莱姆从圣保罗飞到巴黎约见库贝拉会更加有效，这样他就可以引导库贝拉到达卡尔在十二个行政区内选取的任何没有特色的咖啡厅了。“我喜欢第十二区，就因为这种聚集，”卡尔说，“这里聚集了许多小酒馆，数量多得不会让你在任何一个酒馆里面见到一个自从出生就见过的人。”是的，一个简单的扎营会是一种更好的方式让巴黎站提高警戒，告诉他们高层领导哈利法克斯正在路上，他要去见一个有可能携带枪支的危险人物。“巴黎驻地将会在库贝拉的房屋上布满安全防护。”卡尔提醒道。

于是我父亲动身去了一次巴黎，往返日期为十月二十八日至十月三十日。他们见面那天是十月二十九日，库贝拉不到一个小时就喝醉了，我父亲费尽心思说服了他理解鲍比的选择，然后库贝拉告诉我父亲，他只接受司法部长鲍比的私人代表。然而，他们第二次见面的时候，他又说想要拿到鲍比的亲笔信，而且信里面还必须承诺任务圆满完成以后，古巴第一次民主大选时,美国必须出面支持选他为总统。“但是,”库贝拉说，“如果我没有竞选成功，那么你们除了支付我的开支（可能会是很大一笔钱）以外，不需要再负任何责任。”

“他的长相怎么样？”我问。

“可能符合你的期待,”卡尔说,“他很高，脸圆圆的，一双卧蚕眼，留着黑色的胡子，显然是个很吸引女人的男人。他应该很喜欢可卡因，如果让他在外面晃荡一整夜不碰触可卡因，估计他就会疯掉。”

我很失望，我父亲说的内容没能满足我的好奇心。我问道:“他谈论的话题只限于他的政治预想吗？”

“我们还谈到了硬件工具，他希望我下次去巴黎的时候给他带一些精细工具。他一个劲地夸奖我们的‘技术先进’，我都不知道他是在说我们的暗杀还是我们的狙击枪，我干脆直接问他:‘你指的是我们的暗杀吗？’听我这么问，他就发狂了似的大声喊道:‘不要再让我听到你用那个词！’天啊，咖啡厅里只有我们两个人，但是他仍然这么大嗓门说话，我只好重重地按着他的肩膀安慰他。这让他冷静了一些，但他还是把我的手甩开了:‘不要用这个字，否则你就是在自找麻烦。知道了吗！’也许我不应该这么直接，但是我真的想让他说重点，他的话太含混不清而且又很夸张，真是个酒鬼。当然，不是每一个成功的刺杀者都很冷静，约翰·维尔克斯·布斯就是一个典型的例子。”

"你和罗兰多·库贝拉在一起并不是很开心，对吗？"

"太痛苦了。但是，休·蒙塔古和迪克·赫尔姆斯都赞成我的想法——他是我们在这件事上唯一一个能用得上的人了，"卡尔点了点头，继续说道，"说说你自己吧，我已经决定下次去的时候带上你了。"

"我很高兴你给我这次机会。"

"第一次去的时候我不想带你，因为我有点害怕，万一出点问题，我不想让你夹在其中，我一个人承担后果就够了。"

他没有说其他人也不愿意让我去，这是不是他在维护我？这是另外一个问题了，只是我希望这个问题没有答案。我父亲不会跟我说库贝拉有条件成为一个双重间谍，而夏洛特和赫尔姆斯将会继续追查这件事，他们会让卡斯特罗注意到情报局不仅还在秘密计划暗杀他，而且肯尼迪家族的私人代表将会在这个阴谋里扮演一个非常重要的角色。我心里充满了敬畏：这下卡斯特罗更加不信任和平谈判了。这算是我摸清了事情的真相吗？我甚至为此有点小小的自满。但是对待夏洛特，我恐怕还不能成为我自己意志的主人。

古巴这边还在继续抵御我们的和平攻击。联邦调查局的报告显示，十月三十一日瓦列霍博士通知丽莎·霍华德去提醒阿特伍德做好准备乘坐私人飞机来哈瓦那，飞机有可能由卡斯特罗亲自派出。但是这一点很可能仅属于瓦列霍自己的想法，因为就在同一天，十月三十一日，卡斯特罗在电视新闻直播上说出了三个星期前我们派遣两支突击队去飓风受灾区搞破坏最后被俘的事。在电视上，这些被流放的古巴人编造了案件负责人的名字（迪克斯·巴特勒被说成是弗兰克·卡斯尔），同时公布的还有里维埃拉大道 6312 号的具体地点，以及有关 JM/WAVE 兵工厂的个别信息。卡斯特罗一定期望美国媒体能够大肆报道此事，然而情报局很快就说那些突击队员已经被洗脑，这件事不需要特殊关注。卡斯特罗非常生气："美国媒体拒绝报道这次袭击，即使铁证如山，他们仍然拒绝报道。这就是他们所谓的自由媒体，不还是跟中央情报局一个鼻孔出气的工具吗？情报局和媒体撒同样的谎，这不正说明了他们是在掩盖事实吗？"

卡尔微笑着问道："谁家的牛被刺伤了？"

我没有说话。我相信我们的行为是合情合理的，我们不亏欠卡斯特罗，不，自从他掀起导弹风波，我们就没有什么对不起他的了，只是偶尔给他点教训也不是什么坏事。

同时，我们接近拉斯科办公室的计划还在进行，尽管南希·沃特森的进入受限，但还是会有一些机密文件经她之手。然而南希——我们现在称呼她为"悦音"——有一个小小的缺陷：她拒绝拍摄文档，理由是这会让她情绪混乱。所以为了弥补这一点，她就必须要努力回忆白天看过的文件，晚上回到家再把重点的机密内容写下来给罗斯。由于她的注意力不在古巴，这是我们安排的（在我们确认她值得信赖之前，尽量避免让她对我们有防备心），所以整个十月我们得到的情报就是有关拉斯科对洪都拉斯军事政变的反应，洪都拉斯向苏联出售小麦，还有哈罗德·麦克米伦辞掉首相一职，这些事没有一件是我们想要的情报，而夏洛特则把南希提供的情报称作"要点"。

然而到了十一月初，她的工作终于有了一点成效。拉斯科部长终于对古巴提案做出反应，于是悦音就忙着给罗斯提供信息，其中包括拉斯科平息他在国务院的朋友的怨气："长期维持对加勒比地区的外交投入不能因为那些特立独行的谈判而裁减。"没过多久，我们间接从悦音那里得知,有人告诉阿特伍德国务院对他的古巴提案态度总的来说是"抑制"的。十一月七日，一封出自拉斯科办公室的信件是这么说的：

> 美国政府考虑与古巴政府建交的前提是，所有依赖中苏集团

> 的政治、经济、军事活动都必须停止，以及与那个半球有联系的所有颠覆活动也必须停止；同时卡斯特罗还要宣布与马克思列宁主义断绝关系，降职所有处于高位的共产主义分子，补偿1959年以来被剥夺财产的人，以及把制造厂、炼油厂、矿厂还有销售业全部归还给私人企业。

“听起来好像拉斯科一点都不在乎无条件投降。”我说道。

“哎，”卡尔说，“处理这个烂摊子，也许这是最好的办法了。他讨厌无法预知结果的行动。如果他待在一个地方太久的话，他就会觉得肯尼迪会找到他。”

在哈瓦那，我们一直监视着珍·丹尼尔（我们也做不到全面监控，毕竟我们在古巴的能力有限），监视者很肯定地说丹尼尔不可能接触到卡斯特罗，他在古巴的日子就是悠闲地参观矿山、炼糖厂和各地的小学。卡尔说，古巴提案似乎已经“停滞不前”了。

然而，我们什么也确定不了。与安/拉稀见面的时间约在十一月二十二日，我很期待这次见面。在华盛顿的这几个晚上，我都会参加特工语言培训班来提高我的法语交流能力。这真的是太必要了。如果一切顺利的话，卡尔和我将会在巴黎待一天，虽然只有一天，但我还是把它当作一个神圣的使命；所以从这个角度来看，法语语法的精确性也不是完全没有用处。有趣的是，去法国的日子越近，我就越不觉得库贝拉是一个双重间谍，反而更像一个毋庸置疑的刺客。

33

十一月十八日，肯尼迪总统在迈阿密的美国记者协会宴席上做了一个电视讲话，我和巴特勒·迪克斯在一个酒吧里看现场直播。

我不禁拿今晚的演讲与去年十二月杰克·肯尼迪在橙碗做的末日招待会致辞相提并论。今晚，整个过程大家都在静静地听，他最后总结时也没有听到观众的掌声。这些观众有很多都是古巴的流亡者，他们对肯尼迪的言辞持怀疑态度。肯尼迪说古巴被它“那几个同谋者”利用,那些“外部力量的目的在于颠覆美国”，他还说：“这只是在离间我们，如果他们成功了，那世界上就没有什么是做不到的了。毫无疑问这就是挑拨离间。”他说这些并没有引起太大的反应。

听了这些，巴特勒总结道：“‘铲除苏联，然后你就可以拥有自己的社会主义国家，卡斯特罗先生。’这就是他想要说的，”迪克斯露出了一个大大的奸笑，“我甚至能想象到，这些流亡到迈阿密的古巴人今晚或许会在杰克·肯尼迪的蜡像身上戳满大头针。”

“我不知道这里竟有这么多古巴人。”我说。

“你从来都不知道。”

那一刻我应该把酒钱一付就走掉的，因为他的话惹恼了我，更可恶的是他说的也是事实，我恨自己了解的不够多。他把手放在我的肩上道：“嘿，兄弟，高兴点，让我们去船上找点乐子吧，怎么样？不要吗？”

“你要不张你那破嘴，咱俩还更好相处点儿。”我说。

他点点头，说道：“我赞成。我们去玩点劲爆的吧。哈伯德，这是顿离别酒，我已经要调去印度支那了，那是世界上生产最棒大麻的国家。”说完，他把手里的波旁酒狠狠地摔到大理石上，“我要和沙威·福特斯说再见了。”

好吧，我承认，和巴特勒聊天总是会很快说到重点。“沙威在哪呢？”我问。

“我不知道。”

“你见过他吗？”

“我们俩上次谈论过他之后我见过他，是的，我见过他。而且，我还约他出来过，”他狠狠地点点头，“我让他一个人待在我的旅馆房间，并且指控他是 DGI 的人。”

“你是怎么让他去你那里的呢？”

“说来话长，这也不重要。他喜欢在我的公司附近转悠，信不信由你。他装扮了一番，穿着一身淡蓝色的西装，黄色的衬衫，打着橘色的领带。如果换作是我和你打扮成这样，那别人一定以为咱俩是糖果浑蛋呢，但是，哈伯德，沙威对于颜色的搭配还是有一定品味的，这身衣服穿在他身上漂亮极了，对一个胖胖的商人来说，这样穿着已经很好了，他甚至可以在市中心开一个杂货店。‘不好意思，’我对他说，‘看到你我就想去洗手间。’哈伯德，这是真的，我下面已经膨胀起来了。”

我很想给巴特勒一个建议，如果他能够在情报局里升职，那么他就要更加谨慎，不能这样随随便便地向别人倾诉衷肠，但是我忍住了这股冲动。算了吧，他想说就让他说好了。他说：“听着！我从洗手间出来，就让沙威坐在椅子上，然后跟他前后干起来。”

“前后？”

“就是旋转他的头而已。一巴掌扇在左脸上，然后又一耳光打到右脸上，我还戴着我的戒指，蹭破了他的脸皮，血一直流到他的衬衫和领带上。他对我说：‘你就是个白痴，是个野兽。’

“‘不，沙威，’我告诉他说，‘这不算什么，今晚我就让你承认自己是 DGI 的人。’接着他就长篇大论说了一通，主要讲他复杂的工作，如果我做了记录的话，我甚至都可以在兰利做一场演讲了。他承认，他和那边有打交道，毕竟，他是我和各种古巴流亡者流亡团体之间的联络人。他没有停下来，他一定知道只要他继续说，我就不会打他。他列出了每一个理由证明他是我们在迈阿密支付薪金最高的特工，他是在为我们服务。我说，'你还是承认吧，你和 DGI 有关系。''你知道的，我确实和他们有关系，可是是你让我这么做的啊。''这个不假，是我让你去联系他们。''你终于理解了。'他说。'不，'我说，'我话还没说完，你省略了非常重要的细节。你给 DGI 的情报多于我让你给的。'事实上，他点了头。'或许是我越界了。'他说。"

"沙威承认了？"我问。

"当然，他可是在枪口下呢。我说：'没错，你是越界了，那你说说你越了多少？''你得了解这其中有多复杂呀。'他说。'我理解。'我说。'那么你就应该理解我多给他们点情报为的是让他们更信赖我。'他说。'你虽是一个双面间谍，但是我们相信你是为我们工作的，恐怕他们也会这么想吧。'我说。'是的，但是他们错了。'他说。'不，DGI 不傻。他们相信你，也许就是因为你给他们提供了太多的情报，甚至比给我们的还要多。'我说。'不是这样的。'他说。'不是吗？'我说。'最起码我也是一个中立者，既没有偏向你们也没有偏向他们。'他说。'你是不是连我们那天晚上的突袭都告诉他们了？这难道不是我的两个人被抓的原因，连我都在哈瓦那的电视台上被指名道姓地点出来？'我问他说。'我没有。'他说，'我是保持中立的。我给双方的信息都很公正。'这时候我终于明白是怎么回事了。我说，'你在 DGI 有你的人。你们两个关系很好，好到为了对方相互妥协，对吗？你这个同性恋！''不。'他说。'不要否认了，这本来就已经很糟糕了，你为什么还要把我们突袭的日期泄露给 DGI 呢？''没有，'他说，'我不会这样做的。'"

巴特勒长长地舒了一口气然后看着我。我父亲曾经说过，每当大猎物快要死在猎人手里时，它们的表情会发生惊人的变化，我看现在的巴特勒就是这样。他看起来时而邪恶，时而悲伤，时而开心，时而恐惧，然后在接下来的二十秒钟里又很满意自己。"哈伯德，"他继续说，"我把他从椅子上拉起来，推到厕所里，然后把他的头按在马桶上。哈伯德，你不要觉得不好意思。对，我没有冲这个马桶，我是故意的。我可是个深谋远虑的情报员啊。我对沙威说：'要么现在告诉我实话，要么你就准备吃屎。''不，不要这么做，亲爱的迪克斯先生，请你相信我。'他说。其实我并没有打算强逼他，我觉得，这个威胁比死刑还狠。我想起了克劳斯维茨，突然一股莫名奇妙的力量向我袭来，于是我就把他的头按进那个恶臭的马桶里面，使劲地摇晃着他的头，还一边大声喊着：'维护古巴，是吧！维护卡斯特罗，是吧！'"

这时候，服务生走了过来："小声点说卡斯特罗的事，可以吗？先生。这里有几个我的常客，他们都是古巴人。"但是，当他看到巴特勒的表情，又说了一句"不好意思"就逃走了。

"下一次，"巴特勒对我说，"他最好是拿着钢管过来。"

我没有说话。在巴特勒身边，我总是沉默。"他坦白了吗？"我最后问。

"没有，"巴特勒说，"每次我把他的头弄起来，他都会说：'你永远都别想知道我心里藏着的事。'他已经不正常了！一直重复这句话。最后我只得把他带到浴室冲洗。我是跟他一起进了浴室，亲自给他擦洗，而他狂怒，就像一只从垃圾箱里捡到的小浣熊。我离开了浴室，是笑着走开的。然而我很想哭，我爱沙威·福特斯。现在，我依然爱他。"

"什么！"

"是的，我他妈的喝醉了。他那时候满脸是屎，是我逼他的。这么对他，我他妈的也很痛苦。因为我喜欢这样，我喜欢事后懊悔，而现在，哈伯德，我感觉很不安。因为他和他的爱人一起从 DGI 消失了。我知道的只有他还在古巴，而我就要去印度支那了。战争的苦果是上帝赐给我的唯一礼物。”

“我们走吧。”我说。

“我这么对福特斯到底是对还是错？”

“你知道我的答案。”

“但是如果他真的背叛了我怎么办？”

“如果他没有背叛你呢？”

“你已经怒火攻心了，”巴特勒说，“所以我不在乎你怎么看我。你听了这件事，不管是鄙视还是崇拜我，都无所谓。我这么对待沙威是我自己的决定。哈伯德，你永远都不会相信，但是我真的想成为一个像你一样谨慎的情报员。”他开始笑起来，“相信吧，小屁孩，”他说，“我会把鸦片出口到香港去的。”

最后我终于成功地把他带回了家，这是那天晚上我做过的唯一一件让我感到骄傲的事。等我回到自己的家，一开门就看到了一个信封。

11 月 18 日

亲爱的彼得（化名罗伯特·查尔斯）：

我能说我认识你吗？我首先学到的美国英语就是“我知道你”。是的，我知道你是蒙得维的亚的一个非常正直的人，彼得，除此以外，我就对你知之甚少了。彼得，我虽无知，但还是好过你的迈阿密同事——情报局里那些无知的迈阿密牛仔，我已经受够了。当你看到这封信时，我已经身在古巴了，一个本来就属于我的归宿。尽管做出这个决定花了很长时间，也在你的世界的诱惑里挣扎了许久，但我还是决定前往古巴。你能明白吗？我曾经是那么地鄙视共产主义者，因为我加入共产党的时间还很短，认为他们都是精神上的伪君子。然而，在这个组织里，我渐渐消失的诚实又在慢慢地向我靠近，尤其在乌拉圭的时候，我觉得自己比以往任何时候都要诚实。但是我依然鄙视他们精神上的虚伪，他们从来不为自己考虑，他们不会因为贪吃而多吃一口饭，他们吃饭只是为了保持高昂的士气，说到底都是为了任务。真是胡扯！废话！我的妻子，乌拉圭人，最糟糕了，她一直渴望权力、财富、正义，我厌恶她连带着憎恨所有的共产党员。我一直都希望回到美国的黑人区，去找那个曾经一起生活的黑人妓女。她很贪婪，贪婪让她可以不经咀嚼就把食物吞到胃里然后直接到肛门。如果一个男人大声说话，她会更加喜欢这个男人而不是那些声音温柔的花花公子。她很简单，她只是一个资本主义信仰者。所以我觉得资本主义优于社会主义，你做事情就只是为你自己而做。大家都这么想，负负得正，刚好塑造了一个好的社会。资本主义是超现实主义的，我喜欢。

但是现在,我已经在一个白人资本主义者手下待了几个月了，他就是迪克斯·巴特勒。总有一天他会变成超级富豪，因为他就是制造财富人群中的意愿，他做事总是为了他一个人，甚至更糟糕。他的原则就是“让我觉得好的东西才是好的”。这是欧内斯特·海明威的话，对吧？迪克斯所谓的“好的”其实就是指他自己。屈服于那样的人生哲学，我发现我就是一个白痴。再向迪克斯·巴特勒提供一条情报吧，噢，不，是弗兰克·卡斯尔，告诉弗兰克·卡斯尔，DGI知道他的真名，迪克斯·巴特勒，我昨天刚把这个信息告诉他们。那么我是怎么知道的呢？因为在我们做爱的时候，他亲口告诉我的。是的，我和迪克斯·巴特勒有这种关系。这件事吓到你了吗？我，曾经是哈林黑人住宅区的白人领导，威风凛凛。但是，来到蒙得维的亚，我渐渐丧失了男子气概。是的，就在过去的几年时间里，事实上，就从为你工作开始。后来，我于惊慌中离开了乌拉圭，但是那时候，我的男子气概回来了，我只是一个狗娘养的背叛者。在迈阿密，我学会了奸诈、背叛，这些行为就像是我的家常便饭一样。那时候，在我心里，我的肛门甚至比阴茎还要重要，为什么呢？这是显而易见的。男性雄风才是一个男人骄傲的源泉，但是我他妈就是一坨屎。在一坨屎的眼里什么才是最珍贵的呢？先生，是肛门。我告诉你这所有的事，彼得，我是说无辜的罗伯特·查尔斯，因为这会让你震惊，我的目的也正是如此。你是那么天真，天真地想要掌管整个世界，真是自大、幼稚、无能、自以为是！我是一个同性恋，你可能会因此而鄙视我，然而你才是那个比我们任何一个都要龌龊的人，尽管你不会承认，因为你从来都不敢承认。你是一个同性恋，就跟美国人很野蛮一样，只是一个没有公开的秘密罢了。人们去教堂的时候你在为你的人工作，这样你就不用在镜子里面好好地审视自己了。不，你通过情报局的双向镜子偷瞄、监视别人。

去古巴的路上我满心恐惧：如果大部分的古巴共产党员和乌拉圭共产党员一样愚蠢，那该怎么办呢？那些弱小的国家总是把命运压在美国人身上，我也一样，我担心卡斯特罗还没有摆脱自己的邪恶，不承认他不该接收苏联的导弹。但是我会自己去古巴寻找答案的。我再也不会纵容自己拥有两种不同的性格特征了，我要让自己活在阳光下，你就当作一种个人牺牲吧。共产主义一定会成功，因为她教人们正视人性的弱点。就让我率先尝试、做一位先驱吧。

祝你好运了，好兄弟。你知道无论如何，我都会爱你。

再见。

沙威

我读完了信就听到电话铃声响起，这时候我的脑子里还回荡着信中的内容。那响声的细微差别让我预感电话是尤西比奥·福特斯先生打来的。

“你在哪？”

“街对面。我看到你回家了，我在等你。你看完我的信了吗？”

“嗯。”

“我可以见见你吗？”

“嗯。”这是我唯一能说出口的字了,我全身都在颤抖。以前在缅因州，面对悬崖绝壁，我的膝盖止不住地颤抖，夏洛特还开玩笑说这是“缝纫机的腿”，现在我的手直打哆嗦。我知道为什么沙威会在这。

进门的时候，沙威很开心，就好像他来到了一个完全自由的地方。现在,我不得不做出选择：要么拘捕他,要么批准他去古巴。无论怎么选择，都是一个艰难的过程。

他说:“我是来说再见的。我在写信的时候并没有想过要来说再见。我看不起你，不想再见到你。可是现在，我不那么觉得了。”他环视四周，“你有没有安兰酒？”他邪恶地笑了笑:“一种古巴干朗姆酒。”

我递给他一瓶带有波多黎各标签的酒和一只杯子。幸亏我的手已经停止了颤抖。

“你知道我为什么来这里吗？”他问。

“我大概知道。”

“我能不能再加一点自己的想法呢？你有恶习，罗伯特，还犯了许多错误，但是我仍然理解你。既然我已经向你表达过我对你的怨恨，恨你过于正直，那么我就不能没有说再见就走，因为那样就破坏了你这个正直人的规矩，也违反了我的规矩。我相信世界上总有一些地方，它的经济运行正常，永不枯竭。”

“不，”我说，“你想让我逮捕你，这样你才能得到一丁点儿的心安，你心里太苦了。或者，你想得到我的祝福，那样你会很开心，因为你终于成功地让我……”我不知道怎么说，“让我违反了他人的信任。”

“是的，”他说，“我们是一样的。”

“从地狱里面出来吧。”我说。

“你是不会逮捕我的，我知道你不会。”

“走吧，”我说，“去古巴了解你所能了解到的一切。但是你还会回到我们身边，那时候你就会更有价值了。”

“你错了，”他说，“我将会成为你们国家最坚定的敌人。因为如果你放我走，我就当作你不再相信你自己的信仰了。”

他说的是真的吗？我心中升起一股强烈的怒气。那一刻，我觉得自己和我的父亲一样强大。我当然不怕沙威，但是我害怕博德曼·哈伯德真正的儿子，这股怒气会让我徒手杀了他。我可以杀了他，但是我却不能拘捕他，如今的他是我一手创造的。但是，我也驱除不了脑海里痛苦的密切结合影像，尽管穿着整洁地站在我的客厅里，但是我仍然想着他被巴特勒按进马桶里的脸。

“你给我滚，”我说，“我不会逮捕你的。”

他吞了一口朗姆酒然后站起来，他看上去脸色苍白。也许上帝已经带走了他的心，如今前往古巴的不过是一具空壳。

“先生，祝您健康。”他说。

他走了之后，我足足诅咒了他十分钟。我亲手造了这么大一个麻烦，实在是太痛苦了，也很恐惧。几天后我再去华盛顿，首都的气候就像是迈阿密的暴风天气一样压抑。从来没有听说过华盛顿闹鬼，但是这次回来我却发现华盛顿就是这么一个地方。我背叛了情报局，这种想法一直在我的脑子里阴魂不散，我的信心也被打击得支离破碎，罪恶感和愧疚感在我的脑海里交织着。我默默地发出了一个新的誓言：从今天起，无论我多么焦虑，我都将全身心地投入到刺杀卡斯特罗的行动中。

34

在我和父亲动身前往巴黎的前一天，卡尔收到一条短波广播消息，是他派去哈瓦那的一个特工发来的，内容是前天晚上，即十一月十九日，卡斯特罗去珍·丹尼尔住的酒店找他，而且在里面接受那个记者长达六个小时的采访。

我们不知道那两个男人到底在交流什么，但是珍·丹尼尔又把这次访谈内容发表在了《新共和报》上，一共分两次，时间分别为十二月七日和十四日。我父亲十一月二十日就猜出了该访谈内容。

卡尔说："之所以会有这次见面，是因为肯尼迪十一月十八号在迈阿密所说的话——'他们就是为了离间我们。'这就是卡斯特罗接见丹尼尔的原因。"

我没有说话，卡尔继续说："知道了这些，你和我一样不高兴了吗？"

"但是，这个消息让我们的旅程更有必要了。"

"是的，"卡尔说，"我们不是在画蛇添足，对吗？"

大约三周后，我仔细阅读了丹尼尔采访卡斯特罗的访谈内容。这时候已经是十二月中旬了，而我发现自己与当初的誓言完全相反。我在想，如果我去巴黎之前就已经知道这次访谈的内容，那我会怎么想呢？我会相信卡斯特罗的话吗？如果我相信了，那我会不会告诉我父亲我不能公正地处理库贝拉的事呢？如果我父亲要求我一定要亲自去处理库贝拉的事，那么我会辞职吗？现在是十二月，我已经不记得十一月的我是怎么想的了，因为我的想法完全变了，辞职也不再是一件让我感觉压抑的事——它不是比截肢更痛快吗？

《新共和报》1936 年 12 月 14 日

珍·丹尼尔撰

“在安的列斯群岛的珍珠湾，充满着朗姆酒的芳香，人们沉浸在胜利的喜悦中。”——美国游客对古巴的描述被装裱起来挂在哈瓦那的酒店里，我在哈瓦那酒店度过了忙碌而紧张的三周时间。我以为我永远都不可能见到卡斯特罗了，所以这三周里我一直都在和农民、作家、激进分子以及反革命分子、部长大臣、大使交流，唯独菲德尔是那么遥不可及。曾经有人警告我：他再也没有兴趣接见记者了，至少是西方的记者。所以我基本上已经完全放弃了，但是，在我准备离开的那天晚上，卡斯特罗亲自来到了我住的酒店。他听说了我采访肯尼迪总统的事，于是晚上十点，我们就到我的房间里，一直待到第二天早上。在这里，我将重述采访中回应约翰·肯尼迪总统的那一部分内容。

卡斯特罗对我采访肯尼迪总统的事情很感兴趣，在我讲述时，他可以说在洗耳恭听：他捋了捋胡须，把自己的帽子往下拉到眼睛上面，整理一下自己的衣服，他始终都是用充满恶意的眼神看我。他让我一遍遍地重复那些已知的评论，尤其是肯尼迪批评巴蒂斯塔的那一部分，以及批评卡斯特罗发起具有毁灭性战争的言论。

当我说完,我以为卡斯特罗会来一场爆发。然而事实却不是，我迎来的是漫长的沉默，之后便是平静、幽默且富有思想的谈话。我不知道是卡斯特罗变了性子，还是西方杂志错误地把他描述成一个经常咆哮的疯子，我只知道在我和他一起度过的两天时间里（而且这两天还发生了很多事），卡斯特罗没有一刻不是镇静的……

“我相信肯尼迪是很真诚的，”卡斯特罗说，“我也知道我说真诚可能会让你觉得我有政治目的，但是我会解释我的意思。我至今都没有忘记这个家伙狡猾的手段、含糊的态度，以及美国多次偷袭古巴，向古巴施加压力，给我发恐吓信件，组织反革命力量对我局施以各种阻挠，而且还有各种各样的报复行为、欺骗利用、污蔑共产主义的言辞，这些我通通都没有忘记。但是我感觉他也陷入了困境，我不觉得美国总统就是真正完全自由的，而且我相信现在肯尼迪一定备受不自由的痛苦，我还相信他现在明白了他对古巴有多少误解，比如猪湾遭突袭时古巴的反应。他是一个现实主义者，他现在肯定已经意识到美国不可能仅仅挥一挥魔棒就能掀起一场席卷整个拉丁美洲的斗争，甚至让拉丁美洲国家全部消失……

“或许这就是现在的状况。但是一年多以前，距离导弹‘入住’古巴还有六个月，我们就掌握了确切的情报，一场新的入侵古巴行为正在酝酿……

“那我们应该怎么办呢？你叫我们如何阻止这场入侵？赫鲁晓夫问我们想要什么，我们说：尽你一切努力让美国知道，侵略古巴就等于侵略苏联。我们想发公告，与苏联结盟，寻求传统的军队援助等等。苏联向我们解释他们的顾虑：首先，他们想要解救古巴革命（换句话说,在世界的眼里,他们必须维护社会主义），但是他们也希望避免一场世界性的纷争。他们说，如果他们派出军队来援助古巴，那么美国可能会毫不犹豫地发动战争，苏联也就避免不了与美国大动肝火，这样一来可能就无法避免有一次世界性的大战了……

“我在这里是想告诉你，苏联现在不想、以后也不想发动战争。美国哪怕愿意派出一个人去苏联看看，看看那儿的人是多么努力地提高工人的生活质量，他们也就不会误解苏联有挑衅、争霸全球的想法了。但是，苏联也有自己的苦衷：如果古巴被袭击了，那么苏联必然会发动战争；如果美国反对撤走导弹的话，那么苏联同样有可能面临战争的威胁。他们选择团结社会主义国家的目的不过是为了应对战争威胁。

“在这种情况下，我们古巴怎么能够拒绝苏联为我们分担战争的风险呢？他是在拯救古巴啊。说到底这是尊严的问题，你觉得呢？你认为尊严在政治中不是一个重要组成部分吗？你觉得我们是虚幻主义是吗？或许我们是，但虚幻主义又怎么样呢？在任何情况下，我们都不是胆小怕事的孬种。总之，我们同意苏联在古巴建立导弹基地。而且我还要为我们古巴人说一句，我们是死在传统炸弹下还是死在氢弹下，真的不是那么重要，但是我们不会拿世界和平开玩笑，美国才是那个危害人类和平的国家，他们想用战争来威胁我们放弃革命。”

然后话题转向了肯尼迪在拉丁美洲建立的进步联盟。卡斯特罗说：“可以说这是一件好事，这个联盟很快就适应了如今拉丁美洲的形势，但是肯尼迪想法再好，他也得不到预期的成果……多少年来美国政策一直在扶持拉丁美洲的寡头政治，现在突然来了一个美国总统，对众多的拉丁美洲国家说美国再也不会支持独裁者了，那么接下来会发生什么呢？信托公司的利益遭到侵害，美国国防部认为战略基地陷入危机，拉丁美洲所有国家的强大独裁者会发出警告，他们破坏了新的政体。总之，肯尼迪会遭到每个人的反对。”

我问卡斯特罗这一切的结局将会怎么样，下一步又会怎么发展。即使肯尼迪反对你所说的共产主义思想，但是你仍然选择了共产主义，把你的经济、国家的安全都压在了苏联身上……世界和平取决于双方相互尊重，尊重对方的地区影响力，而终究你还是选择了苏联。

“我不想讨论我们和苏联的关系，”卡斯特罗打断我说，“我知道这个不得体，但我们对苏联除了友爱和感激之外，什么也没有。苏联人正在尽他们最大的努力帮助我们，这可能会让他们付出巨大的代价。但是我们也有自己的政策，而且这些政策很可能和苏联的不一样（这一点我们已经证明了）。我拒绝继续讨论这个话题，因为让我说我不是苏联棋盘上的棋子，就好像让一个妓女在公共广场上说她不是一个妓女一样。

“在这个问题上如果美国的看法跟你一样，那么你是对的，最终没有出路。但是最后谁会是赢家呢？他们已经尝试了各种手段，当然是各种，但是我们仍然活着。我们现在身处险境吗？当然，我们从来就没有脱离过险境。说实话你也不知道，当一个人或者一个国家遭到美国迫害的时候，世界上究竟还有谁愿意和你做朋友呢？不，真的，基于这所有的理由，我们不是乞丐，我们什么也不求。

“我是把自己当作一个古巴革命者来跟你交谈的，但我同时也是一个热爱和平的人，我相信美国是一个很重要的国家，它对世界和平的影响举足轻重。因此，我不禁希望美国能出这么一个领导者（为什么不可以是肯尼迪，支持他的人有那么多？），这位领导者敢于也乐于和信托公司对抗，不怕说出真相，最重要的是，让各个民族、国家自由自主地发展。我们不求什么，不要金钱，也不求帮助，也不需要外交家、银行家、军队士兵，什么都不要，我们只需要和平，需要你们接受我们本来的样子！让美国人理解社会主义国家不是敌人为什么就不可能呢？”

最后，卡斯特罗对我说：“既然你还会和肯尼迪见面，那你就做一个和平使者吧。虽然说了那么多，但我还是想把自己的意思表达得更清楚。我不想要任何东西，也不期待任何东西，作为一个革命者，现在的情况并没有让我不高兴。但是作为一个男人和一个政治家，我有必要说明什么才是相互理解的基础。为了和平，美国必须要出现一位能够应对如今拉美紧张形势的领导人，肯尼迪可以继续胜任，因为从历史角度看，他有潜力成为美国最伟大的总统，一个最终会理解社会主义和资本主义可以共存的总统，即使这两种意识形态同时存在于美洲大陆。那样的话，他会成为一个比林肯更成功的总统。据我所知，赫鲁晓夫认为肯尼迪是一个可以交谈的对象，但是其他的领导者，你要想和他们交谈，恐怕得等到下辈子了。我个人觉得肯尼迪是一个对任何事情都很负责的人，过去的几个月时间里，他可能理解了很多事情。最后，我相信其他任何人都可能比他做得更糟糕。”然后，卡斯特罗露出了一个大大的笑容，如孩子一般纯真：“如果你再见到他，告诉他，我很乐意说戈德华特是我的朋友，如果这有助于他在重新选举中胜出的话。”

35

皇宫酒店

1963年11月22日

亲爱的基特里奇：

好久不与你通信了，现在我正坐在皇宫酒店的房间里，这个酒店的房间装饰得很奢华，属于新艺术派风格，杜鲁门·卡波特甚至还在他们的客户意见本上留言：“外面的家。”（杜鲁门很可能到哪儿都这么说）现在是周五下午三点，再有不到两个小时，哈利法克斯和我就要出去见一个特殊人物了，这个人正是我们这次来这儿的目的。我独自在这里整理思绪，但我很开心能给你写信，也很想和你谈谈我的情况。关于这次行动，如果我提到比如哈利法克斯的话，那是因为我希望送出这封信时不会遇到什么障碍，我在这儿找不到专用的袋子，我的信只能以普通邮件的方式送出。

好了，我要告诉你我爱你而且永远爱你。我一刻也没有忘记这一点，梦里也想着，甚至说句难以启齿的话，在别的女人怀里时我也没有忘记。尽管我如此爱你，我却一直都不敢告诉你。今天我在巴黎完成一个对神忠诚的任务，我满心期待，但其中仍夹杂着些许恐惧，我那个富有经验的伙伴哈利法克斯说这是“温柔的蝴蝶——没有比这更好的感觉了”。我都迫不及待地等着他来敲门，然后我们就可以一起到我们的会合点去了。然而我也感受到一股奇怪的宁静，就好像我可以待在这里一整天写信给你一样。在这个时候，α 和 Ω 一起出现了，好像它们在一起更能让我平静，像黑夜和黎明都存在我内心里一样。我还要告诉你我不止爱你，而且会花一辈子时间来等你，我已经做好了等你一辈子的准备。我完全理解你对你生命里的其他人很忠诚，我不在乎，我无条件地爱你，只求你原谅我给你带来的负担。

把巴黎的精妙魔法融入到我的告白中是不是很好？今天是阴天，巴黎是我知道的唯一一座可以在阴天呈现出淡紫色加灰色的城市，在灰色装扮的华服之下，这里的天空、建筑物、塞纳河本身都在快乐地弹奏着小调，而且弹奏出的都是最具思想、充满和谐的无法抵抗的情绪。今天早上走在左岸的时候，我忽然意识到今天就是我的表白日，我一定要告诉你我爱你的美貌、你的凶猛，还有那充满热血的心，是的，从见到你那一刻开始我就爱你的全部。

我不想再说了。我能不能奢望无论你什么时候心存怀疑，你都会把这些信拿出来读一读？我感觉自己异常明智（因为我终于说出了我的心事）。我希望和你分享我的那些可笑事，哈利法克斯和我，在银塔餐厅吃了一顿非比寻常的午餐，你想象不到哈利法克斯在巴黎那个狼吞虎咽的样子。虽然你没有出席，但是我可以跟你讲讲这顿饭的细节聊以慰藉：我们是从布鲁塞尔蘑菇开始的，再配上一瓶圣特美隆强化酒——此时的银塔餐厅就是天堂。之前我从来都不知道葱、蒜、黄油以及豆蔻粉还可以这样点缀一个蘑菇。红酒舒展了我的喉咙，一股快乐涌上心口，感觉就像只有我们俩在只属于我们二人的餐厅里进餐一样。

在这些珍馐面前，我们谈论着各种和我们任务有关的严肃话题，我可以说我们将会和一个敌方特工坐在一起，当然，此时的环境是中立的，甚至是友好的，所以我不用那么严肃。这虽是一次正当且责任重大的会面，但我觉得这样的会面既让人紧张又让人轻松。

哈利法克斯似乎总能处理好这样的混乱场面，战略情报局的人肯定都很喜欢他。昨天在泛美航空飞机上，他一直在给我讲奇闻趣事逗我开心。他有一点害怕飞机，这让我想起迪克斯·巴特勒过去经常说的一个“理论”：有能力的人最不情愿坐飞机，因为他们担心自己的恶行会破坏发动机。听了巴特勒的理论，哈利法克斯修改了一下：“在消除自己人的时候，会产生一种可怕的快感，这对人们有一种致命的吸引力，”他说，“这确实给了人们一个选择博爱的机会。我们明天要见的人就是一个很好的例子。”然后哈利法克斯继续说（我之前听过这个传闻），在意大利曾经发生过屠杀信徒的狂欢活动。在这场屠杀中，哈利法克斯三天之内杀了六个人，用步枪杀了两个，用自己的手枪杀了两个，还有一个是徒手杀死的。“这件事我从来没有释怀，”他说，“我的生命已经离不开这件事了。你知道，这给我带来了很高的地位、强烈的成就感，但偶尔也会让我发疯般地焦虑。”

“为什么会发疯呢？”我问。

“因为我很享受那三天。校长曾经说过一句话让我吃惊不已，他说上帝给人类最艰巨的任务就是成为腐败者、恶魔以及死亡天使。只有极少人可以做到，他很坚定地告诉我。我不敢相信，我的父亲，一个牧师，竟然很赞许地说着屠杀！当然，加上其他的原因，他眼里闪现着个人的光芒，这是一种只有美国佬才有的畸形力量。我知道我继承了他这一点。”

不要因为他用了“畸形”这个词而觉得疑惑，基特里奇，这不是一种轻蔑的语气，不，哈利法克斯说的不是轻蔑，他指的是性冲动。“性欲一来，我就是一个变了色的美国佬，”他向我坦白说，“哈利，我不相信我曾经勃起过，我不觉得自己曾经拥有过这样的能力。”

“你这样会让我也弯曲的。”我说。

我们二人都很开心地笑了起来。就在这个时候，哈利法克斯从上飞机就一直盯着看的美丽空姐终于停下来和我们聊天了（她也发出了笑声）。当然，哈利法克斯认为这都是他的功劳，但遗憾的是那个空姐感兴趣的是我：“你是不是摩德纳·墨菲的朋友？”她问。当我告诉她是的时候，她说：“我以前和她一起在东方航空工作，那时候墨菲一直说起你，我就是从她给我看的照片中认出你的。她觉得你很干净。”

“噢，”我说，“真希望她亲口告诉我。”

我和这位空姐约定，无论是谁先见到墨菲，一定替对方传达问候。

哈利法克斯意会到了这一点，然后跟我说他之前就听说过墨菲，而且一直都很想见见她。我明白他的意思，他指的是他在情报局听过谣言，说我和一位漂亮的空姐有染，受她欺负。

我不想挑战你的耐心，我知道一个美丽的女人总是不希望听到另外一个美丽女人的消息。但是，我知道你宽宏大量。哈利法克斯跟我说的那个惊人秘密——即他所谓的“勃起障碍”。我说这个并不是想爆料人家的秘密，而是想替他解释一下。我似乎能够理解他对玛丽的无尽失望，他们过去几年可能有很多次的勃起障碍，但是这次任务出行他很兴奋。几周前，他又去巴黎耍了一圈，回来之后他的这个问题就完全解决了。他告诉我："我觉得自己准备好再花点钱了。"我曾经以为他只和他的秘书埃莉诺（她很崇拜他）有过关系，但是现在这位"前女友"是——注意听好，她肯定没有告诉你——波莉·盖伦·史密斯，她确实找对人了。

所以，哈利法克斯现在很兴奋，他保护健康的方式就是进入坩埚后又出来。至于将要来临的这场会面，我看没有什么身体威胁，至少我觉得不会有影响，他经历过的每一场浩劫都会让他更加懂得如何保护自己的安全和事业。但仍然有风险存在，或许一个简单的拍打听起来像是巨龙扇动翅膀的声音，然而哈利法克斯仍然很兴奋，就好像他的血是地中海人的一样，他带着高昂的情绪谈论着谋杀和死亡。我们一边吃着胡椒牛排，一边喝着波马特酒，这过程中他一直都没停止谈论他所痴迷的问题：玛丽莲·梦露是被谋杀的吗？

整个午餐他都在滔滔不绝，后来我就有点心不在焉了。后来话题又转移到我期望讨论的问题上，比如说在这次会面中如果发生什么意外的话，那我们该如何应对。这个问题我们在办公室和飞机上就已经演示过了，但我还是想着吃午餐的时候我们花点时间再温习一遍，可惜没有，我父亲说："这个问题我们已经解决了，还是让我们讨论其他事吧。"当然，他马上就转到了他的问题上。刚开始，我很排斥，因为一想到这个时而忧伤时而欢喜、又十分美丽的喜剧演员玛丽莲·梦露可能是被谋杀，我就吃不下饭。也许哈利法克斯比我自己更了解我，我想他应该是本能地感受到要想让一个人在对话中放松，就应该关注他正在做的事，即使这件事既悲惨又丑恶。当我们面对别人认真对待的事情时，仔细衡量、多关注别人背后付出的努力不会有任何坏处。

我打算把他的原话复述给你的，这一点也不费力，因为现在他就一直在我耳边高谈阔论，这个时候，他的口才好像出奇地好："你知道，一开始我就相信玛丽莲·梦露的死是肯尼迪兄弟派人做的，或者就是他们自己动的手。如果对方信任你，那么你给对方注射药物并不困难。无论是杰克还是鲍比，都可以对她说：'这是异常珍贵的维生素混合液，它对皮肤有奇效。'本来这个可怜的女孩就很喜欢各种药片或者注射剂类的补品。"

基特里奇，我相信我给你解释一下比较好，玛丽莲·梦露的死是卡尔15个月以来一直关注的事，他不仅通过有限的渠道收集证据，还特意收集了一下小报消息，在情报局工作了一生的他似乎把玛丽莲·梦露的案子作为他的业余爱好来做了。他告诉我，所有的小报消息全部都把梦露的死指向谋杀，她血液中的巴比妥盐含量，相当于她服用至少50片的耐波他镇静药和水合氯醛，如果真是这样的话，那么她的胃和小肠里面一定会含有残渣。但是据小报消息，她的胃里只有一小勺的液体。

我不再继续讲细节了，因为我觉得这会让你觉得恶心。另外，他已经告诉我很多次他这种不安的怀疑，这次午饭时间的讨论有所不一样的地方是他改变了他的结论。哈利法克斯15个月以来都怀疑梦露的死是杰克·肯尼迪干的，现在你可能知道为什么情报局对总统的敌意那么重了吧。有时午夜时分我会陷入邪恶的猜疑：如果杰克真是凶手，那该怎么办？

哈利法克斯一直在做"临床项目"。他正在仔细地切鱼片，每片鱼只有0.25英寸厚，然后轻轻地蘸蘸胡椒肉汁，再以一种英式吃法吃鱼：左手拿着叉子，右手灵巧地拿着刀子，左手拿叉子吃鱼的时候感觉叉子很重，整个过程让我感觉有点像是解剖。这次出行他的身份是个记者，在午饭期间，他在电话旁边的角落里完成了这么一个“采访”——请他的朋友帮忙在《华盛顿邮报》上署他的名字。

卡尔说：“我脑海里第一个念头就是这事肯定是肯尼迪兄弟干的，我希望是他们。我本不介意把这个行政机构分散成一个个小分支的。”在那一刻，他满脸通红，我能看出来他是在嚼麋鹿皮。“我只会提醒你，肯尼迪在猪湾事件后在惩罚情报局，我们或许永远都不可能从中恢复过来，我们深深地感到蒙羞。不，我永远都不会原谅杰克·肯尼迪。还有，你别忘了我是情报局里的高级官员，我怎么能仅凭猜疑就妄断结论呢？所以，我开始接受这样一种可能性：肯尼迪不可能害怕玛丽莲·梦露抖搂出他们的苟且行为，我的天，杰克在登上总统宝座的路途中拥有的情人简直可堪比新婚夫妇的廉价汽车后面拖着的易拉罐，但是媒体一次都没有报道过这类丑闻。一个登上高层的男人是神圣不可侵犯的，更何况他还是美国总统。如果玛丽莲·梦露把他们的事公之于众，那么肯尼迪家族的人或许会如此回应，说她是他们的朋友，她也是一个非常有才能的女人，如今得知她精神崩溃，他们也很难过。他们这么做就已经足够了，还有什么理由冒险杀死梦露呢？所以呀，人要面对这样一个事实，单脚走路怎么会走得稳呢？

“然后我听说，比尔·哈维手下一个叫吉米·霍法的联络员曾经成功潜入玛丽莲·梦露的卧室，并在她所有的电话上安装了窃听器。显然，霍法有一个叫作伯纳德·斯皮德尔的朋友，他是美国一个非常卓越的搭线窃听员，甚至比我们的拉斯韦加斯同事还要厉害一些。这个事实又让我再次怀疑肯尼迪兄弟，因为，如果有窃听装置，那么就有可能有人在梦露的床边说话，这就证实了某人和这位美人有肉体的接触。但是，再想一下，我的猜测是建立在敌意和愤怒之上的。我必须确定媒体不会允许总统的权威遭到任何人破坏，无论他的控告是多么地言之凿凿。这些证据由一个神经过敏的女演员递交上来，而她是被敲诈者威胁上交的。

“然后，我想到了，一定是吉米·霍法一手安排的，世界上没有人比吉米·霍法更痛恨鲍比·肯尼迪了。在玛丽莲·梦露的一生中，我认识的就有五个，除此以外我相信还会有更多的私人医生为她服务，霍法一定是找到了引诱医生的方法，肯定是他掌握了医生的把柄然后威胁他们，让他们同意帮他做事。霍法有大量的私人侦探可以帮他找到这种信息。

“瞧，霍法选中的医生就去看诊梦露然后给梦露注射了致命的药液。因为每个人都知道她的情况不稳定，所以当外界称她是自杀的时候，公众肯定是坚信不疑的，而新闻肯定爆炸般地充斥各大新闻媒体。但是，没过两天，新闻报道又开始暗示一些不正当的‘隐情’了。一周过去之后，齐全的证据将会告诉人们，梦露被注射了某种药物，也就是说，她是被谋杀的。”

“你不会想到肯尼迪家族的名字可能会在头条上吗？”

“不会。但是有一点，在华盛顿、洛杉矶以及纽约，有几千人已经知道了梦露和杰克、鲍比都有关系。你能想象一个女星死后的谣言吗？我敢肯定，霍法以为超过一半的国民会认为她不仅是被谋杀，而且还有一些人故意伪装成她是自杀的假象。霍法成功地把谣言的目标指向了肯尼迪家族的人，希望通过这种下作手段赢得选举。”

“那么为什么，”我问，“还有那么多人仍然觉得是自杀呢？”

“因为霍法算错了。他考虑到了每一个细节，唯独一点他没有考虑到。杰克自从进入政府机关，就已经收买了他去过的任何一个大城市的警察局局长，并让他们相信一九六四年的大选是天注定，胡佛会被迫放弃选举。这些局长们就开始想，有杰克在，也许自己就是下一任联邦调查局的局长。所以，当洛杉矶的警察局局长看到那些证据是如何把玛丽莲·梦露的死指向谋杀的时候，他肯定是很痛苦地把它说成是自杀，他不可能让肯尼迪的名字出现在报纸上。什么，杰克失去替代霍法的机会了？霍法真是太小看肯尼迪家族的实力了。”

基特里奇，这是一顿神奇的午餐。我们快吃完的时候，餐厅里进来了一个男人和一个女人，两人都很高很瘦，他们是我见过的最有英伦气质的人。这个女人抱着一只白色的宠物贵宾犬，然后和酒店管家打招呼，她把狗递给他说：“好好照顾蓬蓬，就像你亲爱的一样，你会吧，罗曼？”她说话是那么自然，而且她的英式口音是那么纯正，这种纯正是后天学不了的，即使是和英国人结婚都不可能学到。而罗曼，一个高级饭店的领班，把小宠物放在银塔饭店的高级地毯上，然后以一种法语变化而来的儿语哄她：“哦，蓬蓬，你怎么样啊？让人开心的狗狗！”然后把他放到地上，叫来了一个服务生照顾这个小动物（大概看管了两个小时），然后他就引导子爵及子爵夫人（谁知道他们是什么头衔）就坐，他们坐到窗边的一张桌子上，从那里可以看到塞纳河。哈利法克斯小声地说：“难道你不想夸赞她吗？”

给你写这封长信时我很高兴。再过几分钟，哈利法克斯（他的房间就在走廊下面）就会来敲我的房门，然后我们就一起出去见我们约好的那个人了。我希望我可以告诉你更多的东西，会有这一天的。

上帝会保佑我的。我真的很爱你，我对你的爱比荣耀、冒险及惊喜更加重要。

忠实的哈利

36

库贝拉，穿着鞣皮制的夹克衫和棕色的裤子，走进了市政厅小酒吧，身边跟着一位男士——身着蓝色游艇夹克，戴着灰色法兰绒丝巾、角质架结构的眼镜——他叫莱姆。莱姆向我们点点头就走出去了。除了三个工作人员站在酒吧入口处，其他所有的空间都是我们的了，黑色楼层、黑色墙壁、圆形吧台，还有一个冷漠的服务生。

库贝拉朝我们走来，就像一个重量级的拳手一样，我的父亲之前就告诉我他长得很高，如今看来他比我想象的还要强壮，而且他的胡子又粗又浓密，看起来让人觉得悲观。他的脸因为喝酒变得肿胀，要不然他肯定可以算个美男子。

“斯科特先生。”库贝拉对我父亲说，我父亲迅速回答：“尊敬的先生，这是埃德加先生。”于是我冲他点了点头。

库贝拉优雅庄重地坐了下来，点了一杯阿马尼亚克酒。服务生上酒之前，我们都没有说话，尝了尝酒后库贝拉带着浓重的西班牙口音问道：“没有更好的酒了吗？”服务生回答他，这就是他们酒吧里最好的阿马尼亚克酒了。库贝拉不高兴地点了点头，然后就挥手打发他走了。

“信你带来了吗？”他问。卡尔点头。“我想要看看，斯科特先生。”他的英语真的比法语好。

虽然这封信很简短，但是我们花了很大功夫写的，字迹是由 GHOUL 的一位笔迹模仿专家写的，他还在纸上盖上了司法部长办公室的凸印章。

1963 年 11 月 20 日

这封信是为了告诉收信人，在他的努力之下，古巴发生了显著的、符合历史趋势的改变，这样的古巴政府以及我们的政府，另外还有其他非常忠诚的人员都会支持他的最高政治目标。

罗伯特·F. 肯尼迪

库贝拉看完这封信，随后又拿出来一本袖珍英文字典，查了几个词的意思，然后就皱起了眉头：“这封信并没有履行我们上次见面说的内容啊，斯科特先生。”

“可是这封信完全接受了您上次的特别要求，上将先生。您只需要好好看看‘符合历史趋势的改变’的意思就行了。”

“是的，”库贝拉说，“你说的词说明你们履行了一半的最基本内容，但是信里面哪里说签名人的哥哥会支持我呢？”

卡尔把信拿回来，并且大声地读出来：“‘我们这个政府以及其他忠诚人员……’我觉得你可以在这句话中体会到我们把你当作一条船上的人。”

“一条船上的人？”

“就是兄弟。”我说。

“这话说得也太隐晦了。实际上，你们不过是想让我无条件地相信你们的承诺。”

“我们也是如此接受了你的承诺啊。”卡尔说。

听了这一番话，库贝拉似乎有点小高兴。“不管你相不相信，我会保你安全抵达华盛顿。但是对我来说，相信你就等于我赌上了自己的生命。”说完，他从夹克衫口袋里掏出一个放大镜，然后又从杂志里面找出了一张简报——我可以看到简报上是罗伯特·肯尼迪的笔迹样本。

库贝拉把样本和信的笔迹对比了几分钟，最后他开口讲道：“很好。”然后仔细地盯着我们俩。“我问你一个问题，斯科特先生。你知道，我曾经在夜店里射杀了一个人，实际上，我是刺杀他。”

“我原以为你不喜欢提及这件事呢。”

“我的确不愿意提。现在，”他用西班牙语说，“我就跟你解释一下为什么。这并不是因为我的神经系统崩溃让我没有能力向别人陈述此事，而是因为每次提到这事我都会想起一个濒临死亡的男人的脸——不，这是诽谤我的人才会说的话，这不是事实。我是一个理性的人，我有自己的理解能力、分析能力，未来我会成为那片悲惨岛屿的指挥官，那才是我的国家。所以我很讨厌别人提起暗杀的事。那个刺客，你知道吗，不仅摧毁了他的受害者，同时也摧毁了他更大的雄心壮志。你能让我相信美国总统和他的兄弟会帮助我吗？我可是那个他们在秘密委员会上称作‘暴徒’的人啊。”

“混乱时期，”卡尔说，“你的过去与你的英勇事迹比起来简直就是微不足道，你的勇敢行为将会在接下来几个月里让你走进公众的视线。”

“你是说这样你的上级就会接受我？”

“是的，正是如此。”

他深深地叹了一口气。“不，”他说，“你虽提到了最高点，但你仍然没有给出任何承诺。”

卡尔沉默了。过了一会儿，他说："作为情报局的一员，你知道没有人可以完全控制政治局面的。"

"是的，"库贝拉说，"所以我必须为各种情况做准备，这个很有必要，而且我已经准备好了。"说完他就深深吐了一口气，我意识到他准备今天执行刺杀活动的。"让我们注意武装自己。"他说。

"望远镜已经准备好了。"我父亲说。

"你说的是能够在五百码范围内精准射击的步枪？这种枪配备博士伦望远镜，望远镜的放大倍数为二点五倍。"

我的父亲习惯性地扶了扶眼镜，然后走到桌子对面，把手放在库贝拉的手臂上，缓缓地点了点头——在这个过程中，他一句话也没有说。

"我接受你对我们防范措施的关心，"库贝拉说，"但是很抱歉，我们现在能不能探讨一下交付的问题？"

"莱姆先生会听你差遣的。"

"我喜欢莱姆先生。"库贝拉说。

"我很高兴听到有人说喜欢莱姆先生。"卡尔说。

"望远镜装进公文包吗？"

"不行。"卡尔说，随后他又问，"你打台球吗？"

"桌球。"

"交接给你的箱子看起来就像一个装着台球棍的盒子，当然，是装着两支台球棍的。"

"太棒了，"库贝拉说，"还有其他的细节吗？"

"是的，"卡尔说，"我还准备了精密零件，这是一个惊喜，是我个人用的。"

"我可以看看吗？"

卡尔从他的花呢夹克衫上取下一支圆珠笔，然后按了一下按钮，就跳出一根注射针，他又按了一下，针头里就有液体呈线性射出来，就像蜥蜴的舌头一样。“这只是水，”卡尔说，“但是水可以替换成通用试剂……”说着，他从口袋里掏出一张索引卡，递给了库贝拉，上面写着：黑叶四十。

“我要去哪里找这种东西呢？”库贝拉问。

“任何有化学物质的地方都能找到，这只是一种普通的杀虫剂。”

“无论多大的‘虫害’都能杀死吗？”

卡尔又点头道：“见效特别快。”

库贝拉接过那支笔，按了很多次按钮，直到针管里面的液体全部喷完。“这只是一个玩具。”他有点生气地说。

“不，”卡尔说，“这是一种精密仪器。这个针头很细小，插进人体都让人难以察觉。”

“你是让我走近目标然后给他注射毒药？”

“这个针头很小，不会引起任何的不适，这样不会引人注意。”

库贝拉轻蔑地看着我们。“你的礼物很适合女人，她可以趁与男人接吻时把针插入他的后背。我不用这样的策略，用这种下三滥的手段对付敌人实在可耻，况且对方还是古巴的重要人物。否则，我就要被世人笑掉大牙了。”

说完他就站了起来：“我会接受莱姆先生给我的狙击步枪，但我不要这个。”他正打算离开，忽又停下来了，说：“不，我还是把这个带上吧。”说完他就把这个放进自己的胸前口袋。

我父亲接下来说的话让我吃惊。“留给你自己用吗？”他问。

他点了点头：“如果我的行动失败，我将没有勇气面对随之而来的后果。”

“不要这样想。”卡尔说。

库贝拉和父亲握了握手，然后又和我握手，他的手是冰凉的。“祝您健康。”他说，然后就走出去了。

“在维拉德罗沙滩上把狙击步枪交给他，”卡尔说，“他在那个沙滩上有一栋小别墅，在离这栋房子三百码的距离处，目标——库贝拉平时就是这样称呼他——正在度假。库贝拉这小子掌握着我的希望，我虽不想承认这一点，但是我希望他可以圣诞节前给我们一个惊喜作为礼物。”卡尔终于松了一口气。“你介意埋单吗？我需要出去走走。”他停了下来。“任何场合下，我们都应该分开走。”

“好的，”我说，“我随后就到酒店。”

透过酒吧的窗户，我可以看到街上的灯光。十一月的夜晚似乎格外漫长，七点钟光景外面就已经像半夜一样了。

我说不清楚我的感觉到底是什么样，也理解不了别人的反应是什么意思。其实我希望库贝拉能够杀掉卡斯特罗，希望赫尔姆斯、夏洛特，还有卡尔能挑战DGI。不，我希望刺杀行动能够在这一次行动中彻底结束。我并没有憎恨那些最高层领导，包括亨特、夏洛特、哈维、赫尔姆斯、艾伦·杜勒斯、理查德·比瑟尔、理查德·尼克松，同时也包括我的父亲卡尔和鲍比·肯尼迪；不，我不恨这些人，我想起了卡斯特罗，我希望他死。如果我们的行动成功了，那么我会哀悼卡斯特罗，就像一个猎人哀悼他的猎物一样哀悼他。是的，一个人把猎枪对准了一个美丽的猎物，扣动了扳机，为的只是能够离上帝更近，虽然在某种程度上，我们是犯罪了，但是只有他消失我们才能找回世界的秩序。是的，我理解这一切，我希望库贝拉是一个办事高效的刺客，而不是DGI故意派来迷惑我们的策略，你要知道，我们同时也在利用DGI：一个成功的刺客值得我们冒一百次险。

我独自坐在我的座位上，喝完了在见面期间没有动过的法国白兰地。然后我注意到站在酒吧门口的几个工作人员已经聚集到酒吧广播周边了。

现在，距离酒吧关门还有一个小时，酒吧里正播放着小风笛舞曲，隐约中还能听到实况播音员的声音，但是听不清楚到底在说什么，只觉得这个声音似乎很紧急。

大概一分钟后，服务生来到我身边。“先生，”他问，“你是美国人吗？”

“当然。”

他看起来很疲倦，脸色发白，五十岁左右，年龄似乎已经彻底摧垮了他的容貌。然而我还能看出他看我的眼神——带着深深的同情。

“先生，告诉您一个不幸的消息，最新的消息，”现在，他温和地握着我的手，“你们的总统在得克萨斯州达拉斯遭遇刺杀了。”

“他还活着吗？”我问，然后又重复了一遍，“他还活着吗？”

服务生说：“具体情况还不清楚，只知道当时的状况很混乱。”

37

《新共和报》 1963 年 12 月 7 日

珍·丹尼尔撰

1963 年 11 月 22 日　哈瓦那

古巴时间大概下午一点半，我们沐浴在温和的夏日阳光里——我们正在卡斯特罗在维拉德罗海滩拥有的一处住所里吃午餐，这里距离哈瓦那大概有 120 公里。电话铃响了，一个游击队装束的秘书报告说，古巴总统多铁戈斯有紧急情况要找总理卡斯特罗，卡斯特罗抓起电话，我听见他问：“什么？处心积虑的谋杀？”然后他又转向我们说肯尼迪在达拉斯遭到刺杀，继而又转向电话听筒，大声问道:“受伤了？很严重吗？”

接完电话他回到座位上，坐下，“这是一个坏消息！”这句话他重复说了三次，之后他就一直沉默地等待着更加详细的电话消息。在我们等待期间，他说，美国社会这时候肯定处于几近疯狂的边缘，这肯定是一个疯子或者一个恐怖主义者做的。难道是越南人，或者是三K党的人？第二个电话打来了：美国总统仍然活着，他还有希望被救活。卡斯特罗的第一反应是:“如果他们能把他救活，那他再次当选总统就是板上钉钉的事了。”他很满意地说着这句话。

现在已经将近两点钟了，我们从桌旁转移到收音机前，这样方便接收到迈阿密的美国广播公司新闻。终于有了消息：卡斯特罗的主治医生雷内·瓦列霍向他翻译道，肯尼迪头部受到枪击，在追杀刺客的过程中，刺客又杀了一名警察。最后最重要的消息是——肯尼迪总统死了。然后卡斯特罗站起来，对我说:“所有的事都改变了，任何事都会改变……所有的一切都需要重新构思。我告诉你，肯尼迪至少是一个我们已经熟知的敌人，现在一切都变了。这是一个很严重的问题，异常严重的问题。”

美国所有的广播电台静止15分钟后，我们再次收听迈阿密的电台，里面响起了美国国歌。在卡斯特罗的房子里，焦急的人们听着这首圣歌,这样的场景真的很奇怪。“现在，”卡斯特罗说，“他们一定会尽快抓到刺客，否则，你看吧，他们一定会把这事怪罪到我们的头上。”

38

在皇宫酒店，值班的那位女士坐在椅子上啜泣。在我的房间里，电话的存在似乎比床的存在更加重要，甚至比窗户、房门和我自己都要重要。我从钱包凹进去的地方拿出一张折叠的纸条，然后把这个纸条给了酒店经理，这个人告诉我国际长途已经占线了半个小时，但是她会尝试一下看能不能打通。不到一分钟，电话打通了，海外电话也畅通了。

“摩德纳，我是哈利。”

“哈利是谁？”

“哈利·菲尔德，是汤姆！”

“噢，汤姆。”

“我打电话过来是为了表示我的同情。”

“杰克的事？”

“嗯，关于杰克。”

“没事的，哈利。我已经吃了三片镇静片，一听到消息就又吃了三片，现在我感觉还好。这或许就是最后的结局吧，杰克真的很累了。我过去总是担心他，但是现在我觉得还好，因为我也很累了，我明白他有多需要休息。”

“你怎么样？”我问她，就好像我们一定得重复讨论这个话题一样。

“我很好，”她说，“虽然我现在还处在被监视中，我不知道你是否愿意听一听我现在的情况。”

“当然想，”我说，“我一听到杰克的消息就想马上飞到你身边。”

“你知道吗？我正躺在这里，眼睛看着窗外。芝加哥今天的天气很不错，在这样阳光明媚的一天发生这样的事真的让人无法接受。”

我本来想问问山姆·吉安卡纳怎么样，但我还是犹豫了，不过我忽然想到她吃了那么多镇静片，所以我问什么问题也都无所谓了，于是我说：“这些天山姆怎么样？”

“我和他不再见面了。每周他都会寄给我一张支票，但是我没有见过他。他很生我的气，所以我们没有说过话，也许是因为我一直在剪短自己的头发吧。”

“你为什么要剪短头发呢？”

“我不知道，我只是这样做了。我的一个女性朋友叫作威利的说，长头发需要从身体里吸收额外的营养，我不知道自己还能不能撑得住额外消耗自己的生命力，所以我一直在剪头发，现在已经全部剃掉了，似乎戴假发更简单。那是一头金黄色的假发哦。我想如果我不是那么胖的话，这假发戴在我头上应该会很漂亮。下周我打算去切除子宫。”

“噢，摩德纳。”

“哈利，你流泪了吗？我流了。我想这可以上世界吉尼斯纪录了：多吃了三片安眠药就流眼泪。”

“是的，我流眼泪了。”我说。真是这样的，现在我已没有必要再说一次谎话了。

“哈利，你真好。以前我总觉得我们两个本可以走在一起的，但是，当然，中间总会夹着杰克。哈利，我想让你感受到这一点。你知道，我们相识太晚。我和杰克已经很不幸了，现在他死了，可我并没有感到特别震惊，我知道他活不了多久的。”

“你怎么知道，摩德纳？”

“因为我也没有多少时间了。从我的手掌就能看出我的人生。这是我的直觉，我总觉得我会老得很快，也许我的人生长度还不到别人的一半。”

紧接着是一阵寂静，我不知道要说什么。最后我说：“如果我出差到了芝加哥，我可以去拜访你吗？”

“不，”她说，“我现在不想让你看到我。太晚了，要不然的话，我或者会想再见你一面。但是，哈利，太晚了。我已经走在人生道路的末尾了，也就是灵魂存在的地方。”她不说话了。“你知道吗？”她问，“我才知道杰克死了。那个可爱的人啊，他死了。哈利，你这时候打来电话安慰我，你真好。否则，世上就只有我一个人知道我是一个寡妇了，在某种意义上来说，我确实是寡妇，你觉得对吗？”

“嗯。”我说。

“你真是一个好人。”她说。

说完这些话，她就挂了电话。

39

《新共和报》1963年12月7日

珍·丹尼尔撰

到了三点钟，卡斯特罗宣布说，悲剧已经发生了，我们无力改变，但是我们还是要好好利用时间。他想亲自陪我去拜访格兰哈的一个印第安人村庄，在那里，我们正在做一些实验。

我们开车去的，收音机一直开着：达拉斯的警方现在正在全力追踪刺客的踪影，实况播音员说刺客是一个苏联间谍；五分钟后，又改正说是一个和苏联人结婚的间谍。卡斯特罗说：“看，我不是告诉你了吗？下面应该会说是我吧。”但是没有，广播里说是一个马克思主义的逃兵，接着又说是一个年轻的男人，这个人是古巴委员会所管辖的公平竞争组织中的一员，是卡斯特罗的拥护者。卡斯特罗表示：“如果他们有证据，那他们一定会说他是一个特工，是帮凶，是一个雇佣杀手。最重要的是，他是一个卡斯特罗的仰慕者，这就让人们把愤怒和卡斯特罗这个名字联系起来。这是一种公关手段，一种宣传工具，太可怕了。但是你知道，我很肯定这一场风雨很快就会平息，毕竟美国历史上有太多的竞争者，每一个都挤破头去争取自己的影响力经久不衰。”

我们到了那个村庄，这里的农民都很欢迎卡斯特罗。就在那时候，收音机里传来消息证明刺客是一个“拥戴卡斯特罗的马克思主义者”。广播一个接一个地来，他们的评论开始变得极端情绪化、极端凶猛。最后卡斯特罗说:“看来我们不得不放弃参观这个国有农场了。”于是我们继续朝着马坦萨斯前进，在那里他可以打电话给多铁戈斯总统。路上，他问道:“林登·约翰逊是谁？他的名誉怎么样？他和肯尼迪的关系怎么样？和赫鲁晓夫的关系呢？临时突袭古巴时，他的立场是什么？”最后，也是最重要的，“他在中央情报局的权力如何？”然后，他突然转而去看看自己的手表，知道我们到马坦萨斯还需要半个小时，于是他就眯上了眼睛。

40

1964 年 8 月 12 日

亲爱的哈利：

这是我们间断通信时间最长的一次吧？太神奇了。好几个月以来，我都不想写信给你，但我经常准备拿起电话打给你，可是，我做不到。收到你的表白信，我是不是应该说："你好，哈利。"就当这封信不存在？"我也深爱着你。"这句话我说不出口啊。因为，我并没有像你爱我一样地爱着你，我没有。你的那封信11月25日即周一就到达我的手里了，那时候正是杰克·肯尼迪的葬礼——噢，太慢了！棺椁游行从宾夕法尼亚大道到圣马修教堂。你那可怜的信啊！我读它的时候，外面传来的声音是我听到过的最悲惨的声音。我肯定那天晚上林登·约翰逊将会遇到一场灾难，他早晚都会应了我的预言，因为他给我的印象从来都像威廉·福克纳小说中斯诺普斯家族中的关键人物一样。

我觉得很悲惨，这也没什么奇怪的。失去一个人们很重视的人并不是最悲痛的，让另一个人们很鄙视的人代替他才是真正的悲哀。第二天，我意识到这样一种凄凉的状况还不是最糟糕的，你的来信变成了一种可怕的东西。我想，你和卡尔对玛丽莲·梦露死因的推测那么感兴趣，万一这也是一份奥斯瓦尔德契约该怎么办。一位牧师曾经说过，美国社会的联合是上帝支持的，让我们避免倒退到早期社会的力量就是神圣的祝福。人们得想一想，我们是不是消耗完了上帝的祝福？如果是，那我们究竟原谅了多少犯罪才耗完了这份祝福？我想起了艾伦和休·蒙塔古与诺埃尔·菲尔德和波兰的共产主义者之间的恐怖游戏，然后我又仔细考虑了我在巴拉圭的惨状，这件事到现在我都不敢告诉你，同时我自己也不敢承认。当初休·蒙塔古让你和摩德纳玩这个可怕的游戏时，我感到很不安；还有你和卡尔一起去巴黎的时候我也很担心，我甚至不敢想象接下来会发生什么。是的，有很多这样的事，我们必须好奇是什么让杰克活了这么久，尤其是这个人还贪婪到把自己的罪行也放在需要神的祝福之列。所以我不喜欢你口中说着你对我的爱是绝对的，然后行动中却说："好吧，就这样吧，我们的生活还要继续。"是，你的信并没有给我带来惊喜，反而要我这个穷光蛋分担一个寡妇的悲伤。因为一直以来我都以为自己只是喜欢杰克·肯尼迪，然而在他葬礼的那天晚上我才意识到我是多么地爱他，我爱他的心坚决而纯粹，但是之前我对自己的感情全然无知。当然，我的纯洁也是保护我免受我父亲的疯狂影响的保障，而且休的狂热会占据我的子宫，我为杰克的死责备休——我都快疯了。

你知道是什么拯救了我吗？是鲍比。我再次坠入了爱河，但是这次再也不用隐藏强烈的肉欲了。我觉得我爱上鲍比是因为我同情他悲惨的遭遇，我从来没有看到一个男人是那么地受伤。他们说在那个恐怖的周五晚上，鲍比睡觉之前在白宫的林肯卧室曾简单说过几句话："上帝啊，这太可怕了。一切都才刚刚步入正轨。"然后他就关上了门。告诉我这些的那个人当时就站在大厅里面，听到了他这些崩溃的话，听到了这位如岩石般坚强的男人——鲍比·肯尼迪大声啜泣："为什么？天啊！"他大声呼喊着。

鲍比问："为什么会这样，上帝？"这个问题肯定是一个超自然的。毕竟，他是那么认真。我相信他是在问这个世界上是否存在答案，或者说宇宙是不是也可能会犯一些可笑的错误？因为，如果真的有答案，那他就要勇往直前，去实现那些他和他兄弟这些年来想要实现的事情，尽管这些事情有时候需要经历一个可怕的过程。他们是在努力为一个更加理想的美国奋斗还是他们很享受这种邪恶的游戏呢？

你知道，那件事情已经发生几个月了，他去办公室，见到他的助手，努力重新管理那些事情，但是他的表现就像一个死人一样。就算是这样，他也一点不在乎，他知道自己失去的不仅仅是一个兄弟。之前他的私人电话安装在埃德加·胡佛的桌上，他可以随时拿起电话听联邦调查局局长亲自向他汇报工作情况，如今那个电话已经被移到胡佛外面的办公室了，这里的秘书，甘迪小姐，胆敢拒绝任何权力低于她主人的人。现在看来，鲍比的威严的确受到了挑战。林登·约翰逊还是胡佛的老朋友，而司法部长的办公室现在已经被挪到一边去了。对抗黑手党的工作一直以来都是鲍比在负责，如今也已经不关鲍比的事了，因为胡佛和约翰逊都不愿意继续这个计划：胡佛从来不会做自己没有胜算的事，同时和黑手党比起来，美国的共产主义者更好对付，林登·约翰逊也不打算对付那些准备非常充足的敌人。所以现在辛迪加组织兴起，而鲍比已经出局，胡佛甚至再也没有和鲍比说过话。约翰逊给了胡佛一个不受法律约束的特权，允许他七十岁退休。“我们的国家不能失去你。”约翰逊当着媒体镜头的面在玫瑰园里面对胡佛说，或许你在我们共和国的某个历史片段中见过这感人的一幕。

所以，就是这样，失去兄弟的同时权力也被剥夺了。吉米·霍法对记者说：“鲍比·肯尼迪现在不过是一个普通的律师罢了。”是啊，最具讽刺意义的是他对他的那些敌人再也没有威胁了，就连一个小小的当地卡车司机协会的财务处长都敢直接寄信给鲍比，目的竟然是申请资金为李·哈维·奥斯瓦尔德[1]建一座干净整洁、到处是鲜花的美丽墓园。

然而，就算是这样，鲍比也从没有停止过自责，玛丽莲·梦

[1] 被认为是肯尼迪遇刺案的主凶。

露的阴影无处不在，杰克的摩德纳，以及其他所有与他天主教徒行为不符的人和事都让他烦恼不已。我不知道卡尔、你、休和卡斯特罗之间的事进行得怎么样了，但是我可以大概猜出几分。我也不知道鲍比是否知道他为了继续支持哈维和赫尔姆斯都做了些什么，他对我们的事了解得太少了。有一天晚上，他告诉我说："我曾怀疑过你们情报局里的人，但是现在不会再怀疑了。约翰·麦科恩是值得信赖的，我问他是不是情报局的人杀了我哥，而且我是以一种他对我撒不了谎的方式问他的。他告诉我说，他调查了，确定不是情报局的人做的。"

我把这个故事告诉了休，你知道他是很少大声笑的，但是我问过这个问题之后他失态地大笑了起来："是的，这事儿就应该问麦科恩。"

"如果问你，你会怎么回答？"我问他。

"我会告诉鲍比，如果这事儿做得对，那么我是不可能给出正确答案的。"

太可怜了。鲍比深陷痛苦之中，他原本蓝色的眼睛现在变成了一种病态的牛奶灰。他试着隐藏自己的痛苦，但是他的神情似乎总在诉说："我会活下去，可是这些痛苦什么时候有个尽头？"

你知道吗，我竟然不知道杰奎琳·肯尼迪还有这样的一面。她正在阅读伊迪丝·汉密尔顿的《希腊精神》，她希望在书中找到自己的答案，我很怀疑鲍比迷上这本书也是受她的影响——鲍比在四月复活节时成天阅读甚至背诵这些文字，最有深意的那段来自《阿伽门农》，鲍比读给我听："埃斯库罗斯说：学习的人一定要受难，即使是在梦中，苦难也挥之不去，它就像水一样在我们心灵之间一滴一滴地落下。让我们失望、违背我们意志的是，只有依靠上帝的仁慈，我们才能获得智慧。”

在每个人的生命中，都会有那么一段专属于他的意味深长的文字。鲍比对新事物的理解与你、我和休都不一样，我们只是为了把情报局推向一个新的高峰，希望能够在这个过程中探索新事物的本质。但是鲍比却是怀着怜悯之心获得新知识的，在我认识的人中，没有一个人比他更富有（至少在 Ω 里面是这样。他们说他现在在玩触身式橄榄球时，会以踢到老朋友为乐。很明显，α 仍然可以怒骂咆哮）。但是怜悯，“所有痛苦的终点”（欧里庇得斯，我的朋友）离他很近。他在《希腊精神》里划出了一段又一段的文字：知道你一定会帮助那些身处逆境的人。这是他引用《乞求》的一个句子，是的，他或许会变成一个专家。他也收集加缪的名言：“可能我们阻止不了这个世界折磨孩子，但是我们可以减少遭受折磨的孩子的数量。”你知道，杰克死后，鲍比的第一次外出是出席一家孤儿院的圣诞节晚会——是的，一个政治家最后一根活着的神经是不可能死去的——但是无论如何，外出是一件痛苦的事，我的天，你可以看到他连走路的样子都很痛苦——在他的胸膛和腰之间没有一处不充满痛苦。他走进孤儿的游戏间，在这里，孩子们都在等他。尽管之前他们在这里四处奔跑玩耍，但是现在他们很安静。对他们来说，这是一个很特别的活动。这时突然有一个六岁大的男孩跑到他身边大哭道：“你的哥哥死了！你的哥哥死了！”我觉得这个男孩只不过想让人们知道他很聪明，可以记住别人教他的话：一个死了哥哥的大个子男人正在走进来。这就是那个男人。

哈利，当时我也在孤儿院，你可以想象当时的气氛有多么的悲哀吗？“你的哥哥死了！”我们都转过脸去，原来对这个男孩的讨厌被他的哭声一扫而空。鲍比把他抱起来，抱得很紧，就好像他是他的亲人一样，鲍比对他说："没事的，我有了另一个兄弟。"

这就是我爱上鲍比·肯尼迪的时刻。哈利，我告诉你这些并不是故意对你的表白视而不见，而是试着向你解释我在什么情况下对鲍比产生了爱意，是在告诉你我对别人的同情，这样才让我觉得我和你更亲近了。对于我们两个，我是有感觉的，我不知道这种感觉是怎么产生的、哪一年开始的，也不知道自己是不是曾经希望这种感觉快点发生。我承认自己感受到一种近乎敬畏的恐惧，因为我了解我们的智慧或苦难，我怕如果有一天我们的苦难来临，这种痛会把我们之间的爱一扫而空，但是有一点我很确定——我再也不爱休了。我曾经爱他，尊重他，但是他压抑了我太多的生理反应，可以这么说，都是因为他，他占据我的身体比我希望的或者比我想要的还要多，但是我再也不爱他了。他很鄙视死去的杰克和活着的鲍比，这一点让我很讨厌。我对他的悲惨童年再也没有了同情，我是一个被监禁的不快乐的妻子，我的婚姻很不幸——我只是众多处于不幸婚姻的女性之一。

所以我觉得我们在一起的时光快要来了，你必须等待，你一定要耐心，我们甚至不能走错一小步，否则我就要为你、为我、为克里斯多夫提心吊胆。我真的很喜欢你写的那封信，或许时间会给我们机会过上那样的生活，或许属于我们的时间终会到来。之前我从来都没有说过，但是现在我要说，我爱你，我爱你的一切！噢，天啊，这太简洁了，你这个小傻瓜。

亲吻你

基特里奇

尾声

华盛顿

罗马

（1964—1965）

1

事实证明，耐心是一个很有效的词。我和基特里奇的关系又隐藏了六年，这六年来我们一周见一次面，甚至有时候会为了谨慎起见，我们一个月只见一次面。直到休和克里斯多夫死在那个悲惨的秋天，我们才走进婚姻的殿堂，而举行婚礼的地点就是发生那件事而且经常闹鬼的峡谷。

所有这些事都历历在目。谋杀带来的渗入骨髓和心脏的震惊陪伴了我很长时间，这种恐惧感甚至弥漫在兰利的每一个角落里，直到时间麻痹了我的知觉，让我再也感受不到那次重大灾难，而这件事也变成了历史，变成大厅里人们的谈资。现在这件事的影响已经远远不及事情本身了——它变成了人的生命中的心灵负债。

但是，夏洛特的夸大其词给人感觉很无情。他了解情报局主要领导的恐惧，他甚至怀念那一天。他最终留下一段独白，而这段话我已经听了很多次，每次都会让我联想到不同的事物。

“在那个特别的周五下午，一九六三年十一月二十二日，”这是夏洛特一贯的开场方式，“我跟你说，我们都聚集在局长的第七楼会议室开了一个高峰会，我们所有人，包括主管、官员、上议院的官员、金，还有那些有权势的人、各级首领等这些人一起。”

“我们就坐在那儿，这是我这么多年来第一次看到这么多的上层人物——他们就坐在那儿。最后，麦科恩说，‘谁是奥斯瓦尔德？’紧接着就是一阵世界级的安静，这感觉就好像球赛第一局就被客场赢了八个来回。

“还是不说当时的气氛了。我们还在沉默，忽然一个银行总监说地下室有一颗定时炸弹即将爆炸。每个人的焦虑感都急剧上升，但是每个人都要尽力掩藏自己的恐惧，我开始想起我们当中很差劲的人。比尔·哈维此时远在罗马，博德曼·哈伯德和安/拉稀在巴黎，如果卡斯特罗收买了库贝拉怎么办？在这种时候，我的思绪天马行空，每个人都在观察其他人最隐秘的本性。我们等待着有关奥斯瓦尔德的细节，忍受着这种不知情对我们智慧的打击和侮辱。我的天，奥斯瓦尔德这个男人在日本的厚木空军基地工作后竟然跑去了苏联，那不就是检测U-2的基地吗？这个奥斯瓦尔德竟敢回到苏联！是谁负责监管他？谁是他的直接上级？我们之中的谁曾经接触过他？这对我们来说是不是很重要？我宁愿这是某个人的判断失误也不愿是个人背叛！难道，噢，难道拿他一点办法也没有吗？没有一个人大声表达自己的想法，我们有太多人了，会议一度中断，气氛已经凝固了，现场一片沉默。整晚都零零星星有人来报告外面的消息，只是消息越来越糟。马丽娜·奥斯瓦尔德，苏联妻子——这可是一个全新的消息，我们并没有说‘马丽娜’而是说‘马丽娜·奥斯瓦尔德，苏联妻子’——她有一个叔叔是苏联内务部的陆军中校。然后我们又听说乔治·德·莫伦斯乔特，我们当中刚好有人知道他，一个很有教养的人，是奥斯瓦尔德在达拉斯最亲密的朋友。我的天，乔治·德·莫伦斯乔特可能在赚法国人的钱、德国人的钱、古巴人的钱，或许他也在赚我们的钱。是谁给他钱的？奥斯瓦尔德到底由谁负责？那个周末我们没有一个人回家，也许这是我们最后一次享受兰利的空气了。到周日下午，走廊里又传起了一条爆炸性新闻，这真是我们的救命稻草啊，连枯叶也在花园里跳起了华尔兹：一个叫作杰克·鲁比的流氓暴徒杀了奥斯瓦尔德。矮壮的杰克·鲁比肯定是因为忍受不了杰奎琳在公开的审讯中受苦，所以才杀了这个凶手。自从玫瑰战争以后，我们还没看到过这么勇武的男人呢。

现在第七层楼的氛围有点像恩斯特·刘别谦导演的电影的最后一幕，我们很难躲避闪烁的灯光。从那时候开始，我总是说：我喜欢杰克·鲁比。这个家伙还清了自己的债，唯一一个让我不那么满意的，是我不知道是特拉菲坎特、马塞洛、霍法、吉安卡纳还是罗瑟琳动的手脚。

“无论什么时候，胜利都是属于我们，然而这次混乱要永远玷污这个记录了。我记得在那个周日晚上，我们推测出一个最后的结果。我问自己：事情的真相难道就是一个无所畏惧的人吗？我们需要继续追踪这件事。共和党人要担心他们的右翼，得克萨斯州的大亨们会被牵扯进来，而自由主义者肯定会受到惊吓。卡斯特罗，即使他很无辜，他也保证不了 DGI 内部所有的因素。赫尔姆斯需要考虑黑手党、离群的危险分子和 JM/WAVE 的反抗者。很明显，谁也无法对一块飞地负责，对，要不然中情局可能会失去很多，国防部也一样。要是我们发现奥斯瓦尔德是受苏联操控的呢？谁也不能因为一个爱尔兰野心家被红色苏联干掉而发动一场核战争。但要是被干掉的是迈阿密一个反卡斯特罗的古巴人，那这种可能性就他妈的大得多了，这会把我们全部带回到共和党时期，带回尼克松时代。不，不完全是全部。一个枪法了得的越南枪手可能会为他死去的统治者迪姆报仇，而肯尼迪政府则不能贸然和这个家伙硬碰硬，不是吗？传奇的腐朽可能会使得烈士的坟墓被人遗忘。然后就是联邦调查局——他们怎么能允许这些假设被人拿来验证呢？每一个假设都是一个阴谋。向全世界宣传联邦调查局没有能力揭穿不是他们自己策划的阴谋，胡佛对这个不会感兴趣的，不，这其中任何一项猜测都无法勾起胡佛的兴趣。所以，奥斯瓦尔德这个单独行凶的杀手在为最好的机构服务——克格勃、联邦调查局、中情局、DGI、肯尼迪政府、约翰逊政府、尼克松政府、黑手党、迈阿密的古巴人、卡斯特罗派的古巴人，甚至是高华德他们一伙人。如果是约翰·伯奇的人干的呢？我可以感受到每一个谈论过刺杀杰克·肯尼迪的阴谋家血管里的狂热，这份狂热甚至让他们误以为自己已经杀了肯尼迪，其实没有。毕竟，没有人可以向他的朋友们保证自己一定能够刺杀成功。自此，一锅虚假信息的肉汤已经开始在炉子上炖起来了。我知道我们将会展开调查，而这项调查会证实一种烂泥般的模式。所以，我决定避开关于那锅肉汤的信息，回到可以取得实际进展的严肃工作上来。”

夏洛特是否在暗杀后六十小时的那个周日晚上发挥了他的分队的实力，或者是总结了前几个月学到的东西，我都无法在轮到我的时候总结这个形势，因为我还深深陷在死亡之中。如果困惑是一种对埋藏在污秽土壤中的恐惧的哀悼——这片土壤便是我们的灵魂——那么我是困惑的。玛丽莲·梦露的死依旧萦绕在我的脑海中。据我父亲说，如果霍法为了报复肯尼迪两兄弟造成的政治迫害而处心积虑害死梦露又嫁祸给两兄弟的话，那么我能说出多少个为了引发一场针对菲德尔·卡斯特罗的战争而打算刺杀杰克的人名呢？

夏洛特可能会认为无法从这样一锅肉汤里得出一种模式，但我不这样想。我的大脑针对这个问题飞速旋转，而它在很多个夜晚都围绕着一个轨迹。我常常想到霍华德·亨特和他与曼纽尔·阿蒂姆的深厚友谊。亨特有时间和机会通过阿蒂姆与那个旅中最残暴的成员产生联系——但是他的愤怒足够强烈吗？我的大脑因不断地思索亨特问题而筋疲力尽，我转向考虑比尔·哈维。我在想十一月的那个特殊星期五他是否离开罗马回到了美国，结果他并没有。然后我意识到这并没有关系，即使他在罗马也不耽误他操控这样一次行动，但是他能吗？迪克斯·巴特勒在哪儿？他是否已经在越南了，还是他中途停留在达拉斯？我无法作出判断。我还想到是不是卡斯特罗在特拉菲坎特的协助下成功实施了这次暗杀，尽管我们暗杀他的计划失败了好多次。在那些不眠的夜晚，我都会花上几个小时在脑海中勾勒奥斯瓦尔德那瘦削而扭曲的工人阶级脸庞，他在九月时南下到了墨西哥城。卡尔拿出一份备忘录给我看，兰利指挥部已经打电报到墨西哥驻地，索要墨西哥城苏联大使馆两个克格勃头目联系过的所有名单。墨西哥驻地回复称，古巴大使馆和苏联大使馆的记录中都有奥斯瓦尔德和罗兰多·库贝拉的名字，奥斯瓦尔德甚至曾经从古巴大使馆打电话到苏联大使馆，这个声称自己是奥斯瓦尔德的人坚持用刺耳而又不遵循语法的俄语与“科斯季科夫同志”通话。

“这很可疑，”卡尔说，“我们都知道奥斯瓦尔德的俄语说得很好。”

“那库贝拉呢？”

“啊，库贝拉啊，他与科斯季科夫同志有过通话，但我们不知道内容。我猜他和所有人都有过联系。”

“当然，我们已经把他解决了。”

“天啊，没错，”卡尔耸耸肩，“不管怎么说，这已经结束了。联邦调查局马上就要对外宣称奥斯瓦尔德是单独行动的了。”

是约翰·埃德加·胡佛干的吗？

我没有停止思索。有一天，在沃伦委员会的听证会上，首席大法官沃伦询问艾伦·杜勒斯：“联邦调查局和中情局确实在秘密招募一些可怕的人物吗？”而艾伦·杜勒斯用街头恶棍中品行良好的一员能够表现出的温和回答说：“是的，非常可怕的人。”

“这是艾伦表现比较好的时候。”休·蒙塔古评论说。我本来准备好相信是艾伦·杜勒斯做的，或者是夏洛特，或者，卡尔和我也有罪。思绪四处乱飞，我还没有发表我的第一条大学箴言呢：世界上没有答案，只有问题。

当然，问题也分好坏。

2

1964 年 9 月 12 日

亲爱的哈利：

卡斯特罗不是说过一场革命必须在流血中完成吗？我想他是在说——如果从个人角度来讲——在某种程度上，一个结了婚的女人会通过一种并不是很严重的肉体出轨方式证明她对自己爱人的认真，今天我想完成这样一个行为。这封信的内容将会告诉你一些你想象不到的关于比尔·哈维的信息。事实上，这就是休·蒙塔古曾经告诉过我的最机密的信息，现在我和你分享这些秘密，但你要保证这些秘密不会被别人知晓，尤其是传到休和哈维的耳朵里，只能是你知我知。

这是休的特别秘密之一。这里的四页手抄本内容是他和哈维在柏林的谈话记录，因为你曾经在威廉的手下做过事，所以这些内容很可能会让你对很多事情改变看法，但是我感受到的只是知晓这份秘密的骄傲和空虚。其实，我的内心是悲哀的，我想，一年的唠叨，到现在一点意义都没有。我已经知道一个很黑暗的秘密了，它是关于极度疯狂的家伙比尔·哈维的。然而，事实上，我滥用了这个秘密——我正在传播这个秘密，我已经深深入迷了。

当我写好那四页的手抄本时（那四页里面，只有一页是照抄的，并且，我可以向你保证，我一看完休就把原件拿回去了），我问他还有谁看过这些东西，他才勉强说出一个令人吃惊的事实——八年多以前，他曾经让你看过前两页。“当然，”休说，“前两页不怎么重要。但是那个可怜的孩子却被突然的挫折打垮了一半。”

但是，哈利，我会尽力帮你找到你没看到的剩下部分。既然我没有原本，那么我只能是回忆我所看到的内容了。就在第三页纸的顶端，休提及他和哈维的第一任妻子莉比曾经简单地交流过，所以有很多事都是从她那里了解到的。你还记得那辆陷在雨水坑里的车吗？记得吗？莉比给调查局的人打了电话因为她的丈夫一直没有回家，她很担心。这件事还要追溯到1947年，当时哈维要随时向调查局报告自己的行踪，但他要从调查局辞职，原因是他在一辆废旧的车里睡了一晚而没有让调查局知道，于是胡佛为了惩罚他就打算把他调到印第安纳波利斯。但是，九年多之后，休再次向莉比谈到此事，莉比依然露出痛苦的神情，但是她现在只是哈维的前妻，所以并不会像以前一样担忧怨恨了。她说，她从来都没有给调查局打过电话，她为什么要打呢？比尔每天晚上都在外面，凌晨三四点才回家。休想办法让能够接触到记录的人去核实她的话，确实，1947年的那个凌晨，莉比·哈维没有打过电话。休的结论是：哈维的故事像电影里的情节一样，是胡佛一手策划的，他这么做就是为了让比尔留在情报局。休告诉我，胡佛已经成功地通过各种方式把他大量优秀的人才安插到我们内部担任特殊的特工了，而这件事仅仅是发生在前些天，那时候，休还说：“我们这些人都很好，很友善，很纯洁，还很无辜。”在那些人之中，哈维是最好的，他已经向胡佛传递珍贵情报长达十年之久了。

在第四页的末尾，你可以察觉到哈维在尽力少给胡佛情报信息。我清楚地记得下面的内容，现在我给你一字一句地写下来。

“你不会相信的，”他对休说，“但是我真的很恨胡佛。”

“也是，”休告诉他，“约翰·埃德加·胡佛这个人的确不怎么样，而且，你真的很喜欢我们这里，是吗？即使这些年你一直都很好地应付着胡佛。”

“我在这里获得的好朋友更多。”比尔回答说。

“但是，优秀的双重间谍就是这样啊，不是吗？”休说完这句话，紧接着又直截了当地说，“现在要跟你说点残酷的事情了，比尔。我相信你说的话：你确实更加喜欢我们而不是胡佛。所以你要为我们拿到他的顶级情报，搜他的特殊文件夹也好，其他任何方式也好，我不在乎，我只要情报。如果埃德加·胡佛知道了你的行动，那你就继续倒戈，这样你很快就会成为一个三方间谍，那我就有更大的收获了。这是克拉洛雪茄烟吗？”

“是的。”他回答。

哈利，这就是那四页手稿的大致内容。当然，你现在可以猜得到我问休的问题的答案了：“从那以后，你有没有控制过比尔？”

“有，从我 1956 年去柏林开始，那是一顿非常成功的早餐。可怜的比尔，这些年来，他一直面对着我和胡佛的两张面孔，他真应该为此喝上两杯。”

哈利，你看到了，我们有太多事要思考了。背叛让我颤抖。我已经对我严肃的结婚誓言说再见了。但我会为你遵守我的誓言，贪婪的小猫。

你的基特里奇

3

曾经有一段时间，我给基特里奇写激情洋溢的信，但她都没有回我。最后，她提到了《犹太法典》，“哈利，你身体里充满智慧的那部分是犹太人的血液。当老一辈的巴比伦犹太人不希望沉溺于强大的诱惑时，他们就会设一道防线禁锢自己的欲望，一道防范可能不足以面对强大的诱惑，所以他们会在一道防线之外再建立一道防线。因此，我才选择不见你，而且也不鼓励你写情书，我宁愿听你讲你学到的东西”。

我很不情愿地听了她的话，下面的信可以证明这一点。

1965 年 9 月 12 日

亲爱的基特里奇：

距离上次你告诉我威廉·哈维的秘密已经一年了，从那以后我就一直在想哈维。其实我从卡尔那里也了解到了一些信息，哈维把罗马分部搞得一团糟，卡尔对此很恼火。卡尔为赫尔姆斯解决的难题越多，他就越是要想一下如果赫尔姆斯成了下一届情报局局长，那他是否会提拔卡尔为副局长，所以恐怕我父亲又要再次登上权力的阶梯了。此时卡尔似乎又恢复了我童年时代的威严，我们又开始有冲突，我想他是在生我的气，因为我选择了听从夏洛克差遣而没有做他的助手。如此一来，我和父亲离开巴黎后可能就再也没有机会像现在一样在一起了。作为父子，没有理由会这样啊。但是，你知道吗？我们两人心里都有鬼，这些天卡尔又陷入了厄运感，我不知道是不是因为哈维，但是卡尔确实对哈维很感兴趣。赫尔姆斯虽不情愿但也打算把野蛮比尔从罗马调回来，再把他派到牧场上去。但是要谁去告诉比尔这个消息呢？赫尔姆斯想到了卡尔。“你去做这件事情会减轻对比尔的打击，”他告诉我父亲，“这事得由你或我去做，帮助他接受这件事情。”但是，卡尔具有我所说的失败神经。“我做不了这个，”他曾经不止一次对我说过，“如果换作比尔·哈维来告诉我我遭贬斥的消息，那我永远都不会原谅他，我会觉得这个人在幸灾乐祸，这会让我更加不能冷静。”

“但是，”我说，“如果赫尔姆斯想让你做这件事情，你也很难拒绝吧。”

“但是，我可以让你替我去。我让我的儿子去，那不是更能够体现我的诚意吗？”

“如果是这样的话，恐怕我会和比尔狼狈为奸了。”

“里克，如果我不信任你，我就不会把这个任务交给你了。当然，你可能一开始会觉得委屈，但是你是我的儿子，我有事求你你会不答应吗。我真希望他能主动辞职。”

这件事我们就说到这儿吧，这是我有生以来第一次不相信我的父亲。我想，他的恐惧感都是拜他的职业所赐，他担心哈维会做出一些不理性的事，而这些事又是博德曼·哈伯德——未来的情报局副局长不希望发生的，我希望是我错了。我一直都在希望，希望比尔·哈维主动辞职，或者说，希望一切都好起来。哎，这也是他们自找麻烦。当初，如果你还记得的话，赫尔姆斯不得不把哈维赶出麦科恩的视线，那时候只有罗马的职位空着，为了引起哈维的食欲，赫尔姆斯给哈维一份极具诱惑力的菜单，说：“看，罗马现在就是一个卖奶油松饼的店，我们收到的情报都是意大利情报局送给我们的。真是一种耻辱——十年了，我们都没有转变一个克格勃为我们工作，所以亟须你的才能去改变，比尔，去那里吧，发挥你的长处，像一只雄天鹅一样粗放，像美第奇一样敏感，你会彻底地改变那个地方。”

据卡尔所说，赫尔姆斯只不过是以这样一种方式开除了比尔，为了安慰他不让他觉得自己是被狠狠地贬了官，但是，哈维真的上当了。现在，哪怕是罗马最好的情报员都不够资格做中央情报局一个小小职员的助手，而且罗马分部也确实没有提供过情报。哈维与他的同事相处十分糟糕，你知道罗马对那些老不死的情报官员来说确实是个好地方，他们可以在那度过最后的美好时光，哈维的职责是监视他们，但他一直都在揭他们的短——“你们今天招募了苏联特工吗？”显然没有。哈维也许是想取得成绩，但是他侵犯了罗马人的骄傲。作为地方情报机构的领导者，他努力地游说拉拢当地的意大利人，最终成功地安置了一个人，却因此成了他所有意大利同事的笑柄，因为那个人背叛了哈维。而且那个人还给他使绊子，告诉他不允许任何美国特工占据苏联和东欧大使馆的线路，比尔真是搬起石头砸自己的脚。这样的事发生了几次，哈维也因此迷恋上了午餐酗酒，他会呼呼大睡到被人推醒为止，而这已经成了尽人皆知的丑闻。

后来他就得了心脏病，身体恢复以后他又继续喝酒。有一天早上，他的办公室里传来一声枪响。他的门关着，没有人敢进去，谁忍心去看威廉办公室墙壁上的斑斑血迹呢？最后，一个很勇敢的秘书终于鼓起勇气推开门，哈维正坐在他的桌子上，擦他的枪。哈维眨了一下眼睛说，不小心走火了。

基特里奇，我觉得距离我执行任务越来越近了。终于有一天，卡尔转告我——赫尔姆斯说：“我想让哈维那硕大的头颅塞到墙里面去。”

现在看来我一定得去执行这项任务了，我活着回来的可能性一下就从百分之百降到了百分之一，而且，天啊，即使是这百分之一我也毫不占优势，不是吗？

爱你和克里斯多夫

哈利

4

又过了一个半年，我才打出这通电话，该来的终于还是来了。

他知道我为什么来罗马。他派了一辆豪华轿车到机场接我，还有一个人接我过海关。那天晚上，我进入他的办公室时，我记得，他穿得很正式，跟我一样正式。我们都穿着黑灰色的法兰绒单排纽礼服套装，里面穿着白色衬衫，系着绫纹平布的领带——我的领带是红蓝色，他的领带是绿黑色。我们晚上八点钟就开始坐在他的办公室，以为九点的时候会出去吃晚餐。一夸脱波旁酒，一桶冰块，还有两只玻璃杯。后来的七个小时，我们一直都在喝酒，晚餐早已被我们抛之脑后了。第二瓶酒都已经空了，这是我喝酒喝得最快的一次，后来，回到美国后的几个月，我都没敢再碰烈酒。

但是，那样的场景下烈酒就像水一样，或者更准确地说，像汽油一样，我的肾上腺素急剧增高。如果点燃我们喝进肚里的酒，那哈维恐怕早就被烧焦了。我忽然理解了他为什么能喝这么快、这么多：他这一生没有片刻不受外部威胁。

房间里异常安静，后来他用他那低沉的声音说："我知道你为什么在这儿，没关系，你是在帮另一个男人做这件事。"

"我并不情愿到这里来，"我回答说，"但是我知道为什么他会把这项任务派给我，那是因为，至少我知道你做了什么获得了什么，也知道你代表着什么。”

“你总是那么能说会道，”他窃笑着说，这倒是他的正常声音，“回到柏林，你只配在我屁股上画圈圈，SM/ONION。”

“一直以来我都担惊受怕。”

“当然，任何为休·蒙塔古工作的人都这样。”

“是的，先生。”

“现在你是来解雇我的。”

“话不能这么说。”

“但是结局都是一样的，因为我不会接受你的条件。”

“我相信你已经做了自己的决定。”我每一次接完他的话都尽量拖延时间。

“但是你不知道，”他说，“你是妓院里养出来的小娃娃。”

“我总好奇我究竟是什么。”

“哈哈。现在，此刻，卡尔·哈伯德应该在华盛顿焦急地等待吧。他告诉你一旦你了结了我就给他打电话，不论什么时间都可以给他打电话对吗？”

“当然，他很在乎你怎么样了。”

“别猫哭耗子假慈悲了。卡尔·哈伯德肯定脸都气绿了，他害怕我一枪穿透自己的眼睛，这样上级一定会怪罪他。”

“他们想为你找到更合适的位置，高层的合适位置。我的父亲比任何人都更深刻地感受到约翰·麦科恩对你的不公。”

哈维脸上挂满了笑容：“我可以看看他写给约翰·麦科恩的信吗？”

就这样过去了一小时，我承受着他的辱骂、他的讽刺，他忽视晚餐让我挨饿，接下来他又开始长篇大论。“你到这里来是想让我同意跟你回去，”他说，“而我当初来这里就没准备活着回去。哈伯德，马革裹尸不比被人排挤致死轻松得多吗？所以我们没有什么好商量的。我们还是聊聊天吧。我想知道为什么局里对我成功完成这份工作持不同的意见，你知道我从来没有得到过任何人的合作、帮助。我看上级就是故意把我送到这里，目的就是为了让我更顺利地拿到退休金，他们都是浑蛋。我不会退缩的，他们没有兑现对我做过的承诺，这就是为什么罗马的这个情报局分部没有业绩的原因。你知道休·蒙塔古在罗马有他自己的意大利团队，而且还是最高指挥吗？”他水平伸出手掌远高过头顶，“那些特工位置非常高，而且是几年前建立的队伍，直接听从部长的命令，休·蒙塔古还不让我接触他们：‘你只能和你找的那些小猫咪一起共事了。’这是他的原话，休·蒙塔古，我为他做过的事比我为任何人做的都多，这个忘恩负义的家伙。你，哈伯德，永远都是他手里的小娃娃。”

“再喝一杯吧，”我说，“这会让你舒服一点。”

“去你妈的，我不需要你们的感激，更不需要你们的同情。”他伸手到肩上的手枪皮套上，拿出一把手枪。我不知道这是柯尔特式手枪还是史密斯·韦森左轮手枪，本来我是想问他的，但是后来一想，这个问题问了也没有什么意义，所以我就没问。他校准了手枪，然后把圆筒打开，检查圆筒，用他干净的手帕擦拭圆筒。

“人们说，”哈维说，“‘他又来这一套。’”他把圆筒装回去然后用枪指着我，“他们以为这只是一场戏，但是他们没有认识到扣动扳机让不管是谁的头离开他的身体是我发自内心的爱好，我们总会回归土地成为肥料。只是现在我没有扣动扳机的唯一理由就是没有找到一个合适的相配物。有时我会有杀人的强烈念头，就像现在这样，但是我能杀的人还不够资格和我一起写入历史，所以，我没有扣动扳机。但是，如果休·蒙塔古今晚在这里，那他现在已经是一个死人了。”说着，他还真瞄准了目标，朝着一间空房扣动了扳机。“如果是你的父亲在这里的话，我可能会抛硬币来决定他的生死。但是你，你是相对安全的，”他把手枪放在桌子上，“坐回去吧，让我们聊聊其他的事。”

那天晚上他第一次用枪指着我，但那不会是最后一次，我们会再次回到枪的问题上来。但是那把枪在桌子上待的时间越长，就越不可能再次指向我。

“我问你，”他说，“你觉得李·哈维·奥斯瓦尔德怎么样？”

“我觉得他的事还需要深入研究。”

“呸，哈伯德，你觉得那是一种答案？喝点波旁酒吧。”他将我们的酒杯倒满酒，“我问这个问题是因为我觉得奥斯瓦尔德这个名字让我很感兴趣。或许你知道，我很憎恶那狗娘养的鲍比·肯尼迪，这种憎恶让我从头到脚都不舒服，半夜梦里我都想拿枪毙了他，这已经成了我的习惯。如果现在他站在你旁边的话，我会毫不犹豫地开枪。这个李·哈维·奥斯瓦尔德也很恨鲍比，两兄弟中剩下的这个就要承担人们对他们所有的仇恨，所以我很高兴有这个奥斯瓦尔德的存在，但这跟情报局官员的身份并没有关系，我不问他是自发的还是受人指使的，不，我只是纯粹喜欢这个名字。李·哈维·奥斯瓦尔德，真是个奇异的名字，它让我心中一震。不要奥斯瓦尔德，我理解不了这是什么意思，只留下李·哈维，我小的时候，人们叫我威力·哈维，你觉不觉得这是上帝的某种暗示吗？我调查了李·哈维的背景，很神奇。你知道他青少年时期最喜欢的电视节目是什么吗？竟然是《我的三种生活》，这是菲尔布里克导演的关于联邦调查局的电视。可是，他妈的，哈伯德，你知道吗，这也是我最喜欢的节目。威廉·金·哈维，为调查局过着三种生活，我说这不仅仅是一种巧合吧。仔细考虑之后，哈伯德，我得出了一个十分深刻的结论，那就是关于热寂说，我认为宇宙中的能量与物质不一定会降退，它一定还在形成新的东西，我称之为新体现，二者之间的关联就如同物质与反物质。”他打了个嗝。“是的，”他说，“新形成的事物不断恶化，然后所有的事物都沉入大海，但是它们会再次苏醒，并找到新的成形方式。一个个单独个体总是在寻找方法连通彼此形成一个大个体，有一个这样的趋势，哈伯德，量变到质变的趋势。我告诉你这个是因为我感受到了我和李·哈维之间某种隐性的联系，这就更加深了我对体现的理解，一种新生的体现，新的事物在寻找更多的形成方式。我说清楚了吗？哈伯德。”他又开了一瓶波旁酒。

他一直在说话，不间断地说了一个小时。他提到了自己的才能被损耗的感受，“你的教父休·蒙塔古是一寸一寸地剥削着我，妈的，我真有足够的理由杀了你。”然后他又拿起了枪。

后来，这样的事又发生了两次，最后一次，他拿枪对准我的头足足停了几分钟，而我就集中于我的呼吸，我知道我只有把所有不好的空气呼出我的体内，优质的空气或者是其他的东西才有机会主动进入我的身体。在他的枪口下，我想起了半生之前的那个夏天，我已经和夏洛特练习攀岩两周了，我记得似乎是我和夏洛特攀岩的最后一天，我在六英尺寸宽的岩石边缘足足站了半个小时，那时候，夏洛特似乎被什么卡住，正在绞尽脑汁地寻找一条路穿过极其不协调的悬崖峭壁。在这个过程中，我一直不相信我可以在他滑倒的时候拉住他，我已经被固定在眼前的岩石上，可是我一直不喜欢被外物固定。

在那半小时里，我发现垂直站立比水平躺着更加消耗能量。我记得当时我看下面的地面时，那地面就像消失的岛屿亚特兰蒂斯一样。现在，坐在哈维的对面，哈维拿枪指着我，我知道什么叫命悬一线。我并不觉得我毫无悬念能够活到黎明，但是我知道，黎明就是我唯一拥有的最强筹码，防止哈维扣动扳机的筹码。在枪口下我连微笑都做不到。

时间已经过去了五个小时，哈维开始模仿起卡斯特罗。他们两个一点都不像，甚至完全不同，但是哈维一直在寻找共同点，也许是酒精的作用吧，我俩都有些激动。我可以感受到他允许我笑，其实就哈维模仿卡斯特罗这一幕，我可以哈哈大笑。“‘我可以原谅你，’”哈维说着，把他那联邦调查局特质的鼻子往上抬得很高，“‘你们美国人想要杀我，因为我已经发现你们的失败之处了，那就是资本主义比我想象的还要差劲。’哈伯德，这是不是很像卡斯特罗的语气？”

“继续。”

“‘我已经准备原谅你们有力但无效的暗杀，但是我不能原谅你让你的帝国主义大船载满次品汽油来我们的国家，损坏我们的发动机，然后你再嘲笑我们社会主义社会的无用。’怎么样？我是不是学那个狗娘养的卡斯特罗学得很好？”

“嗯。”

“‘没错，我可以原谅你们试图谋杀我，但是我必须要告诉你们，你们所谓的美国精神，在我们古巴人眼里，就是怪胎。你们的广播台整天肆无忌惮地向我们灌输你们的思想，希望我们能够吸收，然后又在我的人民面前说可笑的话；听说你们制定出在我的潜水衣上粘了结核病的细菌，还听说你们做了浸过毒药的香烟，还有你们的引爆贝壳计划，是谁想出这些点子的？我的朋友，我知道这些点子的源泉，这些都出自英国文学中的一个人物叫詹姆斯·邦德。我对这个叫作詹姆斯·邦德的特工很感兴趣，他看起来呆呆笨笨的像个冒名顶替者。因此，我去哈瓦那大学查阅了所有关于这位作者的资料，调查发现，这位绅士伊恩·弗莱明，是一个疲惫不堪的喘着粗气的色狼，这个色狼已经心力交瘁了。这样的男人是你们美国的传奇。’”这就是哈维对卡斯特罗的概括，紧接着他咳嗽得很厉害，腰都难以直起来，等他咳完，他把枪收了起来。

他应该还会再拿出来一次，但是夜晚渐渐过去，最后，他站起来说：“我们一起散散步吧，散步中我会决定如何处置你。”

我们就绕着大使馆散步。哈维说：“克格勃的人一直都在跟踪我，你如果说他们有什么恶意的话，他们的确没对我有大的伤害，但是小麻烦、小破坏却从来没有间断过，我甚至觉得我的车胎漏气就是他们搞的鬼。”他气喘吁吁地说：“也许现在就有狙击手用枪瞄准着我，但是没关系。”他又一次气喘吁吁。“好了，哈伯德，”他说，“我跟你回去。但是首先我想办一场派对，我会安排一个喷泉，喷泉里面喷出来香槟，然后又停下来，接着再喷出，为了让喷泉喷得更漂亮，我们会在铅管里注入二氧化碳。”他满脸笑容地说道：“明天，我会给世界各国发电报说我将回到华盛顿，但是我要再加一句，如果任何人或者任何事暗示我是失宠回来的，那么我跟你还有你的那一帮人没完。”

“我保证不会有任何流言蜚语。”我说。

“噢，最好没有，”他把他的手臂放在我的肩上，“哈伯德，你拿着你的酒，看起来很镇定，或许你遗传了你父亲的勇气。”

“不可能。”

“我真希望我也有一个儿子。”他说。我们回到了美国大使馆，走到哨兵值守的大门口，他带我去了后墙。“我有一件事要告诉你。”他又说道。

“好的，先生。”

“我是那个揭露菲尔比的人。”

“我们大家都知道。”

“但是我揭露他之后，我开始想是不是苏联人故意要暴露他。如果是那样的话，我想只有一种答案——他们是在保护某个更大的目标，或者是某个更高层的人。现在，我的问题是，这个人是谁？这仍然是一个问题，我想请你猜猜他是谁。”

他没有再说话，而我开始焦虑不安，我怀疑是不是夏洛特。

哈维走到美国大使馆的后墙，撒了一地的尿，这一晚的烈酒派对也就此结束了。中途他说：“哈伯德，你永远都不知道当我这样好好撒尿的时候，我感觉和耶稣多么亲近。”然后他碰碰我的头和我说再见，这是最后的“礼物”，和宿醉一起带回家的礼物——头痛。

莫斯科，一九八四年三月

那句异常掉价的话——“和宿醉一起带回家的礼物”让我想起了我写给 α 的信的最后一张，我再也不用藏着这份回忆录了。在古老的莫斯科都市酒店的第四层，我狭小的房间位于通风管道旁，我坐在床上，凝视着高得出奇的天花板，房间里似乎还回荡着最后一任沙皇说话的回音，我只知道我并不想手稿就这么结束。微缩胶卷里两千多幅画面如同我口袋里的钱一样珍贵——钱是你在一个陌生而充满敌意的国家里最好的护卫。现在，我的资金已经消耗殆尽，我已经结束了书写这本书，而且我自己决定从任务里解脱。这个任务的目的我说不出来，但是我心里清楚，因为如果我对这个任务的目的毫不知情的话，那么我又为什么会出现在这里呢？

然后我想起了夏洛特，还有他那和他本人不相称的虚荣心，我想起了一个远久的故事。在还有倒影池的年代，一个夜晚在I-J-K-L，夏洛特进入一位秘书的办公室，藏在黑暗中，估测他自己和旁边办公室的距离。在球场对面一个亮灯的办公室里，他看到他的一位同事正在亲吻一个秘书。夏洛特立即拨打那个办公室的电话，正如他看到的一样，那个男人迅速从拥抱中挣脱开拿起他的电话。

“你有没有被自己吓死？”夏洛特问。

“你是谁？”

“上帝。”夏洛特说完就挂了。

休·蒙塔古最后一次告诉我上帝的事是我最后一次从兰利去他的农场的路上。那天下午，他详细跟我解释创世论，那时候，我可以看到他的智慧一点都没有减少。

“你会不会觉得，哈利，”他问我，“这样的表达如‘信奉正派基督教的人’很矛盾呢？”

“的确是很矛盾。”我回答他。

“聪明的势利是你的外衣，”他回应说，“让你理解简单愚笨的文章的意思，你会做得更好。”

你想了解他的想法，那你就无法避免看到他自大的眼神，向来如此。

“是的，”他说，“创世论者迫切地想要告诉我们，《圣经》说世界开始于五千多年以前，并向着幸福前进，难道不是吗？那些信奉正派基督教的人都是傻瓜。然而我曾经对自己说：‘如果我是耶和华，我创造了人这种生物，然而他们都很固执地探寻我的本质，那我该怎么办？如何才能消除人类探索我的本质的激情？毕竟，我按照自己的想象创造了人类，而他们希望了解我，以至挑战我的权威。如果我没有任何预防措施去改变这个虚拟故事的话，那么我还会一开始就想着造他们吗？’”

“虚拟故事？”我不希望重复他的话，但我还是问了一遍。

“一个非常宏伟的故事，一点都不粗俗，而且各种细节都相当完整。你想想，上帝打破与撒旦的契约之后创造了整个世界，五千多年前，我们就有了这样一个完整的世界，是上帝创造了它。从无到有，完全把这个世界给了我们。从此世界上有了我们的存在，而被赋予广阔的个人空间。当然，每个人都是从什么都没有到被赐予天分，最终联合在一起成为整个世界，这个充满想象的创造是上帝的艺术品。所有有生命的，不管是男人、女人，还是孩子或者在不同部落不同气候条件下的八十岁的、四十五岁的、年轻的情侣又或者是两岁的人都在同一时刻，在上帝把半熟的食物放在石质的炉子上的那一刻，被创造出来。所有的一切都是同时出现的，动物如人类一样多，待在自己的栖息地，每一个生物都拥有记忆，植物拥有专属于它们的本能天性；地球有些地方很富饶有些地方很贫瘠，甚至有些农作物已经可以收割；所有的化石都完好地藏在岩石之中。上帝给了我们一个可以追踪到万物足迹的世界，所以19世纪达尔文就找到生物进化的线索。地质层也是上帝事先安排好的，太阳系就在天堂之中，万事万物都是按照一定的轨道运行的，这样宇航员才有机会发现地球已经大约五百亿岁了。我非常喜欢这种见解，"夏洛特说，"你可以说宇宙本来就已被事先安排好了，它可以提供虚假信息让我们相信进化的存在，如此一来，我们对上帝的关注就可以得到转移。是的，如果我是上帝，我也会这么做，也会不信任我创造的生物。"

夏洛特曾在"低调星期四"说过什么？"这样组合的目的就是为了让你认识到事实。一个人必须认识到自己以及周边事物的本质。毕竟，历史数据不会那么真实，而且后来的研究者也在不断地更改历史，所以你必须从历史碎片中学会认识事物的本质。"

是的，我从书中来到这个世界，站在我面前的全部都是苏联人。但是我知道一个事实，即使这个事实不过是我的一种假设，那就是，夏洛特也在这里，在莫斯科。一个会把世界曲解成上帝出于自我保护目的而创造人类的人，为自己创造了一个不朽的双重环境，这个环境大过任何一个他曾工作过的机构。我只能相信夏洛特就在这并且还活着，而且我有办法找到他，这才能解释我为什么会在苏联。因为，他会作为一个最受尊敬的克格勃成员居住在莫斯科，是的。想到他的轮椅，我想他甚至可能就住在距我几步之遥的捷尔任斯基广场，我感觉距离我想要的答案又近了一步。夏洛特可能就住在离这里几百码的地方，这个猜测让我体会到了十九年前比尔·哈维提过的“具化”——夏洛特，住在捷尔任斯基广场附近，就是我的具化、直觉。

我可能永远都完成不了《哈利·哈伯德》这本书，写不出他在西贡的故事，以及他经历水门事件之后在白宫里获得升职的情况；不，我也写不出我和基特里奇的暧昧故事——那些像童年一样遥远的故事。我不是上帝，我不能把我创造的东西全部呈现出来。我再也不用受文件命令约束了，我的生活达到了前所未有的透明，因为我正在走我人生飞跃式的一步。我能否做好准备找到我的教父，然后问他，连带其他的一切，问他:“谁？以列宁的不朽名誉发问:‘究竟是谁，从一切中获利？’”

未完待续

后　记

在过去七年时间里，无论我什么时候提到我在写一本关于中央情报局的小说，几乎每一个人都会说“我都迫不及待地想看了”，我认为人们的期待不过源于对中央情报局的敬畏之情而不是对作者的尊敬；关于小说的第二种反应，尤其是那些不清楚小说是如何日复一日地写出来的人，他们会礼貌地问：“你是不是有朋友在情报局，而且你们还很亲密？”然而我却宁愿他们这么问：“你凭什么了解他们并写关于他们的小说？”

我的回答大概是这样的：是的，我认识一些情报局的人，但是我不便透露太多。这是事实，要想写好情报局的故事，认识几个情报员是必要的基础。这些问题太无知，就像你问一个专业的足球教练他是否偷了对手球队的秘密信息，我想那个足球教练会说：“我们不需要这么做。专业的足球是一种文化，而我们就身处其中。另外，我们有足够的想象力书写一份合理的对抗计划。”

所以，我应该这样回答：我是凭借自己在情报局待了四十年的经验来写这本书的。毕竟，《夏洛特的亡灵》是经过反复想象的产物，而且在过去的四十年中，我甚至仔细思考过情报局在人们生活中的神秘与诱惑；我不需要身处那个组织，也不需要与情报员有很密切的关系，我只管相信自己已经十分了解情报局的内部工作结构。十九世纪早期的一个苏联犹太人对东正教异常感兴趣，他不需要为了苏联东正教而刻意和一个牧师保持亲密的关系吧？当然，如果他这么做，并且他本来一出生就是苏联东正教徒的话，那他很有可能得到一些内部关系让他成为一个修道士。但是对我来说，为了获得写作必要的材料而把自己的一生奉献给情报局是不可能的，并且我对情报局有着不一样的政治偏向。

显然，我是在告诉你们，优秀的小说可以和作者的实际生活偏差很远，小说灵感可以源于文化体验，也可以是作者的想象力。这几年来，凭借丰富的想象力，我才得以在该主题下完成搭窝建巢。生活中的方方面面都可以刺激作者的想象力，比如美国总统的生活，或者是流浪汉的一天，这些或许马上就可以让作者灵机一动。小说家不仅有他们自己的生活，同时他们还会在生活中发展出作品中的人物形象；刚开始那些人物形象不可能清晰地出现在作者脑海中，只有经过作者的构思，他们才能在作者的笔下一点一点清晰起来。

当然，写作过程并不总是如此充满魔力。在写《夏洛特的亡灵》时，我做了大量的调查工作。如果我没有阅读上百本关于中央情报局的书的话，那我可能就必须接近情报局，但是我很幸运，在我写作的时候，关于情报局的作品也在源源不断地涌现，而且其中一些书籍对我帮助很大。如果这是一本非小说类文学作品，我一定会在很多地方加脚注和解释说明，再加上一个目录和参考书目，并且在这份免责声明出现之前，一直心存感激七年来这些书对我的帮助。

但是，《夏洛特的亡灵》是一部杜撰小说，书里面大部分的主要人物以及绝大多数的配角人物都是虚构的。由于这里面牵涉了现实生活中的名人政要，其中还有一些历史上非常杰出的人物，所以很有必要在这解释一下我如何使用了我研究的书。

一些非小说文学唤醒了人们的想象力，书中的要人名士光彩照人，也就是说，人们会觉得作品中的人物跟实际生活中的男人或女人一样真实、立体。但是，使用研究文献越多就越缺乏自己的看法。如果一个人对某种事物着了迷，并全神贯注地研究，那么即使是普通的事物也能够让想象力无限放大；当你对它充满激情、热衷于研究它时，你就能够突破困惑，找到深埋的事实，就不会选择逃避模糊的事物。在我看的书籍中，有一些并不那么成功，故事情节的发展线索只是隐藏在作者的写作风格中。打个比方，一个担任足球教练四十年的男人只需要看几场高中生持球跑动进攻的比赛就可以知道谁是有天赋的；职业拳击赛的教练也是这样，他们只需要看一个业余选手打出一个左勾拳就知道这个人是否具有天赋。那些终身从事写作的小说家也不例外，过去的岁月，我已经写了很多不痛不痒的作品，并且花了很多时间思考为什么会写得那么差。在这些积累沉淀中，我已经能够从作品中了解到作者是做什么的，他是男是女，甚至更重要的是我能知道他真正要表达什么，这和反情报机关的工作很相似，他们需要区分敌人说的话是真还是假。

某种程度上可以这么说，我对中央情报局的理解有一半直接来自我所阅读的书籍，另一半则来自我对这些书籍的分析重组。结果只有一点，我让我的读者感受到了我眼中的一九五五年到一九六三年之间情报局的样子，至少他们是通过一个年轻男人的眼光看它，而这个年轻男人在情报局里长大成长，所以对情报局的情况他有一定的话语权。书中的情报局是一个虚构的情报局，它真实的样子只存在我的脑海里。而且我要指出的是，那些已经在情报局里工作了四十年的男人和女人也一样，他们对情报局的认识也仅限于他们自己参与的那部分，就像我们每个人心中都有自己的美国一样，没有两个人的观点是相同的。如果我一定要有个参照让自己的小说尽量逼真，那么我脑海里的情报局比任何当事人眼中的情报局都要真实。

在创作的过程中，我们有许多方法可实现文章的逼真，最重要的一点就是不要为出现在作品中的所有名人编造虚假的名字，否则就会给人留下语言粗糙不规范的印象，比如你讲到美国有史以来最年轻的总统时，硬生生编出个名字——詹姆斯·费茨帕特里克，那读者一定会觉得很别扭，文章也就难以逼真了。

因此，很显然，我们应该直接给出杰克·肯尼迪的真实名字，这样才不会影响到小说的效果，他在小说里的生活就会和小说中其他虚构人物的生活一样激烈了。如果说作者非要使用虚假的姓名，那么读者也只能感叹一句："噢，是的，费茨帕特里克总统就是肯尼迪总统，让我们看一看杰克·肯尼迪的特征是什么吧。"

霍华德·亨特和艾伦·杜勒斯也一样，就后面这个人物来说，问题还不是那么大，因为他在这里不是中心人物；至于亨特，他在小说中是一个重要角色，所以还不能妄下结论。曾经有一段时间我考虑要不要给他取一个名字叫作查理·斯坦特·史蒂文斯，但这有侵犯他的肖像权之嫌，因为精明的读者很快就会发现："那是霍华德·亨特。"然后适应了假名之后，读者就会猜测我写的每一个关于"假亨特"的内容都是真的；但是，如果我公然使用他的名字，读者就不用怀疑了，他们或许会说："这并不完全是我了解的亨特。"

然后，为了寻求作品依据，我找了两部亨特的传记，《情天长恨》(*Give Us This Day*)和《卧底》(*Undercover*)，书中描写了他的性格，我在对这两本书的理解基础上写出了有关霍华德·亨特的内容。当然，他说的话除了有几句是我摘抄的以外，剩下全部是我自己写的。我的书写不会超出他的性格界限，我不会仅仅因为是我的小说，就主观安排给他我都不相信他能完成的秘密任务。

或许最自由的真实人物就是威廉·哈维了。有一本写得很好并且很有娱乐性的书叫作《荒野镜子》，大卫·C.马丁著，这本书很客观地描写了哈维的长相，为我的想象提供了素材并且刺激我超越马丁的真实描写。我笔下的威廉·哈维和已故的威廉·哈维有一定关联，而且他还紧跟真哈维的职业脚步——柏林隧道工程，他的婚礼，因为"猫鼬计划"而和真实的兰斯代尔将军以及真实的罗伯特·肯尼迪发生过争执，最终他的职业生涯在罗马结束，这些没有一个是编造的。虽然马丁的描述看起来像是哈维的原型，但是对于哈维的描写我还借鉴了其他书籍，所以我笔下的哈维更具想象力（因为我不希望他和霍华德·亨特一样真实）。

至于夏洛特，我对这个人物形象的想象就更不受限制了，他的原型可以说是情报局传奇中的老大詹姆斯·杰西·安格勒顿，但是因为在我写这本小说的时候，很少有人知道安格勒顿，而且他本身也是一个非常复杂、令人费解的人，所以我决定自己创造这个人物，这个完全虚假的休·蒙塔古，当然，还有他的妻子，基特里奇。

卡尔·哈伯德也是一样的。特雷西·巴恩斯和德斯蒙德·菲茨杰拉德的性格特点可以轻易找到，但是我对他们并不熟悉，客观地说哈伯德和蒙塔古一样，都是完全虚构的人物。

无论是哈利·哈伯德、迪克斯·巴特勒、阿诺德·罗斯、沙威·福特斯、托托·巴尔巴罗，或是马萨罗夫一家、谢尔曼一家、农场的所有人员，还是生活在柏林、乌拉圭和迈阿密的所有小人物，他们几乎都是虚构出来的。但是文中也有许多真实存在的人物，如卡斯特罗、阿蒂姆、巴克、圣·罗马、托尼·奥利瓦、欧亨尼奥·马丁内斯以及许多在书中闪现的古巴人，还有美国"新增特别小组"的政府官员以及威廉·阿特伍德和丽莎·霍华德。

之所以决定把这些真实的和虚构的人物都融合到书中，不是想让其变为一部纪实文献片，而是要超越它。我再次重申这份免责声明，如果一个作家要写出一部好的小说，他就得让读者感觉到比其他非小说类作品更加真实。因此，我在小说中把真实人物和虚构人物结合起来只是想表明一个观点：如果读者知道一些历史真实事件的细节，他在读小说的时候就会很轻松，他们可以很轻松地分辨出哪些是真实发生的，哪些是作者杜撰的。我希望读者可以从《夏洛特的亡灵》虚构的世界中更多地联系到真实存在的历史事件，而不是零碎的事实碎片或者是媒体报刊给予的误导。这个要求有点儿偏高，但是我有理由相信只有小说家们有这样的先天优势，他们可以超越史实，创造出完全虚构的历史。

对以上情况我可以举出适用于我的作品的典型例子——朱迪思·坎贝尔·艾克斯纳和奥维德·德马里斯一起写了一本书，叫作《我的故事》。在书中，艾克斯纳坦诚直白地描述了她与弗兰克·辛纳特拉、山姆·吉安卡纳以及美国总统杰克·肯尼迪之间的风流韵事的细节。这本书非常成功，给读者营造了十分愉快的阅读气氛，让读者愿意相信她所描述的都是事实。

因此我可以对我的理论做一个补充，我决定间接利用艾克斯纳小说中的描述，比如朱迪思·坎贝尔·艾克斯纳所展现出的想象已经十分详尽时，我便采用她的表达。跟她比起来，我在小说方面还有很大的提升空间，所以我还是会受到她的影响。在我创造虚构的角色摩德纳·墨菲时，我对这个角色的理解在很大程度上都是受艾克斯纳的影响，她有一点点像朱迪思·坎贝尔，但是又差得很多；她的行为在许多方面都和坎贝尔类似，比如说她也和辛纳特拉、肯尼迪以及吉安卡纳之间都有过风流韵事，她和坎贝尔一样让联邦调查局感到无比头疼，她在最后也会变得悲惨不幸。但是她的内心生活、她的言语对话以及大多数的具体情境都不同于坎贝尔，只属于摩德纳·墨菲这个人物。所以我写的不是另外一个朱迪思·坎贝尔，但是无可否认，坎贝尔的经历给我提供了灵感和历史框架，让我能够构思出相似的故事。

实际上，我的小说中所用的历史真相大部分都来自朱迪思·坎贝尔的小说，其中有些事件是真实的故事而有些只是部分遵从事实真相。我在写这本小说的时候很注意避免夸大历史，如果我做得很成功，那么《夏洛特的亡灵》这本书中所提到的中央情报局就会和现实中的中情局差不多，没有过分夸大也不会低估其权力。

我对下面这些书深表感激，我是按照作者姓名的字母顺序来排列这些书目的，对于那些对我有重大帮助的书目我会用星号标出：

E.C. 阿克曼，《流浪者：中情局的迈克·阿克曼》，阿克曼及帕伦博，1976 年；

☆菲利普·阿吉，《公司内部的中情局日记》，波士顿：石山学院，1975 年；

路易斯·沃尔夫，《中情局在西欧的肮脏刑警》，纽约：莱尔·斯图亚特出版社，1978 年；

斯图尔特·奥尔索普，《中心》，纽约：哈珀与罗出版社，1968 年；

克里斯多夫·安德鲁，《女王密使：英国情报界的形成》，伦敦：海涅曼出版公司，1985 年；

查尔斯·阿什曼，《中情局和黑手党的联系》，纽约：庄园书屋，1975 年；

威廉·阿特伍德，《红与黑》，纽约：哈珀与罗出版社，1976 年；

布兰德利·厄尔·艾尔斯，《战争从来不存在》，纽约：博布斯—美林出版社，1976 年；

詹姆斯·班福德，《迷宫》，纽约：企鹅出版社，1983 年；

约翰·巴伦，《克格勃》，纽约：读者文摘出版社，1974 年；

路易斯·柏尼克，《亚伯》，西雅图：三叉戟出版社，1970 年；

弗雷·贝托，《菲德尔与宗教》，哈瓦那：联邦院出版局，1988 年；

塞丽娜·布勒多斯卡和乔纳森·布洛克，《克格勃到中情局：情报与反情报工作》，纽约：埃克赛特书籍，1987 年；

威廉·布鲁姆，《中情局：遗忘的历史》，伦敦：Zed 出版社，1986 年；

罗伯特·博洛萨芝和约翰·马克斯，《中情局档案》，纽约：格罗斯曼出版社，1976 年；

本杰明·C. 布拉德利，《和肯尼迪谈话》，纽约：诺顿出版社，1975 年；

☆威廉·布拉舍，《山姆·吉安卡纳的生与死》，纽约：哈珀与罗出版社，1977 年；

文森和南《间谍—反间谍：间谍的百科全书》，纽约：麦格劳希尔集团，1982 年；

迈克尔·伯克，《非凡运气》，波士顿：布朗出版社，1984 年；

大卫·沙夫沙娃德斯，《皇冠与风雨衣：在中情局的俄罗斯王子自传》，纽约：大西洋国际出版社，1990 年；

雷·克莱因，《秘密、间谍与学者》，雷斯顿，维吉尼亚州：城堡出版社，1976 年；

雷·克莱因，《中央情报局：一部真实的历史》，纽约：斯坦和戴出版社，1986 年；

威廉·科尔比，《可敬的人》，纽约：西蒙和舒斯特出版社，1978 年；

H.H.A，库珀和劳伦斯·J. 汉德凌格，《做间谍：一个星探的手册》，波尔德，科洛：帕拉丁出版社，1986年；

迈尔斯·科普兰，《民族的博弈》，纽约：西蒙和舒斯特出版社，1969年；

☆迈尔斯·科普兰，《不用斗篷，也不用匕首》，纽约：西蒙和舒斯特出版社，1974年；

☆威廉·R. 科森，《无知的军队》，纽约：戴尔出版公司，1977年；

威廉·R. 科森和罗伯特·克罗利，《新克格勃》，纽约：威廉·莫罗出版社，1986年；

威廉·R. 科森，苏珊B. 特伦托以及约瑟夫J. 特伦托，《寡妇们：四个美国间谍及其留下的妻子，克格勃削弱美国间谍》，纽约：克朗出版社，1989年；

☆塞西尔·B. 柯里，《爱德华·兰斯代尔：不平静的美国人》，波士顿：米夫林出版公司，1988年；

☆皮尔·席尔瓦，《私密：中情局和间谍的利用》，纽约：时代图书公司，1978年；

弗兰克·唐纳，《监控的时代》，纽约：克诺夫出版社，1980年；

☆阿伦·W. 杜勒斯，《职业间谍》，纽约：哈珀与罗出版社，1963年；

菲利克斯·捷尔任斯基，《捷尔任斯基自传》，莫斯科：国会出版局，1977年；

约翰·J. 德齐亚克，《契卡》，列克星敦，马萨诸塞州：莱克星顿书籍，1988年；

埃迪线，《开锁指南大全》，汤森港，华盛顿州：loom-panics出版社，1982年；

爱德华·杰伊·爱泼斯坦,《骗术：克格勃与中情局之间的无形战争》，纽约：西蒙和舒斯特出版社，1989 年；

爱德华·杰伊·爱泼斯坦,《审讯：沃伦委员会与真理的建立》，纽约：维京出版社，1966 年；

☆爱德华·杰伊·爱泼斯坦,《传奇：李·哈维·奥斯瓦尔德的隐秘世界》，纽约：读者文摘出版社，1978 年；

哈罗德·乔治·埃里克森,《如何寻找失踪者：侦察员手册》，汤森港，华盛顿州：loom-panics 出版社，1981 年；

☆朱迪思·埃克斯纳（和奥维德·德玛里斯）,《我的故事》，纽约：格鲁夫出版社，1977 年；

☆克里斯多夫·菲力克斯,《秘密战争的短期课程》，纽约：达顿出版社，1963 年；

伯纳德·芬斯特沃尔德,《巧合还是阴谋？》，纽约：斑马书籍，1977 年；

吉姆·加里森,《追踪杀手》，纽约：谢里登·史克威尔出版社，1988 年；

☆安托瓦内特·吉安卡纳和托马斯·伦纳,《黑手党公主：成长在山姆·吉安卡纳之家》，纽约：威廉·莫罗出版社，1984 年；

阿纳托利·戈利钦,《旧事新谎：共产党欺骗与虚假信息的方法》，纽约：多德，米德出版社，1984 年；

森·格拉韦尔·爱迪生,《五角大楼文件》，波士顿：灯塔出版社，1971 年；

罗伯特·J. 格洛登和哈里森·爱德华·利文斯顿,《叛国罪，暗杀总统约翰 F. 肯尼迪：到底发生了什么》，纽约：音乐学院出版社，1989 年；

特兰伯尔·希金斯,《彻底的失败：肯尼迪、艾森豪威尔以及猪湾的中央情报局》，纽约：诺顿出版社，1987 年；

华伦 · 亨克和威廉 W. 特纳，《雨是红的：与卡斯特罗秘密战争的故事》，纽约：哈珀与罗出版社，1981 年；

☆海因茨 · 赫内和赫尔曼 · 措林格，《将军是间谍》，纽约：科沃德，麦肯和盖根出版社，1972 年；

约翰 · 霍兰德，《对间谍活动的反思》，纽约：雅典庙宇，1976 年；

威廉 · 胡德，《间谍》，纽约：诺顿出版社，1982 年；

威廉 · 胡德，《圣周三》，纽约：诺顿出版社，1986 年；

☆吉姆 · 霍根，《幽灵：难以忘记的美国——间谍的私人使用》，纽约：威廉 · 莫罗出版社，1978 年；

吉姆 · 霍根，《秘密议程：水门事件、秘密检举人以及中情局》，纽约：兰登书屋，1984 年；

E. 霍华德 · 亨特，《柏林的结局》，纽约：普特南出版社，1973 年；

☆ E. 霍华德·亨特，《有朝一日》，纽约：阿灵顿舍，1973 年；

☆ E. 霍华德·亨特，《密探》，纽约：伯克利—普特南出版社，1973 年；

☆亨利 · 赫特，《夏德林：没有归来的间谍》，纽约：麦格劳希尔集团，1981 年；

☆海恩斯·约翰逊，《猪湾事件》，纽约：诺顿出版社，1962 年；

菲利普·奈特利，《间谍大师》，纽约：克诺夫出版社，1989 年；

菲利普 · 奈特利，《第二古老职业：20 世纪的间谍与间谍活动》，纽约，企鹅书籍，1988 年；

理查德·W. 克鲁谢尔，《物理审讯技巧》，汤森港，华盛顿州：loom-panics 出版社，1985 年；

乔纳森·科威特尼，《爱国者的罪行：关于吸毒、非法钱财级中情局的真实故事》，纽约：诺顿出版社，1987 年；

小莱曼·B. 柯克帕特里克，《真实的中情局》，纽约：麦克米伦出版社，1968 年；

罗伯特·J. 兰菲尔和汤姆·沙赫特曼，《克格勃与中情局的战争：一个特工的故事》，纽约：兰登书屋，1986 年；

马克·莱恩，《法庭风云》，特洛伊，密歇根：霍尔特、莱因哈特及温斯顿出版社，1966 年；

亚伦·莱瑟姆，《送给母亲的兰花》，波士顿：小布朗出版社，1977 年；

威廉·J. 莱德勒和尤金·伯迪克，《丑陋的美国人》，纽约：福西特·克莱斯特，1958 年；

☆维克多·马尔凯蒂和约翰·D. 马克斯，《中情局与间谍的推崇》，纽约：克诺夫出版社，1974 年；

☆大卫·C. 马丁，《荒芜写实》，纽约：哈珀与罗出版社，1980 年；

J.C. 马斯特曼，《二战期间的欺骗体系》，纽黑文市：耶鲁大学出版社，1972 年；

☆帕特里克·J. 麦加维，《中情局：神话与疯狂》，纽约：达顿出版社，1972 年；

☆拉尔夫·W. 麦吉，《致命的欺骗》，纽约：谢里登·史克威尔出版社，1983 年；

小科德·迈耶，《面对现实：从世界联邦主义到中情局》，纽约：哈珀与罗出版社，1980 年；

简·摩恩，《双重间谍——约翰·莫》，爱丁堡：主流出版物，1986 年；

威廉·B. 莫兰,《暗中监视与电子渗入》，汤森港，华盛顿州：loom-panics 出版社，1983 年；

☆罗伯特 · D. 莫罗,《背叛：从猪湾事件到肯尼迪总统遇刺的秘密事件后的重建》，芝加哥：亨利 · 莱格尼里公司，1976 年；

罗伯特 · D. 莫罗,《这个参议院必须死：肯尼迪总统的谋杀者》，圣塔莫尼卡，加利福尼亚：圆桌出版社，1988 年；

☆伦纳德 · 莫斯利,《杜勒斯：关于埃莉诺、阿伦、约翰 · 福特斯 · 杜勒斯及他们的家庭结构的自传》，纽约：戴尔出版公司，1978 年；

☆马尔科姆 · 马格里奇,《记录浪费了的时间：可憎的格鲁夫》，伦敦：柯林斯出版社，1973 年；

☆卡尔 · 奥格尔斯比,《美国佬与牛仔之战》，堪萨斯城，密苏里州：安德鲁与麦克米尔出版社，1976 年；

☆布鲁斯 · 佩奇、大卫 · 利奇和菲利普 · 奈特利,《菲尔比的阴谋》，花园城市，纽约：双日出版社，1968 年；

奥列格·潘可夫斯基,《潘可夫斯基的文件》，纽约：百龄坛，1965 年；

埃莉诺 · 菲尔比,《我的丈夫：间谍金姆 · 菲尔比》，纽约：西蒙和舒斯特，1967 年；

☆金姆 · 菲尔比,《我的无声之战》，纽约：格鲁夫出版社，1968 年；

☆大卫 · 艾德礼 · 菲利普斯,《守夜》，纽约：雅典庙宇，1977 年；

大卫 · 艾德礼 · 菲利普斯,《密战日记：我在实战、间谍活动及隐秘活动中的冒险》，贝塞斯达，马里兰州：石头小径出版社，1980 年；

查普曼·平彻,《长久绝密》，纽约：圣马丁出版社，1984 年；

查普曼 · 平彻,《卖国贼》，纽约：圣马丁出版社，1987 年；

理查德 · H. 波普金,《第二个奥斯瓦尔德》，纽约：埃文，1966 年；

达斯科 · 波波夫,《间谍与反间谍：达斯科 · 波波夫自传》，纽约：格罗塞和邓拉普，1974 年；

理查德·吉德·鲍尔斯,《保密与权力:J. 埃德加·胡佛的生活》，纽约：自由出版社，1987 年；

☆托马斯 · 鲍尔斯,《保守秘密的人：理查德 · 赫尔姆斯和中情局》，纽约：克诺夫，1979 年；

L. 弗莱彻 · 普劳蒂,《秘密队伍》，纽约：普伦蒂斯 · 霍尔，1973 年；

约翰 · 帕特里克 · 夸克，大卫 · 艾德礼 · 菲利普斯，雷 · 克莱因博士及沃尔特·普福尔茨海姆,《中央情报局：真实的历史》，吉尔伯特，康涅狄格州：外国情报出版社，1986 年；

约翰 · 拉内拉赫,《从间谍大师多诺万到比尔卡西：中情局的兴与衰》，纽约：西蒙和舒斯特，1987 年；

伯特 · 拉普,《遮蔽与隐藏指导手册大全》，汤森港，华盛顿州：loom-panics 出版社，1986 年；

安东尼 · 里德和大卫 · 费舍尔,《陆军上校 Z：一个间谍大师的隐秘生活》，纽约：维京，1975 年；

杰弗里 · T. 里切尔森,《美国情报界》，剑桥，马萨诸塞州：巴林杰，1985 年；

菲利克斯 · I. 罗德里格斯和约翰 · 韦斯曼,《影子战士：一百场不知名战役中的中情局英雄》，纽约：西蒙和舒斯特，1989 年；

罗恩·罗斯鲍姆,《间谍魅影》,哈珀斯杂志,1983 年 10 月;

☆亚瑟·施莱辛格,《小罗伯特·肯尼迪和他的时代》,纽约:霍顿·米夫林,1978 年;

斯蒂芬·施莱辛格和史蒂芬·金泽尔,《苦果:美国在危地马拉政变秘史》,花园城市,纽约:双日出版社,1982 年;

☆参议院讨论国际关系,《中情局国内外活动的听闻》,华盛顿:USGPO,1975 年;

☆参议院政府情报工作特别委员会,《涉及领导的暗杀阴谋》,华盛顿:USGPO,1975 年;

阿尔卡季·N. 舍甫琴科,《与莫斯科的决裂》,纽约:克诺夫,1985 年;

哈里斯·史密斯,《战略情报局》,伯克利:加利福尼亚大学出版社,1972 年;

约瑟夫·伯克霍尔德·史密斯,《描述一个冷战分子》,纽约:普特南出版社,1976 年;

弗兰克·斯内普,《正义的停战》,纽约:兰登书屋,1977 年;

伯纳德·斯皮德尔,《不祥的耳朵》,纽约:爱华德书屋,1968 年;

☆斯图尔德·史蒂芬,《造成分裂的因素》,费城:利平科特,1977 年;

约翰·斯托克韦尔,《搜寻敌军》,纽约:诺顿,1978 年;

安东尼·萨默斯,《阴谋》,纽约:麦格劳希尔集团,1980 年;

维克托·苏沃洛夫,《水族馆:一个苏联军事间谍的职业与背叛》,伦敦:哈米什·汉密尔顿,1985 年;

泰德·肖尔茨,《间谍病:E. 霍华德·亨特奇怪的职业》,纽约:维京,1974 年;

泰德·肖尔茨,《菲德尔—关键人物》,纽约:威廉·莫罗,1986年;

☆休·托马斯,《追求自由的古巴》,伦敦:艾尔,1971年;

格雷戈里·F.特雷弗顿,《秘密活动:干涉战后世界的极限》,纽约:基础读物,1987年;

休·特维罗伯,《菲尔比的风流韵事》,伦敦:威廉·金伯,1968年;

安德鲁·塔利,《中情局的内幕故事》,纽约:威廉·莫罗,1962年;

斯坦斯菲尔德·特纳,《保密与民主:中情局的转变》,纽约:霍顿·米夫林,1985年;

欧内斯特·沃克曼,《黑夜勇士:间谍、士兵与美国情报工作》,纽约:威廉·莫罗,1985年;

大卫·怀斯,《美国警察的状况》,纽约:兰登书屋,1976年;

大卫·怀斯和托马斯·B.罗斯,《间谍机构》,纽约:兰登书屋,1967年;

大卫·怀斯和托马斯·B.罗斯,《隐形的政府》,纽约:兰登书屋,1964年;

皮特·怀特(与保罗·格林格拉斯),《间谍搜捕者》,纽约:维京,1987年;

皮特·怀登,《猪湾事件:一个鲜为人知的故事》,纽约:西蒙和舒斯特,1979年。

主要地名表

班格尔 缅因州城市

巴特利特岛 荒漠之山西岸小岛

蓝山湾 荒漠之山西边大海湾

卡拉奥乔 第八街，迈阿密古巴流亡者的主街道

佩里营 中情局在职培训中心，也就是所提到的农场

卡拉斯科 蒙得维的亚的一个富裕郊区

塞万提斯 哈利·哈伯德在蒙得维的亚住的便宜旅馆的名字

蟑螂小巷 I-J-K-L 复合体的别名

百货公司 中情局内部对西贡最大妓院的行话

多恩岛 荒漠之山附近的一个小岛，第一任主人是哈伯德家族，后来卖给了加德纳

农场 佩里营的别名

乔治城 华盛顿的居民区

关塔那摩 美国在古巴海军基地

哈维酒店 华盛顿的一家酒店

I-J-K-L 复合体 华盛顿倒影池周边的四个办公区，包括最大的中情局，它于 1961 年完工，先于兰利总部

卡塔丁山 缅因州最大的山脉

金沙萨 原名为利奥波德维尔，刚果民主共和国（原名扎伊尔）的首都

库达姆　库尔菲斯滕丹街的简称

海滨大道　哈瓦那沿海大道

中途机场　芝加哥国内机场

荒漠之山　缅因州海岸岛名，距班格尔南部四十公里

奥克帕克　芝加哥郊区

奥尼昂塔　纽约州北部小镇

棕榈泉　加州旅游胜地

佩诺布斯科特河　缅因州东部河流

红海滩　猪湾战场

普拉赫　原西德联邦情报局总部，靠近慕尼黑

兰布拉　蒙得维的亚沙滩前街道

无忧宫　华盛顿的一家酒店

里维埃拉大道6312号　迈阿密的房子，有为秘密袭击古巴海军修建的私人码头

天鹅岛　猪湾事件期间给古巴发送暗码电报的秘密无线电广播发射机地址

特加　蒙得维的亚的贫民窟

百里香山　迪克斯·巴特勒在维吉尼亚的马场

维多利亚广场酒店　蒙得维的亚的宾馆

FONGHONG
凤凰联动出品